六角亭边正逢春

LIUJIAOTING BIAN
ZHENG FENGCHUN

武陵山乡教育回忆录（1980—1989）

㊤

吴国韬 / 著

语文出版社 ·北京·

图书在版编目（CIP）数据

六角亭边正逢春 ： 武陵山乡教育回忆录 ： 1980-1989 / 吴国韬著. -- 北京 ： 语文出版社，2016.8
ISBN 978-7-5187-0333-3

Ⅰ. ①六… Ⅱ. ①吴… Ⅲ. ①回忆录－中国－当代 Ⅳ. ①I251

中国版本图书馆CIP数据核字(2016)第167946号

责任编辑 张夏放
装帧设计 刘姗姗
出　　版 语文出版社
地　　址 北京市东城区朝阳门内南小街51号　100010
电子信箱 ywcbsywp@163.com
排　　版 北京杰瑞腾达科技发展有限公司
印刷装订 北京市兆成印刷有限责任公司
发　　行 语文出版社　新华书店经销
规　　格 787mm×1092mm
开　　本 1/16
印　　张 51.25
字　　数 836千字
版　　次 2016年8月第1版
印　　次 2016年8月第1次印刷
印　　数 1-2,000
定　　价 98.00元（上、下册）

010-65253954(咨询) 010-65251033(购书) 010-65250075(印装质量)

前言

2013年，我讲的故事第一部——《雨打芭蕉》（1958-1980），由语文出版社出版。我原以为，在没有多少人读纸质书的当下，这书除了我的亲朋以及熟悉我的人之外，是很少人愿意去读的。出乎意料的是，《雨打芭蕉》发行之后，不断引起各方读者的关注。我陆续收到认识的和不认识的读者来信来电，说这书是一个时代真实而生动的记录，是一本励志的好书。有读者说，他读这书是在“细细品味”，也有读者说，“现在在读第二遍了”，还说有不少人是相互介绍传阅。我由衷地感谢读者对《雨打芭蕉》的认可和喜爱。我还要特别感谢《新京报》《语言文字报》《法制日报》《湖北日报》《恩施日报》和《恩施晚报》以及许多网站，对这本书的出版所做的报道，刊载书评和推介文章。在2013历史嘉年华“国家记忆·致敬历史记录者”活动中，《雨打芭蕉》有幸入选“个人写史”推荐书目，更有幸获得2015年“中华优秀出版物奖图书提名奖”（中国出版协会）。这一切，我都不曾想到，自是平添几分喜悦，且深受其鼓舞，由此感到：纸质书还是有人喜欢读的。

近两年，我按预定计划，讲我的故事第二部——《六角亭边正逢春》（1980-1989）。上世纪八十年代，是我们国家特别重要的历史时期。在我的记忆里，从1978年一声春雷响起，到八十年代，那整个的就是一个春天：明媚的阳光，温润的风雨，百花齐放，莺歌燕舞，万物充满了生机，人们满怀着希望，虽然也有乍暖还寒的时候，也有青黄不接的窘迫，但毕竟是——

“律回岁晚冰霜少，春到人间草木知。

便觉眼前春意满，东风吹水绿参差。”

在这个春天里，我脱下臃肿的衣帽，一身轻松无比，又恰逢盛年，似乎浑身都是力量，投身到了“百年大计”的奠基工程——教育事业的振兴和发展之中。在这三千多个日日夜夜，我的足迹遍布恩施城乡各地，我听到了大山的呼唤，看到了希望的田野，见证了恩施改革发展的历史进程。其间，有不少感人肺腑的故事，诸如岩洞的故事，割耳朵的故事，争学生的故事，开山取水的故事，斗胆分田的故事，“这一盘不算”的故事……无数的故事中，有无数可敬可爱的人，他们当中有普通百姓，基层干部，更多的是教师、教育工作者，他们都刻录在我的记忆里。

我自踏进教育界，就有一种强烈的愿望，写一篇“精雕细刻”的文章，讲讲人类灵魂的工程师——教师，他们是怎样充满爱心，精雕细刻，培育一代新人的。后来我的确是写了，而且不止一篇。但是，我感到那是写不完的。

今日得宽余，我继续讲我的故事——那都是真实的，也是有趣的。当我把这些故事编织起来以后，似乎觉得这就是我熟悉的恩施八十年代的平民生活史和教育发展史。

题　记

1988年，第四个教师节前夕，恩施市教委办了一期专刊，上面有我写的一首小诗，题名《乡曲》，后被《鄂西报》刊登，原文如下：

乡　曲

值第四个教师节，试串恩施市区（镇）街道办事处名，与老师们同乐，以凑一趣。

古屯堡，小渡船，六角亭边，双河桥旁，
偏遇上，雨打芭蕉，三岔路口独彷徨，空有个慨而慷。

太阳出，望新塘，莲花七里，龙凤舞阳，
树高标，师表五千，着实不负盛家名，龙马精神洋洋。

大山顶，崔家坝，桐梓花丹，土苗侗汉，
沐抚育，学子十万，胜往昔红庙膏火，刻苦奋发向上。

杨柳池，凤凰山，一草一木，乃我家乡，
爱鄂西，红土沙地，喜莹莹满树白果，株株参天白杨。

这首小诗，虽为“凑趣”，但也是我的真心抒怀。我1942年出生于建始凉水埠，1951年春离开故里到咸丰，1956年夏到了恩施。以后，我一直生活、学习、劳动、工作在恩施——一个位于北纬30度，被称作中国腹地“边缘”的武陵山区一块地方——长达半个多世纪。

《乡曲》标出了我半个多世纪人生时空的轨迹，也概括了我的心路历程。《乡曲》中的“莲花”“杨柳池”“凤凰山”等，皆为恩施市小地名。有下划线者，是当年恩施全市21个区（镇）、街道办事处名。如今，行政区划略有变动，但这些地名依旧沿用；地名虽没有变动，而这些地方的面貌，人们的生活，却发生了深刻的变化。

《乡曲》中的“桐梓”，乃“童子”的谐音。我是新中国成立初期戴红领巾的“童子”，成年之后，当了十六年乡村民办教师，“文革”后转为公办，一直从事培育“童子”的事业。我和我们这一辈的同事们，数十年间，无论是在春光明媚的日子，还是在乍暖还寒的风雨中，甚至在蒙受屈辱的时候，都矢志不渝，为着这“桐梓花丹”，踏遍青山，付出辛劳。我们有欣慰：一年又一年，看到了“桐花万里丹山路，雏凤清于老凤声”；我们有欣喜：十年又十年，看到了“莹莹满树白果”，“株株参天白杨”；我们更有自豪：当改革开放大潮到来之际，正是从我们学校走出的一批又一批能写会算的“童子”，成长起来，加入到一波又一波民工潮，成为支撑“世界工厂”的劳动大军——他们是时代的幸运儿、建设新生活的主人，更是改天换地的劳动者、推动历史巨变的生力军。我们国家终于创造了世界经济发展的奇迹，获得了日益强盛的国力。试想，改革开放，如果是在一个大量人口目不识丁、文盲充斥的社会进行，那会是怎样的尴尬和难堪！而这支庞大的有一定文化基础的劳动者群体的培养和准备，正是由成千上万的乡村一线教师完成，其中相当一部分是民办教师。因此，我们这一辈中国农村基础教育的拓荒者，以及所有为此付出过劳苦艰辛的人，在回首往事的时候，是可以这样说的：我们无愧于历史！

我经历过饥饿缠身的年代，烽火连天的岁月和巨大变革的时代。我们曾有的许多苦苦期盼、美好理想，如今，都在渐次变成现实；一些不曾想到的事物，还在纷至沓来，令人眼花缭乱。今天，面对物资充盈的市场，节食减肥成为时尚，我想起昔时旷日持久的饥馑，清癯的面容和路边的饿殍；看到红男绿女，享受时装，大堆的衣物弃于垃圾箱，我还记得当年伙计们的歌唱，“肩挑一百八，裤子打疙瘩；要得疙瘩伸，要挑三百斤”；看到眼前公路村村通，火车穿山行，各色车辆，进入平常百姓家，我想起昨日人们“看见屋，走得哭”的抱怨；看见处处新农村，广厦千万间，犹如仙居地，我想起当年的茅草屋，狗叉棚和冒烟的岩洞；当北纬30度又一块神秘面纱揭开，《龙船调》唱响全球，硒都闻名世界，人道“八百里清江寸寸美景”，大峡谷风光如画，冒险艺术家迪恩波特，跪倒一炷香下，惊呼“Very beautiful”“Oh my god”，我还记得人们曾经如此哀叹：“鄂西大山区，自古蛮夷地……”如此种种巨变，使我萌生讲述自己故事的愿望，也正是这种巨变，使得今天的讲述，有可能变得轻松而有趣。

我从《乡曲》中选取“雨打芭蕉”“六角亭边”和“龙凤舞阳”三句，以我工作、生活的地点，分作三个部分讲述。这是八百里清江中的一滴水；这是鄂西林海中的一片落叶；这是个人尘封的记忆，也是社会生活的切片和一个时代的划痕。

写出这些故事，借用一句伟人的话——“我拯救了自己的灵魂”。

目 录

第一章　温馨之路

（1980年秋—1980年冬）

1980年9月16日下午五点，我搭乘班车，从芭蕉到了恩施城，在六角亭下车。下车的地方，往年的确有个木质的六角亭，里面有座位，还有许多小人书，凭学生证可以借阅，所以，是小学生经常来玩的地方。大约是为了加宽街道，这亭子不知在什么时候拆除，现在只空留“六角亭”这么个地名了。

这是雄踞鳌脊山上的恩施古城一个很适中的位置，我在这里下车，想去的几个地方，也都极为方便：往南，不过百米是哥哥工作的县法院，再走几步就是南门；往西，不过百米就是县委、县政府，再走几步，就是我曾经居住过的西门城楼；往北，不足三十米就是我新的工作单位县教育局，再下一个小坡，叫“割肝坡”，不过两百米，便到了岳母家，北门就在不远处；往东，一箭之地是东门，出东门，坐渡船，过清江，是二姐所在的园艺场。

我还是先去县法院，在哥哥那里报到。算起来，我们两弟兄朝夕相处的时间是很少的，除了1951年，在咸丰中学有过一年之外，以后长达三十多年里，我们都天各一方，一年到头，甚至三年五载，方可相聚十天半月。这个1980年，真像暗中有一种魔力驱使，一下子把我们两弟兄都拉到一起来了。他在今年三月归队做政法工作，从太阳河中学调到了县法院。说是归队，不如说是专业对口更确切，因为他1955年入西北大学法律系，1959年西安政法学院毕业，以后一直没有做过政法工作。他大学毕业，分配到边远的陕北靖边县，先是在靖边县科委工作，后调到靖边中学任教，一干就是十年。“文革”中的1969年，有教师回原籍的机会，他调回恩施，在太阳河教书，一干又是十年。直到改革开放，政法系统专业人才奇缺，他有幸专业对口，从事政法工作了。时隔半年，我像小时候赶他的路一样，也从芭蕉调到县教育局，而且，这两个单位都在六角亭。有趣的是，这样一来，我们姐弟三人，也都同城而居，相距不过咫尺之遥，简直有点喜剧的色彩。在法院，两弟兄一见面，我说：“你到六角亭来了，我赶你的路，也搞来了——其实，我是做梦也没想的，是他们要我来的……”两人只觉得好笑。在他那里吃了晚饭，我便去教育局。

教育局已经下班，屋里空无一人。正转身出门，张凤鸣局长迎面而来。他很热情地与我握手，问我什么时候到的。我一一回答，说明有关手续都未办，行李也还没有搬来。他说：“那没关系，先参加几天文教组长会议，听一听，了解一下情况，再回去办手续不迟。”我答应照办。接着，他问我到这里来怎么样，我说心里没有底，很有些担心，不知能不能做好这里的工作。他很轻松地说：“帮助做些调查了解、组织方面的工作。”接着，又笑眯眯地望着我说道：“先熟悉一下情况，年轻人，又跑得，又干得，边干边学嘛——先找个地方住着。”我说今晚是有地方住的。于是，我便径直去大十街。岳母家，自然不像过年时那么热闹，好在延林在家。他师范即将毕业，正在红江中学实习，听他谈红江中学的趣事，也有消除疲劳的效果。

第二天，是我在教育局上班的第一个日子。一进教育局大门，迎面就是人事股的办公室，一位戴眼镜的同志接待了我，别人称他唐股长。我报了姓名，他便带着我，进入一个阴暗的过道，下了十几步阶梯，到了一个小小的院坝，有两座廊桥连着后面的一栋房子。那里有好几个办公室。他把我带入挂着“教育股”牌子的办公室内。办公室里有两位同志，看上去倒不陌生：一位是十几年前去过岸口，后来还打过几次交道的邓源骏同志，他是普通教育股的股长；另一位是朱炎恭同志，是业余教育股副股长，前不久随张局长去过芭蕉，只是他不认识我。邓股长给我倒了一杯茶，朱股长给我一支烟，热情接待了我。随后，邓源俊同志就领着我去教研室买菜饭票。

我跟着邓股长去教研室，从清江电影院门前经过，遇到两位女同志，一位与邓股长亲热招呼。走过之后，邓股长说，刚才这位就是叶梅。我问叶梅是什么人，我没听说过。邓股长似乎觉得我也是法国人不知道拿破仑，说，叶梅呐，文工团的，很不错的一位女同志，恩施的作家。我历来对作家都很崇拜，只是我多年在乡里，孤陋寡闻，的确还没听说过，可惜的是，刚才他们讲话，我没有注意，到此时，回头望去，作家已经走得远远，只见两个人的背影了。

进入和平街小学，里面一栋楼房，便是县教研室。旁边有一个矮小的房子，有三个套间，邓股长就住在第二间。住房的下面是厨房和餐厅，教育局的人都是在这个食堂就餐。我发觉，邓股长不仅是个洒脱干练的人，还是一个特别精细的人，他给我介绍认识一些人，也仔细介绍教研室的布局，卖菜饭票的地方在这里，会议室、办公室在那里，甚至讲了厕所的所在。这类事，恰是新来乍到的人，必须首先熟悉的。邓股长告诉我："你今天可以自由支配了，明天在这个会议室参加开会。"

这个"自由支配"安排得很好。我去了大十街，在岳母家吃了午饭，又去园艺场二姐那里报到，吃了永青亲手制作的月饼，和二姐、洪哥高高兴兴谈了不少话。晚上还去看了一场电影《珊瑚岛上的死光》。

次日一早就去教研室参加会议。教育局门口遇到邓股长，他两手不空，一手提着两个开水瓶，我前去接了过来。他折转身，又跑回办公室提了四个空瓶，带我到县政府大院的开水房，上了八瓶开水，走广播站旁边的一条小巷，提到教研室。单是这一人提四瓶开水，就使我开了眼界，我们在乡下，哪里一下提过这么多瓶开水？到了会议室，两人把会议室打扫了一番，就等候开会了。

开会的人陆续到来，总共也就十来个，多数我都不认识。这是一次开学情况调查的汇报会。参加的人员，大多是抽调各公社文教组的组长或副组长。由于交通不便，有的人员还未能赶到。

首先汇报的是朱炎恭同志，他说："我这次去了新塘、三岔、七里三个公社。三个公社入学都快，各社都狠抓了适龄儿童和十五岁以下学生的入学工作。新塘几个辅区召开了普及教育现场会，有的学校暑假还新添、维修了课桌凳。问题比较突出的先锋大队，最后还有八人未入学，都是困难户，大队决定减免他们的学杂费。大队支部书记谭光碧和老师走访动员学生时，发现有一个学生没有裤子穿，谭书记找了自己小孩的衣裤，给了这个学生。廖校长也发动老师出力，给这个学生做了一套新衣服。新塘全社适龄儿童入学率已经达到98%，前坪辅区是高山地区，今年做了大量的工作，入学率也达到了96%，大大超过去年的70%……教师的进修提高，都在引起重视，确定参加中师函授学习的，新塘有32人，三岔22人……扫盲和业余教育，也有新的举动，有的规定，业余夜校考试一次，达到60分及格成绩的，记3个工分，达到80分以上的记4分……这次教师工资调整，遗留问题不多，三岔60个指标，评出了61人，多出一个，哪一个都不好下，最后文教组长李先智同志决定自己让出来，把问题解决了。还有一个问题是，有超生子女问题的人，这次不能升级，被拉下来了，很有情绪。他们反映，外地没有这个规定，要求能够统一标准……”

我一面听情况汇报，一面也很受教育，像谭书记、廖校长、李组长，还有先锋学校的老师们，都是多么的可敬！

接着发言的是我熟悉的康纪恕同志，他是屯堡文教组的副组长，这次也抽出来了解开学工作。他汇报去大山顶、板桥和沐抚三个公社的开学情况。还有几位同志依次发言，我都不知姓名，记笔记时，只好以“穿呢子衣者”“红庙女同志”之类代替。听他们发言，我有一种新奇感，觉得一个县的范围是够大的了，教育的情况，面临的困难，都有许多差别。如大山顶，是个畜牧区，公社要求达到每人一头牛、一只羊，这样，大人要上坡劳动，小孩要放牛，加上是高寒地方，学生上学的困难不少，完成普及的任务实在艰难。公社也想了一些办法，给缺衣缺鞋的予以补助，还给每个学生200斤煤炭烤火。尽管公社和老师们都做了许多的努力，但初步测算，入学率还不足80%。又如，沐抚公社19个大队，入学率达到90%的11个，有3个大队只达到70%，5个大队达80%。教师调资中，也有一些特殊的情况，比如，沐抚公社有个向老师，1956年就参加了工作，第二年转为公办教师，现在月工资还只有29.5元。造成这个问题的原因是，1960年说他是个“分子”，处理下去了，1979年落实政策收回。这次调资，却因为工作年限太短，不能升级……

汇报会开了一整天，最后张局长说了几点工作意见，一是普及教育工作，要分几个阶段抓紧进行；二是10月中旬要召开一次带有经验交流性质的重点学校座谈会；三是各级学校的结构调整，今年要起步；四是10月开一次业余教育工作会。

第二天，因为其他几个组的同志没有到，汇报会不能继续进行，我开始在教育股办公室上班。说是上班，也就是当“听长”，听两位股长打电话，和一批又一批的来人谈工作。我像听公开课一样，就这样听了一整天。据我观察，邓、朱两位股长有共同之处，又有不同的风格。他们对工作都十分勤勉，处理问题都爽快麻利，对外来的人都很客气。不同之处是：邓股长显得郑重，善于思索，讲话也注意措辞准确，连称呼某人，一般都要加上“同志”，就如每次对我都叫“吴国韬同志”一样；而朱股长显得随和，快人快语，有时还会讲得眉飞色舞，他常以“某老师”，或者“老某”“小某”来称呼人，别人也有叫他朱老师的，也许他原来就是一位老师。下午下班的时候，两位股长动手打扫办公室，我自然不再当“听长”，与他们一齐动手。邓股长在收拾茶杯时，忽然锁起了眉头，若有所思，说道：“这茶叶浪费还是太大，你看，给客人倒的茶，好多杯没喝完，有的简直没动。怎么放茶叶，我们是不是也来个改革，以后，把茶叶直接放到开水瓶里去，来了客人，就倒瓶里的茶水，这样要节约得多，不然我们哪有那么多报纸换茶叶？”朱股长说，这是个好办法。我知道了，教育局办公室的茶叶，是卖旧报纸的钱买的。

只当了一天的“听长”，就接受了一个新的任务：整理屯堡晨光中小学模范班主任肖刚凤的材料。邓股长把报来的几个典型材料给了我，说这几份基本成型，就是屯堡肖老师的这一份《我是怎样做班主任工作的》，还要重新加以整理，要我找一找正在城里的屯堡文教组的小黄，黄元炳同志，了解一下情况，然后再改写。这有些出乎我的意料，原来以为到了教育局，可以再不改作文了，哪知上班第三天，就有作文要改了。中午，找到屯堡文教组的黄元炳同志，了解肖刚凤老师的情况，下午开始改写材料。

这是我来教育局后的第一个星期六，下午还在改写材料，捷娃来邀我到姑姑那里去玩。于是下班后，同哥哥、捷娃一起到园艺场去。同在一个城里真是好，还未到八月十五，姐弟三人就团聚吃月饼了。吃了晚饭，我说还要回去把那个材料完成，明日好回芭蕉办手续。洪哥说，刚好他们畜牧局有车去盛家坝，要我明天早上在大十街等着上车。

早上八点，上了地区畜牧局的吉普车。同行的有省里一位同志，还有一位，便是久闻其名的刘元香。十多年前，曾在广播里听过她讲“活学活用”毛主席著作，很受感动，认为是本地“活学活用”最好的一个。不久，“文化大革命”开始，听说她又成了揪斗对象，很吃了一些苦头，但她几经磨砺，坚强地活着。大约也正因为如此，造就了一位恩施闻名的奇女子。这次初见其人，并且同乘一辆车，我却没看出她有任何“女强人”的气质，给我留下的倒是平易亲和的印象。

在芭蕉下车后，很顺利地办理了户口、粮食、工资等转移关系的手续，还去医院给昶昶看了皮肤上的毛病。

次日称了两斤鲜肉，回戽口看望双亲。到家的时候，父母居然在火坑边烤火。是的，这天一下雨，确实有一些冷了。母亲的早饭还未吃毕，父亲说菜饭都是热的，劝我还吃一口。父母总是这样的，怕我们挨饿，吃了他们心里才会停当，我便当作中餐吃了起来。吃了饭，我们就围着火谈话，给老人汇报这几日的情况。

晚饭是我弄的，炒了新鲜肉，父亲快活地倒了灵芝酒，两爷子劝着喝。酒喝多了一点，加之疲劳，一觉睡了两个多小时。起来又和父母在火边闲谈。父亲又提议，泡一杯新鲜茶。两爷子边喝边谈，也不知喝了多少茶，也不知谈了多少话，到了上床睡觉的时候，一点瞌睡都没有了，便看起《基督山伯爵》来。

在菜园里栽青菜和白菜，发现园子里的一棵梨树，在这秋季开了花，一株椿树也发了芽——怪哉，今年的秋天真有些特别，何以花开两度，树发两层？到大队、茶厂和学校，几个老地方都去看了，老师们在开会，筹备人民代表的选举工作，不便久坐。

在戽口待了两天，又到火花，和传美下河洗了大堆的衣物，收拾铺睡行李。昶昶有点发烧，去医院打了一针，大有好转。晚上，大队包场在学校放电影《小花》《405谋杀案》，又领略了在乡下看电影的乐趣。

这次回芭蕉办手续，搬行李差不多耽误了一周的时间，再回单位上班已是星期五的下午了。行李搬来，还没有一个落窝的地方，也不好意思再到丈母娘那里去了，于是在县招待所住了一夜。

我的被子往哪里放，在哪里落窝呢？这成了我面临的一个很突出的问题。给局长和股长们讲，他们一时都无计可施，倒是打字员小夏，给我出了一个主意：进大门靠右有一间保管室，里面还有一张床。我大喜过望，给办公室陈主任讲了，他说，反正你是单个子人，就在这里安个身，也是个办法。他把门打开，发觉这房用木板隔成套间，外面放置一张办公桌，上面吊一盏日光灯，是教育工会办公室贾主席办公的地方。再看里间，便是保管室无疑，乱七八糟堆放着许多东西：桌子、椅子、箱子、柜子、玻璃、大红灯笼、三机一泵课本……全都积满厚厚的灰尘。翻开堆积的杂物，下面的确有一张床——真是天无绝人之路，只此我便足够，还只觉这床太过宽大，简直有些奢侈了。

这是到局里工作之后的第二个周末。我把保管室打扫整理一番，把被子铺上，终于落窝了。床头有一盏白炽灯，躺在床上可以看书。外面贾主席办公室，还有办公桌，晚上都是可以用的。这是个既热闹又安静的所在，窗外就是大街闹市，拖拉机、汽车的马达声，自行车的铃铛声，做买卖的声音，行人的脚步声，混杂一片，热热闹闹。入夜之后，声音渐渐稀疏，到了夜半，一切声音都没有了，是死一般静寂。偌大一栋房子，旁边的人事科、局办公室还有知青办，都是早没有人了。现在就我一人，与那些无言的杂物为伴，那是想往哪里想，就往哪里想。房间的空间虽然不宽，却高得可以，思绪的翅膀，仿佛能够展开高飞而无任何的阻挡。我是很满意了，这实在是我的一个安乐窝。

在这个安乐窝，我睡了一个好觉，便是星期天了。不想到哪儿去，就在这安乐窝看看书，记日记，梳理自己的思想。静心想来，这段时间，应该是自己学习的黄金时节，过了这段时间，说不定工作会多起来，现在正是夹缝里的一个比较缓和的阶段，机不可失，应该多积累一些力量。确定了几个主要的学习内容：教育学和心理学以及有关教育工作的文章；古典文学和外国文学；英语。

周一上班，开始写火花中学的材料。这是邓股长布置的，他说不久要召开全县重点学校座谈会，火花中学要作重点发言，而火花中学的情况只有我最清楚，所以，这个材料还是要我来写，到时候由参加会议的火花中学校长聂祖战同志发言。

晚上，召开全局工作人员会议，一是欢迎新同志，二是安排半年工作，三是庆国庆晚会。全局二十一人，只有一人缺席。大家都坐成一圈，吃瓜子、花生、糖果和月饼，气氛是轻松愉快的。我坐在办公室向同志的旁边。向同志叫向大锐，两年前做干部考核，他去过岸口。临走时他对我说，回去后帮我反映两个问题，一个是我的出身问题应该更改，二是父亲平反的问题。我到局里后和他闲谈，他还在问起父亲现在的情况。这位大锐，实在是一位很细心，很关心人的好同志。主持会议的是办公室的陈佐学主任，他首先代表单位全体同志，对我们新调来的三位同志表示欢迎，随后便欢迎我们三位新来的同志讲话。我在讲话中表达了如下一些意思：我完全没想到要到这里来工作；来这里工作我是高兴的，但能否做好这里的事，心中实在没底；干这里的工作，我完全是个生手，愿意老老实实当学徒，向长者和老同志学习，悉听领导吩咐，争取尽量缩短生疏的过程。与我同时调来的陈远栋、朱明雄两位同志，也都表示了态度。接着，张凤鸣局长讲了这半年的工作任务。敖盛德副局长，个子很高，戴着眼镜，前些时看到他，总是很严肃的样子，但是在这个晚会上，他几句话，把我们的肚子都笑疼了。他仍然做着不苟言笑的样子，一本正经地说："党的三中全会以来，我们全县教育工作呈现大发展的局面。根据工作需要，我们请示了县委县政府，这次调进了吴国韬、陈远栋、朱明雄三位同志，我们的力量得到了加强。现在，我们局里光是姓朱的就有两个，先来的有朱炎恭，现在又来了朱明雄——也就是这样两个'朱'：一个'恭朱'，一个'雄朱'……"满场的人，笑得前俯后仰，有人把口里的糖果都笑吐了出来。没想到，看起来有些令人敬畏的敖局长，还是这么一个幽默的人啊！谭世湘副局长，是我初中的同学，但没有同班，虽然认识，但并不很熟，他和先绪他们在二中读高中，再以后读了华中师院。晚会上，他也很有兴致，唱了一首歌《红星照我去战斗》。快乐轻松的晚会，给了我认识本单位领导和同事的机会，也感受到一个新的大家庭的温暖。

第二天，放了国庆假。如果是当年在岸口，这个假期是可以在家做许多事的，但是现在一家分居三处，我的时间就得切成若干段了。心里惦记火花中学那份材料，上午哪里也不去，就躲在寝室里写。这个地方写东西实在好，毫无打扰，精力集中，效率很高。中午吃饭后，路过光嘉老师家，邓股长也在，便进去坐了一会。她现在已是和平街小学很能干的一位教师，三句话不离本行，没讲两句，她就讲起教学上的心得了，看得出来，她简直是迷在教学工作中了。我给邓股长讲了，下午将回芭蕉。

接着去法院。哥一间小小的房子里，挤满了人，嫂子带了蓉蓉、季季来了，二姐和永青、龚霞也来了，讲得热闹不过。我说我是来看一看了，马上回芭蕉去的，于是，也没有参加他们热闹的聚会，拔腿就往车站去。

运气真好，刚好有到芭蕉的加班车，四点就到了火花学校。学校里刚开完歌咏会，传美很累的样子，说还没得到饭吃。一会，小金老师来，笑盈盈对我说："回来得正好，明天请你吃糖，还要给我'帮忙'，和老师们一起去娶亲……"我满口答应，连连恭喜。国庆节，便与火花学校一帮老伙计去娶亲，又参加小金、小张两位老师的婚礼，算是度过了一个快乐的节日。

心中惦记着庰口的两位老人，又有十天没见了。次日，带着荞荞回庰口，看爷爷和奶奶。两位老人心情舒畅，而且身体健康，也就很放心了，和他们叙谈许久。歇了一晚，次日也就离开，到了火花学校。傍晚去文教组，会见赵组长，讨论了火花中学的材料问题。

国庆假后，张局长带着我们教育股的几个人，到教研室三楼会议室，听取教研员对办重点学校的意见和建议，为不久将要召开的重点学校座谈会做准备。这给了我一个认识教研室各位教研员的机会。前些时，教研员们分别深入到二中、东方红中学、舞阳中学、城关一小等确定的重点学校搞了调查研究。这些教研员，都是教学上的行家里手，个个发言都是一套一套的，对各科教学讲了他们发现的问题，提出了很多建议。从他们的发言中，我感到我们县的重点学校，即使是城区内的，其实都是举步维艰，问题都还很多。归结起来，一是重点学校重不起来，主要是教师数量不足，又层层拔高使用；二是教学质量高不起来，学生知识上的欠缺多，加之教学管理薄弱，教学方法程式化。去东方红中学调查的张安国老师说："这个学校12个教学班，只有32个老师，领导班子都身先士卒，人人上课。但是，讲到前几年的考试成绩，他们自己都摇头说，'上不起擦子'（水平差，排不上号）。现在听说，东方红要办成重点中学，他们自己都感到惊讶，接着就提出，要办成重点也行，那就是两条：一是拿人来，二是拿钱来。”

随后，又参加了张局长召开的一次筹备会，教研室何、李两位主任和教育股的同志参加，对会议的指导思想、具体开法等进行了研究讨论。

全县重点学校中小学工作座谈会于10月11日至13日召开。这是我到教育局后参加的一次规模较大的会议。我的任务是收稿子，写通讯，办简报。我觉得，这又是一次认识人和了解全县教育情况的机会。在报到处，我把所有参加会议人员的姓名及其所在单位都记录下来，逐一对号认识。五十多人中，也有几位原来认识的，但绝大多数都很陌生，我决心尽早认识他们，熟悉他们，因为他们都是长期为恩施教育做出了贡献的同志，是恩施教育的骨干力量，也是我以后会经常联系的对象。

在张局长动员报告和组织学习有关文件以后，我注意听了讨论中的发言。这些发言，具体反映了当前全县各地教育的现状。七里中学的由主任，原来就认识，在二中教过书，后来在五中也教过。他在发言中讲：“现在，老教师大量退休是个大问题，老带新没人代；目前，农村政策放宽，家在农村的老师‘搞拐哒’（糟糕），核桃坝的刘老师，家里四亩二分地，种不赢，早晨和空堂都要回去帮忙种，星期天还要喊活路（人工）‘打抱工’（换工，变工）。”

龙凤中学的张校长反映：“现在的社会风气太坏，外界人员冲击学校，在学校办公室，一通二骂，不知有多少次了。有个社会上的游子娃，叫苏叫花，跑到学校要打乒乓球，没有找到球，就坐在乒乓球台‘歪通歪噘’（恶骂）。前几天，有个女学生，在早自习时做家庭作业，老师批评了她，说家庭作业应该在家里完成，她就往河里跑，要跳水。这个学生的妈张某某晓得后，跑到学校点着老师的名字骂一顿。社会上的人，还是把老师当臭老九，没当个人……这些事给公社党委反映了，他们也不管。不知道县委是不是重视学校的事情，我们那里，党委是不重视的。这些问题不解决，教师的积极性怎么调动？”

新塘中心小学的王校长接着说：“现在的社会风气的确太差，学校的事情，领导要重视，要造成一种好的风气才行。我们新塘，打老师的事情也有好几起了。一个公社干部的儿子廖某某，球场上和我们一位老师发生了冲撞，他转身就给这位老师几拳头，还冲到办公室说，‘老子贫下中农要管理学校’……前不久，三中也发生了一起打教师的事故。”

东方红中学向副校长发言说：“没有重点就没有政策，办重点学校是客观的需要。但是要办好重点，的确存在许多困难，而最困难的是初中，师资力量尤其薄弱，初中教得好一点的，都拔去教高中，不少教高中的教师，本身也才高中或者中师毕业的程度。在这样的情况下，初中要办重点，怎么可能去择优录用，只要凑齐人数就算不错了，现在是凑齐人数都有困难。”

这些发言，使我看到了办重点学校面临的尴尬。教师的问题，的确是最突出的问题，十年“文革”，师范院校长期停办，如今教师青黄不接，老的要一批批退休，新的没有培养补充，出现了严重的断层，这正是要集中力量办重点的一个重要原因。然而，现在要办重点，是教师不仅难以择优，连凑齐人数都困难。此外，学校领导反映的社会风气问题，的确也是突出，“文革”对社会风气的破坏和影响，还严重存在。我在芭蕉就有切身感受，社会上不三不四的人员，进学校如入无人之境，他们手持刀刀棒棒，在五中学校里打群架，那个天三娃，也是不要多少理由，就要和火花中学的金老师干一架。看来这也不是个别的现象，然而解决这个问题，显然不是学校和教育部门可以完全办到的。

第二天的经验交流，给会议吹进一股清新之风。崔家坝中小学的谢校长、城关一小的吕主任、恩施二中的吴校长、芭蕉火花中学的聂校长、屯堡晨光中心小学唐主任、城关舞阳小学段主任等六位学校负责人，介绍了办学经验，启迪与会人员，如何迎难而上，努力办好学校。尽管如此，在紧接着的讨论发言中，也有总结办学中的初步取得成效的，但是叫苦之声依然不绝于耳。

七里中学主任说：“我们学生的起点太低，今年招收的一年级，起分线，双科总分才 38 分，达到及格成绩 120 分的只有 8 人。”

沐抚木贡中小学校长说：“我们文教组很多事情搞得不像样。大队学校负责人两个辞职了，一直不配备，搞得学校无头无主；我们小学 6 班 6 个老师，多次要求增加教师，不理不睬；校外人员到学校打教师，打学生，偷东西，横不讲理，搞得天翻地覆，也没有人管……”

熊家中小学主任我认识，是原来初中同学，叫郑安轩，他说：“我们学校没有一个正规的校舍，是办在一个养猪场里，猪舍改做教室，煮猪食的地方做教师办公室。去年县里拨了一万块钱，在修楼房，但是还差钱，迟迟不能完工。

我们的班子是团结的，课程也开得齐全。目前初中 4 班，小学 5 班，教师 19 人，大都是七七、七八、七九年毕业的高中生。初中名义上有 11 个老师，但两人被抽到辅区，1 人在管建校的事，实际只有 8 人上课。我管教学业务，还要教语文、政治、生物、体育四个头的课，一天就是疲于奔命。90% 的教师业务不熟，都是抄参考资料。建议县教研室要下去多跑一跑，特别是农村的小学、初中。他们浮在上面，不了解下情不行，不知是不是他们把工作基点，都放在抓高考了。”

张局长面对大片喊叫困难的下属，气定神闲地作总结报告：“今秋以来，我们抓了第一阶段的普及任务，工作比较扎实，有一定进步，入学率有所上升。在普及工作取得一定成绩的基础上，我们召开这样一个重点学校座谈会……我们现在处于教育事业恢复的阶段，面临的困难的确很大，问题很多，事情难办。我们不能离开现有的基础来办学，许多事情只能一步步来。有些问题，比如教师的问题，要彻底解决，要等到将来，等到我们把现有的中小学办好，给高一级学校不断输送合格的新生，再给我们源源不断地培养出来。我们现在要做的，就是要调整结构，集中力量，办好一批重点，建立我们的小宝塔，出经验，出人才……我们全县现有高中 29 所，初中 159 所，小学 796 所，这个战线拉得太长，学校条件又差，规模都很小，这就需要全面规划和调整。县里原则上考虑每个管理区办好 1 所小学，公社办好 1—2 所初中，县办好 2—5 所高中，作为塔内学校。要明确建设小宝塔的必要性，只有这样才能够把质量搞上去，不然的话，会长期处于落后的状态……下一步，县社两级，马上就要在调查研究的基础上，进行教育事业调整，制定切实可行的方案……”

会议一散，我便开始写材料，办简报。发现二中吴校长、舞阳小学段主任等几份发言材料没有留下来，午休后便骑自行车去取材料。路过大十街，延林正好准备去红江中学。这所学校我久闻其名，还没有去过，想随他一起去看看。有自行车也真是方便，说走就走。只是到红江的路面不怎么好，坑坑洼洼比较多。到了红江中学，走进办公室，很有些心寒，到处灰尘满面，办公桌也残缺不全。只有一位戴着深度眼镜，年龄四十来岁的张老师，独自在办公室做几何题。张老师是个健谈的人，听说他原来在咸丰教书，调到恩施没多久。我对张老师说，咸丰有个吴光元老师，体育、音乐、美术样样都行，我们这些学生都很崇拜他。他说，他在咸丰是个知名人物，就是五七年吃了亏，被打成了右派，下放到农村劳动。也是“人能到处能”，他在生产队里做活路，样样都行，群众关系非常好，社员们都喜欢他，尊敬他。后来组织上把他收回去教书，社员们敲锣打鼓，放着鞭炮欢送他。这时有人出面制止，狠狠地批评队长和社员说：“他是个右派分子，你们还敲锣打鼓欢送，谁叫你们这么办的，是个什么感情！”社员们说：“我们不管他是什么分子，也不管是什么感情，只晓得他吴老师是个好人。”听了这一节，我不觉感慨，光元老师虽然遭遇不幸，但社员们敲锣打鼓放鞭炮的举动，说明公道自在人心，老百姓心中自有一杆秤，好老师是永远受人尊重的。

调转车头，去恩施二中，取吴校长的发言材料。这个吴校长，就是我喊的“国顺哥”。顺哥，其实比我年龄大多了，与父亲在五峰山上的清江中学同过事。他是当年“国师”毕业的，据说历史课讲得滚瓜烂熟，上课时手里的教材是根本不用看的，什么历史事件的时间、地点、人物、经过、结果、意义，都讲得清清楚楚，条分缕析。五十年代初，他在恩施二中当过校长，也是因为政治原因，去了东乡的新塘三中教书。“文革”中清理阶级队伍，他不能进课堂了，交给他打钟的任务。他深知这个任务是多么重要，不敢有丝毫的懈怠。而打钟又不像他讲历史那么熟悉，可以不看课本就讲一堂课。于是，他时刻都把那一口马蹄钟抱在手上，睡觉也要把钟放在枕头前，生怕有个闪失。一天晚上，新塘三中，忽然响起“当当当”的夜半钟声。全校师生都以为敲了起床钟，一个个睡眼惺忪爬了起来。有的人发觉有些不对劲，仿佛还没睡多久，提出了怀疑。顺哥再仔细看钟，果然是看错了，于是到处呼喊：“这一盘不算，这一盘不算……”于是，他“这一盘不算”的笑话，不仅在三中，在新塘，而且在恩施许多教师中都传开了。“文革”以后，他又调到二中来了，是管教学的副校长，又开始讲历史课了。他当校长，是很讲原则，不徇私情的。哥哥和他应该是很熟的，而且关系也不一般，但是，去年为捷娃想上他那个二中的初中去找他，他说二中的学生都是考上去的，这样转学不好办，于是作罢了，结果捷娃只有转到东方红中学了。讲历史课，做教学管理，比之于管理时间、打钟，前者，顺哥自然是更熟悉在行，且轻松自如。他这次在重点学校会上的发言，我以为是讲得极好的，从办学的指导思想，到教学管理的一整套措施和做法，再到今后提高教学质量的几点设想，实属经验之谈。我虽然是尽力做了记录，但不可能全记下来，所以，他这份材料是不可少的，还得去找他要讲稿。

凤凰山上的二中，是我的母校。还是“文革”以前来过，这一过就是十多年了。应该说，这里有我许多值得深情回忆的事，然而时间仓促，我不可能仔细观察母校的变化，也没有闲情去张开回忆遐想的翅膀。顺哥很忙，与他简单说了几句话，取了材料便告辞。转身回走的时候，略略扫视了一下母校的环境，脑子里闪电般地寻找二十二年前的影像，蓦地感到：母校并不像印象中那么美好了，除了凤凰的羽毛——树木，深了一些之外，别的似乎没有什么变化，一些断墙残垣，还给人一种陈旧凋零的感觉。母校苍老了啊！

回头到舞阳小学。段丙莲主任的材料原来是个提纲，现在还在赶写，只好回走。路过一个流动售书台，有好多好书啊，可惜我一本都不敢买，身上的那点钱，还要管半个月的生活哩。

回到局里，已是下午四点半了。抓紧编写《发言选辑》，到一气呵成的时候，已是六点了。急忙去教研室吃饭，食堂即将关门。打了四两饭，二角五分钱的菜，把吃饭问题解决了。回到寝室，正盘算身上的几个钱怎么管到下次发工资去，很感到有些紧张，引起一阵烦恼。算了，不去想它，打开收音机听听。按钮一开，里面忽然便出来一句：“你差钱用吗？”让我好紧张，收音机里的人，怎么知道我差钱用？不过，听下去，很快明白，里面正在播一出广播剧，这句台词与我的境况巧合而已。

翻开日记，啊，我到局里工作，整整一个月了。

颇有一些惦记家中了。下午赶着把简报编完，请示邓股长，是不是可以回家一趟，他说还有一个给政府的《情况报告》，须得赶出来。于是晚上加夜班，争取明日早些出发。写到快十二点，终于完稿。

次日就是周六，上午看了县师范的一份材料，就准备回家的事。延林也要去芭蕉，两人骑了自行车，十点半从城里出发。难得一个好晴天，骑着车，沐浴着胜似春光的秋阳，惬意极了。到了火花学校，趁着好天气，与传美下河突击洗衣。

星期天，我带了三个娃去庳口看爷爷奶奶，走了三个钟头。老人们见我们回去，特别是看到昶昶也回去了，自然特别高兴。昶昶自从离开庳口以后，还一直没回去过。听说几天前，父亲到火花学校去想看看几个娃娃，却是一个都没看到。昶昶娃也真是“神搞搞”的，一回到竹山湾，最喜欢的是去水田边玩水。告诉他，不要玩水，当心掉到水里去，他就拖到什么东西玩什么。一把刷把，他也提在手里玩，还往厕所拖去。下午，我正在做饭，他手里拿着一个线辊，一边放线一边往后退，退到地上一个木盆边，一屁股就坐在木盆里了，一身水淋淋的。这一下把我和爷爷奶奶都忙着了。好在有太阳，有木炭火，又是晒，又是烤。爷爷饭都没顾上吃，把他放在被子里，一直照看着他。

直到下午五点，昶昶的衣裤总算烤干了，重新穿上，我们开始往芭蕉走，一直走到了天黑。这一天虽说也很辛苦，但看到父母精神都好，心里很是愉快。

周一下午，全局干部到清江电影院参加公社书记会的总结会，听了中央的75号文件，是有关农业生产责任制的。文件肯定了党的十一届三中全会以来农村的好形势，指出集体经济是我国农业向现代化前进不可动摇的基础。文件说，最近两年农村干部和群众从实际出发，解放思想，大胆探索，建立起来的多种生产责任制是一个好的开端，强调我国地域辽阔，经济落后，发展很不平衡，这就要求生产关系必须适应不同地区生产力发展水平，生产管理方式要具有适应性和灵活性，不拘泥于一种模式，不能搞一刀切，只要是增加生产，增加收入，增加商品的责任制形式，就是好的和可行的。文件肯定了专业承包联产计酬责任制的许多优点……听了这个文件，我想，庳口的社员们一定是很拥护的，他们会把自己的承包的那一份土地，都当作自留地、高产试验田来种的。

教研室食堂的伙食似乎越来越差了，无油水，甚至盐味也很淡，钱花了，吃不中口，也不饱肚，总感到饥肠辘辘。10月尾的天气，一下雨，还感到很冷的，晚上待在寝室里，颇不安然，真有一些饥寒交迫的感觉。倒了一瓶开水洗了脚，下半身暖和多了。教育局门口，每晚都有包面卖，一角七分钱买了一碗，味道调得好极了，特别是里面的辣椒很来劲，虽只小小的一碗，吃下去是周身暖和了。

两项措施解决了温饱问题，一夜睡得很安逸。早上起得很早，打扫了办公室，又去打开水。早餐，其实也不一定非到教研室去吃不可，六角亭有私人做的包子，一角钱两个，做得很不错的。

大伙都来上班了，研究下乡做调查的事。这次调查的项目是，按照“压缩高中，调整初中，加强小学”的原则，如何进行教育事业的调整。与此同时，还要了解重点学校会议是如何贯彻的，研究农村政策放宽以后，农村教育会出现一些什么新的情况，教育内部如何全面贯彻教育方针，全面提高教育质量等等。股长考虑得很周到，把我和陈远栋同志分在一起到芭蕉，这自然是再好不过的了，尽管我前天才从芭蕉来。老陈是芭蕉人，也很高兴，他的大哥叫陈远富，住在芭蕉街头，六十年代我们还同台演过戏。他演一个地主，为了装扮成一个光头，他把一个猪尿包吹胀，晒干，然后戴在头上，效果好得很。

到芭蕉当日，老陈去大哥家，我到火花学校。次日，我们开始工作。我是第一次下乡做调查，虽然芭蕉我很熟悉，但怎么开展工作，我却是生疏的。老陈比我年长几岁，又有在七里坪文教组工作的经验，每到一处，都是他出头露面，我给他搭伴作陪。我们先到塘湾的县师范。这所学校 1972 年 3 月创办，集合了全县二十多名优秀老师，大都是“文革”前大学毕业，既有真才实学，又有丰富的教学经验。县师范常被人戏称为“芭师大”，其来源或许是学员们的自嘲。不过话说回来，这些学员也的确不赖，好多还是老三届的高中生，又经过上山下乡的历练，其实比某些推荐去上大学的还过硬多了。这所师范，正是在教师青黄不接的时候，迄今已为全县输送了 801 名中师毕业生，实属功不可没。我们到这里，就是要和学校领导商量，整理一个提高师范教育质量的经验材料。

随后两日，我们到五中，听了徐先寿校长对事业调整的意见和建议，再去芭蕉文教组听赵组长介绍芭蕉教育调整的方案，在火花中学听课，召开教师座谈会。在芭蕉小学座谈情况的时候，接到局里电话，要我们明日赶回单位。

县教育局召集全局人员、教研室、二中、九中、进修学校等单位负责人参加会议，张局长传达地区教育局长会议精神，足足讲了一个上午。这个会，对我这个新手是太重要了。前段时间，我对全县教育的大致情况，有了初略的知晓，这次传达地区教育会精神，让我了解了全地区教育的一些情况，知道全区教育工作当前抓的几件大事：加强中师教育，解决师资匮乏问题；以大队为支柱，建设学校；提高民办教师待遇，使民办教师收入略高于农村强劳动力；进行教育事业调整，加强重点学校建设等。

张局长结合我县情况，讲几项具体工作："招生任务，基本稳定在今年的基础上。高中，全地区招收 1.6 万，我县是 4 000 人，其中农职业中学招收人数占 20%；初中全区 5.5 万，我县 1.2 万。初中升高中比例在 30% 左右，小学升初中比例在 70% 左右。事业调整，高中压缩，缩短战线，全地区现有 190 所，调至 110 所，其中塔内普高 23 所，农职业中学 31 所。我县高中 29 所，调至 21 所，其中塔内普高 2 所，农职业中学 3 所。初中适当集中，我县现有 159 所，多为高中'穿靴'，小学'戴帽'，要逐步创造条件，'脱靴摘帽'，调至 123 所，重点办好塔内 35 所。小学以因地制宜，有利普及为原则，每个管理区办好一所小学。高中学制，二至三年内改为三年制，中央的盘子已定，省里没有表态，主要是师资力量跟不上，有的地方已经在搞，地区意见是今年招收新生过渡三分之一，至少要有一个班，我同意我们的二中，今年起招两个班过渡……"

地区的会议，内容也的确多，关于贯彻知识分子政策问题，民办教师转公办问题，还有班子的配备，仪器管理，体育卫生工作的检查等等。在讲到地区将要召开先代会，而且要求各县今年都要召开时，张局长讲了宣恩县一位老师的动人事迹，令我像听了一个传奇故事一样。这位老师叫李四新，真是个奇人。这个李四新，是河南人，华中师范学院毕业后，分配到宣恩县。他本是分到自然条件较好的万寨区。然而，他们一位同学有心率过速的毛病，分配到了椿木营区。听说这是个边远高寒的地方，这位同学就很有些为身体担忧：本来就心率过速，到了高山心率更加速，怎么得了？这李四新便主动向组织提出，与这位同学对调，说自己有心率过缓的毛病，这样自己上了高山，心跳加快，就正好。李四新就这样到了椿木营。他搞教学是一把好手，搞建校劳动更是个拼命三郎。这个老师的专业是数学，但是爱好广泛，喜欢写写对联诗歌。粉碎"四人帮"后的 1977 年，公社开展"三大讲"，又开始整老师了。李四新写了一副对联，很长的，大意是：想当初批邓反右，一夜三百张大字报，何等轰轰烈烈；看今朝批四人帮，百日一两条小标语，如此冷冷清清。这一下出了大问题，有人指控他把矛头指向公社党委，一夜之间被打成了“现行反革命”，送入县城监狱。他是以“绳子就是逮捕证”被抓进牢房的，坐牢十个月，又不明不白释放出来。出狱后，李四新进京上访，带回了中央信访办敦促地方复查处理的公函。此后，《光明日报》报道《宣恩县在教师中多次制造新的冤假错案》，《人民日报》登载群众来信《宣恩县教师为什么纷纷要求调走》。此后，李四新的冤案得以平反昭雪，宣恩县的现任领导动员李四新下山，单位由他自己挑选。此时，武汉的华中工学院，武汉师范学院等单位，给他发来商调函，并电报催促他速去报到上班。这些都被李四新一一谢绝了，他抱定一个“誓死不下山”的决心，要在有生之年，在椿木营干出一番事业来，为山区教育事业做出贡献。大学本科毕业的李四新，做出一个大胆决定，在1978年招收的小学一年级办试验班，一直办到初中毕业。据说两年来，这个班办得很成功。李四新，真是教师队伍里的一条好汉。

又是阴历的九月二十一日，我三十八岁了。也正是：“三十八年过去，弹指一挥间。”这三十八年，除了最初的那几年，自己毫无印象之外，以后的日子，我都能够记忆起来。过去的日子，有过幸福和甜蜜，然而更多的是艰辛和苦涩。不过，我都微笑着走了过来，歌唱与我一路相伴。我并不愧对过去，因为我努力做了我能够做到的事。我也有遗憾：真正值得去回顾的事是太少了。我相信，在未来的日子里，我和亿万中国人一样，能够自由自在地生活在明媚的春光里，努力地去做一些对人民有利的事。二十年后，这种遗憾或许不会存在。想着，再过两年，就是四十了，青春不再，又不觉有些伤感：我本是多么珍惜青春的人，但是一阵风沙，使我不见了青春的踪影，当我找到她的时候，我们同行的路程已经很短很短——我该怎样挽住她，永葆青春呢?

生日，又是“母难节”，想念父母了，我要去看看他们，并且还有一条重要的消息要告诉传美：这次张局长传达地区会议精神，马上将要举行一次“民转公”考试，也是机会难得，要她早做考试的准备。

给邓股长请了假，朱股长热心地把他上下班的自行车借给了我，下午便跨上车，飞奔芭蕉，把好消息告诉了传美，又一起研究如何准备考试的事情。当我给传美谈起朱股长关顾我，待人如何好，又说起敖局长讲有两个“朱”，一个

“恭朱”，一个“雄朱”，传美听说‘恭朱’就是朱炎恭，便说：“原来就是朱炎恭老师啊，那你还不能随便开他的玩笑呢——他是我在七里坪读小学时的数学老师。他的课讲得特别好，表述清清楚楚，讲得又形象生动，好多同学都喜欢他上课。我转到城关二小读六年级时，开学第一天，举行数学考试，全班只有三个人考及格，其中就有我一个，好多学生不相信我这个乡里转来的学生，还有这么厉害……”

第二天，正好是我阳历的生日。我称了三斤羊肉，带了蛋糕、炸花生米和炸黄豆，去岸口看望双亲。我想给他们一个意想不到的喜悦，给他们孤寂的乡间生活带去一些生气。为了赶时间，把自行车推上了金星坡，寄放在山梁上的郑家，这样，回走时还可以骑一段下坡路，一滑就可以下到芭蕉。我回到家里，父母的确很高兴。但我却不可久留，只忙着弄了一餐饭，同父亲一起喝了酒，带着几分醉意，就又上路了。走到郑家取自行车，发觉车胎瘪了——一个小家伙好奇这“洋马车”，拧开了气门芯，把气放跑了。这娃还对我说：“啥门里面还吹风呢……”我没好气地说：“你这个‘哈哈娃’（傻娃娃）哟，你把里面的‘风’放跑了，我怎么骑着走呢？”只好推着车走下坡。不过，这条路也是太陡了，路面又很粗糙，推着走会确保我的安全——“哈哈娃”或许给我做了一件好事。

回到局里上班，正在修改县师范的那份上报材料，小夏通知，工会给每个会员买了一双翻毛皮鞋——那也真是好事，听说马上要下乡去，正用得着。我似乎还是第一次享受工会的福利待遇哩，穿起一定很暖和的。中午，又发了工资，也是及时雨啊，身上只剩几分钱了。

上了两天班，修改了师范和二中两份材料，就到了星期天。身上有了点钱，就想去书店。在县新华书店，买了一部《三国演义》，又跑到舞阳坝地区书店，买到了《英语》广播教材，陈琳编的，中央人民广播电台正在定时播讲，这是最想买到的书。晚上把书包了一层封皮，正在自学，办公室陈主任和赵组长来到我的寝室。陈主任问我在看什么书，我只好说是《英语》，他说：“你们年轻，是应该趁这个时候多学一点东西。”这是出于我的意料的，因为一般的单位负责同志，似乎是不很愿意单位员工自学什么的，就像农村的社队干部，不愿意农民搞自留地一样，因为带有资本主义尾巴的性质。赵组长却是由陈主任引来，要在我这里借宿的。没想到我这个保管室还成了客房，接待的还是我们的赵组长呢，我当然是乐意的，只怕是铺陈不好，对不起我们的赵组长啊。住宿的问题解决了，陈主任说还早，都去看一场电影，于是一起去清江电影院，看了《拔哥的故事》。

教育局、团委、体委、防疫站四家联合组织了一个检查组，开展对城区中小学体育卫生工作进行检查。教育局指派我参加，我是在检查过程中，来认识检查组的人和学校的人，也是在检查中才知道这些学校的大门是怎么开的，除了红江中学。两天时间，我们检查组六个人，三辆自行车，一人带一个，先后跑到了四小、东方红中学、五小、三小、红江中学、红江小学和三孔桥四一小学等学校。每到一处，我都注意去看教师值日表，想找到熟悉的名字。但是，非常遗憾，到了这多学校，我认识的只有三个，一个是三小的叶校长，是我初中时的班主任，她的丈夫则是我高中时的张校长。再就是红江中学的蒋校长，原来在塘湾的茶中工作过。另一位是红江小学的张老师，她曾经在芭蕉黄泥塘小学教过书。我希望在这次检查活动中，认识许多学校的领导和老师。

听了一些学校的情况介绍，很有感触，城区学校，其实条件也是极差：运动场地有限，器材缺乏，教室采光不足，饮用水困难，是共同存在的严重问题。防疫站的同志说，恩施的自来水是不能直接喝的，必须烧开。而我们的学校，连自来水都没有保障，不少学校要等到半夜水龙头里才会有水，甚至有的学校连自来水管都没安装。在这许多困难面前，学校作了很大的努力，想了不少办法，加强体育卫生工作。红江中学刚和红江小学分家，学校操场没有，到处坑坑洼洼，自来水没有引来，老师们说，“喝的是清泉泥巴水，走的是旱地泥泞路”。蒋校长向我们介绍：“我们现在还没有活动场地，只有烂泥塘，那天晚上，因为没有路灯，我掉进了烂泥塘，浑身糊满泥浆，有人笑我是在烂泥塘游泳。不过，我们师生在学习愚公移山，已经把烂泥塘填了一大半，又挑来三十多立方的煤灰，平出了一块场地，解决了做课间操的问题。接下来我们要把全部烂泥塘填完，把那条水沟做好，开辟两个球场。我们已经与广兴厂联系，请他们支援一点水管，做单双杆……有一个李晓华老师是会武术的，学校成立了一个武术队。还有个徐光福老师，是语文老师，又是一个好乒乓球教练，带了一个乒乓球队。学校准备建几个水泥乒乓球台……我们把操场平好了，上面还要做个花园……下学期我们要收一点开水费，一个班一个开水缸，把学生喝水的问题解决，把健康卡片也建起来……”

两天体育卫生工作检查，我了解了一些城区学校的情况，更认识了不少人。我想，我要记住他们，最好的办法是编顺口溜。于是有了一组《认识并记住他们》：

之一，《四小向主任》

头上降下一层薄霜，
不时要将花镜戴上。
别看将近退休年龄，
还一心想干出名堂。

之二，《东方红中学赖昌社校长》

柿子坝办民小远近闻名，
六三年群英会上过北京。
办东中细谋划宏图再起，
“赖校座”胸中装六百师生。

之三，《五小肖则畔主任》

听口音，家住东乡；
看个儿，英俊颀长；
讲情况，条理分明；
据介绍，颇有才干。

之四，《四一小学谭美华校长》

龙洞河一碧翡翠，
三孔桥三圆成串。
“四一”因何命名？

只知道校长姓谭：
当年女子运动选手，
剪式跳高一跃夺冠；
如今管理一所学校，
她又在奋起跨栏。

之五，《红江中学蒋祚均校长》

读大学你在浙江，
现如今来到红江。
红江是大革命取的美名，
有个红字就格外响亮。
只不过这学校是个泥塘，
你一脚踩进去糊满泥浆，
泥塘游泳自然十分困难。
可是你好像还信心满满：
说走过了这艰苦的一段，
就如同红军走过了沼泽，
不久就会到达延安。

之六，《三小叶琼英校长》

初中时候的班主任，
如今城关三小校长。
漫长的二十二年，
你经历多少风霜！
谁不知你的丈夫，
是堂堂恩高校长。
可是我实在不懂，
他为何要跳下悬崖，
留个不白名声在世上。

若非今天的昭雪平反，
你还是个罪人的遗孀。
不知叶校长内心怎么在想，
但见你浑身都是力量。
我想你心底不会没有忧伤：
一对鸳鸯的确已经拆散，
家庭毕竟少了一个伴。
只不过你是个中共党员，
一定是把泪水狠狠保藏。

之七，《体委老谭》

看他两鬓已苍，
想是体坛老将。
所到学校交口称赞：
“感谢体委帮忙！”

之八，《团委小谭》

上黄下蓝，
一副小娃模样。
心有火炬一把，
言谈却不慌忙。

之九，《防疫站小王》

跨美丽“喜鹊”车，
落校园枝头上。
看了师生饮水，
又算教室采光。
视察餐厅食堂，
还看药品药箱。

看她年纪轻轻，
做事仔细周详。

编了顺口溜，看着这白亮的灯光，还是舍不得上床，又来学陈琳的广播英语，搞到深夜，收拾行装，准备明日与朱股长一道下乡。

随朱股长一道，乘下午两点班车去白杨坪。这是我第一次下乡去我不熟的地方。车到枷档弯，公路翻修，停车片刻。下车察看，脚下是万丈沟壑，令人不寒而栗。不到四点，车到白杨坪。环顾四周，满山红叶，给深秋增添了火一般的色彩，这是城里人难以领略得到的。因此想到了戽口，现在也一定枫叶正红。

文教组的董迎新同志带领我们，进了小街的一幢木屋。文教组就在这里，前面当街，后面是小学。晚上，文教组长柯友权，陪着正在这里工作了两天的县教研室吴芳山、刘文章两位老师从学校归来。彼此见面，互致问候，热闹一番。朱股长和两位教研室的老师，与这里的许多人都一见如故，有许多讲不完的话。柯组长粗壮结实，但眼睛近视，戴着圈圈很多的眼镜，却是个十分机敏幽默的人，因此，这小小的木屋里，欢笑之声一直持续不断。我是新来乍到，对这里的人全然陌生，不过没有任何局促，听着他们的笑谈，品味着“教育界”同仁相聚的欢畅，也乐在其中。最后，还是朱股长讲到正题，说明来意，是贯彻地区教育工作会议精神，调查研究事业调整，重点学校建设等问题。说罢吃饭，少不得要喝酒，柯组长是个劝酒的好角色，朱股长和两位老师也都喝得几口，只有我表示了谦虚，说一贯不行。那柯组长便说：“一罐不行，就只喝一杯。”我做了一点让步，说：“一杯也是不行的，初次见面，盛情难却，我喝一口吧。”我是喝了一口酒，脸上就发烧，而且会发红，他们也就并不多劝。只是朱股长，来到这里是特别开心，又经不住柯组长热情相劝，下得席来，就在文教组的客房里呼呼地睡了。我觉得上床为时过早，看《光明日报》上一篇读王湾诗《次北固山下》的文章。一下，电灯熄了，文教组会计小严，很快来给我点上一盏煤油灯，说这里的电灯经常是这样的靠不住。我谢了他，继续读报，又看了一篇《新凤霞写书》。不知为何，头疼，只好上床，按摩太阳穴。头疼又转至后脑勺，又按摩……

一夜睡得还好，头也不疼了。这天，正是全县民办教师转公办，以公社为单位举行初考。为了不影响考试，我们便去到六中调查了解情况。熊校长带着我们看校园环境，遇到了初、高中时的老同学陈家善、黄继祖和余世应三位。他们都在这里任教，阔别二十多年的相逢，自然十分亲热。只是许多话题还没展开，上课铃响了，我们要进入教室听课。一连三节，听了潘文伟老师的数学课、黄国权老师的语文课和陈家善老师的历史课。这黄老师我还见过，1966 年春，我去朱砂溪小学，开了一个突出政治的会议，就是黄老师主讲。那时他是县教研室主任，人们都叫他黄主任，他连二指宽的纸片都没有一张，却讲得头头是道，有条有理，而且无任何语病，我是十分佩服这个角色的。不知他是什么时候到白杨坪来的。家善老师，是我初中时的同学，虽不同班，但很熟悉。毕业时，他给我题写一个“公”字作留念，一笔一画用钢笔涂写得又粗又大，还在在旁边的括弧中注明“多数”。我理解他是希望我公而忘私，永远为大多数人民群众服务，他又生怕我理解成“公母”的公，故加了一个括弧。我把他的题字和先绪的题词“永为国谋”，放在一起，一直珍藏着，也尽力去按照他们的期望做。

下午，在文教组听情况介绍，把全社学校分布，重点学校的领导班子和师资配备情况都详细作了了解，也听了文教组对以后工作的意见和建议。晚上，再到六中召开校委会成员座谈会，朱股长传达地区局长会议有关精神，请各位发表意见。座谈很热烈，有人说，现在学生基础太差，老师简直无法教；有人说，缩短战线很有必要，关键是要办好重点初中，六中不办高中，只办初中最合适；有的说“文革”以来，六中只得到上级拨款 1.6 万元，学校水井漏了，房子坏了，电线烂了，许多问题无法解决，反映多次，没有结果，粉碎“四人帮”也都四年了，说话也不算数，人都心灰意冷了……

白杨坪公社共有五个辅区，朱股长想去九根树辅区学校，那里有师生开辟的百亩茶园。

次日，随李远校长去九根树学校。爬了一架大坡，名曰火石坡，再走七八里，便到了九根树。学校建在一个小山包上，李校长指着四周的茶园给我们作介绍，这都是师生们从1972年开始，连续三年开辟出来的，其中第一期开辟的28亩，今年已经采摘鲜叶4 000斤，总收入998元，纯收入528元。明年第二期50亩也可以开采，但是出来一个没有厂房的问题。因此，这次想把大队领导一起请来，希望他们修一栋小学教室，把现在小学的教室改做厂房，这样问题就解决好了。

这里海拔880米，又在山包上，冷风呼呼，毫无阻挡，若到冬天，其寒冷是可想而知的。然而这里的师生，九年来，发扬艰苦奋斗的精神，开挖山石，新修校舍，平整操场，开辟茶园，办起这么一个规模的学校，是多么不容易！

房子里是很暖和的，不仅因为有火炉，更因为老师们都很热情，把我们教育局来的当作稀客。大队干部也请来了，一起开会，谈情况，研究学校问题。饭熟了，大家又一起围着火炉，吃饭喝酒。刚放下碗筷，学校自产的茶，又递上来了。几个人还打着饱嗝儿，说着酒话，喝着热茶，又来了一盆花生，说也是学校自产的。朱股长不停地对着大队领导，赞扬学校办得兴旺，大队领导有方。大队干部的兴致也越来越高昂，把修小学教室的事情，一口答应下来，还把事情越说越具体了。李校长和老师们的高兴，自然也就不必说了。

第二天，从九根树学校回文教组。路上，我想起昨天结识的一位大约五十来岁的老师，叫程师恭。这名字我似乎有些耳熟，说不定还是一个亲戚。因为，我的盛哥嫂子叫程元英，就是这白杨坪程家的，照说程师恭应该属于我的下辈。他的头发已经白了不少，但还是干干净净地梳着分头。他听说我的名字以后，黝黑而瘦削的脸上，似乎也显露出分外亲热的笑容。但他说话很慢，好像总是要想一想再出口。我问李校长："你昨天在介绍老师的时候，说到程师恭，三次离职，还住过岩洞，去年才恢复民办教师的工作，到底是怎么一个情况？"

李校长一边走，一边说出了一连串使我感到惊愕的事情：

"刚解放的时候，程师恭加入了军干，就是恩施军事干部学校，学习结业，组织上分配他去大吉参加土改。走到半路，传来大吉的土匪杀害工作队员的消息，他害怕了，便往回走。以后，组织上要他去芭蕉教书，他觉得离家太远，待遇又低，一个月只发多少斤米，就回到白杨坪，找了一个学校代课，一直教到六十年代。后来这所学校搬迁，校长要他随着学校走，并许诺以后设法让他转为公办正式教师。但是当地的干部却一再挽留，劝他就在本地富饶大队当民办老师，他选择了留下来。不过，以后的事，当地大队干部也保不住他了。1966年精简下压，他的民办教师没法当了，下放参加生产队劳动。接着‘文化大革命’运动一来，他就因为家庭成分高，过去又走错了几步路，连连地吃苦头。每次接受批判斗争都有他的份，说他‘临阵脱逃，背叛革命’。特别是为了女儿的婚姻，他几乎丢掉了性命。他所在的那个生产队的会计，看中了他女儿。可这会计是个瘸子，女儿怎么也不同意。他的老婆，也是个性子倔犟的女人，和女儿一条心，生死不同意女儿嫁给那个会计。这样，程家大祸临头了。那个生产队的队长，正是会计的叔叔，借着运动把程家的人往死里整，撵得他们全家住进了岩洞。程的老婆一次在外面碰到生产队长一伙人，被他们喝住，要她下跪。犟得要死的女人，就是不肯下那个跪，结果挨了一顿毒打。程师恭在运动中，可说也是捆绑吊打，哪样的滋味都尝到了。而那个瘸脚会计，却因为亲事未成，在运动中还被称赞是阶级立场坚定，纳新入党了。直到粉碎了‘四人帮’，程师恭一家，才搬出岩洞，过上了人的生活，他又当了民办教师……”

我们都为程师恭老师的遭遇唏嘘不已，也议论起农村有的干部，也是太霸道，太狠心了。李校长接着说道：“这个队长也的确是个人物，我再给你们讲他的两件事情。一件事是他吓死一个社员：队上有个贫农，老实憨厚，老婆子给他生了五个娃娃。他家大口阔，却不会找什么‘外水’，就是老老实实在生产队做活路，是生产队出勤最多的人。可是，队里的分值很低，再怎么做，总是养活不了家口。后来，他老婆子又生了一个娃儿。家中没有粮食下锅了，他就去找队长。这队长声严厉色，劈头盖脸痛骂他一顿，说他又懒又穷，只会生娃娃，破坏党的计划生育政策，还声言要向他问罪。这一下，吓得这个贫农一身散了架，一趟子跑到山上去，往绳子上一挂，结果了自己的性命，害得才生下的那个娃娃也没有养活。这两条人命的事情一出，队长也有了几分惊慌，赶忙用生产队的公款办了丧事。接着，他又在建始县找了一个男人，是个鳏夫，配给了新寡妇。那男的也有五个娃，于是鳏夫寡妇一结合，便是一大家人了，一共有十二个人吃饭，娃娃就有十个！

“再讲一件事：一天，白杨坪逢场。早上，这个队长说，‘今天有五十斤菜油，要送到街上去，给一百个工分，哪个去？’五十斤菜油，送到街上，也就十几里路，记一百个工分，那当然是个太划得来的好事，可是，没有一个人吭声。为什么？社员们想，这样的好差事，是轮不到平头社员的，队长必定自有主张。果然，队长看了看，没有人吭声，说道：‘好，没得人愿干——我晓得，这差事也是没有哪个敢干的，若是差了一两，是要赔一百工分的！好，没有人敢挑，那就两百个工分，我自己挑去算了。’你看，这个队长就是这样一个敢‘拣重担子挑’的人呢。”

离开了九根树，走了听完两个故事的平路，马上就下火石坡了，六中和白杨坪小镇就在一望之中。李校长指着左方说，那边就是建始县的境界了。但我却仍然停留在他刚才讲的故事之中。程师恭，还有那位贫农，那个生产队长，他们的事总停留在我的脑海里，心中激起强烈的震撼。这人啊，怎么就这样不一样！有的人，心又怎么这样狠呢？我感到这故事的情节，与发生故事地方的名字——“富饶”大队，是多么的不相称，反差是太大了。想着我笔记上记的，九根树管理区，共有五个大队，分别取名红旗、新光、健康、富饶、富裕。这都是一些多么美好的名称，然而，这样美好的名字，现在却在我的头脑中发生了错乱。我去的九根树学校，算得是一面红旗，也使我看到了新光，然而听说，学校所在的大队既不是红旗大队，也不是新光大队，而是富裕大队。反倒是听介绍，红旗和星光两个大队，干部对教师的态度都是相当的不好，这又怎么是红旗，是新光？至于健康大队，教师又有些问题，不仅程度差，而且思想不够健康，喜欢讲亲缘关系……这里实在有许多名不副实的地方。如此说来，这里可惜没有一个叫“民主”的大队，如果有的话，那位生产队长，倒是可以当民主大队的领导的。

下午，在文教组参加辅区学校负责人会议，传达事业调整精神，研究白杨坪教育事业调整方案。

在白杨坪一共工作四天。最后一天是星期天，朱股长去看望他的亲戚，教研室两位老师，也“失踪”了，我在会计严伯胜老师那里吃饭，向他借了有关学校的数据材料，抄录了。晚上，在文教组集中研究六中的问题，六中徐春照书记详细介绍了目前的师资情况，听文教组关于办好六中的意见。

周一乘车去鲁竹坝。鲁竹坝学校，又名天星学校，就在公路边，属熊家公社。学校校长杨世秀，在九根树学校工作过，那里的老师多有提到她的名字，称道她是个能干的学校负责人。今日一见，她的脸上已经略布皱纹，想来是老一批参加工作的。细谈底里，方知她还是我下一届的一中同学。眼看朋辈如此模样，也知自己已无少年！还有一位老师叫王祥秀，儿子已经上了大学，说起来还是初中的同届同学。我不由得感慨，我们谁也不能逃脱人间春风的吹拂和秋雨的洗刷，无论你在哪里，时光都是公平地分给每一个人，就像每月供应的三十斤口粮一样，不多一点，也不少一点，你消耗了，它就给你脸上刻下纹路，记上一笔。所到之处，我们这一辈的人在相聚的时候，除了叙谈二十多年前的往事，大家还能或多或少流露出几分稚气而外，大都显得老成持重，都是不折不扣的中年人了。鲁竹坝学校的其他教师，却大多是年轻娃。一个娃娃老师，手里还拿着一根打陀螺的鞭子在玩着。朱股长看得有趣，笑问他们在一起还打不打架，几个年轻娃都天真地笑了。只有一位二十七八岁的女教师，看来要稳重一点，话匣子一打开，也就滔滔不绝，不像青春快要结束的样子。杨世秀指着王祥秀说："在这里，我们两个都是老教师了。不过，跟着这群年轻老师和学生娃娃一起，我们还没感到有好老。"我想，也是的，整天和这些娃娃老师，娃娃学生在一起，会有生活在春天里的感觉，也会感到还拥有未来。

杨世秀校长给我的印象是开朗洒脱，但是，当我们在办公室里座谈，她在介绍情况的时候，更多的却是忧虑。她说："我们这个公社，原来属于白杨坪区，拆区建社时划出来，并入新成立的熊家公社。全社的教学质量，可以说是相当差，去年熊家高中只考取一个中专生。主要的问题是小学的基础太差了，其中的原因，就是师资水平普遍低下。就说我们这所辅区学校，初中两个班，没有外语和生物老师，要说称职一点的只有初中两个语文老师。小学 5 个班，主要是 6 个民办老师任教，其中 5 个是近几年毕业的高中生，有一个还是小学毕业生。在这次全县民办老师转公办预考中，成绩最高的是小苏，语文考了 45.2 分，数学考了 39.75 分。另外四个人，数学的得分都没上到两位数，就是 3 分，4 分，7 分，你说这个样子怎么教书。这个辅区还有三个大队，26 个老师，其中 4 个公办教师，22 个民办教师。有的老师教语文，不会解释词语，解释就是组词。有的教数学，3 个 2 和 2 个 3 分不清。莫说我们这里，上个月，全社组织了一次听课活动，那是讲得笑话百出……”朱股长听了，只是连连念道：“积重难返，积重难返。”杨校长接着说：“现在还出了新问题，一些民办老师家里分了田，根据人口多少，多的四五亩，少的两三亩，有的人把教书当副业，忙着去种田。我们只有想办法，搞一点经济制裁，规定上午十点到下午四点，必须在学校搞教学工作，做考勤记载，缺勤的按分钟记载，学期完了作统计，请家长参加评议，与大队补助挂钩……”朱股长听了，又连连念道：“新情况，新问题。”

吃罢晚饭，步行去熊家公社所在地。天已傍晚，沿着山岗，踏着漫长的红砂路，两边是起伏不大的山峦，都映在橘红的晚霞里。一弯娥眉月，嵌在西边绯红的天际。我打开收音机，正是六点后的新闻节目，在播讲关于美国总统大选一边倒的评论文章。

走到熊家公社，只见新公社几幢白色大房子轮廓，不能辨别清楚是些什么单位。找到文教组的两位组长：牟光月和肖德顺。初次见面，第一印象是：前者活跃健谈，后者寡言老成。

熊家公社所在地，即为过去经常听说的熊家岩，在气管道的旁边，当年没有公路的时候，是恩施东大路的一个重要站口。1951 年春上，我从建始到咸丰去，应该从这里经过，但是没有任何的记忆。这里的地势高，早上起来感到特别冷凉。吃罢早饭，走到外面，太阳是明朗的，但似乎只有光而没有热。

我们先去熊家中小学，学校修在更高的山坡上。校长叫李万福，是一位老同志，朱股长很熟悉他。听他们谈话，略知这李校长在许多地方工作过，也是为恩施教育做过不少贡献的人，现在是即将退休了。我们要听课，他便安排初二的语文。执教者是一位女教师，叫孙今仙。我自然明白，这就是传美经常念着的高中老同学“仙仙”了，也就是肖德顺的妻子。孙老师的课讲得不错，她不慌不忙，口齿清晰。课后，在办公室我问候她：“仙仙老师，你好！”她瞪大眼睛，十分诧异地望着我在猜谜，显然，她是因为我叫了“仙仙”的缘故。他迟疑了一会问：“你是……”我给了一个“打一什么”的提示：“吴传美要我代她向你问好！”仙仙便猛地醒悟，猜中了：“啊，啊，你是……”旁边的牟组长插话：“我也一下给搞糊涂了，这里没有哪个给她叫‘仙仙’的，我们都给她喊的

‘孙二娘’……”于是，办公室里欢笑活跃起来。我不知他们为何给她取这样一个诨名，她哪里有一点“眉横杀气，眼露凶光”的气象？看她倒是个性情很温和，说话也很斯文的人。这次出来，碰到的名不副实的情况是太多了，这又是一个例子。

中午，我们去桥头坝学校，了解民办教师情况。桥头坝学校，离公社所在地大约十里路，又叫前进中小学，有小学五个班，初一年级一个班，教师九人，两个公办教师，七个民办教师。校长姓孙，是公办教师。孙校长告诉我们：“我是一个半边户，家里七个人吃饭，两个老的，三个小孩，女人算个半劳力。当前农村政策松动，劳动力多的，就是好事情。但是像我家里，已经两期分田，共分了口粮田、责任田4.5亩，有四块，有的离家一两里路。我自己是种不出来的，只有请活路（帮工）。请六个人，加自家三个，九个人一次可以种一亩。办一桌招待要3斤酒，5斤肉，4盒烟，花10块钱。我一个月工资39.5元，4亩多田都要种下去，就要整整一个月的工资。还要买肥料……最狠人的是犁田，生产队的犁头，到了农忙时，家家都要用，还要有点板眼（门路，办法）才借得到。我一天为种田的事，的确花去不少精力。不过，话说回来，这样自己种，苦是要苦一点，但少呕几多气。以前在队上分基本口粮，那些话真是难得听，说我们这样没有劳动力的是‘五保户’，是生产队喂的‘坐牢猪’，我的老婆子还因为听不得这些话，和别人吵了一架。”

有位王老师，是民办教师，今年四十二岁，经历比较坎坷。他本是太阳河的人，出身富农，1956年参加县里组织的教师讲习会，后分到白杨坪康家学校教书，属于“民办公助”教师，1957年转为公办占编代课，在鲁竹坝学校任教。1961年贯彻调整、巩固、充实、提高的八字方针，他被下压，到桥头坝学校教民办，“文革”期间被打成了黑帮，大会小会挨过不少斗争，去年二月又开始教民办。他在座谈中说：“现在农村实行的制度政策好，但是划田用拈阄的办法不科学，不管家住在哪里，拈到哪一块，就是哪一块，家住在南边，要在北边去种田，我家的四块田，扯得无远八远，还是应该方便群众，就近划分为好。现在，有个情况值得引起重视，一些家庭为了种田，不重视学生读书，我们这里在响板学校读初三的，一共12个，已经回来7个，不读了，要帮家里种田。我们这里五年级一个学生，也被家长拉回去了。各家各户都忙着种田，学生上学迟到的很多，到十一点一刻上课都到不齐。一问他们，都说‘饭弄迟了’。也有来得早的，后来才知道，他们有的是没有吃饭上学的，饿着肚子上六节课，这样搞肯定不行。另外，上级说民办教师的待遇要与当地大队干部一样，我们这里，民办老师每月42斤粮食，全年230元工资。大队干部每月是55至60斤粮，不知他们的工资是多少，起码不会少于我们的标准。”

下午五点回到文教组，在仙仙家吃饭，弄得很丰盛。牟组长又叫她“孙二娘”的时候，我蓦地感到好笑：我是很难记住她这个诨名的，即使她今天做了包子来招待我们，我也不会想到里面会有人肉。

在熊家公社第三天，去看高中。高中所在地是更高了，在这里俯瞰四周，山峦起伏，势如万马奔腾，白雾如带，缠绕其间，极为壮观。据说在特别晴明的天气，可以遥望到川鄂交界的石乳关。高中师生，生活艰苦，饮水尤为困难，但人心思上，学校办得颇有起色。高中校长李远福，据说是过去的老文教局长，黝黑面颊，两鬓已苍，握手问候，方知是父亲当年的学生。他向我们提出，熊家高中尽管全体教师都很努力，但是，客观地讲，无论是师资水平和学生基础，办高中是困难的。把高中帽子摘了，办普通初中比较合适。这样每年招收两个初一班，再面向全社招两个初三班，每年毕业四个初三，为高中输送质量较好一点的新生，会更加有利。我们觉得他说得是有道理的，按照现状，不仅高中办不好，初中也出不了质量。

这次跟随朱股长，八天时间，到了白杨、熊家两个公社，了解了不少情况，也认识了不少教育界同行，我感到很充实，也很有意义。

下午两点我们等在路边，赶上了去城的班车，只是特别拥挤，连双脚站立都不可能，只能一只脚着地，表演了一个多小时的金鸡独立。到城了，恩施城到底是暖和多了。回到单位，办公室大锐同志把我吓了一家伙，他说：“各地民转公预考推选的名单都报上来了，怎么没有你屋里吴传美的名字？”这一下，害得我冷了大半截，憋得我急忙给芭蕉教育站打了一个电话。原来芭蕉名单都没有报来，她已经初选上了，心中一块石头这才落了地。

上班了，上午修改了三份材料，送给小夏打印。下午，教育局人来人往，大都是预选上的民办教师，来参加民转公县里会试的。芭蕉的来了，传美也来了，我这个保管室，变得很热闹。传美预选成绩算是不错的，但也不是特别高，她的意思是，这次考中教语文，于是，又麻烦人事股将其改成了中教。我问娃娃们怎么安排的，传美说，昶昶就住在康家，旭娃和荞荞，都在校食堂打饭吃，托付了曹老师帮忙照看。晚上，陪传美复习，但是她又晕车了，精神不是很好。

第二天早晨，飚敏也来了，都在我这个保管室兼寝室里复习，迎接明天的考试。我去办公室上班，同志们都在议论这次下乡发现的问题。大家共同的感受是，教育事业战线太长，问题很多，真是积重难返。我也看到了，我们县里教育是一个多么难理顺的摊子，太大太复杂了，从各级学校的合理布局，到教师队伍的合理配备，素质提高，到营造一个关心重视教育事业的社会环境，工作任务都是相当大的。

回到寝室去看两个搞复习的“考生”，传美和飚敏正讲得津津有味。也是，好朋友久别重逢，该有多少话要说啊——但是，明天你们要考试呢，真有些为你们着急啊。

1980 年 11 月 16 日，早晨大雾，全县民办教师转公办考试在城关一小举行。这是“文革”以后的第二次，第一次是前年我们那一批人。这一次参加考试的，大多是六十年代的高中毕业生，他们互相看着，发现各自脸上都有了皱纹，额上画上了杆杆，诙谐自嘲：“我们一个个都是带着‘王’字进考场，带着‘川’字出考场……”这实在说得生动形象。其中，有个我高中时的同班同学姚子祐，将近二十年我们没见面了。报到的时候我问：“子祐，你是带队的，还是参加考试的？”他说：“参加考试的。”我说：“你怎么这次才来考试？”他说：“我人还活着就算是了不起了！”他这简单的一句回答，使我一下明白，他这二十年的际遇，一定饱含无数坎坷和心酸。的确不假，事后知道，子祐高中毕业后，就下乡落户到母亲教书的屯堡花枝。因为父亲在五七年政治运动中不堪折磨而跳河身亡，连累到他母亲在“文革”中挨斗，停职，自谋生活。在漫长的艰难岁月里，子祐为了得到几角钱，背煤炭，下苦力，甚至为了两块钱，去清洗遇难者死尸。1972 年，已经成家的子祐，家中五口人却只够两人的粮食过年了。于是，他妻子带着小孩去投奔利川的亲人，他则翻山越岭，远去崔家坝的铺房，到了三伯娘家，留下母亲和弟弟两人在家度过“年关”……好在他挣扎了过来，“还活着”，一切苦难，随着“四人帮”的倒台成为过去。

传美考试结束，我们一同去大十街的岳母家。看见了银芝，她说才从戽口来，还说旭娃的爷爷奶奶两个老人很是孤寂，粮食也不够吃，流过好几次眼泪了……是真的吗？也许是的。但是，为什么父亲从没有对我流露一丝这样的情感呢？我每次回去，他们都说要我放心，好好工作。传美听后，流泪了；我强忍着，心里却憋得慌。

想回芭蕉，又成问题了，明日要去三岔，参加那里文教组召开的民办教师代表会。上午去买了三张车票，一张是宣传部张部长的，局里是陈主任和我去。中午，送传美去车站，一路走都在念着，晓得几个娃这几天怎么过的。下午局内学习中央 77 号文件，先读了关于给瞿秋白平反、恢复名誉的材料，接着读了关于康生、谢富治问题的材料。晚饭后去张部长家送了车票，回到局里，电灯一下灭了。幸好有一小段蜡烛，在灯下记流水账，写杂记。但是，心境总觉得不怎么畅快，惦念老人，想念孩子，又担忧传美这次考试会失利。孤灯之下，何以解忧？还是只有手中这支笔，好在还有一张八点四十分的电影票。

看了一场电影《庐山恋》。美倒是很美的，你看，青峰滴翠，佳木繁茂，瀑布飞悬，亭台楼阁，加上现代的小汽车，更有漂亮的小姐和可爱的“孔夫子”在这里热恋，虽然情节有些生拉硬扯，但毕竟是美极了。观众跟着游遍了庐山仙境，徜徉其中，悠然自得，如同阅读一篇美丽的童话，并不去挑剔过于理想化、难以令人置信的情节。观众有时还爆发出“拐哒，拐哒”的呼喊，那是看到一对青年男女在如画的仙境行将拥吻的时候发出的，伴随其后的都是嬉笑。是的，昔日的硝烟已经散去，人们是多么希望用这样的甜美、这么充满理想色彩的生活来抚平创伤，治疗长期残酷斗争导致的疲惫症、厌倦症，憧憬幸福美好的未来。我也饱尝了一个多小时的庐山风光，填充了今天心中无端的寂寞和空虚。

次日下午两点，随着张部长和陈主任，上了去三岔公社的班车。张部长叫张慎德，是我在二中读初中时的学校党支部书记，河南人，南下干部，温文尔雅，总是给人十分亲切的感觉。初中毕业时，我请他给我题字留念，他写的是："努力学习辩证唯物主义和历史唯物主义，永远做革命促进派。"他是张凤鸣局长的前任，现任宣传部长。和陈佐学主任一同工作几个月了，知道他是利川人，五十年代在大学入党，恢复高考之后，他一直在做招生工作。他又是机关办公室主任，一天事务繁杂，都是不厌其烦，勤勤恳恳，认认真真做事，给我一个老黄牛的印象。

我是从不在车内打瞌睡的，如果是去陌生的地方，便更是新奇地注视从窗外扑面而来又一晃而过的景物。这是第一次去三岔，在芭蕉时，也是经常有人说起这个地方，知道这里是出洋芋的，连娃娃们都知道有一种洋芋，叫"三岔洋芋"，个儿大，高量产，很好吃。芭蕉好些生产队都是买这种洋芋种。此外，也听说过一个笑话，说林彪叛逃时坐的飞机，就是"三岔的"。说有个社员听不懂广播，把"三叉戟"飞机，听成是"三岔的"了，还在坡上给别人讲新闻，林彪坐"三岔的"飞机，掉到"瘟猪儿坎"下面去了。

汽车过了土桥坝，绕过一段林木葱茏茂密的丘陵，登上七里坪，这里有恩施的采石场。过七里坪有一段平路，陈主任说了一个很好听的地名，叫莲花池。过莲花池，汽车在一座大山上盘旋而上，陈主任说这是在爬小王坡，又介绍说，到三岔去还有个大王坡，老百姓说，"大王坡是个名，小王坡爬死人"。这都是过去的行人总结的，现在坐在车子里，也就不会有这个体会了，任凭车子去爬。翻过这座高山，便是衰草连天的高地，三岔很快也就到了。

三岔文教组召开的民办教师代表会已经开始。我们下了车，就直接进入会场，听老师们发言。一位老师刚讲完，组长李先智简单说明，县里张部长和教育局的同志，专程来参加，听民办教师的反映。我们从下午开始，共听了九位老师的发言。

这是刚刚跨入八十年代，恩施开始放宽农村经济政策，农村教师特别是民办教师的思想、经济状况的真实反映。我选取了几位老师的发言，立此存照：

大河管理区红星大队的曾老师发言说："现在上面对社员的政策放宽了，对我们民办教师担子加重了。上半年我家 8 口人，分了 3 分地的红苕田，3 分白肋烟田，8 分萝卜田，2 分小麦田。这个问题还不大，我基本上是雨天全心全意抓好本职工作，天晴放学就往家里梭（跑），全是我自己搞出来的。种白肋烟，很划算，按一分地给队里交20元算账，实际上，种好了可以收入40元，我的3分地，可以赚60元。这个几分地的责任田，我是尽量不耽误家里的劳动力的，因为，现在生产队集体上坡有好多的‘泡工分’，不出工就太划不来了。下半年，生产队把三分之一的土地划作责任田，我家里一共增加到2.3亩。集体还有三分之二的土地，都是大田大土，生产队怕社员影响集体出工，泡工分就更多了，连打几颗桐子都奖励粮食。但是，这样一来，我就感到担子加重了，困难了。我的幺兄弟，也是可以教书的，大队干部要他搞民办教师，他比照我一算账，划不来，不干。因为他基本口粮每月有30.5斤，还有工分粮。他一年差不多有5 000分，我们生产队是1 000分有108斤粮食，这就是540斤，他一年合共有900斤粮食。而我这个民办老师，也就只450斤，就是这450斤粮食，在品种搭配上，也很吃亏，除了30斤大米，还有20斤黄豆，其余的都是苞谷，另外有2斤菜油。粮食方面差距太大了。现金收入，他的工分分红是250元，现在政策宽了，可以找些外水（外快）。我是220元，加粮价补贴40元，硬挺硬260元，彼此相差不大。这是和当社员的幺兄弟比，若是和大队干部，我们更是不能比了。我知道的大队会计，一年粮食是900斤，工资320元，他们开会有补助，在外面还常常白吃白喝。我现在的态度是一等二看，当个民办教师，说起来也还是个老师，每月有15块钱的活钱，自己伙食每月5块，4块钱的烟，其余的做油盐钱，给小孩买本子。好的是老婆子‘力作’（能干），去年喂了四个大肥猪，还挣了3 000个工分，老婆子可以养丈夫……我还是希望县、社两级，采取一些相应的措施，提高一点民办教师的待遇。”

红光中小学的肖老师，我一看，似乎有点面熟，好像在哪里见过，但一时想不起来。后来听了他的发言，知道他是我高中的同学，只是没有同班，没有打过交道。肖老师发言有点风趣，他说：“我今天是来赶场的，顺便‘回妈屋’到文教组来看一看，李老师说我来得正好，就参加这个座谈会。我是红光学校的民办教师，教初中数学。七六年以前，我是社会最底层的人，因为家庭成分高了一点，运动中我是每月都要被提审三次。我笑我自己，是《百家姓》里好多个姓我都姓了：我本来姓‘肖’，六一年一中毕业后，我开始种田，有的人开玩笑，喊我‘田同志’；后来在张家上门，成了‘张’家的人；四清运动中，批判我想复辟，梦想蒋介石回来，说我姓‘蒋’；后来‘文化大革命’，批判刘邓路线，说我姓‘刘’，又姓‘邓’……凡是批哪个，我就跟哪个姓。那些年，我是‘人在屋里坐，祸从天上落’，不知不觉就犯了罪，被揪去挨批斗。那一年，我就是因为卖了几百斤洋芋种，被当作长资本主义尾巴的对象遭批判，弄去打锣游乡，到处认错。七六年办教育网，要我出来教队办小学，接着又到中小学教初中，这时，我还像个人了，能够站在人民的讲台上了。回顾最近这几年，我在政治上也算是青云直上，因此，报酬我没有去想，生活上向低标准看齐，想得开。我对我们大队的安排是满意的：生产队每月给我记 300 个工分，分值是 5 分，这样一个月有 15 块钱；粮食是一年 500 斤整数；去前年每年还得到三四斤菜油。队里给我家分了种红苕、油菜、萝卜的田土，合共有 2.5 亩，家里人完成这点任务，没得好大问题，我本人可以安心工作。不过，农村近来好像有点混乱，不知局势到底如何演变，最后是不是搞成个体经营也说不到，我也是抱着一个观望态度。我老婆子是很会事（贤惠）的，不扯我的腿，她对我说，‘我是看到前几年把你整遭孽（可怜）了，让你去玩几年’——她以为我教书日不晒，雨不淋，是个好玩的事。开这个座谈会，我也想说几点看法。一个是，报刊广播讲得震天响，人民教师是辛勤的园丁，是人类灵魂的工程师，但是具体落实，教师在社会上还是没有名次可排，没有什么地位。二是，农村教育有两支不可低估的力量：民办和公办，就像两个人打对抬东西一样，承受的担子都一样。现在是，工作量、责任感，都没有多大区别，但是待遇就大不一样。公办教师工资本来就高得多，现在又有了班主任津贴，民办教师没有份。我校 10 个教师，7 个是民办，本来都是很亲密的，现在就有些‘扯筋’（扯皮，闹矛盾）了，中间的鸿沟，越来越宽，反而不协调了。无论如何，上级还是要考虑，公办和民办这两个打对抬的伙计，都要腰杆子硬一点，才抬得起，抬得走。”

晚饭后，接着开会，水洞大队有位张老师发言说：“目前党在农村的经济政策，是很有效的。‘四清’运动那一年，我是生产队的会计。那时，我们队还是恩施地区树的红旗，粮食总产 14 万斤。原来的这一个生产队，现在分为农科中心一队和十一队两个生产队。去年一队粮食总产 12 万斤，十一队总产 9 万斤，两队合计 21 万斤，比四清那一年增产了 7 万斤。粮食增产，其他副业生产也带动起来，现在真的看到是牛羊满山，鸡鸭满圈。过去，我们民办老师和一个社员，收入算是相当。现在，社员的积极性调动起来，门路也宽了，他们可以甩开膀子干，收入增加，一个要当我们几个了。我们民办老师收入没有增加，压力还增加不少：书教不好，地方群众要议论，上面对工作要评论，还要应付教师的各种考试。看到别人是喜气洋洋，自己遇到的是实际问题，又感到是冷火秋烟，心情很矛盾……”

照耀大队的刘老师发言说：“现在的政策百分之九十以上的人都是很拥护的，苦的是少数人：无劳力的和民办教师。对干部、半边户，影响并不大。民办教师主要是待遇低，工作不安心。具体讲，一是农村政策松动，可以灵活抓收入，民办教师套得死死的；二是公办、民办教师待遇悬殊太大了，公办教师连续调级加薪，还有副食补贴、班主任津贴、地区差；民办教师什么也没有，工作担子重，同工不同酬，积极性很有影响。就我本人而言，我是有工作动力的，主要还是看到教师在从臭变香。前次自己害了病，领导很关心，文教组长还亲自看望。我们生产队，平均每人增加 7 分地，任务也不重，我的主要精力还是能够放在教学上。”

燕子坝学校的祝老师发言说：“我们大队民办教师的报酬还是解决得比较好的。所有大队干部、民办教师、赤脚医生、外调人员都纳入大队分配，一年加上奖励，我们可以得到 1 000 斤粮食，黄豆、稻谷都有，工资 376 块。大队支部很关心民办教师，他们的态度是，如果上面没有什么大的变动，这种办法不变。他们在考虑给民办教师也解决班主任津贴，办法是小学生的学费每生增加两角，中学生增加三角。所以，我们大队的民办老师情绪比较安定，教师都可以在校食宿，需要回家的，晚办公后可以回去，早上七点赶到。我家原来只有 8 厘自留地，光种菜都不够，现在有了 4 分，除了解决吃菜的问题，还可以解决两个月的口粮。我觉得形势还是越来越好，领导对我们民办教师也是很关心的，形势在变化，‘生意买卖眼前花’，我们都要看远一点，不要学胡爱民，看到一时困难，划不来，就不搞了——只看眼前利益不行，我们还是要稳住。”

各个管理区的民办教师代表都发言后，文教组长李先智说了意见，他说了农村经济政策放宽，农村出现了好的形势，农民群众的生活有明显改善，这是我们都感到高兴的事情。在这个变动时期，我们也要看到教师的地位在提高，有的大队也在采取措施，提高民办教师的待遇。我们要相信这一点，随着人民群众的生活水平提高，民办教师一定会进一步受到重视。我们要求，民办老师要以教学为主，以教学为重。根据目前民办老师的实际问题，我们提出三条办法是：一、各所学校，要保证星期天不被占用；二，星期三下午放学后，教师可以回家一次；三，大忙时，天气好，可以移动星期天，但要有组织有领导进行。文教组还决定，28 号，召开一个公办半边户教师座谈会。

张部长和陈主任都肯定了这个座谈会开得好，并表示把这次了解的情况和老师们的要求和意见向县委、县政府汇报，鼓励老师们安心搞好教学工作。

我听了老师们的发言，将他们的情况与芭蕉戽口的民办教师类比，觉得大体一致，但戽口民办教师总体上待遇比三岔的好一点，不需要记工分，参加生产队分配，粮食品种主要是稻谷，而三岔稻谷太少，主要是苞谷。但无论怎样，民办教师和公办教师之间，待遇差距是太大了。

我已经认识了教育局工作的特点，就是一个字：杂。参加了三岔民办教师座谈会，周末到了火花，接着回茶山，看望了父母。周一上班，就参加听吕经武、邓中荣老师传达荆门县集中识字会议精神，姚光嘉老师传达教育部召开的小学语文教材改革座谈会精神。下班了，不知明日是什么事。待到上班就知道了，要去舞阳小学，了解抓思想道德教育的情况。这样，听了杨书记、段主任详细介绍，一混又是一天。又到了上班时候，知道了要去二中……要去七里坪……到了星期六，还接到紧急任务，省里评优秀体育教师，要把报来的屯堡四中孙理贤老师的材料重新加以整理，忙得星期天都在赶写材料。

两天把四中孙老师材料写完稿，刚好传美他们这批民转公教师到城体检。他们这一批额上写着“王”字的民办老师，也终于修成正果，值得祝贺。才把传美他们送到车站，就接到任务：和县师范的王裕才老师，去西北方向的沐抚、大山顶、板桥、屯堡、罗针田等五个公社，进行事业调整调查，并了解函授师训工作开展情况。如果顺利，这次的任务可在十天内完成。

12 月 5 日，我们乘班车去沐抚。车过屯堡就爬坡，爬到山顶，便是早就听说过的大山顶了。可以明显感到车窗缝隙进来的风，砭人肌肤。大山顶是当时去沐抚和板桥的必经之地，到了这里，靠右走去板桥，左走到沐抚。我们先到沐抚。一过大山顶，就是一路下坡。峰回路转，眼前是悬崖高万丈，真如鬼斧神工，刀砍斧剁一般。再往下看，那是不见底的幽深峡谷。一面大坡展现眼前，沐抚镇安然躺卧在这面大坡上。文教组长向慈端，把我和王老师邀至他家。不一会，何明胜副组长，会计向老师，还有他们喊的辉辉、安清等几位老师都来了。沐抚是出煤的地方，我们坐在一个大土台上烤着大堆的煤炭火，屋里暖烘烘的。向组长亲自动手，做了一门我从未吃过的菜——腊肉炖芸豆。这种花豆子足有拇指大，粉多，特别好吃，据说是高山的特产，我在芭蕉见都没见过。文教组几个人，十分活跃，加上都喝了几口酒，更是天南海北闲扯起来。我是教育局的新人，他们少不得要向我打问。我自报家门之后，会计向老师问我可曾知道吴国镛，我说正是族间的哥哥，虽然不熟，但知道他也在教书。这向老师是沙地人，对国镛哥很熟，向我和在座的人介绍起镛哥来，他说："你这个哥子，是个很会教书的老师，也是会管理学校的校长，一手梅花更是画出了名。在'文化大革命'中他吃了大亏，主要问题当然是出身不好，又加上和吴国桢是叔伯弟兄。揪住他不放的一个问题，就是他改了杜牧的《清明》诗，'清明时节雨纷纷，路上行人欲断魂，借问酒家何处有，牧童遥指杏花村。'有人揭发，他们一路人在雨中行走，又正当清明时节，谈笑之间，他见景生情，把这首诗改成了：'清明时节雨洒洒，路上行人怏奄奄（没精打采的样子），借问酒家何处有，都说不知哪里哪。'人们借此批判他，是有意丑化污蔑社会主义没有酒喝，人人个个都是'怏奄奄'的。现在我们听来也就是都哄堂大笑一番，但在当时，那可是要命的横祸，还搞得他一家人住了好久的岩洞。"

次日，去到沐抚中学、小学，召开座谈会。可以说，对事业调整，从教师到学校领导，都一致认为：势在必行。沐抚小学官正贵校长说："现在战线拉得这么长，小学教师被抽空了，再不调整，不加强小学建设，基础教育薄弱，教学质量不可能搞上去。"沐抚是原来的老区，如果按照"老区保留高中"原则，他们认为师资和设备条件，都有很大的差距，而且还要另外解决一所沐抚初中的问题。沐抚现有四个初中点，一是高中"穿靴"，二是沐抚小学"戴帽"，此外还有梨树和前山各一个点，规模都很小。

在沐抚高中，意外见到了尹伯学同志，他现在是沐抚高中领导班子成员，和他亲热了好一会，知道他的家就安在沐抚，妻子也在沐抚小学教书。我是很敬重尹老师的，1965年我在庳口办耕读中学，他那时在县教育局工作，曾几次爬坡越岭到庳口，而且一住就是一个多星期。给我印象很深的是，在我们一起学习《反对本本主义》时，他很认真地对我说："以后你要按照你的实际情况，该怎么办就怎么办，不要听上面来的人瞎说。"就此，我对他一直充满敬意，在那个时候，能够说出这样讲求实事求是的话来，是多么不容易，特别是他自己就属于"上面的人"。

沐抚高中校园内，植有一些树木，一些老师向我介绍，这棵树是樊哲夫老师当年栽的，这一棵又是某某老师栽的。可惜他们说的这些老师，除了樊哲夫老师我知道如今在二中，其他的我都不认识，更不知道去向。据说他们都是大学毕业分配到这里来的，在风雷激荡的岁月里，他们在这里劳动化，革命化；在知识受到尊重的时候，他们又一个个陆续调离。不过，他们人虽走，茶未凉，旧友同事，都还清楚记得他们在这里挥汗劳动的情景——他们把宝贵的青春献给了沐抚。一群青年教师陪我在校园里漫步，特别热闹和亲热。他们好几位是下乡知青，平时很难回城一趟，他们说县教育局来的人，就是"妈屋"里来的亲人。几个年轻小伙子，要我晚上和他们一起吃饭。他们去买了一副猪肝，我们就围着火炉，架一个大火锅，不断往里面下猪肝、豆腐、白菜，还喝了不少酒……

回头，我们又上大山顶公社。文教组长王明寿，很有些精瘦，一接触就感觉他是一个极诚恳的人。冬天的大山顶实在寒冷，他的鼻尖上，还冻得挂起清鼻涕。记得在开学工作检查汇报会上，康纪恕同志讲起过，王站长的妻子不幸去世。我注意到，几个月以后的今天，他仍然很难展开笑容。谈起事业调整的问题，他说大山顶的高中已经停办，现在单独办了一所初中，一至三年级各一个班，148名初中生，全部住读，调整已经到位。在初中与老师们座谈，知道这里办学有许多特殊的困难。校长冉景铸介绍，在这山上，十月份就有可能下雪，天寒地冻的日子很长，而且湿气很重，学生带的苞谷粉，个把星期就会霉烂。在小学，看到一位女老师在给学生上体育课，王组长对我介绍，她就是周雪梅。哦，周雪梅就是她！我早听说过周雪梅，七十年代，她就在大山顶一所小学任教，不畏艰辛，翻山越岭动员学生入学。她带领学生开展勤工俭学，种了好几亩药材，做到学生免费入学。她用勤工俭学的收入修缮学校，添置教具。深山老林的这所学校，入校率达到了100%。他对学生关爱备至，还给学生梳头发，做衣服……她的确是高山上的一株傲雪斗霜的艳丽梅花！

高山地区的老师们，艰苦奋斗数年如一日，为当地群众热心服务，实在感人。我想，在写调查报告的时候，应该提出建议：组织上对这些老师应该进一步关心，他们的炭火费是否可以增加一些；他们中许多人，离家很远，每年是否可以给一定的探亲费；可否考虑给他们提供更多外出参观学习的机会……

板桥，是恩施县北端的边远高山公社，原本属于沐抚区，是“拆区建社”时成立的新公社。文教组长周昌万，是个脑子灵性，性格开朗又极有工作热情的人。我们谈到事业调整时，他说：“这是大好事，是我们盼望已久的。”他谈到，板桥高中，现有初高中10个班，属新社高中，应该是压缩对象，如果单独办成一所重点初中，是再合适不过了。但如果压缩高中，干部群众可能反响较大，调整会遇到阻力。原因是：这所学校上下团结一心，在几次大中专考试中，其成绩超过一般同类学校，在邻近公社甚至交界的四川奉节，都有一些声望，一旦压缩，群众自然有意见，此其一；如果这所高中压缩，板桥学生将去沐抚读高中，而板桥到沐抚，山高路远，不通公路，极为不便，此其二。对此，周组长建议，县里加强办好屯堡的四中，板桥的学生到四中读高中，是个可行的方案。

令我十分兴奋的是，板桥这个偏远的公社，为改变文化落后状况，最近两年兴起了群众办学的热潮，各个大队都在新修校舍。周组长兴致勃勃向我们做了介绍：星火大队，全队仅900多人，群众捐款600多元，干部群众一起修教室4间；新田大队，国家只下拨1 900元，群众每户出木料一根，修起了10间教室的教学楼；雄心大队，国家拨款1 000元，也修起了5间教室，开年即可使用；照耀大队，国家投资400元，修了4间教室，平均每间只投资100元；烽火大队，国家投资3 000元，修起了10间教学楼、两间厕所、一间厨房。全社除光华大队在筹备明年开年动工外，其他大队学校都有了新校舍。周组长见我越听越兴奋，表示带我去几个学校看一看。殊不知，这一出门，边走边聊，还听到周组长讲出几个故事来：

其一，修公路全靠萝卜。我们在公路上走着，周组长说，当年修到板桥来的这条公路，正是六十年代生活特别困难的时候，民工生活艰苦，以萝卜充饥。公社书记去到工地，看到大家都在吃萝卜，一个二个蔫蔫的。他凑过去，拿起一截萝卜，狠狠地咬了一口，然后拉开嗓门："同志们啦，我们这条公路就全靠萝卜呀……"一句话，说得大家乐开了。

其二，要不要对称。在划定学校地基的时候，公社的老王，很舍不得地皮，指了很窄的一块。周组长说："这个太窄了，是不是可以多划出一块，修成两排教室，中间做操场，这样才能活动得开，看起来也对称。"老王却说："讲个什么对称！"一旁的公社老张说："办一个事，就得像一个事。你说不要对称——哪个有刀子没有？"旁边的人问："要刀子搞么子？"老张比着老王的耳朵说："你不要对称，来，我把你这个耳朵割一个下来，你说好不好看？"最后，这所学校终于是修对称了。

其三，谋财害命的钱怀宗。在板桥照耀大队学校旁边，有一个岩洞。周组长指着这个洞说："这就是钱怀宗作案的地方。"接着他便讲了一个令人发指的谋财害命案。

钱怀宗，原在光辉学校当老师。他知道附近一个寡妇的女儿，新近解除了婚约，得到两百块钱，于是，想连人带财，都捞到自己手中。一天夜里，他去到女家。问寡妇，女儿在哪里，寡妇说，女儿出门不在家了。钱怀宗回到学校，睡到夜半，总睡不安稳。于是爬了起来，再次去到寡妇家，对着寡妇谎称有一笔生意，急需两百块钱，要向寡妇的女儿借钱"打个转身"，不多久，即可赚回归还。寡妇推脱说要等女儿回来。钱怀宗只顾巧言令色，迟迟不肯离去。寡妇将他安顿在女儿房间去睡，钱却死皮赖脸，要与寡妇同房。钱当夜骗得寡妇同居，并打探到那两百块钱，就在寡妇手头。于是更是执意要借，并说已经与人约定好了，明日清早在洞子里，双方一手交钱，一手交货。寡妇心软了下来，终于将两百块钱借给了钱怀宗，但要求与他一同去。清早，两人行至洞口，寡妇说，怎么不见有人来？钱说，还在里面。两人往洞里走，到了一个平坝，钱表示要与寡妇再那个一番。等到寡妇倒下去，钱却举起石头，往寡妇头上砸去。寡妇反抗，头部受伤，鲜血直流，但并没致命，爬了起来，拔腿狂逃，大呼"救命"。案子告发。钱怀宗最终以谋财害命，被判刑八年。

教师队伍出如此败类，也实在可恶！

离开板桥，过大山顶去屯堡，一路盘旋而下。眼前是一幅雄伟壮丽的山河图画：清江河一碧如玉带，两头都深藏在高山峡谷之中，独在这里，几曲回环，左右缠绕；岸边层层梯田，恍如千百面琉璃，明丽洁净；一条小街，静卧江畔，漂浮几片炊烟；周围则是崇山峻岭，重岩叠嶂，直接天际。

屯堡文教组就在小镇附近的四中旁边。四中和我很熟悉的五中，还有新塘的三中，都是 1956 年开办的一批初中，现在都在办高中，相对其他公社高中而言，是办学条件较好的学校。和官纯银校长等学校领导交谈，他们说，如果作为塔内一所高中，目前还有诸多问题，如领导班子还要加强，外语、生物、语文、物理等学科教师还要配备，学生住宿只够百人，如划片招生，显然不够，等等。屯堡公社已经考虑到四中"吐出"初中，在桥头筹备新修一所初中。屯堡小学规模达到 16 个班，还带有三个班的初中帽子，李校长最叫得厉害的是教师，说教低年级的教师不缺，教四五年级的合格教师就很少，被初中"扯空"了。看来，到处都害着一样的病。

沿清江逆流而上，便是罗针公社。罗针高中属压缩对象，教职工 16 人，领导教师无一不赞成，说他们大都是一批高中、中师程度的教师，有两个工农兵大学生，也都不过硬，实难胜任高中教学，前两届每年考上两个中师，到今年是打"光脚板"了。他们形容，现在战线拉得这么宽，教学质量是小学和初中在长疱，高中在流脓。罗针公社现有初中 6 个点，平均每点 2.8 班，规模太小，极不合理。停办高中，调整布局，是刻不容缓。

此次调查，整整十天，我对西北方向五个公社教育状况，有了一个轮廓，认识了一些领导和老师，了解了不少实际情况。和王裕才老师分工，他写函授师训情况报告，我写关于事业调整报告。

刚好是星期六，从罗针回到恩施，下午参加局里开会。散了会就借了朱股长的自行车，到了芭蕉火花。第二天又爬到茶山，看望了父母。周一上班，局领导听取这次下乡调查汇报，研究事业调整问题。七里公社要成立茶叶中学，前次开筹备会我参加了，这次要举行开学典礼，我去了七里坪，爬了很大的一架坡，到了办在天池岭的七里茶中。接着就是“三长会”报到了。

12月18日，“三长会”，即全县各公社的文教组长、函授站长和县直学校校长会议召开，会议的主题是事业调整。我发觉，教育局开这样“长们”会议，是很热闹的，也是有趣的，尤其是在讨论的时候，他们完全可以做到“知无不言，言无不尽”，有在妈屋里诉苦的味道。在场的领导不时也插话，会场显得很活跃。取一两个镜头：

双河公社的毕家扬组长发言说：“改革势在必行。我们公社背的包袱太重了：想考上几个大专生，教师吃奶的力气都使出来了，几年出了7个中专生，大专生一个都没有；经济上，一年搞了两千块钱，解决了学生吃水的问题，开支还压在学生头上，实验室、仪器室都没有；高山公社，教师调走容易，调进难上加难，等毕业生分配，要一百年才安排到我们那里，一个学校负责人还要教三个头的语文课。全社几个强一点的教师要教高中，办初中都是在打肿脸充胖子。”

新上任的县人大主任郑建涛插话说：“现在是搞得教师一级一级都不合格，白费劲。”

毕组长接着说：“给公社领导汇报，我们新公社不办高中，公社党委的意见是：办，管他怎么样，总可以混个牌子，现在招工、招兵都要一个证书；自己办方便些，经济上交费少，‘在家千日好，出门一时难’。公社干部只有两个还懂行，同意拆高中……”

鸦鹊公社胡连海组长说：“办高中，其实老区都有困难，沙地就难办。鸦鹊公社，除了语文教师，其他数、理、化各科没有把关教师。调整要下狠心，强迫与自愿结合。公社干部要求办高中，无非是自己的子女方便一点，复读生多半是干部子女。现在有的基层干部，也是差火。有个管理区总支书记，要求把他的女儿调到街上学校教书，他女儿是个民办教师，怎么调？事情没搞好，就事事找教育上的麻烦。街上小学的校长还是个预备党员，这位书记扬言，‘有我当总支书记，他莫想转正’。前次选人民代表，提了教育上的一名候选人，他公开骂教师是资产阶级知识分子，只知道一二三四五，当什么人民代表……”

大吉文教组的严华光组长接着发言说：“我们公社党委的意见也是高中要继续办，自己不办，本社读高中的就少了，选青、招兵，多读两年的总要好些……”

郑主任插话：“八字方针，关键是调整。经济领域已看出一点成果，但还才开始。看准了要下决心，要在调整、改革上做文章，又要看到调整的阻力是相当大的，不能操之过急。一说调，大家举双手赞成，都拥护。真的调到谁，谁就有意见。说穿了，无非是利益权利的调整。最近邓副主席说了，心有余，力不足；松不得，紧不得；轻不得，重不得。急很了，要出问题，有个认识过程。当前，看来思想有点混乱，各种各样的思想很多，这也不是坏事，是大家敢想问题，思想活跃的表现，这比四人帮时期万马齐喑的局面好。教育事业非调整不可，但群众有些意见，领导不容易下决心就在这里。要教育，要疏通，领导艺术要讲究，草率不得。教育战线太长，教师七八千，要把工作做稳妥。要在认真研究的基础上，写出一个调查报告来，给县委研究……”

“三长会”开了五天，最后由人代会新选出的副县长龚征做总结。这位龚副县长，年龄大约五十开外，已经戴上了老花镜。听他做报告，给人的感觉不错，没有什么官腔，实事求是，入情入理，与会人员感觉良好。他自我介绍，过去接触教育很少，表示要深入学校了解、熟悉情况。

“三长会”后没几天，龚县长到凤凰山的二中去，宣传部张部长和教育局张局长同行。县长要求听课，学校安排先听语文，是刘天赋老师讲《孔乙己》。听了一个上午的课，下午再听学校领导谈情况，陈书记等学校负责人详细汇报了学校工作，提出了一系列问题。县长听得很认真，不断做记录。在讲到全校 14 个党员，60 个专任教师中，党员只有 3 人，龚县长说这太少了。陈佩书书记说，问题出在研究时，现有的党员求全责备。县长说，这要教育我们的党员，不能求全责备，过去入了党的，你就那么全？既然是骨干教师，只要有入党要求，都要抱积极欢迎态度，包括我们机关里面，我都是这个观点。在谈到解决如杨本泰、卢洪义、王瑞哲、杜尚武等六位骨干教师的后顾之忧，家属需要户口转非、工作转正问题时，县长说，现在对知识分子，如工程师、讲师是可以照顾解决的。中学骨干教师也相当于讲师，就凭这个头衔，学校写报告，我去给人事、劳动和公安部门打招呼，也应该能够解决。最后，龚县长就人财物如何集中，办好二中，寄希望于二中出人才、出经验，说了不少意见。

我对这位县长平易近人、实事求是、深入细致的作风，极有好感，当晚写了一首小诗《县长来课堂》：

人代会，刚一散，
新选县长来课堂。
紧握双双粉笔手，
问短又问长。

数九天，风儿凉，
县长坐在娃身旁。
老花镜下看课本，
边记边思量。

龙洞河，凤凰山，
欢欢喜喜把话讲：
“人民县长爱学校，
教育有希望。”

1980年，很快过去。半年前，我在火花中学，听说要到教育局，脑子里悬着很大一个问号：那是怎样的一种工作？现在，这个问号得到了答案，那是：又多又杂，充满刺激。从9月16日到教育局，我几乎没有闲着的日子。过去熟悉的事，仍然没有闲置，“作文本”还是经常有改的，“下水作文”还要经常写；过去不熟悉的事，经常要学着做，到了许多没去过的地方，看了不少的学校，认识了不少的人。“教育界”的概念，在我心中更宽泛了。我本是个闲不住的人，也是个充满好奇心的人，所以我觉得这半年，活得是充实的。

第二章　三生有幸

（1981 年春—1981 年夏）

1981 年来了。元旦假回岸口看了父母，又匆匆回到单位，领到任务：起草教育局 1981 年工作意见。还未动笔，通知先要去屯堡、罗针两公社，了解学校年终总结评比情况。跑完这一路，已是腊月中了，开始写《工作意见》。

腊月十七，延林和银芝喜结良缘。传美带着昶昶也进城来，大十街的家家（外婆）屋里，实在热闹，人挤得像插香签子。我那间保管室兼寝室，也闹腾了一阵子。两岁半的昶昶，还是第一次到我这房里来，感到很新鲜，玩得十分开心，只是对窗外大街上的喧闹，似乎很有意见。一辆拖拉机加大油门爬坡，发出震耳欲聋的“啪啪”声，他脱口骂道：“闹你妈的 ×！”令我颇为惊异。

腊月二十二，几位局长花了一天时间，研究讨论 1980 年工作总结和 1981 年工作意见。我根据张局长口授的提纲，拿出了工作意见第一稿。几位局长、股长听了，从各自分管那一块的工作出发，提了许多的补充意见，而且强调都很重要，不能漏掉。计财股的谭股长，从地区开会回来，带回不少新的精神，说了财产要摸底，财务管理要制度化，管理人员要稳定，勤工俭学要抓好，教学仪器要普查，师生食堂要抓好，文教组对学校财务工作要重视……朱股长提到业余教育，要强调建立健全机构，配齐专人，一个公社要办一个点，还要搞几项活动推动一下。谭局长想到一个问题，小学五年制逐步向六年制过渡的问题，这件事提不提？提，怎么搞，城关和各个公社中心小学是不是先搞？搞，又有个教材的问题，怎么办？邓股长根据新的精神更提了十三点，如要贯彻疏导方针，注意质量虚肿的问题，抓“三美”教育等等。敖局长提出，再搞具体一些，根据84号文件精神，直截了当提出搞那几件事情，今年下乡，三股一室全部下去，等等。张局长根据大家的意见，又将几个大题目的摆布，作了重新安排：总的指导思想，就按中央书记处会议精神，中央文件和蒋南翔部长的讲话……具体讲，教育的形势作个帽，对县里的形势作基本概括，然后任务作几个问题阐述，首先是贯彻调整方针，再是贯彻84号文件抓普及，1985年全县实现……最后是加强领导。他们还提出，原稿中属于议论的话，全部删去。这使我懂得了，写这样的公文，是不需要什么论述的，更不需要记叙和描写之类，就是敖局长说的那个话：直截了当说出要搞哪几件事。

到了腊月二十五，晚上开了一个晚会，领导宣布：家在农村的可以先放假。腊月二十六，我回到茶山，全家人团聚了。戽口小河，仍然在静静流淌，竹山湾里，依旧是翠竹依依。娃娃们回到这里，都是欢天喜地，我倒是像一个小学生，放假时老师布置了分量不轻的作业，有不小的压力，心里总悬着一件事：完成1981年工作意见。教育局的假期也是太短了，初五就得去上班，上班就要交卷，一天心里像猫爪子抓。究其原因，还是不熟：对全县教育情况不熟，对这类公文写作也不熟。原稿基本打乱，重新组织，又把记录翻开，一条一条补充完善，写起来是很费神的，不过总算在假期结束时完稿了。

正月初五，告别竹山湾去上班，出了一桩让我懊悔不已的事情。在芭蕉等班车进城的人真不少，车来了，人们一下子都涌到司机的车门边，挤着买票。尽管隔着几个人，我凭借个子高，手伸得长的优势，把钱递到了司机的眼面前，没费多大功夫得到了车票。我庆幸自己的个子高，除了布票比别人花得多以外，优越性是很多的，尤其是像这样挤着买车票，优势是明显地体现出来了，因此颇有几分得意。不过，当我挤出人群，往口袋里放车票的时候，发现了问题——口袋里的十五块钱不见了！找遍全身的上上下下，钱的确是无翼而飞了。我的天啦，这张车票我就顶了一十五块八角！本来听说过，现在社会秩序不好，违法犯罪情况严重，到处都有小偷，我怎么就一点不防备呢？这一下给小偷是做了好事，可自己二十天的生活怎么过啊？今年的开年，我真是出师不利。没有新年快乐，只有郁郁寡欢。好在小偷没把我的钥匙偷去，回到六角亭，便独自钻进寝室，好不凄凉。此时，小夏从门口经过，满面春风地向我问候："新年好！"我答道："我这个新年倒霉啊——在芭蕉买车票，钱包被小偷摸去了，不是司机找回我两毛钱在手里，就真是身无分文了。这个正月里，我连吃饭都没有着落了。”小夏并不表示一些同情，还露出一口白牙笑开了：“算了，算了，‘舍财免灾’，明天找工会借点生活费就是——走，看电影去，印度的《大篷车》。”他这几句，还真把我心头的阴霾驱散了，随他一道去看《大篷车》。

开年上班第一天，我和邓股长，正在打扫办公室，远栋同志在场院里生了一盆炭火，拿一把扇子，呼呼地扇得火舌东摇西摆，青烟满场院飘散。朱股长来了，手里拿着一把小白菜，和我们打了招呼，接着便皱着眉头发感慨：“你们看，这一把小白菜，就是五角钱，哪门吃得起！”

邓股长说：“这不是什么新情况，新问题。去年财政赤字几十亿，多发了一百多亿的票子，物价上涨，反映到这把白菜上来了嘛。所以说，中央强调基本建设战线要继续调整，教育事业要调整。领导们叫这次调整是清醒的健康的调整，这个提法很好呢……”

大锐同志拿着一大叠报纸，送到我们办公室来，搭话说：“教育股的同志，一上班就在讨论调整工作了。”

远栋把火盆端进办公室，说道：“大锐新年好！请坐，烤火。邓股长讲了教育调整问题，朱股长接着要讲业余教育，扫盲工作，你来了就参加我们讨论。”

这寒天冷冻时候，火盆是最能团结人的。大伙拉出椅子，围着火盆坐下来。朱股长拿着一把火钳，一边架炭，一边搭话了：“说起扫盲工作，我的确有发言权，我和这事真是有缘分。1955年，我师范刚一毕业，就在七里坪、红庙搞过扫盲工作。1958年搞‘大跃进’的时候，我在城里教书来了，那时，恩施县的扫盲工作搞得轰轰烈烈，到处捷报频传，好几个区都敲锣打鼓向县里报喜，说扫除了文盲。城关镇的人感到形势逼人，想到怎么也不能落在农村各个区的后面，于是下决心也要搞扫盲工作大跃进。也真是‘只怕想不到，不怕做不到’，一个晚上就把全城的文盲扫完了。第二天召开庆祝大会，也向县里报喜，接着在全城游行。游行队伍的前面，是两个人抬的一顶大帽子，纸糊篾扎的，上面写的是‘文盲’两个大字。抬这顶大帽子的，是两个老师，你们说是谁？其中一个，正是鄙人。镇上的领导看到这么大一顶帽子，选了我们两个年轻人来抬。我也感到光荣得不得了，抬着文盲帽走在游行队伍的前面。游了一圈之后，走到北门河坝边，我们‘一、二、三’一声喊，就把这顶文盲帽子，甩到清江河里去了。这时，清江河边锣鼓喧天，鞭炮齐鸣，欢声雷动，欢呼恩施县城关镇从此扫除了文盲，文盲帽子都甩到清江河了！哈哈，哈哈，现在想起来，真是开玩笑。这一晃是二十多年，那次一个晚上甩掉文盲帽，真是作不了数。我这个亲手把文盲帽甩到清江河的人，今天又来抓扫盲、搞业余教育，是不是和扫盲有缘啊。”

我插话说：“那时候，什么事都急于求成，而且要‘放卫星’，出奇迹。我当时正在一中读书，旁边就是农校。他们要搞高产试验田，把半间教室大一块地，深挖了两米，填满肥料，种了一块麦子。开始，麦苗长得真好，绿油油的，不知以后要创多高的产量。哪知道，渐渐地苗就有些发黄了，他们说这是缺少光照的原因，于是架起电灯，通夜照射。但是这样的努力仍然挽救不了，最后是全都烂掉了，连麦苗都没有收的。”

邓股长道：“都是头脑发热，不讲实事求是，搞出的一些傻事。所以，三中全会以来，强调实践是检验真理的唯一标准，要坚持实事求是的思想路线。我们国家这方面吃了多少亏，才得到这么一条重要经验教训。”

远栋说：“这一条，现在是深入人心了。一些人在喝酒的问题上，都讲实践是检验真理的唯一标准。今年过年，我隔壁家的姑爷客来了，他们郎舅两个打赌喝酒，在席上都不认输。两个人比着喝，其实都喝得不行了，舅子对姑爷客说：‘你喝不得了，就认输，我们就都，都不喝了。’姑爷客说：‘我不，不认输。’舅子说：‘你不认输，我们就再喝一杯，反，反，反正我陪你喝，喝，喝，豁出去了。’姑爷客说：‘我不……不喝了。’舅子说：‘那，那你就是输了，输了。’姑爷客问：‘为么子，我，我输了？’舅子说：‘因，因为，实践是检，检验标准的唯一真，真理……’姑爷客抓到把柄了说：“你错，错了，你输了！应该是实践是，是检验真理，检验真理的唯一标，标准……你说成是，是检验标，标准，准的唯一真理。”

办公室里，响起一阵笑声。大锐接过喝酒的话题说：“讲起喝酒，今年过年，我们红土有两爷子打赌喝的。团年那天，老子对儿子说：‘今年田土政策放宽了，我们一家人也使了力，收成超过了往年。今天我们两爷子要快快活活把酒喝好。’儿子说：‘也是，哪门叫喝好呢？’老子说：‘那就是要喝得二麻二麻，惶里稀糊的。’儿子说：‘那就喝嘛。’两爷子你劝我，我劝你，天一杯，地一杯地喝起来。后来，儿子感到不行了，说‘爹呀，我喝不得了’。老子说：‘不行，你还认得爹，还没有惶里稀糊，喝！’于是两爷子又喝。后来，儿子实在不行了，喊道：‘老子真的喝不得了——’老子这才住手，说：‘这还差不多，算是喝得二麻二麻了，给老子充老子了。’笑话是笑话，不过，农村政策放宽，农民的生活水平普遍有所改善，在我们红土溪，还是事实。”

我感觉到，在教育局和在学校里是不一样的，教育局的年假是太短了，学校早早就放了寒假，教育局却还在上班，学校还迟迟没开学，教育局就上班了。只有开年上班的情形，与学校新年开学时是一样：大家新年相会，都是海阔天空，无边无际谈些见闻，说些笑话开心，或是翻阅久违了的报纸，讲些形势，都是那么的轻松愉快。下班之后，我便去走走人家，看看亲人，继续感受过年的气氛。晚上的时间可以做自己喜欢的事：闭门读《历代文选》，听英语广播讲座。

松散的日子没有几天，接着便有许多事情接踵而至。局机关组织学习，站长（公社文教组已更名文教站）、校长会的筹备。我的任务是给县领导起草一份讲话稿，连星期天都极少离座。三天会开完，才抽了时间回皍口，接娃娃们到芭蕉，准备开学了。回到单位，又是紧锣密鼓，筹备召开全县教职工代表会。我们教育股的主要任务是准备材料，邓股长年前年后都在抓这一项工作。筹备会上他汇报了已有的二十五个典型材料的情况。张局长听后说：“集体的多了，个人的少了；文教组的多了，学校的少了；中学多了，小学的少了；东北边的多了，西南边的少了。”谭局长说：“民办教师的没有，教研组的材料也没有，涉及提高教育质量的少了……”

邓股长是个办事雷厉风行的人，筹备会一结束，就为材料的事紧急电话联系了好几个单位，又约我晚上一起加夜班，把已经定下来的典型材料修改定稿，以便小夏早一点开始打印。晚上做事，没有干扰，效率很高。邓股长看了一份四中团委的材料，我看了县师范王建军老师提高作文教学质量的材料。他接着看的是鸦鹊公社教育站的关于加强思想政治工作的材料，又给我一份红庙小学朱承英老师的材料。我正在为朱老师饱含对学生深厚的感情，耐心教育，循循善诱的事迹感动之时，他突然打破寂静，拍着头说：“有情况，有情况，这脑子出了情况……”我问有什么情况，他说：“这个地方用一个词是最合适的，可这个词我怎么也想不起来了。”我问是写的什么内容，他说就是纠正“文革”中的一些错误做法的意思。我想了想，一时也不知道用个什么词。他说：“这个词其实现在经常使用，就是一时想不起来，脑子糊涂了。”我一看表，说道：“快十一点了，脑子也是该休息了，你回去休息吧。”他说：“那就都休息，列宁同志教导我们，不会休息的人，就不会工作。”他一边整理桌上的文稿，一边说：“我有时看到一个人，本来很熟悉，一下子就是想不起名字，脑子里像断了电的。”我说：“这样的情况，我也是有的，不过，有时一个转身，也就想起来了。”他接着对我说：“撤退，撤退，都休息吧，明天再来。”我说，这份材料写得不错，修改不多，我一会就可以看完。邓股长走了，我继续看材料。不一会，电话铃响，我去接电话。心想还想着，这么晚了，谁还打电话来，可能是哪里有了什么紧急事。一听，是邓股长的声音：“哈哈，想起来了——‘拨乱反正’，就是‘拨乱反正’。哈哈，哈哈！”他笑得很开心的，我们都在电话里打了一阵哈哈。这邓股长还真是个又正经又不乏幽默感的人。

小夏的打字机，成天都在啪啪响，朱股长和远栋在油印机边印，朱股长推油墨滚筒，远栋翻纸。每张蜡纸要印两百多份。一个材料少则几张蜡纸，多则十多张，于是几天来，小夏不停地打，朱股长和远栋不停地印，我和邓股长不停地看稿。打字机，在区一级似乎还没有，半年前我在芭蕉的时候，都是在钢板上刻蜡纸。到县里来了，看见打字机打印的材料，近乎铅字印刷品，那是高级多了，只是油印、折叠、装订仍然比较麻烦，手指总会擦满油墨，甚至脸上也会打上“花猫”。最费时的还是折叠和装订。小夏给我们演示了一个特别的技艺，可以提高效率：取出大约十几份的一叠，对折之后，一手握住一角，一手在纸边连连地划，使其错开，然后不停地在桌面闪动，一叠纸便渐渐展开，如同一面折叠扇，再呼呼地一页一页拉开，整齐叠放起来。这样操作，实在要快很多。一份材料十几页，都这样理出来，分作十几叠，排放在办公桌上。装订的时候，一人负责按照页码顺序，清出完整的一份材料，一人负责用订书机装订。大家如此流水作业，配合默契。经过几次会议的锻炼，我们都学会了这一手，朱股长不无自豪地说：“我们教育股的人，都可以获得‘县级打杂工’的执照。”

——不过，这正是打字机的黄金岁月，在此后的十几年间，它就渐渐衰落以至绝迹了，代之以电脑打印。自然，我们这些“县级打杂工”掌握的技艺，便渐渐闲置起来，没有用武之地了。

筹备一次大型的会议，就像农村家庭接客“整酒”一样，局办公室的同志像“置客师”，负责接待，安置；教育股的就像厨房人员，红案白案，备料备餐，都忙得不亦乐乎。邓股长更是一天忙得脚不沾地，不是在准备材料，就是在电话联系，还要和局长商量一些问题。有两个词是他的口头禅：“情况”和“细节”。他也特别注意工作中的情况和细节，会议报到那天，他对我说：“有个‘细节’，你要注意。大会表彰的先进个人 71 名，已经定下来了。先进集体初步定为 30 个，不过还要通过会议第四天上午的评选，才能最后确定。这样就会出现一个‘情况’，不一定就是 30 个，有可能超过，也可能减少，因此，奖状要多准备几份，而且评选一结束，你就要及时填写。填写时也有个‘细节’要注意，写后要一张一张摊开晾干，以免墨迹未干被擦……”邓股长实在是个负责的，也是很精细的人。

3 月 19 日上午评选结果，恰如邓股长所料，出了“情况”：评出的先进集体是 35 个。下午，我正在用毛笔填写奖状，写一张，摆放一张。几张办公桌都摆满了，又给地上摆……忽听见楼下打字室门口，小夏在高喊：“大锐，大锐，快来，邓股长摔倒了。”我急忙丢掉毛笔跑下去，只见邓股长高大的身躯，仰面朝天，长长地躺在阶梯下的地面上，面色苍白，眉头紧锁，很痛苦的样子。大锐很有经验，立马找来一块门板，几个大汉，平稳地将他移到门板上，打开教育局后门出去，径直送往东门的县医院。据小夏说，邓股长是去打字室的，在阶梯上喊了一声“小夏”，接着就“哎哟”一声，跌倒下去了。我想，邓股长一定又想到什么情况，要对小夏讲。这阶梯也实在是太陡，梯面又窄，他的脚大，一步不慎踩虚了脚，摔倒下去，也不知伤到骨头没有。我也是忙得脱不了身，直到第二天，教职工代表会举行闭幕式，表彰了先进集体和个人，又听了地区文办杨久富主任、地区教育局宋瑛局长的讲话，会议结束，才去医院看邓股长。值得庆幸的是，他的伤势还并不严重。后来，有教研室同志问我，听说邓股长摔倒后，说的第一句话就是：“不要管我，开会要紧。”我说：“他是个工作狂，一天都在想着工作也是事实，但是，那天我并未听到他这么说。当时他疼痛难当，面部铁青，咬牙挺住就不简单了，何从能说出这些话来？”

教育局的工作，像演不完的戏，这一折才完，新的一折又开始。职代会才散，局里通知我到地区教育局，参加“双推”工作筹备会。这个“双推”，是指推广普通话和推广汉语拼音。地区教育局同志介绍，省语言文字改革委员会有个李仲英主任，是个很会抓工作的角色。原来，这个推广汉语拼音、推广普通话，并不被社会特别关注，只是小学低年级语文教学的一个内容，但是，自这个“李老太”上任，全省的双推工作是抓得有声有色了。她的活动能力强，利用各种机会宣传双推是现代化建设中一项迫切的需要抓好的重要工作。她紧紧抓住教育、文化、交通，服务等行列，组织开展活动，大力推广。各地双推工作开展的情况，她时不时就向省委、省政府汇报，省里的领导又不时在一些会议上强调这项工作，所以，各地各部门对双推工作是越来越重视了。教育部门，是她抓的重点，去年省里在咸宁召开了一次普通话教学成绩观摩会，并决定今年 4 月下旬，在宜都召开一次观摩会。她给地区教育局宋局长打了招呼，要亲自到恩施来一趟，学习了解恩施双推工作开展情况。对此，地区已经做了相应的工作安排，决定召开一次全区双推观摩会。

筹备会上，先是听地区教研室胡天权主任汇报筹备工作，他重点汇报了文艺节目和经验介绍材料的准备情况。宋瑛局长听了说：“中央和省里对这项工作很重视。去年省里在咸宁召开双推观摩会后，我们地区也成立了文改会，抓了一些工作，学校也做了很多事。我们一定要把这个会开好，省里李主任说，要来我们这里看几所学校。她说要来就一定会来的。省里要将我们的军，这也是应该的。我们这次观摩会，重点放在推广普通话，全地区的城关学校都来，时间在 4 月中旬……恩施县要准备好四堂观摩课、五个经验材料、两套节目……”杜海荣副局长强调：“这项工作要提高认识，不能抱应付态度，亡羊补牢也是必要的，双推本身就是我们的教学任务，是提高教育质量的一个方面……要下决心搞出几份高质量的材料，4 月 13 号前打印 200 份，左角上标明：恩施地区首次普通话教学成绩观摩会材料……”有趣的是，最后杜局长强调：“同志们啦，我们下次开会，都记住：要讲普通话！”大家都笑着离开了会场。

这个会一开，我一天就是搞双推了，到城关文教站、学校，了解节目、观摩课和文字材料准备情况。一日，为准备舞阳小学双推经验材料，和县教研室语文教研员康德芬老师、城关文教站张世明老师去舞阳小学座谈。地区教研室胡主任，已经先行到达。我有一点不自在的是，一进入舞阳小学，张、康二位老师与其他的老师都讲普通话，胡主任本来就是外地人，似乎也是说的外地普通话，我也只好改说普通话了，何况杜局长强调了，以后开会要讲普通话。张老师、康老师与舞阳小学的老师十分熟悉，他们一起座谈，犹如谈家常一般，轻松而愉快。学校杨家鑫校长、邓中荣副校长和好几位老师都来了，他们一个个都用普通话发言，介绍双推开展情况。

老师中，历经整个双推过程并积极参与的，是曾碧莹老师。曾老师回顾了她经历的双推历程："1955 年省里组织注音字母师资培训，恩施地区一共去了四个人，舞阳小学是我和陈泽延老师去的。回来后，我们就办了一个实验班，由我带。从此，我们开始在课堂内外都讲普通话，边学普通话，边学注音字母。那时，我们还自制了卡片、活动黑板等教具，学生练习见物拼物。寒假，学校办了教师短训班，那时康伦正、严祥云等许多老师，也开始在校内外都说普通话……推普就这样从我们学校开始了。最活跃的是 1956 年，城关各个学校全面推开，老师学生课内课外都讲普通话。1958 年，全国人大批准汉语拼音方案，秋季学期小学开始教学汉语拼音。开始，学生学起来是有些困难的，特别是拼音规则比较复杂。不过，学生一旦掌握了这个拐棍，识字效率是明显提高，有利于提前进入阅读和写作。‘文革’开始后，双推中断，我这时候也被调出了舞阳小学。‘文革’后期，重新开始汉语拼音教学。1974 年，推行汉语拼音基本式。1978 年我回到这所学校，这时教学已经很正规了，秋季学期语文教学大纲和教材，有关汉语拼音教学的安排有较大改进，教学难点分散，两个星期就可以完成拼音字母的教学任务，学生可以借助拼音识字，学习积极性很高。从这时起，双推工作活跃开展起来，整个城关学校都重视了推广普通话，还组织学习汉语拼音的比赛。记得曾文翠老师的班，考了全城关的第一名。我们学校还召开家长会，宣讲新的教学大纲，宣传学好汉语拼音、讲好普通话的好处。

家长引起了重视，我班一位同学的母亲在医院工作，还抽时间来我这里学习汉语拼音。家长们积极性高，建议以后要开办家长汉语拼音学习班。这几年，我们学校的双推工作，不断广泛开展，去年参加全省普通话教学成绩观摩会回来以后，学校制定规划，要求语文、数学两科教师都必须用普通话教学，计划到1985年，所有学科教学都用普通话。目前，我们学校语、数两科老师，全部是讲的普通话，还有几个其他学科教师，也是用普通话教学。姚淑文校长五十岁了，也狠下决心，拿出勇气，带头讲普通话。我们班的学生，课内课外讲普通话，已经形成习惯。有一天，一个学生用普通话向我报告，某某同学‘爪’了我一脚。我笑着纠正，应该是‘踢’了我一脚。这样在日常生活中经常运用，不仅有利于语言规范，也有利于五讲四美，因为讲普通话就不好骂人，即或是学生向老师告状，也显得文明礼貌一些……”

听到这里，张世明老师颇有同感说：“对了，普通话就是要提倡课内课外都坚持讲。语言是交际工具，经常讲就熟悉了，自然了，而且能够改掉用方言土语的习惯。听说恩施一个干部，到北京去了，要买一条短裤，也是怕别人听不懂，操起普通话来问售货员：‘有腰裤儿卖没得？’售货员不懂——其实，他只要说‘买短裤’，别人就会听懂，又简洁好多。但是，他还是重复一句‘有腰裤儿卖没得’，售货员怎么也不明白，这位同志无可奈何地接着来了一句：‘简直是涮坛子，还是北京人，我讲普通话他们都不懂。’一边的售货员，对这几句普通话更是云里雾里了。”大家听罢，一齐哈哈大笑起来。

曾老师接着说：“其实，我们恩施属于西南官话区，恩施人学习普通话有较好的基础，突出的问题是 f–h 不分，就像解放前流传的一个笑话说的，把‘坐飞机，到法国，买凡士林，擦头发’，说成是‘坐灰机，到华国，买环士林，擦头花’。另外，还有 l–n 不分，‘牛’读成‘留’，‘脑’读成‘老’，还有 in–ing 不分等。教学中，我们突出重点，重视方音辨正，纠正误读……”

杨校长、邓校长、苏老师等都相继发言，讲了学校开展双推的许多作法，努力提高教学质量的情况。最后，胡主任提出材料写作思路：开展双推，提高语文教学质量。他是个很过细的人，将材料分为几个部分，各个部分讲几个什么问题，都提了建议，并要求一周内完稿，交县里修改打印上交。当天下午，我们又一同去到土桥小学，也是开座谈会，组织材料。

就这样，一段时间我都在忙于组织，阅读和修改材料，听观摩课和看节目。地区召开观摩会前，我们县里组织了一次普通话教学成绩观摩会。我请敖局长致开幕词，他高兴地答应了，要我把稿子准备好。晚上，我刚把稿子写好，敖局长就来到办公室。我把稿子交给他，稿子很简短，他立即照着读。我说："这一次是推广普通话的观摩会，您要用普通话讲才对。"他嘿嘿一笑道："这个事还有些咬人呐——我们那时在乡里教书，没有强调讲普通话。现在要用普通话讲，我会不会把腰杆子憋弯啊。"我也笑着说："您腰杆子硬，怎么会憋弯？"他说："那我现在就用普通话照着读一遍，你看讲得像不像。"于是，他像小学生读课文一样，正儿八经地操练起普通话来，有的句子还反复念几遍，少不得还问问我，这一句是不是这么读的？我说"要得，就是这样读"，他满意地嘿嘿笑了。

第二天，我们借用县总工会的会议室召开观摩会，地点在象鼻山烈士塔附近。会议室的座椅，都是刚添置的新式折叠椅，很漂亮的。教研室郭师柱主任主持会议，正式开会前，他用普通话慎重地对同学们说："同学们，这个会场，是我们借的总工会的。这些椅子都是他们新买的，请同学们注意自己的'倒拐子'（**胳膊肘**），莫把椅背的软垫子磨坏了……"学生娃娃都很听话，规矩地坐好。我觉得很有趣，这个"请讲普通话"，也还是有些难为人了。昨晚上敖局长为两三百字的开幕词，要讲普通话，认真练习了好几遍。今天郭主任主持会议，开口也是讲的普通话，只是他说的"倒拐子"，恩施学生是一听就懂，但若是在外地说，恐怕就不怎么"普通"了。尽管恩施人说普通话并不很难，但要成为比较规范的课堂语言，会议语言和日常交际语言，还是须得努力去"推"的。

4 月 16 日至 19 日，地区推广普通话教学成绩观摩会召开，内容丰富，有文艺节目表演、经验交流、听观摩课和表彰先进。没等会议结束，我回了一趟芭蕉，到戽口看望了两位老人，又急忙赶回单位，因为马上要去宜都，参加在那里召开的全省普通话教学成绩观摩会。

4 月 21 日，我和地区教研室胡天权主任、舞阳小学杨家鑫校长、城关文教站张世明老师、恩施师专的陈怡芳老师等一道去宜都。这是我第一次参加省里的会议。早上六点开车，沿着气管道，翻山越岭，只见山下已绿肥红瘦，山上却一片春花烂漫，一路都是春和景明，颇有“烟花三月下扬州”的快意。出恩施，入建始，过野三关，落榔坪用餐。日行600余里，下午六点到达长阳县城歇息，又有“千里江陵一日还”的感慨。这气管道通了，恩施人出山是便捷多了。想六九年去陕西，要从巴东走，住一夜再换乘轮船去武汉，又慢又麻烦。

次日换乘汽车，九时到达宜都县城。这是八百里清江，不舍昼夜，急急忙忙，穿越峡谷，不停奔流，最终投入长江怀抱的地方。在宜都的清江桥上，我看到清江已经变得异常的丰满，江面十分开阔，而且明显放慢步履，紧紧靠拢长江，依偎着长江，缓缓而行，显得庄重稳健。面前展示的是一幅奇异的情景：一边，清江水碧绿清澈，另一边，长江水浑黄一片——澄碧秀美的清江和大气磅礴的长江，在这里合为一体，壮美之至！

4月22日至25日，宜昌地区普通话教学成绩观摩会在宜都举行。会议内容，也无外乎是经验介绍，观摩课，节目演出，与我们地区召开的观摩会大体一样。但是，与会的人员，除了我们恩施的几位之外，其余的都是新面孔。大会发言介绍经验的，除了杨校长代表的舞阳小学以外，其他如麻城师范，黄冈市黄冈中学、当阳县师范等等，都是我很少听说的单位。

所见识的人物中，印象最深的是省语言文字改革委员会的主任李仲英。在地区教育局开会时，就听说她是一位很有工作热情，又会抓工作的“老太婆”。这次会上，前后听过她三次讲话，对她很有好感。她大约五十出头，显得精神饱满，利落干练。她讲话中说了一句“人会老，但精神不能老”。这自然是勉励与会者中上了一点年纪的人，但我想，更多的恐怕是她壮心不已的自我表白。她过去的经历，我全然不知，只觉得她现在一股子的劲，似乎是被抑制了若干年，如今到了可以爆发出来的时候了。她意气风发的样子，与年轻人无二；她讲话，充满火样的热情。她不仅普通话说得好，而且感情相当投入，有一种磁性的力量。她很少看讲稿，讲得条理分明，这是不在行的人做不到的。她强调文字改革的重要性和必要性，从国际讲到国内文字改革的趋势。她讲了清末民初以来，作为汉语现代化三大运动之一的汉语拼音运动近百年历程，从切音字、国语注音符号、国语罗马字、北方话拉丁新文字、威妥玛拼写法，一直讲到新中国成立后汉语拼音方案的制订。她讲了汉语拼音运动必须和语言的统一相结合，随口举例，如果n–l不分，简单的一句话“李同志是你同志”“兰同志是男同志”，说出来或者拼写出来，就可能造成“李同志是李同志”“男同志是男同志”的歧义，会叫人一头雾水。她讲了近百年来，前人付出无数艰辛，不断探索，改革语言文字，就是为了推广汉语标准语，以适应社会发展，普及国民教育，实现富国强兵，振兴中华的宏伟目标，给与会者一种厚重的历史责任感。她强调，随着现代化建设的发展，推广普通话和汉语拼音，是越来越显得重要和必要，做好双推工作是直接为现代化服务的大事，是为子孙后代做好事，因此，我们要有一些牺牲精神，要以会“ɑ、o、e”为荣，以不会“ɑ、o、e”为耻，肩负历史责任，做好双推。这些话都很令人信服，也很有鼓动性的。她特别善于鼓励，对有工作成绩的单位和个人，是毫不吝惜自己的语言，予以肯定褒奖。总结会上，她首先就说：“这几天收获很大，营养太丰富了，我简直患了消化不良症……”接着一口气对这次会议讲了五个“好”，对宜昌地区、宜都县的工作，作了高度的肯定。她赞扬了不少地区和学校的双推工作，列举了许多双推工作中的典型，其中也肯定了恩施地区，赞扬了舞阳小学，特别欣赏杨家鑫校长大会发言中讲到的“进了舞阳小学门，就像到了北京城”这句话，说我们的学校就应该达到这种境界。她没有责备和批评后进者，她这样表达希望：“各个地区，各个单位，各有所长。先走的有成绩，后走的也许以后取得的成绩更多，更大，后来居上……”总之，到会议结束，与会者都是情绪高昂，信心满满，感到背后的确有一种“推”的力量，自己也有了一种“推”的冲动。

会议结束，我们一行取道宜昌，在陡山沱搭乘轮船，经巴东回恩施。回到单位，恰好芭蕉要召开老教师会，局领导派我去参加，也是方便我回家看看。回到芭蕉，听传美说了一个好消息：武汉师范学院将在恩施地区招收高师函授插班生。回局后打听，确有此事，已经在组织报名了。武汉师范学院这一期的本科函授，是三年前开办的，当年没在恩施招收学员。经地区教育局与校方联系后，校方同意今年在恩施招收一批插班生，但要经过以专科为起点的考试。考试科目是现代汉语、古代汉语和古代文学先秦至唐宋部分等三门。我读书的欲望一直十分强烈，有这样的机会是不会放过的。给几位局长讲了想报考的想法，他们也没有不同意的。谭局长在地区教育局开过有关的会议，说我正好报考。新调来的办公室小李，是师专毕业的，已经报名了。考试时间定在 5 月 21

日至23日，我一算，是太仓促了，只有半个月复习时间。这些时，我的工作还很具体，要汇报省里的双推工作会议精神；要到地区文化馆参加庆六一的筹备会；要参加县妇联的会议，还要参加全县托幼工作会议；要电话联系各个文教站；听幼儿园的公开课；要为一些杂事跑九中、东方红中学、二中、教师进修学校……好的是，没有写材料的任务，晚上都能够自己支配。据说全地区参加这次插班考试的人不少，而中文和数学两个专业，仅各招一个班，所考科目必须达到及格成绩才能录取，竞争是很激烈的。我也难得去打听，到底有多少人考，只觉得有这么一个机会，促使自己多学一点东西，无论考试结果如何，都是好事。《现代汉语》，我读过好几个版本的书，有些内容还教过，可以不花多大功夫。王力主编的《古代汉语》，在六十年代我就开始自学，虽然没有逐一通读，但一直喜欢这部书，大部的范文、古汉语通论以及常用字词的讲解还认真看过。书中插有一幅星象图，我和传美都很感兴趣，多次对着星空辨认二十八宿。不过，现在要备考，还得通读，这厚厚的四大本也是要时间的。我只能是从头至尾，匆匆地翻阅。一些过去做过的记号，帮助我很快勾起了回忆，便一晃而过；翻到有些模糊的内容，才停下来细看究竟。历代文学作品，指定教材是朱东润主编的《中国历代文学作品选》，手头还没有教材。还好，地区新华书店有卖，一下买到上、中两编，共四册。翻开一看，不少诗文，以前也还读过。六十年代初，父亲参加华中师范学院函授学习用过一套教材，虽然纸张泛黄，极为粗糙，但内容丰富，在没有书看的“文革”时期，我一直带在身边，许多古代文学作品，是从这套书中读的。到教育局后，又读了中国青年出版社编的《历代文选》，这也是一部很好的书。如今要考试，细看朱东润的这套教材，发觉不曾读过的还真不少，而且读过的有一些也是囫囵吞枣。因此，大部分晚上的时间，都在攻读这套文选。朱东润先生主编的这套书，编得相当好，解题、注释都明了详细，很适合自学，读来很有兴致，很有满足感。

第一天考现代汉语，第二天考古代汉语，都很顺利，觉得这以专科为起点的考试，也并不很难。最后一场要考文选，想来也不会难到哪里去，但是，篇目太多了，不可存侥幸心理，有一点时间就要尽力学一点。晚上，面对厚厚的四本《中国历代文学作品选》，复习什么呢？我觉得最艰难的，最没把握的就是《离骚》。于是，打了一个夜工，把《离骚》从头至尾，对照注释细细嚼了一遍，连全篇分成几个大的段落及其大意都注意到了。这人也真是，“运气来了门板都挡不住”，第二天考文选，真出了《离骚》一个大题，还真有说出段落大意的要求，而且，这最后一题是20分！

考试结束，刚好是星期六，借了朱股长的自行车，一路哼着歌儿，兴冲冲地回芭蕉。一到家，传美却忧心忡忡告诉我：“你快去找旭娃，他跑了！”我一时如同哑了口一样，只“啊”了一声。后来问了原委，传美说：“今天天气好，放学也早，我在家洗了一盆衣服，已经打了肥皂，搓洗了头一遍，要他下河去漂洗干净。哪知道他一去，半天也不回来。眼看着太阳都要落山了，他都还没有回来，我急忙下河去找他。看见他还在和一群娃在河坝里洗澡玩水，上河跑到下河。再看那一盆衣服，搁在石头上，被太阳晒起了黑杠。我哪里不是火，把他叫回来，说，你好玩，喜欢晒太阳，就罚你在太阳坝里晒太阳。等我忙碌了一阵，想去叫他回来。走去一看，他站的那个地方何从有个人？上下打问了，都说没有看到他的影子。到底跑到哪里去了呢——我猜，多半是跑到庠口去了。”我有些紧张了，不过，想他回庠口，跑到爷爷奶奶那里去，也是很有可能的。于是，水都没喝一口，急忙拔腿去庠口，也但愿他是回庠口了。

果然，竹山湾的家里，旭娃和爷爷奶奶正在吃饭，我一下子就放下心来。我问旭娃：“你怎么跑了呢，害得你妈到处找。”他说：“要我站在那里晒太阳，我支不住。”父亲说：“这个娃还有些机变能力，晓得一家伙跑到庠口来。这么大的娃娃，也有些反抗精神了，毛主席小时候，他父亲要修整他，他就跑，看到父亲追上来，他叮咚一声，跳到水塘里去了，这样子表示反抗。读初中的人了，你们还是要耐烦一些教。”我说：“他妈一天要教学，又一个人带着三个娃，肯定是忙得心焦喏。”父亲对旭娃说：“旭娃，你就跟着你爸爸在城里去读书好不好？”旭娃连忙说：“那是好嘛。”我说：“就是我一天这里跑，那里跑，没有几个时候照看你。”旭娃说：“不怕的。”父亲对我说：“你哥哥也是带了捷娃在城里读书，照说没有问题。”我开始考虑带旭娃去城里读书的问题。

第二天带着旭娃到了火花，和传美谈起旭娃进城读书的事，她也极力主张，说火花中学的英语教学还是有问题，一个高中才毕业的女娃，是教不来什么英语的。

7月，接到通知，我被武汉师范学院录取为高师函授中文专业插班学员，自然满心高兴。不能上大学，一直是我最大的遗憾。1961年高中毕业，我没能升入大学。但是不甘心，随后作为社会青年，又报考了两次，算得是“三进山城”。然而，那时候报考大学，并不是光彩的事情，因为会被指责“不识时务”，党的号召是到农村去，下了农村还要考大学，不是中“唯有读书高”的流毒太深，就是不愿意和工农群众相结合，而“愿意不愿意，并且实行不实行和工农相结合，是革命的不革命的或反革命的最后分界”。那时，考学读书真像有罪一样。我是逆潮流而动，顶着巨大的压力，前后考了三次，也算是敢于“反潮流”了。不过，结果都是一样：大学不要我。也有人说，那时候家庭出身不好，社会关系复杂的人，考大学都是痴心妄想，在政治审查这一关就剔出来了，卷子都不会送去改的。但是无论怎么说，这一次，大学终于要我了，我有幸接受高等教育了。函授点定在地区教师进修学院，校址在咸丰县城。

咸丰，注定是我生命中极有缘分的地方，我曾在这里接受初等教育，现在还将在这里接受高等教育。一提到咸丰，我就有一些激动，心里甜酸苦辣咸，样样味道都有。1951年的早春，我离开母亲，离开建始老家凉水埠，跟着国钦哥、和生表哥，步行六天，到了这里，同父亲、哥哥生活在一起了。哥哥在咸中读初书，父亲送我进了大坝村小。

出咸丰中学大门，右边是个篮球场，走过篮球场是个农家大院，院里十来户人家，其中一间屋子办的是学校，就是大坝村小学。我一去，父亲就给我报个二年级，大约因为我在老家祠堂堡小学是读过书的，闲在家里的时候，母亲也常在灶门前，教我认识了“人、手、口”等一些字。虽然接受启蒙的时间很短，而且是稀里糊涂的，但现在也是八岁的人了，应该读这个二年级。大坝村小有一个男老师，也只有他一个老师，姓张。张老师个子高高的，身板直直的，颈子上时刻都挂一个口哨。这口哨用处是太大了，上课要吹，集合要吹，下操要吹，做游戏要吹，甚至在教我们扭秧歌舞的时候，也是要吹的，用它代替锣鼓。他给我们教了哪些知识，我已经记不起来了，记得的是这个老师很和蔼，同学都很喜欢他。同学之间也很和睦，没有什么扯皮拉筋的事情。我好像是属于比较好哭的娃，因为母亲每当我哭的时候，总是严厉对着我说："你瑟，你再瑟！"给我留下很深的记忆。"瑟"，在口语中是阴平调（55），到底是不是这个字，我也不清楚，只知道建始老家的人说"瑟"，就是哭。我以后喜欢唱歌，而且嗓音还好，据说与小时候喜欢"瑟"有关。不过，在大坝村小，我似乎从没有"瑟"过，只觉得一天很是快活的。

学校虽然很小，但周围玩的地方很宽。不仅有咸中的球场，下了课就可以在里面追逐玩耍，而且，院子的旁边和后面，是一片青翠碧绿的山麓。一进入这一片碧绿的林子，就有高大的或低矮的树木，缠绕的或吊挂的藤萝，还有丛丛的灌木，各种各样的青草。许多鸟儿在里面忙碌地穿梭翻飞，悠闲地歌唱跳跃，也像一个鲁迅先生描写的百草园，只是范围更宽，规模更大，且没有任何院墙、篱笆的阻拦。这自然也成了我们经常去玩耍的地方。一种树枝遒劲的树，叫油茶，不高不矮，很适合我们爬上去，在上面摇摇晃晃，玩乐一阵，又轻轻松松梭（滑）下来。春夏时候，油茶树上还结出一种好吃的果子，咸丰人叫作"茶泡"。这东西形状和大小，都和桃子差不多，粉白色的，但又绝不是它的果实。掰开来，里面却是空的，如像一个泡泡，这大概就是为什么叫它"茶泡"的原因。这薄薄的一层，送到嘴里，是脆生生的，酸甜酸甜的，我们都喜欢吃它。偶尔还可以发现叶片状的茶泡，叫作"茶梗儿"，是厚厚的一片，也是那样的粉白，也是那样的酸甜。碧绿的林子中，还有一株山茶，长得有旁边的木屋那么高。寒冷的时候，她却开出火一样的茶花，大朵大朵，艳艳的，不仅让人眼睛发亮，而且触动到人的心灵。她的美丽，只要看见过就永远留在记忆深处，不可磨灭，令人怀想。林子的边缘，有一棵巨大的银杏，高大的树冠，几乎伸到半天云里去了，都叫它白果树。树下是一块开阔地面，夏日在树下游玩，凉快不过了。到了秋天，地上铺满金黄的落叶，像一柄一柄的小扇子。我见过一位中学同学，捡起几片来，说要带回去做书签，但我不知道，书签有什么作用。一旦打了霜，这地上就更是有宝贝了：一个个果子掉落地上，剥开，里面就是白晶晶的白果。女同学喜欢用它来做抓子的游戏，男学生则多半是取出里面白果仁，在火上烤熟，吃起来清香软糯，有滋有味。只不过中间藏着的一根绿芯，那是要去掉才好，不然会有一点苦。白果虽然好看好玩好吃，但是，在地上拾白果的时候，有时不经意把掉落的果子踩破，那是很难堪的事。因为包在果仁外面的那层果肉，不仅黄澄澄的酷似大便，而且有粪便一般的奇臭，粘在鞋上很讨厌。所以，这一片地方，在这个时候，都是臭气熏人，我们除了冒着臭气去拾白果，一般都不在这白果树下玩了。上世纪九十年代，恩施州领导极力提倡发展银杏，说它既能绿化美化，又一身是宝，果子是很养人的，叶片可以入药，树干是难得的优质木材，具有很高的经济价值。因此他要求，不仅农村，而且城市街道，机关学校，各个单位，都要广植银杏，并要当作硬任务落实。我对校长们说，我们响应号召，可以在校田里、校山上种植，在校园内则千万使不得，不然的话，每年有一些时候，师生们是很难受的——这完全源自于儿时在大坝小学的体验。

于是我想，白果树，的确一身是宝，但也不是什么都好，如果她的果实，能够散发出桂花的清香，那便堪称完美了。又想到，桂花的确是清香扑鼻，却没有茶花那样的鲜艳；茶花那般的鲜艳，却又不结白果那样的果实……由此看来，我们应该去追求完美，但事实上世界上十全十美的东西，恐怕是没有的。我们的百草园——小林子，也是这样的，是很美好，很好玩的地方，但也有不美好的东西，还有可恶的东西。“藿麻草”，就是里面生长的一种很恶毒的草。这种草的叶片和茎，都长满白毫，那是它的毒针，人触动到它，会被扎得怪疼，而且毒汁渗入皮肤，立即鼓起红疙瘩，还会引起溃烂。它的用处，似乎就是害人。有一次，咸丰中学的校园里开群众会，斗争地主分子人们把他的衣服脱下来，就用这种藿麻草，朝他的光身狠狠地抽刷，要他老实坦白交代。一会，光身子上变成暗红的一片一块了，我身上也似乎起了鸡皮疙瘩。这令我在林子里玩的时候，是十分警惕，绝不招惹这种恶毒的草。

这个林子，还是一个发生惨剧的地方。一次，我们在这里玩，忽然一个同学指着树上喊：“天啦，你们看，蛇，蛇！”我们顺着他指的地方看去，残酷的一幕正在上演：一条大蛇，缠在高高的树枝上，逮住了一只鸟。鸟儿是金黄色的，在拼命地惨叫，挣扎。有同学说，那是一只“黄播郎”（黄鹂）。我们都闹腾起来，希望吓住那蛇，放弃对那只漂亮鸟儿的残害。但是，那蛇怎会舍得丢掉已经到口的美食？它张开阔大的嘴，尽力吞咽看来比它的嘴要大许多的鸟。眼看着蛇头是渐渐地变大，那一片黄色渐渐地变小，同学们呼声一片，直喊“吐出来，吐出来”。几个大一点的同学，痛恨这可恶的蛇，拾起泥块石头，朝它砸去。呼喊声把几个中学同学也引来了。于是一群大大小小的同学，都行动起来，向蛇发起猛攻。一时之间，泥土石块如雨点般飞去。虽然大都偏离靶心，但到底炮火密集，也有击中目标的。那蛇竟然如一条长长的皮带，从树枝上塌落下来，跌入草丛。还是中学同学胆子大，走近了，又是几石头砸去。一个男生，手持一根木棍，将蛇挑了起来，是长长的一条，颈上一处鼓起，出奇的粗大，形同一个大疙瘩。我想，那一定就是吞进去的那只鸟，还没有进入它的肚腹。中学的同学在商量，要将它的皮剐了下来做胡琴。

我记不准确，在大坝小学读了多久，后来是到咸丰城关小学去了。大坝小学以后似乎也不存在了，张老师也不知道去哪里教书了。但是，大坝小学，张老师，碧绿的林子，林子里的山茶花，白果树……一直刻印在我心里。

在咸丰城关小学读书的时候，是我一段最快乐的时光。初到咸丰的五一、五二年，生活还比较清苦。记得父亲下乡去参加土改，我和哥哥两人，晚上饿得不行，他便用漱口的搪瓷杯，在炭火上把水烧开煮面条。油、盐都是没有的，不过，我们吃得还是很带劲，饥饿问题得到解决。吃罢，哥哥发表评论，煮面条没有油可以，它是自带油的，但是没有盐，还是差一点味。这样的日子并不很长，我们的生活渐渐好了起来，有时还可以吃到“嘎儿”（肉）了。一天，父亲买了一块牛肉，准备三爷子改善一下生活，只是找不到一个可以煮肉的锅。父亲忽然想起，问哥哥：“前天买的那个瓦罐呢？”哥说：“国韬做尿罐了。昨天安邦他们在窗子外面搞大扫除，喊臭得很，说一定是韬娃站在窗子上撒了尿的。这样，我昨天就把瓦罐给他做尿罐了。”父亲说：“可得，可得，无甚关系，童子尿还是药。把它洗一下，用来煨牛肉，合适得很。”于是，尿罐又变成了肉罐，我们美美地加了一个餐。

过不多久，咸中校园里出现一个新气象，有附近的老百姓来卖粑粑和咸菜、炒菜。暑假里，父亲没有闲空，早早出门，我往往不知道。但在我醒来的时候，枕头边放着两个粑粑，不是米粑粑，就是苞谷粑粑，都是三角形的，桐梓叶包的，都很甜很香。

平日里，我都是跟着父亲在教师食堂吃饭。一天下午，我正在吃饭，梅校长放下碗筷，从我身边走过，并在我身后停住。他注意到我的毛蓝布衣服的肩上有个破洞，便用他的黄梅话对我说：“国韬儿，你看你爸爸，就给你这样的破衣服穿……”为了说明问题，他在我的肩头破口处撕下一片给我看。我看到他撕了我的衣服，伤心极了，陡然火冒三丈，没等他把话说完，就把饭碗一丢，挥起拳头向他打去。他可能完全没想到会出现这样的情况，愣了一下，忙往后退。我不住手，向他连连进攻，他连连后退，我步步紧跟，闹得不止不休。周围的人纷纷前来，拉拉扯扯，把我往家里哄。是谁给我洗脸，我也记不得了，只记得一股气消不下去，还在伤心哭闹，手握拳头狠狠地说：“搞就搞，搞就搞，我就不怕……”做着要和他拼命的样子。常言道：“逗狗儿咬人，逗细娃嘶人。”长大了才意识到，梅校长其实是为我好，为我争取新衣穿，我那件破旧的毛蓝布衣服，实在也没有什么可心疼的，但是，我这个细娃不识好歹，反把梅校长搞得难堪了。我是好长一段时间，不喜欢梅校长的，不过，他的爱人邓老师，我又喜欢不过，因为她管图书室，图书室里有好多画画书，我就迷上了这个。一旦买了新书，邓老师就喊我快去看，我怎么不喜欢她？不知过了好久，咸丰中学校园里，摆了不少的摊子，布匹百货都有。供销社的同志大力推销的是苏联花布，说现在政府号召穿苏联花布。父亲买了一段，不几天我就穿上了新衣服，一件花格衬衣。

五一、五二年，咸丰中学的同学对老师都是叫“先生”。无论是杨义之先生、罗松林先生、周之翰先生、穆云先生，还是罗斌先生、杨道雅先生等，晚饭后都不像吴光元先生、伍俊玉先生他们喜欢打篮球，而是喜欢走出校门去散步。父亲常常和他们一起散步，我便常常跟着一起走。他们在一起散步，一路谈笑风生，兴致都很高。他们谈论的，大都是有关咸丰、来凤一带的逸闻、掌故，可惜那时我大都听不懂。只记得一次他们走出学校大门百步之遥的地方，单独立的一个牌坊前停下来。牌坊的额上题写“咸丰中学”四个蓝色大字，柱子外层的石灰已经斑驳，可以看见里面是用木块搭建的。义之先生指着这校门说，这是建于抗战时期的哪一年，道雅先生说这字是谁题写的，之翰先生说当时的校长是谁，松林先生说当时有多少学生……只有穆云先生，多半手里握着一本书，边散步边看，偶尔插上一两句。

大约是一个星期天，几位先生还远足到丁寨，一去一回，怕有三十里的路程。我看见穆云先生，在公路上边走边看书，一直手不释卷。我不知道是一本什么书，上面一幅图画都没有，怎么还这样好看。回到家里，父亲对我说："你看到没有？穆云先生，走路都在读书。他的学问好，书教得好，文章也写得好，在报纸上发表过很多文章，这些本事都是他自己苦学出来的。他本来只读过小学，还没有毕业，就在铁路上工作了。武汉刚解放，他就参加了革命，全靠自己学习钻研，这是你要好好学习的。"我亲眼看到，又听了父亲的介绍，穆云先生的确是勤奋好学的人，但是，我不知道一个人怎么能够做到这样爱读书，爱学习。其实，那时候我更崇敬穆云先生的不是他勤奋好学，而是他会玩魔术。他玩的魔术，叫人好开心。那是在一次联欢会上，是不是新年，我记不住了。只记得先生，学生欢聚一堂，欢迎这个表演一个独唱，又欢迎那个表演一个口技。欢迎到穆云先生时，精瘦高挑的穆先生，站出来对大家说："我玩个魔术吧……"一听说魔术，同学们情绪更加高涨，连连拍手。穆先生等大家安静一会说："我这个魔术也是才学，不知能不能表演成功，如果不成功，就请大家原谅。现在要请几位同学配合……"立即有不少同学举手，穆先生点了四五位，站到了场子中间来。穆先生开始玩魔术了，他说："请谁给我几张白纸，上面要一个字都没有，然后呢，给这几位同学每人发上一张，就是这个没有任何字的。等到我喊三声：变，变，变的时候，每个同学手上的白纸，就会出现奇迹——"有同学立马送给穆先生一叠白纸，穆先生也不经过自己的手，请旁人给几位配合的同学各发一张。穆先生很神气地说："好，现在魔术就要正式开始了。请几位配合的同学，站开一点，各自保持间隔距离，排成一排。好，就这样，请你们给大家展示一下，现在的纸上是不是没有任何的字。"几位同学把白纸举起，证明一个字都没有。穆先生继续变魔术："好，现在请几位同学蹲下去，对，蹲下去，我就要喊'变'了，你们注意手上的纸，是不是有变化。"几位同学蹲在那里，紧盯着白纸。穆先生说："我现在开始喊：'变——变——便！'大家请看——"此时，穆先生的手上，高高举起一张纸，展示给全场观看。纸上赫然写着的是四个大字：集体大便。此刻，再看手持白纸，蹲在地上的几位同学，全场的人莫不哄堂大笑起来。

在城小读书的我，更多的还是喜欢玩。我除了会玩滚铁环，打陀螺，翻纸板，叠纸飞机，打弹珠，踩高跷，玩扑克，后来还喜欢打篮球。这还不够，自己想着做玩意，把牙膏盒，剪成小车，用皮纸做降落伞，把橡皮筋套在木块上，射击蚊帐上的蚊子……其实，在同学中，我还并不是最会玩的，有许多会玩的高手，他们的好多绝技我学不会。比如踢毽子，有的同学一踢几百个。他们还可以一只脚把毽子从背后踢起几人高，又可以做到不偏不倚落在脚上，又一脚踢到天上去，如此反反复复，踢起去，落下来，我真是像看玩魔术的。他们还可以手握一本书，口念“卡、憋、卡、外、沉、蹲、坐……”把毽子玩出许多的花样来。还有的同学会打“老爷儿”，会……这些我都没有学会。女同学，又有她们的许多玩法，跳房子，抓子儿，抓签子，跳皮筋……各自还有许多的歌诀……这些我都是不会的。

说起这些当年的游戏，忽然觉得它们已经在不知不觉之间退出了历史舞台，大多趋于灭绝，早就应该申报非物质文化遗产保护。不过，有一样，当年在城小，别的同学不会玩，而我会玩，而且玩了几十年还没有玩厌，那就是拉二胡。五三年初的那个寒假，全省中学教师思想改造，父亲去武汉学习，把我放到恩施高中，让哥哥照护。恩施高中的同学，假期里好多都不回家，住在学校搞学习。他们也会玩，好多同学会拉二胡。我对这个玩意发生了兴趣，想着这么一个东西，怎么还会唱歌呢？他们拉的时候，我常常在一旁痴痴地看。一次，有个大同学逗我：“你听，胡琴还会讲话呢——”

于是，见他手握胡琴喊道：“胡琴——”

胡琴便答应道：“嗯——”

他又问：“你吃饭没有？”

胡琴答：“吃了——”

又问：“吃的什么饭？”

答：“苞谷面面饭。”

嘿，有趣，有趣。于是也跟着他们学起来，今天这个教，明天那个教，我一天“杀鸡杀鸭，咯咯嘎嘎”，乐此不疲。两个月的寒假，我学会了拉《东方红》等几个简单曲子。待回到咸丰城小以后，教音乐课的曾老师，帮我选购了一把二胡。我在教室里拉胡琴，其他同学都围拢来，我也就给他们表演“胡琴说话”，奏《东方红》，同学们与我当时在恩施高中的表现一样，是那么好奇，那么感到有趣，我颇有几分自得。他们后来是不是也学了，我不知道，我只知道在我城小毕业时，全校学生玩胡琴的还只有我一人。

小时候学会的玩意，随着自己渐渐长大，许多都不玩了，而终身不弃的就是拉二胡。读初中、读高中，二胡是我的好伙伴，还登台伴奏；在芭蕉园艺场劳动的时候，我的二胡声曾经回响茶乡夜空，也驱走一天的劳累；在庠口的山沟里，我的二胡又引起我的学生娃们无比惊喜……我记取曾老师讲的格言，“人能音乐，终身快乐”，无论何时，无论何地，一把二胡随身，琴声悠悠，几乎可以达到忘我的境界。

1953 年初夏的一个下午，我正蹲在咸中大门外的水沟边玩，忽然看到一个多么熟悉的身影——啊，是母亲！我已经两年多没见过母亲了，站起来惊喜地喊了一声“姆妈——”迎上前去。她一手提着一个布口袋，一手提着一个小篾圈，圈上串着两个油糍，咸丰人称“磉墩”，一种好吃的油炸粑。母亲见了我，笑了，伸出手，把那个小篾圈递给我说：“这是带给你的。”这样，母亲手里便只有一个紧口的布袋，大约装的是她的几件衣物。母亲是通过申请，农会批准了，才离开老家凉水埠出来的。她算得是两手空空而来，我却从此享福了，一天吃得饱，穿得暖，更加无忧无虑。我每天从大坝家里出门，去城关小学读书，一路都是滚着铁环跑。放学后，不是和同学满山找野果吃，就是咚咚地跳下河游泳，玩得肚子饿了才回家。母亲来到咸中以后，参加了学校家属办的服务部做事。这个服务部，主要是做夜宵。每天下了晚自习，老师同学都可以吃点面食，粽子，汤圆之类的小吃。一到晚上，这个服务部灯火通明，香气喷喷，人来人往，热闹极了。许多老师见了母亲，都亲热地叫她“老嫂子”。我是常常会跟着母亲到服务部去玩的，自然也不会少吃。

母亲不是那种经常流露自己感情的人，她似乎从来不曾对我表现出溺爱。大概也因为这样，我也没有在她面前撒娇的习惯。父亲常年在外教书，哥姐也随他一起读书，家中多是我和母亲在一起，相依为命。听说，在我还不知事的时候，她在家做过几件大事，置田买地若干石，主手修建新屋几大间，一天家中石匠、木匠几十人，全是她一人张罗。1949 年解放的时候，也只有母亲和我在凉水埠老家。记得一个傍晚，有人带信要母亲立即到三里坝区委会去一趟。

母亲带着我，摸着夜路，走到了三里坝。在区委会打问，几个同志都说没有这回事，于是我们母子又原路摸黑回到家里。后来，我想起这事，母亲一双小脚，摸着夜路走这么远，还是冤枉地走了一趟，她没有说什么苦和累，连埋怨的话也没说。1950 年，二姐已经在利川参加了工作，寒假父亲回家，又把哥哥接去咸丰读书。他们一走，我对母亲说：“又只有我们两姊妹了。”这成了我闹出的一则笑话。不过，虽然“姊妹”一词用得不妥，但这一个“又”字，却用得恰到好处，说明我和母亲两人在家是常态。尽管如此，我从没有感觉母亲有宠我的表现，除了让我吃奶吃到四岁。她让我早早参加劳动，提着撮箕到处捡狗屎倒入粪池，我下水田学着栽芋头，她看见了鼓励说，“还像个做事的样子”。她刚来到咸丰的时候，一次对父亲谈起，当年我离开了她，从建始到咸丰，她心里很不好过，就把我在家里经常玩的一个树根做的小犁头，挂在壁上，以便进进出出都可以看见，就如我在她身边一样。我在一旁听见了，才知道我离开她以后，她是多么想念我。她就是这样的把对儿女的爱心，压在心底里，并不表现出来。她的嘴里，似乎只给夭折了的大姐和三姐喊“芬芬”“蕙蕙”，我们这三个都是喊的“娃子”。至于我们都外出了，她一人在家当地主的时候，遇到哪些麻烦，受过怎样的困苦，我从来没有听到她诉说过。我只是听她对父亲说，这些时候盛哥如何关照她，元姐姐如何陪伴她，总是念记他们的好处。

母亲来后，我一次对她讲学校的情况，说了某某老师的一些短处。他听着不说话，我便越说越起劲了，这时，她对我说了一句：“这么说起来，你比老师还高明，那你还跟老师学什么？”我顿时惭愧了，知道母亲不喜欢我这样说老师。读到五年级的时候，我见有些同学在校住读，也向父母提出要去住读。父母开始不放心，不赞成我去。我坚持要去，母亲便说，你硬是想去就去，早一些离开家，学习独立生活，和同学住在一起，又可以上晚自习，也是有好处的。父母就这样同意了。我的心里，其实也不是想住读可以怎么搞好学习，主要还是学校里玩伴多，有趣。住校后，第一次回家，母亲问我学校里吃的一些什么菜，我说多半是米汤煮萝卜片，还好吃，就是晚上要起夜。我只是没说，在学校里没有尿罐，半夜起来，上厕所要下楼去，还要走很远，我是就近在楼梯的柱头上，无声无息悄悄解决的。以后，每次回家，母亲都要给我炒一点大头菜丝之类的菜，炒得油腻腻的、红昂昂的，用搪瓷杯装着，让我带到学校去。

正如母亲所说，我离开家住在学校里，真是有些好处。我开始学会独立生活，学会自己解决一些问题，学会和同学相处。住在学校里，有更多的时间与老师接触。

城小的老师，好多我都喜欢，最喜欢的是教音乐和美术两科的曾老师，他上课认真，还教我们演戏，教我拉二胡，无论是上课还是组织课外的活动，他都要求很严格。他的故事，我在《雨打芭蕉》里就说了，对我一生都有影响。还有一个很喜欢的姚老师，他的个子不高，语文课教得好，篮球也打得好。他还给我们组织了一个校队，天天晚饭后，都要开展训练，打两场篮球。他交给我一个任务，请咸中的吴光元老师，设计队服上“城小”两个字。吴老师高兴地答应了，在一张纸上画了一个小孩在滚铁环，是“城小”二字的组字画。我怀疑光元老师，是因为看到我喜欢滚铁环，产生了灵感画出来的。姚老师还很会下象棋。一次，他们在操场上画了篮球场那么大一个棋盘，他和另一位老师在桌子上下，我们一些同学，背上各自背着将、士、相、车、马、炮之类的字，站在操场的大棋盘上。姚老师他们怎么走一步，一位老师就高声传达一声，我们也就照着跑到位。我不会下象棋，但在操场里这大一个棋盘上，背上背着一个“炮”，被老师们喊去喊来，还打了几炮，把别的同学打下场了，最后一个背着“车”的同学，又把我给“吃”了，这样子实在有趣极了。当然，学校里也有我不喜欢的老师，最不喜欢的是教珠算的那位杨老师，他脾气古板，上课呆板，他教珠算，把我玩算盘的兴趣全都打灭了。我又是闲不住的，他上课的时候，我做了一个玩意在下面玩。他发现了，还想把我的玩意收缴去——我才不会让他缴去的，在他走到我面前的时候，我让玩意一下就飞到窗外去了。还有一个贺老师，我也不怎么喜欢。那个姚老师，不知为什么走了，接替他的是贺老师。本来我是喜欢语文，也喜欢贺老师的，但是，有一次我写了一篇作文，写长了，他说我是抄的，我说不是，他却断定我自己是写不出来的。我实在感到冤枉，哭了，哭得很伤心，然而，他一直都不说冤枉了我的话。自此，我也就不怎么喜欢他了。在咸丰城小，我读了不少诗歌和散文，学会作文，学会了加减乘除、分数小数的运算，知道了我们中国是一个地大物博、人口众多的国家，我们国家的版图，东起黑龙江、乌苏里江交汇口，西到帕米尔高原，最北是漠河，最南端是曾母暗沙，我还用泥巴塑了一个中国地形图，被老师收进了学校的展览室……咸丰城小的许多老师，不仅交给我们知识，还教我们怎么做人，在我当了老师以后，他们又成了我心中一面面的镜子，怎样当老师学生才喜欢，怎样教书学生才有兴趣……尤其让我感念的是，咸丰城小让我们生活得快乐，早上有自由演讲，有放声歌唱，还有一折一折好吃的糯米粑端到教室前，我们在学校里打球，在县大礼堂的舞台上表演，我们戴着红领巾登到山上去，在山上攻碉堡，演习上甘岭战斗……

小学毕业时，父亲是咸丰中学校长，知道当年考初中很难，担心我好玩，会考不取初中，于是对我要求严格起来，督促我认真读书。升学考试前几天，在家里复习，大约我总是进入不了状态，他发了火，还把我的屁股拍了几家伙，找了一个小板凳，要我独自坐在水田边，专心复习。直到考试结束，我才可以安安心心玩，早上可以睡懒觉。一个清晨，我躺在床上，约莫听到父亲对母亲说："国韬可以取。"母亲说："这就放心了。"我想，一定是考试的成绩出来了。不过，我还是浑浑噩噩的，一点也不觉得这"取"与"不取"有什么重要。

父亲说了这个"可以取"之后不几天，就去恩施开会了，而且一去就没有回来。两个月过去了，同去开会的其他老师都回来了，我们打听父亲为什么没有一同回来，他们的回答都是："留下来继续学习。"随后，学校通知我和母亲搬家，从被称作的"校长室"，搬到一幢小木屋里。小木屋在学校的外面，一边靠近学生大食堂、盥洗室和厕所，另一面是一丘水田。木屋一共三间，紧挨学校院墙的一间是开水房，中间是理发室，我们住在外头的一间。搬家是学校找人搬的，以至于有些东西，比如父亲多年积存的若干摘抄本和一部《史记精华录》，最后是不知搬到哪里去了。搬家不久，学校开学，我进入咸中读初一了。

一天早上集合，全校师生齐齐整整站在旗台前，静听县里的一位领导讲话。我站在队伍的后面，领导讲一口河南话，不怎么听得懂，但我听到有"反革命分子吴水平……"的话，立即像触了电一般，全身都麻了。我把头低了下来，脑子里一片嗡嗡声，再也听不进任何话了，陷入了极度的悲哀，仿佛世界突然一下变了样，只是没有流出眼泪。回到小木屋里，对母亲谈起了这事。母亲的神情显得有些呆痴，两绺头发掉在鬓边，腮帮略略抖动，半天才缓过神来，长叹了一声："唉——我就料想事情不对！"

已是秋风秋雨时节，我和母亲的心都是一片冰凉，眼前是一片灰暗。我们住在小木屋里，除了那个烧开水的驼背唐老汉，谁也没有同我们讲话；除了唐老汉、剃头的雷师傅和理发的学生，这里别无他人进出来往。我下了晚自习，回到小木屋。母亲独自躺在床上叹气，也没有点一个灯亮。她本来就有个胃气的毛病，叹一会儿气，又要连连打嗝。她要我把灯点燃，小屋里有了昏黄的光。四下里虫声唧唧，我感到万分寂寞和孤单。不久，隔壁的盥洗室里，有了人语声，几个学生在讲话，有了一点生气。又有人吹着口琴来了，愈来愈近，我猜是三年级的周翔驰，同学们都叫他"都想吃"，只有他的口琴吹得这样好，刚才他吹的是"十五的月亮升上了天空……"我躺在床上，微弱的灯光照到天花板上。天花板是乱七八糟堆放的一些木板，上面扬尘水渍后的痕迹，大块小块，点点斑斑。我望着这些迹印，分明看出，是一幅一幅狰狞可怖的模样……把灯吹熄，蒙头睡了。旁边的母亲，依然没有睡着，还在叹息，还在打嗝……

父亲似乎是永远离开了我们，没有他的一点点音信，我们真是无依无靠了。我一天去出操、上课，回家吃饭，又上课，回家。我们没有了任何的接济，母亲开始给别人缝衣、做鞋，找一点钱买米、买盐。天无绝人之路，原来母亲在校园里种的一块茄子，出奇地结得好。我们每日餐餐都有米汤煮茄子做菜，这门菜还很下饭。只是那间理发室，坑坑洼洼的，上面的头发怎么也扫不净，我们去来都要经过，房里总会带进一些头发，有时发现饭里都有短发丝。那一块茄子，也真是救了我们的急，不停地开花，不断地结出茄子，直到打了几次霜，才渐渐停止。这茄子一下架，吃菜还有些为难了。母亲叫我去找南瓜叶。学校周围的田埂上、小河边，种的南瓜不少，虽然停止了开花结果，瓜叶也在渐渐枯萎，但藤蔓的顶端，还在顽强生长，长着嫩绿的小叶。这南瓜叶又成了我们许多时日的蔬菜。一日找南瓜叶的时候，我又有意外的发现，河坝的沙石滩上，烧过火土灰，上面长了不少野生的油菜。我拔了一把带回家，母亲笑了——我终于看到她露出了稀有的笑容。然而，没过多久，母亲气色很不好，身体显得很虚弱，说有大毛病。我问什么病，她只说身上流血不止，叫作什么"崩病"。

难得的一个冬日晴天，我去河坝找野菜。太阳照在身上暖洋洋的，我躺在河坝里，晒太阳。仰望蓝天，天上的白云，如一座一座的小山丘，在缓缓漂移。我想着，它们是向哪里飘去呢？往北？往西？我想对白云说："你们会飞到西安去吗，那是我哥哥读大学的地方，我好想他……"

咸丰，当地人就叫"寒风"，直到推广普通话后，"闲风"这种读法才多起来。咸丰地势高，冬天很冷，吹风下雨的时候，很多人都说，难怪这个地方叫"寒风"。这个冬天，我感到特别寒冷。买木炭是没有钱的，母亲时常是坐在床铺上做针线。

一天晚上，我刚刚睡上铺，忽然学校的钟声响起，有人在高声呼喊："城里失火了，救火，救火！"我急忙穿衣下床，走到外面一看，天上下着小雨，到处漆黑一团，但是咸丰城那一边，红了半个天空，火焰还不停上窜，一簇火星飞扬起去，迅速化灭，又一簇飞扬起去。天顶弥漫着一层浓黑烟雾，仿佛要把下面窜起的火焰死死罩住。整个学校都行动起来，人们在往城里跑。我加入人群，冒着小雨，顶着刺骨的寒风，在湿淋淋的地上奔跑。跑到离城关小学不远处，看到百货公司在一片火海之中。哔哔剥剥的响声不断，大片红纸样的东西，一片一片飘起来，随即化为灰烬，旁边的同学说，那是布啊。我们站在小桥上，看着人们在忙着用水桶、脸盆打水，往火场送去。我们这些学生，两手空空，不知所措，全然是一群旁观者。站在这里，我开始感到寒冷，脚就像插在冰窟里一样，而且脚下非常沉重。喔，我的棉鞋湿透了——母亲的鞋做得好，就是不隔水啊。

回到学校是什么时候，我们也不知道，恐怕离天亮不久了。早上，也没听见打起床钟，我也不知睡了什么时候。母亲已经把我的棉鞋在开水房烤干了。

低着头做人的日子已经过去，我似乎变得有些无所谓了。我心里，偶尔有一种莫名的愤懑。我会在一个僻静的窗口，扫视远处过往的路人，有我不喜欢的，便将手指比作手枪，瞄准他，想把这愤懑发泄出去。撕过我衣服的梅校长，就曾经成为我瞄准的对象。上课的时候，老师讲得好，我听；讲得不好，我在下面画画，干别的事情。上自习的时候，我更是做自己想做的事情，比如用纸板制作奖章，是斯大林胸前佩戴的那种。不上课的时候，我去打篮球，打排球，或者和同学轮换推板车，轮换着坐，满场跑，坐在上面的时候，得意极了，学着检阅部队，高喊“同志们辛苦了！”学校在修房子，挖了许多的壕沟，我和同学们在壕沟里打仗，用泥块当炮弹。不过，我终于负伤，左眼被对方一块泥土击中——还好，是稀泥，摘去后睁开眼看看，没有失明……

一天，打排球的时候，不知为什么膝关节酸痛，很有些影响我的活动了。一个星期，两个星期，都是这样。母亲说，还是找医生看看。烧水的唐老汉说，怕是“冷骨风”，公路边有一个草医，会烧“艾灸”，是可以整好的。母亲将我带到草医那里。这位草医，头上包的蓝布帕子，已经黑黢黢了，胡须长长的，已经花白，毛蓝布长衫扎着腰带，一看也是能治病的老手。他慢吞吞打开匣子，取出一根银针。这针有母亲上鞋的锥子一般粗大，我心里有些发紧。但为着自己不变成瘫子，我把裤脚拉起来，露出膝盖，任由草医去锥。还好，虽然痛，但他锥得并不深。他在我的膝关节部位，连连地锥了几针之后——难受的还就是这个“之后”：他从匣子里取出干枯的草，是艾蒿，在手里搓揉成团，黄豆般大小，按一颗在他锥扎过的地方，点燃。一缕青烟升起，我感到了烫和无比的疼痛，他却俯下身子低着头，对着呼呼地吹。青烟吹散了，艾蒿燃得通红，我咬着牙承受着钻心的疼痛，眼睁睁看着艾蒿团子燃成灰烬。待他把灰烬吹去，看见这火烧的地方，立即鼓起一个亮晶晶的水泡。如此这般，每一次要烧三四颗，我去烧过三次，给膝盖周围留下一串火烧的疤痕。

哥哥给我来信了！他说，我得的应该是关节炎，这是很常见的病，他们好几个同学都有这个毛病，不必害怕，主要是防止潮湿——对了，肯定是潮湿引起的。我们住的小木屋，就在水田旁边，哪有不潮湿的？他同时给我寄了两瓶药片——哥哥啊，你是我心中一棵可以依靠的大树，可惜你离我太远太远啊……

严冬已经过去，桃花开了，李花开了，油菜花开了，火红一片，雪白一片，金黄一片。我在图书室，看到了梅校长的爱人邓老师。她对我说，你们是可以找学校借点生活费的，打一张借条，找熊校长批一下。是的，我们的确是没有钱用，生活无着，除了母亲做针线，找一点油盐钱，别无任何经济来源。我打了一张十元的借条，找到熊校长，他真的提笔就批了几个字。我也没看写的几个什么字，拿回去给母亲看了，她现出了喜悦，说道：“你看，上面批的是‘在吴水平工资项下支’，看来你阿爷还是有工资的！”这说明，父亲不仅还在，而且还有工资——这是多么重要的信息啊，我们的眼前露出了希望的光。

6 月的一天，邓老师又叫我，递给我一个小纸筒，上面写的我收。拆开来，是一本《成语小词典》，扉页上写了“给吴国韬学习”，落款是父亲的名字。我立即拿回家，给母亲看。母亲很是欣喜，说道：“看来事情在松动了，他还可以给外面寄东西了。”

又一个夏天到来，好消息也来了：父亲他们的“案子”终于弄清，恢复了工作，在恩施二中教书了，要接我们到恩施。1956 年 7 月 16 日，我和母亲离开咸丰，到了恩施。这以后我才知道，父亲他们这笔案子纯属子虚乌有。那是在中央抓了“胡风反革命集团”之后，各地也依样画葫芦，要肃清当地的反革命集团。不知是谁揭发，恩施地区八个县的中学校长，是一个反革命集团，于是将他们关在恩施“继续学习”，反省交代。事情搞得很火色，这些“继续学习”的人，感到过不出日子，于是有人“承认”，开始编造故事。案子似乎有了突破，上面便步步紧逼，最后人人开始编故事，父亲自然也是一个编故事的人。结果，上面把各自编的故事对照起来，都是牛头不对马嘴。搞了大半年才发觉是个“莫须有”，于是又批评他们不该造假。这也真是刮的一阵“胡风”，害得我们也跟着受苦。不过，父亲以后提起这件事，并没有多少怨言，他倒是多次说过，“共产党还有一个伟大之处，就是知错改错，能够纠正自己所犯的错误”。这令我印象极为深刻。凑巧的是，刚好十年后的“文革”初期，我和父亲一样，也遇到了倒霉事，吓死人的事——一夜之间也被打成黑帮，反革命。当时，被这种事吓死的人，真还不少啊！这个晴天霹雳并没有把我吓倒，我甚至做到了不去为了过关，编造一些故事去“坦白”，而是公开表示，我是唯物主义者，是无所畏惧的，没有就是没有，一直坚信问题最后会弄清楚。想来，这与父亲的这段经历不无关系。这可以用老子的话，“福兮祸所伏，祸兮福所倚”来做诠释。这些事情都已成为过去，都成为了历史，中央已经通过《关于建国以来若干历史问题的决议》，这种历史应该不会重复，起码不会简单地重复。

我感念咸丰，不仅是在这里我完成了初等教育，而且在这里我得到最初的生活启蒙和终生难忘的人生体验。也许正因为有咸丰的这段不平凡日子，1956年我转学到恩施二中读初二以后，似乎懂事不少，开始用功读书。

然而，当我终于理解穆云老师为何走路都要看书，自己也正像他那样每日手不释卷在发奋的时候，高中毕业了，再也没有上学的机会了。我的书还没有读够，心里不甘，一年接一年参加高考，却一次又一次“不取”。大学总是不要我，我没有别的路，只有像穆云老师那样发愤自学。这次插班考试，可说是对我多年自学的一个检测：我已基本达到专科毕业水平，而且成绩还不错。这个专科，是我自学出来的，我感到快慰和自信，不过，也痛感自学花费的时间太多，用了二十年啦！而且，自学走的弯路也是太多，哪有在老师指点下学习好？查《康熙字典》，为一个反切注音，自己反复琢磨了一个星期，才悟出一个道理来。如果是有老师指点，那是两三分钟就能解决的问题。固然，人不可能一辈子在学校读书，归根结底学问靠自己抓来，但有上学的机会是多么好，那是千万要争取的。

地区教师进修学院，是原来的咸丰师范学校升格的。我在咸丰读小学的时候，这里还是一片荒地。学校应是1956年后新建，1958年我们恩施几所学校的学生，一夜之间集结咸丰，参加大办钢铁，半夜就落脚在咸丰师范，睡在教室里。第二天一早，我们就开赴白水坝，开始筑土高炉，也没能把这所学校仔细看看。二十三年后的1981年7月31日，我再度来到这里，方才到处走走看看。校园里已经绿树成荫，梧桐高大，柳树浓密。这些树木自然是咸丰师范的开拓者们所植，在这酷暑时节，这里是好一个清凉的世界，我这前度刘郎，今天是来享受了。

我们学员的寝室楼下，是教师的寝室。一位女老师在门外劈柴，很有点面熟啊。细看，是邓一冰老师哟！我叫了一声邓老师，邓老师定睛看了好久，大约还是没认出来，我便自报家门。邓老师感叹了，还是黄梅口音：“这真是认不出来了。”此时，屋里出来高高大大的一个人。我一看便认出了梅校长，他还并不显老呢。梅校长依然用黄梅话喊了我一声：“国韬儿。”我开始发现了，梅校长还是有变化的：不如当年精神，话也不像原来那么多，除了问候我的父亲母亲之外，似乎没有心思再谈什么话了。哦，我想起来了，听说这许多年，梅校长也是不顺的，“反右”的时候他就吃了亏。这以后的种种遭遇，就可想而知了。我本想和他们多谈几句，谈一些往事，甚至为曾经对他使用了拳头道歉，但是有的往事如烟，有的往事又并不如烟，多谈下去是免不了涉及那些不愉快的往事的。唉，二十多年了，动拳头的往事，也许于我是并不如烟，而梅校长恐怕是早就忘得无影无踪了，我何必为我不曾忘记的往事，牵涉到梅校长那些并不如烟的往事呢？

8 月 1 日，高师函授班举行开学典礼，武汉师范学院的张主任、刘处长和地区教育局张文剑副局长等领导参加。据他们介绍，武汉师院负责全省两地三市两千多人，四个专业的大学本科函授教育，本届从 1978 年开办，学制五年，已经三年。由于当年没在恩施招生，省里应恩施地区要求，今年增设了恩施函授点，录取插班生 94 人，其中文专业 65 人，数学专业 29 人。负责教务的刘处长说，函授教育的主要方式是自学、面授、考试，学完一科，考试一科。每年面授时间 33 至 35 天，集中在寒、暑两个假期进行，两次不参加面授者是要除名的。平时自学，完成作业，要求总学时达到 2 200 至 2 400 个。张文剑同志讲了武师慨然承诺恩施高师函授点的教学，是对恩施教育的大力帮助和支持。恩施离省城遥远，交通极为不便，武师授课老师，每个假期都要长途跋涉七百公里到这里，路途往返时间都得五六天，仅此就足以令人感动。地区对高师函授班的开办，也作了认真的安排，各县配备了专职辅导教师，规定给学员每人每天伙食补贴三角，差旅费回本单位报销。他希望第一期学员要珍惜难得的机会，学有所成，为恩施教育发展做贡献。

中文专业 65 人，数恩施最多，有 18 人，利川次之，也有十来名，其他各县六七人，四五人不等，还有几位是恩施师专的教师。这个班，是老少同堂：多数是二十几、三十岁的年轻人，不少是近年师专毕业生；我是年龄较大一点的，和我相仿的还有好几位；也有比我们更年长的，像恩施红土的向老师、红江中学的王老师，更有建始的龙老师，已是五十六七的人了，眼睛还高度近视。我在认识这些同学，发现他们的不同点是年龄有大有小，相同点是都有自己的工作，但都没有满足学业的现状，因此，一个共同的优点就是：进取。

这一次面授的时间是二十五天，内容是文学概论和元明清文学，都由武师的老师不远千里来讲授。讲文学概论的李老师，开讲之前说了他来恩施的感受：“这次到恩施来，坐了两天汽车到恩施，又麻烦地区教育局派吉普送到这里来。我第一次看到了这大的山，这样难走的路，可以想象，你们长年累月在山区工作的同志，是多么不容易……令我特别难忘的，也感到很心酸的是，我在车上看到路边有一个小男孩，不过十二三岁，衣衫褴褛，打着赤脚，扛着一根树，沉重地走着……我感到这里的群众太贫寒了，这里的孩子是太苦了。这样大的孩子，正是读书的时候啊——看到他，我想起了我的小孩，与他一般大小，今年小学毕业，刚上了初中，而这个小孩……”说着，他竟然掏出手巾，摘下眼镜，拭去眼泪。李老师看见的这类情形，对于我们这些学员来说，的确并不鲜见，而李老师的动情，却唤起我们心底的同情心和一种莫名的责任感。

给我们讲中国小说史的盛老师，是一位刚毕业的研究生。他拿着一本厚厚的讲稿，照本宣科较多，也许是刚留校当老师一种谨慎的表现。不过，在有兴致的时候，他也离开稿子发挥一番，讲得洋洋洒洒。他还注意板书，而且字写得相当漂亮，我时常在笔记上学他的字。

早就听说，给我们讲授元明清文学的是李悔吾教授，是知名的元明清文学专家。这次面授的最后九天时间，都是李教授讲元明清文学的戏剧部分。李教授先向我们作自我介绍，他是湖北新洲人，读高中时家庭困难辍学，在家乡教过私塾。刚解放的时候，做过支前工作，还当过乡里的文书。以后有机会才去学习进修，然后教初中，教高中。差不多三十岁，有幸考取华中师范学院方步瀛先生的研究生，攻读研究古代戏剧、小说……他对我们讲自己的这些经历，我听出其中的含义是鼓励我们这些已经工作的函授学员，可以而且应该不断学习研究，提升自己的文化水准和教学业务能力。

我本是对京剧、南戏这些古典戏剧不感兴趣的人，过去偶尔进过几次剧院，但总是喜欢打瞌睡。但是，这一次听李教授讲中国古典戏剧，就像灾荒年打牙祭一样。他给我们讲中国戏剧的孕育、形成和兴盛，讲末、旦、净、杂，讲关汉卿、马致远、汤显祖，讲文场和武场、冷场和热场、乐场和悲场，品评《窦娥冤》《琵琶记》《牡丹亭》，赏析《皂罗袍》“姹紫嫣红开遍”……方才知道中国古典戏剧乃是一个底蕴深厚、高雅迷人的文化大海洋，一个万紫千红、美不胜收的大观园，令人陶醉不已。教授告诉我们，这次来恩施之前，刚看完他和王季思先生等合编的《中国十大古典悲剧》清样。他向我们推荐这套书，包括《中国十大古典喜剧》，是集众家之长选编出的最好版本，待正式出版以后，是可以读这套书的。

半月时间，一直上课，没有一天休息。7 月 16 日是个星期天，学院通知放假一日，便邀了过去的同窗，今又同学的陈泽钰，寻访初中时的老同学张维正。维正大学毕业后一直在咸丰工作，如今也是儿女成行了。老朋友久别重逢，一玩就是大半天，夫人小储殷勤招待，我们快乐度过了学习期间唯一的一个假日。

第二天继续上课，李教授讲了昨日学校送他去川鄂交界处的小南海一游，那是一百多年前一次地震造就出的一个大水面。如今这里风景如画，有山有水，有洞有岛，山光水色，交相辉映，是一个相当漂亮的地方。教授情之所至，赋小诗二首，我将其记录下来：

绝句二首　游小南海

其一

人云三岛属蓬莱，
我谓仙山即此间。
陶令东篱俱往矣，
无缘觅得洞中天。

其二

我与诸君南海游，
水光山色不胜收。
愧吾不善丹青色，
难使风光入画图。

教授对山区风光赞不绝口，自然也鼓励了我们热爱本土，努力建设山区。

已是 8 月 24 日，面授结束，要回到工作岗位上去了。汽车在山间穿行，外面正下着大雨。我坐在车上，透过车窗看大雨浇洒群山，洗净山峦。我充满幸福感和满足感：在行将步入不惑之年的时候，自己终于获得接受高等教育的机会，大学教师渊博的学识，深厚的学术造诣和高尚的人格修养，都令我敬仰。聆听他们的讲课，我真是如沐春风，感到三生有幸啊！我庆幸自己，过去的时光，尽管大多处于困境，但没有让它白白流淌，我一直坚持了自学，否则，这样的学习机会我是不可能得到的。今后，自学仍然是学习的主要途径：老师的倾心讲授，也如这雨水的浇灌，若自己不充分吸纳，雨水是会轻易流失的；有丰富营养的灌输，自己不细细咀嚼，也会如李仲英主任所说，会引起消化不良的……马上就要回到单位了，将近一月的学习时间，我在一边享受知识的盛宴，享受夏日咸丰的清凉，我的那一份工作，都是同志们代我做了，回去更应该尽力工作才对……啊，学校不久就要开学了，计划把旭娃接到城里读书的事，也得落实了。送到哪所学校呢？二中自然是最好的，但是不容易进去的，哥哥想把捷娃送去读，给顺哥校长讲都不可能，结果上了东方红中学。旭娃也就上东方红中学吧，离我近，也好照顾，成绩怎么样，还是要靠自己努力的……

不到十二点，车到恩施城。下午参加局里的会议，张局长在讲下半年的工作。我像缺了许多课的学生一样，极力想从他的讲话中，补足旧课，听懂新课。只听得张局长说："一是，认真贯彻 84 号文件，狠抓普及小学教育……确保普及率、提高合格率……写一个报告，或作批转，或作县委发文……9 月中旬，召开普及教育现场会，传达精神，交流总结经验，之前要去三岔，深入进行一次调查研究，然后搞个文件……"听到要去三岔，我的心里"咯噔"了一下：要下乡，那可怎么办？我还要去接旭娃来上学呢……看来，明天就得去东方红中学联系，还要请假去芭蕉接旭娃——我这个上课的学生心猿意马，走神了！又听见邓股长在说："中心议题是研究新情况，解决新问题……"谭局长说："教师的问题，要单独提一下……"半天的会议，我一直没有很好地进入角色。

一日一夜的大雨下个不停，倒让我睡了一个好觉。中午去到东方红中学，对向继明主任讲了旭娃转学的事。主任近视眼镜里露出和善的目光，爽快答应了我的要求，并说他去给吴锦屏老师讲一下，安排到她班上。下午，向邓股长讲明情况要回一趟芭蕉，股长说，趁现在没有下雨，早一点走。远栋同志见雨停了，邀我一道回家。远栋的家在头道水，我们可以同一段路。

这次还幸亏同远栋一路，不然我就只好打道回府了。原来，我俩骑着车，迎着雨后清新的空气，跑得开心。哪知才过巴公溪，公路就看不见了，被一片浑黄的大水淹没。这可如何是好？远栋说："只有把车扛起，绕山路走。"他把车扛起来，上了一条山间小道。我也把自行车扛在肩上，跟着他往一架坡上爬，累得气喘吁吁。我紧跟着他，觉得这路怎么这样长，爬过一道坡，又下一个坎，过了一条小水沟，再顺着小路走，搞得肩上真是像马啃……前面一个社员模样的人，却认识远栋，笑着说："陈老师，我只看见过人骑洋马车，今天才看见洋马车骑人呢。"远栋把车放下来，喘了一口粗气，苦笑道："我的天啦，今天我试了试，人骑车要轻松得多。这个车骑人，还真不是滋味！"

我们又扛起车走了一段，终于上了公路，该轮到人骑车了。行不远，远栋分路了，我与他道别，继续奔前程，天黑前到了火花中学。给传美讲了扛车爬坡的事，她听得咂舌，讲到旭娃准备安排在吴锦屏老师班上的事，她高兴了，说读小学时，吴老师教过她，人很不错的，当时是老师中的一枝花，学生都喜欢她。我说，我也认识，上半年普通话教学观摩会，听过她一次观摩课。第二天，芭蕉的老师已经集中学习，准备开学。我到庳口看父母，汇报了咸丰学习情况，又赶到芭蕉，第二天便带着旭娃进城去。这次到芭蕉，去去来来都有故事。前日遭大水，扛着自行车绕山转，今日带着旭娃进城，才走到半路，这洋马车调起皮来，轮胎跑气了，无奈，两爷子只有步行，推着车走。

赶到了晚上开会，是研究企业单位办学问题。我听出主要的精神：教育不堪重负，凡是中央、省、地、县、镇所属的全民、集体所有制企业，要自己办学，自己出设备，请教师。不足一个班，自己办不起学的，单位要负责缴纳办学经费，小学每生每学期 30 元，中学生 50 元……不过这事我可以不操心，起草文件是办公室李孝银同志的事情。他与我一道，也是刚从咸丰回来，这一回来就有作文题等着了，而且也是限定了时间的，明天就要交卷，后天和我一道去三岔，还说张局长他们今天上午已经去了。我要孝银安心写作文，明天我去买车票。虽然没有写作文的任务，但我的心神不宁啊，想着旭娃才到，还没有上学，我这一走，如何是好？

第二天，把车票买了，接着带旭娃到东方红中学，见了向主任。主任说，他已经给吴锦屏老师讲了，学生就进她那个班，只是开学还要等几天。从学校出来，到法院去。那个两兄弟，旭娃和捷娃，立刻胶在一起了，他们将要同学，自然是高兴。这一边，我们两兄弟，是同病相怜，互诉苦衷，我说："才把旭娃接来，学都还没上，马上又要下乡。现在一家分为三处，我是上管不着老，下管不着小……"哥也正在为嫂子调动的事得急，接过话头说："这个调动的事，也不知怎么搞的，报告早就打了，也给你们局里管人事的敖局长把困难情况说了，连我们单位的领导都出面讲了，眼看马上就要开学，还没有一点音信，是不是泡汤了。我们单位不知一天哪里这么多的事，吴捷，我也是管不到的，还有太阳河那边，更是鞭长莫及，大人细娃，几处牵扯，讲后顾之忧，这就是最大的后顾之忧啊……"想去年，两弟兄一下都调进城，那是皆大欢喜，经过一年的实践，我们都检验出一条真理：一家大小几处拉扯着，不是个事！

将一把钥匙、菜饭票和几个零用钱交给旭娃，告诉他我要下乡很多天才会回来，开学了就和捷娃一起去上学，找吴锦屏老师，有事找伯伯或者家家，平时就在家里，少外出……孝银提着包来了，邀我去车站。

这是第二次去三岔。坐在车上，心里总是舒展不开，想着我这一走，就只旭娃一个人了，像个无娘儿，又是刚到城里来，人也认不得几个，学还没有上，老师也没有见到，还有吃饭，睡觉……不知这段时间他怎么过！

汽车喘着粗气，昂昂地叫着，慢吞吞的，在爬大王坡。我也感到一身如牛负重，心乱如麻。我想竭力排遣这种抑郁的心态，去想我们过去的日子，传美当年读小学，就被放到七里坪，比现在的旭娃还小，也是像无娘儿的，还是过出来了；我比旭娃现在还小时，家中遭受变故，历尽艰难。旭娃这样锻炼一下，也不会是坏事的。

我们到达三岔文教站的时候，张局长、朱股长和李先智站长，刚从管理区学校回来。在文教站的客房里，张局长拿着干毛巾，在使劲擦着身上的汗水。朱股长精神很爽，对我和孝银介绍："我和局长跑了两天，看来三岔的工作的确抓得比较主动，有些做法很值得总结和推广。首先一条，他们的入学工作抓得早，从暑假就在做准备。全公社规定的二十八号开学，今天我们看的几所学校，学生都到得都比较齐。今天看的马头大队，照着适龄儿童花名册点，170 人只差

3个。这3个都属于‘痴呆傻’，其中一个是出了门，就找不到回家的路；另一个是吃饭不知道放碗，一边吃饭，一边拉屎；还有一个有癫痫症，点点大，很遭孽……我们怀疑是不是近亲结婚，一问，果不其然，这里有姑舅老表开亲的旧习惯……”张局长穿上衣服，对我们说：“三岔在抓入学，抓巩固，抓提高方面，都有一套好的作法，在加强教育教学的管理方面，他们也在起步。你们来了，和朱股长再多跑几个地方，深入全面了解一下，总结一些可以在面上推广的东西。我明天要回去开两天会，开罢会再上来。”朱股长说：“好，局长去开会，我们明天和站长先去三元坝一片，听说清江边上的红椿坦小学，去年开始实行隔年招生……”此时，李先智站长来叫我们吃饭了。

吃放的时候，我又想起旭娃来，他会不会按时到教研室的食堂去吃饭呢？

跟随朱股长跑三元大队，了解入学情况；去三岔高中召开座谈会；到河湾大队参加全社开学工作现场会……白天都在忙着，晚上可以看看带来的《中国古典文学作品选》或是《第二次握手》，不过，不能去想旭娃，不能想到我这一家，一想到就心中很乱。这样过了一周，终于提起笔来，给传美写信——

传美：

二十八日别后，带旭娃去城，半途车胎跑气，步行到城，知局长和朱老师已于当日早上到三岔。因车票不好买，又因旭娃刚到，我和小李三十号下午才到三岔。此前，我已带旭去东方红中学，但学校一时还不能开学。

我们一到三岔，就事情缠身，原想周内回去一趟，看了旭娃后再来，结果不能如愿。我是心悬数处，想一家七口，我在三岔、旭在城里、两老在岸口、你带荞昶在芭蕉，四地分散，作“1-1-2-3”排列，加之这二高山上的秋风阵阵袭来，凉意嗖嗖，不免喟然长叹！尤其是旭娃，新来乍到，虽有几处亲人可走，但毕竟十天半月见不着父母，生活学习皆得自己料理，甚为不安。不过，想你们兄妹儿时，寄读于七里坪，他又算是好的，人也要大一点，经受一下锻炼也好。尽管这般的左思右想，心里总有许多惆怅，惴惴不安——这与去年来时的心境是迥然不同，有时依然想请调回芭蕉。

前日与张局长闲谈，他忽然问起你是教什么的，于是我讲到了后顾之忧。他说了一句：“原来没怎么考虑这些问题。”我不知道他们现在是不是在考虑这个问题。最后，他忽地提起："调来还没有房子呢。"我说："就住在我那杂物间都可以。"看来他们也许会考虑我们这号人的困难的。不管怎样，我想这一年之内，你们若不能进城，我便请调到芭蕉，这样分散数处，终非长久之计。好的是，前日听说嫂子的问题基本解决，安排在头道水鲜明学校，总算实现了他们一家的团圆。

我这里的工作再过三四天可告一段落，星期四五回局。局长昨日布置，近日内将三个材料落实，回家过八月十五。下乡方七日，思绪有万千。纵有许多言语，千般悬念，都放下，只等中秋月圆。祝

好

国韬　1981年9月6日 于三岔

我和传美，是极少写信的，因为没有必要，如今却需要鸿雁传书了！

在三岔整整工作十二天，10号下午回到单位。我进屋不久，旭娃也放学回来，见我不禁露出惊喜。我问他这些天怎么样，他就说一句"还好哇。"一会，他补充说："我的英语跟不上，这回只考36分。"我说："不要急，基础差要慢慢来。你这次36，下一次争取46，再慢慢地争取56，再争取及格……"

晚上，旭娃在做作业，我在整理房间。窗户上探出一个头来，说话了："回来了嘛！"旭娃忙喊了一声："吴老师！"我请吴老师进来，问起吴旭学习的情况，她说："还不错，学习很自觉。我知道你下乡了，每天晚上都在这窗子里瞄一眼，他都在一个人做作业。有时候我喊一下他，说两句话，有时候看一眼，也就放心走了。"随即拍拍旭娃的肩，也是对我说："英语基础要差一点，努力赶一下——好，回来了就好。还有几个，我要去看一看。"她说话爽快利落，几句说完，转身就走。

吴老师走后，我想，要是早知道她这样细心，每晚还来看看，我在三岔也心里停当好多；旭娃他们有这样的好老师，也是三生有幸啊！

第三章 东乡故事

（1981年秋—1981年冬）

参加下乡检查的人员在会议室开会。全县秋季学期教育工作检查即将开始，分七个片进行，我去沙地、崔坝、熊家一片，领“组长”衔。我只接受过别人的检查，检查别人我从来没有搞过，这一下要去搞检查，而且还要当组长，精神上有一些负担。俗话说，“抱别人的脑壳好摇”，检查别人的工作本是个“抱别人脑壳摇”的事情，照说也并不难，但是，当个组长肯定麻烦很多，少不得要多说一些话，每到一处，开头要说一番，最后还要总结。言多必失，就怕把话说错。如果说错了，站、校领导和老师们责怪说，局里怎么派这么一个“开黄腔”的人来，影响是很不好的。不过，这次要去的几个公社，倒是我很想去的，属于恩施的东乡，向来被认为是文风很盛地方，而且，离我的老家很近，这里的口语与我的乡音近似，自己一直没有机会去。

我这个组的成员有小杜，他是教研室的语文教研员，恰好是崔坝人，对这一方的情形很熟悉。另外的成员由这三个公社的副站长、中学校长和小学校长组成，通知他们到时直接去沙地教育站集中。

晚上对旭娃说了，我要下乡检查，差不多有两个星期时间，还是要自己料理生活。他说：“不怕的。”我又作了一些安排，讲了一些注意事项，还说了有事可找家家、伯伯和大舅舅他们。他还是说：“不怕的，您放心去。”

我和小杜乘车直往东走。这条路，是七十年代为“川气东输”修的，称为气管道，线路大体沿着东大路这条古道，儿时离开老家到咸丰走过，一些地名也不生疏，只是印象十分模糊。就说这鸦鹊水，当年我从凉水埠出发，第一天走三十里，就落脚在鸦鹊水的亲戚家。我还知道，这地方很缺水，因为有一个顺口溜广为流传，说的是：“走到鸦鹊水，见他妈的鬼，吃的面面饭，没有漱口水。”又听说过，鸦鹊水到崔坝，是很近的，多近呢？有个说法，是“二十五里搭一跑”。据说这也是有来历的，讲的是两个人打赌，一人说这两地之间是二十五里，另一个说绝不会有二十五里。这两人都特别较真，还打起赌来。于是来做实际丈量。他们从鸦鹊水，向崔坝的方向丈量，刚好量到二十五里的时候，天下雨了，越下越大，于是两人一趟子跑到了崔坝，这便留下了“搭一跑”的模糊数据。不过，今天我们不去崔坝，而是到沙地，车在鸦鹊水向右边拐过去了。

车过鸦鹊水，行不多远，穿过不大不小的山林，再翻过一道山梁，看见一个壮观的大斜面，沙地小镇便坐落在这半坡之上。下车之后才发觉，站在这半坡之上，视野是极为开阔，梯田层层，房舍星罗棋布，树木点缀其间，或绿，或红，或紫，或黄。小杜一边走，一边给我介绍放眼可及的地方。集镇背后的最高处，有奇峰凌云，那上面一个地名很神奇，叫“天鹅池”。一听到这个地名，就让人想到了《天鹅湖》，耳际似乎回响起了欢快音乐——柴可夫斯基的《四小天鹅》。集镇前面的最低处，是深深幽谷，清江河就从谷底的深邃处流过，那里又有个地名颇富有诗意，叫“杨柳池”，叫人想起“杨柳岸晓风残月”“杨柳青青江水平”之类的名句。说起地名，我发觉东乡三个字的地名还不少，就说这沙地，其实是叫沙子地，人们总是喜欢简单，就叫沙地了。再比如崔坝，其实是崔家坝。鸦鹊水也是这样，很多人不愿多说这个“水”，就叫鸦鹊。正是这样，天鹅池也有人叫天鹅，杨柳池就叫柳池。

教育站在下街附近一个单独的院落里，显得颇为自在。我们到达的时候，向中心站长、黄立鉴副站长和站内人员正在开会，我想一定是在布置迎接检查的事。我们的到来，自然使他们的会议中断。为了让他们将会议进行到底，稍事休息之后，我约小杜去街上一逛。看了古朴的老街，再看公路边的新街，还看了他们的重点小学。

走出小学，沿着公路往东走去，有一座小桥。小杜指我看，桥那边就是公社所在地，公社后面的小山上是个天主教堂。我们走过小桥，到了公社门口，看见场院里有位胖胖的同志，小杜迎上去喊了一声“袁主任”。原来这区革委会的袁主任是小杜的老乡，也是崔坝人。我与他握手认识，说明来意，向他报到，主任表示已经听说了，欢迎检查指导工作。随后谈起天主教堂，袁主任说：“这还是我们沙地的一个古迹呢，房子都保存得上好。”于是，我们缓步向着小山岗走去。拾级而上，两边林木繁茂，遮天蔽日。不过百余步，有一西式建筑立于山头，墙面是洁白的，门窗是红色的，小窗上端是半圆的。我问主任，这房子修了多少年了，主任便说开了：“起码也是七八十年了，还是清朝手里的事嘛。沙子地那时候有洋人来传教，一个乡民想看看洋人传教士到底长个什么样，就把轿门帘掀开看了一眼，惹出多大一折事情来。与洋人一起的，还有几个教民，看见有人掀开窗帘看洋人，做着狐假虎威的样子。其中一个家伙，还顿时伸手扇了这乡民几个耳光，骂他不懂规矩，得罪了洋人，还要他置办酒席，放多少响鞭炮赔罪，不然的话就送到县衙门法办。这乡民忍气吞声，也都一一照办了。但是，传教士一伙人横不讲理，太霸道了，还说什么鞭炮放少了，要补多少响。这一下就激起了公愤，围观的人都出来打抱不平，和他们讲道理。一时之间，推推搡搡，都动起手来。其中，领头的就是沙子地出了名的向燮堂。向燮堂是个性情豪爽，天不怕，地不怕，路见不平，拔刀相助的好角色。他带着一帮弟兄，把洋人和洋狗子教民揪住，直往死里打，几家伙奈何（打死）了七个——就在那个桥上。”主任把手往下面那座小桥一指。我望着小桥，想象当年沙子地上演百姓怒杀洋人，该是怎样一种场面。主任接着说：“说起来也是气人，事情发生以后，清朝政府吓得要死，下令官府捉拿了向燮堂他们上十个人，押到恩施城。没有好久，向燮堂在恩施城东门河坝被处斩，清政府还给洋人赔了一大坨银子。这个教堂，也是用这个银子修的。”

我们一起下山，小杜议论道：“也真是百姓怕官，官怕洋人，洋人怕百姓。”主任说：“都是清朝政府没得狗屁用，该老百姓吃亏。”我问向燮堂还有后人没有，主任说有的，他的坟墓就在上面不远处，每年清明祭奠的香火不少，学校也组织学生去扫墓。

不觉已经走到公社大门口，我们向袁主任道别。

次日上午，崔坝的周清政副站长和李弼胜、向兴学两位校长，熊家肖德顺副站长和谭玉庭、王洪银两校长都先后到达。于是，召开检查组会议，讲了目的意义以及具体任务，还讲明我们一是要检查别人的工作，二是互相观摩学习，学人之长，补己之短。晚上检查组听向中心站长工作汇报，沙地的各个辅区学校负责人都参加了。我听向站长的总结汇报，很佩服这位站长思路清晰，有条有理，事情都抓到了点子上，办法也很多，整个工作很有起色。站长汇报一结束，我少不得要安排布置一番，明天分成多少路，各路哪些人参加……

第二天早晨，下了一点小雨。我和肖德顺、李弼胜三人，在教育站谭宗炼老师和水坪管理区黄校长带领下，去水坪管理区学校。走在乡间公路上，极少车辆，无一点灰尘，很是舒服。五个人热热闹闹，边走边天南海北地闲聊。讲到了农村去年实行责任制的事，谭老师给我们讲了一个《然和的故事》：

然和，姓向，是沙地公社革委会副主任，不过三十来岁，当地群众也不叫他向主任，就叫他然和。去年，包产到户的政策刚刚出来的时候，人们还不知是个什么阵势。有相当经历的公社干部，都狐疑不定，大多数还提心吊胆，生怕犯“三自一包”的错误，视包产到户如水火，不敢有一点放纵。但是，听广播的社员，心里却是向着广播里的声音，要包，要分，就是没有人敢给他们撑腰。独有这个向然和，在公社干部分工蹲点的时候，他公开讲：“哪里分田，我就在哪里去蹲点；不分田的地方，我不去。”他这一句话出来，把不少干部都惊呆了，有的人还为他捏冷汗。

柳池的社员呢，就是要包，要分，巴不得有这么一个硬汉子干部来给他们做主。好，就这样，然和到柳池蹲点去了，柳池也就干起来了，家家户户分田了。

公社里呢，看着出了然和这么个毛小子，把个杨柳池闹翻了，也把个沙子地四处都扯动了。几个领导都得了急，想着这纸又怎么能够包住火，情况一旦报上去，上级追查起责任来，沙地公社挨批是注定了，还要搞得臭名远扬。怎么办呢？他们决定马上整理然和的材料，先把他批判了再说，就说是沙子地刮起的这一阵风，都是然和这小子搞歪门邪道。批判然和的材料基本准备就绪，只差选定一个恰当时候开批判会。这时，接到县里通知，召开全县三级干部会。这样，批判然和的事，只好推迟到三级干部会后进行，同时，也觉得这样借上级的东风回来整然和的风，也许还更好一些。

谁知道，三级干部会上贯彻中央15号文件，就是要落实生产责任制，就是要包，要分。这个会一开，沙子地的干部都说：“格杂的，然和搞的还是对的！”

如今，柳池人个个都庆幸，亏得早早落实责任田，家家粮食翻一番，收入翻一番，比别人早吃一年饱饭。

谭老师讲得兴致勃勃，接着又说，今年的沙地，收入5 000元以上的有90户，沙地人总结的是：“要发家，有四抓——粮、烟、猪加油菜花。”

谭老师还说，原来我们想，责任制好是好，农民生产的积极性肯定要高得多，但是也有几个担心：一是秋后国家的粮食能不能收上来，如果农民不愿交，我们吃供应粮的人就有问题了；二是都去忙责任田，我们的教师能不能稳住；三是学生会不会流动。现在的事实说明，我们的农民，真是有良心的农民，他们有了东西，巴不得献出来。我们亲眼所见，他们真是把最好的粮食首先交给国家。我们那个粮店，一时间交爱国粮是排队成串。教师呢？百分之九十的半边户教师，也跟着托责任制的福富起来。有个向必铎老师，家大口阔，原来一家人总是不够吃，一年要买几百斤粮食添补。今年他家里收了两千多斤稻谷，一千多斤苞谷，还愁着没有地方装！那一天，他跑到教育站来，高高昂着头，一路大声叫喊：“站长，站长，今年我家的粮食收了几千斤啦，还要找地方装！我有饱饭吃了，有饱饭吃了——我吃的是邓老板的饱饭啊！”学生呢？嗨，今年来得比哪一年都快，钱比哪一年都收得齐……

“到了，到了。”我们一路谈着，于不知不觉间走了十多里路，到了水坪管理区学校。学校老师们像家里来了客一样，个个出动，端茶递水，有原来相识的，相互问这问那，很是亲热。学校的主任，不是别人，恰是郑兴顺——我初中的老同学。他师范毕业留校做后勤工作的时候，我去他那里玩过，是他骑自行车把我带去的，一晃就二十年了，他怎么回家乡教书来了？晚上听学校工作汇报，就是郑主任讲。他好像没有多做准备，讲得很简短。是的，他是个实实在在做事的人，平时话就不多。不过，第二天我看了工作计划，看了作业批改情况，又听了几节课，觉得学校的管理，都井井有条，老师们的备课、讲课都认认真真。晚上开各大队学校负责人会，听他们汇报，都有一套管理学校的方法。我感觉，真是强将手下无弱兵，有向站长这样一个精明的头，下面是不会差的。

在这个管理区的第三天，我们四个人，分成两路，各去一所大队学校。我和肖德顺在郑兴顺带领下，去双龙大队学校。顺着一条小河，逆流而上，很像是从九道水去戽口，也是那样的高山，也是那样的密林，也是那样的色彩斑斓。可惜下雨，道路泥泞，雾气蒙蒙，不然，这一行是很畅快的。双龙学校五六个教师，热情得不得了，说我们真是“稀客”。有意思的是，他们无论男女，每个人都要装烟，似乎各自只代表自己，而且要装一双，实在有趣。一个小伙子，也是一双白金龙香烟递来，我说你们这样客气，我都不好意思了。他爽快地说：“您放心，我又不是怕您们检查出什么毛病——还就望您们指出毛病来。我们一年到头在这山沟沟里工作，真心希望自己家里有人来看看，就像嫁出门的姑娘，见到妈屋里的人一样。”说得大家都哈哈大笑。我记得自己刚刚踏入教师行业的时候，参加了几次老师们的活动，对“教育界”这个词有了新的认识，觉得教师这个群体有一种特别的亲和力，现在，我更感到我们教师队伍，是一个好大的大家庭，生活在这个大家庭，的确是很温暖的。

无论怎样，我们还是照着程序进行我们的工作，听课，开座谈会，查看资料。晚饭，是所有老师陪着我们热热闹闹地吃，然后几个老师还送了我们一程路。

在水坪管理区的工作就要结束，老同学郑兴顺非得接我们去他家吃餐饭不可。好意难却，我们四五人，到兴顺家去。沿着公路走，山上枫叶正红。行不远，转一个弯，路旁一个农家小院，屋旁一棵柿子树，挂满红红的小灯笼，场院里几株大丽菊开得正艳，兴顺说家就是这里。一位高高大大的女人，笑盈盈地走了出来，不用说就是女主人了。坐定喝茶闲谈，我说这一带真是山清水秀。兴顺说这里地名黄广田，不缺柴，不缺水，还有水田，比沙地很多地方都好。我说缺水的是鸦鹊，“吃的面面饭，没有漱口水”。几个人笑我只知其一，不知其二，沙地和崔坝，都是缺水的地方，这一边方属于青石岩壳地，又多天坑，地上装不住水。谭老师说：“我们沙子地就是因为缺水找水，还出了一个名人呢！”

我问：“哪一个？”

谭老师说：“胡海山，你没听说过没有？”

我说：“听说过，胡海山就是这里的人？”

谭老师答道：“是那边落都管理区的人。”

我说：“他还算是个大名鼎鼎的人物，只是后来没怎么听说了。”

肖德顺也说：“是的嘛，只怕恩施没有哪个不晓得他。那时候报纸上，广播里，连岩石板上写的都是要学习胡海山，还编成歌唱，只是好久没听说他了。”

谭老师说：“这个人也算是不简单，只是差点文化，现在这个人已经不在了……”谭老师便把胡海山的前前后后，给我们讲了半天，中间还有黄校长、兴顺他们插言，“打补巴”。我把记得的大概情节记录下来——

胡海山，沙地公社落都人，是个年轻力壮的铁匠。他居住的地方，青石多，岩壳地多，装不住水。下雨的时候，水流四处；晴了几天，就滴水如油。胡海山受尽缺水的苦，做梦都想着如何找到一股泉水，让村中男女老幼尽开笑颜。

其实，村里的人哪一个不像胡海山那样，做梦都想找到水？七十年代初，开展农业学大寨运动，这里的人就想圆这个梦。他们听老人说，离胡海山家不远的地方，地下有一条阴河。于是人们就在这里组织大会战，大队人马开了去，铁锤叮当，炮声隆隆，战天斗地干起来。但是，从七二年战到七三年，始终没有见到一滴水，只好作罢，无功而返。

胡海山的找水梦不圆，心里总是不甘。1975年的一天，他独自一人去到当年会战的战场，到处细细地察看，又俯下身子，耳贴地面静静地听。终于，他在一处听到淙淙的流水声。胡海山喜从天降，跑去邀集乡亲，再来开山找水。但是，没有一个人响应，人们想的是，那么多人在这里大会战，战了那么久，都没有成功，哪个“痴子”再去白费力！这个胡海山却是一条犟牛，带着钢钎铁锤去到工地，独自一人开山凿石。他早去晚归，披星戴月，如此数月，开山不止，真像个当代愚公，人们也真是嗤笑他有几分愚。

老愚公是要把山搬走，劈开直通的大道；胡海山是要在山里打洞，引出清亮的泉水。老愚公有儿孙们帮忙；胡海山是孤身一人奋战。老愚公寄希望于未来无穷匮的子子孙孙；胡海山是盼着今天就亲手挖出哗哗的泉水来。胡海山的山洞已经打得不浅，还是没有见到泉水。他并不灰心，相信老人讲的阴河，更相信自己的耳朵，仍旧不停地挖山凿石。忽然，轰隆隆一阵响，洞口塌下大堆的土石，封住了洞门，里面顿时一片黑暗……

村中的人，发现两天不见胡海山归家了，担心他出事。几个人忙跑去洞口一看，果然，看见土石坍塌，洞门已被封死。谁都料定胡海山是凶多吉少——胡铁匠这一回是为水断送了性命。

“耶，那个岩缝中怎么有钢钎在动呢？”有人发现了情况，高声叫起来。人们惊喜胡海山真是命大，还活在洞里！大家七手八脚，搬开石头，扒开泥土，把个要死不活的胡海山救了出来。

说胡海山是一条犟牛，实在不错。这次差一点丢了性命，他依然是不回头，犟着继续操起钢钎铁锤，凿石开山不松劲。一天，奇迹终于出现：他掘出一个洞来，一泓清水就在面前哗哗地流！这时的胡海山简直发了疯，他一趟子跑到街上，买了寸金三百响的鞭炮两挂，吊在洞门口哔哔剥剥燃放起来。山野里鞭炮鸣放，顿时引得村民云集。只见胡海山进洞去，三两下掘出一条口子，清亮亮的泉水滚滚涌了出来。这胡铁匠自个振臂高呼：“毛主席万岁！”人们一下子围了上去，把个胡海山抬了起来。

胡海山打出水来，圆了自己的梦，村里的男女老幼也真是笑逐颜开。喜讯传出，胡海山名声大振。记者采访，代表参观，领导接见，一时之间，落都一带各色人物川流不息。报纸报道，电台广播，舞台表演，歌声颂扬，都是要“学习胡海山”。胡海山成为活学活用毛主席著作的好榜样，是当今的活愚公，是专门利人的白求恩，是全心全意为人民服务的张思德……胡海山的名字已是家喻户晓，妇孺皆知。

无论怎样宣传胡海山，胡海山就是胡海山。他到底差一点文化，比如，有时说话就有用词不当的地方。地委书记接见他，他说：“书记，您好肥啊！”他不说“胖”，是因为落都人说“胖”是专对小孩的，他便说了这个“肥”。这就明显是用词不当了，而且，在书记面前还有别的话可说，怎么要讲什么肥瘦呢。胡海山没读过书，认得几个字是上扫盲班学的。单凭认得的几个字，要读报纸都有些勉强。他热爱毛主席，但要读毛主席著作也是有些困难的。至于要读别人写的稿子，更是困难重重了。问题就出来了：在一次隆重的广播大会上，他按照要求，费力地照着别人给他写的讲稿读，总是感到别别扭扭。他想，事情就是我做的，自己背都背得出来，怎么要一个个认别人写的字，心里实在不是滋味。而且，自己做事是想怎么做就怎么做，照这稿子上读，做事之前还要想到这么一个"教导"，那么一个"指示"，什么时候又想起怎样一条语录——就为这事，他是太恼火了。这稿子把胡铁匠搞得汗流浃背，比打毛铁还吃力。他实在憋不住了，火气一来，对着麦克风说道："扯鸡巴蛋，你们搞的这些东西我念不来！"把讲稿掀到了一边……

胡海山还是原来的胡海山，回到村里依旧当他的铁匠。他的名字从此再没有宣传，渐渐为人淡忘，除了吃上了水的落都人。

一年以后的一天，这位铁匠上山弄柴，就在他打出水来的山上，一脚踩虚，跌下悬崖，胡海山不幸身亡。

或许，胡海山的身躯和灵魂就是要同这座山融为一体，因为，胡海山就是一座山。胡海山是个英雄，不是人们塑造打磨出来的，是真真切切的，一个有棱有角、性格粗犷的英雄。

落都应该给他立一块丰碑，人们应该给他立传——我想。

兴顺的妻子为我们备了一桌丰盛的酒席，我们一起愉快地畅谈，喝酒。我特地举起杯来，感谢兴顺夫妇说："今天我的心情特别好，不仅是因为沙地学校教育工作抓得好，一路还听到许多有趣的感人的故事，而且，今天是我的生日，满三十九岁，非常感谢你们，让我过了一个特别快乐的生日！"这一下，主人和客人都更加热闹了，都要表示祝贺，我喝了一杯又喝了一杯，喝完第三杯的时候，我感到醉了，我说："今天真是喝好了，从来没这样喝过。"这个肖德顺表示不同意，主张要喝双杯才行。众人没有不赞成的，非得要喝第四杯。我的神经已经亢奋，感觉实在不错，想试一试，到底能不能喝四杯。于是，又开始喝第四杯。喝了第四杯，我除了觉得心脏跳得厉害，脸上发烧之外，并没有别的不适。我的头脑很清醒，知道不可在这里久玩，下午回到教育站要听各组汇报，晚上还要做检查小结，交换意见。于是向主人道谢告辞，一路朝教育站走去。肖德顺边走边打望着我，说道："看来，你还是喝得嘛！"我问这一杯有多少酒，肖说："这个牛眼睛杯子，一杯差不多五钱，四杯有二两吧。"我笑着说："经过实践的检验，我有二两的酒量。"肖德顺说："也要这么说，喝酒也是一天一天有不同的，在心情好的时候喝得多一些。”我说：“对，今天我的心情的确特别好。”

又是在公路上走，又是谭老师讲故事了。他指着路边不远处的一栋房子说：这是原来的知青点，在这里劳动过的知青，都还很不错的。当时有一对谈恋爱的，现在两人都在恩施城里教中学。他们两人的恋爱也是谈得苦，男娃的家庭成分高，女娃的父亲是地委的一个领导，知道情况以后，就是不同意他们这件事，但是怎么也拆不散。最后女家把女儿送到老家东北读书去了。你说这男娃也是厉害，在恢复高考以后，他也就一下考到东北师大去了。待到毕业，他们双双回到了恩施工作。

我到底多喝了一些酒，加上走了一段上坡，走路有些喘气，听得不怎么真切，只记得一个大概。心想，如果有哪位作家，以此为素材，是可以写出一个优美的爱情故事来的。

嗨，谭老师的故事是太多了，沙地的故事也是太多了！

下午四点，会议开始，各小组逐一汇报检查情况。公社的袁主任，教育站全体人员和辅区学校负责人都参加，很慎重的。别人的发言，我须得听，又不能全听，因为我还得考虑最后的总结发言，端出我的那一道菜。吃了晚饭，会议继续，各组汇报完毕，我作总结发言，然后是公社袁主任讲话，到最后向站长讲完，已是十二点了，方才散会休息。

已经很晚了，躺在床上久久睡不着，是茶喝多了？也许。是沙地的众多见闻令我大脑过度兴奋？也许。是明天要到久闻的又陌生的崔坝了？也许。说不清楚，反正是这几天的生活是太充实，令人兴奋鼓舞的事太多，脑子难以抑制。

沙地没有直接到崔坝的班车，我们可以坐十点进城的车，在鸦鹊水下，然后步行那个“二十五里搭一跑”到崔坝去。

早上，五妹姐国秀来，要我无论如何到她那里吃早饭。我的车是十点的，现在还早，她那里我是要去看看的。“五妹姐”这个叫法，似乎有些怪。她到底是我的妹还是姐？是姐，她比我大两岁，因为她在她们姊妹中排在第五，给她喊“五妹”的人很多，我们当小弟妹的很少，就少数服从多数，叫她“五妹”了再加一个“姐”，也是合乎情理的。我们曾经初中同学，但三十多年没有见面了。也听说文革那些年，他们过得非常惨，跟着她镛二哥——我叫“国镛哥”的——历经了磨难，还住过岩洞。国镛哥，就是那个书教得好，校长也当得好，一手梅花画得特别好的，也就是那个爱说笑话，把杜牧诗改成“清明时节雨洒洒，路上行人蔫耷耷”的那个国镛哥。不消说，随着人间春天的到来，他们也早都春风得意了。我去年下乡沐抚的时候，就听那里一位向老师说起过他们的遭遇，现在也知道，国镛哥早就恢复工作，重操旧业，还是县政协委员，五妹姐夫妇现在都在沙地高中教书。

在五妹姐家里，我们在不停地说话，以五妹姐主讲。她问候了我们一家的情况之后，便向我介绍了老家一方许多亲人的情况。这些吴氏家族的亲人，我大多只听说过，并没有见过面，有的是从来也没听说过。当她提到某某，我说只听说过名字，她便要说：“那你听我给你讲嘛……”于是就像讲故事一样，告诉某某的一些情形。当我说还没听说过，她就会说：“你哪门搞的这都不晓得呢？那你就听我给你讲嘛……”

他讲了国盛哥、国顺哥、国镛哥、国宪哥等人的情况后，我说：“那时候，和吴国桢有两个字相同的人，多半都要倒霉的……”五妹姐接过话题就说：“哎哟，哪里要两个字，只要有一个‘吴’字，就要吃大亏——修垣你晓得吵？”

我说：“这个名字很熟，他是……”

五妹姐不容我想，还带有一点责备的语气说：“吴修垣，你哪门都不晓得呢！那你就听我给你讲嘛：修垣，是留学英国皇家海军学校的，后来分到重庆号军舰，1949 年重庆号起义，他还是积极策划起义的，后来在解放军海军舰艇学院当教官……”

我连连答道：“哦，哦，是他，对了，我听说过……”

五妹姐见我答白，又问道：“他被贬到建始老家劳改，你晓不晓得？”

“这没听说过。”

“这你哪门都不晓得呢？那你就听我说嘛：‘文化大革命’的时候，他在大连海军舰艇学院当教官，有人揭发他是吴国桢的侄儿子，是个阶级异己分子，就开始整他，打得他死去活来。后来，又在他交出的一本书上，发现毛主席的像被刺了一个孔，找到了他现行反革命的‘罪证’。修垣看了这个孔，回忆起来了，是自己装收音机，请了几个同事帮忙打孔，顺手找了这本书垫在下面，没想到把这本书给打穿了，并不是有意怎么样的。但是，哪里由得他解释呢，就一家伙给他戴上了‘现行反革命分子’的帽子，遣送回了老家劳动改造。四五个人把他押到建始来的呢！他那几年在凉水埠改造，就吃了不少的苦呐，农村里什么活路他都搞过，去修水库，修电站，办加工厂，他都搞过，一起是五六年的时间。前年，他终于平反了，回到大连。听说，他的事还惊动了邓小平。去年恢复了军籍，又到大连海军舰艇学院当教官了。说起来又好笑，在部队接他回去的时候，当地大队干部还舍不得他了，说：‘吴修垣是个大好人，是个人才，我们实在舍不得他走，但是为了他家庭和他个人的前途，也高兴让他走。’那也是的，等修垣走了以后，他做的好多好事，就在这一边方传开了。说他会修锁，修钟表，不知给好多人修过，从来不收一分钱。说他帮孙家屋里救火，找不到水，他就用粪桶打粪水扑火，搞得一身是粪。把火扑灭了，他看到孙家太可怜，拿出自己的安置费救助，你看，孙家还不敢收，因为是‘反革命分子’的钱。又说在修水库的时候，修柴油机的事，都是他包的。水库要挖一条涵洞，石渣不好运出来，他发明一个吊装设备解决了大问题，把工期提前了几十天。水库修起了，喂了不少的鱼，大队干部想修垣做一个渔船。他就用椿木，照着鱼雷艇的样子，和木匠一起做了一条渔船。又说在修二龙湾水电站的时候，要把几

大连海军舰艇学院教官吴修垣，66岁时在大连海边公园留影

吨重的水泥管搬到几米高的斜坡上去，连武汉来的工程师都搞为难了，你看修垣也真是聪明，做了两个三脚架，用绞磨、钢绳、滑轮，硬是把水泥管子都吊上去了，搞得武汉来的那个工程师，还把他画的图纸要去了……你说嘛，这号人哪门不是人才喏，哪门不是好人喏，又哪门是反革命分子呢？”

五妹姐讲述的修垣的故事，着实使我十分感动，也让我高兴，为吴家人自豪了。五妹姐讲述的许多亲人，虽然具体的故事情节各不相同，但都只是大同小异，在一个共同的时间点——1976 年 10 月——以前，大多是艰难坎坷，以后是柳暗花明，随着我们国家逐渐好起来，我们的亲人们也都渐渐好起来了。我感觉得出，五妹姐的心情是很舒畅的，以至于她说话的时候，别人无法插嘴。她是教生物课的，但是她比许多语文老师都会讲，实在是一个优秀的讲师，连姐夫向光凤老师，都只能在旁边老老实实当“听长”。这使我对这位第一次见面的姐夫，他的言谈举止有什么特点，不可能获得清晰的印象。

我不能多听五妹姐的故事，吃了饭就忙着去上车了。十一点钟，车到鸦鹊水，接着步行去崔坝。

崔坝公社迎接检查的气氛很浓，刚进入崔坝公社境内，就看到迎接检查的横幅标语。走不远，有一所学校，此时周站长和两位崔坝校长，一下子转换成主人家的角色了，请我们到这所学校小憩。同样，随同我们一起来的沙地三位又变成了客人。这里是崔坝公社的云台小学，学校正在做迎接检查的准备，我们在这里喝水，休息。有老师帮我们找到一辆卡车到崔坝去，因此，我实际上并没有体验到这“二十五里搭一跑”到底是多远。

崔坝镇有两条平行的街，如同一个“二”字，短的一笔是老街，长的一笔是新街。新街是气管道修通以后建起来的，长而且宽。教育站在老街上，站里的刘可钧老师接到我们，引我们朝老街走去。老街狭窄，稍大一点的车是不可能进来的。两边多是木屋，店铺很少，显得十分清静。刘老师说，在没有新街的时候，这条街热闹得很。刘老师领我们进了一个大门，高声喊道：“来客哒，倒茶——”里面便有人应道：“哦，来了——”很有些农家办喜事的味道。我们过了门庭，便见一个四合天井，都是大青石条砌成，里面摆一些花木盆景，显得有几分古雅。两边是厢房，上下两层。天井正对面是后堂，后堂檐口拉着一条迎接检查的横幅，柱子和壁上贴满标语，红朗朗的。字都是毛笔手书，写得工整、饱满、秀丽。整个屋子里充满了节日气氛。我去上厕所，发现这房子很深，过了天井还要穿过后堂，后堂后面还有房，一边是厨房，一边是总务办公室。再后面才是一个宽阔的场院，场院后面是菜园，有院墙与外界隔开。我怀疑这房子是过去哪家大户所有。站里所有成员都在，所有的管理区校长都在，教育站里显得热热闹闹。我们被安排在楼上的客房里，一会，刘老师他们端来一盆一盆的热水，让我们洗手洗脸。真是“来的都是客”，我们都成客人了。这位楼上楼下前后张罗的刘可钧老师，也的确像阿庆嫂，嘴有一张，手有一双。他不停地忙进忙出，又在厅堂里摆桌子，清理碗筷，端菜上桌。

午餐搞得很丰盛哟，特别是一门“酸鲊肉”和一门“芋荷梗”，我是三十年没吃过了，以至于忘记人间还有这样两门好吃的东西。现在吃起来，让我想起母亲了——只有母亲给我做过这个菜。也让我想起老家凉水埠了——是的，老家凉水埠就近在咫尺，只有这个地方才有这样的菜。酸鲊肉是五花肉片和鲊辣椒混合，在坛子里腌制发酵做成的蒸肉。这菜只要从甑子里一端出来，就能够闻到它独有的诱人香气。金黄的一大块，却是入口即化，有一股独特酸辣的味道，既解馋又不腻人。芋荷梗是芋头的叶柄萎蔫后和辣椒一起腌制的，只有老家和崔家坝这一方会吃这种菜，也只有这一方的芋荷梗才能够做这种菜，据说别处的芋荷梗做的会麻口。芋荷梗炒瘦肉，特别能够激发食欲。吃过这个菜的人，只要说起这道菜来，就会引起强烈的共鸣。我曾经与一位家乡亲人探讨，芋荷梗要如何烹制最好吃，我说，把这门菜与瘦肉炒，然后在烘锅里干焖，那紫红色的一锅，味道特别鲜美，我看见他强烈赞同的话还没来得及说出来，喉结已经往下移动了一下——那自然就是在吞口水。有这道菜，吃两碗饭的人会吃三碗，吃了三碗的人，“放碗不放筷，还想吃箸菜”，又把芋荷梗吃了一口，很可能再添第四碗。所以，在粮食不够吃的时候，最好忘记这门菜。现在粮食够吃了，崔坝的人在吃这个菜，老家的人们肯定也在吃它了。

吃得太饱，想出去走一走。我向可钧老师打问，陈飚敏的家在哪里。热情的刘老师带着我还有肖德顺等几位，外出散步了。走出老街，穿过新街的公路，到了一家门口。可钧问一位老婆婆，陈老师在家没有，回答到学校里开会去了。

只有沿着新街走一遭，让酸鲊肉和芋荷梗渐渐消化。

晚上开始听汇报，站、校人员济济一堂，副站长林兴让主持会议。我先讲了一番，接着便是站长胡连海汇报工作。据说这胡站长曾经从这里调教育局当教育股长，不知什么原因，后来自己要求回来了。胡站长讲话中气足，有气势，有魄力，会场鸦雀无声。听了他的工作报告，觉得崔坝教育站在抓教育结构调整，教育普及，教育教学管理和提高教学质量等多方面的工作都卓有成效。会议一直开到十一点才结束。

回到教育站的客房，刘可钧老师又给我们送洗脚水来了，我们实在过意不去。我给可钧老师送了一支烟，要他们不要太客气，搞得我们不好意思。他的云盘大脸堆满笑容，说道："您们都是稀客，您吴同志还是从来没有来过的稀客，我们做点服务工作是应该的。"

我说："我不应该是客，我是回老家来的呢，是自家人。"

可钧不解，问道："您是崔坝人？"

我答道："离这不远，红岩寺旁边凉水埠的。"

可钧几分惊讶道："啊，凉水埠离这里没有几步路，难怪说话有些像我们这里的人呢，凉水埠的吴家是大家族——您家里还有些什么人？"

我说："我出去得早，好多亲人我都不认识，认识的叔伯弟兄也有的，也好多年没见了。"

可钧说："您哪一年出去的？"

我说："还是 1951 年，三十多年了。当时八岁，从这里路过，第一天就在没有漱口水的鸦鹊水落脚嘛。"

可钧笑起来道："您还晓得这个顺口溜呀，其实往年不光鸦鹊水，就是我们崔坝这一方都是一样，'吃的面面饭，没得漱口水'，恼火死哒！"

我问："现在的水是哪来的？"

可钧说："七十年代农业学大寨的时候，从清塘口引来了一股水，镇上修了一个大水池，这才基本上解决了用水的大问题。说到这个水池，我给您摆一个场（讲故事），您听了不要吃不下去饭。那一年，镇上一个电影队的小伙子，不知是什么原因，突然失踪，到处都没有下落，有人怀疑他跑到什么远方去了。过了差不多半年，在清扫这个水池的时候，发现里面有一副人骨架，公安人员检查验证，就是这个人！据分析，他是喝酒醉了，掉进池子去的。我的个老天，这个消息一传出来，崔坝街上吃这池子里水的人，都吐清口水，有的人还刮肠刮肚地吐——您说，这是不是‘眼不见为净’，这么几个月不吐，一听说这件事了就吐，人都烂得没有了，还吐得出个么子东西？自从这件事情发生以后，镇上把池子整治得干干净净了，经常注意保持池子的干净卫生。所以，吴同志，您们心里不要带疑，不要在我们崔家坝把人饿瘦了——好，我不‘扇经’（聊天）了，免得耽误您们休息。”可钧下楼去了。

在崔坝的第二天，上午继续听各个管理区学校汇报，下午将所有参加检查的人员一分为三：熊家是个较小的公社，由小杜，崔坝的周站长以及两位校长，去那里同时开展检查；由肖德顺站长带两位校长去崔坝西边的一片；我和沙地两位校长检查崔坝东边的一片。

我们这一组先到崔坝小学，进校门是一个宽阔的操场，两边各一栋连五间的教室，正对面是一栋楼房，楼下是四间教室，楼上是办公室，颇有气派。“我们县里还有这样一所小学！”我一边往楼房走去，一边说了这样一句话。是的，我到教育局已经一年多，虽然有些地方还没有去，但城乡学校看了不少，真正像样一点的，还就算这所崔坝小学了。我这随意说的一句话，被旁边的教育站林站长和小学谢太康校长记住了。以后，他们多次用我的这句话来表达他们的自信和自豪。

崔坝小学原来是戴高帽子的小学，何以是“戴高帽子”呢？就是不仅戴了一顶初中帽子，还有高中的帽子。现在两顶中学帽子都摘了，还留下了几位原来教中学的教师充实到小学。我在学校办公室，翻阅了不少资料，听了崔坝小学谢校长、鲁主任的介绍，还进教室听了几节课。我不想多说谢太康校长、鲁开化主任都是怎样的教育教学内行，把学校不仅从外观而且到内部管理，都办得堪称县内一流小学，我只想说：这是一所大有希望的学校。我也不想多说，所听的刘可星、黄显凡几位老师的课讲得如何的好，我更相信：在崔坝，这样的明星教师，绝不会只有“刘可星——六颗星”。

我想多说几句的，是第二天下午去看崔坝初中，就是海亮他们那所学校。公社学校布局调整，高中办在位于清塘口的七中，初中则是新办的一所，在崔坝上街头前。大约这里原来有个农科站，为了与七中区别，也有人叫这所学校为“农科站中学”。校长是向明成，海亮是教导主任。学校秋季开始招生，有初一年级四个班，住宿生 150 人。房子尚未粉刷，设备都很缺乏，厕所还是临时性的茅棚，操场还是坑坑洼洼，师生们在新建的学校里艰苦奋斗。明成和海亮，原来都是高中同学，年龄相仿，说起新办的学校，两个人都信心满满，充满激情，给我描绘他们心中的美好蓝图。这使我想到了我在芭蕉火花中学的情形，也是这样的简陋，但是我们这一批人——我和火花中学的同事们，以及这里的海亮、明成和他们的同事们——似乎都乐意当拓荒者，创业者，犹如电影《创业》主题歌唱的“天上一顶星星亮，地上一片篝火红……天寒地冻不觉冷，热血能把冰雪融……”

明成，这次才认识。海亮，我是 1957 年就认识的。那时，我在二中读初中，他还是个小学生娃娃。他的父亲朱述文老师与我的父亲在五中同事。那时，他在我面前全然是个“痞子娃”。记得一次，他穿一件红毛衣，爬在我身上玩，又是拉我的头发，又是捏我的耳朵，还说我怎么汗毛在变胡子了。我看着他红彤彤的脸，大大的一双眼睛，便逗他：“你拐哒哟，只长眉毛、眼睫毛，长不出胡子呢！”他问：“哪门呢？”我说：“因为你的眼皮子浅，脸皮子厚嘛。”也不知他是不是听懂了我的话，反正坚决不同意说他脸皮子厚，还是像个“痞子”一样，说：“我的脸皮子一点也不厚。”快啊，一晃眼几年过去，他初中毕业了，又几年，高中也毕业了。以后，我们同在芭蕉教耕读中学了，又一同串联到重庆，到遵义，到武汉。芭蕉文化大革命烈火熊熊燃烧的时候，他到红庙榨油厂去当工人了。在油厂见过他一面以后，我是十多年没见过他了。我不知道他什么时候离开榨油厂，回到崔坝老家来接受再教育的。不过，我听他的父亲说过，他在生产队搞劳动是一把好手，农业学大寨他是搞专班建设的，打炮眼，放排炮全都内行。他和我初中同学永安的妹妹永珊结了婚，夙兴夜寐，兴家立业，修新屋。我以为修房造屋，我是个吃苦耐劳的人，哪知海亮，那才真是个角色。我在庨口，是生产队把屋立起了，自己做一些修修补补，添瓦加杉木皮之类的事，而海亮是自己开挖屋基，自己动手打土墙。打土墙，一般是三个人一套班子，一个人给簸箕里上土，另一个人把装土的簸箕传给墙上的人，第三个人在墙头上把土倒入墙板盒子里，用力夯实。这样的劳作，三个大劳动力的一套班子，一天可以打十板墙。而海亮，是上土，倒土，打夯全是自己一个人来，难以置信的是，他一个人一天也可以打十板墙，连生产队的那些好汉都说他："这个家伙搞得！"这个吃得苦，耐得劳，搞得事的"家伙"，在崔坝是什么时候开始教书的，我不知道，这次也没问及，但是我想，如果是1976年以前，那就是崔坝镇和教育站的负责人，是既有眼力也有胆量和魄力了，因为他的母亲是地主分子。

如今面前的海亮，已不是过去稚气的海亮了，更不是当年说的"长不出胡子"的海亮了，而是满脸络腮胡啊！这是相隔这么多年后，立在我面前的海亮，第一个刺激我感官的所在。看到海亮的络腮胡，让我推想自己也该发生多大变化，幸好他还认得我。人，有一个很大的缺点，同时又似乎是很大的优点，就是难得看到自己。说看不见自己的变化是缺点，是可能失去自知之明。说是个优点，像我，仿佛人生之路方才开始，就如这所初中才开始招生一样，不会产生"人到中年万事休"的消极情绪，如像海亮，满脸络腮胡，却充满青春的活力，仿佛不知什么叫疲倦，如一头牛一样，拉着犁铧，不停地破土向前，开垦一片又一片的处女地。我想，还有类似我和海亮的这样一群人，都并没有为胡须和皱纹伤悲——我们的那些流失的年月，已经不可追回，但对于今天和未来，我们都充满信心。"天上一顶星星亮，地上一片篝火红"，我们勇于创业，也习惯了创业，并在创业中寻求欢乐与甘甜。我相信，能够修其身，齐其家的海亮他们，也一定能够治其校，再添东乡文明之光，培养一批又一批好人才来。

正在和海亮、明成热络的时候，飏敏来了。飏敏，那个读初中就靠给别人洗衣挣学费的小姑娘，那个读高中时的巧姑娘，那个想去芭蕉当耕读教师，芭蕉都拒绝接收的"地主分子"的女儿，她是传美的好朋友，也是我的表妹。她在读高中的时候，表叔他们一家都在芭蕉。几个寒假，我们一起参加芭蕉的文艺演出，还去恩施城参加汇演，她导演的舞蹈《巧姑娘》精彩极了。她回到崔坝，我是后来才知道的，而且以后的种种坎坷遭遇也都有所闻。高中毕业以后，她这种出身要读大学，自然没有希望。她响应母校的号召，当志愿兵，支援芭蕉耕读教育，但是芭蕉回应，她的父母是"分子"，而且是刚从芭蕉遣送回了崔坝，不同意她的"志愿"，不要她的"支援"。飏敏在无奈之中选择去盛家坝插队了。但是时隔不久，家中有老有小，还得靠着她，她只好回崔坝当地主阶级的“孝子贤孙”。她说，自己读了十二年书，别的用处没有，只用在了给家里的分子写检查。回到崔坝以后，她和家森结婚了，家森的父母也是分子，她写检查的任务还不轻，每次要写四份，高中毕业的文化知识真是派上了用场。本来生产队办了一个面粉厂，要她去当会计，没几天就有人说，怎么要找个地主分子的女儿当会计，于是会计不能当了。飏敏会做衣服，生产队有个缝纫组，把她接收进去了，又有人说话了，怎么把地主女儿安排进了缝纫组。缝纫也不可能做，于是她只有白天在生产队劳动，回家料理家务，晚上做些针线活，做些小孩的鞋儿帽儿挂在门口卖，换点油盐钱。丈夫家森是当搬运工的，整天上百斤的包子扛上扛下，其辛苦可想而知。不过再苦再累，他对飏敏总是尽力关照，飏敏也心疼做苦力的丈夫，也算是夫妻恩爱苦也甜。然而，屋漏又遭连阴雨，崔坝街上一场大火，殃及他们的家。大火来势汹涌，为了隔断火路，她家的房子全被拆掉，搞得无家可归。他们苦苦挣扎，重新排头修屋。这时，她到过一次庳口，去买茶叶，更想借此机会看看好朋友传美。在我们家她待了几天，和父亲——她原来初中时的老师——谈起了这些年的遭遇，简直心灰意冷到了极点。面对老师，她说，读了这么多年的书，实在没有别的用，就是给地主分子写检查。父亲感叹她的不幸，安慰她说：“你也不要太灰心，世道的变化也是说不到的……以后如果有人要你教书，你不要推辞，好好地教……”飏敏在崔坝到底什么时候开始教书？我不确切知道，其实也不必问就会猜想得到：在分子不需要写检查的时候，便是她可以教书时候。正是在这个时候，海亮找到了飏敏，请她出来教书。飏敏担心，这一去教书，又会有人说，“怎么要把谁的女儿找来教书了”。她想，这样教不了三天半，又要被赶下讲台，太没意思了，但一想到老师的话，“不要推辞，好好地教”，也就答应了。

——这就是过去的飏敏，现在我面前的陈老师了。

飏敏满面春风地走来，说道：“听说你来了，就是没看到人。我还在说，这次你来了都不到我屋里去，我以后是不会惹的……”

我回答说：“昨天下午到你家里去，就是不见你的人。我也在说，我还是第一次到这里来，来了就到你家里去拜访，你还不出来接见我！”

大家一边谈，一边笑，飏敏介绍旁边一位戴眼镜的老师说：“你们是老表呢！”我当然相信是的，但不知是哪位老表。倒是老表先自我介绍了。他叫谈毅，石垭子的，父亲叫谈泽林——那自然是老表了。啊，你看，这里一说起就有许多的亲人，可是我不能把工作当作走亲访友，马上参加班主任座谈会，只好约定事情完了，再和他们谈白。

早上，头皮发痒，洗了一个头。接着出门，开始这一天艰苦的跋涉。要去的地方是海拔 1 684 米的马保山，去看胜利大队中小学。与我一同上山的有崔坝初中校长向明成、中村管理区学校校长袁美清。一行三人，走出崔家坝这个坝子，便开始爬坡。寒冷的风使劲地不停地吹，我的一头湿发，被吹得蓬蓬散散。因为冷，想快些走，让身子发热，走得气喘吁吁。渐渐地，感到太阳穴有些疼痛，而且越来越厉害。

中途，到了一所学校，是光芒小学。这是一所民办民管的大队小学，五个教师，都是年轻人，都是民办教师。大一点的要算那位姓邓的女老师，是一位老知青。一位叫胡奇的老师，刚刚考取了兵，现在他一走，就只有四个老师了。学校位于半山腰，在四条山沟汇合的垭口上，那风也真是四通八达，朝这里直灌。只有办公室一边，还避风一点。学校的负责人是个小青年，嘴上的汗毛似乎还没完全变成胡须。人说“嘴上无毛，办事不牢”，也有人说“有志不在年高”，我想看看面前的这个小青年是属于前者还是后者。他给我们汇报学校的基本情况，说他们工作条件差，几位老师都年轻，但都很有干劲，绝不让光芒学校落在其他学校后面。他们都在学校食宿，全天守候在学校。每个老师都是正儿八经备课、上课、批改作业。我问他们的报酬怎么解决的，他说每月 18 元工资，由大队按月发给。我不便当着他说待遇的菲薄，只是问“你们的生活过得走吗？”他说：“家里都不需要我们给钱，自己管自己的生活没有问题。钱这个东西也是多有多用，少有少用。我们没有在意钱多钱少，有的老师还做好事，救济别人。”他指着旁边一位年轻老师说：“这个王老师，叫王理然，就是昨天，他和胡奇两个人还给巴东落难的两口子帮了大忙……”

我望着王理然，问是怎么一回事。王理然说：“前天，我和胡奇在崔坝街上看到一对中年夫妇，在变卖女人的一件红毛衣。这件毛衣价值起码二十多元，他们只作十元叫卖。有人随即就要买，我和胡奇上前去，把毛衣拿在手上，问他们为什么要卖，他们说是巴东清太坪公社的人，去恩施看病。女人得的心脏病，男人把手表都卖了，解决不了问题，搞得回家都没有路费了。找了林业车队的一辆便车回家，哪知这个司机缺德，扯谎说在崔坝有什么事，把车停了。等他们下了车，司机就把车开跑了。就这样他们被甩在崔坝，只有把毛衣卖了，换点路费回家。我说，这衣服我们买了，接着我和胡奇每人掏出两块钱，给了夫妇俩，说，‘我们不要你的毛衣，给你们一点路费好回家’。接着就把他们两个带到我家里吃了一餐饭，又留他们住了一晚。昨天早晨我把他们引到红岩寺，找到熟人的便车，他们夫妇两个也真是千恩万谢，回家去了。”

我忽然觉得，我们这次检查的项目列了不少内容，表格也详细得近乎烦琐，但没有任何项目记载我们教师的这类情况。这些嘴上无毛的教师，他们虽然年轻，却质朴无华，有着正直、善良的品格和可贵的同情心。他们虽然待遇菲薄，心却是金子一般的，他们的心灵美得闪光啊。水管里流出的是水，血管里流出的是血，他们会用真善美潜移默化，影响学生，应该是不容置疑的。我不由得对这些小青年老师油然而生敬意，觉得他们也是最可爱的人。

胜利大队学校，在海拔一千多米的高山上，却是一所充满温暖的学校。我们到达的时候，室内烧着大火，温暖如春。大队书记迎上来，老师们更是个个笑逐颜开。我坐在火边，端着一杯滚烫的，想喝又不敢喝的茶，环顾办公室，那是布置得清清爽爽的，正面壁上贴满了奖状。我略有所悟，这屋子里为何如此温暖，这屋子里的人，为何如此春风满面。果然，听了袁校长的汇报，又听大队吕书记的介绍，便知道这是一所名不虚传的高山上的先进学校。近年来，大队四次修学校，三次为民办教师提高工资，不能不令人叹服。老师们团结一心，全面贯彻教育方针，也是硕果累累。许多学科的教学成绩，在全社都名列前茅。特别是学校勤工俭学抓得好，大部分学生的学杂费都通过勤工俭学解决，也有助于适龄儿童的入学和巩固。大队好，老师们好，两好合一好，创造了高山学校教育走在全社前列的骄人成绩。这温暖，这些笑靥，全来自于此。

在这里晚餐，一来为胜利大队学校办得好，二来毕竟这里有高寒气候特点，竟多喝了两口酒。告辞的时候，热情的老师们，不停地给我们衣袋里揣山货：核桃、板栗、向日葵。这情景，使我觉得，我们很像吃了喜酒后告辞的客人。

走到中村学校，已经天黑。我们这一天是三路人马，分进合击，最后直达中村。八点钟，最后一路从香炉坝赶到，一起召开中村学校老师的座谈会。散会以后，一位老师前来叫我“国韬”，问及方知是亚哥，就是向兴亚。我听说过，我们吴家与崔坝的向家，是老亲老戚，向家的“兴”字派与我们吴家的“国”字派同辈。亚哥告诉我，我们的老祖宗吴大智，就葬于旁边不远处的百步梯。我依稀记得，小时候曾经随着大人，到百步梯上过坟，没想到就在这个不远处。亚哥邀请我到家中一坐，一看时间，已经十一点了，不便打扰，请他回家休息。

早上，查阅学校计划等资料。早饭后，亚哥第一节没有课，我们便一起散步，走到学校门前的公路上。这里西头就是崔坝镇，看得见一棵大树傲然挺立崔坝街头。亚哥指着东边说：“过去不远就是百步梯，再一去二三里就是红岩寺、落水洞，左转进去就是你们凉水埠了。”但是，我很遗憾，不可能去百步梯老祖宗的坟前致敬，也没有时间去故乡寻找儿时的踪迹。亚哥接着说：“这里许多人讲得神乎其神，说你们的老祖宗吴大智埋的百步梯这个地方，是一个巫师选的。因为风水特别好，所以后辈发迹。据说老祖宗去世以后，请巫师下马脚。巫师焚香烧纸之后，口念咒语，癫癫狂狂，跑出崔坝街口，就直向东北方向狂奔。跑到百步梯粑粑岭，他一家伙倒下去了。一些人忙把巫师扶起来，巫师口里叽里咕噜，双手比比画画，指出了安葬地点。于是，这样子就在这个地方安葬了。就说这个地方风水好得很，至今都有不少人，到了这个地方要停下来，仔仔细细看一看。”

我说：“这个故事，我也听我父亲说过，不过，我父亲更倾向于祖先们高尚的人格和治家的思想。说我们吴家是从湖北的监利迁来。监利那个地方本是一马平川的鱼米之乡，但是常常闹水灾，搞得苦不堪言。大约在两百多年前的乾隆初年，我们的老祖宗吴大智为躲避水患，全家离开监利，一路往西边走，就要找一个不会淹水的地方。他们从奉节到板桥，进入武陵山区。他一担挑着两个儿子——吴士玺、吴士安——那种凄凉的情景，想必就与民国初年灾民逃荒的照片一样。他们历经千辛万苦，辗转来到施南府，最后定居崔家坝，在这里租房子，开始做小生意，维持生计。我们现在散步的这条路，应该就是老祖宗吴大智经常去来的要道。父亲告诉我，十一世老祖宗吴大智有两个儿子，吴士玺没有后人，建始凉水埠吴氏宗族都是十二世吴士安之后。吴士安是个了不得的祖人，年轻时以织布为生，后又经商。说他的孝心特别好，十一世祖吴大智患有心痛病，只有在玩纸牌的时候可以忘记疼痛。有时候没钱了，吴士安毫不可惜，割断织机上的布匹，换钱给父亲玩牌。”

亚哥说：“这个老辈子的事，我们也听说过，说他待人宽容大度，有过人的涵养。据说一次在崔坝街上，遇到一个喝醉酒的无赖汉，想生事骗财，喊着他的名字骂。他是毫不在意，就像没听见的。有人对他说，别人点着你的名字骂呢，他说，天下同名同姓的人多的是，没有必要计较。最后那个无赖也就自讨没趣，走了。人要做到这一步，也是很不容易的。”

我说：“我们吴家后来长久定居凉水埠，也是这位老辈子选定的。他做生意经常路过这个地方，这里有一家姓黄，多年就想卖出龚家湾老屋和田地，因为老屋蛇鼠多，水田又贫瘠，经常翻锈水。但是他却看中这个地方溪流淙淙，还有苍松翠柏，云蒸雾霭，环境十分优美，便买了下来，全家迁入到凉水埠。”

亚哥说：“你说这左近的地方，凉水埠的确风景独特，山不算高，林木繁盛，解放后叫作森林大队。尤其是那里的几条水，绕去绕来，这是崔坝人羡慕得不得了的。”

我说：“当时，这老辈子住在这里之后，有人编了顺口溜讥笑他：‘好个吴士安，买田龚家湾，种了四五年，锈水还在翻。’他却一点不在意，说：‘我将瘦薄田地传给后人，子孙们勤耕苦作，可以久守，不事淫荡。’这是相当有眼光的。”

亚哥说：“这个老辈子的德行好，我们向家好多人都知道，说他满六十岁停止做生意，把欠人的债务，全都一笔一笔如数还清；别人欠他的，他是一不催，二不要，还把所有欠条契据一火烧掉，对后人们说，这些账目都一笔勾销，不要再记了，又对欠债的人说明白，以后你们就不必为这个事情操心了。又说他每到年关，要找人去访问乡邻中最贫苦的人，给予救济，表示关心。所以称道这个老辈子心肠好的人很多。”

我们回头朝学校走去。我接着说：“我的父亲，特别称道吴士安这位老辈子的治家思想：‘守业耕兼读，治家勤与俭’，主张‘农不兼商家不富，商不兼农守不住'‘耕读为本，农商兼营'。我在芭蕉办耕读中学的时候，父亲就这样鼓励我：‘你这个事好呢，我们吴家的祖训就是以耕读为本。'吴士安自己为生活所迫，只读了三个月书，很是遗憾，他寄希望于三个儿子。长子吴祚选，二十二岁，学问即将完成，学舍山洪暴发，不幸溺亡。但是吴士安不灰心，供二儿子吴祚芝、三儿子吴祚兰继续攻书求学。最后兄弟两个都补廪拔贡，学有所成，于是开办学舍。吴氏家族还有异姓子弟，就读门下，凉水埠学风大兴。接近八十岁的吴士安身体肥胖，一天，他在二儿子吴祚芝搀扶下，去视察学舍，看见大门两旁的楹联金碧辉煌，耀眼夺目，就对着迎候门外的三儿子吴祚兰责备道：‘为何要这般奢侈！'三儿子恭敬回答说：‘是弟子们用麦草秆粘贴的。'老人家用手指撑开眼睑，仔细看个明白，的确不是金子，开怀大笑，赞不绝口，满堂学生也都喜形于色。吴家自此读书成为风气，到经字派，有吴经铨、吴经明远到武汉读书，又出洋留学，再开文明先河。宗族子弟，地方上的青年，都跟从仿效，走出了恩施山区的小天地，扩大了眼界，开展了胸怀，接触新思想，改换旧脑筋。吴家祖辈最了不起的地方就是重教化。吴氏子孙，无论男女，都没听说有文盲。在我教书以后，农村仍然有不少人重男轻女，不送女孩上学，而吴氏家族的女子，已遍布全国各地，从事各项工作，有的还是大学教授。据说，你们向家的文风也是很盛，早年在外读书的，出洋的都不少。”

亚哥说：“吴、向两家都是这一方的大家，那时候讲门当户对，两大家族，几代人相互开亲，相互都有影响。我们向家从四川迁到崔坝的滚龙坝，是明朝崇祯年间，比你们吴家到这里要早。祖辈因战功受官的有好几个，以后习文的也不少，也有中进士的，出国留学的……这些话也只有现在才可以这样随便讲，以前谁敢说这些家事？”

快到学校了，我说：“真是很高兴，我们在这里谈了这么多的家常话。”

亚哥立住脚，慎重对着我说：“你这次来了，一定要到家里去坐一下，我等你把事情办完了接你。”

望着亚哥真诚的眼神，我答道：“不好意思打搅你们啊。”

与中村学校领导交换意见之后去香炉坝，看了崔坝农中，回到教育站。按照这次检查的要求，初中、小学该到的都到了。胡连海站长对我说：“这两天，崔坝小学正在开展教研活动，全社语、数两科教师都来了，明天总结，你是不是在总结的时候说几句话，支持鼓励一下。”听说要在教师会上讲话，我就有精神负担，但又不好推辞。我问：“今天他们怎么活动？”胡站长说：“在搞评议。”我说：“那我们这就去参加一下评议会吧。”

评议会结束，吃了晚饭，我邀胡站长一起去七中看看。走过农科站那所中学，横过公路，上一个小坡，就是七中。学校的背后，两座大山高高耸立，中间是一条深邃的山峡。胡站长说：“这地方叫作‘清塘口’，有个顺口溜说的是：走到清塘口，风吹如雷吼，没得棉衣穿，冻得糠糠抖。”他这一说，我走进学校，的确感觉有些清冷。到了学校办公室，竟然看见几位熟人，顿时热闹起来。一位便是朱亚丁，海亮的老同学。十多年前，他们一起在红庙榨油厂当工人的时候，我去那里认识他的。你说这亚丁和海亮，也真像“城隍庙的鼓槌——一对”，也是个挂耳胡。还有一个蒋其舜，是暑假认识的，在咸丰高师函授班同学。亚丁指着旁边一位问我：“他，你认不认得？”我的确不曾见过。亚丁说：“赖昌柱，你听说过没有？”

我答道：“怎么没听说过？这名字如雷贯耳啊，你们六五届恩施高中的高才生，当年同学老师都说他是考清华大学的角色。”

旁边谁说了一句：“对嘛，后来是‘清塘口大学’毕业的。”

我补充一句：“再后来，就是七八年，我们一起参加民转公考试，我们都是‘民大’第一期毕业的。”

昌柱老师说：“对对对，高中我和你屋里吴传美同时毕业，民办老师和你一起毕业。”

大家开心地笑了一阵。此时，进来一位高鼻梁的老师，我一眼看去，觉得好面熟，很有些像我高中的同学胡天登，他是考上华中师院中文系的。我贸然地叫了一声“天登”，他竟然站住盯着我，认出来了。我说：“你怎么会在这里？听说你大学毕业以后是分到宣恩工作的。”

天登说：“就是今年暑假调来的，这边有亲戚，这里回我建始老家也近。”

看到了天登，我就想到他给我画的那一幅喜鹊闹梅。那是我高中提前毕业回家养病时，他在我的纪念册上画的，表示希望早日听到我病愈的好消息。很感慨在这里见到高中时的老同学。没能与天登多说，胡站长带着我们一群人往楼下走，要在校园内转。这是按照事业调整规划保留的一所老区高中。转了一圈，我比较了芭蕉五中，屯堡四中，这里条件似乎还要差一些，与白杨坪六中大体相当。当然更不能和一中、二中相比。我们县里的高中，条件实在很差，无论是学校设备设施，师生生活条件，都还简陋得很。好的是老师们精神面貌好，一个个都乐在清塘口战寒风，说起话来哈哈连天的。胡站长在和一位身体瘦弱的老师讲话，转身对我说："刚才我说话的，就是曾茂卿老师，你听说过没有？"

我说："他就是曾茂卿？这名字也是如雷贯耳啊。七十年代搞教育改革，他是自制教具的突出典型，全县，好像全地区都号召向他学习。"

胡站长说："是个很踏实肯干的人，他会一点木工，又肯动脑筋，学校办了一个教具厂，生产了不少教具，主要就是他主手在办。在那个时候，还是起了大作用，还外销不少。现在当然用不上了，他现在是七中的地理老师。"

我回头望了望这位曾老师，带着几分敬意。

10 月 24 日，是这次检查的最后一天。上午参加崔坝小学教研活动，天很冷，我们坐在前面，还有一个火盆，老师们坐在下边，想来是很难受的。应站长的要求，要在会上讲几句话。我不知我的讲话对老师们有没有什么作用，只是想到一句老话，讲不讲是个态度问题，自然要讲，但只是想表明态度，尽量少讲，天气太冷，别让老师们受罪。我讲了，而且是用普通话讲的，因为我记住我是一个推普员，也建议这样的教研会更应该讲普通话。我的一番普通话讲下来，老师们热烈拍了手，也许是赞扬我说普通话的勇气，也许是我的话不啰唆，简短得好。接下来是胡站长讲，他表示向我学习，也讲普通话，使本来有些寒冷的会场，变得活跃，有些生气了。

下午各个小组都回到教育站，开始进行检查情况的汇报，晚上继续进行，到我最后归纳总结，讲崔坝的教育是如何"有声有色"的时候，已是晚上十二点。散会了，亚哥还在这里等着我，非得去他家里玩玩不可。在亲人家里，加上事情都办完了，我把二两的酒量全都拿出来了。真是感谢亚哥。

待我回到教育站，已是两点了。熊家公社的两位，还在火边谈工作，讨论回去了要怎么干。他们什么时候睡，我是一点都不知道了。

10 月 25 日回城。又是一个星期天了。算来这次下乡检查，差不多两周的时间。路上就想着，不知这么长时间，旭娃怎样。我进门的时候，旭娃一个人正在搞学习，见我回来似乎是意外的惊喜。问他这些时候怎么样，他说自己怎么安排生活，怎么搞学习。问他到家家那里去没有，他说没有什么事，就没有去。我看得出，他懂得不依靠他人，不麻烦别人，是个能干的小子！立即把一身进行打扫，换了衣服。这衣服是早该换了，上面斑斑点点，恐怕还留有沙地五妹姐家的板栗鸡汤，崔坝亚哥家的糯米饭啊。

旭娃这一头，我是放心了，还有两处啊：戽口的两位老人和一个小昶昶，他们怎么样，还有火花学校的传美和荞荞两娘母又如何呢？很想回一趟芭蕉，可是，周一各组要汇报检查情况。汇报会从星期一开始，开了四天。星期五呢，事情还没完，上午要汇总这次检查带回的民办教师报酬落实情况的数据。火花的徐师良校长回去，真想与他一道走，但是下午，还要研究下一段的工作，便要徐校长给传美带个信，星期六才能回去了。

星期六刚上班，有电话：要去地区教育局领任务，写双推材料。下午，还是走不了，要开局务会议，研究写汇报材料的事情。这事研究完了，以为可以散会。哪知还要学习中央 41 号文件，关于与外宾接触中要有民族自尊心的问题。我是有民族自尊心的，恩施哪来外宾？我还要回家啊，真是心急如焚。

会议一直开到下午五点才结束。给旭娃讲了，就骑上自行车急匆匆上路。天也黑得早，不一会四下里就麻扑扑的，只有公路像一匹白布，无限向前伸展。走到野鸡滩，一辆货车亮着灯从我后面开来，在身边停下。“吴老师——”司机在喊我。啊，是肖中南，当年戽口的学生。摸黑爬上车，很快就到芭蕉。亏得肖中南了，到火花学校才六点半钟。我还以为运气好，提早到家了——

哪知我的妻，硬是动了气。
几句杵头话，顶我门角里。
弄的好饭菜，想是为我的。
只因到得迟，见面如仇敌。
我在风箱里，两头都受气。

强把气来咽，自把黄连吃。
但看她的面，“车”（转）得老远的。
想是双泪落，无语自织衣。
患难十四载，今夕更怜伊。
何日了此愿，老少共团聚？

第二天，到戽口。不好啊，两个老人都病歪歪的。父亲牙痛，脸都肿了，简直难以进食，而且便血的毛病又犯了。母亲前些时跌了跤，四肢麻木。这半月，家中二老都不顺畅，真令人心酸。

菜园里芋头的叶、杆都萎蔫了。我去挖芋头，下午给父母做一餐芋头糯米饭。昶昶跟着我跑上跑下，无忧无虑，爱说爱笑，思想单纯得像秋日晴朗的天空。是的，娃娃是黎明的曙光，老一辈看到他们，也就看到生气，看到未来。我在清理挖回的芋头，父亲见景生情说：“人嘛，就与你挖的这芋头一样，老的一代到时就要枯萎，再就看芋仔了。我们老了，总少不得这病那病的，这没得什么办法的，你们不要担什么心，还是要以工作为重。”

决定把昶昶接到火花去。一路上他欢喜得很，又是说，又是笑。一到火花学校，他更是兴奋，叫电灯是“电影”，看到妈了快活得又蹦又跳。然而，我的心中，仍惦记着父母，总是沉重居多。

又是一个星期，办了两件事情：把双推的材料完成上交到地区教育局；在张局长指导下，办理回答人大代表、政协委员有关教育工作的提案。我认为回答提案，是个很简单的问题，都直截了当，说明意见或建议可行或是不可行。张局长看了我的草稿，对我说，无论提案可行与不可行，都要以尊重的态度，肯定和感谢代表或委员对教育事业的关心，讲清可行的将怎么办，不可行的原因是什么。我从中受到深刻的教育，觉察到回答提案是对人民群众的基本态度问题，不能简单草率。

还好，这个周末回芭蕉，天还没有黑。传美报告喜讯，延林得了一个胖儿子。她给取了一个名字“振”字，寄托振兴的希望。延林师范毕业，安排到火花中学，他们姐弟同在一个学校，来往也是太方便了。晚上到延林那里坐了好久。

星期天，带着两瓶炼乳，几斤细面条回戽口。半途碰到十队的喜老汉赶场回去，刚好同路。喜老，名叫李世喜，我是熟悉不过了，住在竹山湾旁边的李家屋场。那时，人们都给他叫喜老，其实很少看到他的喜笑颜开的样子，也很少听他说句开心话。他似乎还是生产队里喜欢说杵头话、发牢骚的一个人物。他是瓦匠，也会石匠。也许是那时农村并没有多少瓦工、石工的事情，比如我，打灶、捡瓦都自己动手，尽管他住在旁边，还从未请过他。所以，他空有瓦工、石工的手艺，却没有在外面搞副业，顶多偶尔给别人做一点零星活。他是喜欢一口酒的，因此也是逢场必赶，赶场的目的恐怕多半就是要去喝一口。此刻和喜老见面，我自然首先问他在街上喝酒没有，他说："今天没有，在家里喝了酒才出门。"

他买了一副羊肝提在手里，不消说是带回去的下酒菜。我问："今天怎么回去这么早？"

他说："场上挤死人，背背篓的人又多，我也是个背背篓的，挤得转不过身。街本来就窄，现在三步两步就是一个油锅灶子，还有外地来卖什么药的，在那里瞎吹，吹得围上一大堆人，更是过不得路了。现如今卖的东西又多，肉案子就是十好几架，现在有肉卖也找钱，上了一块二三，羊肉上了九角钱一斤……"

他的话比过去多多了，一边走，嘴里还没有停过。讲得更多的还是诉说过去搞"大合班"的苦处，他说："往年在生产队搞大合班，那个一天是搞也没搞得，玩也没玩得，早早地把人催上坡，天漆麻黑了才归屋。最'毛闷'（烦心）的是夜晚上还要到保管室写工分……分粮食的时候，保管室里闹是闹麻了，就是一回还分不到几颗粮食。我们不知吃了多少苦，还搞得年年差饭吃……现在自由了，不差饭吃了，酒有喝的了……"他讲得眉开眼笑，喜老，真变成个喜老头了。听到戽口人说不差饭吃，我是哪里都舒服，想当年，戽口人种田的没饭吃，逢场天少不得几十条扁担，去赶黄泥塘的场，买苞谷、买洋芋。我也为这事犯过许多愁。

我到家了，喜老提着羊肝去李家屋场。叫人比较放心一些的是，父母的病情都有所好转，还说上一次做的芋头糯米饭是如何好。于是我又去挖了几蔸芋头，还帮忙洗好一副猪大肠，是做药的。父亲说："你哥哥听你说我们病了，星期三他办案路过九道水，还专门下车走来看了。我们这一病呢，就耽搁你们的事情。”我说：“现在这么几处住着，实在叫人不放心，无论如何要想办法解决了。”于是，讲到把这里的房子卖了，在城里租房子等一些事。但是，也不是一时想得到就做得到的事。

旭娃还是有些怕英语，我自己又不通，很是恼火。前段时间下乡，听广播英语讲座中断了好久，现在还是要坚持。晚上我和旭娃研究，怎么学英语。我说，英语是别人的一种语言，英美国家的人，生下来也是什么都不懂，就像我们这里的细娃一样，大人不管他懂不懂，反正一天到晚哇啦哇啦给他讲，时间长了也就一句一句地有些懂了。我们学英语，主要是接触太少。但是英语又很有用，必须学好，因此只有一个办法，不怕它，还要喜欢它，相信只要下功夫，多花些时间学习它，就学得会。单词，你学一个就会一个，句子，你学一句就懂一句，这样日积月累就会有变化。好多人还会几门外国语，我们就学英语这一门，不相信硬是学不到……

正和旭娃讨论学英语，一辆卡车停在门路。小夏在喊：“炭来了，下炭啦——”是单位给职工买的过冬燃料。于是，全局动员，下炭，分炭，来了个夜战马超，搞到十一点过。等我把身上的炭灰，鼻孔里的黑粉末打扫干净，离十二点都不远了。不过，每家有这一两百斤木炭，心里就有了几分温暖。

躺在床上想起，传美说了，城里好买煤，再回家时带点煤。还有父亲说的要带一个灌肠器，药……

买了几百斤煤，这个星期六好送些煤回去。下午三点事情就完了，可以早一些出发，但是旭娃还没放学。这星期六，心里也真是矛盾得很，我要到芭蕉，还要到庳口，又要把旭娃一个人放在这里。今天是更让人心里不安，先没有给他说，不等他回来我就走了，想着他一回来，看到屋里空无一人，爸爸走了，他一个人好可怜的，心里又实在放不下。但是我要带着几十斤煤走，等他回来天又晚了，还要摸夜路，也是很麻烦的。没有办法啊，还是只有硬着心肠，去办应办的事情。给旭娃留了一张字条，骑上自行车，拖着几十斤煤往芭蕉走了。

到底走得早一些，五点多钟就到了家。也是雪中送炭，家里的煤炭炉子，烧的是剩下的煤面粉做的团子了。这一到屋，家里很温暖啊，荞荞告诉我，昶昶可以背“一去二三里”，还有“床前明月光”，还有“白日依山尽”好多诗了。我要他背给我听听，他还真的能背得出。欢笑声中又想到庳口，两老怎么样啊，城里呢，旭娃一个人孤零零的……

还没有洗一下，昶昶的幺舅叫我去他那里喝一口酒。真还在他那里喝了一两多酒。延林不吃鸡肉，我给他帮忙，吃了不少。振振娃才一个星期就像大了许多。人人都在变化，我们大人是变老，细娃是在长大，变化最大的还是月子里的娃娃，一天不同一天。

第二天，带着父亲要的灌肠器，还有福寿昌的药去庳口。霏霏细雨，很有些要变成雪的样子。到家时，父亲正在喂猪，母亲精神也好多了。我这一到家，父母自然又欢喜不尽，问娃娃们的情况。每次都是这样，在家待不了好久，就要给父母做一餐饭，吃了饭就又要动步。今天更不能久待，传美说有三十斤米寄放在教育站龚老师那里，回去时还得带到火花学校，二十斤是旭娃的口粮，明天还要带进城去。

我在细雨中踏上几个钟头前才走过的山路，想着：一个星期天，我总是这样，离开这儿，又到那儿，又从这一个“那儿”，到另外一个“那儿”。我的心境，也总是一个复杂的大杂烩，有见面的喜悦和欢乐，也有离开的惆怅和挂念。一个星期，我要沿着三个点走去又走回。一个点有一个点的乐趣，但同时又牵挂另外的两个点……一日之间，我的心情总是颠来倒去，不能平静。我想，我应该自我解脱，要善于自我解脱，要增加愉悦的成分。

走到芭蕉，还是天黑了。在教育站龚老师那里，取了传美寄放的那一背米，背着摸黑路。这路不像庳口的沙子路，不是泥泞就是光石板，滑唧唧的，实在提心吊胆。我明白问题的严重性，若是一不小心，三十斤米就泼洒在地了，我必须极力避免这悲剧一幕的发生。跌跤，多半发生在精力不集中的时候，于是照着农村里抬嫁妆喊的号子，口里不断地念着：“溜溜滑滑，稳踩不跶”。虽然，偶尔也有思想抛锚的一闪间，但终于万无一失把一背米背到了屋。放下这个背篓，长出了一口气，不觉感叹：生活啊—— = 汗水 + 疲劳 + 喘息 + ……

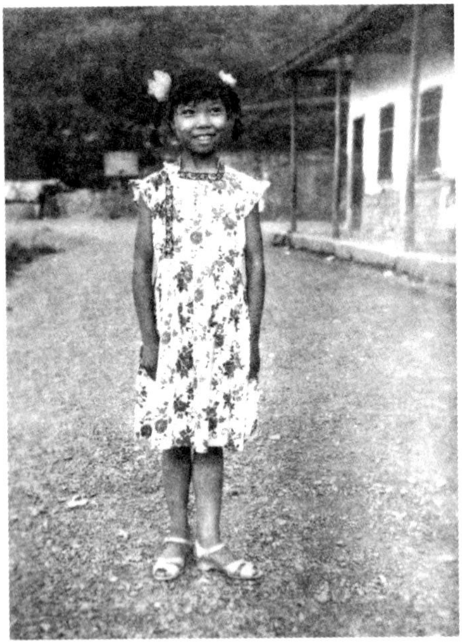
荞荞在芭蕉火花中学照

星期天一早，传美就去班上照护学生去了，我在收拾打点，准备进城。荞荞也起来了，自己在一个小煤油炉子上炒现饭（剩饭）。但是，那煤油炉子放在桌子上，她人又矮，操作起来很不顺手，更加之这炉子太小，铝锅在上面一滑过去，又一滑过来，还得一手把锅耳握住，真不知她怎么把这饭炒热。然而，她做着很能干的样子，似乎要告诉我，她已经能够做自己的事情了。的确，她居然就这样几下把饭炒了，吃到口，背起书包上学去了。只不过她炒饭吃的影像，久久印在我的脑海，心里却怪不是滋味——我无力照顾我的孩子。想着，她平时每天早上也肯定就是这样，也算是“穷人的孩子早当家”了。

我跨上自行车，也要进城上班去了。这辆旧得掉了油漆的自行车，真是一匹任劳任怨的老马，前天才拖了几十斤的煤炭到芭蕉，今天又带了二十斤米进城，它依然跑得好好的，不到九点就到了六角亭。

中午，旭娃从学校回来，直喊身上痒。我一看，是红肿的一块又一块，布满全身，我断定是起了风湿疙瘩。唉，要是在庳口，马上可以找一些金银花藤子，再加些艾蒿烧水，又是洗，又是喝，就能够解决问题。这可怎么办？只有去医院，请医生开一些西药吃。然而，这是既费钱，又不一定见效的。

这生活啊，也就像旭娃身上长的东西，到处都疙疙瘩瘩的！

局里成立了一个民办教师整顿办公室，陈主任牵头，办事员一人，就是我。领到第一个具体任务：起草一个解决民办教师报酬问题的报告。正准备动笔，又接到一个突击任务：全地区的教育系统先进代表会即将结束，局里研究，由敖局长牵头，组织一次欢迎我县代表光荣归来、县领导接见的活动。

敖局长安排了，谁和谁负责联系城关一小，谁和谁负责横幅标语，谁和谁……我和朱股长的任务是做八十二朵大红花。说动就动，我们买来红纸，开始裁纸，折叠，制作大红光荣花。下午，敖局长来视察，我们已制作了好几朵。敖局长很高兴，拿起一朵，往胸前一比说：“老朱，你看怎么样？”朱股长露出两个酒窝，笑道：“嘿嘿，像个劳动模范。”敖局长放下大红花说：“我不够格戴。明天给我们那些先进教师戴上大红花，在恩施城转一转，让过去的‘臭老九’好好风光风光——喔，小吴，还有一件事要搞落实。”我问什么事，他说：“与照相馆联系照大合影。昨天办公室只打了一个电话给照相馆，这等于还是没落实。这个事情误不得火，几点钟，在什么地方，他们哪一个师傅来，都要搞落实。你下午去一趟，把事情办牢靠。”朱股长说：“那是，不然搞得领导和代表都坐在那里等照相师傅。你去，做花的事就不用管了。”

晚上，办公室亮着灯，我以为朱股长的大红花还没做完。进去一看，是敖局长和朱明雄同志在横幅上贴字。一看便知，这仿宋体大字是朱明雄同志所写。我去帮忙。这是一个笨活路，先要把写在白纸上的字剪下来，然后再缀在大红的横幅上，很费功夫。敖局长先问了我照相的事落实的情况，我回答一切都搞落实了。接着，敖局长就开始说笑话了：“我们局里姓朱的都有艺术细胞：恭朱做的花，硬是生像；雄朱写的字，硬是像印版印的……”办公室里讲得嘻嘻哈哈，小夏、大锐几个人循声而来。敖局长越是来劲了，说：“你们来得好不如来得巧，这个贴字的事也是要人多，人多好贴字。我给你们讲个笑话：那年搞坡改梯，扫盲老师用石灰在岩板上写了两行字：‘抬石要人多，人多好抬石。’有个读过几句书的伙计，他把‘抬’，读成‘扯’，把石读成‘淡’——本来，‘一石’粮食也是这个‘石’，但是，他大声夸气地一读，就读成‘扯淡要人多，人多好扯淡’了。”大家打起了一阵哈哈。敖局长又补上一句：“不过，你们是来抬石头的，不是扯淡的；你们不来我们还要打老夜工。”几个人说说笑笑，几下子也就把这很费功夫的事情做完了。

第二天清早，我刚起床，朱股长在门口喊我。我问他怎么来这么早，他说：“昨天的花没扎完，准备今天上午扎。我这个人，心里装不得事，晚上在床上睡不安稳，想去想来怕误事，半夜里又爬起来，跑到办公室扎花。刚好把八十二朵扎完，天亮了。走，过早去。”我望着朱股长的背影，有一种深深的感动：这些老同志对工作的确是没有二话说，实在可敬！

上午，敖局长来，要我随他一起在城关一小、教研室、县政府大院转一下，察看迎接代表归来的准备情况。跟着他转，发现他对活动的安排想得很细，特别强调“事情要搞落脚”，一些细小的事还自己动手。在和大家干事的时候，他高兴了总少不得要说几句笑话。

十二点半，我们去地区招待所，送去一大串大红花。一点钟的时候，在城关一小少先队军乐队的引导下，八十多名代表，胸佩金光闪闪的纪念章，戴着大红花，走了大半个恩施城。沿途鞭炮、锣鼓、录音机响个不停，街道两边人们在看着热闹，也有人在仔细辨认，有没有认识的老师。到了县政府院子，县里领导和代表们亲切会见，交谈，徐书记给代表们讲话。排队照相的时候，摄影师在指挥，怎么站，怎么坐。我知道，我的事情都“搞落脚”了，再没有我的事情了，于是抽身回去，给旭娃弄点好吃的。

旭娃的风湿疙瘩渐渐消失，中午去买了一斤鲜肉准备着。下午一回来，就用一把电工刀切肉，居然也切成了细细的一堆。在煤油炉上架起烘锅，两爷子饱餐了一顿。

天是特别冷了，又刮起风来。把一件新棉衣拿出来，给旭娃穿上了。这新棉袄一穿上身，旭娃这小伙子还很像个样子呢。新棉衣是传美在芭蕉买的十元一件的成品，她还特地用毛线织了一个花格带子垫在衣领上。这个家，也难为她一手一脚，一针一线地精心编织，要不然，我们这低工资的家，大娃细崽，只怕会搞得衣无领，裤无裆了，还谈得上什么穿戴齐整，像个样子。

朱股长在积极活动，说这一年快到头了，机关工会应该对会员们有所表示。这个主张，哪个会员不拥护？工会主席说得到，做得到，今天每人二十元福利费真的发到了手。我把钱拿在手里晃动，对着朱主席开玩笑，哼起歌来：“他为人民谋幸福，呼儿嗨哟……”

身上刚刚揣入十张二元的票子，小夏接着又发工资。这个月，我的经济形势发生了根本性变化：实现了无借支，除了扣去互助储金二元，水费三角，还有四十五块四角拿到了手。俗话说，“钱是人的胆”，很有几分道理，特别是对于拮据日子过久了，连萝卜、白菜都要算计半天才会下决心数出几个钱来的我，感到腰杆子都直了许多。今天，我这一身是既无外债也无内债，还有几十块钱在怀里揣着，确实很踏实的。很想存几个，实在害怕过月底那种掐掐捏捏的日子。

老话说得好，“常将有时思无时”，还是要盘算好了再用钱。中午去买菜，都比较贵啊，物价还是上涨快了，白菜上了一角钱一斤，萝卜也要四分、五分，胡萝卜更贵，上了一角七八，还有喊两角的。豆腐，是难得的好菜，但一块要一角三，我和旭娃一餐吃两块豆腐，那是松松活活（容易）；若是要吃好，三块比较合适，但这是很不划算的。就买一块豆腐，再加一些菜叶，这“一清二白”的菜也是很可以的。最好的东西，还是洋芋，既能当饭，又能做菜，还算便宜，五分钱一斤，一下买了二十斤。喔，对了，还要顺便买一个日记本。说来也好笑，过去在芭蕉教书，每一年或一个学期，总要评个先进什么的，奖品日记本似乎没有缺过，现在旧存货都用完了。

去地区体委，参加元旦环城赛跑筹备会，因为地区教育局没人来参加，会议延期举行，便去逛书店，恰好遇到了二姐带着小龚霞也在这里。她的面色有些黑，头发却添了几根白。她说现在的事情很多，忙不赢，马上又要去省里开会，也为小家伙无人照顾发愁。我说，我们是同病相怜啊，我也是经常要下乡，有时还一去十天半月，旭娃是一个人在屋里，自己去打开水，打饭吃，晚上一个人睡觉，像个无娘儿……

二姐说：“那他就算很不错了，自己能够安排自己生活——也是没有办法，逼出来的……”

小龚霞听到这些话，连连喊：“不要讲了，不要讲了，我要哭了！”

“今天是星期六，你去不去芭蕉？”二姐换了话题，不提小孩的事了。

我回答：“准备下午回去，把旭娃也带去，他还是国庆节回去过。”

下午四点，旭娃放学回来，告诉我，期中考试的成绩公布了，英语还是只考三十多分。我问其他学科的情况，他说总分是484分，班上第八名。我鼓励他：“这也很不容易了，刚转来半个学期，总分排在班上第八名，你是使了大力的。英语这一门不要太着急，就像你昨晚上那样下功夫，一定赶得上去的。”

旭娃说：“昨晚上我记了二十几个单词，今天测验还得了九十五分哟。”

我高兴说："你看，你看，就是这么来就行嘛，八十分，九十分你都是可以得到的。走，我们回芭蕉去，你妈听说你考的成绩了，一定会高兴的。"

带着旭娃回芭蕉，走到两岔河天擦黑。我对着山上的学校喊："荞荞——"于是上面的两个娃娃荞荞和昶昶一人一声："爸爸""哥哥"……不停地喊着，叫着，闹着。旭娃差不多两个月没回家了，三姊妹一会面，怪亲热的。传美听说旭娃期中考试成绩还不差，也很高兴。吃了晚饭一起去旭娃幺舅那里，振振娃长得很好，旭娃还抱了一下小弟弟，很开心的。昶昶在这里更开心，脚不停，手不住，又把小舅妈的醪糟喝了一碗。

星期天和旭娃一起回庍口，两个老人精神像是很好的，爷爷奶奶看到了旭娃自然高兴不过。爷爷带着我们去看那头肥猪——好家伙，像一条小牛娃，腊月里没有三百斤也有两百七八。只是母亲总是弄不清楚我们是从哪里来，又要到何处去，做的什么事情，又都是怎样分散地住着。关于哥哥的事，她问了三四次，大概还是没记住。

我们还是要来去匆匆，把带去的鲜肉炒了一点做菜，一人吃了一碗面条上路了。多次回家，只有这一次多了欢趣，少了牵挂。

星期一这一天，真像打仗的。旭娃要赶到学校上课，我们五点就起床，六点出发。我带着旭娃，驾着自行车，路还看不怎么分明，很担心出事，时刻想着：安全第一。特别奇怪的是，凌晨做了一梦，乃是梦见了因车祸离开人世的万科长，给了我一个苹果。地区教育局万科长，是三四个月前，从利川城去一个公社的途中车出事的。我怎么会梦见他呢？是他提醒我要特别小心吧。有人说，"是祸躲不脱，躲脱不是祸"，那是为出了祸事辩解吧，应该说许多祸事是可以躲过的，应该尽量过细，努力躲脱灾祸。下坡的时候，我尽量开慢一点，手把稳一点，注意把住刹车。跑了一个小时，天才大亮起来，下面的车轮，车轮下的路面，路面上的石子，都能看得真切了。

八点过几分我们到城，旭娃怕迟到，什么东西都不吃，径直跑到学校去了。去教研室，参加站长们的会议，听计财股谭股长传达在蒲圻召开的全省勤工俭学会精神，下午是谭局长讲，没听几句，电话催我去地区体委，参加元旦环城赛跑筹备会。开完会，走回六角亭，已是五点多了。旭娃忙着清洗他集的邮票，一口木箱壁上都贴满了。我见一滴开水都没有，急了，要旭娃快去打开水，不然关门了。旭娃去打开水，我把煤灶打开，淘米，削苕皮。等旭娃把开水打来，米下锅了，只用了半小时，白米红薯饭到口了。菜，当然是洋芋。

晚上，旭娃忙着做作业，写作文《粉笔赞》，还要记英语单词。我要做的事情也很多，做《文学概论》的习题，戏剧文学也要读一读，还有近来的《光明日报》《文汇报》，几个省的教育杂志，只有一门一门地来啊。

地区教育局选定在恩施县的三岔公社搞一次普及教育调查，目的是了解普及教育现状，摸索验收的方法。参加的人员，地局有肖科长、小舒同志、小冉同志，县里有我，还有县教研室刘、康两位老师。没想到，今年的下半年，我和东乡结了缘，到了年底还要到东乡的三岔一趟。

12 月 21 日，上午把旭娃的生活安排停当，做了一些准备，下午就出发。这一行共六人，也够热闹的。这次调查活动，我没有什么精神负担，工作怎么开展，有地区的同志说意见。三岔我已经来了几次，站里的同志也熟悉，李先智同志是个能干的站长，工作抓得主动，办法也多，站里的章国庆老师是个很能干的老师，吹拉弹唱，琴棋书画无所不会，还是个好笔杆子。我相信，地区同志在这里开展工作，一定会是顺利的。一到三岔站，我便向三岔的同志介绍地区的同志，又给地区的同志介绍了三岔的同志。好，我只需要这样，然后就由地区的同志说意见，三岔的同志作安排了。根据肖科长的意见，地县社三级，组成联合调查组，三人一个小组，明天分成三个小组，分别行动，下到三个管理区。李站长作具体安排，一组去大河，二组去燕子坝，三组去三元坝。

清晨，三岔的天空，一碧如洗。明丽的太阳照着教育站的房子和中学的操场。我们不约而同走到操场去，康老师说："这里的太阳出来好早，如果在城里，这时候还是一片茫茫雾海，不过十一点很难见到太阳。"正在做伸展运动的刘老师，停下来说："这里的海拔在八百米以上，属于二高山地区了。我那几年在新塘的崩山教书，冬天就是这样的，如果是晴天乘车去崩山，城里雾蒙蒙的，不晓得是阴天还是晴天，一到三岔就晴天光光了，特别舒服。不过，高一些的地方，变天也快，有个说法是'高山的天，娃娃的脸，说变就变'……"

"吃早饭了，吃了好出发。"肖科长在喊。

阳光很好，但是霜风刺骨。李站长带着我和小冉同志去三元坝，沿途田野里，草堆上都是一层白霜，在阳光下分外闪眼。半途有一所学校，李站长说，这是李家坪小学。学校附近，一坡又一坡的山地，耕种得整整齐齐，田边的土坎刮得干干净净，如同剃刀刚刚刮过的脸面，清爽极了。三两个社员在不慢不急，精耕细作，播种洋芋。我感到这责任制的实行，真是扭转了农村的乾坤，一个体制的变化，激发了人们生产热情，物质生产大增，最后出来的直接效果，就是喜老对我说的那句直白的话："现在不差饭吃了。"我们从学校前面经过，这所学校却让人目不忍睹啊：到处散乱不堪，地上满是纸片杂物。我在想，学校这个责任制该如何定呢？李站长走去，在教室门口和一位老师讲了几句话，我猜到了他在讲什么。

我们先看椿树淌教学点。这里在实行计划生育后，生源逐渐减少，学校采取了隔年招生的办法。查对表格，这个教学点服务范围有适龄儿童21人，老师说只有1人未入学，属于痴呆丧失学习能力。课堂里学生共24名，一年级13名，三年级11名，去年没招生。老师进一步说明了，在校的24人中，有3名是不足龄的，才五岁，家长要求送来，还有1名不属于服务范围的雄伟大队的。这一说，数字也就对了。问及未来几年生源情况，老师也说得清楚，现在六岁的有2名，以下依次是6名，5名，5名。如此看来，也只能是隔年招生。

接着去梨子坝，到管理区中心小学。途中，老远就看见一棵大树，并非长在山冈之上，而是在平坝中的凹陷之处。然而，它显得气势不凡，傲然挺立，枝叶披靡。李站长介绍说，这棵树也是巧，是从天坑里长起来的。如今天坑已经填平，下面的树干被深埋了三丈多。这也算得是一个奇观了，引起了我们的兴趣。我们走到树下，发现这树干是多粗多大。我们拉起手来合围，恰好三人将其围住。好家伙，直径达到五尺多了！看了这树，我想起左思的诗："郁郁涧底松，离离山上苗。以彼径寸茎，荫此百尺条。"左先生也似乎是说得太情绪化，太绝对了。你看这棵树，纵然生于天坑底里，并被深埋数丈，然而，有什么"苗"可以遮蔽它伟岸的树干和那茂密的枝叶？

留宿中心小学，晚上听杨校长谈情况。

梨子坝中心小学，规模还不算小，但给人一个突出不好的印象：脏。第二天，我们在教室听课，学生举手发言，我发现那一只只小手，都是黑黑的。学校的厕所，一坑大粪，坑上仅搁置数根棕树杆子，很担心学生会跌下坑去。男厕所里，小便者正对着大便者冲，男女厕所的间隔，缝隙很宽，既不雅相，也不卫生。连学校的炊事员，也是满面尘灰，炒出来的萝卜片也是黑黑的。我指着这萝卜片感慨："真是文如其人！"

听了两节课后去石院墙小学。石院墙是个别具一格的地方，几根高大的樟树，枝叶浓密，远远地就能看见。半山上一个院落，有密集的大瓦房。屋基筑有数十丈长，一丈多高的石坎，看去非常气派，有些让人联想到图片中欧洲中世纪的城堡。我怀疑这石院墙的名字，就是从这石坎而来，它不是院墙却胜似院墙。院落里，植有桂花、山茶之类的常青树，一株株枝叶纷披。院里一所小学，两间教室，看来也很清爽。学生共有55名，分三个年级，两个教学班。两名教师，男老师姓李，女老师姓罗，都是民办教师。他们文化水平不算高，但很负责任，每次统考，学生成绩总是名列全管理区学校的前茅。

三岔的后坪农中就在不远处，我和小冉都想顺道去看一看，因为这个学校是颇有一些名气的。"文革"中，这里是办了大学的，而且是恩施率先举办的共产主义劳动大学。到后来，大学开始招收工农兵学员，这里又办了华中师院的分部，有学员一个班。此地名之曰"后坪"，其实它是三元坝上突兀耸起的一座山。方圆数十里，没有比这山再高的，常言道，"这山看着那山高"，在后坪却是例外，是因为三元坝太宽的缘故吧。在最高指示批评"农业大学办在城里不是见鬼吗"，到处提倡办劳动大学之后，如此之高的后坪，成为恩施的第一所共产主义劳动大学的校址，也是一个历史的选择。

我们登上山顶，已是日暮时分，但见上面的天地是特别开阔。太白金星，不是我以往见过的，在西边的山头上，而是在宽阔的海天之中熠熠闪亮。周围的那些小山丘，都不过是浑圆的一个一个小螺丝，小蚌壳。小丘上一圈一圈的茶梯，勾画出螺、蚌们身上椭圆的纹路。后坪的山顶，的确是平的。学校在坪上，有山下学校少有的宽阔的操场和大片的土地。房子里，窗户都裱糊得严严实实，尽管外面朔风呼号，屋内却烧着大火，十分暖和。我们进去的时候，他们好几位教师和大队小队的干部围坐在一起，似乎是在争执架设电线的事情。

我们一去，他们的争执也便停止下来，开始谈学校的情况。我认识了校长王丕成，主任黄非非。他们讲了学校的情况，也讲了他们自己的一些经历，知道了全校有高一高二两个年级，89 名学生，13 位教职工等情况，也记下了他们提出的要求。让我感到吃惊的，也是恒久难忘的是上面用水的困难。丕成校长高兴地告诉我："在过去，这上面滴水如油，下雨的时候，我们就去拿起竹竿，把瓦戳穿眼，下面用盆盆桶桶接雨水。所有能装水的工具都拿出来，存的水也管不了几天……今年，感谢上级给我们拨了一点钱，师生门积极参加建校劳动，修了一口大蓄水池，下雨就把周围的水引进池子。雨下得大，池子可以装 1.6 万挑水。现在有了这个池子，只要注意节约，只要管理得好，值班守水的人——我们喊的'水警察'——认真负责，从这一泼雨，管到下一泼雨，没有好大的问题。"我的天啦，这对于来自芭蕉戽口的我，大有过去是身在福中不知福的感觉，戽口简直到处都泉水叮咚响——我们三岔农中的老师学生，竟然如生活在沙漠一样！丕成还在继续说："哪怕我们的老师都是中师程度，学生是别的高中选剩了的，我们今年的毕业生还有一个考取了财校……我们有信心把学校办好，只要上面重视……"

和丕成、非非谈至夜半方才歇息。

一夜北风寒，万里彤云厚。告辞农中的时候，漫天飞起了雪花。三个组陆续回到教育站。下午，各组谈情况。比较一致的看法是，三岔公社从七四年以来，认识明确，措施得力，普及教育的入学率、巩固率都比较高，合格率也在不断上升。突出的问题，是合格率差距大，一所管理区中心小学五年级 39 个学生，期中考试语、数双科及格只有 12 人，而且这 39 人中顺利读上来的只有 8 人，仅占 20%，有的学生留级达到三四次，和他们同过学的，有的在读高中了。肖科长提出，大家分析一下有哪些影响合格率的因素。有的说，教师的业务水平较低，一批办教育网进来的老师，有的只有小学程度，甚至小学都没有毕业，很难适应现在的教学工作。比如一个老师的备课本上，解释"标本"一词，写的是"学校如有，可给学生看"，这明明是教学参考书上的话，他也照抄下来。有人补充说，"文革"中推荐上中师的，因为入学不考试，有的原有的基础太差，尽管中师毕业，还是不能胜任。又有人补充，现在实行干部、教师退休接班的制度，本来可以解决教师的后顾之忧，但是有不少书教得很好的老师，为了让子女接班，提前几年也退休了，结果就是“走一个教书的，来一个喂猪的”，问题是现在缺的是教书的，这样，只能喂猪的也教书了。也有的说，农村实行责任制后，大多数教师家中都分了责任田，一心挂两头，必然牵扯精力，影响教学工作。还有的说，事业调整仍然没有到位，就三岔的情况看，好几所中心小学还戴有初中帽子……

晚上公社放电影《小海》，大家都说看过，不去看了，便围着火炉漫谈。康老师说：“下午我们讨论影响合格率的因素，提到现在老师中存在问题，但总的说，我们老师们的工作态度还是不错的，我这次也听到许多老师感人的事迹。比如，星光小学有个张老师，他动员学生的事我听了就非常感动。为一个学生没上学，他已经家访跑了七八次，那个学生的家长都讨厌他了。但是，学生一天不到校，张老师是一天不停止家访。这天，他又到了这个学生家里，家长正挑着一挑水回来。当他看见张老师在家里，就不进屋了，把一挑水搁在外面，叫那个学生把镰刀给他拿去。他拿起镰刀转身就割草去了，硬是不和张老师打照面。张老师见他去割草，也就跟着他到割草的地方去，还是动员他把学生送上学。这个家长，为了‘送客出门’，口里答应明天送学生上学。第二天，并不见学生上学，张老师又去动员。家长正在薅草，看见老师来了，他索性像不认识一样，不张不睬。这一下，让旁边的几个人都看不下去了，七嘴八舌指责起这个家长来。家长受到众人的教育，最后是真的把学生送上学了。”

小舒同志接着说：“昨天，我们在一所学校听课，一位女老师一个简单的动作，很令人感动。事情是，坐在前排的一个学生，不停地摆着身子。老师看见了，就把手一挥，那个学生就出教室了。过了一会，学生又进教室上课了。课后，我问老师，你对那个学生挥手是什么意思。老师说，‘这个学生平时有禁不住尿的毛病，他看见今天听课的人多，不好意思举手对我说。我看见他有些坐不安稳，知道他是要尿了，就把手一挥，让他去上厕所’。就是这么一挥手的简单动作，我感到，一个老师了解、关心、爱护学生到这一步，很令人敬佩。”

小刘老师听到这里，也发表感慨：“燕子管理区，也有这样一个典型：一个适龄生，平时表现很好，学习不错，但有几天没来上学了。王老师去走访，发现了问题，这个娃只有一条裤子。那一天，这仅有的一条裤子撕破了，变成了一条空荡荡的折叠裙，他不好意思去上学了。王老师跑到家里，把自己小孩的裤子找了两条送给了他，这个娃又上学了。”

我听刘老师讲了学生没有裤子穿的事，也就讲到暑假在咸丰学习的时候，武汉师院一位老师，向我们讲述他去咸丰的路途，看到一个半大小孩，赤脚裸身，扛着一根木料的事。他想到自己的小孩，与这个小孩一般大小，却是小学毕业上初中了，这位武师老师，掏出手巾拭去眼泪说：“山区的人是太穷了，山里的孩子是太苦了。”

这时，肖科长接过话题说：“恩施人的确遭孽啊，岂止是小孩，大人没有裤子穿的也不稀奇。五十年代，利川一中有个语文教研组长，姓张，在 1957 年被划成右派分子。以后，他在岩洞里住了二十个年头。1978 年，公社给他平反，文教组长到处找不到他的人。听人说，他在山里住着，他们就在山里找，没有找到。经过反复询问，有人说的确是在那一片山上看见过的。他们去了几个人，在这片山上寻找。终于在一个岩洞里，看到一个蓬头垢面的人，正在烧火。他头发像棕兜，胡子拉碴，身上挂一些破巾烂片，皮肉都露在外面。文教组长试着喊了一声他的名字，只见他一下转过头来，脸是灰蒙蒙的，眼睛很亮，像发出的手电光一样。再叫了一声，他开口了，问：‘你们有什么事？’组长于是将如何给他平反，落实政策，请他出洞，恢复工作等等，一一地讲了。这人却淡然回答：‘这个情我领了，工作不能做了，也不去了。’组长一再说明，请他出洞，他还是说：‘我不会出洞的。’文教组长也算是个精明人，一下发觉了问题的症结：这老儿没有裤子穿。组长就告诉他，要他先借一条裤子穿了去报到，办了手续就可以领到工资，领了工资就可以自己做新的，然后再把借的还给别人。果然，第二天，老儿去办手续，穿的是一条女人的灯芯绒裤，鞋也是一双女人穿的沿边鞋。原来，他是找他女儿借的这一身装束。办了手续，领到一笔钱，他去买了一套衣服换了，把女儿的衣服也还了，又去理了一个发。不过，那一把胡须照样留着。组长要他把胡须剃了，他不听，接着就进城去。一中校长去迎接他，也是劝他把胡须刮了，这老儿执意不肯。直到集训学习一个月之后，张老儿不用别人劝，自己把那一脸胡须刮得干干净净了，走进课堂，开讲

《廉颇蔺相如列传》：‘秦王坐章台见相如……’过不几天，他给学生布置作文，题目是《我们的学校》。张老先生阅读了学生的作文，大不满意，长叹一声：‘此等文章，毫无文气！’第二天，他要学生重写，规定用文言文写作。学生个个，你望着我，我望着你，无从下笔。课后到处找资料，还是一无所获。最后，张老先生只有读自己作的范文了：利川一中者，吾县之最高学府也……”

肖科长这个故事一说出来，大家七嘴八舌，议论起来：你说是悲剧嘛，又是喜剧的结果；你说是喜剧吧，但是想笑又笑不起来。

肖科长说：“就再给你们讲一个喜剧故事吧。有位老师与妻子不和，常年不回家。妻子是个贤惠的妇人，无论这老师怎么样，她一不吵，二不闹，丈夫不回家也不怨恨他，还一年一双新鞋送到学校去。会不到丈夫，她也不再找，托人转交了就回家了。年年杀了年猪，也要给丈夫送一块肉去。家里的事，全是她自己一人料理。如此十年，年年如此，丈夫终于回心转意了。前年两口子还得了一个胖小子。”

这一晚，大家围着火炉，讲了不少的故事，可惜我这人记性不好，如果是记得下来，可以写成一本《火炉边的故事》。

星期六下午回单位的时候，已经下班。朱股长把自行车骑走了，想回芭蕉是不可能了。也好，陪一陪旭娃。这段时间，旭娃的生活和学习都很好的，真是懂事多了，有独立生活的能力，这使我心里很踏实。但一想到芭蕉、㞒口还有老有小，又少不得悬挂。我感到自己的精神似乎有些毛病，心里踏实的少，空虚的多，这和在芭蕉的时候，心境总是那么充实很不一样。有人说我后脑勺有两块白发，自己平时看不见，就是对着镜子也不可能发觉，还以为自己青春永驻呢。忧能伤人，我相信了。看来，我的白发已在我的后脑勺建立了巩固的根据地，在大举争夺青丝的地盘。

倒是上班好，有事情的时候就一心去做事，不会去七想八想。我们去三岔的三位一起给局长汇报。反映的问题，看来是大大触动了领导同志。局长最后说：合格率的问题，要打几个硬仗才行。

1981 年的最后一天了，局机关、教研室、进修学校的同志一起开会，中心议题是八一年怎么样，八二年怎么办，一起统一思想。张局长提出八二年全面贯彻教育方针，努力提高教育质量的中心任务，谭局长具体加以阐明，然后讨论。

中午火花中学程照明老师回城，带传美口信，他们不打算元旦进城了，要我今天或者明天回芭蕉去。我于是打算下午回芭蕉，朱股长说："今天你不能走的，下午你要代表我们股发言。"算了，也就半天，安下心来，开会。

晚上，局里的同志和各公社教育站会计联欢，吃糖，嗑瓜子，喝茶，抽烟，三位局长都简短地讲了几句话，一起看电视。电视这东西，我在戽口时就知道，当戽口茶厂安装发电机时，我就想学校买个这玩意，后来才晓得，光有电和电视机，还是不可能收看的，所以一直不知道真实的电视是怎么样的。直到今年下半年，局里有了一台，好大一口木箱里，嵌着小小一块银屏。谭股长他们在办公室的屋顶，装了天线，七调八调，画面就出来了，声音也出来了。据说机器很贵，平时都锁着，保管得很好，只是在周末，或者有特别好的节目，大家才聚在一起看看，也是很稀奇的。前一次看的是中国女排对阿根廷，三战三捷。

今天，局里的电视机前，围了三四十人，都津津有味地盯着那只比巴掌大一点的屏幕。我和旭娃一直看到十二点，听到了 1982 年第一秒唐代洪钟的敲响。

1982 年来了。

第四章　人到中年

（1982年春—1982年夏）

1982年，我的不惑之年。我历经了四个尾数逢“2”的年：第一个时，我来到人间，混沌初开；第二个时，我天真幼稚，学跳秧歌舞；第三个时，我挥汗关山，磨炼筋骨；第四个时，我亲手剪去第二个孩子的脐带，把她抱在怀里；现在迎来第五个了。有人叫人生为“长河”，尽管我经历过度日如年的饥饿岁月，劳顿困乏的难熬时光，但是，回目过往，也就仿佛一瞬。我的长河啊，即令是长江，恐怕也就“轻舟已过万重山”了，武汉三镇、钟山金陵即可瞬息到达，这离入海口又还有多远呢？然而，我还有多少事理不能明了，未知的事物是太多太多，时时遇到困惑，岂能称之为“不惑”？这又怎能不叫人“哀吾生之须臾”？

往者已逝，来者可追。且不顾及头上与日俱增的银丝，试追之：我的耳际，依然回响着川江的号子；我的血液，沸腾如三峡的激流；我的双臂，还有迎战楚天巨浪的力量——我拥有的，就是这不改的愚人怪癖，难移的执着本性！

这个元旦假，叫我并不舒心。昶昶发烧，我和传美背着他去芭蕉医院看病。旭娃和荞荞等不得了，先去戽口看爷爷奶奶。第二天中午两个娃回来，我把旭娃送上了班车进城去上学。昶昶依然没吃什么饭，喂药更是为难，总是闭着嘴，摆头如同拨浪鼓。

几个星期没和父母见面，这段时间他们受苦了：只想把猪喂大一些，拿钱去买红苕，买粮食，现在是油罐见了底，钱没有了，粮食也快完了，人还受累。

园子里几蔸好一些的白菜，还有几个大萝卜也被别人偷去了，他们心里是左右不好想。我说："原来这地方是从没有这种现象的，怎么人心变坏了呢？"父亲说："现在什么风吹不进来，哪里有不受影响的？听社员说，周围偷鸡摸狗的事还多得很，有的人家猪都被偷走了。有一家，早晨起来去放鸡，发现鸡子一只都没有了，连鸡圈都不在了。事情也真是难得说，这一放松嘛，又人心不古了，一些人只要搞到钱财，不管是什么事都做得出来。"于是我们商量，这猪是不能继续喂下去了，喂的就是钱，人还受累。算了日子，学校元月十三四号放假，娃娃们也回来了，于是定在后一个星期五，就是十五号把猪杀了。又怕我的事情说不准，回不来，打算找李家屋场的蛮子娃帮忙，惟愿在这几天，偷猪的人手下留情。又议论到卖房子，搬家这样一件大事。我说："听延林说，汽车分局需要木料，在乡里收购木头房子，合适的话可以卖。"父亲表示同意，说："单位买还是可以的，钱可以成整，不过我们的退路先要找好。"这卖房子，搬家的事，无论从哪个方面讲，都是我的当务之急，但是一讲到退路，就很有些茫然了，退路在哪里呢？

地区教育局要上交一份民办教师调整的情况报告。两整天坐在电话机前，联系了二十二个公社教育站，只有一个大山顶，也许是大雪封山，一直联系不上。只有先把文稿写好，再汇总数据。第三天，终于把大山顶的电话打通了。

正在汇总数据，计财股小袁问我回不回芭蕉，说县师范的车子下午接他去放映电影。我说那就太好不过了，我恰好有一些煤要拖到芭蕉。去年下半年，局里进来了几位年轻人，小袁、小聂、小龙和小梅。小袁分在计财股，负责仪器供应。他有一台电影放映机，偶尔去学校放几场电影。小聂和小龙，都在我们教育股。小梅在办公室，负责文字工作。这几位年轻人一来，局里显得格外有生气，旭娃也很高兴，除了有朱伯伯、向伯伯这样一些伯伯，又多了几位叔叔。几位叔叔中，袁叔叔是学理科的，他便常常找袁叔叔请教数学题。

下午四点，司机小刘将县师范的一台130卡车开到教育局的大门口，小袁、小聂等几个年轻人，七手八脚，帮我把几百斤煤炭装上了车。我给旭娃留了一张字条，便随车到了芭蕉。煤下在两岔河的公路边，传美叫了一些学生娃来帮忙，又是七手八脚把煤搬到了学校。长时间来，我火花的这个家，真为能源问题伤了脑筋，这一下算得解决了大问题。

第二天回城，遇到了麻烦，原来说师范的车上午就到城里去，哪知等到十点，仍不见车来。我还要赶回去写材料，不能坐等了，急忙上路，步行进城。走到牛鼻子洞，来了一辆140大卡车，我侥幸地招了招手，那车竟然停了。车上司机只带一个五六岁的小孩，我很感谢这位素不相识的司机。不过，他并不能带我进城，他的家在头道水。我在头道水下车，又开始步行。十二点钟也就走到了，旭娃刚吃完了面条和现饭。我早上吃的是两碗苞谷饭，这东西相当扎实，耐饿，也就不想再做饭了，忙着去赶写材料。

吃晚饭的时候，两碗苞谷饭早已化为乌有，肚子很有些空虚，便多吃了一口。收拾碗筷的时候，看着那剩下的一点洋芋汤和一瓢面条，觉得不好存放，索性也都装到肚子里去。只是面条咸了，晚上一边忙着写材料，还一边忙着喝茶。初稿拿出来了，但是茶却不能解渴，便冲了一碗洋芋粉，喝了下去。还是不解瘾，再冲一碗，喝下去了。

早上起得很早，是因为肚子里不安然。上厕所，不好，大便颜色很深，暗红的，有些像血——但我不相信是血。

汇报材料终于完成，交给了打字室。肚子里一直不舒服，过一些时候，就要坠痛一阵。晚上去联合诊所，医生说是消化不良，这个看法我很相信。人感到很疲乏，但不怎么担心，服了药就会好的。

次日，在县总工会开会，讨论春节文娱活动的事。这个春节，城里要组织一次花灯赛，初一、初九和十五，这三天要大闹施南城。负责活动的李庆南总指挥在说："花灯以各个街道组队，盏数和制作者要在腊月二十四以前书面报来……初一早上八点钟，各路花灯在六角亭县委大院集中，然后开始文艺大游行，路线是六角亭，解放路，大十街，人民剧院，北门二街……"我一边开会，一边记录，同时也感觉到腹部的坠痛。算计了，每隔十五分钟疼痛一次，很准，开会两个小时，都是这样。

中午大便一次，让我大为震惊：拉了不少血，真的是血！这很像家传的病症，父母都有这个毛病。若是如此，我知道，那是没有什么妙药可治的。我实在不愿进医院。我还是当学生的时候，与医院打过交道。以后在芭蕉当民办老师，从来没有去医院看病，倒不是因为没有公费医疗，而是没有必要。这些年，有了公费医疗，我也从没有享受过，也不想享受这个待遇。

大锐知道了，几次催我去医院，我终于去了。这是我多少年来第一次去县医院看病，那纷繁的手续，让我走了一些弯路。医生要我查血化便，这大便也不是想有就有的。回到局里，等了一个多钟头，取了样，送去化验室。白衣战士在显微镜下看了，我问："到底是怎么回事？"答曰："是血便。"这个回答是绝对正确的，但对我来说是毫无意义，我不需要显微镜就看见是血便。我想知道的是这血是从何而来，属于什么病症。内科医生也无法诊断，当作肠炎诊治。打了一支庆大霉素，给了几种药片，其中有认得的黄连素。

躺在床上想，这肚里出血，也还不是一般的事，像这样连续两天出血，身上的血也经不住流。又是星期六了，回芭蕉是不可能的，一无车，二无力，休息一下吧。去给传美打电话，便血的事不讲，只说肚子不舒服，无法回家。随后去法院坐了一会，哥哥他们现在总算好了一些，周六都能聚在一起了。我感到，这一家子人，只要能够早晚相聚一处，是比什么都好的事情。

回到自己的房里，旭娃在复习物理和英语，他们从昨天起，就在进行期末考试了。我拿起一本《聊斋志异》随意翻阅，肚里仍有不适的感觉。

郁郁寡欢打发星期天。打了第二针庆大霉素，肚子里还是不平静。食不甘味，每餐饭总要剩下一些。旭娃考试了物理和英语两门回来，似乎不见有什么喜色。不过，这娃有些说不清楚，别人喜欢报喜不报忧，他有时是报忧不报喜，或者先报忧后报喜。我问他两门考得怎么样，他说："怕不得及格。"我宽慰他："你已经很懂事了，学习自觉，努力，一两次没考好，也没有多大关系。也说不定这一次题目出得难……"

旭娃的期末考试结束了，我要他好好玩一下，他提了一个要求，晚上去看一场电影《女兵》，我满口答应，告诉他："下午我在体委开会，他们安排团年，我要参加他们吃饭。你吃了饭等一下，我回来了就去看电影。"

在电影院买了两张电影票，一张是旭娃要看的第一场《女兵》，一张是第二场我想看的《包公误》。体委里面今天是格外热闹，参加会议的主要是全城关的体育教师。会议内容不多，先是皇甫昌英主任对八一年的工作做总结。他从

2月参加在咸丰举办的少年乒乓球赛开始，讲到11月的全县小足球赛，初中生篮球赛，达标测验，评选优秀体育教师等等工作及其取得的成绩。然后是谭学江副主任讲八二年的工作计划。在我代表教育局讲了几句话之后，便开始会餐。体委主任高举酒杯，祝贺老师们在学校体育工作中取得的成绩，感谢大家为全县体育事业发展做出的贡献，向老师们拜个早年。学校体育老师，在体委也如同自己家中一般，人人精神焕发，个个高举酒杯，感谢体委对学校体育工作的关心和支持。大家轮番频频举杯，场面异常欢快热烈。厨师的手艺高强，席上摆满了佳肴，十个大盘，盘盘可口。可惜我无福消受，只能浅尝辄止，图个饱饱眼福。虽然肚里并不快活，但心里还是十分高兴，还暗自编打油诗：

葡萄美酒玻璃杯，
鸡鸭鱼肉皆无肥。
施城体坛知名者，
个个满面红光飞。

宴会一散，我便告辞，急着去叫旭娃看六点二十的电影。阴晦的天气，六点钟就黑下来。我喊旭娃开门，不见回音，心想这小子跑到哪里去了？开了门，连床上都看了，不见一个人影。打开灯，看见门上贴有一张纸条。取下来一看，是朱股长写的：

“小吴：我见有县师范的便车，就叫你小子随车回芭蕉去了，请放心……”

看罢留言条，对朱股长的关照充满了感激。不过，娃子走了，心里很有些失落的感觉，望着电影票，自言自语：“该老子一人看两场电影啊！”急匆匆去影院，看了一场，再看第二场。幸亏有两场电影，把我的惆怅挤缩了不少。然而，没有看不完的电影，十点多钟，电影结束，回到房里，真不是滋味，独自在房里踱来踱去。给火盆加一些木炭，独自地烤火，独自地听广播，翻年历……拿起笔来，写出四句：

父子做伴两相依，
冷暖贫寒共一隅。
今尔驰驱祖母处，
我自有言对谁语？

寂寞的时候，写日记是排遣孤寂的好办法。细细的咀嚼自己的血肉，品味生活的滋味，写下一些话来：

——人，是个怪物，有着矛盾的心理，下贱的脾气：你像一匹马，驮了东西，你要喘气；不驮东西，你觉无趣……

——生活，像一杯清茶，说它苦，回味起来却有几分的甜；说它清淡，它又是碧绿的一杯。不是行家，是说不清，品不出它的滋味的。

又写四句《看〈包公误〉》：

包公非圣人，
知误能悔悟。
为人父母官，
当学开封府。

已经过了十二点，不情愿地上了床。旭娃回去了，脚头虚了，把脱下的棉衣搭上……

中小学都相继放了寒假。城关镇召开教育先代会，受局长委派，前去参加并宣读贺信。会议结束，又要参加拍照和宴会。我深知自己肠胃不能受伤害，尽管席面办得丰盛，是绝不能贪口腹的。前日在体委，因为自己注意得好，这两天肚里的情况大有好转。镇上杨美明书记就坐在我的旁边，力劝我喝酒，我说从来就不善杯酌。得到原谅，他建议我喝香槟，说这只是一点甜水水。我也觉得，在这样的情况下，自己若是只埋头吃饭夹菜，还是不好的。于是斟上这种甜水水，举杯感谢镇领导关心教育，祝贺老师们辛勤劳动取得优异成绩，为宴会也增添了一些热烈的气氛。旭娃的班主任吴锦屏老师也在这里，我走近她，举杯敬酒："非常感谢你！"锦屏老师笑盈盈站起来，也举起杯说道："儿子还不错！"我忽然认识到香槟的好处，举着它，可以不失礼数，表达感情，活跃气氛，自己又不至于喝醉，还可以少吃东西，减轻肠胃的负担。不过，喝了几杯之后，大约我的脸还是红了。杨书记望着我笑："吴同志怎么喝几口香槟都把脸喝红了！"我很庆幸自己具有喝酒上脸的天分，对杨书记说："我没撒谎吧。"自此，我认识了杨书记，是个实事求是的人；杨书记大约也认识了我，真是个不能喝酒的人。

香槟毕竟也是酒，喝了三杯还是有点醉意。晚上一边喝茶，一边读十幕历史话剧《秦王李世民》。这是复旦大学一个二十五岁的姑娘颜海平所写，实在佩服！

火花学校也放寒假了，父亲定的杀猪的日子就是明天，我须得去芭蕉一趟，把昶昶他们送到㞎口去。偏偏局里这两天是总结工作，没有办法，只得请假。

中午，大吴敏来告诉我，说她的叔叔，也就是我的吉二哥，来了。吉二哥是大伯父的小儿子，应贞姐的弟弟，本来大吴敏要叫他小舅，因为她跟着应贞姐姓吴了，所以也就喊“叔叔”。大伯父和我们家是同在一个屋檐下，都住在亭子屋里的。他们住西头，我们住东头，共用一个堂屋，我们是朝夕相处。不过，自从我离开建始老家，已是三十多年没见过吉二哥了。只听说，他新中国成立后上了军事干校，后来在巴东粮食部门工作，在没完没了的政治运动中，他自然也是因为家庭出身问题，一直都是坎坎坷坷的。最后，好像是说他在巴东的沿渡河定居，如今一定是恢复工作了。他来这一趟也实在不容易，是多年不见的稀客了。立即随着大吴敏到广播站应贞姐家去。

说起吉二哥，我的脑海里就浮现出几个镜头：

一个是，他不怕打。一次不知为什么事，大伯十分气愤，罚他跪在地上，狠狠地抽打他。吉二哥跪在那里，不哭也不闹，任由伯伯边打边吼——我看见，吉二哥是个硬气汉子。

再一个是，吉二哥会做松油灯。吉二哥把松油置入一个瓦罐，用黄泥密封起来，插入一根竹管，瓦罐在火上加热，竹管里冒出烟来，他将其点燃，于是成了一盏明亮的灯，多久都不熄灭。后来想起这事，觉得他的确是个相当聪明的人，这松油灯，应该是他的一个发明。老家凉水埠，满山都生长着抱大的松树，伯伯他们从四川请了一位范师傅，他像割漆一样割出松油来，伯伯家里因此松油堆了半间屋。这些松油到底做了什么，我不清楚，只记得可以做蜡烛。但这种松油蜡烛，有浓浓的黑烟，远不如吉二哥的瓦罐灯好。吉二哥的瓦罐灯是既明亮，又极少黑烟的。我不知为什么，吉二哥的发明并没有得到应用。亲人们都赞扬盛哥的聪明——其实，盛哥的弟弟吉二哥也是个肯动脑筋，相当聪明的人。

三是，他会骑马。他经常放马，少不得骑着马飞奔一个辔头，就是在山间小路上，也是疾驰如飞。他骑马，也不需要鞍鞯马镫，马走着走着，他一个纵步就上去了。跑上一阵，他一溜也便下来了。只是因为他太会骑马，一次把我害苦了。母亲要我去积肥，捡些狗屎丢进厕所里。放马的吉二哥，看着我一手提着撮箕，一手拿着狗屎筢，喊我跟他一路走，说马拉的粪一大堆，比一堆狗屎多得多。我相信是真的，跟着他去放马。走了好远，马还没拉一次粪。我也不着急，把个空撮箕放在路边，爽脚爽手玩。旁边一个树林，我便去爬树。在树上摇摇晃晃，也很是有趣的。忽听吉二哥喊："快点来，马屙屎了！"我急忙梭下树，拿起撮箕和狗屎筢，只见圆滚滚的马粪果果，撒了一地，还在冒着热气，高兴极了。连忙一个个筢进撮箕，也真是不少，比四五堆狗屎还多。这时，吉二哥又在操练他的马术了。他骑上马，在山间小路上飞奔起来。我急了，用狗屎筢翘着撮箕，扛在肩上跟着奔跑。我是属马的，但怎么也跑不赢马，何况还扛着一撮箕马粪。眼看吉二哥骑着马转了一个弯，不见了，我几乎要哭出来。我还算得不是太傻，把那一撮箕马粪，一下倾倒出去。只见那些圆圆的东西，一个个打着转，滚下坡了。我扛着空撮箕，到底轻松一些，也不想去追吉二哥了，还是在屋边去捡狗屎——我在想：吉二哥有点"扇经"（诳人）啊。

四是，吉二哥会做烟斗。吉二哥决定给我做一个很好看的烟斗。他骑着马，跑到大坝头的河边，找到一块墨石，回来用雕刀七凿八戳，雕凿成一个拳头模样的东西，五个手指紧握着，看得清清楚楚。接着，他又把拇指和食指间，挖了一个窝子，他说，这就是扎烟叶的斗。他再在手腕中间打一个孔，接通烟斗。经过打磨，一个漂亮的拳头式的烟斗就成了。要抽烟，还须配上一个烟杆。他带我去竹林，找了一根细小的竹儿，用麻线拉弯，固定起来，说要让它长定型，以后就可以做一个弯弯的烟杆。他说，本来就用一根直竹管也是可以的，但没有弯弯的好看。过了一些时候，我都忘记了，他却还记着这事，把那根竹儿砍了下来，削成略带弯曲的烟杆。他把烟杆一头插进烟斗手腕上那个孔里，一个别致漂亮的烟斗就做成了。他取了一段烟叶，卷成一支烟，栽进烟斗，然后点燃，嘴里含着烟杆，吧嗒吧嗒的几下，就冒出了呛人的烟来。他把烟斗递给我说："做成功了，拿去。"我接在手里，好高兴——我在想：吉二哥真是聪明，做事还很过细，很实在啊！

边走边搜索对吉二哥的记忆，仿佛又回到儿时……我在想象，如今的吉二哥会是个什么样。

见到吉二哥了，他的样子并没有多大的变化，我的记忆还是很准确的。然而，他看见了我，半天不出声，只是望着我，从脚一直看到我的头，上下打量，最后冒出一句："怎么长得这么高！"当然，在他的记忆里，我顶多就是一个八岁的娃子，现在不仅是他说的"长得这么高"，而且是有了白发了。一个中午，就在和吉二哥谈白，我讲到小时候，他如何教我做烟斗，又带我去捡马粪之类的故事。他问起父母——他叫的幺叔和幺婶娘——的情况，我都一一告诉了他。接着，他讲了母亲曾在老家吃了许多苦，都是我离开老家以后她一个人在家的事情。他说母亲一次，都被关在一个什么地方好几天，别的人有家里的小娃子去看，去送饭，她是一个人，只有元姐姐去送饭。还讲了她一个小脚，也要下水田栽秧，又有一次是怎样遇到一群狗子在后面恶瑟瑟追赶……吉二哥一时哽咽了，不忍再往下面说。他不说了，哭了……我只有去猜想他还没有说完的那些事，定是更深重的苦难，眼眶也湿了。我告诉吉二哥，母亲是从来不说这些事的，除非父亲偶尔问起。现在母亲算得是全然失去记忆了，也许这样于她更好。

我还急着回芭蕉，向吉二哥告辞了。

这次与吉二哥见面，也许因为我谈了儿时的几件事，引起了他的多心。他后来对别人说："国韬肯定对我有意见，说我是他抽烟的师傅，还说他捡狗屎……"吉二哥啊，你也太多心了，当小娃子时候的事情，谁那么计较，说出来无非是因为久别重逢，大家高兴，一起乐一乐而已。这倒让我有了疑惑，吉二哥本是个硬气汉子，现在怎么变得多心多疑了？是不是长期的政治运动，把硬汉也变成谨小慎微的君子了呢？

我向朱股长说明了情况，须得请假回去送孩子回岸口。他立即把自行车钥匙递给我，说："行，下午你第一个发言，把个人的工作总结了就走，局长那里我给你说。"

我下午四点出发，六点就到火花学校。荞荞跟着哥哥已经回岸口了，只有传美和昶昶在等着我。传美说："田老师怕你赶不回来，准备要田宁帮忙送昶昶呢。"也真是感谢老田了，到处都能遇到关顾我们的好人啊。

第二天，清理了房里的东西就回庳口，老田还是要田宁帮忙。也幸亏有田宁，他背着昶昶，我背一个沉重的背篓，传美带着一袋子杂物。传美也许是好久不曾走这条路了，走得气喘吁吁的。走到鸦鸣州的山梁，我想起当年徐大哥，就是在这里，放下背着娃娃的背篓，长出了一口气，叹道："真是'盘儿养女'啊！"这也仿佛就在昨日，然而，如今他的几个儿女，大的徐红，还有徐老二，只怕都成了大人了。

竹山湾里又热闹起来。年猪已经杀了，屋里到处挂着猪身上的东西，猪头、猪肠、猪肚、猪肝、猪板油……大桌子上，地上的一个大木盆里，都是摆放的大块猪肉。蛮子娃在帮忙烧烙肉皮，满屋弥漫着油烟味。父亲很满意今年的丰收，告诉我，这头猪出了255斤肉。他一时看看蛮子烙肉，一时又要看着三个娃娃跑上跑下，少不得要喊："招呼跶倒（小心跌倒）！"

我进了厨房，重操旧业，开始做饭。杀了年猪，不愁没有菜弄。很快就出来几个菜，再架上一个火锅。父亲还在心疼被偷去的白菜，说："要是别人不偷，这烘锅的油汤里下白菜是几多好。"

吃了饭，田宁就要走，留他玩到明天走不迟，他不肯，说家里还有事，还像个大姑娘红了脸。我望着田宁的背影，笑着对传美说："细娃懂事也快，他在火花读初二的时候，期末考试搞复习还看小说，和杨老师顶起牛来，他妈知道了把他打得跑出了门，害得我冒雨把他找回来，你看，这才两年，就变成大人了。"

传美说："今天还亏得他帮忙了。"

父亲在一旁问："他的爸爸也在火花学校教书？"

我说："我和他爸爸在明星学校开始同事，后来又都在火花——他多才多艺，还会照相，还说找个时候来庳口给你们两老照相呢。"

父亲说："那是好嘛，你们这些同事，人都好啊！"

我说："也真是，我到处都遇到这样的好人。我一到教育局，遇到两个股长，一个邓股长，一个朱股长，都是相当好的人。邓股长就是姚光嘉的爱人，在我办耕中时就到庳口来过，哥哥他们调回恩施，也是当时我先与他联系的，不久前调到九中当校长去了。那个朱股长更像一个大哥子，开初下乡就是他带着我。以后每次回芭蕉，都是他把上下班骑的车借给我，实在是个好心人。这次旭娃考完了，就是朱股长看到县师范的车到芭蕉，就把旭娃送上车了。我在外面开会，还不知道，看了他给我门上贴的一个留言条，要我放心，才晓得旭娃已回芭蕉了。昨天本来单位还在开会，搞年终总结，我给他讲了情况，要请假回来一趟，他马上把车钥匙给我，叫我第一个发言，讲了就走，局长那里他帮忙说。”

传美说：“后来才晓得，他就是我在七里坪的数学老师朱炎恭。他的数学教得好，我转到城里去读书，开始，班上一些学生见我人又小，又是乡里转去的，很有些看不起我。哪晓得，开学时数学测验，全班三个及格，其中就有我一个。”

父亲说：“这么说起来，这个朱老师你们还应该好好感谢，真是有恩之人。”

“也是，我们应该怎么表示感谢才好，应该知道好歹。”传美也说。

父亲对我说：“这样子，你明天去上班，给朱老师带两只鸡去，好不好？”

传美连说：“好，好，要得。”

这么一说，我忽然想起“知恩不报非君子”的话，还觉得要马上把这个心意表示了才好。

用电灯时间长了，回到竹山湾的家里，就有些不习惯了，一到晚上，到处

两位老人还留居岸口竹山湾

黑洞洞的，都得摸去摸来，有些眼睛发胀，脑袋沉重。戽口的电灯，似乎还是初办茶厂时候，昙花一现，皆大欢喜了一番。以后一直也就是一个电灯泡挂在那里，从没有亮过。不知戽口要在什么时候才真能用上电灯。在竹山湾，最有趣的莫过于杀了年猪，一家人坐在火坑边，望着炕上的猪肉，一边烤火，一边闲谈。不过，今天的猪肉刚抹上盐，腌在那里，还未上炕。娃娃们可能是玩得累了，也可能是不习惯没有电灯的夜晚，一个个坐在那里打哈欠。安顿了娃娃睡觉，我们谈起了二姐接父亲去城里玩几天的事。二姐他们两个都在地区畜牧局工作，最近又搬进了沙湾的新房子，心里高兴，想把老人接去玩一玩。我们都说，平时父亲不可能走出门，现在一家人都回来了，是可以出去玩一玩了。父亲同意后天，也就是星期一进城去。

到六角亭的时候，局里已经下班，朱股长回家了。煮了一碗面条吃了，带着两只鸡去舞阳坝，到朱股长家里，把家人们的意思都说了。朱股长连连说："你这样我真不好意思……"我说："不这样我又心里不合适，就像我们不识好歹，何况这是老父亲亲自喂的，又是他首先提议的……"一起说说笑笑，坐了半个小时，喝了不少茶，告辞了。

这个星期天，我心里很安然，也没有任何牵挂，一家子都回到了竹山湾，我哪里都放心。单位也没有什么加班的事情，任由自己安排：早上洗衣，早饭后去城里看看有什么年货，然后去沙湾二姐的新居看看，晚上读点书……

这个星期一，也是很安逸的一天。天气又好，大晴天的，单位只在上午开了一个短会，安排下午三点钟在教研室食堂吃团年饭。今年的团年，席面搞得很讲究的，首先上了一个大盘，我听有人喊"冰盘来了"。那是一个大茶盘中，用香肠、肚片、花生米，还有油炸的一些什么东西，堆成的一座小山，顶上是一朵鲜艳的红花，萝卜雕刻出来的，酷似一朵美丽的山茶花，加上几支碧绿芹菜的扶持，实在艳丽极了。我开始怀疑："冰盘"，为何一块冰都没有？接着也便恍然大悟，应该叫"拼盘"，我变成了个刘姥姥，差点闹出笑话。接着又上了全鸡，全鱼，黄焖鸡。一盘香菇肉也是别具一格了，整个的香菇，底面敷以一层瘦肉，大约是蒸熟的……三位局长给大家敬酒，张局长笑眯眯地说："今天腊月二十四，过小年。同志们一年辛辛苦苦，做了大量的工作，今天我们开开心心把酒喝好。”大家站起一声“喝”，真是开开心心地喝了。大家一边喝酒，一边品菜，欢声笑语，不绝于耳——教育局这一家子，也是其乐融融。

我心里想着，父亲应该是今天进城来。团年了，急忙跑去打开水。刚刚把开水提到屋，哥哥陪着父亲来了。在我这里喝了茶，我们兄弟俩便陪父亲去土桥坝沙湾的二姐家。二姐他们这一百二十平方，四室一厅的房子，目前在恩施城恐怕是一流的了，县一级的单位似乎还没有一家。他们又添置了不少家具，有趣的是，我们在㞎口请龙木匠制作的那一张床，仍然不落后，他们在继续使用。

测试了，我和哥哥从沙湾走到六角亭，需要 55 分钟。

阴历年前，我还有一件事：参加老教师座谈会，并办一期简报。已是腊月二十六了，一部分同志已经回家。想到斯大林在德军的飞机快飞到头顶的时候，还在红场阅兵的那种沉着劲，也就不得急，郑重其事把事情做完。时间也还并不晚，又去把春节供应的面条、黄花、木耳之类，全都买了。好，这就可以安心回家过热闹年了。

的确不假，这个年真是个热闹年。腊月二十七我到家，腊月二十八哥哥一家也到了竹山湾，接着父亲也从二姐那里回来了，一大家，十二个人全部到齐。竹山湾一下子热闹嗡了，六个娃娃，跑的跑，闹的闹；六个大人，说的说，笑的笑。此时，竹山湾的后勤准备不足的问题，明显暴露出来。首先是吃的问题，我煮了一大锅萝卜，以为还可以剩下一些，放一晚上二顿吃正好，哪知一顿就吃了一个精光。后来想到，这六个娃娃，也不是当年的小娃娃了，都在吃“长饭”呢，大人们一个个也都胃口特好，说不定这一餐，有人还只是“吃个欠”啊。还有一个问题是更加突出了：睡。一算计，床铺是不够的。也是，一家分成了三处，铺盖棉絮火花去了几床，城里又去了几床，回来时哪个又还打背包？怎么办呢，难道真是要用糨糊把人贴到板壁上？借，只有这个办法。在李家屋场借来几床，问题解决，不需要用糨糊了。真是遇事找人民群众，就没有解决不了的困难。

正式开始忙年，首先要蒸糯米，做甜酒，还要推磨，烙豆皮，整天围着围腰在锅灶边转去转来。传美泡了许多米，除了做豆皮，还要炸油香。正忙得不亦乐乎，忽听一声：“来客了！”我不用问，就听出是四姐的声音：“幺叔，幺婶娘，拜年啦！”我出门迎接，看着与四姐一道的还有一个姑娘，四姐说：“这是国吉的老大惠明。”啊，吉二哥的惠明，那真是从来没来过的稀客。

父母哥嫂都接待着四姐和惠明，要他们坐在火坑边，四姐却要坐在大桌子旁的高板凳上，还在喘气：“走热了——哎呀，这两架坡呀！”四姐一来，我家里就像开了一个学堂，更加热闹了。我却深知责任重大，继续入厨房，只用耳朵，听堂屋里有趣的谈话。忽然想到一件大事：床铺。对传美说：“还有一个大问题，铺睡。”传美说：“我也就在想这个事呢——找黄老师借。”我觉得很对，这黄老师算是老师中的殷实户，爱人小李是个裁缝，人又舍得做，家里借出两床铺盖来肯定没有问题。于是丢下手中的事情，跑到学校去，找到了小黄，他果然爽快借了一套铺睡。又把学校的课桌和板凳借了两套，问题也就这样解决了。俗话说，“人到黑处，自有歇处”，果然。

第二天就是除夕，忙着办团年，蒸笼里热气腾腾，堂屋里闹闹哄哄。1982年1月25日的下午五点，哥哥放响一挂鞭炮，竹山湾里哗哗剥剥，震动山谷。十四个人，分坐两桌，开始团年——这是三十年来不曾有过的声响，也是三十年来不曾有过的大团聚；这是我们在竹山湾过的第十个年，也是在竹山湾过的最后一个年。以后，我们是离开这里了，但是，我们在这里过的每一个年，我都不会忘记。

按照惯例，正月初一早上吃汤圆，两位老人都很喜欢，特别是母亲，吃了十四、五个。我们都很高兴，希望两老能吃，健康长寿。下午，旭娃、捷娃两兄弟，打了不少地米菜回来，我们一起动员，开始做饺子。饺子好吃，但是很难做。一家子边做，边煮，边吃，吃吃做做，做做吃吃，搞了几个钟头。

初二，四姐和惠明刚走，田老师带着田宁来了。他真是说话算话，把相机带来了。于是，我们在竹山湾那幢小木屋前，那丘水田的旁边，老少三代十二个人，照了一张珍贵的全家福。然后，田老师又专给父母拍了照。

过年，是一种享受，亲人团聚，享受着稀有的天伦之乐。特别是哥嫂一家，很少这样成整的时间与父母相聚一块。几个孙辈也渐渐长大，爷爷给几个孙孙讲古，一讲还几个钟头。主要对象是大的两个，旭娃和捷娃，中心思想是要他们立志，勤学。

初四这天，父亲给孙子讲一首歌，边讲边唱。我在旁边听了，不觉好笑，因为我小时候听过多遍，而且多半是睡在床上，不是刚上床的时候，就是清早刚醒的时候。里面的一些句子，我实在弄不清意思，涉及中外历史人物也很多，加之我的瞌睡大，总是听着听着，就入睡了。当他唱到“孔明将相才”时，突然拔高声调，才猛地警醒。长大成人以后，一次我当着哥哥，唱了一句“孔明将相才”，哥哥捧腹大笑，不消说，他也是听着这首歌长大。现在，是轮到父亲给孙辈们讲了。只不过不是在床上，不是在晚上，也不是在早晨，而是在白天的火坑边。而且，父亲在给孙孙们讲的时候，他还找了一张信纸，把歌词写在上面：

男儿立志铁石固，
事业足千古。
古今中外诸贤杰，
谁非我齐伍。
负载也天地，
生育也父母。
锦绣旗帜日月光，
名勒丰碑石兽负。
回首当初，
尽是一般龙虎。
淮阴留侯帝皇师，
辱胯下，拾草履。
孔明将相才，
茅庐遮风雨。
纵那赫赫郭汾阳，
堂堂岳忠武，
外交俾斯麦，
探险哥伦布，
彼丈夫兮我丈夫，
快将后尘步。

父亲在给孙孙讲淮阴侯当初收胯下之辱，留侯当年给老人拾草鞋的故事……哥哥笑着来到厨房，帮忙刮洋芋。我对他说：“快了，要唱‘孔明将相才’了！”他嘿嘿地笑着说：“硬是诲人不倦啦，教了一辈人，又教一辈人……”

过年，也是相当辛苦的。几天来，我待在厨房，腰站酸了，脚冷疼了，感到劳累到极点。毕竟人到中年，体力还是大不如前。到了晚上，我在油灯下读、背元杂剧的曲子，看《说文解字》，借以缓解疲劳。

初六要上班，我并不觉得春节的假期太短。我情愿去城里，吃洋芋汤下饭，甚至吃一碗面条，那样要简单好多。把旭娃和捷娃两弟兄留下，我们一行，大人小孩八个，撤离了竹山湾。在芭蕉顺利搭上班车到城。在法院小坐，吃了一碗豆皮，便去大十街家家那里拜年了。

休息了一天，星期一全县的教育站长，高中校长会开始报到。听说工会贾主席找我，便去西后街他的住处。原来他是要我为教育工会起草一个关于开展五讲四美、为人师表活动的通知。听口音，贾主席是河南人，想来也是南下干部。自从我前年到教育局，很早就认识了他，因为我住的这个保管室，就是他工会办公室的内间，他的办公桌我和旭娃都是经常用的。他似乎身体不怎么好，偶尔来办公室看一看，多半在单位开全局干部会时。他为人和善，讲话总是笑眯眯的。在他家里，听他讲对起草文件的意见，我做记录。他喜欢喝茶，端着茶杯，一边想，一边说。开始，他说了一点，两点，三点，接着，也记不住是第几点了，凡是他心中想抓的工作，都谈了。比如工会要关心教职工的生活，组织文化娱乐和体育活动，还想组织一次游览参观等等。显然，这些内容，是不便纳入这个《通知》的。但无论怎么说，他布置的任务，我是要好好完成的。

开年上班，事情就接二连三地来，站、校长会召开，谭局长的报告要听，下午讨论，我才开始动笔写《通知》；地区教育局要请几位站长去座谈，局长要我陪五位站长一道去参加；五中的郑大懋老师不幸去世，敖局长要我先去五中，为郑老师写悼词，他和朱股长等人随后就到。

郑老师去世，令我特别伤感。他和父亲的关系不一般，新中国成立前都在五峰山的清江中学共事，以后又同在五中教书。他的大女儿光梅，二女儿光珍，三女光月，儿子郑言，还有大弟弟，小弟弟，我都是太熟悉了。郑老师的老伴，姓张，也是一位老师，一个走路都怕踩死蚂蚁的人。很不幸的是，在“文革”刚刚开始的时候，到处刮起写大字报的风暴，她所在的南河友谊小学，毫无“友谊”可言，大字报贴到了她的蚊帐上了。这位小心一辈子的老师，吓得起不了床。送进医院，心脏已经停止跳动。郑老师一家，本来就儿女众多，为了抚养子女，他和张老师都是省吃俭用。我见到的郑老师，无论冬夏的衣服，都是有补丁的，只分多少厚薄。张老师去世以后，郑老师一人，又当爹，又当妈，辛辛苦苦拉扯几个儿女。正当他可以松一口气，过上舒坦日子的时候，他却走了，怎不叫人惋惜！

五中为郑老师开了一个隆重的追悼会。敖局长致的悼词，正是我所写。我从来没有写过悼词，但郑老师的悼词，我是认真地倾注了感情写出来的。

刚刚回到单位，朱股长说：“明天白果公社召开教育先进工作者代表会，你，还有小梅，我们三个人。今天骑车上白果坝去。”

白果属于恩施的西乡，我还没有去过。我们三人骑车出城，到了高桥坝。这里大块麦地，一片青绿。油菜花也星星点点，放出几朵黄花，使人感受到了春意。过了出水洞，接着就是一架上坡，车子多数时间是推着走。在山上，看到一条十分明显的雪线，线上是皑皑白雪。我是第一次到白果教育站，但前来迎接的杨世秀老师，却是在鲁竹坝学校认识了的。她把过年时的糍粑拿了出来，放在炭火上的火钳上烤。那香气渐渐飘了起来。烤了一面，又翻过来，金黄的一层渐渐隆起。终于，膨胀的气体，击穿一个洞，一股浓香味冲入鼻孔。我想，我们的喉咙里，恐怕都要伸出爪子了。杨老师端出一碗白糖，我们手捧滚烫的糍粑，塞了一些糖进去，又将糍粑塞进嘴里……也是难怪，一大架坡爬上来，不知消耗了多少能量，何况我们都没有吃午饭。

有作文任务，晚上写贺词。白果紧靠芭蕉，我是才在芭蕉写悼词，又来白果致贺信，手握笔杆，感觉角色的转换未免太快。调整心态，先打草稿，又用毛笔写上了大红纸。

夜间，又下了一场雪。早上，却出了很好的太阳，白果群山一片银装素裹，披上阳光分外妖娆。白果的先代会开始不久，接局里打来电话，请急速回去，说朱股长工作单位有变动，搞得我们有些摸头不知。白果小学的朱老师，是朱股长的老辈，邀请他连同我和小梅在家中做客。我们吃得饱饱的，多谢了朱老师，三人便跨上车返城。这一路全是下坡，我们倒是不费什么劲，也无须下马，放开车儿在山间穿行，一会儿就下了雪线，不过一个多小时就回到施南镇。

回到局里，方知朱股长是调到恩施市了。恩施要成立一个恩施市，这个事情，原来也有耳闻，说是要把恩施县城关镇的一块挖出来，单独建立一个恩施市，还说，到时恩施县城有可能迁到龙凤坝去。不过，我们一些同志都觉得这也是很遥远的事情。现在看来，真在动手做筹备工作了。尽管也有人议论，建立这么一个小小的市，没有什么意思，只不过是好多安排一些干部而已。这些我都觉得与己无关，只是把朱股长调走，我还是感到很遗憾。他不仅是传美的一个好老师，也是我来教育局工作后的一位好老师，是一个很关心下属的领导。

谭局长邀我到一中先绪处去。来教育局工作一年半，早就许愿去会一会老友，总是疲于奔命，一天瞎忙。今天能如愿，实为快事一桩。

这是个星期天。下午随谭局长一道，到了恩施一中的教工宿舍区，与老友相逢。阔别多年，老友似有一些变化，但有何种变化，却又说不明白，或许就是愈加的老成持重了吧。也是，我们都到中年了，你看，他的一双女儿，都是半大人了，大的一个就恰好是我和先绪相识时的年纪。他的夫人徐新敏，不断地忙进忙出，我们则就各自关心的事情闲谈，主要是谭问一中的情况，先绪也问县二中的情况，围绕一个核心问题，就是高考。这让我感到不怎么开怀。先绪谈话显得审慎，我说话就愈加放不开了。究其原因，是因为有谭局长在场。谭局长世湘，本是我们初中同届同学，我和先绪与他认识，但并不同班。读高中以后，他和先绪便是二中的高中部同班同学。我以为先绪和他，同学六年，不知有多少当年的趣事可说，而且先绪是地区学校的教师，与他并无上下级关系，是可以无话不谈的。我在乡下二十多年，实在已变成了一个山野村夫，最不习惯这样的拘谨，只希望他俩无拘无束谈起当年来，我也就可以敞开胸怀了。然而，先绪一直保持着稳重的态度，谭也显得不够随意，谈的事情几乎都是教学、高考之类。这样，我在顶头上司的面前就实在不好放荡了。我明知这样拘谨叫人难受，但又不能解放思想，只得不断呼吸着略带压抑的空气。

先绪和新敏，给我们办了很好的招待。谭的胃口很好，吃得特别带劲。我看着他已显发福的身体，想到张局长说过的那句话：“我这个胖子也不是一口吃成的。”是的，不努力勤奋地吃，怎么能够长一身肉。吃罢天已黑尽，和谭一路回走。此时，谭显得轻松随意，对我说：“董先绪现在干得很不错，他这里，以后有时间要多走一走，也可以了解一下他们学校的一些搞法。”接着又提出：“你以后，侧重考虑中学方面的问题。”我说：“这样分个工，是有好处的。不然，老是乱抓豆芽菜，的确不是一个事。”

我毕竟并不熟悉谭。回想一年多的接触，特别是今天在老同学面前的表现，我觉察到，谭不是属于那种感情细腻的人，也不讲求繁缛细节。他到老同学家，似乎不是记着昨天去叙旧，而是瞄准今天和明天，一门心思在盘算自己的工作。我曾听人说，他是个很干得的人，华中师院毕业后，分在巴东教研室工作，调到恩施教研室正是大搞教改，重视三机一泵教学的时候。他是学化学的，却率先学开拖拉机，有一次还差点出大事。他们自己编写教材，在全县开办教师培训班，我住的那个保管室里，就堆了几大捆他与别人合编的三机一泵乡土教材。后来为了给我腾出过道，办公室才把它们统统作废纸卖了。他也是个相当精明的角色，到教育局后，发现“文革”期间教师自然减员不少，名额指标却被其他部门挪用。他们几个局长细细查对，摸清底细，在县委、县政府据理力争，终于一次性解决了 203 个民办教师转为公办的问题，我便是其中的一个。今天，他不断问先绪高考的事情，我猜他又是在想什么高考的点子。

旭娃上学了。我的任务是了解各校开学情况，电话联系了各个公社，又去几个中学。先去二中，听何渭滨校长谈开学情况。何校长是去年从教研室副主任的任上调去当校长的，此人十分精明，据说是武大毕业，物理教得不错，对人却毫无一点矜持之态，反倒给人随和的感觉。他认真给我谈了学校开学的情况，说高二只放假十二天，教师都是初八到校，初九上课。杨宗元老师在宣恩，没有车，步行了九十里，按时到校上课。一个刘老师，坐车到了长阳，病倒住进长阳医院，还三次打电话请假，说明情况。物理组的杨宝坚老师，大年初一都在备课。二中老师这样负责的工作精神，我听了十分感动。何校长提了一个要求，以后分配先进个人名额的时候，要给重点学校适当多分一点。

又去九中。我们的邓股长，现在是九中的邓校长了。都知道，九中是比较难办的一所中学，成绩好的学生选到了一中和二中，成绩差的，不爱读书的，在这里不是少数。九中离教育局很近，常常有家长来局反映学校的问题，有的是千方百计想法把学生转走，去读乡里的高中，甚至转到别的县去。这里的老师，也有不少忧虑，对学校缺乏信心，有的也想调到别的单位。去年，教育局决定调邓股长去九中当校长，当时就有人说，邓股长要去钻“刺耙笼”了。记得在局里为他举行的欢送晚会上，谭局长为他唱了一首歌《送战友》。这是影片《驼铃》中的主题曲，谭局长深情唱道：

送战友，踏征程
任重道远多艰辛，
洒下一路驼铃声，
山叠嶂，水纵横，
顶风逆水雄心在，
不负人民养育情。
战友啊战友，
亲爱的弟兄，
待到春风传佳讯，
我们再相逢。

我知道，他们共事的时间很长，邓股长去九中，也真是“任重道远多艰辛”，谭局长选唱这首歌，既直抒了自己的胸臆，也为即将赴任的邓校长壮行，听起来格外感人。

我很想知道现在的邓校长，是怎么在抓九中的工作的。邓校长还是像过去一样，很注意细节，先给我倒了一杯茶，是杯中放了茶叶的，不是在教育股时他提倡的把茶叶放在开水瓶里的那种。因此，我想九中的茶叶不会是卖报纸的钱买的。他颇有兴致地向我作介绍，从年前放寒假讲起，怎样开了一个很好的散学典礼，奖励了一批好学生，撤销两个同学的处分，又对一个赌博、打群架还耍流氓的学生给予了处分，随后各班表决心，又怎样对学生干部开展培训，为今年的开学打下了较好的基础。又讲了，开学时强调几种情况的学生不报到：没有完成作业的；不做思想小结的；穿奇装异服的，理怪发型的。他还讲了开学典礼动员学雷锋，促进精神文明建设，抓校风的彻底转变。讲了如何建立教师学生干部值周制度，力抓文明礼貌习惯的形成，抓迟到、早退……他还介绍了这学期的打算——邓校长充满了乐观和信心。

回到单位，准备办简报第三期，办公室通知晚上开紧急会。

紧急会议的内容之一，是要我根据三岔公社的经验，写一个如何解决新形势下教育上出现的新问题的材料，越快越好，地区等着要。三岔我去过多次，情况熟悉，立即着手起草。第二天是星期六，局里大部分同志去铜盆水林场植树，我留在局里，比较顺利地完成了题为《新形势新问题新办法》的材料。这份材料，归纳了三岔公社采取措施，解决新形势下出现的四个方面的问题：农村落实生产责任制后，公办半边户教师和民办教师普遍存在“别人富了，我们也要富”的心态，不安心教学的问题；民办教师报酬不落实的问题；学龄儿童逐年减少，班额不齐的问题；教学质量不高，合格率低的问题。三天以后，这份材料就被地区文办印发各县。以后又被《湖北教育》杂志登载，我也因此成了这份杂志的通讯员。

我想，这个材料及时被地、省采用，说明三岔在教育上遇到的问题，不是个别地方的问题，带有较大的普遍性，也说明三岔的同志干得好，三岔的确是个出经验的地方，做教育行政工作的人，就是要深入调查了解，总结各地创造出的经验，普遍推广。

局里决定以崔坝为现场，召开一次全县勤工俭学会议，由计财股牵头，各股室配合。谭德润同志说了，要我和他们几位先去崔坝做准备。本来我是乐于下乡的，到崔坝去就更不用说了，只是有后顾之忧使我不得开心颜，真是进亦忧退亦忧。

给旭娃生活上作了一些安排，就和崔坝教育站的涂发一老师一道去崔坝。站里已做了不少筹备工作，给我们减少了不少工作量。下午，谭股长和小夏坐县师范小刘的车也到了，崔坝教育站更加热闹起来。我们一起研究还有哪些准备工作，看来主要是奖品和纪念品没有落实，决定明日去红岩寺。

红岩寺是离我故乡最近的建始县小镇，要到红岩寺去，我是特别高兴的。上一次搞检查，时间太紧，没能造访红岩寺，连建始县的边界都没有踏过。小时候我是去过一次红岩寺的，那是跟着父亲去那里买猪，过了大坝头，到秋桂塘，中间穿过一个密林，我在这里连连打寒战，记得当时我对父亲说，怎么在这里光“打冷惊”，父亲说是树林里阴凉的原因。这树林叫什么地名我没记住，只记得“打冷惊”，但秋桂塘的地名我印象很深，那是东大路经过的地方，解放时我随着胤哥，手里拿着三角彩旗，在这里迎接解放军到恩施。这大坝头，又让我想到一个人：栋哥，就是五妹姐喊的“栋幺哥”，他就是住在大坝头的。栋哥自小就学铁匠，两个胳膊粗大壮实，胀鼓鼓的。他说话也是神情十足，趣味横生。还是我读初中的时候，住在六角亭的西门城门楼上，他曾经去玩过一次，那一次他对我讲他玩橡皮枪的事，我才发现，世界上有他这样玩橡皮枪的高手。他说——

有一回，我和刘大哥到朱家去，身上带了两支橡皮枪，一支轻巧一些，是打鸟的，一支大一些，是专门打狗的。这一路走，打了二十七只鸦鹊。我们走到朱家门前，两只凶猛的狗子，恶瑟瑟冲了出来。我不慌不忙，拿起橡皮枪，对着前面的那一只拉了一家伙。只听得那只狗，“汪汪”地边叫边逃，那后面的一只嚇得只是龇牙，跟着跑了。这时那个姓朱的人来了，问我：“你用的是个什么东西，把我的狗子打得‘清叫汪里’喊？”我把橡皮枪拿出来给他看了，说：“就是这么一个叉叉。”姓朱的说：“这么一个叉叉，就把它打得清喊呀？你这个叉叉也只吓得住我的这两只狗，如果我把我关起的那一只大家伙放出来，你这个叉叉是没有狗屁用的。”我说：“那你就放出来试一下看。”姓朱的不高兴了，说：“嘿，你这个小娃子才是不懂事呐，我那只狗，东盖易家槽，西盖槐子坦，南盖百草池，北盖卢家湾，方圆六七十里，哪个不晓得我这匹狗子的厉害？”我说：“你这狗子盖了那么远——我走的地方也不近，见到的狗子也不少啊。”姓朱的有些发火了，说：“你这个小娃子，真的是不懂事了，我不是和刘大哥好，就真的把它放出来，咬你几家伙，你才晓得它的厉害！”我也不发火，慢条斯理对他说：“那您就只管放出来就是了。”姓朱的忍不住了，对刘大哥说：“我的那只狗子也是唤得住的，这个小娃子实在是不懂事，我就把那家伙放出来，把这个小娃子嚇一下。”姓朱的去放他的大家伙了。这东西一放出来，真的，好大的一匹，总会有四五尺长，两三尺高，身上长着半尺多长的毛，从背脊中间分开，披披撒撒，忽闪忽闪的，活像一匹头号西狗。你看它，全身一抖，就是一个纵身，竖立起来，就像那马腾起身子，只有后脚着地，朝我扑将过来。我预备了两颗石子，等它离我四五尺的时候，猛地拉出一颗，只听得“嚓”的一声，石子钻进了它的嘴巴，狗的前脚落地了，不住的“咔，咔，咔……”又是一枪，打在头顶，石子从狗脑壳上弹起来，朝天呜呜地飞了三丈多高。顿时，这大家伙口流鲜血，喘着气，拖着个尾巴，怏怏地走了。那姓朱的在一旁看了，又是心疼，又是奇怪，把我手里的叉叉看了又看，说：“这叉叉还这么凶呀！”我说：“你莫看这个叉叉，你这块木板……”说着，我朝旁边一块八分厚的木板，就是一枪，打了个对穿对过。

虽然我听栋哥讲这个故事已是二十多年前的事了，但是，以后一提起红岩寺，我就会想到和父亲去买猪，也就想到秋桂塘、大坝头。一想到大坝头，我就想到栋哥，也想到了橡皮枪。我怀念自己的故乡，是因为那里有童年生活的记忆，有一种说不清楚的朦胧的美感。

我和谭股长、小夏、七中的朱老师，组成一个自行车队，向我的家乡奔去。上到一个小垭口，朱老师说，这里是建始红岩寺的红峰小学，老师叫吴国庆，应该是你们的本家。我说：“嗨，他是我二伯家的老二，我叫庆二哥呢。”于是，我就走进学校去打问，哪知一个人都没有。朱老师说，红岩寺中学还有两个吴老师，一个叫吴国盛，一个叫吴国晏。我说：“那就太好了，都是我的哥哥，都熟悉不过了。”很可喜，在红岩寺中学，找到了国盛哥。他是学校的教务员，住在一个大约十几平方米的房间里，我们四个人挤着坐，显得还特别亲热。但是，这个国晏哥，说是在这里，就是一直不来见一面，让我很感到遗憾。我们还在厍口的时候，有一次他去到那里，我们留他玩了几天。其实，我是很敬佩国晏哥的，据说他的画是画得很好的，为人也相当直率，大约正是有直率的个性，五七年被划成了右派，吃了大亏，真是搞得穷愁潦倒。他到厍口去，也正是十分艰难的时候，想向父亲借钱，父亲当时也和他一样，同是天涯沦落人，只是得了一千块钱的退职费。尽管眼见这一千块钱的死水塘，也没有几碗水了，还是给他借了——他是很喜欢这个侄子的，听说还曾经带他到外地读过书——喔，晏哥是不是怕我今天来讨账？如果是这样，他就错完了，父亲对我们说过，既然借了，就没打算要他还。现在父亲也平反了，有退休工资了，更不会提起这个事；晏哥就是要还，父亲也不会收的。唉，也许是我想多了，晏哥怎么晓得我要来？他怎么不会离开学校一步？只是，我多想见他一面。如果今天有他在场，那是多热闹，多有趣啊。

我们主要是为采购奖品和纪念品而去的，然而，是一无所获。如今的红岩寺是建起了一栋新的百货大楼，可里面就是没有我们要买的东西。今天到红岩寺，真是乘兴而来，扫兴而归。红岩寺没给我留下好心情，使我似乎明白，故乡的美好，只是在游子的心中，一旦时过境迁，便无须再去寻找，只在内心深处保留就好。

骑车经过百步梯。那是安葬老祖宗的地方，我低下头去，看见车轮在呼呼转动——我似乎听到老祖宗的声音:“抬起头，看着路，稳当走。”

东西没有买到，谭股长决定去一趟建始城。次日，我们坐上小刘开的 130 小货车，经河水坪、槐子坦，去建始城。我是建始人，但对建始城却感到异常陌生。我曾经到过，而且住了一个多月，怎么毫无印象？是的，那是三十多年前的 1958 年秋天的事了，因为苏联的轮船在港口等着装货，我们都在拼命地忙着挑运硫黄。我们恩施数千高中、中专学校的师生，为了完成这个重大的政治任务，如蚂蚁搬家一样，奔忙在磺场坪到城边杜家坝的崎岖山路上。奋战一个月的时间，硫黄运完了，我们也就离开了，我没有时间去仔细看看我的建始城。今天，我在陌生的建始城里也傻待了三个小时，等谭股长他们买好了东西，又风驰电掣般返回了崔坝。这一次，我简直没给建始城送一分钱，还是有些于心不安。

在我们回到教育站的时候，教育站里闹闹哄哄的，局里的小字辈，除小聂之外，小梅、小龙、小李、小袁都到了。就我所知，教育局还从来没有出动这么多人，在一个公社开会。这一批年轻人来到这里，崔坝教育站是更加热闹，更加有趣了。时隔若干年后，回想这次崔坝的勤工俭学会，是何等的隆重，其规格又是何等之高啊！此话怎讲呢？你看这批小字辈的，我不妨一一道来。这小梅，名建军，这小袁名昌进，他俩数年后都去了广东工作，倘若回来，都是外省的贵宾。这小李名孝银，后来在屯堡区的区长，那是领导同志呢。更加了得的是小龙，名庄伟，后来是河北省的副省长，省部级高官呢！

我们睡在教育站楼上的客房，厨房就在对面的楼下。天还没亮，就听见厨房里有了响动。我感到，我们一来这么多人，给教育站添了好多的麻烦。天这样冷，炊事员要天不亮就起来，为我们准备早餐。早餐一结束，不消说就又要准备中餐。这么多人，一日三餐，他们也实在辛苦。我过年的时候，也不过就是十一二个人，还只安排两餐，都忙得筋疲力尽，过了几天人都还不了阳。此时，听到炊事员徐姐在和谁讲话了。徐姐，是林站长夫人，听说原来当过民办教师，所以站里的人都叫她徐老师。前次来崔坝搞检查，我就认识她了，人面子白白胖胖，做起事来干净利落，是个“口有一张，手有一双”的能干妇人。刚才，她是在和谁说话？

“哪门搞的，我早晨硬是不晓得醒。”一个男人的声音。

“一个男客家，好意思，不晓得醒！我若是像你，养了四五个娃娃，只怕一晚上还睡都睡不着啊！”徐姐的声音。

“四五个又不算多，吕家坝那个黄老二，生了九个姑娘，还是想一个男娃，又生一个，还是一个姑娘……”

“那就还要生一个，是不是？”

“不生了，他说：‘十大十个了，不生了。我盘了十个姑娘了，将来哪个若是还要当光棍呢，那就怪不得我了。’”

徐姐开心笑了一阵，说：“你把大灶的火点燃，包子可以上甑了，这边锅里等一会下面条。天亮了再去挑几挑水来。”我断定，这男人是请来的帮工。

“你们早饭又是包子，又是面条，那要收几两粮票？”男人问。

“开会的人反正要吃饱，几两？我说要‘一堆碗’喏。”

“哪门一堆碗？”

“那我就给你讲嘛，朱老师家的那个儿娃子，读一年级的时候，他吃了二两饭，喊没有吃饱，又要我加二两，我就给他出了一个算术题：‘你先吃了二两，刚才又加二两，一共吃了好多？’你说他怎么回答——他说，那就是一堆碗。”

“嘻嘻，嘻嘻……”睡在我旁边的谭股长，听得嘻嘻地笑出声来。

只听见那男人又说道：“农村里，现在吃饭的事是不那么发愁了，不学过去一两二两的算，那也就是一堆碗，一堆碗地吃，以吃饱为原则。现在的这个政策那真是好，就有一桩，干部们把我的几丘水田分远了一点……”

徐姐立马回道：“哎哟，你硬是想得冤枉，一个头都磕起了，作一个揖，还作不起？往年没有饭吃，吃的都是亏，现在只要有饭吃了，种两块田，远一点点又怕么子吵！”

“嘿嘿，嘿嘿……”我和谭股长几乎同时笑起来。

我们是彻底睡不着了，天也在亮了，干脆起床。我一面穿衣，一面想着徐姐刚才说的“一个头都嗑起了，一个揖还作不起”这句话，还真能启发人。我理解，这意思是大亏都吃了，还怕吃个小亏么？人是应该想转一点的，我们吃了多少大亏，吃一点小亏又算什么呢？很有道理的。

在崔坝召开的勤工俭学工作会议，一共开了四天，崔坝公社党委、崔坝教育站、崔坝财税所介绍了经验，还参观了崔坝农中几十亩的基地，其他公社的十多个单位也交流了经验，地区教育局杜海荣副局长和县财政局刘局长，也到会讲了话。会议主要解决对勤工俭学重要意义的认识问题，谭局长讲了，开展勤工俭学是贯彻党的教育方针的需要，是培养社会主义建设人才的重要途径，也是补充当前教育经费不足的有效措施。我县1980年教育经费支出是468万，1981年决算就达到529.9万，增加了60多万，预计今年要上到600多万。这样快速增长，地方财政的负担很重，而我们勤工俭学的收入却非常缓慢，1976年是14万，过了五年，到1981年也才17.5万。因此必须引起高度重视，采取有效措施，加强领导，制订计划，落实基地，加强管理……在总结这次会议时，谭局长肯定：这次会议开得非常成功，远远超出了勤工俭学的范围，差不多开成了党委重视教育，财政支持教育的会议。

我个人也很有收获，不仅提高了对勤工俭学的认识，而且，在阔别三十多年后，第一次回了红岩寺，到了建始城。会议之余，接受了飏敏的盛情邀请，到他家做了客，与海亮和他的爸爸朱老师，还有明成等新老朋友欢聚，吃饱喝足了又看了电影《漩涡里的歌》，很快乐的。

这一次去崔坝是九天时间，回到城里。旭娃回来见到我，露出了惊喜的笑容。不过，看得出来，他已经习惯独立生活，似乎是：你回来我高兴；你走我也不怕。

会后休假，我到了芭蕉。正准备回单位上班，局里打来电话，要我就留在芭蕉，参加马上就要召开的全地区中师语文备课会，局领导都忙，走不了。

去塘湾，找到县师范的钟鼎老师、王建军老师，打问了有关会议的情况，知道明天才报到，于是还是进城了，能够陪陪旭娃也好。第二天参加了半天局机关的工作会，是讲前段工作小结和下一步工作安排。下午再到芭蕉。

八县师范学校语文备课会在芭蕉塘湾召开，地区教育局张文剑副局长主持会议。他是主管师资培训等方面工作的，我在咸丰面授的时候认识了他，知道他曾经是教数学的。他开宗明义讲这次会议的主旨，是提高中师语文教学质量，接着就列举了一系列的数据，从前一次八所师范统考的成绩，说明数学优于语文，而语文成绩各县师范是参差不齐，差距很大。他讲完之后指着我说："现在请你说，你是主人。"接着给大家报了我的名。我就担心有这么一手，昨晚旭娃做作业，我也在笔记本上写了几句话，做了一点准备。果然是有备无患，都记在心里，无须看本本，便说了一席，首先是为我们的局长作开脱，说他们在如何忙，接着对大家表示欢迎，也讲到这次会议的意义，学着张局长列举数据，以去年小升初成绩达到 120 分的只占 12%，双科及格仅 4%，说明为提高提高教育质量，努力抓教师教学水平的提高是刻不容缓的任务。也肯定了我县师范语文教研组的老师为提高质量下了不少功夫，同时，希望地区领导和各县同人多做指导，多传授经验，会后，我将一五一十向局领导汇报这次会议的情况。最后，我玩笑式的说了一句老实话："我谈不了别的什么，引用一句玩笑话，就是：我是局长——派来的——当'听长'的。"老师们都会心地笑了。

接下来，王建军老师代表恩施县师范语文教研组介绍经验，下午是钟鼎老师的公开课，讲《醉翁亭记》。第二天，又听了其他县老师的介绍，参观了县师范办的语文教学成绩展览，参加了学校举办的朗诵晚会。我感到参加这样的活动很有意思，甚至又想教书了。不过，一想到堆得山高的作文本，还是有些畏惧，尽管在教育局也少不得要改作文，写作文。

王建军老师说，会议准备办一期简报，约我写几句。我想到，会议是十号召开，是个巧合，正值太阳系九大行星汇聚的所谓“九星连珠”的时间。这是一种千年难遇的天文现象，要写进去才好。于是也就得了四句：

九星天上正连珠，
八县文曲喜相晤。
塘湾桃李春色好，
共制华章园丁赋。

会议结束，带着荞荞去庳口，看了爷爷奶奶。回到单位我得到一个意外的惊喜：小夏告诉我，那个木工室，已经空出来了，你可以给领导讲一下，做寝室。这木工室，就在机关办公室的楼下。如果住在这里，隔一个小院坝就是教育股的办公室。给陈主任讲了，他满口答应。打开房门，里面也就木马板凳几样东西。中午彻底打扫一番，晚上就和旭娃往里面搬。这一来，我算得是有了一个名正言顺的窝了，比上面的保管室条件更好，噪音少，灰尘少，宽敞得多。十多个平方，对我们两爷子来说是绰绰有余，把那张床摆放进去了，里面还空荡荡的。别无一点家什似乎也不像，便把弃置在保管室的高考装卷的小木箱，搬了几个进去，放点衣物之类很好的。莫说搬家没什么东西，这一番功夫还把我搞到晚上十一点了，人还有点累。

睡了一晚，发现这里还是有不足之处，就是冷凉。分析原因，可能是因为后壁是个土坎，算得是个半地下室的缘故。烧一盆炭火，烘烤驱赶湿气——无论怎样，我是芝麻开花节节高，两爷子住上了这么宽的房子，门窗密不透风，窗子还有玻璃。

又要去咸丰参加面授。把第六期简报办了，内容是在崔坝召开的勤工俭学会议。又把旭娃的生活安排了，和小李一起去咸丰。

咸丰这地方，过暑天是很好的，凉风习习，洞天福地，但是，在这早春时候，恩施已是百花争艳了，咸丰这里的桃花、梨花的花苞，都含得紧紧，无法展开。真是咸丰者寒风也！

我一去，也顾不得寒冷，晚上就开始复习《文学概论》，首先要考的就是这一门。我打着牙磕，一遍又一遍地去记那些什么主题、情节之类的东西。这样复习了两天半，下午进考场，两个钟头，搞得很紧张。五个大题，都不是三言两语说得完的，其中还要评一篇小说。答起题来，简直没有任何思索的余地，就像一台写字的机器，不停地运转。不过，考完之后很轻松，感觉及格是毫无问题的。

晚上和邓德森、袁淑媛一起去转街。都是中年半载的人了，他们两位还戴着眼镜，文质彬彬的样子。但是，一说起今天的考试，就活像天真烂漫的童子，你讲那道题怎么答的，他说时间跑得好快，差点没写完，还说脚冷得麻木了，手又如何发僵……一个个讲得快快活活。走到一个电影院，是新修的，都说去看一场电影。看海报：《芦笙恋歌》，二十年前就看过了。看不看？看，里面打秋千时，边荡边唱的那首歌是很好听的："阿哥阿妹的情谊长……"

这次面授，武师来了两位教授给我们讲课。先是王陆才教授讲元代散曲、明代诗文、清代诗文，后是李悔吾教授讲元明清小说、近代小说。两位教授学识渊博，将近半月的授课，使我感到自己是个很幸运的人。

这次学习，我和我的同学们都领略了咸丰早春的寒冷，这是我在这里读小学时没有感受到的。一直生活在恩施的同学，自然都是叫"冷"不迭了。但是，大家心甘情愿当苦行僧，无论怎样冷，听课总是那么专注，无论手怎么发僵，笔记总是认真做，生怕听错了、漏掉了教授们的每一句话。要说命最苦的，是每个人的那一双脚，总是贴在地上，如同冰冷的铁块。李悔吾教授讲，吴敬梓是常以走路"暖足"的，同学们听了大受启发，都学习吴敬梓，常常在中午邀集起来，去"暖足"。于是，"暖足"也便成了这次面授期间的时尚。

4 月 1 日一早，这群苦行僧忽地都不见了。走到车站，又看到这群僧人的熟面孔了，一个个欢喜得不得了，相互道别，又各自找到自己的车，自己的座位……

恩施到底要暖和一些。

这段时间天冷，很担心两位老人。回庠口看了，二老都健康愉快，也就很放心了。

教育局准备召开一次重点中小学校长会，教育股、教研室全力投入。我的任务主要是初选发言单位，组织文字材料。我须得查阅资料，以秋季各年级及格率的前五名作为依据，还要到学校和老师们座谈了解。

一段时间，都在到处跑，少不得经常找车、坐车，这就出来一些令人难忘的故事了：

先去的是白杨公社，中学和小学都要去。崔坝教育站的涂发一老师借到局里来了，我和他一起去。到白杨有班车，可以在车站买票，因此很顺利。在教育站谈了情况，又去中学座谈，听课。在重点小学，同样完成了这样一套程序，布置写材料，提出建议。事情办完了，吃了早饭去等车回城。半路搭车就是很伤神的事了，就像当年我们在九道水等车进城一样，也是一辆车过去了，二趟车又过去了，上午的没有指望了。就如俗话所说，“水打烂木柴，去了又转来”，我们又回到了中学，和柯友权校长、朱明清主任闲聊，在学校里转圈，很是无聊。玩到下午，去等班车，依然运气不好。倒是朱主任有些办法，找到一辆货车。这一上车，就不是“烂木柴”了，呼啦啦便到了恩施城。

第二天是星期日，我回芭蕉。中午步行出城，走了十几里，在板板桥，来了一辆拖拉机。我一招手，司机就停了，爬上去还在想，今天的运气好，这司机也真是一个好人。不过，只坐了一两里路，司机说他只到这个地方，于是又开始步行。还未走一公里，“狗子”的140大车来了，我一挥手，他便停下车来，我很快坐了上去。这“狗子”师傅是芭蕉人，但到底姓甚名谁，我至今没有弄清楚。他在芭蕉是很出名的，但都是这样叫他的小名。我在庳口的时候，就知道有个“狗子”师傅，庳口茶厂的肖厂长和他是熟悉不过了。有一年，我们杀了年猪，肖厂长到我家来，要“借”一斤好瘦肉去，说的是“狗子”师傅来了。我当时还想着好笑，狗子还挑瘦肉啊，骨头不是更好吗？今天狗子师傅爽快地带我，并把我一直送到了芭蕉，我觉得他这个人一点也不“狗”，倒是很不错的一个年轻人。这让我感到，芭蕉人有个不好的习惯，喜欢喊别人的小名，什么二毛娃呀，春娃呀，腊娃呀，红苕娃呀，甚至猫子，狗子的喊，就是长大了，几十岁了，都还这么喊，这是不怎么好的。我想，以后我起码要知道“狗子”师傅到底姓什么，叫他某师傅才好。

星期一回城，又是找到的一辆拖拉机。我是知道的，坐拖拉机不安全，多少人是因此吃亏的。但是，人到了这一步，是冒着生命危险也要坐的。怎么想的呢？大概就是，许多人坐了也没有出事，未必事情就出在我的头上？更有人说，死不死，命里注定，死了的，是命里该死；不死的，怎么坐也不会死。我似乎也是属于在这样想的人——不这样想，那就要一步步走，那得什么时候才能到？事到如此，只有坐了再说。何况，我明天还要去龙马。

4 月 13 日，与涂老师一道去龙马公社，坐的是恩施到龙马的班车。出城的时候，因为三角皮带断了，修理耽误了半个多小时。车到龙凤坝，转了一个拐，便是一座桥。桥头有许多的人高喊："带一个，带一个——" 司机大约是因为已经因为修车耽误了一些时间，或许是看见人太多，根本没把车停下来。客车是倏地一下开过了那座桥，往龙马方向开去了。我想，那些桥头等车的人该是多么失望。

我还是第一次去龙马，很留心窗外的景物。这一过桥，就开始爬坡，因为是支线，路面不宽，一边是岩壁，一边是陡坡，而且弯道很急，很有些令人提心吊胆。一路盘旋而上，爬上了山脊，便是一段平路。平路不长，又是一大段下坡路。此时，龙马的山水已历历在目，中间一个平坝，坝子周围都是山坡。坡上大片的金黄，那是油菜地；坡下黄绿相间，那里有油菜地，还有麦地。这完全是我陌生的一块地方。平坝中央人户聚居的地方，应该就是龙马小镇吧。它和其他新建的公社集镇一样，灰瓦白墙的房子居多。不必说，那都是成立公社以后，新建的供销社，医院，财税所、银行等一些单位。这一排房子的第一幢，挂的就是龙马教育站的牌子。走进去，站里的同志都在忙着填写这次调资的表格，这是一件大好事啊，老师们差不多是可以普遍调一级，有的还会升两级哩。

刚到龙马不久，教育局打来电话，问我们二人是否到了龙马，站里的同志报告了"他们刚到"，就再没有下文了。原来，就在我们客车的后面，有一辆拖拉机翻了，出了大事故，说里面有四个教育方面的人，正在龙凤医院抢救。涂老师说："局里多半以为我们遭了车祸，恐怕还担心要开追悼会啊！"不久，龙马镇上开始议论纷纷，说拖拉机上的这一车人，先是在龙凤坝桥头拦客车，客车没有停。后面来了一辆拖拉机，一群人都往上挤，堆了满车人。拖拉机载了满满的一车人，在快到山顶的一个拐弯处翻了，滚到几十米的坎下，死伤不少人。他们还证实，是哪几位老师受了伤，谁的肋骨断了，谁的脚轧碎了，要截肢，谁是从里面跳出来了。还有一个小孩命大，摔下去只掉一只袜子，他爬起来把袜子穿起就走回家了。这一切，使人感到似乎真有命运之神在主宰生灵。

乡镇一般每天只吃两餐，我们实在饿极了。涂老师到底有些神通，在街上找到熟人家里，一人搞了一碗面条吃了。这一碗面条，既压了惊，又饱了肚，我们谢了主人。

在教育站和程站长交谈，他说他们龙马小学的校长叫刘守本。我说，这个名字好熟的。他说："这个人你应该听说过，他在恩施算是个出名了的老师。五十年代，城里在柿子坝办了一所民办小学，赖昌社当校长，教师就是刘守本、彭善文他们几个。他们第一届高小毕业生的升学率达到95%，夺了全县的冠军，一下子考出了名，轰动了恩施城。接着连续三年都超过所有公办学校，稳占了鳌头，被省里评为红旗学校。老赖因此上北京出席了全国群英会。刘守本这个人，教学业务很有几下，语、数都来得，德行也好。龙马小学把他搞成校长，是搞对了的。"

程站长这一说，我脑子里的电路似乎接通了。这刘守本和彭善文的名字，传美都提起过。她小学发蒙就是在城里的这所民办小学，他说刘守本老师是门门课都教得好，每天课外活动组织大合唱，也是他组织并指挥。那个彭善文老师，不知为什么后来被捉走了，是在学校里突然被人五花大绑押走的，把学生们吓得不敢吱声……

程站长这一说，我还急于想认识这位刘校长了。

晚上，程站长陪我们到了龙马小学。老校长刘守本和老师们都在办公室。看到了刘校长，他给我的第一印象：红润的脸，和善的目光，真诚的笑容。我讲了来意之后，就请刘校长先讲，然后老师们发言。

刘守本校长先讲："我是龙马土生土长的人，今年五十二岁。半个世纪以来，这里只出了两个大学生，解放前后各出了一个。龙马近两万人口，属于穷乡僻壤，学校一穷二白，办学条件很差。特别差的还是教师，从外面分来的都不安心，工作一年两年，就要求调走。改变龙马教育落后的面貌，最根本的一条，就是要培养本地教师。怎么培养？我只有一个朴实的想法，就是自己做样

城区小学科技活动

子。给这些年轻小伙子讲空头政治，他是不会听，也不信服的。所以站里说我年岁大了，不要教课，抓好学校管理就行了，我想，校长光指手画脚不行，坚持要上课。教了一个班的数学，还教一点其他的课，学校行政工作我当作尽义务。我家里也有困难，妻子有病，我是什么忙也不能帮。家里找人带信说，强盗进屋偷东西了，我也没回去，偷了就偷了，我回去也是偷了。十几年来，就是大雪纷飞，说什么时候到校，就什么时候到校。业务上，我的教学经验要多一些，我尽力帮助年轻教师。语、数两科的教研活动，我们是间周一次，交叉进行，扎扎实实开展。这些青年老师也很好，虽然我是个民办教师，他们大多数是公办，我讲的他们都虚心听。我讲什么，经常是直来直去，没什么策略，他们好像也没有反感。我想的是，自身做示范，把龙马的一批教师培养出来，改变龙马教育落后面貌，给龙马多培养一些好的人才。现在看来，老师们业务上的提高很快，上学期，小张老师，得了下血的病也不请假，及格率达到90.2%，居全社第一，这样的成绩是来之不易的。看到老师们这样齐心，这样努力，我是越来越有信心，感到龙马的教育是大有希望的。”

接着发言的是一个二十几岁的年轻人陈老师，他说：“我是在十年动乱中长大的，受各种思想影响也多，但是到这所学校后比较安心了。这个正月十六，我也是冒着大雪纷飞到学校，我们比其他学校早两个星期上课。我能够这样做，原因在于刘校长以身示范。一个五十出头的人，教课与年轻教师一样多，还教的是把关课，行政工作算得是尽义务。想到他，我们二三十岁的年轻人，若是不努力，心里怎么也不踏实。我们整个老师，都认为刘校长既是良师，也是益友。他教的是数学——他教数学是出名的。在我们语文老师眼里，他的知识又是以语文见长。他口袋里经常都带着一个本本，记日记，做笔记，还有自己的创作。我们语文组的教研活动他都经常参加，对语文公开课的教案，他亲自审定，作指点，提建议。他经常在杂志上找资料，推荐给我们学习。以后，我们每个老师都自动订了杂志，小李老师还订了五种。这位校长是个知识渊博，教学经验丰富的校长，没有哪个老师不佩服。”

又是一个年轻老师，他说他叫刘永如。我想起来，去年还给他整理过一篇材料，是一个很不错的青年民办教师，只是今天才见到他的人。小刘说：“要谈龙马小学取得成绩的原因，我认为最根本的原因是，领导对事业忠诚，业务内行，团结教师，作风民主。我是七九年开始当民办教师，那时十六岁，从开始不热心教育，到后来安心这一行工作，与刘校长——那时是主任——给我谈心，做工作，是分不开的。他自己的困难，从来没在教师中讲过，他给教师只讲自己生在龙马，长在龙马，要为龙马教育事业做贡献。他在教师中威信很高，但是学校的工作，他不以个人意见做决定，每周星期日晚上开校务会议，一起研究，星期一向全体教师讲。平时老师有什么想法，都能够开诚布公向领导谈。教学业务方面，刘校长要求很严格。在过关训练中，我提出长方体和正方体在四年级就学了，只要简单讲一下就可以了。他听了说：不行，学生的空间想象能力太差了，老师要做实物，用木块，切割萝卜、红苕都可以，做给学生看，然后引导启发他们怎样计算面积、体积。我照他说的做了，过关的效果的确比较好。他经常听老师们的课，一次听我讲分数的基本应用问题，四点半一下课，他就与我交谈。他说，归一问题很重要，一定要讲清楚，学生一定要过关。什么是归一？首先，这个术语就要讲清楚，‘归’，就是除法，‘一’就是求单一量。所以，‘归一’就是用除法求出单一量……他和我研究了两个钟头，提出要就应用题的教学，我讲一次公开课。这次公开课是讲行程问题，教研组研究了两次，和校长单独研究了几次。听了我的试讲以后，他又强调，一定要贯穿速度与时间二者之间的数量关系，这是核心问题。他一再强调，一节课要精心设计，精讲多练，要尽量做到直观，要培养学生的逻辑思维能力，解决问题的能力……”

一位姓李的女老师说：“我和刘校长教一个班，学到不少教学经验。我很佩服他耐心地做转化特殊儿童的工作。学生张先兵，三年级的时候，坏得出奇，搞得老师课都上不下来。刘校长一直注意观察这个学生，经常给他谈话，后来又接手这个班的数学课，只要这个学生有一点进步，就鼓励，两年来这个学生转变很大，还进入了尖子生的行列。刘校长说：学生怕你就不喜欢你，喜欢你就不怕你，我们要想法做到：怎么样能够使学生又怕你又喜欢你。他经常听课，听了就认真交换意见。他提出的一些建议，我是能够记一辈子的。比如他说：要思考，你一进教室，用一句什么话就立即吸引学生的注意力。又说：一节课不能搞面面俱到。还说，讲课要克服不精，不细，练得少，忽视补基补低的倾向。他还要求，作业批改字迹要工整，规范，不能打‘×’。这些都是经验之谈，对我们这些年轻教师都是很实际，很有指导意义的。”

徐老师说：“刘校长经常对我们说的是，我们一定要努力，让龙马这个山窝窝里飞出金凤凰。他像父辈一样，不仅关心我们的思想，教学业务，还十分关心年轻老师的生活。厨房里每一餐的饭菜，他差不多都要作安排，给炊事员提建议。老师们都说，刘校长是‘又要马儿跑，又给马儿吃好草’。刘校长堪称我们的表率，然而，在荣誉面前他总是让，年年评奖，他都提出不要评他……”

刘校长插话说：“我说明一下。我经过的事比年轻人多，我是 1947 年去七里坪开始教书的，教了几个月，还拿不到一分钱工资。一天能够吃上一餐合渣苞谷面饭就算不错，时常愁第二天的生活没有着落。为这个事，校长和乡长闹矛盾，官司打到县衙门，校长因此得了神经病。我真的感到暗无天日，不知道学校怎么办下去，就此离开。说实在话，我感到现在就是当民办老师，比解放前教公办的都好。现在要我当校长，老师们干得好，龙马教育‘起股子’了，我心里比什么都高兴，我当校长就很光荣了。”

这一晚，老师们几乎是众口一词，赞扬了他们的校长，表达了对他由衷的敬佩。我听了也十分感动，眼前的刘守本，仿佛就是我们恩施山沟里的苏霍姆林斯基。

第二天，在龙马小学听了几节课，研究了材料的写法。下午又去龙马中学了解了一些情况，第三天返回。

客车驶过不长的一段平路，便开始盘旋而上。公路两边，不时出现一丛丛，一块块的牡丹，大朵大朵的牡丹花盛开着，艳丽极了。如许号称“富贵之花”的红牡丹，其实并不是开在富贵人家的宅院，而是开在普通的农家门前，甚至是牛棚旁边。农民们种植她，也许并不主要是因为她的赏心悦目，而是她的根是一种很好的药材——丹皮。丹皮到底能治哪些病，我不甚了了，但我知道，农民是看重她的实用价值，才大力地种植她，也因此种植了足以令人精神为之振奋的美丽。

这一丛丛，一块块令人陶醉的艳丽，不断地在我的眼前一晃而过，客车已经爬到了山脊。然而，我的脑际仍然闪现着大朵大朵艳丽的红牡丹影像。我已经两年不曾放开我的歌喉，此刻我是多么想放声歌唱一曲《牡丹之歌》。可是，这车上除了涂老师之外，都是陌生的人，我不可能放肆，只能默默地唱：

啊，牡丹，
百花园中最鲜艳，
啊，牡丹，
众香国里最壮观。
有人说你娇美，
娇美的生命哪有这样丰满。
有人说你富贵，
哪知道你曾历经贫寒。
……
冰封大地的时候，
你正孕育着生机一片。
春风吹来的时候，
你把美丽带给人间。
……

此时，坐在我身边的一位留着大鬓角的青年，却哼着一支奇怪的小调，时时打断我的思绪，使我难以再去品味这首隽永的颂歌。我想，何时再到龙马，应该给刘守本、刘永如这些可敬的龙马老师深情地完满地唱一遍才好。

从龙马回到教育局正好中午十二点。下午去到教研室，和副主任李志华等几位同志开始了新的一项工作：初中情况调查。按照省教育厅下发的15号文件要求，这次要对初中的情况做如下内容的调查：基本情况、教师队伍、课程开设、教学质量、校舍设备以及存在的问题。李主任说，省教院的三位同志和地区的三位，下周二将到我们县，开始进行调查，你准备一下，他们来后，先要听你的情况汇报。这是一项工作量不小的工作，全县初中的情况最是复杂，过去简直是一团乱麻，又是穿靴，又是戴帽，到底有多少，谁也说不清。

第二天星期五一整天和星期六的上午，我都在清理、整理和查找有关资料、数据。最后总算摸清：全县重点初中22所，132班，学生6 481人，教职工523人；一般单独办初中84所，358班，学生15 485人，教职工434人；高中或小学附设初中173班，学生6 934人，教职工266人。合计初中106所，663班，学生28 900人，教职工1 223人。教职工文化程度为：大学本科毕业9人，专科25人，中师556人，高中600人，初中30人，小学3人。

周六下午，骑车到芭蕉。这辆老自行车，是朱股长过去常用的，他调到市教育局去了，这辆车也无人专管，大家马儿大家骑，不知谁把那个座包，压得矮矮的，不是前面翘起来，就是后面翘起来，胯下很难受。骑到野鸡滩，遇到刘诗祥医生。刘医生是在庳口工作过的，熟人见面，好不亲热。他家就在路边，非得拉我进门不可，叙谈一番又端来一碗豆皮吃了才重新上路。

回到家里，传美的情绪很不好。没有说上三句话，就为她这次提升工资，没有能够升两级的事，对我大有意见，说我不管她的事。又说我不顾家，两爷子用一个人的工资，只有她傻……我感到今天很是倒霉，怎么办？我只有竭力控制自己，让她把气发泄出来。这两年来，我有多少时候在与苦闷奋斗，同贫困拼搏，我常常希望在稀有回家的日子，从妻儿们中得到慰藉，洗去心中的苦与酸，甚至还奢望获得一两粒糖精，可是，我难以得到。我本想在家中得到欢趣，也得到希望，可是不可能，得到的是心里的创伤！我忍着疼痛，想着今天的日子怎么变得这样难过？照说一切都在向好的方向走，但是眼前的难处和苦楚竟然胜于当年在庠口——我真是不明白。

创伤的疼痛，心中的苦楚，使我一夜没有睡好。大约睡了四五个小时，六点钟醒来，我心跳不止，眼涩得厉害，但不愿再躺着，我怕做噩梦，趁早去庠口。金星坡，茶园坡，今天爬起来是分外的吃力，心是酸的，腿是软的，大概用了三个钟头，才把这两架坡爬完。

晚上，传美要给上级写信申诉，我知道这未必能起什么作用，但我何必去阻止她呢，于是还是“支持”她这样做了。

进城倒很顺，遇到了县师范小刘的车，一车之便就赶到了上班。修改了三岔中学的一份材料，是重点中小学会议作交流经验的。晚上全局学习中央关于计划生育的 11 号文件、关于贯彻知识分子政策的 12 号文件。

初中情况调查组来到了县教育局，其中有省里来的王、袁、夏三位，地区的梁、杨、莫三位。谭局长参加汇报会。我先作汇报发言，李志华同志补充，然后研究调查方案。这个调查将在全县重点中小学会议之后开展，为期差不多要一个月的时间。

接下来我们全力投入重点中小学会议的材料。好的是现在局里的秀才多，办公室小李、小梅为领导讲话起稿，我们教育股，也变成了“材料股”，小龙、小聂一齐上阵，审阅典型发言材料，搞得小夏的打字机“啪啪啪”忙个不停，少不得还要夜战马超，我们这些朱股长称为“县级打杂工”的本领，又充分展示了出来。白杨坪的材料写得太散了，不好打电话要他们来重写，自己跑过一趟，情况基本了解，就自己动笔……终于在星期一会议报到时，我们一切准备就绪。

全县重点中小学校长会召开，我们这些整理材料的人，也算有了喘息的时间，可以坐在那里静静听报告。上午是谭局长讲，他说：“恩施市的筹建工作基本就绪，马上就要召开成立大会，以后城关一块就是恩施市的了。我们这次会议的中心议题，就是要认识市、县分家以后，我县教育质量方面存在的严重问题，我们要分析有利条件，提高办好重点中小学必要性和重要性的认识，进一步加强重点中小学建设，努力提高教学质量。”

我也真是“东一榔头西一棒子”，下午在分组讨论，我又得去地区招待所，给省里来的同志交填写的初中情况调查表。我还是第一次去地区小招待所，有点刘姥姥进大观园的感觉。里面的陈设讲究，一套三间，一间卧室，中间会客室，旁边是盥洗室。卧室有电话，角柜，写字台。会客室铺着地毯，置有沙发。如此陈设，使我行动拘谨，颇觉不便。递交了表格，旋即返回。

重点中小学会议开了五天，我们这一段的任务宣告结束，下一段我就要参加初中情况调查。

旭娃的期中考试成绩公布了，最好的是物理，92 分，全班第一，最差的是英语，52 分。总分 510 分，全班第四，算是不断进步。开初是第八，接着跃居第六，现在又进了两名，成为第四，全年级的第八。我一天东奔西走，很少照顾到他，他能获得这样的成绩，实在不容易。这个娃，不仅有了一定独立生活能力，而且学习越来越用功，这段时间每天早晨还独自学习一个小时，很有些刻苦读书的味道。这使我十分放心。

五一节，旭娃学校放两天假，下午我带他回芭蕉，这学期他还没有回去过。没有车，我们步行。走到头道水，来了一辆拖拉机。旭娃是不愿意坐那东西的，他知道坐拖拉机出事的不少，可是我想，像这样一步步地走，我们要走到什么时候？还是主张坐。于是，我们都上了拖拉机。这拖拉机，“突突突”“突突突”，把我们一直送到了芭蕉，下了车。下车后才听人说，开拖拉机的就是一位“翻师傅”，姓陈，去年在芭蕉街的猪行旁边开翻了车，把陈书记的儿子还摔死了。我听了不寒而栗，真是天照应，没出一点差错，谢天谢地啊！

到了火花中学，旭娃问昶昶哪里去了。我说：“爷爷几次都要把他送去玩，上周我和荞荞到庳口，把他带上去了。我们走的时候，他也要跟着走，爷爷一留他，他又欢欢喜喜留下来了。明天是要跟我们一起到芭蕉的。”

和传美、旭娃、荞荞一起去庳口。今日全家将在庳口团聚，也是近两年内少有的日子。我竭力回忆过去的日子：一家人在一起，住在绿色的家园里，多么温馨，多么甘甜！然而，其间也是有苦的。绿色的家园，都是汗水浇灌而成。我们劳碌辛苦，几乎整日没有闲空的时候。我是愈到后来，愈感到力不从心，有些吃不消了。不知怎的，就在这个时候，我也就真的离去了。这种生活，现在回味起来，确有几丝清香和甘甜，这也许是因为，大凡回忆过去了的那些日子，多半是天真烂漫的童年，或是精力旺盛的青年时代，故而“忆往昔，峥嵘岁月稠”，其间的清苦往往是被忽略了。

竹山湾里，三个娃娃，四个大人，也着实热闹了一阵子。但是，也只能是这么一阵子。这一阵子之后，我们又得与老人分别，读书的去读书，上班的去上班。这种分离的局面，还要维持多久呢？我不能让两位七十多岁的老人，再这样独居山里了。今年，我是无论如何，要把他们接到城里去的。我在找房管所的人，争取租到他们的房子，也在找其他人，帮忙租私人的房子。

调查组约定好了，5 月 3 日去甘溪公社开展调查，我清早从火花中学出发去甘溪。这条路二十二年前走过，那是去黄泥塘买一只羊。

今天，一个半小时走到甘溪，在街边等候，一个小时未见有人下车，不等了，单枪匹马向甘溪中学走去。这是不曾走过的路，碰巧遇到李文俊老师等几位熟人。从甘溪街到中学，二十分钟也就走到。学校建在两河口旁边的半坡上，教育站在下面靠河的一幢房子里。站长是刘昭庆，老同事曾宗恩是副站长，他们正在准备接客。

中午和曾站长一道上街去，终于接到调查组一行八九人。于是，浩浩荡荡一路人开往两河口。晚上，开始工作，听教育站汇报。甘溪公社是 1975 年“拆区建社”时从芭蕉区划出而建立的一个新公社，两万人口。现在有初中 6 个点，5 个点是小学戴帽，1 个点是高中穿靴，共 15 班，579 名学生。教师 31 人，其中公办 21 人，民办 10 人。刘站长说，去年初中招生的起分线很低，语、数双科总分才 40 分。根据县里的调整意见，高中从去年停止招生，现有高二两班，61 人，初三 4 班 136 人。今年调整的计划是，从 5 个初中点上，择优初一、初二、初三各两班，办成单独的初中。

第二天上午，听高中饶铭银校长讲情况，他操着浓厚的河南口首先介绍学校开办的历史。他说，这所学校 1976 年创建，是先招生，后修学校。这使我很感新奇，更难以令人置信，学生来了以后怎么办呢？他说，学生来了，一是用当年“共大”（共产主义劳动大学）住过的岩洞做教室，二是借社员的房子住宿。公社把这附近的大片坡地，划给学校使用，给农民减了公、余粮的任务。

坡地里面有一些经济林，主要是茶树，学校有一点勤工俭学收入。教育局拨了一千元，学校开始修房子，木料都是师生们从山上扛回来。到 1979 年，终于修了 10 间教室，还有师生宿舍。饶校长介绍了学生的生活情况：学校现有 158 名住读生，每生一月搭伙费 1. 2 元，主要用于买燃料，粮食是学生带什么吃什么，厨房负责蒸熟。菜是 4 分钱一碗，主要是合渣。食油的来源一是学校收的油菜，二是买一点猪油。饶校长又介绍老师的情况：全校共有教职工 25 人，其中专职教师 17 人。他说，专职教师中，有 14 人都是 1976 年以后的中师毕业生。大专毕业的只有一人，是七七年体院跳水专业毕业的。他一个一个介绍老师，也是如数家珍：哪一位口头表达能力强，哪一位有点搞满堂灌，哪一位教学效果好，学生都欢迎，哪一位教法差，学生喊听不懂，又是哪一位学完过统编教材，很有培养前途……他说，学校开课，是考什么就开什么。讲到存在问题的时候，他一下子说了七点，其中有：初中遍地开花，天桥管理区，一个大队一所初中，老师教不了，光出差错，有人说你这个老师教错了，他说这个是我搞不到，问了别人，别人教的我；学校条件设备太差，电灯没有，体育器材没有，理化仪器没有，学生特别怕考实验题；学生流动大，初三原有 200 人，一年不到流动了 47 人；现在都是各行其是，县里应该拿出一个管理办法来，我们做领导工作，只有一靠自己使力搞，二靠给别人说好话……

下午，调查组查看学生作业和教师的备课。我也翻阅了几个初三学生的作文本，一个刘姓学生写了一篇《我最敬佩的人》，短短几百字，还有三个明显的错别字没有改，如“校圆”“竞寨题”。语句不通的地方没有改，只在其中一处批了一个“？”号。42 个字的批语：“语句比较通顺，但为为了突出‘敬佩’二字，如果写‘敬佩’就直得邦你做了许许多多的好事，这才是突出‘敬佩’呢？”读了几遍，实在有些不知所云，还出现 6 处毛病：两个别字，3 个字迹模糊的字，多出 1 字。再拿一本看了，情况也不见好，明显的 8 个错别字未着点墨。批语是：“文章字迹清楚，格式完整，语言通顺。此章够思不新颖。”“构思”写成“够思”，新颖的“颖”字，左边胡乱个“页”，右面胡乱写个“贯”，只有猜成是“颖”。

吃罢晚饭，大家去河边转。这是一个山间峡谷，两条河在这里汇合，一道拦河坝，高约十米，锁住了河口。河水自坝上溢流出来，如瀑布下泻，轰轰然如雷鸣。据说，这是当年建水电站的，也不知是否发出电来，现在唯一的用处是拦出这样一块瀑布的景观来。大家指看山间，那荒草淹没处，可见溶洞数个，奇特的是，石壁烟熏如墨。啊，对了，这便是过去师生当作课堂，做过食堂的地方，此乃“共大”遗址也。

第三日调查组看了一个点上的初中，是幸福小学戴的帽。初一、初二各一个班，学生共有 71 人，教师 5 人，其中民办教师两人。在这里听了袁俊亚校长介绍情况后就进课堂听课，查阅学生作业，教师备课，最后开座谈会。

第四天上午，调查组又在甘溪中学听课半日。下午在教育站做小结。七八位调查组的成员，都是各科教学的行家里手，比如，地区教研室的梁主任，是老恩施高中的物理教师；省教院的夏老师，原本是恩施二中的化学老师，读完了研究生，留在省教院工作的；其余几位也分别是各个学科的大学教师或地区教研室的教研员。小结的时候，他们人人都发了言，都是从各个学科教学的角度讲。比如梁主任，就讲物理课，说教师能够胜任教学，学生反映好，想了一些办法做实验，比如用眼镜作透镜，这就符合这门课的特点，既有“物”也有“理”……他们的发言，充满了善意，凡是老师们做得好的，都是充分肯定，对于存在的问题，也实事求是指出，比如，“作业批改要严谨一些”“忽视作文教学”等。他们还提出一些建议，比如“要在调整中进一步加强重点”，“进一步加强教师的劳动管理”等。

甘溪公社调查小结完毕，我们一行人步行去芭蕉。走到了后池的新高潮小学，芭蕉教育站的王基广站长和邓老师正等候在此迎接。这一路人也更加热闹了，翻过垭口，看到了火花中学。穿过茂密的松林，忽听荞荞带着昶昶，站在小路上大声呼喊：“爸爸，爸爸……”喊得那么的清甜，连一路走的人都羡慕说：“两个小家伙好亲热啊！”我告诉两个娃娃，我还要到街上去了才能回家。

芭蕉是我熟悉的地方，在这里仍然是按照既定的程序，调查了金星中学和火花中学，花了三天的时间，基本结束一个阶段的工作。回到单位以后，进入总结阶段。一天有填写不完的表格，还不断地有电话打来，是调查组要数据的。

已是 5 月中旬，天开始热起来了，我的心里还悬着一个沉沉的疙瘩没有解开：何时能够找到房子，把两位老人接进城来？

第五章　好事多磨

（1982 年夏—1982 年冬）

晚上，张凤鸣局长到我的寝室来。他的收音机不叫了，让我给修整一下。他顺便问起传美工作调动的事，我说，现在我一家，老老小小分居三处，的确是一个相当头疼的事。他说，去年曾经决定调动的，不知后来怎么搁下来了。他要我去找找市里，今年把这个问题解决了。啊，现在成立了恩施市，城内的学校都属于恩施市了，这还成了一个跨县市的调动，事情是更麻烦了，我还得去找市里。

人事调动，应该是暑假的事情，我得先把租房子的事情办落实。传美的工作调动和租房子把父母接进城，已经是我迫不及待需要办好的两件大事。先前，曾请一位房管所姓杨的女同志帮忙，把他们管理的房子租一间，后来她回话，暂时没有空房出来。这条路是走不通了。以后，听旭娃的家公说，龙凤坝向家村小学有个傅老师，家住西后街，说有房出租。这令我大喜过望，抽了一个下午，骑车直奔向家村。我跑得浑身大汗淋漓，却扑了一个空，有人说他可能到金龙坝小学去了，他的爱人小曾在那里教书。打问了路径，立即转身去金龙坝。龙凤八中那个山湾里，的确有个坝子叫金龙坝。坝子里聚集着几十户人家，像一条小街。就在这里找到了金龙小学。学校里有几位老师，只是我要找的小曾他们两人恰好不在。我准备回去，一位女老师说，他们也许一会就会回来，不如就在这里吃了饭，等一下。我以为这是个两全其美的办法，我肚子里的确是差点东西了。我们这些当老师的也真好，只要说起都姓“教”，就格外亲热，边吃饭边谈白，很自在的。说着说着，小傅、小曾双双而来，说他们回城里去了一趟。我谈起租房的事，他俩满口答应，都说没有问题，租也行，买也行，都可以商量。约定星期天早上去看了房子再说。

看来这一路，虽然跑得累极了，但也值得。房子的事情落实了，父母就可以接进城来，我一家三点起码就减少了一个点，而且是最远的那个点。心里很舒坦。

星期六，给传美打电话，说房子有了希望，约定星期天去看，因此不能回家。打完电话随后就去教研室，初中情况调查组在这里汇报调查结果。

县教研室三楼会议室，县人大王启彦副主任、教育局谭局长以及县教研室的全体教研员在座。调查组成员全部到齐，地区教研室杨顺山老师代表调查组作全面汇报。他说："这次省、地、县三级，组织了11人的初中情况调查组，历时16天，深入恩施县三岔、甘溪、芭蕉三个公社8所学校开展了调查，召开了20多次座谈会，听课135节……通过对这8所学校调查的情况看，我们认为：初中教育不狠抓不行；不进一步调整不行；初中面临的问题和困难不好好解决也是不行的……1977年，恩施全县64.2万人，初中414所，843班，3.169万学生，单一初中102所……1981年，进行了较大调整，12所高中摘帽改成初中，每社一所重点初中，单独办的一般初中82所……"喔，这些数据都是我提供的，我本来是一听数字就头疼……思想开小差了，想到了房子，对，明天就去看房子……

星期天，我一早就到了约定的地点，与小傅见面看房。可是，一等他不来，二等也不来，搞得这人的心里是七上八下，惴惴不安。这小傅怎么不讲信用？房子的事，可是我的一块心病啊，这个不落实，我的心里总不能踏实。房子啊，怎么这么难找？

房子的事没有落实，下乡的事情却马上来了。要和教研室的小杜到屯堡一趟。屯堡小学一年级一个班，进行集中识字教学实验，已有一个半学期了，他们希望局里和教研室去人看看效果。这样，在屯堡三天，听了集中识字的情况介绍，听了课，召开家长会，和学校领导、老师座谈。担任实验教学任务的皮声扬老师，真是不错的，很有实验的热情，也有很有创造性，实验的效果是良好的。家长们的反映不错，都很奇怪：才读一年级的学生，怎么就能读《少年报》《小蜜蜂》，还能够写日记呢？我也有一点奇怪：这样的活动，怎么没看见小学的校长呢？问起才知，李校长是半边户，恰好家中请了人，在忙着给责任田插秧。我也理解，这是家里的一桩大事，一家大小要吃饭，也是不得不管的。比如我，人在这里，有时也免不了想到租房子的事。得急啊，好不容易找到小傅，他答应得好好的，怎么又失约反悔了呢？我又在哪里去找呢？

回到城里，有好消息。旭娃的家公送来小傅一信，信上说，那天失约是因为学校事情忙的原因，如果我要房子，随时都可以告诉他，他是绝不会反悔的。这让我心里停当了不少。

局领导研究，怎样千方百计把高考成绩搞上去。机关开会，谭局长先传达了地区召开的高考备考工作会精神，然后说道："这个事情就是这样：你高考成绩上去了，怎么做的都有道理，说的都是经验，开会时就是座上宾；若是没搞上去，你怎么做的都没有道理，说也是白说，开会时就只有去坐角落。我们研究了，今年全县高考预选上线的考生，按片集中备考……"

按照领导们研究的，西南一片，芭蕉、白果、甘溪三所高中的预选上线学生，集中到芭蕉的五中复习备考。交给我的任务，就是先出使芭蕉，撮合五中接纳白果、甘溪两校的考生，其中白果文、理两科二十几名，甘溪文科十名，然后，再分别联系白果、甘溪两处。谭局长要求，事不宜迟，越早落实越好，并告诉我，宣传部的张部长这几天正好在芭蕉，去后先找张部长，如此如此。

我准备下午就去芭蕉。中午，红庙教育站彭正英站长，拿着一张大红纸来找我，说六一儿童节要发一个光荣榜，请我帮忙写几句话在前面。彭站长是个很有能耐的女站长，她的脚大概得过什么毛病，走路有些不便，走路时一身摇摇晃晃的，但搞起工作来从不落后，说话做事都干净利落。我一边写，一边与她开玩笑说："我前不久骑车到龙凤坝向家村，从你们教育站的门口经过，想进去玩一玩，但是想到你们已经是恩施市的单位了，我去的话还过了县，是做客了，没好意思进去。"她却认真地说："什么恩施市、恩施县的，不分是一家，分了还不是一家。"她接着问我到向家村搞么事，我说找人租房子。一说到房子的事，她说她南门外有一处私房，现在空着没有人住，也准备出租或者卖出去。

我因为已经有了小傅的一处，似乎并不特别热心了。不过，她说的位置，我觉得是更适中，离我们都很近。写完之后她问我是不是去看一下，想到去一趟也不远，便随她去看了。出南门城门洞，大约两百步也就到了，城乡街小学和县公安局就在附近。房子门牌号是城乡街 45 号，彭站长介绍准确的面积是 32 平方，只有一层可用，间壁后有个厨房。我问，如果是卖的话得要多少钱，她说："我们都是搞教育的，我也不会在这上面赚钱，你给 1 100 元就把房子卖给你了，再少给了，我也就吃亏了。"我答应，半月之内回复她。

你说这事情也真是，"踏破铁鞋无觅处，得来全不费功夫"，这一下，我倒是有了两处可供选择，心里更加踏实，不过，到底定哪一处？只有出差芭蕉以后再做定夺。

下午两点去芭蕉。听说张部长在芭蕉医院，便直往医院走去。哪晓得，我要会的人都在这里。五中的徐先寿、陈模杰二位校长，正在和张慎德部长讲关于学生集中的事。部长微笑着，总是轻言细语；两位校长是面带难色，极不愿意。最后算是不了了之。二位校长离去，张部长要我明天还是要去五中给两位校长做工作。第二天我去到五中，我想着，我能够怎么做工作？不过也就像做媒人一样说一番而已。我毕竟不会做媒，五中方面实在不乐意这桩"婚事"，不愿接收外校的学生，工作是毫无进展。第三天又去找张部长，张部长一点不着急，微笑着说："那你就再去给他们说说。"我不知道部长葫芦里装的什么药，明明他都没有把他们请上轿，我再去顶什么用。我只能一切行动听指挥，遵命再去五中。这一次，"男方"五中还真是勉强同意接收了——我猜是部长又给他们做了工作的。把这个情况报告局里之后，再给甘溪打电话，可老是打不通。

接着就是星期天了，我趁此去庠口，与父亲谈起租房的情况。父亲倾向买南门的房子，离哥哥近，离我也近。于是便决定出卖庠口的房子，再买南门的房子。又议论起迁居的事情，父亲有些兴奋，却又说："那也不是一个简单的事情啦！"我觉得这一趟出使芭蕉，也是公私兼顾了，公事有了进展，私事也有了眉目，跑得不冤枉。

星期一，再给"女方"甘溪中学打电话，还是打不通，只得跑一趟甘溪了。好不容易"男方"五中勉强同意了，又好不容易走到两河口的甘溪中学，但是，我真不是做媒人的料，“女方”的饶校长却是拒不同意，讲了许多的实际困难。他说：“学生十个，我逐一征求了意见，个个都表示不去芭蕉。”我感到，这甘溪中学也真是“抬头嫁女”呢，我这“媒”还很难做拢，只好说：“这样的话，你直接给局长们打电话说一说。”饶校长立即给局里打电话。接电话的是敖局长，我在一旁听着，局长似乎并不松口，饶校长答应近日去局里亲自解释。最后，饶校长把话筒递给我说：“来，敖局长找你说话。”我接过话筒，敖局长倒给我布置了另外一项工作，是芭蕉南河永兴学校，有一个女生出走了，写了一封告状信，要我配合芭蕉教育站去调查了解。

这样，我又去芭蕉，和教育站的王站长、李老师到永兴学校去了。找那个学生谈话，又找老师谈话，和学校领导谈话，开座谈会，一搞就是半夜过……实际上这事情很复杂，涉及老师和学校领导之间的矛盾问题。这是我不熟悉的人事工作，搞起来是很费神的。和王站长他们搞了三天，此事才告一段落。

回到单位，段股长交给我两张汇款单，一张十元的，一张四元的，都是我执笔的《新形势新问题新办法》一文的稿费。十元的是《湖北教育》杂志社寄的，四元的是《恩施教育》编辑部寄的。我自然高兴，觉得是一次意外的成功。不过，这实在不是我一个人的功劳，是因为三岔的同志干得好，谭局长要我写的，又是谭局长直接将稿子交给地局的宋局长，宋局长去省里开会，将稿子交给了省里，于是才有《湖北教育》第五期上的这篇文章。我把两张汇款单交给段股长说：“这个按规矩要交给单位，我还是交给你。”段股长和小聂几个人都说，无论怎么说，你是付出了劳动的，要买个什么东西做纪念。

第二天，小聂便买来一个文件夹，皮革的。他拿在手里对我晃了几晃，笑着说：“吴老师，这个东西怎么样？”

我看了说：“这个东西是太高档了，是阳春白雪的；我现在正需要的是下里巴人的……”小聂瞪着眼问：“什么东西？”

我回答：“煤炭炉子。”

小聂的眼瞪得更大了，不解地问：“这，这，这是什么意思？”

我解释说：“我和旭娃两爷子，全靠一个煤油炉做饭吃。现在一下子煤油紧张起来，每人半年才一斤，一户也才四斤，我的饭怎么弄得熟？只有改烧煤炭了。煤炭我的床底下还有几百斤，就差一个煤炭炉子。”

小聂这才呵呵地笑了起来，说：“这个下里巴人，哪里找不到，明天我就给你找一个来。”

我说：“不忙，我先就近解决。万一找不到，再请你。”

我心里已经有了一个路子：哥哥那里，这东西，似乎不止一个。

我记得不错，哥哥的确还有一个煤炭炉子空着。趁借煤炭炉的机会，把房子的事情给哥哥讲了，他也很高兴，叫我及时给彭站长联系，把买房子的事情定下来，早点搞落实，早一些把两个老人接来。我说，也是，明天就给她说。

教研室三楼，正在开会。主讲的是刚从外地刺探了高考情报归来的宋鸿杰老师和张安国老师。恩施高考总是不尽如人意，直率地说就是考得差，是什么原因？回答其说不一，但其中有一种说法，大多数人都认可，就是恩施大山区，风吹不进，信息不灵。于是决定委派情报人员，在山外活动了一些时间。现在他们满载而归，在汇报刺探来的情报。在这里听汇报的有谭局长和教研室所有教研员。

宋老师介绍说：“这次出去八天时间，到了华师一附、二附、实验中学、武汉市一中、黄冈高中等学校……华师两附中，第一阶段，6 月 10 号以前，出的是内容全面的模拟试题。第二阶段，到 20 号，进行一次重点综合分析考试。第三阶段，是根据前面两次考试情况，适当补充材料……命题情况，省教院和华师一的人都进行了一番推测，认为还是要抓基础，考教材……”

张老师介绍说：“到了武汉、荆州……前不久江南四省一起开了一个巢湖会议，对语文复习备考提出几点看法：1. 课本比例增大；2. 命题作文或看图命题作文可能性大，要提高看图、读图和阅读的能力，提高观察分析能力、推理能力和书写表达能力；3. 拼音要加强；4. 去年未考逻辑，今年有可能考；5. 文学常识面要加宽。数学方面，不会超纲，超教材……物理……”

两位老师这次打的货还真不少，足足讲了两个多小时。接着各科教研员，根据外面备考的情况，结合我县各所学校抓备考的实际做了发言。我感到，到会的人，似乎都进入了临战状态。这高考、中考就是教育上两大激烈战役，难怪人们称我们是“教育战线”的。最后谭局长提出，马上是两天全县的招生工作会，会议结束，教研室、教育股人员都下去，把高考和中考的备考工作抓一下，促一促……

按照谭局长意见，分兵四路去抓高考、中考。6月9日，段股长、小聂、小梅和我，一行四人，乘车去东乡四个公社。我和小梅，是先到新塘，再去双河。段股长和小聂，还要前行，去红土和高山公社石窑。东乡这四个公社，我都不曾去过。这条线路，据说是可以通到鹤峰县的，但我还只到过三岔就没再往前走。再往前走是怎样的呢？

车过了三岔，我一直注意着。一段平路之后，就是下坡，拐弯，下，急拐弯，下，又是急拐弯，下……拐了多少个弯，我记不清，下了多少丈，我也不知道，我实在有些悬心吊胆，坡太陡，弯太急，一边是悬崖峭壁，一边是清江河谷，哪还去记转过了多少弯？只感到像是从天上，不断盘旋而下，最后是落到清江河边了。这里就是久闻的浑水河，两岸高高矗立的大山，把清江河紧夹在深深的峡谷之中。河面不算很宽，但河上没有桥，车子停到岸边。一艘渡船把车辆和行人接了上去。一个转身，也就到达对岸。下了渡船，昂首回看来路，也就如小孩子在岩石上随手画出的一道道“之字拐”。坐上车，又是上，拐弯，上，急拐弯，上……不过，心里并不感到那般紧张了。爬上山就是很长一段平路，在车窗里，远看绵延起伏的巍峨大山、峭壁嶙峋的绝壁山崖，实在壮美至极。

车到新塘，我们下车，向稳坐在车上的段股长、小聂挥手再见。他们还要随车继续前行，到红土，到新成立的公社石窑。新塘教育站里很热闹，程奇站长，陈大雍老站长，姜之灼老师等都在。稍事休息，程站长就介绍了全社学校的布局以及备考、招生工作安排等等情况。在谈到问题的时候，他说：“民办教师的报酬问题比较突出。七八年以来，全社民办教师有两万多斤粮食，六千多元的工资没有落实，个别大队四五年没有给民办教师结账，影响了他们的积极性。今年公社考虑用提成的办法解决，按劳动力摊派，还想把大队干部的报酬和民办教师捆在一起。这样一来，群众有意见了，说：‘老师的没有问题，说每个人三斤就是三斤，交大米都行；大队干部不行，苞谷籽都不给。’现在，这个问题还没有落脚。第二个问题是公办半边户教师，我们定的制度是每周回家一次，实际上不能执行，一般大队学校，早上八点还没到校的是常有的，这与行政干部的影响有关。老师们说，行政干部在家里一搞一整天，有的天天都回家帮忙搞责任田，没有人管，只有我们教书的，自己把自己人管得死死的。第三个问题是，公社党委的新领导班子，在教师大会上，对大多数老师兢兢业业工作不说，光点教师中的阴暗面，挫伤教师的积极性……”这些现实存在的问题，使我感到教育还是面临着尴尬和被动，真正在各地落实教育优先发展的战略地位，还不是一件容易的事情。

下午，在姜志灼老师带领下，我们去新塘初中，和谭明月校长交谈许久。晚上下了很大一个坡，到清江河边的三中去了一趟。三中似乎毫无生气，没有迎接高考的气氛，平静如一潭秋水。开了一个教师会，也通报了教研室两位老师打听的那些信息。

次日一早，还是姜志灼老师带我们去新塘重点小学。在站里开会的时候我发现，姜老师工作经验丰富，说话都能说到点子上。后来知道，他其实已经退休，说家里没有什么事做，身体又还好，就给站里尽义务，帮忙做一些事情。我看他走起路来健步如飞，上坡下坎不输于青年，虽是有些谢顶，但精神矍铄，真还打得死老虎，很是佩服这些教育战线上的老兵。沿路与姜老师打招呼的人不少，他时常还与别人开点玩笑，讲得嘻嘻哈哈。我想，开朗豁达可能也是他年届花甲，还有这样一副好身体的一个原因。

新塘小学其名重点学校，看了却令人心酸。据说是中小学分家，初中把小学“挤”到这里来的。校舍只有一幢保管室的房子，做教室自然是不合规格，稍加修葺，勉强挤进了四五个班的学生。校长胡荣波，乃是我初中的同届同学。还有一个很出名的老师，叫吴柏林，他的名字是经常见诸报端的，也在这里。胡校长介绍了学校的情况以后，我们起身回走。胡校长道:“照说老同学来了，要到家里去吃一餐饭才好，只是老婆子病了，我怕‘搞不具体’。”我开怀大笑，特别觉得他这个“搞不具体”很耐人寻味。

吃罢早饭，我们乘教育站周会计儿子开的140货车去崩山。沿着我们的来路，倒回二十来里，便到。崩山，扼东乡要冲，这是一个三岔路口：西渡浑水河到三岔，进入恩施城；由此向东有两条路，左路去新塘、红土、石窑，右路爬坡到高山公社双河，据说还可以到达鹤峰县城。峁山学校地势很高，虽说背后靠着一重一重更加高大的大山，但恩施城方向望去是一片开阔，起伏的小山，如腾腾细浪而已。我们的计划是看了这所峁山学校，明天就在此等车去双河。

峁山学校在一栋大木房里。我还很少见到这样大的木屋，芭蕉只有做了小学的那栋吴家大屋才有这样大。这栋木屋上下两层，容纳了初中、小学共8个班。校长刘帮荣，瘦高的个子，说起学校工作来，不急不慢，一套一套的。他给我们讲了三个“加强”，又讲了六个“做到”，大有超过重点学校的雄心。主任柯兴盛，也讲了五点。初三班班主任向大卓说，自己这学期才来这所学校，看到领导决心大，重视教学管理，要他当初三的班主任也就没有推辞。他说，他首先抓的是保住学生，坚决不让流动，大古龙的三个学生，还有板槽湾的一个，不来上学，都去做工作动员上学了。教英语的是一位丁老师，说起来还是哥哥他们老恩施高中的同班同学。他的英语应该是赖家荫老师教的吧，像他这个程度的英语老师还是不多的。虽然已是初夏，这峁山上却有几分寒冷，刘校长生了一盆火，大家烤得暖洋洋的。我对校长和老师们说：峁山学校很有生气，办得红火，就像这盆火一样，使我们很感温暖——只是一件事你们要切切注意：这木板屋可千万千万要小心火烛！

在这里，意外认识了一位亲人，乃是老侄吴修苇。他新中国成立后在新塘教书多年，政治运动中也少不得受磋磨，现已退休，身体似不是很好，但如今心情愉快，家就安在峁山小街上。妻子身体很好的，几个儿女已成人，两个女儿的名字很好记：均均和匀匀。

原计划在峁山过一宿，今天去双河，哪知昨晚下起大雨来。当地人说，这样的大雨，浑水河涨了水，渡船就会停开。我和小梅很有些担心了：这渡船不开，客车也不会来，不仅双河去不了，回城也困难，我们插翅难飞，不是就困在峁山了？两人决定立即打道回府。

我和小梅在路口等车，几个小时不见车来。十点多钟，从红土开来的客车到了，可是一停也不停，直奔浑水河而去。我们猜想，这客车司机也是担心浑水河涨水，忙着赶过河去。身上衣服已经淋湿，我们找到一壁院墙的门下，继续等车。院墙的门是锁着的，宽窄刚好容下我们两个人。脚站酸了，蹲一会儿，滴水就在面前下落，溅起的水沫，洒在我们的脚上，脸上。白雾弥漫，寒气逼人，我们是狼狈极了。

下午，终于在蒋宪福老师帮助下，找到一辆嘎斯车。司机戴着眼镜，似乎还有些文质彬彬。他让我们坐进了驾驶室，要我们等一下，他吃了饭就来。我和小梅都很庆幸，今天终于可以过河回城了。这卡车破旧得也很可以了，外面下大雨，里面下小雨，头上身上，不时掉下一些雨水来。我和小梅相视而笑，但总觉得比躲在院墙门下还是要好一些。这司机也是个“皮拐棍”，这大的雨，他也不担心涨水过不了河，一餐饭足足吃了一个多钟头。司机终于来了，他上了车，带着一股浓烈的酒气。我坐在中间，左面是司机，右边是小梅。司机的酒气阵阵袭来，又令我少了庆幸，多了担忧，感到我们的性命今天是交给他一手操控了。

嘎斯车发动了，开始下坡。前日上来的时候这一面的弯道我是数了的：浑水河到崩山，有十二个回头线，一会就要转一个急弯，我希望司机谨慎驾驶，切勿走神。滂沱大雨中，面前的挡风玻璃上已经流成一挂水帘，雨点还不断打下来，砸出个个圆圈儿，又迅疾粉碎，化入水帘。我坐在这水帘洞里，心绷得紧紧的。眼看着雨刮在来回不停地擦拭，但总是擦不掉那些圆圈儿和不断线的水帘。外面，乳白的大雾蒸腾弥漫，十米开外的物体就很难分辨出来，我着实担心这喝了酒的司机会有什么闪失。然而，这司机还不停地说酒话，说很不吉利的话，仿佛嫌我们没有忧患意识一样。他不住地埋怨道：“妈的，今天的酒喝多了！那几个伙计，还要我喝……”一会，他又说：“他妈的，起这么大的雾罩！我的眼睛本来就不行，戴上眼镜，两只眼睛也不到0.5。”说着还把眼镜取下来擦了擦。我是越来越紧张了，小梅一言不发，一只手死死抓住面前的环扣，一只手握住车门上的抓手。我猜想他是准备在出现万一的情况下如何动作。司机吩咐我们：“你们帮我把前面瞄着，他妈的，雨太大了，雨刮也不起作用。”我们本来就紧张地瞄着的，现在是四只眼睛眨也不敢眨一下。接着，他又开骂了：“他妈的，这些养路班的蠢东西，搞一些黄泥巴倒在路上，搞得车子光打滑……妈的，你要滑，就一家伙滑到浑水河里去！”

真是可喜可贺，我们不仅“滑”到了浑水河，而且过了渡，爬到了三岔，最终“滑”到了土桥坝。

“好，司机同志，我们下车，谢谢你了！”

司机也友好地招呼：“谢谢你两个给我打伴啊，我的酒也醒了。”

下乡，工作比较单一；回到单位，头绪就多了。又是要电话联系各个公社报参加中考的人数，又是要举行干部政治学习考试，听政治经济学辅导课。全局干部都在学薛暮桥的书，我不时还要去接电话，有教育站报中考人数了。在214部队礼堂听了宣传部赵同志讲辅导课，办公室的同志带信说，地区在催上报中考人数。不听了，马上汇总上报。

正在办公室忙着，传美的哥哥传贤陪着一位老人来。老人个子不高，脸上有些灰黑，表情木讷。传贤介绍：“这就是我们的亲生父亲，刚从宜都来。”啊，这就是传美的生父，就是当年在大十街开“英记”绸缎铺的那位吴仲英先生，就是一去三十年不知音信的那位亲人！我觉得这是一件很可喜的事，问候老人什么时候到，住在哪里。老人只是简短几个字回答，而且没有些许的表情。倒是传贤讲了一些情况，说他是昨天到的恩施，传贤当时坐在大十街的家门前，看见对面一位老人，在上下打望这房子，也就认出来了，于是前去相认，引老人去到他六角亭的家中，现在就住在他那里。传贤要我给芭蕉的传美和延林打个电话，告诉一声，最好到城里来见个面。

传贤陪着老人离去，我将几个数据汇总完毕，给地区上报了，又给传美打了一个电话。晚上原本想到传贤那里去坐坐，全局组织学政治经济学，准备迎考，没能去成。

这些时，总感到自己的记忆力是特别差了，脑子里稀里糊涂的，许多事一晃就忘得无影无踪，而且思辨力也变得十分迟钝。唯独一件事不会忘记，就是房子。彭站长那里是讲定了，1 100元最好一次付清，万一不行也得先付三分之二，一年之内付完。这就有一些逼人了，不知庳口的房子，能够卖得多少，又什么时候可以付完呢？

只过一天，传美带着昶昶，还有延林一家三口，进城来看望宜都来的亲人。我在想象，他们离别三十多年后相见，该是怎样一种令人激动的情形，尤其是老人，该有何等的感慨。当年看见的小孩、婴儿，如今不仅成人，而且都为人父母了。但是，出我意料之外，老人不知为何，并无任何情感上的波动，相逢了竟然无话可说。传美和延林商议，把老人接到芭蕉去玩几天。他们都要明早赶回上课，不能耽误，让我和传贤星期六陪老人一同到芭蕉。

星期六，和传贤陪着老人乘客车到芭蕉。车停两岔河，传美和延林都下坡来接。传美牵着老人走上坡，老人似乎很是吃力的。我想，在这里有亲生的儿女，还有孙子、外孙，又是住在乡间，也许他的心情会比较舒展的。

晚上，老人休息了，传贤、传美和延林，在谈着生父的事情。他们其实都知道得很少，延林可说是全然不知，传美有一点记忆，传贤稍微多记得一点，所以时隔三十多年，那天一眼也还认出来了。不过，从他们的谈话中，我也知道了老人身世的大略。他是抗战期间，从老家宜都逃难到恩施的，最初在土桥坝沙湾的湖北省立医学院做总务工作，以后开始做小商贩谋生，有所积蓄后购了大十街的门面，经营布匹绸缎。新中国成立后，照说思想还比较进步，任恩施县第一任工商联主任委员。然而，五一年他突然被抓走了，还判刑十五年，送去沙洋劳动改造。据老人这次回来说，这是有人诬告他有国民党特务的嫌疑。说有个国民党特务，曾在他店铺买货，两人谈过多时的话。对此，他是一直不予承认，也正因为这样，他一直得不到减刑，把十五年的牢房坐满了。老人知道，告发的人是北门二街的，这个人曾在他那里进了一批纱，长时间没有给钱，就想出了这个狠毒的法子，要将他置于死地。刑满时候，正是“文化大革命”，社会动荡，政治斗争激烈的时候，他便在新生队里继续劳动。直到天下太平，他才回到宜都老家。如今世道清明，但又年过古稀。自知已是风烛残年，还是想在这有生之年，看看恩施的儿女们……老人一辈子就这样过来了，而他的两个家，宜都的，恩施的，都因为他，半世不得安宁。如果正如老人所说，他是因为有人为了混账，将他陷害，置于死地，那这人不仅是个混账东西，而且是为天地良心所不容人间渣滓。

星期天，我冒着大雨回到岸口。父亲告诉我，李书凡，就是“禄生”，决定1 100元买下我们这两间房子，延林的那一间他也会买，由他与延林商量。我说，这栋房子是禄生几弟兄亲手修的，他们买去也是再好不过了，就是不知他一下能够拿出多少钱。父亲说，他也说一次难以拿出那么多，要分期付。不过，他为人耿直，现在还是队里的技术员，听说还入了党，卖给他很放心，想必他也不会拖帐的。禄生入了党，使我很感新鲜。当年，他们福、禄、寿、喜几兄弟，是生产队里的骨干劳动力，福生、禄生还是好木匠，我在这里安家以后，置的第一批家具，那六把椅子，就是他们做的，做得结实牢靠。以后修屋，福生是“掌墨师”，装板壁又自然是他们的活路。他们都是勤劳踏实的好社员，禄生还是在五中读过初中的，这在戽口还是凤毛麟角。但是，他们的家庭成分高，老子李绍列是个地主分子，他们恐怕做梦也没想当个什么队上的干部，更没想到入党的。如今的戽口的确变了。

是的，房子卖给禄生是放心的。眼看着接父母进城的计划不久就会实现，心里充满了喜悦。大雨把戽口山路上的沙子，冲刷得干干净净，走起来踏踏实实，一点也不担心滑倒。这条路我走得不计其数，现在看来，我是走不了多少次了——它的确也承载了我太多的牵挂，也耽误了我太多的时间。

顺利的时候，诸多事情一齐顺利。早上进城，上路可就遇到了杨理梅老师家的江师傅，开着林业车队 88 号车来了——我真希望我们的老师，家里多几个开车的。

教育局各个办公室，今天都安安静静，人人都在捧着薛暮桥的《中国社会主义经济问题研究》，忙着复习备考，说局里安排一天时间自学，明天就参加考试了。

这几天，事情并不怎么繁杂，无非是参加政治经济学考试，在体委参加全县的中学体育教师会，去进修学校参加中师函授入学考试的阅卷总结，但是总有些心神不宁的。可能与这阴沉的天气有关吧。

1982 年 7 月 1 日。下午刚上班不久，我正在写第十一期简报搞，有电话找，是火花中学的徐校长打来的，说昶昶的鼻子大流血，马上就会上车，送到城里。我去南门外等候，四点半，一辆客车停在我前面。陈万能老师抱着昶昶下车，传美随着下来。昶昶面色苍白，精神萎靡，外衣上多是血迹。立即送到县医院，进入观察室输液。

我问是怎么一个情况，传美说：“中午吃饭后，我去街上买米，回来就听说昶昶流鼻血了，在银芝他们寝室里。我直接跑去，看到他躺在那里，脸上身上到处是血，鼻孔里是银芝给他塞的艾蒿。银芝说，他是在金老师门口玩，闯到柱头上出血的。我把昶昶抱起来，走到了房门口，拿钥匙开门的时候，他的脑壳一甩下来，嘴里哇出大摊的血来，差不多有大半瓢，有的已经结成血块了。吓得我一身冷汗，喊起来：拐哒，说这个娃不行了！几个老师连忙帮忙，把昶昶送到芭蕉医院。医生给他打了针，塞了纱条，说他流血太多，应该马上送进城。这样徐校长去给你打电话，陈老师一直把他抱进城，我一身都吓软了。”

县医院床位紧张，输液两个小时，我们抱着昶昶到了家家那里。家家说，有个周医生是才援外回来的，人也好，明天请他帮忙住进医院才好。

第二天再去医院，给昶昶取药打针。昶昶整天不进食，只要冰棒。第三天，家家终于找到周医生，昶昶住进了儿科 24 床，输血 800cc。晚上陪昶昶在医院一宿。第三天，昶昶再次输血，500cc。血已基本止住。天已经大热起来，和传美轮换陪护昶昶，有时中途去做点菜饭，再到医院。晚上和昶昶挤在一起，和衣而睡。医护人员都十分精心，昶昶的身体在逐渐恢复，精神也大有好转。将近一周的时候，医生提出由孩子的母亲输血 100cc。我自告奋勇，争取输这个血，但医生还是要母亲的血，说这样孩子恢复更快。7 月 8 日，传美给昶昶输血 100cc，次日办理出院手续。此次昶昶住院，负债七十元。有幸的是娃的身体恢复较好。

昶昶母子在城里休息了四天，7 月 14 日送他们回到芭蕉。商量了，学校马上就要放假，我先把昶昶送到庳口爷爷奶奶那里，不几天传美和荞荞也就都回竹山湾了。

在火花学校住了一晚，次日六点就起，送昶昶到庳口。趁着早上凉快，不到七点，我带着十多斤米，就引着昶昶出门。走不了几步，他就不愿走了，还是身体虚弱。只好抱着走，累了又打马肩。爬了一个多钟头，才走上金星坡的半山腰。太阳出来得早，我驮着三十斤重的昶昶，十多斤重的米袋子，汗水不住地从鼻尖上，下巴上往下滴。我边走边哼，哼得厉害的时候，昶昶便在肩头扭动，叫着“下来，下来！”下来了，我牵着，让他自己走。他走了几步，不走了。于是，又背着他，驮着米走。就这样，翻过了第一架破，又翻第二架坡。在累极、困极之时，我是简直不想这样活下去了。我自认为是个很坚韧的人，起码曾经是这样的。然而，想着这近年来的生活，想着我已经活了四十年，到如今头发都灰白了，还是在苦水中浸泡，在劳碌中旋转，在重压下挣扎，仿佛一个并不善于游泳的人，扛着沉重的负荷泅渡，一匹劣马在栈道上攀登……我爱我的昶昶，我爱我的儿女，我不能不为他们继续活下去，但是，求生的欲望，在我的心灵深处是淡薄了。

这样挣扎着，大约走了四个小时，终于到了庳口，到了竹山湾。昶昶下了马，他的小裤衩被打得沏湿，这不是昶昶娃的尿尿，是一匹劣马的汗水浸湿的。坐下来，我只感到周身如散了架一般，怎么也不愿动了。父亲煮了一碗豆皮，吃了下去，人才似乎有了一点活力。身上那条裤子，积满白斑斑的汗渍，把它脱下来透了水，再晾起来。

好动的昶昶，仍然不停地找事做，我们的眼光总得不断地跟着他，就像雷达时刻监督天空的飞行物一般，否则，眨眼工夫，他会给你做出一桩令人哭笑不得的好事来。这小子也实在伶俐，他怕我一个人走，要我等他一路回火花中学。那又怎么可能呢？最后，还是爷爷引着他到菜园去玩，我趁机走了，也不知他发现以后会是怎样。

回到火花学校已是八点钟了。

天明登前途，找车回城去。雨越下越大，只好在公路边大树下避雨。恰好有县师范包车三辆驶来，又一字儿停靠，等待师生们上车。当年庳口教过的学生姚茂伦，也在这里，他师范快毕业了吧。他看见了我，热心引我上了一辆车。我顾不得许多，上了车，找到一个位子坐下来。县师范的师生们，先是忙着放行李，接着便是一个个对号入座。不好，他们都是有座号的哟！我灵机一动，换到和司机并排的 0 号位子上。此刻，车上的学生很可能以为我是副驾驶，或是司机的什么人，而司机呢，可能以为我是县师范的老师。姚茂伦呢？他却上到另外的车了。这车上我实在不为他们任何一个人认识，我的处境极为尴尬，但我处之泰然——这也是需要很大的控制力的。

因为昨天的劳累，我一直半闭着眼养神，等待车子开进城。车终于在南门外停下，趁着两个学生下车的机会，也便下车了。南门外到六角亭还有一段上坡路，我冒着雨，走在坡路上。那辆车却在我的后面跟上来了，并且停在我的身旁。

“你是不是师范的老师？”司机探出头来，板着面孔，像是要追查一起诈骗案，质问我。

“不是，是师范的老师们让我上车的。我是教育局的。”

“怎么他们没有讲？你是四十人开外的。”

“当时是姚茂伦指我上的这个车……你是不是要买票？”我做着掏钱的样子，也许表情是很尴尬的。

“……”司机只用眼睛说话，愤愤地望了我一眼，我也因此看清了他的面目：年纪不很大，胡子留得很长。他只用眼光表示了他的不满，加大油门，把车开走了。

我仍然顶着雨，向六角亭走去，到了教育局。今天到得早啊。我该谢谢谁呢？谢司机？不能谢，他分明是误把我当作师范的老师拖来的。谢几位师范的老师？也不能谢，他们生怕多事，一言不发——自然，他们是不认识我的。谢那位包车的老王，他与我半句话都没说。谢车上那些同学？他们在我下车的那一会儿还对我也表示了怀疑……我要谢的，只是那位姚茂伦同学——明天的姚老师。

中考开始，我的任务是电话联系各个考场情况。多数考场一切正常，只有白果、甘溪、板桥三个公社，因连降大雨，考试遇到麻烦。特别是白果报告，学生正开始答卷，教室地面翻水。我要他们及时撤离，教师有序组织，更换到安全的地点，继续考试，补足耽误的时间。此外还参加了中考评卷事宜的研究，因我将要去咸丰面授，故没有安排具体任务。

最近，局里买了一辆“长江”牌小车，后面是布篷，可以载货，放两条板凳，可以坐人，也可以客货混装。旭娃的期末考试结束后，恰好局里的小车去县师范送考卷，我也要去师范商议选送教师假期去庐山疗养的事，于是带旭娃到了芭蕉。

次日去戽口，父亲说，禄生已经付了房款 500 元。这笔款子也是来得很及时的，在我去咸丰之前，把房子买了，我便可以在暑假中搬家，接父母进城了。

回到城里，找二姐、哥哥各借了 100 元，连同禄生的购房款 500，凑齐 700

元，达到“先付三分之二”的要求。将款子付给了彭正英站长，办了购房手续，只等从咸丰回来后搬家。

从炎热的恩施城，到了凉爽的咸丰。报到，吃饭，把床铺整理好，开始大睡其觉，足足睡了三个多小时。晚上还看了一场电影《李清照》。第二天，一阵雨水的洒落，让我们全寝室的人都铁了心，一致行动：睡觉。整整一个上午，都睡过去了。下午，大家也一致行动：开始复习。各自在单位忙累了的这一批人，现在觉睡好了，个个精神振作，都开始正儿八经复习元明清文学了。

第三天，有部分同学补考先秦唐宋文学和文学概论。我还少了这个麻烦，可以专心复习元明清文学。

元明清文学考试。考题出乎意外的是，《红楼梦》怎么一题都没有考。其他大抵都复习到了，不担心会不会及格的问题。叫人担心的是，晚上学院召开学员会，特别强调：控制请假。我是喜欢学习的，何况是在凉爽宜人的咸丰，更何况有大学教师讲课。但是，我心中有数，这次学习，我是非请假不可的。

开始面授新课，王戴珏老师讲现代文学，教材是中南七所院校编写。外面下着大雨，稀里哗啦，使王老师的讲课不得不提高嗓门。

又是一夜的暴雨，睡得迷迷糊糊，颇不安宁。想起传美说的，今年有两次大洪水，上月发过一次，还将有一次。她担心岙口的房子，要我搬了家再去学习。我考虑许多事不是一下办得好，还是得学习后再搬家。这样的大雨，使我疑心还有一次大洪水的传说，生怕中了这些人的口。

大雨下了三天，终于小了，停了。但有人说，这几天大雨，咸丰的丁寨发了大水，洪水淹到了三层楼。恩施方面却得不到一点消息。

星期六晚饭后，路过梅校长家门，闲谈了好久。他现在是进修学院的副院长，所以我改口叫他梅院长了。他问候我的两位老人，我顺便讲了他们还住在离城五六十里的深山里，这一次我须得请假回去处理搬家和传美工作调动这两件大事。邓一冰老师，端来一碗水饺，我哪怕刚吃饭，还是不客气地受用了。看到他们，我就想到咸中，就觉得自己还很小，是个小学生，很开心的。这一次看到他们夫妇，都精神爽朗，话也比去年多多了，自然更加高兴。

这段时间，听杨涛平老师讲当代文学，接着又听卢守身老师讲三十年代文学。卢老师五七年的政治运动后停止工作，直到去年才复职。他是一位很有学问的老师，又精通英语，喜好书法。有人说他也是一个杂家，我感到听这样的杂家讲课是很够味的。有时他板书，我便学他的书法。课余时间，还阅读了不少文学作品。其实，这样的学习，是多么好的享受啊。但是，算计了日子，我是不得不请假了。

去请假，看来很艰难，他们为了控制，也许是不会开这个口子的。但是，我是无论如何得回恩施，处理两件大事。

辅导教师，学院的詹老师对我说："照说这次强调了要严格控制，学院研究了你的情况，的确特殊，批准同意了。"学院还是通情达理啊！

在咸丰学习了二十天。8月11日，我买了一个咸丰小圆桌带回了恩施。我预想到，马上面临的是一场恶战，有苦吃，有累受。当晚就去法院同哥哥商量搬家的事。12日到芭蕉，传美和三个娃都在这里度暑假。13日，留下三个娃在火花学校，我和传美同去庢口，商议搬家大计。晚上去李家屋场，请绍元等帮忙筹划，院子里好多人都自告奋勇，要参加帮忙搬家。使我想到一个词：乡亲。在这样的时候，无论是姓李，姓唐，姓杨，都那么热情相帮，有的母亲，对着半大的孩子说："吴老师明天搬家，你就是帮忙送一块板子，也是要去的。"这不就像亲人一样亲么。虽说如此，我们说明，还是要按照略高于给合作社搬运货物的价格标准付给报酬的。一直谈到了十一点多钟才回去休息。

14日，从庢口赶到芭蕉，与哥哥通电话，讲我的搬家计划：从明日起开始搬家，我们先将东西从庢口运到芭蕉金星学校堆放；16日哥先乘中班车到芭蕉，然后接父母随班车进城；17日，二姐找的畜牧局大车来芭蕉，跑两趟，全部家当搬运进城。

一项艰巨的工作就这样开始了。对于我们，这无疑是一场大战，恶战。而这场战斗的整个作战方案，都得由我制定，还要责无旁贷担负总指挥和尖刀班的任务。我已经很疲劳了，然而，战斗才拉开序幕。

15日一大早，我和传美离开火花前往金星学校。这里是离庢口最近的通公路的地方，是这次搬家的转运点。传美的任务，就是在这里负责接收庢口搬运来的物件，还要应付芭蕉一方的任何情况。我们走到金星学校的时候，已经有送木板，送家具的乡亲到了，有的还准备送第二趟。

约八点，我从金星学校去庠口，沿途都遇到运送东西的人。走到竹山湾，帮忙运送东西的乡亲还在不断地来。我和父亲一起忙着拆取木板，清点物件，吃饭也是挤出一点空，简单敷衍一下。父亲是从昨晚就开始忙，有来捆担子的，绑家具的，要清点，做记录，付工资，今早不用说又起得很早，我还很担心他因此病倒。晚上，我已经无床可睡了，在准备明日送母亲的滑竿上躺了几个钟头。

16日，天气依然很好。早上，吃了一餐面条。按计划，父母今日将到芭蕉，随即由哥哥接上中班车，一路护送进城。趁着早上的凉爽，华老幺和强娃也早早到来。他们抬起了母亲乘坐的滑竿，迈开了步子，母亲离开竹山湾了。父亲在四处望了望，最后又看了看那个猪圈，随之也就启程，也离开了他生活了十年的竹山湾。我留下来，继续清点物件，组织搬运。

下午七点二十分，我最后离开竹山湾，离开我苦心经营十个年头的这个家。这里的一瓦一木，一花一草，我都是那么熟悉。我在这里不知流了多少汗，付出过多少艰辛的劳动，我将永远怀念这里。现在，这屋子里已是空空荡荡了，心中有一种异样的滋味。但是，我也不十分难过，难舍。竹山湾的十年，庠口的十九年，我如何品评，现在我无法进行，以后会有时间来仔细体味的。

走到金星学校，旭娃和田宁正在守护搬来放置在教室里的东西。再走到教育站，方才知道，林业站检查出口的木料，包括一切木制品，关口把得很紧，尤其是有个姓朱的，人称“朱钉耙”，那是特别厉害，最不好说话的一个。今天传美请龚崇盛老师、田进雄老师去帮忙，已经费了不少周折和口舌，还不知明天能不能顺利通过。我在庠口的那些家当，说起来请这么多人帮忙搬，其实主要的也就是一些木料东西，父母的寿材，还有几样家具和一些木板，木方之类。如果这一关过不了，就是大麻烦了。

到教育站不多久，哥哥打来电话，问明天是不是按原计划来车搬运。我答道：“搬。”我问两位老人情况如何，他答道：“好。”

走到火花学校，荞荞和昶昶今天是遭孽啊，大人也是忙得累得莫奈何，简直无法顾及他们了，姐弟俩不知怎么胡乱吃的两顿饭，听说还是生的。

17 日是决战的一天。传美继续去林业站交涉，回来后说，那个朱同志还是通情达理的，听说是搬家，就要求逐项登记。传美是把所有的木料物品，连盆盆桶桶，筲箕背篓都一一造册登记了。事情谈妥，发了出口证。

上午十点，二姐请来的大车到了，上面坐着龚仆，还有捷娃的舅舅永祥以及他请的几位帮忙的同事。车开到金星学校，装满一车，传美负责跟车，开到林业站，谢天谢地，顺利通行了。这时，我才感到饿到极点，在金星学校附近陈家吃了一些饭。传美跟着第二趟车，下午三点多到。看她的样子，也是累到极点，太阳又大，天气又热，她一双手臂，全晒起了红色的疹子。没有办法，还是赶紧把剩下的东西搬上车。

下午四点多钟，我们一家子随着第二趟车一齐进城。我坐在车上，身上是极度的劳累，但想着这桩大事，马上就会顺利办成，心中又极度地轻松，也万分感谢岸口的乡亲和芭蕉的同事的热心帮助。

最后一车到达，哥哥找了不少帮忙的人，卸车没费多大功夫。竹山湾的那些家当，一下子又都在城乡街 45 号集合了。至此，搬家一仗，基本结束。这个时候，我的口中，就像有苦胆汁溢出来了一样，刮苦刮苦的。累极了，简直不想吃什么东西。

父母都住在法院哥哥那里，我们一齐在法院相聚，这是一大家子人啊，一个个是又累又兴奋。父亲要我们快休息，我们回到教育局，一家人还住不下呢，荞荞和旭娃，晚上还要找到舅舅和伯伯家去寄宿。

一切都按原计划实现了，尽管累，但心里好舒坦。1982 年 8 月 17 日，是个值得纪念的日子：我一家三点，从此变成了两点，第三个点是今天撤销的，我可以不再跑最远的那一点了。

接着三天，忙着打扫整理城乡街 45 号。楼上是空空荡荡的，我的木板正好铺在上面，家具也安置起来……要解决的问题也还多，当紧的是电，和邻居彭家商量好，先从他们那里接过来。水管还没有，一时不好解决，只有我每天来挑一挑。灶，以后还是要打一口的，暂时就用小煤炉也行……

教育局的家里也把煤火生了，自己开火，再也不能让娃娃吃生饭了。我的这间房，原来两爷子住，还觉得太宽敞了，现在里面要住五个人，床铺还要加一张，龙木匠打的几样家具安置进来，七股八杂的东西一摆，又显得太充实了。

父母住在法院。母亲到了这里，也不知是个什么地方，可能还当作是竹山湾。昨天下午，她把院子里别家晾的衣服给收进屋了。好的是两位老人身体还没吃什么亏，父亲前两天是受累了，特别是15号的晚上，听他说话声音有一点喑哑，很担心他病倒，现在看来还很好的。

我的日程安排，是很合适的。三天把房子整理完毕，接着21号父母就迁居南门45号。他们住进去了，也还满意。到此，我们搬家的事情，基本告一段落，了却一桩心愿。至此，我面授学习的时间刚好满，请的十天假也到了期。22号是星期天，可以休息一天，下周一开始上班。

8月23日，开始上班。我的任务是电话通知各公社教育站、各高中校长开会，28号报到。

我这个暑假的两件大事，还有一件，就是传美的工作调动，现在也要提上日程。据说，县、市两家正为一批教师的调动伤神，双方意见不能达成一致。这个暑假，传美能不能调动，实现全家集中还是一个悬案。一个现实的问题摆在面前：马上就要开学了，荞荞到底在哪里读书？如果传美不能调动，昶昶放在哪里？传美打算把他们两姊妹带回芭蕉，我的意见是就让荞荞在城里读，前日已经给一小的姚光嘉老师谈妥，她正好教这个年级，就放在她的班上。我要力争在这一次，让传美的工作调动成功。如果荞荞回到火花，以后传美真的调动了，转学还会遇到困难。即或不能调动，我带着荞荞也应该没有什么大问题。我甚至想把昶昶也带着，他马上可以上幼儿园，万一我下乡出差，还有爷爷奶奶他们在城里。这样，我平时虽然累一点，但星期六可以少跑路，只是传美要跑路了，不过，她爽脚爽手一个人，去来有班车，也算方便。

心里着急，去市教育局，找了李熙海和朱炎恭等几位老师。他们表示一定会作优先考虑的对象，但现在的问题是双方没有达成协议，县里会不会来一个一刀切，一个都不放行，那就没有办法了。他们说的话，前面的让我充满希望，后面的让我忧心忡忡——如果这样拖下去，该会拖到哪年哪月？我还是要耐着性子，争取我的统一大业的实现。

已是 8 月 27 号，芭蕉要开学了，传美调动的事情还没有音信，今天她乘早班车去了芭蕉。三个孩子跟着我，一天也还是很拖累人的。不过我想，万一来不及，便把昶昶送到爷爷奶奶那里去。

站校长会议报到了。我的一项任务是写会议总结，大约是县里哪位领导讲。给会议写总结是个很矛盾的事情，不参加会议难以写出总结来，如果参加会议，写总结的时间又十分紧张。站校长会议在凤凰山教师进修学校召开，我把昶昶放到爷爷奶奶那里，参加了第一天上午的会议，听谭局长总结上半年的工作，布置下半年的任务。四天会议，前三天我都是上午参加会议，下午和晚上打夜工写总结稿。

9 月 1 日，正是党的第十二大召开的日子，也是我们会议结束前一天，我完成了会议总结的讲话稿。晚上，局长和各股室负责人以及教研室主任听了我的稿子，提了不少修改补充意见。九点多钟，又开始打夜工，一直写到了凌晨四点。大约只睡三个小时，或许还不到，又急忙爬起来，赶到进修学校，将稿子交给涂发一老师誊写。这时候，我才放心地在谭志仕主任的床上补瞌睡。旁边是后勤上的几个人在玩纸页牌。开始还听到他们喊“三把手”把条子挂起——这我知道，谭主任是总务主任，他们叫他“三把手”，挂条子是对输了的人进行的处罚，那么谭主任这一盘是输了。接着是“绍起”之类的话，这个我不懂，也不管，瞌睡来了不由人……

直睡到下午三点多才起来。去到会场，县委宣传部张部长正在做总结报告：“其次，我们还必须看到，我县教育质量的提高，存在的问题是很突出的。一是提高幅度太小，二是离标准要求差距大，三是校与校之间悬殊大。有的公社小学毕业生双科及格率是 13%，有的低到 0.2%；重点小学有的达到 66%，有的才 4.4%……

“当然，影响教学质量提高的原因是多方面的……在座的都是领导，是站长、校长，我想着重讲一讲领导班子的工作作风问题。我们各级领导中，有一些是作风过得硬，战斗力很强的好班子……在我们担负领导工作的同志中，有不少作风正派，事业心强，业务熟悉的好同志。他们工作深入，屁股坐到了教学工作上。他们那里的工作，一直比较主动，有起色。这次小升初考试中，双科及格率超过 60% 的芭蕉小学的校长涂寿芝、龙马小学的校长刘守本等同志，都是既懂行，又作风深入，扎扎实实抓教学的好领导。涂寿芝同志是县人大常委会委员，有三十多年的教龄。她团结一班人，经常深入课堂教学实际，参加指导教研活动，总结经验，及时发现问题，解决问题。刘守本同志也是一位有丰富教学经验的老同志，他一心一意扑在教学工作上，对自己学而不厌，对青年教师诲人不倦。今年他教一个五年级班的数学，在升学考试中，人平分达到 80.9 分，及格率达到 92%……

“相比之下，我们有些领导同志在这方面就做得很不够，有的站校领导班子，实话说，就是一个软懒散的班子。有的工作飘飘浮浮，拖拖皮皮，屁股根本没有坐在教学上，有的还老是闹不团结。听说有所高中，领导对备考工作迟迟不过问，毕业班的教师着急了，自发邀集起来开备考会。谁来主持会议呢？几教师就拈阄，谁拈着了谁就主持。还有一位重点初中的校长，是双职工家庭，一天就扑在一块白肋烟田里。老师们说，要找校长就在白肋烟田里去找。这样的例子还有，说多了没有什么好处，请同志们深思，这样的领导作风，这样的精神状态，这样既不领又不导的领导，能把教师的积极性调动起来吗？能把一个单位的教学质量提高吗？

“再说我们的教师，大多数都有高度的责任感和事业心，诚诚恳恳，兢兢业业，从事教育教学工作。像芭蕉公社初中化学教师田进雄，一心扑在教学上，深钻教材，想方设法完成教材上的演示实验，利用星期天给学生补课。他所带的初三化学课，连续几年都在全县名列前茅。在今年初升高的考试中，人平分达到 77.14，超过县二中二十几分。又如沙地公社太平小学，有两个民办教师，一个叫田先格，一个叫向玉枝，都是一心扑在教学工作上的好同志，今年他俩所带的五年级班，有 90% 的同学考上了初中……

“可是，在我们的教师中，也有缺乏这种责任感事业心的。有个公社的一位公办教师，还是共产党员，教小学一年级一个班，工作马马虎虎，全班 34 个学生，总共考得 150 分，人平 3.7 分。这样的教师在搞什么工作？误人子弟，误人子弟啊！现在有一股歪风，就是农村实行责任制，家里分了责任田，有的教师把大部分精力都放在种责任田和搞家务上去了。有的十一二点才到校，两三点又放学，学生读了多少书？有的学校实行什么‘前门制度’‘轮换制度’，五花八门的都有，都去搞那个责任田。有个中学教师，人们称他‘五员’老师，说他是教员，也是家庭饲养员，炊事员，还是他爱人经销门市部的采购员和营业员。这些同志简直忘记了自己的职业和身份是人民教师，他们拿了人民的报酬，却不把人民的事业当一回事，浪费无数青少年儿童的宝贵时光，还心安理得，谈得上什么事业心责任感？连起码的职业道德都没有，连为人的基本良心都缺乏。我们要理直气壮抓学校管理，要严肃向这些同志指出：教师的责任就是搞好教学，教师的责任田就在学校，在课堂，在教学工作上……”

张部长是我读初中时候的书记，后来当过教育局长，对教育是很熟悉的，他在教育界威望很高。他照着我的讲稿做报告，很自然，又是说的河南话，说出来不像是读别人写的稿子。我听着自己想说的一些话，领导给说出来了，开会的人还听得那么认真，不停地记录，也有几分得意，觉得打几个夜工也值得。

站校长会议一散，我书面报告谭局长：本人一家分居，如牛负重，市局同意优先考虑妻子工作调动的接收问题，望本单位体谅下属苦楚，开恩放行调入恩施市……

家是搬到城里了，一家人的粮食供应还在芭蕉。给传美打电话，买一百斤粮食，我乘中班车搬运进城。到了芭蕉，只在火花学校与传美说了几句话，取了一个废旧的煤炭炉子，就忙着赶车回城。这一路又多亏兰远道老师帮忙，将九十多斤大米运到城，解决了一家人的吃饭问题。

星期六，传美进城来了。我说起调动的事，她似乎还不怎么心急了，说：“这次调不动也好，带的这班学生，我还真是舍不得。从初一就教起，明年就毕业了。等我把他们教毕业了，再调动更好。”这大出我的意料，我说：“这事情哪是你想什么时候调就什么时候调，要是市和县两方面都僵持着，还不知什么时候可以调动啊。能够这次调动，是求之不得，你还想挨到明年？”

星期一，传美到芭蕉上课去了，老大、老二也上学了。只有老三昶昶，一天老是“脚跟腿”，我到哪里他就跟到哪里。晚上睡觉，他一层布都不盖，有些咳嗽，爷爷说要我送他到医院看看病，这几天忙得不可开交，还老拖着没去。

局长在支部办公室开会，研究 9 月中旬将要召开的教学经验交流会。昶昶穿一条叉叉裤，老是跟在我身边。他胆子又大，不管什么人，他都找着讲话。别人说话，他在一边还搭腔。他这种无所畏惧的精神，是在火花中学培养锻炼出来的。在那里，几个年轻老师把他当玩意儿，经常逗他玩，他的胆子也就越来越大了。听荞荞说，一天他跑到田老师家里去了，几个年轻老师也跟着去逗他玩，他“砰”的一声把门一关，门锁住了。田老师上街去了，家里也没有别的人，几个老师怕他出来不了，会在里面哭闹，便在窗户上逗他：“昶昶，田老师屋里有一碗合渣，你莫吃哟。”昶昶一看，桌子上真有一碗合渣，他偏要吃，真的吃起来。就这样，几个年轻老师想着法子逗，昶昶在里面还得意不过，以为把别人关在外面进不来了。这样一直到田老师从街上回来，才把他放出来。又一天晚上突然停电，教室一片漆黑，老师要同学们别动，他去看看就来。几个学生点起煤油灯，昶昶乘机爬到讲台的凳子上，大声讲起来：“我来给你们上课。”学生们立即拍起手来，欢呼：“请昶昶老师上课！”他真的当起老师来，说：“我教你们唱歌——”接着开唱：“妹娃儿要过河嘛……”学生们跟着学一句：“妹娃儿要过河嘛……”昶昶又教一句：“哪个来推我？”学生又乐呵呵地跟着学，搞得教室里热闹非凡。有的学生要他教英语，他也不要备课，指着胸前的烫伤疤就教起来：“疤子，疤子。”学生们也热闹地跟着念“疤子”。他高兴得坐不稳了，一屁股跌下来。几个学生忙把他扶起来，他却有意见了，说：“我不给你们上课了。”

昶昶连神圣的课堂都不怯场，还怕教育局开什么会么？所以，不管什么场合，哪怕我们十多人开会，研究教学经验交流会的材料问题，他也是要插进来讲话的。这使我很感恼火，简直找不到对付他的办法，软硬兼施都不行。最后还是给他讲好话，要他就在外面玩，过一会就回去做饭吃。他说：“外面在下雨。”的确，外面是在下雨，我要他就在房里玩，他勉强走了，我立即把门关起来。没过多久，他就在门外叫：“开门！我一身打湿完了。”真的，他的衣服打得沏湿，肯定是在雨坝里玩了的。只好去给他换衣服。

就是这个下午，人事股唐天达股长告诉我：“你家吴老师的调动，双方都已经研究同意，你赶快抽时间回芭蕉一趟，及时把人事调动关系办了，市教育局的变化是说不到的，调令已由陈远栋同志寄出去了。”

这可是给我做了天大的一桩好事啊，我的统一大业即将实现，一家团聚，是指日可待了。随即给传美打了电话，报告了这个好消息。

教学经验交流会的材料初步确定，芭蕉方面有四个：火花中学集体材料一个；田进雄老师的化学教学经验材料一个；五中杨国祥老师高中数学教学经验材料一个；芭蕉小学集体材料一个。

星期四，我是公私兼顾去到芭蕉，公事是落实芭蕉的四个材料，私事是办理传美的调动手续。在芭蕉教育站，我谈起传美调动的事情，王站长他们都说没有见到调令。这事让我有些怀疑，明明是人事股长亲自对我说的，难道还会有假？是不是芭蕉要卡人，以此向县里提出什么增加人员的要求呢？

四天时间，先后在火花中学、五中和芭蕉小学，商量写材料的事。星期一，正在看田老师写的稿子，王尊清老师从城里回来，说爷爷带信，昶昶昨天大便里有血，要我马上回去送他去医院看看。随即出门找车，恰好遇上茶厂余道谦师傅的车。顺利到城，先到南门45号。父亲说，昨天发现昶昶大便中带有血迹，很有些担心，今天的大便里，还没有发现，娃娃的其他表现还是正常的，可以再观察两天再说。

公事和私事，都没有办妥，还要去芭蕉。收材料，看材料又是两日。去教育站，他们还是说没见到调令。蹊跷！

15日去芭蕉教育站，传美的调令恰好今天到达，才开封，证明我的怀疑多余。得到调令，一说到马上就要走，传美还在有几分犹豫，似乎更加舍不得班上的学生了。我说："这样的事情怎么犹豫得，'过了此船无好渡'啊……"于是，开始办理手续，又一同进城，立马去市教育局报到。市局将她介绍到书院中学。这所中学已是几易其名了，先是叫东方红中学，以后叫书院中学，现在成立了恩施市，又叫恩施市二中，市一中则是原来的县九中。晚上，陪传美去到书院中学，在赖校长那里报到。

接着就是传美搬家的事了。次日又到芭蕉，请刘明南老师帮忙找一辆车搬家，他说正好，茶厂的余道谦师傅从巴东回来了，下午就可以出车，只是天下雨了，搬起来不方便。我还是决定：搬。

下午五点半到六点半，这一个钟头，我们紧张地收拾打点，请学校的师生帮忙，把行李家具从半坡上的学校里，搬到两岔河，上到车上。雨越下越大，老师们和同学们冒着雨，不停地把东西往车上送……我们应该永远记得田老师、商老师、刘老师……还有三（一）班的许多同学。

1982 年 9 月 16 日下午七点，余师傅的车开动，我们离开了芭蕉。在此以前的二十四个年头，芭蕉都有我的家，自此以后，我虽然还会来，但更多的是对这里的回忆了。

汽车载着我们在火花的全部家当在大雨中前进，进入了市区。下车又是一番劳累，东西是湿漉漉的，身上也是湿漉漉的，和传美一直忙到凌晨两点。但无论怎样辛苦劳累，这可是搬来了，搬来了。我的一家三点，变成两点，又终于变成一点了，一切都好了。

早上起来，雨比昨天下得还要大，因此，我一点不失悔，昨天冒雨搬家是对的。到处堆放的东西，今天还得一样一样往 24 个平方的房间里挤。现在两张床安放下去，占去了绝大部分的空间，再要把所有的东西安顿下去，是摆在我们面前的一个智力测验题，这需要精确算计，还考验人的空间想象能力。我们的素质还是不差，把这个问题基本解决了。这是一个高度集中的家，五口人，两张床，龙木匠打的家具……全都安顿在这一统天下之中。

第二天，还在下雨，家也搬了，我是一点也不得急了；是星期六了，芭蕉不去了，庰口也不去了，我再也不会在周末劳累奔波了。上午传美就去学校上班，中午回来，说领到任务：两个班的语文课，从星期一开始上课。下午，居然出了太阳，这是给继续奔波的人们做的好事，也是我很需要的，正好洗洗刷刷，晾晒打湿的东西。

我们都将上班的上班，上学的上学，只有一个闲散人口，须得安置。晚上去找幼儿园的朱院长，给昶昶报了名。我家三个娃，大的两个都没上过幼儿园，是在山坡上，河坝里到处玩大的，只有这小的一个，可以上幼儿园，也必须上幼儿园，不然我们就难以做事了。

一切安排停当，星期天自己开始做自己的事情，整理芭蕉小学的材料。

教书的，读书的，都走了，我送昶昶进了幼儿园，回来上班，一切走上正轨。教学经验交流会召开的日子临近，这是材料班子最难过的日子。打字机从早到晚响个不停。这段时间也真够苦的，午睡是废掉了，晚上往往要到十二点才睡。都说我瘦了，我就看能瘦成什么样。

9 月 25 日，全县教学经验交流会在 34345 部队礼堂召开，局长说，这是一次大鼓干劲，提高教学质量的大会，是教学工作上的“冒尖户”大会。

现在，我是不怕周六、周日开会了，哪怕白天开大会，晚上局里干部要开小会，散了小会还要写奖状，这些我都不怕了。老人就在身边，娃娃们也都在身边，我已经没有这些后顾之忧了，我也应该全心全意努力做好工作了。

今年的国庆节，我和哥哥带着家小，护送着爷爷奶奶到畜牧局，一大家子人都在二姐家中团聚。这样喜庆国庆，在我的记忆里，这还是第一次。我的记忆里，永远忘不了 1963 年的国庆，父亲大流鼻血，我从茶园赶到芭蕉，又连夜走进恩施城的医院里；也永远忘不了，政治运动中的那许多的国庆节，母亲都是要受训，只能规规矩矩，不能乱说乱动，还要受罚，罚扫街，罚背石头，罚锤石子……就是近些年来的国庆节，我都要风尘仆仆，从这里到那里。我们实在没过上几个真正开心的国庆节。

今年的国庆假，连着星期六和星期天，一连放了三天。我们有时间整理内务，可以睡安然觉。传美的好朋友秀娃来了，他们好不亲热，说话不断线。朱股长和段股长也一同来我这里一坐，自然有庆贺我一家团聚的意思。朱股长现在是市教育局的副局长，但还是那么亲近人。我是个苦命人，但也是个幸运者。在我一家三处分居的时候，我前后的几位股长，邓股长，朱股长，段股长，都像兄长一般关心我，尽力照顾我，我从内心感激他们。

国庆假刚一结束，一晚上哗哗啦啦大雨下个不停。半夜里，我蓦地心悸起来，似乎还在担心戽口，担心火花……心里咚咚地跳。缓过神来，对呀，老的小的，我们不是都在一块了吗？可以弛然而卧了。

教育部普教处有人来恩施调查。谭局长、小梅和我一起对照调查提纲，准备汇报材料，内容大都是有关中等教育结构改革的。看来，国家对中教改革在加大力度推进。

就在这个调查后的第三天，我奉命去大山顶公社筹办畜牧中学。大山顶公社，有广袤的草场，是我县重点发展畜牧业的地方。县畜牧局的田局长来教育局邀我，我便坐上他的吉普车一同去大山顶。车过屯堡，盘旋而上，到了花石板，泥浆深达尺许。司机开动前加力，加足马力，直冲了上去。我见识了吉普车的厉害，据说，就是这段泥泞路，拦住了许多车辆的通行，时间长达几个月。过了这段泥泞路，大山顶上的全是坦途，一任吉普驱驰。落脚公社，吃了饭就去中学。冉景铸站长迎我们到教育站，一起讨论筹办牧中的事宜。

次日，去铁厂坝察看校址。面对一片大草地，大家议论起来，有的说，这里地势开阔，以后修多少房子都可以，四周都是大草场……田局长提出这里并不适合办学，离公社、教育站、合作社都远，并不很好，办学校还是要考虑教师学生的生活等方方面面的问题，而且目前没有多少资金在这里单独办一所学校。他的意见是，就办在中学里，将现有的初三班的 18 个学生纳入，再新招 32 名新生，编成一个牧中班，与初中一套班子，统一领导。这样自然简单易行，大家都表示同意。

第三天，我们去大山顶药材场，圈了葫芦淌一弯约 50 多亩的土地，作为牧中的生产实习基地。接着就在这里，大家进一步研究落实了牧中筹建方案，方才回到教育站。田局长有事当晚回城，我和冉站长召开了一个中学教师会，讲了办牧中的事情，请老师们为办牧中出谋划策。

又是星期六了，现在也没有什么牵挂，静心在教育站起草筹建畜牧中学的请示文稿，打了一个夜工也就完成。

公事办完，今日下山。这里是没有车来的，吃了早饭，步行回城。山上天气晴朗，秋末的大山顶，阳光明媚，不时可以看见三五成群的牛羊马匹，在山洼里，草地上，水沟边食草，悠然自得。浑圆的小山包，荻花茫茫，枯草瑟瑟。在修整保养得很好的公路上步行，随着步点的节拍，似乎产生了强烈的创作欲望，我想编一首歌，献给牧中的师生们……

冉站长告诉我，步行须得在 40 公里的里程牌处上小路。对，这里就是 40 公里的里程牌，从左面这条小路下去无疑了。踏上小路，发觉这是一个十分险峻的山卡，朝下看，那是一片云海，宽阔无边，不知深浅。小路全是用青石板嵌成的阶梯，很陡，也很长。噔噔，噔噔，不断往下走，老是走不完。雾气飞度而来，渐渐把我淹没。大雾弥漫之中，朝下看，十步之遥便看不真切。停住脚，抬头望，只见峭石嶙峋，犬牙交错，如牛魔施法顶天，如厉鬼耸肩直立，令人毛骨悚然。急速下奔，噔噔噔，噔噔噔……浓雾滚滚升腾，迎面扑来。俯视脚下，不知是万丈深渊，还是吹出黑风的无底洞。冒着蒸腾的雾气扑向深渊，终于见到洞底。此时此地，云飞雾散，晴天朗朗，清江两岸，林木屋宇，历历在目，已是人间烟火处。这一路走下来，大有自天而降，复归尘世人寰的感觉。

一心要赶上三点的班车，加速前进。但是，这长一段石梯路噔噔地走下来，小腿和膝盖都像在酸水中泡过一般，酸痛不已。遥望屯堡大桥头，一辆红色客车，安然停在那里，待我赶到，人们已经坐定，只等司机开车了，我的心里冷了半截。只有在屯堡教育站住一宿，明日回城算了——我在这样打算。

倏地一声喇叭长鸣，从恩施方向驰来一车，也是客车。绝望中却看到了希望，今日可以回去了。放慢的脚步立即加速，奔跑。身上出了大汗，跑到了。买到票，4 号，很好，五点就可以回到教育局。

这些日子就在为办牧中的事情忙，打印教育局、畜牧局两家联合的请示文件，又去畜牧局加盖公章。找财政局搞经费，回答说还要先找李县长批示。找到李县长批了，再找财政局，回答是现在还没有钱，只有等。

没搞到钱，到图书馆去办了一个借书证，借了一本《子夜》。不是搞函授，我恐怕是难得看这本书的。这也正是自己读函授的初衷：逼着自己多读几本书。回到教育局，办公室里，大锐和远栋几个人指着一张报纸说，全国第二次人口普查结果公布了，我国人口已达 10.3 亿。于是大家议论开了：有的说，人口增加好快，从“中国四万万老百姓”，到“我国有六亿人口”，现在就是十亿多了。有的说，这样看起来，不搞计划生育，不控制人口，的确也是不行，人增加，土地不增加，吃饭都是个大问题。说到吃饭，有的就说，今年阴雨连绵，倘若不是农村实行责任制，还是一个不小的饥荒年，又要饿饭了。这也真是：人民公社一大二公的优越性，不如农民的责任心……我一看时间，五点多了，要去幼儿园接昶昶了。

把昶昶接回，就忙着做饭，两个学生回来了，老师也回来了。这一家子在一起实在是方便多了。刚吃完晚饭，父亲来看孙孙，我请他在会议室去看电视。

父亲一直还没有看过电视，也十分感慨现在的人真是聪明，不仅发明可以听到声音的收音机，还发明了可以看得见图像的电视机。但是，他只看完新闻联播就不想继续看下去了，惦记着母亲。

我送父亲回去，走到南门外45号，门是开着的，里面电灯没打开，点着一盏煤油灯，拧得小小的，我们感到奇怪。微弱的灯光下，又不见母亲的人影，我们有些担心了。去打问左邻右舍，都说不知道母亲的去向，我们很是着急了。母亲记忆不好，出了门是很难找到回家的路。我们沿街找，找到法院哥哥那里，没有。他也出动了，几个人一直找到教育局大门口，只见母亲恰好在厅堂里，还有书院中学廖海伦老师夫妇正在与传美讲话。传美对我们说，是廖老师把母亲领到这里来的。我们忽地都放下心来，却又感到事情蹊跷，不知廖老师是怎么认识母亲的，又怎么知道要领到这里来的。廖老师说了，他们夫妇俩刚好从学校登上石梯路，就遇见这位老人家，想下石梯又害怕跌倒，便上去搀扶，问老人家要到哪里去。老人家说，到吕书伦那里去，他是一个裁缝，他那里有个"江磋子"（*石梯*）。显然，母亲把这里当作芭蕉街了，吕书伦正是芭蕉房东家的儿子，的确是个裁缝，那里也的确是有几步"江磋子"。廖老师当时便在这石梯路的上下左右，到处打听有没有一个叫吕书伦的裁缝，都说没有。于是廖老师两人又带着母亲往六角亭方向走，那里也是有个"江磋子"的。走到那个"江磋子"，廖老师又到处打听，有没有叫吕书伦的裁缝，还是没有。廖老师便问老人家，你家里有哪些人呢？母亲说有，我的儿子叫吴国韬……廖老师"喔"了声，高兴了，说，你的媳妇是不是叫吴传美？母亲说是的嘛。这就是廖老师怎么认识母亲，又怎么把母亲领到这里来的原委了。廖老师费了如此多的周折，帮助一个素不相识的迷了路的老人家，她是万万没想到，这位老人家竟然是高中同学吴传美的婆母；我们也万万没想到，迷了路的母亲，竟然遇到这样一个好心的老师，而且是传美的老同学和新同事。我们都向廖老师夫妇连连道谢，传美说："今天不是遇到你，老年人不知要吃几多苦，我们也不知要找到什么时候去啊！"

大山顶畜牧中学，连同原先申报的太山庙药材中学，两所职中的开办费都落实了。牧中近期要举行招生考试，板桥、沐抚和大山顶三个公社，已经有166

人报考。我把拟就的考题送到畜牧局打印，准备随胡局长一道去板桥，顺道把试卷送到大山顶。

胡局长，就是崔坝教育站的胡连海站长。今年秋季，张凤鸣局长调任县文办主任，谭局长接任，胡连海同志随后调教育局任副局长。胡局长和计财股谭股长、小袁要去板桥，是因为板桥还没有一所重点小学，要去选定一个校址。

我们一行五人，小覃师傅开着局里的“长江”牌小车前往板桥。这车我那次去县师范，已经享受过，深感单位有车实在方便，说走就走，说停就停。这次和谭股长、小袁几个人坐在车上，更觉热闹有趣。只是过了屯堡，车子开始爬大山顶，连连地盘旋而上，我们的兴致大减，停止了说话，而且都感觉很不舒服。原因很简单，就是我们关在布篷蒙着的车厢里，只能够看到车尾的道路和林木之类呼呼后退，旁边是什么也看不见。再者，两条板凳放在车厢两侧，我们面对面坐着，车子开动，我们就如同螃蟹横行，很不习惯，加之转弯拐角很多，板凳又不稳，滑过去滑过来，人还不时地偏偏倒倒。我感到胸闷极了，差点要吐出来。 我是从来不晕车的，这一次体验了晕车是怎么回事。但是，无论怎么难受，还是觉得单位有车总比没有好，到板桥这么远的路，只要坚持一下也就到了。

第二天，公社干部领着大伙去看板桥医院的房子，他们建议把这房子买了做学校，医院另行选址修建。我不以为很好，因为这房子做学校并不适合。胡局长和谭股长他们表示回去与谭局长商量了再说。

正是说走就走，小覃把车子一发动，我们就返回。到了大山顶，在教育站逗留片刻，交付了试卷，便又启程。傍晚时分也就回到城里——时代到底进步了，单位有车，办事就是方便。

今年长时间的雨水，对农业生产的影响还是很大，虽然实行了农业生产责任制，没有出现饥荒，但是，农产品价格大幅提高，尤其是蔬菜相当的贵，像我们这样的低工资人员，明显感到生活的窘迫。前天在大山顶，冉站长赠送了两捧大豆子和几个包菜，我都感到如获至宝，想到可以解决几天的吃菜问题了。早餐也是一笔不小的支出，一家子早餐少则要五六角，一月就得十几块钱。厉行节约，极力控制开支，是一项重要任务。这个星期六，做了两件事：一是买了一些红苕，煮熟了与面粉混合，炸成红苕饼子。这样每天早上只要热几个，就可以“过早”，大人小孩可以不在街上买早餐，算起来要节约许多。二是把剩下的面煤，调入黄泥浆，像做粑粑一样捏成煤球。住在城里，方便的事是很多，但是要找一点黄泥巴还真是难。我骑了车，跑到巴公溪，好不容易在一个瓦厂才找到，把黄泥巴当成了宝贝拖回家。把所有的面煤做完，一个个摊放在太阳坝，干了就可以烧，管十天半月是没有问题的。虽然做这活路有些腰酸，但比当年在唐峰坳的山顶上弄柴，又要轻松多了。其实，烧煤还有潜力可挖，倾倒煤渣的时候，有的煤块并没有燃尽，是可以回收再利用的。

做煤球的时候想起来，今天是阴历的九月二十一日，我满四十岁了。我没有什么感想，只想去看望母亲，因为这是“母难之日”。到了南门外45号，老母见我去很高兴，她虽然脑筋糊涂，但总还记得我，叫得出我的名字，只是多次地问我：“是不是从芭蕉小学来的？”母亲进城以后，一直不知道现在是在什么地方，经常提到的就是“芭蕉”。前次她迷路了，说的也是要到芭蕉的吕书伦那里去。住了十年的庰口，他一次都没有提及过。我想，母亲的记忆，是十多年前住在芭蕉街上的时候渐渐衰退的，因此，她的思想总是停留在那个时候，打上的是芭蕉的印记。我只希望，母亲既然是“不知有汉，无论魏晋”，也就像桃花源中人一样，能够“怡然自乐”就好。

教研室三楼会议室里，坐着谭局长和教研室中学组的教研员，副主任李志华操着武汉口音在传达地区高考备考会精神：“……今年高考试题比去年难度加大，分量加重，灵活多变，内容全面，基本训练要求更高。我们全区考生平均成绩，只有政治、化学两科比去年有所提高，其他各科都是下降。因此地区要求明年各科备考：一要立足教材，活于教材；二要重视小学、初中的教学；三要改进方法，着眼能力的培养。今年初选每万人口所占的比例，全省是2.8，我们地区只有0.32，差距很大。我们全区上线的人数，只在郧阳地区前面一点，是全省倒数第二。上线率，全省最高的是黄冈，理科29.06%，文科22.49%；我们恩施，理科是2.66%，郧阳2.11%，恩施的文科是0.68%，郧阳0.32%……”

谭局长有些坐不住了，苦笑道：“这个事情，真他妈压头，我们不但没有长进，反而是冷水洗么子，越洗越缩了……”大家哄地一笑，把刚才绷紧的神经，笑松动了一些。

谭局长接着说：“你们这些高参们，大家说一说，明年的这一届我们到底怎么抓，不想点办法，老是这样三十斤的羊子，四十斤的尾巴——过拖，绝对是越考越差。今年开年，我们想办集中班，硬是像刘梅香的，都不愿上轿，最后实际上没有集中。这个事情到底搞不搞得，搞不搞得起来？”

李志华摘下眼镜哈了一口气，擦了擦说：“明年这一届，我们1 723名高中毕业生，如果还是分散在7所县直高中，6所老区高中，2所农职业中学这样15所学校里，还是按老办法拖，是很难有好的效果的。我看，要采取的措施，就是办集中班。这一次地区备考会上，梁主任也提到，二年制毕业生，可适当集中。”

化学教研员李振茂老师发言：“我赞成办集中班，择优选拔一批学生，集中配备一套教师，县里解决必要的经费，这样还有可能出点成效，不然的话，这一届又是一个‘蔫场合’（不好的下场）。”

数学教研员刘文章老师说道：“只有这个办法。目前大部分高中学校的教师，就是这么一个的现状，都是‘锣齐鼓不齐’，这个高考，有了一两个学科拖腿，就等于零光蛋。大家数一数，除了我们的重点高中恩二中，其他高中教化学过关的有几个？教物理的又有几个？英语的几个？虽然有几个大学外语系毕业的，但是又不是学的‘英格里希’，那时候学的是‘俄格里希’嘛！现在是夹起螃蟹等火烧的时候了，在几个高中凑齐两套班子，文科一套，理科一套，定在一个地方，比如说在五中，或者八中，把那些有希望的学生集中搞几个月，明年的高考恐怕会有点希望，几棵好苗子可能上得了，不然的话，又是没有戏的。”

李老师是我高中时的化学老师，当时我还是班上的化学科代表，接受过他布置的许多任务，包括一个寒假，他要我去芭蕉二台坪考察糖厂的生产流程以及机器设备。他的学生也不知有多少，就是坐在这里开会的就有三个。刘老师原是二中的数学教师，二中的首届高中班就是他教数学，好友先绪就是他的学生，对他是很崇拜的。两位老师共同点很多：一是书教得好；二是篮球打得好；三是性格直爽嘴巴快；四是“拔白旗”时都吃过亏；五是现在都在一个单位，而且威望都很高。两位老师意见一发表，大家都一致赞同，而且认为要及早着手准备。

局长提出："这个观点大家都很一致，我倾向于在芭蕉五中，集中两个理科班和两个文科班，在各所高中抽教师，学生择优……我有些担心的是，我们这些人在这里是说得'一包子'的劲，到时候各个学校又各有各的想法，这呀那呀的事情多得很。他们没有积极性，事情难得搞拢，还是水的。"

对此大家又发表高见，有的说，"这个事情，教育局要拿出权威来，说搞就要搞"。有的说，"还是先抽几个人，到学校跑一跑，了解高二情况，征求对'三集中'的意见，预先做做工作，再召开高中校长会……"

最后，确定我和刘文章老师先去崔坝七中和白杨坪六中跑一跑。

我和刘老师去崔坝那天，下好大的雨。车窗外的雨水，不时因为车身的倾斜，洒落到乘客的身上。这位司机可是个大好人，沿途搭救了不少雨中艰难步行的人上车。

我们直接去到七中，下车伊始就听汤校长等学校领导介绍情况。晚上在朱亚丁老师处借宿。他们那幢宿舍，正对着清塘口这个山峡的口子上，感到冷飕飕的。十一点多了，亚丁倒了两杯酒，说天冷，喝一口暖和一下再睡，我说："你还习惯喝'冷疙瘩'么？"他笑着说："哪个喝什么'冷疙瘩'！我还有一门好下酒菜的。"随即端出一个小碗，里面是两块霉豆腐。于是，我们便以霉豆腐下酒，对饮起来。我喝下酒，也并不感到如何暖和一些。睡前去上厕所，那清塘口的风，吹得呼呼直叫，如同一群野兽咆哮而来，亚丁预测：明天要天晴。

亚丁预测准了，第二天果然天晴。上午和刘老师进课堂，听了高二文科班的两节课，一节是亚丁老师讲的数学《函数的极限》，一节是蒋其舜老师讲的语文《孔雀东南飞》。蒋老师，我们同是高师函授学员，已经很熟悉了，他给我的印象就是两个字：志诚。晚上开高二教师座谈会，首先发言的就是蒋老师。他是高二（1）班的班主任，他说，他这个班应届生成绩较差，成绩好一点的是复读生，期中考上 400 分的 12 人，都是复读生，抱希望的就是他们中能有 6 个考上中专。对于办集中班，他说"迅速决断办起来是好事"。其他几位班主任和科任教师都讲了，而且讲得具体，对学生的情况他们真是了如指掌。

综合学校领导和老师们谈的，七中的现状是：学校抓得紧，多数教师很努力，大部分学生学习积极性高；高二学生有两个梯队有希望，但是文、理两科都有短缺学科，因此总分难得上去，明年的高考并不乐观；办集中班是好事，两个梯队学生考上的希望较大，只是个别家庭困难学生不一定能去；令人担忧的是高一，师资不配套，早早就分科，学生已有五十几个流动，成绩好的跑了十来个，校方当心高中有办垮的危险，因此提出“七中以办初中为主才是一盘好棋”。

回去那天，和刘老师去了教育站和崔坝小学看了看。在崔坝街上看到卖羊肉的多，六角钱一斤，和刘老师一人买了一腿，带回去孩儿们一定高兴。

第二天就去白杨坪，恰逢学校放假三天，只有柯校长在校。晚上和柯校长谈得很多。他有不少苦衷，讲了学校存在的不少问题：领导班子不健全；教学人员 31 人，24 人是中师程度，只有 7 个大专，一个政治教师暑假调走，这个学科就成了是缺门；学校周边社会情况复杂，师生安全受威胁，急需修围墙 800-1 000 米；学生 300 人只有一个炊事员指标；期中考试，理科快班，总分及格 4 人，没有一个全科及格的，文科快班总分及格 3 人，全科及格 1 人，学生普遍无信心，没劲头……柯校长提出，六中管理体制以下放到公社为好，现在美其名曰是“县直学校”，县里是什么也管不了，也无力来管，这样“金线吊葫芦”的日子很难过。

和柯校长谈完，已是深夜。我们睡觉的时候，刘老师感慨道：“这么个状况，还搞个鬼的高考！算了，明天我们就回去汇报。”

谭局长看到外面的好太阳，对着李志华和我们几个刚进局长办公室开会的人说：“外头这么好的太阳，我们拿几把椅子出去，一边烤太阳火，一边开会怎么样？”大家无有不赞同的，便提着椅子在图书室门前的小阳台坐下。在这个“阳台会议”上，刘老师和我汇报了七中、六中的情况。谭局长听罢我们的汇报说道：“这样看来，学校的阻力并不大，与我们的想法基本是一致的。我们可以就办班的事情具体研究一下。”接下来大家研究具体办法，决定在 12 月 21 至 23 日组织全县高二的统一考试，阅卷在进修学校集中进行，以这次统考成绩择优 180 名学生，在五中集中办两个文科班和两个理科班。教师以五中现有教师为主，根据需要从各校选配抽调。一切准备工作从现在开始，确保明年春季学期开学一步到位。大家对这一方案，充满信心，相信如此一来，我县明年高考将有二中这个重点高中和五中的集中班两股力量，二者互为犄角，或许能够打一个翻身仗。随后，谭局长又命我随李志华主任和刘老师一道奔赴芭蕉，与五中校方磋商办班事宜。

星期天，利用好天气做了一批煤球。星期一就和李主任、刘老师乘小覃的“长江”牌车到五中。

阳光明丽，初冬的塘湾，层林尽染，绚丽多彩。五中依然那么安逸地躺在塘湾，然而，五中的师生却没有安卧。如果说今年的高考，恩施县是个歉收之年，那么五中却是一个例外的丰收之家，高考成绩全县夺魁，被评为地区先进单位。这一骄人成绩的取得，是五中的一班人，由徐先寿校长挂帅，亲自执教英语，又有王本长主任讲历史，黄光武主任上地理，领导个个披挂上马，冲锋陷阵，全体教师一齐卧薪尝胆，夙兴夜寐，鏖战两年的结果。可以想象，抱回的奖牌往墙上一挂，师生们更是不用扬鞭自奋蹄，又岂能安卧？我来到校园里，见到的是紧张而有序的情景，嗅出一种战斗的硝烟气息，仿佛觉察到部队在秣马厉兵，衔枚疾走……

我们商量办集中班的事情，徐校长和其他几位领导，敞开了胸怀，乐意在塘湾摆开一个更大的战场。涉及具体问题，那也是“说起粑粑要面做”，方方面面困难还是不少，一下子增加两百多师生，缺少宿舍成为最突出的问题。解决的办法，只能是找紧邻的县师范借。我们去到师范，谭孝武校长是部队干部出身，性情豪爽，听说全县办集中班需要借房子，也没有迟疑，答应尽力调剂解决，支持友邻友军。这样，我们这个先遣组的任务基本完成。

——举办高考集中班，是在一个特定的历史情况下，想出的一个应急措施。经过多方努力，集中班办成了。在五中领导统一指挥下，一支各校抽调的教师组成的混成队伍，战斗力很强。经过半年的艰苦奋战，终于在次年的高考中大获全胜，204 名考生，上大专线 175 人，上中专 21 人。更值得庆幸的是这些学生，他们中的不少人，如果不是办这个集中班，就会是另外一种后果，集中班无疑改变了他们的命运。我只在集中班的筹备阶段参与了跑腿的事，却也感受到成功的喜悦，令我深受启发的是：资源的合理配置是一门科学；优化组合会产生巨大的能量。

从芭蕉五中回到单位的第二天，全县校舍维修工作会议报到。这是我县教育上的一次大型会议，管理区以上学校领导都参加，全局领导都在集中精力抓这次会议。会议的中心内容，是敖局长传达全省随州会议精神，通过三年努力，消除学校危房，改善办学条件，实现“一无两有”，就是：“校校无危房，班班有教室，学生人人有课桌凳。”会务上的事情主要是计财股的同志忙，我这次没有卷入材料班子，只作一些打杂的事情，比如电话联系，分发材料，收车费购买返程车票之类。

我感到新鲜的是，这次会财政局的人也参加了，而且局长还在大会上讲了话。他的讲话，有的令我鼓舞，比如他说：“如果不从现在起就抓紧智力投资，尽快改变我国人才缺乏的状况，就会延误现代化建设的步伐。因此，作为经济发展的战略重点之一，要深刻认识到教育投资不是单纯的消费，而是重要的无形的生产投资……虽说县市分设以后，我县财力微薄，但对教育事业，智力投资，我们再吃力也要保住。”

他对学校的情况很了解，说了不少实情，如：“全县校舍危房问题突出，截止 1982 年 9 月底，校舍一、二级危房面积达到 67 827 平方米，占全县校舍总面积的 20.66%，有的学校有的班根本没有教室，有的就是在危房里上课，师生人身安全没有保证。全县中小学特别是小学缺少课桌凳和课桌凳残缺不全的情况十分普遍，学生是三四个人挤用一套课桌凳，有的是从家里带，有的站着上课，情况多种多样。其他教学设备仪器藏书全县除少数几所学校有一点外，绝大部分中小学都没有。我们调查了新塘公社初中，那里连一张生物教学挂图都没有，更谈不上理化所需的仪器设备……”

他说的有些话，又让我有所振动，如：“1981 年，我县财政用于教育的投资达 536 万元，占全县支出预算的 30.37%，比 1976 年实际支出增长 282 万元，增长一倍以上，五年来平均每年增长 16.25%，而同期财政收入全县平均增长只有 14.6%。按当前的财力讲是尽了最大努力。”

还有一些话，他说得很尖锐，很有些刺激人，比如：“国家的财政增加一倍多，而事业的发展并不太大，究其原因，主要是育人的钱被闲人吃掉了。以民办教师为例，八一年比七四年净增 1 647 人，幅度为 83.4%，据调查，有许多民办教师不称职，文化程度低，不能胜任教师工作，所以，我们必须按照省人民政府文件精神，抓紧民办教师的调整工作……”

这是我第一次听县里其他部门的人，专题讲我县的教育。

第一天上午大会以后，下午我参加芭蕉组讨论，首先是公社分管教育的宣传委员曹开平同志发言：“这次会议规模大，县里特别重视。这次提出的解决学校‘一无两有’的问题，的确是当务之急。我们芭蕉公社学校的危房不少，芭蕉小学去年就倒塌一壁围墙，幸好正在上课，没有伤人。如果是下课时候，那是很难说的。芭蕉财政在去年给火花中学投入了两千元，明年财政好转还可以多给教育投入。按照这次会议的要求，如果人均集资两块，每年全社可以集资6万元，三年把全社学校的危房问题解决是办得到的。今年芭蕉人均增收106元，我们要做好宣传和组织发动工作，还要搞一个硬性的规定，把工作抓出成效……”

校舍维修会结束，高中校长继续开会，讨论全县高二办集中班的事情。各个校领导发言，很有意思，先说集中是好事，接着就是“但是”。“但是”后面，有说只办理科班就行，文科不需要集中的，有说教师抽调有困难的，有说剩下的学生会受影响的，还有说两个积极性比一个积极性好的……谭局长耐心听完大家的发言，最后说：“大家总的看法是办集中班是好事，也提出了一些困难，主要是三个方面，一个是抽调教师，二是做剩下学生的工作，三是承办单位的压力和困难。我们将充分考虑办集中班的利弊，还有方方面面的一些具体问题，然后向县委、政府汇报，最后照县委、政府决定办。”由此，我看到谭局长行事的慎重，也想到一句话：好事多磨。

到了12月，单位给每人发了二十元年终节约奖金，皆大欢喜。

教育股工作计划中有一项工作，就是这个月要搞一个学校管理办法出来。这是各个站、校多次提出的要求。他们反映，这么多年来学校各个方面的管理没有一个统一的张本，都是自行其是，有的是凭负责人想当然，抠脑壳，有的也规定了几条几款，这又难免有顾此失彼，有失偏颇的情况。各行其是还会造成公社之间，学校之间的要求不一致，不便于执行。没有规矩不能成方圆，县里应该拿出一个统一的本章出来，各个公社，各所学校都统一执行。

段股长分给我和小聂的任务是起草行政管理部分。我们的态度都很积极，立即行动，先搜集资料，然后动笔起稿。这样花了一个多星期的时间，我和小聂的稿子都完成了，交给了段股长。接着，我又陪谭局长、李主任到芭蕉，和五中、师范的领导落实办集中班的一些具体事。三天之后回到单位，段股长对我摆了摆头说："这个管理办法，只怕是难得搞成功，分给教研室写的教学管理，到现在还没得着落，还不晓得哪个写。送来的稿子，体例上也不一致，难得合成一套。"我觉得这个东西已经是当务之急了，去年站校的呼声就很高，现在各个行业都讲的是向管理要质量，要效益，学校要提高教学质量，加强管理也势在必行。我便对段股长说："这样，我来动手先搞一个出来，然后大家讨论，集思广益，修改完善。"段股长说："那当然是好，那'格杂'的工程就大呀！"我知道，那"格杂"的工程也的确是大，但是，我心中也有一点底，当年在庠口就曾经搞过一个，去年应三岔教育站的要求，替他们草拟过《三岔公社中小学管理办法（试行草案）》，涉及九个方面的管理，共四十条，应该说是有一定基础的。

我逛书店，进图书馆，到处查找资料，决心尽力拟出一个比较科学，适合我县中小学实际，能够实际执行的管理办法来，为促进我县学校全方位规范管理，提高教育教学质量尽一份力。

12 月 30 日，全局人员在教研室三楼会议室，总结八二年的工作。我的 1982 年怎么总结？两个字：打仗。天天都像在打仗，早上六点起床，忙着洗漱，给每个孩子安排食物，然后是上学的上学，上班的上班，急急地送昶昶上幼儿园，赶回办公室上班。中午一个半小时，忙着做饭，待到收音机里小说连播节目开始，饭才能够吃得到口。等把碗一洗，一点半到了，又上班，再下班做饭。晚上常常要去看望一下老人，回来看看书，做做自己的作业，一晃十二点了。"闲散"，我没有这样的日子。俗话说"人到中年万事休"，我倒是"万事忙"，疲于奔命。

这一年，有值得记录的大事：一家老小两年分居三处，现在终于团聚了，无须再一心挂三头，周六周日的劳苦奔波的日子磨到头了。还有，我的函授大学又读了一年，前两天，地区进修学院刘年洪同志带来当代文学教材的小说部分，还有明春到咸丰面授的通知，并告诉我一个好消息：元明清文学我的考试也及格了。庆幸之余，我想无论怎么忙，怎么苦，都要挤时间读书，争取下一次的当代文学考试也要考及格。是的，门门都要争取一次就考及格，一天这么忙，哪里有时间搞补考?

1983 年即将到来，这一年我的一家，有三个毕业生，荞荞小学毕业，旭娃初中毕业，我也将大学毕业，任重而道远啊!

第六章　以工代干

（1983年春—1983年秋）

元旦前，恩施城连续几天出现结冰的现象，这是少有的。元旦后下了一场大雪，恩施城里也垫起了厚厚一层，这也是少有的。这个冬天的确比去年要冷一些。当冰雪降临，足寒手冷之际，往往怀念盛夏的好处；当炎炎夏日，汗流浃背之时，又时时想着冬天的乐趣。细想起来，这一点益处都没有，重要的是以现实的态度对待现实的一切，多想当下的好处，找到今天的乐趣。

你看，这个冬天真有新的乐趣了：传美买了一个新产品——塑料浴罩。过去就怕冬天洗澡，冷瑟瑟的，衣服一脱，上下牙齿直打架。这个浴罩，像笼帐子，一盆热水被这帐子罩着，热气无处可逃，人在里面暖和和的，可以在皮子上慢慢地擦，细细地搓，擀出许多的“面条”出来——这真是一个既简单又伟大的发明！不足之处也有，钻出浴罩之后，牙齿还是不免要打架，不过，哼哼唧唧唱一唱，摇摇晃晃把衣一穿，也就好了，一身轻松。

和敖局长一道去地区教育局开会。地区教育局已经乔迁清江岸边的橘园新址，我是第一次来观光，只觉办公楼洋洋大观，很是气派。市教育局也来了两位参加会议，朱局长和康伦正老师。朱局长是我原来的股长，康老师也是熟人。会议由杜海荣副局长主持，议题是商讨普及教育如何分类指导，合格的标准如何制订。讨论了一个下午，最后要形成一个文字材料，任务落到了我的头上。

我正在完成在地区教育局领到的任务，写《关于普及教育分类指导和验收的意见》，人事股的唐天达股长来，递了一份表格要我填写，是“以工代干”人员的转干审批表。我实在不明白人事上的这些套头，什么叫“以工代干”，工人和干部有多少区别，怎么分得这么明确，转了干又有什么不同？唐股长告诉我：“你们那一批203个民转公教师，用的都是工人指标，所以你们的身份都是工人，你是以工人的身份，代替做干部的工作。现在上级有精神，符合干部条件的，办理转干手续，经考核审定，承认为干部。你问有什么不同，我就这样给你这么说，如果干部提高工资标准，你不是干部就不能提级。过去，以工代干人员当县委副书记的都有，以后就不可能了，如果要提拔你当个什么，你还是以工代干人员，那也是不行的。你把这个表填了，还要写一个自传，一起交给我，明天还要去县医院搞体检。”我笑着说：“这才晓得，这几年我是稀里糊涂在‘代替’搞干部的工作啊。”

在县医院体检，医生对这一类体检都是睁一只眼闭一只眼。只有视力，还是对着视力表测试，心肺是在X光机前站一会儿，其他外科、内科的检查项目都无须动什么手脚，医生直接在表上填写“正常”“健康”。不到半个钟头，我的体检全部完毕。一位内科医生，看到转干者中有一位四十九岁的女同志，感慨道：“干到要退休了才转干！”那位女同志笑笑说：“我也没想到，搞了这么多年，是‘代干’的——其实，我不转还划得来一些，是工人的话，我明年就可以退休，儿子可以顶替接班，这一转，我还要干六年才能退，不知那时候政策会不会变……”医生说：“当然还是转了好，没到龄的也有申请提前退休的。”

一场大雪之后，恩施城笼罩在茫茫大雾之中：清江龙王在和太阳神争斗，龙王喷云吐雾以蔽日，太阳神以金箭射之，鏖战半日，龙王不知隐身何处，施城云开雾散，阳光普照。不骑车，正好沐浴这冬日的阳光，去地区教育局送文稿。走出东门，上渡船，漂在清江碧波之上，好不惬意。在地区教育局教育科交了卷，正要转身返回，小舒、小冉热情挽留，要一起吃个饭。

晚上，到南门外45号看望老人。父亲问我在忙些什么事，我说一天就在“写小字”，自己县里的一个《管理办法》还没有最后完工，又还给地区教育局起草了一个普及教育的文稿，今天送去交卷了。也给父亲讲了，我还是“以工代干”人员，正在办转干的手续，还搞了一次体检。父亲说：“有一副对联做得很好的：‘俸薄俭自足，位卑威自重。’上联说的是，俸禄微薄，只要节俭也就足够了；下联是说，地位低下，只要举止行为堂堂正正，有威仪，那人也就会庄重不凡的……”

离开45号，走在南门外狭窄阴冷的街道上，没有行人，没有路灯，独自细细品味父亲说的对联，“俸薄俭自足，位卑威自重”，很有道理的，应该牢记……

《恩施县学校教育管理办法（讨论稿）》终于完成，一共六章五十六条，涉及行政管理、教学管理、后勤管理、劳动管理、奖惩等多个方面，多数条目下面又列了若干款，共一万多字。这是去年12月以来，一个多月辛苦经营的结果，自己是很珍惜这一劳动成果的。来教育局工作两年，基本了解我县教育的现状，也了解到教育站和学校迫切需要一个成套的细化的管理办法，使管理落实到单位的各个方面，而不是一般的原则性的粗略的几个条条。我花了不少的时间和精力，查阅了上级教育行政部门的有关文件、有关学校管理的书籍和好几个省、市的教育刊物以及国外的有关书籍，力争制定出来的东西比较科学，比较全面，符合我县的实际，还要便于执行。比如，教育站的管理，过去并没有明确的要求，这个文稿对教育站人员的配备及其主要职责、教育站有哪些主要工作任务、要建立哪些常规制度等等都一条一款加以明确，这也是定名“学校教育管理办法”的一个原因。又如，中小学人员编制，根据我县的实际情况确定了低山、二高山和高山不同公社的教职工与学生比例。学校管理方面，明确了校长、主任的主要职责，提出学校领导都应兼课的要求。教学管理和教职工劳动管理是重点，力求全面、具体和细化。草稿出来，局领导很看重这个东西，决定先作讨论稿打印出来，在即将召开的站校长会上讨论。在广泛征求意见的基础上，修改定稿，然后作为1983年教育局正式文件下发，在全县范围内执行。

小夏打字，我做校对，教育股成了一个印刷厂，全体同志一齐动员，油印，折叠，装订。《管理办法》的讨论稿出来了，是三十多页厚厚的一本，边缝留得很宽，是为了便于修改。元月18日，站校长会议在凤凰山教师进修学校召开，这是县教育局新一届领导班子发布施政方针的会议。此前，张凤鸣局长已经调到县文办工作，副局长谭世湘继任。在会上首先讲话的是分管教育的副县长黄长富。他强调："八三年，我们的教育工作要有突破，要从普及教育入手，从农村教育突破，这就要求我们加强管理，狠抓一下管理，从管理上打开突破口。今年教育局拟定了一个管理办法，大家这一次要认真进行研究讨论，修改以后，正式下发。要造出声势，严格执行。在某种意义上说，八三年要成为教育上的管理之年。管理搞好了，一切工作有章可循，教学质量的提高就有了保证。"谭局长讲八三年的工作意见的时候，提出了"打教育质量翻身仗"的口号，并决心以加强管理和配备领导班子为主要措施，开创八三年工作的新局面。

会议的第三天，专门安排了讨论修改《管理办法》的议程。每个站、校安排专人，汇总讨论意见，交出一份修改稿。会议结束，我一一细看每一份修改稿，发觉很多修改意见，包括对文字的表述和补充的内容，都提得很好，很有道理。由此看得出大家的态度是很认真，很慎重的。局里大部分人员都安排下乡了，给我的任务就是把《管理办法》最后修改完成。根据站、校提出的修改意见，我对原稿又作了认真的推敲和修改完善，增加了一条，总共五十七条。最后，几位局长和股室的负责人用了半天时间审核通过，局长签字，作恩施县教育局【1983】11号文件打印下发。

看到《恩施县学校教育管理办法（试行）》成文和下发，我无比喜悦，充满了成就感。同时，也想起小时读的一篇课文——"千人糕"的故事。感到这个《管理办法》，也是一块"千人糕"，是我们的教师、教育工作者实践的结果，是众人智慧的结晶。尽管这个蛋糕不是我个人的创作，不过，我毕竟是蛋糕的亲手加工制作者，花费了不少苦心，我希望这个蛋糕能够充分发挥它的作用。

已是年关，我是欠债之人，盘算怎么把这个关口打过。想起鲁迅《孔乙己》里面的话：到了年关，掌柜取下粉板说，"孔乙己还欠十九个钱呢！"我知道，彭站长不会像咸亨酒店的掌柜，将我欠下的350元购房款记在粉板上，但是，南门外45号的房子，已经住了半年，约定付清房款的期限已到，我不能学孔乙己，到第二年的端午和中秋，这笔债都不还。孔乙己的账一直挂着，那是因为"大约孔乙己的确是死了"，而我却是健在的。要凑齐这笔钱，也实在是个难事，我就不过这个年了，顶多才凑得上两百块，怎么办呢？借，我就找组织借，然后在假期去庤口找禄生，他欠我的购房款应该是可以还一部分的。

找办公室借了100元，又找机关工会的黎会计借了50元，终于凑齐了。腊月二十七，找到彭站长，交了欠款。我把取回的欠条，撕得粉碎——这一笔账终于了结。

回到家里，传美提议，要过年了，把房子重新调整摆设一番。我很害怕她的这种改革精神，一听到这个提议脑子就发胀：如此二十几个平方的屋子，到处都塞得满满的，连床下都堆满了木板木方，这一翻动该是多大的工程！人累得皮搭嘴歪不说，结果还不是塞得满满的？无论怎么说，改革还是要支持，不然过年过节搞得不愉快，也没意思。花了不少时间，先把七股八杂的东西搬出去，将地面洒扫一番，然后便是这么一比，那么一试，将一些老家老业重新进行排列组合。不过，经过传美的一番精心布局安排，居然腾出大约一个平方的空地来。改革的效果出来了：若是来二至三个客人也是可以容身的。我想，传美千方百计要改革，腾出这点面积来，恐怕就是好让秀娃和飏敏两个好朋友来了，可以坐得下来。

呜呼，安得广厦千万间……

去年的春节在庠口竹山湾过，哥哥一家去了，四姐和吉二哥的大女儿去了，有十四个人一起吃团年饭，好不热闹，只是自己累投降了。今年在城里过，我这里是无法接客的，即便是经过调整改革，一个房子还是窄又窄，里面最多容得下三个客。还有我的锅灶，就一个小小的煤炭炉子，一口小锅儿，能办出什么菜饭来？何况几个过年盘缠都拿出“共赴国难”，还债了。不过，这样也好，今年过年我一点也不会受累，而且还可以到处去吃现成的。正是这样的，腊月二十八，南门136号传贤家接我们团年，二十九又是到栖凤桥地区图书馆的邦固兄家团年，腊月三十便是在法院哥哥那里和父母一起团年。

去年的除夕夜，我和传美在昏暗的煤油灯下，洗洗刷刷，收拾检点忙到很晚才坐下来。今年我们是吃了团年饭，该哥哥嫂嫂他们去忙了。我们两肩荷口，吃饱喝足了，把嘴巴一抹就回家。虽然，这个除夕夜没有庠口竹山湾的“年蔸火”烤，但有一样，是庠口从来没有享受过的，就是看电视。机关的那个小会议室，成了我们一家子过年的活动场地。三个娃娃，一个初中生，一个小学生，一个幼儿园的小朋友，在这里欢天喜地。俗话说“三十的火，十五的灯”，我生了一大盆炭火，一边烤火，一边看电视，还架起锅儿炒花生。中央电视台举办了一台春节联欢晚会，真是别开生面啊。赵忠祥说了联欢晚会马上开始，欢快的乐声立即响起，三个娃娃也便安静下来，看屏幕上几个娃娃在放鞭炮。狗狗和猪猪出来了，昶昶高兴得嘿嘿笑了……李谷一出来唱歌，她的歌在广播里听得多，听其名是“尼古伊”，以为她是个新疆姑娘，后来才知道是“李谷一”这三个字。这次在电视里还看见了她的真面目。她的歌也实在唱得好，难怪那么多人点她唱歌。有趣的还是马季和姜昆，他们也真能逗人笑，学个喜鹊叫“发家，发家——”，学个公鸡叫“没闲人儿——”搞得我们大人娃娃都笑哈哈的。特别是那个王景愚表演吃鸡，一句话不说，功夫都在表演上，吃那没煮熟，还带着毛的鸡，动作是那么逼真和夸张，让我们笑得东倒西歪，眼泪都出来了。最后，姜昆帮忙，从他嘴里扯出一根鸡毛掸子出来，我们的肚子都笑痛了……整台节目，形式多种多样，内容高雅健康，又多幽默滑稽，令人捧腹不止，狂欢至极，一直看到楚钟长鸣，癸亥开始。

初一做汤圆，给父母送去一些，母亲是特别喜欢这个东西的。整日在家做吃的，没有复习自己的功课。马上要去咸丰考两门课，心里是疙疙瘩瘩的。初二街上龙灯大游行，我没有时间，也没有心思去看热闹，扎扎实实复习现代文学，心里又忘不了要去庳口一趟。

初四，借了一辆自行车，去庳口找禄生取钱。路线想好了，先到曾宗恩站长家，把自行车寄放他那里，再步行到庳口。天气还不错，骑着自行车，走的是当年拖儿带仔进城拜年的路。想着那是何等艰难，不知这路怎么这样长。走在半路，娃娃都喊“我饿哒”，把拜年的糍粑也吃掉了。现在有自行车，这路也似乎并不太长。路过甘溪，教育站有王老在值班。在这里歇气，喝茶了再上路，不久就找到鱼泉洞宗恩的家了。在宗恩家里歇了一晚，第二天就到庳口去。

骑过自行车，就觉得这步行就如同爬行一样，从鱼泉洞到九道水，再到庳口，走了两个半小时。奇怪的是这一路安安静静，简直没遇到什么人。回到竹山湾了，门前是我的菜园，那是我栽的果树，还有房子，猪圈，连屋顶上是我亲手盖的瓦片，扎的杉木皮……啊，这里的一切，我是多么熟悉！但是，如今这里的一切都已经易主，我成了这里的客人。禄生和妇人杨梅娃都在家，我问候他们："年过得热闹啊！"禄生叫了我一声"稀客"，一边给我倒茶，一边说道："年在您们城里啊。不过，我们这里比往年也要热闹些，腊月三十夜，好多人家下火（使劲）地放爆竹，这一条沟上去，都闹麻了。听说羊毛山肖家，鞭炮是一箩筐一箩筐地炸——我看那还是有些浪费，炸的都是钱嘛。"

我喝了一口㡾口茶，又问道："怎么我这一路来，没看见几个人呢？要是在往年，路上是忙着走人家拜年的，自留地里是种春洋芋的，今天还没见到什么人呢。"

禄生说："现在各家各户自己安排，好多人家年前就把洋芋种下去了，这个时候，都还在扎扎实实过年喏。如今实行责任制，田土到了户，又不搞大合班，再没有人催着上工，都自由了嘛，走人家的，也是一玩几天。搞农业其实也就是几个'节口'上忙，哪里要像过去天天的天天都那么忙。"

问到他家里的收成，禄生说："今年雨水是多一点，我们沙土还没吃什么亏，田土里的收成还不拐（差），就是我家的猪子喂得不顺。喂了两个，一个得了瘟病死了，又喂一个，还是不肯吃，不肯长——有人说您们这个屋基，坐北朝南，方向太正了，要命大的人才能够坐，像我们这一般的人，还坐不起，没有财运。"

我笑了，说道："哪里有这个道理，我们在这里的时候，也是遇到猪病的，还找过波三老来过好几回，给猪打针喂药。我家老年人喂猪就是过细得好，养牲口都要细心照管才行，你们只怕是都忙田里的事，哪里像我的老年人那么耐烦照看啊。"

谈了一会家常话，禄生拿出三百块钱对我说："对不起吴老师，这一回我还只凑到三百块钱，剩下的我把两季茶叶卖了给您还清。"我学㡾口人说了一句，"把你紧逼了"，就告辞起身。禄生留我吃饭，我一看时间，已经两点，还有六七十里路，叫了声"多谢"就起步。

走到宗恩家，已是四点多了，急急吃了饭上路，宗恩又送了大大小小的一些粑粑。走到天桥，天就黑了，路面已变成一匹模糊的灰麻布，路两旁或许是墨绿的，或许是黑色的，我也无法去分辨。这样走了一个钟头，到了石家坡。本来，接着就是长长的一架下坡路，可以发挥自行车下坡的优势，放马奔驰一番的，但是知道，这段路是多次翻倒过自行车的，还出过人命事故。于是耐着性子，紧握刹车，只比走路略快一点。我想，无论如何是不能翻车的，还有一家老小，翻倒了可不是好玩的事。

终于安全到城，先回南门外 45 号，老人们自然高兴……

马上就要去咸丰迎接考试，参加面授了。这次要考现代文学和当代文学两科，现代文学只复习一个大略，当代文学是简直没动，一想起来，心里就麻酥酥的。

我真是过的革命化的春节，什么休闲事都没做，老老实实复习了几天，就去咸丰过上九日了。这是第几次到咸丰，怎么对这段路毫无感情了呢？不是那里有令人陶醉的课堂，我才真不愿意到这里来了呢！为何初次来面授的时候，心情是那样激动，联想得那样宽广？也许是这里的冬天太冷，也许是教院的食堂实在太刻薄，也许是时过境迁，物是人非，儿时的记忆都变得虚幻了，也许是……

这次一到，就摆开了复习的架势。我是不能补考的，抓紧复习，抓紧做习题，浏览教材，撒开网，又收拢来，归纳综合，重点记忆。如此这般紧张复习了三天时间，开考现代文学。考试管得很严，两位监考一点不马虎，不过，这于我毫无影响。又是紧张复习三天，考试当代文学。考试完毕，学员们如释重负，三五成群，结伴上高乐山或走亲串户去了。我哪里也不愿去，不是因为考得不好，而是觉得自己生性是由惰性元素组成的，便独自一人留守宿舍。

面授开始，一位戴着眼镜，面皮白净的老师给我们讲外国文学。他自我介绍，叫金嗣峰。金老师讲课文质彬彬，有大家风度，听起来轻松有趣。他给我们从莎士比亚，讲到歌德、雨果、拜伦、巴尔扎克、狄更斯……四天时间，过得很充实，听得很有滋味。接着是牟方乾老师讲俄苏文学。牟老师是利川人，是武师来授课的唯一的一位恩施籍老师。后一段时间，是蒋春堂老师讲形式逻辑。读高中时，我自学过逻辑学，知道它能够帮助人正确思维，抱着书本硬啃。现在听蒋老师讲逻辑，觉得他很有本事，把原本有些枯燥的什么概念、判断、三段论、推理、证明、反驳之类，插入一些笑话、小故事，讲得十分明了和饶有趣味。

这次在咸丰，从上九日开始，二十一天，刚好把整个正月过完。虽然天天过着清淡的生活，却又天天享受着知识的盛宴。有意思的是，我在这个函授班，也是“以工代干”，干的生活委员。结束的那天，我在学院领取学员的伙食补贴，给每人发了六块三角钱，各自高高兴兴回家。

我买的下午车票，利用中午时间到茂哥家去了。来咸丰之前，父亲就说过，茂哥在咸丰卫生局工作，有时间去看看他。我这个人，惰性十足，挨到这时才去。茂哥的家庭出身好，是凉水埠吴家为数不多的例外。他解放不久就参军了，在部队干过兽医，据说抗美援朝还去过朝鲜，可能还是团一级的干部，前不久转业到地方，任咸丰卫生局副局长。他在外时间长，口音有一些变化，不怎么像建始人讲话，但是对人很热情，他仔细问候了他叫的“幺叔”和“幺婶娘”——我的父亲母亲。茂哥嫂子更是特别过细，十分殷勤，做了好菜招待我，只是她的江苏口音，让我的听觉显得十分迟钝。我的车是一点钟开的，只有匆匆告别。茂哥埋怨我，怎么不早些来，我只能埋怨自己的惰性了。

在车上也没有兴趣看窗外的景物，心境却是很好的。回顾这次面授，老师讲的外国文学和逻辑学，自己都颇有收获。过去也自学过，但大都东鳞西爪，这一次才理出了一个头绪。我想，这也犹如画画，老师给我们勾出了一个大体的轮廓，当然，要成为一幅完满的图画，还要自己对这个轮廓细细地，一笔一笔去描绘……昏昏欲睡中，不知是司机的还是哪位乘客的收音机，声音开得很大，在播送胡耀邦同志在纪念马克思逝世一百周年大会上的讲话。

车到南门外，下车，先去45号报到。一个正月都没有和父母在一起，我说：“明天我们都来这里玩，我来做饭吃。”父亲高兴说：“那天然是好嘛。”

今年开年，教育股似乎在大抓职工业余教育。我一上班，首先就参加了农行系统的职工文化补习考试，以教育局巡视员身份监考，还和小聂以及二中的几位老师帮助阅卷。据说，农行系统这项工作抓得主动，遵照中央要求，已经对1966—1980年期间的初、高中毕业，实际文化程度达不到初中文化水平的职工，进行了补课。这次考试，就是检验他们是否达到初中文化水平的考试。他们还把后面的事情都提前说了，不久要举行第二期的考试，少不得还要我们出动。

农行的事情才了结，商业局教育股的同志又找来，要我们教育局的同志出面，请西后街的刘老师帮忙给学员补课。这位刘老师刚退休，他们去找过，但是婉言谢绝了。段股长拉着我，去帮忙寻找这位刘老师。可他人不在家，只好留了一张字条。空跑一趟，但收获也是有的，城里的人难得知道春秋，在西后街看见一树桃花开了，始觉“桃红又是一年春”。

县政府也准备办职工初中文化补习班。一个下午，政府办公室通知我开会，不是别的事情，是受聘县政府文化补习班的语文教师。语文这一门，由教研室的张安国老师讲古文，我教现代文。上课的事情，我是很喜欢的，不操此业已有两年矣，心里还很怀念。

县政府补习班办在教研室，开班第一晚，由我开台。我一进教室，班长一声“起立”，学员们齐刷刷站起来，这多少有些出乎我的意料，急忙请大家坐下。说了几句开场白，开讲陆定一的《老山界》。教书十七年，站在恩施城的讲台上还是第一次，给县里的干部讲课更是第一次。不过，讲课我总是有自信的，而且觉得我的乐趣是在课堂上，我是寻找这种乐趣而愉快接受这一任务的。初次开讲，总有一些疲乏，这是过去多次体验过的，每次假期后开始上课都是这样，何况我这个“假”放两年半了。无论怎样，兴致已经被激发出来，大脑很兴奋的——我的确是好久没有享受过这黑板前的欢乐了。使我很愉快的是这些年轻学员，有的面熟，有的还不曾见过，据说有的还是组织部、宣传部的科长，但他们都特别虚心，听课十分认真。我理解，他们其实与我一样，要竭尽努力弥补时代造成的缺失。课间休息，一些学员热情地围过来问这问那，有的还给我续茶水，送烟抽。

晚课结束，班长戴银照，是宣传部的一位科长，一定要陪我回教育局去，我坚辞不让，他说找到我的住地了，以后有问题好请教。当他进到我的寝室，看见一家五口，挤在二十几平方的房子里，大为感慨：“天啦，我们的吴老师，一家人就挤在这么小一间屋子里，这怎么得了，身子都转不过来！”

这个文化补习班，我们老师可以轮换上课，学员们则是除了星期六之外的每个晚上以及星期四的下午都参加，他们坚持得很好，很少缺课的。学员们的好学精神很感动人，在他们面前，我更觉得韩愈说的“弟子不必不如师，师不必贤于弟子”，是很有道理的，这些学员有许多值得自己学习的地方。我也深知他们时间的宝贵，备课很认真，针对他们社会知识面比较宽，理解力比较强的特点，做到尽量精讲，决不搞架空分析。对有的范文如《荷塘月色》，引导大家一起赏析，对有些现代文，我只作提示，布置他们自己阅读。他们比较生疏的语法知识，我则结合语言的实际运用，讲得比较细。

到了6月中旬，政府办的刘科长，给我送来36块钱，说是补习班的讲课费。我不知道这钱该拿不该拿，刘科长说，这是领导研究定的，老师都是利用休息时间额外工作的，是正大名分的劳动报酬。我本是寻找讲课的快乐，哪知快乐了还给报酬，那也真是太划得来的事情了。

就我所知，这个班的许多人，以后的确是一批不错的人，他们后来不少人在县、市、州担负重任。不过，我从不以给他们上过课而自居，只觉与他们有过"同船渡"的缘分。

地区教育局抓中教改革有大动作：在建始县召开全区农职中工作会议。在外开会是很享受的，住进县政府的招待所，俨然就像是县里的嘉宾，晚上还送来电影票，一场《孔雀公主》，一场《搏斗》。《孔雀公主》是白桦根据傣族民间故事编剧，西双版纳迷人的童话世界，俊男和美女演绎着美好的爱情故事，本是一种很好的享受，只可惜建始的电影院，修得太差了，放映的效果令人遗憾，远不及咸丰的电影院。看来，就县里的电影院而论，我的第一故乡建始是不如第二故乡咸丰的。

建始县办了一所苗坪农中，离城大约三十里，学校办在小山包上。学校有大块的茶园和数十亩农田，学生达到四个班，接近两百人，教室、宿舍、操场这些基本设施都比较像样。要说参观，也没有多少可看的，但是仅就做到这一步，在当时的确也是很不错了。我们县里，无论是三岔农中、七里茶中，还是太山庙药中、大山顶牧中，都没有达到这个规模，唯独崔坝农中的基地有可比之处，但学生数量又少多了。可看的的确不多，走路的时间不少。回城又参观建始镇中。镇中依然是普通初中，特点是落实了基地，学校安排有职业课的教学，类似当年的"学生也是这样，以学为主，兼学别样"。

会议学了中等教育结构改革的文件，领导从多个方面强调这个改革的重要。我相信，这是发达国家快速发展经济的法宝，也是我国实现四个现代化的必须，是教育领域的一项重大改革。但是，要说办这样的学校，我是过来人，60年代在庳口办过茶中，办得实在艰难，各级都是在宣传上强调重要，实际的问题没有认真解决，也没有什么投入。学生呢，他们的想法不一样，他们希望多学文化，对茶叶这个专业并不感兴趣，他们认为种茶、采茶、制茶并不需要在学校学习。因此，学生的巩固就相当的难。职业教育到底怎么办，上级的意思就是像苗坪这样办。当然，能够办成这样也不简单，但办成这样是不是就能真正兴旺发达起来，我还没有把握。

在建始，同时召开的还有一个会议，是全地区物理备考会。下午，一位老师慌忙找到我说："你们县里有位老师病了，肚子疼得厉害，在寝室里喊爹喊娘的。"我急忙跑到招待所，一个老师真是痛得直打滚，是我们崔坝七中的胡成章老师。我知道，只有把他马上送到医院，但是，医院在哪里？急忙跑到建始教育局，报告了情况，希望他们帮助迅速把病人送到医院。建始教育局办公室和教育股一下来了好几位同志。我们七手八脚很快把胡老师送进了建始县医院。医生诊断为：急性阑尾炎。胡老师住进医院后，我又给恩施方面打了电话，请迅速通知七中和胡老师的家人。

这位胡老师，是很记得别人的好处的。就这么一件事，他以后每次看到我，都要讲起这事，还对别人说我是他的救命恩人。其实，人人都是需要别人的帮助，自然也应该帮助别人。我以为，那个像我这样做的人多的是，而像胡老师一样不忘别人的好处并不很多，他这样才是值得学习的为人之道。这倒不是我听到这样的话心里舒服，而是能够做到这样，才符合人之常情。胡老师每次这样说的时候，都在提醒我：我几十年的生活中，该有多少人帮助过我，虽然我没有得过急性阑尾炎，但遇到的困难无计其数，受到别人的帮助也无计其数，在时过境迁之后我是不是也像胡老师一样，总记得别人的好处呢？虽然，施恩于我的人并不是要图我的报答，但是总应该记在心中，感念别人。倘若在生活中，人人能够这样，生活将变得更美好。可惜，古人造出的"忘恩负义""恩将仇报"这些词，在现实生活中总有用得着的时候，甚至像庳口人说的，"你把他背过河，他还倒说你把他什么搊疼了"，这样全然不知好歹的都是有的。

回局后给局领导汇报了建始会议的精神，打算下一段时间下乡去看几所农职中。首先应该去的是太山庙药中，我一直没有去过。太山庙药材场有个唐书记，据说他不仅在太山庙威信很高，而且是县委委员，在县里都是很有名望的。他多次提出要求在那里办一所药材中学，还强调应该是“恢复”，而不是新办，因为60年代办耕读中学那里就办过一所药中。双河教育站的陈学国站长，向局长反映这个情况，并转交了药材场申请恢复药中的文件，局长同意了，要我起草文稿，向县政府呈报。随后，药中办起来了，而且县政府还连同大山顶牧中，各批了五千元的开办费。这还是去年秋季的事情。

局里安排办公室的王立常老师和我一道去双河太山庙。我是去看药中的，王老师去是什么事情呢？后来才知道，双河公社多次打电话，要求局里派人去查药中后勤人员的账目。王老师从三岔教育站调来不久，在机关办公室当会计，他就是去查账的。

我是第一次去双河，去年和小梅准备去，在峁山等车时恰好遇到下大雨，担心浑水河涨水，渡船停摆，便打道回府了。这次去双河的人特别多，在三岔、浑水河、峁山，沿途都陆续上了一些人，挤了满满的一车。车在双河公社的院坝停下，我挤下车了。王老师本是个本分人，但看到车门拥挤，别人从车窗下了车，他也从窗子里往外梭。他身子比较粗壮，远不及别人灵活，一步不慎摔倒在地上了，半天爬不起来，把我吓坏了。我和前来迎接的双河教育站站长陈学国、会计小汪，费了很大的劲把他拉起来，他还在闭着眼，歪着嘴，撑着腰直叫“哎哟”。我担心他伤到了筋骨，让他走两步试试看，还好，走得，没事。

公社办公室，有宣传委员老蒯和一位穿制服的年轻人等着。坐定，老蒯简单说了药中的情况。知道了，那位年轻人是检察院的小戴，是专为药中经济问题来的，已经工作几天了。小戴介绍了有关的情况后，我们一起上太山庙去。

双河是一个高山公社，太山庙又算得是双河的屋脊。从双河去太山庙，一路都是爬坡。陈站长在前面带路，他瘦高身材，爬起山来很是利索，我说：“陈站长，你瘦是瘦一点，但是那种‘筋骨人’，好体子啊！”

陈站长回头对我举起小指头说：“要说体子，我是这一个，撇（差）得很，人才四十几岁，一身都是病。”他停住脚，拉起裤管，露出条条青筋，疙疙瘩瘩的，继续说道：“这是脉管炎，特别是冬天，腿脚发麻发胀，还没有好办法整治。”

我们走了一段小路，又走上了公路。他接着说：“照说，我这身体还不适合在这里工作，医生建议我调到低山去。双河平均海拔是1 600米，太山庙还是1 800米。东乡人有个说法，‘高不过于太山庙，冷不过于石灰窑’，其实，双河的冬天，就冷得叫人投降，还莫说太山庙。不过，一到了现在这个季节，好日子也快来了，再过两个月就是暑天，这上面又像是过神仙日子哟，叫我下山我又还不干了，哈哈，哈哈，吴同志，你看，我这个人就是这么一个贱皮子。”

我爬得气喘吁吁，终于上到山顶。这上面，天空是碧蓝的，地面平坦开阔，恰是一片天苍苍，野茫茫的景象。遥远的天边，是锯齿般黛色的山峦，连绵不绝，再没有比这更高的山峰了。道路是平展的，空气分外清新，我情不自禁作了深呼吸。路边山野里，有高大的乔木，似杉非杉，似柏非柏，我问陈站长，这是什么树，他告诉我，这是柳杉，可以长到十几丈高。陈站长指着另外一种乔木，笔直的树干，很是苗条，宽阔的叶面，绿油油的，想考一下我。恰好我知道，答道：“厚朴。这个你考不到我，我的老家也有，树皮是药，能够治什么病，我就不清楚了。”

陈站长说：“出厚朴的地方也是不少，不过双河的厚朴是出了名的，色泽紫红，属于最上品的，而且这里到处都有，长岭岗一片栽了好几百亩。现在他们都发了，东西走俏的很。”

我问：“双河这一带到底有多少种药材？”

陈站长笑道：“这个问题怕要搞专业的人才说得清，我顶多数得出几十种，但是这里的场圃，大宗生产的一是黄连，二是厚朴，三是杜仲，四是云木香……主要是这些吧。”

野地里，一片青绿，到底生长着多少宝贝，我是有眼无珠，但是看得见的，分外显眼的，是一簇簇红的，紫的，黄的，白的山花，开得热热闹闹，不由得想起白居易的诗：“人间四月芳菲尽，山寺桃花始盛开。长恨春归无觅处，不知转入此中来。”此时此景，句句契合，唯独不同的是，白居易咏的是“大林寺”，这里却是“太山庙”。

太山庙药材场是县直单位，场里有一所小学，一所药中，校舍都是药材场提供，教师由双河教育站派去，药材场唐书记兼任校长。一栋红瓦白墙的房子，是药材场的场部。我们在这里先拜会唐书记。唐书记门口，一位妇人正在用洗衣机洗衣——嘿，这机器，城里都还没有几家用呢！现代化的生活，可不是桃花，山下“芳菲尽”了，山上才“始盛开”，这里的现代化，比山外还来得早哩。

唐书记五十来岁，白净面皮，眼光有神，微笑着迎接我们。坐定，书记对着我们说：“我们场对于办学校可以说是相当重视的，前年新修了小学，去年打报告把药中也办起来了……教育站对我们支持不小，给小学、中学都派了老师。我们每月也给每个教师补助十块钱生活费到食堂，还划了基地搞勤工俭学……要说问题，现在药中的问题还不少，反映后勤上有经济问题，检察院小戴同志已经搞了几天，账目还要继续查，最后该怎么办就怎么办。药中突出的问题是房子不够，场里虽说生产的形势好，但是黄连这个东西，周期长，没有七年八年见不到成效……”此刻“轰隆”一声巨雷响，都惊呆了，唐书记的讲话被打断。一时之间，大雨哗哗洒落下来，狂风吹得门窗吱吱作响，接着，又是七零八落的“哗啦，哗啦”的声音，是屋上的瓦片飞落下来。小戴说：“真是‘高山的天，娃娃的脸，说变就变’。刚才我们上山的时候，天还晴得那么好。”书记说：“高山就是这个样子，像发癫的，不信你们看，这样闹一阵也就算了的——等雨停了，你们查账的就查账，了解学校的就去看学校，我也不多说。”

果然，风风雨雨闹上一阵，没事了。我们跑到三楼的平台上去观望，这天空又是那么蓝得可爱，西边现出了一抹橘红的晚霞。晚上，我们分开活动，王老师、小汪他们去查账，陈站长和我去药中和老师们座谈。

第二天，王老师还得继续查账，我和黄永耀老师去看了药中的生产基地。黄老师是指定的药中负责人，他指着一大片土地说：“这就是药中的基地，是唐书记把手一指划出的，他说就这一片，你们去种，若是少了以后还可以指一块。学校已经种了一季洋芋，收了一万五千斤，价值一千五百元。但是，这并不怎么划算。学校搞勤工俭学，给场里挖黄连，也是五十多人，五天时间就收入了1 188元。我们打算以后把这块地承包给别人种包菜，交学校1 500元，超产部分对半分成。”我看这黄老师，不到三十岁的样子，这方面脑子还很灵的。听他说，学生每周有三天劳动，就问学生有没有流动，他说不但没有流动，还从原来的48人增加到53个了。我有些奇怪，黄老师告诉我，学生想的是毕业了可以进城，去制药厂当工人。我意识到，学生的出路问题是农职中的一个要害问题。往回走的时候，黄老师又诉说了学校面临的诸多困难，差校舍，差教师。整个校舍面积才三百平方，教室只有四十平方。教师配不齐，差化学、生物、数学教师，专业课教师是药材场的人兼职，常常不能保证教学时间，还没有教材。照这个情况，下半年是还无法招生的。对于这些问题，我已经感到有些麻木了——我们县里的农职中，哪一所都有这一类的问题，实在是困难重重，步履维艰。

直到第三天上午，王老师他们把账目查完，我们才步行下山。在陈站长引导下，看了双河小学，双河初中。晚上在站里谈情况，陈站长细谈了他们贯彻执行教育局11号文件，就是《恩施县学校教育管理办法（试行）》（五十七条）的一些作法。他们制定了实施细则，有些条款还实行量化，比如第二章涉及教育站站长的职责要求，每条都打分，对站内工作人员也明确几项责任，分别列出分值。如给会计定的是1. 发放工资无误，杜绝借支【30分】；2. 加强经费管理，执行财经纪律【30分】；3. 完成统计报表，及时准确【20分】……满分为100分。规定年度的60元的奖金实行浮动，按完成工作任务的情况发放。涉及学校的条款，如普及教育三率要求等，也这样相应细化，与年度奖金挂钩。站里还另外列了一笔奖金，对小学双科及格一人，奖励5元，双科总分达到160分以上，每人奖励6元，80%升初中，每人奖励3元。对双河中学，则规定考入一中一人奖励50元，考入二中一人奖40元，考入三中一人，10元等等。

陈站长说："县里11号文件在教师中学习贯彻以后，大多数教师很拥护，认为早就应该有这么一个章法，目前看来，学校教风学风都有明显改观。四十二条规定的设《教职工考勤登记簿》，我们已经把表格翻印发下去了，要求每月报到教育站。这个《实施细则》站里最近才制定出来，准备召开一个大队一级以上的学校负责人会议，充分讨论，征求意见，修改以后也就照章行事。看吴同志有什么意见没有。"

我说："你们这个细则很细，很具体，有创造。我觉得可以在你们这里批发了，在别的地方去推销。"

陈站长笑道："吴同志说话真有意思……"

教育站会计小汪来，站在门口说："厨房里喊面条熟了。"

去双河一趟，花了五天时间，五一节的头一天回到教育局，工会发了一个节日礼物：搪瓷钵盂。五一放假，中心任务是抓能源建设。先做了一些煤球，接着还要维修"反应堆"。我的小煤炭炉子，用得苦，烧垮了。前次，照别人介绍的经验，用煤灰、黄泥、食盐混合作为调料，把炉子糊上，没用多久就层层脱落，最后用瓦片煤块塞垫，勉强用了这些时日。这一次，调料中再加桐油、水泥，把这个煤炭反应堆重新建造，可能是一项有成效的技术革新。

单位里的工作还很多，三岔农中黄非非老师将作为农职中代表，出席全省教育先代会，他的典型材料由我负责整理。此外教研室召开教导主任会议也要参加。于是，下乡看农职中的计划就得顺延到下周。这样也好，晚上还可以给补习班上几节课，

早上背着昶昶上幼儿园，他高兴得不得了，望着对面升起的太阳，自己编儿歌："五峰山，太阳眯眯笑……"一进幼儿园，他喊一声"爸爸再见"就飞也似跑去了。这个老三，也是生逢其时，老大、老二像他这样大，是没人管的，坡上河边就是他们的幼儿园。

把黄老师的材料整理完毕，又是接昶昶的时候。昶昶刚回来，传美也到家了。昶昶见到妈，就开始唱歌了：

"我的好妈妈，
下班回到家，
劳动了一天，
多么辛苦呀，
妈妈妈妈快坐下，
妈妈妈妈快坐下，
请你吃白菜……"

传美听得笑嘻嘻的，听到这最后一句，更是大笑起来，说道："怎么是'请你吃白菜'呢，是'请你喝口茶'……"

这时，荞荞回来了，很不高兴的样子，一看还挂着眼泪哟。问是什么事，

她说：“姚老师分我当清洁委员，今天值日的几个同学，一点也不负责，地也没有扫干净，要他们重扫，他们都跑了，害得我来给他们扫，还抹桌子，擦黑板……”我说：“这是小事一桩，明天告诉他们，清洁值日要认真做。当个小干部也是不容易的事情，要不怕事才行，不然，那就只有自己怄气了。”

参加了两天重点学校教导主任会，会议第三天上午分组讨论，下午是电教表演，到了这个时候，敖局长布置任务了：明天他作总结报告，要我写一个稿子。早又没说，不然这两天我可以先把架子搭起，临时说起，就把我害苦了，只有打夜工，一直到了凌晨四点！

只睡两个小时就起来。上午，我读总结讲话稿，几个领导听，都说可以，就算通过，我才算交了票。这种日子，比荞荞帮同学扫地，不知道要难多少，只不过我不怄气，也没有人可以对着流眼泪。

进入 5 月中旬，天大热了，厚厚的外装下了“树”，人们都耍起小伙子来。不知是不是天热起来的原因，我感到很疲倦。过了一天，仍然周身无力，不思饮食。去看病，医生开了天麻丸等药。

看农职中的计划再也不能推迟了，星期二，乘车到了大山顶，看牧中。筹办的时候来过，现在是办起来了，学生招了 32 人，原来初三学生 18 人直升，共 50 个。校长刘本儒介绍说，想进牧中的学生还不少，可学校是“叫花子背不起三斗米”，没房子，差教师，缺设备……县里批的 6 000 元开办费，刘校长一口气就给我报完了：床 25 张，每张 80 块，去了 2 000；桌凳 50 套，每套 12 块，又是 600；维修教室、寝室、添置学生食堂炊具一起是 3 700，把公社给的 200 块都挪作炊事费用了……这位刘校长，戴一副眼镜，看样子文质彬彬，但说到难处时，就有难听的话出来了：“县里也是‘大方’，办一所学校就给这么五六千块钱，真是‘狗子过门槛，挺出的一个屁’。下半年再招生，床铺、桌凳都要添置；办牧中，奶牛要不要买一头，一头就是 10 000；还有，这高山上，苞谷面放上三五天，就开始长霉，变压器、钢磨、电动机是要买的，包括安装，要 3 700……”

恩施城里，人们已经开始过夏天，穿着衬衣耍小伙了，而这大山顶上，还真是“高处不胜寒”，我只感到寒冷，仍然是什么都不想吃。下午吃饭，只有洋芋还“如法”（合适），吃了一点。晚上早早躺到床上，拿起《高老头》，没看几页，睡了。

早上起来，还是不想吃东西，却有胸闷腹胀的感觉，几次拉肚子，也不知是什么原因。中午只好离开牧中，去磋场等车回城。大山顶公社所在地叫“磋场”这么一个奇怪的名字，不知其来由，更不知是哪一位老先生所取。这里，除了公社，供销社等零星几栋房子，并无街道和别的什么建筑。在供销社，花一块钱买了一个梨子罐头，想把命保住，人的确是到了风都可以吹倒的地步了。幸好一点多钟，一辆从板桥回城的客车来了。上了车，里面空空的，连我不过七八个人，可以随便找一个位子坐下。

下午四点回到了家。传美准备了几张电影票，看了一场舞剧《丝路花雨》，确实不错，还能止腹泻。

食欲不见恢复，去医院看病拿药。抄录农职中有关数据，准备写一份情况报告。下午，单位从建始运来一车煤炭，每人 600 斤，胡局长让给我 300 斤，共 900 斤，这一下解决了能源的大问题。

晚上去南门外 45 号。今天是农历四月十二，母亲已七十八岁高龄了。可喜的是，她如今饮食尚好，令人担忧的是记忆力衰退厉害。去年她是认得我的，现在多半时候也似乎不认识了，连父亲都不认识，有时还把父亲当外人，质问他是哪里来的一个老头，要将他赶出门去，父亲说起也直摇头。听说，在城里的亲人，应贞姐、竹贞姐和龙鹏飞兄都来过，看望了她老人家。我想，如果有药能够恢复母亲的记忆力，那是多好啊，她的儿女和孙辈们，还有这么多亲人都在身边，不知道她会有多高兴。

第二天在体委参加全县小学生乒乓球运动会裁判员会，宣读裁判规则完毕，又感到头痛。近几日，每天下午就有这个情况，有时服一粒安乃静，也可以解除痛苦。自己怀疑，这是不是家族病，父、兄、姐都有头痛的毛病，看来我也不能幸免了。又过一天，发现了新情况，小便时，有未尽之意，不知什么原因。这种情况，还是在庠口时出现过两次，以后一直不曾发生，但愿就这样过去了。

再过一天，我把乒乓球赛的闭幕词写完，去小解的时候，竟然觉得如刀割一般的疼痛。一看，小便红黄，最后几滴分明是血。血！呀，怎么是血尿呢，我得了什么病？急忙查《农村医生手册》，自己也不能判断，只觉得我这人，身体是将要崩溃，精神也要崩溃了。去年便血，今年尿血，我不知道我这躯体还能管多久。上午剩下时间不多，办了一期简报。中午睡了一会，就去医院查尿。化验结果：肾盂肾炎。看中医，服中药。人是很难受的，“恨病吃药”，看《悲惨世界》。

中药是有效果的，服了三剂，疼痛不再，血尿停止。去理了发，准备下乡，又去医院看西医，以便出差时服用。内科医生知道我明日要下乡，还开了吊针液两瓶。于是从下午两点开始，直吊到六点钟。很好，在这病床上，安静极了，什么都不操心，只顾看《悲惨世界》。回到家里，精神像好了许多。这使我心存感激，感到医生真是伟大，他们解除人的痛苦，给人新的希望，无论中医、西医，都有几手。

这次下乡，是局里统一组织的，主要任务是了解教育局 11 号文件《管理办法》贯彻落实的情况。我和小聂去沙地、崔坝两个公社。

沙地教育站的会议室里，向中心站长兴致勃勃给我们介绍这学期抓管理的情况。他讲话很有条理，先讲做法，说年前就把《管理办法》初稿的内容在重点中小学校长中“灌”了，预先打了招呼，要求各校制订计划时要充分考虑。开学初，11 号文件正式下发，教育站提出“向管理要质量，按规律办学校”的号召，组织全社教师认真学习。这个五十七条《管理办法》得到老师们普遍欢迎，老教师说：“不以规矩不能成方圆，早就想有这么一个东西。”新教师说：“学了这个文件，知道了哪些该搞，怎么搞，哪些不应该搞。”尤其是学校领导欢迎，他们多数是“文革”后提起来的，他们说：“这一下搞明确了，怎样当校长，怎样当主任，有了一个‘把本经’。”开学以后，站里的人员、管理区的负责人，一直抓到每所学校，是从劳动管理入手，检查管理落实情况。4 月底召开校长、主任会议，专题汇报《管理办法》贯彻落实情况。5 月底，全站五个同志跑遍了每一所学校，发现了不少好的典型。

向站长掩饰不住内心的喜悦，接着讲“初见成效”，他说：“贯彻五十七条，我们已经初步尝到甜头。五十七条是县里发的，具有权威性，各方职责明确，要求具体，体现按教育规律办教育。现在站、校都有章可循，教学秩序更加稳定。就说学校工作计划，今年开学，各校的计划比哪一年都出来得早，站里的计划3月5号出来，各个学校3月10号也都拿出来了。

“贯彻五十七条，最明显的变化是教职工的纪律性大加强，出勤率大提高，出满勤的比历年多，请假的比历年少。过去，学校上午十一点上课，有的还拖到十二点，这种现象现在没有了，有的学校还打早上课。同进小学，十二个老师，去年3–5月，请事假15天的1人，请10天的3人，请7天的8人，没请过假的还没有。今年3–5月，有10人一天假都没请，请假2天的1人，1天的1人。请两天假的是因病。请一天假的赵老师，他家里困难大，房子是个空架子，爱人又“撇”（差）又“二黄”（不懂事）。他离家比较近，学校同意他可以常回家照顾一下，他认为自己是个党员，很少回去，就是回家一个小时，都要请假。今年他只请一天假，去年请假有10天。这所学校，过去教师迟到是普遍现象，最长的达到175分钟；这学期有11个老师没有1分钟的迟到早退。联盟小学有个张昌孝老师，家里请了八个劳动力帮忙整田，他都是没有请假的，坚持在校上课。落都小学有个罗德平老师，是数学教研组长，他说得好笑：‘过去，我早上要割一挑牛草了才到校上课，放学了急忙改作业，回家还要搞两个钟头活路（劳动）。现在有了这个《办法》，给我帮了大忙，松了大劲。我就给家里的人宣传《办法》，对他们说清楚，上级有明文要求，我再也不能像过去脚踏两只船了，我们的劳动分工不同，要各自把各自的事情做好——你看现在，田还不是照样种出来了。’还有，像麦垱中学，有19个老师，规定的农忙假有6天，只有4个老师用完了，其他人都只用了两、三天，现在是有假都不要。去年星期天补课，学校统一安排，给加班费，现在每周都有人自发加班，根本不提加班费的事。偏南小学民办教师丁介卿，5月28号，家里受到水灾，墙被推倒了，楼板推到了河里。学校组织师生帮丁老师家除淤泥，发现棉衣都埋在泥沙里。丁老师任五年级数学，家里受这么大的灾祸，只请假三天就到校上课了。

“贯彻五十七条，领导带头遵守纪律，深入教学实际，关心老师学生，广大教职工的积极性起来了，大多数学校热气腾腾，精神面貌大变。花坪小学校长范洪安，现在和五年级教师一起备课、听课，研究作文教学，还给学生讲课，具体指导。落都小学，过去处于全社中下游，现在发生了大变化。校长郭银龙带着一批青年教师，开展教研活动，体育活动，改善环境，搞得热火朝天。在他的带领下，全体教师同心同德抓教学，五个班上早课，附近的群众是一片赞扬之声。过去，校长们汇报工作，只能汇报几个分数，皮面三大块，现在还能够讲出一些门路了。

“贯彻五十七条，先进的有想头，中间层有奔头，后进的感到了压头。老先进认为自己过去是搞对了，被公认了，过去受挖苦打击，现在谁是谁非，谁优谁劣，有了尺子，还与奖金挂钩，体现了赏罚分明。中间的大部分人，现在是‘赶有目标，学有榜样’，都在努力搞教学工作。过去后进的人，看到大势所趋，自己感到孤立，再搞不好，经济上有惩，其他后果还不堪设想。杨柳池有位教师，过去喜欢发牢骚，考差了还好像理所当然，现在感到不好见人，问心有愧了，在检查自己的不足。

“贯彻五十七条，促进方针的全面贯彻，促进教育质量不断提高。现在各所学校都在按照要求开展教学研究活动，特别是常规教学，备、教、改、辅、考五个环节比过去落实，前进了一大步。小学四五年级作文，过去很难完成，现在大大超过了规定的篇数。校长、主任牢牢抓住教学主线不放松，检查教学比过去勤。班主任工作、团队活动、思想教育、体育活动都得到了加强。六一儿童节，全社九个管理区，有八个开了小型体育运动会，搞了文艺演出，老百姓观看的不少。文艺节目虽说都是下里巴人，但是群众说好久还没看到了，都看得起鼓子（*有劲头*）。麦埫小学演出那天，哪怕下雨，连老高山的人都赶来看，场坝里是人挤人，像插笋子的。

“贯彻五十七条，密切了上下级关系，增强了同志间的团结。按照五十七条规定，教育站人员、管理区负责人转变工作作风，经常深入学校，过去老师们喊‘稀客’，现在已是‘常客’了，经常来来往往，与老师们关系更密切了。为了把学校办好，打好整体战，学校领导与教师建立了团结合作的关系。因为评价班主任要看各学科的合格率，现在班主任也更加主动与科任教师配合。按照要求，大一点的学校都建立了校委会，这样，集体领导的作用得到发挥。花坪小学、前锋小学，前段校长主任不在家，学校工作仍然有人顶着干，工作完成得很好。郑光小学的主任摔伤了，指定一个民办教师负责，也搞得很好。

“贯彻五十七条，学校加强管理，得到社会各方面的拥护、支持和好评。事实说明，哪里加强了管理，哪里就有变化。同升学校过去属于比较后进的，现在管理加强，发生了大变化。五年级一位班主任，过去一边教学，还带着做小生意。现在生意不做了，一心一意搞教学，还安排二十几个学生住读，连星期天都泡在教学里。沙子地各所学校抓管理，已经出现了明显的变化，整体办学水平在提高，中心小学九所，除一所还差一点，八所管理抓得好，教学上得很快。学校加强管理带来的新变化，得到家长、干部和群众一致好评，都说：'这是抓了一件顺乎民心的好事。'

"我们贯彻五十七条，也还存在一些问题。一是存在落后面，一所中心小学，基本还是老样子，七八所大队小学也还是老样子。有一所大队小学的主任教五年级数学，他和语文老师私下商量好，一个人上一天课，两人轮换在家种田。二是有的单位存在单纯抓管理的偏向，忽视了思想政治工作。有的学校搞得很紧张，出现老师互相盯，互相抠的情况。三是教学管理、行政管理的内容多，还有多项的工作要做。沙地小学的校长总结得很好，说'行政管理是关键，教学管理是核心，劳动管理是保证'，这几个方面我们都还有大量的工作要做。对五十七条文件本身，我们认为也还有不足：主要是措施还不够得力，对于工作不负责，玩忽职守的极个别教职工，怎么处理没说，我看可以给降级处分……"

向站长讲完，其他站内成员又作了许多补充。牟老师说："贯彻五十七条，落实'三率'要求，有力促进了普及教育。过去开学后很少再收学生了，现在学校不断在回收流失生，四月底五月初，落都小学回收了5个学生，黄金小学回收11个，同升小学回收6个。回收的学生中，有个赵如玉的女生，读二年级，母亲出走到了河南，继父已经七十岁了，家境十分困难。学校动员每个同学多带一把粮，凑了五十多斤给了这个同学。学校又与大队联系，把她列为救济对象，解决了难题，赵如玉又安心读书了。学校加强管理，得到社会的赞扬和支持，黄金小学过去在群众中可以说信誉扫地，现在家长自发给学校凑木料3个多立方米，用于改装教室。丰庄大队要给学校修四间教室，现在已经动工。新生大队是给学校修阶沿，镇楼板……"

谭老师补充说："现在学校、社会、家庭三结合教育得到加强，没有哪所学校没开家长会的，少则一次，多的开了三次，都有记载……"

杨老师说："……管理办法五十七条，比较全面、系统，这个文件的颁发是我县抓教育工作的重大步骤，实际上就是要求按教育规律办学，我觉得下一步我们应该组织校长主任学习教育学的有关内容……”

向站长和老师们的发言，都令我振奋，欣慰，也很受启发。

第二天和几位中心小学的负责人座谈。沙地小学是规模较大的集镇学校，教导主任范绪普详细讲了如何组织教师学习五十七条，如何把五十七条的要求在本校逐项落实，也讲了学校发生的变化。他们的工作做得细，学习贯彻五十七条，不是硬性搬弄条文，而是和学习党的十二大精神结合，与宣传学习蒋筑英、罗健夫的事迹结合，认识教育事业是国家的战略重点，教师的责任重大，提高教师做好本职工作的自觉性。遇到具体问题，领导出面帮助老师解决。集镇学校女教师多，家务事多，建立考勤制度以后，她们在校的时间多了，做家务的时间少了，这样，在其他单位工作的丈夫有意见的就多了。对此，学校领导把工作做到了家，给学校的“女婿”们说明教师的责任重大，宣传五十七条的有关要求，得到了他们的理解，避免了家庭纠纷。他们还走访了七八个半边户老师家庭，都是这样细心做工作。现在学校各项制度都建立起来，四个教研组的教研活动有计划开展，学校充满生机和活力。

花坪管理区中心学校校长发言说：“学校管理一直是我们很头疼的一件事。1980 年，一个老师星期六进城，多天没回校上课，四个班的外语无人上。后来通知她，再不到校要扣工资，这位老师一共耽误了十八天，回到学校说是因为引产，和我们闹了一架。教师迟到旷工是常事，有的不到校上课，过了两三天请人带张二指宽的条子，说要请假。1981 年秋季，我们期中检查教师的备课，一个老师的备课本一共只写了五百字，还振振有词地说，我一个月只拿这么一点工资，写了五百字还应该当模范、当先进。期中、期末的试卷他是不看学生答案的，只用三分钟就可以把学生的分数打出来了，都是‘摸脑壳数’。1982 年秋季，全辅区三十多个教师，请假总天数达到 90 多天，耽误三五天不请假的不是稀奇事。我们把情况反映到教育站，希望教育站要硬起来，我们才能硬。放寒假的时候，真的是硬起来了，说县里制定了《管理办法》，站校长会议上已经提出讨论，正式文件很快就会下发。这学期开学，五十七条文件下来，我们原原本本逐条学习，讨论。五六十年代过来的老教师都说，早就应该出来这个东西，这就恢复了老传统，只有这样搞教育才有兴旺发达的可能，没有规矩怎么能够成方圆？也有少数人，认为是紧箍咒，说这个《管理办法》，是‘麻纯子捆了还要过水淋’，有些不自在。我们组织教师学习十二大文件有关教育地位和作用的论述，认识怎样才是对人民负责，对学生负责，提高教师的使命感，责任感，又请老教师讲五六十年代学校是怎样管理的，教师是怎样工作的。我们表彰本校的黄赤元老师兢兢业业的工作精神，病了一周，都没缺过一次课，还给学生上了不少早课，假期中，还通知学生每十天到校检查一次作业。对个别教师我们作个别工作，疏通思想。学校的考勤簿建立起来了，集体办公制度建立起来了，教学检查，教学研究活动随之开展起来，学校出现了起色。这学期直到现在，只有我自己请了两天事假，其他教师请病假的有两人，都只请了一天。现在的星期天，有的老师中午就到学校来了。有一位老师，过去不备课，还经常不批改作业。去年教学检查，他只有 3 月 10 号和 4 月 11 号批改过两次作业，现在这位老师不仅备课认真，按时批改作业，有时还给学生上早课。教师作风的转变，带来校风、学风的大转变。过去评先进评不出来，津贴不好发放，现在谁好谁差，都有记载，有根有据，大明其白……”

太平管理区中心学校校长说：“局里 11 号文件下达之后，我们可以说是火速组织学习贯彻，多数教师认为学校就要这样办，也有老师认为抠得太严，‘麻绳捆了再用水喷’，绑得太紧。我们校委会五个人，首先统一认识，要带头学习，带头执行，领导不带头，贯彻落实五十七条是困难的。我们是从保证出满勤开始带头，没请一节课的假。教师的精神面貌也是很好的。张昌寿老师是个民办教师，去年他在和平小学教学点上，每天都是十二点才上课，下午三点就放学，还耽误了二十多天没有上课。这学期，教学点合并到大队学校，又遇到贯彻五十七条，张老师的工作有很大转变。虽然家里受了严重的水灾，二亩七分地，被泥沙填埋，家里请了七八个人工帮忙，他都没请一天假。向玉琼老师，也是一位民办老师，三个小孩，爱人在花坪中学教书，忙不过来的时候，向老师都是请人帮忙，自己坚持在校工作，有时中午回去安排一下就到学校，工作到放学了才回去。民办教师田先格，患风湿骨髓炎，也没请过一天假。这学期我们的入学率达到 98.8%，巩固率 100%，还从外地转进来两个学生。教师的责任感加强了，教学工作抓紧了，家长群众反映很好。五十七条是我们的办学准则，我们期中是按五十七条要求总结，期末要照五十七条要求交账。”

落都管理区中心小学郭校长发言说：“落都管理区的老师都是六六年以后参加工作的，五十七条下发以后，都感到很新鲜。讨论中，老师们认为，这么多年来，这样全方位的具体的管理要求，这还是第一次。这是我们办学的大法，不这样办，我们的教育就达不到目的。同时，年轻的老师又认为，要原原本本地执行，也有些紧张，如今农业生产是责任到劳，多数又是新安家，有的还有了小孩，这样绑得紧紧的，还是感到不适应。我对老师们说：‘农业生产耽误了是一季，学生学习耽误了就是一生。我们是教师，是教书的，我们的责任是培养教育学生，不能拿了教师的工资，却放弃了学生，去种自己的责任田，做家里的事情。党的十二大，把教育提高到优先发展的战略地位，教师的政治地位、经济待遇也在逐步提高，五十七条是我们起码要做到的，倘若我们，经常去围着责任田的田坎转，今天去种白肋烟，明天又去买一袋化肥，哪里还有一点教师的事业心、责任感，哪里还像个人民教师？我是学校负责人，绝对以身作则，原原本本按文件要求办，请大家监督。老师们如有迟到、旷工，我记载下来你也就莫怪，是文件有规定的……’这些年轻老师还是听话的，一个个回去给家里交代清楚，说：‘从现在开始，家里的事情你就莫指望我了，我有我的工作。’自开学至今，没有老师迟到旷工的。中心小学 9 个老师，有 6 个一天假都没请，有 3 人请过 1 天假。而去年同期，几个教师整整齐齐在学校的日子很少，总是你来他不来，有的班上没有教师上课，学生上自习。每个星期六，更是锣齐鼓不齐，离家远一点的，上午就要走，星期一能够赶到上课就是好的。离家近的，多半都是‘早上一回草，下午一回柴，跟着学生去，跟着学生来’。有的把学校当成歇脚的‘腰店子’（旅舍），今天下午去买化肥，回到学校歇一夜，明天一早送回家，再赶到学校来上课。本学期，建立了早晚办公制度，老师们都按要求星期天到校，备课批改作业有了时间保证。教学研究活动也开展起来，都在围绕提高教学质量打主意，想办法。有的开始加班加点，早上六点四十分上早课，学生带粮食，在学校食堂吃早饭。其他几个班也都不甘落后，跟着这样搞。五年级的两个班还在学校吃两餐。青年教师雷庆杰、李福孝，认真钻研教学，还在加紧自学。老师们都以校为家了，学校也努力注意把食堂办好，争取伙食开均匀一些，发动大家种好菜园，少出钱，做到自足有余，同时还经常开展一些文体活动，把学校建成一个留得住人的家。”

几位学校领导的座谈发言，使我感到沙地教育抓管理，工作做得扎实，步子迈得很大，今后教育质量的提高是不言而喻的，如果各地都能这样抓，全县的教育事业是大有希望的。

下一站是崔坝。胡连海同志调到局里之后，崔坝教育站站长由林兴让同志接任。林站长已年过半百，但总是乐乐呵呵的，给人干劲十足的印象，据说年轻时是做公安工作的，又熟悉会计业务，如今还身兼教育站会计的工作。林站长谈工作的时候，有一个特点，就是喜欢用数字做归纳，如“一个”什么，“两个”什么，“三个”什么，等等。我们一到站，林站长就说：“这学期，我们是‘三点并重一突破’，三点就是重点中学，重点小学和农中，一个突破就是在办农中方面争取有一个大的突破。”他谈起农中这学期的确有了突破，变化很大，建议我们去看一下。

说走就走，我们一起去香炉坝看农中。校长陈兴凯对我们说：“地区在建始召开农职中会议以后，我给公社党委和教育站汇报了会议精神，公社吴书记和叶委员很重视。接着，他们多次到学校来，决定把农中作为全社推广种桑养蚕的一个点，给学校划了30亩地种桑树。公社从湖南华容运来一车桑苗，我们栽了5万根，成活率很高，长势不错。公社财政给我们解决了500元周转金，还从四川请来一位陶师傅，给学生上专业课，实地指导建苗圃。公社以我们学校为基地，办了两期桑蚕培训班。学校又营造了5亩速生茶园，公社财政每亩扶持200元。站里派了谭大鹏老师在这里蹲点，林站长也是多次到这里来指导。原来，很多老师想调走，现在都安心在农中工作了。桑蚕组的王老师，干劲特别足，起早摸黑在桑园薅草。高一班主任颜凤翔老师说，‘办农中是方向，今后农中是要吃香的。我是四十开外的民办教师，前辈子没搞成什么事，今后只想为农中搞好一门专业，就是养殖’。颜老师现在正在钻研养殖技术，孵化小鸡，他想在下半年办一个养殖专业班，把学校的养殖场办起来。严老师事业心很强，他要办成的事，一天不吃饭都在搞。前一段时间，他的爱人和孩子都在给他帮忙。不过头一轮不算成功，67个蛋，只孵出37个小鸡，孵化率只有55%。公社吴书记鼓励他，不要怕失败……”

主任崔映波接过话题说：“现在领导重视，经常往农中跑，师生因此更加齐心。社会上，包括六中和农科站初中的一些同行，还当着我们开玩笑，说我们香炉坝这所农中是‘香农中学’。的确，公社领导，站里林站长他们是三天两头都到农中来，比到其他几所学校走得勤便得多。”

林站长笑着说：“我们是中学、小学、农中‘三点并重’，来来去去，基本上不离人。农中现在是‘三个一’：就是选定了一条路子，坚定了一个信心，突出了一个‘专’字——栽桑养蚕搞养殖。”

我们听得很高兴。崔坝农中来势的确很好，在适应当地经济发展办农中，变化很大，难怪我们一到，林站长就讲农中的事。

林站长在我们听得兴致勃勃的时候，提出问题了：“当务之急，有三个问题：一个是蚕房的修建和基本设备，计划要 5 000 元；二个是修厨房和猪场，一起大约要 6 000 元；三个是修厕所，少说也要 1 500 元；四个是师生的寝室，要 10 000 多。这三个问题，请吴同志，小聂同志回局后给局长们汇报，扶持我们一把，我们是有信心把崔坝农中办出一个样子来的。当地党委这样重视，师生们的决心这样大，县里也应该重点武装一两所……”

回到教育站，林站长才给我们谈贯彻执行 11 号文件的情况。他说：“我们贯彻 11 号文件是‘按照一个要求，三个步骤，落实六项任务’来进行的。一个要求是：以五十七条为总的要求。三个步骤是：3 月上旬，站内学习，提高认识，制定细则；中旬，武装骨干，修订和通过站内细则；下旬，层层落实细则，以合同的形式，落实到人，人人签字表态。六大项任务是：1. 普及小学教育；2. 提高教育质量；3. 扫除青壮年文盲；4. 勤工俭学；5. 后勤财务，集资办学；6. 师资培训。站内的细则是将各项任务，层层分解到人，落实岗位责任制，统一承包合同，把工作态度和个人利益挂钩，奖勤罚懒……”

听到这里，我想起开学初刚从咸丰函授回来，听下乡的同志汇报说，有的单位学习企业上的搞法，对教学也搞承包，浮动教师工资，我便发问了：“教师的基本工资是不是也实行浮动？”

林站长说：“原来的方案是浮动工资，第二阶段讨论修改时，大家的意见还是暂时不搞工资浮动。三月底，全社落实承包责任书，大部分教师能正面理解，态度是积极的，少数的认为是搞形式主义，包与不包一个样，态度消极。我们感到教育上搞承包有些具体指标也是不好搞……”

小聂插话：“教育上是不适合搞承包的，林站长，我建议您们不提承包，就照五十七条的要求，把几个方面的管理落到实处。”

我也补充说：“基本工资浮动不得，教师本来就穷，基本工资浮动就伤筋动骨了。绝大部分教师的自尊心很强，只要与奖金挂钩，不平均发放，就能体现奖勤罚懒，奖优罚劣了。小聂刚才说到承包，教育工作方方面面很复杂，教育上的确是不能学企业搞承包的，教育局11号文件也只字没提一个‘包’字……”

林站长笑起来说：“对对对，‘实践是检验真理的唯一标准’，我们很快就发觉这样搞有问题，教育上有的工作不好包，比如体育的指标就不好定，怎么包？还有扫盲工作，学校说，这个任务不完全是我们的，社队也有责任，全包在学校是不合适的，提得有道理。再比如定教学质量标准，定了人平分和及格率的指标，教师就只管教学质量一头，动员学生入学的那一头就不积极了，还带来厌弃差生的问题，今年开学一下流动了700人。我们急忙采取补救措施，收进来400，最后还是流动了300人。教育上的问题的确复杂，因此的话，我们有关的细则还是没有摸出来。现在就是强调，按照县里的文件要求，切实做到‘三个落实’，就是：涉及站里的，站里每项落实；涉及学校的，学校条条落实；涉及教师的，教师确保落实。现在看来效果还是好的，突出的变化是旷工的、请假的少了，校长的工作作风改进了，深入学校，深入教学了，站里开会说几点到就是几点到。站里同志的纪律性明显增强，工作主动，扫盲班子已经开了现场会。教师‘大面积’的表现是‘两个加强’：组织纪律性加强，工作责任感加强，普遍做到‘超周备课’，各学科开辟第二课堂，形式多种多样。期中，我去云台红旗学校，学生作文已经写了九篇。第八周在曙光学校搞教学检查，初二语文教师张玉芝，新课已经全学期备完，密密麻麻写了两个备课本。当然，检查中也发现个别教师教学不负责任。有所学校，也是一个初二的语文老师，备课还差二三十节，学生作文只写一篇，一半的作文本还没改，教育站责令其写检讨……”

最后，林站长对我们说：“还有一件事请你们回去后帮我反映一下：我身上的担子太重了，精力有限，是硬着头皮在干。这个话我平时从不流露，二位是领导机关来的，我才讲个真心话，请领导考虑配备一个助手，搞一段时间了，我就可以交班……”

从崔坝回城，人感到很疲惫，下午睡了一觉。晚上去看父母，父亲感到很恼火的是，母亲往往不认识他，尤其是晚上，常常要把他当作外人赶出门去。这使我既为母亲脑筋糊涂着急，也为父亲不得安然犯愁。父亲说，“是不是要旭娃晚上到这里来住，他奶奶扯起皮来的时候，有个孙娃说句话，做个证，恐怕要好一点，不然我硬是过不出日子。”我说只有这个办法，试试看。

第二天，局里召开下乡情况汇报会，敖局长和胡局长参加。谭世湘局长已去省党校学习，据说有三个月时间，局里工作由敖局长牵头。我们几个组汇报完毕，敖局长安排近期工作，一是开展青壮年文盲普查，二是召开全县双推会。我的任务是筹备双推会，看材料，确定大会典型发言，写开幕词，并在评议组当评议员。

晚上把旭娃的床铺搬到南门外 45 号。旭娃实在懂事，很乐意去陪伴爷爷奶奶。他马上就初中毕业，要参加升学考试了，天天在抓紧复习功课，早上起得很早，晚上睡得很迟。从现在起，晚上复习了功课还要到爷爷那里去睡觉，真是难为他了。听传美说，身边的同事也有子女今年初中毕业，大都打算报考中专，他们建议旭娃也报考中专。他们算了账，中专毕业就可以参加工作，这样不仅比读大专的先拿四年工资，而且参加工作早，工龄起码要长四年，算工龄工资就要划算多了，同时，参加工作以后还可以进修大专。只不过，如今中专俏得很，报考的人太多，绝大部分的尖子学生都想读中专，竞争太激烈了。然而，旭娃是毫无心意考中专，只回答一句，“男娃家家，读么子中专”，看来他的意思还是铁心要读高中和大学。当然，他有这个志向我是高兴的，想我们当年，做梦都想上大学而不可能，成为终身遗憾，他能够读大学，也是遂我平生之愿。

眼下这一两月，真是一刻值千金。旭娃要准备考高中，荞荞要考初中，我的函授也面临结业考。前不久得到通知，上次当代文学考试以 72 分及格，实在万幸，不久还有外国文学的考试，也要挤出时间复习了。不过，想我这一家人，虽然在物质和时间的占有方面，可算是极度紧张和贫乏了，但在精神生活方面却是相当富有的，故此，我虽苦尤乐。

旭娃中午回来说，爷爷病倒床了，是因为太累了，得不到休息，半夜奶奶还要撵他出门。急忙去到南门外，父亲起床了，刚吃了一点面条，人很憔悴。我问是不是马上去医院，父亲说今天安排一下，明天去住院。第二天，把母亲接到法院，由哥嫂照护，父亲住进了医院。

刚从医院回来，在办公室看双推材料，延林一身尘土，急急忙忙跑来说，“大料”拉进城了，帮忙下车。这是给旭娃的家家准备的寿材，他在盛家坝的山羊溪买来，这东西是禁止出口的，不知他是怎么弄到手又安然运进城的。一看这木料，全是粗大的杉木树筒，也难得他的一番好孝心了。不过，这么大的一节大料，要扛起来是要相当一把力气的。我有几分畏惧，不是怕闪腰，而是担心会不会把尿血的毛病引发。但是，这个事情也不好“谦虚”，硬着头皮就去扛，也验证一下，尿血与负重之间有没有必然联系。

下午又是政府文化补习班的课，直到晚饭后我们才一起去医院看父亲。父亲说了一些很悲观的话，其中有对后事安排的意见。他说两副棺材，他走了就用小的那一副，大的留给母亲以后用。如果这一次的病治好了，再是不能与母亲同住了，这病算是母亲折磨出来的。我想，父亲的身体算是好的，大概是能够治好出院的，如果父亲真的上了前，那事情会多么复杂——心情很沉重。

第二天全县双推会开幕，开幕词是我写的，由胡局长讲。下午是节目表演，原来安排有我当评委，因接到地区教育局通知，去开农职中规划会议，于是，评议席上“第八个是铜像”了。

地区召开的农职中规划会议很重要，重要性在于省里有一笔经费，要先做一个很复杂的规划，交上去以后才可以得到。具体怎么编制规划，明天再说。晚上，敖局长又临时布置任务，写双推会总结，医院去不成了，打夜工写总结。次日去地局开会时，顺道去医院看了父亲。上午地局领导专门讲规划制定的问题，主要是专用教学设备，哪些可以，哪些不要列上去等等，下午各县回去自己编制。回来的时候又顺道在医院去看了父亲，他的病情似乎并没有明显的好转。回到家里，精神很不好，昏昏欲睡，主要是昨晚打了夜工的原因。睡了一觉，才把会议总结誊正。晚上敖局长来，用普通话照着稿子读了一遍，通过了，他把稿子带走了。

下了一天的大雨。双推会的总结会我没有参加，闭门编制要经费的农职中规划。晚上去医院，父亲说，差不多住了一个星期，病好像没有怎么松一些，天天下午都头痛，恐怕这人是不行了，于是又多半讲了有关后事安排的问题。最后，他还要我去 45 号看一下，下了这么大的雨，屋里有几个地方漏雨，楼上铺着的塑料布天蓬，肯定积满了水，要去舀出来，不然垮塌下来，泼洒满屋就不得了。随即到 45 号，果然，塑料天蓬里，真是积满了橙黄的雨水，舀出好几盆倒了……

农职中的规划还不是闭门造车能够完成的，需要一些什么样的专用设备，我是一窍不通，为此跑了畜牧局和农校。

正是如牛负重的时候，父亲住在医院，母亲住在法院，也没有空闲去看望。我要忙着编农职中规划，马上要考试的外国文学和形式逻辑都只能放在一边。

“小吴，你母亲找你来了。”大锐在窗口叫我。我感到奇怪，停住笔，走到大厅，原来是两个母亲——旭娃的奶奶和家家——都在厅里。家家对我说：“刚才你妈一个人走到大十街去了，我问她到哪里去，她说‘屋里一颗米都没有了，一个洋芋也没有了，我要去找点洋芋’……”我立即明白了，母亲是那些年饿怕了，总为吃的东西伤心，到如今脑筋糊涂了，都还是担心缺吃的东西。父亲住医院了，她住在法院里，哥哥一天忙得不得了。嫂子是天不亮就出门的，要走十几里路去黄土坎小学上班，天黑才能回。娃娃们呢，也都上了学，肯定家里只有母亲一个人。她这一出门“找洋芋”，就不知道回家了，哥哥他们只怕还不晓得。母亲一人外出迷路，这是第二次了。第一次是刚进城不久，住在南门外，父亲到我那里看孙子，他没有看过电视，刚好局里的电视机开着，我便陪他去看电视，但他只看了新闻联播就要急着回去，惦记母亲一个人在家。我陪他回到 45 号，母亲果然不在家里了。我们到处找都没找到，幸亏传美的同事廖海伦老师把她带到了我那里。今天，幸好被家家看见了，不然会找坏人的。

这一次，我又带着母亲去法院。一路走，心里酸楚得几乎要流出眼泪来——可怜我的母亲啊，原来是多么能干的人，如今是什么世事都不知道了！

我差不多用了一周的时间，终于编制完成了农职中规划，冒着大雨到地区教育局交了。顺道去县医院看了父亲，他的病情似乎有了一些好转，还向我解释为什么一直头痛，是医生不用止痛片那样的药物，说那是一种麻痹，不能解决根本问题，这两天头痛的现象没有发生了。这使我的心境豁然开朗起来。

走出医院，去食品公司领了一个季度的肉票。

7月11日，星期一，荞荞参加升初中的考试，我特地给她弄了一点肉——自然，大家也都帮她吃了。考试后的第二天，她又去了学校一次，回来就帮我做事了。她可以做菜，而且很希望别人鉴赏，特别是她炒的酸洋芋片。她是恩施市和平街小学毕业的，读市二中，就是传美他们那所学校是可以的，不过，如果可能的话，读我们的县二中，那是更好了。我这个姑娘能够在凤凰山读几年书，那才是幸福呢。

没过几天，父亲恰好住院二十天，出院了。中午办完出院手续，和父亲一道回家，父亲首先去法院看了母亲，并决定还是要母亲与他一道回45号住，虽然他曾说，这次的病是母亲折磨出来的，就是病好了，也不能住在一起。

我开始抽时间复习外国文学，另外一门普通逻辑，还使不上劲，只有到了咸丰再说。生命如三峡激流，湍急奔腾，年轻时就信奉罗曼·罗兰的话，这样的生活可以撞出浪花朵朵；现在读《浮士德》，又似乎与歌德的“疲倦”产生了共鸣，然而，激流之中，是容不得疲惫的。

中考也迫在眉睫了，旭娃和捷娃每天晚上都在45号打夜工。爷爷看到他们苦，时时弄点猪肝之类补一补，真是管了儿女一辈人，还要管孙子一辈。

买了19日去咸丰的车票，又给家里买了一些餐票，自己备上了粮票，行李也收拾了……

这是最后一次去咸丰参加面授。明天旭娃就要参加初升高考试，不知他会考得如何，我也管不了他，要忙自己的考试。

中午到了咸丰进修学院，好好睡了一觉，就开始复习普通逻辑。其他同志都在对付外国文学，但是，我想利用迎考的压力和这整块的时间，把早年就下过功夫自学，又十分感兴趣的逻辑这门课，好好地学一学，争取能够学过关。很难想象，过了这一次，今生今世不知何年何月能够再和这本书打交道。

复习两天逻辑，转入复习外国文学，这是先考的一门。寝室里静静的，只有翻动书页的声音。这里的生活虽然清苦，但书本里的东西丰富多彩，十分有趣，大家都埋着头，细细地品味着。

第一场考试结束，外国文学考得还可以啊，及格应该是没有问题的，或许还可以得到 80 分呢！还是赶紧准备第二场的考试吧。尽管是夏日，咸丰下雨的日子还是有几分寒凉。到处显得那么宁静，啪啪的声响，是雨水打在高大梧桐树的叶上发出的。这里本来就少有人的活动，苦行僧们一个也没有出门，都在寝室里伏案翻书，潜心修炼，把 S—M，P—M 之类，一股劲往脑子里刻。我在攻逻辑中最难搞懂的“等值判断”，请教了几位比我年轻脑袋瓜子又很灵的同志，收获不小。我相信，总认为自己不行又有决心去努力的人有可能得到学业上的进步和成功。

这是一个星期日，考试逻辑。啊，大都做对了！不仅过了一关，而且考得不错，很值得庆幸。一身轻松了，晚上应该去看一场电影，调剂调剂。可惜，电影是《三十九级台阶》，看过，不想看第二遍了，去看书吧——本来就很有趣的事情，是无须作什么调剂的。

最后面授的一门课是《马列文论》，由武汉大学的两位老师讲。总是忘不了，二十多年前，高中时的同学从武大给我寄了一张贺年片，图案是嫦娥奔月，大月亮里就是武大图书馆，于是我是做梦都想学习嫦娥，考到武大去，奔上那个铜盆大月亮。我还是有幸的，此生虽然读不上武大，但能够听武大老师讲课也是一种幸福。

接下来的日子就是武大的两位老师轮换给我们上课，李老师讲了绪论部分，曾老师讲《马克思致裴迪南・拉萨尔的信》《恩格斯致玛・哈克奈斯》……李老师又讲列宁的《列・托尔斯泰是俄国革命的镜子》……

中途，给恩施写了两封信，其中一封是写给市教育局朱局长的，希望他帮忙把黄土坎小学的刘老师——我的嫂子——调入城内小学。刘老师自从当了我的嫂子，就和一个“边”字结了缘：师范毕业分配沐抚区沐贡小学，那是恩施的西北边；以后去到哥哥工作的大西北，在有名的“三边地区”中的靖边，在那里工作了十年；又十年，他们回到恩施，安排在太阳河，这又是湖北和四川交界的边区；这两年，她在离城十几里的黄土坎小学教书，这是恩施的城边。她为人厚道，工作兢兢业业，任劳任怨，无论寒暑，每日都得步行三十多里，一天的辛劳可想而知，也真是难为她了。我想朱局长他们市局的领导，也是会考虑这样中年人的艰难的，不会老是让老实人吃亏。

八天新课讲授完毕，整个函授的面授也随之结束。接着就是一天的复习，准备考试。复习了一个上午，下午要履行生活委员职责，给大家领取生活补贴费。晚上正好复习却碰到停电，像是故意作弄我。九点多钟，灯亮了，又像是对我发了慈悲，于是忙着狠狠地记那些如“恶劣的个性化”“福斯泰夫式的背景”之类的概念和马列语录，因为明天的考试是闭卷的。

马列文论的闭卷考结束，看来还不差。还有一次开卷考，是几个大题目，自然是要写大块的答案，不过那是可以带回去做的。高师函授至此算是修业期满，成绩尚无不及格者。

下午乘车返回恩施。想着，自此以后恐怕是不会在这一条线路奔跑了，思绪随着车窗外连绵的山峦起伏，滚动，翻腾：三年插班的函授学习已经结束，我不知道自己与普通大学的本科毕业生在学业方面还有多少差距，我知道的至少外语一门，我们函授生是不学的……学无止境，人是应该“活到老，学到老”的……我能够受到高等教育，感谢这个时代，感谢函授教育，感谢武师、武大的老师，感谢力争开办这个班的人，感谢进修学院和所有的辅导老师……到退休年龄，还有二十年时间，我应该尽力为这满目的青山服务。过去了的青春，我给了大山；还有二十年，我要无私地贡献给大山——不，应该是“还给”大山——因为，我是大山的儿子。

从咸丰回到恩施，就如从深山古刹来到尘世之间，知道了许多的事情。第一想知道的是旭娃考试的结果，知道了他的总分是386.85分，但是录取分数线没有划定，这单个的数字似乎没有任何意义。知道了，全县在五中举办的集中班，一炮走红，战果辉煌，县里将组织这批教师外出旅游。还有，指挥集中班师生冲锋陷阵的主帅，五中的徐先寿校长调到教育局任副局长，近日即将到任……

这一回到尘世，就有许多尘世间的事情要做。我趁着单位里的工作还没有拿上手，当晚就跑到市教育局，找到教育股的吕世洪同志。问及高中招生情况，他说一中分数线还未划定，吴旭的考试成绩在市里算是很好的。又向他打问人事调动的问题，回答说好像还没有动，建议我亲自找一下谭明煊局长，并告诉我谭局长住在商业局。次日晚上，没费多少功夫，就找到了谭局长，讲了请求他考虑嫂子工作调动的一些话。这谭局长过去没有打过交道，也不知道是怎样性格的人，我说了一席话，他只是微笑着，却是不置可否，只好告辞。

上班的第一件事，是打电话，通知集中班的教师外出旅游。通知完毕，抓紧做马列文论的开卷试题。天已大热，挥汗如雨，忙着答卷。

集中班的教师真是“招之即来，来之能战，战之能胜”，四个月前一声号令，他们身背行囊，从四面八方云集芭蕉塘湾，打响了一场特殊的战斗。如今结果出来，皆大欢喜。前天，我一通电话，他们又是招之即来，准备出去游览名山大川了。教育局里人来人往，好不热闹，各个办公室里都有这些功臣在和熟人聊天。我在局办公室，听到一位年轻老师在说笑：“我教了几年的地理，天南海北，世界各地，都讲高（遍）了，学生娃听得神乎其神，还以为我哪里都去过，其实，我连巴东口都没出过……”大锐说：“这一回你就可以出巴东口了嘛。”大伙说说笑笑，好不开心。

家里的好消息也来了：旭娃、捷娃两兄弟，双双录取地区一中，要上黄家岃读高中了；荞荞可以上县二中，在凤凰山上读初中，他们都是有福的。高兴之余，却想到一个新的问题：如今家有两个上中学的，经济上的负担是越来越重了，计将安出？办法只有一个，让昶小子从幼儿园提前“毕业”，送到小学的学前班去，不然，他在幼儿园一个月就要 18 块，实在有些支撑不了。

中考招生工作进入一般普通高中和农职中的录取，这是我回来后接手的第一项正儿八经的活路。先是搞测算，根据招生数和各个分数段考生数划出分数线，然后制定录取方案，通知学校来人录取。

也许是天气太热的原因，晚上昶昶鼻血大流不止，九时许送他去县医院。五官科无人值班，值班护士要我们赶快送到专医院。看着鼻子不断流血的娃娃，心急得像猫抓。试着给教育局摇了一个电话，恰好小覃师傅接了，他很快把车开来，直接送我们到了专医院的住院部。经过医生的清洗，塞上纱条，鼻血止住了。此刻已是十二点，背着昶昶往回走。走到北门街头，看到两个流鼻血的，简直怀疑这是一个流鼻血的日子。人是累极了，但孩子的血止住了，心里一直紧绷着的那根弦松了，我和传美都感到毫无倦意，反倒很新鲜，有一种说不出的轻松。此时，看到小会议室的灯还亮着，便走去关灯。推开门，里面安放了一张床，床上睡着两个人，灯光下看得清楚，是五中的徐校长，现在的徐局长，和他的夫人蒋老师在呼呼熟睡——哦，他已经到任了，还没有住处啊，在这里开铺……急忙退了出来。这是一个双开门，只能外面上锁，里面不能栓，于是把门轻轻掩上。

第二天下午，昶昶又流鼻血了，和传美商量，送他到县医院看中医。向极昌医生是恩施有名的中医，六十年代恩施县卫生学校办在芭蕉塘湾，他在那里教学，那时我们就认识，希望他的药能够从根本上解决昶昶流鼻血的问题。

就是这一天——1983 年 8 月 20 日，夜间，恩施城里统一行动，搜捕刑事犯罪分子。社会秩序也是应该狠抓一下了，就我所知道的学校，师生们就深受其害。一些不法分子闯入学校，殴打侮辱师生，干扰学校正常教学秩序，简直是肆无忌惮，无恶不作。这股歪风我在火花学校就感受到了，社会上一些不三不四的人，一些无所事事的混混儿，闯入学校简直如入无人之境，教师如有过问，便扬言要和老师“干架”。学校放电影，他们往人群里抛石头，砸老师。一伙人多次跑到五中校园里惹是生非，打群架，搞得文王不安，武王不宁。到教育局后，更是经常听到不少地方发生殴打、侮辱师生的事件，站、校长们抱怨不断，叫苦不迭。此风不杀，国无宁日。

普通高中和农职中的新生录取工作结束，我开始做中考的善后工作，清理档案。

暑假即将结束，天气还是很热。我住的这间房子，是个半地下室，倒还有一些凉气，只是须得把小火炉放在外面的走道上去。走道上做饭，常有行人来往，他们影响我做饭，我又影响他们走路。尤其是挑大粪者，每每从我的锅台前穿过，令人十分头疼，尽管我竭力遮挡，他们也十分留心，但是，这一担大粪挑过去，饭菜的香味经大粪的臭气一搅和，已经全然不在，让人大倒胃口。

学校快开学了，我去给旭娃办理了户口、粮油关系。和哥哥约定，8 月 31

日，我们一道送旭娃、捷娃两兄弟上学。黄家岇，是我们兄弟二三十年前求学的地方，现在轮到旭娃、捷娃他们去了，我们都有无限的感慨。打开棉絮，铺上床板，脑子里晃晃悠悠，似乎回到了当年，竟然分不清是给自己铺，还是给孩子铺。就我所知，过去，恩施高中的学生这一切都是自己料理的，哪有家长送学生上学，帮着做这些事？然而，如今，非止我们，几乎所有的新生，都是家中给他们送行李，摆弄床铺，挂好蚊帐，垫好箱子，还要拉好挂毛巾的绳子……这都是新的变化呀！

会到了老友先绪，还看见了当年的刘贵凡老师、肖景清老师，脑子里，时间又开始发生错乱了，黄家岇上的历史纪录片在脑海上映，忽闪忽闪的……有人在喊："学校的迎新校车进城，有进城的没有？"我一下又回到现实世界。我们可以坐校车返城——这也是一个新变化啊。

家里也在发生变化，暑假一家人大集中，现在，旭娃上学了，接着传美也到学校准备开学了。荞荞和昶昶还有几天也要上学，都要逐个地各就各位。前段时间，旭娃每晚在爷爷奶奶那里住，在奶奶不认识爷爷的时候，当证人，做调解，很起作用。现在旭娃转移到黄家岇了，只好动员第二梯队上——荞荞去接哥哥的班。她很听话，很懂事，一讲就高高兴兴去了。这样，她每天晚上去爷爷奶奶那里，第二天早上回来，白天还要照护弟弟。

星期六，旭娃上了高中第一次回家，很兴奋地讲了学校的一些情况。星期天本可以消停一下，传美却又想搞一次改革：把房子翻动一下。我说，你上一次翻出了一点空地出来，现在又想翻出多少面积出来？翻去翻来还不是二十四个平方，还翻得出三十几个平方出来不成？她说："那些老鼠太讨人嫌了，一天晚上横行乱闯，我一听到响动就睡不着瞌睡了。这一开学，早晨又起得早，晚上睡不好觉，在学校里光打哈欠……"于是又把那些七股八杂的东西翻出来，扫除几堆老鼠屎，把几个怀疑是老鼠进出的洞口封堵起来，然后又是这么一摆，那么一摆，搞得腰酸背痛。

房子里还没打整完毕，吃了晚饭继续。电话铃一个劲地响，拿起听筒，是地区教育局的肖科长打来的，只问局长在哪里，我说星期天没来上班。他的口气显得生硬，要我今天务必找到一个局长，明天到地局开紧急会。还说："你们恩施二中抢学生，搞出怪了，社会影响极为不好……"电话里的肖科长，和平日里那个和蔼可亲的肖科长，真是判若两人。二中抢学生，和谁抢？不就是县里的二中和地区的一中都想招几个优等生么。我跑到教研室院子，找到敖局长。我复述肖科长的电话内容，敖局长静静听着，近视眼镜里，眼皮不断眨动，手上不停地弹着烟灰，差点把燃烧的那一点也弹掉了。待我报告完毕，他“嘿嘿，嘿嘿”笑了两声——典型的皮笑嘎嘎（肉）不笑那种，接着说了“好，好”两个字。

我离开了，“务必”的任务已完成，但还想着：又是一场官与官的官司，自然，下官是搞不赢上官的，也不知这官司将如何了结。

星期一，是二中初中新生开始报名的日子，可是我无法去送荞荞上学。敖局长很早来到办公室，我问他是不是要去地区开会，他说徐局长已经去了，倒是临时给我安排了一个任务：坐单位里小覃师傅的车，随县检察院的人到太山庙去，将药中的那位会计逮捕法办。自己的车倒也方便，接了检察院的同志，便直奔双河太山庙，通知了家属，把人带上车，当日返回。

第二天，我搞得很紧张，要送两个娃上学。早上，荞荞就哭了，说把她送迟了，别的同学都去了，昨天就报了名。我说马上就送你去，旁边的昶昶又哭了，说没有人管他。我于是哄住他，要他一个人玩一会儿，我马上就回来，给他买个新书包去上学。把荞荞送到凤凰山二中，报了名，进了教室。急急忙忙往回赶，顶了两块钱，给昶昶买了一个新书包，又买了一个画着孙悟空的铅笔盒，一个卷笔刀，一支铅笔。小家伙看到了这几样宝贝，破涕为笑，跟着我一起去南门外的四小报名。昶昶刚满五岁，送他上南门外城乡街小学（四小）学前班是因为离爷爷奶奶很近，我们接送也方便。

荞荞每天很早就起床，从南门外到我们这里洗脸漱口，然后背着书包上学去。放学回来吃了饭，做了作业，九点多钟又到45号去。这娃娃也算够辛苦的。昶昶是每日都要接送，不过比上幼儿园要好一些，都是走的平路，只要多做鼓励工作，还可以少背，甚至不用背。顶多在南门城门洞那里要背一下，有时背着走五十步，边走边数数，到了五十下，你只要哼一下，或说一句“哎哟，我奈不何了”，他便自己要下来。

又是一个周末，旭娃也回来了，应该去给他们弄一点好吃的——有什么好的东西弄呢？

第七章　精雕细刻

（1983年秋—1984年春）

住在城里，大多凭着气温感知季节的变化。太阳已经失去了威力，渐趋清凉的风，告诉城里人：夏日过去，秋天来了。要是在农村，像岸口那样的地方，一到秋天，田里是金黄的，山里是色彩斑斓的……城市里也许比穷乡僻壤要繁华热闹，有的是货物，有的是电影——那是要钱的；也有的是噪音，有的是尘埃——那是要命的！三年前的这个时候，我离开农村，离开了学校，到了城里，有人说我是“高升”了，是的，我从乡村的学校，到了县里的教育机关。但是，从此我感到自己从一个自由人变得不自由了，被禁锢在这个机关中，常常是早上我不知道这一天要干什么，上班了，领导有吩咐，或是接到一个电话，才知道我今天要干什么。我不习惯这种生活，似乎天天身不由己，东一榔头西一棒子，在别人的支配下过日子，混时光。环顾周围的同事，他们似乎都很自在，为什么我会有这个感觉？如今政治清明，人们思想解放，我怎么反倒有不自由的感觉呢？想来，是自己教书时间太长的缘故。

刚把开水提进办公室，通知在局长办公室开会，安排下乡，了解开学工作。我和新调来的廖康碧同志一起到三岔、七里和龙凤三个公社，重点是了解普及教育和扫除文盲的情况。三个公社都很近便，我们一天跑一个，三天就跑完了。三个公社开学情况都算正常，只是有所学校反映，他们那里有个老师是个“恶人”，动不动就扬言“捅刀子”，谁都不敢管他。他们议论，“严打”这一网，要是撒在他头上就好了。但是他没有真的捅刀子，没去杀人放火，违反国法，网又怎么会撒到他的头上？

远处的同志还得两天才能回来，我正好把马列文论的开卷题做完。电话铃响了，拿起话筒，是地区教育局打来的，通知我去参加农职中教学专用设备规划的审批会。

这个会一开就是三天，其实不仅是农职中设备规划审批的问题，而是一个“一揽子”会：段科长先讲扫盲工作，刘科长接着讲修志，肖科长讲评选优秀班主任，人事科讲填表，杜局长在每个科室讲了之后要嘱咐几句，最后宋局长就四季度的工作讲四个方面的问题，最最后，杜局长又强调两点。散会这天正值中秋节，地局领导又特别安排一个节目：为我们搞了一次加餐。

地区会议结束，刚上班，办公室通知，立即到体育场参加宣判大会。我们到达会场的时候，地区体育场里已是黑压压的一片人，还有几十辆刑车停靠在那里，显得很威严的。这是地、县、市联合召开的一次大规模的宣判大会。宣判者面对成千上万的人，唯恐声音小，群众听不清楚，也缺乏对犯罪分子的震慑力，于是倾其全力，提高嗓门宣读判词——看来宣判这个事，也是个力气活。尽管宣判者声嘶力竭，由高音喇叭传出来，到底说些什么，很少听得清楚，只有“某某某，男，某年月生，某地人……该犯……”之类开头那几句，可以一听二猜，晓得一个大概。罪犯多，像这样宣判，一个人也是拿不下来的。于是几个人，一个来一番……又换了一个宣判的，这一个人调子还不算太高，嗓音也还清亮，高音喇叭配合得也还好，一字一句也听得比较明白了——这声音还熟悉呢，哦，正是家兄在宣判。他到底是教过书的，晓得掌握语速，讲求抑扬顿挫，吐词清楚，语句连贯，特别是注意了不扯起喉咙喊。教书的人，若是扯起喉咙喊，能够喊几节课？当然，也要爹妈给一副好嗓子，倘若生就一个沙喉咙，那当然也是不行的。就嗓子而言，我也是不差的，说不定比他还好。为什么？我们的先天因素一样，但听母亲说，我小时候好哭，而好哭的娃娃经常练嗓子，自然声音好。所以从后天锻炼角度讲，我的嗓子比他应该还要好，也是可以在这样的大场合宣判的。不过，我没有上过政法大学，徒有一副好嗓子有什么用？你看他，读判词是那么顺口，铿锵有力，一口气宣判了二十几个，嗓子还一点没沙哑。

黑压压的人群在蠕动，一些骑自行车的年轻娃，忙着往外窜——今天宣判了六七个死刑犯，这些好事的自行车，一定是想抢先跑到朱家坳去的，他们还要去看个究竟，子弹是怎样处理这些罪犯的。

下午上班，正准备动笔做马列文论题，又通知要在局长办公室开会。敖、徐、胡三位局长在座，看看其他与会人士：梅、聂、龙等，尽皆舞文弄墨者，我已猜到八成。会议研究召开先代会事宜，一项又一项。确定典型材料是很花时间的，要在不同类型中比较遴选，以至于晚上还加夜班。最后分配任务：我的工作是负责典型材料，起草开幕词。这个活路一派，有事情做了，二十天内不需要再听候安排。

母亲常犯糊涂，哥哥建议购“五氟利多片”服用。这是一种治疗精神分裂症的药物，他从什么报纸上看到的。母亲若是服了药，记忆力恢复过来，那该多好啊。我们弟兄虽然很苦，但是我们的精神是大解放了，真的是可以甩开膀子干事业了。孙子们呢，有读中学的，有读小学的和上幼儿园的……母亲能够知道这些，一定是很高兴的。但是，像如今这个样子，你给她说，她总是点一下头，顿时就忘了，最后是连我们都不认得了，唉！

着手组织典型材料，电话联系有关的公社和学校。首先要去的是二中，那里有两个，一个是学校集体的，还有一个是蔡勇校长个人的，他是作为学校领导兼课，行政管理和教学都出成效的典型。接着要跑盛家坝、芭蕉，这一线共有七个材料：盛家坝有石门小学民办教师朱德轩的、芭蕉有五中集体的、五中数学教师杨国祥的、五中集中班生物老师胡国旺的、县师范王建军老师的、芭蕉小学集体的、芭蕉小学袁凤鸣老师的。这一趟跑下来，差不多是一个星期的时间。回来，其他各地的材料也陆续送到，我开始一份一份地修改整理，批上材料之一、之二、之三……送到打字室。

星期天也不能休息，只在国庆节把爷爷、奶奶、家家、家公四位老人接来玩了一个下午。会议召开的日子越来越近，我在加班加点落实材料，之十二、之十三出来了。打印室里忙不赢，买来一台速印机，呼呼啦啦，比手推油印要快许多，只是开头的若干张要报废，浪费纸张，有时废弃一大叠，令人心疼……我也管不了这些，急忙编材料之十五、之十六，还要把开幕词写出来。

到会议报到那天，我编到了之十九，沙地小学抓管理的。举行开幕式的时候，材料出齐，到了之二十二，是屯堡马者小学炊事员谭家耀的……我的生命在这些文字中消磨，也不知这些材料，在会上到底能够收到什么效果。

会议开始进入大会交流经验阶段，我只顾出材料，也没有去参加会议听一下，就像一个厨师只顾把一个个的菜做出来，没有功夫去餐厅关心用餐者是否吃得中意。我这厨师的菜是出完了，老板的工资却没有发，我身上一个钱都没有了，只有在办公室借二十块度日。好的是办公室小夏是个好人，我找他借钱无数次了，他从来没有扫过我的面皮。就在这困难的时候，崔坝方面给我送来了“圆宝”：飏敏送来二十个鸡蛋，海亮送来五十斤洋芋，是请开会的老师带来的，宝贵啊！

先代会实打实地开了五天，代表们进出的时间是一个星期。对于这样的会议，人们议论不一致，有的说，这是一次总结成绩，交流经验，大鼓干劲的大会；有的则认为，纯粹是搞形式，既花钱，又费时，效果不大。

会议一散，领导交给任务：整理县委副书记柳昌权同志的报告。我第一次学习使用“三洋”录音机，对照录音整理报告文稿。柳书记是管农业的，在报告中添加了不少讲苞谷、洋芋、红苕、黄豆的内容，他是想到哪说到哪，随口而出，整理起来颇费工夫。

星期天，有芭蕉教过的学生邹诗鹏、杨天寿来我这里玩。他们都是复读高中以后，今年考上医专和工校的，很为他们高兴。这些娃都很聪明好学，又遇上好时代的幸运儿。如今，复读再考，已被社会视为当然，学校大门是为有志于学的人敞开着的，不像我当年想考大学要承受巨大的精神压力。衷心祝愿他们前程远大。

终于把柳书记的报告录音整理完毕。这里的工作一般就是这样，任务一旦接手，从成文到付印，直到装订、分发，都要负责到底。我早就将全县二十三个公社名编成顺口溜，熟记在心里，一个一个把信封写好，再把柳书记讲话材料装入信封。到最后一个装好，我长长地舒了一口气，想到戽口人的一句歇后语，“懒婆娘煎豆腐——又是一块”。

不知什么原因，武汉师院通知前次马列文论的开卷考作废，重新寄来一份复习提纲，要求按这份提纲再次准备考试。武师也是有意思，就像揪住我们这批人不放，舍不得我们毕业似地。虽是如此，还是乐意一学再学的，学习本身就是乐趣，是享受，有这么一根线牵住，可以促使自己学得更多一点。会开完了，善后工作也做了，正好搞学习。

秋尽江南，菊花绽开。恩施地区就像要备办大喜事一样，在积极筹备建立自治州的活动。书记定了，是原恩施市委书记田期玉；州长也有了，由原地区文化局的局长李辉轩出任。

县里的干部，齐集在清江电影院听袁德洪同志做报告，讲恩施少数民族的有关情况。袁德洪同志是县文化局的干部，是很会讲话的。记得当年他讲《清江壮歌》，毫无闲言絮语，一开头就是："柳叶青把一串红辣椒挂在门口……"今天一开头，他也是一个设问，直奔主题："恩施是不是少数民族地区？"这正是我怀疑的一个问题。在我的脑海里，少数民族一目了然，是戴着小帽，打起手鼓唱起歌的新疆人，是穿着长裙踩翘板的朝鲜人，是手握旋转法轮的藏民，是穿着长袍骑马射箭的蒙人……他们都有自己的语言文字，有自己的风俗习惯，有独特的服饰打扮，恩施哪有什么少数民族呢？1980 年恩施地区的来凤、鹤峰成立了民族自治县，那时，我正在火花中学。那两个县我没有去过，不知那里的少数民族是什么样子。那时候，恩施县搞民族普查，大概也是争取成为自治县。我怀疑，这都是想成立自治县了得到一些优惠政策。

袁德洪同志讲，恩施的确是有少数民族的，不仅有土家族、苗族、侗族，而且在石灰窑还有蒙古族呢。只不过，恩施处于内陆腹地，恩施的少数民族，长期与汉民族杂居相处，在清代改土归流之后，经济文化交流更趋频繁，更加速了民族融合、少数民族的特征逐步淡化。因此，我们有许多人说，恩施看不到有什么少数民族。其实，恩施的少数民族历史悠久，现今人口已达百万之众。有史料记载，恩施的土家族是古代巴人的后裔。我们南门外有一条河，名字叫巴公溪，这个巴公就是公元前战国时期的巴蔓子将军。《华阳国志》中记载了，巴国内乱，巴蔓子将军向楚国求救，并答应内乱平息，割让三座城池。楚国同意发兵救巴国。巴国内乱平息以后，楚王派使者索要城池，巴蔓子对使者说，借你们的力量巴国平息了内乱，我用我的人头谢楚王，巴国的城池是不能给的，于是拔剑自刎。巴蔓子将军的忠烈，感动了楚王，楚国用上卿的礼仪安葬了巴蔓子的头颅。巴国也用上卿的礼仪安葬了他的身子。巴蔓子受到巴人的敬仰，世代怀念这位“巴公”，为他修庙，一些地名也以“巴公”命名。巴人有自己的语言，现在来凤和湖南湘西一带，还有人会说土家话。巴人自称“毕兹卡”，意思是本地人，史籍把湘鄂西一带的本地人称作“土人”，清末又称作“土家”，土家族的名字就这样演变过来。随着时代变迁，土家语用的越来越少，大多数地方已经消亡。但是一些土家语的地名还是长久保存下来了。比如我们县太阳河的梭布垭，怎么会取这样一个名字呢，那里有什么布？其实，“梭布”就是土家语“三个”的意思，取义是三个山头的垭口。又如我县的屯堡公社，有个叫“马者”的地方，什么是“马者”呢，用汉语也是不好理解的，“马者”其实就是土家语水边的意思。屯堡还有一个地名叫“车坝”，按照汉语的意思理解，可能认为是停车的坝子，那是讲不通的，古时候这里会停什么车哟。“车”，在土家语中是河溪的意思。这就对了，现在不是还在河上修了一座车坝水库吗。还有，我们白杨坪有个李巴沟，这个“李”，土家语是老虎的意思……

袁德洪同志还讲到了恩施的土司，土家的习俗，哭嫁，跳丧舞，又讲了土家的人物陈连升，土家的织锦西南卡普……

听袁德洪同志这一席讲，我才恍然大悟，我其实是一二十年生活在土家村落、侗族山寨的人。袁德洪同志说土家人喜欢修吊脚楼，庠口正是这样，吊脚楼几乎是家家都有。又说，灰山庙，风雨桥是侗族的特色建筑，这也是很有意思的，庠口有个地名就叫灰山庙，昶昶的小舅母就是那里的人，离灰山庙不远的庆阳坝就有一座风雨桥，庠口茶红大队的筒车坝也有一座风雨桥。他还说，芭蕉的侗族比较多，多半是杨、吴、姚、谢这几姓氏，对的，庠口这几个姓氏的人就不少嘛——原来这许多年我就是在少数民族的窝子里教书，安家，生活……

母亲自从国庆节期间在二姐那里玩了几天，回来受了一点风寒，一直咳嗽，人也是昏昏迷迷的，完全不能感知什么了，成天卧床不起。大约是吃了五氟利多的缘故，涎水很多。一个多月了，她自己不能行动，双膝总是那样蜷着，每天都得要父亲穿衣脱鞋，扶上扶下。父亲一天实在是太苦了，我们虽然常常要去看望一下，但也仅仅是看一下。父亲是多么喜欢我们坐一坐，谈一谈，常常要留我们“多坐一会”“再坐一会”。我们是多么希望母亲的病慢慢好转，尽管她的记忆力很难恢复。

二姐也过来看望两位老人，姐弟三人都为母亲的病感到担心。病榻前，父亲提出了一个很现实的问题：“要做一些准备了，人老了，没有办法的。”我们是很不愿意提及这个事的，但是，父亲说了，要做一些准备。怎么准备呢？问了传美的母亲，她说了应该买什么样的布做老衣、老鞋，要做哪几件，什么样的她以后是可以受用的。我们遵照这些传统习俗，扯了几丈布，然后请老裁缝陈师傅缝制。不过心里还是想着，这些东西现在还是不会用的，只是早准备了放心一些，记得庠口有个杨老婆婆，还穿着一件大红的老衣上坡挖土。

几乎每天都要去看望老人。父亲近来常说腰疼，是经常要扶母亲上下所致。母亲体重，尽管每日吃得很少，有时就吃一两个鸡蛋，但不觉减瘦，身体还是很重，父亲扶上扶下要用很大的力气，就是我们动手，也会弄得气喘吁吁。做儿辈的实在感到很为难，既同情母亲，又心疼父亲，无可奈何。

立冬这天，我去看望老人。父亲满面尘灰，房里烧着几个火，一个要做饭，一个要烤布片，都是烧的蜂窝煤。我送去的白炭，他又舍不得烧。屋里一股很浓的尿气，母亲现在小便常常不能自已，床上须得铺上许多衣物垫着。所以，我每次去了，就有大抱的尿布带回去洗。哥哥去了，肯定也是这样。我几乎每天晚上都要洗一大堆这样的布片，先用清水泡，再揉一阵子，接着用开水烫，最后清洗晾干。手上已布满了皲口，水是太冷了。这使我想到了洗衣机，在太山庙药材场看到唐书记家就用了洗衣机，衣物丢进去，它就呼呼地转，直到洗干净了，只要取出来拧干晾晒，这要简便好多啊，手也不会裂口。但是，这东西动辄要一两百块钱，也是不现实的。

母亲体质相当衰弱。父亲请了他曾经教过的学生，六角亭卫生所的刘祖芝来给母亲注射葡萄糖。但是，她依然成天在昏睡之中，生命全然是在昏睡中延缓。父亲对我们兄弟说：“要考虑后事，你们抽个时间到红庙捷娃舅舅家去一下，把地的事情商量妥当。”这又是我们不愿听到的事，难道母亲的病就真治不好了？兄弟俩还是约定星期五，就是后天，去一下，凡事都是有备无患。

按照约定，我和哥哥周五上午都骑车到了红庙。和捷娃的家公、家家一谈，他们是满口答应，并带领我们去看了地方，在离他家不远的小山岗上，只是没有会到捷娃的舅舅永祥，还不知他这个当家人有什么意见。

回到单位，收到省教育厅121号文件，我县农职中专用设备费落实了9.8万元，但是漏掉了一所学校，立即电话联系省教育厅，做了报告。前些时花的一些工夫，现在总算有了效果。

第二天，永祥专程进城来，在法院哥哥那里我们一起把事情谈妥，有些我们没想到的事情，永祥都为我们想到了，使我们的心里有了几分踏实。捷娃舅舅一家，都是相当厚道友善的好人啊。

地区教育局普教科的舒德荣和张世明两同志为评选全国优秀班主任一事来找我。他们想我执笔，把恩施县的优秀班主任材料，“搞成一篇在报纸上打得响的文章”。我说了，我县将报送芭蕉小学的袁凤鸣老师，她前不久在县先代会上受到表彰，大会交流的经验材料就是讲班主任工作的，可以作为基础再进行加工提炼。他们希望我抓紧时间，把材料整理出来。如此说来，我下午就得去芭蕉采访。

当天下午，我骑了自行车到芭蕉，接着进行访问，找了教育站的同志，学校领导、老师，还有几位家长座谈，和袁老师本人也交谈不少，到第二天下午才回城。

回到单位的时候，局里正发橘子。晚上送橘子到45号，恰好哥哥也在。我说昨天跑了芭蕉一趟，还要赶写一个班主任的材料。他说现在的事情哪里这么多，他们单位也是忙得不得了，从8月份开始“严打”，案子是堆积如山，经常在打夜工。马上又要开一次公判大会，真有做不完的事。父亲说事情多也是好事，你们这个年龄正是做事的时候。又说，这个“严打”搞得好，街上的人都说，现在社会秩序比过去好多了。

正准备动笔，舒德荣同志来电话，说有车，一起到芭蕉去一趟。我上了他们的车，还没有向芭蕉方向走，车子出了毛病，要进厂修理，此行作罢。不过，我知道地局的同志对这份材料寄托了很大的希望。随即动笔，开始写袁老师的材料。

整日都在紧张地写材料，烟抽得不少。几年前，在明星教书的时候，我向廖老师、聂老师学习把烟戒了，但是以后一旦要写东西，就还是离不了它。习惯成自然，坏的习惯一旦形成改就难了，如果当初不染上这个坏习惯，无论是写什么也不会想它的。有人说“烟出文章酒出诗”，其实也是歪歪道理，为自己的坏习惯辩护罢了。司马迁、苏东坡、欧阳修们，写出那样千古不朽的文字来，那时哪里有什么烟抽？

初稿拿出来了，交给地局一份，肖科长看了，提了几点修改意见。又花了两天时间修改，交局长们审阅定夺通过，交给了打字室。

晚上去看父母。母亲病情不见任何好转的迹象，人是越来越衰弱了，自己可说是什么都不知道。吃饭须别人喂，喂多少吃多少，不喂也就不吃。看着母亲这个样子，又看到父亲如此辛苦，我的心里酸楚一坛。又想到明天要把材料印出来，后天还要到咸丰去赶考，心里又是乱麻一团。

袁凤鸣老师的事迹材料定名《连接今天和明天的人》，已经打印出来。我不知道，这样写能不能达到地局同志的期望，能够“打得响”，但是，我是十分认真，十分投入地写出来的，而且是在我家处于这样一个非常时期写出来的。文章不一定写得好，但是，袁凤鸣老师平凡的却又是闪光的事迹，我是深受感染的。她是我们几千教师中的一员，从她的事迹中，可以看到我们教师在怎样培育后代，是怎样精雕细刻塑造人的灵魂的，可以看到教师劳动的艰巨、细致和富有创造。在我刚刚进入教育界的时候，我就为身边一群教师所感动，当时就想写一篇题为《精雕细刻》的文章，歌颂我们的人民教师。现在，这篇《连接今天和明天的人》也可以说是实现我二十年前这个愿望的第一篇文字。我一直保存了这篇文章，现附录如后：

连接今天和明天的人
——记优秀班主任袁凤鸣老师

（一）

鄂西山区一个公社集镇小学。上课铃响过，一个中年女教师走进课堂。她满意地望了望自己的教室：整洁，朴素，美观；她深情地看了看自己的学生：天真，活泼，可爱。“同学们好”——女教师问候得那么亲切；“袁老师好”——孩子们问候得又是那么甜蜜！袁老师开始上课了，孩子们精神那么专注。袁老师每一个眼神，每一个手势，学生们都那么谙熟，心领神会。袁老师的板书，工整秀丽。袁老师的教鞭，简直是一条神鞭，点着这儿，满堂拼读得铮铮响亮，指着那儿，陌生的字儿印入孩子心底。轻轻的书页掀动声后，袁老师期待的目光落在前排一位小女孩身上，小女孩似乎有些紧张。袁老师请小女孩朗读预习的课文。她站起来，鼓起勇气，放声朗读。几个小机灵鬼听了两句，就在下面偷偷地发笑，抬眼瞥瞥老师，正好碰上老师严肃的目光，便立即抿上小嘴，盯着了课本。小女孩读完，袁老师对大家说：“一位刚转学来的新同学，就这样勇敢地给我们朗读课文，很不错。她普通话基础差一点，我相信，我们互相学习，今后她会读得更好。”小女孩涨红的脸上，挂上了几粒热泪……

从这平常的一节课，我们看到了袁老师严肃的教学态度和娴熟的教学艺术，也看到了她带出的良好班风和学风。她在这样的乡间集镇小学校里勤勉地工作了二十三个春秋，也担任了二十三年的班主任。一九七八年全国统编教材试行，学校安排她带一年级的语文和班主任，她愉快地接受了任务，一直跟班五年。五年来，她既教书，又育人，辛勤耕耘，精心培植。一九八三年夏，全班四十名学生，人人达到毕业合格水平。三十八名学生被县重点中学录取，四名学生上了公社初中。合格率百分之百，这在全县都是首屈一指的成绩。芭蕉镇上，人们都称赞：“袁老师教的学生，真是‘个个出’哇！”

（二）

“个个出”，实在不容易呀，它凝聚着老师们，特别是班主任袁凤鸣老师一千八百多个日日夜夜多少辛苦和汗水！

六七岁的小朋友入学了，他们对学校又向往，又陌生。袁老师上课和他们一起学习，手把手地教他们握笔写字，教他们懂得和遵守课堂纪律；下课同他们一起游戏，跳舞，跳皮筋，讲故事。有个小朋友出了教室门就大小便，袁老师一边打扫粪便，一边告诉他要讲究卫生，他慢慢地习惯了和同学们一道上厕所了。有两个小朋友，严寒的冬天还赤着脚，袁老师送给他们一人一双解放鞋，两双袜子。有的学生，穿得太单薄，袁老师找了几件自己孩子的衣裤给他们穿上，孩子们身上暖和了，袁老师心里也暖和了。她发现有五个小朋友，老是夹着书本文具去来，就找了一些旧布，亲手给他们一人缝制了一个书包。孩子们有书包了，袁老师也称心了。

有些学生的家长是机关干部，少不得经常出差。家长不在家，孩子们吃饭有困难，怎么办？袁老师反映给学校领导，把他们安排到教师食堂搭伙。四年级时，关口教学点转来五名学生，他们离校远，成绩比较差，两年后就要毕业，怎么才能达到合格要求？袁老师跟家长商量，让他们自己带粮食，每天下午给他们做一餐饭，使他们能够在学校上晚自习，便于进行个别辅导。还有些家长，怕学生在街上乱吃花，就把钱放在袁老师手里，袁老师每天给学生买一顿中餐，天天登记，月月给家长报账。

难怪老师们都说，“袁老师真耐烦”，家长们说，“把学生交给袁老师，我们什么都放心”。

（三）

家长“什么都放心”，袁老师却不放心哩。她经常去找家长的“麻烦”。每学期她都订有一个“家访计划”，全学期每个学生家庭都要走访一次，对重点对象安排有四五次，哪一周访问哪几家都落到实处。就是在县里开先代会那一周耽误了的，回去后她都补访了。至于个别学生的家里，她是把路都走大了。

有个叫杜永军的学生，读一二年级的时候，吸烟，喝酒，打架，骂人，什么都干，学习又差。袁老师走访他家，把这个情况告诉了他妈妈。哪知他妈妈是个火爆性子，当晚就狠狠地把儿子揍了一顿。第二天，袁老师见杜永军手背上，脸上，到处有伤痕，便走近他，小永军却冷冷地避开。袁老师又去到他家，从他父母口里知道，这孩子从小跟着他奶奶，学会了吸烟喝酒，父母管教，奶奶还娇惯袒护。以后，袁老师几次到他家，给奶奶说，不能让孩子吸烟喝酒，不能溺爱孩子。又开导父母，对孩子不能打骂，要说服引导。在学校里，袁老师细心观察杜永军的行为动态。一天，她发现这个学生在教室外看“娃娃书”

很入迷，放学后，袁老师找了几本《小朋友》带着，又到他家里去。开初，永军以为老师又是来告状，害他挨打的，态度冷冰冰的。哪知袁老师拿出几本《小朋友》递给他说：“你喜欢看书，我今天就是专门给你送书来。看吧，看完了再换新的。”小永军的眉头扬起来，欢欢喜喜捧起了书。袁老师又对他说：“看了书，还要学书中那些爱学习，守纪律的小朋友啊！”永军点头笑了。以后，袁老师注意发挥他在班集体中的作用，让他给大家讲故事，写壁报稿，时常帮他总结成绩，还要求干部同学与他交朋友，辅导他搞好学习。袁老师又去到他家里，给家长报告永军的进步。家长满心喜悦，永军在家庭里也得到了更多的温暖和信任。杜永军终于渐渐变好了，毕业后还上了重点中学。

（四）

袁凤鸣老师把对今天和明天的爱，化为一股暖流，注入孩子们的心里。爱里充满对下一代的关心，爱护和信任，爱里也不乏对他们的严格要求。

孩子们初入学，袁老师就抓紧课堂常规，学习常规，文明礼貌常规的训练。她严格要求学生做到集体活动要行动一致；因病因事请假要履行手续；集合要“快、齐、静”；遵守纪律要做到“三个一样”：参加集体活动和上课一样，校外和校内一样，老师在场和不在场一样。她对学生的一言一行严格要求，严格训练。组织一次活动，对什么学生提出什么要求，对全班学生提出什么样的要求，事先她都要通盘考虑，仔细推敲，一经提出，就毫不苟且，始终不渝。活动结束，必定认真总结。

身教，往往比言教更有力量。袁老师把自己当作班集体的一员，对自己高标准，严要求。她与同学们一起参加学校的集体活动，和少先队员一起参加中队活动；集体看电影，她选最差的座位。平时，无论是课堂板书，作业批改，还是衣着穿戴，举止谈吐，待人接物，她都以身作则，注意给孩子们良好的影响。她要求学生讲团结，虚心谨慎，她自己也是这样身体力行。工作，她干；荣誉，她让。同科教师说，和袁老师好相处；科任教师说，和袁老师教一个班好配合。表率的作用常常在有形与无形之中转移到学生身上。

优生，教师喜欢，这是常情。但是喜欢优生往往会陷入偏爱，失去正确对待他们的理智。多年班主任工作经验启迪袁老师注意对优生严格要求，在他们面前总是放置尚需再跨上一步的台阶。王海燕是她班上的一个尖子，在全社、全县、全地区的普通话教学成绩观摩会上，她表演的节目连连获奖。海燕每获奖一次，袁老师就要既肯定成绩又指出不足，鼓励她向其他表演者学习。一次，她在家里和小妹妹闹别扭，袁老师知道了，叫她到房里，海燕以为袁老师又有什么好事叫她做。哪知一进门，袁老师亲切而严肃地问她，待妹妹好不好，是不是准备把妹妹的本子撕掉？小海燕心想，袁老师这样喜欢我，把这事告诉袁老师多丢人，就不承认有那么回事。袁老师更严肃了，教育她要做诚实的孩子，做勇于承认和改正错误的人。袁老师语重心长的一席话，在海燕的心里激起了波澜。以后，她在一篇文章中记叙了这次教育给她的深刻印象，最后写道："以后，我再没有撒谎了。我向妹妹承认了错误，很快得到她的谅解，我们和好了，姐妹俩团结的像一个人一样。"

敖世春是班上品学兼优的学生，但是有胆小，遇事好哭的弱点。袁老师针对他的特点，在一二年级时注意培养他的意志，让他担任班长。三年级时，让他独立去完成一部分工作，如收发作业，填写班务日志等，袁老师随时检查，及时指点。四年级时，又要求他了解班内思想动态，协助老师处理同学间的纠纷。这样不断地对他提出新要求，培养锻炼，敖世春成了班上有力的"火车头"，一棵全面发展的好苗子。在升学考试中，他的语数双科总分成绩是全县最高的，在小学生乒乓球赛中又是全县男子单打第一名，全地区单打亚军。

（五）

什么是教师的欢乐？和孩子们在一起是最大的欢乐。什么使教师最感欣慰？看到孩子们健康成长最感欣慰。袁凤鸣这样回答。

一天，袁凤鸣收到一封从四川某部队一个军医写来的信。军医叫刘邦平，是袁老师二十年前的学生。离五年级期末考试只有一个多星期了，邦平成了无父无母的孩子，向年轻的班主任袁老师请求休学。眼看一个诚实勤奋的孩子将离开自己的学业，她不胜惋惜。她决心让他继续读下去，自己给这个孩子缴学费。这样，邦平读完了小学六年级，又上了农中。以后他参军了，在部队学了医，当了军医。时隔二十余年，军医忘不了自己的老师，感激老师把党的温暖传给他心里，把新社会的光明展现在他眼前。

一九七九年的一天，一个穿着新军装的战士，提着一只鸡走到袁老师门口。袁老师一看，这不是曾红兵吗？红兵对袁老师说："袁老师，我参军了。十年前我是您班上的一个调皮学生，您不嫌弃我，一回又一回给我谈心，教育我。我家里困难，您还买了一把算盘送给我。我真不知道怎么感谢您。我要入伍了，给您送一只鸡。”袁老师对他说：“祝贺你成为一名光荣的人民战士，到了部队好好学习练本领，保卫祖国。看到你们一个个成为对国家对人民有用的人，我比什么都高兴。鸡你拿回去给你父亲吃吧。”

是的，作为一个教师，看到孩子们成人，成为对人民有用的人，还有什么比这更感欣慰呢！如果我们能够了解一下袁凤鸣年轻时候的理想和抱负，对于这种欣慰，会体会出更加深长的意味。

袁凤鸣生长在城市，中学时代已是一个全面发展的尖子学生。她哥哥是当时鄂西山区第一个留苏学生，学船舶的，不必说以后是船舶工程师。袁凤鸣也有自己的宏愿：当一个人民教师，做一个人类灵魂的工程师。终于，她上了师范学校。师范三年，她潜心学习，无论是文科还是理科。她知道，作为教师，应该懂得很多很多，在学生的心目中，老师是什么都知道的。她还是学校文艺舞台上的活跃人物，体操场上轻盈的小燕。她爱好美工，又勤于书法。她认为，当一名小学教师，这些都是必备的素质。她一直朝着做一位称职的小学教师的理想奋进。一切都很顺利，她终于当上一名光荣的人民教师，而且分配到学校就当了班主任。然而，人生的道路并非都是平直的。参加工作没几年，她几次晕倒在地，诊断为冠心病。生活刚起步，就得了这种难治的病，她眼前蒙上了一层灰色的迷雾，思想到了十字路口：是颓唐消沉下去，还是坚强振奋起来？她终于取其后者，顽强地再把红烛之心点燃，并让其熠熠生辉。她从孩子们甜甜的笑声，勃勃的生机中吸取力量。她写道：“和娃娃们在一起，就是和欢乐在一起；和娃娃们在一起，就是和幸福在一起；和娃娃们在一起，就是和明天在一起。”她更加坚定了从事一项伟大事业的决心：建造一座坚固壮丽的桥，把今天和明天紧紧连接。即使在风雨飘摇的十年，她仍然以一个人民教师对教育事业的诚实，从事教学工作。她备课，上课，组织学生读书识字。她带的班，总是学校秩序比较安定的。

动荡的年月已成过去，袁凤鸣有一种说不出的轻松感。她感到一切都那么好，校园里到处充满阳光：校长是个懂行的老大姐，县人大常委委员，时时都关心着她；主任是精通业务的老大哥，经常把精选的资料送到她的手中；学校被评为“全国三八红旗单位”，老师们就像二十几个亲姐妹。这一切，使她充满青春的活力，去开拓新的生活，谱写新的教育诗章。在袁凤鸣老师的笔记本上，我们看到了这样一段文字——

和孩子们一起生活，
生活就像美丽的万花筒；
和孩子们一起欢笑，
笑声就是一支美好的歌。
万花筒的奇景是无穷的，
美好的歌是唱不完的……

一九八三年十一月二十三日

1983 年 11 月 24 日上午，我去地区教育局交了材料，下午便上了去咸丰的客车。

到了咸丰，这一批老少同学，都为能够再次相聚而欢庆，又埋怨武汉师院不应该这样苛刻对待我们这批人，马列文论这门课，搞了一次闭卷考，又搞了一次开卷考，交上去了却通知不能作数，还要到咸丰来考一次，老是揪住我们这批人不松手。还有三天复习时间，大家一致同意，今天都不看书，好好休息一下。新塘三中的黄正礼老师，都叫他“黄大将军”，这名称似乎由来已久，大约是读师专时同学们封给他的雅号。几年函授同学，我越来越觉得他这雅号名副其实，不仅是他个子高大威武，更主要是他有辉煌的战绩：从入学考试开始，他是过五关斩六将，场场考试顺利过关，而且他的枪法是不偏不倚，瞄准六十分，百发百中，都在六十分线上，不少一分，顶多也就高出一两分。他有个低血糖的毛病，他不同自己的身体过不去，所以，不去额外花许多功夫做功课，达到合格成绩就行。自然，再少考几分的事他也是不会做的，补考是最不划算的事。不过，场场考试，都瞄得这样准，那也是“唯我黄大将军”，不是一般人做得到的。今天，大家表示好好休息一下，他的大将风度来了，往床上一倒，念道：“我是睡一下了，再起来休息。”大伙打起哈哈来，表示附议：“黄大将军说得好，都睡一下了再休息……”

大家又开始念经书了。只是这几天，咸丰城里颇不安然，不知是哪一家老了人，不停地放哀乐，时不时又一阵炮火，不分白天黑夜，土洋结合，又是打丧鼓，又是开广播，放哀乐。咸丰城里，只怕无处不是悲哀的旋律在回荡和电光炮声的阵阵巨响。如果以这喧闹的程度论规格，这恐怕达到了省部级领导的级别了。“人死为大”，后人们尽孝道是无可厚非的，只是我们复习的思路往往被这响声打断。尤其是读马列的经典，需要的是安静，那些句子拉得很长很长，读完一句都要换几口气，何况在隆隆的炮声中要记在心里准备考试。比如，我在读恩格斯《致敏・考茨基》中关于倾向性与真实性的论述——这是很重要的：“可是我认为倾向应当从场面和情节中自然而然地流露出来，而不应当特别把它指点出来；同时我认为作家不必要把他所描写的社会冲突的历史的未来的解决办法硬塞给读者。”读到“流露出来”，就是“轰轰”几声大炮，还在记“所描写的”“社会冲突的”……几个定语的时候，又是“啪啪啪”一阵电光炮，脑子里已经被炸得七零八落了，怎么还记得那一连串定语的原文。至于，紧接着后面更长的一句，就更令人费劲了。这是论现实主义文学的使命的一句：“此外，在当前情况下小说主要是面向资产阶级圈子里的读者，即不直接属于我们的人的那个圈子里的读者，因此，如果一部具有社会主义倾向的小说通过对现实关系的真实描写，来打破关于这些关系的流行的传统幻想，动摇资产阶级世界的乐观主义，不可避免地引起对于现存事物的永世长存的怀疑，那么，即使作者没有及时提出任何解决办法，甚至作者有时并没有明确地表明自己的立场，但我认为这部小说也完全完成了自己的使命。”这是有一百八十字的一句话，那是很难在“啪啪啪”的声音中记忆的，我毕竟差一些闹中取静的本事。

好的是最后两日安静下来，大约老人是入土为安了。考试也是顺利的，考完还搞了总结鉴定，评优秀学员。值得一提的是，优秀学员有我一个。我自从离开学校就没有评过优秀，也没有得过什么奖了，还要自己掏钱买日记本。在芭蕉的学校里，我是经常得到的，有的奖状因为纸张很厚，还被传美拿去剪鞋样了。看来我在学校里有可能得奖，无论是当老师或是当学员，而在行政单位工作则是不容易的。话说回来，无论得与不得，对我的刺激似乎都是不大的，我总会按照我的想法，凭着我的良心去做。不过，这一次的奖状，我是不能让人拿去剪鞋样的。

又坐上回恩施的客车。这才真的是最后一次到咸丰学习考试吧，再见，咸丰！汽车在蜿蜒的山间穿行，看着窗外的层峦叠嶂，大山一座连着一座。不知讲文学概论的陈老师说的那个打着赤脚扛木料的小孩在哪里去了。也许，他已经穿上衣裤和鞋子了。不过，这孩子总给我们这些坐在车上的人一种压力。函授的学业完成了，我面前的路还有好长的一段。

回到恩施，正是建州的前夜。山城故意地打扮得花枝招展，满街灯火通明。机关扎了彩门，居民门前挂起大红灯笼，商店拉着串串彩灯，到处鞭炮哔啵，人们在期盼明天更大的热闹。

1983 年 12 月 1 日，鄂西土家族苗族自治州举行成立大会。恩施城人山人海，各条街道只见是人，除了人还是人，不见地面，据说有二三十万人涌向了这个小城。我从六角亭走到大十街，又挤到清江河边，见证了恩施城这次空前的大规模的人的活动。

有趣的是，晚上从南门外 45 号回来的路上，门牌 36 号的那一家，有一台电视机，正在播放恩施建州的实况录像。光看热闹也是不行的，一大堆的衣服尿片要洗。又开始了冷水中的工作。

第二日的晚上，施城燃放焰火，我头顶着昶昶看热闹，很有些像古典文学中描写元宵节看热闹的情形，人们似乎如同断了魂一般的狂欢不已。我跑到南门外去照护母亲，让父亲也出来看一会儿热闹。

母亲近来似乎比前一段时间好了一些，可以自己吃一点东西。她由别人扶到藤椅上，面前罩上一块旧花布片，作为兜兜，自己动手吃饭。但手握筷子是极不灵便的，许久才能在碗里挑上一点点饭或者菜，然后慢慢地颤抖地往嘴里送，而且常常不能准确地送到口中。我们遇到她吃饭，就拿一把汤匙给她喂。现在她一餐可以吃小半碗饭，或一两个鸡蛋。父亲自然也很高兴。我们都希望她渐渐地康复起来。不过，她依旧是极不清醒的，一会儿又要睡觉，甚至吃着饭就睡着了，有时还打起鼾来。

趁着假日，把布置的最后一份作业做了，是写一份个人函授小结。这是对几个优秀学员的特殊待遇。这篇文章我写得很认真，是自己的亲身感受，可以说写得有血有肉。

几天假日结束，上学的上学，上班的上班。昶昶五岁半，上了几个月学前班，现在还是每天早上要往南门外的城乡街小学送，不送就不放心，特别怕他碰到车，或者撞到挑菜人的撮箕，那是刚好会撞到他的眼睛或鼻子的。午休的时候，他常跑到爷爷奶奶那里去，就是脚不停，手不住，搞得爷爷担惊受怕。下午也是要去接的，还要背一段些微的上坡。不过，过几天我又要出门开会，接送昶昶又是他妈的事情了。

《湖北教育》编辑部召开通讯员会议，地区教育局舒德荣同志约我一道走。那实在是太好了，参加省里的会议只是前年在宜昌开过一次双推会，去武汉开会这还是头一回，真是摸不着庙门。小舒同志在武汉读了几年大学，在地局工作后去武汉的差事也很多，和他一路走自己是不操一点心的。

恩施开往武汉的客车，早上六点半就发。听小舒讲，坐汽车是两天，头天晚上歇红花套，第二天下午就到武汉了。我怕误车，五点半就起床，急忙赶到车站，一会，小舒也到了。和小舒已经多次打过交道，他是个很细心也关顾别人的人。记得刚到教育局时，接到他的电话，他自报家门："我是地区教育局的舒德荣。"他通知我们要报一个政治思想工作的材料。我从他声音的低沉浑厚和讲话的沉稳老道，推断他是地局的一位"老手"。以后见了面，方知他是华师政教系毕业工作没几年的年轻小伙。

我们的客车，慢吞吞的，整天都在大山中盘旋。傍晚时候，进入一个峡谷，然后翻过一个山冈，小舒朝着窗外望了望，用他低沉的声音说道："怎么走到土城来了？"接着他提高了声音："喂，司机同志，走错了，这样开进宜昌城里去了。"司机慢慢停了车，几个乘客也说："是搞错了，往回走！"司机答话了，原来他是个武汉人，路径不熟，立即调转车头回走，把车开到红花套住宿下来。一进客店，一股鱼腥气扑面而来，厨房案板上摆着一两尺长的大鱼，这肥大的鱼告诉我：到大江边了。

凌晨四点就被叫起床，上车，黑夜中过枝江大桥。天亮了，汽车在宽阔，平坦的大道上飞奔疾驰，似乎要把昨天在大山中慢慢爬行和盘旋所受的窝囊气吐出来。这条路我还没有走过，很有新鲜感。这江汉平原上的公路简直像木工用墨线弹出来的，笔直的一条。高大的乔木分列道路两边，站立得整整齐齐，树梢高插云际。分明看见的是两行行道树，到了远处，却合并在一起，到了尽头则是一个小点了。汽车在平直的道上飞驰，似乎是在追赶前面的那个点，然而那个点又逐步放大，又变成分明的两行，而极远处永远还有一个小点……前方的天际，出现了血红的日头，车子又像在追赶日头，让我们不停地向太阳奔去。如此这般，我们不断地追赶，不断地重复眼前的景象，视觉开始疲劳了——难怪有人说，走这样太过平直的道路是单调乏味的，的确是这样。

下午四时，到达汉口。一下车，我们就被大武汉的人海淹没了。好在小舒对武汉就像我对庠口一样的熟悉。我只顾跟着他走，他右拐，我就右拐，他上交通车我就上交通车，我跟着他，到了省教育厅的招待所。

第二天是会议报到的时间。小舒带我去逛阅马场，参观辛亥革命博物馆。接着他又对我说："再到长江大桥，黄鹤楼去看一看，你来一趟也不容易。"我知道，这些地方他都是逛过多少次的，完全是为了陪我看新鲜。

在招待所见到自己单位计财股的谭德润股长，他也是在省里开会。晚上和他一道去省党校，会见了正在这里学习的谭世湘局长，同时在这里学习的还有我县的何渭滨、赵世光等几人。据说，学习结束，他们回去后都是有大任担当的。

《湖北教育》通联工作会议一共开了五天，省委宣传部的张处长，编辑部的何主任，副厅长邹世炎在会议开始的时候先后讲话。过去听局长传达过厅长白雪光的讲话，印象很好，这次也见到真人了，现在是省厅的顾问，会议的总结就是他做的。我这个山里人，一个乡村民办教师，这次见了许多省教育机构的大干部，也算见了大世面。

省委宣传部的领导主要讲关于"精神污染"的问题。他以"没有发现大的精神污染"肯定《湖北教育》是"办得比较好的刊物"，也因此感谢编辑部和广大通讯员，并提出了进一步办好刊物的希望。不过，说实在，到底哪些是精神污染，我一直还没弄清，报上关于人道主义与异化问题，也都是大块学术文章，没有时间和精力去读。教育杂志上有没有，我也无法鉴别。邹厅长提出办好《湖北教育》为 1990 年前完成普及初等教育、扫除青壮年文盲、中等教育机构改革和中小学教师学历合格等四项任务服务。他对现在的《湖北教育》的评价比较客观，他说“与先进省市的刊物比较，我们的水平不很高，发行量不很大，领导不如别人重视，属于中上或中流水平”，我觉得这位厅长还是实事求是的。我是经常阅读各省的教育杂志的，福建、江苏、上海、北京等省市的教育杂志就是逗人看，也读《湖北教育》，那主要是因为它是本省的刊物，自己还是通讯员。厅长还能坦言“领导不如别人重视”，这“领导”自然包括他自己。他能够这样说，更使我对他增加了几分敬意。他说了自己“五十年代在乡村搞民办教师，没有什么书看，就一本《教学参考书》，一本《普希金演讲录》。还有一份《湖北教育通讯》，文章写得有血有肉，喜欢看，后来自己也写。写了一篇爱国主义教育的文章，发表了，精神为之一振……”这又使我感到有几分亲切了，他也当过乡村民办教师哩。

这次会议的中心思想，可以用六个字概括：订刊，读刊，评刊。武汉市、天门县、云梦县等好些地方的同志介绍了他们这方面的经验。编辑部的同志都在会上服务，最后那个下午是他们陪着大家游东湖。他们对人和蔼友善，不过，比较起来，他们对其他一些地区的同志，显得更为亲切，时时谈笑风生，犹如家人。相形之下，对我们恩施的人似乎有些疏远。我想，这其中的原委是很明白的，就是离省城近的，来往自然多，彼此熟悉，这就是“亲近”。我们恩施之于省城，犹如石灰窑、大山顶之于恩施城一样，距离遥远。相隔遥远是难以熟悉的，就如我对石灰窑、太阳河的人不那么熟悉一样。我是经常下乡的，在教育局三年了，石灰窑没去过，太阳河虽然去过，那是当年哥哥在那里工作，我去串门子，在教育局工作以后是一次都没有去过。由此看来，地理位置直接关乎亲近和疏远。我自然希望省里的同志对我们恩施的人也亲近一些，我想，同样的，石灰窑和太阳河的同志也是希望我们县里的人对他们要亲近一些。这正是：人同此心，心同此理。怎样使疏远变得亲近？只能是，县里的人多去一些边远的地方，而边远地方的人也有必要到城里走一走。所以，俗话说，亲戚是越走越亲；多年不走，亲戚也就不亲了。

和小舒一起去买了明日返回的船票之后，他把我带到了一个闹市区，说这就是武汉最繁华的六渡桥。可我一个穷光蛋，世面再繁华对我都是多余。小舒深知这一点，而且知道我身上只有十来块钱，只想买一条裤子。于是，他细心为我寻找，打听，终于让我买到一条民警蓝的长裤，我很满意。这一路，小舒自己是什么都没买。在中山公园附近，他提议进一个小店休息一下。他跑去买了一瓶啤酒，我们坐下一边休息，一边畅快共饮，把那瓶啤酒喝得一干二净。

12 月 26 日，我们早早起床，踏上了返回的路。过轮渡的时候，天还没亮，江城的万家灯火，在大雾中摇曳。上了渡船，缆绳一解，只觉三镇都在摇晃，由是生出一些诗兴：

解缆三镇摇，起锚天地倾。

一声汽笛响，遍洒满天星。

我们上了客轮，到九点开船的时候，依然大雾满江，两岸影影绰绰。江轮在逆水缓行，去甲板上看风景，没什么好看的，除了两条单调的平行线和两三个清一色的平面，没有其他。躺在船上看书，《电影评介》这杂志办得还是不错的。这轮船行走得也是太慢了，走了十二个小时，下午九点才到城陵矶。

一觉醒来，船到沙市，朦胧之中，看到的依然是单调的平行线，觉得这平原上，无论走旱路还是水路，都是乏味的。如若船在三峡，那就不同了，千回百转，新景会层出不穷。辽阔的天空，几颗晨星在天际闪烁，令我想起古人吟咏的“星垂平野阔，月涌大江流”。此时此景，正是如此，好一幅壮阔的画卷！忽然感悟：诗圣眼中是没有单调的，任何场景都会与他丰富的思想和情怀撞出火花，落在笔下就是脍炙人口，千古不朽的名句。如此看来，写不出好作品而责怪景物的单调，不如责怪自己想象力的贫乏。

船行三十七个小时，晚上十点到达宜昌，将在这里停泊三个小时，小舒邀我下船转一转。我对小舒说，只想看看葛洲坝，他笑着说：“那就只有晚上不睡觉了，一点才会开船，正好睡的时候过大坝……”回到船上，哪里熬得住瞌睡，躺在一尺来宽的床上，也觉舒服极了，一会就梦见了周公，待到醒来的时候，已到昭君故乡秭归矣。

坐船两个整天，早晨八点，我们到了巴东，下船。无车到恩施，住巴东饭店，实在无聊。小舒带我去烈士陵园看了，回到寝室读这次会议上发的《社会科学词典》。旅途之人最当心的事，在这“天亮”之际发生了：晚间天气变坏，开始飞雪。次日起来，漫天皆白，真个是“雪拥蓝关马不前”了——绿葱坡大雪封山，客车不发了，我们被困巴东。问题的严重性在于，我和小舒身上的费用消耗殆尽。如之奈何？到底还是小舒有办法：借，找巴东教育局借。恩施来的两条汉子，如同两个乞丐，无可奈何地去找巴东教育局借钱，也是滑稽到了极点。

老天有眼，没再与我们为难，只在巴东待了两天，今天发车了。虽然此行尚未归家，一路冰封雪冻，路途凶吉未卜，但毕竟是坐在车上，离开巴东，在步步向恩施接近，心情是不一样了。过了白雪皑皑的绿葱坡，渐渐向冰雪稀少的地方走去，心中有了几分得意，还凑出几句诗来：

酣然梦里过大坝，平明不见瞿塘峡。

碾雪踏冰七百里，五峰山下是我家。

在汉开会五天，屈指算来前后一起花了十四天时间——武汉离我们是太远了！不过终于回来了，晚上，我居然坐在局会议室里，参加了全局人员的会议，主题是：喜迎新的1984年。

1984年，国家是勇于开创新局面的一年，恩施也将有新变化。刚成立的鄂西自治州，做出一项新的决定：恩施市、县合并。1982年恩施市、县分家，天下大势并非“分久必合”，因为市县没分多久，两年都不到，恩施县、市就要合并了，称作“大市”。其实，这也是一番功夫两番做，何不当初就将恩施县更名为“恩施市”。1月4日，州委宣布了新的恩施市领导班子，书记李贵生，代市长吕成宗。于是，原有县、市两方的机构，势必合二为一。在将合未合之际，人心难免有些浮动，许多机关单位略显闲散。教育局却是闲散不起来，扫盲验收组开赴芭蕉搞验收，在职教师中师函授班举行入学考试，要监考，要阅卷……

1月9日，大会正式宣布恩施市、县合并。次日，原来两套班子的教育局正副局长，除谭世湘局长继续在省党校学习外，共六人到市委领旨，实行合署办公，由原小市谭明煊局长牵头工作。接着，局机关大搞清洁卫生，迎接过去的老同事，如今的新战友。两边股室人员开了“合家会”，小市教育局的沙发等物，从柿子坝搬到了六角亭，我们教育股增加吕世洪同志一人。这一分一合，也是有趣的，使我们充满新鲜感。

腊月二十二，局里就吃了团年饭，似乎比前几年要早两天。家在远处的开始回家过年了。我们坚持上班的人，也不过做一些零星小事。我正在油印政治时事学习材料，甘溪教育站的张家志同志来，给我带来鲜肉十九斤，今年过年的主要物资有了，仅靠城里发的几斤肉票过年是太少了。这还是好久以前宗恩在城里开会，我顺便说起过的事情，多亏他还记在心里，实在难为他们两位了。

张鄂者，凤鸣老局长家的老二也，一个身板挺直，个性爽直的小伙子。去年他从部队复员，分到我们的计财股工作。到底是当过兵的人，平日里，他的风纪扣都是扣上的，显得干净利落，他的自行车，也是擦得锃亮。他不仅会开自行车，四个轮子的汽车也开得好，有时还给小覃帮忙。我的三个娃娃都喜欢他，特别是荞荞、昶昶一见到他就喊起“张鄂叔叔”来。这一天他对我说：“我们家要搬到小渡船去了，这里的三间房，还有一个厨房，我只要留一间，开一个铺就行了。还有两间和一个厨房，你可以搬进去住。我昨天给管机关的胡局长讲了，把这套屋分给你，看来是有希望的——你那间屋是太窄了，还住五大五个人。”我很感谢他，如果能够搬进去，那真是太好了。

第二天，张鄂他们真的在搬家，下午，他没讲二话，直接把钥匙交到我的手里了。我实在是大喜过望，但是想到还没有禀报局长，于是走到教研室，遇到敖局长，就说了这事，敖局长当即表示同意。我欢天喜地，告诉传美和大娃细崽们：我们要乔迁新居了，今年过年宽敞了，有厨房了！这可是岁逢甲子喜乔迁啊，一家大小无不欢欣鼓舞。一家人精神都提了起来，第一步就把厨具先搬了进去。这是腊月二十六。

腊月二十七，不忙年货忙搬家，有房住比什么都高兴。把墙刷了，床搬进去。好在近便，就在我们办公室那栋房子的底层。来一个全家动员，把那些旧家具，老家业，一件一件往新居搬。大人是主力，娃娃们也如鹊衔树枝，闹闹喳喳的，来回奔忙。与我们同时在忙碌的还有司机小覃，他定于明日腊月二十八结婚，新房就在我们新居的楼上，原来做打字室的那一间。看到他一个人在忙着给壁上糊报纸，传美把娃娃中最精干的力量——旭娃，调去给他帮忙。我们楼上楼下都在忙着办喜事呢。

新居真是不错的，并排的两间房，后面一个阳台连通。阳台正对着五峰山，虽然地势低矮，但视线是开阔的。好的是还有一个厨房，灶也是现成的。厨房是偏棚搭盖的一个小吊脚楼，吊脚楼下还可以放一些杂物。只有在巷道里放置过锅灶，在挑大粪的过道上做过饭的人，才更能够体会到，有一个正规的厨房是多么的好。现在，我的居住面积是成倍增加了，有原来的两个半大！我真是从糠箩跳到米箩里了。和传美商量，把父母都接来，凑合着一起住，也好照应两位老人。当晚就在新居安顿下来，哪怕一些什物还到处堆放着。

腊月二十八早晨，正准备继续搬家，接到电话，顺哥家的李世禾嫂子在凌晨四时不幸去世，是头天夜晚用浴罩洗澡，导致心脏病发作所致。中午，参加了小覃的婚礼，又去到凤凰山上的二中，参加办理丧事。在这里，我是双重身份，一是弟弟，二是教育局的代表，一个通宵都在灵堂。灵堂就设在二中的小礼堂，吊唁的人一批接着一批。顺哥是伤心到极点，我也没有什么言语可以安慰他。人们议论，李世禾老师这一走，他怎么生活啊。顺哥会教书，历史课讲得好，当校长管教学也是内行，但是日常生活是样样不会，洗衣做饭都搞不来，连面条都煮不熟，以往都全靠世禾嫂子。过了午夜，灵堂里也就剩下师专的刘嘉权老师父子，还有张小清等几个人。刘嘉权老师和小清的爸爸张哲如老师，都是顺哥的至交好友。我算是一夜都没有合眼，直到早上出殡，遗体送去火化。

下午回到家，继续搬家。安顿完毕，和哥哥一起接二老到我这里居住。母亲神志不清，昏睡时候居多。当我们要抬她出门的时候，尽管说了多遍到哪里去，她似乎有些高兴，但到底到哪里，她还是不知道的。好了，父母都接来了，我们总算又团聚了。消息也真是传得快，晚上，就有应贞姐和敏敏、江庭玉来看望老人们了。

已是腊月三十，上午是段股长值班，下午是我。我趁上午的时间去南门外搬二老的日常用品。因为忙着搬家，下午又要值班，没有吃成团年饭。但是全家团圆，比吃什么都好。借来一台百花牌电视机，一家人看春节联欢节目，也是其乐融融，仿佛回到竹山湾年代，一家人围着火坑，听广播，谈天，守岁。唯独母亲对电视一点感觉都没有，一会就睡了。

大年初一一早，就有父亲的挚友刘厚章老校长和师专陈立卫老师来看望。接着是敏敏和江庭玉夫妇来拜年。初二，顺哥，陈博老师和允贞姐夫妇，先后来看望老人。母亲原本是熟悉这些亲人的，现在一概不知，体子很衰，感冒一直都没有好。好在能够吃一点东西，多半要喂，她自己手拿筷子是很难夹起东西来的，吃上一点点也得许多时间，还要掉落不少在胸前，所以总要围个布片当餐巾。

初三了，徐局长到办公室来看了说，当街的大门上还是要写个对联才好。也是，别的单位大门上都贴得红堂堂的，教育单位的大门不贴一副对联的确是不像。于是出手画了几个大字，和值班的涂发一老师贴上去了，教育局的大门也有了一些喜色。刚把对联的事情办完，竹贞姐和龙鹏飞兄来看望老人。随后又有镛哥，芳哥，菁哥相继来。现在我有厨房了，于是多在灶上忙碌。

初五是上班的日子，但不见什么人来，到初六有三五个人来点卯，我们一起互相拜年问候一番，然后有人提议，各自回家横扫过年剩下的盘盘碟碟，残渣余孽。大家无不拥护，屁股一拍，便各自东西了。

我们这个年过得既“勤”且“俭”，没花多少钱，积攒了几十块，传美说最好再借点钱，凑起来买个洗衣机才好。这个项目我是太赞成了，跑去找小夏借了 150 元，顶 221 元买了一台荷花牌洗衣机。有了这个东西，一家人的衣服，还有母亲的许多布片，都不费多大力气，尤其是可以保住手上不起皲口了，我们得到大解放。算起来，这个现代化建设，我比太山庙的唐书记只落后一年，因此，现代化对于我们来说也并不是遥不可及的。

母亲每餐吃一点豆皮，要煮得很烂，加一个或两个鸡蛋。她大多是躺在床上，时间也是不短了，臀部长了褥疮，水泡破裂，露出了鲜红的肉。和父亲一起费了很大的劲给她洗了，换了药。看着她在昏迷中痛楚呻吟，心酸得要流泪，但不能在父亲面前这样，只能尽力忍着。

开年后的第一个任务是起草教育局 1984 年工作意见。这项工作是比较熟悉了，只花了一天多时间就把稿子拿了出来，局务会上通过了，立即打印下发。

接着开始筹备恩施市教育工作会议。省里的会议开过很久了，县里的会议应该年前就召开，因为市县合并的原因推迟了。省里的会是敖局长参加的，筹备会上决定由敖局长作传达，而写传达报告的任务落在我的头上。这个事情就比较复杂了，会议的材料一大堆，敖局长是毫无保留地全部交给了我，堆在我的面前，比我的函授教材不得少。要把这些材料学习一遍，也要不少时间，再要写出传达报告来实在是个硬任务。没开会的人，要写传达报告，也是一番功夫变成两番做。

正月十八，是星期天，荞荞也去报名上学了。我和父亲在家，发现母亲病情加重，呼吸急促，昏迷不醒，还伴有发烧。父亲对我说："不能马虎，要喊你哥哥下来。"

我和哥哥一起去请了医生来就诊，输液。母亲一直是昏迷不醒，针头扎进去也不见疼痛反映。晚饭时，我煮了一碗豆皮，哥哥慢慢地给母亲喂，母亲居然把那碗豆皮还吃完了，看来输液还是起了作用。

第二天，母亲仍然没有苏醒，呼吸变得急促。请六角亭诊所杜医生来，他诊断后告诉我们："老人年纪大了，要作后事准备。"中午二姐来了，一起议定，不放弃希望，将母亲马上送进市医院治疗，作最后的争取。

下午四时，局里向大锐等同志大力帮助，将母亲直接送到了东门的市医院。门诊查血压，已经低得难以查出，脉象失去。我迅速去办理入院手续，回身准备将母亲送到病床，守候在母亲身边的大锐对我说："老人已经不行了。"此时是1984年2月20日，农历甲子年正月十九，下午五时零五分。母亲已经停止呼吸，安然长眠在抬她入院的藤椅上。我们将母亲抬到一张病床上，她双目紧闭，似是很安详的，一切痛苦都没有了。当时，我，还有哥哥，父亲，神经都处于高度紧张之中，面临着的是办理后事。

我急速走到教育局。局领导听说后，马上动员了许多同志帮助料理。于是车开来了，是原小市教育局小邱开的那辆130型小货车。我引路，敖局长、朱局长和好几位同事也一齐上，小邱把车一直开到南门外45号。敖局长、朱局长等一下了车就亲自动手，帮忙把棺材——照父亲的吩咐，取的那副大的——抬了出来，又擦洗干净，上到车上，把车一直开到市医院院坝停下。一时之间，这里已经来了不少的人，除了局里帮忙的同志，还有传贤也来了，应贞姐和一些亲人也到了。传贤和局里的几位同志，给棺材内垫了石灰，又铺上一层草纸和皮纸。传贤做了许多的灰包，用来塞垫。我离开医院以后，父亲和哥哥已经给母亲洗了，换了老衣、老鞋。棺材准备好了，敖局长、朱局长和几位同志又一齐动手，把母亲抱了出来，稳稳地安放在棺材里。他们比我这个孝子做得还尽心尽力啊！

当晚，灵柩运到红庙桑枣坝。那边，哥哥已先一步到达，永祥他们找了不少帮忙的人，在忙着搭建灵棚，布置灵堂。一切都在忙碌和有序地进行。灵柩安厝，供桌置好，灵屋正中书写“吴母谈玉如老孺人之灵位”，油灯、香、蜡、纸、烛点燃，鞭炮鸣响。广播站工作的江庭玉，把播音器材也带来了，灵堂哀乐响起……

天亮之前，我躺了一会。忙的时候只知道急急地做事，脑子里是糊涂一片，精神全都麻木。在这一两个小时的睡眠中，杂乱的思绪在迷迷糊糊中停顿了一会。忽地清醒过来，面前清晰地展现着母亲的面容。想到儿时刚上小学，在课堂上蓦地号啕大哭起来，老师——大伯家的三姐，问我是什么事，我哭泣着说：“姆妈到洋湖沟去了——”想到此处，眼泪夺眶而出，滚到太阳穴，流到耳际，凉浸浸地，润湿了耳廓——如今，姆妈是永远离我而去了……

忙着办理丧事。上午进城，走了很长一段路，又乘交通车。小夏已将肉、柴火、米等物为我备办妥当，接着再去红庙。应贞姐等亲人非要到红庙不可，又进城去接了他们一趟。

整天都有来吊唁的人，局里所有在家的领导和同志都来了，传美他们书院中学的赖校长和老师，哥哥他们市法院的同事，二姐州畜牧局的同事，各方的亲人……前前后后，不断地来来去去，直到晚上十一点，还有二姐他们的同事从外县摸黑赶来。本来我们都不愿惊动这许多人，最后还是害得他们跑这么远的路，心里很过意不去。

外边下着麻麻细雨。哀乐声，花锣鼓声，在夜空震颤传递。我们姐弟三人守灵在旁，尽管疲劳，但无睡意。在苍白的灯光下，在鼓乐声中，我们都在默默地静思，大约都在回忆长眠了的母亲，曾经怎样地抚养教育自己。

这些回忆会追溯到自己能够记忆的最遥远的年代。母亲从石垭子的谈家到凉水埠的吴家，是怎样独立支撑门户，夙兴夜寐，修房造屋，兴家立业，生育五个儿女，痛失了我的大姐和三姐，这些我都不知道。我能够记忆最早的事是母亲打算给我断奶，擦了万金油，我吃了一口，叫了一声“格杂”，又继续吃了。又请人找来苦树皮，我知道又是让我吃了断奶的，便把树皮丢进潲缸里了。于是我四岁了还在吃母乳，常常是跑去玩一阵，又跑到母亲身边站着吃奶——我就是这样离不了母亲的奶汁！还能记忆母亲给我剥葵花籽儿，那是我还不会吃葵花的时候，母亲剥了摆放在她膝盖上，我抓来吃了，玩一会再来，母亲膝盖上又有了，我好欢喜啊。母亲会裁剪，儿时的衣裤都是她亲手制作。母亲的鞋做得好看又结实。一双鞋要做出来，是多么不容易啊，我记得她把像网一样的棕，一匹一匹抹上魔芋糨糊，贴在木板上，晾干做成棕壳，然后比着鞋样剪下来，又包上布，做成一层一层的。几层棕壳叠在一起，蒙上堂底布，才用针线扎。扎鞋底那真是千针万线，穿过去又拉过来。厚厚的鞋底，要费很大的劲才能够把针锥过，顶针是少不得的，有时候母亲还要把钢针在头发里擦几下再锥。锥过去了，有时还拔不出来，要用牙齿咬。为此，母亲专门请铁匠打了一把特殊的镊子代替牙齿，把针紧紧地夹住拔出来。一只鞋底就是这样锥过去，拉出针线来，又锥过去……要千百个来回才扎得出来。不过，打起了也就是一个工艺品，那些针脚窝子深浅一致，排行均匀整齐，横看、竖看、斜看都成行成排。扎好了鞋底，还要做鞋帮，那也是要技术的，大小要合适，样子要好看，沿边要用专门的沿条布。扎鞋底和上鞋帮的线也不是一般的棉线，而是她自制的特别牢实的麻线。她把一团麻，细细地分解开，在膝盖上搓出麻线来。搓上好几百根后，就用一个罐子，加入灶灰煮开，又在河水里用棰棒拍打，仔细洗干净。晾晒干了，这才是雪白的可以扎鞋底，上鞋帮的麻绳。要把鞋帮上到鞋底上，也是不简单的事情。母亲用锥子打眼，两根麻线对着穿过，锁紧了，又锥一个眼，如此要打数十个眼，才能把一只鞋上好。母亲不知为我们做了多少双单鞋、棉鞋，费了多少工夫！母亲读过书，但我没有见她看什么书，顶多看看报纸，她的时间都用在做家务。不过我记得，她教我认天、地、山、水、人、手等等这样一些字。六岁多的时候，我去祠堂上学发蒙了，母亲天天给我准备饭篮，里面有我喜欢的煎鸡蛋。母鸡叫了，她让我去鸡窝里捡鸡蛋，叫我把大的鸡蛋放在另一个抽屉里，说上学读书就煎一个大鸡蛋带去。有时她还要问我："现在一共有几个大鸡蛋了？"于是，一、二、三、四、五，我知道记数，记得我有多少个大鸡蛋了。一天，我突然发现我的大鸡蛋少了，闹起来："哪个把我的大鸡蛋吃了？"那是一个暑假里，父亲和哥哥姐姐都回来了。父亲听着我闹，呵呵地笑起来说："你还记得到数了？是我帮你吃了呢。"母亲说话的声音，一般是平和的，在我面前从不说宠爱"巴粘"的话，偶尔还会提高嗓门，比如呼唤我吃饭："韬娃子，回来吃饭——"那是我和胤哥在山坡上玩，玩得不知道归家了，她须得放开嗓门，让声音传到很远的对门山上。在我哭的时候，她也会提高嗓门。我小时候喜欢哭，她多次教训我说，好哭的娃没有用。所以，凡是我哭的时候，她每每提高声调说："你'瑟'（小孩哭），你再'瑟'，你是不是还要'瑟'！"母亲一辈子都不相信鬼神，她从来没有用鬼怪吓唬过我，也从来没有用野猫、人熊、豺狼虎豹之类吓唬我。解放初的一个傍晚，有人传信说要母亲到三里坝区公所去一下。母亲带着我翻山越岭，摸黑走到三里坝。在区公所问了，回答是并没有这回事。母亲一双小脚，冤枉地走了这么远的夜路，她却没有说一句埋怨的话，带着我就往回走。于是又是翻山越岭摸夜路，穿过长长的密林小道，但她没有表现出丝毫的畏惧，因此我也不知道害怕。父亲带着哥哥姐姐常年在外，他们教书的教书，读书的读书，好多时候都是母亲带着我在家里，母子长时相依为伴。但在我八岁的时候，她托人把我送到咸丰父亲那里去读书，独自一人留在老家。在这两年多的时间里，她一个人远在数百里之外的老家，过着怎样艰难的日子，我是不知道的。直到我读小学四年级了，她才离开老家。她只身一人到咸丰的时候，我还清楚记得，我是正在路边玩，见到一个熟悉的身影在向我走来——认出来了：是姆妈。她一手提着一个布袋，那是她的行李，一手提着两个油糍，我想，那是在咸丰城郊那个小摊上买的。我好久没有看见她了，也好久没有喊过"姆妈"了，面对她高兴地叫出一声"姆妈"。她表现得很平静，只是高兴地笑了，把那两个油糍给了我，说："给你带的。"其实，母亲当时看到日夜思念的孩子，应该是相当激动的，因为，此后我听她对父亲说过，在她把我送到咸丰以后，她是整天都不习惯，时时挂念着我，于是，她把我玩过的一个树根做的小犁头挂在板壁上，说看到这个小犁头，就如同看到了我。现在，在真的见到思念已久的孩子时，她的心情是可想而知的。但是，她的确只是笑了，表现得很平静，连我的手她都没拉一下，她是把感情控制住的，隐藏起来的。尽管有人说，"细娃看到娘，无事哭一场"，相隔这么久，我忽然一下看到娘，但是，我也是没有哭的——我已经不那么好哭了，无论是在高兴还是痛苦的时候。这不仅是因为母亲不许我"瑟"的结果，更是母亲刚毅的性格，对我潜移默化的影响所致。母亲到了咸丰，我过上了最幸福的生活，整天吃得饱，穿得暖，无忧无虑。我有点忘乎所以，当着母亲说某某老师不好，母亲听了一会，忽然反问我一句："这么说起来，你比老师还高明些，那你跟老师学什么呢？"这使我顿时惭愧起来，知道母亲不喜欢我这样说老师，要我尊重老师。读五年级的时候，我要求在学校去住读，父亲有些不放心，母亲却支持我，说早点学会独立生活也好。母亲知道学校伙食油水淡薄，每个星期都要给我炒一个油腻腻的咸菜带到学校去。幸福的日子并不长，五五年父亲被打成"反革命"，留在恩施"继续学习"。于是，又是我们母子相依为命，共度难熬的贫病交加的艰难岁月。母亲在初闻父亲被关管起来的信息后，有过几次夜里的悲痛抽泣，随后就倔强地挺起身子和厄运作斗争了。她不停地给别人缝衣服，做鞋子，换取油盐钱，我去河坝拔野菜，摘南瓜叶……父亲恢复工作以后，我们在恩施团聚了，但是，政治运动风暴又不时刮来，母亲总为父亲担忧。她关心时事，经常看报，劝说父亲一定要谨言慎行，不要信口开河。我深知，如果不是母亲这样反复提醒，父亲稍不注意，就可能被打成"右派"，就会被拔"白旗"，我们不知还要受多少罪。每每提及此事，父亲对她都充满感激之情。母亲那时的头脑是多么清醒啊！母亲虽然是地主分子，但是从未听到她说过抱怨的话，她心里没有痛恨的人，没有说过诅咒或责怪别人的话。我读高中时争取入团、入党，组织上的人都会对我谈话说，家庭出身不好，要注意划清界限，站稳阶级立场，这使我感到很困惑。我的家庭，也就是母亲是个地主分子，但是她经常说新社会好，国家建设快，共产党好，里面能人多，还特别佩服周恩来、宋庆龄、郭沫若这些人。她说这些话的时候，不是勉强的，更不是违心的，而是真情流露。听父亲说，在武汉的时候，父亲的朋友张执一是地下共产党，一次街上警笛鸣叫，有人要抓他。他急急忙忙跑到家里，是母亲把他收藏起来，才逃过了一劫。看到很多人都穿上了胶鞋、球鞋的时候，她赞扬新社会说，现在做出好多新东西了，过去的地主下雨下雪也只不过是穿一双油钉鞋，哪来这样的鞋子。她说旧社会是太落后了，火柴、铁钉、煤油都叫"洋"，是洋人的，叫"洋钉""洋火""洋铁皮"……现在什么都会做了。解放才几年时间，共产党在长江上都架起桥来。她在武汉住过，知道在长江上架起一座桥是多大的工程。她说国民党是太没得用了，把个国家搞得天怒人怨，物价飞涨，金圆券几天工夫变得比草纸还不如……在三年自然灾害的饥荒年月里，她和父亲都不可能吃饱，但是我在家养病的时候，他们都要把自己为数不多的那一份饭，分拨一块到我的碗里，我不忍心，母亲说“你正在长身体，亏不得”。即或是在这样艰难的日子里，她也丝毫没说过对社会不满的话，只希望风调雨顺，大家能有饱饭吃。记得六一年的春节前夕，父亲享受老知识分子的供应，我去把一些物品拿回家，是五两猪肉、五两牛肉、二两鲊辣椒、一斤盐、两片豆腐干、一块霉豆腐、四枚豆腐果子、一个盐蛋、一个皮蛋……母亲特别感动，说，只有今天的政府，才这么关心人，这样的灾荒年成，还一样一点都想到了，送上了门。父亲也在一旁说，过去国民党、蒋介石，他还管你过年吃什么，你吃饱也好，饿死也好，他才不会管你！母亲自然而然流露出的这些情感，无形中影响我坚信共产党和社会主义。这使我实在不知道怎么才是与家庭划清界限，怎么才叫站稳阶级立场。母亲的心是善良的，她怜悯同情困难的人。我们在咸丰受难的时候，移居在学校外的小木屋里，旁边是个热水房。一个驼背老头负责挑水，烧水，冬腊月的寒天里，他还穿着一件单衣，又脏又破。尽管我们也处在困厄之中，母亲还同情别人不过，找了几件父亲的旧衣送给了他。住在芭蕉五中的时候，她喜欢父亲教的那些学生娃娃。这些学生娃时常进屋来喊“吴师母”，或是要倒水喝，或是要烤火，有时还要吴师母给他们讲谜语，母亲很快乐，学生娃娃也常常欢笑不止。上级有政策，“分子”不能住在机关学校里，于是，母亲搬出了学校，在芭蕉街上租屋住下。“文化大革命”中，母亲已年过花甲，她是“分子”，要去扫大街，锤石子，背石头，修碉堡……经受了无数的精神和肉体的折磨。从此以后，她患了肠风下血，久治不愈，渐渐还表现出记忆力衰退和性情固执，多猜疑。她把维系生命的粮票、油票、布票视为珍宝，到处收藏，结果自己也不记得放在哪里了。她是饿怕了的人，一把面条，一杯糯米，几粒绿豆，几颗饭豆，她用小布片或报纸、信封包着，收得紧紧的，在无意间发现的时候，已经长虫了。一瓶白糖也是她自己收了起来，需要的时候又找不到了，她怀疑是别人拿去了。上级又有政策了，她不能在街上居住，要下到农村去。于是，她跟着我到了偏僻山乡的庳口学校。在暮色苍茫之中，她一手提着一个粪罐，一手牵着我的旭娃，蹒跚地走到了竹山湾那个属于我们自己的木屋。竹山湾里，她帮我们照看孩子，削红苕，刮洋芋，做一些小事，但是记忆是越来越不好了。她曾经是很善于烹饪的，我们的饭菜都是她亲手做出来，什么食物只要是经过了她的手，都会变成美味佳肴，豆腐渣她也可以让它发酵，做成霉豆渣，那是没有味精时的味精。在竹山湾，她见了事还是要做，但是常常把事情做错。所以，做饭的事情多半是我，在我们离开竹山湾后，就是父亲做饭了。听父亲说，一天，锅里的饭熟了，他把火退了出来去喂猪。母亲走到厨房，却把那些火柴头又塞进了灶膛。父亲闻到饭煳，跑到厨房，看到灶里又燃起了火，便埋怨母亲："你又给我帮倒忙了。"母亲只是笑一笑，说："我是看到火柴头从灶洞里掉出来了才加进去的。"母亲七十四岁生日的时候，我从明星学校回到竹山湾，烧了一个大猪头，给母亲庆生。母亲在一旁看，父亲对她说："烧一个猪脑壳，给你过生，还庆祝你把帽子摘掉了。"母亲笑着说："我有个什么帽子，这么热哪里还戴得住帽子！"也许，那个时候，她真不知道自己有什么帽子，自然也不能感觉这顶帽子有多么沉重，更不知道摘掉这顶"地主分子"帽子是多么难得的大好事。以后，我们离开庳口到城里工作了，我们把老人接进了城。她的三个儿女，九个孙娃都在城里，还有不少亲人经常可以见面，这本应该是她高高兴兴欢度晚年的时候，但是，她是什么都记不住，什么都不知道了，唯一记得的是"差饭吃"。"屋里一个洋芋都没有了，我去找几个洋芋"，于是，她走出了门，洋芋没找着，还找不到归家的路……就在这样的糊糊涂涂之中，母亲走完了她八十年最后的一段人生路程，直到呼吸停止，整个机体停止运转。

母亲这样地走了，她留下的是她悉心抚育的三个儿女。不过，她可以放心的是，她的三个儿女，在今天都还能为社会做一点事，不是他人嫌弃的那种庸人，更不是社会的累赘和负担……

"封子口！"永祥喊了一声，接着说道："现在，亲人可以最后见上一面……"这是半夜子时，为不影响邻舍休息，锣鼓、鞭炮、哀乐早已停止。灵堂是安静的，夜空更是静寂，只有苍白的电灯光和泛黄的烛光在眼前交相辉映，香纸的青烟在缭绕，散发出令人肃然的气味。我知道，封子口就是封棺，但我并不想见躺在棺材里面的母亲，虽然她的面容是安详的，因为，我不想在瞑目的母亲面前流泪，母亲不高兴我"瑟"，不喜欢我流泪……母亲的影像永远会在我的心里，清清楚楚，不可磨灭。

父亲被捷娃的家家、家公请去睡了，他能睡得着吗？

凌晨五时，“八仙”开始动作，在安置龙杠、抬杠，排开宏绳，准备上山的事宜。六时许，鞭炮炸响，八仙抬着老母灵柩，永祥请的两拨花锣鼓双吹双打、亲友举着旗锣鼓伞紧紧跟随，一路护送，这是按照当地的习俗出殡。正值春社之前“拦社”时候，远处有一家上坟，锣鼓鞭炮声传来，远近的声响相互呼应，汇成一片。人群中有人说，这个老年人会选日子，选在这个大正月里，花花绿绿，闹闹热热地上山。无论怎么说闹热，我的心里却只有凄凉。主事的亲友很注意灵柩入土要对准方向，下葬之前，他们对我们兄弟慎重说明，是对准的哪两座山的垭口，没有偏这边，也没有偏那边，其实，我们毫无这方面的知识，他们认为怎么好就行。他们让哥哥先动了锄头，然后几位有经验的亲友掘出墓穴，又认真对准方向，稳稳安放灵柩，覆盖泥土。母亲已安息于黄泉之下了。

安葬事毕，清理了各种什物，特别向刘伯、伯母和永祥他们一家致谢，向这里的众位乡亲致谢，中午告辞返回。人是极度疲惫，但见家中就这样少了一位老人，心中又是极度的空虚怅然……父亲曾对我讲过，十二世祖吴士安每年除夕面对神龛母亲的遗像，涕泗交流，呼喊“母耶，母耶！”今天，我是多么想这样号啕而呼：“母耶，母耶！”但是，我竭力使内心平静，躺在床上做深呼吸——因为，母亲是不喜欢我哭的。我要努力恢复精力，我还有我的事情要做。

次日清理账目，兄弟二人各负担一百多元。小夏帮我购买的物资，是局机关垫支的一百多元，这笔债，只能容我日后逐步偿还了。

局长们都在办公室开会。我走进去，眼眶里噙满泪水，哽咽地说了几句感激的话，递上了一封感谢信。这是我发自内心的深深感激。我们从未经历过这样的事，全靠他们的大力帮助，才这样顺顺当当、圆圆满满地办完了这件大事。我深深地感谢组织，感谢同事们。我真不知道如何感谢，只有永远铭记，只能今后以勤勉的工作来报答。我想，这样，母亲在天之灵也会欣然瞑目。

清理了母亲的遗物，她亲手搓成的麻绳，一辈子不离的顶针，裁剪下来的布片，我将留作永久的纪念。把一些衣物焚化了，据说这样亡人仍然可以享用。

父亲头痛，似患感冒，整日卧床，这是我们最担心的。请医生看了，注射了针剂，服了药物，似略有好转。应贞姐、四姐、芳哥前后都来看望了父亲。

二老双亲，如今只有父亲一人了，我们是一定要好好照顾他的。

母亲去世第七日，恰好是星期天，父亲被芳哥接到州财政局家中去玩，让他散散心，这也是很好的。我带了一把锄头，骑车去红庙，在母亲墓前焚香化纸，给新坟培土。我不懂风水，也不相信那些神秘的说法，但仔细打望墓地，觉得刘伯他们选的这个位置的确是好。周围有农家屋宇，面前有碧绿的橘园和竹林，再往前看是明镜般的水田、池塘，再前面是一曲清江绕山流过。山是红砂岩的，山上的树木是茂密的，青翠的。极远处便是恩施城到处都可看见的大山，叫望城坡。母亲在这里是既安静又不孤寂，能够看得很远，又四处风景如画。母亲在这里，的确是“入土为安”了，母亲心安，我们也是心安的。但是，当我扛起锄头，准备离去的时候，又总是踟蹰徘徊，难以迈出步子，觉得把母亲一个人留在这里了，不觉眼眶湿润……

回去的路上，骑在车上总还想到有许多话要对母亲说，但都是东一句，西一句，断断续续的。回到家里，我把这些话编织整理出来：

荷锄离坟茔，儿心多惆怅，
固知终有别，依旧泪沾裳。
我母性刚强，爱子心无量。
乳我整四载，饥年常让饭。
漫长痛苦日，母子多作伴。
一粥分作吃，共喝野菜汤。
及长常侍候，惟愿母心欢。
夕阳无限好，失忆何能赏？
冀我老母亲，头枕红庙岗，
静听清江水，日夜轻弹唱。
翠竹在身边，绿橘在您旁。
龙潭村边好，胜似石垭乡。
盘盘山间路，我必常来往。
有事托个梦，儿当自去办。
三春晖难报，寸草心不忘。

天上日月明，恩德永流芳。

上班了。段股长告诉我，市教育局领导班子已经宣布了，徐先寿同志任局长，敖局长、胡局长留任，教研室副主任李志华同志调过来任副局长。谭明煊同志调市委统战部任部长，邓源骏同志调市委“五四三”精神文明办公室任主任，朱炎恭老师到进修学校当副校长。段股长还说，看来新班子还有些大动作，准备把恩施二中定名为恩施市一中，小市一中，就是原来的九中，定名为恩施市二中，还打算把县师范迁到城里来……我有些“洞中方七日，世上已千年”的感觉。

开始阅读敖局长交给我的大堆材料，准备写省普教会精神的传达报告。敖局长来告诉我，市委已经研究决定，全市普教工作会议四月上旬召开，会议的规模大，有两百多人，规格也高，市委主要领导要讲话，市直财政，公安，计委，劳动人事等有关部门都要参加，公社要来管文教的书记或主任……他说：“这次会议文字材料不少，市委主要领导的讲话由市委办公室刘主任直接负责，徐局长的发言是小聂写，还有大会典型发言材料、会议简报，都有人了……落在你身上的担子不轻，除了这个传达报告，还有市委副书记的一个动员报告，也是由你写。动员报告开头就讲，接着就是传达报告，所以这两个东西你要先写出来。最后一天，还有谭世湘副市长的总结报告也是你的任务，这个可以放在后面，会议开始了再写也不迟。这样，你一起就有三个讲话稿子要写，任务是比较重的，不过时间还早，差不多还有一个月的时间准备。”我二话没说，爽快接收下来。常言道，“滴水之恩，当涌泉相报”，想到母亲去世，局领导和同事们都这样关心，敖局长也是五十多岁的人了，还和其他年轻同志一样，比我这个孝子还尽心尽力，这样好的领导，这样好的同事，令我感激万分，不知如何报答，别说是写文稿，别说还有一个月时间准备，就是有让我累吐血的事情要做，我都会在所不辞。

人事股举行了一次“以工代干”教师的转干考试，我和局里一批同志抽去进修学校阅卷。我想，我大约是已经批准转干了，不然，这次考试我应该参加。听说转干的教师，是可以享受教龄津贴等待遇的，我要是教师，也可以增加几个工资的——我要是能够增加一点工资就好了。到了进修学校，朱炎恭老师，现在的朱校长，见了我就说：“小吴，要给你找个事做了。县里的中师函授班 4

月下旬开班上课，进修学校的教师不够，请示了局里，增加人员一时不可能，准备聘请教育局、教研室几位同志来兼职，其中就有你一个。不知你有什么困难没有？”我说：“进教室上课，是我最喜欢的事情，没有什么困难，就是有困难，朱老师安排了也是在所不辞的。”朱校长爽朗地打了几个哈哈说：“小吴啊，你是教育局的干部，我现在又不是你原来的朱股长了，怎么能够安排你？我是给局长们请示了才请你的。”接着他说，“还告诉你一个好消息，你们第一批高师函授学员，马上要得到毕业文凭了，过几天我要去安陆开一个高师函授会，通知说是总结上一届高函工作，发毕业文凭，又准备招第二批高函生了——你应该动员吴传美参加考试。你毕业了，还要支持她去才对。还有一个机会，咸丰教院要办脱产的专科班，也是可以的，你给她讲，现在要抽时间搞些复习，那都是要参加入学考试的。”我说：“老师说的都是好事，老师放心，我全力支持。感谢朱老师啊！”

去教研室参加集中识字试验教学研究会，参加的有全市七所开展试验的学校校长。郭师柱主任主持，小学语文教研员小杜传达州里会议的精神，对本市开展试验教学提建议。结束后，小杜不讲集中识字的事，向我打问南门外的房子是不是要卖，我说现在的确是空出来了，是有卖的打算。他希望卖给他，他母亲一人在崔坝，早就想把老年人接来，就是没有一个安身之处。又问，大约需要多少钱，我说原来买成多少钱就是多少钱，再把后来安装水电等几项费用加上，顶多就是一千五六百元。小杜再没有往下说，我想他是在考虑钱的问题。

除了一些临时性的工作之外，我都在集中精力忙着起草文稿。虽然动员报告先讲，但我还是先写传达报告，因为对我这个没参加省里会议的起稿人，先“传达”，把上级精神吃透，再才好做“动员”。

进修学校把中师函授的语文教材和备课本送来了，还指了我授课的内容。教书这个事我的确有兴趣，看了课本上的篇目，也都是很喜欢的文章。哪怕传达报告还没写起，忍不住翻开备课本，想先来备上一课。心想，这样写一写报告，又备备课也是很好的，脑筋可以交替休息。过去教书的时候，也是半耕半教，上午教书，下午在生产队劳动，而且一个人还要教好几门，讲了政治又上语文，教了数学又教工基、茶作学……头绪那么多，都应付过来了。对，马上就来准备《孟子二章》的教案——啊，还应该有一本《教学参考书》的，参考书呢？

传达报告写出来了，和敖局长一起边读，边研究，做了一点修改，交给打字室了。3 月底，动员报告也写出来了，交给了市委办公室。

清明节前的星期日，邀集哥姐去红庙扫墓。母亲的坟头，洁白的清明吊在春风中摇摇摆摆，鞭炮哔哔剥剥响起来……我想，母亲应该是很高兴的，天气是这么的好，眼前是一片一片金黄的油菜花，一块一块碧绿的麦苗，还有一树一树红艳艳的桃花，雪白的李花……几个孙娃、外孙，读高中的，初中的，小学的都来了，在给她烧纸，敬香呢。只是哥哥没能来，他如今是市法院的副院长了，连星期天也在加班，忙得抽不了身。我相信，母亲是不会责怪他的，还会说："你阿爷在你们小的时候就编歌：'华乖，韬不哭，铃很。'看喏，华娃子是乖嘛，韬娃子也是不哭了，铃娃子也真的还很呢，当院长了，那是应该使力把事情做好。"

恩施市普教工作会是 6 日报到，我没有照敖局长说的，"总结报告会议开始了写也不迟"，还是早一点动笔为好，急忙急促是办不好事的。谭世湘副市长在住院，去医院找到他，看他对会议总结有什么想法。回来后就开始动笔写总结了。写着写着，忽然觉得这准备文稿的事情，也是有些滑稽的。执笔的人要像个演员，你没去参加什么会议，要装作是敖局长，直接参加了这个会议的；你不是市长，要模仿谭市长的口气讲话，给党政领导和教育工作者提要求。还有比演员要求更高的，就是你还要有一定的想象力和预见性，会议还没开始，你要想象到会议是怎么开始的，中间怎么进行，又怎么结束，要预见到会议的收获、效果，最后自然才说"达到了预期的效果"。

下午快要下班了，我还在"预见"会议取得哪些收获，小聂来到办公室，提高嗓门说："报告一个特大新闻，胡耀邦到恩施来了。"

段股长立即问道："你怎么晓得的？"

小聂说："满城都讲飞了，好多人都看到他了，有的还和他握了手。他在舞阳坝大街上走，周围的人一下子就围满了，他走到人群里，一些人都争着去和他握手，把那些保卫人员搞着急了，千方百计要隔离，哪晓得胡书记还是不停地和这些人握手，讲话。一路来的还有乔石、胡锦涛。"

我说："那也真是特大新闻，恩施这个地方，中央还没来过这样的大人物。"

段股长说："自古以来这怕就是第一个了，古时候的皇帝是一个都没来的——哦，国民党时候蒋介石是来过的，那是日本人打进来了，他往重庆躲，从恩施过了路的。"

小聂说："看来建立自治州还是好啊，总书记都来视察来了。"

恩施市普通教育工作会议一共开了四天，我写的总结报告在会议召开的第二天完稿，提前一天交到谭市长手中。会议的最后一天上午，我去文工团会场，听了市委书记李贵生同志的讲话。他一开始，很激动地讲到胡耀邦总书记视察恩施的一些情况。他说总书记对我州提出了一个奋斗目标，"要把鄂西建设成为一个最先进的自治州"，还提出，鄂西要把水电搞上去，把交通运输搞上去。要开发鄂西的水力资源，治理清江，把清江变成罗马尼亚的多瑙河，德国的莱茵河。昨天总书记还到了我们的大山顶，视察了牧业基地，他鼓励鄂西要抓林业，抓畜牧业，抓多种经营，要放开经营流通，彻底放开……李书记接着说，"同志们啦，鄂西的未来是相当美好的，我们现在说的穷山恶水，将来都是风光美如画的好地方呀！但是，话说回来，开发鄂西，建设鄂西，归根结底是要人，要靠有一定科学文化素质的人来建设。人才从哪里来，还是要依靠教育……"李书记接着就拿起了讲稿，我想，下面他要讲的，一定就是市委办公室刘主任给他准备的那些话了。

下午是谭市长作总结报告，最后一项是他给我们这一届高师函授毕业的人发毕业证。之所以在这么一个大会上发，谭市长是要借题发挥，鼓励老师们自觉提高学历，提高教学水平。我，终于在四十二岁的时候，得到了一个大学文凭，湖北大学发的，武汉师院已与湖北大学合并了。捧着这个毕业证，我自然高兴，然而也有遗憾：如果多开一门课——英语——就好了，我这个一门外语都不懂的人，面对这个"大学毕业"，似乎还有一点理不直、气不壮啊。说到这里，我顺便说点趣事：芭蕉参加会议的分管教育的领导，在当地贯彻传达会议精神的时候，为了鼓励老师们学习提高，努力争取拿到"执照"，还特地以我为例，说："我们都熟悉的吴国韬老师，这一次就在大会上得到'执照'了。"把在场的老师们都说笑了。我仔细一想，这位领导说得八九不离十，还算通俗形象——没有相应的合格学历的确也就像没有教书的“执照”一样。

会议结束以后，又要根据录音整理谭市长的总结报告。记得刚到教育局的时候，录音机还是很稀奇的玩意，觉得科技的进步给人们带来多大的便利和享受。现在局里配备了几台“三洋”，开起会来，我们这些工作人员，便多出了几件事：领导讲话时要录音，还要注意及时更换磁带，会议结束了，又要根据录音整理讲话材料——格外多出了这么一些事情，我们反而为科技的进步所累。这是不是也属于一种人的异化现象呢？

整理录音材料以后，我的主要精力投入到中师函授的教学上了，每日在家备课，去进修学校上课。课程集中编排，星期天也不休息。哪怕每天有五到六节课，但这种教学生活，使我感到很充实，很过瘾，只担心学员疲劳。因为，据我的经验，听别人讲课是很吃亏的，不如自己讲课精神好，而且不少人与我有同感。我只有尽量做到把课讲得生动活泼一点。不过，这些学员大约与我们高函生一样，都是工作后再学习，很珍惜这样的机会，学得很认真。下课时我不去办公室，常常在教室里，一边和学员聊天，一边喝茶，也是很有味道的。他们中有高山边远地方来的老师，我想到自己在省里开会有被“疏远”的感受，便想利用这个机会，主动认识一些边远地方来的学员，有意和他们“亲近”一点，不让他们有“疏远”的感觉。

半月的教学结束了。徐局长邀集几人，去城乡街小学看地方，想选择一个校址，把县师范迁到城内来。这一措施的采取，我想是徐局长下的决心。因为他是从塘湾走出来的，五中、师范都在塘湾，他最了解师范教师的愿望。塘湾固然有山有水，是读书的好地方，但是离城市中心还是远了，教师、学生有诸多不便，以至于好教师难留住。县里唯一的一所师范学校还是应该定址城内的。当年没能这样做也是有历史的原因，那个年代有“农业大学办在城里不是见鬼吗”的指示，于是都怕“见鬼”，把学校往农村办，往山头上办。也许就是这样，恩施县师范，不办在城里，而办到了芭蕉塘湾。也就是这样，地区教育学院，舍恩施而办到了咸丰，靠近四川省了。结果，我们八县的学员都要往咸丰跑，巴东的学员更是要横穿四五个县，以至他们到咸丰还不如到武汉方便。武汉师院的老师千里迢迢到了恩施，还要翻山越岭到咸丰。教院的老师呢，可想而知，怎么安心长久待在咸丰？ 因此，恩施的鄂西大学就是他们争取去的地方了，何况这次胡耀邦来还亲自题写了“鄂西大学”四个字的校名。说不定教院有的老师还在武汉这些大城市寻找接受单位。像这样下去，教育学院怎么能够长久？同样，恩施县师范办在芭蕉也不是长久之计。

学校的事，也不是想办就办，想拆就拆的。城乡街小学我们去看了，这里是不合适的。你看，现在县师范要找一个地方搬迁有多难，这说明举办一个事业，事先从长计议，作科学周密的论证、规划是多么重要。

县师范到底往哪里搬呢?

第八章　从一到五

（1984年夏—1984年秋）

天热起来，人们开始穿衬衣、着凉鞋了。

高考预考结束，徐局长要我拟一个文稿，请示市政府给参加高考复习的师生解决生活营养补贴费。写这个文稿我是有激情的。进入高考复习的冲刺阶段，这些老师和学生的确都是相当辛苦的。有的学生家庭困难，连一碗合渣汤都买不起，靠家里带点辣椒、萝卜干下饭，还坚持熬更守夜，不要命地苦读。老师们似乎比学生还着急，一天就围着学生转，讲讲考考，考考讲讲，讲得口中白泡子直飞，卷子看得晕头打脑，睡在床上还在想，哪里还有知识盲点，哪些内容还要再强调、再训练，生怕考试中出什么闪失。学生们在为个人的前途奋斗，也是在为国家的未来拼搏；老师们想争得一个"教的学生个个出"的好名声，也是在为国家的兴盛奠基。我拿起笔来，没费多少工夫就写成了文稿。

刚把文稿交给打字室，人事股唐天达股长要我把刚得到的那个大学毕业证交去。在家里取了毕业证，去到人事股办公室，唐股长和敖局长都在那里。我把毕业证交给唐股长，问他作什么用，他说："肯定是好事情嘛，我们拿了这个东西去才能给你办'知识分子津贴'的手续。"旁边的敖局长开玩笑了，说："莫看这个本本，只有这么一点大，也没有几页纸，作用就大啦：你有这个本本，就叫'知识分子'，没有这个本本，像我，就只能叫'识字分子'，'识字分子'是得不到这个津贴的。怎么样，几年函授没有白读嘛。"我说："这也得感谢单位支持。我去读书，一些事情都是其他同志帮忙做了。"敖局长的笑话又来了："那都是你爱学习，做到了‘好好学习，天天向上’，不像我原来教的一个学生娃，家长逼着他到学校，他还哭哭啼啼说：‘屋里这么多人吃饭，要我一个人去读书！’像这样的娃，能得到这样的本本么？”说得大家都笑了，笑得更开心的自然还是我——加一笔津贴，每个月就要多发几块钱，我实在差这个东西啊！忽然想到华老幺插秧。在戽口时，我和华老幺一起插秧，他栽了一蔸说：“这一蔸是给国家栽的。”再栽一蔸说：“这是给公社栽的。”又栽一蔸，说：“这是给大队栽的。”栽到第四蔸，说：“哈哈，这一蔸是给自己栽的。”我写过好些文稿，要开办费，要设备费，要生活补助费……今天，也给自己栽了一蔸啊。转身一想，我和华老幺还是不一样的。我每月有国家发工资，写文稿是自己的工作，根本不存在还要给自己“栽一蔸”的问题的。若是那样，人事股，计财股的同志，年年月月在“栽秧”，栽了几蔸就想到给自己栽一蔸，那还是个什么道理！

无论怎么说，三年函授不仅既圆了我的大学梦，而且，按照敖局长的说法，我是个“知识分子”了，还能拿津贴，实在是令人高兴。

该努力工作啊！

晚上，在会议室看电视，胡局长向我透露，或者也是事先个别打招呼，说：“局里内设机构马上要作调整，业余教育股要从教育股分离出来，另外还要成立一个师资培训股，老段去搞股长，这样，教育股长的担子你要准备挑起来……”我说：“挑这个担子我心里还有些虚，当个办事员我都感到穷于应付，搞得皮搭嘴歪的。”胡局长说：“你怕个么子，又不是你一个人搞，打算把屯堡教育站的老康调来当副手，教育股是教育局的中心股，以后有合适的人选还要充实力量……”实在说，当个什么长，什么主任，过去我一点也不胆虚，甚至觉得会比别人干得好。在戽口的时候，曾宗恩老师要我把学校教导主任搞起，搞起就搞起，我就一点都不虚。可以说，学校里的那些事情，我都不怕，甚至可以说举重若轻，游刃有余。就是在芭蕉的时候，要我当重点初中校长，我也是不怕的，赵组长要我搞起，我也就搞起。而到了教育局，我发觉这里似乎哪一副担子都重，都难以胜任，没有把握做好，虽然当个什么“长”，还是一种荣耀。究其原因，还是在学校工作的时间长，而做教育行政工作的时间相对很短，缺乏这方面的经验。

两天以后，徐局长正式给我谈教育股的工作问题，我表明态度："组织信任我很感谢，任务我应该无条件接受，只是有些害怕。在教育局搞了几年，知道这里的工作不像学校，范围太宽了，事情多而杂，我当个办事员都感到力不从心，要当个股长的确有些惶恐。以后，如果我实在奈不何，你们给我换个地方去教书，我是喜欢教书的。"徐局长会心一笑道："说实话，我也是喜欢教书的，也没想到要来搞这个事。来了几个月，也晓得'锅儿是铁打的'，教育局的工作真是千头万绪，有时候还是'癞蛤蟆钻风箱——又受杆子又受气'。我来没几天，就为市一中和州一中争几个学生的事情，在上面去挨了一顿批，把胡子都刮完了。但是，你说哪门搞？现在正是搞事的时候，只有大起胆子搞。搞事情还要想开一点——你听到芭蕉人说的这句话没有？叫作'赶得骡子闻得屁'，话丑理正，话说得不好听，道理又是这么一个道理……"

5 月 21 日晚上，召开全局会，宣布了局机关内设机构调整方案，任命各股室负责人，其中有我任教育股长，康纪恕同志任副股长。涉及人员变动的还有：机关办公室主任是原小市教育局的曾茂祥同志，梅建军同志任副主任；陈佐学同志任市招生办公室副主任；人事股长唐天达调市纪委，由教研室的吴芳山同志接任，盛家坝教育站调来的严华光同志任副股长；计财股长谭德润同志调州教育局工作，由龙凤教育站调来的倪全安同志接任；陈远栋同志任业余教育股股长，涂华一同志任副股长；段芳海同志任师资培训股股长；吕世洪同志、聂新正同志分别调市政府、市委宣传部工作。这是我来教育局后一次比较大的人事变动。

教育股办公室的几位伙计都走了，康纪恕同志还没到职，如今只有我一人守柜台了。到明天，这个教育股是要关门了，因为我要去崔坝，准备召开全市农职中会议。

半月前，我陪同州教育局的肖科长、小舒和小李去崔坝农中看过一次，都认为这所农中办学方向明确，路子正，上得比较快。回去后把情况给局长和宣教战线党委汇报，初步议定在崔坝开一个全市农职中工作现场会，把全市中教改革推动一下。一周前，又和宣传部的张永科科长再次去到崔坝，做了会议的筹备工作。

全市农职中工作会议在崔坝农中召开，由我主持，开了两天半时间，八所农职中校长，五个公社的宣传委员、教育站长参加了会议。崔坝教育站林站长作了介绍，公社党委刘书记讲了话，几位教师和学生做了发言。讨论的时候，金子中学袁俊常校长说："出门的时候，我们学校的老师说，你这次去过细看一看，他们到底是真办还是在假办，他们真办，我们以后也真办，他们假办我们也就假办。这次会议就在学校开，桑园、茶园、蚕室、鱼塘、养鸡场、养猪场就摆在我们眼前，都是真真实实的；常年班，短期班，长短结合，学生在学文化，学技术，也是真真实实的，崔坝农中的确是在真办。听了林站长的介绍，还有几个老师和同学的发言，很受启发和教育。特别是像严奉祥，吴修文这些老师，一门心思搞专业教学，他们向畜牧师请教预防鸡瘟，跑到巫山向养鸡专业户学习技术，引进新品种尼克鸡，都是迷在钻研养殖技术里去了。他们创造了海拔 880 米以上的地方晚秋蚕高产纪录，科研取得了突破，是很不简单，很令人信服的。事情是人办出来的，胡成玉校长有闯劲，有干劲，带领师生把路子闯出来了，这种创业精神很感动人。我们学校算得没有起步，在小市的时候定了一个农机班，一个水产班，但是一台农机也没得，一条鱼都没有养，公社干部思想不通，学校路子也走不通，都是在挂羊头，卖狗肉。回去了要真办，也得下真功夫……"

大山顶教育站的冉景铸站长说："我是两次到这里来。第一次来这里，说实在话，我还为他们捏一把汗，不知道怎么办下去。这次来，看到确是大变样了，有很多可取之处，自己又有些得急了……大山顶牧中，党委是重视的，这次胡耀邦总书记视察，大山顶是通'天'了，发展畜牧业形势大好。只是，学校存在的问题很多，我认为，要解决根本问题，就是要迁移校址。山顶上气候寒冷，师生困难太多，又是和初中裹在一起，不便管理，房子也不够。迁到哪里？我建议迁到板桥的蒿坝，因为马上要拆公社建立区乡，大山顶要归入板桥区，据说今后的奶粉厂就建在蒿坝……"

小渡船中学的蒋作均校长说："我们那里普通班不像普通班，职业班不像职业班。办无线电班，广兴厂是支持的，但是也没有办像，有的家长说，你们的无线电班，真的是'无线'啊——看不到一根线。有人说笑话，办不像就叫'幼儿班'算了。办这样的专业班不是一个简单的事情，不是说办就能够办的，专业设备，专业师资都是必不可少的条件。在中教改革问题上，各级领导重视更是重要条件，建始的职业教育搞得比较好，一个重要原因是，县委把各个部门都疏通了，协同配合……”

这些发言，宣传部的刘诗伟部长和李志华副局长都听了。刘部长是新上任的宣传部长，个子高，嗓子亮，说话充满激情。他强调，教育上的同志要研究我市的资源优势，产品优势，商品优势，发挥教育的社会效益，在培养农村急需人才上有所突破。李局长在教研室工作时，我们多次打过交道。还听大锐同志说过，他大学毕业后分到边远的东乡红土工作。他本是学化学的，戴着眼镜，文质彬彬，但在红土教书那几年很少教化学，经常是和背篓打杵子打交道。他一个武汉人，个子又矮小，开始连红土的路都走不稳。这个人吃得苦，后来操练出来，上陡坡，下陡坎，进煤窑，背煤炭，还能够背上一百多斤。这次会议的总结是他讲的，也是他自己写的。我觉得他讲得很不错，回顾了历史，讲了现状，总结了取得的成绩和经验，也实事求是讲了当前存在的问题，提出了今后工作的意见。

自从到了教育局，我一直参与了中教改革的一些工作，看到农职中办学的艰难，有时还感到困惑。去年了解五十七条管理办法贯彻落实情况到了崔坝，林站长兴致勃勃带我来到这里，看到崔坝农中大兴农桑，渐有起色，似乎看到了希望。一年过去，崔坝农中气象一新，园林茂盛，春蚕吐丝，鱼跃于池，鸡雏成群，联想到人民教育家陶行知先生倡导“生活即教育”，就是要为民众生活服务。眼前的崔坝农中，使我联想到陶行知先生为晓庄师范写的对联：“和马牛羊鸡犬豕做朋友，对稻粱菽麦黍稷下功夫”，顿觉农职教育的意义匪浅，尽管依然困难重重，但已看到希望，信心倍增。会议结束时，我以全市农职中工作会议的名义，书写锦旗三面。赠崔坝公社党委的一面写着：“崔坝农中一枝花，全靠党委浇灌她”；赠崔坝教育站的一面写着：“农中越办越兴旺，教育站领导有方”；赠崔坝农中的一面写着：“艰苦创业结硕果，勇往直前向未来。”

从崔坝回到城里的第二天，是星期日，正是母亲去世百日。父亲带着我和二姐，还有荞荞、龚霞、昶昶一起去红庙。父亲这些时候身体状况渐有好转，加之刘厚章老校长邀他一起去修县志，一群老朋友共同讨论恩施的历史，想来也是既有趣味又有意义，精神状态好多了。

我们在母亲坟前点燃香烛，几个孙娃大叠大叠地烧化纸钱——他们都希望自己的奶奶、外婆成为万元户。我在母亲的墓旁，拉开一长串鞭炮，点燃引信，即刻火光四射，噼噼啪啪震天响起来。父亲从衣袋里取出一张纸，上面是他作的一副挽联：

为我事亲，为我育幼，为我泣血，含辛更茹苦，一万九千日恩爱，深印心中，何日忘只；

思卿宽厚，思卿勤俭，思卿坚贞，家门内与外，多少纷杂事袭来，全都顶住，安尔居兮。

父亲展开让我们看了，然后慎重地点燃焚化。接着他指着坟的左边说对我们说："我死以后，就埋在这里。我保存了你姆妈的一绺头发，收在一个信封里，到时候你们记得把它放进我的棺材，压在我的枕边……"我们都说记住了，劝父亲要多加保重，愉快生活，现在国家是越来越好，生活在一天天得到改善，特别是没有任何精神负担，都在快快乐乐地做事，以后只会是越来越好，父亲一定要健康长寿，多看些世界。父亲说："我是想得开的，现在的社会一片兴旺景象，我还有几多的事情要做。帮刘厚章修县志，还打算给州里办的《文史资料》写几篇文章。过些时候我们还要下乡，去几个地方采访。还想动笔写《我和我的家族》……有做不完的事情呢。"昶昶和龚霞在往坡下跑，父亲急忙喊起来："你两个要稳当些，慢些走，当心跶一家伙！"荞荞赶上前去，牵起了昶昶，我们一齐往回走。

5 月的最后几天，学校里喜气洋洋，在迎接儿童节的到来。橘园里的州教育局喜气盈庭，在迎接八个县市的优秀班主任。

30 日下午，州教育局举行隆重颁奖仪式上。全州四十一名优秀班主任荣获"全省优秀班主任"称号，其中十名获得"全国优秀班主任"殊荣。当过数学教师的张文剑副局长在致辞中说："这是全州 17 258 个教学班中产生的 41 名优秀班主任，仅占千分之二点三的比例！我们的优秀班主任，亲手撰写了二十世纪崭新的教育学，写下了教书育人的辉煌篇章，是全州教师的杰出代表，是鄂西的人民教育家……"

刘长贵，是建始县苗坪农中的教师，被评为全国优秀班主任，刚从北京领奖归来。张局长首先请他发言，他说："这次令我感动的事情太多。交流经验的时候，听了北京四中丁榕老师的发言，特别感动。丁榕老师喜爱教师这个职业，刚从美专毕业，听说可以当老师，就高高兴兴去到离市中心很远的山沟里当了老师。丁老师对待学生真是像妈妈一样，关心爱护，无微不至。她是教美术的，但是为了当好班主任，其他课程的课本她都准备一套，随时翻阅。有同学说什么课没考好，她就和他们一起找做错的原因。一个学生病了，她知道这个学生怕吃药，就去帮她喂，这个学生很感动，勇敢地自己喝下去了。假期中，星期天，丁老师也很少休息，经常组织学生骑着自行车去旅行参观，丰富学生的假日生活，学习课堂里学不到的知识，锻炼意志力，培养集体主义精神。三年之间，她组织这样的活动二百八十多次。'文革'期间，学校一盘散沙，许多学生无所事事，丁老师看得心疼，组织了四十九个同学到校上课，她一个人把所有的课都包了下来。她教育学生，身体力行，以身示范。学校组织学生，制作标本，就是找不到一条蛇，也都害怕蛇。丁老师听说圆明园有，一个人到了圆明园。在一堆乱石中，她真的发现了一条蛇，自己其实也很害怕，但是，想到就是来找这个东西做标本的，就麻起胆子，捡起石头，鼓足勇气把蛇打死了。她把蛇带回学校，同学们看到了，对丁老师更是敬佩万分，赞扬丁老师是打蛇英雄。她经常走访，和家长沟通，为一个离校很远的学生，骑车跑两百多公里去家访。学生考试差了，背上思想包袱，她带学生去学滑冰。学生们玩得开心了，摔倒了又爬起来继续滑。她借此机会启发学生，滑冰摔倒了可以爬起来再滑，学习也是这样，考试差了，怎么不能再来？八一年的一天，丁老师送一个学生回家，自己家里却发生了天大的事。在回到自己家里的时候，知道了她唯一的不到七岁的儿子，被倒塌的起重机夺走了生命，这突如其来的天轰雷劈，使她悲痛万分。但是，第二天她想到班上的学生等着她，仍然走到学校，走进了教室。全班学生看到丁老师还来上课，都伏在桌子上哭了。课后，丁老师办公室的门缝里塞进一张又一张纸条，全班同学一人一张，共有五十一张，上面写的是：'丁老师，我们都是你的孩子''丁老师，你是我们的妈妈，你要多保重'等等的话。在丁老师的孩子去世一周年的时候，学生给丁老师送了一本相册，上面写着'献给妈妈——'，里面是全班五十一个学生的照片。更可贵的，是丁老师不断摸索规律，不断总结科学育人的经验……

“要说，感人的事还很多，像离我们建始并不很远的四川省奉节县，有一位民办老师叫谭显富，他在自己家里办学，从六个学生开始，以后把村里的一百多个学生都收起来读书，远处的学生就在他家食宿，他教的学生文明礼貌，而且教学成绩优良。《光明日报》记者专门采访了他的事迹，写了长篇通讯，称他是‘山乡圣人，一乡学冠，中国教育的筋骨和脊梁’。谭显富老师的事迹也是相当感人的……

“这次上京，给了我最大的荣誉，和这些老师相比，自己觉得很不够，今后要加倍学习，努力工作。”

张局长又请了吴锦屏老师发言。吴老师我自然熟悉，旭娃从芭蕉转入书院中学读初中，就分在她的班上。那时我的一家三地分居，他新来乍到，学校刚开学，我却要下乡到三岔，一去就是十来天，心里一直挂念着旭娃，一个人像个无娘儿，怎么得了。下乡回来才知道，他的班主任吴老师，几乎每天晚上都要来看看这个“无娘儿”，心中不知多么感动。后来知道，她对全班同学的家庭情况都十分清楚，对有困难的学生尤为关照。这一次她荣获全省优秀班主任称号，受到表彰奖励，也是实至名归。她的普通话说得好，在全地区的“推普会”上，我听过她上的观摩课。平时我听她的恩施话说得地道，以为她就是本地人。这个会上听吴老师讲，她是黄梅人，来恩施山区从教二十六年了。她没有讲多少自己的先进事迹，只说社会分工不同，就有不同的事业。一个人无论从事哪种事业，都应该把自己的那一份工作做好。她热心教育，喜欢孩子，当班主任就努力把班集体营造成一个温暖的小天地，让同学们幸福快乐成长。她说，自己要努力做的事情很多，更重要的是要努力学习新的东西，要有科学的教育理论作指导。

在吴老师讲到要加强学习的时候，孙理祥副局长插话说：“吴老师说得好哇，社会进步很快，科学技术发展很快，我们原来认为很神秘的微型电子计算机，明年州一中就要配备，后年各县一中也要配备，在所有的中小学普及也为期不远，这也是我们教师以后要学习掌握的。”

张局长请了恩施市芭蕉小学的袁凤鸣老师发言。袁老师这次获得“全国优秀班主任”称号。她红着脸说：“在这个会上，我很激动，也很感动。初中毕业填升学志愿，我的第一志愿是师范，第二志愿是幼师，第三志愿还是师范。以后，我实现了自己的愿望，上了师范，当上了人民教师。今天，我戴上了这枚奖章。但是我只想说，奖章不能说明我的过去，也不能说明我的现在，只能是我今后奋斗的目标。”

在会上发言的还有好几位其他县里的优秀班主任，我发觉他们面对荣誉的确是激动的，但是更多的是冷静和虚心。我想听听他们介绍自己的先进事迹和做班主任工作的经验，他们几乎都没有多说。赴京领奖归来的刘长贵老师，介绍的是使他感动的别人的事迹和经验。袁凤鸣老师，我整理过她的材料，有那么多感人的事迹可说，但她只字不提。这又使我有了一种感动：愈是优秀的老师，面对荣誉就愈虚心，他们像伟大的母亲一样，有一种热爱孩子的天性，他们把全部的希望都倾注在孩子身上，孩子们能够健康成长，成人成才，是他们孜孜以求，为之献身的目标。我想到，在这里授奖的虽然只有 41 位老师，但是在我们恩施市，在鄂西州，像母亲一样精心抚育孩子们成长的教师不知还有多少，他们都在长年累月，默默奉献，他们都是最可敬，最伟大的母亲。

工作没有间隙，一件一件紧密衔接。把优秀班主任接回市，市里组织迎接，召开座谈会，安排体检。几项活动结束，第二天，6 月 4 日，我又到州教育局参加中考招生工作会议。

中考招生，过去每年都有参与，但都只参加一段就到咸丰去学习了。我知道这是涉及千家万户，广为社会关注的大事，而且，又是一项很繁杂的工作，一环扣一环，哪一环都不能出错，责任实在重大。我静听州局领导的安排和要求，想把每一句话都记录下来，但是，那是不容易的。

首先是张文剑副局长讲：“今年全州初中毕业生是 22 800 人，各类中专、高中招生任务是 7 950 人，其中包括州中专招 1 460 人（含招部分高中毕业生）、农职中 3 000 人、普通高中 4 300 人。今年初中招生数是 26 800 人。我们这次会议要明确工作的职责和任务：报名、政审、建档、录取由教育科负责；命题、制卷、评分、质量分析由州教科所负责；成立招生工作领导小组加强领导。讲明几个政策性问题：一、关于初三留级问题，省里规定，初中读四年，其中初三读两年的，不作应届生。这就是说，初三不予留级，必要时须经县以上教育行政部门批准。非应届生，不能录取中专。二、关于初二学制问题，今年不再承认初中有两年学制。三、关于户口不在本地的考生，原则上回原籍参加考试和录取，也可以在本地参加考试，提供成绩和档案，回原籍参加录取。四、关于重点高中录取新生的年龄限制，定为 1968 年 9 月 1 日以前出生。五、民办教师报考中师，只考政治、语文、数学三科，人数按 1 ∶ 5 的比例报考。倍数各县可以自行掌握，但是录取名额定死。此外，考场设置，以少一点、集中一点为好，起码要以公社设置。试场人数要报准，好分发试卷。关于命题，请梁主任讲——”

州教研室梁景宸主任讲：“今年成立命题组，每科 2–3 人，请各县市支持抽调命题教师。命题原则力争做到紧扣大纲和教材，考虑初中教学实际，有利于初中教学，有利于高一级学校选拔人才。这里要强调说明，命题紧扣教材，州教研室的资料也仅仅是参考。有的学校脱离课本，一味地去搞那些资料，有的从湖南搞来什么材料，可以说这基本上是祸害。关于制卷问题，要强调的是你们务必要把考场、考生的数据搞清楚。小升初的试卷是分到县还是公社？（各县参会者异口同声：到公社。）好，那就到公社，只是我们的工作量大一点。不过，我再强调一句，初升高和小升初，这两场考试都要把数据搞清楚，不然，造成的经济损失各县自己负责。关于试卷的领取时间，高考、中考、小考三种试卷，都在 7 月 2–3 号一起领取。最后，关于评卷的问题。今年以县为单位进行，各县市每科选一个精明的，组织能力强的人来学习评分标准，7 月 14 号报到，17 号回去。评分标准，县与县要把握一致，悬殊一两分是可以的，大了就不行。评卷结束，要及时做质量分析，今年要开一个招生工作总结会，还要开一个质量分析会。”

肖冠军科长接着讲：“梁主任讲到评卷的问题，补充一点，要标准统一，客观公正。去年评卷下放到县市，发现有压低分数的倾向，目的很明白，是要把好学生留在自己县里，不送到州一中。我再强调几点：一是评卷的保密工作要特别注意，去年民办教师的成绩，里面改完一科，外面的就知道分数了，这样搞是有问题的。二是监考要严肃认真，搞了几年，有的人在‘搞油’了，好像就那么回事。恩施市一中，去年中考的考场没有重新布置，打懒主意，将就高考现成的考场。搞高考是全力以赴，搞中考马虎应付，这样不对。三是政审的问题，初中生不再搞政审了，去年那样的政审表也不搞了；民办教师必须进行政审。四是体检，7 月 27 日公布最低录取分数线，体检时间在 7 月 29 号至 8 月 2 日进行。五是关于录取中两个矛盾的问题，一个是师范和其他中专录取的矛盾，要确保师范的优质生源，这个矛盾在投档中比较容易处理。问题是第二个矛盾，各县市一中和州一中的矛盾。这里要强调尊重学生的志愿，考生志愿卡，一定要学生自己根据家庭和本人实际填写，不得由他人包办，必须在领取试卷的时候交来。六是中考报名费，每生 8 角，试卷费 4 角，共 1. 2 元……"

下午讨论，各县的同志提出不少具体问题，比如考生有临时户口怎么处理，如果现在马上转户口来行不行，分解到各县市的招生计划是多少，到底有哪些中专学校招生，哪些中专是招高中毕业生的，等等。肖科长说，这些问题，有的明天上午计财科的蔡科长要讲，有的问题明天下午张局长在总结时一并回答。

第二天的会，是计财科蔡斌科长讲关于编制十五年教育事业发展规划。蔡科长说："省里根据教育部的意见，搞了一个十五年教育事业发展规划，还是一个草案。正式文件下来以后，州和各个县市都要相应制订。说明一下，每年的计划，由计财股搞；这个规划由教育股搞，以后也是教育股去落实。我先讲一讲我州几个有关的数据，大家了解我们教育的现状。首先是几个比较合理的数据：1. 农职中在校生数占整个高中阶段在校生数的比例，我们是 25%，这个数我们在全省是比较好的；2. 适龄儿童入学率近几年平均是 94.07%；3. 1982—1983 年巩固率 95.32%；4. 当年毕业率 79.42%；5. 根据 1982 年人口普查，10–19 岁的文盲、半文盲占 6.97%，青壮年脱盲率 93.03%，高中生与初中生之比为 1:4。以上，是事业发展中几个合理的数字。以下，就是不合理的情况，是我们事业发展中的问题：1. 小学留级面大，占 10.9%；1978—1983 年，留级达 30.24 万人，占这一期间小学生数的 11.15%；2. 毕业班中的合格率低，1983 年小学参加考试 62 747 人，语数双科及格 17 369 人，占 27.68%；3. 顺利读完五年的比例很低，1974—1978 五年间共招生 61.17 万，在 1979—1983 五年间毕业仅 34.45 万，占 56.3%，这是一个简单算法，不很科学，如果扣去留级生 306 900 人，再按双科及格比例 27.68% 来算，那么顺利读完五年达到合格要求的只占招生数的 13.89%，这说明我们的教育质量不高；4. 师资问题，主要是中学教师学历合格率低：初中教师专科毕业以上学历只占 9.02%，普通高中教师本科毕业占 32.71%，农业高中教师本科占 8.9%，农业初中教师无高等学历，城市职业高中教师本科占 20%；5. 我州的师范学校和教师进修院校的办学条件统统不符合要求。造成这种状况的主要原因是左的影响，学校、教育部门独家经营，教育长时间不被重视。内部原因是教育管理不善，教育行政管理没有认真列入工作日程，研究不够，制度不完善。我们的教育如何改革，值得深入研究。

“下面讲一讲我们十五年规划的初步设想：1987 年，全州初步普及初等教育，同时扫除青壮年文盲；1991 年，普及一年制幼儿教育；1995 年，普及初中，全部小学教师，大部分中学教师达到学历合格水平；2000 年，初中升入高中或农职中达到 60%。要达到以上目标，有大量的工作，具体要求是……

“大家关心的是今年的招生计划。先说师范，全州今年师范招生 620 名，其中招民办教师 210 名。分解到各县市：恩施市 125 名，其中民办教师 43 名，也就是在应届初中毕业生中招 82 名。以下我只报两个数字，利川 130、44，建始 86、29……全州师范作了调整，保留来凤、建始、利川三所，几个县合作办学，今年起南四县的学生到来凤师范就读，北四县有两所，恩、建、巴的学生到建始，利川不进不出。普通高中，恩施市 5 所，共招生 22 班，880 人，其中市一中 240 人，市二中、芭蕉高中、屯堡高中和新塘高中，各校招 160 人。要说明的是，恩施市还有几所高中，比如白杨坪有个六中，崔坝有个七中，这些高中我们都没下高中招生计划，怎么办？有的可以办初中，有的可以改办为农中。其他各县都有这个情况……城市职业中学，恩施市土桥职中 200 人……农业中学，恩施市 420 人……”

蔡科长把招生计划讲完，全然没提及社会上最关注，最热门的中专招生，大家纷纷发问：今年到底还有哪些中专招生？招多少？蔡科长把眼镜摘了下来，笑了笑说：“我这里有个参考数，但是打了一个括弧，里面说的是‘仅供领导掌握参考’，因此，我不能公布。你们的意见我转告张局长，如果可以，下午张局长作总结的时候再给你们讲。”

下午，张局长总结，他强调要加强中考招生工作的领导，强调加强纪律性，保证今年中考在各个环节上都不出任何问题。在讲几个具体问题的时候，要求抽调命题教师，州中考组确定，通知县市中考组，只搞“单线联系”，不作宣传，各县市不要讨价还价，点谁给谁，抽调教师到考试结束才能回去。他反复强调学生填写志愿卡，不是新创造，“文革”前就是这样搞的，现在的高考也是这样的，要求字迹要一致，不能涂改——我知道，他强调这个，主要是针对各县市一中和州一中争生源的问题。他回答了讨论时提出的问题。关于户口，他说凡有本州临时户口的考生，可以报考普通高中，但不能报考中专。连临时户口都没有的，不准报考。考生随父母或供养者来我州定居一年以上，有户口的，可以报考中专；有户口，但定居不到一年的，不得录取中专，父母属于调干不在此列。定居一年的概念，具体为 1983 年 6 月 10 日以前。张局长把许多具体的事情，都一一讲到了，强调了，最后还要“带两个口信”，各县市一中的什么报表迟迟没交来，这些琐事都讲了，还是没提中专招生计划。大家又开始发问了，因为这一回去，人们最关心的是中专招生的信息。张局长说：“现在社会上就关心中专招生。今年中专招生数不多，目前又只是一个参考数，说明白了还是州内中专的上报数，省里还没有正式下达，你们要问，我就把这个上报计划念一遍，只能是内部掌握的一个参考。我昨天讲了一个中专招生的总数 1 460，其中是这样组成的：工业学校 150，这是在高中毕业生中招；农业学校 110，招初中生；林业学校 40，招高中生……”

两天的会议，开得扎扎实实。想到这中考工作一开始，一摊子的事情，教育股就我一个人怎么忙得赢？

天气大热，曾主任给各个股室配备了一台电扇，我们的办公条件向现代化又前进了一步，只是，这台电扇只对着我一个人吹，我还感到有些抵不住。下午，把中考通知草拟完毕，又开始编制日程安排，康纪恕同志到了，我喜出望外，对他说：“你是及时雨啊，我正在得急，州里刚刚开了中考会，事情跟着就来了，没得几个伙计，不是裤裆里打麻将——搞不开胡。”老康嘿嘿笑着说：“还不是一起搞呢。”

被拆散了的教育股，这一下有两个人了，而且我们这两个人也算是有缘分的。二十一年前的 1963 年，我刚刚踏入教育界，就认识了他。在春季学期开学前教师集训做个人鉴定的时候，我做记录，老师们给他提了不少优点，评价很高，只有芭蕉小学涂寿芝主任，最后给他提了一点希望：“小康才结婚，不要新婚抛壮志……”我便是这样认识了他，那时大家都叫他“小康”。以后，他在芭蕉文教组工作，每逢开会学习我们都会见面。1966年他从芭蕉文教组抽到县文教局工作。有点戏剧性的是，我们正在参加轰轰烈烈的社教运动，实际上“文化大革命”已经开始，工作队准备揪黑帮的时候，他到了庳口，说文教局要我总结一下学习毛主席著作的情况，整理一份经验材料。他带走我的材料没几天，我就在庳口被打成反革命了。也是凑巧，1980年我离开芭蕉到教育局，他也同时离开芭蕉，调到屯堡文教组当副组长。没想到山不转水转，七转八转我们现在转到了一起，到了一个办公室。我有一点疑虑的是，我曾经是他的下属，如今他却成了副手，不知他对此有没有想法？不过，凭直觉，他还不是那种小肚鸡肠的人，而且我会一如既往尊重他。我相信我们会合作得很好，是的，我似乎没有合作不好的同事。

“老吴，回来了？”是李局长看见教育股办公室有人了。我说：“我回来了，老康也来了。我上午找你们，几个局长一个都不见，地区中考会精神要马上给你们汇报才好。”李局长说：“都出门了，徐局长市里开会，敖局长去参加扫盲检查验收，我去市一中、市二中了解了一下高考备考的情况——汇报的事情就在今天晚上搞。”我讲到人手不够的问题，他说：“过一段时间，盛家坝教育站的小林，林正明，调到教育股来，你们就有三个人了，以后有合适的再调一两个。万一现在忙不赢，就借几个人帮忙，像土桥职中这些学校，都是可以借的。”

李局长是个急性人，办事利落，当晚就召集教育股、教研室人员开会。听我汇报了地区中考会精神以后，他讲了成立市中考领导小组的意见，明确了各方责任，把中考阅卷和小考的工作交给教研室负责。并决定“明天电话通知，后天召开站校长会，马上把精神迅速贯彻下去，文件和表册分发下去，组织报名……”

康股长在教育站工作多年，有教育行政工作经验，做事细心，头脑冷静，他一来，工作就上了手，全市中考会所有的文件、表格的分发，都是他一手经办。中考会结束，他又去建始参加地区召开的普教工作会了。

中考工作安排布置下去以后的一段时间，我参与了小学的五年制向六年制过渡方案的制订。这项工作，教研室郭师柱主任做了深入的调查研究，考虑在校生增加，学校的承受能力，决定分三年逐步过渡完毕，即到八七年全市不再存在五年制小学。

在科委参加了中小学生科技小论文、小制作、小发明的“三小活动”。这项活动，本是教育局、科委、共青团和妇联几家联办，其实起主导作用的是市科协。科协有位马主席，五十来岁，是个很有工作热情的老同志，从活动的发起到评审，再到小论文答辩，举办展览，都是他牵头，主持操办。虽然这是第一次举办，“三小活动”的整体质量还不是很高，但也出来一些好的作品，如芭蕉小学学生写的《土元虫》《茶毛虫的习性和生长过程》，县师范学生写的《塘湾红砂壤考察》，和平街小学学生写的《萤火虫》，市一中学生写的《重心在几何中的举例》等，得到了评委好评。一些小制作、小发明，虽然粗糙简单，但可以看出学生这样手脑并用，创造力被激发了，想象的翅膀张开了，学校如果重视和坚持开展这样的活动，是大有利于开发学生智力，培养能力，激发想象力和创造力的。

父亲随史志办组织的考察组，最近在东乡调查采访，七八天时间去了新塘、双河、太山庙等一些地方，回来精神很好，谈了不少见闻。他问我在新塘看过那棵“人头树”没有，我说我下乡就是到教育站、学校，没听说过有什么“人头树”。于是他便说起一段故事来——

那是早些年代，新塘的区长付卫风的事。恩施新塘与建始县交界地段，有一条巴溪河。河的两岸，山高林密，坡陡路险。河东有一户姓刘，河西有一户姓何。除了这两户之外，再没有别的人家。在这狭窄的长峡谷里，经常发生抢劫事故，有时还出人命案，过往的行人都担惊受怕。案子多次报到恩施与建始两县衙内，好久得不到结果。人们听说付卫风这个人厉害，破案迅速，就去向他报告。付卫风听到报告，马上去到出事地点查看，随后就叫区丁把何刘二人“请来”，同他们研究案情，他两个总是躲躲闪闪，避而不作正面回答。付就将何刘二位留在区公所住下。过了一个多月，一天，付忽然很严肃地对二位说：“你俩赶快把作案的人交出来，不然就杀你两人结案！”两人正想答辩，付说：“你两个不必辩解，自从你二人离家以后，一个多月，这条路上平安无事，一件案子没发生，是什么道理？赶快把作案的交出来，可以宽恕你们。”两人再也不敢隐匿，供出了六个要犯。付叫区丁把这些人捉来，一一审讯无误，将这六个人犯全部斩首，把人头悬在河边大柳树上，从此这条路上再不出事了。现在过去了五十多年了，但是这次我们都去看了，还可以看到那根大树上挂人头的铁钉。

父亲又说，新塘有个打老虎的汉子，名叫蒯世成。他一共打死三只老虎，两只豹子，一百五十多头野猪，什么野羊、野鸡这些东西是不计其数。1945 年的 9 月间，有人说岩口子有老虎，他就邀了谭忠良几个人去“坐径”。蒯坐在风湾的炭坑里，一会就听到有响动。他从茅草缝里一瞄：来了，扁担花！“叭”的一枪打去，老虎一个纵步飞过来，蒯世成急忙一闪，老虎扑个空，蒯退到了崖边上，虎又猛扑过来，蒯又急忙从旁边一让，只见老虎骨碌碌滚下百丈悬崖。第二天，天刚蒙蒙亮，他们一齐赶到山脚去看，老虎直挺挺躺在那里，子弹是从左耳进，右耳出，打了一个对穿。解放后的 1952 年正月十四，早饭后，罗泽柱邀蒯去打老虎，说邻家一头大黄牯被咬死了。于是蒯背了枪，带着沙刀，还拄一根木瓜刺棒子，边走边打树枝上的雪，跟踪追到岩口子。看到有了脚印，蒯就将猎枪挂在树枝上去前面看个究竟。还没看清楚，一只老虎，倏地从崖洼里向罗扑来。蒯一步抢上前，抡起木棒，劈向虎腰猛力打去，接着赶上去又是一棒，那老虎几个翻身滚到半岩上，没有滚到岩底。蒯这时掉个头来看，罗泽柱满脸是血，晕死过去了。蒯赶忙将头上的帕子解下来，给他揩血。幸好，罗的眼睛珠子完好，脸上有创口。他刚把罗唤醒，发现刺笼里有两只小虎，挣扎着想爬上来。蒯慌了，叫罗快取枪。罗摆头说不行，要蒯扶他快走。救人要紧，蒯就扶着罗步步后退回家。两只小老虎也一直不敢来。后来发现，被打断腰的母老虎，死在地母庙旁边的灌木丛里，而罗泽柱至今脸上还留有疤痕。1959 年 6 月，天坑垭有人看见一只老虎衔去了一头猪，第二天蒯世成带两只猎犬，背着猎枪，提着大刀，和周永安赶去，碰上蒯世成的儿子到水井沟坐径。蒯世成带着两只猎犬去撵，老虎果然朝水井沟窜去。走过永安面前，永安没经验，来不及放枪，慌忙用枪头朝老虎戳去。老虎往后一缩，蒯一大步跳下去，抓着老虎的颈脖子，用刀背猛砍虎腰，老虎大吼一声挣脱了，蒯拿枪紧追不舍，两只猎犬狂叫助威，老虎被逼，跑下天坑，钻进石壁洞里不出来。周永安用一根长树条在洞口拨弄，老虎掉过身子，刚一露头，蒯就是一枪打出去，子弹从后颈打进，前胸穿出来，倒下了。周永安说，去砍一根竹竿杆抬上来，只见这蒯世成，一步跳下天坑，抓住老虎的两只前爪，一个人将老虎背出了天坑。事后，这只老虎剐得净肉两百多斤。1963 年冬天，蒯在高罗坝，安装“电炮”打死一只金钱豹。他察看脚印，发现应该还有一只大的，又发现山下有被咬死的猪还没吃完，断定这东西还会来。第二天，蒯又到死猪附近的径口上安“电炮”，叫向云丕等四人几面合围。不多一会，“电炮”就响了。他安的是连环炮，每一步响一炮，连响了三炮。跑下来一看，果然击中了。豹子从坡上滚到坡下，滚出了一条槽，茅草被压倒了，上面满是血印。看见了，一只大金钱豹躺在田里，尾巴还在摆。蒯世成对着补了一枪，豹子不动了。

父亲兴致很好，又讲起在双河听说的故事。说的是双河镇附近的半山腰，有一片茂密的树林，林中有四五户人家，其中有间空木房，人们叫它“卡屋”。1940 年，国民党在这木屋里关新兵。几十名抓来的壮丁，锁在这木屋里，又冻又饿，呻吟呼号，无人过问。离这不远的长岭岗青岩坪，住着吴氏四弟兄，看到这个情况，愤激万分。夜半时候，他们潜入林中，从四面围向木房，一声吆喝，大喊：“杀哟！”守兵知事情不妙，慌忙逃跑，四弟兄一面赶上去扭开铁锁，一面高呼：“弟兄们，冲出来呀！”一时之间，木屋的四壁都被打垮，几十条汉子冲出卡屋，在吴氏四弟兄引导下逃走了。不几天，距这十多里的茆山，也发生了一起“打卡屋”放壮丁的事件，国民党当局，大为震惊。

父亲讲得绘声绘色，我听得饶有兴致。一来是因为这些都是恩施本土的真人真事，二来看到父亲的身体和精神都恢复得好，特别高兴。

中考工作在紧张起来，各个教育站的表册陆续交来，还要忙着编排考场、试场以及监考、巡视、阅卷的方案，此外还有十五年教育发展规划要制定出来。

正在忙碌之际，7 月 2 日，盛家坝的小林来了。他三十来岁，瘦瘦的，戴着眼镜，武汉口音。他给我的第一印象是直率、开朗、热情。他说他曾就读武汉市第一师范，后来下乡到恩施的盛家坝，从教以后教过好多门课，喜欢书画。他说，以后有写写画画的事情只管交给他做。我说：“你来得正好，我们正是大忙的时候。现在股里就我和康股长两个人，昨天他的父亲去世，在料理丧事。中考的时间，州里通知推迟到 7 月 15 日，还有差不多半个月，但是州里的试卷早出来了，催我们去领试卷，一天在电话里像打雷的，我还正愁这件事……”

教育上的七八月，也真是“热月”，考试的事情成堆。7 月 8 日开始高考，9 日各个教育站领取中考试卷，10 日，参加第二期高师函授入学考试的老师报到，教育局里更是人来人往，像个嗡嗡的蜂桶。11 日，高师函授考试在市二中举行，我们的中考巡视人员会同时召开。15 日中考开始，我们时刻要有人守电话，了解考试情况，回答有关问题，接待州局的巡视。中考一结束，19 日又是小升初考试。与此同时，全州教师专科进修班入学考试在咸丰举行，传美先参加了高函考试，接着又去咸丰参加这场脱产进修专科的考试，我须得内外应付。

中考阅卷工作是教研室的同志负责，我趁这几天的空隙草拟恩施市十五年教育事业发展规划。这个规划不是坐在办公室扣头皮可以编出来的，须得在计财股查找数据，到市计生委抄录 1970 年以来每年实际出生人口和 1984 年至 2000 年的预计出生人口数，根据省州规划的基本要求，按照局长们讨论的意见逐年测算，进行编制。恩施市十五年教育事业发展规划的奋斗目标有六项：

1. 1985 年扫除青壮年文盲；

2. 1987 年普及初等教育，城区等 5 个区在 1984 年实现，龙凤等 7 个区镇 1985 年实现，红土等 5 个区 1986 年实现，双河等 2 个区 1987 年完成；

3. 1991 年普及一年制幼儿教育；

4. 1995 年普及初中教育；

5. 2000 年初中生升高中比例达到 60%；

6. 1995 年小学教师的全部、初中教师的大部学历达到合格。

编制这个规划时候，我感到我们这批教育工作者，肩上担子的沉重。诚然，这些目标是应该达到的，我们在搞“文化大革命”的时候，朝鲜都普及了高中教育，但是，用一句通俗的话说，叫作“说起粑粑要面做”，我们要实际达到这个目标是相当困难的，就拿 1995 年普及初中这一项来说，任务就相当压头。因为这时正值我市又一个生育高峰期的适龄生入学，在校生总数比现在增加近半数，校舍、装备和师资都需要大量的投入。这个规划实现的时间是 2000 年，是我临近退休的时候了——看来，我也是在编制我工作的最后奋斗目标。

中考试卷阅毕，试卷转移到教育局，进入登分统分的阶段。天大热，人大忙，几乎每天要打夜工。到了这个时候，每天还有不少的人来打问成绩，关心录取的。

7月29日，是星期天，会议室的电视机打开了，小夏跑到屋顶调试天线，陈主任他们几个人对着电视机，不停地向屋顶上的小夏报告收视效果，直到陈主任他们连喊“好了，好了”，小夏才从屋顶下来。我知道，他们是要收看洛杉矶奥运会开幕式，陈主任是特别喜欢体育节目的，中国女排队员的姓名、号码他都记在一个小本上，平时几乎可以背得出来。他们喊我去看电视，可是想看也看不成，要给州里报分数段了，不然，橘园里又会响起雷声。

今年中考550分以上3人，500分以上83人，420分以上399人，410分以上466人，400分以上513人……州一中、市一中以及中专各校在我市招生共427人，按1∶1.1的比例，我建议的最低重点录取分数线划在413分。从这个分数线看，我市初中教育质量是极不平衡，悬殊相当的大，暴露出来的问题是很严重的：城区学校高于农村学校，市一中144名考生，上线69人，书院中学上线62人，舞阳中学上线60人，而大面积的农村学校，没有一所达到50人；农村初中之间的悬殊也很大，最高的是沙地初中，上线46人，其次崔坝，上线39人，依次是三岔上线37人，而最少的是大山顶和板桥，都仅1人上线，再顺数是罗针2人，石窑2人，红庙3人……不足10人的单位不在少数。原因可能是多方面的，有教师配备或者学生基数等等原因，但我以为最根本的原因只有一个：管理。去年为了解五十七条管理办法的贯彻情况，我去了沙地、崔坝，看到他们扎扎实实抓文件的贯彻落实，加强了教育教学各项管理，我便预感到几年之内他们的教学质量会有较大幅度提高。这次，三岔我虽然没去，但是，此前我帮三岔教育站草拟过一个管理办法，五十七条正是以这个办法为基础制定出来的，他们抓管理比较早，也比较实在。这次中考成绩从很大程度上看到各地各校的管理落实情况，也证实了管理与质量的关联是何等直接！

去州教育局报送了分数段，回来的路上遇到经武，他已从和平街小学调到教研室当副主任。我谈到教育股的事情多，人手少，忙不赢，吃饭都是下面条的日子居多。他说：“要说吃面条，我给你推荐一门东西，这个东西放到面条里就真的好吃——麻辣酱；你说人手不够，我再给你推荐一个人，叫徐光福，红江小渡船中学的老师，搞事相当能干。”我问现在他能不能来，经武说：“现在学校都放假了，照说是没有问题的，我去问问他。”我笑着说：“麻辣酱我今天回去就可以买一瓶，徐光福你是不是可以早些请他来？”

经武推荐的麻辣酱，我回家的时候，真的买了一瓶，四川做的，味道实在不错，岂止是吃面条好，像我这样吃得辣味的人，恨不得门门菜里都放一点。由此我似乎还推想到，他推荐的徐光福，肯定也是一个不错的人。第二天的下午，经武和徐光福一起来到我的办公室，我们一见面就如同早就认识一样，没有一点陌生感。经武介绍说，他是恩施城的人，在五中读过初中，六二年恩施高中毕业的，现在红江中学高中叫语文，还是乒乓球高手，是乒乓球运动队的教练。也许是初次见面，光福并没有经武那么活跃，而且很少说话。我对光福讲了急着要做的事情，州里要求高分段上线考生的全部试卷要进入档案袋，这是一个相当繁杂的工程，光福答应明天就来帮忙。

次日上班，光福就来到办公室，茶没喝一口，就进到试卷保管室，排开场子，开始工作了。这屋子本来就小，加上卷子堆积如山，空气不流通，很有些闷热。我说把办公室的电扇拿来，他说不需要，吹得卷子到处飞，反而不好搞事。不过，我看他脱去衬衣，穿的一件和尚领汗衫，倒是很适合在这里工作的，因为后背破了几个大洞，皮肉都暴露在外，是很通风的。他一边核对成绩册，一边从大堆的试卷中，把试卷抽出来，一科又一科，一份又一份，合成一套，装入考生档案袋中。见他心无旁骛，手脚麻利，不停地在翻试卷袋，哗哗地抽出试卷来，我还有些担心扰乱他的工作，什么话都不说了……

有了光福的到来，我才抽出时间把十五年教育事业发展规划最后完成，去州教育局交了卷。接着，又起草教育局上半年工作总结，因为马上要召开站校长会。

8月5日至8日召开的站校长会，徐先寿局长总结了教育局新班子半年来的工作，部署了下半年的工作任务。新班子上任150天，大刀阔斧抓站、校领导班子调整和贯彻落实知识分子政策，是很得力的几招。这次调整，有31名骨干教师被提拔到站校一级领导班子，调整后的班子，文化程度有所提高，平均年龄42岁，比过去下降3.3岁。与此同时，积极落实合乎条件的教师享受少数民族津贴手续，给88名中级知识分子家属，涉及287人申报办理农转非，解除了他们的后顾之忧，给 567 名以工代干教师办理转干手续，选拔 60 名民办教师转为公办，组织优秀教师暑假外出旅游……这些举措，无疑将调动广大教师教书育人的积极性。

对于下半年的工作，无论是徐局长的工作安排，还是几位副局长讲分管工作，都把抓管理作为一项重要内容，作为完成各项工作任务的重要措施，着力强调，具体要求和布置。他们充分肯定去年 11 号文件五十七条管理办法所起到的积极作用，决定再次征求意见，加以修订，贯彻实施。会议安排半天时间，专题讨论五十七条。讨论中，站、校的同志一致认为这个文件适合我市教育实际情况，站校工作逐步规范，试行一年取得良好效果，认真贯彻执行的单位，教育质量明显提高。我为去年起草文稿的心血没有白费，做了一件有意义的事，感到十分舒心，也认定这是抓好全市教育的一项根本性的举措。修订的任务，我建议由康股长负责完成，这样可以避免我囿于个人见解带来的不足。

中考录取工作开始，大矛盾，小问题，层出不穷。州、市一中之间录取新生时又发生矛盾，都迟迟不肯签字，大约州里又要“请”我们的局长去了。中考组整日忙于清理一般高中和农职中上线考生档案，马上要开始这一轮的录取。与此同时，陆续收到一些举报信，某某某是复读生，录取了中专，又是某某老师在中考中舞弊……对于考试作弊，我是主张有报必查，严肃考纪考风，如果敷衍而过，不独有失公正，而且对来年中考工作埋下隐患，有千里之堤，毁于蚁穴之忧。故而此类信件一到，都及时调查处理。不符合条件录取的，取消录取资格，空缺名额及时申报补录，不丢掉一个名额。属于取消录取中专资格的复读生，做好工作，补录到重点高中，三年后考大学也是不吃亏的。这些事情也是相当繁杂的，要查证落实，要向州局报告，申请补办手续。一段时间，我们四个人，老康、光福、小林和我，都在忙于对付中考的档案整理和举报的调查落实，连星期天都不得歇息。

此间，局长们和人事股的同志要去白果开会，研究教师调动等问题。他们临走前，我给好几位领导讲了，徐光福是一员干将，希望及早调到教育股来，同时，请他们尽力帮助解决嫂子进城的问题。去年市、县分离，嫂子调动没能解决，一家子两头拉扯，一年又一年，现在市县合并，应该是可以解决的了，要讲照顾中级知识分子，他们也是落实这个政策的对象。

四日之后，白果会议结束，胡局长和吴芳山股长都告诉我，徐光福已正式调入教育股，嫂子也从黄土坎小学调到和平街小学工作。据说这一次，他们重点考虑了一批中级以上知识分子两地分居的问题，能够解决的都尽量下决心解决。这是实实在在为这批人办了一件大好事。

由于中考时间的推迟，录取工作到 8 月底还在繁忙进行，脑子里一天都是嗡嗡的，全是一些学生的名字在盘旋。临近开学，来访的人越来越多，大都是城里居民，机关干部，不用说都是为孩子读书的事情。一日下午下班，刚走出办公室，来了一位妇女，朝我前后打量一番，忽然叫我“吴股长”，似乎很熟悉的。我有点奇怪，好像并不认识，又怕得罪了原来的熟人，便小心地答道：“你是——有什么事？”她说：“我是五街的居民，是这么个事：我那个儿子，书院中学毕业，你们把他取到桐子湾中学，那不是把他往火坑里丢呀！”

我说：“取到那个学校怎么是丢进火坑里呢，你儿子叫什么名字，考了多少分，填的什么志愿？”

那位家长报了名字，然后说道：“分数就丑人呐，只有 163 分。听他说是填的市二中和土桥中学，哪晓得这一回真的取到桐子湾的土桥中学去了，后来听人说那个学校学生打架骂人，调皮死了，有人还叫它‘黄埔军校’……请您帮忙做个好事，改到小渡船中学都好一些。”

我一面听她说，一面走到办公室，取出土桥中学的录取花名册，一查也就对上号了。我对她说：“是的，取到土桥中学了。按照他的成绩，原来是哪一所学校都上不了线。后来我们的局长，发现城里落选的学生还是比较多，给市里和州里专题打了报告，要求增加招生计划，在土桥中学扩招了一个班，分数线降到 160 分，他算得是运气好，刚好上了这个线，录取了。学校里有打架骂人的学生也不奇怪，小渡船中学也不一定就没有，老师都会教育的。土桥中学我前不久才去了的，现在佘校长、朱主任他们办好学校的决心很大，除了办普通高中班，还要办电工班、财会班。读这样的班，既学文化，又学专业技术，毕业后还有一技之长。这所学校只会越办越好，以后只怕想去还不那么容易——这样吧，你让他先去读一学期，万一是你说的，是个‘火坑’，你再找我转学好不好？”

“听您这么说，我也就没有么子话说了。我相信您是个好人，那我就照您说的，叫他去读——今天也算点子好，别人要我找吴股长，我说我又认不得，他们说，就是那个高个子，后脑壳上有两块白头发。呃，这一找就找到了……”这位家长似乎是满意地离去了。

我成天为这样的事费口舌不少，有时下班在家也有人找来，连饭也吃不好，还得热情接待。有一次吃晚饭，接连接待了好几个，父亲笑我：“你这也是‘周公一饭三吐哺’啊！”

我说：“实在没有办法，我这里有几千学生，但是对于一家一户，也就一个小孩升学，是他们家里的头等大事。将心比心，去年旭娃考高中，我从咸丰一回来，当晚也就找小市教育局的吕世洪，虽然他还不知道结果，但热情接待我，使我很舒心。现在我做这个事，家长的心情和去年我的一样，可以理解，宁可自己累一点，也要好言好语接待才是。”

父亲说：“你这样为别人着想是很对的，的确不能因为自己累就不耐烦。有的人负了一点小责任，对人就傲慢，这是最不好的品性。做事情，就要本本分分，实实在在；对别人就要真心实意，心平气和。我住在这里，现在来的人也不少，有些人说是来看我，实际上最后还是为学生升学的事。我看你们这些事，以后摸出一些套路，想一些办法，让大家都晓得是怎么搞的，知道有些事找人也是办不了的。不然的话，都这么打听，找人帮忙，也不是长久之计，你们也没有这么多精神应付。”

我以为父亲说得不错，真正全程负责中考，我还是第一次。这次中考结束，应该好好总结一下，思考一下明年怎么改进。

又一日下午，教研室的小杜来，我问他是不是也有学生升学的问题，他悻悻地说：“我哪有什么学生啊——我要调出教研室了。现在有两个小学语文教研员，准备把我调到舞阳小学去教书。”

我说：“那好啊，你教书一定是一把好手。”

小杜嘿嘿苦笑一声说：“我还是想跟着您干，教育股还差人不？”

我高兴了，说：“你能够来，那是求之不得哟。你能说会写，还熟悉教学研究，我们教育股再有你这个年轻小伙子来，队伍就搞齐整了呢。你真的愿意来，我马上就请示局长。”

小杜把眼镜抬了抬，说道：“我几时对您说过假话？从那次和您一起到沙地、崔坝搞检查，我就觉得能跟您一起搞事很愉快。您去给局长说了，要是真的能到教育股来，我才是求之不得。”

第二天，康股长和光福、小林来了，我提起小杜愿意到教育股来，老康说：“小杜这个娃我晓得，屯堡搞集中识字实验，他经常在往那里跑，搞事还有些魄力，他能调来是好事。”光福和小林虽然对小杜不熟，但是教育股的事情多，也乐得多一个伙计。

此后，我先给李局长讲了调小杜到教育股的事。他在教研室当过主任，自然了解小杜，无须我做介绍，觉得是个人选，同意和其他几位局长商量，并说应该没有什么问题。

随后给徐局长等几位领导都讲了，开学之前，小杜也就真的调到了教育股来了。于是，拆散了的教育股，从一个到两个，再到三个，四个，现在终于有五个人了，办公室里很有了一些生气。我和老康商量，五个人大体作一下分工，我和光福主要应对中学一块；老康和小杜，主要应对小学一块；小林侧重负责内务和联络等事。

法院给哥分了一套房，比过去宽敞了，加之嫂子也调进了城，家中早晚都有人料理，于是要接父亲在他们那里去住，父亲也很乐意，9 月 1 号父亲搬到法院了。

这个暑假我忙着中考和招生工作，传美也忙着复习，参加了高师函授和专科脱产进修的两场入学考试，旭娃和荞荞在家照顾弟弟，帮忙做了不少事。他们的学习，虽然我是很少过问，但我经常看到他们在看书写字，给他们借的一套国外翻译过来的自然科学丛书，图文并茂，他们读得很上劲，连昶昶都喜欢看里面的插图。开学后，旭娃读高二了，很有些发愤读书的样子。听他说，复清姑姑的儿子张文涛，和他们一个年级，成绩特别好，准备高二下学期就参加考清华大学的少年班。去年，教育股的小龙和小聂报考研究生，一天抓紧时间对着录音机学英语，小龙被河北师范学院录取了，这可能对吴旭也有影响。现在星期六他是很迟才回来，星期天很早就上学了。荞荞读了一年初中，都是每日早去晚归。她交上一个好朋友，叫李淑芳，学习非常好，也住在六角亭，几乎每天早上李淑芳都来邀她去上学。这学期才上两周课，学校要求他们在校住读。恰好这个星期天，在庠口教过的学生现在当司机的肖福海来玩，我便请他送我们去一趟市一中，把荞荞的床铺安置好，帐子也挂起来。

两个大的都到学校住读了，只有昶昶跟着我们。昶昶在城乡街小学读了一年学前班，仍然不到上小学的年龄，决定转到和平街小学再读一个学前班，因为他的伯娘在那个学校里，也很放心。教研室就在和平街小学校园内，领昶昶去报名的那天，正遇到教研室的会计程师让老师。这程老师原来在芭蕉教书，我们早就认识。她白白净净，优雅大方，性情直爽，虽说丈夫过去是区委书记，现在是市人大的副主任，但她从没有什么优越感，待人很是亲和友善。我要昶昶喊“程伯伯”，程老师说：“那是不能这样喊的，他人小辈分大，我们还是一辈的。”她解释说，她是白杨坪程家的，我盛哥家的嫂子程元英是她姑姑。我笑了笑说道：“那就叫程老师。”昶昶也就高兴地叫了程老师。程老师对昶昶指着教研室那栋楼说：“我就在那栋房子的楼下，你要喝水就来找我，好不好？”昶昶到底是在火花中学把胆量操练大了的，立刻爽快地回答：“好。”

没过几天，程老师到教育局来，见了我笑着说：“你那个昶儿子，就有意思啦，他玩得黑汗直流，跑到办公室喊我——还是叫我‘程伯伯’，要喝水。我把茶杯递给他，他望着茶杯问我：‘你喝的哪一边？’我说我喝的那一边，他说‘那我就喝这一边’——简直笑死人了，我说：‘你还怕我喝的那一边脏呀？你看你鼻涕糊弄的，我都没嫌你脏！’”这一说，说得我们办公室几个人都哈哈大笑起来。我给程老师解释，这是在家里，他喝爷爷的茶杯，爷爷总会说：“我喝的这一边，你喝那一边。”

局里的许多同志都下乡了解开学情况去了，我没有去，在写中考总结，准备参加全州中考工作总结会。

全州中考总结会在咸丰召开，9 月 20 日我到了咸丰。高师函授最后一门考试之后，我以为今后很难再到咸丰了，哪知不到一年又来了。这次住在县政府的小招待所，比去年住在进修学院是舒适多了，尤其是晚餐一道炖藕，汤汁乳白，藕块熟透粉面，特别好吃，我还从来没有吃过这样好吃的炖藕，不知道咸丰的厨师怎么做出来的。记得在咸丰当细娃的时候，偷吃过池塘里的莲蓬，那是又香又甜的好东西，也吃过炒藕片，就没有吃过如许有滋有味的炖藕，指望着下一餐再来一道这样的炖藕。可是，会议并不在咸丰县城召开，住了一晚便乘车西行，进入四川省的黔江县。峰回路转，到了一个叫大路坝的地方，却又是咸丰县所辖。同车的咸丰教育局副局长田仁举，倒是个老熟人，我在咸丰读小学的时候，他是咸中的学生。他告诉我们，大路坝是咸丰插在四川境内的一块“飞地”。对此我觉得很有趣，怎么会平白在四川管辖的地方，插入湖北的一块地方呢。更有趣的是，田局长告诉我们，大路坝的旁边有个小南海，这是一二十里长，一两里路宽的一个山间湖泊，里面还有几个小岛，山光水色，风景如画。这小南海则为川鄂两省共有：靠近大路坝的小部分是属于湖北咸丰县的，其余大部分水面属于四川的黔江县。说起小南海，我的兴头来了，早就听说过，在川鄂交界处有个小南海，给我们教元明清文学的李悔吾教授游览之后，当着我们大加赞赏，赋诗曰：“我与诸君南海游，水光山色不胜收。愧吾不善丹青色，难使风光入画图。”这次总结会在大路坝开，那定是州局领导要让我们诸君也南海一游了。

车在大路坝小学里停下来。学校的教学楼是新修的，校门口竖着一块集资办学纪念碑，上面题写“解囊相助，流芳千古”几个大字。碑文曰：“我川鄂之民，为千秋大业，立志助学，节衣缩食，踊跃捐赠。惟愿桃李满天下，栋梁遍五洲。树碑永志，功垂不朽。”落款有“咸丰县大路坝小学立”“何元宝撰文”“李杜书”“王维栋刻”。看这纪念碑，再看这新的教学楼，不觉对川鄂边民如此重教兴学，油然而起敬意。

大路坝有一小集镇，镇上有一小旅社，名字却取得不小，叫“湖北旅社”，我们就住在这湖北旅社里。晚餐又有特色了，除了小菜之外，就是大锅的鱼。不用说，这都是小南海里打来的。我平日是很少吃鱼，在这南海边可以尽情享用。席间，田局长介绍说，往年这里的人是不吃小南海的鱼的，说吃了会拉肚子。他解释，这也是有一定道理的。原来，这里并没有小南海，一百多年前的一次大地震，突然一下山崩地裂，几里路长的山体崩塌，恰如筑起一道大坝，堵住了山峡河流的出口，于是造成了山间的几个大小湖泊，除了这小南海，还有汪大海，小叉塘，向家湾等几处，都是这次地震一手造成。据说，淹埋于小南海水底的就有数百人家，千余人口。曾经有人深潜下去，水下的屋宇，柱头，板壁，瓦片都看得分明，鱼儿们在里面穿梭游弋。人们自然联想到，这里面的鱼是吃了人肉的，谁又愿意去吃这里的鱼呢。因此，在漫长的岁月里，都没有人去打捞小南海的鱼。这样，小南海的鱼，有的长到一摆多长，百来斤重，而且膘肥肉满。在生活困难的年代，人们饥饿难耐，为了活命，也就不信邪，不怕事了，开始吃这小南海里的鱼，不过，真的是拉肚子了。究其原因，就是因为这鱼长期无人捕捞，长得太肥了，而在生活困难时期，人们的油水淡薄，一旦吃了小南海肥腻的鱼肉，肚子一下不适应，自然接受不了，要拉肚子。田局长这番话一说，大家的筷子往鱼锅里去的频率明显减少。见此情形，田局长补充说，现在，小南海打鱼的人多了，吃的人也多了，鱼也没有那么肥了，你们放心吃就是。他指着鱼头说，这个其实是个好东西，很养人的。巴东的冯股长摇了摇头说："我哪怕是长江边上长大的，这鱼头我是怎么也不吃的，里面一些稀糊糊的东西，就像鼻涕……"好，冯股长这个观点抛出来，鱼锅里是再没有筷子进去了。不过，到了此时，鱼锅里除了鱼头，剩下的内容也并不很多，算不得有什么浪费，大块的鱼肉都装进大家的肚子里了，也许此刻都在想：就看今晚会不会拉肚子。

晚上开始开会，舒科长主持，张文剑副局长对今年的中考工作做总结。他是教数学出身的，对数字似乎有一种偏好，常常以数据说明问题，而我却很有些厌烦数字，在局长讲到各类学校计划招生多少，完成多少的时候，我往往神往小南海了。在他最后讲到会议的安排，"今晚上动员，明天上午去看看小南海……"我的注意力一下集中了，好，明天就可以看看小南海了。

张局长讲完，请田副州长讲话。这位田州长叫田寿延，五十来岁，穿着朴素，没有一点架子，很平易近人。他戴的近视眼镜，看去满是圆圈，说明度数不低。据说田州长是建始人，教过书，在建始教研室当过教研员。他个子并不高大，但声音浑厚，对着我们如拉家常说起来："这次我是和民委的饶科长一路，来了解这一带有人还在住岩洞的问题，和你们走到一起来了……中考工作很复杂，特别是到了录取，就进入到扯皮的阶段，重点高中和中专扯皮，州高中和各县一中扯皮，动机和愿望都是好的，无非都是要争几个好学生。这个问题说到底，还是我们的初中薄弱，如果多有几所像样的初中，好学生重点高中、中专挑不完，矛盾就好解决。根本的问题还是要加强初中。我们的初中赶不上人家，单说外语，教师中能把英语教材第四册教完就是不错的教师。现在，英语教师不合格的比例最高的就是我们鄂西……鄂西州七县一市，文化发展不平衡，各县市区与区之间也不平衡，大学实行定向招生，看来我们的中专也有必要照顾边远，采取定向降线的招生办法，比如我们的师范就很有必要采取这个措施，保证边远山区教师的来源……请同志们将今年的中考工作认真总结一下，逐步完善我们的中考制度，以后基本做到几个方面都满意……"

晚上会议结束，田州长和各县的同志一起聊天。他问了我是哪个县的，当听到我是建始的人，在恩施市教育局工作，名字叫什么，他便说起父亲的名字，问我知道不知道。我回答说正是我的父亲，他高兴道："嗨，你的令尊大人是我的老师，回去了请你代我问候，就说学生田寿延向老先生问好……"

——田州长的问候，在我回去后的确是带到了。父亲听说田寿延的名字，哈哈大笑起来，说道："那是在三里坝教过的学生，成绩还很好，人的个头不大，榜眼（本事）还不少。一天我值日，晚上去学生寝室巡查。打了熄灯钟，学生寝室里还热闹得很，老远就听到田寿延多大一个声音在喊：'打三席牙桌！'他忙活活的，一趟子跑在楼道这一头喊，又一趟子跑到那一头去喊——'打几席牙桌'的话你听说过没有？就是农村里整酒，要开几席的意思。我走去对他喊：'田寿延，打了熄灯钟，你还在当都管先生，喊别人起来打牙桌？'寝室里的学生都嗤嗤地笑，搞得田寿延不好意思，连忙钻进了铺盖里。没想到他现在真的当了'都管'先生，还管了大事呢。"

第二天上午，我们去游小南海。崇山峻岭之中，蓦地展现一块开阔的水面，一片澄碧，烟波浩渺，小岛浮现，水光山色，真是令人心旷神怡。我们山里的人，是很少看到如此壮阔神奇的景观的。走近岸边，虽有草木的覆盖，但可以看见巨石堆积的痕迹。这些巨石可以看得出平行的纹路，自然地理告诉过我，这样的石头是水成岩，应该是海水压制成的。田局长说，这些石头都是山崩地裂时垮塌下来的，就像是什么神力，把它们搬到这里，筑起一道大坝，塞住河道，造成了这个山里的湖泊。这里的地名就叫“垮岩”，这一个叫“大垮岩”，还有一个叫“小垮岩”……我望着这些巨石，遥想百余年前的1856年，就在这个地方，发生了何等惊心动魄巨变：瞬时之间，天摇地动，大地断裂，乱石穿空，此消彼长，鬼斧神工，河流堰塞，阴风惨惨，人为鱼鳖，宇成水宫……我面对乱石遐想，再放眼迷人的湖光山色，不禁使人惊叹大自然的伟力，真是想不透这巨大的威力是谁在掌控？人在大自然的面前，实在太渺小了。

一条小船载着我们游荡在碧水之中，水是十分的清澈，但看不见底。有人问，这水到底有多深？田局长说不准确，只说“反正是一个罗家的祠堂都淹没在里面了，上面还看不见屋顶的影子。”大家都议论起地震的力量怎么这样大，如果要人工修建这么一个水库，该是要多少劳力，修建多少年月啊，只有这个地震，一个早工，就搞成功了。田局长说：“我们现在看这一块地方，是风景如画，好像地震给我们这里做了一件好事，但是，地震来了吓死人，要人的性命也就是刹那间，而且一家一户难逃脱一个。有人说，这次地震逃脱的也只有一两个人，也真是命大。这一带有个传说，说的是当年这里一座山崖下，住着一个大户人家，姓黄。恰是在地震这天，家里整酒，接了不少的客人。邻村有个姓李的，一早起来备了马，准备去黄家吃酒。他刚跨上马背，那马两脚腾空，嘶鸣不已。他的母亲看见了说，牲口这样闹，怕是不好的兆头，劝儿子不出行为好。那人听了母亲的话，便没有出门。再说这个黄家，几十人正在吃早饭，家里一个丫头端着饭盆，忙着给人添饭。只见狗儿汪汪直叫，她想，这狗儿一定是看见人人都在吃饭，也是饿慌了，丫头就去给狗儿的钵里舀了饭。哪知，那狗儿咬住饭钵直往门外飞跑。丫头急忙去追，追到门外，狗儿还是不停飞跑。就在这时，只听一阵雷鸣般巨响，山摇地动，岩石崩裂，山崖垮塌下来，可怜黄家正在吃饭的几十人，都活活被压死。在这个突如其来的大灾难中，唯独这丫头和狗儿幸存下来了，当然，还有邻村那个姓李的人也幸免于难。”我以为这个传说，或许还真有其事。大地震对人来说，虽然大都预先感觉不到，但有些动物却有预感，会表现出烦躁不安。据说唐山大地震之前，水里鱼儿乱跳，天空鸟儿乱飞，也有狗儿狂叫，闹得主人无法睡觉，甚至咬住主人，就像要把主人往外拉一样……看来，万物之灵的人类，在某些方面并不比动物灵敏。础润而雨，月晕而风，大自然的变故，应该是有征兆的，人类应该借助动物这方面的灵敏，探寻避害之道。

小船渐渐驶向一个小岛，叫朝阳岛，我们下船登岛。岛上树木繁茂，几株高大遒劲的松树，树枝千曲百折，针叶浓密蔽日，树皮重重叠叠，似乎在告诉我们，它们是历经了多少沧桑，也阅尽人间春色。据说往年这岛上还有一个寺，叫朝阳寺，“文化大革命”中被毁掉了。如今听不到寺里的钟声，只有阵阵松涛，好像在给我们讲述小南海的巨变。我自然无法破译古松的语言，但面对古松，看着平静碧蓝的湖水，遥望天际黛色的群山，想到原来的大海，是怎么变成了平地，平地又是怎样变成了山峦，而山峦又怎样撕裂崩塌，筑造成了大泽，这可真是沧海桑田，翻天覆地啊。这些变化，有的需要成千上万年，甚至多少亿年，有的则在瞬息之间——大自然实在让我捉摸不透！

有人在问，再往里走，还有多远？田局长说，还远得很呢，小南海足有二十多里长，里面大大小小的岛屿还有好几个，大的有牛背岛，老鹳坪，在里面玩一整天，时间也是不够的，今天只安排半天时间，只能在这个岛上看一看了。

小南海的景致是看不完的，小南海令人深思的事也太多太多……

大路坝中考总结会开了三天。在各县谈情况的时候，我认真听了兄弟县同志的发言，觉得一些做法是值得学习借鉴的，比如巴东，将考生资格在校内张榜公布，这就很好。又如来凤县印发《中考问答》，咸丰县动员边远考生填写师范志愿等，都是很好的经验。张局长在最后总结时也肯定了恩施市严肃考纪考风，查处舞弊，州里表示满意，农职中面向全市招生的做法也值得肯定。他讲到来年中考几点改进的意见，布置了许多具体要做的工作，我都详细做了记录。他赞扬从事中考工作的同志，在时间紧，环节多，任务重，牵涉面广，情况复杂的工作中为10万科技大军做了人梯的工作，大家也因此受到鼓舞。最后他肯定这次会议，开得有张有弛，精力集中，各位心领神会，希望州里每年中考工作结束，都开一次这样的有张有弛的总结会。

回到恩施，恰好教研室相继召开中学教导主任会会和中学政治课教师会。会上，我现蒸热卖，讲了今年我市中考情况和州局对做好明年中考工作的一些具体要求和意见。

国庆假后，教育股办公室，五个人齐刷刷到齐。我说，好长一段时间我们各自在忙事情，很少在一起。今年还有三个月时间，为了不打乱仗，大家一起盘算一下，有哪些事情要做，然后排出一个日程，大家分工合作，有序去做。

康股长说："这两三个月，'又是龙灯又是会'，有的是活路啦。光是普及初等教育一块事情就不少，省里马上在潜江开展普教验收，各县派人参加，也是现场练兵；十月下旬开始，我们自己要组织对崔坝的普教验收，接着是验收三岔、红庙、芭蕉和城区；州里要召开普教工作汇报会，现在就要着手准备有关材料；除此而外，管理办法修订后作市教育局22号文件下发，正式施行，对于站校落实的情况要组织一次检查。"

光福说："中考还有几个遗留问题要处理；州里来了通知，十一月要召开农职中座谈会，要求组织典型材料；教研室郭主任和向仕斌老师那天来，想开一个农职中专业课教师会，以会代训，到时我们要参加；利川教育局有位陈同志，是我们陈主任的哥哥或是弟弟，对陈主任说了，准备带几位校长到我们这里参观；体卫工作方面，州里安排了两项活动，一是对重点中小学体卫工作进行一次复查，二是召开体育达标经验交流会。"

小杜说："那天李局长交给我一个任务，调查当前学生的政治思想状况和学校的政治思想工作，我已经去土桥职中一次调查，还要继续去几所学校。据说是省里12月还要召开一次德育工作会，州里在省里开会之前要开，为参加省里的会做准备。"

小林说："在团市委开了一个会，准备在13号召开一个少先队建队35周年的庆祝会，我们要去参加；这个月28号，新塘三中命名民族中学，召开大会，市政府和有关局的领导，州教育局领导届时参加，李局长要我们股参加大会筹备工作；另外，还有妇联牵头的幼儿园'小百灵'活动也在下月开始，到时候我们也要参加。"

我补充说："州局在中考总结会上要求，建立中学生学籍档案也是一件大事，怎么设计制定都要着手。"

几个人把事情一摆，我画了一个日程表，顺着时间排出来，大致作了一个分工。我想，这样大家对年内的工作有了一个底，也许不会像我过去那样，无头无绪，东一榔头西一棒子，常常今天不知道明天会干什么。

我和光福两人把中考的几个遗留问题作了处理，便决定到农职中去了解情况，准备写农职中的综合汇报材料。听说三岔农中这学期来势比较好，变化比较大，决定先去三岔。

10 月 10 日一早，我和光福到了车站，自然，我们都把新近买来的手提袋用上了。似乎是从去前年就开始，一些干部出差，都少背挎包或是提塑料袋，如今时兴带一种人造皮革的黑色手提袋。这种手提袋，可以把出差必备的洗漱用具、雨伞、文件、笔记本之类都塞进去，然后把拉链一拉，很好收拾，很是方便。我们教育股的几个人，不约而同，都买了这样一个手提袋，开始赶这个潮流。

不过一个小时，我们就到了三岔。在教育站稍坐片刻，便由副站长向清鉴陪我们去后坪。几日秋雨过后，天气晴朗，艳阳高照，连后坪山上，也不觉寒凉。这里，我是前度刘郎，并不生疏。但面貌的确也有变化，学校大片农田，田边修刮得干干净净。想起戽口人说的一句话，“男儿的田边，女儿的鞋边”，由此可见，学校经营管理是不错的。田里，有了大片的桑苗。清鉴站长带我们再往前走，又是一大片树苗，我认出来是泡桐，靠近学校种的是药材。这许多的药材我们就不认识了。清鉴站长边走边告诉我们，这里栽的是杜仲，五年以后一株大约可收入五元，这一期栽了一万株，以后将是一笔不少的收入，这里种的是白芷……

校门口迎出几个人来，清鉴喊道：“快来呀，来客了！”其中一个高大个子，牵着一个小孩——我认出来，是原来新塘峁山学校的校长刘帮荣。我问他是什么时候调到这里来的，他说他本来就是三岔人，上半年调回来。我望着他牵着的娃娃说：“你把娃娃也带到这山上来了？”他笑着说：“以校为家嘛。”我记得，第一次到这里，当时的王丕成校长诉苦说，这山上特别的困难是缺水，每逢下雨的时候，他们都急忙把屋顶上的瓦片戳穿，让大大小小的水缸和盆盆桶桶接满雨水，积存起来过日子。在我第二次来到这里的时候，丕成高兴地说，上面拨了一笔钱，他们修了一个大水池，到下雨的时候，把各路的雨水引进水池，基本解决了饮用水的难题，但是，每天要安排值日，当“水警察”，看管这如油的积水……如今，刘校长竟然把小孩带到这后坪山上来，也的确是以校为家，铁了心在这里办农中。

坐在办公室，我说：“下月，州里将召开农职中会议，要准备有关材料，第一站就到这里来，请刘校长给我们介绍一下学校现在的情况。”刘校长和在峁山学校一样，谈起工作来信心满满。他说，这学期教师调出3人，调进2人，现有专任教师9人，工勤人员5人。学生高二有32人，高一有66人，共98人。教育站把农中列为重点学校加强管理和支持，老师们很齐心，做了不少工作，学校有几个突出变化：

一是加强文化基础课教学，文、理各科都开齐，每天七节课，早晚还有自习，谭伯遂主任对教学工作抓得很紧。今年高考，农林院校面向农职中对口招生的名额，我们打了“光脚板”，没有一个上线，觉得太可惜了。接受这个教训，想明年在这方面有突破。

二是抓好专业课教学，既学理论，又学技术，要求每个学生学会一门专业技术，会写专业实习报告。要求文化课教师，也要了解一些专业知识，以专业课作为第二课堂，齐心协力，切实为农村培养有一技之长的致富人才。学校基地有20亩，都没有空闲，栽桑树8亩，1.4万株；植泡桐苗3亩；栽种杜仲1万株，还有黄连、白芷等药材；在农田里我们搞了苞谷制种，搞了小麦种植对比试验；种了油菜，蔬菜改善师生生活。我们响应市政府发展五倍子的号召，做了种植五倍子试验。今年养蚕三季，第四季没有成功，得了脓肿病，专业老师在研究这种病的防治措施。这学期，开始养良种猪，良种鸡和蚯蚓。

三是制定了规章制度，成立了团支部、学生会，好的校风、班风、学风在逐渐形成。

四是菜地实行承包，给学校上交100元，同时保证师生伙食费支出比原来下降30%。

讲起学校面临的问题和困难时，刘校长说，教室没有天花板，冬天寒风直灌，需要添置望板；男生寝室拥挤，至少要修一间土墙屋；池子里的水，不适合饮用，山上有一处水源，但距离较远，引过来要解决一批水管；电压低，电灯经常是“火把眼”，红猩猩的，需要添置一台变压器；桑苗长势不错，明年蚕室、蚕架不够……

看到三岔农中的变化，我很高兴，对刘校长和这里的老师充满敬意，但我们不宜久待，今天须得赶车回城，明天要到七里茶中。

且说我们告辞了刘校长，一路下山，见时辰尚早，以为赶上东乡回城的班车是毫无问题的。哪知，半路生出一段故事来，让我们留在三岔，住了一晚。不过，想起来这还是一段令人难忘，有滋有味的趣事。

我们下到半山里，在一片松林中穿行。光福和清鉴原是初中的同学，两人在兴致勃勃地叙旧。他们最难忘的，便是那几年生活困难，在学校里挨饿的情形。清鉴说："读初中那两年把我'饿喊'了，当时还只想休学，但是，我家在农村，回来还会饿得更厉害，父亲都饿得倒在床上了。那次学校把那头大白猪杀了，学生打牙祭，我把那点肉留下来，向班主任请了假，连夜赶到三岔，走到了沙子坝，把那点肉给我父亲吃了——你看，就是这点肉还救了他一命……"

他们说的，和我读高中时的情形也差不多，也不觉得是什么稀奇事。无意间，我却看见树兜边的草丛里，有金黄的一簇——我怀疑是枞树菌。走近一看，果然，那是一朵一朵的枞树菌，如同擎着一把把的黄雨伞，密密地挤在一起。我拔起几枚，问清鉴："你知道这是什么东西？"清鉴惊喜道："枞树菌，这是个好东西啊！要讲山珍海味，枞树菌就真的是山珍啦！"说着也走进树林，在另外一棵松树下找到一簇。光福是城里人，对这东西并不识货，看着我们像发现了金子似的，也进到林子里"掘金"了。我顺着找去，不断有所发现，清鉴也不断报喜："嗨呀，这里还不少呢，还有荞粑菌，刷把菌……"他手里已经有了一大捧。我一看，那是好几种菌子，便说："这荞粑菌，刷把菌怕不能吃吧，听说是有毒的，搞不好吃了会死人的。"清鉴说："哪里，哪里，我手里这几种菌子都是可以吃的，我们不知吃过多少次。只有那些鲜红的，弄不清楚的不能吃。荞粑菌，刷把菌，还有这几种，都可以吃，而且都是美味——只可惜我一双手捧不住这么多啊！"光福的兴趣来了，脑子一转，把手提袋里的笔记本什么的取了出来，张开袋口说："来嘛，看你们有好多装不下的。"清鉴把菌子装了进去，腾出手来，又开始找。我们一齐在林子里盯着树兜，不断弯下腰去。一会儿工夫，人人又是一大捧，装进了手提袋。没有多久，光福喊："装不下了。"于是我又将手提袋倒空，又是一捧一捧的菌子往里装。清鉴笑着说："有这么两口袋好东西，我怕你们今天就不走了，我们去街上砍一刀刀儿瘦肉来，美美地吃一餐，怎么样？”我和光福，你望着我，我望着你，商量着：怎么搞？今天不回去了？要得，算了，今天就不回去了，明天上午直接从三岔到七里坪也是一样。

两个提包都装满了，胀鼓鼓的。里面是黄黄的枞树菌，绿绿的荞粑菌，细长的刷把菌，还有清鉴认识的一些什么菌。回走的路上，我对清鉴说：“我只知道枞树菌能够吃，而且很好吃，但你捡的那几种，我从来没吃过。我知道的，芭蕉街上有一年，曾经因为吃菌子，几个人丢了命的，有一家只有一个小姑娘救过来了。”

清鉴说：“我捡的这几种，保险没有问题，我都是吃过的，不信你们等会我吃给你们看。”

光福也不知道什么菌子能吃，什么不能吃，便说道：“等会我们只看着你向清鉴，他敢吃，我们就吃。”

我说：“如果向清鉴吃了，口吐白沫，倒在地上，怎么办？”

清鉴哈哈一笑道：“哎哟，只怕你们等会看到我吃，等不得我倒在地上，就要伸手了。那时候就是‘吃的吃，看的看，心里就像钻子钻’，心里发慌啊——哈哈，哈哈！”

我说：“这事情还是有点冒险的——不过，教育站离医院也不远，若是清鉴倒在地上了，就立刻往医院送。”

光福说：“也是，再不然还可以打个电话到城里，来一辆救护车，把他送到城里，我们还可以顺便搭车进城。”

清鉴又打了几个哈哈，说：“就这么说，你们就等着我倒下去……”

一路说说笑笑，走回教育站，清鉴就去厨房安排去了。

我和光福，趁着这个空隙时间，到旁边的三岔中学去看了看。回来的时候，脚才踏进教育站的门，一股浓浓香味便扑面而来。清鉴一声喊：“来呀，看我怎么吃菌菌啦！”只见桌上是一满烘锅，红红绿绿，热气腾腾，香味扑鼻。炊事员说：“大锅里还有呢，光吃菌子都吃得饱。”清鉴说：“这样的，今天情况特殊，‘主不饮，客不请’，客人就慢行一步，看我主人家先吃；若是我倒在地上，口吐白沫，就往医院送；若是客人看到没有问题，放心了，再请。”接着，他夹了一箸，吹了两下就送进嘴里，嚼也没嚼几下，便闭着眼睛，吞了下去，然后睁开眼，美滋滋地说：“嗯，东西好哇！”接着，又将筷子第二次伸进了烘锅，又吹了两下……见此情景，光福说了一句：“吃啊，反正医院近。”随即筷子也伸出去了。我经不住这种诱惑，表示响应，说道：“是的，医院就在旁边。”也出手夹了一箸，放入口中——那味道就是一个字：鲜。有了第一口，就不愁第二口，第三口……胆子是越来越大了。于是几个人，笑逐颜开，连二赶三，烘锅里很快就要见底了。炊事员又从大锅里舀了一瓢，倒进了烘锅。吃到这个时候，才细作品尝：这东西是嫩嫩的，爽爽的，在口中不需要多去咀嚼，很快就下肚了；这东西又是滑滑的，溜溜的，用筷子夹，似乎是太不灵便了。筷子的迟缓，明显不能满足美味激发出的强烈食欲。我拿起一个饭瓢，对大家说：“还是这句话，反正医院隔得不远，干脆我们甩开膀子干——用瓢子舀。”自己做了一个示范动作，舀了一瓢倒入碗中。大家嬉嬉笑着，乐不可支，个个表示拥护，都用起瓢子来。炊事员满脸堆笑，大力支持，又给烘锅里加来一瓢……吃到此时，哪里还怀疑，这东西吃不吃得，还去想医院有多远？

这是一次多么令人难忘的盛宴！

感谢大山，感谢松树林给我们慷慨的馈赠！

第九章　一无两有

（1984年秋—1984年冬）

一个振奋人心的喜讯，很快传遍鄂西：在10月7日至14日举行的全国第一届伤残人运动会上，恩施市二中学生徐芳，创造了女子截肢A2级跳高1.16米的全国最高纪录，夺得金牌，还夺得跳远和铁饼两项的银牌，铅球的铜牌。一时之间，消息不胫而走，恩施城内街谈巷议，人们无不啧啧称道，市二中更是一片欢腾。教育局各个办公室也在热议，大家都深受鼓舞。

不几天，局机关召开会议，徐先寿局长讲到州委、市委已经决定，在徐芳载誉归来之后，恩施市召开一个表彰大会，州里的四大家、军分区的领导以及民委、团委、妇联、体委、民政、教育等有关单位负责人出席，市教育局负责会务准备。局长分给我的任务是起草一个学习徐芳的文件搞，同时，写一份徐芳的事迹材料。

22日，我参加了市二中欢迎徐芳同学载誉归来的大会。会后，在办公室我和徐芳以及她的父母作了一些交谈。他的爸爸是汽车分局的司机，母亲是一位小学老师。我知道了，她是在五岁时，一只腿被车轮压坏的。也知道了，她的父母怎样悉心关照并满怀希望培养教育她。我看到了眼前的徐芳，是一位眉清目秀，身段颀长的漂亮姑娘。她虽然拄着一支拐杖，但是大方自然，仪态端庄，说话不急不慢。她说，是父母对她的教养，老师对她的关爱和同学们对她的帮助，她才有今天的成绩和荣誉。她特别忘不了自己的启蒙老师——土桥小学的徐照宜老师，回来之后首先就去看了她。我感到她的心底是明亮的，就像她的那双大眼一样。谈话之后，她站起身来，拄着拐杖，就被一群女同学簇拥着，一起谈笑风生地走了。

我决定去访问一下现在在舞阳小学的徐照宜老师，徐芳是她在土桥小学时的启蒙老师。

徐老师年近五十，给我的第一印象是朴实，从衣着到言谈，都朴实无华。她自我介绍，师范毕业后在红土区工作过许多年，以后调到土桥小学。她谈话，语言很平实，神情也很平静，但我看出她的眼里流露出的是慈祥和蔼的光，嘴角常常带着微笑。说到徐芳，她似乎并没有特别的惊喜和感慨，叙述当年教徐芳他们时候的情形，也是很平静的。我把她说的话，略作了如下整理：

徐芳是1975年小学毕业的。1973年我当一年级一个班的班主任，班上来了一个拄着拐杖的残疾女孩，就是徐芳。一见到这个女孩，我充满了同情。她是一个很漂亮，很活泼，很可爱的孩子。我注意观察这个女孩，发现她爱活动，爱唱歌，我就想从文艺方面去发展她的爱好。我经常把她带在身边，也经常到她家里去。对于她，我想首先要解除她的顾虑，解除她心里的创伤。我对其他的同学说，徐芳同学有特殊困难，我们都要多多关心她，照顾她。还特别嘱咐同学们，绝不能刺伤她的心，说话时都要注意，凡是要说“bai子”“跛子”这样的话都要避开。对徐芳，我总是鼓励她：“你很聪明，又爱学习，在我们这样的国家，你是有前途的。”在劳动中，注意培养她，鼓励她做力所能及的事。我注意寻找到机会，故意让她出众。我们学校的活动很多，我每次都让她参加。天热了，有的女同学开始穿裙子，我要徐芳也大胆穿，让女同学都陪着她穿裙子。这些小事情，使她感到与其他同学是一样的，让她的生活充满欢乐，对生活充满信心。学校的体育活动开展很多，我鼓励她跳皮筋，跳绳。她差不多天天都是上课专心地学，下课快活地跳，一天过得很愉快。她没有思想负担，越来越活泼了，而且和同学的关系很好，从来没与同学扯皮，同学们也很喜欢她。有一次，我带同学们去河坝挑沙子，没让她去。我们回来以后，发觉她一个人端水，洒水，扫地，把教室打扫得干干净净的，我和同学们都很感动。我对她家长说，这孩子很不错，你们千万不要另眼相看，将来一定有她的专业，有她的前途。我对徐芳说，将来你做站着的工作不适合，还有好多坐着的工作做，你一定做得很好，是很有前途的。

徐芳慢慢长大，多方面的爱好和特长都展现出来。她爱好写作，文章写得好。有一次，父母带她坐飞机到武汉，她很激动，自己写了一篇文章《歌唱社会主义祖国》，写得很漂亮。她还喜欢唱歌，演戏，画画。学校开运动会，她和同学们一样报项目，当运动员。我还选她当记者，写稿件，让她带队，喊口令，参加鼓动队，喊加油，为大会服务，当保管员。她做这些事都认真负责，做得很好……

一晃这么多年过去，徐芳都读了高中，变成一个大姑娘了。前天，徐芳和她妈妈到我这里来，我看到了她得到的金牌——过去，我还从来没有看见过金牌。我为她，为她的父母高兴，也为我们学校高兴。这使我想到，我们教的学生，一个班，又一个班，一批又一批，这些学生能力可能是有大有小，有的会有这样的缺点，有的会有那样的缺陷，但是都有自己的长处，他们都是有前途的，将来都会出成绩。我们做老师的，就是要打开他们心灵的窗户——一定要起这个作用，不然就会埋没人才。

徐芳取得这样的成绩，也使我觉得，我们的学校抓德智体美劳全面发展是很重要的。要使所有的学生感到生活丰富多彩，人生充满光明。他们都有自己的长处，学校广泛开展活动，他们的特长就会得到培养和锻炼。不歧视有缺陷的孩子，学校不光我这样做，我们全校都有这种风气。记得四年级的班上，有一个学习比较差的小孩来复学，他的父母都是盲人。学校和班主任二话没说就收下了，也不怕影响升学率。在老师的教育下，同学们都很关心这位有困难的同学，甚至一些同学在课外去他家帮助做一些事情。对他的父母，同学们也是牵的牵，拉的拉。学校确实需要这样一种好的校风。

那天，我对徐芳的妈妈说，徐芳有今天的成绩，也是因为他们当父母的教育得好，关心得好，家庭的气氛好。徐芳的家里是比较活跃的，徐芳还有一个妹妹，两姊妹都很活泼，爱唱爱跳，一家人经常是和和气气，快快乐乐的。徐芳在学校里快快乐乐，思想健康向上，与她的家庭是有直接关系的。

所以，我看教育学生是多方面的，学校，老师，家庭，社会，各个方面都是少不得。学生取得成绩，能够成才，也是各个方面配合努力的结果。

表彰徐芳大会定于 10 月 27 日下午召开。我开始写徐芳的事迹材料和向徐芳同学学习的文稿。是的，徐芳的事迹的确是感人的，她的事迹会感染和激励许许多多的青少年，就是对我们许多身体健全的成年人来说也有一种鼓舞的力量。但是，每当写到徐芳，我又不由得想到徐照宜老师，想到徐老师说的许多朴实的话，是多么令人深思！我想到为什么教师被称作“人类灵魂的工程师”，想到为什么苏霍姆林斯基说教师的工作是最具创造性的。我还想到，初入教育界，就被身边许多教师所感动，萌起写一篇《精雕细刻》的文章。现在，特别是我到教育局以后，我感到在我们的教育界，可以写《精雕细刻》这样的文章的内容实在太多了，我的笔尖写秃了，也是写不完的。

教育股的五个人，常是劳燕分飞，这段时间又各自东西了。小林去到潜江，参加省里组织的普及初等教育验收；光福去市体委，研究组织对重点学校体育卫生工作检查的事情；老康和小杜去崔坝，参加市里组织的普及初等教育和“一无两有”的验收；我算一个听用，随时应付一些杂事。这两日，本是要迎接利川农职中参观团，电话告知他们因故推迟，我便随胡局长他们的巡视组，到崔坝了解这次双验收的情况。

正在崔坝进行的普及初等教育和“一无两有”的双验收，是我市的第一次，带有现场会的性质，规模很大，规格也比较高，副市长何渭滨同志在这里坐镇，敖盛德副局长带队，各区镇的区镇长、宣传委员、财税所长、教育站长都在这里云集，教育局除了教育股的老康和小杜，还有办公室的曾主任、集资办的田主任，计财股的小张、小朱，仪器供应站的小袁等人都在这里，大有打百团大战的势头。我和胡局长，坐着小覃开的那辆“长江”牌小货车，去的第一所学校是鸦鹊水中小学。这是一所规模较大一点的学校，学校里彩旗招展，贴着红红绿绿的标语，师生如同过节一样，人人满面春风，看到胡局长这位老站长，是分外高兴。

休息片刻，胡局长说，我们到几所小一点的学校去看一看。于是到了斑竹园的新埫坪小学。这是一所单人单班的教学点，学生 29 人。一位女老师姓向，1970 年 9 月开始从事民办教育，一直在这里教学，已经十四年了。她看到胡局长了，高兴地说：“胡老师，您是晓得的，我们这个学校原来破壁烂垮，今年新修了一间教室；原来没得厕所，搭的一个茅草棚，现在还修了一个规规矩矩的厕所；阶沿也整修好了。往年的桌子，凳子是学生从家里带，长长短短，高矮不齐，这一回是大队在别处打好了，几个干部自己下力背到学校来的……”

一旁的大队谭书记和陈会计都微笑着，似乎听得怪舒服的。谭书记开腔了：“这算是解放三十五年来，我们大队给老百姓办的一个福利事业，总共花了五千多块钱，其中教育站给了一千。市里的普教工作会议之后，我们擂了一下，全大队搞集资，投工投料，我们的会计就投了28个工，我投了15个工，出了500斤石灰，大家伙一起使力，总算把学校办得像个样子了。现在虽是还欠得一点钱，但是，就是挪钱负债也值得，把学校办周正一点，我们都放心好多……”

胡局长对向老师说：“学校是比以前周正多了，你教的学生入学率和巩固率达到标准没有？”

向老师说：“胡老师，这个我可以骄傲地说——两个百分之百。”

谭书记说：“崔坝的人对于学文化，思想是比较开通的，往年饿饭的时候，有些人家都要送娃娃读书，现在国家这么重视教育，我们这里还没有一家不送细娃读书的。我们这个向老师，教学很负责，一天就是扑在工作上，家长也很信任。她家里也特别支持她把教学搞好，两个老人把家务事都包了，向老师没有什么负担，专心在做教学工作。我们的老农会主席还编了一个顺口溜：各级领导关心多，大队支部抓狠着（当紧的事），祖辈两老管家事，老师一心搞教学。”

胡局长笑得眼睛眯成一条线，高兴说：“好，我们到前面水田坝小学看看。”

水田坝小学是一所村小，学生113人，教师5人，其中有个胡老师是公办，其他4位都是民办教师。这里新修了一栋四间教室的房子，墙壁刷得雪白。乡党委的吕书记和村支部谭书记都在这里，他们迎上来，自然没有不认得胡局长的。吕书记说：“这所学校原来的条件算是最差的，几间架子屋，都是‘敞家伙’，外面的鸡子鸭子猫子狗子都可以进到教室里，场坝里也是猪牛进进出出，拉屎拉尿，到处拱得坑坑洼洼。放一个假，学校就要掉一些东西，连桌子板凳都保不住。市里开了普及工作会，我们下决心，为儿为女为群众，新修四间教室。这件事，代表了群众利益，群众拥护，一人出一块钱，没有现钱的出劳力，捐粮食，也就把事情办成功了。”

谭书记补充说：“这一次还新添置10张课桌，整修了旧课桌15张，板凳10

条。花了 570 元修了一个厕所，其中站里给了 200 元。现在我们作了规定：一是不准侵犯学校的场地；二是凡学校财产，任何人不得借用，过去把学校东西拿回家去了的要归还；三是村里的群众，没有特殊事不要到学校来。我们的工作也还有差距，一个是电灯线没有拉进来，估计还要 200 块钱；二是还没装天花板，看是买一批三分板，或是牛毛毡来装起，不然寒天冷冻的时候，老师学生还是不好过日子。”

学校负责人胡老师说：“学校有一至四年级，这个村共有适龄儿童 115 人，实际入学 111 人，有两个丧能（丧失学习能力），入学率 98.2%，学生从上年度到这一年度一个都没有流动，巩固率是 100%。”

谭书记插话说：“现在老师们都按照上面的要求，星期天到校，教学抓得紧，质量有提高，上一次考试我们这所学校有四科考了管理区的第一名。”

我们看了几所学校，虽是走马看花，但是都感到很振奋，也不觉累，胡局长说，我们再到白岩小学去看一看。

白岩乡中心小学，也是像过节一样，还扎了彩门。球场上很热闹，学生们正在比赛，运动员都穿着清一色的运动衣裤，运动鞋。我比较，单是这一身服装，就是我在乡里教书时想都没敢想的。恰好白岩乡的书记就在这里看球，胡局长对我介绍说：“你还不认识吧，这是白岩乡党委的高书记。我们这位高书记，文学水平高，名字就叫高文学。”这便让我一下记住了他的名字。高书记说：“惭愧，惭愧，老辈子取这么一个名字，是想我有点文学，可是我没有学多少文化，哪有什么文学。现在是把希望寄托在这些年轻娃身上，把学校办好一点，让这一批年轻娃多学点文化——我们这里也是出人才的呢，‘文化大革命’前，张虎山就有个考取北京外国语学院的，学的西方语言文学。后来这十几年都不行，直到今年，我们这个乡又有两个考上大专，7 个上了中专。今年有个初中娃考到市一中去了，这个娃是棵好苗子……验收组的几位同志，到农户查对入学人数去了。我们刚才还是到乡公所去，你们来了我应该规规矩矩作个汇报。”

高书记把我们请到了乡公所，这里也是挂着彩旗，贴着标语，里面打扫得干干净净。会议室墙上用两张纸写了一副大标语，意思是：干部要看准方向，瞄准目标，再加一套狠办法。高书记就在这会议室给我们正儿八经介绍情况：

“我们白岩管理区，现在叫白岩乡，有三个村民委员会，806户，3 529人，耕地面积4 063亩，水田1 265亩。4所小学，16班，学生556人，适龄儿童423人。教职工26人，其中公办10人，民办16人，属于本乡的教师13人，外来的13人。市里召开普及教育工作会议以前，我们对教育的认识是很肤浅的，学校的事情很少管，校舍年久失修，风吹雨淋，破壁烂垮，空空荡荡。三四个娃娃挤一张课桌，有的桌脚都断了，用葛麻藤子缠绕起来……壶里无酒留不住客哟，前前后后外面来的好几个老师，没教几天就要求调走了。

“市里的普教工作会，提出分级办学，分级管理，各级要把自己的学校办好。乡党委统一认识，抓精神文明建设，抓教育，培养人才是我们的一项重要任务，是我们努力的大方向。上级提出学校要实现校校无危房，班班有教室，学生人人有课桌凳，叫作‘一无两有’，实实在在讲，我们觉得光是这样还是不行的，学校没有厕所怎么行？教师没有一个办公室，没有寝室又怎么行？为了真正解决学校的问题，我们提出起码要达到‘一无七有’的目标，除了有教室，有课桌凳，还要有厕所，有办公室，有寝室，有厨房，有白墙壁。另外一个目标，就是入学率，巩固率要达标。

“方向明了，目标定了，就要一套狠办法，办法不过硬也是光说一些空话。事情一动就要钱，但是搞什么事，也不是钱堆起来了才搞。办法是人想出来的，‘打铁无样，边打边相’（打主意）。我们一不等，二不靠，三不要，学习外地经验，挖掘自身潜力，发动群众集资办学。乡定的集资标准是：拿国家工资的，每人3元；拿集体工资的每人1.5元；群众每人1元，用捐工、捐料、捐粮的办法顶抵也行。乡里成立集资领导小组，要求干部带头交。开头也有阻力，有的说没有交的，我们咬住不松口，这个事情是借也要借来交的，结果应收的78块收齐了。经过一个月的工作，全乡宣传发动，共集资4 070元，木料12立方，捐工270个。全乡集中火力，苦战26天，新修一间教室，三间厕所，两间厨房，装门16合，装窗户12个，添置课桌凳110套，黑板15块，原有教室粉刷一新。这中间也有不少好人好事，木匠李单月，一个人做了12条板凳交给学校。还有个瓦匠，叫什么的，我一时记不起名字了，本来在城里接了活路，听说学校要粉墙，他二话不说，先把学校的事情做完。张虎山四队的徐海树，一连给学校盖瓦搞了八天。我们马家坡的书记马道扬，为了解决学校修厕所的地基，先后十八次登门给农户做工作，终于解决了问题……我们还利用这个机会，把历年拖欠的民办教师工资 1 420 元的问题解决了，给民办教师兑了现。

“这段时间，我们乡党委一手抓‘一无七有’，一手抓四率，从党委成员，到生产队干部，分级落实责任，定人定队定任务，走到哪里宣传到哪里，达到全乡所有适龄儿童都入学的目标。现在是全乡适龄儿童入学率达到 100%，巩固率 100%，普及率 99.2%，毕业率 100%。我们这个数字是过得硬的，验收组正在按照文化户口册家家户户去查对，我相信这个数字是过得盘（盘查）的。

“我们还在设想，明年，八五年，我们要争取校校通公路，三所学校要通电，可以看到电视……”

听说小覃的车子来过，但是因为刹车出了问题，不敢载人，已经返回。我们步行去教育站，已是摸着夜路走了。这一天的走马观花，使我深受教育，尤其是高书记汇报的情况很感人，他们的确有战略眼光，边打边相，“相”出了办法，狠心打开了教育的新局面，所所学校都办得像个样子了。我边走边想，许多事情看来很难，但只要是为人民办好事，办实事，党组织振臂一呼，群众都是拥护的。群众中蕴含的伟力一旦激发起来，就会创造出奇迹。记得上半年从 3 月起筹备，到 4 月上旬召开全市普教工作会，我简直没有一天轻松，时常打夜工忙材料，写了《传达报告》，又写《动员报告》，最后还要写《总结报告》，搞得皮搭嘴歪，虽然没有怨言，但心里想着，不知这样辛苦能够起到什么作用。现在看来，这些功夫是没有白费的。不到一年时间，这里的学校变样了，实现了“一无两有”，办学条件改善了，学生都能入学，师生像过节一样高兴，老百姓满意，区乡村的干部也笑逐颜开——到这山花烂漫之时，凡是为此有所付出的人怎能不“丛中笑”？

走到崔坝街，街上一片漆黑。走进教育站，厅里一盏杏黄的煤油灯晃着。站里的刘可钧老师和计财股的朱明祥同志，马上迎候出来。胡局长问：“怎么搞的，停电了？”朱明祥嘿嘿笑着对我们说：“我先前给刘可钧开玩笑，说州里要把你们崔坝和建始的红岩寺，巴东的野三关三个镇，定为气管道上的三颗明珠，可惜崔坝就是不亮啊！”我们都哈哈笑了起来，随后我补了一句：“不过，我们今天看了几所学校，变化还真大，学校在开始亮了呢。”

从崔坝回城，正是周六，带回一只羊腿，四斤两块钱，也算便宜。还带回四五十斤洋芋，是修文送的，都是好东西啊。

下午，芭蕉小学涂寿芝校长来。他是出席省德育工作会才回，给我传达了会议的精神。看来这也是要特别重视，认真抓好的一项工作，专职教研员要落实，专职教师也要落实，我一边听，一边把主要精神记录了下来。

傍晚，旭娃和荞荞都从学校回来了，我就用崔坝的羊肉和洋芋对付他们，他们自然都吃得心满意足。晚上，我把羊骨头砍了，煮了一锅萝卜。这时，听见房里三个娃娃在讨论问题：

荞荞问："哥哥，到底是'妒忌'，还是'嫉妒'？"

旭娃说："好像都可以说。"

昶昶发言纠正："不对，不对，你们说的都不对，要说'肚脐儿'，就是这里。"他把衣服一撸，指着自己的肚脐眼说。

于是，都哈哈大笑起来，昶昶也十分得意，乐不可支。

星期天大半的时间都在做家务，传美洗衣，我做饭，打扫卫生，做煤饼。吃了早饭，读高二的旭娃，忙着要到学校去，说下周要举行期中考，考后就要分科，要到学校去复习，连家里的羊肉萝卜都没留住他。初二的学生到底要轻松一点，荞荞除了做点作业，还要吹吹口琴，唱唱歌，又对着录音机稀奇古怪地闹一阵。录下来了，又放出来听一听，自娱自乐一番。不过，最轻松的还是昶昶，什么作业都没有，无忧无虑，多半时候是和夏至娃他们玩，而且现在也少有哭闹，因为前次哭的时候，被他姐姐用录音机录下来了，放出来还真不好听。

11 月 3 日，重点学校体育卫生工作检查开始，光福建议，请一位局长到场，以示重视。我请了胡局长，先一同到舞阳中学。检查组按照他们的程序，逐项进行检查，我们其实没有多少事，胡局长和校长在谈话，我在办公室看到了健男，便和他聊起来。健男是在五中长大的，那时都叫他"万大毛"，比我小好几岁，我上高中，他读初中，但逢假期还经常一起玩。他看的书不少，又博闻强记，常常给我，还有海亮、郑言讲故事、说笑话，说什么四川猴子多，新来的县太爷问当地人："这里的猴子到底有多大？"一个村民回答："大的有大人这么大”，县太爷把眼瞪起来，村民赶忙说：“小的只有小人这么小。”如此等等。以后我高中毕业，到园艺场参加劳动，后来在茶园教书，他都跑去玩过。这以后差不多二十年，我们没有一次谋面，后来却在咸丰高师函授班同学了。这一次，他见了我，正儿八经问我一个问题：“你知道不知道，这一首诗是谁作的？”于是随口背出了一首诗，还念得很快，我一时没听明白，回答说没有读过。他便顺手拿出一张纸，写了出来：

“躬耕陇亩从农时，心怀造福宇内志。
破箱上面走蛟蛇，寒灯影下读青史。
荒草丛飘油墨香，书卷页留黄泥指。
五更即起雄鸡唱，黎明到来成好诗。”

这一下把我还考倒了，我有些疑惑，说：“好像在哪里见过，但是的确记不起来了。”

健男嘻嘻笑起来：“你就记不得了？就是你在园艺场劳动时候写的呐！”

一语提醒梦中人，他这一说也想起来了，是的，在园艺场时是写过这么几句的。我自己也好笑了，感叹道：“你这记性怎么这么好啊，连我的一些歪诗，自己都忘了，你倒记在心里，还背得滚瓜烂熟的。”

健男说：“这一首写得好啊，特别是‘荒草丛飘油墨香，书卷页留黄泥指’，没有这样的生活体验是难得写出来的。”

我颇有感慨，说：“你也不过比我小四五岁吧，怎么记忆力还这样好！我这个人，本来记性就差，现在一天杂七杂八的事情，更是把脑筋搞得糊里糊涂了，连自己写的东西都忘记得干干净净。”

后来我问起他现在还在读些什么书，他拿出一本李泽厚的《美的历程》说，就是这样一些，主要是美学和心理学一类的。这让我觉察自己看完一本《病夫治国》以后，好久不曾读什么书了，健男说的这类书籍以后也应该认真读几本才好。

舞阳中学检查完毕，下午到市一中去。进入学校，一眼就看见新修的实验大楼完工，矗立在凤凰山上，很壮观的。胡局长说，前不久州长表态，还要帮助市一中解决25万，用于修建40套教师的住房，添置500套课桌凳。市长同意给33万，建一栋教学大楼。我们局里也同意出一点钱，解决锅炉问题。我想，如果这些都兑现了，我市这所重点中学，也是我的母校，办学条件会得到大改善，算是“鸟枪换炮”了。

市一中的检查结束，胡局长提出我们到旁边的进修学校去看一下。天已经黑了，进修学校教学楼里的灯光白亮，一位老师见了我们，忙说：“正好，廖老红军和朱老总都在二楼。”原来，他们给廖校长叫“廖老红军”，管朱校长叫“朱老总”。二楼行政办公室除了“廖老红军”和“朱老总”还有一位，朱老总介绍说：“这是湖北大学生物系的郭书记。”湖北大学在我们州，办了第一期高师函授之后，今年扩大招生，除了中文、数学之外，又新增了几个专业，州里确定生物专业的面授点设在这里。这段时间正在进行面授，下面教室里的灯光下，就是这些学员在学习。彼此寒暄之后，郭书记十分满意地称道了进修学校后勤工作如何好，给了有力的支持和配合，使他们的教学工作顺利进行。之后，他提了两个问题，一是实习的问题，二是实验仪器的问题。实习的问题，是比较好解决的；仪器的问题就有些“狠人”（为难）了，粗略一算，要七八万块钱！廖老红军本是华师生物系毕业的，对于这些仪器如何必不可少，说了一番，最后说：“这个事情是不得不办的。现在这个班才开始，先不做实验还行，但是还有几年时间，每次都在黑板上画实验也是不行的，局长还是要从荷包里把钱抠出来才行。”本来，他们反映这个问题也是找对人了，胡局长就是分管经费的。但此时的胡局长苦笑了一下，答道：“老红军说的都是道理，就是我的荷包是一个‘瘪家伙’，还要去‘编筐’（打主意）才行。”谈了一阵，胡局长似乎坐不住了，起身告辞，对我说：“走，我们去找何市长要钱去。”何市长就是何渭滨，曾经在教研室当过副主任，接着到市一中当校长，去年提拔任副市长。

我们离开进修学校，去找何市长。他就住在旁边的市一中，爱人是市一中的老师。我们去到市一中。在何市长家里，主要就是他俩谈教育上的事，而且核心问题就是钱，诸如去年政府挪用了17万教育上的维修费，今年政府还应该给教育44万等。后来也谈到新塘民族中学成立大会要放在市人代会和州普教工作会以后召开，还有城区学校教育体制改革，以及其他人事方面的问题。

谈完已经是九点。回家路上，胡局长又催促我写入党申请。这是他第二次对我提起这事了，我不知怎的，总是难以提笔。记得在读高中时就写过，以后在园艺场时写过。在舟口时也曾想过，但没有写。以后运动来了，更觉得这完全是一种奢望，只要不把我诬陷为反革命就不错了，还入党。尽管如此，我的信仰一直没有改变，我始终认为，中国共产党是一个伟大的党，共产党里集合了中华民族众多的优秀分子，自己能够成为其中一员是光荣的。粉碎“四人帮”，党的十一届三中全会以来，我们的国家，我的家庭都发生了巨大的变化，更使我感到舒心和温暖，只想怎么努力工作，不辜负这个伟大的时代。我在忙着学习，忙着工作，竟然记不起应该写申请入党了。我很感谢胡局长对我的关心，也应该把申请书写了。

为迎接全州重点学校体卫工作检查，市里的自检，还要抽查三个单位，搞完接着就总结。光福希望我这两天也参加，他和体委谭主任等去盛家坝，要我参加一个组到龙凤坝。我说正好，龙凤中学虽然很近，却还没去过。

我和体委的何平、红霞，防疫站白萍，一行四人，骑车去到龙凤初中。一进校门，就看见有两口鱼塘，一人在鱼塘中坐着一个轮胎筏子，手执一个丁字形长耙，不断搅动塘水。问这是干什么的，回答说，塘里的鱼多了，缺氧，这是给鱼输氧。

随即与学校校长联系检查的事情。这一下把校长搞得急了——我们的确是搞的一个突然袭击。校长忙着布置迎接体卫检查。龙凤初中与龙凤小学紧挨着，房子都很紧张，场地也十分狭窄，岂止是体育、卫生工作基本条件不具备，其他教学和师生生活的条件都差。虽然学校也做了不少努力，但只要一看就知道，要符合要求，非一日之功。无论条件如何，学校还是立即行动，临时动员打扫卫生。家在附近镇上的学生，跑回去拿了扫帚。离家远的学生动了脑筋，用树枝当作扫把，开始进行大扫除。我去上厕所，去得真不是时候，一个男厕所没有隔板，几个学生用脸盆端了水，哗哗啦啦往里面冲刷，差点泼到我的身上……

何平他们按照项目，在逐项检查。学校一位年轻的体育老师显得很有热情，不断问这问那，还提出，希望市里组织他们集训一下。我去隔壁的龙凤小学，这里比中学更显狭窄拥挤。这龙凤坝是一个大坝，两所重点学校却挤在一处，还在一个陡峭的山下，坐落在一个峡口里。这使我想起吴家大屋里的芭蕉小学，半山坡上的火花中学，都是场地狭小得连一个百米跑道都画不出来。客观说，条件不如两所学校的，在我市还不是少数。校长对老师们的教学很满意，还特别夸他们的蘑菇菌场办得很成功，兴致勃勃带我去参观。不大的一间屋子里，安置一排排木架，架上全是一些圆筒，大大小小的蘑菇就从里面冒出来，都顶着圆圆的伞，很是可爱。在戽口时就听说蘑菇是可以人工繁殖的，今天才真实地见到。校长介绍说，市场收购价为八角，他们这一期投资 500 元，大约可以收入 1 500 元，利润在 1 000 元左右。看来这还是勤工俭学的一条好路子。中午，吃到了这蘑菇，确是很不错的，十分鲜嫩可口。

第二天上午是检查书院中学。光福他们那个组也从盛家坝回来，我们两组人员一齐对书院中学进行检查。赖昌社校长笑盈盈地迎接检查组的人员，看得出他是胸有成竹，充满自信，似乎是：你们再来多少人检查，我都不怕。也是，书院中学再不是过去的“东方红中学”，更不是当年人们戏称的“骡马店中学”了。最近几年学校发展快，变化较大，教学质量不断提高，中考成绩居全市领先水平，学校体育卫生工作也抓得落实，成绩颇丰。赖校长汇报学校体育卫生工作时说：“我们坚持全面贯彻教育方针，重视和加强学校的体育卫生工作。原来运动场地小，只有 2 000 平方米，最近两年我们花了两万多元，购买土地，砌了 9 米高的堡坎，填泥沙 7 000 立方米，运动场扩大到 5 000 平方米。同时，增加了一些体育器材：钢管篮球架一副；活动双杆 2 副，是广新厂送的，八一面粉厂也答应送 4 副；木质矮单杆一副，简易爬杆 6 根；标准跳高架 1 副……我们的体育教研组长张中新是个相当有事业心的教师，两课两操常年坚持。体育传统项目训练分田径、男女篮球和射击三个队，共有百人参加，早上和下午开展训练……加强了对学生视力的保护措施。目前学生的视力的确令人担忧，初一学生入学检查，386 人，不良的 166 人，占 43%，视力在 0.5 以下的占 24%。这引起我们高度重视，采取了一些措施：课桌椅标准化，课桌高 75 公分，椅高 35 公分；黑板离第一排课桌 2.5 米；教室墙壁粉刷洁白；采光照明标准达到 1∶6 烛光；黑板每年刷一次漆；每天坚持做眼保健操一次……”赖校长不回避问题，讲了工作的不足，例如学生的饮水问题没有很好解决，没有专职卫生人员，学生随地吐痰等不良习惯普遍等等。

我曾经听说，有个女老师对着赖校长说笑话：“我要是像江姐被敌人抓住了施加刑法，我就告发你老赖是共产党。”这位赖校长，的确算是一个永不褪色的共产党员，一位恩施教育的有功之臣。五六十年代他以办民办小学闻名，六三年参加过全国群英会，如今他五十多岁，仍然青春焕发，以身作则，团结一班人，发挥全体教师积极性，把学校办得蒸蒸日上，一派兴旺气象。

书院中学检查完毕，下午在体委开总结会。

总结会结束已是下午五点。回到教育局，听说昶昶在学校里和一个同学逗着玩，把头上碰了一个口子，那个同学的奶奶送他到医院上药去了。等我把火生了，煮了米，怎么还没见这小家伙回来？忙着去法院他伯伯那里找，没见。想到一定是在大十街的家家那里去了，吃了饭去接他。正准备吃饭，家家来了，说昶昶并没去大十街，责备我们不该这样大意。这一下真把人搞急了，到处去找。广播站的姑姑那里，没有，大舅家，也没有，这个娃到底在哪里去了呢？直到八点，招生办公室的向茂泉同志把他带来了。原来，茂泉家的悦悦和昶昶在一个班，下班的时候向叔叔说他那里炖的有藕，接他去吃，他也就跟着向叔叔和悦悦吃藕去了。这个娃娃！

不过，家家也责备得是，我们对娃娃还是大意了，无论大的和小的，都缺少细心的关照。

上午，在局长办公室开会，里面坐着六个人：何市长、徐局长、胡局长、计财股倪股长、办公室曾主任，还有我。何渭滨市长说，州长给我们出了一个题目，要把城区学校分级办学管理体制改革研究出一个方案来，或者搞几个可供选择的方案。围绕这个题目，大家七嘴八舌，各自发表一些意见。不过，谈了一个上午，归纳起来也就是两条：一是，市一中、师范留在市里办，其他学校由街道办事处办；二是，八五年解决“一无两有”。除此而外，没有说出具体的意见。时间快到十二点，要吃饭了，下午也不可能继续研究，于是就这样结束，指定我执笔写一个东西出来——这个文章真不好做！

下午开始酝酿这文章怎么做，自拟了一个题目：《关于振兴恩施市城区教育的设想》。面对这个题目，苦思冥想，还没有一个轮廓，只觉得这个题目是不错的：因为是我关在房子里想的，的确只能叫“设想”。文章没做出来，大锐同志送来电影票，说是工会买的，新片《五女拜寿》。也好，换换脑筋。

今年才出的影片《五女拜寿》，越剧，演得很好，唱得优雅，竟然没打瞌睡。看完，敖局长作评论："看了这个戏，我认为里面的好多人，各自都要作自我批评，都要搞'斗私批修'：老家伙不要偏心，不应该嫌贫爱富；小家伙要敬老，应该真心实意。"大家打着哈哈出场。

第二天，全天关门写《设想》。静心思索，方方面面，深入设想，也有了一些眉目。因为明日要去州教育局开教育股长会，再没时间写了，于是晚上打了一个夜工，终于在十一点完成了《设想》——好多事情都是逼出来的。

《设想》才交卷两天，星期六又接到新的任务。徐局长说，州里的普教工作会结束以后，市里也要相应召开全市的第二次普教工作会，要我写一个《全市学校管理体制改革的报告》，还要代市政府草拟一个转发这个《报告》的文稿。这次虽然要写两个东西，但主要就是《报告》，至于代市政府批转的文稿，那是比较好说的几句话。《报告》的内容应该也不是很难的，有刚写的《设想》作基础，现在是从城区扩展到全市范围。如果市政府批转这个报告，在第二次普教会上贯彻下去，全市都像崔坝那样，落实分级办学，分级管理教育体制，把各级各类学校办好，这也是一件大好事。

下午在写《报告》，接到州教育局的电话，说全州重点学校体卫工作检查组已到恩施，我们须得安排检查组的住宿，星期一开始检查。文章是不能继续写下去了，即刻联系各方，又通知有关几所学校。

荞荞打电话，今日不能回来，要参加学校的联欢会。旭娃回来了，说这次期中考，考得不够理想，英语没及格。高二已经分班，他到三班，文科班……恩高啊，这是一个让青年充满幻想又叫人神经紧绷的地方。青年学子在这里，就像到了人生的十字路口，正对着的是一条平直的路，但不是大道，还那么狭窄，只能让少数人走，它却让许多人向往，有人形象地称之为"千军万马奔独木桥"；左走，右走，都是高大的山坡，路是那么崎岖，那么艰险，却是许多人都要走，要爬的。我们曾在这十字路口兴奋幻想，又焦虑不安，似乎还没有几天，转眼又轮到我们的儿女了。我曾经是多么渴望走上那条平直的路，命运却注定了这只是痴心妄想，从此我开始了艰难的跋涉，坚毅地走了无数崎岖坎坷的道路，爬过一架又一架的大山，还决心永无止境地走下去。我们这一辈人算是幸运的，没有像希腊神话中的西西弗斯，永远重复举着巨石爬坡，举上去，又滚下来，又举上去……当我们人到中年的时候，遇上了社会的深刻变革，“分数面前人人平等”，使我可以“东隅已逝，桑榆非晚”。我并不十分担心的是，如今，我们的儿女与我们所处的时代是不可同日而语了，无论怎样，他们会比我们当年的境况好得多，左走，右走都是有路可走的。他们这一辈人都是幸福的，他们再不是“黑五类”的子孙，他们不会受到政治歧视，社会给了他们光明和公平，他们不会走我们那样艰险而漫长的道路。他们如若立志上大学，就是一次考不好，还可以重来，七次八次都可以的。旭娃的学习已经是很努力，很自觉了，我丝毫帮不了他什么忙，也不能给他提什么要求，增加他心理上的压力。

星期天继续写《报告》。荞荞也回来了，我回家做中饭。

这段时间，每当中午吃饭，便可以边吃边听广播里播讲柯云路的小说《新星》，听得还很上劲。这部作品很有时代气息，作者对现实生活很熟，写得很真。李向南这个形象塑造得很鲜明、有个性，他的作为、言论，都能发人深省。有时间应该读读这本书。

吃完饭，《新星》的故事还没播讲完，农业局的李同志来。他带了一包茶叶，专程登门来感谢我。说他的女儿这次中考差点落选，读不成书，是我把她介绍到八中上学了。其实，我有什么值得他感谢呢？他女儿考了410分，还不低，完全可以上普通高中，因为没填一所普通高中的志愿，最后没能录取。我听他反映这个情况之后，变通了一下，要她补上一个申请，做个介绍，补录到八中上高中了。就这么回事，说起来，我也不过是做这个工作，或者说手里有这点权，能够把这个问题解决，照说，也就是工作人员应作之事。现在社会上就有这么一种风气，好像什么事都要靠人熟，要靠别人帮忙，把许多事都搞复杂了。我想，如果工作人员也都这么认为，把这类事情当作是给人帮了多大的忙，别人感谢是理所当然，是应该的，那问题就更复杂了。

下午完成了《关于改革我市学校管理体制的报告》和代拟的市政府《关于批转市教育局〈关于改革我市学校管理体制的报告〉的通知》两个文稿。晚上去徐局长家去交卷，听他谈了近日参加州普教工作会的一些情况。接着又到胡局长家，要请他明天到市一中，迎接州里的体育卫生工作检查。胡局长和人事股的吴芳山股长两家对面而居，我一进门，里面很热闹的，两家人正在一起“舔手指”（打牌），打的升级，男队对女队，女队打6，男队胡和吴才打到5，基本是个平局。不过，再打一盘，男队把女队打了一个“光头”，连升三级。女队于是讲这一盘的牌来得是如何的差，好牌被男队拿完了，是因为我来给男队带了运气——这也是“生意不好怪柜台”，欲加之罪何患无辞！我趁空隙时间，把明天到市一中去等几件事给胡局长讲了。

再去司机小覃家。他们小两口围着一个火盆，周围搭着不少的布片。女的小周，抱着小宝宝。娃娃长得十分乖，小周说这个小宝贝吃得多，一天还要加一餐牛奶……接着，我问小覃，明天车子可不可以送一下检查组的，他说刹车又不行了——这个长江牌的鬼车子！

转身到六角亭招待所，去看其他县里来的检查组同志，只见到来凤县教育局的梅同志，和他聊了一会，方才回家休息。

和胡局长去市一中，迎接州里的体卫工作检查。胡局长向我透露消息，徐局长马上要调到市委组织部当副部长，他还加了一句评论，“在教育局屁股都还没坐热！”他还说，市委李书记也要走了，去州委组织部当部长，教研室的郭主任将调广播事业局当副局长，局长由宣传部副部长吴建辉兼任。他又加了一句评论：“人事调动太频繁了！”

我和胡局长在市一中其实也没有什么具体事，只是请了一位局长在这里来，以示重视。在市一中就这么混了一天。

第二天是检查和平街小学。这次检查给我们股里的小林，解决了一个大问题。检查的内容，其中一项要求是重点学校要配备保健医生，和平街小学还没有，面临扣分的危险，事业心很强的何文玉校长为此很着急，也不好想，觉得教育局没有调配，扣学校的分，真是冤枉。我和胡局长觉得何校长讲得也是，两人一下子都想到小林的爱人了。小林说过，他的爱人在盛家坝医院工作，正好借此机会调到和平街小学来当保健医生。这实在是个两全其美的事情，胡局长给何校长谈了，何校长也觉得好。于是，胡局长对检查组拍了胸膛：这个学校的保健医生已经落实，调令都下了。所以说，这样的活动有局领导在场的确有些好处，有问题立即请示，他可以当场拍板，马上解决问题。这一下是方方面面都满意了：检查组也不是非要抠出什么问题扣点分不可，只是为了促进工作，这不就促进了；学校的分也不会扣了，而且马上就有了保健医生；我和胡局长自然也满意，小林的爱人是卫生战线的，要调到城里哪家医院，不知要到何年何月，而一家人长时间几处分散着，我是知道这日子是很难过的，趁此一下就解决了，多好啊。我想，小林知道了是会高兴得要命的，爱人，还有一个可爱的女儿，都可以进城一家团聚了。

和平街小学检查还没结束，才十一点，接到何市长的电话，要我急速到州教育局去一趟。何市长正在州教育局参加全州的普教工作会，他要我去，是为前次写的《关于振兴恩施市城区教育的设想》，要做一些修改。吃了中午的会议餐，就在那里找了一个办公室，对《设想》进行修改。何市长进来了，不是再找我做什么，而是又给市教育局打电话，要计财股倪股长去找财政局的刘局长，邀他一道到州教育局来，把去年教育上的 17 万维修经费怎么搞落实。我想起那晚上在他家里，胡局长反映的几个问题，其中就有这个 17 万的事。我觉得何市长是个雷厉风行的人，搞事麻利，而且这样的会开得好，解决实际问题——胡局长的荷包不再是“瘪家伙”了——我在这样想。

下午四点，我的修改任务完成，交卷了，立即回家。因为传美明天要去咸丰参加高师函授的面授，加之昶昶昨夜有些发烧，还不知去医院看了病没有。

家里，昶昶母子都坐在火盆边上，火盆里熬着一大罐中药。昶昶在看一本画画书，脖子上涂了一层蓝靛——啊，得了“暴耳风”。传美在打毛衣，刚洗的头发披在肩上，见我便说：“医生说是腮腺炎，一是涂蓝靛，二是喝中药。”

晚间昶昶闹了好多次，糊里糊涂，时常说些梦话，我们都没睡好觉。这腮腺炎，俗称“暴耳风”，咸丰人又称为“衬耳风”，这病我得过，似乎许多小孩都会得，很难受的，不过，据说得了一次后就不会再得了。

传美乘八点的车到咸丰去参加函授学习去了。

我背着昶昶到市中医院看病。医生说是不轻的腮腺炎，决定给他打针，是板蓝根加青霉素。做皮试的时候，他哭了；给屁股注射的时候，他忍住了痛，没吭一声。

今天，检查组总结汇报，我只听了一点就请假了。小家伙很吃亏，今天就陪他，照护他，打针，服药，涂药。给他讲了一本《笑话世界》，虽然他不能笑，因为一笑脖子就痛，但是他尽量忍住不笑，还把笑话听完了。让人得急的是他不想吃东西，平时那么喜欢的鸡蛋糕，也只吃了一小块，买一碗包面，他只喝了一点汤。下午爷爷来看他，又是背，又是抱，心疼得不得了。下午看到他吃了一点稀饭，才放心走了。

晚上一边照护昶昶，一边洗了三四缸衣服，把房子略微整理了一下，太凌乱了。半夜里，昶昶又起来了几次，还大便了。

一夜没有睡好，太阳穴还有点疼痛。昶昶的病也很厉害，很吃亏的。我对他说："我也很不舒服。"他歪着嘴哭起来，喊妈："妈，妈，我要妈妈——妈妈又不请假！"我才连连安抚："我不要紧的，妈有事，要去读书……"

次日下午，昶昶喊头疼，我问哪个地方疼，他指着后脑说这个地方。我紧张了，担心是脑膜炎，立即送他去医院。医生说，腮腺炎并发脑炎的情况极少，不过，这孩子病得很重，最好住院。昶昶害怕住院，特别怕打吊针，只好回家。还是用讲故事的办法混时间。晚上他没睡到一个小时，又哼起来，哭泣一阵。我感到心疼，也感到孤寂，看着孩子肿胀得变了样的双腮，心里酸得厉害，眼眶似乎有些湿了……

昨夜，昶昶睡得好一些，只起来三次，早上睡到了七点钟，但是，脸还是肿胀的，不见一点消退，头只能向左扭着，脖子直直的，不能转动。忙着给他喂药，心里想：娃娃这个样子，明天要去州里开会，怎么办？

中午，在给昶昶喂面条汤，崔坝农中的胡校长来。他是来参加州里的农职中会议的，谈了一些情况。一会，光福来，谈了这次州里对重点学校体卫工作检查的情况，说全州 17 所学校，有 9 所合格，8 所不合格，排名第一的是鹤峰一中，第二是利川一中，我市的和平街小学、市一中和舞阳中学，分别排三、四、五名。他看见昶昶这个样子，笑着说："昶昶娃，怎么快劲了？"

我说："三四天了，还吃亏得很。"

光福说："这个病没有个把星期难得还阳。"

我说："问题是我明天还要到州里开农职中会，怎么搞。"

光福说："你不照护他怎么行？我们检查的事情已经完了，明天我到州里去代你开就是。"

我说："那也就好不过了。"

光福走后不久，昶昶的伯伯来了，说爷爷今天去量血压，224/110，医生便不让他走了，马上住院。这也真是祸不单行，他还说今天要来看看昶昶的……

在办公室借了50块钱，去医院。父亲已经吊上药水，同在一个病室的还有昶昶的应贞姑姑。我告诉父亲，已经交了50元住院费，是在办公室借的，以后在五中报销了再还。父亲问了昶昶的情况，要我马上回去照护昶昶。老的和小的两个病人，使我的神经时刻处于紧张之中。

晚上，用开水冲了一封米花糕，还好，昶昶吃完了。我吃面条的时候，给他喂，他也吃了，大约有一两，这使我放心许多。八点多，他想睡了，我给他脱衣服，他不干，非要抱着睡不可。睡着了，八点半把他放到铺上，没有醒，睡得很好的，我开始做自己的事情。

光福去参加州里召开的农职中会，我还是照护昶昶。他两腮肿胀不见消退，还是很吃亏的样子。下午略见有些好转，可以自己玩一会儿。局里在开会研究第二次普教工作会的材料准备工作，我只能参加一会，领了任务，又去抽空看看他。正是周末，旭娃和荞荞都回来了，昶昶一下子活跃起来，恢复了生机，有说有笑了。我的精神负担减轻了不少。

晚上，三岔农中刘校长来，希望早点落实周转金。小聂也来坐了一会，他从教育局到宣传部后没有多久又调到五峰山市党校，当的副校长，告诉我市里组织学习经济改革的决定，教育局定了我参加，约我29号上山学习。我其实是肯学习的人，只是老的小的两个病人，怎么办啊。

荞荞的期中考试成绩也出来了，文科成绩还可以，但是数学、物理两科，都只有60多分，总分488，在全班位居28名。有些担心啊，数理两科上不去，中考成绩会拉下不少，上重点线是有问题的。怎么办呢？还是只有鼓励她不灰心，使力把这两门搞起来。

星期天，趁旭娃和荞荞都在家，我要加班，把原来写的《关于改革我市学校管理体制的报告》进行修改，题目由“报告”改为“试行方案”，内容上作一些调整和补充。这是第二次普教工作会要作为文件下发的。

晚上，大的两个娃都上学了，我带着昶昶去医院看爷爷。他的血压已经降到170左右，但是饮食减了，每餐只能吃一两多。

上床睡觉的时候，昶昶喊“我饿哒！”我满心欢喜，给他炒了一碗蛋饭，他一下吃完了——娃娃的病好了！我的精神也好起来，又去洗了两缸衣服。

昶昶上学去了，两腮虽然还有一点肿。

这两天，天气已是很冷了，不烤火就坐不住，咸丰那个地方我知道是更冷的，不知传美怎么熬得过，好在只有几天了。

教研室举行作文教学研讨会，昨天王建军老师接我参加，我想，无论是作为教育股的干部，还是作为一名语文老师，我都应该参加，而且也是乐意参加的，更何况王老师本是令我十分佩服的老师，还屈驾登门邀请。

我认识王老师很早，哥哥在太阳河中学教书，大约是在1975年春节期间，我们全家去太阳河哥哥那里玩，一天来了一位戴宽边眼镜，满脸络腮胡的老师。他走后，哥哥告诉我，刚来过的是他们学校的王建军老师，还讲了他的一些趣事。说王老师是华中师范学院中文系毕业的，毕业后参加过农场劳动，以后分配到了恩施，又安排到太阳河这个边远的山沟里。哪怕他是平原地方的人，却是特别的“能吃”：一是吃得苦，二是肚腹大，吃得多。说他吃得苦，无论多脏多累的事情都是不要命地做。据他的同学说，在湖区农场劳动的时候，同学们都叫他是身边的“王铁人”，寒冬腊月筑堤坝，他都奋不顾身跳到冰冷刺骨的湖水里奋战。太阳中学是新办的高中，劳动特别多，建校劳动他背石头、开挖操场，勤工俭学上山开荒、打杉树籽，是个“拼命三郎”。在太阳河，吃的是苞谷饭，合渣汤，大城市来的人，都是吃不习惯的，王老师开初也觉得吃在嘴里面面洒洒，很不是滋味。但是他的食量大，是学校有名的“大肚汉”，他宁愿不挨饿，也就狠狠地吞食。日子一长，还“无油无盐，吃得清甜”，吃得一个月的粮食总是不够，须得要买黑市面条作补充。他吃面条不是什么吃一碗两碗，而是一吃就是一烘锅。他是个吃得做得的人，教书更是没得说。 他教语文，特别重视写作教学。他教学生作文，不是什么一个学期七篇八篇，而是分大作文和小作文。大作文是一两周必写一篇的，小作文是一两天就要练习一次。好的习作，他在灯下熬更守夜，刻钢板，油印出来，让同学们欣赏学习。哥哥还说，王老师在太阳河成了家，得了一个娃娃，他高兴得不得了，哪怕忙，也是常要抱着玩，对着细细看。然而，后来爱人张老师，不让他抱了。为什么呢? 原因是他还特别喜欢摸娃娃的眉毛，张老师怕他经常这样摸，把娃娃的眉毛抹掉，会成为一个没有眉毛的娃娃。以后，王建军老师调到芭蕉的县师范，1979 年春，我在明星大队办初二集中班，恰好他的爱人张老师也在明星学校教书。王老师常常在星期天送张老师到学校来，我们便有不少交谈的机会。我和他聊得比较多的是语文教学，在作文教学上更有许多共同的看法，而且他在作文教学上所下的功力，使我极为赞佩。我到教育局后，去县师范参加过一次全地区师范学校语文教学研讨会。他和钟鼎等几位老师，在中师语文教学中探索出的成套经验，为各县同人叹服，也被地区教育局领导高度肯定。去年王老师调到市教研室担任语文教研员，全市学校语文教研活动活跃开展。这次全市语文教学研讨会应该是一次全市语文教学成果的初步展示。

我去教研室参加了一整天的会议，觉得这是一次很成功的语文教学研讨会。会议的形式是很好的，就是宣读论文，一共 21 篇，传美的一篇也由他们学校的语文教研组长杨国题老师代为宣读。听了这些论文，觉得质量是比较高的，涉及作文教学的许多方面：如何把范文教学与作文教学联系起来；如何把学生的生活与作文教学联系起来；关于指导学生写作的思路；关于口头作文的探讨；关于作文的批改；关于开辟作文教学第二课堂；关于教师的“下水作文”；关于作文教学序列研讨；关于各种文体写作的探讨，等等。一天的会议，没有什么废话，套话，开门见山，容量很大，效率很高。如果是漫谈式的发言，不知要花多少时间。论文宣读完毕，会议主持者要我说几句话，我也颇有激情地说了一席。充分肯定了这次研讨会体现了改革精神，选准了作文教学这个语文教学改革的突破口；几十篇高质量的论文，是语文老师呕心沥血，辛勤劳动的结晶，也是各个语文教研组集体教学经验的浓缩。我还特别赞扬了王建军老师和邓德森老师，在自己的语文教学中，长期重视作文教学，在教研室工作以后，着力抓作文教学研究，付出大量的卓有成效的努力。赞扬了市一中等一些学校的领导，以身示范，从事教学改革实践。这都是值得钦佩和倡导的。我希望这些经验“墙内开花”，更要“墙内香”，应该在市内广为交流推广，成为全市语文老师的共同财富；希望各个教研组，积极开展这样的教学改革，教学研究；寄希望我们的老师，在信息系统日益社会化，普及化的信息时代，在学校并非学生学习的唯一场所，知识的更新率加快情况下，更应该着眼于学生能力和创造精神的培养，还要认识到，培养创造精神的关键是发挥学生学习的主动性，而学习的主动性的主要来源是兴趣……讲完之后，市一中校长刘惠民和王可铭两位称赞我一番，说我有即席讲话的本事。我哈哈一笑，说了老实话：我就怕在会上讲话，特别是这个即席讲话，王老师请我参加这个会的时候，我就估计会有这么一个“节目”，还有几分惶恐，晚上考虑了好久，今天边开会，又在边思考，还在笔记本上画了一些字，只是因为现蒸热卖，没有看本本，才有了你们说的“即席讲话”。

会议结束，我带昶昶在教研室吃饭，是想让他熟悉一下这个地方，因为明天我去五峰山党校学习，白天不在家，他就在这里搭伙。

晚上带昶昶去看望爷爷，还好，老人正和同病室的一位姓盛的同志，谈笑风生。一会昶昶的伯伯也来了，看到昶昶的病好了，老人也在康复，心情也自然畅快。回去的路上，他还讲了参加恩高同班同学的同学会，是如何的有趣。

早早就起床，送昶昶上了学，骑着自行车，破雾而行，上了五峰山，进入上书“实事求是”四个大字的党校礼堂。这次学习的内容，是《中共中央关于城市经济体制改革的决定》。听的是中央党校王珏同志的讲话录音。他讲得深入浅出，还算听得懂。我长时间搞教育，很少接触经济工作，什么“商品生产”“价格体系”“经济杠杆”“市场调节”，等等，平时很少听过和说过，在这里，成天就是这些词儿，也觉得很新鲜。下午讨论，听一些经济部门的同志发言，他们有的是话讲，有时讲得眉飞色舞，有时又摇起脑袋，叫起困难来。我感到很有意思，脑子里虽然有些云里雾里，但是知道了我们国家的改革重点，已经从农村开始转到城市，企业也要打破吃“大锅饭”的制度了，像步鑫生说的那样，企业不能像猪和鸡，等人喂食，要学鸟儿满天飞，自已找食吃。

党校的伙食开得很好，菜的花样多，味道也不错，还烧了火锅，吃得舒服极了，我感到是在这山上过神仙般的日子。十年前，也是在这里学习理论，批林批孔，那时觉得早上有稀饭馒头花卷，中午有炒菜热汤，也就觉得是很不错，比在芭蕉教师集训时的伙食好多了，心想，这里到底是县党校。然而那生活与现在一比，是太寒酸了啊。自然，这是近几年农村经济改革带来的变化；那么，这一波城市经济改革将给我们带来怎样的变化呢？我还无法想象。啊，我在这里，肚子是吃得圆滚滚了，不知我的昶昶是不是照我说的，去教研室吃饭了？

回到家是六点半钟，昶昶在赵燕那里玩得正好。赵主席的女儿赵燕，自从暑假分配来教育局，接替了小夏的打字工作以后，几个娃都很亲近她，总是"赵燕姐姐"的叫得清甜。听赵燕说，昶昶学校今天下午不上课，他一个人就在局里玩。到了吃饭的时间，他就跟着别人到教研室吃饭去了。哦，今天是星期四，是规定下午搞政治学习的。他们今天下午不上课，却是我原来没想到的。我没有估计到的新情况，他也自己处理了，吃饭的问题也晓得怎么解决。看来，这小家伙的独立生活能力是比较强的。只不过，我这一回来，他又喊"我饿哒"。给了他两块鸡蛋糕吃了，没解决问题，最后还是削两个洋芋，切成片，煮汤下面条，足有一大碗，他也不说多。我想，这是他病后在吃"长饭"。不过，吃到还剩下一口的时候，他的眼皮在打架，嘴巴不愿动了。于是给他洗了上床，安然无事。

灯下看教育杂志，做卡片摘录。这些杂志，内容丰富，看了使人有充实感——解决空虚的最好办法，就是看书学习。

第二天，赶到五峰山上，会议已经开始。我在食堂拿了两块蛋糕一个包子胡乱地啃了。走进礼堂，小聂正在传达武汉的经济学教授讲的《决定》。

中午，和聂新政、吴建辉、桂裕程、郭师柱几位散步，去游烈士陵园。从党校漫步，过小垭口，大垭口，上一小坡，便是五峰山的第五峰，烈士陵园就在上面。同行的小聂，我们曾在教育局同事，建辉又和我在咸丰函授同学，但他们两个都是年轻人，是我们这一行人中"早上八九点钟的太阳"。桂比我稍长，还是我在芭蕉时的老领导，那时他是芭蕉区宣传委员，管教育的，现在是舞阳办事处宣传委员。郭与我年相若，原是教研室主任，是经常打交道的，现任广播事业局的局长。我们算是两代不同年龄层次的人，在一边漫步，一边议论。议论的都是一个话题——经济体制改革。桂和郭在谈：现在都在讲改革，也都在想改革，但是，一接触到具体问题，就觉得难改革，难跳出原来的框框，似乎各个方面都制约着，受到多方面的约束，从体制到结构，再到人事制度，个人的经济利益……都是相当的复杂，这里面的文章还深得很。建辉刚去江苏考察回来，谈起江苏一带经济起飞的情况，感慨恩施改革发展的步子是太慢了。他说："解放思想是当前很重要的一环，我们在很多问题上举棋不定，还是思想不够解放。有一本书，叫《第三次浪潮》，美国人托夫勒写的。他收集了大量的资料，穿越时间和空间，把人类社会发展分成三个时代：农业时代，工业时代和信息化时代。新的时代取代前一时代，都是一次大变革，一次思想大冲击，大解放，称作三次浪潮。他认为从本世纪50年代计算机的运用开始，人类已经迎来了第三次浪潮，第三次大变革，他甚至预言即将到来的时代，是知识爆炸的年代，人们甚至可以在家上班工作……"

小聂惊喜道："部长同志，你有这本书？我正想看看。"

建辉说："我哪里有？还属于'内部发行'，我也是听省委宣传部的领导这样说。"

小聂打一个"哈哈"，失望地说："把我空欢喜了一场，不过，听说这本书写得'很是可以的'。"

下午的讨论，有供销、物资、工商、舞阳商场几个单位的同志发言，我带着浓厚的兴趣听他们讲生意经。我感到，一个从事部门工作的人，应该接触和知晓其他方面的工作，搞教育行政工作的人，全然不知经济工作是不好的，也是不行的。

晚归。家中有人活动：昶昶在家，传美也回来了，在做饭，还有稀客飏敏也在——她们俩也真是邀约得好，我都还不知道她今天回来，她们俩就先会合了。晚上一起到大十街的家家那里去了，又去医院看爷爷。老人已经睡了，只谈了几句话，知道血压略有升高，到了190/90，饭量每餐二两。

全州重点学校体卫工作检查之后，光福在给局领导汇报检查情况后，提出四点建议：一、举办体育高考班；二、挖掘体育工作人才；三、与体委加强合作；四、成立全市中小学体育教学研究会。领导认为都是好点子。光福是个干事麻利的人，接着就和州、市体委的领导取得联系，得到他们大力支持，并决定12月4日至6日召开体育教学研究会的成立会。

12月4日，恩施市体育教学研究会在教研室成立，全市重点中小学体育教师参加，由我主持会议。徐局长作了动员讲话，胡局长宣读文件，又请了州体委的杨科长和市体委的张主任致辞。接着有和平街小学的贾长锋、舞阳中学田怀山、市二中邓正元、五中杨开举等几位老师发言。他们都是在体育教学方面卓有成效的优秀教师，还是为国家体育运动队输送过苗子的有功之臣。他们介绍了自己如何上好每一节体育课，如何开展课外体育活动，如何充分合理利用场地和器材，如何致力于提高学生的身体素质，加强学生的思想品德教育等方面的经验。我注意到，所有的老师都听得很好，尤其是龙凤坝中学那位小青年老师，一直专注地听，有时还做笔记。

会议还有两天，可就在这一天的晚上，我被几位局长拉起，一同去州教育局汇报市第二次普教会的准备情况。而且，接下来的日子就紧锣密鼓开始了大会的筹备工作了。

晚上，随着徐、胡、敖三位局长一起，到州教育局给上任不久的张肇庆局长汇报。这位张局长是什么时候到任的，我不清楚。我只认识原来是宋瑛局长，北方人，瘦瘦高高的，在州局威信很高，小舒他们都很信服他。我也聆听过他的讲话，简洁，有条理，有说服力。小舒说起过，他们的几位局长，都有一位贤内助，宋局长的夫人对宋局长更是关心得无微不至。他举例说，有一次，宋局长乘飞机去武汉开会，登机前做安全检查，他把身上的金属物品都抠出来了，但仪器还是在他身边“唧唧”叫。他把外衣脱了，可仪器贴近他胯下那个位置，又“唧唧”叫起来，宋局长搞得莫名其妙，说身上是啥都没了，怎么还响呢。然而，仪器不信宋局长的话，一旦贴近他撒尿那个位置，仍旧“鸡鸡，鸡鸡”叫个不停，搞得这位见过多少大场合的老干部很是不自在，还有些面红耳赤了。他站到一边去，仔细地在那个地方去摸——还真有个金属东西呢——是一颗扣针。原来，那是夫人在他临行前，细细地给他打理行装，又把他出差用的钱塞入最为稳妥的地方——内裤的小口袋里，还用一颗扣针把口子封住。殊不知，这样还造成了宋局长在机场的尴尬。看来，有些事情，夫人管得太具体了，也是有麻烦的。

话题扯远了一点，这宋局长什么时候调走的我不知道，只知道后来是一位钟局长接任。钟局长我没见过，又走了，现在是这位张肇庆局长。张局长个子也很高，但并不瘦，显得很魁梧的，听说是从利川调来。我们到后，见张局长正在办公室等候接待。他给我的第一印象是谦和。徐局长讲了市里会议筹备基本情况，于是叫我把修订了的《恩施市关于教育体制改革的方案》读一遍。张局长手握一支红蓝铅笔，仔细听着，不时记上一两笔。接下来就是请张局长说意见。张局长将铅笔在笔记上敲了敲说："两个问题，谈谈个人的想法……"我归纳张局长的两个问题，一是高中多了一点，从 8 所调到 6 所，出来两所办初中。压了之后的 6 所班额扩大，招生的规模不减少。城区有 6 万人，小升初、初升高的比例要增加，否则就有社会问题。二是同意城区小学、初中交给街道办事处管理，这样关心教育的人多一点比较好，不过，人事权仍然在教育行政部门。

回去的时候，几位局长似乎松了一口气，议论下一步要抓紧时间，找市里的领导，把开会的事情搞落实。我才有些觉察，开一次这样的会，还真是不容易，块块的领导，条条的领导都要汇报，听他们的意见，不是自己想开就开的。

第二天，宣传部一位副部长和一位科长来到教育局，研究讨论普教会的问题。他们对管理体制改革方案不提质疑，但对集资办学方案的可行性提出疑问，认为一次收多了，怕引起反感。到了下午，局里是一个局长都不见了，我想他们是不是去找市委、市政府的领导去了。这更使我感到，要开一次这样的会是多么的复杂。过去，我只知道难得准备材料，其实，局长们为开成一个会，这里跑，那里说，方方面面请示，汇报，沟通，也是麻烦得要死的。

果然，局长们跑出了结果。徐局长在股室负责人会上宣布：市委研究，同意了教育局上报的两个方案。对于体制改革方案，加了一个教育站长由宣传委员兼任的意见。集资办学，肯定了三年集资一次性集中完成的方案。市委决定，会议 12 月 18 日报到，19 日至 22 日开会，参加会议人员是各区镇党委书记、区长（或宣传委员）、教育站长、市直有关部门负责人；会议主要任务是提高对教育的认识，落实分级办学分级管理体制，开展一次性教育集资，实现学校一无两有，普及初等教育，加强农职中教育。市委领导研究了会议的开法和议程，对于落实第一次普教会精神，办学成绩显著的崔坝、板桥两个单位要进行表彰，兑现奖金 15 万元；各区镇要在大会作表态发言。教育局代市委办公室起草会议通知……

离开会时间只有十天，我们全股人员都投入了会议的材料准备。典型材料议定了七个，主要是党政方面的，有崔坝、板桥、白杨、双河等几个单位的材料，还有屯堡的周区长关心教育的一个材料，教育方面只有崔坝农中一个材料。大会动员报告是小梅的任务，教育局的工作总结，是我的任务。

上午，局长约我们几个“写小字”的人，一起研究大会几个文件的起稿问题。

中午，五中的陈校长，饶主任和小敖老师来，专门说明解决父亲住院费的困难。他们说，他们刚才去医院看望了老吴老师，讲了现在市里的公费医疗政策是：每人每年 50 元包干，半年就是 25 元。因此，老吴老师这次的住院费，学校无力全部报销。其他老师也都是这样，住院费也得自己解决。我对他们去看望老人表示感谢，对学校无力帮助也自然表示理解，所谓公费医疗也就是半年 25 块，学校也不可能自己去印钞票，哪来钱贴？只是感到，无论有没有公费医疗，病是害不起的。但是，俗话说，人吃五谷，哪有一点不逗灾星的？真让人着急啊。

然而，更让我心慌意乱的是，昶昶怎么中午一直还没有回家呢？我也没有心思去做饭吃了，出门去找昶昶。走到街上，遇到书院中学一位老师，说昶昶跑到他妈那里玩去了，说他们下午不上课。这个娃也是神通广大，一个人跑到书院中学去了，也不给老子讲一声。

独自到南门客栈买了一碗豆皮吃了。

下午，着手起草会议材料《教育局工作总结》。总是心烦意乱的，静不下心来。我很讨厌这“写小字”的工作，这样一天是太难过了，于是又想去教书了。那是一天钻研业务，对书籍本本打交道，与学生娃娃交朋友，有着无穷的乐趣。正在烦闷之时，哥哥来叫我，说父亲听五中校长说，公费医疗不能解决住院费的问题，要求出院。我们便一起去县医院，父亲执意不继续住了，要我们立即办理出院手续。把父亲接到法院，下午五点钟，我再去医院，结了账，一共81.72元。

晚上，谭家玉老师来。她是我芭蕉的老熟人，火花中学的老同事，现在在六角亭教育站工作。她还是那样清瘦，而且，还是那样消息灵通。今天她又告诉我一个小道消息，说组织部在了解我的情况，谢部长还向程师让老师打听过我，只怕是要提拔我当局长了。这可叫我很不自在，“局长”的称呼自然是叫起来很好听的，如果我有这个本事，我也会高兴去做，毕竟这也是一种荣耀。但是，局长的工作我是见到了的，不是我能够担当得起的。我实在还没有这个本事，不知道怎么处理那些层出不穷的繁杂事务。一个人做超出自己能力所及的工作，不仅影响工作，而且也是对自己的一种折磨。我现在是一个股长的工作都做得相当苦，在想着去教书，还敢去接局长的事么。我想，如若真的这样，那是找错了人，也害苦了我——我相信，也希望这不是真的，是捕风捉影。

这一天，尽是一些让人心神不宁的事。

连日小雨，天气寒冷，各个办公室都燃起炭火。教育股五个人，很少这样齐集办公室，屋子里热烘烘的。只是我们都不可能有“一张报纸，一杯茶”的清闲，而是“一本材料纸，一支笔”，每个人都有任务，要“写小字”，爬格子。大家对着材料纸，煞费苦心，办公室犹如一个安静的考场。考生们苦思冥想一会，又写写画画动一阵笔杆。小杜“噗嗤”一声，撕去了一页材料纸，在手中揉成一团——看来，这半天写的被他自己给报废了。他掏出烟盒，给我和光福每人散发一支，自己就在火盆上，点燃一支，在嘴里猛吸了几口，找人讲话了：“格杂子的，我昨晚上做了一个梦，梦见在油印室，搞得满手，满身都糊的是油墨，擦也擦不掉，也不知是个什么兆头。”

老康嘿嘿笑道：“那是见了油荤——怕是你的婚姻要动了。”

办公室里，一下活跃起来，小林说：“小杜，你是不是有些什么哈数（眉目，底细）了？几时结婚？”

小杜说：“有怪的一个哈数，结个‘惶混’啊！”

光福说：“不是这个事情，那就是有油水，有‘财喜’了——听说州里召开了会议，要加工资了。”

老康说："这一次的对象是部分有贡献的中青年骨干教师，可以奖励一级工资，教育局的人，嘿嘿，都没有份。"

小林说："看来，这个工资政策是鼓励人去搞专业，出成果。现在还是搞业务好，而且是业务越纯粹的越好，搞的方向越窄越容易出成果。"

"哦嚯，我们都没有路啊——未必我这个梦就没有一个解了？"小杜失望地说。

我笑着说："我来破解一下：你这个梦马上就会灵验，等我们把这些小字写完，送到打字室去油印了，不是满手满脸都沾上油墨了？"

几个人嘻嘻哈哈说笑一阵，又开始握起笔来爬格子了。说说笑笑倒是快活，一看到面前这一本材料纸，又叫人皱眉头了，我的《总结报告》还是万里长征才开步啊。写这个总结，不知是已经做的事情太多，将要做的事情也多呢，还是自己的头脑已经老化，或是二者兼而有之，反正我是感到太难了。想着后面还有万水千山，怎么渡过河去，又如何爬得上山啊？实在有一些畏难。

中午，我倒是有"财喜"了。二姐来，带了四四方方的一块牛肉，简直像一块红砖，我还从来没有见过这样好的牛肉。接着，陪她去法院，看望出院不久的父亲。父亲见到二姐很是高兴，看到她带的牛肉，也是赞赏得不得了。二姐笑着说，这是畜牧局引进的一种新品种菜牛，叫西门塔尔牛，产肉量很高，瘦肉多，肉质好。父亲连说："一门的牛羊肉，好东西，好东西！"

上级出了一个政策，每人每年发书报费 42 元，各单位都闻风而动，很快落实了，教育局在星期六也如数将其发放到各位手中。大家手里握着一叠"大团结"，自然高兴。教育股的人于是都说小杜的梦还真做得灵，果然是有财喜的。不过，我给小杜解的梦，也一点不错，大家的"小字"陆续写完，典型材料大都完成，于是便转入文印室忙乎，少不得两只手，甚至鼻子上，额头上，耳朵上都糊满油墨。

会期临近，教育局星期天也没有休息。局长们关心我写的《总结》出来没有，我说还只写了一半，已做的八四年工作总结部分写完，八五年工作的意见只列了提纲。他们决定召集股室负责人一起听一听，然后研究讨论一下。我便将已经写完的八四年工作总结读了一遍，又把来年的工作意见按照提纲讲了。大家听后提出一些意见，我一一记录下来。下午，下决心把自己关在家里，对八五年的工作发表意见，晚上又发扬不畏疲劳和连续作战的作风，打了一个深夜工。终于，我爬过了雪山，走出了草地，完成了二万五千里长征。这一下感到无比的轻松，真是可以弛然而卧了。

第二天，送稿去文印室，赵燕的打字机在啪啪啪响个不停。我把文稿交给她，只见她一双本来明亮美丽的大眼，却布满了血丝。我问：“你昨晚上也熬夜了？”

她说：“哪里只是昨晚上啊，这一连四五天，要打印的稿子像飘雪片地来，我简直成了个机器人，除了吃饭就在打字，每天晚上都打到一两点。看到开会的日子就要到了，心里还急得要死。不过也快了，除了手上打的，就是您的这一个了。我刚分配到教育局的工作的时候，就有人说，教育局事情多，工作忙，真是不假，连我们打字员都没有松活的。”

我听了很感动，的确，教育局的事情忙，尤其是开这样的大会，岂止我们这些“写小字”的人辛苦，局长们，办公室的同志，大家都在夜以继日吃苦受累。赵燕，在以后的一次市直机关打字员的打字速度比赛中，夺得了冠军，原因是明白不过的：除了聪明伶俐的天赋，就是她在教育局经受过魔鬼般的训练。

大会材料在会议报到的日子，全部打印装订出来，包括我最后送去打印的《教育局的工作报告》。很觉鼓舞的是，先前执笔的《关于全市学校管理体制改革的意见》，已经作为恩施市委【1984】69号文件发出，成为我市最高级别，最有分量的有关教育工作的文件。教育股的几张办公桌上都堆满了会议材料，光福在给一个个印有“恩施市第二次普及教育工作会议”字样的材料袋上号上单位，老康和小杜、小林在忙着清理分发，按照单位把材料装入袋中……

12月18日晚，市委在六角亭招待所会议室召开预备会议，参加的是各个区（镇）、街道办事处的书记，主持会议的是副市长何渭滨，市长吕成宗出席，主讲的是市委副书记武道宣。这位武书记，剃一个平头，头发有点花白，个子不算高大，衣着朴素，全然是农村干部的模样。然而，他的一双眼睛却明亮有神，给人精明的感觉。何市长请他先讲，武书记也没看本本，对着参加会议的书记们说道：

“每年到了这个年终的时候，方方面面的会都多，你们都是些大忙人，但是，市委还是下决心召开这个第二次普教会，而且通知一个单位来四个人，书记、区长、宣传委员和站长都来，一开就是四天，可见这次会议重要，也可见市委的决心。如果市委研究，还要开经济工作会，那这个会是再延长时间的问题，这四天时间不占用，大家集中精力，全心全意把这个教育会开好。

“上月，州里召开了普教会，州里相当重视，各县市党政主要领导参加，书记、州长都讲了话，州委发了《关于加强普通教育的决定》，各个县市都在会上作了表态。我们这次会议，是我市的第二次普教会，就是要认真贯彻州普教会的精神，解决好三个问题。

“第一，是提高认识的问题。党的十二大，把交通、能源和科技教育列为三大战略重点。教育是战略重点之一。邓小平同志在谈到十二届三中全会《决定》时指出，《决定》一共有十条，最重要的是第九条。第九条概括地说，就是尊重知识，尊重人才。这是一个关系到经济体制改革能不能顺利进行和四化建设成败的大问题。我们在基层工作的同志，现在搞改革，发展经济，都感觉到人才缺乏，知识匮乏，教育的问题一定要进一步引起我们各级党委的重视，要拿在手上，实实在在把我们的教育搞上去。

“第二，是抓好教育改革问题。首先是教育管理体制改革，要落实分级办学，分级管理的教育体制。现在的状况基本上是教育局，政府管起的。第一次普教会后，农村里，有的区镇有了一点分级管理的意思，但是大部分没搞落实，有的根本没有行动。城区一点也没动，全部是教育一家统管起的。这样管的弊端是统得过死，不能发挥各级办学的积极性，不利于加强对学校的领导，不利于办学条件的改善，不利于教育与生产劳动相结合，总之，是不利于四化建设人才的培养。因此，分级办学势在必行，原则是市里要少管，区乡村各级要分管，还要发动附近的厂矿企业，人民团体管理学校。这个管理学校，不是‘文革’中派出贫宣队、工宣队、军宣队进驻学校的那种管理，而是要依靠教师，帮助他们解决困难问题，改善办学的基本条件，就是小平同志说的，当后勤部长，搞好服务。这次会议的一个主要任务，就是要把分级办学的管理体制搞落实。市委市政府已经起草了一个文件《关于全市学校管理体制改革的意见》，会议期间下发，各地按照文件要求具体执行，各负其责，各级办好自己的学校。其次，是中等教育结构改革，办好农职业中学。我们的崔坝农中办得是比较好的，面向当地农村，培养科技致富人才。建始县做了一个调查，专业户中85%都是有点文化的，扶贫户中的85%都是文盲。可见文化科学技术在现在农业生产发展中的重要。崔坝农中结合了农村商品经济生产实际，为农民致富打开了一些门路，这个方向是很对的。现在的问题是，我们所有的农职业中学都要真正办得名副其实，不能只挂一个牌子。有人建议我们市应该还办一所林业中学，照说也是应该。但怎么办好，这是教育上的事，更是林业部门的事，要认真研究。农职中教育，相关的部门不当作自己的事情办，当地党政不加强领导，单靠教育部门一家，也是难得办好的。三是教育内部的改革。农村的改革落实了生产责任制，现在进行城市经济体制改革，企业要增强活力。我们的学校怎么办，我看也有一个建立岗位责任制，调动教师的积极性，增强教育内部活力的问题。教育上也存在吃大锅饭的问题，怎么改革，我觉得这里面很有文章可做，要深入研究。还有教学方面的问题，有单位反映，现在学文科的出来写不好文章，像这样的问题的确值得深入研究，相应进行教学方面的改革。

“第三，确保完成1985年全市普及初等教育任务。明年州里对我市的普及初等教育要检查验收。普及教育有明确的指标，入学率、巩固率、毕业率和普及率都要达到规定的指标。最过硬的是，明年暑假以前，我市学校要达到‘一无两有’的要求。这个‘校校无危房，班班有教室，学生人人有课桌凳’的一无两有，要说是办学最最起码的要求，但是我市要达到这个要求还不是一个简单的事情。城区是教育基础比较好的，但是有的学校还是办在古庙里的，亏得祖先修了这些庙宇。农村里就更不用说了，好多教室就是在一个亮架子屋里，四面通风，有的还是在危房里上课。课桌凳也是七拼八凑，长短不一，五花八门，几个娃娃挤在一起。这些问题不解决，说实在话，我们心里都是不安然的。现在我们州的利川、鹤峰两县一无两有已经验收，建始也在申请，准备接受验收。据统计和测算，我市学校要解决一无两有问题，光城区要一百多万元，全市一起大约要四五百万。省里下拨的60多万，还没有解决到房子上的问题。市里八三年教育经费决算598万，今年的预算是606万，最后的结果只会突破，就是这样，实际上绝大部分都是人头经费，不可能用到解决一无两有上来。实话讲，其他地方教师享受的几项待遇，我们的教师还没能享受，吵吵闹闹两年多，也没有解决多大问题，我们是很同情，很过不去的，财政穷了说不起狠话。

不管怎么说，八五年上半年全市实现一无两有，这个事市委下了决心，把三年的集资，一次完成，集中解决一无两有。狠下心来，发动群众，有钱出钱，有力出力，有物捐物。当然，市财政无论如何也是要挤出一笔钱来，但是分给各地是没有的，就拿来作奖励。城区的由各个办事处负责，农村的由各区镇负责，各级党委政府都要出面，要靠我们大家的嘴皮去做工作，这不是搞乱摊派，是为群众做好事，办实事，为四化培养人才。这一次重点就是解决分级办学和一无两有的问题。希望大家统一思想，采取措施，人家能够办到的事情，我们恩施市也能办到。教育上的事情还很多，其他的问题以后专门再研究。”

武书记讲完，何市长请吕市长讲。吕市长说道：“武书记把这次会议的主题讲得很清楚明白了，就是具体贯彻党的十二大决议，抓科技教育这个战略重点，落实《决议》中的第九条，尊重知识，尊重人才，抓好教育基础工程。我们过去的会议，讲苞谷黄豆，烟叶茶叶，工业企业这些经济工作的多，这一次是讲教育，集中解决学校的分级办学，分级管理体制，解决学校一无两有的问题。这是一个大好事，应该说我们还是抓晚了。会议期间，各个单位根据大会精神，把自己单位的职责任务搞明确，办法措施搞具体，最后各个单位要在大会上作表态发言。今天的时间也不早了，不多说，大家集中精力把这个会开好。”

我觉得这个预备会开得实在好，预先给各单位的一把手把会议的主旨，市委的要求讲清楚，让他们心中有底，为大会的圆满成功打好基础。出席的几位市领导，除何市长，我都很少近距离听过他们说话，更没有打过交道。吕市长是外地人，江汉平原一带口音，戴着眼镜，一看就知道是个知识分子，听说他是华中农学院的老牌大学生，分配来恩施后，在龙凤坝的一个工厂里当过工人，那时经常是扳手、锤头不离手，自然是能文能武，粗的细的都来得的领导。这武书记，是土生土长的本地人，不会是什么大学生，只怕初中都没有上过。我之所以如此推断，是因为按照他五十多岁的年龄，如果有较高的文化，便是他的家庭出身就比较高，那么又是很难当到县里的书记的。所以，他应该是工农出身的干部。不过，听他说话，又没有某些自诩为“黄泥巴腿杆”的人那种不在乎的神情，也没有任何的粗言秽语，讲话有条有理，又入情入理，讲教育方面的事情，还一点不外行，还很能讲到点子上，我还真服了他。可见一个人的水平和能力，是不可完全以文凭而论的。

下雪了，到处白茫茫一片。昶昶高兴得直跳，今天上学比谁都急，肯定是想早些去玩雪。

全市第二次普教会开幕，上午由何市长传达省州普教会精神，吕市长做报告。我们这些筹备会议的人，到了正式开会的时候，反倒不怎么忙了。大会开始以后，我和光福，还有胡局长，一起到市体委参加小篮球运动会的总结发奖仪式。

下午，将昨晚的预备会编了一期简报。

会议第二天，普教会参会人员全部参加市委召开的“扩干会”。天气隐晦得很，寒气逼人，气温降得很低。去清江电影院开会的人，把最保暖的服装，皮袄，棉大衣，棉帽，围巾都穿戴起来，只差武装到牙齿。不过，也有一些年轻人，或只穿一件登山服，或一件毛衣，要尽量做到清爽，保持体态的苗条。我是两头都巴不上，既不敢学习年轻人穿那么少，害怕伤风感冒，又学不了那些家底厚的人，有许多保暖的装备。我能够加在身上的只有一顶呢帽，出门时戴上了——我不知道，我的形象是不是像个“瘪三”？

扩干会是吕市长讲经济工作。在这大寒天，听着吕市长讲全市经济形势，心里还有些发热。他说今年的经济计划下半年完成得比较好，财政收入虽然最后的准确数据没有出来，但增长已成定局。明年的任务是搞好四大经济支柱建设：农业产值要达到 1.8 亿，城市工业达到 9 000 万，乡镇企业达到 3 000 万，整个达到 3 个亿。全市的奋斗口号叫作：一年打基础，三年翻一番，五年大发展，十年建成中等城市。

听报告回来，看到昶昶在教育股办公室哭丧着脸。原来，徐叔叔、杜叔叔和林叔叔，合谋用录音机开他的玩笑。他们听到昶昶放学回来，一路唱歌，一路玩，在地上捡东西。于是打开录音机，录了几句话。等昶昶走到教育股前，他们立即喊昶昶来。录音机打开，里面有一个自称公安局的人，用普通话讲：“吴昶，你是不是捡了烟蒂巴吃了？你还做过什么坏事没有……”昶昶还信以为真，规规矩矩站在那里，一副老实巴交的样子，大约在想：“公安局怎么知道我捡烟蒂巴吃？”几个叔叔关掉录音机说：“你听到没有？这是先前公安局的人来说的，你再不要捡烟蒂巴吃了，回去写个检讨，要爸爸签个字，我们帮你交到公安局。”

回到家里，昶昶真的要我教他写不做坏事的检讨，写完还要我签字。

参加一天扩干会后，普教会继续开了三天，市委书记李贵生同志到会讲话，又依次进行了经验交流，徐局长作教育局工作报告，武书记讲话，各单位表态发言，谭世湘副市长作会议总结等各项议程。各区（镇）、办事处的表态都讲得很好，誓言按市委要求，落实学校分级管理，发动群众集资办学，实现一无两有，普及初等教育，使会议出现了高潮。

值得一说的是徐先寿局长的工作报告，成了他在教育战线的一次告别演说，自此以后他便将去市委组织部任副部长了。他去秋以副局长身份调到教育局，今年市县合并后任局长，主持教育局工作时间不长，就如胡局长说的“屁股还没坐热就要走了”，但客观地说，在这一年时间，他带领教育局一班人，踏踏实实干了几件大事，党的知识分子政策进一步得到落实，选拔了一批骨干教师充实站校领导班子，教育内部管理逐步理顺；以年初的第一次教育工作会为开端，全市教育改革已经起步，全市普及初等教育工作展开。这一年全市教育的变化是比较大的。徐局长在尽力地，也是卓有成效地做了他任内的工作。特别最近这两月，已经宣布他的工作调到组织部，他遵照市委要求，身兼组织部副部长和教育局长的双重职责，积极组织筹备并成功召开了这次大会。我是看到徐先寿局长来上任的。初来时，他连寝室都没有，和蒋老师两口临时在教育局的会议室打住。会议室的门是无法加闩的，以至于深夜我去关灯，亲眼看见了他们在会议室同床共枕的一幕。我也便知道他已经到教育局上班来了——他是这样开始在教育局上任的。第二次普教工作会的成功召开，为分级管理的教育体制在全市落实，集资办学，解决一无两有历史任务奠定了基础，今天，他在教育大会上的讲话，也算是他在我市教育工作上的圆满谢幕。

教育局的工作是永远也做不完的，徐局长离开了，他的继任者也来了，是市一中的刘惠民校长。刘局长在这次大会上也亮了相。市一中的刘校长我是认识的，但并不很熟悉。康股长却很了解他，说他也是老牌大学生，黄石市人，华中师范学院中文系毕业后分到屯堡工作，是四中的语文教师，很有才华，书教得好，为人也很好，以后调到市一中。

会议结束的那天恰好是星期六，下午我参加了会餐，没有在家做饭。等我吃饱喝足回家，几个娃娃回家来，饭却没怎么吃好，一家大小少了欢趣，还为一个水龙头坏了烦心。看来外面这样的会餐，我是最好不要参加，否则会饱了我一个，亏了一家人。

这是会后的一个星期天。为会议忙碌了这么久，现在要把家务事料理一下了。当紧的是买煤，不过，现在买煤也算方便多了，花 12 块 4 角钱，买了 400 个蜂窝煤，还可以直接送到家里。这样节省了我许多的时间，可以接着去找人修水龙头了。

上个月顶十块钱，买了一张狗皮，传美决心自己动手给我做皮衣。原来这狗皮还不能整张大块裁剪的，而是要剪成若干小块，然后要看毛的倒顺，倒一块，顺一块错开来，一块一块地拼接缝制，这便称之为“挂皮衣”，不然的话，皮毛都顺着一个方向，穿在身上，人就会成驼子。我觉得也是道理，狗毛直戳戳的，穿起是会出这个问题的，狗尾草就是这样，塞入衣袖，它会“爬”到衣领的。不过，挂皮衣是很费工夫的。传美又想做皮衣，又惦记着函授课程的复习，因为不久就要去咸丰参加《现代文学》的考试，于是想了一个办法：让我把她做了记号的那些内容，边读边录音，然后她一边做皮衣，一边听录音来复习。她也真会打主意，我自然只有照办。只是天气寒冷，双膝冰凉，不时还要咳嗽，有时把咳嗽声也录进去了。

晚上父亲来，拿出两封来自美国的信，是吴国桢写给巴东工作的国宪哥的。信封上全是洋文，可惜认不得几个，而且有个 Savannah 连英汉词典里都查不出来。父亲说：“可惜吴国桢今年 6 月 6 日去世了，他是正想在今年国庆回国观光的，就差这么几个月时间，没能如愿。他 1953 年和蒋介石闹翻，颇不得志，离开台湾，移居美国。他当了一辈子大官，可以说是两袖清风，唯一的财产是台北的住房，后来解冻，卖了一万多美金。在美国他靠给报刊撰稿，四处讲学，以后在大学执教来维持生计。他人在美国，心里还是一直是关心着大陆。1978 年，党的十一届三中全会召开之后，国内实行改革开放，对邓小平采取的一系列措施特别关注，他仔细阅读邓小平文选，认为是看到了曙光。在吴国宪的信中，他盛赞国家如此下去，一定会有富强康乐的未来。前年，他的大女婿回国

吴国桢照片。摄影者吴修垣注："这是悬挂在Armstrong State College 图书馆墙上的桢伯照片。"

观光，带回他和周恩来在南开中学结为兄弟的合影，他睹物生情，感慨万千，写了一首诗：

七十年事，今又目睹。
约为兄弟，后乃异主。
龙腾虎变，风风雨雨。
趋途虽殊，旨同匡辅。
我志未酬，君化洒土。
人生无常，泪断沙埔。

"去年，他给南开的老同学杜建时的信中流露思乡情怀，杜把来信转呈中央领导。邓颖超看后交廖承志，并邀请他们夫妇回国观光。年底，他的大儿子修广夫妇应北京大学邀请讲学，以后又到了上海、南京、武汉等地参观，都受到热情款待。据说，在武汉时，湖北省还赠送了恩施成立自治州的录像带。修广回去后把这些情形告诉了他，令他兴奋不已。今年春节期间，邓颖超主席、杨静仁部长盛情邀请他们夫妇在国庆三十五周年期间回国观光，并考虑他年事已高，应由子女陪伴，以便路途随时照料。他满心欢喜，准备着 9 月启程回国。有人说他是无疾而终，因为头一天都在做事，还和江南通过电话联系，第二天坐在椅子上安然离去。也有人说他是欢喜死了的，眼见归国日期临近，重履神州的多年夙愿即将实现，过度兴奋引发了心脏病。”

父亲听说市教研室有个光电誊录机，想我去把这两封信誊录下来，以便将原件归还宪哥。

其实，我也只听说教研室购置了一台誊录机，并没有见过。第二天上午，和父亲一道去教研室，找到向仕斌老师，请他把两封信在电光誊录机上复制出来。看到向老师把机器一开，很快就把两封信一模一样复制出来，真是佩服现代科技的高超绝伦。

父亲也说：“这个社会进步得哪里这么快，一些机巧的东西不断发明出来，不知再过几年还要出来一些什么巧妙东西！”

第十章　团结桥上

（1984年冬—1985年春）

年底了，我和传美都得了一点书报费，又得了年终奖。两人商量要去用了，怕开年以后实行工资改革，大面积增加工资，物价会上涨，钱就不值钱了。买什么呢，主要是添置一点穿的。传美说："现在好多人都穿呢子衣了，你干脆去搞一件呢子衣穿。"我说："我怕穿不习惯呢！"传美嘲笑道："那是的，只怕是穿起'穷骨头发烧'哟！"

好，说动就动，晚上带着昶昶去逛街，买呢子衣。走了几家，有的都小了，没有一件76公分的。生意没做成，钱也没能用出去，三个人只有往家转，传美继续去给我做皮衣，听录音机里讲现代文学；昶昶则是要求认字写字。自从"公安局"问候以后，他很要老实一些，每天晚上还学习写字。他识字积极性调动起来，也是有原因的，我出了一个物质刺激的政策：会认会写一个字，就奖励一分钱。

第二天上午，把八四年教育局总结完成了，中午又和传美上街去买衣。也是因为有了几个钱，好像不用就有些不自在。可是，一直走到北门胜利街，还是没有适合我穿的。店家说，像我这样个子的衣服，很少进货，建议我们买布料做。我表示反对，那样太麻烦，还耽误时间。传美也同意，说这呢子布太贵了，自己是不敢做的，在裁缝铺里如果也做不合身，就可惜一笔钱了。算了，往回走。走到小十街商场，顺便进去看看。没想到这里还有一件76公分的黑色呢制服——也是无意插柳柳成荫，早知如此，何不早就直接到这个商场呢。很满意地买了下来，一下子数出去59元9角9分钱！人是有不得钱的，有了真像在荷包里跳，非让它跳出去不可。这一下好了，了却一桩事儿，口袋里也没有多少跳动的了。

南门外的房子，一直空在那里。本来，小杜在教研室的时候，曾经动过念头，想买了把崔坝的老母接来居住。但后来一直没有提起，想来也是难得筹集这笔钱。近日，白果林业站一位姓邱的年轻人来打问了，价钱1 600元，他有意购买，约定星期天去看房子。这一下把小杜的心思又打动了，待邱某一走，小杜便对我说，他还是想把这房子买下来，好把母亲接到城里，早晚有个照顾。我知道小杜是个孝子，他曾当我摆过家常，父亲去世很早，全是母亲拉扯他们几姊妹长大成人。他本是家中老大，深知母亲生活不易，十来岁一边读书，一边担起了家中的重活，其中苦楚难以诉说。一次在山里弄柴，地上一个竹桩，刀口般的锋利，他没看见，一脚踩上去，把脚板差点戳穿。他咬牙把脚拔出来，疼痛得晕了过去，血流满地。待他一只脚踮回家，已是半夜过了，他母亲怎样心痛，也可想而知。尽管如此艰难，母亲一直不让他辍学。他也发奋读书，终于读了师范，成绩优异，毕业后分配到教研室当了小学语文教研员。小杜年轻，上进心强，湖北大学招考第二期高师函授生，他又考上了。教育股的工作很杂，他熟悉快，工作积极主动，稍有空闲就在自学。他提出想买南门外的房子，我自然要优先给他，并对他说，房款可以分期付，能把母亲接来是大好事。小杜有点着急了，在盘算："格杂子的，今天是星期四，哪时候回崔坝和老母亲商量买房子的事呢？"我说："事不宜迟，你马上回去商量好，不然星期天白果的小邱一来，我还不好怎么办。"他说："也是，就是格杂子的，我手里还有大会最后一期简报没办出来，才拉出一个毛稿子……"我说："你把稿子给我，马上动身。"小杜把稿子给了我，便拔腿就走了。我看他的简报搞，写了四五页纸，多的话都写出来了，于是作了一些删节，便定稿交给了打字室。

第二天下午，小杜就赶回来了，母子商量决定，以1 600元购买房子，并预交了400元定金。

教育股几个人，老康调来时，爱人范老师是一同进城了。光福一家本来就在城里，爱人小李在小渡船教书。有后顾之忧的就是小林和小杜。恰好体卫工作检查，把小林的爱人工作落实到和平街小学当校医，前天小林请假去盛家坝区搬家了。今天，我把南门外的房子卖给小杜，小杜的问题也可以解决，这样，教育股的人，基本上没有大的后顾之忧，而且我也少了去照看那南门外房子的事——都搞合适了。

12 月 30 日，是星期天，局里安排上班，以便明天和后天连续休息两日。中午，陪传美去逛街，还是因为荷包里有几个钱。这一转有收获，她也买了一件呢大衣——我们的装备都加强了。

下午，教育局会议室开茶话会，一是迎新年，送旧年，二是欢送徐局长去高就，欢迎刘局长来上任。桌子上摆得琳琅满目，有麻片，水果糖，花生、橘子之类。还有一种雪白的东西，红苕般大小，没有吃过，也不知叫什么名字。徐局长、刘局长、谭市长和胡局长都先后讲了话。大家边听边享受桌上的糖食和水果，我对那种像红苕样的东西比较新奇，首先就向它进攻。这东西看似大个，其实外强中干，一咬，很脆，很甜，中间几乎是空的。问左边坐着的大锐，这是什么东西，大锐说："雪枣。"

领导讲话完毕，进行基层工会选举，由赵主席主持。赵主席自从接替贾主席担任全市教育工会主席之后，还很少有机会给大家讲话，今天他的话匣子一打开，一本正经地讲了许多工会组织工作中的理论问题。本来前面就有几位领导讲了不少话，现在还要听长篇的理论，会场便有些不够安静了，有的人借故离开了会场。原来二三十人的会场，渐渐地只有十几个人了。赵主席讲了好久，还没有破题，看着人不多了，望了望机关工会主席陈佐学同志，说道："是不是陈主席讲一讲，看下面怎么搞。"焦急等待的几个听众，不由得笑了起来。我对着右面的老康说："赵主席也是太负责，太认真了，一个基层工会的选举还讲这么多理论。"老康嘿嘿笑着说："听说他刚调到土桥中学当校长时，第一次给师生做报告，从'马列主义一声炮响'讲起，一直讲到了社会主义的新时期，把全校师生听恼火哒！"

陈主席了解大家的心情，开门见山，一下子提出五个候选人，大家一致通过，好，散会。人们站起来，边拍打身上的瓜子壳之类，边往外走。小夏一声喊："喂，莫走哒，还要发肉食补贴和加餐费。"于是，人们回转身来，都围着小夏，连先前离开会场的人，这一下都进来了，每人得到 6 元钱的肉食补贴、5 元钱的加餐费，欢欢喜喜议论道："就这样，发几块钱比大家一起吃一顿好得多。"

12 月 31 日，单位放了假。这是 1984 年的最后一天了，我在这世上已经度过四十二个年头，生命去了一大半，头发也被年年的霜雪染白了一半，额头被时光划出了道道痕迹。这一年也做了一些事情，整日忙碌，做着工作，但有多少称得上事业上的成绩，我感到很是茫然。不过，国家在往好处走，社会充满光明，像我这样的人，能心情舒坦为社会做力所能及的事，如此想来，是十分值得庆幸的。我将仍然像年轻时候一样，对未来——虽然属于我的是愈来愈少了——充满希望和信心。前些时，听了音乐家金黎明的讲话录音，他历经无数坎坷之后，又欣逢盛世，明知老之将至，却将满头白发一染，对着镜子一照，俨然又是一个年轻小伙，于是精神焕发，不知疲倦地去奋力工作。照说，他的白发比我还多，尚且如此，我是更应该焕发青春的。前面有榜样在，头发白了怕什么，只要一染不就黑了？因此，在这个时刻，还是要用一句虽是说腻了的，但又是鼓励自己的话，那就是：张开双臂去迎接新的一年。

上午吴旭邀了张文涛来。文涛是复清姐的儿子，和旭娃都在恩施高中读高二，听说这个娃聪明得不得了，学校准备推荐他明年报考清华大学的少年班。这个文涛，没有多少话说，你问一句，他回答一句；你不问什么，他就翻书看，或找什么玩。看到桌上有个魔方，他拿来就翻。只见他三下两下，就把魔方翻顺了，六个面都清一色，着实令人惊异——人的确有天赋和智力的差异。

早上，我躺在床上，听人民日报元旦社论《和衷共济搞四化》。传美说："今天元旦，你把呢子衣穿起过节吵——买了又不穿，真的是怕'穷骨头发烧'呀。"

是的，买的一件呢子衣，我一直还没有穿它，倒不是怕"穷骨头发烧"，因为还没穿它，不知道是不是会发烧，只是觉得穿上会感到不自在。过去见人穿呢子只有两种情况：一是电影里，大抵属于上流社会的人才穿它；二是五十年代当学生，在恩施城也曾见过有人穿它，怀疑这些人可能是资产阶级的遗老遗少。进入六七十年代，穿呢子的几乎是绝迹了，人们穿着清一色的蓝衣裤，略有区别的是，有毛蓝、浅蓝和深蓝，以后还出现过北京蓝。不过北京蓝这种布俏得很，和当时最高档的布料——灯草绒，同样很难买到，供销社偶尔卖一次，那都是挤得打破脑壳的。“文革”时流行过军绿，但大多是青年娃穿。无论是哪种兰或绿，都是布料，那时候呢子毛料之类是看不到的。最近几年，不知不觉，人们的衣服颜色多起来，穿“料子货”，穿呢子衣的也渐渐多起来。看来无论在什么时候，人们还是喜欢穿着的多姿多彩，喜欢高档的东西。现在，看见别人穿着呢子衣，也的确不错，人显得周正体面。所以，传美说要买一件呢子衣，我也高兴。不过，起床时我还是没有穿它，因为今天还要走几个人家，突然穿一件呢子衣，还是觉得不习惯，就像自己变成另外一个人似的。

一个上午来了许多客。海亮是稀客，他考入离职专科进修班，在咸丰教师进修学院已学习了半年，放假了才回来，和他谈了好一会。接着，传美的好朋友秀娃来了，又热闹了一番。随后，又是州劳动局的郭一凡科长来，他是父亲在咸丰工作时的老领导，也是老朋友。看到他，我便会想起当年在咸丰读小学，用墨笔画了一张毛主席像，还贴在自家墙上。一位脸盘很大，个子很高的同志来到我们家，看见墙上的画像，用外地口音问是谁画的。我说是我，以为会得到表扬。他却示意我取下来，以后画好了再贴。听他的口气，我画的还是没有画好。父亲来了以后，他们谈了不少话。这位同志走后，父亲告诉我，他是咸丰教育科的郭科长，郭一凡。一算这是三十年前的事了，我自然没有对他提起这陈芝麻烂谷子的小事。他说是要来看看老朋友的，同时也顺便问了恩施市调入教师的有关情况。陪郭科长到法院去见父亲，一个上午也就过去了。

今天的确是要走两个人家的，直到下午才走出门。先是到吴芳山股长家去，庆贺他的女儿出嫁；接着又到和平街小学，小林的家搬来了，要看一看，祝贺他们一家团聚。顺便到胡局长家，谈了工作上的几件事。又在大锐同志那里坐了一会，他没说别的事，就催促我，入党的事别拖了，赶紧写申请，还提出一个时间要求：争取“一季度”解决这个问题。大锐真是一个好心人，我总记得，1978 年初夏时节，他作为教育局派出的干部考核组组长到戽口，在单独与我谈话时说，他回到县里，要帮我反映两个问题：一是我的家庭出身，应该改为“职工”；二是父亲的退职处理应该改成退休。以后，这两个问题的确都解决了。几年以后，我到教育局与他同事了，他依然时时关照，令我感动。现在他又关心我入党的问题了，我告诉他，胡局长也是几次催我，前不久已经把申请交了，现在就差写一份自传交去。他频频地点头。

在外面走了一转，看见穿呢子衣的人更多了，本单位的胡局长，吴股长，小林等这些同志都穿的呢子衣，心里有所触动：我也不是没有，怎么不穿起试一试？我觉得自己是个从众心理很强的人，这样的人，思想是不是不够解放啊？看来，穿衣服也需要思想解放一点。晚上我把呢子衣拿出来，搞一个“锦衣夜行”，演习一下。穿上身，还没有什么“发烧”的感受，倒是发觉短了一截。传美一看，的确是短了，拿来皮尺一量——鬼的个 76 公分，实际上只有 73 公分！这“锦衣”不是我不穿了，而是短了，小了，只有去退了——那可是 59 块 9 角 9 分钱呢！

你说也巧，第二天正准备中午去退呢子衣，五中的朱老师——就是海亮的父亲——来了。他听说我要退呢子衣，说自己正想买一件，到处都没买到，这东西还是俏货。他把我这件拿起看了看，便穿上身，还很合身的。他十分满意，把衣服脱了，套进袋子，立即给了我 60 块钱。我要给他找一分钱，他笑嘻嘻地把衣服提起就走了。我转头对传美笑道：“真的是，有钱就要变成东西，不要存——你看，我这件衣服不但没贬值，还增值一分钱。”

小杜把购房款给了 400 元，我们还是想把它变成东西，最想的就是买一台电视机。先去法院，在哥哥那里打听了，他们昨天刚买了一台“红梅牌”电视机，14 吋的，价格是 429 元。啊，我们的钱还不够哩，也是“心向往之，实难为之”。我和传美商量，是不是把我买呢子衣的钱，先贴进去买了电视机再说。传美坚持要专款专用，穿的还是要放在前，买电视机过一段时间发了工资再说。

教育局机关从元月 2 号开始，连续三天搞年终总结。全局干部学习一个上午之后，各自准备半天。自我总结分成四个小组进行，前三组的都是党员，我们非党人士是第四组，几个组员笑称我们是“政协组”，并叫我这个组长是“政协主席”。政协组的人发言积极，一天时间，十个“政协委员”都讲完了，于是本主席布置：明天各自在家写自我总结文字材料。

我在家写自我总结，一整天只写了 500 字。这不是我磨洋工，而是不能专心致志。先是刘惠民局长到我这来，讲了昨天他去新塘，参加三中成立民族中学的许多情况，说了民族中学提出一个要求，就是到湘西自治州考察一下，看看别人的民族教育到底是怎么搞的。接着他用商量的口气说："吴股长是不是和'光夫'，把民族中学的黄校长邀了，到来凤、龙山一带跑一下。这个民族教育我们还真是不知道别人怎么搞的，鄂西成立自治州的时候，省里的领导就表态说，'别的省对少数民族办得到的，我们也办得到'，湖南省对湘西少数民族教育有些什么优惠政策，我们还一点不知道。"我表示的确有必要去看看，过几天就可以成行。我觉得这位刘局长很有意思，他不是叫人通知我到局长办公室领取任务，而是到我家里来商量，而且，自从放映日本电影《血疑》以后，别人给徐光福喊"光夫"，他也就这样称呼他……这些细节，让我感到他与工作人员的距离很近，有亲切感。刘局长刚走一会，这"光夫"也真的来了，他是来说7号要召开体育工作会的事。我顺便把刘局长刚说的要去湘西跑一趟的事告诉了他，他自然也很乐意。下午，刚提笔写自我总结材料，三岔农中的刘帮荣校长和负责后勤工作的易发银同志来，要求解决经费一万元，修蚕房，安装变压器和加天花板，还要解决两个民办教师指标的问题。他们学校，不久前我去过，知道这几个问题的确是急需解决的，想到他们来一趟不容易，表示会很快请示局长，在他们回去之前答复。随后，我就去找胡局长，反映了三岔农中的情况。胡局长说，钱的问题目前还有困难，局长还没有分工，自己不好表态；人的问题，解决两个民办指标问题不大，可以解决。一个下午就这样过去了，自我总结是在空隙里写的500字，没写完的只有晚上来。

晚上，昶昶要求再学几个字。自从设置了"识字奖"，学会一个字，奖励一分钱，昶昶认字写字的积极性是充分调动起来了。我要照顾他的学习积极性，不写自我总结了，给他教字。记下来：到1985年元月4号，昶昶一共认写了107个字，而且看得出来，他的潜力还很大。

这个星期天有特别的任务——去七里坪写碑。

那天，七里坪的二舅来，说给传美的家公打了一块石碑，写碑的任务就交给我，时间就是这个星期天。我对二舅说："大字、小字我是写过不少，但在石碑上写字我还从来没搞过，连别人怎么写也没见过。"

二舅笑着说："纸上怎么写，碑上就怎么写，不同的就是不能把碑石抬到桌子上，只能搁在地上，人要弯下腰，跪下去写。"

我也笑着说："那都没有问题，在老辈子碑前下跪也是应该的。"

二舅爽朗地打了几个哈哈道："那这个下跪，就不是一刚刚（一会儿）的事啦，只怕会跪得腰酸磕膝痛。"

我说："多跪一些时候也应该，家公和家家过世我们都没能下跪。家家过世的时候，正搞清理阶级队伍的运动，我们都在受管制……"

二舅说："莫讲那时候的事情了，说起来就心酸。你家家怎么死的？还不是那时候没有吃的，几个红苕放在外面的苕窖里都不放心，怕别人偷去了，就在她房里打了一口苕窖。这样子苕是不怕人偷了，把自己害完了：那口苕窖的口子，就开在她的衣柜边，上面搭几块板子。那天她去衣柜取衣服，把盖苕窖的板子踩虚了，一家伙，人掉到苕窖里去了，就这以后人也就不行了……现在国家的政策是大不同了，起码我们搞农业的人都有饱饭吃了，有时候赶一个土桥坝的场，卖点东西，就是买点鸡蛋，扎两把刷把卖，也可以找点油盐钱。农村人，只要日子好一点，就想起老辈子了，给他们立个碑，烧点纸钱，就是这么个心意喏。"

今天一早，我们一家子和昶昶的家家都到七里坪，一路好热闹。二舅家像整酒一样，团聚了不少亲人，大舅和大舅妈都在，他们热热闹闹讲些什么，我也不可能关心，只顾在野地里，跪在一块大石碑前写字。二舅其实是有些文化的，而且谙熟民间风俗礼仪，碑上的文字他预先把草稿拟好了，我只要照着用墨笔写在石碑上就行。我在碑面上打好格子，用我喜欢的隶书一笔一画仔细书写，争取这第一次写的碑文，刻出来对得起先人，也对得起观众。这写碑的事情，正是二舅说的，不是"一刚刚"的事，会搞得腰酸磕膝痛。几个小时弯着腰，跪着写，的确也是够狠的。不过，我终于完成了这一任务，还获得了二舅给的奖励——一块毛巾。

二舅家办了丰盛的席面，都是农家风味，亲人们快乐地吃喝，我不禁想起传美诉说过七里坪心酸的过去——现在，那一页是翻过去了，七里坪是大不一样了。

因为要出差来凤、龙山，我改变买呢子衣的打算，以为买一件军大衣会更保暖，传美也同意这个方案。我们去街上转了几个商店，都小了，没有适合我穿的。往回走的时候，倒是在一家店里碰上一件大号的，质量也不错，价钱是31元，买了。明天出差，也不怕冷了，还兴奋得很晚才睡。

穿着军大衣去车站，身上像裹着一床棉絮，真有点“穷骨头发烧”的感觉。光福和黄正礼校长已在车上坐着，黄校长看见我这一身军装说：“你们还叫我大将军，你这样子才像个大将军呢！”光福说：“这个东西出差还真是要得——不过也要在这样的寒冬腊月，热天里，送我都不要。”我说：“我正打算天热了送给你，你又不要，怎么办呢？”说笑之间，车开动了。

从恩施城到九道水，这一路我太熟悉了，光福和正礼似乎还很感到新奇，我便给他们作介绍，这是天桥，这是甘溪，这是石板溪。到九道水了，我指给他们看：右边这个峡口进去，就是我过去待了十多年的地方——庨口。以前从庨口进城常常要从这里走，但是要等到车实在难，白等一天的事情都有，还在这里找人家住宿，像逃难的。光福说：“我高中毕业后，当徒弟，跟着师傅跑车，多半是跑建始那一路，这边还没来过。”

我说：“你们那时候跑车的还俏皮得很呢，哪怕是个货车，人们都巴结得不得了。我听说九道水这里还闹出一个笑话，说有个老汉想进城去，等了一个半天，几个客车在这里停都不停就飙走了。后来，来了一辆货车，司机把车停了，进供销社铺子里买东西。老汉跟去给司机说好话，请他做个好事，带他进城去看病。这司机看都不看他一眼，连说‘不行，不行’，老汉快妥妥地走了出来。一会，一个女的，也找司机了，几句话一说，司机便爽快答白了，要她上车。这老汉，把车灯摸了几摸，连连吐了几口口水说道：‘你这个背时畜生，长这么大的两个牛眼睛，原来是认人的——你还认得公母啊！’”

这个故事一出，他两个笑了半天。光福说：“我那个师傅，规矩得很，我们那时候还帮了不少人的忙。”

我说：“可惜你那个时候不跑这条路，不过，我也遇到过几个像你师傅的。那时候遇上这样的好心司机，心里就暗暗地祝他长命百岁呢！”

到了宣恩，再往前去就是我陌生的地方了。鄂西八县市，我有两个县没有到过，就是来凤和鹤峰。对于这两个县的情况我知之甚少，只知道这两个县是自治州成立前就设立自治县的地方；只知道两个县都与湖南相邻，是当年贺龙闹过革命的地方；只知道来凤人喜欢说“了了”，表示感叹，有“不得了”的意思，充满浓厚的感情色彩；只知道鹤峰人喜欢用“逮”这个近乎万能的动词，吃饭说“逮饭”，喝酒说“逮酒”，打架说“逮架”等等，给人豪放的感觉。

车过高高的东门关，我穿着军大衣，一点不觉寒。客车在山间逶迤而行，不断地峰回路转，除了山还是山。终于，一个平展展的大坝出现在面前，似乎比恩施的金子坝还大一些。来凤县城就在这大坝里。事先与来凤县教育局联系过，我们一到就有教育股的伍股长等来迎接。住进教育局的招待所，伍股长掏出一盒香烟招待我们，特地介绍，这是我们来凤卷烟厂试制的新产品——“4.7”牌香烟。我品尝几口，觉得很不错的，却不知怎么取这么一个怪名字。讲数字，人们喜欢的是“8”呀，“6”呀，“9”呀这些，最避讳的恰好就是这“4”呀，“7”呀这些。伍股长介绍说：“这是有纪念意义的。这几年，全州八个县市都建起了烟厂，省里认为鄂西的烟厂太多了，准备要下马停办几个。下哪几个，留哪几个，竞争很激烈。去年4月7日，胡耀邦同志视察来凤，县里的领导就用来凤卷烟厂自制的卷烟敬给总书记。总书记抽了几口，高兴称赞：‘这烟很不错嘛！’接着，他询问了生产的情况，还说了怎么扩大生产规模的意见。旁边的人，把总书记的这些话都录了音。等到总书记一走，烟厂的人就带着总书记的讲话录音，去到省里汇报——了了啊，总书记都称赞来凤卷烟厂的烟不错，还要如何扩大生产规模，哪个还敢砍来凤卷烟厂？于是，来凤卷烟厂就把这种烟定为‘4.7’牌香烟，纪念胡耀邦同志视察来凤。”我们三个恩施人，不觉相视而笑，都佩服来凤人的机敏。光福说：“来凤人真会搞事，恩施市也有个卷烟厂，生产的‘春笋’牌香烟也很可以，他们怎么就没想到这样做呢？”

伍股长陪我们坐了一会，抱歉地说：“实在对不起，少陪你们了，我们机关正在办理丧事——业教股的李股长昨天过世了，我还需要去帮忙料理。”又给我们交代了，洗浴的地方在哪里，到时候食堂会有人来引我们去就餐等等。我们连连表示感谢，请伍股长去忙事，还向他打问了办丧事的位置。我们实在有宾至如归的感觉，感到无论走到哪里，一说到都是教育界的人，就有一家亲的温馨。我们商量，业教股的李股长去世，我们应该以恩施市教育局的名义，送一幅祭幛，悼念我们的来凤同行。

第二天，伍股长陪我们先后看了来凤民族师范和来凤一中。两所学校的领导都很热情，给我们介绍学校情况的时候，都流露出几分自豪。也是啊，来凤师范，建在县城的酉水河畔，校园宽敞，规模很大，不像恩施县师范，当年建在离城二十几公里的芭蕉塘湾，和五中共校园，以后搬进城，也没有一个好的地方，和进修学校挤在一处，总有些窝窝囊囊。来凤一中，新修了像样的学生宿舍和教工宿舍，师生的窝都很可以了，比我们一中的师生享福啊。他们都很感谢自己的烟厂，给他们县找了不少钱。看来教育条件的改善，离不开当地经济的发展。

晚饭后，在来凤城转了转，感觉就不那么好了，街道是太脏了。也不知是因为这里地面太平，污水排出不畅，不像恩施城到处都有坡，雨水一冲刷就干净了，还是因为这里的人不太讲究卫生呢?

第三天，伍股长带我们去龙山。来凤和龙山，两个县城相距只有十五里，我们决定步行。天气很好，腊月里的艳阳天，和暖的阳光下，农民在油菜地里施肥。公路上，湘鄂两省的车辆来往如同穿梭。前面有一座桥，我想起来凤有座名桥，叫“接龙桥”，便问伍股长，这桥是不是叫“接龙桥”。伍股长指着西北边说:“接龙桥在那一方。这座桥叫团结桥，下面是酉水河，河这边是湖北，那一边是湖南，两省人民向来友好，建起这座桥了更加紧密团结，就取名‘团结桥’。接龙桥没有这一座大，但建得早，传说多，名气大。据说历史上这一带总不安宁，百姓受苦，一个风水先生说，原因是北面的‘翔凤’山，和南面的‘玉龙’山，两山之间有条河，名叫拦河，把龙脉隔断了。要把龙脉接起来，有一个办法，就是修一座桥。于是，百姓们捐款捐粮，建了一座桥，取名叫作‘接龙桥’，是把龙脉接通的意思。这是清朝时候的事，到后来，贺龙在这一带闹革命，打富济贫，老百姓就在桥上欢迎红军，这座桥就变成接贺龙的桥了。贺龙围打龙山县城的时候，国民党派重兵驻扎来凤，支援龙山城里的敌军。一个旅长走到桥边，看到桥上有‘接龙桥’三个字，感到是不好的兆头，急忙命令把‘接’字改了，换成围追堵截的‘截’，变成了‘截龙桥’。解放以后，接龙桥的名字恢复了，但是，到了‘文化大革命’，贺龙被打倒，‘接龙桥’几个字就被人铲掉了，变成了无名桥。直到中央给贺龙平反，‘接龙桥’三个字又刻到桥上。去年4月7号，胡耀邦视察来凤，题写了‘接龙桥’三个字。你们看，这一座桥，桥还不足百米长，经过了好多的变故！”

我们走在团结桥上，伍股长说：“我们再往前走几步，就是桥的中点，只要跨过中间线一步就过了省，到湖南了。”我们都迈开步，走到中间线，像几个小孩子一样，重重跨出一步，笑道：“好，我到湖南省了！”

一个多小时，便到了龙山县城。龙和凤，这两座城相隔也是太近了。我想象，如果在天上看，这龙、凤两城紧紧相偎，蜿蜒的酉水河，如一条绿丝带缠绕其间，定是一幅很美的龙凤呈祥图。

龙山教育局的同志早等着我们，对湖北去的客人热情得不得了，普教股的童股长，招办的向同志，还有一位老同志，是协理员，姓赵，一直陪伴我们。他们介绍龙山教育的情况，说全县的民族中学原来只有两所，现在有了四所：苗市完中、里耶完中、咱果初中和洗车初中；民族小学也有四所，分别在岩从、坡脚、靛房和他沙。他们在讲这些地名的时候，我们的确感到有些异样，不时要提问是哪几个字。童股长也表示理解，耐心解释说明：“我们县的地名，好多是土家语。如：‘里耶’，是开垦这片土地的意思；‘坡脚’不是坡的跟脚，而是牛羊多的地方；‘洗车河’的‘车’，土家语是水的意思。”

我插话说：“我们恩施也有个地名，叫‘车坝’，也是这么取的地名。”

黄校长问：“这个‘他沙’是什么意思呢？”

童股长说：“我只知道‘他沙’实际上读成 ta sa，到底是什么意思也说不清楚。我们湘西和你们鄂西，都是属于少数民族汉化程度比较高的地方，大多数人都已经不懂土家语了，加上土家族只有自己的语言，没有文字，能够保留下来的语言是越来越少，只有一些地名，得到长期保存，所以人们说这是土家语的活化石。我们县里，现在也有一些边远闭塞的地方，还在用土家语。据说解放初期，派到这些地方去任教的老师，遇到了难题：那里的娃儿听不懂老师讲什么，学生说什么，教师也听不懂。原来这里的人都是讲的土家语。以后，请了一些懂土家语的民办教师，外地调去的公办教师也学习钻研土家语，他们都是用土家语和汉语两种语言教学。直到现在，这些边远的地方，双语教学还是主要的教学方式。”

光福感叹道:“那是几多复杂，等于多了一门语文课!”

赵老同志说:“不这样不行啊，比如我们说一、二、三、四、五、六、七、八、九、十，他们说的是……梭布……你看，这是完全不相同的语言，不搞双语教学就行不通，更谈不上去学数学和其他的课。”

赵同志念出一串土家语的“一、二、三、四、五……”，我恰好知道其中一个“梭布”是“三”的意思，因为我听文化馆袁德洪同志讲过，恩施的地名“梭布垭”是土家语三个垭口的意思，在这里得到印证了，只是其他的数字，一个也不知道是怎么念的了，想记也记不下来。

我问:“湖南省对你们民族教育学校，有些什么特殊的政策优惠?”

童股长说:“省里有个民委，那是专门给我们少数民族地区做好事的单位。这两天又听说民委又来了几个同志，有人就在说，‘做好事的又来了’。省里统一的政策是，民族地区的教师，每月享受5元民族津贴，民族学校的学生，每月补助6元生活费。省里每年给全州校舍维修费20万元，今年州财政也准备拿出10万元，解决校舍问题。”

向同志补充说:“除了经费上的优惠，省里还注意加强师资队伍建设，尤其是小学教师，强调以土家族为主，在民族学校实行双语教学。再一条，省里加强了少数民族教育的研究。”

童股长接着说:“上面说的经费上的优惠，是统一的政策。个别特殊的问题，反映上去了，也作个别问题解决。比如坡脚，直接向省民委要到了一笔款子，解决学校危房的问题。又如八面山，那是最贫困的高山地方，语言又不通，办学的困难特别大。州里的意见，这里的教育要从学前班抓起，每村要办一个学前班，幼师的经费由州财政专项解决，并给八面山的学生，三年发一件棉大衣。”

我问:“八面山海拔多高?”

童股长说:“大约是1 200米，上面很平，像个大草原。”

我说:“我们恩施有个大山顶，平均海拔在1 600米，比你们八面山还高一些，上面也是很平的，好的是那里不存在语言不通的问题。”

赵老说:“我们的八面山，那不光是地势高，还是个相当闭塞的地方，四周都是悬崖峭壁，与外界隔绝，上去和下来，都只能从南面走，要经过大岩门、小岩门、望乡台好几个关口，那都是‘一夫当关，万夫莫开’的卡口，所以，这里往年是有名的出‘棒老二’的地方——你们晓不晓得什么叫‘棒老二’？就是土匪。上面有个燕子洞，容得下一两千人的，当年有名的土匪头子瞿伯阶，瞿波平，师兴周，都是把这个地方当窝子。八面山上的一些地名都叫得凶，什么三把刀、四把刀……总共三十六把刀，还有什么上营、中营、下营、七家营、八家营……总共四十八大营……”

我听得颇有一些兴致，插话问道：“瞿伯阶、瞿波平都是龙山的人么？我小时候在咸丰，就经常听咸丰中学的老师说起这几个人的名字，那个师兴周，还没听说过。”

伍股长答白了：“师兴周也是个有名的角色，来凤、咸丰都搞去过，听说他还跑到宣恩沙道沟去打红军，自已吃了闷亏。”

童股长指着手表说：“已经十二点过了，我们边吃饭边谈好吗？”

大家都去食堂，我边走边问：“我还弄不清楚，像瞿伯阶、瞿波平，还有师兴周，他们到底是土匪呢，还是国民党的部队？”

说起这个话题，赵老似乎也很来劲，说道：“他们这一本经，若是谈细白，几天几夜摆不完。我给你们简单说，那时候‘有枪就是草头王’，他们就是搞了一些人和枪，占山为王，各霸一方的土匪，到处杀人放火，抢劫财物，是不折不扣的土匪。国民党对他们也奈何不得，先是围剿，但是国民党的部队也是无恶不作，欺压百姓，还滥杀无辜报军功，老百姓是又恨土匪，又恨国军。有的说，土匪坏，但是还‘不吃窝边草’，为了躲避国军，有人还上山参加土匪了。这样，国民党剿匪，土匪是越剿越多。没有办法，国民党又来一手，就是封官许愿，收编招安。瞿伯阶、瞿波平、师兴吾、师兴周都是国民党收编过的，封的什么保安团长，什么司令。但是，一旦他们不满意，又反叛了。这就搞成了兵匪一家，兵匪不分，就是这么一回事。”

饭桌上，赵老接着讲：“瞿伯阶和瞿波平，都是龙山老兴的人，是族兄弟。瞿伯阶早年是投奔的师兴周的亲哥哥师兴吾。师兴吾、师兴周两兄弟是龙山内溪棚的人，哥哥师兴吾，本是个秀才，因种鸦片，贩卖鸦片，与同村凌家争夺地盘。凌家仗着人多势众，一次把师家人打得一败涂地。师兴吾虽然是个文弱书生，但又是个‘有恩不报非君子，有仇不报不丈夫’的人。他晓得明里和凌家硬拼是斗不过的，于是暗自设计把凌家为首的凌子风杀了。就这样，凌家和师家接了生死冤家，冤冤相报，没完没了。最后师兴吾跑到四川酉阳搞了一些枪支，搬来一批人马，一家伙把凌家赶出了内溪棚。从此，师兴吾索性玩起枪杆子来，被国民党委派为保安团的头目，这一来，他名正言顺，势力越来越大。瞿伯阶在这样的情况下，投奔在师兴吾名下当兵，后来他不愿寄人篱下，自己搞了一些枪支，上山当起土匪来，四处打家劫舍，拦路抢劫。他几次被师兴吾招安，几次被国民党政府招安，最后还是反叛了。有一次，他还杀进了龙山城，把县长都捉了，又打开牢门，把囚徒收容起来，扩充自己的队伍，又和永顺、四川的土匪联合。一时之间，他是人马众多，力量雄厚，不断在几个省的边界地方骚扰。你们的咸丰、来凤、宣恩，还有四川的酉阳、秀山，反正是湘黔川鄂这些边边上的地方，都是瞿伯阶常来常往，经常骚扰的地方。所以你们听说瞿伯阶的大名，是不稀奇的。国民党看到他的势力越来越大，很是担心，下令对他实行围剿。在桑植打了一大仗，这一仗，是瞿伯阶把国军烧死了几百人。国民党不罢手，又集中三个师的兵力，下决心剿灭瞿伯阶。但是，还是没把他拿下来，最后又派了八十六军来围剿，瞿伯阶看到来头大，带着人马退守到八面山。等到八十六军走了，他又重整旗鼓下山了。解放前两年，国民党武汉行辕主任程潜，给他封了一个暂编第十师师长，这才将他收编。这时候，龙山实际上是两大势力，北面是瞿伯阶，南面是师兴周，各霸一方。那时，师兴吾已经病死，他的弟弟师兴周接替了他的事，当了巡防营长，又当保安团长。师兴周是个相当霸道又贪色的人，家里七个老婆还在外面嫖赌。他和瞿伯阶本来也有矛盾，一山难容二虎，但都极力不对抗，河水不犯井水。解放前夕，瞿伯阶在龙山病死，他把权力交给了族弟瞿波平。瞿波平本出身贫寒的人，学裁缝手艺，后来结识了族兄瞿伯阶，去给他当了一名勤务兵。瞿伯阶见瞿波平能干又忠心，不断提拔他。瞿伯阶死后，瞿波平接任了第十师师长职务。也就几个月时间，人民解放军挺近西南，瞿波平和师兴周联合起来，对抗人民解放军，想凭借八面山的险峻地势负隅顽抗。哪晓得解放军把八面山团团围住，大炮轰到他的老窝燕子洞了，瞿波平、师兴周都各自逃命。程潜在长沙起义以后，给瞿波平写了一封信，要他不要和解放军对抗，他听了老上司的话，投诚了，直接去武汉找程潜，后来共产党给他在武汉安排了工作。师兴周在逃亡中，听他儿子的劝告，也在里耶向解放军投诚了。但是这个人就是‘二杆’，还在里耶大街上大摇大摆，做给老百姓看，好像共产党也不会把他怎么样，这就茅厕里丢石头——激起了公愤（粪），群众强烈要求镇压他。就在瞿波平去找程潜的那几天，师兴周被镇压了。”

这一餐饭，我们如同听赵老说书一样，讲龙山的土匪。黄校长不由得感叹：“龙山怎么有这么多的土匪！”

赵老说：“解放前哪里只有龙山有土匪，湘西好多县都有，只分大土匪、小土匪。我晓得，你们湖北的来凤、宣恩、咸丰都是有土匪的——就是那样一个社会嘛。”

我说：“也是不假，我知道我们恩施的盛家坝，太阳河，包括我的老家建始都闹过土匪。在我小时的记忆里，有一次家里的大人们紧张得不得了，说是土匪要来，把东西往神龛里收，后来是没有来，但都惶惶不可终日的。解放初，盛家坝的土匪还杀害了好几位工作同志。”

赵老说：“土匪坏的还是那些头目，那时去当土匪的，不少还是平民百姓，被逼迫得无法生存去当土匪。你想，那时候，老百姓本来就穷，地方上的苛捐杂税还多如牛毛，怎么过日子？还有一门事，老百姓最怕，就是抓丁、拉夫，好多家里男人被抓去当兵，当夫子，有的去了就没得音信，屋里就剩下一些女人，什么活路都要做。这样子，有的男人为了躲抓丁拉夫，也就跑去当土匪了。所以这个抓丁拉夫，一直是我们这里的人最怕的，直到解放后，一些农村干部也搞不清，听领导说了什么‘南斯拉夫’‘拉丁美洲’，他们也在会上说，‘现在南斯还在拉夫，美洲还在拉丁’，还把一些人说害怕了——这虽然是个笑话，但是看见解放前，我们湘西人活得好苦。我又听说，在解放后，我们这里一些年轻的土匪，经过人民政府的教育改造，又变成了好人，有的还参军了，有的在朝鲜战场上还成了战斗英雄呢。”

我感慨道：“这也是：旧社会把人变成匪，新社会把匪变成了人。”

童股长说：“刚才讲了半天湘西的土匪。我们湘西的土匪也是比较出名的，其实，我们湘西的文人是更加出名的，文学家沈从文，画家黄永玉，都是我们湘西的人……”

正礼说："啊，对了，沈从文正是湘西的——是哪个县？"

童股长："沈从文、黄永玉都是我们湘西凤凰县的。还有民国第一任总理，也是一个教育家，叫熊希龄，也是这里的。"

光福说："我们鄂西，你们湘西，都是大山区。这山区你看怎么说，这里的老百姓穷，就叫它穷山恶水；文人画家眼里呢，这是灵山秀水；土匪棒老二看来呢，这是安营扎寨的好地方。"

我说："这几句还总结得好。"

赵老说："还要补一句：在当年红军看来，那又是好革命根据地。贺龙就是在湘西创建革命根据地。"

我说："是的，当年的鄂豫皖，湘鄂赣，川黔湘鄂，这些根据地都是边区，山区。"

伍股长说："说起来，我们山区是好山好水，人杰地灵的地方，但是，经济发展搞不赢别的地方。"

童股长说："一个交通不便，再一个文化落后，是影响我们山区经济发展最突出的问题。"

几个人边走边谈，走到了龙山一中。

龙山一中的贾校长，郭校长，胡主任一齐前来，迎候我们到了会议室。他们首先就叙谈友情，说他们和鄂西有传统的友谊，到来凤去，那是常来常往，去年还组织毕业班教师到鄂西高中学习。几位领导热情介绍了学校情况，说他们学校领导是才建立的新班子，校长通过民主推荐选举，县里批准的。新班子建立以后，大家决心不负众望，加强了学校的管理，抓教学方法的改革，加强后勤工作为教学服务，改善师生生活。我觉得学校领导实行民主选举，是一个改革措施，尤其是像一中这样的学校，校长完全可以从本校产生，最了解教师谁胜任，谁合适负责哪方面的工作。几年一换届，每一届都会努力在任期内有所建树。他们还介绍，学校订了两台电脑，来了以后就可以给学生开选修课……龙山一中给我的是一种朝气蓬勃，积极进取的印象。

在龙山一中活动完毕，已是傍晚时候。有趣的是，龙山教育局的同志非得要陪我们回来凤不可。这样，我们这一行就是七个人了，大家一起走在回来凤的大路上，说说笑笑也实在热闹。走到团结桥，踏过中间线，我们笑道："我们回湖北了——现在热烈欢迎湖南同志到湖北来！"

伍股长说："这座桥迎来送往的事情就真是不少呐，每次我们湖北省的领导到来凤，都是要到龙山看看的，龙山的领导都是在这里来接；湖南省的领导到了龙山，也是要到来凤看看的，来凤的领导也是到这里接。"

童股长说："去年 4 月 7 号，胡耀邦总书记到龙山，县委领导就是在这里迎接的，不过，接去的不是总书记，是他的警卫人员。"

我对着伍股长说："4 月 7 号他不是在你们来凤，听汇报，抽'4.7'烟吗？"

伍股长说："听说他上午在来凤听完汇报，临时提出下午要到龙山去看一下。"

童股长说："就是嘛，中午已经下班了，县委办公室接到电话，说有一位中央领导要到龙山，把县委办公室搞急了，县里好多领导都下乡了，他们忙着四处打电话通知。县委符书记赶回来的时候，鞋上还泥巴糊弄的。急忙打整一番，到团结桥去接，车上下来的人又不是总书记。符书记猜着了，这是警卫人员打前站的。下午三点多钟，总书记直接到了县委院子里。"

光福说："中央领导也是要这样，不预先通知，才容易了解真实情况。"

童股长说："听说他来了也不要听全面汇报，就是问他关心的问题，很是平易近人的。县委留他在龙山住，他不同意，还是要回来凤去。"回头对着伍股长说："看来，他还是喜欢你们来凤一些。"

伍股长说："他是你们湖南的人，怕打扰你们嘛。"

如是这般，几个人边走边讲，一直走到来凤教育局。天已经黑下来了，这时，伍股长成了大东家，又有外县的客，还有外省的客，于是安排道："今天都不走了，吃晚饭以后一起看一场电影，《花园街五号》，明天早上送龙山同志回去。"我不觉好笑，看来，明天来凤的人又要送龙山的客了，不觉想起一句俗话，"张郎送李郎，一夜送到大天亮"，说的是张郎和李郎相好得不得了，你送我回去，我又送你回去，这样送去送来，从晚上送到天都亮了。我看这来凤、龙山两家人，也真像张郎和李郎一样，亲密得好，今天的情形正是这样啊。

元月 17 日，我们乘车返回，在宣恩停留一宿，住在宣恩县招待所。我们三人都想看一下宣恩一中，因为没有开介绍信，所以没惊动校方，只是随意走走看看。学校修了一栋漂亮的教学楼和一栋办公楼，都是绿色的，看起来很舒服。这几年，国家重视教育，到处的学校都有新建设，令人欣慰。

晚上，我去镇中，会复清姐。复清姐是我二伯父的小女儿，多年来我们交往很少，还是我和胤哥同读高中，她读师范的那两年见过几次面。她师范毕业后分配宣恩教书，长时间我们音讯断绝。凑巧的是，有一次，我和传美从恩施回白口，车在九道水停下来。我们下车时，发觉前排的座位上坐的却是她和远祥兄，彼此惊喜一番，但未谈几句话，我们下车了，他们的车开走了。这次匆匆邂逅之后，再也没有见过她了。我对二伯父的印象也不深，但有几件事，还是记得的。一次跟着他走路，天气很冷，道路泥泞，我将手放在袖口里，他教我："走这么滑的路，手要拿出来。"随着长大，才深刻体会到袖手走路是个很不好的习惯，很不安全。还有一次，他问我一件什么事，我是怎么搞的，我似乎不好作回答，就敷衍着说："就是'这么一搞，那么一搞'。"他打着哈哈对父亲说："老幺，你看你的后人啊！"似乎是称赞我有应付难题的能力。然后，他又说："这个娃娃是两道眉毛，不知将来是个什么造就。"二伯好像对我的将来充满期待。父亲是经常对着我念及二伯父对他的好处，说他是个有见地又吃苦耐劳的人，本来他读书聪明，口舌灵敏，但为了一大家人的生计，早早辍学，在家务农。他学习织布，心灵手巧，织出的"家机布"，又细密，又匀称，总是很容易卖出。他还学习栽兰子，打蓝靛，染布匹。他这样拼命劳作，以养活家口。他又是个极有远见的人，认为仅靠这样长期固守山陬，终非长久之计，与大伯、三伯商议，尽管家境贫寒，也要将"老幺"，就是父亲，送出去读书。于是，在他们的"逼迫"下，父亲远去武汉求学。他自己在家，不断扩大经商的路子，四处营销生漆、盐巴、药材、桐油、布匹之类。他极力把几个子女，都送去读书，读到中专大学毕业，清贞姐读了北京大学，解放后在南京大学地理系任教授、系主任、书记。父亲还说，二伯父思想进步，大儿子国仪参加地下党，他从不拖后腿，还积极支持，帮助掩护。可惜他在 1952 年就过世了，年仅 55 岁。父亲总是将对兄长们的感激之情，转移到侄儿侄女们的身上，经常挂念着他们。这次我到来凤、龙山之前，父亲又说起，若有机会路过宣恩，去看看复清。

很容易就找到宣恩镇中，也很容易找到复清姐的家，远祥兄也在，连连喊我“稀客”。复清姐是个健谈的人，也许是看到亲人了，话还特别多。不用我问，她不住停地讲了他们的情况，还有在外地的仪哥、双贞姐、清贞姐的情况。我只觉得自己像个学生，须得全神贯注地听着，还觉得这个老师讲得太快，脑子一下反应不过来。当她提到远祥兄的时候，都是以“张老师”称呼，可见她对远祥兄的尊重。不习惯的是她时常提到“涛娃”，开初，我还以为是说我这个“韬娃”，后来才听出是说她的儿子“文涛”。说起文涛，我插话说，他简直是神童，吴旭他们一些同学都很佩服他，说他特别聪明，学习成绩好，还说学校准备让他提前参加高考，考清华大学的少年班。我还见过他玩魔方，那是三两下就翻顺了。复清姐听我赞扬文涛，却并不附和，还老是说他的缺点。比如“哎哟，涛娃太大皮（不细心）了，没有一点生活经验，我们硬是跟到他恼了火”，如此等等。我感到，吴家人似乎都有这么一个传统，对别人是不夸奖自己的孩子的，在别人在赞扬的时候，往往是数落自己孩子的短处。

远祥兄一直在座，复清姐的谈兴使他很少有机会发表意见，顶多在复清姐演讲中，偶尔插一两句。他不时地给我续茶水，请我吃瓜子糖果。我和远祥兄已不生疏了，他是个极其和善的人，没有复清姐在场的时候，他的话并不少。他是宣恩教育局的师训股长，常在恩施开会，我们会面多次。他和我们的段芳海同志，在宣恩同过事。老段当着我总说远祥兄为人如何好，而远祥兄对我说起老段，也说他人是如何好，他们似乎都是在我面前互相表扬称道。远祥兄是咸宁人，华中师院数学系毕业后就分到宣恩教书，已有二十多年了，只动过单位，没有离开过宣恩。我听他说话，口音都近乎宣恩本地人了，把“猪”说成“居”，把“转一转”说成“卷一卷”。因此，如果要说“猪肝吊在柱头上，猫儿围着打转转”，他可以很自然地说成宣恩话：“居柑吊在巨头上，猫儿围着打卷卷。”我想，他是因为自己的母语是咸宁话，别人很难听懂，自己又是教师，学生听不懂他讲话怎么行？一定为这个道理，他下了功夫，学习和掌握宣恩话。要做到这样，对于他这个咸宁人来说，也许类似龙山的老师，到了偏远闭塞的土家族聚居区，要狠心学习土家语一样。

晚归招待所，这里实在安静得好，所到过的招待所，像这样很少客人的是极少，而且第二天回恩施的车是早上九点的，无须起早床，我们三人可以在这里好好休息，安心睡觉。

次日返施，车到椒园，忽然想到前面不远就是九道水，我何不在九道水下车，去戽口一趟？这样，一是能够看看老地方，二可以在禄生那里把购房款的尾数取回。

给光福和正礼二位讲了，便在九道水下了车。走到了姚家寨子，老远就看见本钊老师在院坝，挥起开山斧劈柴。我走近几步喊道："钊老师，还是这么勤快，巴家啊！"

他定睛望了军大衣里的我，惊喜道："您尔家这一穿起，我还以为是哪个部队来的'官官'——今天怎么转到这里来的？我怕你把我们这里忘记了呢！"

"这个地方我又怎么忘得了？"我说。

他立刻又耍出大丈夫的派头来，向屋里喊道："呃，快点，来稀客了，倒茶！"

他那贤惠的娘子也配合得好，先出门看看是哪来的稀客，认出我来，笑盈盈道："当真是稀客了呢，屋里坐。"

走到火坑边坐下来，钊老师说："你来得很合适，我的早饭快熟了，陪你喝口酒。"回头又吩咐娘子，"把炕的猪肝蒸一节。"

我望着火坑上炕着的大块腊肉，问："今年的年猪有好重？"

这钊老师又开始"骄傲"起来，说道："我现在不喂大年猪了——猪子喂得太大，肉就不嫩了，所以，这两年的年猪，一个都不超过三百斤，这一个杀两百八十几斤。还有一个，等到腊月二十几再杀，现在过年还想吃点新鲜肉……"

钊老师娘子双手递来一杯茶给我，责怪道："我屋里这个人，就是不怕丑，杀两个年猪就'扯'（自夸，炫耀）飞了，别人家杀三个四个，一年千多斤腊肉都没有这么'扯'……"

钊老师眯着眼，笑道："几个老熟人，说几句老实话，哪里是'扯'？你说嘛，现在的细娃是不是说腊肉掐（嵌）牙齿，来不来还想吃点新鲜肉？"

我问："你的敏敏娃两弟兄应该有好大了，到哪去了？"

钊老师说："一个读高中，一个读初中，都在芭蕉。"

一会，娘子架起烘锅，摆出几个菜来，对钊老师道："你把酒斟了，请吴老师吃饭。”

席上，摆着戽口人最喜欢的鲊辣椒炒肉，豆豉炒肉，一盘紫红的腊猪肝，炒白菜，合渣汤，还有烧烤的青辣椒。烘锅里是酸萝卜肉丝，都是很好的下饭菜。

娘子一旁还说：“吴老师，我怕他们上课迟到，没弄几个菜啊，您尔多喝一口酒。”

我说：“还要弄多少菜，都是好菜呢！”

钊老师拿出葡萄糖瓶子的酒瓶，斟上两杯，说道：“戽口人有句俗话，‘怪酒不怪菜’，也不知您尔家今天来，我这几个菜呢，也就是几个家常菜，平时就是这么上一顿，下一顿地‘度日子’；不过，我这个酒呢，是规规矩矩的苞谷酒，不是原来你我们一起喝的那种苕皮酒，你尽管喝，我那里还有两瓶……”

娘子又在一旁笑着责怪了：“我才说你喜欢‘扯’呢，你这又‘扯’起来了。屋里放几瓶酒，还生怕吴老师不晓得。别人家一打几十斤放在那里，都没有像你这么‘扯’的。”

钊老师嘿嘿一笑，说：“几个熟人，我们都是穷快活惯了的。那时候喝苕皮酒，我们都喝得喜笑颜开，也不说不好喝。现在没得苕皮酒卖了，有我也是不得去买了。现在的苞谷酒敞开买，又不得脱销，我要打几十斤放在屋里搞么子。说到底，我还是说的老实话，还有两瓶酒就是有两瓶。说吃肉，现在吃肉也不是要等有了客人才弄一点，今天韬先生不来，我们也不就这么几个菜，只是加了一门猪肝，是不是？来，我们喝酒——”

娘子给我面前的碗里，夹了肉片、肉丝大半碗，生怕我“作客”。

钊老师一口酒下肚，发感慨起来：“你说这个事情也巧，也就是这个责任制一搞，农村里就一年不同一年了。原来搞大集体，天天没有松劲的，还是差饭吃。这几年，从上戽口到我们下戽口，像往年，牵起线地到黄泥塘去买苞谷洋芋的事，硬是没看到了——哪门不早点分到户搞。”

我说：“那时候，哪个敢这么搞，你又不是不晓得，连房前屋后种几蔸南瓜，都当资本主义尾巴割。你还莫说分下户，上戽口我住的那个十队，原来是杨家、李家、唐家三个小生产队合成的一个大生产队，杨家那个队就只想分出去，恢复原来那个小生产队，路线教育工作队就在这个队开批判会。会上揭发是杨松林出的头，于是就要杨松林出来说清楚。杨松林只听见喊‘杨松林说，杨松林说’，他搞慌了，急忙出来：‘好，好，最高指示，杨松林说’，下面闹起来：‘你还说得好，最高指示，杨松林说，最高指示是你杨松林说的呀？简直是反动透顶！’杨松林马上改口，‘最高指示，毛主席说，要团结，不要分裂……’这个批判会一开，十队再没有人敢说分队的事了。”

钊老师说：“哈哈哈，看来，这些事，你韬先生都还记得。”

我说：“庳口的事情，我又哪门得忘记？”

钊老师又“骄傲”起来，说道：“你在庳口那些年，吃了不少苦，那也是不得忘记的。”

我说：“那些年，我还幸得在庳口这个山沟里，比在外面还安然自在好多。特别是还有你‘钊广子’呀，‘玠老二’呀，‘商杯杯’呀……这一帮伙计，一天还真是穷快乐呢！”

钊老师打起几个哈哈，说：“不是吹的话，我老早就说了，‘韬先生只要一转成公办，就不得在我们庳口了’。后来，你真的去考公办了，我又说，‘我把这个话说到这里放起：韬先生这一转公办，庳口就留不住了，肯定要调走’。果不其然，中了我的口，大队干部还想把你留下来，‘筷子又哪里拗得住船舷’……”

我一看表，快十点半了，说道：“不扯白了，不然要耽误你去上课了。”

在钊老师家吃得酒醉饭饱，一路往上庳口走去。我知道禄生已经把竹山湾的房子，搬回李家屋场。因为他们相信，竹山湾的屋场南北方向太正，须得命大的人才可以居住。而他们的命是不适合住在这里的，这两年猪喂不好，后山裂口，诸事不顺，就是这个原因。因此，我今天找禄生，须得到李家屋场。

走到李家屋场，在禄生家里喝了不少的庳口茶，他将买房子下欠的 63 块 8 角钱，一分不差地凑齐了交给我。我惦记着旁边的竹山湾，告辞禄生，沿着很熟悉的那条小路，到竹山湾去。这条路似乎已经很少人走了，路边的青草几乎铺满了路面。

三年前竹山湾的家园，现在是面目全非了：房子不见了，连一片瓦都没有；屋场又变成一块水田，没有了原来门前的场坝；原来场坝边的月季，一株也不见了——当年母亲是常背着手，来去观看月季和果树的。如今，屋不见了，花不见了，母亲已经作古，亲人一个都不在这里，只有我一人在这里徘徊。我蹲在一个大树兜上，尽力去追溯那些逝去的日子，往日的生活，那挥汗如雨的艰辛，那田园里收获的愉悦，一齐飞快地闪现过去。我此刻的心中，郁结成硬硬的一个酸果，我想多在这里待上一些时候，但心中那颗酸果是渐渐地膨胀起来，使得我感到待不下去，长长嘘了一口气，站了起来，离开这里，带着无限的惆怅。

再见，我辛勤建过的家园；再见，我洒过多少汗水的土地。什么时候我会再来？我想来，但，又怕来。我想，无论如何，在我有了宽余之时，我是一定要再来的。这里，我怎么忘得了呢？1972—1982，整整十年，一个年代，我的父母，我的妻儿，都在这里，又是避难，又是团聚。大儿是奶奶从戽口学校提携到这里来的，女儿和小儿是在这里出世。总有一天，我会带着儿女们再来，给这块土地膜拜——感谢故土大地！

走到芭蕉，我径直向火花中学走去。火花中学的老师们正在加餐，看到了我，都说我“三十里磕膝包（膝盖）洗得好”（恩施习俗，三十晚上膝盖洗得好，出门容易碰到好吃的）……

第二天，乘早班车到城，脱了军大衣，去找光福。他已经在着手抓艺术体操培训班的开课了。我便和黄校长一起，向局长作了考察情况的口头汇报。刘局长也是个好奇心很强的人，不仅对湖南省给少数民族教育在经费上有这些支持，而且对八面山的闭塞，实行双语教学，也很感兴趣。听了汇报，他提出意见，要把情况写成一个书面材料，报告市政府和州教育局。

接下来，便是写《来凤、龙山民族教育情况考察报告》，并复写了三份，交刘局长一份，又寄谭市长、州教育局各一份。这次考察任务，到此算是正式告一段落。

腊月里，教育局的工作还正忙着。刘局长在州里开了会，传达通山县教育改革的情况和经验。州里要求，学习通山，大胆进行教育管理体制改革，实行分级办学，分级管理；学习通山，积极为农村培养有技术的致富人才，大胆进行中等教育结构的改革；学习通山，根据事权人权一致原则，下放人事任免权，改革人事管理制度。1985 年，要成为教育改革之年。还有，春节后将召开两个会议，一个全市教育先代会，一个教学研究成果汇报会，现在要研究会议的开法以及相关准备工作。

星期一，全局开会，安排年内工作：根据市政府决定，组织集资办学的宣传班子；先代会材料准备；组织慰问教师活动……

小杜是一心把母亲接到城里过春节，昨日从崔坝来，将凑齐的 1 150 元交给了我，只差 50 元了。我写了一份南门外 45 号的《卖约》，双方都签了字。小杜和母亲在城里团聚，过新年的愿望是可以实现了，只是我还要想办法把屋子里的东西腾出来。

电影院放《李冰》，晚饭时传美提议去看一场，她正好要给学生讲《都江堰》一课。晚上，带着昶昶去看电影，我特地把传美昨日完工的一项杰作——皮袄，穿上身了。这是我买的一张狗皮，传美花了几个月时间连起来的，居然也做成了一件皮袄，穿在身上很是暖和。电影《李冰》是上下两集，昶昶没有打瞌睡，还一直看完了。回到家里，他的精神还好不过的，不断哇啦哇啦议论电影里的情节，说“李冰儿子的妈妈”如何如何，他的妈就说：“你莫说李冰儿子的妈妈吵，电影里就叫她‘李夫人’，这样说不简单一些。”但是，他好像说不惯什么“李夫人”，还是说“李冰儿子的妈妈”怎样怎样，搞得我们都哈哈笑。这时，隔壁张鄂的房里，大约是听到我们谈笑的声音，走出赵燕来，手里提着一件衣服，对传美说：“吴老师，您要带的呢子衣买回来了。”原来，传美听说赵燕要去武汉出差，就请她给我带一件呢子衣，并嘱咐别买小了，买一件 78 公分的。赵燕如实照办，买的一件 78 公分的黑色呢制服。他们打开来，要我穿起看一看。我把它穿起来，传美说：“把扣子扣起吵。”我很听话，一颗一颗地扣。没穿过呢子衣，这才发现，呢子衣的扣子是很难扣的，扣上一颗要费很大的劲。把最后一颗扣毕，传美又要我转过身子看一看，然后她下结论：“好，合身得很。再穿的时候，你的风纪扣也应该扣上。”又对着赵燕说：“看来买呢子衣，要适当买大一点的。这一次还真难为你了，他的衣服硬是不好买。”

赵燕也满高兴的，笑着说：“今年过年，大吴老师有新衣服穿了。”

传美说：“按照往年的习惯，穿新衣是要打三下的。”

赵燕也笑着说：“是的，我们小时候也是，如果穿了一件新衣服呀，那些同学，都闹着要在身上拍几下——怎么有这么个规矩！”

传美说：“天哪，那时候好容易得到一件新衣服，到过年时能够穿一件新衣就是好事。东西这么稀奇，哪个得到新衣穿了，伙伴们这样拍几下，还是庆贺一番的意思。”

赵燕说：“现在，好像这么做的没有了——可能也是穿新衣的人多了。”

传美说：“是嘛，现在穿新衣不是什么稀奇事，一年四季都有人穿新衣，拍也没意思了。”

还是在去龙山之前的时候，就听说恩施城里，突然一下子肉食紧张了，食品公司没有供应，自由市场上的价格，猪肉由每斤 1.2 元涨到了 1.3 元，人们议论说，恩施的肉是拖到外地去赚钱去了。现在，看着学校就要放寒假，春节也快到了，家里没有肉，心里难免发慌。星期六一早，跑到市场去，一次买了 51 斤半，多半是好瘦肉，价钱是要贵一点，1 斤 1.35 元，花了接近 70 元，无论怎样，这是不要票的。这一下，家里挂上这么多肉，好像富足了许多，心里总觉得安逸。也正是：家里有肉，过年不愁。和传美商量，有这么多肉，今年也来做点香肠。记得我家还是二十年前的 1964 年，母亲和父亲下了决心，要做点香肠。结果，香肠做了，因为天气很冷，母亲还为此病了一场。这么多年来，虽然一直没有忘记这香肠有多么好吃，就是在戽口，一年杀三百多斤的大年猪，都是舍不得那点肉的。因为要做到细水放长流，保证一家人一年都有点油水，同时，也害怕搞出病来，所以从没有动过这个念头。现在肉食不像过去那样艰难了，传美在与几位善于办吃货的同事交流中，听说做香肠技术有革新，用漏斗式的灌法，简便快速许多倍。现在是既有物质准备，又有了新技术支持——看来，今年的香肠，是指日可待了。

荞荞回来了，旭娃也回来了，看到这么多肉，他们眼睛都亮了。荞荞已经放假，旭娃学校还要补课。今天，他们不仅把肉看足了，还让他们把瘦肉也吃够了。也是，一年到头他们都没有这么好好地放开吃一次。平时，就是星期天，也得控制在 5 元以内，买个三斤两斤肉，全家人改善一下生活，就算不错了。旭娃放下筷子，打着饱嗝说：“今天我尽是选瘦肉吃，硬是吃够了。”荞荞也吃得心满意足，看到挂着的这许多肉，笑着说："今年的瘦肉真的是'够吃了'啊——哥哥，我给你说个笑话，我们老师说，有个娃给他当兵的哥哥写信说，'现在改革开放了，家里的粮食够吃了，爸爸上调了'……他写成粮食'狗吃了'，爸爸'上吊了'，把他哥哥嚇恼火哒。"旭娃打起哈哈笑，昶昶也跟着嘿嘿地笑个不停。她妈一旁说："你莫笑，不多认几个字，也要出笑话的。我们有个学生，一个请假条上写：老师我病了牛鼻子请假一天。他也不打标点，把流鼻子的'流'写成牛马的'牛'，看了就像说的牛鼻子要请假……"娃娃们又是一阵哈哈。

星期天，下雪了，昶昶欢喜得手舞足蹈。真是"瑞雪兆丰年"啊，芭蕉的家治老师来，他和宗恩在乡场上帮我又买了 30.5 斤肉，价钱比我昨天买的便宜多了，只要 0.98 元 1 斤，实在难为他们两个了，我家里今年算得杀了一个不小的年猪呢！

我在筹划怎么处理这许多的肉，哥哥来了，说想买一台洗衣机，要我去帮忙。有意思的是，他们已经买了电视机，却还没有洗衣机，也是，像这寒冬腊月，冷瑟瑟的，洗衣服怎么受得了，早就应该买了。我们呢，是先买了洗衣机，却还没有电视机。我想，等他们把洗衣机买了，我们就去买电视机，都向现代化迈进。

我们的洗衣机是荷花牌的，哥哥他们也就想买荷花牌。一个上午，去了好几个地方，还就是没有这荷花牌的卖。他呢，又似乎非荷花牌的不买，只好回家。下午，他打电话来，说是在舞阳坝买到了一台荷花牌的，高兴极了。我于是骑了自行车，去帮他拖了回来。这一来，哥哥他们现在是电视机、洗衣机都有了。

我们把买电视机的事情，也提到了重要议事日程。现在也的确是形势逼人了，已经有不少人家买了电视机。据说有的人还是"争硬气"借钱买的。为什么这么说呢，因为，原来有电视机的人家很少，没有的就像"打富济贫"一样，到时候了就赶到别人家去看。都是隔壁邻舍，好朋好友的，主人家还老早就把茶水准备好，迎接这些"看客"，像招待贵宾一样。这电视节目又多半是连续的，天天都要接着看，只想看出一个结果来才好。这样日子长了，主人不说，看客自己觉得老是麻烦别人，实在不好意思，不去看又像有了瘾，过不得，掉了魂魄似地，所以，有的人就是借钱，也要自己买一台。我们现在也有几个钱了，还不需要去借，怎么不买？春节前是一定要自己买个电视机了。

光福组织的艺术体操培训班，学习培训了十天，元月30日在市体委召开结业会。参加会议的人不少，有体委和教育局的领导，还有各股室的负责人。光福拿着一个单子，要我主持，我愉快接受这个任务，说："这个事情我行，上面的字我认得，加上声嗓好，保证一项一项念得清楚明白。我就怕上去讲话，要别人讲话比自己上去讲话轻松得多。"

这个培训班的教师是进修学校的田媛老师，我看过几次培训活动，搞得很认真的，今天汇报表演我虽是外行，但觉得很是不错，动作优美连贯，轻柔健美。录音机放出的一曲伴奏乐，特别好听。会议结束之后，我专门问了田媛，那是一支什么曲子，田媛说是《北国之春》，我感到惭愧，这么好听的曲子，怎么现在才晓得。

晚上，参加广播局的一项活动：审录像片。现在看录像片几乎成了风，一到晚上，满街很多地方都在放录像，我是一部都没有看过。广播局要帮忙审，也是见识一下的机会。

一连审了两个晚上的录像片，看了什么《决斗太阳山》《桃色案件》等好几部。我简直都看得腻烦了，大都是缺乏艺术欣赏价值的东西，只不过是混有闲人的时间而已。不知道许多人怎么看下去的。

又是一个星期天，我和传美下决心把手里的钱拿去消费，买电视机。一打听，买电视机其实也不是有钱就能买的，还要票。由此可见想买电视机的人还真不少。在哪里找得到电视票呢？传美想到她班上一个学生，是我的老同学叶端飞的儿子。端飞正是在广播局的电视服务部工作。传美就给这个学生说了，请他爸爸帮忙找一张票。端飞也真是个诚心诚意的人，终于找到了一张票。

有些事，一旦动了念头，就只想一下子办成功。一想到买电视机，而且得到了一张票，就只想着怎么早点把它买回来。还想到，把它摆放在家里，一家围着看电视，那是何等安逸！白天里，上午要参加宣传口的会，下午要研究先代会的两个材料，一个是市师范向极鼎老师关于美育教学的材料，一个是舞阳小学教学改革的材料，分不了身。到了晚上，和传美去北门二街。一打问，熊猫牌的已经卖完，只有上海牌和红梅牌。我们把这两个牌子的机子，对比着收看，还是红梅牌的好，于是决定买红梅的——你看，又和哥哥他们保持了高度的一致。一下子数出去428元，心里停当了，抱着电视机回家。记住了：1985年2月4日，从此我家有了电视机。

家里有了电视机，这是一个很大的变化，就像广告里说的，是“带来幸福和欢乐”。不过我也有点担忧：只怕人要变懒，学习和做事都会受影响。

事实说明，我的担忧并不是没有道理，三天之后我写了这样几句顺口溜：

有了电视机，全家都欢喜。
一到播出时，从头看到底。
睡觉要转钟，早上难得起。
发现有问题，开始定规矩：
每天要定时，十点就关机。
说是这样说，规矩哪能依？
就像吃广椒，喊辣手又去。

有两个计划要写：全市1985年教育事业发展计划和教育股工作计划。历来局内各个股室是不单独写工作计划和做总结的，今年要求，年初有计划，年末有总结，开创了新局面。不过，先写一个计划也好，做到心中有数。

2月9日，星期六，我把股内工作计划完成，开始收集事业发展计划需要的数据，局里突然宣布要紧急动员，投入春节前慰问教师的活动。原来，局领导给市委汇报春节慰问教师的安排，市委有意见，认为原定的规模小了，规格低了，要升级，市里四大家领导明日一齐出动，分作五个慰问团，到学校给老师们拜年。这道令一传下来，我们就有大量的准备工作要做了，而且要在今天十几个小时之中做好。全局人员紧急行动，准备慰问品，买来几千斤糖果，白糖之类，又一一对照学校教师人数，划分出来……

晚上，市政府请看电影《寒夜》，可是，我不能在这个寒夜去看《寒夜》，要给慰问品写红纸条。不过，我并不遗憾，只觉得党和政府如此看重教师，心里暖和，脚下又烤着炭火，周身热乎得很。

第二天，凌晨三时被叫起，要取红纸，写封条，熬了两个钟头。事情做完，又睡了一会。六时许再起来，参加慰问活动。我是第五分团成员，主要任务是管慰问品的发放。五分团的市领导是市委副书记朱永松、纪委书记田兴起，一位政协副主席，我不熟悉，没记住姓名。一个上午，我们慰问了书院中学、城乡街小学、和平街小学和市教研室的教师。市领导和学校老师热情握手，老师们笑逐颜开，这一个个场景，令我感动——我不愿去对比那并不遥远的过去，教师当“臭老九”时的情形。

第三天，11 号，是市四大家领导参加教师代表开座谈会。我没有具体任务，嫌在屋里坐得闷，听说刘局长已从荆州开会回来，小覃的车到黄家塃接他来参加座谈会，便一下钻进了车，随着去黄家塃。返回的时候，在大十街遇到小邱等几位去舞阳坝买水果。问其原委，才知道，胡局长传话说，今天的座谈会只放糖果，没摆水果，吕市长看了会场后责怪，召开这样的教师座谈会，不放水果不像。这样，胡局长要他们马上去买水果。问了好几处，回答说，这寒冬腊月里，别的水果也是没有的，只有橘子，而且橘子也贵。胡局长说，只要买得到橘子也行，不论贵贱去采购，就是一块二角钱一斤，也要买一些。如此一说，我和刘局长下车，让小覃的车带小邱他们去买橘子。

我和刘局长往六角亭走，刘局长说：“这吕市长也真是，有了糖果了还要摆水果——他还真把老师看重了。”

我说：“这些天，你外出开会，市里四大家领导出动，分作五个团，慰问城区教师，规格高，声势大。今天召开教师座谈会，吕市长这样要求，我想都是与前不久全国人大通过‘教师节’的决定有关系的。”

刘局长迈着大步，急急忙忙奔赴座谈会会场。

我没参加座谈会，但从会场出来的人说，父亲今天参加了座谈会，还在会上作了很风趣的发言。我相信他一定是很高兴的，几十年来，要说没有任何后顾之忧，那就是现在，要说真是心情舒畅，那也是现在。中午会餐，我们都参加，开会的教师代表到底斯文，早早地放碗了。我吃得人前人后，还意犹未尽，小夏喊我，到他那一桌去。我端着碗到了他那一桌，大锐又在那边喊，到他那里去，还有不少好菜。我和小夏又跑到大锐那一桌去吃——忽然觉得，自己一下吃了三桌，脸皮是不是太厚了。

已经是腊月二十三了。我们须得在年前把先代会的材料准备完毕。典型材料还剩下向极鼎老师的那一份，花了一个上午将其修改定稿，交到了打字室。下午是电影招待会，也是慰问教师的。我想去参加，传美说：“算了，我都不去看，有电视机了，晚上看电视。我们去买个两用沙发。”

好，到沙发厂买沙发去。还才走到人民剧院门口，传美遇到她的一位同事，说买沙发太贵，不如自己找师傅做。这也是“一脚提醒梦中人”，传美一下子就想转了，说：“当真，我自己还有木料，怎么不找人做呢？”

腊月二十四，机关工会给每人发了30元福利费，大家像小孩得到压岁钱一样高兴。按照传统习俗，今天过小年，是送灶神的日子。我们股里买来一些糖果和香烟，准备开一个欢送会，不是送灶神，而是欢送小林，他要去六角亭教育站当站长了。我们这个教育股，一年来，从一到五，几个人虽然平日很少齐聚一起，常常各自东西，忙忙碌碌，但是都心心相印，协力同心，合作愉快。小林年轻，为人爽直，工作努力，组织调动他去任站长，也是很好的事情。我想起了当年邓源骏股长调去当校长的时候，局里开了一个欢送会，谭世湘局长唱了一首歌，是电影《驼铃》中的插曲《送战友》。今天，我们股里，开欢送会，是不是也可以唱唱这首歌？想了一下，只觉这歌名，和其中一句“革命生涯常分手”，还适合今天这个会，但歌词中许多句子都极不适合。比如“路漫漫，雾蒙蒙”，今日已是六九之末，天气晴朗，还给人春光融融的感觉，又如“默默无语两眼泪”，伙计们哪里是这样的心情？都在烤着火，吃着糖，抽着烟，在找笑话说。

也巧，今天五个人，小林、老康和我，都把呢子衣穿起了，只有光福和小杜，还在“艰苦朴素”。小杜把我们几人的穿着一看，对着光福说：“徐老师，看起来吴股长，康股长，还有小林——林站长，都是穿的呢子衣，只有我们两个还是‘布衣’呢！我们什么时候也去搞一件呢？”接着他把小林的呢子衣摸了摸，故意问小林：“你这个是不是‘叫呢子’啊？”他把“叫呢子”三个字，故意突出出来，说成“叫驴子”。“叫驴子”就是“嚎叫的驴子”，我和老康听懂了，都呵呵笑起来。光福和小林不懂这种骂人的取笑话。待我们解释了，他两个也笑了起来，小林笑得把眼镜取下来，擦眼泪，然后对小杜道：“你这个小杜，是盛家坝人说的，很会‘歹施人’（捉弄人）呐。”

老康止住笑，说：“等今年工资普调了，你们一个人搞一件呢子衣，有什么难的，又不要布票。到时候小林看到你小杜也穿起，还不是说‘你这叫呢子呀！’”

大家又笑了一阵，光福说：“说归说，笑归笑，现在这点事好，街上有现成的衣服卖，还不要布票。”

我说：“这也实在是个好事情，以前不分个子大小，每人都是一丈五尺布票，像我这样高子的人，就特别划不来。”

老康笑起来，说道：“一丈五，还是发得多的。有一年，只发三尺布票，一个女老师不满意，嘀嘀咕咕埋怨说，‘只发三尺布票，连做一条短裤都不够’。后来在运动中，有人把这个事情说出来，批判她对现实不满，攻击社会主义制度，还质问她：‘三尺布票还不够做一条短裤——你的屁股有好大？”

几个人，一面笑，又一面甩头……

教育股这个欢送会，其实完全没有突出主题，都是想到哪里，说到哪里，全然是在一起寻开心。不过，还是体现了一个“欢”字。

腊月二十八，我们上半天班。全股四条汉子，把先代会的所有材料都折叠、装订好了，中午去六角亭食堂会了一餐，各自开始去打过年货，忙过年了。

腊月二十九开始吃团年饭，我们都在大十街家家那里集合了。传美六姊妹，齐齐攮攮都回来了。最远的是大妹妹启玉和小储，带着儿子军军从荆门来。当时我没对这次团年做详细的记录，实在记不得，这么多人在一起团年是怎么坐下了的。想来，也就是坐的坐，站的站，楼上楼下，屋里屋外都是人，反正就是吃一个闹热，只要团聚就好，只要吃到家家做的蓑衣丸子这些传统菜，也就满足。我是一面吃，一面在想，明天都在我那里团年，我出几样什么菜？昶昶的大舅母放了碗，一边喝茶，一边对着我说：“好呀，明天就看你的啦！”

明天要看我的，我拿几个什么菜出来呢？边往回走边盘算：冷盘可以摆几个，再加热炒肉丁、肉丝和肉片，又有了几门；猪蹄炖海带是要上一个的；蒸年肉是少不得的。但是，还是没有特色。要有特色的话，今年自己就来搞一个“三全”，就是全鸡、全鱼和全蹄髈，这样一来，特色不就出来了？我把这个方案给传美一说，她很赞成，说：“要得，有这个‘三全’，席面也就看得了，还有几样坨坨肉，块块肉，只怕这几家伙就要把他们‘打闷’……”回到家里就开始做准备。

晚上睡在铺上还在想：这个“三全”，全鱼和蹄髈都还好做，全鸡是只吃过，并不知是怎么一个做法，技术上须得研究研究。想来，第一，要熟透，达到离皮离骨的程度；第二，要进味，不能太淡，自然也不能太咸，香料要配好；第三，鸡肚里不能空，一个空壳不好看，还给人不实在的感觉。那么，里面填充什么东西呢？糯米，对，就是糯米，加一些瘦肉丁、香菇丁、葱姜、胡椒……这东西一蒸熟，肯定味道没得说。不过，还有个问题，既然是全鸡，那鸡腿鸡爪都得留着，我哪来这大一个蒸锅呢？捆起，对，把鸡脚捆起来，用麻绳……

腊月三十这一天，我在厨房里打仗，脚不停，手不住，忙了这门忙那门。传美给我当下手，摘葱、刮姜、剥大蒜、洗海带，做完了还问，还有么子事要干——我想，她这么积极主动，也是考虑到这一餐的效果，是直接关乎她在家家和姊妹们前的面子的。

蒸笼里热气腾腾，油锅里嗤嗤啦啦，八仙桌上碟碟盘盘，客人三三两两陆续到来，屋子里闹闹热热。几个娃娃把爷爷也接来了，家家迎上去，两亲家亲热交谈起来。阳台上，和暖的阳光下，娃娃们聚在一起嘻嘻哈哈，有的在翻着画画书……

旭娃点燃一挂鞭炮，噼噼啪啪炸响了，我们开始团年……我终于把这一仗打下来了。

昶昶的大舅母下了席，端着茶杯对我说：“你今天这一桌得了啊，特别是做的那个全鸡，哪里那么好吃，你是怎么做的？”

我笑着回答：“我也没做过，凭着自己想，怎么好吃怎么做。我给你说，有几多好菜，就是好吃的人想出来的。你听说有一道烤乳猪的名菜么，实际上是一个好吃婆娘发明的。这个好吃婆娘，男人在外打工去了，她一个人在家，还就想弄点什么好吃的。家里过年的一点的肉被她吃完了，再怎么办呢？她看到猪圈里，还有一群小猪，就打小猪的主意。她头天晚上就想，这小猪的肉，肯定细嫩好吃，但是要怎么做呢？她想到，人们常说，‘鸡、鱼、面、蛋，赶不上火烧的黄鳝’，只有在火上烧烤，才是最好吃的。听说黄鳝是剖了之后，撒上盐用树叶抱起来烧熟的，那么小猪又怎么一个烧法呢？她想用树叶肯定是烧不好小猪的，灵机一动，想到黄泥巴，做皮蛋、盐蛋就是用黄泥巴包起的。办法想好了，第二天她抓了一条小猪，宰了，剖了，洗了，内里撒了盐和调料，用黄泥巴把小猪周身糊满，就架起火烧。这样翻去翻来地烧烤，渐渐香气就出来了。等到黄泥巴烧枯了，她取出来，拨开泥巴，那层猪毛都裹在泥巴上，揭开了，露出考得黄黄的，喷香的乳猪肉，让她美美地吃了好几餐。过了一些日子，她又嘴馋得不行了，准备做第二个乳猪。事先，她还想了如何改进技术，又加一些什么东西调味。果然，第二次做的，比第一次做的还好吃。就这样，她过一些日子，做一次烤乳猪，而且不断改进技术，日子过得还很滋润的。等到男人回来，看到猪圈里一群小猪，怎么只有两头了，便追问她是怎么照看的。她不好撒谎，如实说了自已饿得不行，怎么烤乳猪儿肉吃，还说这烤乳猪是太好吃了，自已实在忍不住口，吃得只有两只了。她男人听得火冒三丈，又是打，又是骂，搞得她躲在门角里哭兮兮的。这男人一排把火气发了，也有些饿，四处找不到充饥的，心想，一窝猪儿差点被这婆娘要吃完了，还说如何好吃，老子也来试一试。男人也就照她说的，如法炮制，烤了一只。他一边吃，一边说道：‘这东西还真是好吃！’这时婆娘走出来，指导他说：‘里面放点辣子面，还好吃些。’于是，这个吃法，渐渐传开了，烤乳猪还成了一道名菜。”

娃的大舅母听得咯咯笑，最后说：“你把怎么烤乳猪说了，怎么做全鸡的没说呢，还想保密呀！”

谁说了一句：“走啊，回去洗澡，洗了好看电视。”于是都站起身来，回去洗澡去了。

等我们打扫了一番战场，春节联欢节目开始了。不过，看了一晚上，没有看起劲——联欢节目是大不如前了。

从正月初一开始，就是我们这边三姊妹开始转了。上午在法院哥哥那里，嫂子做了一大桌菜，红红绿绿，盘盘碟碟，鸡鸭鱼肉，样样齐全。我走进父亲的房里，一下看到了母亲的照片，她在对着我微笑。啊，母亲离开我们快一整年了！我看看外面摆着的丰盛菜肴，再看看我们身上的呢子衣，面对母亲微笑的面庞，不禁潸然泪下……母亲，过苦日子的时候，你是明明白白的，千针万线为我做衣、做鞋，从自己都吃不饱的那份饭中，拨出一些加在我的碗中；在我们不为衣食发愁的时候，你却脑筋不明不白了，看到家里“一个洋芋都没有了”“口袋里一颗粮食也没得了”，你出门去“找洋芋”“找粮食”，不知道归家的路了；如今我们是丰衣足食了，你却离开了我们……我知道，你是不相信丰盛的供奉的，不相信已经作古的人可以在另一个世界享用祭祀。也许是受到你的影响，我也不相信会是这样。如若不是这样，我会在你的忌日，多奉上一些祭品的。今天，面对你的微笑，我是多么感到遗憾，只不过想到我从小到大都是听从你的教训的，没有让你不顺心，在我们有汤圆的时候，我知道你很喜欢，总劝你多吃几个，吃好……这使我还不感到抱愧——或许正是这样，你永远对着我们微笑。

下午，二姐、哥哥两家子，都在我这里聚会。家中肉食菜蔬都丰富，加上昨天已经有了一个基础，所以准备一桌饭菜，我也不费什么事。

初二到土桥坝二姐家。他家的名堂比我们多，有南京带来的八宝饭，山西的名酒，武汉的出口皮蛋……我们不仅享用了稀有之物，还增加了常识。

初六是报到的日子，不知什么原因，也许是现在客车多了，也许是天气好，反正都整整齐齐地到了，这是历年少有的现象。我们股里的四个人，整理了办公室，坐在火盆边闲谈。小杜一眼看见教研室的经武在外面院子里，便喊道：“吕主任，进来坐！”

经武看了看我们这四条汉子，说：“现在你们教育股力量强嘛。”

我说：“你推荐的两个都不错。一个光福，的确是个好角色……”

几个都望着我，在猜还有哪一个，我说：“还有一个，就是麻辣酱，下面条吃真是不错……”

几个人哈哈大笑，引得刘局长从旁边的计财股，直奔教育股而来，一进门便说道：“各位的年一定过得好，哈哈打得这么爽快！”

大伙给他让座，我说：“我这个年的确过得好，肉食数这个年最丰富。我家几十年没做过香肠，今年都做了。”

光福说：“你说的香肠，现在不是什么稀奇东西了。如今的人，还在怪吃，鸡爪子过去是最不逗人吃的东西，今年体委的老韩他们，还尽做这一门菜，说好下酒。现在这点事好，各种各样的菜都有，而且，哪怕是到了腊月二十九，市场都有东西卖。自由市场上的肉，不要票，敞开卖。往年发肉票，供应少还不说，要买到手也是难上加难，要排好长的队，我就最怕排队……”

经武接过话头：“你还记不记得，那一年，到了腊月二十四，我们城关镇的老师还在学习，拉到五峰山上去开总结会。城关文教组的沈组长，总结报告讲到五点半了，还在讲：对照外地的经验，我看我们有五个方面的‘不及’：第一个‘不及’是活学活用毛泽东思想不及别人……；第二个‘不及’是思想认识水平，不及别人……；第三个‘不及’是……下面的老师，都听得八个不耐烦，嘀咕起来：一个‘不及’，两个‘不及’，不及，不及——你不急，我们急吵，天都要黑了，今天腊月二十四，肉票还没用出去，屋里一两肉都没有，不过年了么！”

经武绘声绘色的讲述，让我们看到文教组长稳腔夺板，找自己的差距，讲几个“不及”，老师们在嘀咕“你不急，我们急”，活生生画出了一幅上面“不及”下面“着急”的漫画来，我们的肚子都笑痛了。

光福也笑着补充说：“你看，到了那个时候，哪个还听得进去，心里都在得急，不晓得第二天，食品公司还有肉卖没得，他还叽叽呱呱讲那么多！”

经武接着说：“好的是第二天，土桥坝食品门市部早上还卖肉。我早不早地跑去，门口已经排了好几队。等门一开，几个队的人，手里都拿着钱和肉票，举得老高老高，直喊‘这里三斤’‘这里六斤’，都往前面挤，哪里还有个队？我呢，个子又小，手里举着钱和票，也在喊，但是夹在人中间，憋得气都出不赢。那个食品卖肉的人，眼睛扫视面前这大一堆人，也在喊：‘莫挤，莫挤……排队，排队……’他一眼看见了我，转身砍了一块肉，顺手就把这块肉，往我面前一丢，对着众人说：‘叫你们莫挤，莫挤，硬是说不听——来嘛，我就先给后面不挤的人卖！’那些人，一下以为我站的地方，是最好买肉的位子，就都往我这里涌来。幸亏我个子小，得到了肉，把钱和票给了，就从人堆里钻了出来，才长出了一口气——你们说，这是怎么回事，啊，啊？哈哈哈，哪里是我没有挤啊，卖肉的是我班上一个学生的家长。”

我们又听得哈哈大笑。老康说：“你这个后门还开得巧妙啊！要说，一些家长，老百姓，还是尊师的，反而是有些干部，总有些看不起老师。年前我们几个熟人一起扯白，讲到从今年起有个教师节，有个局长，刘局长认得，就是原来屯堡食品公司的蒋经理，他对着我说，现在提倡尊师重教也是应该的，但是你们那些老师呀，有个毛病，就是太‘小夹’（吝啬）了，连吃一节猪肠子，都恨不得几个人要拿尺量，生怕自己少了。我也半开玩笑地对他说，那是嘛，你们掌管物资的，当然大方得起来嗒；那时候，教师连猪肠子都难买到，拿尺量一寸都没得，哪里大方得起来？那时候还不只是老师‘小夹’，连学校都‘小夹’，粉笔都买不起，学校一天只给每个老师发两支，哪门大方得起来？”

我说：“你说的不假，特别是农民，像我原来教书的地方，戽口那里的老百姓，无论什么时候，对老师都是尊重的。倒是区里有个书记，听说原来在太阳河的时候，对有个教师说，你好好搞，以后把你提拔到供销社去。”

经武说：“这事是真的，我听太阳河的几个老师都说过，说这个书记还是在会上说，你们都好好搞，只要表现好，以后是可以提拔的，到食品，粮店，供销社都是可以的。他说话也算数，不久真的把一个书教得好的女老师，提拔到供销社了，搞么子呢？卖粑粑。哪晓得这个女老师，是‘瘪瘪石头——凑（推，举）不上坡’，还是喜欢教书，没卖几天粑粑就要求调回去教书了。”

刘局长听得有味，笑着说道：“吕主任还真会‘扇经’——你们几个看来还都会‘扇经’。‘扇经’这个话，我是在屯堡学的，就是四川人说的‘摆龙门阵’的意思吧？”

小杜进一步补充解释：“我看这个‘扇经’，还有通过讲故事，鼓动人的意思，有个‘扇’字嘛，就是……”他做了一个拿扇子扇火的动作。

这又引得大家笑了起来。光福问：“刘局长，你们武汉没有‘扇经’这个说法？”

刘局长说：“我不是武汉人，是黄石人，化学课本里有一幅华新水泥厂的照片，这个厂，被毛主席称为‘远东第一’，就在我们黄石。黄石话、武汉话里没有‘扇经’这个说法。我发觉恩施话里词汇很丰富，比如这个‘扇经’就很形象，要说也就是聊天，摆龙门阵的意思，但是也就是小杜刚才说的，这个‘扇’，真是用得活，有鼓动人，打动人的意味。我们有的老师讲课干瘪瘪的，就有必要向会扇经的人学习，像我们的吕主任这样，怎么讲得绘声绘色，学生听得有趣，容易理解。扇经的确值得研究的一门艺术。”

经武说：“那就成立一个扇经学会。”

刘局长笑道：“可以可以，推选吕主任当会长，再选小杜当秘书长，草拟一个章程出来。”

小杜哈哈一笑，表示谦虚：“我怎么行。”

刘局长说：“小杜不错，这里还只有你戴眼镜，我们这些还都不像知识分子呢。”

大家又笑起来，经武也表示谦虚，推辞道：“还是要请刘局长亲自兼任会长，都说你不仅课讲得好，也是扇经的好手。”

刘局长听说讲课，有点激动了，说：“要说教书，那我还真是一把好手。我上课，走上讲台，眼睛往前面一望，头发往后一抹，衣袖一绾就开讲，那真是讲得天花乱坠。学生听得有味，我自已也越讲越来劲。学校里的事情，我是样样都不怕。我的一手毛笔字、粉笔字，都写得漂亮，学生还照着临摹。我的画也拿得出手的，学校办壁报都是我画刊头。我还拉得一手二胡，学校搞个文艺演出，都是可以去伴奏的。写点东西我也还行，当年创作了好几个段子，在全县文艺汇演中还得了奖。我的这套本事多半是在‘文化大革命’中自学的。我们上大学读了一年，第二年‘文革’就开始了。因为父亲是个有名的老中医，运动一来，就把他打成了‘反动学术权威’。几个红卫兵组织都怕我这样的人参加，我在学校里有些抬不起头，就和几个同学一天找书看，学书法，学画画。别人闹了几年革命，我们也学了一点真本事。后来分到恩施来教书，我学的这一套，还样样都起作用。像我这样的人，在学校里最适合，样样事情都不怕——唉，我会搞的事情，他们不让我搞，要我来当这个局长。这个局长的事，我恰恰不会搞，怕搞，他们偏偏要我搞。呵呵——不扇经了，我去那几个办公室看看。”转身就大步流星走了。

经武连忙站起来喊道：“刘局长，我是专门过来找你，汇报教研成果表彰会的问题的……”随即去追刘局长去了。

老康的眼睛笑得眯起来，说道：“吕主任也是有意思，找刘局长汇报，刘局长在这里坐了半天，他不汇报，他人一走呢，又飞达达去撵。”

小杜把银镜往鼻梁上一推，笑了笑说：“都只记得‘扇经’，哪里还想到要汇报啊。”

从初七开始，我们都集中精力，开始筹备全市教育先代会，教研室在筹备教研成果汇报会，两个会议同时召开，只有三天就报到了。教育局现在“写小字”的人也是太少了，我和小梅成了主笔，一个人都有好几个材料要写。我先动笔写了《开幕词》，接着草拟市政府、教育局两个表彰文件的稿子。到会议开幕，才松了一口气，还参加了一天教育成果的答辩会。

教育先代会的闭幕式的时间是在正月十五，地点选在舞阳坝的民族影剧院。等到宣读两个表彰文件，发奖，领导讲话这些仪式进行完毕，先进代表戴着红花，走出会场。接着就是和平街小学的少先队仪仗队，彩旗队在前面开路，引导代表们游行，从舞阳坝，过清江桥，穿过北门，到大十街，六角亭，直到市委大院，沿途锣鼓喧天，炸了不知多少的鞭炮。

我和敖局长在游行的队伍后面走着，敖局长很有信心地说：“要讲造声势，还是要数我们教育战线第一嘛，哪个单位能够搞得这么热闹？今年过第一个教师节的时候，我们再认真组织一下，大些造个声势，使力庆祝一家伙。”

六角亭边逢春

武陵山乡教育回忆录（1980—1989）

㊦

吴国韬 / 著

语文出版社 ·北京·

第十一章　春在溪头

（1985年春—1985年夏）

天气晴和，温润的风让我想到了“春”：野外，想必很有一些春意了。口里不觉冒出一句“春在溪头荠菜花”，于是索性翻出辛词，细品这首《鹧鸪天》。词中句子多像吟咏庠口啊，然而，又不全是，如“陌上柔桑破嫩芽，东邻蚕种已生些”，庠口是不种桑养蚕的，到了这时节，那是满坡茶树在“破嫩芽”，庠口人叫作“张鸦鹊口”，说得也十分形象；“平冈细草鸣黄犊，斜日寒林点暮鸦”，牛儿啃食细嫩的新草，惬意地昂头鸣叫，多有趣呀，那牧牛的童子，说不定还是我的学生呢，至于乌鸦，我在庠口是少见的，老农夫说这是使用了农药后出现的情形；“山远近，路横斜”，好神气，六个字就勾出了一幅《庠口春山图》的轮廓；“青旗沽酒有人家”，庠口的苕皮酒我的印象太深了，那时是由供销社代销点专卖，只此一家，也无须挂什么旗，而如今，好酒多的是，喜欢那一口的喜老头们该是多高兴啊；“城中桃李愁风雨，春在溪头荠菜花”，如今，我正是住在城里，却一株桃李都不见，看到全是重叠的屋宇，那庠口山野田头随处可见的荠菜花，这里是一星半点也不见——啊，我和大自然已经隔绝了。

这都是因为有了一点闲空，才这样无聊地去想。也是，开年以来，就一直忙着筹备会议，组织材料，参加会议，写工作计划，设计学籍管理档案，拟高中、农职中招生方案……就是昨天，还开了一整天的会。段股长传达省州师训工作会议精神，说上级根据教师大部分学历不合格的现状，要求组织学习培训，参加教材教法过关考试，取得合格资格，这可也是一项大工程。一天就想着，忙着这样一些事情，我变成不知春秋的“草里斑鸠”了，哪里想到什么季节？

上午，李局长到我们办公室来，说广播局的郭局长对他说，两家联合举办一个“中小学学生作文展播”的节目，问我们觉得怎么样。我说这是一个好点子，郭局长是从教研室调到广播局的，只有他才想得出这样一个点子来。如果广播里经常有我们学生的作文播出，学生，教师，家长都会高兴。老康，光福和小杜也说，这个事搞得，对作文教学一定有很大的促进，同时，还可以向社会宣传教育，引起社会对教育的关注。李局长说，如果要搞的话，那可能还要拿一点钱，不过也不会多，你们先去和广播局，教研室具体商量一下。

今天是星期六，旭娃和荞荞都会回家。中午把昨天杀的一只鸡几刀剁了，放了调料，在油锅里炒得黄黄的倒入砂锅，放在文火上炖着。下午上班，便与小杜去广播局、教研室，联系作文展播的事，各方都有积极性，事情有了一些眉目。

回到单位，正在发钱哩！这是给干部发的图书资料费，我得到了 50 元。上级发了文件，大体是依照文凭和工作年限，按 50、30、20 不等的几个标准发放。这不是人人都有的，有的同志没有什么本科、专科和中专的文凭，也就一分钱没有。我报考高师函授的时候，全然不知毕业后有这样的好处，现在是很庆幸自己考了，而且毕业了。我想，我如果没有去函授，这一次也是“干望”，自己再怎么爱学习，这图书资料费是没有的。为此，我为一批老高中毕业生不好想，因为，如今在做事的人中，一批老高中毕业生是不可忽视的骨干力量，他们一般不会比中专生差，然而，他们被这政策遗忘了。我担心，这样的政策执行下去，积极性的调动有可能小于消极性的增长——但愿我的担心是多余的。

领了一笔钱，自然高兴。兴致勃勃回到家里，闻到一股浓浓的香气——我的鸡炖好了。用勺子搅一搅，舀起一口汤尝尝，鲜啊。开始准备做饭。这时候，教书的，读小学的，读初中的，读高中的都陆续到家了，便叫荞荞去把爷爷也接来。不一会，在鄂西大学读书的吴良勇和庠口的同事商守忠老师先后到来。我笑着对他们说：“你们的三十夜‘磕膝包’洗得好，今天刚好炖了一只鸡。前一阵就在忙，还没有过元宵节，今天我们就一起热闹一下，补过一个元宵节。”良勇多少有些拘谨，这也难怪。我们吴家的“良”字派，在目前算是最小的辈分了，要给我们“国”字派的人叫“老爷爷”，父亲一来，他是更感到不好称呼了，只是父亲问什么，他回答什么。设身处地，我也感到他的为难。不过，后来我发觉他到底聪明，在必要称呼的时候，便用一个“老辈子”避开了许多麻烦，反正他自认“小辈子”，他给别人都叫“老辈子”，不必细分老到什么程度。商老师给我讲了戽口的一些老伙计的情况，但我忙着锅灶上的事情，没有与他多说话的机会。吃饭的时候，发觉他喝酒是大不如前了。我知道，在戽口的时候，他是喝酒“不推杯”的，既是豪放派，也是实干派。但是，今天在我这里，他并没有喝多少，既不见豪放，也没有实干，变得斯斯文文。他自己解释：“往年好这一口，哪怕是苕皮酒，也喝得下几大碗，现在有的是苞谷酒，也不饿那东西，喝酒真是不行了。”不过我想，首先是我不善喝酒，“主不饮，客不请”，主人浅尝便醉，怎么陪得好客人？再者，喝酒要有几个伙计，共同营造出一个特殊的气场来，这样的气场一旦形成，哪怕是喝不爽口的苕皮酒，人人都不甘示弱。只有在这样的情况下，商老师方可显出英雄本色。呜呼，当年戽口那帮伙计热热闹闹，对酒当歌的场景是难以重现了！“去日苦多”的说法也不尽然，无论何时何地，只要有一帮好伙计，即便物质生活贫乏，也会一起寻找到生活的乐趣。

晚上，良勇和商老师相继告辞离去。爷爷对着几个孙孙说：“你们看，吴良勇两兄弟都很不错呢，他哥哥叫吴良绍，从建始三中，一下考到武汉同济医学院，现在是州医院的外科医生，技术很不错的。吴良勇也一家伙考到鄂西大学，学物理，两弟兄都很有出息。”荞荞笑着说：“这个吴良勇也真好玩，他给我们都叫‘老辈子’。”爷爷说：“那是嘛，你们修字派高他两辈，连昶昶他都要叫爷爷，是不是老辈子？”昶昶惊奇地闹起来：“啊，他给我还喊爷爷？”爷爷说：“那是嘛，他的爷爷是修字派，叫吴修礼，和你们是一辈的。他的父亲是定字派，叫吴定芳，比你们还矮一辈，像你将来生的儿子，就叫吴定什么。”昶昶说：“啊，我的儿子叫吴定么子？那叫吴定……就叫‘吴定锤’——钉锤儿！”他伸出一只手，握成一个拳头，引得一家人哈哈大笑。爷爷也笑了一阵，然后说：“你们莫笑，他给儿子取的名字吴定垂，还取得好呢——定垂，就是‘定国垂统’，常言道安邦定国，《孟子》中有‘创业垂统’的话，就是承传基业。安邦定国，传承基业——要得，取得好！”一家人又笑了好一会，爷爷对几个娃娃说：“你们要记住哟，我们吴家的字派是：大士祚朝光，经国修定良，开宗应家兆，启世其必昌。这样子按派别取名字，就不会乱派，走到哪里都分得清谁是老辈子，谁是小辈子。”荞荞说：“哪门我们都没取修字派的名字呢？”爷爷说：“那个时候，喊的口号就是要反修防修，还要打倒苏修……哪个还敢取这个‘修’字呢——以后就不存在这个问题了嘛。好啦，我回去了。”旭娃陪爷爷回法院。

——民间有句俗语，叫作“娃娃还没生就把名字取了”，意思是有些不必提前考虑或者去做的事情，却操之过急，早早去想，去办。昶昶给儿子取名时自己还是一个上学前班的娃娃。有趣的是，这名字取了三十年，一直放在那里，只是有时谈笑之间说说。以后若干年，吴昶已执教湖北民院，迟迟没有结婚，亲朋们没有不敦促吴昶的。直到2014年，他终于与汪艳平结婚，2015年6月3日，果然生一男孩。消息传开，娃的姑姑们、伯伯们、亲朋们，不用权威发布，都以“锤锤娃”称呼这个小子了，因为这个名字是三十年前吴昶就取了，而且得到过老爷爷的认可点赞。

正月十九是母亲去世一周年的忌日，我们都在忙工作，没能到母亲的坟上去。恩施民间的风俗是，三年内的新坟，要在“社日”之前去祭扫，称之为“拦社”。这个星期天，已是正月二十六，按照“立春五戊为春社”的说法推算，再过三天就是“社日”了。我们邀集去红庙“拦社”，只有二姐因为永青去武汉读书，要照护外孙，脱不了身。于是我们兄弟两家集中起来，也是一大路人，热热闹闹向红庙走去。

春光明媚，微风徐徐。走出城市，到了近郊，看见远远近近，山峦重叠，披绿挂翠，丹霞红砂，灿然明丽。一曲清江，波光跳跃，蜿蜒回环，素湍绿潭，静影沉璧，诸多情趣。红庙大地，红白相间，黄绿交织，俨然是一块色彩斑斓锦绣，充满盎然的春意。这一派生机勃勃，春光明媚的景象，岂止是“春在溪头荠菜花”？我渴望的大自然，终于亲近了；我怀念的母亲，今天也走到了她的身边。母亲的坟头，已经生长了不少青草，坟前有燃烧后留下的蜡烛头，还有不少的香签和纸灰的痕迹。哥哥说，刘伯家已是几次给母亲上坟了，腊月三十晚上来“送亮”，开春之后又上过坟。这令我们非常感激。父亲说，母亲长眠于此，他很放心，就如托付了很可靠的人照护一样。我们在坟前燃起了红烛，插上三炷香，烧化纸钱，鸣放鞭炮。按照当地的风俗，三年内的新坟，是在坟上插红红绿绿的宝盖。若是旧坟，则是在清明时节扫墓时插上白飘飘的清明吊。我们把两个花红的宝盖插上去，宝盖上的彩带便在春风中飘荡起来，给这静穆的墓地增添了活跃的气氛。但是，我们所做的这些，比之于有些人家，祭奠似乎显得太薄了。不少人家“拦社”上新坟，是敲锣打鼓，热热闹闹送上旗、锣、鼓、伞一整套，坟头上都插满了，那是花团锦簇的一大堆。还听说，今年有的人家更是做得特别：旗锣鼓伞，不是纸糊篾扎的象征性物品，而是真的东西；旗是枕巾、枕头套做的，伞还是买的真正的自动伞……想来，这都是因为现在的生活渐渐好起来，活着的人希望已故的亲人也享受改革开放带来的好生活。这样的孝心是令人感佩的，然而，我觉得这样做又未免有些过分，奢侈的祭祀未必就是故人所希望的。古人其实有厚养薄葬的主张，不认为祭祀越丰盛越好，有“东邻杀牛，不如西邻之禴祭，实受其福”之说，甚至写出“一滴何曾到九泉”这样的诗句。因此，我并不想在这方面去与别人攀比，只觉得用心去怀念已故的亲人，特别是赡养好健在的老人，这才是正理。

第二天，星期一，市里组织各单位的干部到屯堡的鸭松溪植树，我又得到一次亲近大自然的机会。这个植树活动的声势不小，十多辆车载着数百人，浩浩荡荡，往屯堡方向开去。久坐机关的人，现在坐在车上，峰回路转，面对不断变换着的山光水色，特别开心，开始找笑话说，话题从栽树讲到砍树。有的说，现在要我们栽树，往年要我们砍树。当年大办钢铁，他们去白果坝砍树烧炭，开始技术不过关，烧了不少的树，大窑的木材都烧成了灰烬，没有得到多少木炭。通过不断摸索，掌握了技术，拿准了火候，出炭不少，可是，那些炼铁的人把木炭烧完了，又没有练出一块铁来。有的说，他们那时是负责砍树的。开始也是工效低，一天砍不倒几根树。后来动了脑筋，总结出高效砍树法，就是先从山下砍，到差不多要砍倒的时候，不马上放倒，接着再砍上面的，这样一直砍到山顶上。最后，从最高处把树放倒，于是倒下的树把下面的树压倒，这样就像倒骨牌一样，一根压一根，一排压一排，一直倒下去。一时之间，只见那些大树，吱吱嘎嘎一根根，一排排直往下倒。一阵倒海翻江之后，一片山林也就匍匐在地面上了，一面坡变得亮亮堂堂的。这种办法推广开来，三五个人一组，一天就可以砍光一架山。听他们这一番叙述，有的发言说，就是你们这些人把树林都砍光了，鄂西林海变成了一个一个的光山包。也有的说，大跃进，大办钢铁的确是毁林不少，不过，山林的管理也是问题。那些年山林都是集体的，乱砍滥伐，盗卖木材的现象屡禁不止，加上农村烧瓦，烧柴，毁林也相当厉害。我于是坦言，在庲口的时候，十年时间把生产队分给我的唐峰坳那架山，也差不多砍光了。先是砍抱大的树，再砍碗口大的，后来只有砍茶杯大的了。我的柴山我也管不了，别生产队的人都来偷，到最后有人对我说，“您那个唐峰坳，上面开得车了呢”。但是，别人砍我管不了，我自己不砍就没有柴烧，做不熟饭，你说怎么办？有人随口便答：所以，现在要来栽树啊……

下了车，到了一面坡上，我的确想多栽一些树，弥补过去毁坏森林的过失。几把新制的锄头开始打窝子，几个人拿着树苗往窝子里放，然后填土……没有一会儿工夫，就说没树苗了，任务完成了，准备回去。我觉得大老远专门来栽树，只栽这么几根树苗，也真是利川人说的“涮坛子”（开玩笑）。这时，又有人发表意见说，干部植树也不是要栽多少，记者搞个采访，拍个照，在广播里，报纸上宣传一下，也就达到目的了。不过我还是觉得，这样多的人耽误一天，只栽这么几根树苗，除了让大家春游散散心，广播报纸宣传干部参加植树之外，没有多少实在的意义，是太不划算了，还是属于形式主义的做法。过去搞大跃进，轰轰烈烈搞形式主义，毁了大片森林，没练出钢铁；现在这样栽树，热热闹闹搞形式主义，耽误几百人一天时间，没栽几根树苗。形式主义在我们的生活里总是如影随形。“十年树木”，植树造林，到底应该怎么才有成效，鄂西林海到底怎么恢复，也许林业部门自有主张——我们还是去想“百年树人”的事吧。

教育股的事情多而杂，我们四个人总少有空闲的时候。今年又有几个区普及初等教育要接受验收，老康东奔西跑，忙得“瞎子打婆娘——松不得手”；光福才把全市学校的乒乓球赛组织进行完毕，又在举办毽球培训班了；小杜一时要和老康一起考察迎检单位的情况，一时要参与作文展播的策划，还要参与双推工作，筹备市里的普通话教学成绩观摩会。

老康今天和小杜去龙马考察，光福又去毽球培训班了，我一个人在办公室，想着要做的事情还真不少：

——作文展播，说起来也就是选出优秀习作去广播，但是具体工作还不少，建立组织机构，成立评审小组，提出评审要求，明确工作程序，制定细则。

——城区今年初中生毕业1 200人，但高中毕业12班，只能招收600新生，而城区初升高比例不达到80%，就会成其为“社会问题”，刘局长说这个问题要报告市政府，请求指示。

——城区小升初的划片，也是一个敏感问题，刘局长说先拿出一个方案，请宣传部的人来一起定板。

——省里要求，各县市上报一所职业技术教育培训中心，市里决定报土桥职中，须得写一个报告给市政府批。

——中教改革，发展中等职业教育，上级愈来愈重视，州教育局安排，全州要对各县市的职业中学进行一次检查，在此之前，各县市自检一次。

……

虽说是“账多不愁，虱多不痒”，但是，事情多了哪有不得急的？一个上午把急着往省里报的职业教育中心报告写成了。

下午为上报职业教育培训中心报告的事去市政府，找到何渭滨市长。他是个明智而随和的人，我一说，他便御笔一批，随即找到办公室的一位科长，把市政府的大印“啪”地一下盖了，事情也就办成了。接着便去找市委办公室的张安国同志，他是教研室调去的，我的事他也不讲二话，爽快地把报告和批复一下子就传真出去了。没想到今天办事还这么顺利。

晚上看了一下新闻联播，心里有许多事悬着，便又去办公室。晚上还做一件什么事呢？面对堆积如山的事情，我想应该学老愚公，要挖山不止。但是，愚公面前的太行、王屋二山是不会再加高的，而我面前的事情，却是旧的没做完，新的又来了，不断地在加高，永远也做不完。想到在学校教书自然也是忙，但是，把一批一批的学生教出来，总能看得到一个结果，有一种成就感。如果肯动脑筋，勤于总结，说不定还可以出点教研成果。然而，像我这样，一年忙到头，做的事情就如同在厨房洗碗刷锅一样，看得到什么结果呢。而且这样打杂过去，自己已经成了没有什么用处的桐油罐子了，不免叫人灰心……

无心写什么文稿了，提笔写下几句打油诗：

一

梧桐夜雨地生苔，春到山城花不开。

四时忙碌勤苦去，难寻几粒果实来。

二

二七立志发奋学，三遭会试戏笔墨。

一代红颜人废去，一把华发见蹉跎。

三

桐油灯盏桐油锅，桐油罐子不怕多。

再打一十五年杂，杂家毕竟是一家。

去年，教育工会在教育局的旁边，新修的一栋楼房已经落成，开了十几间客房，顶层是教育工会办公室和一个大会议室，底层办了一个食堂。这样，开个站校长会，也能够接待。平时，站、校来的人，也可以就在这里落脚，不需要到招待所或旅社去住，办事也很方便，大家管这里叫“教工之家”。

我记不清这栋房子是什么时候动工的，只觉得时间很长了，先是敖局长，贾主席他们在操办，以后贾主席退休，赵主席来了才完工。整个工程管理，一直是小周负责。小周是城里人，下过乡，会木工、瓦工、电工一些技术。选他监管工程质量是合适不过了，内行不说，特别是他很负责，几乎是天天守候在工地上。他监督施工质量，不容许任何偷工减料的行为；施工场地就在路边，来去的人多而杂，他看管材料，生怕有人拿走一块砖，一根钢筋。我经常听见他就像在和别人在吵架，其实多半是他说话嗓门大的缘故，不过，有时还是真吵，这毕竟是个得罪人的差事。有一天，我见他的头上扎着绷带，看得见血迹，问怎么回事，他说昨天一个过路人，顺手把一块木方拿走，他追上去抢了回来。抢夺之间，把额头碰伤了，出了血。他很想得开，说，搞工程修建，见一点“红”也是好事。

教工之家终于竣工，我相信小周心里是很高兴的，因为看到了自己为之辛苦付出的成果。随后，小周在工会办公室管财务，今年还具体负责办机关食堂，兼任伙食团长。我在园艺场时当过伙食团长，知道这是相当麻烦的事，而且很难做到人人满意。小周看似一个急性子人，但做食堂的管理工作还相当仔细，耐烦，只是说话还是高声大气。

自己的机关有了食堂，我是特别满意的。记得刚到教育局的时候，要走刻把钟到教研室去就餐，以后在政府大院的食堂打饭，也要走不少路。全家进城以后，只好自己做，每天为做饭花了不少时间，中午几乎无法休息。现在中午一下班，下几步台阶就可以端起碗来吃现成的，还可以午睡。此外，在自己单位食堂吃饭还特别热闹有趣。

一天中午，我在食堂吃饭，几位教育站的会计也在这里。炊事员小龙是芭蕉人，曾在部队当过炊事员。小周也在吃饭，筷子上夹着一片姜对小龙说："龙师傅，你的姜用得太多了。"

小龙答道："多吃点姜好，姜是植物味精，还能清热解毒。"

小周说："你不晓得，姜好贵哟，放这么多，吃不完倒掉了，几多可惜。"

这时，有人买餐票，小周搁下碗就去办公室了。

芭蕉站的李老师喝了一口合渣，称赞道："小龙，你这个合渣打得好，酽冻冻（稠，浓）的。"

小龙听到表扬，很高兴地回答："合渣就要打成这个样子才好嘛。"

李老师说："打得这么酽，小周要说你这样费黄豆，划不来。"

小龙说："合渣稀了一碗水，吃的人有意见吵。李老师，您是芭蕉人，你知道原来芭蕉区公所一个炊事员谭老，别人吃了他的合渣就用红纸给他写了一个顺口溜……"

李老师笑起来说道："这个笑话芭蕉好多人都晓得。"接着便兴致勃勃给其他几位会计讲芭蕉谭老的笑话："这个谭老在区公所弄饭，区公所去去来来的人很多。有的客人走的时候，还用红纸写几句感谢的话，贴着食堂墙上。谭老最喜欢看别人写的感谢信，但他不识字，要请人念。别人念的时候，他在一旁衔着烟杆，听得乐滋滋的。有时候，一封感谢信，他请这个人念了，过一会还要请那个人再念一遍。一天，一批客人临走前也在食堂墙壁上贴了一张红纸。谭老看见别人又贴感谢信了，欢喜不过，就请旁边的余文书给他念。余文书给他念起来：'合渣打得实在好，清水一碗镜子照。一喝一条槽，一吹一个泡，一斤黄豆打一百碗，还要收我一两票……'

“谭老不等念完，吐口口水骂起来：‘这是哪个背时崽崽写的，这么缺德！’他再也不找第二个人念了。”

大家听了哈哈大笑。小龙也笑着说：“所以，我就不敢把合渣打稀了，不然‘讨日决’（逗人讽刺谩骂）。我打合渣，就注意两条，一是推磨的时候，水要加合适，不能太稀了；二是煮的时候，千万不煮煳，煮煳了的合渣，一股煳味，也难吃。煮合渣，没得巧，关键就是人离不得灶，一直要守在锅灶边。一锅合渣煮在那里，你看到它一点不动，老是煮不开，但是，它说开就开，一开就倒海翻江的，眨个眼，就翻出了锅，铺得到处都是。这样子，合渣跑走了一半，锅底还烧起煳锅巴了。所以，人一定要守在旁边，还得不停地铲锅底，不让它漫出来。看到要开了，马上把菜叶丢下去，煮一会，放盐，舀出来，加上盖子，保险是好合渣。”

崔坝站的朱老师接过话说：“你煮合渣算是得到法，说到了点子上了。我们崔坝镇政府食堂有个炊事员，他煮的合渣，就多半有煳臭味。哪门回事呢？他只顾‘乐于助人’，管别人的事情太多。镇上的同志有时出门了，外面来人办事，看到他，喊他一声‘同志’，他也就欢欢喜喜答了白，还问来的人要解决什么问题。来的人以为他真是可以解决问题的‘同志’，便一五一十向他陈述。等别人把问题说完了，他最后还要说个意见，说，你刚才说的这个问题，应该要找哪个同志解决，不过，今天他在什么地方去了。就是这样，他只顾解决别人的问题，常常把锅里的合渣煮煳，吃的人都有意见。他听了这些意见，也表示虚心接受。一天，他把合渣煮在锅里，走出厨房，看见院坝里来了一男一女。这对男女见了他，都叫起‘同志’来。他走上前去就问，你们有什么问题。女的先说了一番，是要和男人离婚的事，于是男的接着要说。这时，他突然想起锅里煮的合渣，急忙对他们说，‘你们等一下，我锅里的合渣要开了……’两口子晓得他在煮合渣，不是解决问题的‘同志’，走了。”

朱老师说得全饭堂的人，真的是“喷饭”了。我已经没饭可喷，笑着离开了食堂。

早上，正在食堂吃面条，刘局长到了。小龙问刘局长吃几两，刘局长说：“半斤。”

我惊奇道："你能够一下吃半斤面条？"

小龙说："今天只吃半斤还是少的，有时候六两、七两都吃得完，不过，那是连中午的都吃了。早晨吃的多，扯常（经常）中饭就不吃。早晨若是没吃呢，那中午也就莫怪，肯定是一海碗饭——刘局长，您说是不是这么一个？"

刘局长嘿嘿笑道："小龙摸到我的怪德行了，我吃饭一天要么不吃早餐，要么不吃中餐，晚餐是必定要吃的。我吃饭吃得多，吃得快。我还有一个怪德行，一天很少喝水，你看别人一天不断抱着茶杯喝，我连茶杯都没有……"

正在洗碗的远栋搭话："我晓得，刘局长是怕别人说。"

刘局长答道："那怕别人说什么哩？"

远栋道："现在的干部都用一个罐头瓶装茶水，区乡来的人就编顺口溜说，'市里干部怪德行，手里抱个罐头瓶……'嘿嘿，是不是？"

刘局长也笑了，说："现在喜欢抱罐头瓶的干部也真多，我是没有喝水的习惯，想喝还怕别人编顺口溜？"

远栋说："罐头瓶装茶水也是个发明，可以密封，放在提包里不会漏出来。"

小龙把海大一碗面条端给刘局长，刘局长呼呼啦啦吃起来。我说："半斤面条这大一钵，你的饭量也真是吓人……"

刘局长说："你说吓人，今早上就真是吓人，把我一身吓软了。"

我问怎么回事，刘局长吃了一口面条，说道："鄂西高中大门口的那条路出来不是又陡又长么，我骑的车呼啦啦跑，我捏刹车——有怪的个刹车？急了，忙用鞋子擦地，不起作用，车子越跑越快，简直是飞起来——幸好，早上路上没有什么人，一直跑过桥，又在制药厂旁边跑了很长一段平路才慢慢停下来。如果路上人多，那今天就完了。"

远栋说："这种情况最嚇人，搞不好出大事。办公室早就说，你住得远，小覃的车把你接送一下，你又不干……"

刘局长说："我还玩那个味！"回头对我说，"吴股长，今天上午我们去宣传部开个会，研究太山庙药中的问题。"

市委宣传部办公室，坐着吴成嘉副部长和张永科科长，还有太山庙药材场的周场长。我们去了之后，吴部长说："最近贵生书记到东乡调查，了解到太山庙药材中学管理不落实的问题。原来定的由双河区教育站与太山庙药材场共同管理，结果是都没有管。他说，共同管理，往往不落实，要求我们就这个问题专门研究一下。”

我们一起讨论了半天，觉得这事有些棘手，落实到哪一个方面来管，都有不好处理的问题。于是，吴部长站起来说：“这样，我去把贵生书记请来说一个具体意见。”

不一会，吴部长把市委李贵生书记请来。李书记精明的眼神，环视了在场的几个人，最后落在刘局长身上，对他说道：“我才到太山庙去了一趟，那个药材场办得很不错，很有发展前途。那里办一所药材中学，也是很对路的，今后药材场的发展，需要培养一批专业技术人才。问题是，学校的管理没搞落实，原来讲药材场和双河教育站共同管，结果是两边都没管。‘一个和尚挑水吃，两个和尚抬水吃，三个和尚厨尿吃’，现在是两个和尚都不抬水，都不管，学校像个‘无娘儿’，那怎么行！”

刘局长说：“刚才我们正是讨论这件事，有点不好办的是，学校照说要由双河教育站负责管理，但是，学校办在场里，又是办的药材中学……”

李书记直截了当说：“现在就要搞明确，落实到一个单位管。”他把眼盯着周场长说，“我的意见，这所学校就是由你们药材场直接管理，场办场管，场里要有人分管教育。场里还有一个初中，可以同药中合并，一块牌子，一套班子，分为初中部和职中部。要给场里办学自主权，原有教师现在一律不动，人员管理和教育站脱钩，教师的人头经费按照原来的标准，由教育局直接划拨到药材场，叫作教育局协助。专业课教师由场里招聘或者现有人员兼职。学校招生人数，范围也由场里确定，教育局下达计划要与场里协商。教学内容是以黄连为主的药材种植、管理、加工，课时安排由场里决定，教育局不干涉。场里要统筹计划，一年安排一点钱改善办学条件，修点教室、宿舍……按照这个意见，你们具体研究搞落实——我那边还有个会等着……”说着便起身离开。

吴部长说道：“贵生书记百忙中过来，给我们一下子把问题讲得很明确了，可以说是一锤定音。我们现在就按贵生书记的指示，围绕‘场办场管’这个题目来做文章，议论一下具体怎么落实……”

周场长说：“前不久李书记到场里去，唐书记给他说到了学校的情况。这件事，我建议请几位领导到我们场里去现场指导，具体研究，唐书记这段时间都在场里。”

吴部长说：“也是，要落实到场里全权负责，和场里唐书记一起商量是必要的。我看就这样，部里的张科长和刘局长你们一起去。事情宜早不宜迟，及时把贵生书记的意见落实下去，刘局长你看几时上去？”

刘局长说：“今天星期二，后天，后天去。”

吴部长说：“好，请周场长今天就给唐书记打个电话。”

从宣传部走出来，刘局长对我说：“那你就准备一下，后天上太山庙去，计财股倪股长也要一起去。”

我说：“是的，经费要直接划转到场，计财股要具体落实。”

刘局长说：“经费由教育局直接划拨到场，和教育站脱钩，这还是一个特例。”

我说：“这中间是不是因为双河区，双河教育站与药材场有不协调的问题。”

刘局长说：“明摆着就有这个问题。”

我说：“照说这样管，与双河区完全脱钩，还是有些不顺。”

刘局长说：“不顺的事多啊——但是，问题是不脱钩，像现在这样都不管也不行——改革嘛，只要药材场把学校办好也就顺了。我想后天去太山庙，和场方谈了之后，还是要搞一个文字东西出来，就叫‘恩施市教育局、太山庙药材场关于落实太山庙药材中学管理体制的意见’，你先考虑一下，不然我们上去几个局长、股长，最后是空说一番，还是叫作没搞落实。”

星期四，随着刘局长、倪股长，还有宣传部的张科长，一道去太山庙。车到双河，未作停留，直接登上太山庙，到了药材场。刘局长是初次上太山庙，奇怪下面是晴天光光，怎么一到太山庙就阴沉沉的，还飞起毛毛小雨。我一句话给他作答：“高山的天，猴子的脸，说变就变。”这话，正是我初次到太山庙时，别人如是对我说的。

场方的唐书记、周场长都在，一起议论如何落实李书记的指示。唐书记建议我们，吃饭以后先和学校负责人座谈，看他们有些什么意见和要求，明天我们一起再具体讨论。大家都觉得这样很好。

晚上，与药材中学、药材场初中负责人座谈。刘局长说了市委李书记关于落实学校管理的意见，请他们谈想法，提建议。小刘老师是学校负责人，他先说：“我是八三年师范毕业分配到这里来的……到了去年下半年，我们这所学校像个无娘儿，站里没管，场里也没管。我的看法是，两家管不如一家管。现在市里的意见是场里管，留不留得住人，还要看场里怎么管……”

接着发言的是郭老师。他已是年过半百的人，华中师院毕业的老牌大学生，家在离太山庙不远的红南溪，为了照顾家小，他甘愿在红南溪教小学。去年教育站把他调到药中来任教，管理教学工作。他发言，提出的第一个观点是：“这里山高闭塞，不宜办校，最好是迁校。”他列举了师生在山上生活、学习的许多不便和特殊困难。也因为这样，愿意来读书的学生不多，现在的高二，原来有30来个，到去年下学期只有18个了，这学期休学3人，还有15人。高一招了35人，这学期休学6人，还有29人。如果不马上采取得力措施，学校很难继续办下去。他说，如果不能迁校，落实管理是当务之急，还要重新选举和任命校长，由校长组阁，招聘教师，引进山外的凤凰来。上级要舍得投资，改善办学条件。他最后表示：“如果上级重视，管理落实，场里厚道，我是太山庙边上红南溪的人，只要我这头牛不死，就做到‘老牛认搏’，在山上干一番事业。”

初中的负责人张老师表示：“上面说，初中与职中合并，我们服从；但是我们不提要合并的话……”

几位老师都情绪不高，又各有想法，除了郭老师说了“老牛认搏”“干一番事业”这样几句慷慨话外，座谈会的气氛和山上的气温一样冷凉。

第二天，和场方讨论学校管理的问题。唐书记讲了他对场办教育的设想，要办成幼儿园、小学、初中、职中的一条龙。接着他细说设备条件的奇缺，摆出许多困难，一笔笔算了经济账，说了场里准备给每个教师每人每月25元高山津贴，学生每人每月6元的生活补贴，再拿出5 000元作奖金……最后，他提出师生宿舍的问题，教育局要拿出一万元来帮助解决。此时，坐在我旁边的倪股长，对我暗自苦笑了一下。刘局长对场里办学的积极性大加赞扬，就有关办学方面的问题讲了整整十点意见，可以说是有条有理，也面面俱到了。只是最后，在承诺给一万块钱的时候，他就不怎么理直气壮了，讲了教育局经费如何紧张一些话，不过，最后还是答应“尽力设法，争取解决”。唐书记、周场长一致表示:“有刘局长这句话我们就更有信心了。”

与场方磋商结束，接着开教师会，宣传部张科长传达了市委李书记关于落实药材中学管理体制的意见，刘局长讲了有关的几个问题，唐书记、周场长讲了加强对学校管理，办好学校的想法。小刘、张老师等几位发言表示：领导重视了，管理落实了就有了希望，愿意尽力把学校办好。散会的时候，郭老师拉着我的手说:“我还是昨天说的那句话，只要上面重视，我是‘老牛认搏’，我是愿意给家乡的教育做出贡献的。”

已是下午六点，关于形成一个文字材料的问题，都同意以后在城里一起完成。于是我们一行人下山，在双河教育站住了下来。双河教育站正在忙着接受“一无两有”的验收，紧接着还要接受“扫盲验收”。陈站长忙进忙出，见了我便问，上面的药中最后到底怎么办，我说了大概的情况，陈站长眉开眼笑，对我双手合十道:“阿弥陀佛！”

我想，他也许是太忙，“多一事不如少一事”。

次日一早，双河区委的领导来到教育站，请刘局长去双河中学看看。双河中学坐落在一个狭窄的山沟里，有几间不小的木屋。廖书记说，这里太窄，发展不开，打算迁移校址。接着，他带着去看了离区公所不远的一片开阔地，就是新选的建中学的位置。随后，一起在双河区公所座谈，廖书记很正式地汇报，讲了他们迁址的初步方案。刘局长很赞赏这个方案，现在中学校址的确太窄，新选的校址不错。区领导自然高兴，廖书记接着提出，“这大一个工程，教育局不在经费上支持，事情也是难得办拢的。”

刘局长对此未作回答，顾左右而言他:“我也给区委领导做个汇报……”于是把药材中学的管理问题，给区里的同志作了通报。

谭区长表明态度:“我们服从市委意见，药中脱钩，与我们关系不大，只要经费划拨清白了就行。问题是双河区教师的人员编制不够，请局里考虑……”

陈站长随即补充:“市委的决定我们是坚决拥护照办。我们区里 166 个公办教师，这一下太山庙划走了 10 个，都是我们的精华力量。我希望局里要做个好事，凡是双河籍的大中专师范毕业生，都要分回双河来。今年我们就有两个黄石师院学中文的毕业，局里千万不要截流。”

廖书记接着说："我们双河是个高山区，也是贺龙当年打游击的地方，要说老少边穷是都巴（沾）得上，也只有两个要求：一就是迁建这所中学，局里要在资金上帮一把；二呢，以后毕业生分配，要照顾一下双河，我们这里陆续调走的老师多，补充的教师很少，今后起码要做到双河籍的分回来，多动员几个来支援就最好，不然，我们把新学校修起了没有老师教，还是'打不响'。"

面对热心办教育的地方领导，刘局长开心地笑了，并且还笑得有些脸红。他说道："各位领导这样重视教育，我的确非常感动……不过，我这个局长真是有苦难言，手里没有什么钱，我们的计财股长在这里，问问他就知道，教育局除了几个人头费就没有什么别的钱。看到你们这样热心办学校，我是真想在哪里捡一坨金子才好……"刘局长"捡一坨金子"的话一出口，都哄笑起来。区委廖书记也是个见机行事人，马上说道："好，我相信刘局长肯定可以捡到一坨金子。我们反正是一不等，二不靠，自己动手建学校，只希望刘局长早一点把金子捡到手——好了，饿了一大早，现在都去吃早饭！"

早饭后我们返回，刘局长在车上说："你们看，无论走到哪里，主要问题就是两个，一是要钱，二是要人，这，这，这怎么办。"倪股长嘿嘿笑道："你这个局长也是难当，教育上这么大一个摊子，账面上钱是不少啊，几百万，占了财政支出一大坨，但是，除了人头费就是几个'籽籽钱'，做盐都不咸——你答应的太山庙这一万块钱，我都不知从哪里生火——我看也只有一个办法，就是你说的，在哪里捡一坨金子。"我们都穷开心地笑了一阵。

一会，刘局长又说："其实，像在太山庙这样的高山上办职中，还要从外地招学生，困难是太多，老师学生也太苦，我是很担心这所学校能不能巩固下去。那位郭老师说的'高山闭塞，不宜办校'，我看是一句大实话。自古以来，山上只适合修庙，而不宜办校。但是，场里有这个积极性，唐书记还决心办一条龙的教育，怎么办？只有支持，特别是市委书记都发了话。吴股长，我们市里的职业学校，你是跑遍了的，你说说看，今后到底怎么办法？"

我已经习惯领导说办什么事，就去办什么事，很少自己想该怎么办的问题。刘局长这一问，我只有临时凑合几句回答："市里的职业学校规模都很小，多数办在山上，困难特别多。现在省里要求各个县市办职业技术教育中心，我觉得这是一条发展职业教育的好路子。土桥中学办职教中心条件比较好，生源充足，好补充教师，容易上规模，应该全力办好。不过，有的专业职教中心不可能开办，比如药材，畜牧，还是要继续巩固现有的职中。”

刘局长说：“我在想，比如这所药材中学，即使花很大功夫去巩固发展，今后毕业的学生出路到底在哪里？药材场需要多少技术员？如果说他回家自己种药材，他家里有没有种药材的条件？”

我说：“听说多数学生是想毕业以后分到制药厂去工作。”

刘局长说：“这也很不好说，制药厂是不是一定从药中招收人员？制药和种药专业可说是两码子事……这个事情真是值得研究。”

我发觉，刘局长是个思维活跃，肯动脑筋的人，他就善于独立思考，不因循旧规，不盲从别人的观点。他刚才提出的问题，真是值得研究。职业教育与经济发展和社会生活直接联系，我们如果不了解调查这些实际去办教育，或许就是闭门造车。

我们的车疾驰而下，山下又是晴天光光，一片阳春烟景。

这个星期天，遇到两个没想明白的问题：

早晨去买粮买菜，一角九分钱一斤的面条不见了，都上了两角多一斤；猪油，食品公司的价格每斤提到了一块六，和去年自由市场上的价格一样了。去年就说，今年工资要普调，然而，工资还没调，物价是争先恐后提起来，好多东西也变相涨价。以前，昶昶上学只要给五分钱，这学期上学，他喊钱给少了，说“油香涨价了，要一角钱一个！”我这个拿工资的人，只希望物价稳定，最好还往下跌才好。不过，物价上涨好像也不完全就是坏事。前些时，父亲想给国仪哥寄点茶叶去，要我请曾老师在芭蕉买新茶，曾老师说：“今年的茶叶价格提高不少，去年一两块一斤的价，今年是找不到了。现今春茶三四块一斤，还成了俏货，几家老板争着收购。茶农是欢喜麻了，一个个嘴巴笑歪了。”我仿佛看到庳口熟悉的老乡们，都在咧开嘴笑……

怎么让农民和拿工资的人，都咧开嘴笑呢？

旭娃回来说，自己感觉到视力下降，这一周搞体格检查，果然双眼都只有 1.2 了，而且还出现失眠的情况。原因也很明白，是一天看书时间太多。他说:“我们高二的学生，看到高三的同学都在拼命地搞学习，想到再过三个月自己也就是高三了，也很着急。好多人晚上熄灯以后，就蒙在被子里用手电筒看书……”

我知道，在我们市里的高中同学中，“头悬梁，锥刺股，如囊萤，如映雪”这样一些苦读的学生，也并不算稀有。在激烈的高考竞争中，现今高中生中的孙敬、苏秦、车胤、孙康一类人物实在不少，但是，我们的高中生都这样的“囊萤”“映雪”，一代人的身体搞垮了怎么办？然而，我又听说，有一位高中教导主任鼓励学生发奋读书说:“宝剑锋自磨砺出，梅花香自苦寒来，你们要考上大学，不苦读，不拼搏，行么？过去有一句话，叫‘死读书，读书死’。我给你们讲，这话只对一半，一半是错的:‘死读书’的人的确是有，不能融会贯通，食而不化，我们不能这样死读；但是，没有‘读书死’的人，你们听说哪一个是读书读死了的？没有，没有哪一个人是读书读死了的——读书是读不死人的，你们尽管使力读。”我觉得，这位主任的话似乎也有道理。

我该怎么对旭娃说呢？

阳台上，一个旧脸盆栽的松叶菊，不曾精心管理，却长得精神不过了。忙了两场活动，到作文展播正式开播，全市普通话教学成绩观摩会闭幕，已是4月末，这松叶菊呢，竟然不声不响，开得满盆红艳艳的。我想，如果我有闲情，天天都给她浇水施肥，说不定是拔苗助长，还难以见到这样艳丽的花朵。可惜，在她们盛开的时候，我却不可能每日欣赏，要下乡去了。

今年，从上到下，对中等教育结构改革，办好农职业中学，提得很高，抓得很紧。州里布置，五月份要对所有农职业中学进行一次检查；在州组织检查以前，各个县市先要进行一次自检。于是，一进入五月，我大半时间就泡在检查农职中的活动之中。全市农职中自检，李局长指定我当组长，他自己只要有可能也参加，还说宣传部张科长要参加，此外，还有计财股、电教站各有一人参加。从5月3日开始，到10号结束，我们先后到了小渡船中学、土桥中学、三岔农中、七里茶中、板桥牧中、金子中学和崔坝农中，从领导班子、办学思想到联合办学、专业设置、基地建设、文化课教学等等十个方面进行了检查。太山庙药中因为落实管理体制近期已经去了，情况基本清楚，这次免检。

这次自检，最令我感动的是牧中。牧中原本办在大山顶上的磉场，但是那里高寒，海拔 1 800 多米，上面看不到什么民居，离板桥镇还有几十里路，办学的困难特别多。我曾听说，同学们从家里带去的玉米粉，放不出一个星期就会霉烂。今年，区里把学校迁到了让水坝。让水坝海拔不过 1 600 米，在板桥镇北，与正在建设奶粉厂的蒿坝南北相望，距板桥镇皆只有咫尺之遥。让水坝有 1 000 多亩草场，40 多头奶牛，牧中迁到这里办学，我以为是明智之举。宣传委员廖国友介绍说："办好牧中，培养牧业技术人才，已是我区牧场建设的迫切需要。去年，全区从外地引进一万多只鹅，就是因为技术跟不上，死了百分之二十。今年春季开学，区里虽然一无所有，但是下了决心把牧中搬下来，借用让水坝烽火小学的房子勉强安身。目前问题还多，很多事一时难以办到，主要是区里太穷，财力太弱。我区 1980 年人均收入 115 元，到去年算是翻了一番，也才达到 375 元，计划 1987 年再翻一番。我们区没有工业，财政收入少，去年财政分成仅仅 3 万元，说来也是可怜得很。我们一个麻柳乡，至今公路不通，电不通，乡政府连一间房子都没有。区里也认识到，要解决穷的问题，就要发展经济，我们发展经济的优势是畜牧业和药材。要发展畜牧业，又急需人才，所以非把牧中办好不可。但是，办牧中又受到经济落后的限制，又回到'穷'这个问题上来了。我们还是想打破这个循环的怪圈，无论怎么穷，区里也是"蚂蚁子心大"，打算在鄢家湾征 10 亩地，中间修办公楼，两边修教室。现在已经在那里买了一栋民房，花了 8 500 元。畜牧局给了 1 万元，区里再拿 1 万元，争取今年把两栋教室修起。今年毕业一个班，场里已有打算，预考以后，从未上线的学生中选三名先去武汉学习奶粉生产技术，为奶粉厂 9 月份投产做准备。此外，牧场扶持养牛大户，凡是达到喂养 30—40 头的，场里安排一名技术员，每月发工资 33.5 元。场里准备这批同学一毕业，选出 8—10 人，集训一段时间，聘请为畜牧兽医师。今年秋季，计划招一个长期班，一个短期班。短期班面向饲养鹅、山羊、菜牛、奶牛的专业户招生……"

使我感动的还不仅是区里决心办好牧中，还在于牧中的 7 位老师和 108 个同学团结奋斗的精神。牧中的师生目前虽说不算寄人篱下，但自己的学校的确是"上无片瓦，下无插针之地"，没有一个属于自己的"窝"。他们的学校正像草原上的帐篷学校一样，说搬家就搬家，从大山顶草场搬到让水坝草场。如今几个教师挤在一间小屋里住，床铺都是借用小学老师的。然而，面对艰苦的环境和简陋的办学条件，他们没有怨言，个个老师都像老黄牛一样，在默默无闻做事情，兢兢业业搞教学，连政治课都做作业。宋子初站长介绍说："老师们爱生如子，108 个学生一大半来自外区，最远的有红土、盛家坝的，他们都受到老师的爱护和关照，在这里学习很安心，很勤奋。师生关系可以说是融洽而不庸俗，恩爱而不放纵。开始，同学们的情绪是比较低沉的，学校通过发挥团支部、班委会的作用，抓思想工作，开展文娱体育活动，渐渐地发生了变化，学校活跃起来。同学们还自办了一个刊物叫《蜡梅》，意思是要以傲霜斗雪的精神，在艰苦环境里成长，开出花朵，散出香气，迎接春天。"

我找了几个同学谈心，几个同学都大大方方讲了。

谭略同学首先说："我是早就知道这里很艰苦，但是想到是来学知识，学技术的，生活再苦也算不了什么……不过，我希望能够改善一下，这里用水很困难，刚来的时候天冷，夜晚的风特别大，房子到处通风……教学条件差，没有运动场，更谈不上实验室、教学仪器……"

唐福学同学接着说："条件的确是艰苦，不过改革也有个过程，我们也不能等到条件好了再学习。因此，我们这些同学还是很高兴的，学习的劲头很足，晚上搞学习到深夜。同学们这种精神是很可贵的。"

陈烈贵同学补充说："是的，我们的老师能够结合我们的实际需要教学，语文老师从学写发票、毛笔字开始，都是教给我们很实用的东西。他们对学生的教育耐心细致，百问不烦。想到这些，自己不努力学习好像还不好意思。"

黄太贵同学说："老师对同学可以说是关心得无微不至，你看，有同学长了冻疮，老师亲自把萝卜烧了给他烫；有个同学病了，老师背他上医院，真像自己的父母一样。我说个老实话，要不是这里的老师好，我可能早就打退堂鼓了。"

李代明同学接过话说："不仅我们同学说老师好，家长也都这么说。开学的时候，外区来了二三十个家长，老师们又是装烟，又是倒茶，发动同学打热水……就像招待贵宾一样。家长没有一个不感动，不称赞的，他们连连嘱咐同学们，你们有这样好的老师，真是要好好学啊！"

有个老师叫傅自德，是晚我两届恩施高中毕业的，因为家庭出身不好，在家劳动七八年，以后才当民办老师。记得我初到板桥时，认识了他，那时他还没能“转公”，对前途充满忧虑。我给他讲了自己原来也是民办老师，他睁大眼睛道：“原来你也是民办教师出身？”我笑着说：“我们两个都是地主家庭出身，也都是民办教师，我比你教民办时间还长，教了16年，1978年才转公办。现在每年都要转一批，你有机会转为公办，不过一要文化考试，二要通过考核。我高中的一个同班同学，教民办的时间也不短了，工作表现应该是没有问题的，但是考了几次都没考上，肯定是疏于自学提高。民转公考试，对于老高中毕业生来说，题目并不很难，哪会有做不到的？只怕是毕业后从不与那些课程沾边，忘记了。文化考试上不去，这就没有办法了。这既是令人同情，又是别人无法帮助的。”去年，傅自德终于考试考核双通过，转为公办教师，现在是牧中的骨干，负责教务工作。这次见了我，他有看见亲人的欣喜。他如实向我反映了学校急需解决的问题：学校的专业教学是突出薄弱环节。专业课每周一班有12节课，现在只有畜牧局派的一个张老师，安排两个班的课是太重了，所以高一还没开，应该还派一个来。而且，这个张老师还保不住，畜牧局要他回去上班，他表示自己很喜欢教学工作，没回去。单位见他不回去还通知他说，你不回单位上班，就把你调到教育上去，变成“嫁出门的女，泼出门的水”。还有，教畜牧兽医课多半在黑板上教，学校应该买两头牛。但是学校经费可怜，只够买粉笔，哪里买得起牛？造个计划给区里，区里财政也是一个空架架，事情很难办。再说物理课，没有教师教，找个原来读过几天高中的学生来教，美其名曰是“兵教兵”……

牧中师生的精神令人感动，欣喜，振奋；面对帐篷式的学校现状和傅老师提出的这些问题，我感到牧中办学路上是蒺藜丛生，心情有些沉重。倒是唐福学同学说的“改革有个过程”，真还有些安慰人啊！

这次检查，使我看到希望，精神为之一振的是土桥职中。

土桥职中原叫土桥中学，创办于1979年。最初，人们多叫它“桐子湾中学”，这也有一点道理，因为学校的所在地的小地名叫桐子湾。不过，以后更流行的称呼却是“黄埔军校”，这不是称道，而是带有浓厚的鄙视意味。据说是因为校风不好，学生纪律松懈，来文的不行，行武的却不少，打架斗殴的事情比较多。不好的名声出来，使得不少家长生怕把子女送到这里就读。前两年我做中考录取的事，就很难给这所学校录取学生。按学生的成绩和志愿录取到这里的学生，一些家长却不同意，找到我要更改，还说把他的孩子录取到“桐子湾黄埔军校”，那是往火坑里推。其实，家长们并不知道，自前年以来，佘家培校长等一班人，是在励精图治，全体老师形成合力，加强学校管理，土桥中学已经发生很大变化，现出一派生机。不过，“好事不出门，坏事传千里”，一所学校坏的名声只要几件事就可以得到，好的名声的获得却非一日之功。

这次到学校，佘家培校长带我们看他们最为自豪的作品——大操场。这个大操场，划出 400 米环形跑道绰绰有余，在恩施城除了州体育场，没有比这更大的了。而这块场地，是铲平了中间的大山包，填平了两个山沟，砌筑一堵 12 米高，150 米长的堡坎开辟出来的。佘校长面对这一大工程，对我们说：“去年下半年我们开始劈山填沟，这是五万立方米的土石方工程，我们争取附近的地质大队、公路总段和窑湾建筑队等好几个单位支援、资助，动用了他们的大型机械，搞出来的。养路总段一台推土机，在这里搞了好几个月。”他又伸出手，指给我们说：“这个看台是 684 平方米，检阅台是 40 平方米，还有花坛，厕所，水塔，都是学校拉赞助，自筹资金搞起来的。”

土桥中学的面貌真可谓日新月异，每来一次都能看到大变化，办学条件不断得到改善。我很佩服学校这一班人的远见卓识，思想解放，思路开阔以及他们扎扎实实干事的作风。

在办公室里，我们和学校班子成员座谈，佘校长介绍了职业教育的情况，他说：“学校共有 12 个教学班，其中初中 8 个班，高中 4 个班，学生 591 人，教职工 55 人。高中部都是职业班，学生学习财会、电工、摄影和食用菌等专业技术。财会班，开了会计原理，珠算等课。珠算课上得特别活跃，等一会你们可以去看，一个教室里，几十把算盘打得噼里啪啦响，热闹得很。学生都是练习左手拨算珠，右手拿笔，眼睛可以不看算盘。我们请财校的老师来检测，这个班 80% 的同学达到六级熟练程度。电工班，学了发电、输电、照明电路以及进户等方面的理论知识。学生动手操作，教师宿舍的电路就让他们整修，还给 24 户安装了配电盘。学校的安排是，高一开设摄影、财会和微生物技术等课，让学生都学一点，培养他们的兴趣，到高二时，他们可以根据自己的爱好特长，选学一门专业。”

我问专业课教师的情况，佘校长说：“我们不缺专业课教师，原来的文化课教师好多人自告奋勇争取改教专业课。我原来是教物理的，现在教摄影。康伦菊老师珠算基础好，担任了珠算教师。刘本儒老师曾经当过会计，担任了会计原理这门课。孟勇和范力两位年轻老师，原来都是教物理的，现在一个讲暗房技术，一个讲照相化学。王传林老师讲美学和照相技术。黄应祥老师对微生物技术和园艺花卉很感兴趣——”佘校长看着电教站的小袁，说：“对了，小袁，你来得正好，黄老师在搞食用菌栽培实验，场房和其他准备都做好了，现在只差制种用的灭菌高压锅。听说龙凤坝八中有一个，还有一个恒温箱，你能不能调配给我们，支援一下？”小袁满口答应：“行，行，行，我们大力支持，回去了就联系。”佘校长言归正传，继续介绍：“今年，市里决定将我们学校上报，定为恩施市职业技术教育中心，更加激发全校教师的积极性，都在想怎么为办职业教育出力。黄应麟老师，原来当过裁缝，他建议学校以后可以开设服装专业，他自愿担任服装专业教师，还设想今后可以走与前进服装厂联合办学的道路。我们觉得这是个很好的路子。现在，老师们人心齐，都在动脑筋如何把职业学校办得兴旺起来，我们职业教育的路子正在越走越宽。”

副校长朱树铨也有几分自豪地对我们说：“学校领导班子团结，人人以身作则，人人都进课堂。老师的精神状态好，齐心协力抓学生的文明礼貌教育，实行文明班流动红旗制度，一周一次评比，教学秩序良好。上次市文明办来搞检查，印象很好，评价很高。我们初中文化课的教学质量也有明显提高，去年初中毕业班六科考试成绩，我们有五科进入城区前三位，就是英语一门差了。中考上重点线人数前年有 4 个，去年增加到 6 个。在生源不好的情况下，我们有这样的成绩，老师们是付出很大的努力的。去年我们学校还被市里评为体育工作达标单位。”

基层工会主席朱玉学，是位年轻教师，他谈感想：“学校有这样的变化，一个重要的有原因，是学校尊重教师，关心教师。学校党支部去年三次研究在教师中发展党员，6 月份发展了 3 个。学校支持教师业务提高，高师函授已经毕业 3 人，正在进修本科的 3 人，专科离职进修有 1 人，今年又有 4 人报考离职进修。在生活上学校也尽量关照教师，在校外住的教师，学校每月发两元交通补贴，节假日，学校花五元、十元，给老师们买点礼物慰问，虽说数额不多，但这样细心为老师考虑，在城区学校好像是不多的。因此，老师们的心情都是很畅快的，都只想怎么为办好学校多贡献。张鹤玲老师，患肺穿孔，她听医生说，这病是不传染的，要求学校给她排课。年轻的体育老师郑东顺，父亲是老红军。这位老师年轻，舍得干事，全校数他起得最早，抓学生体育锻炼，体育成绩提高幅度大，为1984年学校被评为全市体育达标单位出了很大的力。去年，学校为省航校输送了两个运动员，听说在那里发展得很好，都已经开始跳伞了。郑老师获得了30元奖金，但是他自己一分钱没用，花35元给学校买了一个排球，还自掏腰包倒贴5元。他的事迹，登了报，题目就是《老红军的儿子》。”

我问这位郑老师，是不是操一口北方口音的那位老师。佘校长说："就是他，他是在东北长大的，个性特别直爽。说来好笑，春节期间我们有老师邀他到乡里去玩。他随同事去三岔区的一个农民家里做客，主人问他们是吃醪糟还是吃豆皮，他急忙回答：'醪糟，还打两个蛋。'他是不懂这里的风俗人情，也不知道做客的规矩，讲个什么客气，就像进馆子一样，还要求主人家打两个鸡蛋——他就是这么一个爽直人。"

在桐子湾，我看到了一批令人敬佩的老师，看到了一所昂扬向上，朝气蓬勃的职业学校，也感受到了我市职业教育的融融阳光，浓浓春意。

十天时间，我们连日奔波，跑了全市8所农职中学。5月10日检查崔坝农中，这是最后的一所，李志华副局长也抽空赶来。听了学校的汇报，看了农中茂密的桑园，新修的蚕房和养殖场，又去镇上看学校开的家用电器修理部。一路上，志华局长兴奋地说："崔坝农中为当地经济发展服务的办学方向坚持得很好，学校是越办越兴旺了。镇上利用这个基地，轮流培训农民技术员，把学校办得更活了。现在家用电器逐渐增多，学校开设家用电器修理专业也是对路的。你们检查的其他几所学校的情况怎么样？"

我回答说："三岔农中的来势也很好，刘帮荣这个人事业心强，舍得干，有开拓精神，专业教学抓得落实。几亩桑园都由学生动手，搞了嫁接，蚕房办起来了，他们以二高山以上养蚕为课题，在开展研究。今年新开设烤烟种植和加

在农业中学

工技术、编织技术的教学。区委对他们为提高烤烟质量，研究加工技术特别支持。区委书记对他们说，你们的研究搞到点子上了，三岔的农户，种烟有经验，就是缺乏加工技术。他们自己说的，是‘杆子撑得船，叶子当得伞，烤字不过关，收入无账算’。就是再怎么种得好，烤不出好烟，上不了高等级，不值几文钱，结果只捞回一个成本，农民没有多少收益。他要学校与烤烟专业户建立联系，帮助提高烤烟质量。目前学校已联系了21个专业户。学校的勤工俭学抓得也很不错，药材开始有收益，加上农场承包，下半年将有两万元的收入。刘帮荣雄心勃勃，说下半年要给每个教师发一套校服，明年给每个学生发一套校服，后年要修起教工楼，五年修起新教室，把后坪山上建设得漂漂亮亮，成为三岔的庐山，让三岔农中办成全市令人羡慕的学校……”

志华局长听得很有兴致，掏出烟来，递给我一支，说道：“看来几所学校的领导都进入角色了，办学在办起味道了。”

我说：“目前板桥牧中困难很多，不过领导和教师的精神面貌很好；来势最好的当属土桥职中，办成全市职教中心很有希望，这个你是知道的。不过，小渡船中学、红庙金子中学、七里茶中，这几处问题还多，有的是办学方向不明，脚踏两只船，有的区里不管，学校事情难办，没有什么起色……这些情况，下午回到教育站，我逐一给你汇报，以便明天你好做总结。”

志华局长说：“不搞形式，你一直参加到底，总结就由你做，我听后，有什么话最后说一说。”

晚上，检查组的成员在崔坝教育站小结，我一边听检查组成员的发言，一边整理总结材料。晚上睡在床上想着职业教育的事，这是国家看重的一项教育事业，却又是很艰难的事业，我市从1980年开办三岔农中、七里茶中的，起步都相当艰难。到1983年，崔坝农中办学有了突破，去年在这里开了一个现场会，起了推动作用。从这次检查的情况看，全市农职业教育是迎来了春天，进入了一个新的发展阶段。

5月11日，星期六。上午在崔坝教育站开完总结会，便坐上班车，回到城里。下午清理这段时间的车票和其他支出单据，第二天又去到建始，参加全州的农职中检查。住在建始教育招待所，应该是很舒适的。但是我觉得很不舒坦，周身酸软无力，似是感冒。想来，是这些时四处奔波，时寒时热所致。喉头是火蓬蓬的，频繁的咳嗽，使得喉头更加疼痛，恨不得将其割去，换一个这样的零件才好。暗下决心，戒烟。但历史的经验使我怀疑能否成功。本来，这里有表哥姚国胜在一中教书，应该去探望，还有一些兄弟县的同志可以聊天，可身上不适，什么事都没兴致，躺在床上睡了。

天气已是大热起来，被子几乎可以不盖了。差不多睡了十二个小时，虽然中途糊里糊涂醒了几次，但是这段时间的疲劳已驱走不少。吃了早餐，在建始教育局会议室开会，主要是州教育局张肇庆局长和舒德荣科长讲。张局长先讲全州农职业教育的基本情况，我记下来，全州有农职中35所，121班，学生5 657人，教职工735人。农职高中在校学生占整个高中阶段在校生的比例是40%。我市的比例是35%，如果加上在校中专人数，应该与这个比例相当，或许还稍高一点。张局长接着列举世界发达国家重视职业教育的情况，说发展职业教育是他们经济起飞的秘密武器。他说，“没有一支劳动技术大军，任何先进技术都不会成为生产力……我州的职业教育还相当薄弱，发展迟缓。这有教育内部和外部两方面的原因。教育内部，不少人鄙视职业教育……外部一些党政领导也没有引起重视”。随后他对我州发展职业技术教育提出了一系列的要求。本来，在这次自检中，我的感觉我市几所农职中来势还好，总体是不错的，比开办初期有很大变化。听张局长一讲，觉得我们的步子还是慢了。而接下来听舒科长介绍山东发展职业技术教育的情况，更使我大为震惊：原来别人是这样在办职业教育！

舒科长拿了厚厚的一叠讲稿，给我们报告参观考察山东职业技术教育的情况。他说：“上个月我省教育、劳动和计委三个部门共同组织一个参观团，学习考察了山东四个地市的职业技术教育，我有幸参加。山东省为‘提前翻番，富民兴鲁’，大力发展职业技术教育。我们看了，总的感觉是大开眼界，大受震动。他们办职业教育，领导重视，气魄宏大，局面一新，值得借鉴，值得学习。”

舒科长介绍说，山东省委书记亲自抓职业教育，一年一个文件，一年开一次专题会议，把职业技术教育提到重要议事日程。全省按照平均 20 万人一所布局，高标准，严要求，举办职业技术学校。从 1979 年起，凡农村开办一所农技中学，省财政给开办费 8 万元。1984 年，有的地方如烟台，每所达到 10 万元。基本建设费按每生 200 元投资。此外，还有经常性的专业教学费，农技中学每班 4 000 元，城市职业中学 5 000 元，由县市财政拨付。当我听到这许多的“钱”，真感到是海外奇谈。我们办一所农职中有什么钱啊，大山顶牧中开办时，好不容易找到市长批了 5 000 元。我们和外地怎么差别如此之大？恩施太穷了！至于舒科长介绍的他们的职业技术学校，有的已经是花园式、别墅式、开放式的，我相信这不是蓬莱仙阁看见的海市蜃楼。恩施人只要有这样多的钱，也会把学校办得漂漂亮亮，洋洋大观的。至于如何建立校务委员会加强管理，制定相关政策给毕业生出路，加强职业技术教师队伍建设，等等，恩施人也会想得到，做得到。这又陷入了一个怪圈：因为经济落后要办职业教育；因为经济落后又没有钱办职业教育。

学习一天之后到建始苗坪农中检查。苗坪农中是州里抓的示范学校，前年曾经来过。学校境况大抵与前年一样，只是新建了茶厂，土地更宽了一些，有了一片漆树林。如果没有参加昨天会议，我会感叹学校在一两年内发生了大变化。昨天听了山东情况的介绍，便觉得苗坪这些许的变化，实在没有什么值得称道的了。

州里集中先检查苗坪农中，是现场练兵，让检查组的成员知道检查的目的，步骤，方法，如何掌握打分标准。然后安排分组对其他县市的检查。我被安排当了一个组的组长，去咸丰、来凤两县检查。同组有建始教育局的小牟、巴东教育局小谭和利川烟叶中学的蹇校长，州教育局小伍同志参加这一组。

5 月 15 日上午回到恩施，旋即乘下午一时班车去咸丰，住县政府小招待所。

当晚，我在日记中记到：“这是一个清新幽静的小县城，除了人情淡薄之外，其他均感恬静舒适。”我追问自己，小招的服务员不可谓不热情，为何我会有“人情淡薄”的感觉？细想起来，还是老印象在作怪。三十年前，我小学毕业考进咸丰中学的那个暑假，父亲被当成“反革命”在恩施隔离审查，我与母亲留在咸丰，相依为命，孤苦伶仃，时间长达一年，备尝世态炎凉，人情淡薄的滋味。这应该是我对咸丰有“人情淡薄”感受的由来。尔后，也就是前几年，我在这里的教师进修学院学习，学校食堂不仅伙食糟糕，而且工作人员的态度也都冰凉冰凉，“人情淡薄”的印象由是加深。其实，这都是早已过去的事情了。由此可见，老印象是何等根深蒂固！

傍晚，在县教育局开座谈会。咸丰县分管教育的董县长和教育局的严局长、田副局长参加。我讲了州里对这次检查的意见和安排之后，田局长介绍情况。田局长我早已熟识，我读小学时家在咸中，他那时正是咸中的学生。去年，州教育局在咸丰大路坝开中考总结会，他参加了，而且是我们游小南海的“导游”，给我们讲了许多小南海的故事。今天，他先给我们介绍情况，说，咸丰现在有两所普高，位于大坝的一中和杨泗坝的二中；有三所农中，分别在丁寨、活龙坪和清坪。县里决定的专业定向是：丁寨农中，以烤烟为主，活龙坪农中以水稻种植为主，清坪农中是原来的二中，去年从普高改办成农中，初步确定以林业为主。他列出一系列数据，详细介绍了每一所的情况。他坦言，办农中的初期，阻力很大，有的基层领导想不通，反对把他们那里的普中办成农中，告状到了中央，说“农中不出人才”。1982 年，中央还来人进行调查。现在存在的问题仍然很多：教育内部、外部都存在认识上的差距；办学资金缺乏；专业教师缺乏；教材用的是省编普中的课本；清坪农中的生产实习基地没有落实；

中教改革局里没有专人抓，等等。他说，严格地讲，我们的农中都还没有办像。他介绍了他们为办农中做了许多努力，也毫不掩饰存在的诸多问题和不足，讲得很细，很实在。

董副县长在田局长讲后对我们说："我想谈几点想法。一点，认识问题。提高教育在四化建设中的地位，实行中等教育结构改革，大力发展农职业教育，这些，中央提得很高，要求很明确，宣传也很多。但是，地方还没有提高到中央的认识高度，中央的精神并没有在地方落实，所以，我们看到实际上还不是这么回事。我们省对农职中位置的摆布怎么样，我看与宣传的口径也有差距，并没有放在重要位置，还没有采取实际的措施。第二点，如何归口管理。办职业教育，对口部门是应该承头的，但是，现在对口部门在空空里过日子，由教育部门一家搞，好像教育部门可以把社会上的好多事情包下来。第三点，办农职中要投资，要设备，要师资，不是过去搞大跃进，一喊就可以办起来的。像我们这样的穷县，上级不给予投入，困难相当大，很难办像。你们说是不是？我是说老实话，和大家一起讨论问题。当然，认识有个过程，目前的情况是这样，今后情况也会有所变化。我们县也没有坐等，去年下狠心，把清坪的二中改办成农中，条件相对好一点，也还是在摸索中，像不像，你们明天去看了就知道，我看也没办像。"

董县长瘦高个子，戴着眼镜，少开笑脸，对我们外县市来的人，也没有多少客套话，但是，他给人的感觉是随和，平易近人，毫无架子。据说他是六十年代大学毕业后从外地分到咸丰工作的，当过教师。以后当了副县长，分管教育等方面的工作。他说话的率直，入情入理，实事求是，使我颇有好感。当县长的对着我们这些办事员，不打官腔，不说客套话，而是说直话，说真心话，和大家平等讨论问题，这是很难得的。我自从到了教育局，就参与了办农职中的事，总感到这事的艰难，全凭我们农职中的领导、教师在那里苦斗，摸索。县长不多的几句话，说到举办职业教育存在问题的症结，联系到舒科长介绍的山东经验，我们这里的差距所在也就明白不过了。如果这种局面不改变，还是教育部门一家扛着，各级党政不拿在手上，不给应有的投入，我州的职业教育仍然只能是慢慢爬行，艰难前进。

乘着吉普车，从咸丰县城到清坪，沿途都是青峰叠翠，林木繁茂，令人心脾清新。也许，正是因为一望无际的林海，县里决定在这里办一所林中。

清坪，是我“文革”串联时候经过的地方。那次在这里，很高兴看到了原来咸中的邢元文和刘今民两位老师。这次来到学校里，又见到刘今民老师，还有原来咸丰城关小学的贺恭环老师。见到他们我感到分外亲切，在他们面前，我仿佛自已变得年轻了，回到学生时代，感觉真好。可是，令人敬佩的邢元文老师，以后是这所学校的校长，却于去年去世，又很觉惋惜。

学校对这次检查是很慎重的，清坪区的宣传委员和冀校长给我们作了详细的情况介绍。在教师座谈会上，老师们也畅所欲言。我对这所学校的印象是：作为农中，的确如董县长所说，还没有办像；作为农村中学，清坪中学却自有它的特色，有许多值得借鉴和学习的地方。学校共有 7 个班，325 人。去年招收高一新生 4 个班，144 人，其中一个农中班，一个文科班，两个理科班。7 个班中，只有 1 个农中班，6 个都是普高班，实际上还是普高。

李老师说：“农中班也就多开一门农基课，没有专业教师，文化课老师照本宣科，学生是最不愿意上这门课。县里说办林业专业，林业局不承头，林业基地也没有，林业专业至今办不起来。现在，学校是既不像农中，也不像普高。”

刘老师说：“从目前情况看，办农中是大势所趋。千军万马奔独木桥，高考的竞争越来越激烈，今年我们学校预考只有两个学生上线，普高已经在‘死火’（没有希望）了。”

贺老师说：“我们学校绝大部分学生毕业后要回到农村，不如早点让他们学会一门两门专业技术，掌握一些致富本领。上届毕业一个姓王的同学，回去搞专业户，种了不少树苗苗，就是喜欢长虫，如果有防治病虫害的知识，他就有办法了。”

刘今民老师说：“我们学校领导班子硬，教师有热情，师生的精神面貌好，现在是处于改革交替阶段，只要县区两级加强管理，林业局对口到位，上级支持一点经费，我们这个农中也办得起来，能够办得出特色。”

清坪中学虽说农中没办像，但有许多值得学习的地方，尤其是他们的后勤管理和勤工俭学。学校原有大小两个食堂，学生在大食堂就餐，教师在小食堂就餐。现在，都放开来竞争，师生就餐任意选。学校制定规章，加强食堂管理，实行财务公开，定期公布账目。食堂工作人员的奖金全浮动，规定食堂的利润不得超过10%，超过了或亏损了都不发奖金。大小食堂每餐都要保证3—5个菜。这一抓，两个食堂都不甘落后，尽量对师生投其所好，努力做到清洁卫生，饭菜可口，师生对此都比较满意。学校的后勤服务，尤其是食堂，是很难办好的，清坪中学的做法值得借鉴。学校办了酒厂、粮食加工厂和养猪场，都实行了承包。酒厂每年交纯利润7 000元，养猪场1 000元。如今正在筹划对两厂进行改扩建，酒厂以后生产香槟、汽酒和高度酒；粮食加工厂以后以加工面粉、面条为主。学校有一长排的猪栏，圈里肥滚滚的猪，见人去了，一个个想动又懒得爬起来的样子，叫人觉十分有趣和兴奋。冀校长说这一起是24头，以后面粉厂扩大，猪栏也要增加，争取养猪一项年收入达到10 000元。冀校长还说，等到林业专业和林业基地落实了，学校再新办一个美术工艺加工厂，有的老师对根雕艺术很有兴趣……

清坪中学的后勤和勤工俭学搞得这样实在，使我想到已经过世的邢元文老师，或许这一切与他的努力是分不开的。早在五十年代，他在咸中当总务主任，就是一位好管家，红管家。他一心一意为师生着想：他用竹笕把泉水引到食堂，使咸中成了全县第一个用自来水的单位；他在学校几栋房子之间搭建简易走廊，让师生在校园上课下课，去去来来，进厨房，到寝室，下雨可以不打伞，不湿鞋；他还把学校家属组织起来办夜宵，每天晚自习后，师生们一碗甜酒，一个煎饼，吃喝开开心心的……他给了师生许多的便利和温馨。在我离开咸中的那一年，他也到了清坪中学，仍然当总务主任。一所学校有一个好的总务主任，是全校师生的幸福。邢元文老师虽然走了，他的遗风还在。清坪中学有优良传统，有足够的人气，其发展前景定是美好的。

5月17日早上，我们给咸丰教育局严局长、田局长等汇报检查情况，交流意见。汇报完毕，严局长讲话。严局长不戴眼镜，但温文尔雅，颇具知识分子气质。他用平和的声音说道："感谢检查组对我们工作给予的肯定和提出的意见建议。我们县的教育工作的困难很多，面临多重的压力：马上要进行学校的'一无'（无危房）检查验收，咸丰学校的危房多，任务还很重；还有升学的压力，尤其是高考，社会各个方面都对学校形成压力，不能考差；中教改革，办农职中学，我们抓得也很不得力，刚刚起步，问题很多。这次检查之后，我们一要向县委作一次汇报，二要认真研究落实一些具体问题，三是去清坪一次，具体解决落实几个实际问题……”

吃完早饭，严局长和几位咸丰的同志向我们挥手道别。去车站的路上，我问州局的小伍，严局长是哪里人，小伍说：“我也不清楚，听口音反正是江汉平原一带的。”

我说：“我多次听到我们的刘局长提起过‘咸丰的严炎明’，说不定他们都是‘文革’中分配到恩施来的大学生。”

利川烟叶中学的蹇校长说：“他们这一批人多哟，我们利川教育局叶局长、刘局长都是嘛。”

我说：“这批人也是吃了不少苦的。我们的刘惠民局长说，他当年来恩施的时候，一到巴东，看到这大的山，有的女同学就吓坏了，坐在车上简直不敢往窗外看。到了恩施，他以为工作就在城里，哪知还要往乡里分。刘惠民分配到屯堡，他问屯堡在哪里，人事股长说，就在红江那边。到恩施城边才找到红江，再打问屯堡在哪里，有人把手一挥说‘就在那边’。他顺着别人手指的那条公路，走了三四个小时，才走到屯堡。他说，现在看起来，屯堡也的确就在红江那边，只有三四十里的路程，是离城很近的地方。而李志华分配去的地方是红土，樊哲夫去的是沐抚，王建军是去太阳河，是那边的‘那边’，都是离城一百多里远的高山区。”

小伍说：“讲人要有点的精神，这批人就真有点精神啰。宣恩的李四清，分到高罗，他还争取到了高山椿木营，在那里挑，抬，背，什么活路都学到了……”

我说：“我们那个李局长，李志华也是，什么下煤窑，背背篓，用‘打杵’（支撑背篓的丁字形工具）都学会了。”

小伍笑着说：“他们的这些本事，如今都用不上了。这一批人，现在都是恩施教育的顶梁柱。你看嘛，我们州教育局，各个县市教育局的领导，各个师范学校、重点高中骨干教师，好多都是当年从外地分到恩施的大学生。”

坐在车上，我似有所悟：有两批外地知识分子，给教育文化落后的恩施传递了文明薪火，其功绩是不可磨灭的。一是抗战时期众多学校西迁，大批外地知识分子来到恩施，使恩施文化教育事业呈现一度的繁荣局面，开启了文明之风。二是新中国成立以后，一批又一批大学毕业生，响应“到最艰苦地方去”的号召，陆续来到恩施。十几年，二十几年，他们苦辛耕耘在鄂西南的穷乡僻壤，给大山传递播撒文明的种子，为恩施的教育事业，做出了巨大贡献。稍早的如我高中第一任班主任邱创梅，第二任班主任陈三杰就是，稍后的便是恩施的刘惠民、咸丰的严炎明，利川的叶爱竹……如今，他们大都恰逢壮年，更是他们焕发青春施展才干时候。

车过杨泗坝，取道东行，直去来凤。这条路过去不曾走过，所以目不转睛，注视着窗外。越崇山峻岭，下中堡，进来凤，地势渐趋平坦，沿途一幅幅美景，令人应接不暇。然而，最为触动我的神经，令我兴奋不已的是那大片大片的油茶林。油茶，树冠并不高大，但树枝遒劲，绿叶浓密，紧凑一团，蓬蓬勃勃，冬夏常青。正是她，唤起我久远的回忆。我与油茶实在有深深的情谊，童年在咸丰读书时，油茶树是我们小学生的好伙伴，一放学我们常常要钻进油茶林去玩。油茶树不像松树拔地而起，长得又高又大，也不像杉树、柏树身上长刺，让人敬而远之。油茶树只不过一丈来高，树枝旁逸斜出，树干光滑坚实。我们喜欢她，亲近她，抓住一枝，荡来荡去，感受荡秋千的愉快；爬上去，坐在树丫上，摇摇晃晃，享受坐滑竿的快乐。伙伴们看中油茶树的坚硬，常常寻找合适的树杈做弹弓，也有人选油茶树做陀螺、地鸽子。我们特别感谢油茶树的，是在春夏的时候，她给我们馈赠一门美味——茶苞。茶苞，桃子般大小，晶莹洁白，放入嘴中，酸酸的，甜甜的，脆脆的。秋冬，是少有花开的时候，而碧绿的油茶林中，绽放出千万花朵，花瓣是洁白的，花心金黄的。油茶花如同白玉盘上缀着金丝，清新淡雅。油茶花孕育了油茶果，油茶果椭圆坚实，一个个沉甸甸的，挂满枝头。待到果实成熟，茶果绽开，露出了油茶籽褐色的面容。油茶籽，顾名思义就是出油的好东西，榨出的茶油别具香味，油渣饼还是好肥料。我在咸丰的时候，肥皂稀罕，人们用茶饼洗衣。那时在咸丰，似乎没有菜籽油，炒菜用的全是茶油。走在街上，闻到的也是茶油的香味，那是炸油条，炸油糍的锅里飘散来的……面对一片片茂密的油茶林，我津津有味地回忆油茶林中的乐趣，回味茶苞和油糍的味道，似乎比当年更觉得有滋有味，恨不得投入到油茶林的怀抱里。油茶林，让我回到了儿时，自己仿佛已变得年轻：我的筋骨，还有油茶树那般的坚硬，我的血肉还有油茶树那样旺盛的活力……

这是半年之间第二次到来凤，来凤城依然是一个肮脏的小县城。我依然是住在教育局的招待室，也许我最年长，主人安排我一人住了一间。其他几位都去逛龙山县城了，我是四个月前才去过，便独自一人写近来的日记。奔波忙碌，使我不能细细品味生活，日记只能记个概要，只有油茶林的感受，让我感到十分美好，回味无穷。

一会，利川烟叶中学的蹇校长来，他说他也没去龙山，在来凤城转了一下回来了。于是，我们一起聊天。我问他："有个说法，叫'金建始，银利川'，这是不是说，恩施八县你们这两个县最富足？"

他说："恩施州都是老少边穷的地方，哪有一个富足的县嘛！'金建始，银利川'的说法，不是有金子、银子，很富足的意思，那是说建始出苞谷，黄灿灿的，像金子；利川出大米，白花花的，像银子嘛。利川的大米也的确出名。我们谋道区有个支罗村，村里一座山的跟脚，流出一股清亮亮的好水，长年不断。支罗村里有几丘水田，靠着这股好水的灌溉，种出的稻米，油光水滑，白花花的，做的饭是香喷喷的，说是好吃得很。据说，这米过去是给皇宫进贡的，所以叫'支罗贡米'。可惜支罗村的水田不多，没有几个人吃得上真正的'支罗贡米'。不过，我们利川平坝子多，水田多，阳光也充足，大米的质量都比较好。"

听了他的这番介绍，我长了见识，说道："喔，'金建始，银利川'的说法，我一直以为是指两个县'富足，有钱'——不过，盛产大米也算是有银子了。"

蹇校长说："种粮食只是解决吃饭问题，农村致富还要种植经济作物，利川是大力发展烟叶。我们学校原来叫园艺中学，去年县里决定专业设置以烟叶为主，学校改名烟叶中学，联办单位是县烟草经理部。"

我问："烟草经理部对办学校有没有积极性？"

他说："他们很积极，那是来真家伙，一下子给学校支持了两万元，加上教育局拨一万，修了 6 间教室。烟叶专业课的教师也是他们派。"

我说："这个单位还真不错，现在这样的单位还是不多。"

他说：“第一，他们有钱；第二，他们也的确看到需要培养这方面的技术人才。”

我取出一支烟给蹇校长，他谢了。我笑道：“你这个烟叶中学的校长，怎么不抽烟呢？”

他也笑着说：“所以我这个校长不合格嘛，不过烟叶中学马上又要改名了，县里把我们学校上报为重点职业中学，以后叫利川职业高中。”

我问利川还有几所农职中，蹇校长说：“原来有八九所，药中、林中、农中、黄连中学、坝漆中学，好几所因为办学条件差，规模也小，停办了，只有药中和林中还在办。”

5 月 18 日，来凤县教育局雇佣一台双排座的日本车，送我们去百福司看农中，办公室姚主任一路陪伴。姚主任让我们都坐好，最后上车。他把车门一带，车内气流一振，姚主任道：“了了，向师傅，你这车子怎么密封得这么好，真是密不透风。”

向师傅有几分自得，说道：“日本人做的车就是不同，密封性相当好，只要门窗关紧，就是跑几百公里，车里面都不进一点灰尘。”他发动了车，又说，“你听，这发动机多好，点点大的声音。”我们都注意听，这车真如低声细语一样，不像别的车，一发动就像牛吼。

向师傅驾着车，往南出城。他一手握方向盘，一手抽出一盒磁带，插入面前的录音机。于是车内响起欢快的音乐，唱起歌来。此前，我还没见过车上安装录音机的，更觉这车设计得好，日本人也真是聪明。你看，这样一边坐车，观看沿途的风景，还一边欣赏音乐，是多么惬意。只可惜，向师傅磁带里的歌，我都是那么生疏。我本是个喜欢音乐的人，可面对如潮水般涌来的流行歌曲，我是无暇顾及。只有去年进修学校的田媛老师，在艺术体操培训班放过一段音乐，我觉得非常好听。问她是什么曲子，她说是《北国之春》，我记住了这个歌名。后来看电视片《话说长江》，里面一首《长江之歌》主题歌，词写得好，旋律也优美，气势磅礴，还能随着播放哼几句。今天在车里听的歌，一会是“甜蜜蜜，甜蜜蜜”，一会是“路边的野花不要采”，“不要采”都是反复吟唱。我问向师傅，这是什么歌，小伍替他答道：“邓丽君的歌，说不要采野花。”向师傅补一句:“也有人唱，不采白不采。”大家笑了。我问有《长江之歌》或者《北国之春》没有，向师傅说，“这盘磁带都是邓丽君的”。小伍说，“现在到处流行邓丽君的歌，她的歌唱得的确好”。我于是静心欣赏邓丽君的歌，嗯，的确也是有特色。

耳听音乐，眼看窗外，一条碧绿的江水，就在我们的旁边，缓缓流动。蹇校长问:“姚主任，这是哪条河?”

姚主任答道:“这就是酉水河呐。河这边是湖北，河那边是湖南龙山。”

小伍说:“昨天我们到龙山，就是过的这条河。它是从哪里流来，又流到哪里去了?”

姚主任说:“酉水发源于宣恩椿木营的七姊妹山，流到我们来凤。沿着我们刚才走的方向，到前面的绿水，再往前是漫水，一直流到我们要去的百福司，穿过卯洞，然后流进四川，七弯八拐，又流入湖南，汇入沅江，最后到洞庭湖了。”

蹇校长问:“流到百福司了，又怎么进入四川呢?”

姚主任:“你们看我们湖北省的地图，就像一顶大檐帽。我们来凤就在帽檐上，百福司就在帽檐的边角。百福司东面是湖南龙山，西面是四川酉阳。百福司是‘一脚踏三省’的地方，酉水河过了卯洞，插到西边，就进入酉阳了。”

“这些地名也比较特别，‘百福司’‘卯洞’是不是土家语?”我问。

“这里是土家族聚居区，有的地名的确是土家语，比如百福司有个小地名叫舍米湖。这个‘舍米湖’就是土家语，意思是猴子多的地方。舍米湖还有个特别的建筑呐——摆手堂，是土家人过年过节跳摆手舞的地方。成立自治县以后，县政府拨款重新修了，比原来的还大。不过，‘百福司’和‘卯洞’这两个地名并不是土家语。百福司本来叫‘百户司’，是有百户人家的土司。‘百福’和‘百户’读音相近，图个吉利，写成‘百福司’了。卯洞，是酉水河穿过的一个大石洞，传说是鲁班师傅戳穿的。说当年鲁班师傅和徒弟路过这里，见酉水被大石壁阻隔，河水横流，泛滥成灾。鲁班想为百姓造福，解除水患，吩咐徒弟开凿石洞放水，自己在仙佛寺修刻佛像，约定天明完工。等到鸡叫三遍，鲁班把佛像修造完毕，去看徒弟开凿的石洞。那徒弟还呼呼睡懒觉，哪里开出石洞来。鲁班急忙挥起手中的铁尺，猛地往石壁戳去——‘轰’的一声，石壁戳穿了一个大洞，有十几丈宽，十几丈高，几十丈长。这个洞一穿，酉水河的水就哗哗啦啦从洞中流出去了。这个时候正是卯时，所以这洞叫作‘卯洞’。以后给这个地方也叫卯洞。”

“喔，原来卯洞还是这么个来历。其实，我早听说过卯洞，没听说百福司，好像卯洞比百福司还出名。”我说。

姚主任解释：“原来就叫卯洞区，去年建镇，镇政府设在百福司，就改名百福司镇了。”

“难怪。我很早就听说，解放初美蒋特务空投来凤，就是落在卯洞的。”我说。

姚主任说：“那是1953年，美国飞机把四名国民党特务，晚上投到卯洞的腰带山。其实，飞机在这一带盘旋的时候，就被发现了，层层上报，立即采取布防措施。第二天早上，四个特务在寻路的时候，被一个放牛娃发现，回去就打了报告。于是，已经从来凤、龙山、酉阳等地调集的部队、民兵几千人，迅速把腰带山团团围住。包围圈一步步缩小，特务发现已被包围，拼死夺路逃窜，一人被当场击毙，其余三人见无路可逃，都缴械投降了。卯洞的民兵队，在省里召开的庆功会上受到嘉奖，被授予‘英雄民兵队’光荣称号。”

我说：“姚主任，今天你给我们长知识了。你这一路讲解也可以拍一部电视片了，题目就叫《话说酉水》。”

大家笑着赞成，小伍说：“解说还是姚主任，不必请陈铎了。”

不怎么说话的小牟，这时发问了：“姚主任，我们今天看得见鲁班打开的那个卯洞不？”

姚主任笑着答道：“卯洞还在百福司镇的那一头，还有几里路远，而且不通公路。如果今天还要赶回去，就没时间了。如果不急着回去，我们明天可以在酉水河去划船，钓鱼，看卯洞，甚至跑到舍米湖去耍一趟，在摆手堂跳摆手舞……”

我开玩笑说：“明天去看卯洞，在酉水河划船、钓鱼——那是搞不成的；今天不回去——也是不可能的。后天州里要开总结会。”

于是，几个人也笑着，温习我这个笑话的出处：

“民兵同志们，我是部长——派来的。”

“现在给一个人发一条枪——是不可能的。”

“两个人一条枪——也是不可能的。”

“三个人一条枪——是可以的——不过，是木头的。”

“哈哈，哈哈……”

百福司中学作为农中，实在还没有办像。全校7个班，初中5班，高中2班。初中是全镇的重点，也是学校教学工作的大头。高一和高二各一班，称作农中班，但没有专业课，只是每周开两节农基课。陈校长和谷主任详细的也是如实的给我们介绍了情况。他们讲了学校的历史从1958年讲起，这二十多年来，真是弯弯转转，变来变去，把我的脑子都搅糊涂了。说当初农中是办在百福司小学，以后又迁到胜利的官坝办初中，然后又搬回，1964年办成耕读中学，1966年停课，1969年再办普通初中，1971年是办高中。1982年县里下文，学校改为农业高中，附设初中班，这便是学校现状的由来。其间，一时给学校划地50多亩，一时又收回去了，然后是又划400多亩油茶坳山林，以后又收回建油桐研究所。前年，当地把罗家坟的400多亩，其中有250亩茶园，交给学校管理……

我很耐心地听学校领导的介绍，感到作为学校的校长、老师，在这样频繁的变动之中做事，是何等为难，而在这一段历史时期，此类情况又何止百福司这所学校！令人感动的是，百福司中学的老师们，无论在怎样的变动中，兢兢业业教书育人没有变。从这所学校走出去的学生，成了今天建设家乡的生力军。他们中有专业户，县人民代表，县劳动模范，县区干部，甚至还有石油学院副教授，解放军师政治部主任……现在应该是到了认真研究，科学规划，合理布局，稳定发展我们教育事业的时候了。

5月19日，是星期天。早上下着大雨，我们冒雨去车站，尽管打着雨伞，肩上和裤管都打湿了。

汽车开动了。想着检查完毕，这二十多天马不停蹄的四处奔波即将结束，有一些轻松感。途经宣恩高罗，遇到山体崩塌，阻隔了道路。顿时，两头都有成串的大小车辆停了下来。此时，从一辆小车中下来一位军官，察看一番之后，登上高处，振臂号召各位旅客，自己动手清除障碍，只不过应者寥寥，使人觉得，世风与六十年代是大不一样了。在这里延误了两个钟头，最后是在军人的带头下，又有养路道班请来的民工努力，路障清除。发动机相继启动，隆隆马达声中，两头车辆鱼贯而行。这雨真是不小，虽然再没遇到泥石滑坡的阻隔，但道路被冲刷，坑坑洼洼不少。几处颠簸，让同车的一位小贩受了很大损失。来凤的松花皮蛋是出了名的，这小贩买了一挑。车子颠簸一次，他就心疼地喊“拐，拐，拐”，然后蹲下检查，将破损难以卖出去的从车窗投出去。他是如此的沿路抛撒，也不知最终有多大一个“赚”字。

军车是早就上前走了，那位军官的模样一直深刻我的脑际，然而，再也没有见到过他。三十年后的去年，我去州乒乓球馆打球，看到了人们称呼“王主席”的他。他也退休了，仍然担任州老年体育协会的副主席，每日去办公室上班，当义工。我确定是他，一点没显老，但我没与他谈及三十年前的这事，如此小事，也许他已忘到九霄云外了。

第二天，在州教育局开总结会，一身轻松。给这次奔波写了几句顺口溜：

一

查看农中东西走，
我辈奔波全施州。
苗坪茶芽鸦鹊口，
卯洞酉水缓缓流。

二

职教本是利民路，
办学艰难使人愁。
春风快度野三关，
好看花果挂枝头。

第十二章　七月流火

（1985年夏—1985年秋）

已是5月下旬，庆祝“六一”儿童节的筹备工作在抓紧进行。我回到单位后参加的第一个会，就是谭市长召集的庆六一筹备会。听说市四大家召开过一次筹备会，接着谭市长又召开过一次，我参加的已是谭市长召集的第二次。到会的有宣传部、团委、妇联、文化、体育、卫生等方面的负责人，城区教育站，各小学、幼儿园负责人都参加了。谭市长要求大家汇报各自准备情况。各个单位都按上次会议的要求讲如何落实的，只是小学的校长们提出一个要求：希望取消学生娃上街游行的安排。理由是：年年都这样搞，老师学生都厌烦了。谭市长却坚持说：“呃——搞搞游行才热闹，才有声势。其实学生娃还喜欢画个花猫，上个妆，在街上游一游的。”一位女校长不同意谭市长的说法，说道：“学生哪里想上街游行喏，一说起要游街，就把嘴巴噘起了，说太阳晒死人的，累得要命。”又一位女校长补充说，“几年都是这样搞，学生娃头顶烈日满街游，大人在阴凉坝看热闹，不仅学生娃苦，害怕这个事，家长和老师也看得心疼。的确应该换一个方式了。谭市长您莫见怪，有人还给您编了个歇后语，说的是：谭市长庆六一——化装游行”。谭市长听了哈哈大笑，说道：“呵呵，还给我编了一个歇后语。真怕搞这个事啊——好，好，既然细娃都怕游行，那就不搞游行了。”

最后一致同意，大型活动是：5月30日，市里四大家领导召开座谈会，慰问教师代表；31日在民族影剧院举行的庆祝会，接着是城区各小学、幼儿园的文艺汇演；6月1日，娃娃们分在三个电影院看电影；6月1日和2日的晚上，举行两场优秀节目公演。最后，李局长讲了活动的具体安排和要求。他说得很细，包括表彰三好学生和红孩子、庆祝大会的会议议程，文艺汇演节目的检查和走场时间，节目评比办法和评分标准等等，都说得很具体。

今年的儿童节是星期六。昶昶刚看完电影，一边唱着回家：

“六月的花儿香，六一的好阳光。”

回到家的荞荞，也打趣地合着唱：

“六一儿童节，歌儿到处唱……”

“嘿嘿，姐姐，我们看了电影的。”

“看的么子电影？”

“《地道战》，还有《小兵张嘎》。”

“好看不？”

“好看，打仗的。”

“嘿，是我们小时候看过几遍的。”

“我还不是看了几遍了——昨天，我还看到季哥哥演戏的。”

“季哥哥演的么子戏？”

“《蹦蹦和跳跳》。”

“演得好看不？”

“好看，是兔子，他们戴着长耳朵帽子，在台子上蹦去蹦来，儿多好玩。”

传美在一旁说：“只怕季哥哥他们演出的节目还好看些。电影公司那么多新影片不拿出来放，尽找些看过多遍的老片子给细娃看，太尖（抠）了！”

我说：“也是嘛，现在电视机在普及，又到处有录像厅，没有几个人进电影院了。几部新的彩色的宽银幕电影，是电影院卖票救命的，怎么舍得拿出来？儿童节要免费给娃娃们放电影，就把老影片拿出来哟。”

“我怕电影院也真是要垮台了。现在的电视几多好看，都喜欢连续剧《阿信》，把一些人都迷住了，哪个还跑到电影院去看电影？”传美说。

“六月的花儿香，六一的好阳光……”

昶昶又唱着歌跑出去了。

其实，我觉得好的歌和电影，也不怕“老”。有的老片子，也是百看不厌的；有的老歌也是百唱不厌的。比如《地道战》《地雷战》《南征北战》《小兵张嘎》，虽然看过，但“文革”中没有什么电影看，后来把这几部片子拿出来，一看几遍也还是看得有味。又比如庆六一的这首歌，我在五十年代当小学生的时候就唱过，以后是旭娃唱，接着荞荞唱，现在昶昶又唱，三十多年了，还一直唱不衰，一到六一，我还情不自禁哼哼“六月的花儿香……”童年时候唱这首歌，感到快乐和幸福；到了青年，中年，也许到了老年，听到这首歌都感到亲切；自己哼一哼，仿佛回到了天真烂漫的童年，不仅有趣，还感到年轻了许多。

说起这些时候电视里播放日本电视剧《阿信》，那也真是缠住了不少人。白天，阿信成了人们议论的重要话题，下午一下班，都急急忙忙做饭吃，然后就恭候《阿信》的到来。学生娃娃呢，一回家，家长就催：“看不看《阿信》的，若是要看，那就早点把作业做完！”

《阿信》准时到来，电视里，小小的阿信天真，纯朴，善良，真是讨人喜欢。她那么小，却那么懂事，知道家里穷，无法养活孩子，七岁就去别人家打工，给东家带小孩。她那么辛苦，提水，扫地，踏着冰雪去河里洗尿片，一天到晚没有歇息的时候，还吃不饱饭。看到这些镜头的时候，家长无有不心疼，不怜爱，不感慨的，还少不得对一旁的娃娃说，“你看，别人才七岁，一天要做好多事！”一会又说，“你看别人几多爱学习，背着小孩还在学校教室外面听课，学得那么认真……”就这样，“你看别人如何如何”的指教，成了这个电视剧的另一种旁白。《阿信》后面的故事还很多，家长以阿信为榜样，教育孩子的旁白还会继续下去，娃娃们向阿信学习的路也还很长。

这个儿童节，城区学校文艺汇演以后，选了一批优秀节目公演。公演节目的确精彩，振动了许多家长的心。他们在看演出的时候，又少不得对自己的小孩说：“你看别人演得几多好……”特别是看到舞阳小学学前班一个小朋友，两只小手那样灵巧，在扬琴上演奏了《边疆的泉水清又纯》《高山流水》《步步高》，那悠扬欢快的琴声，令家长们羡慕得不得了，无不啧啧称赞。他们又少不得转过身来，对自己的孩子说：“你看，人家好行，才上学前班……”

自这次公演以后，好多孩子的家里，都响起了玩具小钢琴的声音，虽然很不像乐曲，但可以想见家长们对小钢琴前的孩子，抱有多大的期盼。

现在的家庭，大都只有一个孩子，生活条件比过去好多了，关注独生子女的成长，是很必要的。我只是有点担心，家长唠叨太多，孩子们有可能反感而适得其反。同时，希望别人孩子会的，自己的孩子也都要会，这也不一定切合实际。现在，独生子女的教育，的确是个值得研究的课题：娇生惯养必定会宠坏孩子；急切过度的施肥浇水，无异于拔苗助长，又会毁坏禾苗。

快要中考了。中考组织工作是教育股的一件大事，从考生登记报名，到考试，阅卷，登分统分，上报成绩和录取，环环紧扣，事务繁杂，时间拉得很长，而且涉及千家万户，广受社会关注。

恢复考试制度以来，中专一部分通过高考，在高中毕业生中招收；还有一部分通过中考，在初中毕业生中招收。由于中专毕业生是包分配的，冲着可以早点把铁饭碗端在手，大量中考成绩优秀的考生，都挤中专这条路，争夺为数不多的几个名额——中专实在是太令人向往，太诱人，太走俏，真是“香飘云天外”了。一心考中专的，一次考不中就重读初中。对此，上级出政策，规定中专只录取应届初中毕业生，不录取往届生。这也难不倒一心要考中专的人，面对这个政策，他们有办法变通，学生不毕业，在初三“坐庄”，就是留级。甚至有的读了高中，又回头读初中，都是为了考中专。能够这样做的，其实绝大多数都不是学生本人，而是有点背景的家长和学校领导、老师，一般平民百姓是没有这个能耐的。这样一来，其他学生和家长就愤愤不平了，意见纷纷。情况反映上去，第二年上级明确“应届生”的概念，是“只读过一次初三的”。这一规定也难不倒人，下面又有了对策，让学生在初一或者初二“坐庄”，多半选在初二，极个别的还在初一、初二都“坐庄”，目的是把基础打牢，增加考上中专的把握。这个情况反映上去，第三年上级又出了政策，明确规定：初中应届生是初中只读三年并顺利毕业的。考虑到有学生因病休学的特殊情况，作补充说明：学生因病休学，经县一级教育行政部门批准，休学时间达到一年者（言下之意是不可提前复学），可视作应届生。这些近乎苛刻的规定，仍然难不倒人。去年，教育股接到一所学校办理“因病休学”手续的，就多达十几人，医院证明等材料一应俱全。我不好一个个地判别真伪，责成学校写出专题报告，说明学校体育卫生工作存在什么问题，以至于这多学生得病。连续几年，我都参与了中考工作，也像看连续剧一样，看到了一连串的“上出政策，下拿对策”的智斗故事。结果是，无论上面出什么政策，下面都有对策，在考生资格上弄虚作假的舞弊行为屡屡发生。只不过这些虚假作为，对于同校、同班的学生及其家长，他们相互知根知底，是一点也遮掩不过去的。知情者早不举报，晚不举报，就等到中专发了录取通知，在学生家里欢欢喜喜“整学酒”时，举报信就一封一封寄到了教育股。凡是这样的举报，只要一查，几乎没有诬告，都是准确无误的。被举报的非应届生自然要取消中专录取资格。然而，这是一件令人纠结的事，对于取消录取资格的考生，绝对是一个精神上的沉重打击。弄虚作假不是他们自己，主要是他们的老师和家长在背后操弄。但不作处理，对于其他的考生就失去了公平，还会造成有限初中教育资源和学生学习时间的浪费。我们当然应该执行上级的有关规定，维护社会的公平，有举报就查证落实，不符合中专录取资格的要坚决取消，并及时上报补录考生材料。对于取消录取中专资格的考生，我们能够做的是改录到普通高中。我想，这也不是坏事，到将来他们考上大学的时候，或许觉得没读上中专也是“塞翁失马，安知非福”。

去年中考，两所学校有严重舞弊行为，社会反映强烈。经过查证，反映情况属实，及时撤销了不合资格考生的中专录取。我对这种屡禁不止的舞弊行为特别反感，不仅是因为增加了我们的工作量，重要的是少数教师和学校领导的这种行为，实际上起了引导学生弄虚作假，给学生示范如何违纪违规的坏作用。显然，这种引导和示范，造成的影响是恶劣的，也是深远的。任其下去，在未来社会，人们的诚信还会有多少？为惩前毖后，严肃中考纪律，今年中考前，在有市长，宣传部长，教育局长参加的会议上，我提出要对这两所学校中考舞弊的当事人进行纪律处分的意见。两位当事人，一位是一所初中的校长，一位是另一所初中的语文教师。虽然他们在管理学校和语文教学上都有一定成绩，但我以为不能因此姑息，相反，应该“挥泪斩马谡”以严明纪律。我的意见获得通过，决定由人事股对两人分别给予行政处分，并免去那位校长的职务。就此，我草拟了一份《通报》文稿。在我与这两位当事人谈话之后，处分决定和通报一并下发各个站校。我希望这样会起到一定的警示作用。

中考中出现这类舞弊行为，与没有建立学生的学籍管理制度也有关系，使违规者有可乘之机。今年开年，我们制定了一整套学籍管理制度，建立了学生学籍档案，每个学生编有学号，每学年教育股要审核登记表并验印。我希望通过这样的管理办法，减少这方面的违规行为，不再为这事处分教师。

早上，在住宅的阳台上洗漱，看到阳台下面的空地上，竟然长出一丛丛凤仙花，已是含苞待放了。我知道，这是我的下水管不严，常年会洒出一些污水下去，给凤仙花提供了生长的基本条件。但是，我不知这些凤仙花的种子是哪里来的，是楼上抛撒的，还是鸟儿播撒的？

下午，州教育局张文剑副局长和普教科的舒科长、小伍来。李局长和我在局长办公室接待。先是舒科长讲，他说省厅已经批复土桥中学为恩施市职业教育中心，职教处要求写一个土桥中学的材料，在省里8月底召开的全省教育工作会期间见报。张局长接着提出，今后土桥中学的初中怎么办？要么不办，要么初中也办职业班。小伍传达了省盲聋哑教育会议的精神，说我省盲聋哑教育落后于全国水平，湖北省还未开办盲聋哑学校的有荆州、黄冈、孝感和鄂西州。省里要求，1985年我省要消灭空白地区，能够办校的办校，一时办不起来的要办班，已经开办的要增设弱智班。省里确定，武汉市第一聋哑学校承担一部分教师培训任务。张局长说，你们先调查一下，盲聋哑儿童到底有多少，只要有8人就可开班，看在哪一所小学先办一个班。这事要争取政府，民政部门的支持。要鼓励有强烈事业心、责任感的教师当志愿兵，还可以在中师毕业生中征求意见。张局长接着讲到普及教育的问题，11月下旬，州里组织验收，在此之前要把“一无”的验收和扫盲验收完成。普及教育验收，要早发文，早做准备。他们还交代了其他一些事：要整理一个袁凤鸣的材料；市二中李智老师代表全州出席双推会；《小学生天地》杂志将开展夏令营活动，等等。

张局长他们一下交代了这多的事，匆匆地走了。我觉得教育上的人，从上到下，从省到州，再到市县，都在不断地想事找事，以至于一天都忙得不亦乐乎。我们这个股，忙完六一的事情之后，几个人还一起盘算，六月份要做哪些事，上面布置了哪些事情，我们自己还想办哪几件事情。一下子就罗列了一串要做的事，于是几个人说笑话：我们一天就像小时候跳集体舞《找朋友》一样，一边跳一边拍手唱：“找呀，找呀，找呀找，找到一个朋友，敬个礼，鞠个躬，握握手，我们大家跳舞，唱歌……再见！”这一个朋友再见了，又跳又找。有时是别人找到我，有时是自己去找别人。虽然跳得有些累，但是亢奋的情绪使我们接下来又是“找呀，跳呀，跳呀，找呀……”就这样，我们没完没了地找，没完没了地被找，没完没了地唱歌跳舞。我笑着对几位伙计说，我这样找呀找，跳呀跳，到 2002 年就可以停下来了。老康望着我，有些不解。光福一下明白了说：“我要跳到 2004 年。”老康懂了：“我比你们要先歇气两年——哈哈哈，小杜呀，那你就还够得跳啊！”

6 月 12 日，星期三，全局干部职工在教工之家开会，由敖局长做整党动员，安排整党期间的工作。接着党员留下来，开支部大会，并通知我和黎会计参加。支部书记曾茂祥同志主持会议，研究组织发展问题。他还说了一些话，我没怎么听清，因为我有些激动了，想着这一次自己是不是要入党了？他先要我发言，讲对党的认识，介绍有关情况。我讲完了，由两位介绍人赵主席和胡局长介绍情况。接下来康纪恕、段芳海等几位同志相继发言，然后大家举手通过。以后是黎会计讲，又按相同的程序讨论黎秀芙的入党问题，也获得了通过。最后，支部书记说，两位同志已获得支部大会通过。如果得到上级党委批准同意，两位同志就成为中共预备党员，党龄从支部大会通过之日，就是今天，1985 年 6 月 12 日算起。

我想到，从我高中入团以后递交第一份入党申请书到今天，算来已有 24 年了。这二十多年间，在高中读书时，在园艺场劳动时，在庫口教书时，我都交过入党申请，一直没有放弃加入党组织的愿望。到了“文化大革命”，我差点成了反革命，这才知道，对我来说，入党只是自己痴心妄想，犹如我想读大学一样。但是入党和读大学的愿望，一直在我的心底，不曾泯灭。国家的历史揭开新的一页，我读大学的愿望实现了，我自然又想到了入党。只是因为工作繁忙，我把这个愿望埋在心里，好久没有写申请，想的是自己把党交给的工作搞好了不迟。是周围的同志，胡局长，大锐，他们多次提醒，我才写了申请。现在，我入党的愿望大约也可以实现，真是应该高兴的。但是，自己毕竟是四十多岁的人了，除了先前有几分激动之外，我的心里马上恢复了平静：组织上入党，不意味着自身完美；不断完善自己，努力做个合格党员才是无愧的。

今天，我入党了。我想，我是不会像黄国权老师那样的。黄老师是我很敬佩的人，在庳口教书时，我曾经远去朱砂溪学校，听过他一次辅导讲课。那时他在县教研室工作，大家叫他黄主任。曾经听人说，某某领导很有水平，做报告只在纸烟盒子上画几个字，就能讲半天。而我见到的黄主任，给我们讲“突出政治”，连画上几个字的纸烟盒都没有，半片稿纸都没拿，却说得头头是道，有条有理，而且不带任何语病。这使我佩服，他的确是个角色！到教育局后，我一直没有在教研室见到过他。一次下乡到白杨坪，看到他了——在六中教书。再以后，却是听到他不幸去世的消息。人们说，他是高兴过头了：那天，恰是他实现了多年的愿望，加入了党组织，而且工作也将调回教研室。那一晚，他好久都睡不着。后来，他睡着了，睡得深深的，以至于长眠不醒……

天气大热起来，紧张的中考工作也开始了。上午，和老康在热浪中去城区各初中考场联系考务，下午去州教育局领取试卷，晚上和小杜值班看管试卷。第二天，光福和田媛，一日之间就把各个考场的试卷清理完毕。田媛是进修学校的年轻老师，她活泼开朗，稳重大方，做事情特别认真。头前组织体育教师艺术体操培训班，就是她执教的。这次中考，我们请她来帮忙。

接着是星期天，教育股的人都没有休息，忙着向全市各个考场分发试卷，一切都进行得快速有序。星期一培训巡视员，教育股的同志齐心合力，许多细节都想到了，许多琐碎的事情都办得利利索索。

再接下来的事情是，明天各个考场培训监考人员，后天中考正式开考。正是大忙的时候，白果小学一位学生的母亲，几次到教育局反映，说学校把她的孩子给开除了，剥夺了他受教育的权利。今天又到了局长办公室，局长们也是忙得要命，李局长把她引到教育股来，要我接待一下。这位家长也的确不一般，能说会道，一条一款地诉说白果小学陈校长的不是。她说陈校长是老子天下第一，横蛮不讲理，“犟死一条牛”，教育站的话他都不听，镇上书记的话也不听，区委宣传委员的话他都不听，连市委宣传部的张科长去白果小学给他做工作，他都硬骨俏皮地说，“这样的学生，学校把他开除了就开除了”。到底是怎么回事？我决定去白果一趟，把事情弄个明白。

星期四，我骑自行车去白果。过了高桥坝就是一架大坡，多数时间是推车走。走到白果镇，已是气喘吁吁，满头大汗。此时刚好 11 点，第一场考试结束。先去白果中学，询问考试的情况，一切正常，语文考试下来，考生个个都喜笑颜开。接着去教育站，与杨世秀站长交谈了，再去白果小学，向陈校长，向主任以及有关老师了解情况，又在学生中做了调查。这一番功夫下来，对事情心里多少有了底。下午，分别和区里的宣传委员，镇上的书记交换了意见，他们都是接待并处理过这件事的。

各方情况汇集起来，事情的原委是比较清楚了。这个叫李涛的学生，去年从外校转入白果小学四年级就读，如班主任所说，他“表现恶劣，又不接受教育”，接连打了几位同学，同学都害怕他，不敢报告老师。后来，他又把一个姓曾的同学额上打破一条口，班主任胡老师到他家去讲了情况，想让家长配合学校加强对李涛的教育。用胡老师的话说，这个学生的家庭教育“也有”，就是：当爹的“打”，当妈的“护”。今年，李涛前后又接连惹事，把公家一个电动机损坏不久，又打了一个姓杨的同学，学校于是停了他的课，要他在家写检查，想的是家长送他到学校，共同交换意见，加强教育。可是家长不出面，托汪老师的家人到学校去求情，送李涛上了学。李涛的家长之所以不到学校，也是有原因的。李涛的父亲是食品公司的工人，长期来，只有别人求他们的，没有他们求别人的。食品公司的人都是握有实权的，刀把子掌握在他们手里，你拿着肉票，在那里挤着买肉，他愿给你卖就卖，不愿给你卖，你挤半天也得不到。这一次的问题出在李涛上学后，又打了欧阳同学，还说欧阳同学不该告发老师。据说，李涛身上还带有一把刀子，搞得欧阳同学不敢上学了。学校对李涛这个学生很感恼火，于是宣布将其开除。在这样的情况下，家长还是不到学校承认家庭教育存在的问题，配合学校教育学生，反倒是从教育站到镇上，再到区里，最后到市里，到处告学校，说陈校长剥夺他孩子学文化的权利。学校里呢，老师都表示，家长是这样一个态度，那无论如何是不能把李涛留在学校了。几个挨打同学的家长也提出抗议，如果再把李涛收到学校，他们的小孩就不敢上学了。陈校长表示，李涛的家长还是这种态度，那就是“天王老子”送他来上学都不行，开除了就开除了。于是，矛盾越来越大，事情越弄越僵。

晚上，到李涛家里去。两位家长对我专程为他们的学生来，还说了几句亲热话。我对他们直言，当家长的对孩子要爱，要关心，要教育；教育孩子不是他做了错事就打，你打他，他就学你去打别人；更不能护，护了他的短，那就长了他的志，难教成好人；教育孩子是家长的义务，要耐心，讲明道理，特别要配合和支持学校教好孩子。我对家长说，李涛犯的不是小错，他的有些行为是违法的，不及时教育以后就危险了，说不定将来还是社会的负担，家长的麻烦。学校要保护所有的学生，你的学生今天打这个娃，明天打那个娃，还不接受教育，你说学校怎么敢把他留在学校？我知道，学校本来不是硬要开除你的学生，是想采取这样的办法教育学生。但是，你们家长不配合学校，倒还说学校这不是，那不是，这又哪里能够教育好学生？如果是你的娃在学校被人打了，学校老师不管，你有没有意见？如果是你的娃一次、再次挨打，你还敢不敢把学生送到学校去？现在是，你的娃娃把别人的娃娃打得不敢上学了，这是谁在剥夺别人学文化的权利？明明知道自己的娃打了别人的娃娃，你该不该给别人赔个礼，道个歉？你给别人道歉了，把自己的娃教好了，还矮别人好大一截么？

我反反复复，苦口婆心给家长说了许多的话，他们的态度有了改变，说话转了弯，承认有些话说错了，有些事做得不对。最后我说，明天早上开个教师会，晚上开个家长会，相互交换一下意见。我对李涛的妈说："我发现你是很会说话的，一些道理你一听也就明白，你就在会上说说认识。'三句好话暖人心'，李涛上学读书的问题也是不难解决的，今后学校、家长共同加强教育，李涛也是能够变好的……"

第二天的早上召开教师会，我请区里的宣传委员老杨参加。陈校长先讲了学习贯彻中央《关于改革教育体制问题的决定》，对学生进行"四有"（有理想、有道德、有文化、有纪律）教育的问题。接着就联系实际，讲到对李涛进行教育的情况，表明学校对有缺点错误学生的态度是"不看成是僵死不变的""不会把学生置于死地"。又举例说了教育学生家庭教育的重要。随后，李涛的母亲发言，她说得还有条有款的：首先，感谢各级领导对她家李涛的关心和教育；第二是认识到李涛的行为表现是很不好，发展下去很危险；第三是今后要积极配合学校教育李涛。虽然讲得不多，或者叫作不深刻，但是她的态度是有明显的转弯，会场原本紧绷的气氛有所缓和。陈校长又补充说："今天家长表明了态度，表示配合学校教育好李涛。现在我可以明白地说，学校本来就不是硬要开除他，学校是教育机构，任务就是教育学生；学生本身就是要受教育的，犯了错也不奇怪。我可以拿出学校当时研究李涛问题开会的原始记录来，说明学校不是想一棒子把人打死，还是立足于教育。但是，到了后来，家长是不配合，要上告。我说那好，我就让你去告。"李涛的妈不好意思地笑了笑，说："这件事还是我做'撇'（差）了，把陈校长和老师们都得罪了，你们多原谅。"

宣传委员老杨见此情形，立马作总结性发言："早晨的会只能开这么久，吃饭了老师还要上课。在座的是老师，有的还是共产党员（我意识到，现在我也是了），怎么教育好学生，培育'四有'新人，是个历史性任务。我看我们就是要抓住这样点滴的机会，有问题及时解决，及时教育，培养人才。今天晚上还要开个扩大的家长会，专题研究'四有'教育……"

晚上，家长来得不少，用杨委员的话说，真是"扩大"了。陈校长讲了"四有"教育的要求和学校、社会、家庭几方面怎么配合教育学生的问题，联系学校实际，讲了对李涛同学进行教育前前后后的情况。李涛的母亲，面对几位被李涛打过的学生的家长，有些动情，说了真心话："我的儿子李涛，多次做了错事，蠢事，我做家长的有责任。老师几次登门，讲李涛的问题，我还有反感，认为是老师对家长有个人恩怨。现在，事实证明，学校老师是真正关心李涛的，是一心想把他教好的。今天看到你们几个家长，你们的娃娃都挨过李涛的打骂，我的心里实在不好想，脸都不知道往哪里放。我诚心诚意向欧阳同学的家长道歉，向 ××× 同学的家长道歉，向……李涛的这些行为是时代和社会都不容许的，不教育好是很危险的，将来我白养了这个儿子不说，还会祸害社会。我很感谢学校老师不嫌弃我的儿子，感谢几位同学家长宽宏大量，感谢学校、镇上、区里、市里的领导对李涛的关心。我只有积极配合学校把儿子教好，才对得起大家。我过去的想法不对，作法不对，不尊重老师，影响不好，希望学校谅解。活到老，学到老，人的思想也要随着时代前进，这一次为教育我的儿子，我自己受到很大的教育……"

最后，是杨委员讲话。他很正规，像做大会总结报告一样说道："今晚的会议就开到这里，最后我说几点。第一，对这次会议的估价。今晚的会议，是白果小学召开的一次扩大的家长会，专题研究‘四有’教育，是一次具体的实际的‘四有’教育动员会，开得是很成功的，令人满意的，比预期的效果还好；第二……；第三……；第四……下一步的意见：解决问题的条件已经成熟，明天要李涛到校做检讨。明天晚上班主任到学生家里进一步对李涛进行谈话教育，帮助认识和改正错误。星期一李涛正式复学上课。希望我们所有老师和家长，今后都要密切配合，共同担当起‘四有’教育的重任，把白果的所有青少年都培养成‘四有’新人，为四化做贡献。”

晚上，躺在床上想，中考明天就是最后一天了，单位事情正忙，我为一个学生读书的事，花了两天多的时间，是不是小题大做了……不过，如果李涛从此渐渐变好了，也就是“善莫大焉”，我耽搁这两天也是值得的。好，李涛明天可以上学了，我明天也可以回城了。

清早，我空着肚子赶路回城，一路多是下坡。人们常说，“人走下坡路”不是好事，不过我今天骑着自行车走下坡路，那是又快又省事。车轮飞转，我轻飘飘如神仙下凡，从天上降到了城西的麟溪书院旁边。饥不择食，就近在一家私人小店买了一碗包面。两角钱一碗，虽是有点贵，但是不收粮票。吃了两口，觉得这包面不仅贵，而且少油寡盐，无甚好味道——我看这个小馆子，只顾狠心赚钱，怕也是开不了几天的。

这是中考的最后一日，下午开始回收城区内几个考场的试卷。

支部书记曾茂祥通知我，党委已经批准我和黎秀芙两人为中共预备党员，从下周 7 月 1 日开始参加整党学习，同时发给我整党学习材料数本和一个党费证。

第二天是星期日，教育股的全班人马加班，回收各个区镇考场的试卷。到下午五点半，全部试卷收齐。各考场回来的巡视员反映，今年各个站的中考工作，都抓得特别认真，没出一点差错，进行得很顺利。

接着是阅卷。按照州教育局安排，今年中考实行交换阅卷，恩施和利川交换，所以，多出一道手脚，我们要接收利川的试卷，又将本市的试卷交给利川。评卷地点设在书院中学，教育股的几位都蹲在这里。阅卷人员是全市抽调来的各科优秀教师，大家紧张而有秩序的工作，按照标准认真评卷。评阅作文最费工夫，最后一天还有 80 袋试卷，组长提出，我们一定要向每一个考生负责，越到后面越要认真仔细，按照统一标准，不赶进度，宁可加夜班也要保证质量，完成任务。

我几次被李局长通知去做另外的事。一次是到州教育局给张局长汇报城区初升高的计划，因为州局领导说，分管教育的副州长陈永葆强调，凡是涉及千家万户的事，都要先向州里汇报。再一次是局里研究庆祝教师节的筹备，之所以要早早研究，是因为这是第一个教师节，市委特别重视，已经成立了由吕成宗市长为主任、人大邓相臣副主任和谭世湘副市长为副主任的庆祝教师节筹备委员会。

7 月 1 日，整党学习开始，市直机关党员都在清江电影院听辅导报告。报告人是张恒昌，市委的纪检书记。他从党性、党风、党纪讲起，讲到这次整党的重要性和必要性。他举例说，现在党内存在新的不正之风，表现在：党政干部经商办企业，以权谋私，与民争利；参与倒买倒卖，抬高物价；滥发奖金、补贴，甚至巧立名目找下属单位要钱发奖金；请客送礼发红包等等。出现这些新的不正之风的原因是，十年动乱的流毒没有肃清，资产阶级腐朽没落思想滋长，思想教育松懈。这次整党是按中央“统一思想，整顿作风，加强纪律，纯洁组织”的要求，分期分批进行的。要通过整党，对全体党员加强为人民服务宗智的教育，远大理想的教育，全局观点的教育和纪律教育……后期要进行党员登记，对犯有严重错误的党员，要进行处理……到底都是共产党员开会，会场上鸦雀无声，都在认真听报告，记笔记。我像个刚发蒙的小学生，想把所有的讲话听明白，但偶尔一下还是思想跑神，想起会前广播局的郭局长对我提起，作文展播已经结束了，什么时候要把评奖总结的事搞了——抽个什么时间呢……此时会场发出一阵笑声，我立即把注意力集中，听张书记在说：“……这种认识是不对的，我们纪检部门也在抓好的典型，树立正面形象嘛，怎么是‘纪检纪检，光找毛病缺点’？”

下午，局机关党员在会议室讨论。晚上在教工之家大会议室举行了新党员的入党宣誓仪式，我作为新党员代表讲话。接连几天都在参加整党学习，看文件，听发言，不干别的事情。按照市委安排和要求，整党和工作时间交错进行，整党时间必须坐下来学习，不许耽误，因公耽误了学习的还要补课。其实，我倒不怕坐下来学习，这比忙忙碌碌搞工作好得多。问题是有些事耽搁不得的，比如中考上的事情，按照州里的日程，是一环紧扣着一环，现在要报告各分数段人数，州里要划录取分数线了。不过，好的是光福还没有入党，有他和田媛在做，我是可以安心学习的。但是，郭局长说的作文展播评奖总结的事，又什么时候搞呢？

抽了一个晚上，去广播局和郭局长，还有小江，一起研究作文展播评奖和总结的事。小江名叫江庭玉，是广播站站长，也是播音员，恩施市的人都熟悉他的声音。他是大吴敏的夫婿，跟着吴敏叫我“幺叔”，不过在公开场合没这样叫。他先说了学生作文展播的情况：活动从 4 月 15 日开始，到 6 月 20 日结束，广播站共收到各校推荐作文 680 篇，复审通过 111 篇，选播了 67 篇，其中中学生的 33 篇，小学生的 34 篇。然后我们一起商量决定了评选方案，请评委对选播的作文评出一、二、三等，教育局出资 400 元实行奖励。评委由我通知，明天下午在广播站评定。

第二天上午，光福和田媛在统计中考成绩，他们对我说，今年我市高分段 500 分以上的有 189 人，比去年翻了一番多。市二中、沙地等学校考得很好。又说，今天上午就可以给州里报告各分数段的人数了。

下午，去广播站给展播作文评等，请来了评委王建军、穆云、康德芬等老师。到下午五点，评定出获一等奖作文 8 篇，二等的 16 篇，三等的 87 篇。刚刚评定完毕，接到光福电话，说昶昶鼻子流血很多，要我快快回家。

昶昶躺在床上，听旭娃说，他是和谭明娃一起玩，不小心撞在门锁上，又把鼻子碰破了。此时，传美也回来了，为昶昶鼻子流血大为恼火。这段时间，昶昶是经常在流鼻血，喝老中医向极昌的药好多副了，但是他总是不顾惜，只要不流血，就要跑，跳，疯，闹。唉，到底是只有这么大的娃娃，要他一天规规矩矩也是难做到。六点多的时候，昶昶说肚子里不舒服，想呕吐，要坐起来。我刚伸手扶他，他就是一大口东西吐到地上——是血，鲜红的血块。一会，他又说肚子疼，我让他坐在痰盂上。过了几分钟，他忽的一下跳起来，大闹“晕得很”“不行了”……此时，芭蕉的老熟人，区公所的李世珍同志来访，坐在一旁。我见昶昶脸色铁青，倒在沙发上，已经顾不得一旁的客人了，抱着昶昶就往医院疾走。外面正下着小雨，只因走得急，昶昶却只穿背心和短裤，雨点打在他的身上和我的脸上。幸好传美随后就拿着伞来。

好不容易把昶昶抱到市医院，一位年轻的女医生很过细，见小孩如此面色，立即决定让其住院。是的，又要住院——这小子也真是，又可怜他，又恼火他，硬是要搞到这一步。

验血的时候，昶昶又是“哇”地一口，吐出一大摊暗红色的血和血块。女医生过来察看了。办入院手续的时候，他又哇了一大摊血，比前一次还多一点，只是天色黑了下来，看得不很清楚。接着他要上厕所，这时候，大约他吞下去的血都倒出来了，他新鲜了，清醒了，又开始讲话了，什么狐狸啦，特务啦……

昶昶又住进了市医院的小儿科，住在24室10床。这是他第二次住院，第一次就住在这间病房的对面。传美回去做饭，我陪着昶昶打吊针。差不多九点钟，旭娃送饭来，好容易吃上饭了。

昶昶已经熟睡，输液的玻璃管里，药液一滴一滴往下落，流入他的血管。我尽管感到有些热，身上汗滋滋的，但心里停当许多，也睡下去了。

躺在床上想，正值中考大忙时候，昶昶却要住院，传美马上还要到咸丰去学习，这可如何是好？但无论怎样，传美学习的事不能耽误，必须支持……不想它了，“船到桥下自然直”“人到黑处，自有歇处”。

昶昶入院第二日，下午由旭娃和荞荞来接替我照护他。

晚上，父亲来，说国仪哥回来了，住在鄂西宾馆，要我和传美一同去见他。我只知道，国仪哥是二伯的大儿子，很早就出了远门。近几年，知道他是在河北定县工作，逢年过节都要给父亲寄来衣帽、围巾和人参一类的物品，问候他的幺叔。

走在路上，我问父亲：“大伯的六个子女，除了顺贞姐，我都看见过；二伯的六个子女，我只看见过庆二哥、国敏哥和复清姐，国仪哥、清贞姐，双贞姐我都没有见过。”

父亲说：“他们都很早就出远门了。国仪大略是在 1941 或 1942 年的样子离开恩施，以后四十多年都没有回来过。前天他刚到恩施，我们已经见过一面。他这一次是应州委党史办的邀请，从河北定县来参加鄂西抗战时期地下党老同志会议的。抗战时期，建始三里坝是共产党地下活动频繁地方。当时，我们四弟兄还没分家，在三里坝修了一栋大房子，有三层楼高。你伯伯吴玉庭——谱名叫吴经书，和你的盛哥，他们两爷子经常住在那里。国仪那时也在三里坝的省立联中‘六高’读书。我现在才晓得，那时候他们都接受了共产党的革命思想，参加了共产党。他们冒着生命危险从事革命活动，你伯伯利用三里区区长的合法身份，为党组织做了不少事。我们三里坝的那栋房子，一时间成了地下党活动的重要场所。有时候地下党在这里开会，你伯伯就在外面察看动静，为他们站岗放哨。何功伟，马识途他们这些人都在这里活动过。你伯伯和国盛、国仪，为地下党传送情报，搞联络，打掩护，走了不少路，想了不少办法。有一回，何功伟——他是地下党恩施特委书记——要找一个安全隐蔽的地方开短期训练班，你伯伯想到了一个好地方，是绝对的安全。他叫国盛、国仪两个人，拿了猪蹄子和糖食糕饼，到他们的蒙师马老先生家去，说有几个同学来这里聚会。两弟兄到了马老先生的家看望先生，还说有几个同学来相聚，马先生是满心欢喜。你说那个马老先生住在哪里？他住在东龙河的牛肝马肺峡，那是个相当偏僻闭塞的地方。何功伟在这里办完短训班，是神不知鬼不觉。但是，共产党频繁的活动，引起了国民党的不安，他们开始了大逮捕，恶瑟瑟地抓共产党。你伯伯凭着人熟地熟，想方设法把地下党的人，一个一个，稳稳当当转移走了，没出一点偏差。你伯伯留下来，还是当他的区长，谁也没怀疑过他。国盛后来去了西康；国仪到了重庆，得到吴国桢帮助，让他闯过了一关。这也是吴国桢为共产党做的一件好事。抗战结束，国仪到了东北，在长春读大学。全国解放后，他的工作分到河北定县师范。现在，州里正在组织编写这段历史，他们当年的革命活动要记录整理出来。只可惜你伯伯，解放初期的工作队，只知其一，他是当过区长的，不知其二，他是地下共产党，结果被错误地当作反革命镇压。唉——”

我们走到鄂西宾馆，却没有找到国仪哥。服务员说，他到一个叫吴国芳的人家里去了。我们走到国芳哥家，正好坐着满屋子的人，有仪哥父女俩，有咸丰来的国宾哥，还有菁、芳等几位哥子和嫂子，讲得好不热闹。我们一去，满屋的人都站起来亲热他们的“幺叔”，接着仪哥和我握手认识。他上下打量了我，慢慢说道:“只听说过，我出门的时候你还没生啊——这高一个人!”我也仔细打量仪哥，个子的确没有我高，但很敦实。他的脸相，我却并不生疏，和我熟悉的复清姐的轮廓很相像，他们到底是亲兄妹。父亲和兄长们热烈交谈，但是他们说的三里坝，河水坪，二龙湾，还有六高，七师，九师以及许多的人名，我都没有插话的可能，只仿佛在听老师在讲历史课。或许人人都是这样，凡是自己不曾经历的过去，无论长短，是几年，几十年，几百年，上千年，那都似乎是一样的遥远和陌生。只有当历史老师绘声绘色讲了许多故事，脑子里才会有了一些轮廓，讲得越细微具体，轮廓又渐渐展现成一幅幅清晰的历史画卷。其实，仪哥他们演绎这段故事的时候，距离今天也只不过四十多年，并不遥远。但是，如果没人讲，没人写出来，“三里坝”“六高”上演的这些活剧，自然也就湮灭在历史的长河里面了，谁人知晓?现在加入共产党，人们普遍认为是光荣的，因为共产党是执政党；然而在伯伯、盛哥和仪哥他们那时入党，那是众多人畏惧的，是要冒着生命危险的，是提着脑袋干的事。他们之所以参加，完全是因为“主义真”，自愿为此而赴汤蹈火。我的伯伯、盛哥、仪哥，他们都是值得敬重的。

地下党员、新中国成立后从事师范教育的仪哥（前排右一）

眼前的仪哥，其实是多么高大伟岸的人物！我庆幸盛哥、仪哥，虽然历经了坎坷和曲折，但他们都见到了今天。只是我的伯伯，没有在白色恐怖的日子死于敌人的屠刀，却是在迎来胜利的时候，倒在自己人的枪口前，何其让人感慨唏嘘！想过去，我常常要填表格，交代社会关系，一提起我的伯伯，是解放初被镇压的“恶霸”，就感到如铅的沉重。如今，是再也没有沉重，而只有自豪了。然而，现在却没有过去那么多的表格要填了，没有多少机会要交代社会关系了，因此，我也没多少时候去自豪了。不过，我毫无遗憾：一个人，无须借助别人的光环来增添自己的色彩；同样，一个人，也不应该因他人的劣迹而无故受到牵连。

回到医院的时候，已经晚上 11 点了，旭娃和昶昶都睡着了。我叫旭娃和他妈一道回家去休息，我在医院照护昶昶。

早上，问昶昶想吃什么，他说：包面。带他去吃包面，一路上他蹦蹦跳跳，说话不断线。这小东西让我不明白的是，流了那么多的血，竟然一点也不“倒威”，还是那么爱说，爱动，只要不睡觉，他就会讲个不停，动个不停，这活力哪来的？

十点多钟，荞荞来医院接班，我去买菜，回家做饭。

下午，再去医院照护昶昶，换荞荞回家吃饭。

我觉得在医院这样待着也很好，很安逸的。近两年都是这样，从中考开始，我不仅成了忙人，还成了“红人”，平均每天接待来访者不下十人，都是为学生的事。来客们常常先要扯一些“闲白”，“冤山冤岭”地讲一些其旁的事情，或讲天气，或谈新闻，或叙旧情，或问候老人，询问小孩，如此等等。直到最后，他们才会说到正题，讲出某某考生来，请我“关照”。我知道，现在的人都很忙，是“无事不登三宝殿”的，他们不会平白无故来找我聊天叙旧，都是因为有个学生升学，不得已而为之。只不过，他们这样的“闲白”，耗费了我不少的时间。我的事情多如牛毛，怎么耗费得起？我又不好对客人说鲁迅名言，“空耗别人的时间其实无异于谋财害命”，这也未免太得罪人了。人贵有自知之明，我无非是在做这个事，别人才来耽误我的时间，自己绝不能以为干了这个事，有人求，就装大，似乎怎么了不得。“人不求人一般高”，只要我不干这事了，保管都不会来找我。何况，别人是多少年才找一次，有的或许一辈子才找这么一次。不过，话说回来，现在的问题是，他们一人找我一次，我一天就是十几次，我的确是耗不起，过不出日子。去年为这事，我一天饭吃不好，觉睡不好，身体几乎拖垮了。来访者多半只知道自己事情大，以把自己要说的话说完为满足，他们根本不管你是在吃饭，还是要睡觉。

今年的来访者不断增多，我想活人岂能被尿憋死？吸取去年的教训，终于找到一个好方法，就是准备一叠白条，客人一来，我问候一声，接着变被动为主动，开门见山地问：“你要说的是哪个考生？考分多少？有什么要求？请留一张字条。”本来，我可以准备一个本子，记在本本上更好收拾，但是，为什么要留条子？这是因为现在时兴领导开“条子”，这条子虽说只有二指宽，但几乎像圣旨一样，下属见了领导的“条子”一般就是照办。好，我就准备许多的条子，“顾客是上帝”，就请这些“上帝”写条子。是的，我只能在可能的范围内照办，倘若是分数上不了线之类的情况，我是办不了的，只有事后解释说明——那是“上帝”本身的问题。这办法还真灵，客人再也不用拐弯抹角费口舌，只需留下字条，就目的达到，满意而归。来者如若是家长，这是眼见事情落实；若是给别人帮忙的，也可回去禀报：“我已经给他留了一张条子……”这样的接待，不仅省了我多少时间，而且来访者也减少许多麻烦和等待，工作效率不知提高多少。

这两天是更好了，我在医院里，根本没人来找，自然连字条都不要准备。

昶昶住院这是第三天了。这三天来，他一直没有再流血，还比较吃得，脸上气色也好了一些。不过，我也不知是怎么回事，自入院后只给他打了一瓶药水，口服药也未见给，不知是啥名堂。医生说要给他输血，但又说买血不放心，还不如买点有营养的东西吃。于是我想到了转院。

下午，传美高中时的同学欧阳来。我谈起娃娃转院的事，他说他认识州医院儿科的刘医生，很不错的，是不是先去问问他。于是带了昶昶和欧阳到州医院找到了刘医生。刘医生看后说，是鼻中隔前部微血管扩张，目前也没有什么妙方，只有等孩子长大了，可以用激光照射的办法，封闭出血点。既然是这样，我决定让昶昶出院。

下午把出院手续办了，带了昶昶回家，又要准备晚上的活动。

晚上是吴氏家族在栖凤桥饭店举行欢迎仪哥的晚会。父亲早就给我讲了，要我借一下局里的车子，主要是有刘厚章几位老先生，晚上回去要送一下，也是要付钱的，吴家每人出 20 元做这次活动的费用。

栖凤桥饭店二楼挤满了人，老少三辈人，还有刘校长等姻亲好友，数十人济济一堂。晚会由顺哥主持，亲人们你一番，我一番，不知哪来这多话说。尤其是上了年纪的，真是“树老根多，人老话多”，总是讲个没完。我怕司机老等着不好，提醒了两遍，最后还是到了十点钟才结束。到了六角亭，又扶着刘老校长回家，摸了一段夜路。老校长的长子，我的老同学家虎，现在在南京大学进修，刚刚回来，又和他叙谈了半个小时。到家已是 11 点了。

7 月 10 日，我家有两个要上学去：昶昶和他妈。昶昶学前班“毕业”了，和平街小学今天举行一年级新生入学考试，先送他去赶考。接着忙中饭，传美是下午 1 点的车去咸丰参加函授学习。12 点传美出门，我正忙，也来不及送。昶昶看着妈走，是一点也不在意，大概父母出门对他来说，也没什么了不起，是家常便饭，惯了。

下午去上班，中考已经进入上重点线考生准备体检的阶段了。和市医院联系，他们没有这么大的场子，决定体检在我们的教工之家那几层楼进行。为了把体检的事情做好，局里开了一个短会，由分管机关的敖局长统一安排。敖局长说:“明天中考的考生开始体检，一共三天。我们的市医院是‘一个房子窄又窄，里头装不下几个客’，我们的上线考生有好几百，怎么办？想个办法，就在我们的教工之家这里搞，医院来人检查——检查身体这个事我们搞不来，他们亲自带仪器来搞。但是，有许多服务性的工作我们要配合做。与此同时，后天，建始师范要来老师对报考师范的考生搞面试，不论是应届生报考师范的，还是民办教师考中师的，都要由师范学校面试。我们要协助面试老师的工作，为面试考生搞好服务。这几天，我们机关里就是农村里说的那个话，‘又是龙灯又是会’，像整酒的，又忙又热闹。要做好这三天的事，必须全局通力合作，在家的同志们要来个‘麻子打呵欠——全体动员’。今天，教工之家都贴上了标志，哪里是带队教师的休息室，哪里是师范面试室，哪里是外科，哪是内科，还有测视力、听力、量血压的，等等，都安排妥当了。现在，我把局内人员的分工作个安排：体检和面试这两件事情都由教育股的吴股长‘提统子’——不是提潲水桶的‘桶’，是统一的‘统’，统一负责；康股长负责收费、发体检表，当‘账房先生’；人事股的李股长负责守卫，当‘门神’；李宗祝同志负责点名，当‘教官’；还有负责传递体检表的，就是这个科检查完了，传到下一个科，这里安排5个同志，有小夏、小胡、小向和两个小张；还有负责茶水的……还有……好，人员安排就绪，明天请大家按时各就各位，为我们的考生和老师搞好服务。最后要提醒大家，有的学生还是从来没进过城的乡里娃，我们教育局里面，小巷子多，又尽是梯子坎坎，他们可能一时搞得‘森林马道’找不到方向，上上下下还怕跌跟头，大家要多注意提醒，热情指点，过细照护。没得了，散会。”

下班回到家里，屋子里打扫得干干净净的——这是旭娃和荞荞两个人的功劳。娃们懂事了，得力了啊！

这个三天，教育局里到处是人，川流不息。按照安排，第一天是城区几个中学考生体检；第二天是几个高山区和城附近的，包括农（业）、牧（业）、特（产）专业对口招生的考生体检；第三天是其他几个区镇考生体检。师范专业考生面试，从第二天起同时进行。这里康股长在发体检表，那里学生在排队，带队老师在清点学生。教工之家上下几楼，间间屋子，人进人出：这屋子里是白大褂让学生一只眼睛认“E”字，那间屋子是师范老师要考生唱歌……

我这个“提统子”的，一时这里有个什么问题，一时又有个电话找，从这里到那里，跑来跑去，忙得不亦乐乎，身边还常常跟着一些人。这两天，认识我的人是特别多，原来不认识的仿佛一下都认识我了，我是无论认识还是不认识，都得当作认识，生怕有原来认识的人忘记了，被他们指责我现在是：“眼睛昂上天了”。这时候的我，大有“朋友遍天下”的感觉。无论走到哪里，都有人来亲热，给我敬烟。俗话说，“烟是和气草”。我又不能不接受，以免伤和气，怕别人说我嫌他的烟不好。其实，我相信他们敬的烟都比我平时抽的好。我又不好把烟夹在耳朵上，这太不文明了，何况两个耳朵只夹得了两支。于是，我的手里握了一把。然而，有的人更热心，递了烟还非要帮我把烟点燃不可。说实话，这种烟到底是什么味，我是根本无法知道，只顾与他们说话，回答他们的问题。他们要我帮忙“关照”一下某某考生，其实，他们哪里知道，在录取考生上我哪里有多少“关照”的能力，都是按考分，从高分往低分依次录取。

成绩上了线，无须关照都会录取，成绩上不去，再怎么关照也是不可能的。现在社会上有一种风气，仿佛一切事情都是凭关系和人情在办，实在是不好的。这股风气是从什么时候开始吹起来的？我们当年读书是根本没有这种风气的。我想有可能是“文革”中批判考试制度，以后来个“大学还是要办的”，实行推荐选拔上大学，招工招干，资格标准很难说，凭手上老茧也是资格。这个中间回旋的空间是太大了，领导的条子，个人的感情，都是很起作用的。思想观念的改变，往往落后于制度的改变。现在考试制度已经实行好几年了，我们要按制度办事，别人不以为然，无形之中对我们按规矩办事还形成了一种压力，你说他这事情办不了，他会觉得是关系不硬，你不诚心，把事情推得一干二净。

凭良心讲，我只对这种人情风有反感，对找我帮忙的大多数人并无不满，他们不过是在这样的风气中不得已而为之。再者，我做这个工作，也并不是凡事都推得干干净净，别人反映的情况，有些要求，是合理合规的，在力所能及的范围里也是会办的。比如这次，听三岔的老师说，他们学校有位姓樊的女同学，品性和学习都好，家庭却特别困难，初三读不下去要停学，是老师们资助她读毕业的。这次她考了 512 分的高分，只有录取师范，有公费供给，她才可能读下去，如果取到其他学校，她是不可能去读的。还有沐抚一位姓宋的男生，父母双亡，家里贫寒，考了 476 分，上了重点线，也是希望上师范。这两个学生的情况，我都记在本本上了，并给师范面试的老师介绍了情况。我希望这两个苦娃娃能够继续学业，艰难玉成，将来当个好教师。

我对这种人情风有反感还因为，一旦我们有什么事需要别人解决，关系不硬还真是不好办。前些时，几位高师函授同学说，省里一个什么文件，说像我们八三年毕业的，可以升一级工资。我们高师函授的确是八三年毕业，毕业证也写的八三年，但本本发迟了。于是我们写了材料，从市里反映到州里，却没有任何响动。后来有人传话，说你们如果把人事局某某的儿子收到市一中，你们的这个问题有可能得到解决。解决一个学生就可以解决我们升级的问题，这是什么政策，简直是赤裸裸的交易！我们几位，包括市一中的校长可铭，都愤然道：算了，这事就不提了。如今，好多事情的确是在做得变味了。不过，我宁可相信我们的问题不能解决，是因为提出问题和拿出证件都迟了一步。

体检在星期六结束，迎来的又是一个不能休息的星期天。不过，好的是教育股的人是些快活惯了的人，都在紧张而快乐的准备档案。

这些天来，都是由旭娃和荞荞担任买菜，做饭的工作。我也舍得花点钱，让他们去买点肉，蛋，猪肝之类，想给娃们增加一些营养。这样，中午我一回家就可以吃饭。吃了饭我不能学去年，在家里午睡了。那样太傻了，有些来访者是只顾自己，不顾别人死活的。今年我打了一个好主意：中午吃完饭就钻到会议室去，把门一关，躺在沙发上……

下午回去，看见昶昶鼻孔有血迹，问他怎么又流鼻血了，他有些不愿回答。旭娃说，是他自己的膝盖碰上鼻子了，流了几滴就没流了。一见到昶昶的鼻血，我就有些心惊肉跳，倘若没有这回事，我们的日子也会稍微好一些。昶昶流了鼻血也不愿说，是不是晓得我们害怕？也许是的。难道他自己不害怕吗？肯定也怕。哦，他可能还有一怕，就是怕得不到奖金。有这个可能，自从我给他设了认字的奖金，觉得很有效果，一天很要认识几个字，后来又给他设了“不流鼻血”的奖金。自然，这一流鼻血，奖金就没有了。这次大流鼻血，为什么他吞下去那么多呢，吐了好几次，每次吐出的都是大块大块的？也许他以为吞下去大人就看不见了——天啦，我这个奖设得太荒唐了！“文革”中大批物质刺激是错误的，一切奖金之类都废除了。改革开放，拨乱反正，开始奖勤罚懒，奖优罚劣，发奖金奖品时兴起来。我似乎是犯了从一个极端，走到另一个极端的错误——滥用了物质刺激。看来物质刺激也不是万能的，什么情况都适用，搞不好还适得其反。

这一头，还在加紧整理上线考生档案，那一头，我又有了一个新的任务——参加教育调查。这个调查是市委市政府为贯彻执行全国教育工作会议精神安排布置的一项任务。四个调查组，分别就普及九年义务教育、师资、经费和中等教育结构改革四个专题进行调查。我参加第四组，调查中教改革。我参加的这个组周一开会，到场的有刘局长，土桥职中佘校长，经委的谭科长和劳动人事局的张同志。从调查组成员的组成，我看出了新意：经济、人事这些部门的人也一起参加调查教育。我很庆幸，这次我没有写调查报告的任务，组长刘局长把这个活路安排给佘校长了。

周二和周三，我们先后去了劳动人事局、经委和舞阳办事处调查。在教育局工作快五年了，这些单位我很少去，这次去这些单位有些新鲜感。我特别想听听教育以外的人怎么谈教育。劳动人事局一位副局长谈情况的时候，我听得出，他是学了中央关于教育的《决定》的，不过他像做简答题一样，一两句话就做了一题。比如他谈到“先培训后就业”的问题时说，“要做到这一点，有待政府努力。目前有困难，我知道的情况是，好多没培训的安排了，培训了的不能安排”。谈到“择优录用”时他说：“在目前情况下有困难，实际上，可能是300分的录不上，200分的录用了。”谈到劳动人事制度如何改革，他说：“一要实行择优录用，二要走联合办学的路子，先培训后就业，三是搞人才预测。”

经委的谭主任则不同，给人爽直热情的感觉。他是部队正团职转业的干部，他听刘局长讲了调查的意图，便谈开了：“我是八一年才回来的，你们出的题目，对我都是新课题。”他介绍我市工业企业的一些情况，使我感到新鲜，他说：“我们经委下属7个局，33个企业，其中国营26个，集体7个，5 000多职工，还不包含邮电的。这5千多职工中，有大专生129人，其中本科65人，专科64人，有职称的76人；中专生302人，有职称的88人；干部共431人。工人队伍的文化素质都比较差，具有高中文化程度的很少，技术熟练程度也低，三、四级工占了60%。纸厂，水电设备厂和轴承厂几个大型一点的厂，只有纸厂办了工人学校，现在实行承包制，文化补习很不容易搞起来。我们特别缺的是管理人才，厂长、副厂长没有经过业务培训，都是传统式的。有的工厂，没有一个大专生、工程师，只要是有中专以上的人分来，企业都是需要的。照说，工业会计也缺，但是不一定好分配，因为单位本来人就很多，他们会从现有人员中安排。这里有个矛盾，企业人多，但又缺乏专业人才，工人素质需要提高，但企业自身办教育又有问题，无论是师资、基地、经费都有困难。主要原因还是我们的企业效益不好。1984年我们的产值是8 400万元，占全市工业产值90%，今年计划产值的9 864万元，全市包括乡镇企业的工业产值是1.2亿。一个市的工业产值就这么大个规模，经营状况又不好，产品销路不畅。多数企业是人多事少，工人没有满负荷生产，机器效能没有充分发挥。承包以后三个人办的事，只要两个人就可以完成。现在就是这样一个矛盾状况：又差人，又怕上面安排人；又要提高工人素质，又办不起教育。这个套套还不知从哪里解开。

所以，市里要安排一批转业军人，下面都喊安排不了。后来作为政治任务，给各单位压下去，运输公司现在是5个人1台车……”

真是隔行如隔山，“条条蛇都咬人”，我原以为只有我们教育行政上的事情难办，现在听谭主任一番介绍，企业上的事情也是矛盾重重，都有一本难念的经，都有一些难解的套套。照此看来，我们的中教改革，办农职中的事情不就更难了？唉，真是难得操心，还是教书好，时间一到，夹着课本去上课，和学生们一起学诗文，做文章，保管他们跟着学得兴致勃勃，哪里像行政上，要这样来解一些解不开的疙瘩。

第二天去舞阳办事处，办事处的同志一边给我们沏茶，一边说，查书记马上就到，请你们稍等一会。

刘局长听说是查书记来，很高兴的，笑着对我们说道：“查书记叫查玉田，也是从部队到地方的，不过在地方工作好多年了，我在屯堡就认得他，那是个很有意思的人。他的爱人是一位小学老师，两个人好得不得了。但是，对着别人的面，他并不说他爱人的好话，还总是不停地埋怨她。上次开人代会的时候，柳书记来了，他们是河南老乡。柳书记也不打招呼，就在他旁边的位子一屁股坐下来。柳书记穿的是一件呢子衣，查书记见了拍上一巴掌说，‘伙计，鸟枪换炮了，这个不错啊！’柳书记说，‘老婆买的。她说现在都在穿呢子衣，要给我买。我说粗兰大布穿惯了，穿这种衣服不随便，叫她不买，不买，她硬要买，真把这女人没得整’。——‘没得整’是柳书记学的一句恩施话，没办法的意思。查书记接过话，也用河南腔，学恩施话，不住口地附和，也埋怨自己的老婆来：‘就是的，我也是把我那老婆没得整。我那个女人也犟得很喏，昨天晚上我说有点累，要早点睡，她不让我睡，跑去就把洗脚水打起来，要我洗脚；我还才把脚放进水里，她把抹脚帕又拿起来；我还在擦脚的时候，她跑过来就把洗脚水端去就倒了；我脱了衣刚上铺，她把衣服提在手里一看，就啰啰唆唆责怪起我来，说衣服穿得这么脏了也不脱下来洗，硬要穿得油叽叽的；说着就去给我洗衣服，边掏我荷包里的东西，又一边嘀嘀咕咕，怪话连篇，说我身上怎么只有两角钱了，也不说一声，一天在外头跑，哪里不用几个钱，国家又不是没给你发工资，你又不抽烟，又不喝酒，哪里像个男人，其实，钱就放在抽屉里，你也懒得拿——你说这样的老婆，一天婆婆妈妈的，跟你没完没了，怎么办？真是‘没得整！’”我们听得哈哈大笑。

正说笑着，查书记来了，我们不约而同笑道：“真是恩施人打不得‘背赞’（背后说长道短），说曹操，曹操就到……”查书记一对眼睛，炯炯有神，脸庞白皙光滑，微笑着，眼角露出了鱼尾纹，在猜想我们打他“背赞”的内容。

我们书归正传，请查书记就教育改革问题发表看法。他是党政工作经验阅历颇深的人，大约又很善于学习思考，所以谈起来头头是道。他开门见山就说：“教育改革势在必行。我看现在有个矛盾的现象：一方面是差人，缺乏经济管理和技术人才；另一方面是技校毕业的学生分不出去，有些‘高人’还没事干，这是一个矛盾的现象。这个现象说明教育培养的人才不对口。就我看，社会上现在需要各类人才，也需要高级人才，但是大量需要的是初级、中级的人才，比如各机关都差炊事员，市场上差营业员，这样的人员只要培训一两个月也就行了。但是没有学校培养，好像端不上桌子。再比如，现在家用电器越来越多，会修理的人又很少；现在做新衣的人很多，不像过去过年才做一套新衣，一年四季裁缝店的生意都好，会缝纫的人也走俏。但是，我们的职业学校却没有人做这个事。我说一个具体的例子，对办职业教育是有启发的。去年我们办事处从汉川来了一个缝纫师傅，他一边开裁缝店，一边办缝纫培训班，学的人还不少，学徒一个人一个月交50块，学会为止。他其实就是搞的职业教育，还赚钱——我们这个钱是外面来的人赚了，不过也给我们培养了人才。我看我们的职业教育要搞社会调查，看社会实际需要哪样的人才，就培养什么样的人才。不需要两年、三年就不要学那么长的时间，学以致用就行了。总之要从实际出发，要对路，要适用。可能我这个人有点游击思想，但是，我觉得我们教育上讲‘统一’多了，讲‘正规’多了。教育上基本上是一个模式，高度统一，缺乏针对性、实用性，灵活性。办学模式单一，与实际脱节，不能不说是教育上存在的问题。现在市场上卖一种无根豆芽，又嫩又脆，买的人还很多，去晚了还买不到。我也不知是什么技术，职业学校就可以研究，可以培训这种技术。只要是为经济发展，为人民生活服务的技术，都可以培训。职业学校尤其要讲灵活，时间、内容、班额、学制都要灵活，学校才能办活。现在有一股风，就讲究那个文凭，好像文凭越高越好。文凭要讲，也不能唯文凭论。客车队有个司机，技术好得很，安全行驶三十万公里，是个什么文凭？过去没上过学，是个文盲。恩施城出名的中医，赖老医生，有个什么文凭，什么文凭都没得，他就是治得好病，都找他看病。毛巾厂分配一个纺织工学院的毕业生，大学文凭，但是怎么织毛巾他还搞不来。屯堡教育站的站长老廖对我说，去年给他们分去一个鄂西大毕业的专科生，学数学的，站里把他分到初中教数学，他还不高兴，说他在大学学的是微积分，到初中搞么子。老廖说，我情愿要中师毕业生，也不愿要这样的大专生。我这也只是举个别的例子，不是说所有的大专生都是这样，也不是说不需要看文凭，文凭也是说明一个人的文化程度的。但是，我们的学校有贪大求洋的问题，我们的大专生有眼高手低的问题，在用人上有只看文凭不看实际工作能力的问题，这些都是客观存在的。总的讲社会需要的是各种不同的人才，我们的教育要适应社会的需要。我觉得，教育也应该像战争年代那样，有正规军，有地方军，也有游击队。教育部门不一定都要包起来。比如说，办私立学校就很好。去年有两个五十年代教过民办小学的老师，要在我们办事处的土桥坝，办一所私立学校，问我是什么意见，我说支持你们搞，后来申请教育局批准了，学校办起来了。我看这就是好事，他们一不要我们出钱，二不找我们要老师，三不要我们修学校，自己办，只要学校有人读，就是对社会做贡献，何乐而不为？”

最后，查书记对着刘局长说：“只要你们教育搞活了，培养的人才对路了——”他又望着劳动人事局的谭科长说：“那你们劳动人事部门分配时就没有什么压力了。哈哈哈，是不是？”

今天闹出两个“打哑谜”的故事：

调查结束后，我们利用一个上午，在局长办公室讨论如何写调查报告。因为是佘校长执笔，我有一些轻松感。不过，中途接待来访者数次，其中还有先绪来说他一个侄子想上师范的事。我一打问，考分还不低，又是缺教师地方的学生，便对先绪说，录取应该没有什么问题的。感谢老同学没有给我出难题。

下午，教育股的人都在会议室摆开战场，合卷装档。所谓合卷装档，就是把每个上线考生的各科试卷合在一起，装入他的档案袋中。要从几大堆的试卷中，把一个考生的各科考卷清理出来，实在是个很烦琐，很仔细的工作。天气大热，到处是试卷，还不敢开电扇。我们几个汉子，不是因为有个女老师田媛在，可能都打起赤膊了。

也是因为热，旁边的光福装完一袋后对我说我们搞个西瓜来怎么样，我说，那就是“郑家姑娘放到何家——”

旁边的小杜嘿嘿一笑道：“正合适（郑何氏）啊。”

此时，光福对着另一边在登记考生志愿的老康喊：“康股长，你来哟——”

老康放下手里的事，问道：“搞么子？”

“还有两块钱，你想个什么办法把它用了。”光福说。

“怎么个用法？”老康问。

我便对老康说：“你看嘛，反正不要‘捡芝麻’。”

老康嘿嘿笑着说：“那就‘抱西瓜’，是不是？”

大家一齐笑起来。不过，我接着说：“我看还是田媛去，这一路‘拦路抢劫’的人多，老康去怕是难得把瓜抱拢，东西就没有了——田媛没有几个人认识她，田媛去。”

田媛去了，果真去抱回来一个大西瓜，往桌上一放。老康瞪着西瓜，到处扫视一番，说：“会议室里还找不到一把刀嘛，怎么喂到嘴里去呢？”真是的，都望着这大一个西瓜没法整。田媛说：“等一下，我到厨房去找一把刀来。”还是光福聪明，思想解放，想出了办法，说道：“呃——哪里要找什么刀？”说着就去抱西瓜。他是演过革命样板戏里郭建光的角色，唱起了《沙家浜》中的唱段：“困难吓不倒英雄汉……”你看他一边唱，一边抱起大西瓜，往桌子角上“砰”的一下，撞开了，又几下子就把西瓜撞成几大块，一人递上一大块。此时，几张嘴被西瓜塞住，都哑口无言了，一心一意埋头啃起西瓜来。不大会功夫，几个人把西瓜解决得一干二净，肚子里也大为快活了。几个人围在水龙头前洗手擦嘴，我笑着说：“在我们面前，再大的西瓜又值么事！”

小杜一边擦拭眼镜，一边笑着说：“那真是，再大的困难也难不倒教育股的英雄汉。”

我补一句：“从吃西瓜可以看出，我们教育股的人，有活力，有战斗力，还有创造力。”

老康笑呵呵补充：“就是吃西瓜，不怕难，抱起啃，下得蛮，战斗力特别强……”

一个个嘻嘻哈哈又开工了。

下班了，我回家，刚进屋，前次找过我的一位家长又来了，一手提着一只鸡，一手提着一袋鸡蛋要给我。

我明白，他是有求于我，要给我点好处，故意问道：“这是怎么回事？”

家长说：“这是教育站的 ×× 老师托我给你带来的。”

我说：“没有这回事呀？我没有要他带呀——他一定弄错人了，请你帮我一个忙，给他带回去。”

他说：“我这么远拿起来，就不带起走了。”

我说：“我是请你帮忙嘛，你这个忙不给我帮，那以后我也不给你帮忙了。”

就这么打了一阵哑谜，终于让他提着鸡和鸡蛋回去了。

今天打了两个哑谜，想起来都很有趣。

我们还是在合卷装档，登记考生志愿。局机关其他同志在学习调资文件。小杜说：“格杂子的，也不晓得这回调资有我的份没有？”

老康说：“这回调资叫普调，普调，普调，那就是普遍都调嘛，哪门没得份呢。”

小杜说：“那只看调得了几个钱啰，格杂子的，哪门一个月几张票票硬是经不住数啊。”

光福说：“管他哪门调，反正我不管钱，多也好，少也好，我都是领了就往屋里一交，万事大吉，脱脱甩甩的，几多的好。”

我说：“我是经常要去买菜的，是小杜说的那个话，票票的确不经数，多几张，要好些。”

下班时，我看了一下那张调资表，却不怎么看得懂。请内行的人帮我测算一下，以后我的工资大概是 74 加 11，等于 85，如果再加知识分子津贴，就有了差不多 90 块。这是令人高兴的事啊，想当初刚转成公办，才二十几块钱，以后有了四五十块，现在是七十几块，这次调资，就上了九十块——这五年时间是“芝麻开花节节高”啊。

荞荞今天是去取成绩单的，怎么回来半天没有向我汇报？我怕有些不妙啊。

我去问她，果然不错，物理、数学两门未及格，五门课总分320多分，全班第27名，不禁令人担忧了。当时很有些焦急，甚至想狠狠批评他几句。转念一想，狠狠批评有什么用？她一直不对我说，肯定是心里不舒服了，抱愧了，说不定还等着大人的一顿批评。再说，她入学时班上同学成绩比她好的多的是，都是城区内拔尖的学生，在这样优生集中的班上，她能考到27名，也算努力了。只不过这个物理、数学怎么就考不及格呢？休息一会儿后，给荞荞讲了一番，要她订个计划，认认真真把功课复习一下，马上就上初三了，要争取在暑假中把基础打好一些。

传美托同学从咸丰带信，要空白纸几本，并说生活学习情况都好，让人放心，还说现代汉语考试，得了93分，又令人高兴。

几声巨雷，震得广播喇叭擦擦响，仿佛就在身边爆炸，紧接着就大雨如注。大雷雨从7月19日深夜，到20日一整天，简直没有停顿过。21日是星期天，天晴了，满街议论纷纷，传说这场大雨坏了大事：龙凤、红庙、七里一带，灾情特别严重，房屋倒塌，死伤的人不在少数。过了两天，见到市委办公室的孝银，他说才从龙凤坝回来，不断摇头叹息："龙凤坝这一次吃了大亏，搞得太惨了，太惨了。"他说，这一回的雨是太大了，山洪也来得太猛了。一些人还没有反应过来，山体就滑下去，房子垮塌了，人被活活压死，有的被泥巴石头深埋。挖出来——天啦，有的是全家大人细娃没有逃出一个，身上一丝不挂的，肯定是在睡觉。那一带的土墙屋又多，山洪一来，土墙屋倒下来，压死的人不少。这次全市死了44人，雷击死亡7人，水淹死有几人，其余的都是房屋倒塌致死的。还有一些逃出来的人，房子垮了，没有垮的也泡成危房，不敢住了，有的人家是什么东西都没抢救出来，日子不知怎么过。市里领导都到现场去救灾了，决定马上要组织一级单位的共产党员捐资捐物……

这天到底是怎么回事，两天时间把雨水全部泼了下来，真是害死人了；这一天晴，红火大太阳，热得要命。这几天，停电又停水，六角亭的人是受苦了。室内温度已达到了摄氏31度，坐在办公室，如同在火焰山一般，周身淌着汗水。没有电，望着一动不动的电扇，我们喘气，摇头，说电厂的坏话。六角亭的水也变得好甘贵，白天，水管是空的，要到半夜，把耳朵贴在水管上，才听到有些响动。打开水龙头，放出一股子气，渐渐有滴水下落。这是贵如油的东西，耐着性子把家中的盆盆钵钵都装满，方才能够躺下休息。

工会组织全市优秀教师去庐山旅游，老康担任旅游团长，明日将出发。上重点线考生档案整理完毕，光福也将去州教育局参加录取工作。我在清理这段时间给我打招呼的小纸条，以便光福去参加录取的时候留个心。

这一把条子，一起多少张呢？136张！我一一登记，共抄录了7页材料纸。给我写条子的人，大多是有职有权者，也有不少教育系统的人。从这些二指宽的纸条，我感受到当今社会的一种风气，就是好像办什么事都得托人讲关系；也看到了人与人之间的社会关系是多么的复杂，犹如一张密密麻麻的网。编织这张网的线大约有两种：一种是亲缘情感，一种是利益相关。我录完这些条子，觉得其中大多数是没有必要写的，因为按照他们所报的考分和提出要上的学校，都在正常录取的范围，写不写条子，结果都是一样。也有个别要求过高，没上重点线，想录取重点高中，那是我们无法办到的，写条子也无济于事，何况重点线上的考生是由州里录取（由此我推想，州里负责中考工作的同志，也一定会收到不少的条子）。但是，为什么人们把中考录取寄托在条子上呢？完全是因为社会上人们普遍认为，无论办什么事，都是“认人的”“讲关系”的，而规矩、原则这些都是做样子的。一个广为流传的笑话这样说：一个老师在黑板上写了很大一个“人”字，问学生，这是个什么字？学生们齐声回答：人。老师说，对了，是“人”字。记住：过去“认人”，现在也“认人”。过去在庳口的时候，就听说过一个类似笑话。说一个老汉在九道水等车，一辆车在供销社门前停下来，老汉央求司机，因为有急事，请带他进城，司机没有理睬，进供销社了。一会，来了一个年轻女子，等司机出来，说了“带一个”，司机看了看这个女子，便答应她上车了。这老汉受了闷气，摸着车子前面的灯泡说：“畜生呀，你的这个眼睛真是毒啊，不光是认人，还认得公母哇！”

我对这一百多张条子的心情是很矛盾的。它不仅是社会不良风气的反映，而且也是“门缝中看人——把人看扁了”。我本来就对社会上的“人情风”看不惯，现在人们以为我们也是“认人”“凭关系办事”，的确把我们都看扁了，所以对这样写条子，我很有反感。但是，这些条子又涉及学生的切身利益，同时中考制度也的确还存在不完善的地方，初中生填写志愿也常常考虑不周，出现落选的情况也是存在的，所以，这些条子提的要求不能不重视，更何况写这些条子的人有的是“几个熟人”，有的还是领导，我只能在矛盾中过日子。

我把这涉及一百多学生的7张材料纸，交给光福，说：“你录取时注意一下这些人，我看大多数条子都是多余的，都在录取范围内。万一不能解决的，在后面批注原因。”光福从头至尾扫视一遍，说道：“好多名字我这里也有，有的条子真是没有必要，还到处人托人……”

老康当教师旅游团团长去了，光福到州里参加录取去了，我和田媛开始清理第二批考生档案，为一般高中和农职中的录取做准备。进入市级录取阶段，来访的人越来越多，我常常要停下手里的工作接待他们。清理档案是很费功夫的事，全靠田媛一个人细细地清，默默地做。

来访的人已不分上班、下班都来。我知道，这对于家长和考生来说，是到了关键的时候，因此，即使我下了班，哪怕是在吃饭的时候，也耐心接待，只是不能像去年那样不睡午睡，把身体搞垮了是不行的。旭娃和荞荞为了我中午休息，在门上贴了一张字条：“午睡时间请您不要敲门，谢谢！”昶昶有时还帮着撒谎，说我不在家里，要客人有事就写一张条子，我认为他这样撒谎是不必批评的。

7月28日，是星期天。晚上，几位来访者正在家中和我“谈白”，一位哥在恩施高中的老同学也光临寒舍，他自然也是我的学长。我给他倒了茶水，继续与先来的人谈话。他很自觉，遵循先来后到原则，耐心地静听先来者的闲谈以及他们提的各种要求。一位家长说，他的孩子一心上中专，其他学校一个志愿也没填，结果上重点线还差几分，怎么办？有一位家长说，他昨晚上做了一个不好的梦，是不是自己那个娃录取有什么问题——似乎我会解梦。还有一位提出一个两难的问题，要我帮忙“参谋，参谋”，如此等等。等到前客一个个走去，这位学长哥子才开言：“你这事情也真难搞！”接着，他细细地与我谈起他们当年读恩高时候的故事，以及和我哥有怎样的缘分，天南海北各在一方之后，又在太阳河同事了。最后，他讲到自己的儿子，读书很争气，这次考了524分，几所高中都欢迎，还有老师登门给他做工作，读某某学校。他是一心想要儿子读自己读过的学校——恩施高中，希望我帮忙，千万不要录取到别的高中了。我喜欢听别人讲故事，不知不觉他和我长谈了两个小时。他看了看手表，起身说道："快十一点了，把你的时间耽搁了。"出门时，他紧紧地，紧紧地握着我的手说："拜托！"

刚刚送客出门，办公室的电话不停地响。这时候来电话，多半不是好事，让我一颗心紧绷。这电话也真是非同小可，让我连蹦带跳，忙了好一阵子。电话是胡局长打来的，说刘、敖、胡、李他们四位局长，从崔坝乘车返城，走到南里渡，刹车突然失灵，一车人差点滚下岩坎，幸好擦着山边慢慢停下，人没出事。现在几个人都困在南里渡水文站，要我赶快告诉曾主任，设法请师傅去修车。曾主任住在六角亭教育站，我拨打教育站3661电话，无人接听，只好骑车去找，曾主任却并不在家。回到教育局，再给南里渡水文站打电话，水文站的同志回话说，车子已经修好，他们上车走了。真是谢天谢地！

第二天早上上班，几位局长一到办公室，都在议论昨夜南里渡惊魂的一幕。刘局长一半玩笑一半正经地说道："以后出门，几个局长不能都一齐坐在一个车上。昨晚上要是一下子摔下岩坎，教育局四个局长都栽进南里渡河里喂鱼去了，致悼词的局长都没有一个，怎么得了！"

天气太热，头发成了累赘，晚饭后去"李华章理发店"理发。师傅大约喝了几口酒，不住地发表议论，我想听一下八点的新闻联播节目也不可能。他的话匣子是这样打开的：

"你们教育局是哪个股的股长——头上开顶的，爱人在头道水教书……"

"是业教股的，姓陈。"我低着头答道。

"听说他到'保险'去了。"

"是听说。"

"其实，现在你们教育工作还是个好工作，他又哪门要到'保险'去？"

"总是因为教育工作还是没有保险那么好啰。"

接着，他开始了一番长篇大论：

"那还是应该这么说，人在一个单位时间长了就感到厌烦，想换动一下，新鲜些。比如，我认识的一个伙计，他本来在客车站搞事，搞得好好的。一般人也认为客车站还是个好单位，但是，他不愿在客车站搞，跑到小渡船办事处去了。是个什么道理？他说了，你看我现在几多的好，八点钟骑个自行车去上班，下午五点半按时回家，不像在客车站，不分天晴落雨，下雪'绞凌'，都要早不早五点半起床，急急忙忙赶到车站去。就是几趟车子都发出去了，也还有几多的担心，生怕来个什么电话，车子出了什么'拐'……

"再打比，干裁缝那一行的对我说，还是你剃头这一行好，跟公家单位一样，白天上班，晚上'规打规矩'地休息。还有，你们剃一个头就是一个头，现做现收，现钱现货。我们搞裁缝的，深更半夜还要搞。现在的衣服又真是不好做，哪怕是给他布料上滴了一颗油，顾客都要你赔他的料子。如今式样也多，今天这个人要做这么个式样，明天那个人又要做那么一个式样，我们哪里跟得上现在花花世界的形势。再说，把货做起了，他没有钱取，还要拖，要挨……

"我对裁缝说，那你就不晓得喏，搞我这一行有我这行的难处，一天要站好几个钟头，接到手的货，你还拖不得，顾客就坐在你面前等起。有些顾客也不好将就，你做快了，他说你毛手毛脚，你过过细细给他做，他又说你摸索拖皮。你说你做衣服的料子损坏不得，我做的脑壳损坏得么？还有，这也是个年轻活路，一天都在罚站，练站功，如若是老了，站起脚也酸痛，如果咳咳吐吐，别人还怕你给他做……"

他一口气讲这么久，到此时他做总结，一句话道出结论："确实，干哪一行都有哪一行的难处，干久了，就厌烦了。"

师傅的这一番宏论，真是有理有据，入情入理，道出了如今社会上改行比较多的一个原因，虽然不是全部，也不一定是主要的原因，但是，他说得太有趣了。

8 月初，市里进行一般高中和农职中的录取。档案的准备工作田媛做得是认真仔细的，但是录取中出了不少具体问题，录取工作并不顺利。原因主要是一些考生不填志愿，或许是忘记了，或许是打算重读初中。还有一些考生，志愿填得高，填得少，学校领导和老师没有指导把关，造成投档很大困难。按照考生志愿和分数从高分往低录取的原则，不少考生本可以录取，却因为没有志愿而落选——这也是来访家长较多的一个原因。这样一来，按照招生数划定的录取线，招生学校又录不满额，一批成绩较好的学生因此落选。我们把这个情况提出来，与录取学校的负责人商量，分作两批录取，允许上线落选的考生补交志愿申请，再补录一批。录取学校的负责人表示理解和同意，有的说：应该这样，莫说是初中生，就是我们学校那些高中生，填高考志愿，有的都是稀里糊涂乱填。现在的初中生没有多大一个，懵懵懂懂的多，只要补上志愿，我们也不计较。不过，这个事情以后在中考前，教育局要特别强调，一是要考生认真填志愿，二是要教师加强指导，领导要把关。也有人说，那些交空白志愿学生的班主任和学校领导也是乌拉西，对学生太不负责了，你叫学生考什么考，还交几角钱的考试费。教育局应该打他们的屁股！

事已如此，我们把上线落选的考生档案清理一遍，通知毕业学校补交志愿。为了对所有考生负责，我们打了一个夜工，将所有档案，包括退档的、线下的，再统统清理一遍。结果是没有一个上线考生落选，剩下的档案比较去年少多了，心里稍微停当。

直到 8 月 5 日，我们的录取最后登记造册，各方签字画押，告一段落。按照以往的经验，这还不是中考工作的结束，总会有些遗留问题冒出来。

已经立秋，却没有一点秋意，这几天室内温度达到摄氏 31 度。

早上在食堂听瓦屋坝的一位农民说："这一发天气太'老'（厉害）了，旱象严重，水稻有损失，红苕也'走'（损失）了。'老古般人'说，'顺秋十八暴，不顺秋二十四个秋老虎'，'昨儿天'立秋，红火大太阳，没有下一颗雨，还有二十四个秋老虎在后头。幸得这几年搞了责任制，多数农户家粮食有积存，饿饭是不会的。如若是往常那些年，今年闹饥荒是肯定的。"

诗曰："七月流火，九月授衣。"阳历的七月过了，农历七月很快到来。物极必反，热到极端时，也就是暑气将要消退的时候，秋老虎再厉害毕竟是秋老虎，热不多久，凉爽的秋日也就来了。

传美的运气也真是好。正是天热的时候，他们去咸丰学习，咸丰是个避暑的好地方。立秋了，他们的学习也结束了。有趣的是，家里那台红梅电视机，她去咸丰之前出了问题，收视效果很不好，银屏上不是雪花飘飘，就是图像歪歪扭扭，有时索性变出一块一块的花布，还放出一些噪音来。说也奇怪，有时候用手把机上的天线握住，图像声音又好一些，都在说，是不是给天线上挂一块肉，效果就会好？传美学习去了，我没工夫管电视，也不懂得怎么管，更难得做挂一块肉的实验。娃娃们也只是星期六回来，不时打开来试试，常常被扯扯拉拉的图像搞得兴味索然，干脆关掉。事情也真是怪哉，传美回家的前两天，它不需要手握天线，更不要挂一块肉，突然一下子变好了，图像声音都清晰了，稳定了。传美对电视是情有独钟的，我想她回来了不知有多高兴。事情正是这样，她一到家，看到电视机表现得这样好，惊喜道："耶，效果怎么变得这么好了？"我说，"我们没动过它，也没请人修，它自己变好的，可能是因为你要回来了"。

"现在好多人都离不得电视，只怕是电视台的人被人吵醒了，在开始做事了哟。"

其实，我的运气也算不错，我们本已不做指望的升一级工资的事，还有着落了。市劳动人事局电话通知，上级已经同意，可以给我们八三年本科函授毕业的补办工资升级手续，要我去拿呈报表。此前，我们一些函授同学曾经为此奔走州市有关部门，都未得到肯定答复，因为我们的毕业证迟发了，此事早已办完。其间，有个别办事人员提出解决一个什么股长的孩子上市一中，问题也许能够解决。这样做交易引起我们极大的反感，大家都表示不提这事了。现在看来，我们还是有误解，以权谋私的人毕竟是个别。我立即打电话告知其他同届的几位，大家无一懈怠，连乡下的都星夜赶来填表，办理升级手续。

中考录取是结束了，但无论是在办公室，还是下班回到家里，来访的人仍然很多。刘局长要我参加筹办《枫叶》专刊的会议，我不参加还好，参加会议非但无益，反而给会议带来不少干扰，就因为不断有人来找。在师训股阅中师函授入学考试试卷，也是因为不断有人找，多次要停下笔来接待他们。晚上在家里，家人也不得安宁，电视机变好了，也无法安心去看电视，怎么办呢？我是不能为了家人的安宁，为了自己少麻烦去躲避来访的。想到一个两全其美的办法：吃了晚饭，把碗筷一丢，就去办公室接客。

这几晚，几乎都是这样，刚刚到办公室，就有客人造访。说实话，现在来访提出的有些问题真叫我哭笑不得，比如到了这个时候，还有向我打听某某考生考分多少的，真是“麂子过了几架山”还来赶仗。也有录取了卫校，却改变主意，想去读市一中的，如此等等。不过，他们反映的也有要正视的问题。有个姓滕的女同学和她父亲一起，已经找我几次了。她父亲每次都是喝足了酒来的，不知是不是因为酒可以壮胆。提出的问题是，女儿只有这么大，家住南门外巴公溪，这次录取到小渡船中学，今后上学要走一通城，实在困难，能不能就近上市二中。类似情况来找我的还有姓曹的女孩和母亲，姓王的男孩和母亲等好几位。他们都是书院中学毕业，家住城西、城南，录取到城东、城北的土桥中学、小渡船中学。城区高中的录取是个很复杂的事，去年强调以志愿为主，城西、城南一方的学生远去土桥中学、小渡船中学的不少，结果要求照顾到市二中上学的人很多，连州委、州政府都开了不少条子。今年考虑了这个因素，市二中只在全城考生第一志愿中择优两个班，其余以分片就近为原则录取。录取的结果，情况比去年是好多了，但是问题依然存在。尽管我可以对这样的来访者作明确的回答：“今年已经考虑了这样的情况，你们的档案先投到市二中，但市二中没有录取你，我们才投到其他学校。”但是，面对这些学生和他们父母的愁容，这话我说不出口，也不能这样说，心里只有同情。我想到，城内的高中除市一中外，都没有住宿条件，学生都是走读，像这么一个小女孩，每天要从巴公溪，或者是后山湾，走到六角亭，再走过北门，过飞机场一段长长的路，到小渡船上学，这是差不多二十里的路程！而且这段路上，有的地方还荒无人烟。我失悔，在录取的时候怎么不看看学生的家庭住址呢？如果注意了这个问题，凡是住在南门外，西门外的，提请市二中优先考虑，就不会出现这样突出的问题了。这应该是今年录取工作中的一个突出的遗留问题。我想到了一个补救措施：市二中增加一个班，将类似的情况一并解决。这些学生的成绩不算很低，三百多分，多半是女孩子，将心比心，市二中的领导也会考虑的。但是，这又不是我想解决就能解决的简单事情。高中要增加一个班，不仅要局长同意，市二中学校同意，还要市长同意。我只能这样回答他们：你们反映的的确是实际问题，我尽量设法，争取解决。

我凭感情，给这些学生和家长做了“争取解决”的回答，但是到底能不能解决，我心里没有底，这中间要做的工作太多了，花费的时间、精力都不少，甚至有可能，劳神费力，遇到一个环节打不通，我说的都是空话。最后如果行不通，我如何面对这些学生和家长？

来访者还反映了一个情况，我还须得及时处理。红土一位老师，向我当面举报，红土中学今年考生资格有虚假，几名往届生作应届生上报，有的已经得到中专录取通知书。去年这个问题比较突出，我们处理了好几起，为严肃考纪，还处分了两位情节比较严重的教师，发了处分文件并通报各个站校。今年这样的举报还是第一次，而且不是写匿名信，是当面举报。这事不能拖延，若举报属实，往届生要改录到高中，中专名额不能浪费，须及时补录。

什么时候到红土去？

第十三章　秋尽江南

（1985 年秋—1985 年冬）

我和光福商量去红土调查往届生的事，他说，全市中学生毽球邀请赛 16 日在新塘民族中学举行，我们“两场麦子一场打”，在新塘参加了毽球赛，接着就去红土调查，刚好一条线路。

如此甚好，就这样定。

8 月 15 日清晨去赶车。我走到清江桥头，恰好光福迎面而来。两人都空着肚子，我说还是先要把肚子塞一下。他说，桥头下面有煮汤圆卖。我笑道：“正好，这次去红土调查，是个不受欢迎的事，先吃几个定心汤圆再说。”一人吃了五个大汤圆，赶 6 点 45 分的班车。

11 点到达新塘。一进区公所，就遇到区委廖兆栋委员。廖委员我们早就熟悉，他原是民族中学老师，现是区委宣传委员。他带我们去伍绍春书记房中交谈了半小时，便一起下坡，往清江河边走去。新塘民族中学就在山脚下的清江岸边。市体委的皇甫昌英主任和两位小何，已于前天到达，毽球运动会的赛程及其有关安排均已停当，只等下午召开领队会。

新塘民族中学，就是原来的恩施三中，1956 年，三中与位于屯堡的四中、芭蕉的五中同时开办。傍晚散步校园，环顾四周，群山环抱，构成一幅幅青绿山水画。清江应在学校前面的不远处，但见不到真容，也许还在深深的峡谷里，为层层植被所掩盖。此时最显眼的是后山一侧突兀耸立的五宝山，披着夕照，分外璀璨，雄伟壮观。细看学校建筑，与我熟悉的五中真是孪生姐妹：一样的青瓦白墙红窗格的穿着打扮，保留了学习苏联老大哥时代的建筑风格。现在想来，时值建国初期，一个县同时在乡村创建数所具有一定规模的中学，是很不容易的事，需要财力，更需要人的眼光和决心。时隔二十年，从学校设点、选址的合理，建筑质量的良好，可以看出新中国成立后，恩施教育的先行者们的远见卓识和扎实办事的精神。历史证明，这几所中学的创办，改变了恩施广大乡村没有一所中学的落后状况。二十年来，它们培育了一批又一批的初、高中学生，为恩施人才培养做了巨大贡献。新塘三中是这几所中学离城最远的一所，四中、五中距离恩施城不过 20 公里，而三中远离 50 多公里，而且中间有一条清江阻隔，涨水时候渡船停摆，来往交通几乎断绝。自三中开办，大大便利了东乡一片学子求学，他们一批一批从这里走出，成为家乡的建设者，国家的栋梁才。

陪着我们在校园散步的黄校长，一口气给我们数出许多如今在市内外工作颇有建树者，我们单位的胡局长，刚在区公所认识的区委伍书记，身边的黄校长……也都曾是这里的学生。黄校长谈起当年在这里求学的经历，讲了许多的故事，其中也讲到我的国顺哥。他本是二中的校长，一个历史课讲得很好的老师，六十年代他调到这所学校，政治运动中，他接受审查，不能教书，负责敲钟。他说，吴老先生是个办事很认真的人，就是打钟也是一丝不苟。一个双铃马蹄钟，他时刻提在手里。他敲钟的动作也做到规范：他一手提小钟，一手握锤头，肃立在大钟前，眼盯马蹄钟的指针，不提前也不推后，时辰一到，“当，当……”准时把大钟敲响。他生怕睡过头错过时间，上床时把马蹄钟放在枕边。一晚深更半夜，大家正睡得好，忽然校园里钟声“当当”响起，师生都从睡梦中惊醒。寝室里，一个个忙着穿衣起床，也有人摸着双眼表示怀疑：好像还没睡多久，怎么响铃了？校园里开始闹腾起来……一会，吴老先生也开始大呼：“这一盘不算，这一盘不算！”他在这边喊了，又去那边喊。他是生怕搞错时间的，结果还是搞错了——不是因为睡觉过头了，而是谨慎得过头了。自此以后，“这一盘不算”，成了三中无人不知的笑话。这个笑话，几年前我去沐抚就听人说过，可见流传之广。从这则敲钟出差错的笑话中，我看到顺哥这样一批老教育工作者对待工作的兢兢业业，简直达到“过头”的地步了。

晚上在三中看到了电视。这使人感到，恩施的电视事业发展的快速，连边远的乡村也在普及了，因此也有所悟，前些时家中的电视为何一度“自己”变好的缘故是电视台在进行改扩建。

晚间很是凉爽，须得盖棉被，只是飞蛾特多，和光福将被子转移到会议室，方才安然入睡。

8 月 16 日，恩施市中学生毽球邀请赛在五宝山下的新塘民族中学举行。应邀参加比赛的有来自红土、沙地、三岔、屯堡、新塘和民族中学的 5 个男队，6 个女队。毽球运动，其实就是我熟悉不过的踢毽子，是小时候和伙伴们常常玩的一种游戏，只是我常握着一本书打，所以，对书的伤害很大。令我新奇的是，如今这游戏是可以拿上台面进行正规比赛的，还是少数民族的一种传统体育项目。我的印象中，踢毽子是个人的表演，凡是高手，都是一边跳，一边踢，毽子飞得越高，踢的个数越多，旁边的喝彩声也就越上劲。这次组织的是团体赛。毽球团体赛怎么搞，我完全外行，一点也不明白，只有新奇。也因为如此，光福他们把我安排在运动会的领导小组里——是的，外行常常是领导内行的。光福和体委的内行们，干的是竞赛组或裁判组的事，他们须得从头忙到尾。我的任务具体单一，只是在闭幕式上讲几句话，这样，我可以安心观看比赛，见识一下踢毽子怎么竞赛了。

毽球赛在学校礼堂进行。比赛场地，就如一个羽毛球场，中间也是球网将两边隔开。竞赛时候，两队各据一方，毽子从网上飞来飞去，就如打羽毛球、乒乓球和排球。但是，队员们只是用脚踢，双手是不能触球的。这时候，手除了平衡肢体之外，仿佛成了多余，这又很像踢足球了。毽球比赛没有激烈的拼杀和惊心动魄的场面，因此少有令观众心跳乃至狂呼的情形。然而，它有韵味，给人轻盈和柔美的感受，仿佛看优美的舞蹈，听曼妙的音乐，叫人轻松和愉悦。个个队员，脚上都像装了磁铁一样，小小的毽子无论怎么飞，大都落在运动员的脚上。运动员的腿脚，似乎变得比双手更灵巧，蹬、跳、踢、拉、弹，种种动作，无不做得爽快利落。运动员的腰身，灵活柔软，弯、转、扭、闪、避，种种姿势，如风吹柳条，婀娜而健美。更有趣的是，时不时毽子像鸟儿一样，从对面高高飞来，却落在这边运动员的额上，站住了，然而，那额头轻轻一点，“鸟儿”来不及鸣叫一声，便立即飞跑了，也实在有趣……

下午五点，赛事圆满结束，举行闭幕式。恩施市首届中学生毽球运动会的成绩是：女队，红土第一,三岔第二，民族中学第三；男队，民族中学第一，红土第二；沙地初中队获得文明礼貌奖。

今天见识了毽球赛，感受是：毽球是周身活动的灵巧运动，是一种值得提倡和推广的体育项目；观看毽球比赛，是艺术的欣赏，是一种优雅的美的享受。

8 月 17 日，早上在光福很熟的邵老师家吃早饭，接着搭上去红土的班车。灿烂的阳光下，我们过山花嘴，下马尾沟，登天落水，到红土溪。这是第一次到红土，至此，我填补了最后一个足迹未到的区镇空白。然而，我第一次到红土的任务，却是一个不受人欢迎的事情——调查一批学生是否如举报的那样，属于往届生。有人告诫我，红土偏远闭塞，是恩施通公路最迟地方，人际关系十分复杂，要弄清实情是相当困难的，你们要有空手而归的思想准备，而且，那里有的人天不怕，地不怕，相当横蛮，应该要多带一个心眼，做一些防备。一到红土镇，我们真是举目无熟人了，不知从哪里着手。

“私访，或许是一条途径。”我这样想。

好在同车来的有黄兴江老师，他在红土教育站工作，是这次毽球赛红土队的领队。我们跟着黄老师到教育站。教育站位于街头的一个小山包上，大门前是很陡的长排阶梯，由整齐的条子石砌成。拾级而上，进了教育站的大门，里面豁然开朗：山包上是一大块平整的地面，左面是一长排两层楼的木屋，右面是几间平房，中间则是一个院坝和大块的菜园。菜园里，辣椒红红的，茄子黑黝黝的，硕大的玉米棒，挂着萎蔫的胡须，正是叶青籽黄时候，瓜豆藤萝织成的绿色帐幔蓬蓬勃勃。知鸟在高树上吟唱，蝴蝶在菜园里翻飞。好一个宁静悠闲的去处!

听见我们的声音，迎出来的是一位年轻女子和一位老婆婆。黄老师介绍，年轻女子是站里的打字员小田，老婆婆是炊事员。他们叫老婆婆的时候，也不叫张老婆婆、李老婆婆，只叫她“婆婆儿”——加了一个儿化音。这“婆婆儿”的叫法，初听起来有些怪怪的，似乎对老人不够尊重，但听过几次，便感受到其中蕴含的亲切。站里有这三人在，我们的心里安然了——起码食宿是没有问题的。

婆婆儿对着黄老师说，下午吃什么，没买什么好菜呢。黄老师一时没能回答。光福望着园子说道：“还要买什么东西，这么大一块苞谷，搬几个苞谷托煮了吃，不就行了。”其实，我也是最爱这一口的，积极赞成，说道：“对嘛，这么好的东西，还要什么菜。”黄老师便对婆婆儿说：“要得，今天下午就吃煮苞谷托，明天逢场再去买点菜。”于是，婆婆儿进园子搬苞谷，我们在楼上的办公室休息，看壁上贴的表格，翻阅报章杂志。

没过多久，婆婆儿端着一个筲箕上楼来，里面装满黄灿灿的煮苞谷托，热腾腾直冒气。我们也不讲客气，一人一个，抱着就啃。婆婆儿下楼去，又端来一碗合渣，一碟加了姜蒜酱油腌制的剁椒。其实，嫩苞谷托，无论是煮熟的还是烧烤的，都是我的至爱，尤其是这恩单二号的苞谷，最是爽口，哪里还要什么合渣，剁椒做菜。我们一边大快朵颐，一边向黄老师询问一些事情，不知不觉，面前丢弃了一堆苞谷芯子，自己看了都有些不好意思了。

这一餐苞谷托吃下来，我们算是心满意足了。光福发表感慨：“今天的煮苞谷托算是吃好了，我这一辈子，还从来没有像今天这样，把苞谷托吃好过。”

次日，星期日，天气特好，阳光明媚，恰是红土镇的逢场天。这样的天色，在恩施城内，肯定是秋老虎发威的时候，然而，红土溪却是清风阵阵，凉气习习，没有半点汗水挂面。其实，避暑哪里需要上庐山，到张家界，就是这红土溪就是洞天福地了。

我们到茅田去，从街上路过。红土小镇，街道由石子、石板铺就，两边木屋成排，尽显古朴之风，乡味十足。一条小溪当街流过——注意，是在街中间流过啊——溪水十分清澈，为便利过街来往，有木板桥横跨其上。这使得集镇之中，现出“小桥流水人家”的景象，成了红土镇最为奇特的景观，我是从来没有见过的。“红土溪”，或许就是因这小溪而得名——我这样想。但是，这里的土壤却并不是红色，为什么叫“红土”呢，这就有些名不副实了。或许也自有其来历，我没有工夫去考证。

逢场天的红土镇，热闹非凡。满街山货极多，有大块的腊肉，红得发亮的西红柿。尤其便宜的是梨子，喊价一角钱 5 个，你真要买，6 个、7 个也卖给你。还有熟得透亮的葡萄，不仅多，而且便宜，只要一角五分钱 1 斤。据说，前些时候七八分钱 1 斤也能买到。葡萄都是用大筛篮盛着，惹得蜜蜂们飞来爬去。

我看这些蜜蜂，怕不是勤劳的一类，自己不去采花酿蜜，却飞到集市上来偷食葡萄糖液。我驱赶一下蜜蜂，摘下一粒葡萄，尝一尝，清香甘甜，吞下去，凉悠悠的，直到心窝——红土溪是个富足、清甜的地方啊。

我们来红土的本意，是调查往届生，但是初来乍到，不知底里，一时不便接触正题。今天去茅田，是黄老师昨晚闲谈时给我们的建议。他说茅田有所学校，七十年代是红土高中的校址，前几年事业调整，高中停办，改办成职中。以后，因为这里离集镇四五里，不通公路，又将其并入了镇中。镇中就在教育站那小山包下，虽然就在集镇上，很方便的，但场地狭窄，校舍有限，大家又想到茅田了。区里决定在茅田恢复办学，秋季开学有 5 个初中三年级班要放到茅田。

我早就听说过红土的茅田中学，李志华局长大学毕业后就分配到这里工作。他学习背背篓，打打杵，就是在这里“发蒙”的，以后他是可以背上百斤的“背夫子”角色了。今天来到现场，看到这里场地宽敞，视野开阔，环境清静，的确是一个办学的好地方。一度废弃的校舍，虽然老旧，但并无损坏，小礼堂正中的五角星，还是红红的，教室的楼板基本完整，弃之不用也是可惜。为了迎接秋季开学，木工、瓦工都在这里忙着施工。唯独不便的是离集镇四五里，不通公路。黄老师说区里已有打算，冬月集中力量把路打通。

看了茅田中学，黄老师带着我们到帅家垭小学，在他的“家门”黄应清老师家吃午饭。在黄应清老师家，有两件事让我开了眼界。其一，过去只见过五香中的一味，叫八角的，却没见过八角茴香的树到底长的什么样，原以为只有热带生长，哪知黄老师家却有。就在他家门口，有一棵八角树，远看枝叶繁茂，亭亭如盖，直径丈余，走近细看，真看到了无数结成籽的小八角。其二，黄老师的媳妇子很能干，洋芋丝切得像粉条一样细密匀称，撒在板壁上可以粘住，一点不会掉落。这刀工，这精细，这耐心，实在令人惊叹不已。

正当中午，帅家垭上，狂风鼓动，云飞雾腾。霎时之间，山崖被吞噬，屋宇被湮没，料想随之便有暴雨倾泻下来。其实不然，一阵狂风过去，云开雾散，青天又露出来了。

下午两点，回到教育站。我和光福议论，到红土已是第二日了，我们的正题尚未接触，早前虽然给站里打过电话，要求对几位考生的资格重新认定，但是并没有讲我们会到红土来。如今站里放假，向站长和负责中考工作的向老师都回家了，我们该如何着手？

正在为这次调查还没有找到门径有些犯愁的时候，下午四点，有人来访。打字员小田叫他尹老师。尹老师中等身材，十分和善的样子，走进教育站办公室来，用标准的红土口音问候我们。然后，他自我介绍："我叫尹德文，就在这下面的镇中教书，教语文的。我的一个大儿子，叫尹华章，今年红土初中毕业。我是教书的，家里的娃儿多，就叫他报个师范，好早些就业，把我的这个事情捡起。他中考考了 562 分，师范也取了。前不久，教育局电话通知教育站，要重新认定尹华章等几个考生的资格。听说昨天教育局来了两位同志，想必就是来了解这个事的。这样，我就说给您们主动谈一下尹华章的情况，看是不是属于往届生，免得给组织上添麻烦。如果是往届生，请您们给他找个高中读。"接着，尹老师说了尹华章八三年读到初三，听了几天课就办了个休学，八四年办复学，参加八五年中考的全过程。他很直率，老实说尹华章也没害什么病，想的是把基础打好一点，考个中专早就业。

听了尹老师谈的情况，光福对他说："尹老师是个爽直人。尹华章本来是去年毕业，今年才毕业，按照州里的政策就是往届生。我说尹老师，成绩这么好的一个儿子，您哪门硬要他读中专？考 562 分的学生，没得几个啊，读了高中，一定会考上大学，还要考个好大学——您真是冤枉！"

我也对尹老师笑道："尹老师，你这个儿子是棵好苗子啊，你想他将来教书，也不一定要读中师教小学，读了大学将来教高中，教大学也行嘛。你这个娃，我们给你做个主，中专不读了，把他取到重点高中——将来读个大学'算了'！"

我和光福，你一言我一语，把个尹老师说得眉开眼笑。笑谈一阵之后，尹老师非要邀我们去他家一游，我们也欣然应邀，一同前往尹家坪。

我和光福，跟随尹老师出红土镇往北走，登上一段石梯路，便是一个大坪。尹老师介绍，此地名为白果坪，当年贺龙带的红军在这里与地方武装激战，红军牺牲 7 人，葬于那一房舍的侧边。他指着另外一农舍说，那个屋子里，是农会主席遇害的地方，他死得很惨，敌人把他倒吊起来，用缨枪刺杀，划破肚皮，当即肚肠都涌出来了。

我一边走，一边听尹老师讲红色老区的历史，不觉有所悟：管这里叫“红土”，一点不错啊，这是一片被革命烈山鲜血染红的地方。

过白果坪，上行一段路，再往右拐，便到了尹老师的家。此处地势很高，视线开阔，恩施东乡的高地石灰窑，建始的南边的高地官店口，都在一望之中。我们一到，尹老师的 6 个子女，齐齐出来，成行成排迎接我们，都极是规矩礼貌，看着好生可爱。老师娘子，迎着出来，见到从来没有来过的稀客，白净的脸上，笑靥如花，亲热极了。这一家人，说话都轻言细语，和睦亲热，实在让人欣羡。

在尹老师家闲谈，我们了解了不少毕业生情况，知道红土的中学比较多，而且与建始、鹤峰、宣恩几个县邻近，为了考中专，初中生从这所学校转到那所学校重读的不在少数，大都是改名换姓，所以情况比较复杂。

在尹老师家吃了晚饭，天已黑了下来，走路需要用手电了。因为怕我们走错路，尹老师和他的长子尹华章，送了我们一程又一程。一边走，我们一边鼓励尹华章，到高中去了一定要更加努力，三年过后考上一个好大学了，我们再来喝你的喜酒。尹华章总是默默地听着，轻声地应答。

——你说这个尹华章，也真是争气。这年，我们把他录取到了市一中，市一中得到一个高分学生，十分满意。以后，我到市一中去，每问起尹华章的情况，老师们都赞许有加。三年之后，他终于考上了上海的华东师范大学。数年以后还听说他出国留学了。又几年后，听说他带着洋媳妇回过红土老家……我想，这都是有可能的。

且说和光福回到教育站，有两位中学校长正等着我们：一位是红土镇中的戴校长，一位是石窑中学的陶校长。两位校长都是听说我们到了红土，主动来报告考生资格复查情况的。首先是戴校长谈情况，因为讲得很细，时间已经很晚了，于是约陶校长明日再谈。

这是调查取得实质性进展的一天。

早上起来，天阴沉沉的，不久就下起雨来，不知恩施城也下雨没有。早前，龙凤坝、七里坪暴雨成灾；尔后，听瓦屋坝的农民说，今年旱象严重，红苕、粮食都“走”了，若是以往，又是个饿饭的灾荒年。然而，红土却得天独厚了，这里的人说，今年是既无旱灾也无涝灾，顺风顺雨，是个大丰收的年景。过去，在芭蕉听人说过，“黄泥塘得了收，高山人饿得愁”，说的是黄泥塘是低山地方，气温较高，加之黄泥黏性重，怕的是干旱，只有三晴两雨，才有好的收成，若是“六月打连阴（下连阴雨）”，那还会“遍地成黄金”。可是，地势高的地方，农作物缺的是日照，需要的是阳光和温度，到农作物生长成熟的时候，雨水多了，反倒没有收成，只能是饿得发愁了。可见，不同地域，情况也不会是一律的，从这一点讲，要满足不同地方人们的要求，天老爷也是很为难的。

早饭后，陶校长继续给我们谈中考考生资格认定有关情况。事情已经很清楚了：举报是属实的。今年红土镇中、石灰窑、稻池和新隆4所初中的毕业生，按照州里关于考生资格认定标准，有大量的往届生。以镇中为例，两个毕业班共计105人，往届生46名，占43%，其他学校也不在少数。5月中旬召开考务工作会时，站长提出原则意见：“招生政策要讲清，考务工作要严谨，资格审查要搞准，思想工作不放松，百人指标要过河。”5月底，站里召开的考生资格审查会，各校提出几种具体情况的资格认定问题，站长说，具体情况各不相同，班主任自己把关，学校复议认定。这样，有一批读过初三，但没有参加毕业考和升学考的往届生都当作了应届生，凡是转学生都以转学证为准认定。很明显，站里和校方都存在侥幸心理，以为红土是“山高皇帝远”的地方，在考生资格上蒙混过去，实现百人升学，过马尾沟这条河的中考目标。教育局电话通知对一部分考生资格进行再认定后，红土教育站知道东窗事发，站长立即组织各校，对已上重点线考生资格进行再认定，结果是：全区今年上重点线7人，上定向线3人，共计10人，其中属于往届生作为应届生上报的有4人。这4人中，有尹华章等3人录取中专，另1人录取高中。至此，我们所要调查核实的情况都已清楚。

调查任务完成，我和光福都感到一身轻松，坐在办公室外的走廊上，看着烟雨中的红土溪，享受着无比的清凉。谈起红土教育站的站长，两人都笑了，说这是个不马虎的角色，这大一件事，他可以说没有多大直接责任，他在会上提了要求，政策要讲清，资格认定要搞准……

也正是：“说曹操，曹操到”，向站长打着雨伞进了大门。他径直上楼到办公室，和我们亲热了。我们讲了调查的情况已经清楚，有3个考生要改录到重点高中。他抹抹有些打湿了的头发，叹一口气说：“唉，这个地方工作不好搞，一些人‘经杆子’（鬼榜眼）多……”接着就转变话题：“我们苹锦的谭明燔老师病了，送到城里没治好，昨晚上去世，今天抬回来了，明天要开追悼会……”

我和光福决定明天去参加谭明燔老师追悼会。

早上起得很早，和向站长、黄老师一道去苹锦，参加谭明燔老师追悼会。雨中步行一个多小时，到了谭老师的家。因为谭老师是在外面死的，按照习俗，他的灵柩是不能停放在室内的，故在屋前场院里临时搭建了棚子设灵堂。我们以市教育局和教育工会的名义，在谭明燔老师灵前敬献祭幛，寄托对这位我们并不认识的乡间教师的哀思。雨下得很大，灵堂内外都满地稀泥。孝子跪在灵前，人们鞠躬作揖相吊完毕，请起，孝子方才起立。主人知道我们空腹而来，便给我们一人端来一碗面条。因哭号之声令人心痛，面条实难下咽。

追悼会开始，向站长致悼词。接着，便是道士念唱一番。出丧之前，一老道士出来，七里八里叨吟一阵之后，旋即手持一砂罐，对着棺材的大头，猛地砸去，粉碎一地。此时，八大猛汉一阵喧腾，将棺材迅疾抬至棚外路边，上龙杠。又一人立即将画上符咒，打有印章的纸条，贴于门楣之上，据说，这是让鬼魂永不进门。我感到十分诧异，很不理解：一边是呼天抢地，痛苦难舍；一边却是这样将亡灵抛弃门外，绝不留情！一声吆喝，众汉抬起灵柩上路，孝子呼号，众人护送灵柩至葬地。

从葬地回到谭家，只是闲坐着，感到极其无聊。我们的心意已经表达，继续待在这里，似乎就是等一餐饭吃，实在没有意思。如果要去向主人告辞，那又是决然走不了的，必定有人拉着你非吃了饭走不可。于是和光福商量：不辞而别。

离开谭家，走不多远便上了红土至苹锦的公路。我们沿着公路走，自然不会走错路。走到镇上，已是饿极，一人买了一角多钱的米粑粑，三两下便狼吞虎咽下去，不在话下。

回到教育站，肚内仍不踏实，又请婆婆儿给我们煮了一锅新苞谷托，美美地吃了。

到恩施东乡的新塘红土一带出差，就怕下大雨。一下大雨，浑水河就涨水，浑水河一涨水，班车就停开。两年前和小梅到新塘的峁山遇到一次，这次到红土又碰上了。我们困在红土，局里两次来电话，催我们回，但我们不可能做到，不是“将在外君命有所不受”，而是我们插翅难飞。

不过，我们有事可做：我写调查报告，光福写总结。这里凉爽，幽静自在，写累了还可以翻翻报纸，更有热情的炊事员婆婆儿，所以我们虽不算乐不思蜀，却是一点不着急的，不觉一天也就过去了。

没有班车到，再困红土一日。红土溪逢场，赶场去。一看到满街的农副产品，什么腊肉、鸡蛋、鸡子、大米、苞谷，还有又多又便宜的葡萄、梨子，心里好不舒畅，而且痒痒的，想买。我和光福不约而同下了手，一人买了几十个梨。光福是大手笔，又一下买了三只鸡。我是没有地方喂鸡的，而且宰杀也相当麻烦，出手选了一只最大的买下来。还有那清甜透亮的葡萄，也实在诱人。一不做二不休，每人又称了十来斤葡萄。亏得有站里黄兴江老师和打字员小田的爱人小毛，两人帮大忙，四人手提肩扛，满载回到教育站。

回到站里，继续写我们的文稿。刚好把写的东西完成，婆婆儿来请我们吃饭。今天的饭桌上丰盛得很呢，海带炖蹄子、鲊广椒炒腊肉、蒸蛋花……黄老师对我们说，今天是婆婆儿六十大寿，是她设宴款待大家。我们恍然大悟，立即一齐祝愿婆婆儿身体健康，长命百岁。

明天可以回城了。黄老师告诉我们，区委谢书记在城里开会，明天区公所的吉普车去接他，正好是空车进城。

8 月 23 日，我们坐上了红土区公所的吉普车，带上了在红土采购的鸡、梨和葡萄，外加临走前站里几位同志现搬下来的一袋子苞谷托。这次带上这许多的东西出红土，简直像皇军扫荡过后出村一般，我都不好意思了。

天气已晴，浑水河的河水虽然仍是浑水，但回落不少，渡船在摆渡。至于班车什么时候可以通行，我们也不怎么关心了。双脚踏上浑水河的对岸，心是一下子轻松了——今天可以到城是没有疑问的。前面是一道道“之字拐”的急弯，吉普轻松而又灵巧地盘旋在密集的弯道上。爬到高处，驶入坦途，迎面也来了一辆吉普。两辆吉普相遇，都停了下来。原来，谢书记就坐在对面的吉普上，他坐的是市计生委的车。于是，两车换人掉头，谢书记坐红土的车回红土，我们坐计生办的车进城。

这次出门到新塘红土，一共是 9 个日子，在红土待的时间最长。红土是怎样的一个地方，红土人是怎样的一些人，原来只是人云亦云，并无切身感受。这第一次的印象，和我原来的想象是大不一样的：那是一个山美水甜的地方，那里的人纯朴而又真诚。也许，我的认识并不全面，事物都不可一概而论。不过，出门前，有人担心我们会空手而归，还要小心防范，其实不然，我们是满载而归了。

进得家门，发现面貌有些改观，发觉是沙发做上了套子，这是传美从咸丰回来后的一大建树。全家人都等着我回来，这一回来，带回许多的山货，也真是令他们振奋的。娃娃们首先围攻的是红土葡萄，那兴趣的浓厚也不必多说。只是那一只鸡，不习惯坐吉普车，竟然闷死了。这也好，无须用刀，省去了我一次手术。淋上开水拔去毛，剖出内脏剁几刀，放入锅中慢火熬……

还没来得及洗澡，便有市法院一位庭长为儿子就读二中的事来访。是的，还有一个大的遗留问题，一批书院中学的考生，录取到小渡船中学和土桥中学，离家是太远了，这个问题不解决，也是令人不安的。已经临近开学，必须马上请示和研究。

第二天一上班，就到局长办公室。刘局长盯着我，笑着说："回来得好。这几天，我们这办公室热闹得很，缠得我们搞不成别的事。红土的事情搞清楚没有？"我将红土调查的情况向刘局长、李局长二位做了汇报，然后提出市二中扩招一个班，解决部分学生入学远的问题。刘局长说："打电话到红土催你回来，主要就是这事。市二中现在也是俏得很，一天找他们的领导，要求照顾入学的不少。但是都是按成绩、看志愿录取的，现在都要求照顾也是问题。对于少数困难突出的，我们下午专题研究。"

下午，刘、李、胡三位局长参加研究。我将登记要求上市二中的 38 人情况一一作介绍，三位局长甄别情况，逐一审核，最后确定解决 18 人。刘局长对我说："我们只能定这么多，市二中还有一批要解决的对象。我估计两边的名单中多数是重复的。马上要开学了，明天是星期天，我们都不休息，你上午把这个情况报告谭市长。下午我们几位局长一起去市二中，把这个事情商量定夺下来。"

星期天上午，我找到谭副市长。谭市长听了我的汇报后说，要扩班的话，你们给吕市长说，只要他同意就行。这分明就是他不同意扩班，或者不为扩班之事负责。回到教育局，几位局长听了谭市长的意见，决定不提扩班的事情，再压缩两人，只同市二中商量解决16名学生的具体问题。随后，三位局长加我和市二中三位领导，有宣传部张科长参加，在市二中开会研究解决招生中的遗留问题。我们拿出解决16人的名单，校方同时提出了解决40人的名单。讨论多时，最后局长提出意见：第一，不扩班，局方提出解决16人问题，给学校2 000元补助款；第二，其他问题，学校自行酌情解决。此事到此方才得以了结。

从周一开始，是整党学习周。但是，学校即将开学，入学、转学、复学之类的杂事，总让我难以坐下来安心学习，直到9月2日，学校正式开学。

9月3日，我乘上去来凤的早班车，参加全州中考总结会。今年我和来凤有缘，这是第三次到来凤了，而且都是住在教育局。午睡后，开始写中考总结，晚上打了一下夜工，十二点半复写完毕。

次日下午，全州中考总结会召开，来凤教育局五楼会议室的桌上，堆放了糖果、水果及烟茶。一看这摆设，就明白州教育局领导的用意：让大家在紧紧张张工作了几个月后，适当放松放松。会议开始，张文剑副局长说，这次会议要以整党和改革精神，总结今年中考工作的成绩和存在的主要问题，对来年的中考工作提出建设性意见。汇报发言是按照恩、利、建、巴……的顺序，自然我是第一个发言者。这倒也好，讲完了就一身轻松，可以自在地吃喝，专心听兄弟县的发言，吸取他们的经验，感到少有的闲适。

主持会议的舒科长告诉大家，州局领导为了让大家放松一下，准备组织去周边的张家界和襄樊转一转，游一游，明天就出发。但是会议要开好，晚上要加班开会。对此安排各位大为振奋，不知加过多少班，哪里怕这一晚上的加班？

晚上的会议，是张文剑副局长作总结。他讲话的风格我已经熟悉，教数学出身的他，对数字总是很重视的。我本是个对数字感到头疼的人，但这些年做行政工作，认识了数字的重要，觉得数字是很说明问题的。所以，张局长总结开头列举的一系列数据，我都记下来了：1985 年，全州中考报名 20 412 人，实考 20 100 人，录取 9 018 人，占 44.86%。其中，录取中专 1 025 人，农职中 3 319 人，普高 4 674 人。中专、农职中录取人数，占整个录取人数的 48.17%，接近上级要求达到的 1:1 的比例。此外，今年还有 1 000 多民办教师和知识青年参加统考，中师录取民办教师 150 名，中专对口录取知青 42 名。

张局长在总结中说，今年开始实行的重点高中举办民族班和中专定向招生，对高山边远地区考生“降线录取”的措施，受到好评，特别是受到高山少数民族地区群众的欢迎。这的确是今年中考招生的一项创新，有利于经济文化相对落后地区的发展。张局长谈到问题的时候，讲了“中考作为一面镜子，反映了学籍管理的不健全”。这是一个不争的事实。从各县汇报情况看，都为往届生的问题搞得闷头皮，查处不少读了四五年的初中“应届生”，大家戏称为“本科初中”毕业。其实，读五六年的大有人在，最多的有读了八年的，被称之为“张八戒”“李八戒”。从家庭、个人的角度也可以理解，上了中专就解决了饭碗的问题。但是从国家和社会考虑，包括相当一批学生，从长计议，又都是不划算的。

我认为，张局长说得是很有道理的。这次我们去红土调查，发现一所学校几乎半数是往届生，这意味着我们有限的初中教育资源，近半数被重复的占用，不少学生，为考上一个中专，也浪费了不少宝贵青春。同时，这对许多升不了初中的小学毕业生，造成不公平，打一个不好听的比方，有的人老是蹲在厕所里，别人想方便一下也不可能。这是一个难解的问题，又是必须解决的问题。加强学籍管理是有力的措施，但也得三年以上方可初步见到成效，因此，明年、后年这个问题都依然会存在。不过，可以预见，随着学籍管理制度的完善，这种学籍管理混乱的状况，这种中考中“闷头皮”的事情，将成为一个过去的历史。

9 月 5 日凌晨四点半，一伙人急忙忙起床，上车。暗夜之中，来凤车把我们送到了龙山车站。我们风尘仆仆，五点半钟又上了去大庸的班车。龙山到大庸，途经永顺县。车中有人说，刘晓庆主演的电影《芙蓉镇》，就是在永顺的王村拍的。这电影我一直没有看过，不过我可以想象，芙蓉镇也许就和恩施的芭蕉镇、屯堡镇、红土镇差不多，因为这里的山水和恩施是太相像了。

到大庸只不过下午两点多钟。各自用了中餐，便去车站购票。这里到新开发的旅游景区，号称“风景明珠”的张家界，仅仅只要八毛钱车费。可能是因为天气太好，这里又比恩施靠南一点，还显得很热。这段公路没有铺沥青，一路尘土飞扬，两边的景物并不怎么美好，甚至觉得不如永顺，叫人提不起兴致。

车停了下来，说是到了。我们取行李下车，也不觉这里有何不同，也看不见什么美景。但是，当我抬起头，放眼望去，并不很远的地方，却是一片辉煌耀眼的去处。那里的山势真个是气派非凡：苍翠的群山中，突兀耸起座座紫红的峭壁石林，就是再好的彩照也不及眼前景色的璀璨绚丽。正当我们为之振奋的时候，旅店来亲热我们了，有私人的，有大集体的。湖南省团委在这里设立了一个“青年山庄”，服务人员给我们介绍了山庄的许多好处，于是我们“上钩”了，一行人进入青年山庄。虽然每晚 4 元，有一点贵，而且没有蚊帐，但是四人一间，倒也不算拥挤，加之还有泉水洗漱，有蚊香熏蒸蚊虫，也便安心住了下来。同行的咸丰那位，急不可耐，倒下去便睡了。

我和州局的小伍等几人，出去到处转了一转，买了一张导游图。此时已是下午快六点的样子，只见一些年轻游客，背着袋子，杵着棍子，瘸着腿子，踉踉跄跄地走下山来。我们感到很有些好笑：为何要来吃这样的苦，受这样的罪？特别是像我们这些山里来的人。

晚上有电视录像，还买了两场的票。可是我看电视不行，一场没看完，眼皮就打架，只好告退。

住地的饭馆很多，但我们为早餐的事很费一些事。逐一走访各家餐馆，到处都很脏，看得没有食欲了。不吃早餐上山自然不行，最后找到教育部门办的一家小吃店，每人炒一碗鸡蛋饭。但不知为何，这蛋炒饭炒出一股浓浓的鱼腥味，令人恶心，我只胡乱吃了几口便放弃了。

在张家界活动只有一天时间，我们选择到黄狮寨。沿着导游图标出的路线前进，一路多是阶梯，如沿途配上广东音乐《步步高》是最适合不过了。途中穿大杉林，观兵书宝匣，过南天门，看南天一柱，着实令人心旷神怡。登上黄狮寨，立于观景台，青岩山奇峰怪石，高低错落，烟霞缭绕，万千气象。一对白人夫妇，大约已被这一大段上坡将能量耗尽，在敲开罐头。一群人围住一位小伙听他介绍。他说画家黄永玉，是多次到张家界，并且在这里一待就是几个月，出了不少张家界的画作。面对如画的世界，我惊叹大自然的鬼斧神工，真是不可思议。

这使我有一点“觉今是而昨非”。昨日刚到山下，看到一些下山游客，走得皮搭嘴歪，一瘸一瘸，自嘲我们这些山里人，也跑到外地来看山，真是“为哪算起”（什么道理）？实在是自讨苦吃，多此一举。今天在黄狮寨上一览张家界胜景，才发觉昨日想法有失偏颇。就说我们恩施的山，与眼前张家界的山，虽然有许多相似，但却并不一律。天工在造就它们的时候，不是一个模子翻版，而似乎是刻意制作得各具特色，各有千秋。眼前所见张家界的山，就与恩施的山在形势、色彩、气质等等方面有许多的不同：

张家界的山，峻峭挺拔，突兀而起，如柱如针，高插云际，奇峰怪石，紫光炫目，沟壑深邃，云蒸雾绕，不测底里。如此气象，若天界之仙境，如水中之龙宫，叫人疑惑：这是神仙居住之所。

恩施的山，粗犷雄浑，巍巍屹立，悬崖峭壁，偶露峥嵘，茫茫林海，披绿挂翠，悬泉瀑布，流水淙淙，林田交织，可见袅袅炊烟，可闻鸡鸣犬吠。身置其中，恍如《圣经》中之伊甸园，实则山民繁衍生息之地。

如此看来，真是“山外还有山”，此山彼山各不一样，各具内涵，各显灵气，各有色彩，各有其美……山里人是不可孤陋寡闻，做井底之蛙的。

我们毕竟是山里来的，都有走山路的本事，下得山来没有一个人跛脚。回到青年山庄，才下午两点多钟，便再邀集数人，一同去金鞭岩。沿着金鞭溪而行，不过二里，有山岩陡峭高耸，刺破云天，这便是金鞭岩。又一高高耸立的石柱，陪伴金鞭岩的一侧，其顶状若老鹰，名曰神鹰岩。与之相对的，又一巨柱，以其状态，取名“母子相救”。这些巨石柱的取名是不是都形象准确，其实是很难判定的，因为移动几步，形象也就有所不同。而且要看清他们的顶端，都须仰面朝天，这样不但颈部酸痛，而且有头晕目眩的感觉，不能持久地看个端详。低下头来，眼帘中留下的只是这样的一幅影像：白亮的天空已被众多刀砍斧剁、直插云霄的山岩，撕裂成巴掌大的一块破布了。置身这石林之中，我忽然有些恐怖的感觉，心想：倘若这地壳稍有一点颤动，我们必定被压在这些万仞山石之下无疑。

晚上看了电影《风景明珠——张家界》，弥补了我们“走马看山”的不足。

我们下一行程是去襄樊。

次日一早离开张家界风景区，到大庸上火车。乘174次车，经湖南石门、慈利，进入湖北。这一路所见，有不少良田荒芜，不知是不是人们都急盼早早发财而弃农经商，对于经受过饥饿的我，不免有些担忧。

车过荆门，天色渐晚。到达襄樊已晚上十点，火车站及前面的大街仍是灯火通明。招揽旅客的旅店人员，招到一批便用车送走一批。我们在火车上待了一天，现在入住襄北饭店，躺在床上，也还觉得晃晃荡荡坐在火车上，耳边似乎还响着“哐哐啷啷”的声音。

已是9月8日，我们在襄樊也就这一天时间。早上在襄樊城一逛，觉新修的几条大街很是气派，街道约四十米宽，中间是三十米车道，两侧有花坛和成排的常青树。人行道旁的路灯高高竖起，约二十米一盏，到了晚上定是明珠一串。

襄樊的名胜古迹，首推古隆中。我们在这里只有大半天时间，自然是去古隆中了。我最想看的，是这一带地方，是否如《三国演义》所述：“山不高而秀雅，水不深而澄清；地不广而平坦，林不大而茂盛……”然而，现代化似乎已将古隆中的景物送走了。大自然已不怎么自然，古朴之风也很难寻觅，人们都步履匆匆，忙忙碌碌。于是，我们这一行人，也跟上时代的脚步，匆匆看罢草庐，抱膝亭，躬耕陇亩处，便告辞这“新隆中”，返回襄樊城。

下午两点，我乘上173次列车南行，目的地宜昌。车到宜昌大约九时，住葛洲坝招待所。饭堂很是宽大，到底是生产水电的地方，白亮的灯光照得如同白昼。虽然时间已晚，但吃饭的人仍然不少。白米饭摆在饭堂，客人取用自便。令人不解的是，此地气温很高，而这里的饭却冰凉冰凉。山里人信奉“是热三分味”，这冰凉的饭叫人没有好胃口。菜是炒的，或者是煮的白菜，叶片少梗子多，旁边一位食客，操着东北口音唠叨：“全是一碗白菜帮子！”然而，八九个小时没吃东西了，无论饭菜如何，都得塞一些进去。

明天，我们这一行人将分道扬镳，各自取道返回，只有我和州局小伍一道回恩施。吃罢饭，一伙人在房间算近几日的支出账目，唯我一人欠账最多。这次出门，我的消息不灵，以为在来凤开完会便会回去，身上仅带四十几块钱，哪知会后还有这么一个庞大的旅行计划，实在不足开销。

已是白露，但天气晴好，宜昌还很热。

昨夜腹中不适，早上拉肚子，怀疑是昨日晚餐吃的冷饭坏的事。

其他县的几位准备走水路返程，都去码头附近住下，而且一去不复返。我和小伍一道随后也离开，更换住地，去到葛洲坝第二招待所，那里有去恩施的直达车售票处，恩施驻宜昌的办事处也设在这里。

我和小伍，面临着一个十分紧迫的问题——两人合共只有五块钱了！这无论如何回不了恩施。还是小伍有办法：找宜昌教育局借。我们费了不少工夫，找到宜昌市教育局。各地的教育局似乎都是一样，各办公室都忙得不亦乐乎，来往的人也很多，很杂。加之明天就是第一个教师节，许多人在为准备庆祝教师节忙乎。别看小伍年轻，面临困境时表现冷静，颇有耐心。他终于寻到一位同志，有了说话的机会。人到穷得没解时，脸皮也会厚三分。我们向这位同志禀报来意，他听说我们是恩施教育局的，很热情地设法为我们借了三十元。还是一条战线的人亲啊！我还清楚记得，那一年和州局舒科长一道，从武汉回恩施，大雪封山，我们困在巴东了，也是面临同样的经济危机，是他带我找巴东教育局借钱回家的。这次受困宜昌，又是州局的小伍出面排解了难题——我是几次沾了州教育局的光，脱离困境。

借到了钱，自觉身子就壮了，两人乘交通车回到招待所。小伍说，这里的返回票好买，我们去看看葛洲坝了回来再买不迟。于是二人先去看张飞擂鼓台，再人至喜亭。至喜亭是立于江边的三层重檐的亭子，内有欧阳修写的《峡州至喜亭记》，过去没有读过，也不曾听说。从头至尾读了一遍，略知其大意，说这地方是大江出峡，水流由湍急逐渐转为平缓的地段。行船的人到了这里，一直紧绷的心才松了下来，于是转忧为喜，要欢庆一番。有位姓朱的地方官，为此修建了这座亭子，取名“至喜亭”，供行船的人欢庆安然顺利，在此休憩。欧阳修在文中称颂这位朱公，在这待遇菲薄，升迁不易的偏远地方为官，却勤于政务，致力发展生产，使得当地连连获得丰收；赞扬他是“恺悌君子”，体察民情民意，与百姓共喜乐，建造至喜亭的功德。

三游洞，在我看来不过就是小山上的一个石窟，并没有多大，也没有多深，是恩施人说的“凹岩罩”，犹如一个房子的偏棚。这样的“凹岩罩”，恩施是太多了，如果是在路边，可供行人暂避风雨。要说山洞，恩施的大山洞多的是，里面宽阔得可以容纳数十户人家，其深度更是达到几里，几十里路之遥。就我所知，恩施的芭蕉、盛家坝、板桥等地，都有巨大的山洞。甘溪的一个山洞，当年在里面还办了共产主义劳动大学，安置了几个班。咸丰有个黄金洞，据说还要大，更听说利川有一个腾龙洞，比黄金洞还要大。但是，恩施的山洞再大，却没有一个如三游洞的名气大，为什么呢？当我进入三游洞便明白了，此洞以人而闻名，或者说是以名人的文字而闻名。洞中最显眼处，立有白居易、白行简、元稹三人塑像，是他们三人无意间发现此洞，极力赞扬这洞的奇特，眼前大江、小溪、茂林景色的美丽，玩得舍不得离开，约定各自赋诗二十韵，由白居易作序文以记之，将此洞取名为“三游洞”。洞以人传，以人的文传。其后，又有苏洵、苏轼、苏辙父子三人到此一游，后人便称元白之游为“前三游”，三苏之游为“后三游”。尔后历朝历代，来过此洞的名人大家如欧阳修、黄庭坚、陆游、刘大櫆等等，不可胜数，并留下众多的诗文楹联，以至于洞壁石刻琳琅满目。直至民国，著名将领冯玉祥，在抗日烽火中也来此凭吊。他所书写的“是谁杀了我们同胞的父母和兄弟”及“不共戴天”四个大字，也高悬其上。

一个并不太大的山洞，一旦和众多的名人及其他们的诗文联系起来，这洞哪有不闻名的？若说“山不在高，有仙则名”，那么也可以说“洞不在大，有文则名”。可惜，恩施空有许多巨大的山洞，却没有什么名人光顾，自然更没有名人的有关文字传世，只能在深山隐姓埋名。恩施的风物，我只听说李白贬谪夜郎时到过恩施，写有一首问月诗，于是后人在城北碧波峰上建了一个“问月亭”以作纪念，这倒沾了一点名人的光。可惜直到现在，好像还没人拿出证据来，证明这个传说是历史的真实。即或李白到过恩施的传说是真，历代到过恩施的文化名人也是少之又少——可惜恩施如画的山水，奇异的山洞，全都“养在深闺人未识”！

当代的宏伟建筑葛洲坝，我们放在最后看。我看见了，一条白龙，横卧大江；我看见了，不舍昼夜奔腾不息，波澜壮阔的长江，竟然被人用一道大坝锁住；我看见了，一艘漂亮的大客轮，自上游下来，进入船闸，船舷上不少人在拍照，拿着望远镜瞭望，多是白皮肤的外籍人……我想起了，毛泽东的“更立西江石壁”，想起了七十年代从戽口，芭蕉，恩施，从各个地方开赴这里的劳动大军……我感到人的伟力！

看了大坝，我和小伍吃了一餐爽适的中餐。

回到驻地，第一件事就是买返程车票。万万没有想到的是，原本认为很容易买到的车票，竟然售罄，我和小伍十分懊恼。幸好有一人退了一张，买了下来，两人算有了一席座位。

下午我和小伍要分头活动：他要外出会一个人；我是非去药店买药不可了。说实话，今天的游览，我是特别珍惜这样的机会，也因为强烈好奇心的驱使，以坚强的毅力，忍受极大的痛苦，强打精神，看了一处又一处，成了我平生最为“痛快”——既痛苦，又愉快——的一天。昨晚宜昌的一餐晚饭，让我一夜腹中不适，早上拉了肚子，出门之后便是接二连三去上厕所。每到一处，就要先瞄着，哪里有“公共厕所”字样。我断定自己染上了痢疾。

我的经验是，治痢疾最灵验的药，就是土霉素或者氯霉素。我找了好几家药店，但就是不卖这两样药，说是这几天正在清理假药，上级规定不能出售。可怜的我，这一下只有下决心去找医院了。我一边找医院，还少不得一边找厕所。上了几次厕所，终于找到一个叫“三三O”的医院。医生们上夜班了，内科有位女医生值班，听我说了病情，非要我做化验不可。我知道，那是要出一笔化验费的，于是执意不肯做，只要求她给我一些止泻药，吃了明天好上长途车。她给我开了两门药，都不是我想要的，其中一门就是黄连素。今天早晨，小伍就将他随身带的黄连素给我服了十多粒，没见半点功效。另一门也不知叫什么，跑去划价——我的天，要一块两角九分钱！我全身也就一张五角的票子，还有几粒镍币，只好抽身便走出了医院。上这趟医院，没解决任何问题，还干甩掉了一角钱的挂号费。也正是：在家千日好，出门事事难。

半夜里，腹中坠痛，又起夜了两次。朦胧中做了噩梦，梦见母亲卧病在床，连叫我去。又梦见了传美，似乎是叫我做什么，记不清了……

已经是9月10日，是第一个教师节。我想，今天无论是通都大邑，还是边远山乡，凡是有学校的地方都在热烈庆祝这个属于教师的节日。“国之将兴，必尊师而重傅”，改革开放以来，教师的命运得到改变，受到社会的尊重，这是国家走向兴旺的表现。在我是教师的时候，是没有这个节日的；在有了这个节日的时候，我已不是教师了。但是我为自己曾经是教师感到骄傲，以依然从事教育事业而自豪。

在这个本应该高兴的日子，我却流落在外，蒙受着苦难。我和小伍两人，只有一张车票，但都是要回恩施的。说明情况之后，司机准许我们挤着坐回去。令我心中不安的是，倘若在路上要拉肚子怎么办？想了许多办法，但没有一个万全之策。发车以后，行不多久就过葛洲坝。在轮渡未到，车子停下来的时候，我抓住机会钻入草丛中，面对“鄂西船厂”，解决了一次。以后，凡是车一停下，我就去上厕所。到了野三关，又去上了一次。坐在车上，我就昏昏迷迷地睡。

也是“天助我也”，直到在清江桥头下车，我在车上还真没出任何问题，真是谢天谢地！

听人劝告，当晚就去市中医院打吊针。性格爽直，口碑很好的黄木春医生值班，我把症状对他一说，他便判断：“痢疾，痢疾。”他并没有要求查粪便，尽管我做好了这个准备，直接开药打针。我躺在观察室病床上，开始打吊针，直到凌晨两点方才归家。

次日去上班，给领导报了到，去办公室和伙计们聊了一阵，下午再去医院输液。原以为治痢疾最好的办法是服用土霉素或氯霉素，现在才知道，输液更有立竿见影的效果。昨天晚上，两瓶药水还未输完，便觉腹中如严冬的冰封在春日阳光的照晒下渐趋土崩瓦解，不断松动、散落、融化。这第二次输液完毕，人是顿觉腹中舒适，精神大爽了。回到家里，竟吃完了昶昶的家家送来的一大碗排骨汤和两大碗米饭。

还是“在家千日好”啊，还是自己的地方好啊！

秋后一阵小雨，一两件衣服已遮不住凉气的袭扰，加上马甲才觉合适。宜昌染上的苦疾，虽然闹得很凶，两次药液一输就败退下去，四瓶葡萄糖一打体力也很快恢复。人害一次病，就对医疗卫生这一行加深一次认识：那真是救死扶伤，解人倒悬的人道主义事业。不过，就怕遇上宜昌那样的药店和三三 O 医院的那位医生。

后来，我常常想起这次难忘的苦痛经历，甚至想到了许多，有值得深思的地方，也有值得记取的教训。我对那次遇上的药店已经有所理解，因为都是国营的。一般来说，国营的门店是有一点事就会停止营业的，比如“今日盘存”或者“清仓盘底”，都要挂个牌子。这个时候，他们把店门打开，是表示他们都在上班，没有偷闲，但实际是不营业的。还别说是上级有文件，要查假药，停止营业几天也是有道理的。类似情况岂止宜昌的药店！三三 O 医院那位上夜班的医生，要求我先做化验，我实在不能说她有什么不对。比较以后的许多医生，她算是仁慈得多的，只要求我做个化验。如果是现在，医疗科技飞速发展，医院的检测设备和手段是日臻完善，种类繁多，那是动不动就要验血、验尿，动用心电图、彩超、CT、核磁共振一类仪器设备的，而且一动就是要交几百上千的钱。怪只怪我当时身上没有钱，5 角多钱上什么医院！父亲多次对我说过“钱是人的胆”，出门尤其要注意多带一点钱，“宽备窄用”，不是在外面撒手用，而是以防万一，“一文钱难倒英雄汉”，这样的事是常有的。这一次我就遇上了。本来，出门时也考虑到“宽备窄用”，想到去来凤开一个会，带四十多元也绰绰有余，但是还要去张家界、襄樊，这一安排我是一点不知道。这又足见我的信息不灵。对于参加这样的活动，事先不获取相关的信息，是有后患的，有时会搞得很被动。

下周要集中进行整党，抓紧时间处理杂事，去建始师范办理补录手续，处理卫生系统定向招生的煞尾事宜……

局机关全体党员在工会四楼会议室开会，第二阶段的整党开始。管机关工作的敖局长说：“市委对市一级单位整党的部署是：9 月底第二阶段结束，10 月进入整改阶段，11 月底党员登记。前一段时间，市里其他的一级单位都进入了第二阶段的整党。这时候，我们教育战线工作正忙，市委同意我们推迟一步。第二阶段整党的重点是对照检查，但是，正式进入第二阶段以前，我们还有两课要补。第一课是进行彻底否定“文化大革命”的教育，第二课是端正业务指导思想。我们先要用两天时间补课，然后自己围绕为人民服务的宗旨、共产主义理想、服务全局的观念、遵守党的纪律等几个方面，对照检查，写成文字材料，星期六交卷。今天先补第一课……”

学了《中共中央关于建国以来若干问题的决议》和人民日报《就是要彻底否定文革》等几篇文章，然后从局长开始发言。听局长们讲“文革”，我似乎有一点新鲜感，因为这些年来，大家很少提到这个话题。我在想，“文革”离我们这些人并不遥远，在座的人都是亲历者，许多事情叫人刻骨铭心，但人们为什么平时都不愿多提呢，好像还刻意要把这段历史封存起来。究其原因，我想是这场运动对绝大多数人来说，是没有什么值得津津乐道的，更多的是刻下的道道伤痕。谁愿意去说自己当年如何挨打挨骂受批斗，又如何受愚弄，撕破面皮去斗争别人？谁愿意去揭过去的伤疤？人们偶尔也会说起，那都是在闲聊时候，讲那时一些无关痛痒，荒唐可笑的故事，一起寻开心。

现在整党，就是要在会上讲“文革”，一时还真不知道从哪里讲起。大家都在听局长们怎么讲，也在思索自己怎么发言。我想，如若要我说“文革”笑话，我可以说一连串来，比如，广播里说，打倒吴晗、邓拓、廖沫沙，社员听成“武汉的炖钵做得差”；什么秧苗抛在田里了，也要先“突出政治”，学习了毛主席著作再栽；还有红卫兵拦在路途，行人背不到语录便过不了路；斗争一位老师时，有人呼喊口号“打倒好吃分子”；还有十队社员杨松林想分队，工作队开他的斗争会，要杨松林自己说，杨松林慌忙站起来说：“最高指示杨松林说……”于是招来更严厉的批判：“最高指示是毛主席说的，你杨松林胆敢说‘最高指示杨松林说’！”如此等等。整党会毕竟不是几个人闲聊，我只好去回顾那不堪回首的岁月，一场灾难如何来临，又如何愈演愈烈……

平心而论，“文革”对我来说，是一段五味杂陈的历史，其中也不是全然没有值得去回味的。“文革”初期，我有机会参加了大串联，实现了走出恩施，穿巫峡过夔门壮游一次的愿望。正是这一次，我坐上了火车、轮船，到过重庆、遵义、株洲、武汉，火车上领略了桂林风光，轮船上看见了长江三峡的壮丽，尝到了黔江牛肉，彭水的糖醋鱼，涪陵的汤圆，贵州的米线……除此之外，我还学会了画巨幅的毛主席像，学会了在报纸上用排笔刷大字，今天写“打倒张三”，明天写“打倒李四”。但是，让我不堪回首的事是太多了。“文革”一来，我这么热爱党，热爱毛主席的人，头一天还是“劳动模范”“教育积极分子”，一夜之间就被打成了“黑帮”“反革命”，写检查，做检讨，受批判，我想做革命的动力，却成为革命的对象。我准备到生产队劳动，庠口的群众还相信我，要我继续教书。那时教书连课本都没有，得自己编印。“文革”中我在农村安家，父母在芭蕉镇没有容身的地方，也到了我所在的庠口。坏事也变成好事，“文革”中一家人安居在庠口，在外面世界风雷滚滚的时候，我们一家住在庠口的竹山湾，过着桃花源中人的生活，只是辛苦劳累。

今天，我作为一个共产党员，当然不能单从个人的体验和感情出发来看待这场史无前例的运动。今天，无论是从整个国家的命运，从人民群众的根本利益来看，还是个人家庭的遭遇，还包括我熟悉的许多人的命运来看，“文革”绝对是我们国家的一场规模空前，旷日持久的大灾难，必须彻底否定。1965 年 11 月姚文元发表《评新编历史剧海瑞罢官》，拉开文革序幕，紧接着批判邓拓、吴晗、廖沫沙，开始横扫大大小小的“三家村”“四家店”，“文化大革命”就这样首先向思想文化战线开刀了，教育界自然也首当其冲。我不知道全国各地到底有多少知识分子一夜之间就被打成黑帮、反革命，斯文扫地，又受到折磨和摧残。我只知道在深山老林教书的民办教师都打成“小邓拓”，我只知道芭蕉有的教师被吓死，有的自杀。紧随其后的是红卫兵运动兴起，横扫一切牛鬼蛇神。到 1966 年底开始“把握斗争大方”，批斗各地各部门的“走资派”。到这时，当过头头的，无论大小，上至国家主席，下到生产队长几乎都接受过批判。平头百姓，都要关心国家大事，参加革命组织闹革命，逍遥派的确并不逍遥。有的干部，这部分群众认为是革命的，而被那部分群众打成走资派，“挂”在那里，接受批判和教育。因为“观点”的不同，革命的群众又分成几派。一时间这一派是革命的，那一派是错误的。过不多久，案又翻了过来，这一派执行了错误路线，搞得灰头土脸；那一派又变成正确，于是扬眉吐气。在这样的情势下，人性已经扭曲，人们变得像疯子一样，一家人也会因为“观点”不同而争起来，闹起来，斗起来。从1967年到1969年，各地派系斗争如火如荼，到处打派仗，动枪动炮搞武斗，到处乱成一团麻，经常听到打死人的消息。斗争持续不断，学校根本无法上课，中央号召“复课闹革命”，但在这“万马战犹酣”的时候，哪一派都不愿善罢甘休，没有一个安宁的校园，没有一张平静的课桌。戽口的农民都直喊“毛主席收得手了”，可是总是收不了手，大运动还套着一个个小运动，1969年，全国知识青年上山下乡，实行“斗批改”，清理阶级队伍。各地斗争地、富、反、坏、右、叛徒、特务、走资派，让他们一站一排排，不缺一类。没有“特务”，要找一个“特嫌”斗争，没有叛徒，也要挖出一个曾经参加过地下党外围组织的人来充数。进入70年代，斗批改还在继续，经济到了崩溃边沿，中央提出“抓革命，促生产”。生产刚刚恢复，又来一个“反复旧”，接着批“三项指示为纲”，到了1974、1975年，索性来个“反击右倾翻案风”。一条极“左”路线一直延续上十年。这期间，我生活在农村，看到只有农民，不管你们怎么闹，他们为着生存，每日都脸朝黄土背朝天，耕耘、播种、收获。晚上，他们也不得闲，要在保管室记工分，一直到半夜。他们一年到头辛勤劳作，但是，从生产队保管室分到家的粮食总不够吃，还要细心经营那几分自留地，在房前屋后，田边地角种点瓜瓜豆豆，作为食物的补充。年底生产队分红，进不了几个钱，“超支户”不在少数。为了找几个油盐钱，他们要找门路，上山挖红根，在家削筷子，编制藤条器具，逢场天去出售。然而，这又成了“资本主义尾巴”，受到批判，必须割掉……在旷达十年的运动中，一些人今天是革命的，明天就变成反革命了，一些人今天是正确的，明天又成了错误，一些人今天斗争别人，明天自己又挨批斗，没有“过错”的人很少，顺风顺水的人很少，能够过上舒心日子的人很少。

只有经历了“文革”的人，才理解为何1976年粉碎“四人帮”，结束“文革”，人们那种内心的喜悦——那是人们熬过漫漫寒冬，看到冰雪消融，大地复苏，感受到人间转暖的喜悦；那是可以摘下沉重的帽子，脱掉臃肿的棉袄，变得一身轻松的喜悦；那是可以眯着眼睛，深望晴朗的天空，迎接春天明媚阳光的喜悦。“文革”已经过去七八年了，人们的生活渐渐好起来，都在讲改革，讲发展，讲致富了……在今天，再说“文革”，哪个愿意去提它？“文革”，那是做过的一场噩梦，过去的事就让它过去，忘记了更好……

是的，提起“文革”，绝大多数人都会后怕，更害怕“过七八年又来一次”。我真想对毛主席说，您老人家一辈子做了顶天立地的大事业，名垂千古；您马背上哼成的恢宏诗篇，让人五体投地……可您最最不该的是发动这个“文化大革命”，您一心想“反修防修”，却忘了“反左防左”，还说，“文化大革命”要“过七八年再来一次”，这是万万使不得的，这七八年，我们才刚刚过上安稳日子，如果再来一次，我不敢去想象后果。“文革”中，戽口一位农民说，“毛主席还是年纪大了，有些事情弄不清白了”，我看也是有道理的。人到了腰腿立不直，眼睛看不明，耳朵听不清的年龄，怎么会做到明察秋毫，耳听八方？又如何能够做到英明？这是自然规律，不是人们能够千遍万遍的欢呼敬祝，也不是阿谀奉迎之徒的山呼吹捧能够改变的。

“文革”必须彻底否定，“文革”遗风必须荡尽。我们这一辈人知道“文革”是怎么回事，我们的后代就不一定清楚，应该告诫后人，我们经历的两出历史大悲剧是千万不能重演的，那就是：大饥荒和“文革”。而这两出大悲剧的酿成，都与这两个字有关：极左。

快到中秋，还是买了一些月饼放在家里。如今，我们以及娃娃们似乎都不稀奇这冰糖月饼了。但是，中秋不吃月饼就像没过中秋节。大的两个，旭娃和荞荞，虽然不知道五十年代末六十年代初的大饥荒，但也是从“文革”中的生活困难年代过来的。那时候，别说吃糕点，他们就是想吃一点“尽米饭”，吃一点豆腐，吃饱一餐肉，都很难。那个年代，买糕点既要钱还要糕点票，月饼更是稀罕之物。他们都知道，月饼是多么珍贵的东西，每年要到中秋节的时候，发了月饼票，买几个回来。他们一旦得到一个月饼，那是两只眼睛都发亮了，细心地把浸透油渍的纸拆开，恨不得把头埋在月饼纸里，一点点细细品尝。到最后则是仰着头，把剩在纸上的粉末全部倒进口里，用舌头把粘在纸上、嘴唇上的全揽进嘴里。爷爷看见了，往往取笑说：“八 rue 十五吃 rue 饼，喝 rue 茶，rue 吃 rue 有威。”原来，爷爷过去有一位同事，是黄陂人，说“月”“越”“热”都发“rue”这个音，他说的是：“八月十五吃月饼，喝热茶，越吃越有味。”

吃月饼，听爷爷讲笑话，自然是娃娃们最快活的时候，只是这样的时候太少。现在说起来还真是心疼，他们小时候不仅糖食糕饼很少吃到，而且几乎没有任何零食可吃，所以常常是等不得饭熟就喊“我饿哒”。这时候，旭娃的办法是啃红苕，荞荞是吃“米坯子”。做米饭，办法很多，可蒸可煮。蒸饭要动用甑子，比较麻烦。煮饭一般有两种办法，一种是把淘尽的米放入适量的“痱子水”（将要烧开，锅底现小气泡的水）中，盖上锅盖，直到煮成熟饭，这是煮“闷锅饭”。“闷锅饭”自然是尽米饭。当年在庳口，是少有人这样做的，没有人家能够吃上尽米饭。因为那时大米很金贵，多数人家分得一点稻谷，大都要留在过年过节的时候吃，平时多半是吃尽红苕，或者尽洋芋，他们戏称是“大大米”“打得破锅”的大米。好一点的人家，可以在红苕洋芋上再撒一些苞谷面。我和父亲的口粮有一半是大米，要吃尽米饭也不可能，一般要在锅底先放进红苕或者洋芋。所以我们经常采用另一种做法，就是在大米煮得半生不熟的时候捞起来，舀到筲箕里，将米汤滤出。米汤可以用来做汤菜，比如和萝卜一起煮。庳口有这样一句话，就是“一行服一行，萝卜服米汤”，可见这是一道绝配的汤菜。筲箕里未熟透的米，就称作“米坯子”。等菜做好了，最后一道工序才是把红苕或洋芋砍成块，下到锅里，羼水，再把米坯子覆盖在红苕洋芋上，加火烧熟。那时候烧柴火，要完成这个“生米煮成熟饭”的过程需要的时间不短。往往就在这个时候，荞荞看见筲箕里有米饭，就像格外饿得慌，连连喊“我饿哒”。也是爷爷奶奶心疼她，娇惯她，一听到她喊“我饿哒”，就给她把筲箕里的米坯子捏成一个圆粑粑，放到灶火里烤熟，叫作“饭粑坨”，让她当作点心先“押一口”。到后来，爷爷奶奶刚把米坯子捏成团，她就等不得在火上烤了，要直接要拿来吃。爷爷奶奶说“要烤熟了才吃得”，她不依不饶硬是要。荞荞的消化力也真强，半生不熟的米坯子吃下去还安然无恙。就这样，米坯子便成了荞荞唯一的点心。旭娃这时候常常还在学校挨饿，而且他的肠胃不怎么好，也没有荞荞这个吃米坯子的本事。也许荞荞是我亲自接生的，脐带手术做得很成功，而旭娃是在医院生的，那女医生只顾给实习生讲课，让旭娃凉了肚子，月子里还脐带流血，导致以后消化功能不如荞荞。说这事也不是说我有本事，是说当医生的，一个简单的手术都不可疏忽大意，否则就害人。

话有些说跑了题，还是说娃娃吃点心。说到最小的那一个——昶昶，是在 1978 年出生的，他就比大的两个幸运多了。三个娃中，只有他好像很少喊过“我饿哒”。在他能够吃点心的时候，家里的点心虽然不多，但已经不是特别稀罕的东西了。到了现在，糖食糕饼早已不是稀奇，糖果有各式各样，什么奶糖，软糖，巧克力，还有一种叫酒心巧克力的。荞荞对糖果的爱好已经不在吃，在于糖果的包装纸。他们一些同学，把不同的糖纸收集起来，比比谁的品种多。糕饼的种类也多，娃娃们不怎么喜欢饼干了，如果是鸡蛋糕、蛋心圆，牛奶酥之类还可以。现在，小家伙昶昶，更是有点“叼嘴”（挑食）了，看到我买回的冰糖月饼，他还爱理不理的——算了，等到中秋、国庆集中放假的时候，两个大家伙回来……

中秋、国庆三天假，旭娃只在家里待了一天，就上学去了，说在家里学习不如在学校学得进去。娃娃在家待不住了，我在家里有些感到闲得无聊。想当年在庠口时，有这样的假日，早就上山砍柴去了。这让我想到家里蜂窝煤也是不多了，便去买煤。偏偏还没有煤卖，让我空手而归。要我甩脚甩手地玩，真还不习惯，于是到办公室填写省教育厅下发的关于农职业中学情况的报表，以便上班后全心全意参加整党。

整党进入对照检查阶段。要求是每个党员对照宗旨、理想、全局、纪律四个方面做自我检查，要在“像、准、实”三个字上下功夫，就是把自己的“像”要画像，把存在的问题找准，说得实实在在。

刘局长的对照检查，一共花了两天时间，第一天是代表局党委集体作对照检查，然后大家评议，第二天是他做个人检查，然后又是大家评议。每个党员发言评议，都很严肃认真，共同的看法是刘惠民同志的对照检查，无论是集体的还是个人的，都既像，又准，且实。有的同志肯定，局领导工作辛辛苦苦，忙忙碌碌，上下应付，做了不少工作，完成了不少任务，取得不少成绩，应该充分肯定；主要问题是：穷于应付，工作比较被动。也有同志说，刘惠民同志工作能力强，但是有不安心的问题，多次说搞行政工作没有意思，不如在学校工作有味道，又埋怨恩施市教育经费少，才 500 多万，利川都有 750 多万。这都不利于工作，应该面对现实，全心全意担起重任，发挥聪明才智，做出更大成绩。有同志建议，要建立一套有效的行政管理制度，建立局长办公会议制度，分工负责、分权落实，主动抓几个带全局性、倾向性的问题。

几位局长依次对照检查，每讲完一个，大家认真进行评议。在党的会议上，我也履行民主权利，对每一位都进行了评议。我好像还有些不习惯这种过于严肃的气氛和单调的发言，在轮到评议工会主席赵鸿昌同志的时候，我先给他一副对联：“下江南，入鄂西，踏遍青山，忠心耿耿，劳苦功高；到学校，进课堂，培育人才，硕果累累，德高望重。”赵主席是河南人，南下干部，我在凤凰山读初中，他是学校党支部书记，我在芭蕉教书，他是芭蕉文教组组长，是我几十年的老领导，还是我的入党介绍人。在评议时我肯定了他不倦的学习精神和一贯坚持党性原则等优点，也直言了他的不足：有时执拗任性，原则性有余，灵活性不足；处理问题不及时，不果断；建议加强调研，发挥教育工会的职能作用。

庠口有一句俗话“抱起别人的脑壳好摇”，意思是，说别人如何都好说。这个整党会上，是既要摇别人的脑壳，又要摇自己的脑壳，还要老老实实让别人摇自己的脑壳。我一直在摇别人的脑壳，轮到我对照检查，摇自己脑壳的时候，已是10月中旬。这还是提前了的，因为州里组织对我市的普及教育验收，已经进入总结阶段，我要去听总结。

我做自我检查说：“能够加入中国共产党是我多年的愿望；入党不久就参加了整党，接受党性教育，这是我的幸运。党的十一届三中全会以来的种种进步和变化，使我更加认识了我们党的伟大，感到国家有前途，民族有希望，个人心情舒畅，只觉得自己再做多少工作都应该。前面一些同志的对照检查给我做了样子，本人对照宗旨、理想、全局、纪律几个方面，存在许多问题和不足：第一，缺乏全心全意为人民服务的精神，存在雇佣思想。教育股事情多而杂，在不堪重负的情况下，几次冒出去学校教书的念头；今年市二中的招生工作遗留问题多，工作被动，都是自己事先没周全考虑造成……第二，缺乏工作魄力，存在畏难情绪。中教改革要我提头，面对太多的困难，繁重的任务，我只能眼看着农职中的领导和教师在苦斗，自己却没有开拓精神，拿不出什么办法……”我是照着刘局长的样式讲，也讲的四个“缺乏”和四个“存在”，不过，都是检讨我自身存在的主要问题。

同志们评议很认真，评我的长处：思想开明，襟怀坦白；作风正派，实事求是；工作不分分内分外，任劳任怨；艰苦朴素，有“老百姓本色”；平易近人，联系群众；带领全股同志，团结齐心，工作有商有量。还有同志发言，说我初到教育局有很长时间是全家五口挤在一间小房间里，从不叫苦。这使我很感动，记得有哪一位伟人说过：少说一些漂亮话，多做细小平凡的工作，哪怕针尖般的成绩，都逃不过群众的眼睛。同志们指出我存在的问题和不足，主要是：工作不大胆，魄力不够；事前研究不够，市二中今年招生出了不应出的问题；教育股是教育局的中心股，不是一般的业务股，应该起到得力的参谋作用，要议大事，懂全局，研究教育规律，加强调查研究，提出意见和方案，采取得力措施，加强管理，指导各级各类学校，提高教育教学质量；要加强党的基本知识的学习。

我感受到同志间的真诚，组织里的温暖。

州里组织来凤、宣恩两县的人员，对我市的三岔、白杨等单位的普及教育验收已经进行了一个星期。他们来的时候，是我去接的客，他们下乡工作的时候，我们在关门整党。今天周六了，白杨组将作检查验收的总结。

坐在去白杨的早班车上，清凉的晨风，扑面而来。路旁乌桕微丹，柿子橙黄，峻岭叠嶂，枫叶如花，心情好不舒畅，不觉道出一句“天凉好个秋”。想来，这是辛弃疾的一首《丑奴儿》，全词应是：“少年不识愁滋味，爱上层楼。爱上层楼，为赋新词强说愁。而今识尽愁滋味，欲说还休。欲说还休，却道天凉好个秋。”这首词平白如话，却十分动情感人。不过，我不认同“少年不识愁滋味”的说法，外国有“少年维特的烦恼”，我更是从少年到青年，不知尝到多少的愁滋味：年纪轻轻尽是病，几次高考都没门，运动一来就挨整，愁吃愁穿愁安稳……那是早早地“识尽愁滋味”了。今天，我倒不是“却道”天凉好个秋，而是真切感受到秋色的佳美，实在是“天凉好个秋”。其实，岂止我是如此，我们这一代人大抵都早早“识尽愁滋味”：北大荒的北京娃，石河子的上海娃，恩施的武汉娃，芭蕉的城里娃……千千万万的大娃小娃，都是感同身受的。我们这代人与辛弃疾的“少年”和“而今”际遇不同，我想，应该来一个“反其意而用之”，也填一首《丑奴儿》，但是，我没有这个能耐。

下车，径直走到教育站，我们股的小杜，一直陪检查组在这里工作，已经一周了，他高兴地向我迎来，如同见到亲人。会议室里，白杨区龚区长，谭委员在座。检查验收组的成员十多人，有来凤来的同志，多数是本市其他区镇抽来的。

汇报会开始，各验收小组发言。我一心一意当“听长”，做记录。先是验收耿家乡的同志讲：

一、四率达标情况。全乡 807 户，8 367 人，0—6 岁 914 人，7—11 适龄儿童 981 人，已入学 973 人，丧失学习能力 8 人，入学率 99.1%；在校学生，上学年上报数 1 241 人，本学期在校……四率基本达标。

二、采取的措施。一是大力宣传，二是实行“三包”，三是提高民办教师报酬；四是建立教学常规制度。

三、存在问题。四率数据乡党委没有“哈数”（底细），校长也不清楚，要找会计；文化户口普及册中，有已超龄的放在适龄数中；“一无两有”没达标，“两有”谈不上，教师只有 9 人有住房，多数教师八点半到校，下午三点多骑车走了；回龙观有 100 名学生没有板凳坐，课桌也差……

以后是各个检查验收小组依次汇报。听这个检查汇报很吃力，主要是数据多，一是一,二是二，稍有恍惚，就出差错，很难准确记下来。我想，反正表册上都有，我其实只要记下一些情况，特别是记下存在的问题就行。于是有如下一些记载：

康家乡：两个村三所小学，基础工作都做得比较好，达到合格要求。主要成绩是：

四率达标，表册健全完善；

五项基础工作做得比较好。一是乡党委重视，分级管理落到实处，有人专管，建立了相关村规民约；二是教师都达到初中以上文化程度，达到高中、中师程度的有 17 人，民办教师报酬落实，教师团结精神面貌好；教学秩序稳定，各类计划，各科备课齐全；办学条件比较好，基本实现“一无两有”“三新四化”；四是全面贯彻党的教育方针，教学质量较好。五是环境卫生好。

主要经验是：“四抓”“四定”。

董家乡小学：学校缺音乐、体育设备，乡党委表态说，尽管我们“一无所有”，也要实现“一无两有”；突出的问题是教师业务水平差，上课是东扯葫芦西扯瓜，习作例文当作讲读课教。

黑林坝小学：教师自己动手建造 16 丈围墙，砌花坛。

响板乡中心小学：四率基本达标，但资料工作做得较差。27 名教师中，民办教师 16 人，部分报酬未兑现；领导班子不够协调一致，管理水平低，个别教师缺乏责任感；没有什么体育设备，体育课存在放羊式。

汇报会扎扎实实，开了一整天，还有哪些人说了话，就不一一细说。晚上是看电影《太极神功》，在城里是很少看电影了。

验收组的同志出门多日，也是归心似箭，大都乘早班车进城了。我想来一次白杨，应该要到六中和白杨中心小学看一看，反正今天是星期天，便留了下来。

今天恰好是白杨坪的逢场天。狭窄的街道，挤满了人，已经看不见街道上的石板。卖肉的案子很多，猪肉无论肥瘦，有骨无骨，都是 1.2 元一斤，比恩施城便宜 4 角。我感叹白杨坪的肉又多又便宜，旁边区公所办公室的虞主任说，如果是买猪蹄肘，还要便宜得多。说起这么便宜的猪蹄肘，我颇感兴趣，便掏了三块钱，请她帮忙称几斤。虞主任叫虞美清，是个热心快肠的人，听说当年“农业学大寨”的时候，她是白杨坪有名的“铁姑娘”。她转身就挤到肉案子那边去了，不一会就提了三斤多猪蹄肘来，说买成八角钱一斤。

去六中，同行有柯、肖两位站长。柯站长叫柯友权，是个经验丰富，处事老到又说话风趣的人。肖站长叫肖德顺，原来是熊家教育站的副站长，“拆社并区”时，熊家并入白杨，他便到白杨站任副站长了。我到教育局不久，第一次到熊家公社就认识他了，并且认识了他的妻子孙今仙，是传美高中时的同学、好朋友，经常挂在嘴边的“仙仙”。

好久没到过六中了，学校起了变化，最大的变化是学校修建了水塔，解决了原来师生用水的困难。听白杨的同志说过，过去六中的学生比别处的学生多带一门东西——塑料壶。他们要从很远的地方打来水，还要谨慎地存放在箱子里，准备煮饭和饮用。这座水塔一修，解决了一个大问题。柯站长说，白杨坪大部分地方是岩壳地，保不住水，缺水是突出的问题。现在还有九根树、熊家岩几处都有中学，缺水问题仍然突出，寄希望于市里的人畜饮水资金能帮助解决。

此行到白杨，我的感觉是：学校都不断有些变化，在往好的方向发展，但是就如白杨坪缺水一样，还差课桌凳一样，还差房子一样，要解决的问题还多得很啊。

白杨小学紧靠教育站，“仙仙”现在就在这里教书，今天她在忙着给我们办招待。他们有一双儿女，女儿上中学，男孩上小学，一家很是幸福。我对肖站长说：“你们现在很安逸了，教育站和小学一墙之隔，比那时在熊家岩近便多了。”

肖站长笑着说：“嘿嘿，你只看到强盗吃肉，强盗吃苦的时候你不晓得。我们搞了大半辈子，现在才挪到一起。你在熊家岩看到的时候，那就是好的了，我们也就只隔一个山包，早晚都有个照顾。我给你讲，我和老孙两个是在咸丰师范时的同学，毕业后她分配到民政局办的芭蕉福利院工作，我回到熊家岩教书，两头扯得无远八远。这还不说，‘文革’开始，我们刚结婚，她因为家庭成分不好，一家伙下放到了沐抚，还更加扯远了。你看，我要到沐抚去，先要从熊家岩到城里是几十里，城里再到沐抚是百多里，那时又没有什么车，全靠走。我们好久见不到一次面，连信息都不通，这样分居是好多年。记得有一年放国庆假，我天没亮就出门，到沐抚去。走到城里天才亮，走过屯堡，再爬那架大山，太阳都要偏西了，人也累得精疲力竭。事情也就这么巧，走到马者，碰到老孙对面走来，她说她是趁国庆假到熊家岩去，怪我先也不讲一声。我说，我哪门给你讲？你又怎么不给我讲？这一回，两个人半路相逢，老孙还大哭了一场。我说，算了，算了，没得哭场了，今天就算我们的运气好，要不然你我若是哪一个从大山顶那条路走，两个人错过了，你到熊家岩找不到我，我在沐抚又找不到你，真是喊天啊！这里到你沐抚近些，你向后转，我们一起在沐抚过国庆节去——嘿嘿，我们也是过了一些苦日子的呢！”

可惜仙仙做的几门好菜，我不能细细品尝，看到快到五点，慌忙丢掉碗筷便上公路。恰好最后一班即将开出，只是进城的人太多，我一直挤在人堆里站着，再也没有闲心欣赏窗外的景致，吟咏“天凉好个秋”的诗句了。

全家人都很忙。三个娃，大的两个，旭娃读高三，荞荞读初三，都是毕业班的学生了，学校抓得很紧，他们自己也不敢懈怠。旭娃这学期都是每个周六回家洗个澡，吃餐饭，周日早上六点半就又去学校，比我们当年是紧张多了。

昶昶也忙起来了。有个黄大哥，送给我们一麻袋泡沫布。那是鞋厂做衬布剪下来的边角碎料，红、黄、绿、蓝各种颜色都有，传美是要来镶沙发垫子的。昶昶发现了这东西的用途，拿在手里随手就剪出一些人物、动物来，而且形象逼真有趣。他这个手艺竟然引起左邻右舍小朋友的兴趣，大芳、小芳、夏子、蕙蕙一帮娃娃，都向他要作品，有的要个米老鼠，有的要个唐老鸭，有的要一个普鲁托。他也来者不拒，尽量满足。那时候电视正在热播《米老鼠和唐老鸭》，一时间，许多小朋友喜欢他的作品，有时候还要排队等候。如今，他也是上了一年级的学生了，每天还是要做点家庭作业的。只是到了晚上做作业的时候，本子和笔摆在面前，却不知如何下手了，因为他忘记老师布置的作业题是哪几道。到了这时，便要跑去问汪洋——当然，不是时任国家海洋局局长的那个汪洋，也不是几十年后当国务院副总理的那个汪洋，而是他的同班同学加好朋友的那个汪洋。等到昶昶把作业题目弄清白，把作业完成，也是很晚时候了。

我们两个大人，也都到了大忙时节。传美不久要去咸丰面授学习，先要考现代汉语和现代文学两门课程。她白天要忙备课、上课、批改作业，晚上睡得很迟，要赶自己的作业，复习备考，真是瞎子打婆娘——松不得手。

我的事情也扎成了堆。全国教育工作会议之后，省里相应召开，现在，市委决定召开全市教育工作会议。我的任务是参与大会材料准备，组织、修改经验典型材料，起草《恩施市普及九年制义务教育的实施意见》。要写出这个《实施意见》还不是个简单事情，须得按照历年出生人口和现有各年龄段学生数，按照到 2000 年基本普及九年教育的目标，进行一系列推算，再结合我市各区镇实际，确定分步实施的方案。这对我这个害怕数据的人来说，是个不轻松的事情。《实施意见》还没有完成，中间又穿插着一些临时性活动:《湖北教育》编辑部刘、王、胡、尹四位同志来，听他们讲信息，陪他们去学校听课；省教育厅职教处林处长和小徐同志来，谭市长汇报，李局长和我参加，陪同他们去土桥职中，又接了一个写材料的任务——《关于土桥职中办学方案的报告》。《实施意见》经领导讨论，刚刚修改定稿，李局长在局务工作会上，又交给一个任务，起草《会议总结报告》。

哈雷彗星 76 年接近地球一次，这个 10 月 27 日是最佳观测日，此生此世也就这一次，但是，我实在无暇目睹她的风姿了。

光福领受了恩施市出席全州体育运动会乒乓球代表队教练的任务，整天忙于训练。昨天，股里小杜，家里的传美，都去咸丰参加面授去了。全市教育工作会议召开的日子迫近，我和老康，还有办公室的华林等几个材料组的人，星期天也不能休息，在加班赶印大会材料。

晚上翻开年历本，才注意到，今天是“11 月 3 日，星期日，农历九月二十一”——正是我 43 岁生日。我一直没有过生日的习惯，二十多岁的时候，还很害怕这个日子的到来，只觉青春又被送走一年，心中充满惆怅。以后是常常为生活所迫，将生日忘记了。我家其实都没有过生日的习惯，传美几时过生我没记过，她自己早些时候把生日还记错了，后来查对万年历才弄清楚，却也是常常忘记。只有父亲，在生活特别困难的那几年，为想吃一餐好的，每每提醒母亲，几时是他过生。母亲想法满足他的要求，又当着我揭他的老底：他就是“好吃”，一年还要过两个生，阴历一个，阳历一个，就是要弄一点肉吃。过生日，吃点好的，在过去恐怕就是人们普遍的追求。戽口就有这样一句话：“大人过生一顿嘎（肉），细娃过生一顿打。”在细娃也想学大人过生，吃点好的时候，大人每每用这句话教训小孩。现在，吃肉不是稀罕，父亲似乎从没提起过生日的事，更没有学别人接客庆生，哪怕是七十多岁的高龄了。现在的我，更是常常忘了过生，有好多次过生日都是在外出差时候，回来过后偶然翻开年历，才知道生日已过。不过心中并没觉得没有什么不好。今天这个生日过得更值，很充实的，所有材料，除了我起草的《总结报告》还没有出炉，其他的都打印装订成册。四十几岁正是一个人做事的黄金时间，唯愿我的身体好一点，多为社会做些事情。前天听人事科的戴同志说，教师调资之后，行政人员的调资工作也快要进行完毕。这次“套级”，每人在原工资收入基础上增加 20 元左右，在下月发工资时可以兑现。这又是一个鼓舞人的消息。

国家在发展，人们的生活水平在不断提高，几年时间的变化，许多人现在是天天都可以“过生”了。记得 1980 年在火花中学，元旦假后发工资，谭老师说，我们这批民转公的教师，已经转正定级，我的工资从原来二十多元，增加到三十多元，我高兴道：“我们这些老民办，感谢党的政策啊——我们都使力，为中国人均年收入达到 2000 美元奋斗！”五年时间，我正是在这样使力，五年时间我的工资收入也在翻番增加。五年，再五年，我还要继续使力。

中央讲师团给我市分来四人，一人去师范，两人到市一中任教，还有一位是纺织工业部的王工程师，广西人，说话不很好懂，一时不好安排，住在教育工会招待室。我见他孤独一人有些寂寞，便和他闲聊，知道他是搞电子计算机的。他说，他的确有些寂寞，但更多的是忧虑。在现代社会，他们干的这一行，专业知识和技术更新得相当快，别说一年两年，就是两三个月就跟不上趟了。王工给我上了一课，虽然我不是做科技工作的，但是，在“知识爆炸”的今天，每个人都必须注重不断知识更新，不能停止学习的步子。前次，《湖北教育》编辑部的几位老师来，讲了不少外面教育改革的信息，我意识到自己忙于日常事务，疏于学习了。

写《总结报告》的任务还没有完成。据市领导说，这个会的规模之大是新中国成立以来少有的，各区（镇）长、乡长、站长、校长都会参加，而且是为恩施市未来十五年教育发展打基础的一次会议。怎么把这个报告写好一点？我想除了和局长们磋商的那些基本内容，自己还要注意两条，一是要有认识上高度，要站高一点，视野放开阔一些；二是要切合本地的实际，要参加会议，了解实际情况，说恩施市的话。要做到这样，光凭自己坐着苦思冥想自然是不行的。于是，我没有急于动笔，而是搜罗了大叠全国各地教育杂志，一本本认真翻阅，发现里面确有很多好的东西，感受到了教育改革嘭嘭跳动的脉搏。4 日大会报到，晚上召开预备会，我去参加了，回来开始排头起稿，打了一个夜工。第二天上午是李贵生书记的动员报告和谭世湘副市长的传达，我也听了。下午讨论，我也参加了。晚上有美国电影《温柔的怜悯》，我不管它怎么“温柔”，继续写稿。接着是吕成宗市长主题报告和下午的讨论，我都参加了，晚上还参加了碰头会。接着打夜工继续写，草稿一气呵成。到会议第三日，是刘局长讲话，他几次说道：“这个问题，蔡书记在总结报告中还要详细讲，我就不多说了。”我幸亏来听到了，他说的这个问题我哪里帮蔡书记在讲稿中写进去？于是，又在稿子里面加工，补上了这一要“详细讲”的内容。

《总结报告》在会议结束的头一天晚上，经过蔡书记，谭市长和几位局长审核通过了，第二天上午誊正，交给了蔡书记。下午蔡书记拿着厚厚的一叠稿纸，做总结报告。蔡书记叫蔡万顺，市委副书记，是个很精明的人，口齿伶俐，说话幽默，报告的效果不错。

会议结束，时间尚早，蔡书记来到局长办公室，大约要和局长们商量什么事情，见我从门口过，便招呼道："吴先生，你来哟！"我在对面坐下，他说："你稿子里有几句顺口溜，还很有意思，'早晨一回草，下午一回柴，跟到学生去，跟着学生来'。我讲的时候，还加了一句，'有时学生到了校，老师还没来'。现在的确存在有些农村老师缺乏责任感的问题，不仅民办教师，还有公办教师，有条件住校也不住。这个状况不改变，直接影响群众办学的积极性，你叫别人怎么尊师重教。这个顺口溜是你自己编的还是别人说的？"

我说："哪里是我编的？就是前天下午参加分组讨论的时候听来的。"

蔡书记掉转话头："你是个文人，有人出了一副对联，上联是'白杨倒吊风吹十里撒毛'，下联还没有人对出来，你来把它对出来看看。"

他说的这个上联，叫我一时还莫名其妙，便问道："什么意思，哪几个字？"

他随即向我解释："这是白杨坪的几个地名组合起来的，白杨坪有个地方叫'倒吊子'，一个地方叫'风吹垭'，还有个'十里铺'，一个'撒毛弯'。把几个地名连起来，说白杨树开花，一串串倒吊起来，风一吹，花絮到处飞舞，就像撒毛一样。"

听他这一解释，我才明白其中的奥妙，连说"绝，绝，绝！是你自己编的，还是听来的？"

他说："我哪里有这个才学？我是白杨坪的人，这些地方都熟，很早就听人说起这个上联，觉得实在做得好，就是还差一个下联，我请过好多人对下联，没有一个对出来，你来试试看。"

我说："这怕是出的一个'绝门对子'，又要是地名，又还要有点意境，难，难，难。"

"不忙嘛，时间不限，一年两年都行，你慢慢想吧。"

——此后，我一直没能对出这个下联。倒是这个地名联，对我在两年后的教师节，写那首《乡曲》产生了影响。时隔二十多年后的 2011 年，我偶然在公交车上同蔡书记相遇，他已在巴东任县委书记县多年，又到州政协，并从州政协副主席的位置上退休。如今，他迷上的是摄影，还在忙忙碌碌，踏遍青山，为影集《鄂西林海》准备作品。我问起当年他出的这个上联，有人对出了下联没有，他连连摇头:“没有，没有，难倒‘一坝坝’的人了。”

也许是王工的忧虑对我的提醒，也许是《湖北教育》编辑部的老师们吹来的信息对我的启发，总之，我意识到要学一些东西，要不断补充知识，更新知识。因为要写总结报告，翻阅了许多教育杂志，得到不少意外的收获。其中之一便是看到《上海教育》上刊载的教育心理学知识竞赛题。从中我发现许多的问题，自己是茫然无知。一下来了兴趣，决心来做做这些竞赛题。我去图书馆，借了一本《普通心理学》，又在书店折价旧书中选了一堆有关教育学、心理学、教育史之类的书，花了 16 块多钱。

大会以后，单位的安排是整党学习，做自我总结，工作也是临时性的，不算紧忙。我对着竞赛题，翻阅资料，寻找答案。每做完一题，就换来一点满足感。

天气已是很有一些冷了，传美也回来了。晚上，我们生起炭火，大人细娃各霸一方，荞荞、昶昶做他们的作业，我们各做各自的事情。我自然是学教育心理学，什么维果茨基、皮亚杰、夸美纽斯、马卡连柯等等名字就在脑海回旋。直到现在，才对这些教育家的贡献有一个大概的眉目。我没有受过正规的师范教育，教育学、心理学是空白，函授进修也没有开设这两门课，只有自己这样补上来。当然，我不认为学了这两门课的老师，教学效果就一定好；同样，也不认为没学这两门课的教师，教学效果就一定会差。这有许多实际例子可以说明，这是个比较复杂的现象，不是几句话可以说清楚的。但是，教育理论的学习一定有助于一位有实际经验的教师更上一层楼，这又是毫无疑问的。一个从事教育工作的人，对教育理论茫然无知，也是可以做许多的工作的，但很可能成为一个忙碌的事务主义者。

我居然把《上海教育》上的竞赛题做完了，还趁着去州体委开会的机会，把答案邮寄了出去——我没有指望获奖，我只是以此接受教育心理学的启蒙教育。

第十四章　飞雪迎春

（1985 年冬—1986 年春）

1985 年教育方面的检查验收，一拨接着一拨：一无两有检查验收，成人教育扫盲验收，普及初等教育检查验收，从这几个区，转到那几个区，一批批轮番开展。我刚刚参加了城区学校传统体育项目检查，又去教研室研究教学工作大检查的事。

教研室三楼会议室里，二三十人济济一堂。李局长把教学检查的目的，内容，方法，日程，人员分组等事项详细讲了，连每天每人补助 1.1 元生活费，自己交 0.5 元，伙食标准是每天 1.6 元，不要搞铺张浪费等等安排和要求都讲了。胡局长接着补充，要提高对这次检查的认识，另外还要检查人事工作方面的四项内容，了解思想政治工作七个方面的情况。刘局长最后讲了三点意见，然后宣布散会。

人们开始离开会场。刘局长也站起身来，把笔记本一合，带有几分自嘲的味道对李局长说："这，这，这个检查，那个验收呀，也是太多了，就像搞'大扫荡'的，皇军走了伪军来，伪军一走中央军又到，下面的人怎么经受得了？我们是不是在搞形式主义啊。"李局长带着浓厚的武汉口音，无奈地笑着说："么办呢，有些检查验收是省里、州里安排的，你说不浪（让）检查？教学工作检查是年初自己计划了的，你说取消？今年也就只能是这么'扫荡'出去了。"

几个人笑着离开会场，各自去做"扫荡"前的准备。

全市教学工作检查，先以城区为试点。我是和教研室康德芬老师等 11 人，检查小渡船办事处4所小学1所中学。我不想细说这次检查是如何“一听、二看、三查、四访”，检查“备、教、辅、改、考”各个教学环节等等情况，只想说说对小渡船的印象。

这三天时间，都在小渡船检查，而且是每天早去晚归，而且须得步行去，步行回，对小渡船加深了印象，有了一些了解。

小渡船属城区边沿地带，出北门，沿着飞机场西边的道路往北走，大约十几里路程，有个清江的渡口，叫“小渡船”，以后这一带地方也叫小渡船。小渡船之所以称“小”，我猜想是与东门外的渡口相比较而言的。东门外渡口位于城市人口密集区，在清江上没有桥的时候，是舞阳坝乃至东乡进出老城的要津。就是恩施清江大桥建成以后直到现在，这个渡口依然繁忙。小渡船离城还有十多里，虽然也是西、北两方入城的必经之地，但过往行人远不如东门外渡口众多。在六十年代末，七十年代初，小渡船渡口上架起了一座石拱桥，当年特别时髦的字是“红”，于是，将清江的颜色由“清”改为“红”，取名“红江大桥”，以后这一带也就叫“红江”了。“文革”以后，恢复小渡船的地名，但是年纪大一点的人，叫顺口了，有人还给这一带叫“红江”。1982年，这里包括五峰山，都划为城区小渡船办事处。小渡船办事处的范围恰好对舞阳坝、六角亭构成新月形包围圈。按照市城区建设规划，这是恩施城区拓展的区域，将来还会成为城市的中心。由此我看到了恩施城的发展轨迹是自西南到东北：六角亭——舞阳坝——小渡船，逐步延展。我刚到教育局不久，曾经骑着自行车到过小渡船中学，路面是黄泥铺石子，汽车走过，尘土飞扬，很难走也很难受。后来听说配合城市发展，这条路要扩建，修成三十多米宽的大道，因为靠近飞机场航空站一方，所以叫作航空路。对此，许多人发议论：“恩施好大一点城，有几辆车子跑？修这么宽一条路搞么子，不是浪费钱财么！”今后的航空路修成什么样我不清楚，问题是我们这次去检查，连自行车都无法骑，因为真的在修大道了，到处挖得乱七八糟，稀泥乱浆。

我们去小渡船，全靠两条腿走。我看到未来航空路的两旁，如今是黄土一片，土岗上枯黄的苞谷叶，在寒风中摇曳。路边零星几幢矮房，让我很难想象，这里何时可以变成街道。

我们溜溜滑滑走了十几里路，到了小渡船小学，人也是有几分累了。小渡船小学在红江桥附近，狭小的场地，简陋的校舍，与四年前比较几乎没有什么大的变化。现在学生有 12 班，605 人，主要是厂矿和飞机村的子女。教职工 31 人，26 位专任教师中年轻人少，有病的多，没有音乐、体育专职教师，没有达到学历要求的还有 7 人。听说，形成这种局面是有历史原因的。“文革”中这边的小学、中学成为城区教师的“流放地”，一些运动中被认为有问题，或家庭出身不好，或资产阶级教育“黑线人物”，调到这一片来，其中有相当一批是很有能力的大学生，好教师。但是，那时候主要是学工、学农、学军，却没有多少书教。“文革”结束，这一批人一下子香了起来，前前后后调走不少，只有年纪大一些的，家靠近这一方的留了下来。然而，就是这样一批教师，在办学条件简陋的情况下，从校长到教师都不甘示弱，各项学校工作都比着舞阳坝、六角亭的学校干。校长艾显银，副校长王义佩都担任主课教学，老师们研究教学形成风气，不仅在校内相互切磋，还经常去别的学校听课学习，在城区学校开展的什么体育运动会，普通话教学成绩观摩会，文艺演出等活动中，他们总想争个上游……这很让我感动，虽然他们的工作成绩并不算十分优异，但他们却非常努力，我没有心思去找他们的差距，更多在想：城区三个办事处，学校教育也要三足鼎立，而小渡船这一“足”，天生的短了，今后如何加长，让整个城区这个“鼎”放得平稳呢？这也非一日之功啊！

——令我想象不到的是，第二年教育局和其他市里的单位都在小渡船修房子了，随后两三年市直大部分单位都相继迁往小渡船。进入九十年代，小渡船一片的黄土岗不见了，被鳞次栉比的楼宇代替，航空路两边店铺一家接着一家，真的成了街道。小渡船小学也随之不断长大，小渡船教育这一只“足”也加长了，与舞阳坝、六角亭这两只“足”等高低，城区教育这个“鼎”开始平稳了。还让我想象不到的是，清江河上，清江大桥变成了姊妹桥，东门渡口侧旁修了黄石大桥，东门渡口也因此废弃。沿河而上，更修了风雨桥、彩虹桥、施州大桥、红旗大桥等兄弟桥，人们恨不得给清江河加上盖子了。进入新的世纪，施城铁流滚滚，还经常堵车，人们又有议论了：“航空路也是修得太窄了，都是当年主事的人思想太保守，缺乏发展的眼光搞的事。”到了此时，小渡船小学已经长大到原来的“衣服”根本不能穿了，要做新衣了。国家投资了上亿元，做成了“新衣”，2013 年，当年的小渡船小学，如今的恩施市民族实验小学，搬迁到崭新的现代化的校园里。比邻而居的恩施市中心幼儿园，是孝感支援建成的现代化幼儿园，又叫孝感幼儿园。屈指一算，这也是三十年了，然而，三十年，弹指一挥间，小渡船是彻底地换了人间！

城区检查完毕，各组集中汇总情况，发现教研室精心制订的总分500分的评分标准有不合理的情况，加之各组对标准把握不一，结果差异悬殊较大。大家一起做了修正，统一意见，再去各区镇检查。难怪，过去搞政治运动，现在搞工作检查，都是先要搞试点的。

11月22日，正是农历的“小雪”，我率6人检查组到板桥。说来也巧，第二天早上起来，板桥镇周围的山上，扑上一层白粉——真是下雪了。这是今年的第一场雪。板桥位于恩施市的北端，和四川的奉节临近。长江自西向东穿越奉节，板桥的雪自然是江南的雪。江南的雪是稀罕的，在这里看到了，令人兴奋。

这是第几次到板桥，我已记不清楚了。每次到板桥，似乎都有新闻趣事。这一次最令我兴奋的还是今年板桥党参大丰收。板桥出产党参，素以“板党”闻名。今年党参走俏，价格上到十多块钱一斤，药农赚了大钱，板桥的万元户猛增到二十多户。有些人家，面对如此之多的钱，不知如何去用，连四五岁的小娃娃都买了一只手表戴起。

新区板桥的教育也是很有希望的，不仅当地党委重视，解决学校具体问题，而且内部加强管理，教师岗位责任制要求具体，抓得落实。这里的年轻教师多，一批充满活力的小伙子上阵，工作积极性高，责任心强，今年中考成绩比较好，引来临近奉节的不少学生在此“留学”。在总结的时候，我提出两个突出问题：一是“传统的封闭式教学在这里保存得比较完整，学生说，学校生活干瘪无味，课堂教学死气沉沉，学得很‘死板’”；二是“后勤工作要跟上，冬天学生都不能洗热水，喝开水，常常吃生饭，菜也很单调，已经下雪了，教室还没有采取防寒措施——是不是高山的学生抗寒能力特别强？”

在板桥检查三天结束，我们接着去白果“扫荡”。因为车票不好买，一行人分成两批，我们四人早上就到了白果。白果教育站长现在是龚崇盛老师，他是我在芭蕉火花中学的老同事。他似乎心事重重，原来他一头要忙于迎接检查，一头为爱人参加民转公考试犯愁。他的爱人尹老师，是老民办教师，现在也是四十多岁的人了，几次考试没过关。今年又有一个机会，不久就要到城里参加考试了，但是复习还没有底。我对他说："这一次机会再也不能错过，你抓紧时间给她辅导。检查的事，你不必拘泥形式，两头兼顾一下就行，我们不会说你龚大哥对检查不重视的。"接着，我问他从芭蕉到白果，两个区有什么不一样。他说，两个区情况大致差不多，只是白果的水没有芭蕉好，前些年镇上饮水都困难。以后利用那一条瀑布，在山上筑了一个水库，将其用来发电，用水管引到镇上，解决全镇饮用水问题。这本来是一个很好的办法，可是，现在镇上人口增多，用电量增加，电力显得不足，而且饮水也很不洁净了，因为水库里养了不少鱼。我要等到下午，第二批检查组的成员来了才能开展工作，又不便多耽误龚大哥的时间，要他找一点报纸给我看就行。他给我找来好几份《文摘周刊》。这份小报办得很好，信息量大，高度浓缩，很适合一天忙忙碌碌的人。

在白果也听了不少课，包括英语、音乐都听了。我发觉，这里与板桥，教

访问教学点

学上有许多共同的不足，都是教学思想的陈旧，教学方法的老套。这是不是我市教学的通病，还不敢断言。但从板桥到白果，我所听的十多节课，几乎都存在这个问题。而这种陈旧和老套，与教师的年龄是没有直接联系的。板桥的年轻教师多，我在板桥说了，“在这里我看到一个保存得比较完整的封闭式教学模式”。白果是老区，新老教师都有，虽然不像板桥保存得那样完整，但是差不多都是老一套，教师只重视知识的灌输，不重视学生能力的培养和智力的开发。好的是白果小学有位张老师，意识到这个问题，在座谈时他提出：“我们的教学，基本上是高筑墙，紧关门的封闭式教学。这种老师一讲到底的满堂灌，学生学得被动，索然无味。今后要探索如何让学生学得新鲜活泼，也希望市教研室组织开展一些教学研究活动。”

两个区的检查，还有一个共同的问题，就是学生的饮用水，叫人听了头皮发麻，板桥是这样，白果更是如此，竟然有学生在水田里舀水喝……

现在，如果刘局长再提出：“我们是不是在搞形式主义啊？”我可以说出一个观点：如果我们的检查不是走过场，目的和内容都是维护学生和教师的根本利益，能够起到促进教育事业发展作用，就不是形式主义，而且是必需的。我不好说今年的许多检查没有形式主义，但我觉得像一无两有检查，让学生有课桌凳，师生不在危房上课，这个要求并不很高，怎么检查也不为过。这次进行的教学检查，也是有实际意义的。这些年来，真正在教学领域，我们还没有这样深入课堂认真检查过。一旦检查，发现教学中的问题并不少。要么满堂灌，要么满堂问，几乎是通病，课堂教学效率不高，浪费学生不少时间。有的教师不按课时备课，有的教案包括课题只写 42 个字，还有根本没有写教案的，只在书上划了几个字。这样教学能够出高质量，只有天晓得。学生遇上这样的老师，是活倒霉。庸医治不好病，救不了人；“庸师”是误人子弟，夺走青少年的光阴，也无异于谋财害命。人都有点惰性，不是所有的教师都有高度责任感，有时也需要外在的压力。曾经听父亲说过，新中国成立前在汉口教书，最怕的是督学检查。督学一旦发现教师的怠惰，有可能端掉你的饭碗，同样，一旦发现有认真负责，书教得很好的教师，也是可以提拔到高一级学校任教的。“流水不腐，户枢不蝼”，教学检查应该是教育行政部门的主要职责之一。教育行政部门应该经常的，随机的，小型分散地进行教学检查。提倡增强教师的事业心、责任感和进行必要的检查二者缺一不可。

教学检查结束，已是11月的最后一天，各组汇报情况。连续十来天白天的奔波，晚上开会，人已经疲劳到极点，吃罢晚饭就补瞌睡。

好在第二天，12月1日，是星期天，可以轻轻松松休息一下。这天又正好全州第四届体育运动会开幕，我们全家人都去州体育场看热闹。我们到场的时候，开幕式刚好结束，一群鸽子扑棱棱飞向天空，五彩缤纷的气球升起来，场面颇为壮观，我把昶昶打个马肩，他在我身上高兴得要蹦起来。

下午有更好看的节目，省跳伞队给运动会助兴，来表演跳伞。我们带着昶昶，去到机场。专门去机场看热闹，这是第二次。恩施的机场是新中国成立前修的，据说抗战时候起了大作用，中美混合飞行大队在这里拦截日军飞机轰炸重庆。以后长时间这里空余飞机场，没有看到飞机。1958年，我们正在凤凰山读初中，听说恩施要通航，飞机要来试航。一天，我和一群同学翻过凤凰山，真看到一架飞机，盘旋降落，停在飞机场，只是很小，翅膀是双层的，酷似一只蜻蜓，停在阔大的荷叶上。听老师说，这是安二型小飞机，只能坐十几个人。但无论大小，我和同学们对飞机都充满了好奇，令人想入非非。这以后我下乡了，听说恩施许久也不来飞机了。一晃二十多年过去，直到这几年，恩施才恢复了航班，而且是可以坐三十几人的肖特飞机。可是，前不久又出了一次事故，一架肖特飞机冲出跑道，机头撞到林业局的一堵围墙，有的乘客从后排栽到了前排，堪称奇迹的是没出人命。于是，恩施的航班又停飞了。现在我是带着娃娃来看飞机，看跳伞了。看到了飞机起飞，升空，在碧蓝的天空盘旋，倏地撒下一些星星点点的种子。一会，这些星星点点如蒲公英的种子，渐渐地长大，变成瓦片般大小的五彩缤纷的降落伞。它们轻盈地盘旋，飘飘然朝着定点落下。这种境况，不仅昶昶看得高兴，我的童心也被呼唤出来。记得在咸丰读小学的时候，我就用皮纸自制了一个降落伞，从高处放飞，引得不少同学观看。到如今，我才看到真实的降落伞。我听见周围的人也饶有兴趣地议论着，有的说，“这真是天女下凡”。有的说，“这些人胆子哪里这么大，敢从天上掉下来，嚇死八人的”。有人说，“要是掉到清江河了怎么办？”又有人说，“你硬是替古人担忧，别人就是吃这碗饭的”。还有人说，“恩施的机场还是太小了，稍微大一点的飞机都不能来”。

——恩施的机场的确是太小了，自从肖特飞机出事以后，恩施机场在许家坪新建。1993 年许家坪机场通航。2005 年许家坪机场扩建完工，波音 737 飞到恩施来了，而且班次不断增加，进出旅客每天达到上千人。现在又有人说，许家坪机场位于城市中心不合适，应该搬迁。“风物长宜放眼量”，我不能怀疑这些议论不是没有道理。

全州体育运动会，我不光是一个看热闹的，还有重任在肩，担任恩施市乒乓球代表队领队的要职。乒乓球我懂个什么，还领队！这都是光福的主意，他是这个队的教练。我推辞说这事不敢担当，光福说，“嗨，这有么子不敢的，其实这个领队好当，你只管当起，开会的时候说两句，鼓励一下士气就行”。

12 月 1 日晚上，市乒乓球代表队在市体育馆召开战前会议。我以领队的身份参加。运动员都是从全市各个单位选拔来的，已经集训很长一段时间，然而我一个也不认识。光福讲了一番之后要我这个领队讲话，我只好打肿脸充胖子。面对这些市里的乒乓球高手和一张张陌生的面孔，我实在讲不出在行的话，很感到别扭。我讲了一些什么，自己也不知所云，大约也就是一些“放之四海而皆准”的话，亏得队员们还认真听着。回去的时候，自己都嘲笑不已，“我这个外行，又一次领导内行了”。这让我想到在芭蕉园艺场的时候，芭蕉镇举行国庆篮球赛，我们首先与芭蕉茶厂队相遇。茶厂队是芭蕉镇最强的，我们园艺场队全是临时凑合上阵，领队就是熊场长，他是连球都捉不稳的，只知道进球了就得分。园艺场的“农二哥”，虽说好久没摸过篮球，但有的是力气和耐力，开始进展不利，但越打越顺手，连连进球。熊场长含着叶子烟，在场外呐喊助威，时间暂停的时候，他作指导就是一句话：“就这么打！”结果园艺场打出了威风，赢得芭蕉镇这次篮球赛的冠军。看来，光福的话是对的，这样的领队是好当的，领队内行不内行，关系的确不很大。

全州放假两天，本来是休息的日子，因为是领队，是正儿八经打印在秩序册上的，所以要学熊场长亲临球场观战助威。不过，我这个领队很沾光的是：恩施市乒乓球代表队男女双双击败州直队后，士气大振，一路势如破竹，稳坐了第一把交椅。

听说晚上的篮球赛将会十分激烈，六角亭方向不少男男女女，老老少少都赶往舞阳坝，迎着寒风观看比赛。比较起来，我对篮球和排球更喜欢一点。读小学的时候，是咸丰城小的篮球队的队员，那时咸丰城里只有一所小学，所以总是打遍全城无敌手。在恩施高中的时候，是校排球代表队的，曾经击败恩施师范队。所以，这场篮球赛我是一定要看的。当我赶到赛场时，恰好看见父亲也来了，他说他这两天差不多都在这里来看一看，玩一玩。这次全州体育运动会的确把人们对体育的热情大大调动起来了。

眼看 1985 年只剩下二十来天，人们都像在和时间赛跑，赶着要把这一年该做的事情做完。局里从上到下，除了计财股的同志坐在办公室噼里啪啦打算盘，其余的人都是脚板像锅铲，跑进跑出，忙里忙外。市教研室主办全市青年教师教学比武，我去听比武课。来观摩的还有宣恩、咸丰等有外县的老师三十余人，局长说要以教育股的名义开一个茶话会，于是我责无旁贷主持了这个茶话会。比武会还未闭幕，州里组织的扫盲考察组来了，第二天又是州里的一无验收组接踵而至。全局的人都忙得不亦乐乎。此时又正值全市民转公考试，这本是民办教师的大喜事，可是新塘的四位民办老师，搭乘一辆拖拉机进城赴考，翻车了，四位老师两死两伤，实在令人痛心。

晚上，父亲来给我出了一个题目：孙中山为何逊位？他说，这是有人请教于他的。我这脑子里哪里还有缝隙装得下这样的历史问题？按照过去的历史书，这个问题一般都是用资产阶级的软弱性来解说，现在为何要提出这个问题？也许过去的说法过于笼统，或并不那么客观和准确。那么现在弄清这个问题又有什么现实意义？父亲交给我的任务，据我可怜的历史知识和有限的资料，只怕到了 1986 年我也是很难回答出新意来。

光福抓学校体育也是点子多多，青年教师教学比武一落幕，又是全市学校田径运动对抗赛开始，我的任务是写锦旗、奖状。还有几张奖状没完成，李局长约我去市二中。市二中最近一次开除了 7 个学生，原因是学校搞了一次调查，发现男女同学有出轨的行为。现在学校思想教育的确面临许多新的问题，他们看电影、录像，过早地性成熟，学校视为洪水猛兽，动辄开除、令其退学。如何对青少年加强正面正确的引导，是学校教育的一个新课题。

州普及教育检查验收还在对我市最后的两个区——七里和红庙——进行检查。州里又一彪人马，六十多人开赴我市，检查验收扫盲工作。

12 月 24 日，我陪同扫盲验收组到双河。这个验收组的三位同志都是建始来的，组长是建始教育局业教股的何股长。到达双河的当晚，他们便听取区乡村三级的汇报。首先区里汇报的是区长唐春立汇报，他说：双河是山大人稀的高山区，全区 5 个乡，15 134 人，12—40 岁人口 7 668 人，丧失学习能力 134 人，属于文盲、半文盲的 373 人。近几年来，全区采取举办识字班，党政干部包片，教师包教，学员包学，脱盲学员免交 5.5 元上交提留款等措施，大力扫除青壮年文盲。又以农民夜校为阵地，组织青壮年学科普知识，普及法律常识，扫除科盲、法盲的同时，巩固扫盲成果。大力抓普及教育，确保“四率”达标，堵住新文盲的产生。

随后采取随机抽样的办法，抽到检查校场乡，于是听校场乡的王乡长、校场村的陆村长汇报。三级领导都汇报完毕，检查组长何股长说：“州里对这次检查验收的原则是八个字：严肃认真，实事求是；要求是：家家到，户户落，人人问；基本做法是：听、查、考、算、议，就是要听汇报，查对文化户口册数据与实际人数是否相符，考试脱盲人员，算出非文盲比例，评议扫盲工作是否达到合格标准……”

检查组第二天就到校场乡，家家到，户户落，对照文化户口册逐一查对。我和区乡的同志陪着他们，也没什么精神负担。双河到底是高山，前不久下了一场大雪，虽然天晴数日，阴坡的积雪却顽固不化。阳坡的冰雪正在解冻，四处滴滴答答，道路泥泞难走，树枝上不时坠落一些积雪下来。阳光明亮照着，但阵阵寒风刺骨，叫人舒展不开。

检查组按照州里的要求，不打一点马虎眼，拿着文化户口册，一户户核对。走到一家农户，在宰杀年猪。他家一天宰杀了两头，到处堆的挂的都是肉。堂屋里两张八仙桌，亲朋满座，正吃得痛痛快快，喝得酣畅淋漓。见到我们这一行人，直喊请入席就座。检查组自然不会参加吃“刨汤”（杀猪饭），立即翻开册子核对。只有乡长与这些乡民攀谈，而这些酒醉佬，话又特别多，都是“酒醉心明白”，历数今年粮食收了多少，喂了几头肥猪，药材方面有几多进账……

无不称道如今的政策好。如今，我在观念上有一个改变：我自以为是在农村生活了近 20 年的人，凭我的经验，农民总是不愿说粮食收成好，收入上有什么进账之类的话的。我想，他们是要“财不露白”，有意保守这方面的秘密，还特别警惕对干部说这些话，以防多派收购任务，少得救济补助，因此，经常是哭穷叫苦。现在看来并不是这回事，从庰口好喝酒的喜老头，到七里坪的二舅，再到沙地家大口阔的向必铎老师……无不是大大方方说家里丰收了，有饱饭吃了，有肉吃了，有苞谷酒喝了。今天，在双河校场坝，又看到农民对着乡干部说开心话，这温馨的一幕，叫人好不舒坦。我觉得，我们的农民一旦真的过上了好日子，是抑制不住内心的喜悦的，也是没有必要掩饰的，而且，他们非常明白这好日子是怎么来的。

历朝历代最是受苦受难的是占人口百分之九十以上的农民，如今的他们，开始丰衣足食了，称心如意了，这使我感觉到：我们国家正在走向开明盛世。

检查组跑了一家又一家，真是认认真真，扎扎实实。他们终于发现了一些问题，例如，二组有两个新媳妇没上文化户口册，其中周桂菊是今年嫁过来的，没有上册是正常的，而蒋玉珍是去年元月嫁过来的，应该上册，属于失误——不过两人都是小学毕业。再是九组的梁家春，是这一家的长子，误填为“女”。还有九组的梁家华，实际是留级读四年级，册子上填的五年级，徐家国家的郑从秀，实际上读过一年多初中，填的是小学五年级。

好在这些问题都不影响“非盲率”的计算，故此在验收总结时，双河区的扫盲工作得到验收组的肯定。

正是杀年猪的时候，双河集镇卖肉的不少，我一下买了二十斤上好的肉带回家过年。

我是很少看电视的。本来它是传递信息的有效手段，能给人不少有益的东西，但大部分的节目，都是一些无关紧要的内容，尤其是一些粗制滥造的电视剧，简直是吞噬人的生命。不过，今晚的电视是一定要看的，因为今天我一进办公室，就听光福和老康、小杜在议论：今晚有中国女排对世界明星联队的实况直播。光福说：“这场球就真有看头——世界明星队是哪些队员？古巴队的路易斯，日本队的中田久美，苏联队的卡恰诺娃，美国队的马杰斯……都是赫赫有名的大牌女排明星。”

小杜说：“我说个话放起，还是中国女排赢。这么多年，中国女排和这些国家的都打过，连连夺冠。这一回比赛又在北京，球迷都给中国队加油，闹也要把明星队闹惶魂。”

老康笑笑说：“嘿嘿，闹都闹得赢么？反正是有几拼。”

这几年，中国女排“四连冠”的成绩成了国人的骄傲，女排姑娘成为人们心中的英雄，他们团结协作，顽强拼搏的精神感动和鼓舞亿万人心。我们单位的陈佐学同志，五十多岁了，笔记本上还记录了每个队员的名字以及他们的号码。至于郎平、张蓉芳、梁艳、陈招娣、袁伟民这些人的名字，院子里的娃娃们都叫得出。女排的事迹常常成为老师教育学生，家长教育子女的教材，动不动就对他们说：“你看人家女排是怎么拼搏的……”

这是一个星期六，旭娃和荞荞都回来了。旭娃回到家里，经常是忙着做他的功课，今晚也破例看电视。全家人聚集电视机前，关注中国女排对明星队会是怎样一个结果。到底都是全球的女排顶尖高手，双方球艺精湛，势均力敌，打得实在精彩。有时看着没救的球，被救活了，有时看着铁榔头重重的一击，把球砸向对方，却被明星高高垫起……三个娃娃两个大人，都聚精会神盯着银屏，一时为女排得分高兴，一时又为失分捏一把汗。看着中国队落后5分了，还情不自禁道：“拐哒，拐哒！”……直到最后，中国女排以3∶0获胜，才兴奋地舒了一口气。传美不停赞叹：“不简单，真是不简单！”接着又发问：“哪门中国男排不行呢，也学女排这么打吵！”

这是1985年的最后一天了。刚才广播的《人民日报》社论《让愚公精神满神州》，历数国家近五年在拨乱反正，实行工作重点转移，开展经济体制改革取得的成就。这一年我有什么成绩，说不清楚，只是没有懈怠，在忙忙碌碌中度过。昨天在局长办公室研究干部休假的问题，我在想，我们什么时候可以休假呢？一年四季，十二个月，除了过年那一个星期之外，好像再找不出可以休假的时间了。如果是轮换休假，别的同志在忙，我在偷闲，那是怪不自在的。何况许多事，等到休假以后还得自己去做。好在我习惯了忙绿，一天忙着做事生活很充实，心里也很踏实。

1986年是虎年，虎年如何出虎威，我也说不清楚。我只是想，如何能够做几件称得上事情的事？然而，哪样的事是“称得上事情的事”？这又是一个说不清楚的问题。或许，工人生产了多少产品，农民收获了多少粮食，科学家出了科研成果，作家出了著作，理论家发表了论文，工程师蓝图变成大厦……这些是称得上事情的事，但是，我一样都不是。看来，还是只有老老实实多做一些自己能够做的事，哪怕细小、平凡和琐碎。俗话说，“人到四十四，眼睛一包刺”，我是快到要戴老花镜的年龄了，自己还不着边际地幻想做什么？屈指一算，倒是自己干事的时间是愈来愈少了，仅仅十多个年头。想到此处，我简直没心思去享受休假了，应该发奋干这十几年，无论是休假15天，10天，还是7天，我可以都免了，一天都不用，到2002年退休了，再痛痛快快地休息吧。

1986年是我家很关紧要的一年。旭娃高中毕业，荞荞初中毕业，高考和中考决定他们今后的方向。他们是虎虎有生气的，他们拥有无限美好的未来，我把希望寄托在娃娃们身上。

今年的元旦，天气晴好。一说到元旦，见到这么好的天气，就想到在唐峰坳砍柴。在庠口的时候，每逢元旦放假，我差不多都是在砍柴，在高高的唐峰坳上度过。其实那是好几年前的事了，不知印象怎么就这么深刻！

这个元旦我自然不可能去唐峰坳砍柴，而是去书店，爬书山。如今出版的新书多得让人眼花缭乱，而且出版物不限于图书，还多了一样东西——磁带。看到一套英语广播讲座的磁带，也不知自己有几多时间去听，毫不犹豫，一下就买了9盘，可见我学外语的心一直没有死去。

我总是认为，学会一门外语，特别是英语，就如给自己打开一扇窗，看到原来看不见的世界，听到原来听不见的声音，闻到原来闻不到的气息。我羡慕如今的年轻人，他们学外语的条件真是好，不仅学得早，从初中就开始了，而且有编得贴近生活的教材，有国际音标注音，还有与之配套的磁带，除了听教师讲，还可以听收录机讲，那无疑都是标准的发音。磁带录音给学习外语的人插上了翅膀，教师备课时可以听，校正自己的发音，学生反复听，可以达到耳熟能详。我们当年学俄语，从高中才开始，而且局限在一周的几节俄语课。我们的老师只能口口相传，老师发音标准，学生可能做到标准，老师发音不准，便是以讹传讹。有时别的班级同学的发音与我的发音不一样，于是我说他的发音不准，他说我的发音不准，到底孰是孰非，说不清楚。不少同学为了要记住单词的发音，往往采用汉字注音的办法，比如俄文的“同志”，注音为“大豌豆你吃”，俄文的“再见”，注音“大师傅打你呀”，“谢谢”注音“死吧洗吧”，如此等等。这个办法也许有助于记忆单词，但发音就自然会离谱。我们用的教材，内容都是中国化的，说中国的人，讲中国的事，几乎都是从中文的原文翻译成俄文的，比如《北京》《刘胡兰》《向秀丽》、毛泽东的《什么是知识》等，仅有的一首歌曲也是陕北民歌《东方红》。我们学了三年俄文，似乎没学一篇俄文的原文，众多俄罗斯、苏联文学巨匠，创造了辉煌的苏俄文学，我们连一个短篇都没有接触，除了奥斯特洛夫斯基关于生命的那句格言。因此，我们不可能感受那些文学巨匠笔下的白桦林、大草原以及顿河的风光和气息。

我一直为没有能够学会一门外语感到遗憾，现在是老来裹脚，只能是学一点算一点，尽心而已。

元旦后的工作主要是写教育股的工作总结，和局长们讨论 1986 年工作计划，慰问农职中教师。

今年我们搞了一个创意，以教育局的名义给每位教师编印了一张贺年片，请进修学校的美术老师向极鼎设计封面，在新华印刷厂印制，背面是 1986 年的校历，春秋两个学期分周列表，使老师对全市的主要活动做到一年早知道，有使用价值。据说这个贺年片很受老师欢迎，被许多老师放在自己的办公桌上。

教育局买了一辆新车，是很时新的 212 北京吉普。这车我最初是在电影中看到，战争年代的指挥官乘坐的，以后见到州、市领导也坐这种车。近两年市里几个经济主管部门，还有几个区镇也用上了，他们都称赞这车特别适合跑乡。我们的局长们一直坐那个像囚车的长江牌，自然很羡慕别人的吉普。但是买一辆吉普不仅要两三万块钱，而且还要有计划，是有钱也很难买到手的紧俏货。正是因为这种车小巧灵活，有前加力，越野性能强，各地的需求量大，厂家生产不赢。这一次是请中央讲师团的王工在北京帮忙，又通过省里什么熟人打通关系，搞了一个计划指标才买到的。

这辆新吉普一来，就参加慰问农职中老师了。今年春节之前，局领导决定优先慰问农职中的教师。我觉得这个决定很好，农职中教师站在中教改革的前沿，做的是开创性的工作，而且多半工作在条件艰苦的地方。

1 月 10 日，和刘局长、胡局长一道，乘坐这辆新车去双河太山庙慰问药中教师。吉普车我是坐过的，但坐自己单位的吉普还是第一次。到底是新车，里面似乎还有一股特殊的气味。车不大，力气不小，像飞快的的卢马，一口气就爬上大王坡，到了三岔口。胡局长见景生情，开始讲故事：

“三岔这几年教育工作抓得不错。前不久水洞乡分管教育的副书记工作调动，临走的时候，他给每个教师赠送了一条毛巾，一块香皂，一盒牙膏。他对老师们说，我们乡几所学校的一无两有都实现了，现在是该你们辛苦，向你们要质量了。”

刘局长听着笑了，说：“基层干部有些能人，会做工作。你说这个副书记就会做教师的工作，教师自然心服口服。”

胡局长说：“11 月召开的全市教育工作会对各地有促进，很多区乡干部开始把教育提到议事日程，办了不少实事。芭蕉区现在给教师取消粗粮，全部供应细粮，又给几个困难户发民政优抚款，解决学生入学问题。各地的民办教师待遇普遍有所提高……”

刘局长说：“年底的站校长会，要把会后这些情况好好总结一下，教育内部有必要进一步加强管理，特别是教学管理和教师的劳动管理。原来制定的管理办法，根据情况变化，适当修改后发下去，督促严格执行。”

胡局长说：“教育内部新的气象也有，龙凤小学教抓劳动管理，促教学管理，抓教学管理促劳动管理，两个管理紧密结合。教学研究形成风气，从领导到教师，人人参加，相互竞争，看谁的教学效果好。芭蕉小学也搞得不错。龙马猫子小学，5 个程度 4 个班，5 个老师人心齐，自己动手改善办学条件，堡坎自己砌，门窗油漆自己刷。还有一样事情搞得好，就是档案整理得规规矩矩，从八三年起的各类计划，教师的备课本都在。不过，有些学校也是搞得差火，沐抚一所小学，三个班，4 个教师，既无课表，也没有钟，连哨子都没有，上课了就喊，‘来呀，又搞呀’。还有一所学校的老师，备课就是照抄参考书，把‘本课建议两课时教完’也照抄不误。”

刘局长笑出声来，激动地叹道：“这，这样的老师也真是日谷子（差火的人），日谷子，误人子弟啊！八六年要把内部管理，教师的提高狠狠抓一下，不然怎么对得起江东父老！”

新吉普表现不错，大约两个小时就跑到太山庙，开了一个教师会，赠送了礼物，听了老师们的要求和意见，接着便打道回府。就在刚出药材场的时候，新吉普与药材场的一辆车相碰，好的是只是亲了一个嘴，擦掉一块油漆。几个人再也没有来时的兴致，心里多少有些不快。

如今的人们，在生活上也体现出：狠抓一个“早”字。这才腊月十一，一些人家的过年货都备办得差不多了，听说多数人家的香肠已经烘干多久，吃得不怎么想吃了。如今人们是生活水平真是提高了，这升平世界确实叫人爱！只是有一样事，让我有点头疼。那就是左邻右舍买的鸡多，已成了群，他们信奉“鸡吃叫，鱼吃跳”，要喂到过年时候才处理。这些鸡整天整夜叫个不停，仿佛恩施城是一个大养鸡场似的。而且，就如周扒皮的鸡一样，“这鸡也真不叫是鸡”，晚上十点叫，十一点也叫，十二点，一点，两点……都喔喔叫个不停，简直成灾了，很有些干扰我的睡眠。听到这些鸡叫，也提醒我该准备一点过年货了。不过，仔细想来，我又一点不着急了，如今物资充足，哪需要这么早去办？只要手里有钱，要不了一天就能把过年货备办齐全。

下班，我在打扫办公室，电话铃响。去接，是谭市长的声音。他要我转告局长，现在各单位都在忙着到省里要钱，教育局也要去人，对口省教育厅，去反映情况，既要做文字上的准备，也要做物资上的准备。州里以及各个县，已是浩浩荡荡带着拜年货去省里打秋风去了。

我放下电话，不禁叹道：呜呼，腐败作风非但没被抑制，反倒有增无已！第二天去到局长办公室，转达谭市长的电话精神。刘局长颇有难色，说道：“这是个什么事啊，钱是国家的钱，该用在哪就用在哪，怎么要基层这么低三下四去讨！”

胡局长说：“省里开了一个扶贫工作会，可能对山区有一大笔扶贫款，现在是你说你穷，他说他也穷，省里这个钱可以把给你，也可以把给别人，你哪门搞？你不去反映情况，别人去反映了，你再穷也没有你的汤喝，你又哪门搞？现在又是腊时腊月，你空脚两手进别人的门也不好意思，还不是也要搞点过年货带起，去拜个年喏。”

刘局长连连摇头，说道：“这事我真是不想搞。其实，你上边不搞官僚主义，深入基层调查调查，什么情况弄不清楚！这种搞法就是不正之风，腐败作风，这一次的整党，我看上面是走了过场。”

李局长说：“么办法呢，你不去人家去了，最后人家得到了，你冇得，你不是失职！”

刘局长说：“这股风吹下去，只怕一些共产党的干部也是‘三年清知府，十万雪花银’，真是误国误党！算了，说归说，做该做，你们哪一位去？李局长，你正好顺便回一趟武汉，在老家过年。”

胡局长说：“这个事情，我怕你一把手要亲自去才有分量，你要我们陪你一路去都行。”

李局长也表示同意，说：“老胡说的是个道理，再说你和省教育厅的人也熟一些。”

刘局长无可奈何道：“这样说来，就是上刀山，下火海也要去？好，你们说要准备点什么东西？”

胡局长说，“恩施有什么好东西，土特产也就是腊肉、茶叶、香菌、木耳，还有什么？哦，再就是‘苞谷老烧’（苞谷酒）啊。”

刘局长听后苦笑道：“哈哈，我一想到扛一块腊肉，晚上去串别人的门子，全身就起鸡皮疙瘩，这哪像人搞的事情！”

应土桥职中的邀请，1 月 22 日和刘局长、李局长一道去学校参加职业教育座谈会。会议在学校新大楼会议室举行。这栋房子是恩施城区首次群众集资 100 万修建的，号称城区学校的“十大建筑”之一。

这是一个别开生面的座谈会。嘉宾满座，济济一堂。桌上有糖果、瓜子、水果，琳琅满目，喜气盈盈。参加会议的不仅有州教育局两位张局长，刘、舒两位科长，还有市二轻局刘、何两位局长，市劳动局的张科长，前进服装厂的张书记、汪厂长和黄师傅，还有学校所在地窑湾村的书记、主任和会计等等人物，大家在边吃边聊。

会议开始，佘校长首先致辞，介绍学校“三年三大步”：八三年确定办职业班，八四年办职中，八五年省教育厅11月27日以【职】字81号批为“恩施市职业技术教育中心”。目前学校12个教学班，590人，其中初中6班，316人，职高6班，274人。已开设缝纫、财会、文印、摄影等专业。他详细介绍了各个专业教学情况和取得的成绩，感谢各单位对学校办职教的大力支持。接着他信心满满，讲了今后学校发展的打算，要建校内的缝纫车间，还要积极筹办幼师专业……

前进服装厂的汪厂长说：“我们派的两位师傅是厂里的最好的师傅，今后我们还要进一步支持。我们很喜欢这一批学生，他们比从社会上招的学徒工好。现在人们生活水平提高了，穿呢子和毛料的人多起来，这要求有好的手工基础。办职教是大好事，也为我们缝纫业的发展……”

这时候，副州长高瑞科和州教育局的孙理祥副局长来，他们本是要找州局张肇庆局长的，被大家热情挽留，他们盛情难却，也便坐了下来。他们这一来，会议的热烈气氛更浓了。大家请高州长讲话，高州长说不能下车伊始，就朝天哇啦哇啦，要听听大家的发言。在听了一位职业班的班主任、二轻局的刘局长、劳动局的张股长、市教育局刘局长以及州教育局的张肇庆局长发言以后，高州长才开讲。他用浑厚的北方话说道：

“早就听说恩施城有个‘黄埔军校’，自从办成职业高中以后发生了很大的变化。今天来看了，又听了大家的发言，的确办得不错，很有起色。这中间老师们花了不少心血，我向老师们和支持办学的各个单位表示敬意。

“我州高考八五年突破了千人大关，但是职业教育步伐很慢，中央讲师团对我们也谈起这个问题。我们州的经济发展特别需要发展职业技术教育，我们既要培养高一级的专业技术人才，更需要大批的中初级专业技术人才。1986年全州教育工作的重点：一是师范教育和师资培训工作；二是提高各级各类学校的教学质量；三是发展职业技术教育。

“办好职业教育，首先是定向要准。农业方面，要与州里搞的几大基地建设对口；工业方面，要和几家工厂挂上钩，州里要在旗峰坝建一座一万纱锭的麻纺厂，需要4 000工人，现在一个都没有。其次是课程设置要研究。职业高中开课与普通高中既有联系，又有区别，同时，同一个专业中几种不同的人才，怎么教学都有许多值得研究的问题。其三，要加强对职业教育的领导。以后建立的教育委员会要有一位副职管这个事。其四，在经费方面给予一定支持，各级财政要安排一定的资金。最后是要搞好有关各个部门的协调，配合。办职业教育不是谁帮助谁，谁支持谁的问题，而是大家共同的事，是自己的事，是本职工作，大家一起搞。请州局的四位同志当一件大事研究一下，拿一个意见出来，我们开一个专题会议。

“土桥职中在州府所在地，办好这所学校，州市都要安排一定资金，但也有个过程，主要还是要继续发扬艰苦奋斗的精神。希望土桥职中进一步办好，搞出一些经验，推动全州职业教育的发展。”

一阵掌声之后，职中朱树铨主任信心百倍说：“1987 年我们一定拿出成果来！”

高考备考会在教研室召开，各所高中的校长参加。几位教研员通报各地备考信息，李局长分析今年高考的形势，提出备考的指导性意见。会议气氛紧张，仿佛到了激战前夜。

讨论的时候，几位校长都感到压力大。八中的校长说：“开这个会我是最怕了，肩上像压了千斤重担。现在有人提出不要片面追求升学率，但是，对我们八中来说是左右为难，这升学率不追压力大，学生、家长都有意见，要追又太难，学生基础就这么个水平。我想提一个希望，就是要给我们减轻一点压力。一想，这话说了也等于没说，这个压力由谁来给我们减呢？教育局给我们减？不可能，现在的事情就是这样，哪个学校高考上不去，哪个学校就得听屁话……”

李局长笑着接过话说：“你这话也说到点子上了，我再给你补充一句，就是‘哪个县、哪个地区上得差，哪个地方的教育行政部门就难过日子’。这的确是个难事。高考这个制度，是有弊端，但是还有什么更好的办法为国家选拔英才？推荐选拔过去试过，实际上是坏了大事，不成功的。比较去，比较来，还是只有高考制度是迄今为止唯一弊病最少的一种制度。”

……大家扛着千斤重担回去抓高考了。

全市学校都放假了，下午，荞荞回来了，有些背包袱，说考到三十几名去了。我给她分析，按照市一中初中往年一般的情况，她现在的位次大约就是重点高中录取线的线上线下，鼓励她抓紧最后一个学期，再努一把劲，争取考上重点线。旭娃也回到家里，但学校决定高三还要补课一周，明天又要去学校。他报告这次期末统考成绩，总分是410多分，英语还是考得不理想，校内文科排在第十名。我说这个成绩就很不错了，是令人高兴的，你尽力而为，注意身体。只有昶昶从学校回来，欢喜得不得了，兴高采烈地晃动着手中的一张年历画片。我展开一看，上面写着：奖给期末考试成绩优秀者。

“阿里，阿里巴巴，阿里巴巴是个快乐的青年……”

我家阳台对面是皮革厂的宿舍，大约是他们哪一家最近买了一个音箱，每日都无数遍地这样唱，声音放得大大的，相距50米开外，仍然给人震耳欲聋的感觉。我虽然听得耳熟，但不懂得到底阿里巴巴是怎样的快乐，也没觉得这歌哪一点好听，只觉得歌手在吼叫，闹得人心烦，没给人任何快乐。也许我到底是年龄大了，跟不上时代，缺乏青年人的情趣；也许每个人的爱好不一样，与年龄没有什么关系。但是，无论是哪一种情况，都不能将自己的爱好强加于人，以为自己喜欢的别人都喜欢。当然，如果不是这样要与人分享，那就很可能是炫耀自己的富有了。世世代代穷困的中国人，今天能够这样炫耀一下，也是值得高兴的。我相信或者说是希望，音箱的主人不久会自己感到这种炫耀毫无意思，而且声音太大就是噪音，影响身体健康。

我家的厨房，一扇小窗正对着吴医生的家。吴医生原在市医院工作，是昶昶上幼儿园时的吴阿姨的父亲。现在他与老伴都已退休，安度晚年。我每每在做饭的时候，从窗口望出去，就可以看见两老的活动，发现他们很会过晚年生活。他们在门前养了不少的花，四季都会看到鲜花盛开。还有长青的盆景，四时郁郁葱葱。他们还在自家厅堂里安置一副乒乓球台，每日都要比试一番乒乓球。因为住在半坡上，乒乓球时常跳出大门，滚出很远，于是他们规定，谁输了谁去捡球。

我对传美说，今后我们老了也要学他们，会过日子一点，经常活动活动。我们差不多是同时退休，算起来也就只有十几年时间，那是一晃也就过去了，而且时光的步子在最后的几步也会像百米赛跑，有一个冲刺，将是特别的快。

局里在做年底的煞尾工作了，一个上午研究开年后召开的政治思想工作会，确定了时间、人员分工、内容和议程。下午是政治学习，局党委作整党总结，布置春节放假的有关事宜。工会和局机关各自筹集了50元，给每个人发了100元过年盘缠，大家自然高兴。

腊月二十五，家在乡下的同志回去与家人团圆了，我很庆幸，一家老小都在一块了，不急车马奔波之事，按时上下班，抽空准备年货。

虽已立春，但天气很冷。不过，这两年穿的吃的都好多了，身上暖了，腹中饱了，一直没有害什么病，也很值得庆幸。尽管如此，发了几个钱，在家里坐不安稳。传美邀我出去转一转，给娃娃们买点过年穿的新衣。她是年年都注意这个事的，看来这是他们家的传统，至今不变。那些年头，没有什么钱，要算去算来，尽量减少支出。再怎么钱少，娃娃们过年的新衣是要的，办法是买节节布。节节布就是布店卖剩下的两三尺长的短布头，很便宜，还不要布票。裁缝的工钱是不需要的，她自己裁剪，在大桥牌缝纫机上缝制。年年到了这个腊月二十几，她都是在油灯下“开夜车”“过大桥”。这两年她也懒得这样做了，说自己做到底难得做，做出来的样子也不时新，干脆去买，“撇托”（简便）好多。

这几年过年的方式都是吃“转转饭”，今天在你家，明天在我家，后天到他家，转着吃。前两天，二姐来，我们在法院开了一个“三国四方”会议，就是我们“国”字辈的三姐弟和父亲一起商量，认为转转饭也有不少弊端，主要是大动干戈，做上许多饭菜，又吃不完，结果造成浪费。大家都同意今年改革，取消“转转饭”，只是父亲三家都走一走，在初二的时候，三家人一起照个相。但是，到了腊月二十八,二姐首先违规，搞突然袭击，无论如何都要到她那里去团年，而且就在她那里合影。我们除了旭娃一人在家做功课外，都去土桥坝的畜牧局集结。

年年的团年饭，都是二姐家以新奇取胜。今年的新奇是：西米八宝饭，出口的松花蛋，来凤的鹅肉，武昌的鱼……酒是各色各样的，但喝酒的人是清一色的——个个不胜杯酌。饭后便是将椅子搬到楼顶，一起照相。他家会照相的人起码有三个，不作美的是相机不行，几个人都试了试，还是照不成功，作罢了。

二姐一带头，今年的改革作废，复旧了，约定次日都到我家。这样，从腊月二十八到大年三十，我们就是一个字：忙。忙什么？忙团团转，吃年饭。有我们姐弟三家转，又有传美那边几家转，忙着做客，又忙着当主人家，像地球一样既要自转，还要公转。只有旭娃，他是一颗不动的恒星，稳坐在家里，做他的功课。

今年的腊月三十，依然是在家家那里，依然少不了那一门蓑衣丸子——这是她家过年的传统菜，也是团年饭的标志性食物。不同的是孙素青早早放下碗筷，急着回去，说，“我们少陪了，要回去早点洗澡，好看春节联欢节目”。这一句引得大家都看手表，也一个二个相继告辞，挤满了的一屋子人，一会儿就云散了。

我这个平时少看电视的人，在这个时候是一心一意看电视的。今年的春节联欢节目是不错的，歌唱得好，尤其是陈佩斯的节目“羊肉串”，引得一家人嘿嘿笑，嘻嘻笑，哈哈笑，笑个不停，笑出了眼睛水。

午夜，电视里敲响丙寅年的钟声。恩施山城四处鞭炮响起，如同煮稀饭一般，噼噼啪啪，哗哗啦啦炸开了，清江两岸一片沸腾。山城的夜空，五彩缤纷，飞红飘绿，着实令人兴奋不已。于是和着自家几个孩子，参加到邻居娃娃的行列，一起放起花炮来，也想给这斑斓的世界再增加一些颜色，给狂欢的时刻在凑上几分热闹，欢庆这大好的世界，庆贺这升平的岁月。抚今思昔，我这样的人，什么时候这样舒畅过？没有。

江雾散去，红日旦旦。一元复始，万象更新。尽管天气很好，大年初一，一家人都没有出门去，也不见别人来串门子。大概都是这样，被电视屏幕征服得慵懒不堪。初二在法院哥哥家聚会，中午照了全家福，一起 14 人，缺少了永青和龚仆。初三开始，州电视台转播《射雕英雄传》之《华山论剑》，每日三集，把多少人迷得神魂颠倒，百事不想，只顾看黄蓉、郭靖的戏了。初四，本来与传美商议到五峰山一些地方转一转，玩一玩，但是还是不如《华山论剑》能够激发人的兴趣，最后是不上五峰山，到“华山”。初五是我们年假的最后一天，不过我倒并不怎么留恋这过年的日子，还是上班好，过得充实。晚上，我说明天我们要上班了，昶昶发起感慨来，用普通话深情地朗诵：“这一年就这么过去了！”我们都笑起来，他妈说：“是呀，你从明天起也要开始做作业了，‘紧到’（老是）过年么？”

初六上班点卯。城内的同志都到了，大家彼此拜年，恭贺，都说过年这几天“哪里都没去”——这怕是今年过春节各家各户的基本方式。这种改变背后的那一只手就是电视。电视改变了人们传统的过年方式，也改变人们平日的生活方式。它让人获益多多，也让人变得懒惰。

初七全局职工开会，学习中直机关七千人大会上的几个讲话，主要是端正党风，下午各个股室开始排头开年的工作，也是各自早早散去，要横扫过年的残留食物。

州教育局的领导真早，这才初九，他们就来视察工作了。张文剑副局长，只身一人直接走到我们教育股办公室。这是我们股新春来的第一位客人。倒了一杯清茶给他，张局长说就是想和我们座谈一下八六年的工作。我照着年前的笔记给张局长汇报。一会，康股长把刘、李二位局长也请来了。等我简要汇报完毕，张局长提出恩施市要办一所聋哑学校的事。对此我没有表现出热情，两位局长都似乎都感到困难，提出现有的学校都没办好，哪来力量新办一所聋哑学校。也有人质疑，城里没有聋哑儿童；农村有，却更难办这样一所学校。张局长最后说，城内有没有聋哑儿童，你们还是组织调查一下，这样的学校几个人就可以开班。目前，我省其他地区都先后开办了，我州还是空白，我们希望恩施市把这个空白填起来。

今天是初九，称作“上九日”，机关食堂还未开火，外面的馆子也还没有开张，无法安排生活。于是我将张、刘、李三位邀至家中，解决中餐问题。过去很怕家中临时来客，招待不好。现在来几个人，弄几个菜，上一点酒，算是简单事了。我一会就弄出了几个菜来，请他们上桌。李局长说道：“老吴，你还有这一手！”

我说：“我做饭也是二十年的工龄了，只要有米，有菜，保证不会吃生的。”

刘局长说：“几个菜搞得很清爽——我家里就糟糕，高老师搞家务还不如我，我最擅长的又只是煮面条，所以我家经常吃面条。”

李局长说：“那我们几时到你家去吃面条。”

刘局长笑道：“这事还真难不倒我。”

张局长对我炖的萝卜很感兴趣：“你这萝卜炖得不错，入口即化，味道也出来了。”

我说：“这萝卜还是过年时用大骨汤炖的，这东西只要天天煮一遍，不得变坏，还越煮越好吃，反倒现炖的萝卜不入味。”

张局长说：“这是经验之谈。我家今年过年搞了改革，去冗繁杂乱，做几样什么菜，由各个家庭成员投票，选票多的取前八名。”

我说：“这个办法值得引进，每年弄上一大桌菜，吃不完不好收拾，倒掉又太可惜，我们都是过过困难日子的。”

刘局长表示：“这个办法我家里行不通，我再怎么弄也出不了七八门菜。”

最后，话题转到成立州教委的上面，刘局长问张局长：“州里去年就下了文，要成立州教育委员会，撤销州教育局，怎么现在还没有动？”

张局长笑笑说：“这就不是我回答得了的事。就是这事老拖着，都不怎么好搞事。今天我到你们这来，没有统一安排，自己想来看一看，和你们谈一谈，不管以后怎么安排，反正是搞教育，办学校……”

下午，我陪张局长去书院中学座谈。第二天，继续陪他去舞阳中学，市一中两所学校。张局长每到一处，必问的是两个问题，一个是教职工人数，其中各科专职教师多少，学历情况如何。第二个问题是学校存在的主要问题是什么。学校领导回答这两个问题的时候，他都要详细做记录。闲谈时，我才知道，他平日极少看电视，每日晚上七点多钟，去办公室搞业务学习，至九点左右休息，平时大抵都是如此。我与张局长接触并不很多，但认识他也是好多年了，他给我的印象是：精明，心中有数，讲话思路清晰，逻辑性强。而他对教育事业的忠诚，对个人的名分无所萦怀，是这一次陪他到学校调查感受到的。

俚语有云“干冬湿年”，意思是，冬天干燥少雨，过年的日子会少晴多雨。其实并不尽然，年前可以说是干冬，接着过年到现在，都是朗朗晴天，春光融融，人们都说今年的天色真好。今天是雨水节了，天也阴晦起来，看来是要下雨了。

我开始编制1986年高、初中招生计划。我有两点基本想法：一是市一中、市二中再不招初中生，全力办好高中，让几所初中有较好生源，增强办好初中的积极性；二是控制中学招生人数，教育不要自找包袱背，使学校如牛负重的状况有所改善。不知局长和市长是否同意，编制出来再说。

趁着雨还没有下下来，晚上去舞阳坝，给朱炎恭老师拜年，也是我今年拜年的唯一一家。朱老师是我初来教育局时的股长，工作能力强，对人真诚和善。他是我做教育行政工作的师傅，又特别能够体贴我的困难。他从教育局调到进修学校一年多了，我时常念记他的许多好处，在他当股长的时候，在他当局长的时候，我都不便去给他拜年。现在去表达我对他的感激之情也正是时候，何况他还是传美在七里坪读小学时的数学老师。传美总是念记朱老师数学教得好，在她转到城里学校读书时，开学第一天就搞数学测验，全班只有三个同学及格，传美是其中之一，这让同学们感到惊异：乡里转来的这么一个小女娃还有这么厉害！

旭娃把上学的行李都送到学校，明日就开始上课了；传美也去学校开会，听候新学期的安排；荞荞、昶昶他们也是后天开始上课。

眼看年已过完，家里过年的菜还老是消不完，感到很有些头疼，一大锅萝卜，肉汤煮的，张局长都说味道不错，但是家里只有我每餐狠狠地吃，至今还剩下不少——我感到我的家境从来没有这样宽绰过。我家的经济状况不过属于中等家庭，富裕之家就不必说了，每年必定浪费不少食物。于是，我想到张局长家的改革，的确是势在必行，应该推广，以减少甚至不浪费食物。自己来年一定要实行，特别是萝卜不能炖这么多。

今天家里来了两位稀客，一位是过去戽口的学生黄谷香，他是他们这一批学生中很幸运的一个，初中毕业不久就参军了，现在还在新疆，这次是回家探亲的。他还是一张娃娃脸，模样几乎与学生时代一样，只是显得更强壮了，穿着军装更有几分英武。他说话也和当学生时一样，标准的戽口话，而且带几分羞涩，并不像有些浅薄之人，出家不几年，回来故意南腔北调和家乡人说话。

正与黄谷香谈话，又来了一位中年妇女，你说是谁？李绍随，戽口姑娘李绍随。不是传美注视了半天，叫出她的名字来，我简直不可能辨认出来。我们在戽口的时候，她还是一个大姑娘，红扑扑的圆脸旁，垂着两条黑黝黝的长辫，壮实的身体要么背着背篓，要么扛着锄头，是一个很能干的姑娘。她还是生产队数一数二的采茶能手。采茶的季节，妇女都天不亮起床去采茶，为了多抢工分，要拖到天黑才去保管室过秤，总结一天的成果。而创造采茶最高纪录的多半是李绍随。我们是看到她当新娘，嫁到南河公社去的。年年正月也看到她回娘家，先是夫妇俩，以后是带着一个孩子，再以后是带着两个孩子……以后，我们离开戽口了，过了这许多年，看到如今的她，紫糖的脸上显得粗糙，额上有了明显的皱纹。这次，她带来两双棉鞋，一双是给传美的，还有一双是送给我的，都是她一针一线亲手做出来的。她不断念叨，当年在戽口，小吴老师怎么帮他们裁衣服、做衣服等等往事。传美问起她们现在的情形，她说，戽口、南河的农民如今只是吃饭不像以往那么艰难了，都有饱饭吃了，但是没有什么收入，缺钱用。她的妹妹李绍慈——那是我们当年教过的很优秀的学生——嫁给一位姓彭的民办教师，以后被辞了。绍慈小两口——自然现在也都不小了——苦苦撑持，还修了两间新屋。屋是修起来了，家里的钱搞得精光，连一头小猪都买不起，他们几年都没杀过年猪了。

李绍随的苍老和她讲的妹妹李绍慈的这些情况，让我知道当前农民生活的实际情况，值得庆幸的是有饭吃了，但生活还是很清苦的。而戽口和南河，都是出产茶叶的，有经济作物的地方，农民都这样收入少，缺钱用，那些没有经济作物的地方，农民生活就更加艰难了。我因为现在跻身于有钱人之中，似乎觉得别人都比我经济条件好。今天，听到李绍随讲了我熟悉的戽口、南河农民的生活情况，方才大悟，原来农村还是这样，好的是吃饱饭了，困难的是缺钱用。相形之下，自己倒应该有“今我何功德”的反思，更为重要的是，怎么落实农民增收政策，解决缺钱用的问题?

教育局、教研室的人员30多人，分成十多个小组，下到各区视导开学情况。我和教研室赖昌柱老师在一组，乘坐2月26日六点四十五分开出的班车，去板桥。我这是第几次上板桥，实在记不得了，最近的一次是三月前进行教学检查。赖老师还是第一次去，对这一路的高山峡谷，草场风光颇感兴趣。赖老师比我年轻四五岁，是传美高中一届的同学。我早就听说他读高中时，学习成绩特别好，是老师同学公认的优等生，是可以考上清华大学的料子。但可惜，他出身地主家庭，不仅清华考不上，什么大学都没有他读的资格，以后下乡到崔坝，读“农业大学”。他所在的生产队，有个好姑娘，很喜欢他，他们谈上了。可是，姑娘家里知道这个知青家庭成分高，坚决不同意，另外给她选了好几个婆家。可这个姑娘哪一个都不愿意，并以死相抗，非这个知青不嫁。这场抗婚剧上演之后，姑娘终于与赖老师结为连理。赖老师到底是因为有文化，被聘为民办教师。1978 年他参加了民办教师转公办的考试，成为公办教师，此后到崔坝中学任教。崔坝中学位于小地名叫“清塘口”的地方，于是他的一批老同学开玩笑，说他，“虽然没能上清华，但教的是‘清中’”。赖老师可算是“东隅已逝，桑榆非晚”，以后他入湖北大学函授班进修，去年工作调到市教研室。

十点，我和赖老师到了板桥。中学教师正在开会。区委副书记周昌万对我们说，“今天的中学教师会，就是落实你们年前教学检查提出的问题，我们对教师，课程都做了新的安排。你们来得正好，下午是不是在会上给老师们讲一讲”。这个话我自然是要讲的，板桥的情况比较熟悉，板桥教师的工作积极性我是知道的，局里今年工作的指导思想也应该宣讲一下。

晚上，听冉景铸站长介绍情况。冉站长本是四川奉节人，在恩施读书，参加工作。他的年龄比我小，但头发白的比我更多，不知是什么原因。不过，他身体是很好的，精力相当充沛，脑瓜子很灵。在大山顶还是公社的时候，他是那里的站长，“拆社并区”，他到板桥任站长。是他极力主张牧中要随迁到板桥。以后的事实说明他是有眼光的。有人说，大山顶是树苗都长不直顺的地方，依我看来，他也许就是在这特殊的环境工作的时候，铸就了一身钢筋铁骨，只是染白了头。他是个很明白通达之人，今天的介绍——按照他说的叫汇报——不拉杂，很得要领，重点讲了今年怎么样贯彻教育局工作会议精神，落实教师劳动管理和教学管理的具体措施。

一觉醒来，四处一片白茫茫。大朵的雪花，还在漫天飞舞。三月前，我在这里也遇到下雪，是这个冬天的第一场雪，薄薄的一层，板桥的山野平坝都扑上淡淡的白粉，说是“处子的肌肤”很是形象。这次遇到的是不是这个冬天最后的一场雪，我说不准。按照时令，立春过去半月，准确地说应该是一场迎接春天的雪。在寒凝大地的早春，这场雪铺天盖地，给板桥的山山岭岭，河流平坝盖上厚厚一层棉被。洁白的花絮还在纷纷扬扬，不停地添加。板桥变得丰满，甚至有点臃肿了。

周书记陪着我们，踏着积雪，去板桥小学。学校已经开学，教室里生了炉火——记得去冬教学检查，我针对学校没有采取防寒措施，提了意见，问了他们一句，“高山的学生是不是特别不怕寒冷？”这次来，情况就大不一样了，教室里是暖和的。学校的教学已经走上正轨，但全校应到 242 人，还有 54 人没到。下午，我们去到畜牧中学慰问教师。这是年前因为吉普进厂修理，遗留的一项工作。教师已经到齐，学生大部分已经到校，他们都是从很远的地方步行而来，据说没到校的同学大都还在上学的路上，这场雪让他们更难走了。座谈刚开始，又到校两位同学，班主任即刻去招呼自己的学生了。赖老师看了牧中简陋的校舍，艰苦的生活条件，又见到学生如此艰苦跋涉来此求学，问道：“学校是怎么把这些学生留住的？”周书记回答说：“我们的教师的确是全心全意为学生服务，处处给学生做表率，要学生怎么做，自己带头做到。他们既是严父，又是慈母。他们和学生一起住，同吃一锅饭，学生病了，教师背着去医院，可以说是关怀备至。学生有缺点错误，老师总是耐心说服教育，晓之以理，动之以情，尊重学生人格，从不呵斥挖苦，更没有罚过学生的站。学生视老师是亲人，高二同学商南珍，写的歌颂老师的稿子，还见了《湖北日报》。学校的团支部工作抓得很活跃，去年发展新团员 40 多人。”

教导主任傅自德介绍说：“还有一个原因，是同学们看到领导重视这所学校，读牧中有前途。上届毕业生有一个对口考上湖北农学院，一个送到北京农业大学进修，有 3 人由奶粉厂送到省里培训，现在已经回厂，张月均同学在麻柳乡当了兽医，戴江月同学在药材场当播音员，在村一级工作的有几人。老师对他们关爱，思想政治工作做得细，加上上届同学有出息，所以，在校同学没有多少流动。现在的高二，原有 60 人，一位返回初三学习，一位太阳河的同学，学习跟不上，现在去施工队当队长去了，还有一位姓李的同学因病休学，现到校 57 人。高一原有学生 60 人，其中一位同学参军，4 位同学有沐抚区内招，参加了工作，还有 55 人，这两天都可以到齐。牧中的特点就是‘苦’‘寒’二字，牧中的同学办有一个刊物，取名《蜡梅》，表示他们要在这苦寒中绽放，求学，求香……”

离开牧中时，赖老师说，初来学校看到这个境况，感觉只有两个字：寒心。现在离开学校，感觉也是两个字：感动。

28日，依然雪花飘飘。我们决定去看一所乡村小学。站长冉景铸说，积雪未消，天上还不断加码，安全起见最好不要出去。我们想到只有这几天时间，还是要下去。于是冉站长和教育站的宋孝林老师找来四辆自行车，一同去大木乡。这条路没有大的上下坡，基本上算平坦。我们四个人都全副武装起来，穿着军大衣，戴着棉手套，一人一匹战马，活像当年的武工队。孝林老师更是武装到了牙齿，把风镜、口罩都戴上了。

我还从来没尝试过骑车踏雪的滋味。想着四条汉子，迎着飞雪，骑着战马向前冲，那是何等的威武气派！一出门，我便领略了骑车走冰雪到底是怎样的滋味：在松软的泡雪上走，很是费劲；在冰凌上走，则是打滑，后面的轮子颇有一股横蛮劲，就像烈马喜欢尥蹶子一样。我是一刻也不敢大意，只有冉站长劲头足，出了板桥镇就快马加鞭未下鞍，孝林和赖老师紧随其后。我拼命往前追，可是力不从心，只听见风在耳边呼呼作响，积雪在车轮下吱吱嘎嘎，离他们渐行渐远。一段小坡路，让我喉咙里如火燎一般，极不好受。脚酸腿软，真不知自己在怎么走路，好似在云里雾里。心脏的跳动已经达到极限，喘着粗气还在拼命蹬车。小坡已经越过，再就是一段略带下坡的平路。也是人太累太乏，竟然在距乡政府200米的地方，飘飘然翻身落马。好的是人和车都没有受伤——这是在雪地上摔跤的好处，一般都是软着陆。我只有推着车走到乡政府。当我去上厕所的时候，双手连拉皮带的力气都没有了，人就跟要死去的一般。乡政府里的一盆火，一杯茶，几支香烟，让我回到阳间，继而还快活得似神仙了。我想起看时间：12点整。

大木中心小学，已经开学上课，5个班，7个教师，其中两个教师是党员，在区里参加整党学习。学生到得不齐，是受了这场雪的影响。

听说前面不远处，是影片《春满清江》中唱“妹娃要过河……”的拍摄地点——穿洞。于是我们推车前往。穿过一个溶洞，眼下两边各有一个出水洞，双流齐泻，汇为一潭。潭水浅处碧绿，深处墨绿。潭水溢出，一水哗哗流去，成为清江又一支流。一洞前，有一小石拱桥。人立于桥上，听见的是桥下流水淙淙声，看见的是永远永远泛着玉石般大朵的水花，清得可爱，恨不得掬起来，捧到怀抱之中。另一洞前，水面狭窄，藏蓝的，据说是犀牛出没的口子。学校已经退休的谢校长说，他小时候在这里放牛，听见过这牲口的吼鸣。以石沉潭，回声沉闷深重，许久尚能听见潭水拍打水石的嘭嘭声。雪还在下着，但这美丽的雪花，一飞到这溶洞，扑入娇艳的水中，便融为一体，什么都不见了。

一切疲劳都消失了，回到学校吃了午饭，我们再蹬车返回，似乎并不如去时那么的劳累。路过蒿坝，我们有意去看这里的奶粉厂。厂里有几位年轻人，那是守厂房的。这个厂建起来大约花了二十几万元，可以生产奶粉了，但是，没有牛奶可以加工。为什么？据说这厂子里的机器一开工，每天起码要有 4 000 斤鲜奶，厂方才能保住不亏本，而要保证这个奶产量，须得有 1 000 多头奶牛，而现在只不过三四百头。问：为何不加紧发展奶牛？答：草料供不上。问：大山顶不是在建南方草场吗？答：大山顶引种种植的黑麦草、红三叶，第一年可以，第二年以后开始退化。如此说来，几百万建的南方草场，总书记亲临视察的大山顶，其前景如何还未可知哩！那么，我们的牧中前景又是如何呢？

走出奶粉厂，顺道看一所学校——蒿坝小学。这是一所村小，一至五年级，五个班，平均每班二十三、四个学生，五年级一班只有 18 人。这里离镇上小学也就一两里路，看来这样摆布不够合理，浪费人力和财力。

3 月 1 日，雪过天晴，北乡风光，看红妆素裹，也是分外妖娆。去穿洞乡，看了两所小学。一所是乡小，仅四、五两个年级，4 个班。也是学额不足，五年级 44 个学生，这学期才到 36 人，还分成两班。问，怎么不合成一个班。老师回答：分作两班有利于竞争。这样竞争简直近乎奢华了，有限的教育资源，还能这样浪费吗？昨天看到的蒿坝小学，五年级 18 个人也不转到镇上学校，如果要有利于竞争，那不还要分成 9 人一班才好？

下午回到教育站，在孝林老师家吃饭。宋夫人是医生，菜饭搞得很讲究。宋老师订有一份杂志《演讲与口才》，这还是第一次见到，办得很不错的。说话，的确是一门天天都用得上的学问，也是一门艺术，当老师的尤其应该多学习。

本来2号就要回去，其他各组只怕是早就到家了，我们无奈大雪封山，班车不来。站长给我们找了一辆货车，听说司机还是没有正式执照的学徒，于是我们不敢贸然行动。因为，我和赖老师现在都是家中的顶梁柱，暂时都不能死，不怕一万，只怕万一。于是安心等班车的到来。

3号，客车来了。我们穿过雪山，又过了大山顶的草地，盘旋而下，进入屯堡。这一下来，看到的便是另一番景象：山野里樱桃花开得烂漫，路旁的树木，都嫩芽吐翠，田地里麦苗青青，菜花黄黄，清江两岸，一片阳春烟景。这两三日之间，我看到了林海雪原，看到悬崖百丈冰，又看到了山花烂漫。是的，我看到了春的风姿，感受到春的气息，心里不觉为之一颤：啊，春，我又看到了一个春天。人生旅途中有多少个春天呢？还剩下多少个？这是一个多么简单的数学题。

回到教育局，其他组已在汇报情况了，只有我们和双河两个组姗姗来迟。

这个“三八节”，是星期六，我们办成几件大事：

一是顶50元，给父亲买了一只武汉牌日历手表，父亲很满意。

二是给荞荞也买了一只电子表，她也很欢喜。

三是给旭娃找了一个补习英语的老师。英语一直是旭娃很头疼的一门课，在火花中学上初一，是一个临时请来的高中生代英语课，到初二他转到书院中学时，这一门只考三十多分，尽管我不断鼓励他，他也不灰心，不放弃，但一直到高中，英语总不过关，常常是考得不好的一门。这个寒假，他总分考到文科前十名，仍然是英语拖了后腿。寒假中，他提出找个老师补习一下，我们想到市二中的一位老教师，一是相隔不远，二是传美与这位老师的夫人曾经是街坊邻居，很熟的。可是传美把旭娃带去拜老师，回来后旭娃并不满意，说是这位老师也不与他谈学英语的事，只是说了一大串他教学怎么厉害的话，于是旭娃感到很失望。

这次，旭娃回来又提起此事，我们想去想来，想到了谭文惠老师。谭老师是旭娃在书院中学时的英语老师，又是传美的同事，现在她调到民盟机关去了，工作并不很忙，而且，她的爱人左老师在舞阳中学也是教英语的，两人都可以辅导。于是，晚上我们领着旭娃，到官坡谭老师家拜师。谭老师一家都很热情，还专为吴旭准备一间房子，约定每周六的晚上到星期天的上午，都在那里补习，只在星期天下午回家先洗澡，换个衣服……我们除了难为情之外，就是心里很踏实了。这的确是再理想不过的了，算是旭娃的运气好。

——现在回顾吴旭学英语的过程，很有些发人深省。吴旭初中、高中最感到头疼的课就是英语，最影响成绩的也就是英语，但是，出乎意料的是，数年以后，英语倒成了他的长项。他考托福，GRE 都顺利通过，获得有奖学金的留学机会。归国后，在大学执教研究生的专业英语。学校有英美学者讲学，常常是他做翻译，他差不多是吃英语这碗饭。由此看来，对于一个学生，是不能看他的过去和现在，就推论他的将来一定是怎样，不会怎样。这种推断往往是不准确的。世事都在变化发展中，不是一成不变的，人也是这样，特别是学生，发生变化的可能性大。同样，我还想到侄儿吴捷，高中理科成绩特好，大学读的是地理专业。工作分配在州政府，做的是秘书工作，几乎整天和文字打交道。而侄女吴蓉，读书时最怕化学，她自己都没想到，以后做的是质检工作，几乎是天天都要和化学打交道。这虽然不能说是规律，但可以说是并非少有的现象。既然这种现象不是个别的存在，那么做家长的不应因为自己的孩子哪一方面学科薄弱而去责怪，使其丧失信心，相反，要鼓励他不言放弃，孜孜以求，锲而不舍，尽力学好。学生更不要因为哪一门课程没有学好，而毫无信心，视为畏途，索性放弃，要想到，说不定将来还就要靠这一门知识技能谋生。中学，无论是初中，或是高中，所开的课程都是基础的知识和技能，比较好的掌握是终身受益的。说到这里，我觉得高中过早就分科，是因为要对付高考逼出来的，但对学生未来的发展并不是好事。

全市学校政治思想工作会议即将召开，我闭门写文章。这次的任务两个，一个开幕词，一个总结。自然是先写开幕，后写总结。已经出九多日，但仍然感到寒凉，坐着写字，脚下总觉差点什么。买了一个 600 瓦的小电炉，脚下便不差什么了。

开幕词比较简单，三四页纸也就够了；写总结也多少有了一些经验，边开会边写。有意思的是，会议第一天上午安排三位领导讲话，首先是宣传部嘉副部长致开幕词，他似乎觉得我给他写少了，在稿子的基础上展开来，洋洋洒洒发挥了一番，很占用了一些时间。接着，胡局长作了传达报告，轮到第三位领导谭市长讲话，问题出来了，时间只剩下十几分钟。尽管谭市长精简了讲话内容，最后还是“拖堂”了，让大家吃了冷饭。

中午，太山庙学校的熊校长来找我谈几件具体事，主要是场方决定药中以后不办高中了，只办职业初中。我听后大有感慨：成也萧何，败也萧何。当初积极要求开办的是药材场，要求一家管理的是药材场，现在决定不办了的也是药材场。太山庙药中，从一出世就是一个多灾多难的羸弱儿，若干剂药也未能使它避免夭折。说来说去，其实就是一条：“山上只能修庙，不宜办校。”这是药中郭宗柏老师说的，如今是一语成谶。事实说明，学校办在这样偏远高寒的山头上，是不符合办学规律的。尽管我为它跑了不少路，事到如今也并不令人惋惜，那是迟早的事情。我想到那次刘局长和我一起从太山庙回城，在吉普车中议论这所学校的前途，那时，他就提出过许多疑问，置疑这所学校的生命力。刘惠民的眼光是敏锐的。

大会安排下午讨论，我在局长办公室参加市直学校组。这些校长们，先是对我说：“你们这些笔杆子，给领导少写一些嘛，害得我们这些‘学生’吃冷饭。”

我说：“我写的开幕词不过三四页纸，几分钟就可以讲完的，领导嫌少了，要发挥，不能怪我。”

有人便说：“我们山区的领导干部素质都不错，都很能讲。”

这一开头，都七嘴八舌说起怪话来，什么“只要马儿跑，不给马吃草”之类都来了。我发觉，这些市直学校的校长们，只要在局长办公室一起开会，就像一些“老油条”，在这里放怨气；又像一群调皮的学生，光找一些不三不四的话说；更像嫁出去的姑娘回到娘家，总要叽里咕噜诉说一番。但是，一旦离开这里，回到学校，他们大抵都是正儿八经的领导，要耐心做下属的工作。人们有怨气，是应该发泄出来的。似乎在什么报刊上看过，某工厂专门设置一个屋子，墙壁是软材料装的，凡是要发泄怨气，讲牢骚话都可以在这个屋子里尽情发泄，怎么闹都行，甚至可以拳打脚踢，拼命撞墙。据说只要这么发泄一阵之后，他们的精神便恢复正常，没什么事了——我们的局长办公室正在发挥这种功能。

上次去板桥，骑自行车翻了跟头，提醒我好久没有运动，腿子没劲了。政治思想工作会一开完，我便把一辆老永久牌车找出来，仔细打理了一番，又送到修理铺去修理。取回来的确是大不同了，还是一匹好赤兔马。我骑着这匹马，出南门，进后山湾，经北门，到大十街，再蹬上割肝坡，尚未到汉剧团人就一点劲都没有了，只好推着回到六角亭。听说有的人是可以一直骑到六角亭的，而我过去一般都可以蹬到汉剧团门口。久坐办公室的人，应该想想怎么运动运动，锻炼一下，不然身上的机能便逐步退化，到了我这个年龄，似乎退化更快。

3 月 30 日是星期天，昨夜下了一点雨。早上八点父亲来说，雨已经停了，看样子不会再下，我们还是照原计划去红庙扫墓。他和哥先乘交通车去土桥坝，邀二姐，要我骑自行车买香蜡纸烛和宝盖，在桑枣坝的永祥家汇合。

我走了一通城，并不见一处卖宝盖的，经打问方知，社日已经过了，宝盖是社日之前，“拦社”用的。于是买了香蜡纸烛、鞭炮和几根清明吊，驱车前往。恰好在离永祥家不远处，赶上了父亲、二姐、哥哥和龚仆、龚霞一路人。在永祥家休息一会，便去给母亲扫墓。

墓地周围是青青的麦地，梨花、桃花虽已不是盛开的时候了，但在大片的青绿之中仍然有红，有白，点缀其间。前面是红庙水电站的水渠，大体已经完工，再远处可见蔼蔼紫霞中的施南城。母亲在这个地方已长眠两年，一切忧患于她已成过去，她安然了，而且是在这幽雅、静谧的地方，尘世的灰尘无论怎样都是飘洒不到这地面来的。

花椒树上结满簇簇椒子，似花似子，仔细辨认，那还是子。父亲说，记得有一次，看到那花椒籽已是蛮大的颗颗，怎么这一回看到还只有这么大一点点？我回忆了一会，想起来了，那是母亲的“百日祭”来的，那已是麦收的时节，要晚一个多月。

父亲带着我们，在这里盘桓许久，返回城里，已是五点多钟了。

州市的许多单位都盖起了宿舍楼，教育局也下决心要修房子了。大家都一起议论，县、市教育局合并时，小市移交的有 20 万元，原本就是修教育局的。除此之外，还能够筹集多少钱？可以修几个单元？多少层？办公室和宿舍怎么摆布？对于没有房屋住的教育局人员，议论起这个话题来，跟三年自然灾害中人们议论吃东西一样，有滋有味，就像马上可以迁入新居一样。

然而，要修起一栋宿舍楼，该是多么的不容易。除了要筹集资金，还要有计划，要征土地，还要市长批，手续繁杂得很。听说刘局长和胡局长、曾主任为跑一个修建计划费尽周折，为在小渡船黄泥坝征地的事又跑了不少路。后来，胡局长和曾主任找到吕市长签字，市长非但不同意，倒还给了他们一顿“吹”（批评），搞得胡局长气得脸红脖子粗。刘局长对胡局长说：“这个事，你以后就不要出头了，让我去。你们都是本地人，以后还要在这里搞事，我一个外地人，不怕得罪他们，大不了不要我在这里搞了，我回黄石去。”

刘局长出马，和胡局长、曾主任去找吕市长了，刘局长再次嘱咐他们不要说话，就由他来说。到了市政府，吕市长外出尚未回来，他们便在新修的市政府大楼上下参观，接着到下面的花台等候。终于等到吕市长的车来了。等吕市长一下车，他们立即抓住不放，刘局长上前一步，对吕市长说：“教育局修职工宿舍的事，就等吕市长你签字了……”

吕市长边走边说：“我上次不是给他们说了吗，修宿舍的工程不能批。”

刘局长说：“修职工宿舍怎么不能批？那么多单位都修了，教育局就怎么不能批？”

吕市长有点火气了，说：“我说不能批，你说能批，你来当这个市长嘛！”

刘局长说：“可以呀，来，你就让我当一个月的市长，我大笔一挥，把教育局的宿舍批了，等到工程动工，再把市长还给你。”

吕市长盯着刘局长无可奈何地笑了，一步跨进办公室，一边对他说：“你这个刘惠民，真有些犟性子！你搞个什么面子工程嘛！”

刘惠民也跟着进了办公室，站在那里回答道：“要讲面子工程，吕市长，你们这个市政府大院还算个面子工程，宿舍早就修起了，办公大楼也盖起了，现在又修了花园，真是锦上添花了。我给吕市长说，不是我要住房子，我在鄂西高中有房子，以后教育局修了房子我也不会分一套。我是看到教育局的干部太遭孽，一家人就挤在一间屋子里，这多年了，谁都知道，组织部干部科的同志专门实地察看过。我们修一栋职工宿舍，也就是解决个温饱的问题，充其量是个温饱工程，哪是什么面子工程？”说罢，一屁股坐在吕市长对面的沙发上。

吕市长略有所思，说道：“算了，你说的也有道理，我说不过你刘惠民——来，东西拿来，我签了。”

——此事已经过去近三十年。1986 年春，教育局在黄泥坝的宿舍楼动工，1988 年元旦前夕新居落成，刘惠民自告奋勇主持分配房子，他对几位局长说，这个事是个不讨好的事，好多单位为分房扯皮，主持的人搞得一脑壳包。我不参加分房，我来主持这个事比较好。他设计了打分表，按照工龄、文化程度、职务等各个项目打分，方案交由职工大会讨论通过执行。刘惠民自己不分房，众人心服口服，教育局的分房进行得十分顺利，分房完毕，风平浪静。丁卯春节，教育局 24 户喜迁新居。众人由衷感谢刘惠民，称道他办事公道、正派、敢于担当、毫无私心。1989 年，刘惠民从恩施市教委主任任上调回黄石，初任市十六中副校长、校长兼书记，后任黄石二中校长，连续获黄石市优秀党员，市级优秀校长和市级专家称号，1998 年被评为湖北省特级教师。刘惠民调出恩施若干年，但凡是刘惠民在恩施教过的学生，与他同过事的人，凡是了解他的人，无不称赞他的才情，他的人品，他的坦率，他的亲和，把“众口皆碑”一词用在他身上一点不为过。30 年过去，他那时在极其艰难的情况下主手修起的房子，如今已被开发商于几秒钟之间夷为平地，准备另起高楼，但是刘惠民在人们心中可亲可敬的形象永远也抹不去。

——还有人议论，教育局得以修成宿舍楼，也亏得市长吕成宗。此话怎讲？人们说，市长吕成宗，其人肝火甚旺，动不动发脾气，许多下属都惧他几分。这话只说对一半。他在市长这个位子上，千根头发一个簪，什么事情都要管，一天忙得人心烦。其实，这人心底里不坏，不记恨，不整人，还很关心人。他是“文革”前华中工学院的老牌大学生，孝感人，分到恩施，从拿扳手、锤头干工人开始，什么苦都吃过。后来自己当官了，能给别人帮忙的事他都会伸出援手。刘惠民大约摸到他的脾气，诉说职工没有住房难处，与他硬碰硬舌战一番，也是点到他的穴位上了，使他动了恻隐之心，说出“我说不过你刘惠民”的话，甘愿签字，这就说明吕成宗外表看来肝火旺，其实内心还有菩萨心肠，颇有同情心。倘若，刘惠民碰上的是一位毫无同情心，又刚愎自用的市长，说不签就不签，你一个局长又奈我市长何？一下子钉子回了头，那房子还是半天云里吹喇叭——哪里哪！而且，日后少不了有你刘惠民的小鞋穿。

近日恩施发生车祸多起。上周在土桥坝，一辆拖拉机撞死一个二十几岁的年轻人，后来一了解身份，还是市里从黄梅请来的酿酒师傅。

大前天晚上，芭蕉芝麻岭又出事故：

两个个体商贩，一个红土的、一个芭蕉的，他们从湖南偷运一车卷烟，趁着夜深人静，开着一辆小货车到芭蕉。师傅路径不熟，在高拱桥附近的芝麻岭翻车，落入水田，仰面朝天。这芝麻岭我是知道的，连续三个很陡的急转弯，是人们说的“之”字拐，又有人叫这地方“倒推磨”，这里是经常出事故的。熟悉的司机，都须得仔细打方向盘，不熟悉的稍一大意就会出事，尤其是夜间。据说，这一次是小货车在第一个拐弯处就来了一个旋转 360 度，翻到了第三个拐弯处，站立几秒，接着又翻转 180 度，四轮朝天，仰躺在坎下的水田里了。芭蕉人被摔出车门，并未受重伤。他当即呼叫红土人，红土人在车里也应答了。这自然是因为落入水田的原因，田里是松软的，不然两个人当即就没命了。芭蕉人马上钻进车里，寻找红土伙计，但是一团漆黑，什么都看不见，于是掏出火柴……“轰——”说时迟，那时快，当他将火柴划燃，呼啦啦满车燃起熊熊大火。原来车子翻转，汽油溢出，小小一根火柴，引发大火。两个人哪里躲闪得急，活活被烈火吞噬。可惜这两人，本来可以大难不死，哪知就是闪念之间出了差错，没想到汽油的事，成了点火自焚。当人们前来施救的时候，汽油已经烧干，车已烧成一个漆黑架子，人也成了黑乎乎一堆，面目全非，简直无法辨认。

芭蕉人的家属，将两具尸体都收敛起来，立即给红土方面的家人报信。这边，芭蕉人的家属认定其中一具是自己家的人，“入棺了”，布置了灵堂。锣鼓响起，鞭炮齐鸣，道场开始，悼念亡人，哀号之声，催人泪下。那边，红土的家人得此噩耗，急急赶往芭蕉。事情在此出了蹊跷，红土家属辨认尸体，并非自己家人，倒是棺材里的那一具才是，有腰间所配的皮带扣子为证。于是，全场大哗，披麻戴孝者，纷纷卸下孝装，愤然道：“冤冤枉枉给别人当了一天孝子贤孙……”最后芭蕉、红土两家协商，共同办理后事，将二人合葬于芭蕉。此事方才得以妥善解决。

上级规定，本月（4月）之内，每周星期四上午，都是政治学习时间，内容是普及法律常识。这个星期四上午，是市直单位干部在清江电影院，听教研室赵爱群老师讲《宪法》。

清江电影院内，稀稀落落坐着一些人，有的在讲话，有的在翻阅书刊，有的在闭目养神……学习的都是干部，赵老师又不好抓上课纪律，随他们的便，只顾自己讲“根本大法”，坚持将准备的讲稿读完。他这个韧劲着实让我钦佩。我想，若是我在台上讲课，下面的人这种状态，我是一点讲课的兴致都没有的，心里还会发麻，干脆不讲算了。

我们不懂得，我们生活中的形式主义怎么就这么顽固，而且人们都听之任之，视之为当然。这种形式的学习，除了徒有的形式之外，就是在总结工作的时候，可以记上一笔。就其效果，便是大家都耽误4个小时的时间。如果说，“时间就是金钱”，那么，这种形式主义的学习，简直就是挥金如土。应该要改变形式的学习，研究学习的形式，讲求学习的效果。

比较起来，这一天传美他们过得充实有趣得多。从昨日起，他们就准备去屯堡一级电站春游，兴趣勃勃地在家煮了五香鸡蛋带着。今天一早就出门，到下午才回来，玩得累了，但心情畅快。比我们玩没玩得、做也没做得强多了。

晚上我受张文剑局长的启发，去办公室搞学习，看了《东西南北》杂志上，美国第三任总统、《独立宣言》起草人杰弗逊给孙女的十条告诫，语言极平凡，道理极深刻，富有哲理。诸如：

——自己能做的事绝不麻烦别人。

——不要用未曾到手的钱。

——今天能够做的事情不要推到明天。

——不要贪食，吃得过少是不会使人懊悔的。

——气恼时，先数到十然后再说话。

清明节。

上午在研究高考预选工作。

中午，去买了一个澡盆。去年，以为塑料盆不会像木盆那样容易腐烂，也不会因为干枯而漏水，是经久耐用的东西。其实不然，买的一个塑料澡盆，没用多久就龟裂了，补也补不上，只好再买这一个。

下午，刘局长交给我一张《国家机关工作人员奖励工资呈报表》要我填。据说全市仅仅 9 个指标，宣传口只有 1 人，局长们推荐了我，战线党委也同意通过。我想大概是基于符合“工作多年，工资偏低”这一条，评到我的头上。我也真是算幸运了，奖励一级工资，这当然是大好事啊，不光实惠，说起来还很光荣的。只是我在填表的时候，要总结几件突出的事迹，就感到很困难，很有些急人了——实在摆不出自己的多少好处来。我只觉得自己是在老实做事，但是没有留下什么痕迹，充其量也是很少。本来我是善于总结的，在做这篇文章时，又很难说出多少话，说起来也就是洗碗涮锅一类的事情，填在这表格上，还真不好意思。

我顿悟到：今后自己一定要进行一点创造性劳动，要做几件堪称“贡献”的事情，不让自己在今后领工资时赧颜，也不让局长们以后为我的平庸而尴尬。

才 4 月 23 号，天气就大热起来，可以只穿一件衬衣了。

党校体育老师欧阳，一进门就说：“你们都坐在屋里，不出去迎接赵紫阳？”

他说的荆门话，老康没听懂，说道：“这么热了，还出去晒什么太阳？”

“哪里，都在说啦——赵紫阳和王任重今天要到恩施来，忙坏了好多人，你们出去看看就知道了，街道变得好干净，好整洁，还洒了水，几个叫花子也被收容了。”欧阳说。

老康笑笑说：“看来恩施要起大鼓子了，前年总书记来了，今年总理又来。”

我见欧阳手里拿着一个什么仪器，便问：“你这是个什么玩意儿？”

“这个可不是玩意儿呢，叫耳穴肿瘤诊断仪。通过对耳廓不同穴位的测试，可以判断人体各个部位是否健康正常。”欧阳说。

我让他给我测试测试。他便在我的耳朵上测试起来，先对我说：“你有支气管炎。”

我说：“对。”

他接着说：“腰椎不适是不是？”

我说：“正是。我正想去拿点伤湿止痛膏贴一下呢。”

“癌细胞没发现。”他说。

我说：“那就好，我自己觉得也没有什么大的毛病。”

“血压有点高。”他又说。

“有可能。我父亲有高血压。”

他说：“那你就要注意，不要吃得太油腻，猪蹄子这些东西不要吃。”

我半开玩笑地说：“你说我们这些人遭孽不？吃得的时候没得吃，饿饭；现在有吃的了，你又说不能吃！说来可惜，昨天我把过年时的一个猪蹄砍了炖，哪知里面还生了虫。”

他说：“都是一样，我们这些人，哪个没饿过肚子？不过，现在有东西吃了，真还要注意，不要吃出病来……”

我说：“我父亲也说，医生嘱咐他，现在吃得好，吃得多，要经常测量血压……”

欧阳说：“现在好多老人家都很重视健身之法，中年半载的人也应该早些注意。”

我说：“现在许多人的确重视健身之法，也是想方设法治病强身，早年流行鸡血疗法，以后流行摆手疗法，好像都能包医百病，前些时候又说红茶菌好得很，有病治病，无病强身。这些有没有科学依据？”

欧阳说：“这些疗法我没有用过，但是，我相信世界上没有一种什么东西可以包医百病……”

这时，市人大王启彦副主任来找我，欧阳趁此找光福讲话了。

王主任对我说，他不久要参加省人代会，想为教育上说几句话，问我最需要反映的是几个什么问题。我说，一个是学杂费还是多年以前的标准，太低了，学校经费紧张，老师用粉笔都控制，给老师一支支发，应该适当调高一下标准；二是有的教师长期还是“以工代干”，这个问题应该解决；三是教师医疗费包干，看不起病；四是山区高中教师补充难，大学生分来的很少。王主任说，“你把这几个意见简单写成一个东西，明后天给我，我带去写个提案，不管解不解决得了，总可以把问题反映上去”。

第十五章　亦师亦友

（1986 年夏—1986 年冬）

同刘惠明局长一道去司法局，联系学校师生普法（普及法律常识）的事。从 1986 年到 1990 年，是“一五普法”时期，上级要求，学校师生是普法重点之一，教育局主要领导要牵头，还要一名干部具体抓。自然，这个牵头人是刘惠民，而这个具体抓的人，定的就是我。

接待我们的是司法局的赵局长，他急忙站起来欢迎，对刘局长说：“你刘局长亲自出马抓普法，我们心里就踏实了，教育上的普法是我们任务中最大的一块，普法对象人数最多。你们要我们怎么支持我们就怎么支持……”我们很快就和赵局长商量出一个师生普法的方案，剩下的事情，就是我要起草一个文稿，由教育局和司法局联合发文。

司法局在大十衔，不远处便是市新华书店。走出司法局，刘局长建议去逛逛书店。在书店里，他特别向我推荐了三本书：瞿蜕园选注《汉魏六朝赋选》、龙榆生《近三百年名家词选》和王力等著《怎样写学术论文》。我当即买下三本书，很是满意。局长刘惠民，才思敏捷，勤于读书写作，令我极为钦佩。据他平日闲谈，知道他是 1965 年进大学，仅读一年书，“文化大革命”就开始了。“文革”初期，他的父亲是黄石有名的中医，被打成“反动学术权威”，于是，他什么革命组织都没参加，或者说，什么组织也不敢接收他。他便与几个志同道合的同学天天找书看，琴棋书画样样学。这倒成就了刘惠民，日后成为一个饱学之士，多才多艺之人。他步入教坛之后，便显露出与众不凡的才华。他不是那种自吹自擂的狂妄之徒，也不是那种虚假的谦谦君子，他是那种坦坦荡荡，无所遮拦的人。初到教育局的时候他对我们说过：学校里的好多事都不怕，上语文课，只要往台上一站，学生的眼睛就盯上了，一堂课可以讲得眉飞色舞；他又写得一手漂亮的毛笔字，要办什么专刊，写文字，画插图，都少不了他那一支笔，学校的校牌都是校长要他题写的；搞文艺宣传从编写文本到吹拉弹唱，他是样样都来。他说："我会搞的事情，他们不让我搞；我搞不来的行政，他们偏要我搞……"

是的，还是在芭蕉的时候，我就多次在报上或恩施地方的文化刊物上，看到有落名刘惠民创作的诗歌、文艺作品，什么歌词、对口词、耍耍唱词之类的东西，就不知道哪来的这么一个刘惠民。

刘惠民来教育局已是一年多了，我渐渐熟悉和了解他，觉得此人不仅可以信赖，而且还是难得的良师益友。随他一起工作很愉快，还可以增长许多见识，学到许多有益的东西。

星期天，读了曹植的《洛神赋》，陶潜的《闲情赋》，只觉辞章华丽，文采飞扬。在大千的古典宝藏中，赋，这一颗颗灿烂明珠，我实在是很少伸手采撷。

仅有的一张刘惠民（左立者）照片

热了几天，下了一日大雨，又冷凉起来，邻舍还有生火取暖的。

我面前摆了几件事，都是要下文的：普法安排，文明单位建设，开展教师怎么办的讨论，城区五年制改六年制的方案，帮“五讲四美三热爱”办公室出竞赛题……我要像煎鸡蛋一样，一个一个地煎。

先着手普法文件的起稿，想力求避免空话之类，使其便于执行，便于检查，收到实际效果……电话铃响了……

电话是州局教育科打来的，要报今年中考考生人数，预订试卷。这是今年的新情况，突如其来的一招。州里中考文件未发，中考会未开，就要求报人数。股里老康在参加州幼教会，光福在体委开民族运动会，小杜去咸丰面授，只有我一人在家。只有停下手中的煎鸡蛋，电话联系各个站校，先报一个数字再说。

下午昶昶放学回来，面红耳赤，见面就说“我病了。”我摸他的头，滚烫发烧，知道是这天气变化无常，感冒了。立即带他去医院，打了一针。他吃了一点饭，我叫他好好睡一觉，病就会好的。他还硬撑着，要把作业做了再睡。我笑着表扬他：“怎么变得这么刻苦学习了？”

教育局会议室正在研究学制过渡的问题。参加的有市教研室和城区三个教育站负责人。国家规定实行九年义务教育，但是，“文化大革命”中的学制改革，小学、初中、高中各减少一年，由原来的“六、三、三”制改成“五、二、二”制。改革开放以来，初中、高中逐步恢复三年制，只有小学仍然是五年制。国家规定的是实行九年义务教育，这个学制如果不改，我们的初中毕业生实际只受八年教育。副局长李志华在会上把草拟的城区小学从现行五年制如何一批批逐步改为六年制的方案讲了，各站都表示，这个方案可行，既考虑到初中招生不断线，又考虑到各个学校的现有条件。这个方案是我动笔，局长们反复推敲几次形成的。李局长讲了以后，刘局长接着强调，这项工作是普及九年制义务教育的需要……此时，戏剧性的场面出现了：冷灰里蹦出了热黄豆——教研室副主任吕经武发言，对这种说法予以否认。全场一片愕然。他慷慨陈词，细说根据：普及九年义务教育的文件，并没有肯定实行“六、三”学制，而倾向“五、四”学制。李鹏的《说明》白纸黑字，说的是“五、三”学制现在作为一种过渡形式存在，但过渡到什么学制并没有明说，他没有肯定过渡到“六三”学制，倒有肯定“五四”学制的意思。

大家面面相觑，不知所措。有人说话了：这么说起来，我们在这里处心积虑要把现行学制，改为国家并不肯定的学制——这是何苦啊！一上午的会，就被吕经武这几句话给推翻了，变成徒劳。

两天之后，谭市长到教育局研究几项具体事：一是庆祝“六一”儿童节发文；二是文明单位创建怎么搞，也要发个文；三是给市长办公会汇报材料的准备；四是城区小学学制过渡问题。对学制过渡问题，他说：“你们说国家并没有肯定‘六、三’制，倾向的‘五、四’制，但是，车转来说，国家也没有明确否定‘六、三’制。中央文件还有一个最基本的精神，就是普及九年义务教育责任在地方，基础教育管理权在地方，具体的什么政策、制度等等‘一帕拉事’（许多的事）都交给地方。因此，我们完全有权确定我们的学制。再说，如果实行‘五、四’制，你们想了没有，我们的初中要多出一个学年段，那要新增多少初中的教室、宿舍？要增加多少初中教师？如果那样，我们再过二十年，到下一个世纪看能不能普及九年义务教育。我们的小学，‘文革’前就是六年制，现状普遍是五年制加学前班一年，基本上就是六年的规模，如果把学前班交给幼儿园办，还原小学六年制，压力就小得多。”

谭市长这板子一拍，事情也就定案了。

也许局长们考虑我手里要写“小字”的任务很多，今年州里召开中考会我就不去了，李局长和光福两人去参加。

我手里的事情的确不少，完成了几个，又有编制“七五”事业发展规划的事。市里开了一个计划会，几位市里的领导认为去年教育工作会定的规划，在1995年全市普及九年义务教育，步子还是慢了，虽然中央文件说在发展速度上，各地不要攀比，但是，我们到底是一个“市”，免不了要与别人攀比速度。我按照这种意见，把步子加快，在1990年“普九”。这样推算下来，其结果让我大吃一惊：1988年至1990年恰好是我市小学毕业生的高峰，随后小学开始逐步收缩。也就是说，这个时间，正遇上我市出生人口高峰期的学生上初中，如果要攀比速度，我们就必须在“七五”期间初中在校生增加200个班，10 000名学生！很显然我市的人力、财力都是难以达到的，这样做是盲目的，不可行的。我们不能把规划当“鬼话”，不能脑子发热，走“大跃进”的老路。我觉得考虑“七五”后小学毕业生的逐渐收缩，同时加快初中发展的速度，规划在“七五”期间初中净增5 000学生，然后在“八五”末或“九五”初普及初中是可行的。

电话铃响，一会，倪科长叫我去讲话。是劳动人事局打来的，他们为奖励一级工资的事找我，说我表上忘记了填写这些年授奖情况。我回答说，不是忘记了，是我的确没有受过表彰，而且，教育局好像只给别人发奖，自己的职工没有评选过什么奖。看来，晋升一级工资的事可能告吹了。也是，全市这么多干部，奖励一级工资的指标只有区区几个名额，推选出来的至少也应该是这些年获过奖的，怎么就推选出我这么一个一次奖都没有的？我只觉得，过去在学校教书，几乎年年获奖，那时又没有奖励工资的事；现在有奖励工资，自己又多年没有获奖了，这正是：“命中只有八合米，走遍天下不满升。”算了，没有必要患得患失，还是“心底无私天地宽”，现在的日子比过去好多了，很满足了——记住：“知足者常乐。”

国家教委决定，从今年起，全国各类成人高考举行统一考试。恩施市考场设在和平街小学，由敖局长和成教股同志负责组织。

上午，我在油印下乡视导提纲，准备下午开第二次视导人员的会议。

下午，下乡人员会议在教育局开会，其中包括抽调的教研室的教研员，还有市一中的好些老师。市一中的老师怎么参加这个会呢？原来，前几天几位局长为了保证市一中优生生源，准备今年来一个硬办法：市内保送120名上市一中。为什么要来这么一个硬办法呢？原因很简单，就是年年高中录取，恩施市的优等生，几乎被州一中囊括。市一中苗子差了，高考自然无法比。由此而来，人们形成一种印象，市一中是初中好，高中还是鄂西高中强。对此，市一中不服气，我们高中的师资是从全市有经验的教师中选拔出来的，起码不比鄂西高中差，我们差的是鄂西高中那样的优生苗子。如果我们有鄂西高中那样的苗子，负责比鄂西高中考得更好。刘局长是从市一中来的，自然也是憋着这样一肚子的气。所以，今年他下狠心，要把市里的优生生源直接输送120名到市一中去。这些参加会议的市一中的老师，就是去做前期准备工作的。可以想象，这事是直接对着鄂西高中，也是对着州教育局干的。后面的结果怎么样，一时难见分晓，只怕还有好戏在后头。而敢于这样对着干，导演这台戏的，只有刘惠民有这个胆子！

会议正在紧张进行，李局长把下乡的要求讲了，刘局长对几件事进行强调。此时，敖局长出现在门口，愤然打断刘局长的讲话，他大约是多喝了几口酒，怒气冲冲说道："插一句着——当局长的什么都得管，光搞'大哈数'不行，要搞具体的。和平街小学那边在举行成人考试，省里有人，要车，车没得，要开水，开水没有……"这明显是冲着刘惠民说的。

刘惠民平静地听他说完，露着微笑，说道："怎么，他们不听您安排？"

我看到这一幕，觉得刘惠民是很不错的，很沉得住气，这涵养功夫算是到家了。

这个会一散，我们几个人留下来，讨论"六一"节目汇演的事，都在为钱的问题发愁，忽然有人喊刘局长接电话。刘局长接完电话进来，喜上眉梢——恰好是市政府电话通知，拨了一千元的"六一"活动经费。大家都说："这财喜来得巧啊！"

小会结束，刘、李、胡三位局长，谈笑着朝和平街小学那边的考场走去——是"管具体事"去了吧。

全局第二次下乡视导，我选了去太阳河，因为到局里来了差不多6年，我还没拜访过这个区。虽然1969年、1972年曾经两次去过那里，但那都是去哥嫂家做客，教育站在何处都不知道。

早班车九点多钟就到了太阳河，下车的地方正是太阳河医院，那是哥嫂他们经常说到的地方，当年他们大人小孩都常要与这里打交道，这里有他们许多难忘的故事。

教育站在老街里面藏着，难怪前几次来都没看见。这是一连四五间的木质楼房，虽在集镇但比较安静。这次视导的一个主要任务，是考察初中应届毕业生中前十名，动员他们就读恩施市一中。下午，先去宣传委员雷鸣同志处，然后去太阳中学，了解学生情况，前十名基本确定下来。

晚饭后再去中学，与十名学生谈话。刚刚开始，说有电话找。心想，这时候来电话多半不是好事。果然，是李宗祝老师打来的，接着是传美的声音，说父亲流鼻血，已经住进了州医院。心里很是不安，想来一定是高血压作怪。难怪，中午休息时，无端地梦见一条蛇，叮住我的脚掌，使我惊醒——人一旦面临这类事，有时也会受迷信的影响，没有这类事发生，自然也不会把梦当成一回事。

继续给十名学生谈话，动员他们上市一中。晚上，把这次视导要办的事办完：收集前十名的考试试卷，听艾成功站长讲工作情况，填写表格。我对艾站长说，这次不可能随他去多看几所学校了，以后来了再补上这一课。

次日一早，下着大雨，路上多积水。我冒雨上车，皮鞋都灌进了水。隔着车窗听见外面大雨哗哗，车顶的雨水如瓢泼下来，顺着玻璃往下淌。不知父亲病情如何，心里多了几分焦急。但是焦急有什么用？掏出随身带着的《古诗一日一读》，对几首感兴趣的默默背诵，这样时间也过得很快，车子也跑得很快，十二点就回到了单位。

乘上了交通车，去州医院看父亲。情况还好，鼻血已经止住，只是鼻中发痒，父亲不时要揿揿鼻翼。

5 月 23 日，各路下乡人员汇报情况。光福这次是到的盛家坝，讲了盛家坝站里和学校都全力支持给市一中保送优秀学生的事，以及前十名的大致情况。他在说最后一个问题的时候，大家都笑起来。他说，音乐课的教学应该加强。这次每走到一所学校，都能够听到歌声，但是，走到这里唱的是“鞋儿破，帽儿破……”，走到那里也是“鞋儿破，帽儿破……”有人插话说：“岂止盛家坝，到处都是唱鞋儿破。”大家都笑起来，有的说这就叫“流行歌”，不过，这比唱广告歌好。有个学校，学生娃上课前唱的是：“我们是害虫，我们是害虫……”胡局长止住笑，说：“你们也莫要笑呢，这也的确是个问题，音乐教学也要讲思想政治。学校到处唱鞋儿破帽儿破，学生个个唱我们是害虫，成什么名堂！”

接着是教研室刘用汇报城区的情况。靠近门口的几位同志小声报告“州教育局张文剑局长来了”，有位同志还打起“暂停”的手势。刘局长站起身，说：“我在教育股接待他，你们继续汇报。”后来，听说张局长正是为恩施市要保送 120 名初中应届毕业生上市一中之事而来，明确表明不能这样办。哪知，刘出乎张的意外，将恩施市的意见和盘托出，说州里这些年来，在高中录取学生中，只考虑鄂西高中的生源，不考虑其他县市一中的办学积极性。尤其是恩施市，优秀学生几乎被鄂西高中拔光。州里的这种政策，逼迫恩施市一中只有采取自己的对策，今年恩施市是准备保送120名上市一中。如果还是要像过去一样，恩施市一中干脆别办高中，只办初中算了。张最后很慎重地拿出州里的四点意见，刘听完四点意见之后明确表示：没有必要照办。于是，找车，送客出门。这次州、市局长的会面不欢而散，矛盾由此渐趋白热化。随着中考临近，这个矛盾势必愈演愈烈。

5月底的事情挤成一块：这一头，市一中保送生120名要逐一复核；那一头"六一"临近，要准备参加全州少年儿童文艺汇演，每个县市5个节目；同时还有老父亲住在医院，要关照。

集中火力，把保送生的复核做完，就看下一步怎么走。现在当紧的是五个节目，分别到了五所小学，按照市里安排，文化局已有人到校辅导。接着安排五个节目集中排练一天，并请邦固兄参加，提些指导意见。因为听说州评议组就是以他为首的6人组成。眼看这一切进行得比较顺利，但在人民剧院走场的时候，一位负责节目的老师，怄气回去了。在这火口上，出这类事真让人得急，只有细心做工作，让这位老师顺顺气。

走场已毕，下午四位局长在我们股里一起议论保送生的事情，据说前天，州政府办公室李荫华主任电话谭市长，就保送生事给他施压——就如我们预料的，州政府开始过问了。又据说，昨天高州长还找了谭市长，责问保送生事。大家一起进一步统一思想，坚定信心，充分估计事态将如何发展，以及我们应该采取的对策。大家说，上有政策，下有对策，我们这个对策，是官僚主义逼出来的，是对官僚主义的否定。不然的话，我们的市一中这个"重点"永远是背个名，永远在夹缝中度日。

这几天，都是利用晚上的时间去医院看父亲。好的是父亲住进医院后，血压稳定，鼻血再没有出现，比较放心。

5月31日，大忙。上午中考报名编号。全市报名人数4 627人。下午，全州庆六一文艺汇演开幕，先由恩施、宣恩、巴东、建始演出，其他四县安排晚上进行。

晚上，家里也像开庆祝会的：昶昶加入了少先队，戴上红领巾了，给他买了节日礼物：12 种色彩的颜料一盒，调色盘一个。

父亲住院 13 天，今日出院了。

6 月 1 日，虽然是星期天，但不可能休息。上午，等候评议结果，以便及时通知有关节目参加晚上的公演。评选结果出来：我市代表队得 39 分，获得团体第一名，获创作奖 1 个，演出二等奖两个，优秀演员奖三个。

直到晚上节目公演完毕，这才一身轻松。

轻松是暂时的。忙忙碌碌又一周：周一，光福被州教育局抽去武汉提取试卷，我们三人开始整理表册，发准考证。周二，去州体委参加联席会议，研究我市几所学校代表全州参加全省传统体育项目学校的田径比赛。周三，大雨淋淋，从早到晚。全局同志去听赵紫阳总理 4 月视察鄂西自治州讲话的传达。我为联系保送两名学生上鄂西高中事没能参加。周四，上午在土桥职中接待州劳动人事局、州经委、州计委、州教委几家负责人调查；下午在文化局研究国庆全市文艺汇演事。

周五，没有具体活动安排，去派出所，把传美和三个子女的民族成分改为“土家族”。此事可不是自己想要怎么改就怎么改的。我最先找的是民委，民委的杨同志对我就是这样说：“这个民族成分不是想要‘当’一个什么少数民族，就填个什么民族的，那是要有根有据的……”我说：“你查一查七里坪赖家是不是土家族，我孩子的外婆是七里坪赖家的。”他翻出大叠的档案来，找到七里坪赖家，那还真是土家族。再查到外婆的名字“赖昌桂”，也正是土家族。杨同志说：“这就有根有据了，像这种情况，你的爱人和孩子都可以报土家族。”

我问：“我凭什么去给他们改成土家族？”

杨同志说：“我要给你开一个证明，你拿到派出所去办——这个更改民族成分，只能凭我这里的证明，其他任何人开的都不起作用。”

他一面给我开证明，还一面数落：“有些人，以为我这个证明只要讲点人情，说开一张就开一张，我说，没有根据，你就是天王老子我都不得开。打比是你，虽说我们在芭蕉都认得，你在芭蕉园艺场，我在芭蕉区里搞团委书记，要是今天找不到依据，我也不得给你开……”

我说：“搞事也就是要像你这样坚持原则，不然几多事情都搞水了。”

他说：“是嘛，这都是有规矩的，有的人还跟我横扯皮，我怕你扯皮！”

接着，他主动对我说：“免得你以后跑路，我再给你三个小孩，每人开一张证明，他们将来升学的时候都是要用的，只是你自己要保管好。”

这个星期五，我给家里三个娃算办了一件大事。

周六，全天都在主持1986年体育工作会议，没有一点松动。中途，谭市长对我谈到市一中保送学生的事情，他说他心里很不踏实。

晚上，旭娃回家，报告他这次语文考了一个第一。他是很少这样报喜的，也许这次考试的成功，给他备考添了信心，我趁此也给他鼓劲。还看了他的一篇作文，写得的确不错。我的这位长子，确有许多好的德行，学习自觉刻苦，做事也很麻利。自从我进城后，把他接在身边，他知道如何过艰苦日子，懂得节俭，从不乱花钱。他读高中，我每月给他30元，比起其他学生是少的了，但今天给他钱，他竟一分不要，说学校里还结余有30多元，不再拿了，拿在手里还怕丢掉。我想，不管他这次高考结果怎样，这孩子将来是很有用的，他的未来是好的。有这个大的带头，两个小的有了好榜样，我心里踏实。

光福和州教委一行人去省里提取试卷，于昨日归来——中考已经迫近。中考，不仅是初中毕业生和他们的老师紧张的时候，也是我们大忙的时节，犹如茶山春茶的开园，农家秋收的开镰，人们要以加倍的辛苦换取收获。

小杜在给各个考场打电话，通知巡视、监考和领取试卷的有关事宜。他讲得口干舌燥，满头大汗，跑去拿毛巾擦擦汗水，端一杯茶，放在电话机旁，接着又拨通电话。我和老康在准备试卷保管室，也累出一身大汗。下午，老康叫他的儿子小康——市一中的康宁——开车，将试卷运来，搬到了保管室。当晚四个人一起加班，把试卷按考场分出来，此时已是快十点了。杜、康二人值第一班，看守试卷。临走，我开他们的玩笑：“你们杜康两人值班，也不能喝酒啊！”

次日（6月14日），刘、李两位局长邀我一道去州教委（现在都叫州教委了，原来的局长、副局长也改叫主任或副主任），为市一中保送学生的事。我估计到，随着考试马上就要举行，州里会在近日加紧施压。果然，昨天上午，谭市长来给局长们讲了半天好话，劝说可以变通，所有保送生只参加考试，保送仍然归保送。但局长们没有松口。当领导的无论大小，都有自己的难处，就如在保送生的问题上，可以看出来，谭市长实则有他的难处。一边要维护是恩施市的利益，要把自己的一中办好；另一边，他又是州里的直接下属，下级要服从上级。正因为这样，他才提出这个折中的意见。局长们不同意，谭市长可能就此情况向州里领导汇报，于是又有了今天把不听招呼的刘惠民等人叫去。

州教委小会议室坐着州政府办公室李荫华主任，州教委两位张主任和刘晴光科长。李荫华主任态度是平和的，但意见是明确的，恩施市一中只能和鄂西高中一样，保送 12 名，不能超过这个数目，其他学生都必须参加中考。但是，刘惠民就不松口，双方发言，各持一端，小会延迟到下午一点，仍未达成任何一致意见。

回来的路上，刘惠民提出，“我现在想，参加中考也不是不可以——还有些好处”。我理解他说的好处，恐怕是我们自主保送的学生，没有参加中考，州里以后卡脖子，不承认学籍。

下午，我们再为此事去市一中，与王校长、谌书记、樊主任等商量，他们却出乎我的意料，都同意参加考试。我猜想，一中的领导一定打着自己的“小九九”：觉得考试了有成绩在，保送的学生更加明白，有把握；不参加考试，反而不知是不是真的优生。唯独有顾虑的是我，若问理由，我以为有三：就这样同意考试了，对州里刺激不大，今后市一中招生还是任由州里摆布，把尖子学生摘完也无所顾忌，市一中难有丰收年景，此其一；其二，我们对下造成言而无信的后果；其三，一旦参加考试，录取中的扯皮拉筋一定不少，鄂西高中也对着高分学生做动员工作怎么办。但愿我的顾虑是多余的。

6 月 16 日，我们在给各个考场发试卷，刘、李二位局长各带领市一中同志，分道去白杨、沙地、芭蕉、屯堡等地，动员学生就读市一中。下午 3∶30 我接到州教育科刘晴光科长电话，他传达张文剑副主任转告李辉轩州长关于市一中招生的指示：市一中除 12 名保送生外，其他都要参加考试。随即，我将情况电话告知正在沙地的刘局长，他回话说，就这样电话报告张主任：“我们按照李州长的意见办。”下午 6∶30，我拨通州教委 2707 电话，给张主任做了报告。

6 月 17 日，中考前一天，晚上 9∶30，州教委教育科刘科长又来电话，传达李州长指示：市一中 12 名保送生要立即办理手续。刘。李二位局长联系不上，当晚去胡局长处传达了李州长意见。

回家的路上，我想，这事情还引起州政府一把手的关注，直接下指令，而刘局长呢，没说半个“不”字，这可能是他后来倾向保送生都参加考试，也可能想到李州长毕竟是恩施州行政最高首长，硬顶下去不好。或者，两种因素都存在。无论怎么说，李州长还是威信高。听传美说过一个笑话：一次考语文，一道小题目是:《竞选州长》的作者谁？一位学生回答的就是：李辉轩。

中考在 6 月 18、19、20 三天进行。这三天除了陪州里的巡视组转一转考场，就是给荠荠当后勤部长。有些工作我因为家中有考生，应该回避，不宜插手。今年的阅卷，州里全揽在手中，集中在小渡船军区招待所进行，这给我们减少了不少工作量。只有光福还要带我市的老师去州参加阅卷。

中考结束，荠荠获得了解放，开始吹口琴，洗碗筷……享受清闲自在的生活了。高考还有两周，旭娃正紧张复习。

七一前夕，6 月 25 日，教育局党支部开会，讨论通过小杜和张鄂两人入党。我和黎会计去年此时入党，这次一并讨论通过我们转为中共正式党员。我的感想是：我和中国共产党之间，已从过去无形的磁力线，变成如今有形的缆线，我愿今后在党组织的监督、教育、约束下，为党的崇高事业奋斗终生。

6 月 30 日，市委召开全市一级单位党员大会，表彰一批先进党组织和党员。过去党组织大抵是不给物质奖励的，这次与物质利益结合了，算是一个新的变化。

下午学习，在工会大会议室看电视录像，内容是哲学讲座。勤工俭学办公室刘明清老师的老母，以为大家在看什么好看的电视故事，赶来看了半天，老是只见一个人在讲，觉得没趣，打起瞌睡来。当她一觉醒来之后，看见屏幕上还是那么一个同志坐着讲，发出疑问：“哪门还是他一个人坐着讲？这才没得意思啊！”大家一下笑开了，有人说：“今天就是看他一个人的戏呢。”老太太扫兴而归了。

7月5日，用自行车将传美送到车站，他们这次将在咸丰考试和面授二十多天。旭娃在家复习一周，7月6日到校参加考试。我没给他说要怎么样，不要怎么样这类话，因为这些对他而言都是多余，他已经很理智，很成熟了。

7月7、8、9三天过去，旭娃也回家了，我请州教委的小田师傅帮忙，把旭娃的行李从学校搬了回来。两个大娃都万事大吉了，一天吹口琴，看小说，做家务。只是我总有做不完的事。两个大娃带着昶昶，家里我是很放心了，多数时间还是他们自己做饭，我回家吃现成的。

这一边，教研室小升初的成绩出来，市一中的意见还是要择优80名，分数线划在176分，另外在175分上取几名男生。一中有这样一种想法，自己从初中育苗子，保高中生源，还认为男生到初中，再到高中，后劲很足。一中毕竟是全市教育的龙头，他们怎么想，我们都尽量满足他们的要求。

中考那边，光福结束了全州集中阅卷的工作，因为教育局人多而杂，我和他在体委办公室交谈了有关中考的一些情况，对下一步的工作做了安排。光福还说，州教委这次用计算机统分，不知谁把哪一根筋惹动了，计算机出了故障，恐怕得延误一些时间才能够出结果。有些人说："这么重要的时节，要是用老办法，找几个人来拨算盘，结果早就出来了，要赶时髦，用个什么计算机！"

高考的标准答案也出来了，给旭娃对答案，他自己估计成绩是474分（最后公布成绩484分，低估10分，估计成绩是比较准的）。不过，在分数线没划出来的情况下，这分数也说明不了什么（以后公布本科分数线为479分）。

7月11日，市委书记李贵生召见刘局长和我，议题是市二中招初中的事。本来，市二中几次报告要求招收初中班，局里都没有同意，认为城区小学毕业生，被市一中拔一批，就已经影响了几所初中的积极性，如果市二中再拔一批，几所初中意见会更大。而且，城区初中升高中比例并不很高，二中有能力多办两个高中班最好。然而，李书记今天对我们说："市二中有一批教初中的好教师，别人又有办初中的积极性，多办两个初中班，何乐不为？不知你们怎么不让别人办？"刘局长开始说明原委，李书记以不容置辩的口气说道："人家有办初中的积极性，应该让他办，你高中招生计划他照样完成，一中、二中都办成完中，谁有什么意见？一些家长也拥护二中办初中，为什么？就是他初中教育质量高嘛，不要把这条路子堵死。”对李书记这一番话，我和刘局长都无言以对。刘局长只好表示：“好，就照李书记说的办。”

回教育局的时候，刘局长对我说：“你看，我们的一些学校厉害吧，李书记怎么知道市二中要办初中，我们不让办？肯定是学校或者学校的老师反映的。我们事先也不便向李书记请示汇报，这一下我们自己搞被动了。以后，教育上有些什么事情，应该给书记报告才对，不能怕麻烦别人，也不要说越级汇报。不然教育局做的决定，算不了数。”

走到教育局，劳动人事局的唐局长正从人事股出来，见到我便向我报喜：“给你奖励一级工资的事，州里已经批复下来了，几时请客呀。”我笑道：“头前打电话问我，怎么没填受表彰的情况，我在这里的确没有受过表彰——我还以为这个事一风吹了呢。请客，今天就可以——走，跟我下去。”他笑眯眯地说：“我这是小道消息，还是等正式下文了再说。”

我市重点高中、中专的录取分数线公布，应届生 481 分，往届生 519 分！这简直像一条生命线，让多少人高兴，也让多少人失望。还有从乡里到城里来，专门等这个消息的，这一公布，肯定也是喜的喜，忧的忧。

因为分数线的公布，一度平静的水面又掀起了波澜，教育局人如潮水，来体检的、面试的学生，护送的教师、家长，打听消息的，川流不息。教育股活像个寺庙，几个教育股的人，个个都成了“最可爱的”菩萨，人们都来敬烟，教育股这两天是烟火不断……

正在我们忙得不亦乐乎的时候，小杜到咸丰函授去了。也是来得好不如来得巧，海亮和小黄来我这里玩。海亮两年前从崔坝调到芭蕉当教育站长，接着考取离职进修，现在毕业回来恰好放了暑假，站里无什么事情。只是我没空和他们谈白，他两人也见机行事，帮起忙来。一边做事一边聊，也还十分有趣。我索性不客气地对他们说：“俗话说‘见人不使三分罪’，你们看我这里是‘裤裆里打麻将——哈不开胡’，何不干脆来帮几天忙？”他两个也爽快答应。到底是“一人不敌二手”，这两伙计是“手有一双，口有一张”，做事麻利，笑话不少，给忙碌的教育股增添了活力和轻松的气氛。光福对我说：“这两个角色搞事要得，我还看得起。”

一天耳朵里都是闹哄哄的，晚上到法院去清静一下。才走到门外，就听见屋里热闹非凡，原来是四姐在这里。四姐讲的是，她的儿子陈一湘找爱人的事情，说最近谈了一个，姑娘长得相当的漂亮，腰杆只有这么粗——她用双手比出一个圆圈，大约碗口粗细。又似乎觉得比得太小，细得过于了，把圆圈稍微放大一点，补充一句说：肉长得很紧板，身体也好。我觉得四姐讲话是太有趣了，使我一身轻松得多了。

这个暑假，教育局门庭若市，不仅有为学生升学来的，也有教师为调动工作来的。人事股是第一个挤得水泄不通的地方，还是喜欢扯皮的地方。据说，原来的人事股长，有态度生硬的缺点，有时还和老师争执一番。当这位股长调到市纪委以后，局长们物色新的股长特别注意一条，就是性格要温和，做教师的工作有耐心，于是选中了教研室的吴芳山老师。这吴老师是外地人，数学教研员，谁都说他是个好人，说话总是轻言细语，温文尔雅，见人总是一脸笑。你说也巧，他上任不过一年多，今年在办公室和别人吵过几次了。这个“别人”，多半是要求调动的老师。许多熟悉吴老师的人说，怎么他还有这么大的脾气？也有人解释说，也是“水土异也”。此话怎讲呢？吴老师在教研室，就是吴老师，讲数学题，一就是一，二就是二，说此题有解就是有解，有几个解，就是几个解，说此题无解，那就是无解；在教育局人事股他就是吴股长，今年教师是一窝蜂地要求往城里调，市里、局里的口封得很紧，小学教师一个不往城内调，中学教师也严加控制。这样一来，一个要调动，一个说无法调动；一个讲无法，一个讲有法，一个讲有解，一个讲无解。没有标准答案，讲不到一起，于是就争，就闹，就比谁的声音大了，有的甚至威胁：“我把老娘背到教育局来，看你们管不管……”看到这种情况，我才知道，原来要进城是多么的艰难啊！想当年，我是做梦都没想调到城里，却是意想不到地调来了。

教育股是教育局第二个热闹场子，这段时间也是我们最难过的日子。到这个时候，我们不知道何时是星期天，看到别人休息了，邻居关门插锁了，才想起又是星期天了。也不知怎么回事，这个夏天似乎更炎热，缠人的事更多，从早到晚都是人找，都有人“求”，难以吃好饭，睡好觉了。有时候我被缠得脱不了身，旭娃就在侧旁故意高声叫我吃饭。这个办法多半见效，客人知道我还没吃饭，说“雷公不打吃饭人”，让我吃饭了。然而，端起一碗饭，又觉得难以下喉。想睡午睡是更难，困极了，跑到会议室沙发上躺一下。不过，对此我仍然没有什么怨尤。想到过去，政治运动一来，少不得把我这样的人，当作“异己”，我把锄头准备好了，一旦清除出教师队伍，就上坡去挣工分，命是可以保住的。现在有事做，忙得做不赢，只是人辛苦一些，有什么怨尤？我提醒自己，“人不求人一般高”，不能因为辛苦而伤他们的心。不过，我今年还是得罪人了：有人提一个包，里面是糖、酒一类东西，径直往我屋里钻——我已被人视作贪图财物的小人了。这使人有些为难，收了，自降人格；不收多半得罪人。为这事，我与几位老乡和同志闹红脸了，我想他们背地要骂我：“看不起人了，看不起我们送的东西了，有什么了不起的！”如此等等。要说怨尤，我对这样的风气有怨尤，如果用“世风日下”来说当今的社会风气是实事求是的，不少人认为“凡事都讲关系”已成定律，我们认为神圣的、公正的考试和录取，他们都并不以为然。世风如此，如之奈何！

市委要求，各单位要物色年轻干部下派，在基层锻炼两年。局长们研究决定办公室的肖华林下派龙凤坝八中任校长，教育股的杜寿昌到红庙教育站任副站长。前不久，胡局长邀我和人事股的严华光同志一起到八中和红庙区做了调查，与区委负责同志交换了意见，两处都表示欢迎。

8 月 6 日，局里派吉普去咸丰接小杜回来，传美趁一车之便也回来了。小肖和小杜，也正是“毛主席的战士，最听党的话，哪里需要到哪里去，打起背包就出发”，第二天局里的欢送会一开，他们就走马上任了。虽说是欢送会，我其实不怎么“欢”。原因很简单，人是多得少不得的，小杜一走，我们股里四条汉子就只有三条了。还有，办公室华林这支笔杆子一走，许多本该属于他写的“小字”，便成为我的“家庭作业”了。

果不其然，不出三天，就有写小字的任务了：起草《恩施市中小学思想政治工作管理办法》。我的《管理办法》还未写完，师训股段股长给我讲：“暑假举办学校干部培训班，来参加学习的都是各重点中小学的校长，有一课是讲学校思想政治工作，你在写学校思想政治工作的文件，那就正合适了，这一课就请你上。”我自然不能推脱，还要认真准备。

晚上，父亲也给我布置一个任务，将盛哥起草的大伯墓志铭交给我修改。大伯是地下党员，解放初期错误地被当作反革命镇压。现在建始县给他平了反，恢复名誉，还给了一笔费用，盛哥在恩施和父亲一道，看了五峰山烈士陵园，准备给大伯的坟前地立一块碑。于是起草了这个墓志铭。盛哥也写得太过细，有两千多字。我是写过碑文的，别说石匠刻字，就是用毛笔在石头上写，也是相当吃力的事情，何况一块碑上写不下多少字，这多的字要多大“篇幅”，得多大的石头。我想，这就是为什么墓志铭乃至古文都那么简约的原因。我只能在盛哥的原稿里，抽出若干句，组成一篇百字左右的短文。

正是事多的时候，州里通知各县市去一名管职教的干部赴山东考察。市局管职教的自然是我，出门考察是我很感兴趣的事情，但是正值中考紧忙时候，公事、私事都叫我无法脱身，只有忍痛割爱。我极力主张刘局长亲自去，他还真的动了心，觉得是个开阔眼界的好机会。不过这事还惹出一点麻烦——暂且不表。

荞荞近日被家森表叔带到崔坝玩去了，听说每天在那里有飏敏娘娘给她补习数学，又学习手风琴，生活过得很有规律。值得庆幸的是她自觉中考成绩不很理想，决心在高中奋起直追，实在是难得的志气。

这个暑假，千幸万幸的是昶昶未流一次鼻血。自1980年以来，小子几乎每年从天热时候起，就会流若干次鼻血，有时候还要大流一次，住几天医院才会了结。今年这小子争气，我花钱去给他买些好菜和水果，让他加强营养，但愿他能够就这样彻底摆脱这个毛病。

传美一回来，就想到“大兴土木”了，请了木匠在家里打家具。第一需要的是书柜，用了7个工日，按一个工日3元计算，花21元。接着还想打一个条几，一个置放大木箱的垛柜。这些事情我都不操心，由她去谋划，我只收拾地上的木渣、刨花——引火柴不愁了。

旭娃在家里等候高考结果，有些待不住了，和捷娃一起去芭蕉、戽口转了一圈。他们回来，不断讲述戽口、芭蕉的所见，虽然并不比过去美好多少，但是他们睹物生情，想到小时候的一些事情，讲得津津有味。旭娃想起许多当年爷爷教育孙娃的一些有趣故事，说那时候爷爷要他背乘法表，会背了就奖励6

角 3 分钱，因为那时候他很想炸炮竹，合作社的炮竹是 6 角 3 分钱一封。于是，他努力背诵乘法表，终于在爷爷那里过了关。爷爷很高兴地奖励他 6 角 3 分钱，说："好嘛，你拿去买炮竹——那你吃烟的事情，我就不给他们说了。"原来，旭娃有一次拿了一支烟，在苕窖堡上躲着抽，本是想试试，吃烟到底是怎样一个味道，被爷爷发现了。这一次爷爷是在表扬奖励他的同时，把"吃烟"的事顺带提出，又点到为止，不是批评却起到批评的作用。而这一串鞭炮他买了总是舍不得放完，从过年一直到过社时都还有炸的。捷娃记得的是，在戽口看杀年猪。他说，看到屠夫来了，把工具篮子往地上一放，他看到里面的放好几把刀，便问师傅："你杀猪呀——你杀不杀人？"肖师傅立即回答："呃——怎么能够杀人呢！不杀，不杀，只杀猪。"听他们说着戽口的这些事，我也想到戽口去看看了，甚至还想到凉水埠去。人人都有自己的童年。童年，对每个人来说，不管当时生活境况怎样，在以后的记忆里还是美好的居多。童年是一去不复返的，任何人都无法回到童年，甚至愈走愈远。但是，一个人一旦去到度过童年的环境里，便会勾起许多童年记忆。有人说，没有回忆的人生是不完满的，我以为，如果能够回到度过童年的地方去追忆童年，虽然不会返老还童，但必定是美好的，很愉悦的事情，是一种极大的精神享受和满足。

省级中专录取结束，州级学校的录取即将开始。今年的中考录取有新套套：录取过程中还有报名；中专不仅有公费和自费的不同，还有包分配和不包分配的区分；自费价格有高低，有 400 元的，还有 600 元的。400 元的很俏，指标全市只有十几个，就有五六百人报名。卫生部门的学校，原指望内部子女照顾，却没有获得批准，于是设了交 600 元的名额。听说有人问：我交 1 800 元买一个包分配的行不行？由此看来，核心问题就是就业的问题，中专的走俏，升学率的追求，学校的压力，无不关联在"就业"二字上。这与我们五十年代读书的情形有许多不同，很可能是因为当年并没有这么多人读书。

今年中考招生又一热点是土桥职中，新开办的幼师专业，出现几个人中选一个的局面。6 月 21 日李局长和我才去选定土桥职中艺体楼的位置，办班的准备工作才开始，而 7 月 21、22 两日，全市城乡来参加幼师面试的学生已达到数百人，好多都是家中和亲友护送而来。幼师为什么这么俏，同样，人们相信三年幼师毕业之后是可以分配就业的。

今年重点高中的录取，没有中专录取那么复杂，但暗地里酝酿一场战斗——州、市一中争夺优生大战。8 月 4 日，州政府召集我局人员座谈，参加的有州政府办公室主任李荫华，州教委副主任张文剑。市局是刘惠民、李志华和我参加。州里的意思是，可否考虑一部分填报了市一中志愿的考生改报鄂西高中。很显然，这是市局在各中学做工作，优秀学生都填报市一中的志愿而未填鄂西高中的结果。在这个问题上，刘惠民是针锋相对，寸步不让。事情没有谈拢，会议不了了之。我估计，问题可能出在录取之后。

传说高校在发录取通知了。旭娃虽是自制力很强，但免不了犯起躁来。一天像个小娃子，踢一会儿球，又躺在沙发上吹一会儿口琴，似乎也吹不成调，又看一会儿小说，还把木匠的工具借来做圆圈，自制一个篮球圈——看得出，他有些“磨骨搓痒”了。我理解，这个时候是最“毛闷”（烦闷不安）的。这正是二十五年前我过过的日子。不过，他们这一代人比我们好多了，前途是可以自己争取的，而我们其实早就被人打入另册了，还受着愚弄，做着考大学的美梦。

“福无双至今朝至”，8 月 21 日，上午看见了市劳动人事局文件：我等 11 人获奖励一级工资。

晚上九点，接到电报：“旭取民院。”

这真是双喜临门！

旭娃录取中南民族学院，并不十分乐意。本科分数线为 479 分，吴旭实考 484 分，比他成绩低的同学有上了华中师范学院的。我们，包括不少旁人都好言劝导。说实在的，他能够读上大学我就十分满足，我们当年不曾实现的梦想，他给圆了。换句话说，如果不是现今的社会，他能够读上几年书都难说，只怕早就在生产队挣工分了。

与老康、光福去大十街，各买皮箱一口，价 53 元，都是为学生上学准备的。

前次接州里通知，各县市去一名管职教的干部到山东去考察。我因为中考等许多事情走不开，于是建议刘局长亲自去外地学习考察，他也高兴地同意了。今天 25 号，应该是他出发的日子，但听说昨天敖局长、胡局长两人找市委李书记、蔡书记多次联系，反映情况，说这个时候刘局长不能离开，因此，刘连续得到几道“令牌”：不要外出。有趣的是，今天我去上班，看到刘局长出现在办公室，我完全明白是怎么回事了，彼此虽然没说一句话，但我们是不约而同地笑了起来。

自这一天在办公室见到刘局长之后，几日不见他来机关上班，有同志说，可能他们到市委研究成立市教育委员会的事情去了。我想起来，前些时他曾吓唬过我：“教委是要成立了，你要做准备，到时候那就是副主任搞起……”我相信他不是信口开河，事情可能是真。我的第一感觉是兴奋，觉得组织很信任，受到提拔，是很荣光的事情。但是，患得患失的本性又让我有些害怕：教委副主任，不就是教育局的副局长么？喊起来好听，但是他们一天过的什么日子，我还不清楚么？可以说，一年到头就和我中考这段时间差不多，犁上扯到耙上，没有一个松劲的时候，别人休息，他们还得这里那里开会。事情苦倒是事小，恼火的是，如今扯皮拉筋的人和事都多，一天到晚缠得烦人。如果我还年轻，也许不会这样，说干就干。现在和这些头头们接触多，自然有些畏难，这或许与司机开车的情形有些类似。听说年轻气盛的司机，胆子比较大，车子开得快；而开车时间越长的司机，胆子却越小，车子开得很慢。为什么呢？是因为自己经过的危险多，看到别人出的事故多，胆子自然就越来越小。

我把这事给光福说了，他给我打气说：“这有什么可怕的，别人都不怕，你怕什么？你只管搞起，别人搞得好的事情，你一样搞得好。”

我给父亲谈起这事，父亲说：“你这个年纪正是搞事的时候，人家看得起，把你当作一根柱头用，你担当起来使力搞。有些害怕也好事，不会骄傲，不会轻狂。所以有人说，慢慢站起来的人脑壳不会发晕；倒是少年得志，大不幸也——就是猛地站起来，多半使人头昏，自鸣得意，自以为是，这就不是好事，搞不好会摔跟头。”

我忽然觉得，这时间啦，看来无影无踪，轻飘飘的，看不见也摸不着，然而，它又像有一股什么魔力，把世界翻一个转：当年投入阿鼻地狱的人，怎么会变成社会的一根柱头呢？光福说：“别人搞得好的事，你一样搞得好。”真是这样，我就壮起胆子试着搞。

眼看要开学了，中考录取中遗留问题虽然比去年少，但各所学校都有一点。比如，取到小渡船中学的要求上土桥职中，被土桥职中录取的要求到市二中，有城区户口学生在农村初中参加考试，要求回城上高中，也有城区学校考生要求上芭蕉高中的，还有因档案不全而落选的。到了这个时候，来解决这类问题，就是我们给录取学校说好话了，是比较麻烦的事情。本来，我们是根据考生填报志愿和考试成绩录取的，档案不全也是学生自己和学校，班主任的疏漏，我们可以就此一刀两断，结束繁杂的中考工作。但是老康、光福和我，都算得是良心大大的好，想尽量满足这些学生和家长的要求。于是，属于这类情况，我们逐校“调录”。发《调录通知》，这是今年的一大发明，这使原来搞过好几年招生工作的向茂泉同志都感到新鲜。要调录，得先与有关学校说好，他们同意才行，这是淘神费力的事情。这一轮调录工作做完，白头发不知又要增加多少。

此外，市二中招初中惹出了麻烦。意见最大的是书院中学，这是我早就估计到的。赖昌社站长、刘荣校长三番五次找教育局，诉说他们太吃亏了，几个好苗子全被市一中、市二中招走了。为了妥善解决这个问题，我们召开了城区各初中和教育站负责人会议，确定市二中在每个办事处限招初中生 10 名，共 30 名，另外 10 人左右，由市二中与其他初中协商解决。各方基本同意这种办法。

我只希望，开学的日子早些到来。

8 月 31 日，是难得的一个可以休息的星期天，为旭娃上学做了一些准备，转移户口粮油关系的手续也办了。

9 月 1 日是开学的日子，学生的安顿工作还未结束，舞阳办事处还有 120 分以上学生未能入学，家长不时来反映情况。不过总体看来，今年比去年稍好一些，明年招生方面的工作要更早一些。城区的初、高中招生一要确保达到一定容量，二要严格按照成绩把关；农村初中招生要早作部署，要挖掘招生潜力。

自家的孩子也要上学了，荞荞上了市一中高中。这学期海亮从芭蕉教育站调到市一中当教导主任，给荞荞编到王瑞哲老师班上。王老师还是她妈初中时候的班主任呢！王老师不仅是个老班主任，而且是个好班主任，荞荞算得是有福分了。

旭娃不两天也要上学去。晚上我们买了一点东西，挂在自行车上，和旭娃一起去谢师。先到谭文惠老师家。谭老师和左老师夫妇俩，在吴旭关键时候，给他补习英语，见到成效，高考成绩比平时考试都好，特别是让他对英语学习充满了信心。接着去州政府大院吴锦萍老师家。吴老师是他初中时的班主任，那时我们一家分作三处，我和旭娃两人在城里，有时我下乡去了，旭娃一人在家，吴锦萍老师常常晚上要来看看旭娃。初中是一个人成长最重要的阶段，旭娃遇上吴锦萍老师这样的好班主任，在她的关照教育下，心理上得到健康成长，学业上不断进步，这是他很值得庆幸的。吴老师在送走吴旭他们这一届之后，去州妇联任副主任了，现在，她看到吴旭他们这一届学生都即将跨进大学，也是高兴得笑眯眯的。一会，吴老师家的杨国题老师回来了。只见他身上有好几处放着红光，活像一个机器人。我们都觉得新奇，他解释说，这是在做耳疗，治他眼睑下垂的毛病。

回去的路上，吴旭在人静宽阔的马路上学骑车。作父母的我们，望着他远去的背影，心里是喜悦的。我们从襁褓中养大起来的孩子，现在可算是成人了，他可以独自去走他的路了。他走的路比我们要平坦得多，犹如面前的舞阳大道……

我和光福，已将中考遗留问题一个个解决，也和录取学校逐一结清学生账，市内学校的录取工作即将顺利结束。过去在解决遗留问题时，不好处理的是土桥职中，他们很不愿意把已经录取的学生调走，但偏偏就是许多家长不愿子女上这所学校。今年的土桥职中已令众人刮目相看：一座黄山坡，被夷为平地，原来的教学楼整旧如新，新盖的实验楼已经站里起来。幼师班、缝纫班、纺织班成了学生和家长千方百计争取进入的目标。没有读到的，还愤愤不已，写控告信。我们在与职中结学生账的时候，蔚林江主任表现得很大度，我们顺利结账，签字画押，他们实在不愁生源了。

然而，就在这个时候，恩施城里传来趣闻：鄂西高中和市一中争学生。听说从 9 月 2 日起，恩施市一中新生报到，州、市两所重点高中都在城内都设立了新生接待站。说鄂西高中对恩施市在这次中考前深入各个初中宣传市一中、动员学生填报市一中志愿，很不满意。在州政府出面协调不成功的情况下，他们就计划对已录取到市一中的尖子学生做动员工作。他们把新生入学的时间安排和市一中同步，凡是有区乡的客车一到，他们就前去迎接，问考了多少分，录取哪所学校。一旦发现是高分段的，就做工作，“到我们鄂西高中去读，我们热烈欢迎你，你先去看看都可以”。也有些市一中的新同学看到有新生接待站，自己前去打问，有的也被做工作，拉到鄂西高中去了。就这样，到第二天，9 月 3 号，鄂西高中接走了市一中录取的 20 多个尖子学生。于是，市一中决定停课，对鄂西高中表示抗议。当事双方，都在绞尽脑汁，竭力把事态发展引向于己有利方向。看来此事还没有一个了结的时候。

我从土桥职中结账回来，吴旭递给我 100 元说：“天池山的那位家长，听说我考上了大学，硬要送我这 100 块钱，我不肯收，他把钱塞给我就走了。”我说：“我知道了，这位家长姓姜，天池山农科所的。这钱的确不能收，他是托我帮忙把学生录取到土桥职中，现在录取了，他认为我帮了什么忙，表示感谢的。下午我到邮局去，给他寄回去。同时，也给中南民族学院的廖明汇 50 元，你到学校了在他那里去取，这样保险些，以免带在身上路途中丢掉。”廖明就是廖兆玠老师的儿子，中南民院毕业后留校工作了，吴旭早就认识他。

下午到邮局汇出了这两笔钱，在给天池山汇款单的附言栏，我写了几个字：“为民办事，乃我本分。所给百元，如数奉还。”这样办了，心里才觉得舒坦。

在吴旭得到录取通知不久，吴捷也得到录取湖北农学院的通知，龚仆得到省建材学校的录取通知。恰好二姐要去省里开会，于是商定二姐带三个大学生去上学，11 日启程，这样 13 日上午就可以到达武汉。

吴旭动身的日子一定下来，我们开始忙着为他打点行装，一个皮箱塞得满满的。有不少亲朋也特意来庆贺资助，包括传美的高中的老同学兆群、美美、廖廖等人。最热闹的是那批老同学，他们在一起赶着开心话说。兆群说：“美娃，你没读成大学，这一下你旭娃给你圆梦了。”

美美说：“旭娃去读大学了，以后没人挣工分了嘛！”美美叫徐新美，原来在芭蕉教过书，知道一帮老同学开过传美的玩笑，说传美会生娃，先生一个男娃好在生产队挣工分，便给旭娃取了个小名，叫“工分”。

廖廖叫廖海伦，和传美同在书院中学教书，也说：“旭娃读初中的时候，有些老师都建议他读个中专保险些……”

传美一下接过话头说：“是嘛，当时好多人都说旭娃读中专稳当些，他自己不同意，说‘男娃家家，读么子中专’。他是一门心思要读高中，考大学。我这个时候也对这些老师说，他硬要读高中就让他读高中，说不定他能够考上大学的。我这个话一说，又好失悔——要是他三年高中毕业，考不取个大学，我那个话哪门兑现啊？”

有这批老同学在一起，只听到屋里的哈哈是一串一串的。

一年一个教师节。如何庆祝教师节，是教育行政部门很费神的一件事，总想请党委政府动员社会为教师做几件好事，办几件实事，要发个文，罗列几条才好。但细想起来，做哪几件好事呢？涉及教师切身利益的大事，无非就是住房难的问题，医疗费的问题，这都是反映多次，一时难以解决的问题。再就是从政治上关心，在教师中发展党员的问题，还有维护学校和教师合法权益的问题，如此等等，其实都是从十一届三中全会以来，不断念叨的问题，也算得是在年年讲，月月讲，但是讲归讲，讲多了还把人讲“疲”了，老师们对此也激发不起任何热情。

今年的教师节，怎么庆祝？市里照样是开一个电影招待会，刘局长很有一些怄气。四大家领导是齐刷刷列坐台上，台下的人却寥若晨星，四处稀稀落落坐了几个老师。这种呆板的庆祝方式怕是非改不行了，倒是小型、分散、娱乐性的活动，比如在赏心亭开个茶话会效果要好得多。

三个办事处也采取了一些形式庆祝教师节，不过老师们感到实惠的是自己学校从什么转学费、插班费（每生大约几十元至 250 元不等）中支出部分，给教师送点作用的礼物。

明年的教师节怎样才能有新意呢？

9 月 11 日是吴旭上学的日子。清早，大雨如注，只好请小覃帮忙开动吉普车送吴旭到车站。不到 6 点的恩施城，最热闹的地方就数客车站了。正逢学生入学，来送学生的家长不少，有的是几个家长送一个学生，我碰到几个熟人。

这些家长冒着大雨，爬到车顶放行李，一身淋得湿透了。行李放好了，又走到孩子身边，反复叮嘱一番，什么东西放在什么地方的，去了以后要注意什么，不要怎样……

我是很放心的，吴旭有他的姑姑和龚仆哥哥同行，他自己也是很仔细的。只是这次吴捷没有来，据说他对录取的湖北农学院和那个园林专业很不感兴趣，不打算读了，准备复习一年再参加高考。你看，这就是现在年轻人令人羡慕的地方。要是我们当年，别说是取了湖北农学院，就是随便哪所大学，哪怕是恩施农学院，别说是园艺专业，就是洋芋红苕专业，我都巴不得去读几年的，只要那里有教授，有图书馆。今天的时代，给年轻人提供了选择未来的机会，给年轻人提供了实现自己理想的条件。

望着风雨中滚滚前行的客车，我心中无比踏实和喜悦：旭娃远走高飞了。

回去的路上和一位家长走在一起，他的孩子是从市一中考到纺织工学院的。他说市一中和鄂西高中还在为录取学生扯皮，而且越扯越厉害。市一中停了两次课，被鄂西高中抢去的 20 多个娃，才回来 4 个。市一中追讨其余那些学生，鄂西高中说，另外那些学生都不肯离校，是他们自己不愿到市一中。于是，市一中出了一个“绝门对子”：把在市一中就读初中的鄂西高中子女 5 人放回家，要他们回去说，鄂西高中什么时候退还市一中录取的高中生，你们也就什么时候来上学。这样，鄂西高中到处告状，官司打到法院去了。

这个后果，我并不感到意外，估计到录取过后有皮扯。现在就看法院受理不受理，受理了又能怎样处理？

好久没照过登记照了，因为城内开始办居民身份证，据说我们这样年纪的人，这个身份证可以管二十年，应该规规矩矩去照一张。照相之前特地去理发。往理发椅上一坐，前面一面大镜子，把我收了进去。看了一下镜中的我，正是“揽镜人将老”，我的头发，除了顶上还保留年轻时那般乌黑的几根之外，两鬓是一片灰白，就像是石灰或是粉笔末扑过的一般，它们是真实地反映出我的生命进程。是的，马上就是四十四岁了，常言道“人到四十四，眼睛一包刺”，是该戴老花镜的年龄了。我顺手拿了一张报纸看看——眼睛似乎还好，无须像有些人，要将书报拉得离眼睛很远很远，有的还恨手臂太短。很好，眼睛给了我许多的自信。微闭着眼，我在想：人的生命之路，就如在自动扶梯上一样，你站立不动，它也是会自动前行的；如果你自己也努力向前走，那么，在同样的时间里，走的路程会更多一些，达到的境界也会更高一些。

对的，现在生活条件好了不少，儿女也渐渐长大，我应该自己努力多走一些路。吴旭上学后写信来了，一切都很好的，我什么都放心。荞荞呢，上了高中，懂事多了，学习上也很有信心。她的教室，是我们当年不曾有的新教学楼，班主任又是那么好的王老师，她真是很幸运的。昶昶进入二年级，到底是八岁了，又要大一点了，懂事一点了，虽然还是有些天真糊涂，但总是让我少操心了，尤其是这一个夏天，他没有流过一次鼻血，真是万幸。

还有父亲，虽然已经77岁了，精神还相当好。前些时还想到要给我的祖父立碑。他亲自在龙凤坝联系好，选了石料，要我去写碑文。我在那里跪着写，从中午一直写到天黑，还用了火柴和蜡烛，总算把众多的后人名字逐一排上，写了下来，扎扎实实当了一天孝孙。祖父我没有印象，听说我出生时他放了一挂鞭炮，我才满岁的时候，他过世了。对他我没有尽过一点孝道，在他的碑前跪上一天也是应该的。摸黑回到城里，给父亲禀报了，他很满意，说："这是我最想做的一件事情。"

传美这学期担任了一个初三班的班主任，比过去是忙多了。不过，现在是我们忙的时候，也是我们生命中的黄金时候，是可以为社会多做事的时候——我们都努力去做吧。

沙地的中考，年年都考得好，今年又是一个大丰收。沙地有三所初中，区重点初中、花被初中和麦垴初中，不仅重点初中考得好，两所一般初中都考得不错。沙地人为此很是自豪，说："我们沙季（沙地人多有把d读作j，把t读作q，把'地'说成ji）的娃儿读书啥恁厉害，千（天）都不晓得呀——上重剪（点）线的学生，到城里搞起（体）检，两个大客车都挤得闷闷（满满）的，一些家长硬是欢喜得要死啊，街上的人，鞭炮会炸了几箩筐！"

教研室把沙地的中考成绩，横排竖排，排出许多项全市第一，又去沙地实地总结经验，决定在这里召开一个初中教导主任会议。

9月23日，我随谭市长、刘局长、李局长一同去沙地，参加在那里召开的教导主任会。上午和下午是沙地区委，教育站，学校介绍经验，晚上的时间就是我们这一车人讲话。李局长讲了，刘局长讲，刘局长讲了，将我的军，要我也讲。我讲了，最后是谭市长讲。这讲话的事，原来我是不怕的，现在总有些“惧火”（害怕），特别是难以做到像别人那么有板有眼，一讲就是第一点，第二点，第三点……比如沙地的经验，我认为最根本的一条是教育管理抓得落实。还是八一、八二年的时候我在这里来搞检查，发现贯彻执行教育局《关于学校教育管理办法》五十七条，他们是贯彻得最早，最主动的，落实得最全面，最具体的。当然还有其他的原因，但我觉得最值得各地学习仿效的还是加强学校各项管理。

第二天去麦淌初中。沙地的地形比较特别，是朝向清江河的一面斜坡，麦淌，在这一面坡的最高处。我挤上会议包的一辆“140”大货车，敞篷的，在上面很自由，可以眼观六路，耳听八方。车上站着的大都是教导主任和教研室人员。这一路全是上坡，弯道很多，随着车子的转弯抹角，人总是站立不稳，须得抓住一个什么才好。站在中间的人，自然没有什么可抓，几个人索性抱着手，任其自由地晃荡，一时倒向这一边，一时倒在那一边。别看都是一些教书先生、教导主任，同类的人到了一起，也就如同一帮天真顽皮的学生，还故意在里面推推搡搡逗乐，惹起一阵阵笑声飞扬起来。

麦淌虽地处高山，但上面比较平坦。平坝中一条小街，几十户人家，路面由青石铺就，打扫得很洁净。街上有米粑粑卖，雪白的，很想买一个尝尝，却有些不好意思。街边有两所学校，一所小学，一所初中。有道是“山不在高，有仙则名，水不在深，有龙则灵”，这两所学校规模不大，却都以教学质量高闻名。麦埫小学的教学质量在沙地全区经常名列前茅。小学基础打得好，初中就有了好苗子，加上初中管理严格，教师教学认真，学生学习刻苦，年年中考，麦淌初中的教学质量超过了不少区的重点初中。一位姓田的年轻老师说，这所小学历史不短了，麦埫的人历来重视读书，就是卖屋都是要供学生读书的。他原来就是在这里读小学，以后读了师专，现在回到这里来教初中。这两所学校规模不大，前前后后送出去的学生还真不少。他一下就数出好多不是在外地就是在本地工作的人，其中只有黄立鉴我知道，现在是沙地教育站的副站长，也是我初中同学，当时同学们给他叫“大王”，今天才知道他就是麦埫这里的人。

来这里看学校，其实没有多少可看的，朴实无华的几间木屋，教导主任们看了，或许有几分惊诧：就这么一所学校？是的，就是这么一所学校，在我看来，可贵之处是它的精气神，麦垴学校的精气神就在于：教师敬业，学生笃学，社会重教。

普及初等教育的检查验收，是教育股今年工作的一件大事，康股长自开学以来，已经召开了一次教育站普教干部会，做了工作部署，这段时间他忙于资料的准备工作。省体育运动会即将召开，光福于 25 日启程赴黄石。

我这几天的事情是参加国庆全市文艺汇演，忝列评议组评议员。我本是个文艺爱好者，六十年代初还是舞台上的活跃分子，曾接受过县文化馆老师的培训，也曾在全县春节文艺汇演中上过台。这已是二十多年前的事了，现在让我当个评议员，心中空荡荡的没有底，自我感觉几个文艺细胞已经退化为乌有。

文艺汇演是从 28 号晚上开台，29 号上午、下午和晚上连续三场，没有多少缓冲的时间。这评议席，其实是很不好坐的，尽管有好的座位，是看戏的最佳位置，还有茶水供应，但是看节目看得太不自由，还相当紧张。节目几分钟一个，这几分钟内既要看演出，又要从创作、音乐、表演、舞美等多个方面去衡量。这些事是要从幕布一拉开就要抓紧做的，到幕布一闭，你的手里就要亮出分来，而且，打的分起码要自觉公正方觉无愧。这实在是个相当辛苦的活儿。

29 号晚上是演出最后一场。为了第二天准时发奖，评议组得夜战马超，打了一个深夜工，评出十个创作奖，若干个演出奖和演员奖，这样一直搞到了 30 号凌晨 4 点。

只睡了两个小时，天就亮了，又去参加领队会。瞌睡来了不由人，我在椅子上睡着了……

全州组织职业教育检查，我是检查组成员。

10 月 5 日开始检查恩施市土桥职中。这天刘局长去了，和州教委张文剑副主任对面而坐。他们一见面，少不得接触市一中和鄂西高中“争学生”的话题。有趣的是，曾几何时他们俩针尖对麦芒，唇枪舌剑，彼此都心中有数，但今日坐在一起，又都笑容可掬，显现出大家风度。张对刘说：“你不要太进入角色了。”刘说张：“你是已经进入角色了。”笑谈间，刘把这个话题撇开，将我稍事向张做了介绍，其用意是说我以后将与他有较多的工作上的联系，让张心中有底。

第二天我去利川检查。施州八县有两个县，我一直未去过，一是利川，二是鹤峰。本来，1968 年大串联的时候我路过，那是一个半夜里到达，第二天早上上车就走了，毫无一点印象。也是好事不出门，坏事传千里，这些年听说利川教育上有两件振动人的事，一是发生一起车祸，地区教育局的万科长等几人遇难，二是利川教育局修了很洋气的办公楼，受到通报。

恩施到利川其实很近，一车之便，半日行程。我很想看到的利川教育局，到底修得如何洋气。实地一看，大失所望，原来全州都闻名的这利川教育局办公楼也很平常啊，看不出有什么排场和豪华的地方。房子都老旧了，加上一个文化局也在里面，还显得很拥挤。我不知道这是怎么受到通报批评的，是一起冤案呢，还是此一时，彼一时的原因?

下午，我们挤了一点时间去看镇中和利川一中。利川一中今年高考名扬全州，上线考生总数超过了鄂西高中。据说，学生都不敢填报北京大学志愿，使得北大深感可惜，委派专人专程到利川一中挂钩“订货”。高中办成这个样子，就可以翻身了。起码今年利川中考的优等生，几乎都会就读利川一中了。你想，自己县里有能够培养考取北大、清华的学生，那又有什么必要把学生送到百里之外的鄂西高中呢，何况自己县里的学校，老师都熟悉，把学生放在这里读书多放心，想看一看也方便。如此一来，利川一中就开始了良性循环：考得好——生源好——考得好——生源好，前途一片光明啊！我们就是希望恩施市一中，也有这样一次突破，但恩施两所学校一个在黄家岇，一个在凤凰山，隔得太近了，市一中很为难。

晚上，住在都亭镇教育站。不远处锣鼓咚咚，鞭炮哔哔剥剥，彻夜不停，听说是一位泥瓦师傅去世。常言道“前三十年睡不醒，后三十年睡不着”，难得我恰恰相反，年轻时患神经衰弱症，经常失眠；后三十年瞌睡大，睡不醒，就是炮火连天，我也无所畏惧。

7 号检查利川烟叶中学。学校在利川城郊，交通方便，原来是园艺中学。

这所学校与利川烟叶公司联办，毕业生录用比例高达 50%。但作为重点职中，条件还太简陋，师资力量不足。

次日，将检查结果给县里汇报。听汇报的有严副县长，县教委刘主任。严副县长叫严清华，乍看起来是一位文弱的女同志，戴着近视眼镜，斯斯文文。但听她说话，洒洒脱脱，干净利落，很浓的四川口音。

也就是这次初识严副县长后不久，他们夫妻双双调到州里工作，她在州水利局任副局长。她的丈夫姓冷名裕盛，原是利川县委组织部长，调到州教委当副主任，成为我经常要打交道的上司。在以后的闲谈中，我知道他们都是上海水产学院毕业的大学生，冷是上海人，严是成都人，七十年代他们一同分到恩施地区的利川县工作。说起这位严清华可不是一个平凡的女子。她刚到利川不久，在一个水库工地劳动，休息时她和大家在水库中游泳，水是冰冷的，游了一会都陆续上岸，唯独有一位大声呼救，大约是腿脚抽筋。接着，就只见水泡不见人了。严清华见势不妙，纵身一跳，扎入水中寻找。严清华知道溺水的人，求生欲望强烈，有人搭救，他会抓住不放，这样很可能被缠住，结果是都不能动弹而同归于尽。她在冰冷刺骨的深水中，找到了溺水者，从溺水者的后面托住他上浮，成功地帮那人捡回一条性命。此事在当地广为流传，但似乎没见到宣传。不过像这样的情形没有宣传也属正常的，为什么？因为她没有牺牲，如果是因此牺牲了，也许就会追认她是什么的。不过，细想起来，其实像严清华这样一位弱女子，奋不顾身去救人，而且有勇有谋，把人救活了自己也安然无事，这是最值得称道的。据说，当地的老百姓是很称赞她的，他们是怎样称赞的？他们说："别看严同志是位女同志，她的眉毛生得恶，鬼都怕她！你看她平时经常一个人走夜路，她怕不怕？不怕。鬼都要让她嘛。这一回在水库里，鬼找不找她？不敢找她嘛，把那一个找到了。幸得是她去救，要是二别个（另外的人）去救，只怕两条命都没有了。"很有意思的是，在对人物的宣传上，官方多重在盖棺定论；而民间的宣传呢，又往往带上神秘的色彩。

我从第一次认识严清华，到以后多次见到她，总没看出她的眉毛长得怎么"恶"。

此次职业中学检查，在州教委总结，恩施市土桥职中以总分 777 分列全州职中之首。

李志华副局长于国庆节前夕回了一次武汉老家，据说是去联系工作单位的。本来，他们夫妇俩在恩施工作得蛮好，爱人是大学同学，恩施人，现在在市一中教书，他们没有想调回武汉。但是，在整党期间他一时没能登记过关。原因是在他刚进入华中师范学院读书，就遇上“文化大革命”，他和许多同学，都响应“要关心国家大事”的号召，加入了红卫兵组织。问题是现在有人举报，说他在这期间参与过武斗，而且“打人致残”，应该属于在“文革”中犯过严重错误的人。故此整党未能登记。此事由市委呈报州委，到今年初，州委就此提出三点意见：一、免于行政处分；二、同意登记；三、党内给记过处分。3 月 11 日局机关支部讨论他的问题时，传达了州委这三点意见，党员们对此多有异议，感到不理解。都认为，“文革”中他还是个涉世不深的青年学生，那时红卫兵闹派性，搞武斗的事情多的是，他这个情况可以不予追究，有的提出，如果硬是要处分，顶多给一个警告也就够重了。

我不知道组织上到底最后怎么处理的，只知道他将不会留在恩施工作了，他自己已经联系到武汉市一个区的教师进修学校。我从来到教育局工作以来，就认识了李志华同志，他个子不高，平头，戴深度近视眼镜，完全一个文弱书生的样子。听熟悉他的人说，他大学毕业后，分配红土区工作。在那里学吃苞谷饭和红苕洋芋，下煤窑挖煤，学背背篓，打打杵。到后来，他那么一个小个子，还一背就是百把斤。改革开放以后，他调到教研室工作，以后到教育局当副局长分管教育股，但我从来没见他有颐指气使的表现，从来没给任何人脸色看，总是和大家商量做事。记得一次汇演，头天晚上我们都在清江电影院布置舞台，那时刚刚使用透明胶带，几个人都找不到头，撕不开，他拿在手里细心拿捏，找到了头子，撕开来了。从这件小事，我看出他不是那种只动口不动手的领导，而是有耐心，很细致，事无巨细都能身体力行的人。一般大型会议和活动，我们布置会场，他几乎都参加筹备。我很敬佩他，不仅在于平等对待他的下属，对工作兢兢业业，更在于他自整党以来这半年多时间，情知自己不能继续留恩施，即将回武汉去工作，却并不以此为念，没有半句怨言。我丝毫看不出他有思想波动，更看不出他有任何抵触情绪，看到的依然是他对工作兢兢业业，从长计议局内大事。就在这个 10 月 28 日，他又邀我去州里汇报幼儿教育情况，听汇报的是联合国中南幼儿中心主任邝世模教授一行。

志华同志将要离开恩施，教育局的党员、干部，都觉得惋惜，无不称道他为人友善和品格高尚。我感觉到，志华同志这样的为人，是一般人难以做到的。至今我不知道他当年犯错的具体情节，即令有这回事，也是当年大的形势和少不更事使然。志华同志使我想到古语：

君子之过，如日月之蚀。过也，人皆见之；更也，人皆仰之。

州教委通知，定于11月10日报到，各县市在恩施市检查普及初等教育。教育股的人，去年20天休假放弃了，今年从10月底起，连星期天都要加班，做迎接检查的准备。

又，市委宣传部通知：5号、6号在五峰山党校举办学习中央《关于社会主义精神文明建设指导方针的决议》的研讨会，因李局长又去武汉，刘、胡二位有其他事情抽不了身，指令我上山代行学习研讨。

又，州教委电话通知，省教委副主任朱定昌同志将于11月13日到恩施市视察土桥职中。

教育局的事情就是这样，常常是几件事搅和在一起，要分成几套人马，分别对付。我在山上学习两天，下山来刘局长就说，他来草拟关于学习贯彻中央《决议》的通知，要我在全局干部会上传达研讨会的精神。

10号星期一，全局干部进入战备状态，打扫清洁，整理内务，迎接州检查验收团，很像农村家庭筹办喜事一般。晚上召开筹备会，主要是谭副市长代表市政府欢迎州检查团，张文剑副主任讲检查验收的要求和程序。桌上摆着糖果、水果，但因为有摄像，在强烈的灯光照射下，大家颇不自在，都怕把自己吃东西的丑态拍摄进去了，故此糖果水果都很少有人动。

第二天检查验收团开会一整天，上午听谭副市长汇报全市普及初等教育工作，下午验收团作安排布置。晚上放录像《校园摇篮》。这片子是我市庆“六一”时摄制的文艺汇演节目。

12号，验收组分成八路开赴各个区镇。我五点钟就起床了，清早将验收团的“八路军”都送上车了，随后到市政府，请一名市长在土桥职中迎接省教委朱副主任。

13日，省教委朱副主任将从建始到我市土桥职中。我一早去到市政府，请到何渭滨副市长到土桥职中迎候省教委朱副主任。九时半，朱副主任一行到达。学校恨不得将所有美好的东西都向省里的上司展示出来，但时间有限，他听了一些情况汇报就要去看。在幼师、缝纫、电工、财会等几个专业班看了一路，朱副主任表示很满意，走了，要去看舞阳小学。在舞阳小学，一辆上海牌轿车停下来。车门打开，从车里走出州教委四位主任，自然是前来迎接省里的主任的。

朱副主任一行，给我们发了一套调查表要填。这套表格设计得很刁钻，填起来实在麻烦。我和光福耐着性子，花了一天功夫才填好，打印出来。晚上去州教委交表，听说朱副主任去看书院中学皮鞋厂了，只有请州教委的同志转交。

州普及初等教育检查验收团扎扎实实在我市工作10天。11月19日，“八路军”才陆续返回。就在这一天，州里突然宣布：州教委原来的四位主任被免去职务；新任命主任是李荫华，副主任何渭滨、冷裕盛、阮明德、吴锦萍，他们五人组成新的州教委领导班子。此事一下子传遍州城，有人称这次州教委班子调整是“四舍五入”。

20号是验收团的“八路军”作验收情况汇报。会议开始，迟迟不见州教委的人来。一时之间，群龙无首，三人一伙，五人一堆，谈天说地，开着小会。面对这个场面，办公室不断打电话给州教委，最后终于请来了新主任李荫华和原副主任张文剑。于是，会议开始，“八路军”汇报检查验收情况。下午的总结大会，仍由张文剑同志作总结发言，他做到了善始善终。最后他宣布：“恩施市基本普及初等教育。”会议室响起热烈掌声。

晚上，请验收团成员看电影《日本沉没》。

在我们忙着迎接省州检查的时候，恩施市中小学田径运动会开幕，这么大一件事教育局仅光福一人对付。这次运动会由市二中邀请，保险公司资助，所以又称作“保险杯赛”。

22日下午州市教研室和舞阳教育站若干人，研究召开全州中小学作文系列训练研讨会，还未结束，体育场催促我去参加中小学田径运动会的闭幕式。于是，我告辞教研会，急忙赶赴体育运动会。我忽然想到张天翼的小说《华威先生》，自己是不是也有点像华威先生了？

难得一个可以休息的星期天，去买了13斤橘子，5角5分钱一斤，花了7.15元。人们都说要多吃些水果才好，我们要多吃还是不能够的，但可以做到吃一点。

昶昶拿了一个橘子，一边走，一边唱：“万水千山总yes情……”我说这是怎么唱的，他告诉我说，yes就是‘是’，no就是‘不’，总yes情，就是总是情。荞荞笑着说：“这是他发明的汉英混合唱法，昶昶的英语真厉害，他说那天还和一个外国人对了话的。”我问是怎么回事，昶昶自己说：“那天皮革厂走出来两个外国人，我们跑去看，他们就给我们递糖果，我就说‘no——’他两个人听懂了，在那里笑。”我问他还说了什么，他说：“我只晓得yes和no。”我笑着说：“你还行呐，学了就会用，不错，不错，还可以多学几句。”他高兴地又拿了一个橘子，一边往外跑，一边得意地唱：“万水千山总yes情……”

荞荞要到学校去，早早吃了下午饭。晚上想给旭娃写封信，忽然停电。昶昶“哦”了一声，接着便格外兴奋起来，为什么？因为他可以玩蜡烛了。蜡烛点起来，他就围在一旁，把滴下来的蜡烛油拨在手里玩，就像玩橡皮泥的，还捏出一些物体的形状。传美看不成电视了，觉得无事可做，有些无聊，提议去街上转一转。走到街上，到处都是黑沉沉的，没有什么活气，几家小店，亮着一两只微弱的烛光。只有昶昶，对这黑魆魆的夜晚分外感兴趣，一路走，一路躲猫猫，取闹一番。大的两个不在身边了，有这么一个小家伙，不时增添一些笑声，倒是蛮合适的。

白果坝也是光出事，上周日上午九点钟，白果中学邓鼎轩校长突然病倒，立即送到市医院抢救，下午四点抢救无效病逝。局办公室急忙联系白果教育站，安排车辆，当晚八点将遗体送到白果坝。人们感慨唏嘘：活朗朗的人，一下子就没了——这人啦，真不经事！

这个星期二，刚上班，白果教育站打来电话，报告昨天见天中小学的楼枕断裂，当时几个学生正在楼上，都跌下楼了，幸得没出大事，几个学生只受了皮外伤。刘局长听后说，学校就怕出这样的事，有必要去实地看看。随即邀我和小覃去白果见天坝，一看究竟。

已是深秋时节，吉普车里，凉风呼呼地吹进来，沁人心脾。放眼窗外，满山的红叶，燃烧得通红。惠民局长咏出：

远上寒山石径斜，白云生处有人家。

停车坐爱枫林晚，霜叶红于二月花。

接着说道："这秋天实在比春夏好，你看古人还有——

万花都落尽，一树红叶烧。

空山新雨后，天气晚来秋，

明月松间照，清泉石上流。

万里悲秋常作客，百年多病独登台。

秋风吹不尽，总是玉关情。

塞下秋来风景异，衡阳雁去无留意。

碧云天，黄叶地，秋色连波，波上寒烟翠。

红叶晚萧萧，长亭酒一瓢。……"

他一口气数落了许多我知道的和我不曾读过的古人诗句，继续议论：

"古人面对大好的秋光，却多半是悲伤，王实甫的《长亭送别》最是典型——

碧云天，黄叶地，西风紧，北雁南飞。

晓来谁染霜林醉？总是离人泪。

你看他把霜林的变红，说成是离别的泪水染醉的——这也真是说到家了！"

我说："古人秋日特别伤心，大都是因为离别。可能是古时秋天离别较多，加之交通不便，信息不灵，出门一走就几个月，一别也少不得一年半载，所以一旦离别，那是特别的伤心。不像现在，说到白果坝，吉普车一开，一两个小时就到了。也不像李局长，说到武汉去，车票一买，说走就走，一两天也就到了，一个星期就打回转。"

他说："不过，唐人刘禹锡作了一首《秋词》，可说是独有见解：

自古逢秋悲寂寥，我言秋日胜春朝。

晴空一鹤排云上，便引诗情到碧霄。"

我说："还有理学家程颢，把世事看穿，做了一首《秋日偶成》：

闲来无事不从容，睡觉东窗日已红。

万物静观皆自得，四时佳兴与人同。

道通天地有形外，思入风云变态中。

富贵不淫贫贱乐，男儿到此是豪雄。

这是多么的闲适和超脱！”

惠民局长笑道：“他这样超脱，我们怎么都做不到。睡到太阳照到屁股了才起床，上不上班？”

一路闲聊，不觉已到桂花桥，车子拐进一条小道，前面就是见天坝学校。见天坝学校的校舍，全是木屋。断裂的楼枕是走道上的，下课之后，学生都涌向走道蹦跳，造成楼枕断裂，十几个学生一齐跌下楼，算得是天照应，多数学生完好无损，几名学生受了皮外伤，没有酿成大的事故。现在，这个班的学生借用民房在上课。

惠民局长正在学校办公室，与教育站和乡里的领导商量解决问题的意见，有人来报：教育局来电话，要刘局长赶快回去，今天崔坝农中一个老师整搬家酒，百把人进餐中毒！

刘局长匆匆说完意见，立马上车，打道回府。在车上他是一点兴致没有了……

12 月 1 日是建州纪念日，全州放假休息。

第二天上班，接到州教委通知，将组织对全州重点高中进行检查。

刘局长急匆匆从外面进来，手里拿着一个档案袋，对胡局长说了，要怎么寄到汉口去。我猜这很可能是李志华同志的档案，因为他联系的工作单位正是汉口的江汉区。过了一会，刘局长又给我一份市人大的文件，并交给我一项任务，代市政府草拟《关于撤销恩施市教育局成立恩施市教育委员会的通知》。我翻开市人大的这份文件，上面涉及多个单位，许多人的任命，其中有市教委正副主任的任命：恩施市教育委员会主任由谭世湘副市长兼任（自然，这是比照李鹏副总理兼国家教育委员会主任设定的），常务副主任是刘惠民，副主任有胡连海和我。不过，我来起草市政府的文件，似乎是有些滑稽的事情，因为本是有任命我的文件，又由我来起稿，就像是我在自封恩施市教委副主任。

这个文件不两天也就正式下发。我一时适应不了的是，在一些不大不小的场合都要说几句话：市一中职工篮球邀请赛闭幕，要我代表教委讲几句话，全州作文教学研讨会在舞阳小学开幕，也要代表市教委讲几句话……这是很麻烦，加重精神负担的事。看来以后参加一个什么活动，都要准备讲几句话，不然就会出丑。然而，一个人哪里有那么多话说？

12 月 8 日，谭副市长主持第一次市教委主任办公会议，研究了人事工作和机关内设机构的设置以及各科室负责人。

全州重点高中检查从 12 月 9 号开始，我和市一中的王可铭校长，还有巴东徐绪典副局长和巴东一中的校医，建始李明相副局长和建始一中的熊校长，州教委普教科刘科长等 7 人分作一组，检查来凤、咸丰和利川三县一中。

每一处检查组进出三天时间，12 月 10 日我们到了来凤。可铭校长把这一次检查当作向兄弟学校学习的机会，在来凤一中他仔细查阅学校资料，特别注意关于对教师实行工作量考核的做法。来凤一中这几年的投入是可观的，教师的住房问题解决比较好。在这里我遇到了老同学尹超辉，他是芭蕉人，我刚到园艺场劳动的时候，他那时正收到华中师范学院的录取通知书，临别时，他特别嘱咐我一定要注意身体……这一晃就是四分之一世纪过去了。他现在是这里有资历的生物教师，住上了三室一厅的新房子。这次检查我比较轻松，只需要认真听，记好笔记，不需要多动脑筋，总结归纳，我们推选了巴东徐局长做首席发言人。

13 日到咸丰。下午到大坝——我永远忘不了的地方，咸丰一中所在地。啊，学校原来的房子差不多都还在呢，不过，也有一些变化，这几栋房子是以后修的。学校安排汇报的地方也是巧，就是当年我们住过的校长室。这个简陋的总共不足二十平方的屋子，现在仍然是校长室！31 年前，我一家就住在这里，这里的一切我是多么的熟悉：白色的墙壁，土红色的门窗……时光流逝，满头银丝的我，如今置身于这个屋子里，仿佛时光倒退了 31 年。啊，那面墙是挂地图的地方，那个角落是母亲做饭的地方，对，那就是我开铺的地方……1955 年夏天的一个清晨，我还在睡梦中，母亲掀开我的蚊帐，小声告诉我："国韬，你阿爷说，你可以取。"是说我考初中考上了线，可以录取。我读小学时很好玩，他们总担心我考不取，这一下父母都放心了，我从她的语气中听出了她按捺不住的喜悦。然而，我却是稀里糊涂的，并不知道考不取又有什么不得了……此刻，我的眼眶里已经噙着泪花，但我没有擦拭，也不好意思擦拭，面前一盆熊熊燃烧的炭火，不要多会儿就会将它烤干的，我只顾低着头记笔记。听着学校于书记的汇报，我的思想总免不了开小差——我觉得他们不应该选在这么一个地方汇报，使我心猿意马，难以集中思想学习他们办学的经验。然而，在这个学校，哪里不会让我心猿意马呢？

咸丰一中办得是很不错的，尤其是前几年，高考全州扬名。记得那时我们的谭世湘局长，在这里参加了高考总结会，回去给我们传达，说人家咸丰才好大一个县，考上大专是多少，我们这大一个县才考多少；高考上去了怎么讲都是经验，考不上去，怎么都是空的，只有坐角落……于校长是“好汉不提当年勇”，只讲现在怎么端正教育思想，把学校办好，但少不得惋惜咸丰一中这两年陆续调走了一批好教师，那都是北大、武大、华师毕业的响当当的角色。是的，办学校靠的就是一帮好教师。如果有一批好教师，再有一个尊重和团结教师的校长，学校无有不兴旺的。

在咸丰一中的第二日，查看文书档案材料。负责接待我们，提供档案材料的是费淑敏老师。费老师是武汉人，五十年代初就来到咸中工作。她在我们学生的心目中是十分漂亮的女教师形象，尽管她的右眼睑，不知为什么有一点下拉，但并不影响同学们喜欢她。她身材苗条，会唱会跳，两条长辫随着她的歌唱和舞蹈，活泼地飘来荡去。她对同学非常和气亲切，没有哪位同学不喜欢她。记得费老师到咸中以前，咸中的同学只学习扭秧歌，费老师来了以后，每天下午她穿着裙子，教同学们跳集体舞。一时之间，咸中校园里跳集体舞形成了风气，每天晚饭之后，操场里便去了不少人，围成一个大圈，随即老师同学都拍着手，唱起了，跳起来。我们几个小学生也都混了进去，跟着他们唱呀跳呀，好不快活……如今的费老师，是有些显老了，体型和精神与当年有些不一样，但是她的和蔼可亲依然如故。算起来，她也是快到退休的年龄了，可以说她是把青春和毕生的精力都献给湖北省西南边陲的咸丰了。我相信，她在她众多的学生心目中，永远都是那么美好，那么年轻，那么和善……

中午吃饭的地方，就是那个石桥头。以前这个石桥两头，哪有什么房子？

现在这桥头修了不少房子，还开有饭馆。过去，这条公路是通往四川的大道，叫巴石（湖北巴东－四川石门坎）公路，却没有什么车辆；现在，这里的空气时刻都颤动着汽车和拖拉机的声响，充溢着小吃店飘散出来的烧腊气味。河坝里裸露着大小的石头，不见了流水。那两个池塘，曾是我们的荷花淀，如今都只有小窝子水了，那是再难长起荷蓬，再难开出荷花了的。学校后面那株大树在哪里呢？那栖满白鹤的大枫树也没有影儿了。我不知道这种变化是好还是不好，可以说，这是社会发展变化的结果，也是人气兴旺的表现。但我还是怀念当年，怀念清晨学校师生浑厚磅礴的歌声，怀念大坝的宁静和空气的清新。

面对眼前的一切我惆怅不已，然而，最使我感慨的还是“物是而人非”。当年的屋子还在，当年舞蹈的场地还在，当年的石桥还在……当年认识的人，除了费老师再没有别人——这里是另外一些人的世界了。我打问了好几位熟悉的老师，他们有的已走完了自己的人生路程。只是我，现在还在脚步匆匆地赶路，顶着满头白发，今天走到这里，还在留恋童年时光。唉，世界上最不经事的是人，世界上最无情的是时间！

结束咸丰一中的检查，我们到了利川一中。这是我们这次检查的最后一处，也是我们都想认真看一看，学一学的一所学校。利川一中 1984 年实行改革，对领导班子作了调整，教师实行聘任制，责任到人，加强学校全方位管理，高考三年三大步，考上大学的学生从 90 人，增加到 170 人，再增加到 233 人。这样的成绩，不能不使全州同行折服。

巴东徐局长接到电话，要马上回去，众人把首席发言人的宝座推给了我。于是我再也没有原来那么轻松。17 日下午，独自归纳整理一番，在晚饭前一个钟头与校方交换意见：

“这次州教委组织对全州重点高中进行端正教育思想检查，我们一行七人从 12 月 15 日下午开始对利川一中进行了检查，召集教师、学生共 66 人座谈，其中毕业班学生 24 人，非毕业班学生 12 人；教职工 30 人，其中有工勤人员、体育教师、医务人员和教务人员。查阅了文书档案资料 23 种。察看了校容校貌以及学校有关教学的场地，设施等。通过座谈、访问、察看、查阅资料，我对利川一中的总体印象是：大胆实行改革，学校充满生机，师生精神振奋，不愧全州一强。

“值得改进的有：学生生活方面，打开水的地方太窄，打饭时秩序比较乱，学生反映饭里有沙子；卫生保健工作方面，环境卫生有死角，学生视力堪忧，近视率达到 64%，学生要求做眼保健操。

“工作建议：文书档案要及时整理；要发挥图书室的作用。”

12 月 18 日，乘车返施，路过团堡，石板岭，这条路还是第一次走。石板岭上有冰凌，树枝上的冰雪，在阳光下松动下落。树枝摇曳抖擞，摆脱了积雪，舒展开来……

第十六章　山花烂漫

(1986 年冬—1987 年春)

“告诉大家一个好消息！”

有些疲惫的我，听到刘明安科长这一句开场白，像打了一剂强心针，精神一下子振奋起来。

州教委喜欢开一揽子会议。就说这次全州重点中学检查总结会，各组检查的情况都汇报了，何渭滨副主任已经对这次检查做了总结，照说该放我们回去了。但是，还要把我们留下来，说各个科室要讲有关的工作。先是师训科讲教师专业合格考试的事，接着成教科讲举办成人中专，还有仪供站讲电化教育……接连开会，人开腻了，一个笔记本都要写完了。最后轮到人事科的刘科长讲，他大约看到了大家的疲惫，提高嗓门，头一句话就是：“告诉大家一个好消息——”这一手来得很灵验，全场人都振作起来，静听他接下来的分解。

刘科长是传达这次省教委的会议精神，说今年全国将有一大批民办教师转公办。中央给我省 1.3 万个指标，分给各个县市，我们恩施市这次可以转 254 名。这的确是个好消息。就我所知，自 1978 年以来，差不多年年都有一批民办教师转为公办，最多的数我们七八年的那一次，是 203 人，那是“文革”十年结存下来的自然减员指标。以后每年多则上百，少则几十，没有突破 200 人的。这一次是大大突破了，成为历年最多的一次。而且，这一次对民办教师参加工作时间，也放宽到 1980 年底以前，即是说，只要连续担任民办教师工作 6 年以上的，就有资格参加这次的考试考核。考试考核的办法是，指标下到县市，州里统一出题，县市组织阅卷和考核。还有一条意见很好，就是高山区乡（全州

29个），实行定向照顾。

这的确是个大好的消息，是民办教师的福音。

我现在很少时间细读报刊，顶多瞄一瞄标题。近来的新闻有令人不解的事，说上海、武汉、合肥等一些城市大学生闹事，要争取民主和自由。有关的评论文章是日渐增多，措辞也渐次强烈。令我不解的是，这些天之骄子，还需要什么样的民主自由呢?

自从教委成立以来，我的工作如预想的一样：成天忙碌，就像天天都在中考一样。分管的普教、职教，是原来熟悉的，现在还要熟悉师训、教研、成教、仪器供应等方面的工作，人事和计划财务方面的事情，有时要集体研究，也要参与。每天都感觉时间不够用，工作还处于一种被动的状态。不过，我想过几个月就会逐步熟悉的。

当前，最急迫的工作，是组织年终站校工作检查和评比。这次年终检查，我们学习州里这次组织检查重点高中的办法，抽各站校负责人参加，给他们提供一个互相学习，取长补短的机会。检查的时间为一周，重点放在落实管理上。这次检查还要求，对每个单位进行量化打分，最后评选出红旗单位和先进单位。

12月29日，各个检查组检查完毕，返回教委，第二天各组汇报情况。大家反映，各个站校对这次检查高度重视，检查的效果不错。光福带一组检查沙地、崔坝一片，他说这一片的领导教师都说，这是教委成立以来，扎扎实实抓的第一件事。

30日晚上，我们趁热打铁，在主任办公室研究评选红旗单位和先进单位的事。为了不受干扰，来个闭门谢客，把前后两个门都紧闭了。刘主任首先说了他的想法，他说，从这次检查的情况看，这一年的工作，各个单位都做得都不错。教委虽然穷，但多多少少要发给每个单位一点奖金，以示鼓励。标准是不是可以这样：每个红旗单位300元，先进单位200元，其他单位各发100元。管机关的胡主任说，少是少了一点，但是教委只有这么一个家底，就这样发，表达一下心意。于是这事也就这么定了。接下来开始评红旗单位，有人发言说，市直学校还是市一中和土桥职中两所学校，算得是两面旗子。有人提出，教研室也要算一个，机关管理和业务工作，在全州各县市教研室中比，是搞得很好的。提到教育站，都说沙地、崔坝的工作抓得全面，成绩突出，城区的六角亭也是很不错的……忽然，一扇玻璃窗户被打开，爬进一个大胖子，就像黑松林里突然跳出一个胖大和尚来。几个人都被这突如其来的天外来客搞得莫名其妙。来者不是别人，是舞阳教育站的廖站长。不知他的消息怎么这样灵通，知道这次检查，六角亭教育站的得分较高，检查组印象很好，有可能评为红旗单位。他气喘吁吁，涨红着脸，激动地说："我们舞阳教育站的工作，无论哪一项都可以和六角亭比……如果城区三个教育站，六角亭教育站上了第一等，而舞阳教育站评不上，那我们是怎么也想不通的……"几位主任安顿他坐下，喝口水，你一言我一语地劝慰他，说舞阳教育站的工作是做得不错的，学校是办得很好的，你廖站长的工作也是很努力的，要说你年龄也不小了，还亲自上电化教学实验课，是令人佩服的。至于评选，现在还没有结果，大家会公正评价的。

廖站长开门走了，我们还在为刚才发生的一幕唏嘘不已。廖站长五十多岁了，人又胖，没有两百斤也有一百八。天啦，他是从师训科楼上的走道栏杆翻上来的。倘若有个什么闪失，跌下去可是四五米高，那是要出大事的。看着他这么胖的身躯，居然完成这一整套越墙翻窗的高难动作，还毛发无损，而且把他要说的话说完，心情平和地离去，觉得这太富有喜剧性了，实在令人啼笑皆非。几个人议论起来，廖站长下这样的决心，说明评比真是可以激励人们奋发向上，站校工作引入竞争机制是太有必要了。

1986 年的最后一天，几件大事同时进行：民转公考试举行；站校长年终总结会，表彰红旗单位 5 个，先进单位 10 个，给各个单位发奖金；土桥职中举行散学典礼，特别邀请所有站校长在土桥影剧院看学生汇报演出。

元旦放假，上午把屋内整理一番，下午便和传美去医院看邓源骏同志。邓源骏是我在庠口办耕读中学时第一个去考察的教育局干部，也是我来教育局后的第一任股长。他是一位很有工作热情，也关心同事的老兄。他以后调到市二中当过校长，小市教育局副局长，现在是市委精神文明办公室的主任。听说他很不幸，一氧化碳中毒，住进医院好几天了，我还一直未去看他。

"好汉也怕病来磨"，一个高大魁梧的汉子，现在躺在病床上一动不动。光嘉老师告诉我，几天来他一直都是昏睡着，不省人事，他右边的手和腿都失去了知觉。一个身强力壮的人，一夜之间变成这个样子也太可怕了。医生说，幸得送医院及时，不然早没命了！看来以后房子里生火，一定要注意一氧化碳中毒的问题。

——以后，我好久没有见到他和光嘉夫妇了，陆续得到一些信息，说光嘉为邓兄治病，南到深圳北到大连，跑了不少地方，做了很大的努力，以后是定居深圳了。后来又听说，邓兄竟然能够站立起来，光嘉老师教他数数字，一、二、三、四……还可以一字一顿地背诵“北国风光，千里冰封……”再以后，听说他只是行走和说话不很利索，但思维正常，有时还与人下象棋。2013 年，我的《雨打芭蕉》出版，光嘉老师通过他人，打听到我的电话，于是电话给我，向我索书，我才知道，他们已经定居恩施，住在市政府大院。这一回见到邓兄，是时隔近三十年后的会面。他，依然是一个魁梧的汉子，依然像三十多年前的邓股长模样，一点也不显老，还胖了一点。他见了我满面笑容，眼光炯炯有神。他不断给我递水果，连连说“吃，吃，吃”。光嘉听说我前些时病了，问怎么回事，我说帮别人搬动摩托车，一下子闪了腰，造成腰椎间盘突出，坐骨神经痛，寸步难行，跛了几个月。邓兄一边听，一边皱眉，叹息。我说当时医生要给我动手术，我坚辞不做，除此而外什么疗法都可以……如今，居然好了，走得跑得了。邓兄脸上浮起灿烂的笑容，向我举起大拇指，表示赞一个。我对光嘉说，邓哥子头脑清晰得很，体质也相当好，就是说话不利索，跟不上他的思路。光嘉说，他当时是被误诊了，本来是脑血栓，送到医院，医生误诊为一氧化碳中毒，真是可惜了。如果当时不误诊，现在的情况会好得多，也许还可以工作。光嘉还说，医生是很熟的人，因为这次误诊，自己很是抱愧。人已经是这样了，又不可能从头再来，我们也不好再怎样。虽然这是多年以前的事情，但我听后，仍然唏嘘不已。

“一九、二九，缩脚缩手；三九、四九，冻死猪狗。”

数九寒天，坐在办公室里，烤着炭火还不觉得，如果走到外面，只觉得冷飕飕的，很难过日子。也许自己已经上了一点年纪，右腿外侧时常感到透骨的寒冷。两个膝关节也轮换疼痛，左边的肘关节时不时感到发麻，小指有不灵便的感觉。不过，好的是不曾感冒，顶多打几个喷嚏便罢了。

市里偏偏在这寒天冷冻的时候召开扩大干部会。元月 5 日晚上召开的预备会上，吕市长说，这个会从 1 月 6 日到 12 日，要开七天，分三个阶段，第一阶段是学习中央文件，听副书记蔡万顺同志的动员报告，还有市政府经济工作报告；第二阶段是讨论研究八七年的工作；第三阶段，州委领导讲话，市委书记李贵生同志报告，表彰一百个先进单位和个人，其中先进单位 26 个，先进个人 74 个，还要制定再上新台阶的措施，确保翻番奋斗目标的实现。副书记朱永松说，这是一个关键时候召开的关键性会议，参加人员 1 340 人……我心里犯嘀咕，开这么长时间，我自己那一头的工作怎么办呢？

在这样寒冷的时候，开这样的干部会，如果是在芭蕉或是庍口，那是要烧火烤的。在芭蕉，一般是烤炭火，领导在前面讲，会场里的人围了若干圈圈，每个圈子里都有一盆炭火。大家脚下在烤火，耳朵在听会，嘴上在吸烟，会议开得很热乎。在庍口，那是烤柴火。柴火只是生火的时候，烟雾大一点，一旦柴火烧发了头，就燃得旺旺了，烟雾也少了。大家都说，烤柴火比炭火还好，烤得上身一些，周身暖呼呼的。只是有人担心，烤得太舒服了，懒洋洋的，会打瞌睡。于是取出烟口袋来，一边裹叶子烟，吃“栀子花”，一边听领导讲报告。开这样的会，领导讲得口沫横飞，听会的人叶子烟也吃得津津有味，还不断吐口水——真是别有风趣。所以，庍口有干部说，在芭蕉开会，实在搞不惯，一圈人围着一个火盆，前面烤煳了，背脊上还像泼凉水。其实，无论是在庍口开会，还是在芭蕉开会，都比在恩施城的清江电影院开会强。这清江电影院，长条的椅子挤密压密地排着，那是绝没有火烤的。会场里也有几点火星，也有烟雾缭绕，那都是吸卷烟的。吕市长在台上作经济工作报告，讲今年全市工农业总产值达到 3.21 亿，比去年增长 11.8%，财政收入达到 2 036 万元，粮食生产连续增产，今年达到人均 700 斤粮，农民人均纯收入去年是 229 元，今年达到 230 元……大家听了只是心里很热乎，会场却显得很安静，并没有人拍手，倒是听见连连的跺脚声——因为天气太冷了。吕市长提出，要揭露矛盾，找出差距。他指出，对改革认识不足，开拓精神不强，是干部存在的主要问题。今年烟叶的收购上有失误，也是一个教训。重要的问题是教育农民，要教育他们更新观念，鼓励他们发家致富，争取多出几个“万元户”，要批评普遍存在的

“提篮小卖”的小农经济思想，什么“赚钱不赚钱，赚个肚儿圆”，什么“喂猪为过年，养鸡换几个油盐钱，种田为个肚儿圆 ”。这个时候，会场里嗡嗡发出了笑声，混合着连连的跺脚声。吕市长接着说，要大力发展两烟（烤烟、白肋烟），总面积确保 6 万亩，还要大力推广地膜覆盖……

我知道，搞教育的人，也要了解一些经济，于是专心去记笔记，不去想这天是如何的冷——这似乎也是一种抗寒的办法。

有些事情是逼出来的，同样是一天，安排得好，可以做出许多事来。6 号我去上会的时候，段科长说，师训会今天开始了，下午你要来说一说。我答应了。但是说些什么还没有考虑。清江电影院里的大会是学习《中共中央关于加强社会主义精神文明建设指导方针的决议》和人民日报元旦社论《坚持四项基本原则是搞好改革开放的根本保证》等文件、文章。这是学习过的，便在笔记本上写师训会要说的那些话。

下午是讨论，我抽身参加师训科召开的全市师训工作会。我对大家讲：

首先，要肯定这几年我们的师资培训工作的成绩。八三年以来，有 228 人参加了进修学习，参加三级函授学习的达 480 多人，合计 700 多人，占了教师的六分之一，占不合格教师的 27%。同时，还办了各种短训班，举办鄂西大学星期日数学培训班，市教师进修学校培训教师 1 700 多人次，包括培训音体美短缺学科的教师。组织了几轮教师教材教法过关考试，应参加 2 100 人，实考 2 005 人，参考率达到 95.48%，合格率达到 80%，成绩是很大的。但是，我们的起点太低，离要求差距太大，培训工作还要加快步伐。

我听说，日本的小学教师的学历，差不多都是大学生，甚至还有硕士生，日本的空姐也大都是大学生。乍听起来这是海外奇谈，但又是事实。我盘点了我市各级教师的底细，情况是这样：全市高中教师 370 人，现有本科学历的只占 24.7%，低于全国的 40.24%，也低于全州的 28%；初中教师 1 202 人，本科、专科毕业占 15.88%，低于全国的 19.21%，略高于全州的 14.28%；小学教师 3 727 人，中师、高中以上学历占 64.22%，高于全国的 58.5%，略低于全州的 65.1%。也就是说，现有我市大部分的中学教师和三分之一的小学教师，总共 2 621 人，是学历不合格的教师，都是培训提高的对象。高中教师，目前脱产进修

12 人，高师函授 232 人，这一批学业完成之后，到 1990 年，学历合格率可望达到 50%，争取 1993 年达到 70%。初中教师培训提高的任务最重，通过离职进修、函授、卫星电视教育等多条途径，到 1990 年学历合格率可达 35%，到 1993 年，通过各种培训，同时考虑专科毕业生的分配因素，也只能达到 50%。小学教师目前合格率虽然要高一点，但基数大，培训的人数达到 1 332 人。

值得引起重视的是，从今年开始，国家开始进行各个序列的职称评定，合格学历是基本的任职资格。考虑目前教师的现状，实行教师专业合格考试，如果这个考试及格，在首次评职中，视为中小学教师序列专业合格，可以参评和聘任。这又是一个很重的任务，除了年龄大、教龄长的教师免考，培训人数也在两千人左右。这的确是一个大工程，也是一项历史使命，同时，又是给老师们做好事。就此，我提三点要求：第一，各站要专人负责，摸清培训对象底细，造册上报；第二，各站采取措施培训小学教师，帮助支持他们在专业合格考试中达到合格；第三，教师要处理好“工学矛盾”，自身学习提高和教学工作的目的从根本上说，都是为了学生，绝不能因为学习而影响教学工作。

——三十年过去，教师学历不合格已经不是一个问题。如今每年都有大批大学生乃至研究生报考应聘中小学教师，师范专业和非师范专业的都有。他们源源不断的充实教师队伍，如今的恩施市大学生教小学也并不稀罕，硕士生教中学也不只是个别，过去我们视为海外奇谈的事情，如今已成了眼前的现实。

七天的扩干会，是大会套着小会。

7 号晚上，谭市长、周市长在教委会议室召集区镇长会，讨论教育费附加的征收问题，教委几位主任都参加了。在这个会上，谭市长给区镇长们讲清楚了：教育费附加是常年性的，教育集资是一次性的，都是解决教育经费投入不足的问题；教育费附加主要用途是解决民办教师工资和办学条件，农村按不低于人均 1.5 元征收，征收办法可以灵活，各区镇可制定实施细则。

8 号，宣传部召集各区镇宣传委员和科教文卫体的参会人员开会。上午，传达全国和省州宣传工作会议精神，主题词是：加强思想政治工作，坚持四项基本原则，反对资产阶级自由化。涉及内容极多：

小平同志四句话（党政分开，权力下放，精简机构，提高效率）的总体改革方案；

关于政治体制改革要适应中国所处的社会主义初级阶段国情；

关于政治体制改革的报道问题；

关于不能离开实际问题讲“高度民主”；

关于用历史唯物主义态度对待外国经验，切忌一概肯定和一概否定；

关于《中国之春》《深圳青年报》《世界经济导报》的处理；

关于学生中不安定的问题；

关于当前值得注意的动向；

关于宗教宣传场面不要太多太大，不要到处修庙，靠烧香拜佛繁荣经济的问题；

关于抗战50周年不要大搞，以免与政治气氛不协调的问题；

关于报刊的管理问题，说全国报刊多达1770家，不令人满意的东西很多，武侠、黄色、暴力不少，当前还有更深一层的东西，宣扬弗洛伊德的性解放，对青年人有害。中短篇小说，只有10%是比较好的，有些杂志是发泄个人不满的地方，必须加以整顿，不然要出乱子……

此外，还有省委宣传部紧急会议精神，市委宣传部刘诗伟部长讲八七年的宣传工作等。

下午，会议给我一点时间，讲了市教委八七年的工作意见。

9号，下午讨论的时候，我回到教育科，听舞阳小学杨家鑫、邓中庸二位校长和教研室吕经武主任讲教学整体结构改革问题。

10号下午，施南中学开成立会，应邀参加。从航空路中段往西北方向走一里多路，有一所市供销技校，施南中学借用这里开办。这是刘厚章、吴国顺等恩施的一批知名的老教育工作者创立的私立高中。记得在批复办学申请的时候，惠明主任发出感慨：“你说这批老先生怎么想的，退休了安逸日子不过，还要办学校，难道他们教书上瘾了？”胡主任说：“他们正教得书的时候，好多时间都在搞运动，不让他们教。吴国顺校长，那时在新塘三中，就是一天打钟，打到‘文化大革命’结束，才回来教书，教不了几年就到了退休年龄；刘厚章老校长也是打了几年钟，‘文革’结束就办退休手续，就是没有过到瘾嘛……”

晚上，几位主任和人事科的同志研究民转公。附带先说明：教委成立以后，内设科室的人员安排已在主任办公会上确定，原来人事股的吴芳山股长，调到市委组织部，副股长严华光同志任教委人事科长，从三岔教育站调来蒋宪忠同志任副科长。这蒋宪忠我是早就认识的，1978年底，恩施县教育局派了一批同志到各区考察站、校领导班子，他和向大锐两位翻山越岭到了庌口。当时我还是民办教师，任庌口中小学的教导主任，所以也在考察之列。教委成立后，都说这位小蒋办事慎重牢靠，性格温和，适合做人事工作，于是决定把他从三岔教育站副站长位置上调来担任副科长。只是内设科室的人事任命市里迟迟没有下来，兼教委主任的谭副市长说，“我知道那边没有什么问题，你们先按这个方案把人用起来，不然教委的事情要停摆，那也是不行”。

严科长先介绍这次民转公的情况，然后讨论具体方案，大家考虑到我市民办教师中的具体情况，一致同意这次民转公采取加分录取的办法，对于下列情况的民办教师进行照顾：受过县市以上表彰的加40分；六十年代贯彻下压政策而去当民办教师的加30分；教龄20年以上的加30分；有大专学历的加10分。此外，按照上级精神，抽4%的指标，对高山边远乡镇民办教师实行定向照顾。如此下来，凡是上了150分的，如考核没有道德等方面突出问题的，都可以转为公办教师。我们查了一下，人口比较多，民办教师也较多的白杨区，这一次可以转32名，崔坝镇可转27名，屯堡可转24名，一般区镇都能转十多名。最后，严科长说到一个具体问题，最近负责监察工作的黄元炳同志，收到红土区的一份举报，说苹锦乡有一位民办教师，这次考上了线，但是有赌博行为，看来还需要去实地调查落实。胡主任说，这样的天气，高山肯定是下雪，去不去得了啊。严科长说：“这个事不去实地调查搞清楚，就很不好办。我们不能就凭这个举报把他民转公的资格取消。如果不是真的，那就把他一辈子的好事，一瓜槌给敲掉了，那是太冤枉人了；如果情况属实，那就属于考核不合格的，不能转公。”于是会上决定严科长和黄元炳同志，马上去红土跑一趟红土，两人要特别注意安全。

第二天，严科长和小黄就到红土去了。过了几天，严科长他们回来了，我问调查的是怎么一个情况，严科长连连摇头，苦笑着说：“真是‘一封信，八分钱，害你跑半年’。我和小黄虽然没有跑半年，也搞了三四天。特别是出门一路都在下雪，上了红土，那里是冰天雪地。我们连夜步行往苹锦赶，天黑得早，地上又滑，我两个晓得摔了好多跟头，一路溜溜滑滑摸到苹锦学校。我们分别找老师了解，第二天又找乡村干部了解，都说这位民办老师一贯表现好，从来没见过他打过牌。还有人说，他连牌都认不到，赌个什么博？你说这个搞举报的，缺德不缺德，害人不害人！他就是生怕别人得了好处，也害得我们无远八远搞起去，又黑漆麻嘎，扑爬连天赶到苹锦。难怪他也不敢落名，不然，像这样的人，应该治他的诬陷罪。”我说：“你们吃点苦，也给这位民办老师做了好事，积了德。”

11 号，州长李辉轩同志到会，给市里的千人干部讲关于抓好中央 1 号文件学习的问题。李州长讲了如何加深对中央 1 号文件和邓小平同志讲话的理解，强调要旗帜鲜明地反对资产阶级自由化，坚持四项基本原则，要加强宣传教育。李州长点了当前存在一种现象，说有些人，是“端起碗吃肉，放下碗了就骂娘”。

这个话说得形象，现实生活中的确存在一些人过上了好日子，却一天说怪话、发牢骚，甚至骂娘的现象。为什么会是这样呢？过去，人们一个个饿得歪歪倒，没听见公开骂领导人，骂党，骂政府。现在人们的生活水平提高了，不挨饿了，有肉吃了，怎么却动不动要说点怪话，甚至开骂呢？该作何解释？我回想和比较了一下，结论是：那时候人们是不敢，而现在是敢。在政治运动一个接着一个的年代，随便乱说是个相当危险的事情。从反右派到拔白旗，再到“文化大革命”，还别说你提了多少意见，发过什么牢骚，不少还是“无的说出有的来”，平白无故就成了“罪人”，被专政。“文化大革命”中一位高中教师，在日记中写了：“一个人学会说话不难，最难的是学会不说话。言多必失，一定要学会不说话，少说话。”岂知这位老师的日记被工作组发现了，连同其他几篇日记进行综合分析，上纲上线，把他打成了“反革命分子”，受到大会批判。你看，在日记中想“学会不说话”，都被打成“反革命”，你试试这个火色（厉害）！而当反革命有多难受，这位老师也领略了，他是宁可去死。于是在一次劳动的时候，他纵身跳了天坑。哪知他想死又死不了，被一簇树枝荆棘挡住了。他使劲地摇晃，希望落下天坑摔死，哪知也只是像坐滑竿一样，一闪一闪，总跌不下天坑去，倒是被师生们把他救了起来。你看，那时候就是这样，连日记上说话都不保险，谁还敢随便说话？谁还敢发牢骚，说怪话，谁又敢公开骂娘？当然，任何事情都不是绝对的，也不是说一个都没有，只是少之又少。我发现有两个胆子大的，敢说几句怪话，发发牢骚的，不过都是农村的社员，具体说是㞎口茶山十队的。一个是喜欢喝一口酒的喜老儿，他时常说几句怪话。比如有一次看电影，放的是《闪闪的红星》。当看到胡汉三一伙子人，摆着大酒席，大块吃肉，大碗喝酒的时候，喜老儿看不下去了，站起来往外走。他狠狠地吐了一口口水，骂道："看他妈的个怪，这个电影都有看场！就看到他几爷子吃得好，喝得热闹，老子们一天就啃几个烂红苕……"喜老一边怪话连篇，一边吐着清口水，回家了。还有一个叫"全褂子"，他的胆子更大，居然在坡上当着别的社员说："要是往年子，搞活路到了这个时候，老板家的腊肉在锅里煮得直滚的，哪像现在，搞到这时候还在坡上做，擦黑了才放活路，回去了还要忙着刮洋芋果果……"队长当场批评他的话有问题，说旧社会的好话，说今天新社会的坏话，小心开你的批判会。"全褂子"把嗓门提高了说："我的话有什么问题？手拿锄头把，犯法都不大。来嘛，开我的批判会嘛——要去坐牢我都不怕，坐牢一天还吃两顿现成饭吃……"你看，你看，"全褂子"还说出宁愿去坐牢的话！1982年，一次我去㞎口，路上遇到喜老儿，他真是成了一个喜老头，只讲现在的政策好，农民自由了，有饭吃，有酒喝了。"全褂子"我一直在没有碰到，想必家里也有肉在锅里煮得直滚。就我的观察——不知是不是准确——过去，几次大的政治运动后，即或有敢讲怪话的，是"犯法都不大"的"手拿锄头把"的农民，像喜老儿、"全褂子"们。但是他们现在很满意，不再说怪话了，只说直话：如今政策好。那么现在说怪话的是些什么人？多半是城里人，有的还是干部。他们为什么会"端起碗吃肉，放下碗骂娘"？我没有具体深入的了解，但兀自揣想，就如坐车一样，到了一个拐弯处，由于惯性作用，一些人偏倒了，他不怪自己没做思想准备，倒骂起车子和司机来。现今，我们恰好处在历史的拐弯处，也免不了出现这样的人。他们或许有不同的经历和想法，有自己不满意的地方，有一些不舒服，不满意，要发牢骚，说说怪话。特别是现在说话比较自由了，谁都敢说随便说话了，说几句怪话，甚至骂人都不犯法，不会受到批判，不会打成右派，于是，便毫无顾忌大声说怪话，享受一下长期来不曾享受的民主和自由，而且以此逞能，显示自己的高明，“独具慧眼”。好在如今绝大多数人都心中有底，特别是广大的农民，对当今的政策无不拥护。我以为这“端起碗吃肉，放下碗骂娘”，似乎是无关大局的。社会相当复杂，若想要舆论一律，那是很难的——在中国，只要占人口 90% 的农民日子过得好，他们称心如意，没有怨言，就算是开明盛世。

开会这几天，我还抽空看了一本新书，是美国人索尔兹伯里写的《长征》。也许因为作者是外国人，不顾忌某些提法，写得比较客观，且涉及不少逸闻趣事，而这恰恰是国内的文章闭口不谈、我们闻所未闻的，所以，这本书读起来饶有兴味。

看来参加大会，不需要一头扎在会上，穿插做自己必须做、可以做的事情，是合理支配时间的办法，不然，六七天都泡在大会里太浪费时间了。如何参加大会，特别是时间开得很长的大会，肯定还有许多小窍门。

教育是个大摊子。现在上级领导一说教育，就要求我们树立大教育、立体教育的观念。说来也是，县市一级就有普通教育、职业教育、成人教育和幼儿教育。幼儿教育目前仍由妇联管理，据说，教委成立以后有可能归属教委统管。但我们从不提这事，因为事情已经够多的了。普通教育有小学、初中、高中，是相当大的一块。比较起来，职业教育一块要小很多，只有 6 所学校。虽然学校不多，但是问题不少，发展特别艰难。成人教育过去很少接触，其实也是不小的一块，包括扫除青壮年文盲，区、镇、办事处办的成人文化技术学校和市里的成人中专。

成人中专我没有去过，市里的扩干会结束以后，和学校教导主任张恩义一道去旗峰坝。校长向中心，原是沙地教育站站长，一个很有能耐的人。总务主任向光润，我早就认识。我去了以后，向校长很正规地要向我汇报，我说不叫“汇报”，就是介绍一下情况，我老老实实地听。

向校长给我介绍，说学校有 10 位教师，6 位是教育部门的，其中 3 个搞行政管理，3 个文化课教师。4 位专业课教师，都是农业部门从区镇农技站抽调来的。7 位文化课和专业课教师，都是专科毕业的年轻人。向校长谈了学校在思想政治工作、教学工作以及后勤工作方面取得的成绩，也讲了存在的问题：一是校舍不足，要扩大；二是有些学生家庭经济困难；三是差一位化学教师。我询问了他们的开课情况，知道两年四个学期，课程开设是：第一学期以文化课为主，专业课为辅；第二学期文化课与专业课并重，第三学期以专业课为主，其他课只开政治和体育，第四学期全是专业课和实习。专业课名目不少，有植物学、土壤肥料学、遗传育种、作物病虫害防治学、作物栽培学、农业气象学、农业经营管理等。此外，还根据我市情况，开设茶、麻、林、果等补充课。

最后，他们要我作“指示”，我笑着说：“这是大词小用，要讲指示，那就是‘最高指示’，毛主席说，‘农业大学办在城里不是见鬼吗’。你们的学校是办在旗峰坝的，是乡里，不是城里，是符合毛主席的指示的。”

大家一起笑起来。有位年轻人说：“办在这里，到底还是有许多的不方便。”

我说：“所以说，‘凡是毛主席说的都要照办’的提法不妥。以后有条件了，成人中专也是可以搬到城里去的。”

大家又说笑了一阵。我接着说：“我对你们说实话，成人教育这一块，过去很少接触，一点‘哈数’都没有，今天专门来了解情况，向你们讨教。总务主任向光润老师原来在芭蕉教书，我们是老熟人，他知道我的锅底灶门。我在芭蕉园艺场当农二哥，给芭蕉小学卖过菜。六三年一下子被抽去当民办教师。一去就参加了全区教师集训。向老师是学习会的共青团负责人。他们办了一个黑板报，约我写稿，我写了一篇《走向新岗位之前》，他给我排在头版头条登了出来，对我鼓励很大。我感到给他办的黑板报投稿，比给《恩施报》投稿，见报率高好多，还可以上头版头条。”大伙都笑起来。

向老师打了几个哈哈，说：“你还记得这么清楚？那时候我们都知道你是很有才的，是芭蕉的后起之秀。你的稿子那是当然要上头版头条。”大家又笑了。

我说：“向老师过奖。今天我在这里是长见识了，就凭你们开设的这些课，我都觉得很新鲜，很感兴趣，觉得这些知识技能与农村实际很对路。这次市里的扩干会，提倡农民发家致富，要更新观念，克服‘赚钱不赚钱，赚个肚儿圆’的小农经济思想，号召要树立商品经济观念，多出一些万元户。我在农村搞过多年，农民其实并不保守，哪一个都想致富。他们有怀疑，比如五八年‘大跃进’的一些搞法，推广密植法，越密越好，推广深耕，挖了一丈多深，最后颗粒无收。这一类搞法的确把他们搞怕了。但是，我发觉，他们只要看到真正能够增产，能够多赚钱的办法，很快就会学。农村最差的是懂科学技术的致富带头人。我相信在这里认真学习了的学生，今后在我们的农村是大有作为的，很可能就是新农村的一批致富带头人。你们今天谈的情况，提出的意见和要求，我给你们带回去给市里汇报。我已经说了，今天其他什么意见，建议我都说不上来，我真的是来长见识的。向校长在沙地当站长的时候，我第一次去那里，发觉沙地教育的管理是全市一流的。以后沙地的教育质量，的确也是全市首屈一指。我们的成人中专既有这样经验丰富的'老教育'，又有一批年轻力壮、学有专长的大专生，大家一起从事开创性的事业，为我市培养懂农业科学的新型人才，是具有富国富民重要意义的大事业。我相信，学校有向校长——大家叫他'中心老师'——和大家一起干，一定会越办越兴旺。"

第一次参加人事调动审批会。到会的是几位主任和人事科的严华光和蒋宪忠两位科长。

人事调动，是一件不好做的事。要求调动的调动了，那是如愿以偿，自然没有意见；没有同意的，便会火冒三丈，要问个究竟为什么，少不得要争吵起来。所以，这个事情是一定要集体研究，起码在遇到为此事吵起来的时候，人事科的同志就可以用一句话回答："这是集体研究决定的事情……"一般说来，这句话可以挡住一些人，要少许多麻烦。当然，也有不信邪的，还要继续找领导，找分管人事工作的领导，甚至找主要领导。这也是当领导尤其是当主要领导的为什么麻烦多的一个原因。

首先，严科长介绍说："这次要求调出的教师共有 14 人，要求调进的 5 人，下面我先介绍要求调出的人……"

于是，严科长逐个介绍，大家也就逐一研究，发表同意还是不同意的意见。

第一个是红庙的一位女老师，爱人是粮食局的司机，不幸车祸丧生，小孩不满 10 个月，粮食部门照顾她，同意她改行进城工作。大家一听，异口同声："照顾，照顾，这个同意。"

接着第二个，双河的郭老师，老大学生，咸丰教师进修学院表示接受。胡主任说："本来像他这样学历的人，在我们市里也是个宝，但是他又不肯下山，要下山就要解决一家人的安置问题，所以一直放在双河，也是可惜。这次咸丰进修学院同意接收他，还给他老婆安排工作，那就给他做个好事，放他一马。”其他几位都说“要得”，通过了。

第三个和第四个，是一对夫妻，是土桥职中的老师，要求调到武汉。刘主任说：“这一对人，学校给我说了，暂时还不能走，学校里正在给他两个做工作，目前学校教师很紧张，请他们留下来再工作一年。”大家都说，“那就暂缓，做一下工作”。

第五个是小渡船中学的郭老师，大专学历，申请调宜昌。大家犹豫了，像这样学历的老师走了可惜。刘主任想了一下，发话说：“这事也很难，站在他的角度，好不容易宜昌接受了，你恩施不放，留在这里恐怕也不怎么安心，学校既然同意放就放了。像他这样的情况，大专学历的调到州外，要经州里同意，我们同意放了，看州里怎么办。”胡主任说：“也是个办法，不然，你把他硬按在鸡窝里，也是不会生蛋的。”大家一致同意，报州教委批准。

第六个，红庙小学的向老师，丈夫在州粮食学校，粮校同意接受。照顾两口子在一起，几个人没有不同意见。

第七个，书院中学龙老师，刚结婚，爱人是建始的，要求调建始，大家也同意了。

第八个，书院中学廖老师，本科毕业，丈夫是711厂工程师，711厂迁址，厂方同意接受，随同迁移。几个人看到一个大学生走了，心里有些不合适，但谁都认为要同意，不然是不近人情。廖老师我熟悉，是传美高中同学，他们叫她“廖廖”，是个很好的人，那一年母亲迷路了，就是她细心打问，知道是我的母亲，护送到教育局的。这样的好老师又得同意她调走，又还真舍不得。

第九个，陈老师，沐抚的一个乡校长，区委想调去做纪检工作，这个要支持，同意。

我们就这样提出一个，讨论一个。到了第十位，是红庙小学的王老师，因为扁桃腺切除后遗症，说话声音嘶哑，改行到市罐头厂，同意了；第十一位是七里坪的黄老师，爱人在防疫站工作，家中无人照料，申调舞阳坝商场，同意了；第十二位，龙凤邹老师，身体不好，家庭有困难，申调市化肥厂，也同意了；最后两位是分别是崔坝和芭蕉的两位校工，一个要求调到玻璃厂，一个要到化肥厂，也都同意了。

刘主任发表感慨："你看，好多都是要到工厂企业的，我不说他们的理由是真的还是找的借口，但是，我可以说，如果教师的待遇高，比企业好，他们不一定会改行，你们信不信？这么多改行的，说明教师的地位实际上并没有提高多少。我们的老师还是情愿到工厂去，到商场去，不愿教书。"大家点头称是。

老严说："这些人还是算有本事的，有路子的。好多老师也想调，因为找不到路子。"

我说："不过，有路子不去的也有。"

胡主任说："你说哪一个有路子不去？"

我说："我就是，前年检察院要调我去，我没有理这回事。"

胡主任说："那一回，是老敖顶起不放的。"

我又说："还有，我屋里那一位，去年农业银行做她的工作，调她去搞职工教育和工会工作，还说可以分一套房子，她没答应。今年，她有个老同学在粮食学校，动员她去粮校，她听说马上要评职，到那里评职可能划不来，也没有答应。"

刘主任说："对呀，你那一位的选择是对的。今年教师马上开始评职称，她这个情况到中专去，评讲师的专业年限达不到，评不上就吃亏了。在中学评中教一级是没有问题的。以后职称与工资挂钩，很可能待遇就要上来。"

接着研究调入的。第一个是荆门市的一位男老师，姓王，七二年中师毕业，七五年担任校长兼书记，还是荆门市数学学会的常务理事，在《山西教育》杂志上发表过文章，应该说是个很不错的人。要求调来的理由是"夫妻关系不合"。

胡主任说："王倒是个不错的人，但是调动的原因是'夫妻关系不合'——'两口子扯皮，现说起的'，白天扯皮，晚上说不定又和好。俗话说'只能架桥，不能够拆桥'，如果我们接受了，不是拆了人家的桥？"大家同意这个观点，不宜接收。

第二个，广东的王老师，女，22岁，是国营晨星农场的教师，其父是恩施龙凤坝人，参军到广东，以后在那边安家，现在转业回恩施，王老师要求随父母一起，到恩施来工作。大家一致同意接收。

第三个，建始官店小学的李老师，丈夫在州广播局工作，为解决夫妻分居，要求调到恩施。大家也一致同意，安排到红庙。

第四个，建始的王老师，丈夫在州麻纺厂工作，也是解决夫妻分居问题，申请到旗峰坝小学任教。这个也应该，同意。

就这样，第六个，是州水泥厂的保健医生，姓刘，土桥职中打算接受做校医，自然也同意了。

调进调出的都研究完了，惠明主任手指点着笔记本说："研究一晚上，我们做了一笔'折本生意'：调出 12 人，调进 4 人，'入不敷出'啊！"

胡主任把笔记本一合，说："这就叫'壶里无酒留不住客'，哪门办！"

刘主任说："今年把评职的事情搞了，教师的工资涨上去，可能情况要好一些。"

1 月 23 日，是农历的腊月二十四，教委机关年终总结，我召集教育科、师训科、电教站开联席会。

几个人刚刚围着一盆炭火坐定，李志华同志戴一顶蓝色工人帽，笑盈盈地走进来，大家立刻亲热起来。我听惠明主任说过，他的工作单位已经落实好，在江汉区教师进修学校任校长，便问他："你还记着我们这里？去上班没有？"

他说："我怎么会忘记这里？那边已经放假了，我回来看一看。听说今天做年终总结，和大家一起搞了这么久，我也应该来参加。"

我说："那是太好了，还请你对以后的工作提提意见——哪个单位先说？"

仪供站的小袁先说："过去的一年，仪供站一是抓了中心实验室建设。上级要求建成 20 个，我们实际完成了 21 个，达到了有保管室，有实验室，有人员，有设施，包括桌凳柜架的'四有'要求，经过检查验收，全都达到合格。按照仪器配备目录，上半年达到 80%，下半年又进行了补充。今年八七年，我们的任务是再建 21 个，其中，小学 17 个，中学 4 个。小学仪器实验室标准，通知已经下发。省里要求，1990 年将取消中心实验室，所有初中都要配备仪器，建起实验室来。这方面沙地区抓得比较主动。二是以市一中、舞阳小学、和平街小学为点，抓电化教学。目前，只有市一中建成了电教室；舞阳小学的电教室还没有完工，配了 40 个音箱和一台录像机，一台电视机；和平街小学还没有地方，只给了两台娃娃机。八七年要争取把三个点建成，在电化教学方面起示范作用。三是抓了自身建设，购置了一台摄像机，组装了一个自动控制台，以后可以和教研室配合，用于推广优质课堂教学。”

小袁讲完以后，李局长说：“电化教学我们在省里还是起步比较早的，八七年要把一中、舞阳小学和和平街小学这三个点抓出成效。中心实验室建设也是上得比较快的，今年要突出抓好中心的管理和实验开出率……”

接下来，教育科，师训科都相继总结发言。李局长对各科工作都肯定了成绩，对今后工作发表了自己的意见。教研室并没有参加这次总结会，李局长最后还就教研室的工作说了如下一些话：“我建议，教研室要把常规教学研究与专题教学研究结合，要有专题教研项目。以后不要搞各科出动到一所学校的大兵团行动，这样妨碍专题教研的深入，也给学校增添了压力。另外，统一安排与因人制宜结合，区别对待年轻教研员与老年教研员，要发挥他们各自的优势……”

我感到，像李局长这样的人是不多的。但凡工作调动的人，都会利用这空档时间轻松轻松，休息休息，或做点自己的事情，谁还愿意去过问原来单位的事情？而他，老早就知道不能继续留在恩施工作了，还若无其事，扎扎实实做着该做的事情；如今，他在已经调离恩施，新的工作单位已经落实，正准备搬家的时候，仍旧对原单位一往情深，参加这样的总结会，一坐就是半天，没有任何顾忌说出自己的想法和对以后工作的建议。这是怎样的一个人？他是以此给我们做工作交代，他的这份真诚，让我特别感动。我很感激他对我的帮助和信任。他明知恩施市教育局撤销了，恩施市教委成立了，我是他的继任者。假若他知道我是那种心底狭窄的或是心性狂妄的人，他或许是不会这样做的，因为会对他的善意产生误会，认为是已经走了的人再来“指手画脚”，讨厌他的多此一举。如果是这样，他也许不会再进我们的办公室了，顶多看一看原来工作过的地方，尔后飘飘然离开恩施，飞到白云黄鹤的地方去。然而，他不是这样，他知道我是一直是敬重他的，虽然他比我年纪要小。他真诚地希望我今后的工作做得更好，规避过去不好的作法。人与人之间的这种彼此的真诚，是多么可贵的东西！真的，在现实生活中，像志华同志这样真诚的人——是很少的。我有些不懂的是，像志华同志这样的人，怎么在武汉工作可以，而在恩施工作就不合适呢？ 两个地方用人的政策有什么不同？

家中现在有大、中、小学三个级别的学生。读小学的早就放假了，读高中的也回来了。接着，读大学的也回来了，从武汉带回一大袋牛皮糖。读中学的和读小学的一边吃又香又甜的牛皮糖，一边问哥哥这，问哥哥那。每逢我下班了，还未进屋，就听到里面热闹嗡嗡的。他们似乎还嫌清静，把一台录音机开着。前不久我买的那盘磁带《世界名曲》，被他们拿来反反复复地放：从《卡门序曲》到《四个小天鹅》，从《土耳其进行曲》到《蓝色的多瑙河》，从《小步舞曲》到《匈牙利舞曲》，从《西班牙斗牛曲》到《命运交响曲》，再到《春之声圆舞曲》……就这样翻来覆去地放，连昶昶都可以跟着哼几句了。

想起来也真是惭愧，我这个音乐爱好者，原来以为自己不仅知道许多现代歌曲，还知道不少古典乐曲，诸如《高山流水》《汉宫秋月》《梅花三弄》《阳关三叠》《雨打芭蕉》《渔舟唱晚》《彩云追月》，等等；不仅知道许多中国歌曲，还知道不少外国歌曲，比如法国的《国际歌》《马赛曲》，朝鲜的《卖花姑娘》《在泉边》等，波兰民歌《小杜鹃》，特别是苏联的歌曲知道更多，比如《祖国进行曲》《列宁山》《莫斯科郊外的晚上》《红莓花儿开》《喀秋莎》《山楂树》《小路》，还有一首反复唱“干一杯，再干一杯”的叫什么名字的？对，叫《我们举杯》，等等。如今国门打开，才知道我所知道的外国音乐，简直少得可怜，犹如只看见三五个盆景，根本不知道那边还有一片一望无际、万紫千红的花海啊。我们的下一代实在有幸，他们随时可以欣赏莫扎特、贝多芬、巴赫、舒伯特、肖邦、柴可夫斯基、施特劳斯……的作品，在音乐的海洋游弋徜徉，丰富生活，愉悦心情，荡涤灵魂，启迪心智。

腊月二十五教委放假。我不等过年，就又是蒸，又是煮，弄了一些好吃的，让从学校回来的娃们享受口福。其中，最受欢迎的是赫鲁晓夫的共产主义——土豆烧牛肉。还有一门，炒酸洋芋片，那是每餐连盘子都扫光了的。娃娃们说，那里面的酸辣汤是最下饭的。记得荞荞两三岁的时候，从戽口进城给家家拜年，吃饭的时候突然哭起来，问她是为么事，她说：“没有洋芋。”家家笑了，说：“你这个乡里娃呀，一顿不吃洋芋就哭——好，我们去买。”你看，这几个乡里娃，虽然进城了，脾气还是没有改，几门洋芋菜，他们都喜欢。现在不愁没有吃的，让你们吃好吃饱。是的，在食物并不缺少的现在，何必要等到过年那一天吃呢，天天像过年不是更好?

农历的二十九就是除夕，娃们照例在家家那里团年，早早回家洗澡，看电视。

电视里《春节序曲》奏响，花炮鸣放，一扇大门打开，人们欢声雷动。“亲爱的朋友们，同志们：春节好！”屏幕上，李默然——就是《甲午风云》里下令“开足马力，撞沉吉野”的邓世昌——出场了。他笑容可掬，用洪亮宽厚的声音，揭开了春节联欢晚会的序幕，我预感到今年的晚会有一台丰富多彩的节目在后面。

嘹亮的歌声，吉庆的锣鼓，把人们的激情一下子都调动起来。蓝天幼儿园的小朋友，装扮着一群生气勃勃的小老虎和一群活泼可爱的小兔，蹦蹦跳跳，欢快舞蹈，跳得满台生辉。一只大老虎舞动一番退下，一群小虎把接力棒交给欢天喜地小白兔——人们送走虎年，迎来兔年。相声《巧对影联》来了：

刘伟一句：“我老虎屁股摸不得。”

冯巩对一句：“我兔子尾巴——根本没想往长里长。”对的也真是滑稽，我们的笑神经这一动起来，就没个完了，嘴巴时时都是张开着的，不时哈哈大笑一阵。接下来的用电影名对对联，也实在“巧”得好，一对一大串。比如：

《大李小李和老李》，对《儿子孙子和种子》；

《良家妇女》《秦香莲》，对《模范丈夫》《李时珍》；

《海外赤子》《刘三姐》，对《雾都孤儿》《杜十娘》；

《英俊少年》《马可·波罗》参加过《地道战》《地雷战》《南征北战》，对《卖花姑娘》《叶塞尼亚》卖的是《马兰花》《苦菜花》《锦上添花》……

尤其是最后的“绝对”，对得让人捧腹不止：

《寅次郎的故事》《黄浦江的故事》《水手长的故事》《夏天的故事》《柳堡的故事》《爱情的故事》《拔哥的故事》这些都是《不该发生的故事》，对上《茶花姑娘》《蜻蜓姑娘》《上海姑娘》《景颇姑娘》《西子姑娘》《金刚山的姑娘》《端盘子的姑娘》《不当演员的姑娘》这些都是《嫁不出去的姑娘》。

——值得一提的是，受这个《巧对影联》的启发，在第四个教师节的时候，我把恩施市各区、镇、办事处的地名串起来，写成一首小诗《乡曲》，自我欣赏，觉得还蛮有趣的。二十多年后，这首《乡曲》又成了我写回忆录的序曲，它勾勒出我这半个多世纪的人生轨迹。更有趣的是，这个春节晚会，我暗自打开录音机，把全家人观看晚会的实况录了下来。转瞬之间，几十年过去，当我发现了这盘磁带，并放出来的时候，居然效果很好：分辨得出，昶昶的笑声奶声奶气；吴旭、吴荞笑得打钩钩儿，眼前浮现出他们笑得喘不过气来的神情。还有笑林的天气预报也十分有趣，他“预报”：“昨天，晴天”“今天……”“明天……风向，偏南转偏西，偏西转偏北，偏北转偏东……”叫人忍俊不禁。姜昆说的掉到虎口的那一段相声也特别有趣。而笑得最多最厉害的是王刚演的小品《拔牙》，那大一把钳子，把别人一颗好端端的牙齿给拔掉了，还带出一些肉来。接着，这个庸医，又用所谓的世界上最先进的办法，在病牙上套了绳子，绳子另一端固定在桌子上，要患者自己点燃那个药瓶的引信。突然，火药轰然爆发，吓得那个喊牙痛的，猛地一个趔趄——这一次病牙是拉出来了……此刻，只听见昶昶“哈哈哈”地笑，荞荞“嘻嘻嘻”地笑，吴旭“呵呵呵”地笑，几乎能够看得到他们笑得东倒西歪的样子。还有，晚会上的歌舞也是不错的。几首歌曲唱得非常好，其中有位台湾来的歌手，名字叫费翔，唱了两首歌，一首是《故乡的云》，另一首是《冬天里的一把火》。就我个人的喜好，觉得《故乡的云》歌词感人，旋律优美，把游子的感情唱得淋漓尽致，比《冬天里的一把火》好多了。不过，不少人喜欢《冬天里的一把火》。殊不知这一喜欢，倒喜欢得出了问题。此话怎讲？自从费翔唱了这首歌，这首歌真是火了起来，大街小巷，都可以听到费翔在唱“一把火”。说来也巧，自从这首歌流行不久，恩施城繁华的北门二街，居然发生了火灾，好多户人家没逃脱厄运。幸得是消防队来得快，用冬天里的清江水，灭了冬天里的一把火，不然二街那一片老式建筑不知要毁掉多少。有人责怪说，北门上的人是不应该一天都唱费翔这首歌的，但是，这里的铺面多，做生意的人只希望生意红火，一条街几十上百台录放机，没日没夜都一个劲地唱“一把火，一把火”，结果火气过旺，真把大火引起来了。问题不仅是恩施的北门二街，更严重的是四五月的时候，东北大兴安岭发生前所未有的森林大火，损失惨重。

开年上班就是学习。中央连续发了好几个文件，都是有关反对资产阶级自由化的。2 月 5 日，市委宣传部在文工团礼堂集体学习赵紫阳同志在春节团拜会上的讲话，传达中央的 3、4、6 号文件。这样的学习，文件只有一份，自然是台上一个人读，下面的人都用耳朵听，手里拿个笔记本很少能够下笔。因为，读的人只顾噼里啪啦地读，就像后面有人追赶一样快，听的人有速记本事的很少。我做笔记算是比较快的，也只能在笔记本上潦潦草草画出不多的几个字。这样听一遍，要复述出来是很难的，脑子里只有一个综合的印象，就是：当前一些人主张资产阶级自由化，其目的就是要背离四项基本原则，否定社会主义道路和共产党的领导；全国人大通过了加强法制，维护安定团结的决定；胡耀邦同志犯了反对资产阶级自由化不力和在经济工作、政法工作、外交等方面发表不当言论的错误。

2 月 8 日，全天参加幼儿教师过关考试。

晚上谭副市长和组织部、宣传部的负责人到教委开会，宣布各内设科室负责人的任命。

谭副市长说："市教委去年 12 月 5 号就成立了，到现在已经两个月，内设机构的报告近日才批复下来。现在我正式宣布：政工人事科科长严华光，副科长蒋宪忠；普教科科长康纪恕，副科长徐光福；职业教育科科长徐海亮；成人教育科副科长胡成让；师资培训科科长段芳海；计划财务科科长倪全安；教委办公室主任曾茂祥，副主任龚和生；勤工俭学办公室主任田祚培；高等学校招生委员会办公室副主任朱明雄。"

这个名单是几位主任集体研究后上报的，现在批复下来的名单未作任何变动。这批中层干部的任职，实际上大都是原班人马，只是人事科吴芳山股长调市委组织部，严华光任科长，调入蒋宪忠任副科长；教育科的老康任科长，徐光福任副科长；增设了职业教育科，将徐海亮从市一中教导主任位置上调来任科长。海亮是脱产进修毕业以后，从芭蕉教育站站长位置上调到市一中任教导主任的。对于这个调动，市一中不甚理解，他们对外面调进的干部不很放心，尤其是担任教导主任一职，于是分工他管初中部。对此，教委觉得他们并不看重他，把这个角色可惜了，等他工作一个学期以后，调到了教委任职教科长。

在调他到教委的时候，一中又舍不得了，因为观察了一个学期，觉得这个人虽不是内部产生的，但搞事的确不错，不过此时木已成舟矣。

2月11日主任办公会议，研究人事工作。会议讨论了教研室的班子，决定刘用任教研室主任，吕经武任副主任。刘惠民主任说："教研室是个藏龙卧虎的地方，可以调几个干将充实城区站、校班子。"老严道："这是一个好点子，舞阳中学就差一个年轻能干的校长。"几个人几乎同时说出一个人的名字来："向仕斌。"做记录的蒋宪忠说："这一个是不是这么定了？"都说"就这么定了"。蒋说："好，我做记录了：向仕斌任舞阳中学校长。"刘局长说："舞阳中学，要去就同时去两个。"有人附议，说："对，要配就配一对手，好搞事。就是再去哪一个呢？"胡主任说："王家驹。"大家一齐表示："要得，王家驹是个能干角色，办法多，和向仕斌也一定配合得好，是个合适人选。"就这样，蒋科长又作记录了。接下来讨论六角亭的班子，刘主任说："六角亭是不是可以把陈光馨调去当站长，建议老赖还是任书院中学校长，这样现在的校长刘荣调到教研室当中学语文教研员。"大家都说这是一步好棋。老严说："是的，陈光馨是个不错的人，业务上很有一套，在咸丰是当教研室主任的，调过来这么多年一直没有给他任职。"蒋宪忠又作记录了。胡主任说："教研室一下也莫调出去多了，不然刘用要扯皮的。"刘主任笑了，说："好好，教研室这一次就调出这三个，调进一个——下面再研究哪一项？"

老严说："鄂西大学毕业生分配。这个不需要一个个研究，主任会上说个分配原则就可以了。"

刘主任说："优生优分是个原则吧，选几个好的充实一下市直中学；城区一律不分，这也是个原则吧；一般情况下都回原来的区镇，也算是个原则；动员几个支持高山边远地区，怎么样？"

老严笑道："这怕是个难事啊，现在鄂西大学的学生眼睚子都高得很，那一年屯堡初中分去一个鄂西大数学系毕业的专科生，他找教育站闹啊，说我是学微积分的，你们把我分到初中干什么？"

胡主任说："鄂西大的教育还是存在一些问题，教育站普遍不喜欢鄂西大的毕业生，说他们眼高手低，自以为了不得，不好安排和管理，他们情愿要中师生——分配原则也就是刘主任说的这几条，你们去分配。”

刘主任问：“还有什么项目？”

老严说：“还有两个处分问题。一个是市一中的体育老师汪忠斌，赌博成瘾。去年被派出所抓了，收缴他的赌资 1 000 多元，输掉了 1 000 多元。市一中建议给予行政处分并调离。”

胡主任说：“这个汪忠斌硬是不吸取教训，原来在五中就因为这个事受过批评教育的，他保证绝不再犯，收手了一年多。看他表现还可以，市一中又正差体育老师，就把他调来了。哪晓得他旧病复发，又开始搞。一搞又输，几个工资输光了，借钱又来，想把本钱捞回来。哪知道‘狗子刨坑，越刨越深’，搞起这么大的数字了！”

老严补充说：“这一回搞得惨了，原来一家人几多幸福，老婆子在医院里工作，一个娃娃；现在老婆子硬是要和他离婚，这一下算得是搞得人财两空！”

刘主任问：“你们的意见怎么处理？”

老严说：“行政记大过一次，调离市一中。我们想给四中做做工作，调到四中。这个人业务还是不错的，就是这个赌博上瘾，把他自己害完了。”

大家同意这个处理意见。

老严说：“最后还有一个板桥中学的老师，去年与一个复读初三的女学生发生不正当关系……”

刘主任说：“这样的要严惩，绝不能容许这样的情况发生！我的意见是开除，你们是什么意见？”

老严说：“这个老师人年轻，没有成家，女学生 17 岁，据调查也不属于强奸……我们建议给开除留用察看一年的处分，每月发生活费 40 元。”

大家说，这个处分可以。

晚上去市里参加电话会，什么内容呢？关于颁发居民身份证的问题。我去的时候，只听见喇叭里问这里的人到了没有，又是喇叭里的人回答到了，又问那里到了没有，答到了，这样点了一阵名，然后是主持人请一位姓冉的部长讲。部长讲话不算很快，我记下来如下内容：

颁发居民身份证的工作，是 1983 年 8 月 28 日全国人大开始做立法准备。

1984 年 4 月 3 日赵紫阳总理批文，在全国十个大城市先行试点。1985 年 9 月 6 日全国人大常务委员会通过《中华人民共和国居民身份证条例》，同日国家主席签署二十九号令，从即日起施行。1986 年经国务院批准，11 月 28 日公安部公布《中华人民共和国居民身份证条例实施细则》。实施一年来，各地做了大量细致的工作，取得了经验，颁发了 5 000 多万份身份证。与此同时，还存在对这项工作认识不足，工作进度缓慢，证件质量差，验收制度不健全等问题。1987 年，全国将给两亿多人口发证，要求各级建立精干领导班子，保质保量，加快速度，点面结合，确保完成任务。1987 年后，转入农村人口发证。

接着是省政府王副秘书强调发证的意义，提具体要求。

最后是市公安局户政科长讲恩施市发证情况。他说：

根据 1986 年 7 月 20 日统计，我市总户数是：16 158 户，总人口：680 880 人，其中城市人口 68 091 人。城区总人口中 16 岁以上 53 356 人，占城区总人口 78.36%。其中不发证者 158 人，占 2.9%；缓发 1 742 人，占 3.6%；补发证 1 478 人占 27.7%。实际应发 46 978 人，占城区总人口 88.1%。我市这一期颁证工作从去年 7 月 10 日开始，到 12 月 25 日结束，全部送省制证，目前已收回 38 000 份，还有 8 900 份 4 月可收回。我市送省的质量被评为第一。1986 年预支经费 3 万元，实际支出 2 万多元，结余 9 207 元。1987 年，计划在城区附近和西南一片，包括红庙、七里、龙凤、龙马、芭蕉、白果。盛家坝、沐抚、板桥和三岔共 10 个区的范围内，启动颁证工作，颁证对象 25.6879 万人。时间是 3 月开始到年底；经费预计 13.5 万元；人员按 300 人抽 1 人，每个区大约要抽出 8—15 人参加这项工作。

——实话说，当时我对这项工作并没有认识到有多么重要，身份证这个东西是有也可，无也可。当然，像我就是属于要提高认识的人。随着时间的推移，身份证真是变得越来越重要了，有时候简直离不了它，特别是出门，不带上它还寸步难行。至于现在，那是坐火车，乘飞机，住旅馆，办银行卡，甚至在邮局取包裹都要这东西。因此，人们在日常生活中，总结出《出门四字诀》：“伸手要钱。”“伸”是“身”的谐音，就是身份证；“手”指手机；“要”是“钥”的谐音，就是钥匙；“钱”自然是少不得的。这个四字口诀实在总结得好，简明、实用、好记。而在这口诀中，把身份证排在第一的位置，可见其重要。各位出门，在没有锁门的时候，不妨背背这“伸手要钱”的四字诀，包你会少几多的烦恼。

又是在市里参加电话会。什么内容？紧急动员，迅速行动，普遍灭犬。

先是省里的孙主任讲，说最近三年，我省狂犬病人持续成倍增加：1985 年发病 187 例，死亡 7 人；1986 年 657 例，死亡 11 人；今年仅元、二两月，就出现 239 例，狂犬病来势迅猛，直接威胁人民群众生命，形势严峻。各级必须紧急动员，迅速行动，普遍灭犬。孙主任说，研究发现，65—70% 的健康犬也是带病毒的，这一次提出普遍灭犬，就是无论是否狂犬，都要灭掉。

接着，市里的刘主任宣读一份《通告》（摘要记录）：

1. 各级党委和政府，一定要提高认识，统一思想，紧张动员，把普遍灭犬，控制狂犬病蔓延这项人命关天的大事，列入党委和政府的重要议事日程，当作突击任务，抓紧抓落实。这项工作，一定要由党委和政府牵头，建立领导小组，以抓武装干部，基层民兵为主力军，成立专班，采取区干部包乡，乡干部包村，村干部包户的办法，在 4 月 5 日前，把捕杀家养犬、狂犬、野犬行动，抓紧抓好，抓出成效。此后如出现狂犬病死人事件，首先要逐级追查责任，拿包乡包村的干部试问。

2. 动用所有宣传机器，利用一切宣传阵地，广泛宣传。特别要宣传，除了狂犬之外，65—70% 的健康犬，同样可以带毒，致使发病。要明确，我们已经处于狂犬病的包围之中，一旦发病，只有生的等死这个严峻现实。一定要宣传到家喻户晓，养犬户明白，做到“见犬就打”。

3. 各级干部带头，领导机关带头。特别是党员和领导干部要带头自觉灭犬，影响教育广大人民群众，用无声的命令带动群众。

4. 以恩施城为圆心，周围 30 公里内，不准养一只狗，如有发现，任何人都有权捕杀，任何人都不得阻拦。如遇阻拦，加以行政干预，专班捕杀，一切后果由养犬户负责。

5. 机关、厂矿、学校，严禁养狗，包括观赏狗；不准任何人带狗进入厂矿，特别是学校。边远农户养狗，须经批准，切实做到圈养。如果阳奉阴违，出了问题，养犬户要负全部责任。

6. 电话会后，各级广泛动员，积极行动，广泛宣传，以养犬户自行处理灭掉为主。如发现转移、隐藏，可采取地方性行政措施。党政和人武部相互配合，以乡为单位，组织检查落实。

最后强调，要十分注意安全。武器弹药要专项解决，逐个办理手续，不能出任何问题。

——这一次电话会后，恩施市的狗子是面临灭顶之灾了。各地纷纷成立了打狗办公室，简称“打狗办”。舞阳坝、六角亭两个办事处闻风而动，见狗就打，三天之内，灭掉3 600只。我对狗并无好感，小时候在弟大爷爷家看笼子里的锦鸡，跪在地上，一只狗无声无息，在我腿上咬了一口，咬穿了两个洞，以后一直留下伤疤，好的是没有染上病毒，不然那一定是没命了。因为，那时候什么狂犬疫苗说都没听说过，即或有，在离城遥远的地方，又没有什么冷链，怎么能救急？我知道有狂犬病，还是在咸丰读小学的时候，听同学们说，癫狗咬了人是没救的。每一年，特别在油菜开花的时候，蜜蜂飞舞，如果狗子也在油菜田里，遇到蜜蜂蜇了，狗会发癫，发癫的狗眼睛是红的。这引起我对狗的戒备，特别注意它的眼睛是不是红的。以后在庰口教书，经常要走村串户搞家访，常常要和那些讨厌的狗子斗智斗勇。我总觉得狗对我是太不友好了，尽管我做的事是好事，帮助贫下中农的孩子学文化，那狗子不知一点好歹，总要敌视我，向我进攻，真是“狗咬吕洞宾，不识好人心”。所以我觉得，所谓“狗是人类的朋友”，这话没有多少道理，只能说它是它主人的朋友，而与其他人为敌。不过，我并不主动打狗，我的方针是：狗不犯我，我不犯狗；狗若犯我，我必犯狗。如果遇到狗对我嘶哑咧嘴，发起进攻的时候，我必定寻找石头、泥块狠狠地砸向它，直至它夹着尾巴逃跑。住在竹山湾，一只黑狗，天天晚上从篾席的破洞钻进我的厨房，偷食我猪儿的食物。那时候的粮食特别金贵，我对这偷食的狗讨厌极了。我准备了手电和打狗棒，终于在一个晚上狠狠地教训了它一番，打得它“汪汪”地叫着逃跑了。以后这只狗再也不来偷窃食物了，再后来，是生产队长提一胯狗肉送给我。我问是哪来的，他说是他那只黑狗被人打坏了，就干脆把它宰了。我心里明白，毫无疑问，是我打坏了的那只黑狗。我本来就不愿意吃狗肉，这只狗的肉我更不愿吃——我检查自己有“防卫过当”的问题。时代在前进，社会在变化，如今人们吃饱喝足，还想养只狗狗陪伴，无事的时候出门遛遛狗。随之而起的是养狗还形成一定市场，有专门的狗粮生产，凡狗的日用品全套都有卖。记得邓拓在《燕山夜话》中提倡养狗，说养狗的好处是一可以作守卫之用，二是可以食用。他还引用李时珍的《本草纲目》，说了许多吃狗肉的好处 。中国人有吃狗肉的习俗，浙江金华还有一个湖头狗肉节，据说是当年朱元璋攻打婺州城，屡攻不下，原因是大兵刚一出动，四处的狗子就叫唤起来，引起敌方警觉，严加防守。于是朱元璋下令将狗斩尽杀绝，于是大吃狗肉。日后再出兵攻打，婺州城一举拿下。这一天是农历九月二十二日，以后的这一天，便成了湖头一带的狗肉节。然而，在新时期这个节不能继续下去了，因为遭到众多爱狗人士的反对。湖头狗肉节休止了，又出来一个广西玉林，要举办狗肉节。又惹得许多主张保护动物人士和爱狗人士的反对，网上闹得不可开交。因此，我在想，现在狗是被人们宠得不行了，在这样的情况下，我以上记录的电话会，对于现在的人来说，大约也是天方夜谭了。试想，现今哪一级党委，哪一级政府，能够下令“普遍灭犬”？真是此一时，彼一时也！ 别人怎么养狗爱狗，我管不着；别人怎么喜欢吃狗肉，我也不说不可。反正我是一不喂狗，二不吃狗肉，哪怕“狗肉节”就在我生日的第二天。

参加市里检查文明单位搞了四天，去了土桥职中、市卫生防疫站、舞阳小学、土桥小学、栖凤桥饭店等五个单位。接着又在州教委开了四天的一揽子会，涉及今年教委方方面面的工作。回来后我与惠明主任商量，我们是不是选一个地方，比如崔坝，以现场会的形式开一个站校长会议，既看现场，又将上级会议的精神贯彻下去。他说这个办法好，就在崔坝开。崔坝是年前评出的红旗单位，工作抓得全面，先与崔坝联系一下，做一些会务准备工作。我说，如果这样定，我便先到崔坝去一趟，和镇委、教育站联系，确定参观点，落实有关材料，还有会务上的一套事情。我对他说：“我们这次会也体现一下改革精神，尽量避免形式主义和繁琐哲学。我想，会议的开法就是：站校汇报开学情况；你作八七年工作报告；镇委书记一个讲话，教育站一个经验介绍；参观小学、初中、农中、成人文化技术学校等几个点；最后我做一个总结。谭市长什么时候能参加，他的讲话临时安排。还有，这一次我们的讲话都自己准备，也不打印什么讲话材料。”

惠明主任说："对，就这样好得很。是不要讲求那么多形式，我们讲话都自己写，都是写得来字的人，要别人写干什么——真的，小肖一去八中当校长，我们这里还没有写材料的人了，以后还是要配一个，不然以后起草文件，我两个也是忙不赢的。"他忽然抬头望了我一眼，说道："你我都要去配一副眼镜戴起才好——不然，我两个都不像知识分子呢！"两个人相对而视，的确都是不戴眼镜的，一同笑了起来。

我同办公室曾茂祥主任一道，乘小覃开的吉普车去崔坝作现场会的安排。好久没下乡了，待在城里，今天开这么一个会，明天参加那么一个会，就像有人说的，是个"废人"（会人）了。

在城里的时候，天还阴着，一出城，便是晴空朗朗。四野麦苗青青，菜花黄黄，桃红柳绿，叫人好不惬意。我把车上的小窗打开，让外面的春风吹进来，好清醇的，略带丝丝儿香味。上得高处，那是一片山花烂漫，野樱桃花开得正旺，是大片淡淡的粉红；野刺花大蓬大蓬，有红的，有白的，那一丝丝的香味应该是它们散发出来的；高大的泡桐，也开花了，是淡雅的紫色，我知道，它们一朵朵都形同喇叭，吹响春天的号角，催促农民下种了。过去的农民有句老话："穷人不听富人哄，泡桐开花才下种。"只不过，现在有塑料薄膜，泡桐的喇叭吹得迟了。路边，农户的宅旁，那是一些什么花呢？一丛丛朱红的，水红的，金黄的花，在我的眼前一晃而过，眼帘里刻下了万紫千红的鲜明影像，迟迟不肯退去。此刻，我只觉得用这个词来表达最为确切，那就是：赏心悦目。难怪，自古以来人们都喜欢游春。我甚至想到，这般明媚的春光，这般姹紫嫣红的世界，城里人不外出游春，那不仅辜负了大自然的盛情，而且是一种巨大的浪费！

到了教育站，邀站长李弼胜一同去会镇委书记谭正耀。谭书记正等着呢。李站长是个言语不多的人，但心里特别灵性。昨天给他打了电话，说我们要为么事到崔坝，他便给谭书记汇报了。当我把会议的有关内容及开法对谭书记讲了，他立即表示："教委这样抬爱我们，又是来促进我们的工作，我们理当全力配合支持，把这次会议开好。"他还提出，来的都是兄弟区镇的客人，镇委要利用一个晚上开一个茶话会。另外，他给李站长讲了，镇上给站里补助 150 元，把后勤服务工作安排好。这位谭书记，我已经与他打了多次交道，是我发现的第一个实心实意关心教育的区镇党委书记。

回到教育站，和站里几位同志一起商量如何筹备会议。我把开会的内容讲了，曾主任接着就会务方面的工作逐项落实。他说："教委决定在崔坝开这次现场会，我作为崔坝人感到很自豪。崔坝是全市教育的一面旗子，各方面的工作都搞得很有起色。尤其是教师劳动管理，教学管理很细致，很落实。小学初中的教学质量在全市的农村来说，都是数一数二的。农中办了这么多年，办出了成绩。向德英老师抓成人教育也是成效显著，被州里评为先进。这么多的经验和好的做法，你们不要把一碗肉蒙在饭里面自己吃完了，的确应该向全市推广介绍……涉及会议的支出，我们按照在市里开会的标准，如数照拨。住宿费，每人每晚 2 块，3 个晚上作 40 人计算，240 元；办公费算 200 元；会议伙食标准是每日每天 2 元，自己交 8 角，会议补助 1.2 元，炭火费……"

他们在讨论如何买菜，哪些要从城里买来，哪些崔坝有卖，还有炊具要增加什么，被子现有多少……我就不参加他们讨论了，把会议日程编排出来，各个站校工作汇报要点，连怎么分组都排出来了。

四天之后的 3 月 19 日，崔坝会议召开，谭市长当日来到会议，利用晚上镇委、镇政府举行茶话会的时间讲话，镇委书记谭正耀介绍镇委、镇政府重视教育，加强对教育工作的领导和管理的情况。随后几天会议，崔坝教育站、沙地教育站、市一中、市职教中心等几个去年评出的红旗单位介绍了经验，还实地看了崔坝六种不同类型学校的管理。有意思的是，市体委的韩玉宝主任一直参加这次会议，还深入学校调查了解，在会上讲了学校的体育工作，市卫生局的陈股长和市防疫站的左站长讲了学校卫生工作和当前卫生防疫的重点。这次会议的内容多，但有一个中心思想就是加强学校管理，大面积提高教育质量。一年之计在于春，我们抓住这个春季，吹响"向管理要质量"的号角。我还有一个想法，就是抓管理要着力抓乡中心小学。乡中心小学的学生占了整个小学生的 60%，乡中心小学抓好了，上促重点小学，下带村小和教学点，这样就能遍地开花，大面积提高质量就有了基础，可以迎来农村教育山花烂漫的局面。这一次站校长们听了经验介绍，看了初中，看了重点小学还看了乡小、村小，从教师的劳动管理到教学常规管理，都井井有条，受到了启发。其中，鸦鹊水乡中心小学，在市管理办法的基础上，结合自己学校的实际，制定了17项94条规矩，奖惩与经济利益挂钩，学校办得生气勃勃。

八中的校长肖华林说："这个会开得很实在，很务实。学校主要任务是提高质量，好的教学质量来自于管理的落实。崔坝的学校管理不仅是落在点上，而且落实到了面上，包括乡中心学校以及村小和教学点。这是崔坝教学质量走在全市前列的主要的原因。"

倪科长拿着一份财政局的文件，对胡主任说："胡主任，拐哒（糟糕）呢，财政局的文件，今年教育经费预算只有804万——去年的决算都是903万。今年还有好多新增因素：调地区差要一笔；254个民办教师转公办要一笔，大中专毕业生分配又是一笔，还有去年的分配生转正定级，本科定到每月70，专科64，中师54，也要几万……这哪门办呢？"胡主任也不说话，把文件拿在手上，左看右看没看出门路，说："这晓得是哪门一回事，这上面804万怎么形成的，我们一笔笔对一下。"

倪科长说："我一笔笔对了一下，有70多万的洞洞，你看嘛：工资，440万……"

他们两人在对账，我对这些数字感到枯燥——哪怕是钱。我自己也要算账：高中、初中招生计划。

刘主任从市里开会回来，胡主任对他说："你来看看这个预算，照这个804万的预算，我们今年过不走日子呢。我刚才和倪科长算了一下，有几十万的'豁豁'（口子），怎么生得拢？"

刘主任说："今天市里开会，也就讲了经济形势严峻，八六年全国赤字300个亿，财政支出过分膨胀，预算外的资金多了，铺张惊人。中央提出量力而行，批评了那些高工资高消费。一股热风吹得好多人错把中国当美国，错把内地当沿海——可是，话说回来，我们教育上并没把恩施当沿海，是勒紧裤带在过日子。这一收紧，就收到我们教育上来了？这个预算你两个都没搞懂，我看是不是请财政局行财股的给解释一下，这个804万的预算，到底是那些项目组成的，有些项目没有打入的，我们该怎么办。或者我们到财政局去一趟也可以。"

胡主任说："要把财政局的人要请起来，我怕是个难事。他们手里管几个钱，一个个都像'上大人'，只有别人求他们的。我们的老敖是在财政局发过脾气的。也是为要一笔什么钱，他去找财政局的刘局长，在他局长办公室站着等了半个多钟头，这个刘局长就像没看到的，给这个说了，又给那个说，就是不惹老敖，椅子都没给老敖找一把。老敖哪里不是火，屁股一拍回来了，说，'他是个局长，我也是个局长，只不过他管了几个钱，把老子们看得比叫花子还不如'。他回来对我们一摆，我对老敖说，我们是要找他要饭吃嘛，他管的不就是我们几个吃饭的钱么。"

我是听敖局长讲过此事的，便补充说："这事我听敖局长说过，他说后来，他气愤愤地找了市委李书记……"

刘主任说："这样，倪科长先打个电话，如果他们不来，我们几个人都到他们那里去。讨饭吃就讨饭吃，给老师讨饭吃又不丑；没有椅子坐，我们都站起，走是不走的……"几个人打了一阵干哈哈。

没过多久，倪科长来报告说："财政局的电话打通了，他们明天下午到教委来。"

"耶——这一回他们怎么舍得动步了呢！"胡主任笑着说。

第二天下午，财政局来了三位，一位是分管行政财务的孟副局长，一位是预算会计郑昌益，还有行财股的谭翔南。倪科长买了一包好烟，永光牌的，给他们敬烟，郑昌益手一摆谢绝了，我以为他是不抽烟，便开玩笑说："都像你不抽烟，恩施的财政怎么搞得起来？"

郑昌益看着倪科长手里的"永光牌"说道："你们这个烟我看不起，我要吃'黄金叶'的。"随即便从口袋里拿出一个铁盒子，打开来，里面装着叶子烟，真是黄金叶，还剪成了一段一段的。他选了两段包裹起来，插在烟斗里，点燃。屋子里顿时飘散着呛人的烟味，我仿佛回到当年庰口的会场。胡主任给他们泡茶，一杯杯递给他们，一边说："我们的倪科长还行嘛，今天把你们三位财神请起来了。"谭翔南嘴快，大声说道："您也是，百年大计，教育为本，教委的事情我们敢怠慢么？"办公室里除了烟味，还洋溢着快活的空气。

孟局长说："昨天倪科长在电话里说，关于预算的问题，几位主任很关心，准备到财政局去。我说我们也有必要到教委来，教委是财政大户，应该与你们沟通一下。今年的财政形势，你们也晓得，是个难关，但是吃饭的钱是非得保证不可的，尤其是老师们吃饭的钱，一个都不能少，该增加的人头费还要增加，总数与去年基本持平。老郑同志把今年的预算做个说明，然后，小谭把各个项目向各位报告一下。”

老郑把叶子烟蒂拔出丢了，说：“教委这个 804 万的数字，还是通早了。现在我就这 804 万做几点说明：一是 804 万不比去年少，去年 903 万的决算是包括全年的专款，预算外的都纳入决算的；二是 804 考虑了新增因素，比如调地区差，民转公，大专毕业生分配等几项；三是教育经费八七年与八六年持平，恩施市就是一个吃饭的财政，吃饭是要保证的。小谭那里各个项目都有。大家听了，有什么问题，我们再讨论。”

谭翔南照着项目开始一笔一笔地报：

工资，440 万；

补助工资，共 25.4436 万；

粮价补贴，7.336 万；

山区津贴，3.4956 万；

民师津贴，3.8232 万；

班主任津贴，12.6776 万；

附加工资，包括代课费，探亲费，按规定 2% 提取，8.8993 万；

福利费，16.6544 万；

民师补助，中学按每人 320 元，9.184 万，小学按每人 280 元，50.5120 万；

离退休人员，包括工资以及人均公务费 500 元，特需费 150 元，福利费 24 元等，42.3064 万；

其他补助，主要是遗属补助，8.9926 万；

助学金，23.7527 万；

业务费，3.45 万；

师训、教研费，4.224 万；

民转公 254 人，17.992 万；

大中专分配，10.1436 万；

转正定级，2.3 万；

建始师范代培费，10.5842 万；

业务费，91.1892 万；

教委机关，5 万；

高考奖金，1.30 万。

谭翔南说："804 万就是这些项目组成。刚才我们的领导说了，这是一个保证吃饭的财政预算，当然也给了一点办事的钱，保机器的运转，只能说是那么一个意思，对于教育这么长的战线，是做盐也不咸的。各级的专款，是不可能预算的，年底的决算有多少算多少。"

倪科长提出："五费没有列进来。"

谭翔南答道："五费，包括每人洗理费 48、禽蛋费 36、水电费 18、取暖费 8 块和资料费 42 块，都在第二项 25 万 4 千多的补助工资内，去年是单独列项，今年纳入一起算。您也是，这一笔怎么掉得！"

倪科长又问："工会经费没有预算。"

谭翔南说："工会经费以后按规定比例提取，直接拨到工会，这个 804 不包括。"

倪科长又说："维修费一分钱都没列。"

谭翔南说："维修费以后都在教育费附加中列支。"

倪科长又说："福利费比去年少了，去年是 23.1 万，今年只有 16 万多。"

谭翔南说："倪科长，您想一下，总的粑粑和去年一样大，这一头有新增因素，像民转公，大中专分配，还要调地区差，那当然有的项目要减少，我们不抠这一坨，补那一坨怎么得行？像福利费这些项目不减少，哪里有新增加的？"说得我们都笑起来。

刘主任笑着说："也是捉襟见肘，没得办法的办法，说挖肉补疮也行，说朝三暮四也行。"

谭翔南说："刘主任呀，今年全国都财政吃紧，强调增收节支，今年的财政预算，只要不比去年少就算不错了，恩施市的财政没有什么来源，一个烟厂还要撤销，我看是个'着症'（要命的问题），晓得哪一天翻得起身哟！"

胡主任说："你这一说，没得么子希望了？那就只有火烧猪肠子，熟一节，吃一节——算了，你们也难得来一回，今天我请客，就在这里吃饭了走。”

郑昌益说：“好了，好了，您也是，倒只有几个吃饭的钱，还要我们吃一顿走，算了，我们回去。”

这一次，改变了我们对财政局干部的成见：以偏概全，因一个人，一件事而推及其余，常常会让我们认识产生错觉。

——二十世纪八十年代的教育经费从每年五六百万，到1987年804万，再到世纪末也没有上到1 000万。进入二十一世纪，恩施市的教育经费是大幅增长，用“突飞猛进”这个词，是一点也不算夸张的。据说现在一年的教育经费达到10个亿，那是1987年804万的124倍！ 2014年重阳节，我们离退休干部参观了龙凤坝初中的新校址，介绍说这所学校预计建成是两亿元！有老同志对我说：“你当十年教委主任，只怕总共的教育经费也没有两个亿吧？”此言不虚。

芭蕉区的黄泥塘成立了侗族乡，市里由政协的张副主席带队，有关部门参加，搞现场办公，支持全市唯一的侗族乡的建设和发展。刘主任决定我去参加，我估计，开这样的会明摆着就是要各个单位出力出钱的，便问如果涉及经费怎么办。他哈哈一笑，说：“我就怕这样的事，教育上又没有什么钱，遇到什么问题，想慷慨解囊，又囊中羞涩，有时候真想在哪里找到一坨金子就好。黄泥塘成立了侗族乡，你一个教委主任去了，两手空空也不像话——你看着办，如是用在教育方面，在几千块钱之内，你就表个态，答应了。”

3月31日，坐张副主席的吉普车一同到黄泥塘。黄泥塘其实我并不生疏，早在六十年代初，哥嫂结婚那年腊月，我从芭蕉走去，在那里买了一只羊。以后定居庌口，又多次去过。那时庌口人差饭吃，到了青黄不接的时候，赶黄泥塘买苞谷、洋芋的人多的是。那条路被庌口人走大了，连旭娃那时也跟着爷爷去过好几次，当然，主要也是买点吃的。有一次爷爷从黄泥塘买回一个扣肉，的确也是“举家大小欢”。一个扣肉，也就十来片肥肉，一人也就一两片。我把它切成了肉丁，放在火锅里，这样看起来，满锅里都有肉。荠荠那时才两岁吧，怎么就尝出这东西这么好吃，一颗肥肉送进嘴里，接着就指着火锅喊“妹妹还要”“妹妹……”搞得爷爷心疼完了，连连给她选肉丁，说：“娃娃慌食，让她多吃点……”我简直不相信，那时的大人小孩怎么就那么能吃肥肉！这些陈年往事本不愿意回想，但是一说起黄泥塘，我又不能不想到舛口人成群结队去黄泥塘买粮食，不能不想到黄泥塘的扣肉，不能不想到“妹妹还要”……

虽然，曾经多次去过黄泥塘，但是，从恩施城到黄泥塘这还是头一次，是从楠木园向左拐，沿着一条小河进去。车在乡政府的院坝停下来。屋内屋外已经有不少的人，其中有区、乡的干部，也有城里来的一些部门头头。我们一到，喝了几口茶，便招呼开会了。

乡长杨绪汉先介绍侗族乡，有 1 678 户，7 723 人，6 个村，73 个小组，定补（拿定额补助）村干部 23 人。全乡有耕地面积 8 657 亩，其中水田 4 091 亩。他介绍这里的姚家、杨家、吴家都是侗族。侗族人敬奉“飞山庙”，特色建筑有吊脚楼、风雨桥，他们有唱山歌、打夜锣鼓一些习俗，有过年打糍粑、过社吃社饭的习惯。如此说来，我以为舛口也应该是侗族聚居区，因为舛口的姚家、杨家、吴家都是大姓，舛口靠近宣恩庆阳坝有个桐梓坳，那里有个叫“飞山庙”的地方，他们把“飞”读成“灰”，所以，我原以为叫“灰山庙”，只是我在那里的时候已经不见庙了，只留下这么一个地名。舛口的周边有两座风雨桥，一是到黄泥塘的中途有一座，二是到庆阳坝，那里也有一座。凡是经常走路的人，看到风雨桥就有特别的亲切感。它不仅增添了野外小桥流水的景致，而且给路人实实在在好处。桥的两旁有长凳可供行人歇息，桥顶上盖有瓦片，炎炎夏日，坐在风雨桥上，河风悠悠吹来，十分惬意。倘若遇到跑暴雨，跑到桥上便安然无恙了。至于吊脚楼，舛口大多数民居都是。过年打糍粑，开春了做社饭，这些都是舛口人的习惯，哪怕生产队分不了多少糯谷，他们都要留存起来，过年时打糍粑，开春了做社饭。

说到做社饭，我想起一个吃野菜的小故事。在三年生活特别困难时期刚刚过去的 1962 年，芭蕉的区委书记是华惠民，他是河南人，南下干部。一日，恰好是农村过社的日子，华书记去舛口，调查了解群众生活情况。他到了茶山十一生产队的队长万福尧家。万队长汇报了群众生活仍然困难的情况，希望上面多给一点救济粮。这个万队长可是个很有心计的人，对华书记说：“不知华书记您一路来看到没有，河边妇女在淘洗一些野草，那不是猪草啊，都是打的野菜——我们叫蒿芝，是给人吃的。这种野菜味苦，要细细地砍碎，再到河里淘洗，滤掉苦水才可以吃。到了这个青黄不接的时候，我们这里家家户户还是饭不够吃，就想这个办法来撑肚皮。”

华书记说：“今天我就在你这里同吃一餐野菜——叫什么？”

万队长说：“蒿芝。”

华书记说：“哦，蒿芝。好，今天同你们吃一餐蒿芝。”

诸位，这“蒿芝饭”就是牙口人叫的“社饭”，那是加了蒿芝、野蒜、腊肠等蒸熟的糯米饭，一年到头也就只能享受一次的美味呢。

华书记吃了一碗，又添上一碗，连连说：“老万，你们度荒的办法很好哇，很不错的，野菜做得这么好吃，你们的经验要广泛推广。”

万队长忙说：“这都是想的一些穷办法，也不值得推广，不值得，有的人不一定吃得习惯。这都是华书记您和我们社员群众搞‘三同’，不嫌弃我们。只希望您家回去给我们多给一点救济粮就好，不然都这样吃野菜，野菜打完了就是个大问题了。”

这华书记回去不久，的确给牙口批了一笔救济粮，同时也宣传了茶山十一生产队开动脑筋想办法，打野菜充饥度荒的经验。

话说回来，杨乡长还讲了侗族有个特别的节日，叫“尝新节”，说每年农历七月十三日，新粮食出来要做新米饭，排筵席，敬奉祖先，庆祝丰收。这个习俗，我在牙口十多年里是闻所未闻的。现在我想，我在牙口的年月，是不好过什么“尝新节”的。那时的农民怎么可能等到七月十三才尝新呢，从三四月洋芋才算盘珠子那么大，他们等不得它长圆身，就要开始挖来吃。麦子中有一种，叫“三月黄”，并不怎么好吃，但是有它的好处，就是成熟早，正是青黄不接时候收获，可以做成麦米饭度春荒，所以这个品种一直不被淘汰，生产队每年少不得要种一些。牙口人就是从农历三月开始，不断地“尝新”，谁也说不清哪一天是“尝新节”。我想一定就是因为这样，牙口的侗家把“尝新节”也打灭了。岂止是牙口，黄泥塘那时候同样也没过什么“尝新节”。由此，可以想到，无论什么民族的节日，似乎多与吃有关，在食物极度匮乏的时候，有的节日是没法庆祝的，时间长了还有可能被“打灭”，比如“尝新节”。自然，一旦日子好过了，食物充足了，物资丰盈了，一些老规矩，才有可能被人们挖掘出来，比如今天的黄泥塘。

中饭开过，各个单位对口活动。水利部门一群人，上山去看水源，看如何帮助解决吃水难的问题；农业特产部门去研究建新茶园，果园的事……

乡长杨绪汉，宣传委员杨国祥等和我商量发展侗族乡教育。他们提出要办一所农民文化技术学校、修缮小学和办初中实验室三个问题。先讨论举办成人文化技术学校的事，形成最后意见是：

成立芭蕉区黄泥塘侗族乡成人文化技术学校，由乡长杨绪汉任校长，宣传委员杨国祥任副校长，教务主任、副主任分别由黄泥塘小学校长黄常太和副校长吴胜春兼任，乡妇联主任和各个村一位负责人任校务委员。成人技校开设短班和长班，短班学习养鸡、养鸭、养蜂和编织等技术，长班学习柑橘、茶、麻栽培技术。杨绪汉自告奋勇任政治课教师、文化课就由黄常太担任。各门专业课的教师都是请当地的行家里手和区乡有关部门业务干部担任。学习时间每月三天，全年 36 天。我对这所成人技校充满信心，他们所选定的专业，都很适合黄泥塘的实际。比如养鸡、养鸭、养蜂，这里都有很好的条件。黄泥塘出产柑橘，特别是柚子，许多农家都种有一两棵。记得二十多年前的那个冬天，我到黄泥塘买羊，一路都看到人们抛下的柚子皮壳。我在农户家讨水喝，他们也用柚子招待我。据说黄常太老师家有两株柚子树，品质尤其优良，清甜可口水分多，口感特好，不少人家的柚子树都是在他的树上“拓”（嫁接）的。黄泥塘真正把这些项目发展起来，形成批量生产，农民致富就很有希望了。我代表教委，承诺出资 1 000 元支持办学，主要用于购置课桌凳和教具。开学挂牌的日子定在农历五月初三。

成人技校的事情商量完毕，乡长、校长带我到初中和小学去看看。初中主要的问题是没有实验室和仪器，理化生实验还要到芭蕉初中的中心实验室去做。这里到芭蕉要走三十多里路，去一趟花一天时间，那是太难了。我要他们自己准备实验室，调集一批仪器把实验室建起来。黄泥塘小学历史悠久，但校舍陈旧，还有危房。现在建立侗族乡，他们希望修一个有民族特色的校门。我答应教委资助 5 000 元，用于修缮学校。最后，乡长、校长还要我在教师会上讲几句话。这里的教师有几位年纪大一些的，以前寒暑假一起在芭蕉集训见过，还很面熟，但多数是参加工作不久的年轻人。我感谢他们对黄泥塘教育事业做出的贡献，鼓励他们乐在侗乡，进一步自我完善，重师德，守规范，学业务，育新人，做文化知识的传播者、方针政策的宣传者、科学技术的推广者，为侗族乡的建设发展做出新的贡献。

4 月 10 日，市里召开专业技术人员职称改革会议，刘主任叫我参加。这是一项全新的工作，我全然不知这一工作的轻重。随着这次会议的召开，我已预感到此事非同小可，也非一日之功。恩施市有专业人员 7 962 人，其中教师 5 000 多人是评职对象，要把这 5 000 多人评定出等级，工作量不言而喻。而且，职称评定涉及每一个参评者的名誉和经济利益，无论怎么办都会是矛盾重重。

谭世湘副市长出席会议，科级干部局的陈局长传达州职改会议精神。州里要求全州 3 万多科技人员，年内要评定完毕；中小学教师，第一季度完成首批试点，第二季度推广试点，7 月全面开展，年底基本完成；要坚持原则，坚持标准，实事求是；要做细致的思想工作，维护安定团结……

这项工作的难度在哪里？难在各级的指标，主要是中、高级指标我们没有底细。我原以为，上面分给多少高级指标，多少中级指标，明白交底，我们严格按照这个指标，请评委评定，或者，你提出一个百分比，我们按比例测算评定也行。但是事情并不是这样，指标掌握在上面，掌握在科干局，他们只说一些原则性的话：全省是按照高级占基数的 3.5%，中级按 30% 往下切。他们对这话的解释是：以专业人员不同的学历结构和毕业年限为主，以不同的比例进入不同的岗位档次，又以不平均因素，按不同类别和层次分别以不同的系数调整指标，来测算下分。不解释还好理解一点，这一解释是太玄乎了，使我很难理解。

以后的事情，麻烦就出在这个指标上，搞得教委相当被动。我们不知道指标这东西到底是哪一级掌握的，科干局是不是明白有多少指标，他们只对我们说要严格掌握标准，要根据需要和可能，要重工作实绩等这样一些精神。我只知道，当我们评出一批，矛盾就出来了，没评上的就上访，说“我为什么没评上，某某怎么评上去了，他哪一点，哪一方面比我强，我们可以比”，而负责评审的人要讲纪律，不能透露评审过程，更不好回答他为什么没评上，只能回答：“这是评委的集体意见。”问题是，过不多久，科干局通知我们，又有几个指标解决遗留问题。有新增指标是好事，只要来一批，我们的评委就评审一次。然而，旧的矛盾解决，新的矛盾又出来，把事情搞得怪复杂的。这样搞，我们教委承受的压力就太大了。本来，5 000 多教师，这一次就要分成高级、一级、二级和三级四个等级，犹如要切三刀一样，本来就切得许多人疼痛流血，加上过不久要放出一批指标，于是又要切一刀，又放出指标，又要切一刀，如此切得伤痕累累，矛盾重重，真是一言难尽。

第十七章　春华秋实

（1987年夏—1987年冬）

下午，我在人事科和严华光科长商量教师评职的事情，副科长蒋宪忠低着脑袋走进来。老严问：“学校要你去做么事？”

小蒋无可奈何地说：“有么子好事啰，还不是我那个儿子不听话，老师教训他。老师在办公室训了他一堂课，我也就在旁边站了一堂课，像陪斗的。”

老严摆着头，嘿嘿地苦笑几声，然后认真地说：“我们的老师这样做也是太缺德了！你批评学生就批评学生，怎么也应该让家长坐着嘛，哪门要家长陪站呢！”接着，老严对着我说：“我们有的老师这样一些搞法很是要不得。你想，蒋科长还是教育局的干部，连教育局的家长他们都是这种态度，可以想见对其他人是怎么一个样子。一些家长嘴里不好说，心里肯定记恨这样的老师，但是，他们又有什么办法？自己的细娃要在他那里读书，只有忍气吞声啰。”

我说：“的确是个问题。家长也不是没有办法呢，过去就有人编一些故事来骂老师。有个故事就说，民间有个习俗，为了小孩好养，不‘逗落连’（多病痛，不顺利），就把名字叫得贱一些，什么‘地婆’‘叫花儿’呀，什么‘南瓜’‘红苕’呀，什么‘猫子’‘狗子’呀，总之，越叫得贱越好养。有一家生了几个姑娘，最后终于得了一个宝贝儿子。父母很担心这儿子不好养，给他取了一个很下贱的名字，叫‘狗屁’。这个狗屁，还真没‘逗落连’，顺顺利利到了上学的年龄，被送到学校读书去了。只是这狗屁在家备受宠爱，上学以后很有一些顽皮。一天，他又犯了错，先生让别的学生放学回家，把他一个人留下来，罚他站在那里，也不对他说什么，独自批阅学生的大字、小字，用朱笔打圈圈。狗屁站得久了，脚杆酸痛起来，看到老师百口不开，终于忍不住开口说：‘先生，你要打狗屁就打狗屁啰，你不打狗屁，就放狗屁嘛，别人都回家去了……’你看，这不就是编起笑话骂老师吗？”

我把这个故事一说，连闷闷不乐的小蒋也嘻嘻地笑了起来。

老严收住笑口，补充说：“罚站，拧耳朵这些事，现在有的老师一样在搞，还动不动罚学生写字，要学生把这些词写一百遍，几百遍，实际就是整学生。现在还有一个问题比较突出，有的老师把钱看得太重了，一切向钱看，公开说‘现在是金钱万能的时候’。有所中心小学，五个老师把960多块复读费、转学费都分掉了。有所学校假期给学生补课，每人每天交4元，补20天课，一个学生要交80元，钱也就是几个老师分了。再就是抹牌赌博，有的老师上了瘾，心都放在这个事情上去了。听说有一个老师，走进课堂一看黑板还没擦，就问，今天你们哪一个‘当庄家’，搞得学生哄堂大笑。还说一个老师，天天晚上打牌，熬更守夜，白天上课无精打采，三两下讲了就布置学生做作业。这样，学生在做作业的时候，他就坐在那里打瞌睡。有个学生喊老师，他不答应；学生走到他面前大声发问：老师，这个题目怎么做？他抬起头来，把练习本拿在手里，抹抹眼睛说：‘我来看看，你这个牌呀——’你说，我们的老师迷打牌，都迷成这个样子了，哪有好多心思搞教学！还讲什么提高教学质量。你说的那个打狗屁的笑话是过去的，我刚才讲的是现在新出的，还是真人真事呢。我看你们对这些事情，要采取一些措施，下一个文件，硬是要明令禁止才行。不然这样下去，把我们整个教师队伍的形象都败坏了。国家号召要尊师重教，教师自己不自重怎么行！”

我说：“说这样的老师‘缺德’，是不错的，就是缺德，缺乏教师职业道德。现在，这类问题虽说不是很普遍，但也不是个别。的确应该下决心狠抓一下教师职业道德。本来教育部和全国总工会制定了一个教师职业道德要求，我觉得都只有几句话，几个大杠杠，说得太原则了。我想，我们要依据这些大杠杠，搞一个切合我们学校实际的更加具体的规范。比如，针对蒋科长和儿子一起站在办公室受老师的训这一类的事，就应该明确规定：教师应该尊重家长，尊重其他社会劳动者。再比如针对收了补课费几个人私分，有的老师把留级指标拿来卖钱，一个指标30元、40元，这类事也要明确规定：不能以自己的职权谋取私利，等等。”

老严说：“对哒，我的观点也是要这么搞具体，到底我们老师那些事该做，哪些事不能做，应该怎么做，不应该怎么做，说得明明白白的。”

我说：“这事也是我们的责任，我们没有拿出一个本章出来，也不能全怪老师，对于许多年轻老师更是这样。”

老严说：“你就动个笔，搞一个出来，我举双手赞成。”

我说：“这个事情，我在崔坝会议期间，听站校长汇报开学工作的时候，就起了这个念头，但是一直没有拿上手。说来容易，做来难，要制定一个比较细的条款来，还须得深入钻研学习，下一番功夫才行。”

5 月 5 日上午，州教委李荫华主任、何渭滨副主任和舒德荣科长到市教委，研究初升高招生制度改革的问题。因为事先打了招呼，所以市教委几位主任，包括谭世湘副市长兼主任都在办公室等候。

年年中考，几乎无一例外地要上演一出州、市一中抢争生源的闹剧，去年更是达到白热化的程度，市教育局撕开面皮，顶着州教育局的压力，要自行保送 120 名优等生给市一中，搞得沸沸扬扬。州一中和各县市一中一直存在争生源的问题，只是其他县的问题不突出，他们背地里可以想一些办法，留住一些好学生，同时，这些学生一般也乐意在本县读高中。恩施市一中就不一样了，人们普遍的心理是初中是市一中的好，高中是州一中好。其实，市一中的初中好，是因为收了全城两个班的尖子学生；州一中的高中好，也是因为选拔了全州最优秀的尖子学生，揽全州英才而教之。办学校要有一批优秀的教师，要有一个能够团结调动教师工作积极性的校长，在这两个前提之下，那就看谁的生源好了。站在州一中的立场，我是全州重点中学，理所当然在全州范围内选拔优生。站在市一中的立场，我也是一所重点高中，我也教得出考上北大、清华的学生，但是，你州高中就喜欢吃“窝边草”，把恩施市的优生几乎囊括殆尽，我没有几个优生，这个重点怎么重得起来？既然是这样，那我市一中就不办高中只办初中好不好？去年，恩施市教育局下了一个决心，在全市广为宣传市一中的好处，要保送 120 名优秀初中毕业生上市一中，本意就是要保住市一中这所重点高中，以振兴全市教育。

州教委几位领导自然是有备而来。首先是李主任传达苏晓云副州长的意见：今年的中考和高中录取工作都要做到顾全大局，严肃纪律，令行禁止，要照顾各个方面的积极性。以后，鄂西高中升学成绩的账，要挂到各个县市的头上。接着，舒德荣科长细说了今年中考工作的意见：第一，今年由各县组织初中教师评阅试卷，教委一名副主任牵头，严格执行标准，不宽不严，始终如一，防止先严后宽，先紧后松。登分要防止漏登，防止张冠李戴。未经复查，不准透露分数。第二，保送生控制在招生计划的5%以内，对象是初中阶段受州以上表彰的优秀学生干部、三好学生或者在州体育运动会获得第一名成绩且思想品德好的学生。第三，填报志愿，在'两后一前'，即招生计划公布以后，考试结束以后，分数公布以前进行。要求在考生填志愿的时候，不胁迫，不许愿，不捉刀代笔，不诋毁其他学校。学生所填志愿都是有效志愿。第四，录取分三批进行，一是部省中专，二是重点高中和中师，三是州属及外地中专。鄂西高中录取，指标分到县市，划线录取。恩施市前20名考生，鄂西高中和市一中对半开。今后鄂西高中上高校学生计入各个县市。第五，加强学籍管理，任何学校不能收取已被他校录取的学生，不参加中考的不承认学籍。

何渭滨副主任对中考及高中招生没发表新的意见，只对初中招生和"普九"工作说了一些话。最后，谭副市长表示，市教委，包括市一中今后要多争取州教委的领导和支持，做到多汇报，多请示；同意州里关于今年中考和高中招生的要求；希望州里考虑恩施市的实际情况，采取措施，真正调动各个方面的积极性。

今年的高中招生，可能不会扯多大的皮了。

5月中旬去武汉，参加省教委召开的职称改革工作会议。这是一次规模比较大的工作会议，各地市州县教委主任参加，共160多人，会期4天。我的笔记本记密密麻麻记了大半本，都是省教委主任孙德华、省职改办主任王金友、省教委副主任朱定昌、周春华以及几位处长的讲话，还有潜江县、武汉市江汉区等试点经验介绍。

孙德华说：研究部署中小学以及成人学校教师职称改革问题，关系到全省教师的切身利益，关系基础教育的巩固。要精心指导，审慎行事，坚持试点，逐步展开，达到调动教师的积极性，提高教育质量的目的。王金友说：全省21个系列中，中小学教师22万多人（不包含幼儿教师），占全省专业技术人员40%。要在保证质量的前提下，加大步伐，在1988年内完成职称评定任务。

俗话说“人上一百，种种色色”，要给几千上万人评出几个等级出来，的确是个很不容易的事情。尽管文件里有具体的政策规定，领导讲话已经不厌其烦，讲得很具体了，但是一接触到具体的人，问题就出来了。会议的讨论很热烈，具体问题接二连三地提出：

——有个总务主任，有学历，但是没有上课，怎么评？

——中教五级的老师年纪大了，中教六级的老师挑重担，具体评职称时怎么处理？

——有的教师运动中打成了右派，或者反革命，平反复职五十多岁了，现在缺乏工作能力，这种情况怎么处理？

——没有合格学历，教龄又不满20年，教材教法过关考试因为工作错过了机会，这样的情况怎么处理？

——搞勤工俭学的教师评不评？

——校医怎么评？

——教委的科长，原来是教师，可不可以评？

——教育站站长、副站长怎么办？

如此等等。

5月18日整个上午，是朱定昌副主任作会议总结，他强调：中小学教师评职工作，工作面广，层次复杂，人数多，任务重，政策性强，要始终坚持标准，保证质量，达到有利于建立一支合格稳定的教师队伍，有利于调动教师进修提高的积极性，有利于教学质量的提高。坚持标准，保证质量要抓住教育教学成绩和履行岗位职责的情况这个重点，克服高校评职中出现过的重外语、重学历年限和论文的倾向。这一点我觉得强调得很好，很有指导意义，这个指导思想执行得好，对教师队伍就有一个正确的导向，不然的话，就会引导中小学教师一味去追学历，捞文凭，丢掉教书育人的本。朱主任详细回答了大家讨论中提出的问题，并就评职和普教其他方面的工作提出了具体的意见。

下午，会议分地市州活动，州教委冷裕盛副主任讲了八点，州科干局的甘局长也讲了八点，都是回去马上要办的事情。其中一项就是刻公章，县市教委领导小组要刻一枚，两个评审委员会要刻两枚，各个站、校有高级职称的评审小组也要刻一枚，这一下就是二十多枚公章，要装一口袋——刻印社那自然是高兴啊。

吴旭进大学快一年了，我还没到学校看过他。利用这次在省里开会的机会，去到南湖边上的中南民院。学校的大门很是气派，进了大门更觉校园宽宏。里面有绿茵茵的草地，繁茂的林木。房子都是新修的，米黄色的墙壁，配上墨绿色的檐瓦，看来十分柔和舒适。远处可以看得见大片的水面，波光粼粼，那一定就是南湖了。年轻人三五成群，走在宽大平坦的林荫道上，让人好不羡慕。看到眼前的他们，我想到年轻时候的梦境。

问了两次路，就找到了吴旭。我到来他自然很惊喜。他们寝室里安了四架双层木床，一个戴眼镜，显得很清秀的同学从他的上铺下来，亲热地与我打招呼。吴旭介绍说，这是他的同学吴锐，巴东人。过了一会，吴锐夹着厚厚的几本书走了，也许他是为了方便我们谈家常，也许他要找个安静的地方读书。吴旭介绍说，上大学后，好多同学都比较好玩，吴锐出身巴东沿渡河的农家，深知读书机会来之不易，成天都在钻研学问，他是准备今后要考研究生的。接着吴旭讲起了廖明，就在那边研究生楼住着。我是很想见见廖明的，他是在芭蕉与我共过事的廖兆玠老师和钟克媛老师的大儿子，小时候患过小儿麻痹症，走路一直不很方便。但是，他并不为此悲观，很有志气，从小学到中学一直好学上进，终于考上大学，如今又考上了研究生。吴旭领着我找到了廖明。廖明见到我，自然也很高兴，并称道吴旭很勤奋。吴旭说，开始进校的时候，还是玩得不少，一直觉得自己亏了，论考分，比自己低 5 分的同学都被华中师范学院录取了，就因为是土家族，取到了民族学院。来了以后，看到廖明、吴锐他们抓紧时间钻学问，自己也受到了影响，现在才开始认真读书了。

这次给吴旭带去 50 快钱，吴旭说，学校一个月发 24 元的菜饭票，生活已经不错了。除此之外也就是买点书籍和生活用品，在这里用不了多少钱。人说，人生有三个阶段：少时希望父母有能耐；中年时希望自己有作为；老来希望儿女强。看到吴旭能够在这样的大学学习，我是心满意足了——我一直记得，抱着他参加政治运动的时候，别的老师给他取了一个小名叫“工分”，说他今后是男劳动力，可以多挣工分；在他初中毕业的时候，许多老师建议他先读中专的好。他却很争气，一举考上大学，而且似乎受吴锐和廖明的影响，今后还想考研究生。现在的年轻人，只要有志向，面前的道路是多么宽阔！

父子俩走出校门，边谈边走。他一直送我到鲁巷上了交通车。

——如果说，吴旭当年录取中南民院还有些心不甘的话，以后他应该是很庆幸在这里上大学。他遇到吴泽霖、吴永璋、董珞等好几位恩师，也遇上吴锐、廖明等这么一些有志气的同学和朋友。吴锐以后读研、考博，在中国社会科学院工作，成为历史研究所研究员。廖明研究生毕业后留中南民院工作，业余研究气功颇有成就。不幸的是，他帮助友人护送一位精神病人，乘船西去重庆，半途病人发病，趁廖明不注意，将其击成重伤，不治身亡，英年早逝，令人叹惋。

这次出差还有一个任务，给吴捷取回考生档案。吴捷去年考取湖北农学院园艺系，他不愿意读，立志复读再考。今年又快到高考报名的时候，要将去年的高考档案取回方可报名。档案在湖北农学院，该院校址荆州，因此我在返回的途中，落脚荆州。当日中午找到了湖北农学院，不费多大功夫就取到档案。

时间尚早，如何不辜负下午这几个钟头？荆州是历代兵家必争之地，荆州城是有名的文化古城。到了这里，不由得想起小时候就听过刘备借荆州，关羽大意失荆州的故事。我问当地人，最值得参观的是什么地方，回答说：荆州博物馆，位于城西，很好找的。

荆州博物馆的确展品琳琅满目。那些虽然已经锈蚀的刀枪剑戟，让人联想当年厮杀的战场，一幕一幕，惊心动魄；那些竹简和笔墨纸砚，让人觉得数千年的历史堪称悠久，却又并不遥远；那些制作精良的青铜玉器，丝绸锦绣，让人惊异祖先的聪明智慧……

被称作荆州博物馆的镇馆之宝的是一具西汉的干尸。据介绍，此人名“遂”，生前是个县官。刚发掘出土时身体完整，皮肤还有弹性。现在，他躺在玻璃棺内，身子大部裸露，只有下体被一片白布遮蔽着。他张着大口，仿佛在仰天长啸，那样子真有些令人毛骨悚然——也许，他万万没想到，自己深藏地下两千多年，还被后世挖掘出来，并且剥光衣服，供千百万人观看，他是多么的不情愿，他要呼号，但是一点声音也发不出来，他要起身逃离，更是不可能了。想到这里，我在他面前感到很有一些不自在，匆匆地看了几眼便离开了。

从博物馆出来，我只觉得：两千年前的人和物就在眼前，历史并不遥远，人生太过短暂。

我回到恩施没几天，省教委主任孙德华也到恩施来了，州里电话通知，5月30日孙主任到恩施市视察，听取汇报。

谭市长到教委来，商量如何给孙主任汇报。他说："这么多年来，省教育厅的厅长到恩施市来还是头一回。这次孙主任来，是个机会，我们要把情况详细汇报一下，一要把困难说明白，二要说我们还是在使力搞，争取省里的扶持。我侧重汇报全市的基本情况，讲老、少、边、山、穷；刘主任，你侧重汇报教育工作情况，讲普、职、成三块和德、智、体、美、劳方针的贯彻；几位主任都参加。"

30日一早，我们去到孙主任下榻的州政府宾馆。刚吃完早餐的孙主任听说我们是恩施市的，很是亲切。一会，开始汇报，谭世湘副市长先讲：

"恩施市是1982年成立市，当时是城区一块的小市。1984年恩施县并入恩施市。全市总面积4 035平方公里，82万亩耕地，其中25度以上的山坡地，属于退耕还林的有19万亩。市内最高海拔2 078米，最低处海拔272米。总人口156万户，685 644人。恩施市是老苏区，1928年到1934年间，贺龙在恩施从事革命活动达7年，当时建立的苏维埃政权下辖5个区。抗日战争时期，恩施的地下党活动频繁，何功伟、刘慧馨等烈士在恩施英勇就义。恩施市是少数民族聚居区，全市有少数民族13个，其中土家族和侗族1982年统计为18万人，占总人口的28%。今年，经国务院批准，芭蕉区的黄泥塘乡建立侗族乡。恩施市是贫穷落后的山区，首先是财政穷，要靠吃补贴过日子。1985年全市财政收入1 919万元，1986年是1981万元，今年预计财政收入为2 084万元，省补贴1 115万元。其次是吃粮靠调运，我市每年要从外地调运大米1 500万斤—2 000万斤，光这一笔财政要支付几百万元。三是农民生活贫寒，全市贫困乡91个，83 063户，369 700人。农民人均纯收入169元，远远低于全省452元的水平。

纯收入在 100 元以下的人口占 10%……”

刘主任接着汇报教育情况：

“恩施市有学校 748 所，其中小学 675 所，初中 60 所，普通高中 6 所，职业高中 6 所，教师进修学校 1 所。学生总数 118 699 人，其中小学 94 992 人，初中 18 778 人，高中 4 989 人。全市教职工 6 926 人，其中公办 4 835 人，民办 2 091 人，专任教师 6 138 人。专任教师合格率，小学达 62%，初中 15%，高中 25.8%。学生入学情况：适龄儿童入学率 98.64%，小升初比例 1985 年 50%，1986 年 58%。城区小升初 1983 年达 90%，1984 年 93%，1985 年 95%，1986 年达 98%。初升高，近几年在 40%–45%，1986 年达到 67.9%。全市文化程度万人比，每万人平均大学生 42 人，高中 743 人，小学 1 698 人。”

接着，刘主任讲了全市教育工作情况，罗列了各方面取得的进展和成绩，摆出师资力量薄弱，教育经费紧张等等困难。

谭市长似乎觉得刘主任还没有把问题说透，补充了四个“希望”：其一，恩施山大人稀，小学分散，至今还有教学点 90 个，为了普及教育，这些教学点还得保留，省里在下教师编制的时候要考虑山区的特殊情况；其二，幼儿教育发展，差幼师 1 000 人，市职教中心去年开办幼师专业，希望省里能够批为中专；其三，湖南省对湘西民族地区每年有 275 万的民族教育专款，希望我省也能够参照落实。其四，市一中生活设施急需改善，希望省里给予帮助。

孙主任听完汇报，没有接触谭市长的“希望”，只是说：“现在，教育上的竞争激烈，县与县，校与校都很激烈，都是围绕高考在竞争。这个竞争要走到正确方向上去，要引导到全面贯彻德智体美劳的方针上去。重点中学我们是历来主张办的，但是要照顾大多数。重点中学也有个全面发展的问题。教育要向内使劲，加强内部管理，重点中学要起示范作用，带头作用。重点中学的师资力量也要靠自己培养。普及九年义务教育是工作的重点，高山区 2000 年要普及，从现在起，小升初的升学率要不断提升。学校布局，一万人一所初中，12 个班的规模，是比较合理的……”

孙主任看了看手表，提出：“我们去看学校吧。”于是，大家立即起身，随孙主任去看学校。

这是第二次参加市政府召开的部办委局负责人会，主题词都是“扶贫”。主持人市委副书记朱永松说：“今天开会学习省计委最近下发的文件，关于编制‘七五’及中长期扶贫开发规划。今年 3 月，国务院授权国家计委在成都召开会议，涉及 18 个贫困片区 210 个县的有关省参加。从 1978 年到 1985 年，农村进行改革，农村贫困问题得到缓解，但是还有 1 亿多农村人口没有解决温饱。中央决定，‘七五’期间实行开发扶贫，分为三步走：第一步解决温饱；第二部达到脱贫；第三步彻底改变贫困面貌。4 月 2 日，我省召开 37 个贫困县市的县市长会议，研究扶贫开发规划。5 月 6 号，市委常委进行了研究，5 月 23 日，我市召开了一次部委办局负责人会议，目前只有农口的规划拿出来了。今天开会再把有关精神讲明白，统一有关数据口径。各单位务必在 6 月 20 号以前，把项目规划搞出来。各个单位要有一个精明强干的班子落实这项任务。鄂西八个县市都是贫困县，这一次将有 3 500 万美元的国际银行贷款用于扶贫项目。我们第一，要解放思想，改变观念，要敢于用贷款。用贷款可以增加责任心，世界上都是这样搞的。第二，我们要有项目，3 500 万美元，相当于一个多亿人民币。这个贷款是低利息的，5 年以后开始还息，20 年还清，我们可以借水行舟解决贫困问题，是难得的机会，问题在于我们有没有合适的项目，没有项目，进不了笼子，也就得不到钱。下面请计委罗主任给大家讲。”

罗主任说：“首先是我们的指导思想：以党的十二大提出的总任务、总目标为指导思想，以大力发展商品经济为中心，以脱贫致富为目的，坚持四项基本原则，深入改革，依靠政策和科学技术……

“我们规划的口径是，‘七五’末我们的工业总产值达到 7 个亿的规模，增长速度是 12.37，低于州规划 0.23。我们 1987 年计划的是 3.56 亿，也就是说以后的三年中，每年要净增 700 万。农口的产值是 4 个亿，农林牧水各一个亿。工农业产值的比重，工业占 63.6%，农业占 36.4%，接近三七开。粮食产值指标是 5.63 亿，增长速度是 1.03。我们耕地面积是 82 万亩，其中 19 万亩是 25 度以上的退耕还林面积，粮食面积要确保 65 万亩，每亩产量平均达到 433 公斤，才能保证人均 375 公斤粮（按 70 万人计算）……”

此时，市长吕成宗来到会场，罗主任立刻说：“吕市长来了，他忙得很，我们请吕市长讲了再说。”

吕市长接着就讲："要说忙也真还有些忙。今天大家来开会的这个事情是个大好事。前不久我参加接待农牧渔业部的朱荣副部长，老人家今年67岁了，是1937年就参加革命的老同志，照说是可以在家享清福了。但是，他说全国还有一亿多人过着食不果腹，衣不蔽体，房不挡风的日子，在家里坐不住。他辛辛苦苦跑到我们武陵山区来，就是要研究如何开发扶贫的问题。他说'七五'期间，我们不能走单纯的救济扶贫的路，那是治标不治本的路，要走开发扶贫的新路子，从根本上解决贫困问题。他提出要先富民，后富县，要抓致富示范户，带动千家万户。朱荣副部长心系贫困山区，令我很是敬佩。他主张的开发扶贫，是治断穷根的正确办法。现在，国家争取到一笔国际银行的贷款用于扶贫，3 000多万美元，怎么用？不是像过去，'各抓一把米，各喂一只鸡'，而是要拿出项目来，捆绑在项目上使用。我们在常委会上讨论，根据我市的情况，认为主要用于七个方面：一，发展茶叶；二，发展畜牧业；三，打通断头路；四，开发小水电；五，推广地膜覆盖，两段育秧；六，发展烟叶；七，发展林业……"

本来，在5月23号的会议以后，我已经草拟了《恩施市教育事业七五（1985—1990）发展规划》，还未交主任办公会议讨论。其中也列了好些项目，如建示范幼儿园、建农村寄宿制学校、初中扩容、实验室建设等项目，听吕市长这一说，我感到没有一个能够进入笼子。我们教育这只鸡吃不到这把米了。不过开这个会，我还是很高兴：农民受益了，脱贫了，致富了，我们教育的事情就好办得多。

进入6月，全市教师职称改革试点工作启动。

在完成一系列准备工作之后，6月14日，我和胡连海、蒋宪忠、张家治、肖德顺等同志一同到崔坝镇，进行职改试点工作。同时，还请了市科干局局长陈模杰作指导。

当晚听崔坝站李弼胜站长试点准备工作的汇报，他说：

"教委决定在我镇办试点，镇委表示极力支持，认为是对我镇的信任，指示我们积极筹备，迎接试点工作顺利开展。我们的准备工作基本完成：1. 站内人员分工，老林同志和向恕极老师负责抓好中考、小考工作；我和朱清文老师、崔映波老师抓职改。2. 市教委在站校长会上布置职改工作以后，我们召开了校长紧急会，传达精神，安排部署。3. 组织准备，成立了职改领导小组及办公室，组建了全镇评审小组以及小学和中学的 6 个学科评议组。4. 材料准备，学校方面，整理了近三年的教学质量分析、经验总结、听课记录、各科试卷、成绩册、教研情况记录、教师函授学习成绩、奖惩记载、考勤记载等材料。教师个人方面，有近三年的教学计划、备课笔记、学期和年终总结、教学工作总结、政治和业务学习笔记、毕业证、教师合格证等。5. 后勤准备，作了专题研究，有专班人员负责，吃住都在教育站，住宿条件有限，安排两人一铺。下到各乡以后，条件要差一点，都是一家人，请兄弟单位来的同志原谅。”

听了李站长的汇报，我觉得他们安排得比较周到，把点选在这里没错。

从 15 日开始，是第一阶段，集中学习文件。各个站、校抽调来的 37 人，学得特别认真，因为这是涉及每一个教师切身利益的大事，自己回去后马上要开展这项工作，因此都不敢马虎，一本黄色封面的《中小学教师职称改革文件汇编》，几天功夫就被大家翻成油渣了，具体问题也一个个提了出来，我综合起来，一共有 34 个。

6 月 19 日，学习阶段结束，我作小结，对学习中提出的一些问题逐一回答，统一处置办法，布置第二阶段工作。州教委何渭滨副主任和州教研室胡天权主任专程来到崔坝参加了我们的阶段小结。何主任很仔细，说了好几条要注意的事，特别强调要自始至终加强思想政治工作，千万不能出事故。胡天权主任是从州教研室抽出来，专门抓职称改革的。他在会上讲得更多，更具体。他首先说“稳定”，就是要通过评职稳定教师队伍，听说过去利川中路区有个领导对某某老师说：“你好好搞，以后我提拔你当售货员。”那时候教师地位低下，待遇菲薄，教师的劳动得不到社会的承认。现在给教师评职，就是要提高教师的地位，提高教师的待遇，稳定教师队伍。我们一定要把好事办好。他一口气说了 8 个方面的要求，7 个“加强”，最后还提了 4 条工作建议。

从 20 号开始到 24 号，试点工作进入第二阶段，组成 13 个工作组，分别下到各乡和镇直学校，逐校了解情况。

6 月 20 日吃了早餐，各组人员都在校长们的带领下分赴各学校，教育站顿时冷清下来。胡连海主任提出：“我们是不是到建始的红岩寺去看一看？”

我说："好得很，最好能够到凉水埠去看一下，那里是我的老家，1951 年春离开那里以后，我一直没有回去过。"

胡主任说："你到崔坝来了这多次，也没去看一回？这是个简单事，凉水埠我去过，过了红岩寺就是落水洞，从落水洞分路左转，进去三四里就是。我去找两个自行车，陪你一起去，了你一个心愿。"

胡主任找到两辆自行车，我们说走就走。过了红岩寺，一会就到落水洞。我知道我的大姨就在落水洞的曾家，但大姨的模样总是很模糊的，只记得那时她已经一头白发。不过，落水洞在我记忆里有一段清晰的影像：小河边，一家在建新屋，新立起的屋架在阳光下亮闪闪的，屋顶高处大梁上包一块红布，格外显眼，一些人在屋架上忙乎，地面上挤满不少看热闹的人，忽然，有人从屋顶向下面抛撒粑粑，地上的人都一窝蜂地抢，好不热闹。这是母亲带我在大姨家玩，我脑子里留下的关于落水洞的唯一影像。因此只要一提起落水洞，我的脑海里便闪现出"撒粑粑"的镜头来。

从落水洞离开大道左边进去，沿着小河，有一条机耕路。翻过一个小坡，祠堂包就出现在眼前。在一大片水田的中间，突兀而起，耸立一座小山包，这是吴氏家族的人都不会忘记的地方——祠堂包。小山包的四周，依然林木繁茂，顶上却很平坦，当年我启蒙的学堂就在吴氏宗祠里。

我们把自行车停在路边，拾级而上。一边走，一边追寻我的童年。我记得，祠堂的正面白墙上是画了许多图案的，两边似乎是用彩色的瓷碗嵌成硕大的字，什么字，我不认得。也还记得祠堂的后面是祭坛，供奉着我们历代祖先的灵位，其旁置有一面硕大的鼓，横躺在鼓架上，比大人还要高。鼓声是相当低沉而浑厚的，而且一槌敲响，祭坛里嗡嗡回响，仿佛众多的祖先在一齐发声，教导后辈一般，使得整个祭坛格外肃穆。我参加过开祭，主祭的人说些什么，我一点不懂，只记得要给祖先磕头，长辈在前，小辈在后。比较有趣的是祭祀完毕，娃娃们可以一哄而起，去抢那些祭祀用过的"金果麻园"一类甜食。这个祠堂是好几进的大天井屋，除了里面的祭坛，其他的房间主要是开办学校。吴国桢的父母，我们叫明大伯和明大伯娘，他们居住在靠近祭坛的那一间，其他的房间就是教室和先生的住房。学生主要是吴家的，凡吴氏后代，无论男女都要在这里受教育。同时，学校也对外开放，有不少异姓子弟也在这里求学。到我去上学的时候，这里已经不知送出去多少学生，他们在这里启蒙，以后到县城，到省城，到海外留学，以至于到后来遍及五湖四海。吴氏老幼，无论男女，凡是在外地的人，在回想故乡的时候，没有不想起祠堂包的。比如我，一讲到凉水埠，我就会想到这祠堂包，想到早上提着饭篮子上学，下课了在操场上玩耍。就是下雨的时候，那些大同学也会用一种票子样的纸，他们叫什么“衙官票”，做成飞机在天井屋内试飞。那时，我完全是懵懵懂懂的，记得国宪哥和三姐吴志贞是我的老师，宪哥老师是打过我的手板的，可我一直不知道这是为什么，更不知道怕丑，只记得宪哥要我把手掌伸出去，我就伸出去，他要用篾片拍两下，就让他拍两下，如此而已。我还记得，大约是 1949 年春或是夏，校门口来了两个骑高头大马穿绿色衣服的人，他们要找明大伯，此后不久明大伯两老就变卖家产，离开了凉水埠。我家还买了一个酒精炉子，一床太平洋床单，一个按摩背脊的滚子。待我懂事以后，回想起来，那两个人骑马的军人应该是来传信的，吴国桢已看到国民党的大势已去，将他的父母接去台湾。我 1951 年 3 月离开了凉水埠，阔别了祠堂包，此一去便是三十六年。

今天，祠堂包还是那个祠堂包，学校依旧是学校，只是祠堂不见了，学校修了长排的教室。而上学的路呢，还是原来那树林中的“之字拐”——好熟悉啊！

凉水埠的吴家，因为出了不少农、工、商、军、政等诸多方面的能人，以后更出了吴国桢这样一位民国要员，因此有了不少的人考究其原因，有说是吴家的祖坟埋得好的，也有说凉水埠的风水好的。我以为，这都不是根本。根本的原因在哪里？应该是在吴氏祖先的眼光里，在祠堂包的学校里。吴家是怎么来鄂西的？是逃难来的。听说，我祖吴大智为了逃避连年水灾，于 1771 年从监利艰苦跋涉，辗转来到不遭水灾的大山区。那情形叫人联想起早年的纪录片，一些衣衫褴褛、灰头土脸的难民，背井离乡，挑着担子，携妻带崽的悲惨画面。吴大智选恩施崔家坝定居，成为我们吴氏家族在鄂西的第一代。只因过度劳累，他五十四岁便去世了。其子吴士安仅读书三个月，在艰难之中继承家业，赶集经商，于 1817 年购买凉水埠黄家田宅，举家搬迁凉水埠。他明示子孙：“守业耕兼读，治家勤与俭。”此十字可谓我祖先第二代确定的兴家方略。吴士安倾力实施这一方略，送三个儿子吴祚选、吴祚芝、吴祚兰都上学读书，用现在的话说，吴氏当年的适龄儿童的入学率就达到百分之百。三子都学有所成，只可惜老大吴祚选因校舍遭水灾，被洪水夺去性命。老二吴祚芝、老三吴祚兰都补廪拔贡，都受到相当于现在的高等教育，第三代人都成了高级知识分子，而且自己开办学馆，教化一方。吴氏教育自此长盛不衰，而且与时俱进，兴办新学。20世纪初，在第五代吴光成的主导下，吴氏祠堂落成，随即举办小学。到1917年我大伯父吴玉庭任教时，学校开设了国文、英文、算学、理科、地理、历史、图画、音乐、体育、手工、读经等课程，山窝里的吴氏子弟无论男女，都受到比较全面的现代文化科学技术的教育，这实在是有战略眼光的举措。立志耕读传家，致力教化，重教兴学，智力开发，这便是吴氏得以发达之根基。

下了祠堂包，我在山麓徘徊，对面就是“老新屋”。之所以叫“老新屋”，我顾名思义，新屋是相对吴氏最早在凉水埠定居的老屋而言，在以后又新修了漆树槽的新屋——即我老家的所在——改称这里叫“老新屋”。老新屋的侧旁，有一条小径，通往漆树槽，这是我当年上学的路，我的学业就是从这条小径开始的。那时上学路上的唯一同伴是胤哥，他每早在对面路上一声呼叫：“韬娃，上学去哟——”我便出门走下一段下坡，与他汇合，一同爬上祠堂包。在学校里，他是不同我玩的，他有一批大玩伴，但到了放学的时候，我们又同路回家，常常是边玩边往回走。最有趣的是在河沟里捞鱼。他的办法是给饭篮子里放一些蚯蚓之类的食饵，再接一条绳子，从小桥上放下去，沉入水中，一旦看见鱼儿们进去吃食，便轻轻拉起来，可以看到里面的鱼儿活蹦乱跳，这是最激动人心的时刻。今天，我从这桥上经过，忽然觉得这桥怎么这么小，河里的水怎么这么少，没有了蓝莹莹的小蜻蜓，也没有绿茵茵的水草，鱼儿也不知跑到哪里去了。我沿着胤哥上学的路，走了一段，到了大约他当年喊我上学的地方，看到了我的老家那一栋房子。这栋房子，相对老新屋便是新屋了，因此这里称为“新屋里”。又因为我的祖父和三伯父都是医生，这屋子开过药铺，所以又有人称这里为“药铺里”。听说，分家以前，这里曾经居住30多口人，堪称钟鸣鼎食之家，一到吃饭的时候，堂屋里，厨房里，磨架上，甚至槽门口，到处都是人。做饭是三位伯娘和母亲他们四妯娌轮流，值班的日子劳动强度之大是可想而知的。大约在我出生之后不久，父辈分家，二伯和三伯分别在秋桂塘和锣井田修了新房，这亭子屋西头住着大伯父一家，我们家住在东头。现在看来房子没有以前高大，据说有几间已被拆除，高耸的亭子也被取消。大门口两株桂花树只留一株，另一株的位置变成了一间牛棚。当年的新屋变成了老屋，但无论怎么变化，这里的确是我的老家。是的，我就在这里出生，在这里长大，一直到了读书的年纪才离开。我遥望着老家，背后是树木，那树林掩映的地方，应该有个风洞弯，一股凉悠悠的泉水从这里流出，无数匹木笕将水引到我家的屋旁边。现在还是不是还有这样一股水日夜不停地流呢，远远地我不可能看见。也无须看见，这屋子早就不是我们的了。我虽曾听家乡人说，这房子以后的主人差火，把亭子拆了不说，还把门前的桂花树砍了，改成一个牛圈，我听了自然觉得可惜，但到底是怎样的，我今天也不想去看个究竟。不过，我相信他们的后辈是不会这样的，他们的子女一旦都受了现代教育，自然会知道怎样讲究卫生，讲究环境的美，讲究文明。也许他们还根本看不上这个地方，要选择更好的地方，建起更漂亮的房子……

我不能在这里久久逗留，下午还要和胡主任一道回城，参加党委“七一”前的一些活动。我很感谢胡主任陪我一天回老家，回头走的时候，我与他拉关系。我说：“说不定我们还是‘老表’呢，我们的老祖宗吴士安的夫人姓胡，这位老人是崔家坝马宝山的人，她生了三个儿子，这才有以后的吴氏三房。”

胡主任嘿嘿一笑，说：“说不定就是我们这个胡家啦——不管怎么说，五百年前都是一家嘛。”

在教育站吃罢晚饭，和胡主任乘小覃的吉普回教委。

今年的中考已于 20 日结束。教师评职工作一开始，我就没有精力参与中考上的事情了——其实也用不着我操心，光福他们教育科又是齐齐整整的五条汉子，除了老康和光福，还有从白果教育站调来的胡宁宇，从书院中学调来的南庆敏，从市二中调来的秦宣华。

回家的第二天是星期日，我去法院看父亲，讲了我去凉水埠的情形，这特别引起他的关注。他问了老新屋，我说看到了，但没有到屋里去，还说自己在那里被狗子咬过，生怕又碰上狗子咬一口——这自然是玩笑式的搪塞。父亲说，应该进去看看，盛哥他们现在就住在这里的。他又问，老新屋下面的坟园你去看了没有，我说也没有去，时间太紧了。他还问，到了漆树槽的老家没有，我说站在对面看了一下。父亲嘿嘿一笑，说：“你这也算是回了一次老家？屋没有进，坟没去上。”我说：“我先去探个路，等吴旭、吴捷他们放假回来，你们爷孙再去过细（仔细）看。”父亲显得很高兴。

教委党委会开了两天，研究了组织发展，教委徐光福和市一中、市二中、职中等几个支部的13名同志入党，另有4名预备党员转正。研究了“七一”报省、州、市、战线党委以及教委党委表彰的优秀党员。最后一个内容是党委民主生活会。在这个会上，我汇报了自己的思想和工作情况，最后提出一个存在的问题：“我们在抓教师职业道德建设方面，存在软弱无力的问题。这方面陆续出现的问题不少，有的教师打牌赌博上瘾，有的擅自要学生交这费那费，体罚和变相体罚学生的情况更是屡见不鲜。蒋宪忠同志的儿子在学校出了点什么事，老师把他叫去，站在办公室里也不让他坐，就这样，家长和学生都站着，接受老师的训斥。去年，也是一位教委的同志问我，他的儿子在舞阳中学读书，和一位年轻老师顶嘴，被这位老师扇了两耳光，他问我可不可以去学校找校长扯皮。我当时对他说，如果是别的家长，我会说‘当然可以’，但是家长是教委的干部，我主张不这样为好，主要是为了有利教育子女。因为这样做可能使孩子产生优越感，心目中降低教师的威信，误认为我老子是管你们的，不把教师当一回事。在子女面前，你应该叫他听老师的话，老师的问题应该通过其他途径解决。这位同志自然照我说的做了，但是老师的问题通过什么途径解决？实际上这么久了，并没有得到解决。陆续出现的这些问题，检查起来，归根结底还是我们工作上的不够，抓教师职业道德建设不力，应该说自己负有一定责任。本来中央关于精神文明建设指导方针的决议中就强调了各行各业都要加强职业道德建设，教育部和全国总工会也制定了教师职业道德规范，但是我们在这项工作中，空谈比较多，没有采取切实的措施，去扎扎实实贯彻落实。国家颁发的这个规范面对全国，提得比较笼统原则，仅仅十几个字。我有一个想法，就是结合我们的实际，制定一个比较细的，更具体的规范出来。一旦这个东西弄出来了，我们当作一件大事在全市教师中贯彻执行，可能效果会好一些。要说，这个念头今年春上在崔坝会议上，听站校长汇报开学工作情况的时候就产生了，但是事务缠身，一直没有拿上手。”

惠明同志听了我的发言，立即说道："这个事情实在很有必要，也很迫切。我认为以教育部和全总的规范为骨架，再根据我们教师队伍的实际情况，做出一些具体的规定，搞一个恩施市的教师职业道德规范出来，让老师们知道怎样才叫'为人师表'，怎样做是违背教师职业道德的，很有好处。这个事情，请吴主任先拿出一个初稿，然后大家讨论补充，修改完善以后以教委的文件下发，在全市教师中学习贯彻。要强调，以后学校开学时要学习规范，总结工作时要总结规范的执行，新教师上岗之前，要进行认真的培训，学习师德规范。"

胡主任说："我赞成好好把师德抓一下。现在有些年轻老师不像一个老师，崔坝一个老师的儿子，是我看到长大的年轻娃，师范毕业也在当老师了。那天在清江桥看到他，蓄一脑壳长头发，穿个喇叭裤，我差点没认出来。后来走近了，他喊我，认出来是他，我哪里不是火，登时（立刻）就对他说，'你给我回去对你老头子讲，要他把你的长头发几剪子剪了，喇叭裤子换了。老师还是要有个老师的样子，你这像个么子老师，像个流氓混混儿！'"

曾主任说："抓一下老师的职业道德的确很有必要。以前的老师还经常走访到学生家里去，了解情况，交换意见，现在很少了，学生有点什么事，老师动不动就是'请家长'。我碰到好几个家长对我说，我就怕你们老师的这个'请家长'。你说要热爱学生嘛，有的老师也热爱，就是只爱几个学习成绩好的，听话的。有点调皮的，学习成绩不好的，他嫌弃得像什么的，还认为把他教的学科优分率、及格率、人平分都拉下去了。有的老师甚至做工作，要这样的学生转学。这些问题不抓，对我们教育很不利，现在要动员社会集资办学，老师像这样对待学生，群众怎么热心捐资？刘主任说了，请吴主任辛苦一下，早点把这个文件拿出来，这的确是个好事，也是当务之急。说到这里，我还想到一件事：办公室还要调进一个写材料的同志，现在好多材料都是主任们自己写，主任们的精力是有限的，时间长了还是不行。"

崔坝评职试点工作还在继续进行。6 月 23 日我再到崔坝，听取各组情况汇报。

到崔坝七中去的组长是新塘民族中学校长黄正礼，他首先发言说："我和市二中的聂茂勤主任到的七中，情况是这样的：这所学校有初中，有高中，初中是全镇选拔的尖子生；学校现有教职工 44 人，其中公办 40 人，民办 4 人。这个教师集体很优秀，很纯洁，有 30 多人是受过市、镇表彰的先进教师，10 多个教师有教研成果，有科研任务。也正因为是这样，有的教师有些担心，好教师多了，设置的岗位有限，会不会因此吃亏。遇到的具体问题有三个：一个是，总务主任长期没有教书，这个怎么评？二是，打钟的是个女同志，原来教小学 20 多年，这样的怎么处理？三是，有位教师原有中师毕业文凭，教学能力强，过去是哪里办重点，哪里就有他，但是在中学评职，学历不合格。他的教龄不算短，有了 18 年，但是没有达到 20 年，不属于免考对象。他正在读专科函授，已经两年，还差一年毕业。这样的如何处理才合理？”

八中的校长卢昌礼发言：“我和五中的王本长主任到的崔坝初中。学校教师 28 人，其中专科程度 1 人，有 2 人正在函授本科。我们召开了两次座谈会，教师们有担心，有抱怨，说学校是二类学校，教师是二类教师，这所初中的学生是被筛选过后剩下来的，教学效果怎么也无法与别人比。经过我们解释说明，情绪有好转。从前面黄校长所谈七中的情况和我们所到的崔坝初中的情况，就出来一个问题：一所是重点学校，一所是一般学校，评职时怎么比较教学效果呢？”

白杨坪六中的施泽清校长发言：“我和太阳教育站杨远禄老师到的白岩乡，全乡有 4 所小学，学生 19 班 491 人，有教职工 30 人。这 30 位教职工的构成比较复杂：公办教师有 10 人，民办教师 9 人，民办工人 1 人，临时代课教师 2 人，学校自请教师 4 人，自请炊事员 4 人。乡党委对学校很重视，为学校办了许多实事。学校的教学档案健全，每个教师一袋。老师们对评职的政策不清楚，普遍有些担心，有位老师是‘以工代干’人员，听说只能评，不能任职，还哭了一场。这个乡有建议：应该每乡要有一人参加镇学科评议组，镇评审组中，小学教师还要增加两个名额。”

就是这样，听完各组的汇报，收集了各种各样的问题，情况可以说是纷繁复杂。

第二天，6 月 24 日，召开崔坝全镇教师大会，我作动员，李弼胜站长具体安排。谭世湘副市长兼市教委主任专程赶到参加大会，提出要求和希望。自此，试点工作进入第三阶段，崔坝教师评职正式展开。随后，进入教师学习文件，个人申报，个人总结和群众评议，学科组评议，评审组评议等各个环节。直到各校整理材料到镇，前后是一个月零两天。7 月 13 日，我对试点工作做总结，对全市教师评职工作作了安排。我很满意的是，我和各站校参加试点的同志一起，细嚼评职文件，领会精神，步步开展工作，基本上摸出了评职的套路以及各种不同情况的处置办法。与此同时，张家治同志办了试点工作的《简报》，不断反映总结有关情况，及时把点上的经验介绍到了各个站校，促进面上的准备工作。是的，许多工作的开展，需要先行试点。

崔坝试点工作结束的前几天，父亲带着吴旭、吴捷到了建始三里坝，随后便在胤哥、胤嫂、吴敏、吴瑜、吴葵的陪伴下，热热闹闹地重返凉水埠。父亲离开家乡 38 年，这是第一次回乡。1949 年刚解放，他就进入恩施革命干部学校学习，不久分配到咸丰中学教书。在以后的日子里，在漫长的岁月中，无论是五十年代在咸丰，六七十年代在芭蕉，还是八十年代在恩施城，他都没有忘记凉水埠，常常念及凉水埠。每当见到家乡亲人，他总要细细询问凉水埠的情形，

1987年，吴旭第一次到凉水埠

祠堂包上的学校，风洞弯的流水，漆树槽的房子，山坡上的松树，还有张三怎样，李四如何……他都要问到。早年，听说凉水埠改名叫森林大队，树木大批砍伐，现在的山都敞亮了，他连连叹息。将近四十年，他一次也没有回去过。原因何在？过去的年代他是怕。怕什么呢？怕人们说他怀念封建家庭，怀念被没收的封建财产，“妄想恢复失去的天堂”。其实，我知道，他的觉悟还不是一般的高，心底是敞亮的，正值“土改”时候，他把随身带的一件皮袄都自觉寄回家乡，说这是封建财产，理应上交给当地农会处置。当时咸丰的萧县长知道后说，其实这是生活日用品，不需要交出去的。父亲从来不留恋凉水埠老家的家产，但是他一直有一种浓浓的乡情。他常说，“天马虽东，不忘西极；越鸟虽北，犹念南枝”“数典不可忘祖”。他想回凉水埠看看，但持续不断的政治运动，让他迟迟不能如愿。改革开放以后，不断有家乡的好消息传来，他听说遣返回家劳动的修垣，被大连海军学院接回去恢复了工作；被当作反革命错误镇压的胞兄吴玉庭，时隔三十多年，终于弄清了他地下党员的真实身份，得到平反昭雪……这些都令他激动不已，很想回家乡看一看。他动过几次念头，都一直没能成行。直到前不久我从崔坝回凉水埠一趟，他于是下定了决心，这次终于重返老家凉水埠了。

16 日，教委的吉普回恩施，我算计父亲在凉水埠已经玩了三日，老人已 78 岁高龄，回去找车极为不方便，便去凉水埠接他一道上车返回。殊不知，我的这一行动，遭到盛嫂（我们叫她圆姐姐）唠唠叨叨的责备。她叫我父亲“幺舅舅”，她对着还在凉水埠的胤哥、胤嫂还有吴旭、吴捷埋怨起我来，说：“幺舅舅还没玩好，都是韬娃子不懂事，早不早把幺舅舅接走了。”以后，胤哥有一次到我家玩，拿出一张照片说：“国韬你看，这个拄着锄头的是圆姐姐，她正在对我说，‘都是韬娃子不懂事，早不早把幺舅舅接走了’……”我看着照片，哈哈大笑，说：“这个圆姐姐，小时候他逗我玩，我拿起火钳打她，那才叫不懂事啊。”

回到家里，传美兴奋地对我说，他们书院中学这一届毕业生中考考得好，打了一个翻身仗，重点线上了 70 多人，把舞阳中学都搞赢了。她带的慢班，重点线都上了 3 人，还有 3 人上幼师，3 人上州体校。我说：“教学生也是‘三年一开花，三年一结果’，不是一日之功。好在功夫不负有心人，辛苦三年有想头，值得庆贺！你们的赖校长这一下高兴嘛！”

传美说：“那是嘛，一天像个笑罗汉一样——哦，还有一个事：我们高中时候的一个老同学来找过，他的儿子也是今年中考，要给他想法上个学校。我问他儿子考了多少分，他笑着说，‘那就考得不错啦——考出一条国道出来了！’说得我有些莫名其妙，他给我解释说，‘318 分——318 是不是一条国道？从西藏考到上海了。’我听他这么解释，笑了半天。”

这些时候，我一直陷在职称改革的事情上，从崔坝回来以后才关心中考的事情，光福他们正有条有理地进行。一般高中的分数线都划出来了，城区一般高中最低分数线为 280 分，“国道线”318 自然是有书读的。

办公室曾主任正在清理内务，一些旧书报杂志都翻了出来，堆在地上。他埋怨房子太窄了，东西越来越多，没有地方放了。我问这些书怎么办，他说给收废品的说了，他们等一会来板板车拖去。我问这样的书报卖多少钱一斤，他说这些东西买起来贵，卖出去不值一文钱，多则角把钱一斤，管他的，反正都是些旧书。我对书总是有感情的，无论新旧，里面总有一些好东西。我在这几堆书里，翻了一阵，还发现有一些好书，中外教育史、教育学、心理学就有好几本，有的杂志是很不错的，像《新华文摘》《读书》都是很好的。于是清出一批，按收废纸的价钱买了。我只花十几元，得了两麻袋书，像捡到了金子似的。须知，我正想为起草教师职业道德规范文件找一些参考资料，说不定这里面就有宝藏。

城区的小升初遇到一个麻烦：舞阳辖区的小学毕业生今年猛增，舞阳中学要挤爆了。出现这个情况，主要原因是城区学生择校。城区三个办事处的初中，舞阳中学办学条件相对较好，常年的中考成绩也较好。正因为这样，不少城区学生的家长费尽心机，千方百计把孩子往舞阳办事处转。虽然有规定，户口不在舞阳的不能升舞阳中学，但是，这也是难不倒人的，他们通过关系，突击把户口转了。据说，还有不少家长从长计议，从娃娃抓起，上幼儿园之前就把户口转到了舞阳，以便将来顺理成章读舞阳小学的学前班，再读舞阳小学，上舞阳初中。

解决舞阳中学今年初中招生问题已是当务之急，为此，教委召开了一个会议专题研究，市教委五个主任参加。之所以有五个主任，是因为土桥职中校长佘家培新近调到教委任副主任了。另外还有普教科康科长，教研室刘用主任，市一中樊哲富副校长参加。会上，刘惠明主任首先说：“舞阳中学今年初中招生突增两个班，学校根本无法容纳，我和谭市长商量了，根本办法就是要给舞阳中学修一栋教学楼。但是远水不解近渴，眼前有两个班的问题无法解决。权宜之计是市一中在全城选拔两个初中班之外，再帮舞阳中学代管两个班。代管期间，市一中要负责两个班的管理；等到舞阳中学新建教学楼落成，再交给舞阳中学，舞阳中学要负责收回。”刘主任强调：“学生能不能上学，这是教育上的大事，搞得不好直接影响社会安定。各方都要顾全大局，严肃纪律。”

樊校长发言简单：“要明确，这两个班的教师和学生都属于舞阳的。”

舞阳中学校长向仕斌说：“舞阳中学还差语文教师两个，外语教师一个，还差后勤和教务员。”

大家议论一番之后，谭市长最后拍板：“这个事情就这么定了，也只有这样定。我再明确一下：舞阳中学今年招收 8 个班，其中两个班先由市一中代管。具体说，舞阳中学负责录取招收并通知学生，收取学生有关费用，委派这两个班的教师，一年后新教学楼竣工，收回这两班学生和教师。市一中，为舞阳中学代管两个初中班，和其他班级一样对待，负责教师的统一管理，提供办公条件。1995 年以前，舞阳中学总规模定为 24 个班。从现在起，积极筹集资金修房子，教学楼按 24 间教室修，争取一次性解决问题。里面要设计教师休息室，不要修厕所，不然臭得很。留出原有的 18 间教室，做实验室、图书室等用。‘说起粑粑要面做’，24 间的教学楼，至少也要 30 万。钱从哪里来？要靠几方面凑，吕市长说了的，‘长痛不如短痛’，都出点钱，把教学楼的问题解决了，舞阳办事处也要拿一点，州里也该拿一点，这里读书的学生好多是州直单位的子女。舞阳中学差的教师，这个暑假新调 3 人。调进的教师要考虑‘三有’：一要有责任心，二要有教学水平，三要自己在城里有住房。以上这些内容，要搞个文字记载，留此存照。”

这个会使我想到，城区教育复杂难办。三个办事处，教育水平存在差距，势必也会出现心理学上说的“马太效应”：强者愈强，弱者更弱。如果持续下去，恶性循环，不良社会后果便会凸显出来，教育行政工作也会步步陷入被动。今年给舞阳中学修房子，调进好的教师，以后转过来的学生会更多，特别是成绩好的学生。成绩好的学生多了，升学的会更多……那么，1995 年前舞阳中学 24 个班的总规模会不会突破？恐怕是很难说的。想“一次性解决问题”，也许会成为空话。从现实情况说，今年不采取这样的应急措施，又是不行的。只能是“黄泥巴萝卜——擦一截吃一截”。如何破解城区教育的马太效应？书院中学今年中考取得好成绩，上重点线的人数超过舞阳中学，这不仅是书院中学老师们高兴的事，不仅是赖校长高兴的事，也是教委值得高兴的，因为这对平衡城区教育发展会产生积极效果的。可以预见，今年书院中学的学生会比较稳定，往舞阳转的会很少。在研究加强舞阳中学的同时，教委还要研究如何着力提高书院中学和小渡船中学的办学水平和教学质量，使三个办事处教育处于相对平衡的状态，是值得研究的重要课题。

这个暑假不平凡，教委、教育站、学校都像机器一样，在呼呼啦啦运转。我也像个陀螺，被几条无形的鞭子抽得团团转。

州里几次召开职改会，基本精神用得上当年背熟了的两句话：“一是要抓紧，二是要注意政策。”冷主任说，两万多公办教师评职年底要搞完，假期一定要很好利用。8 月上旬进入动员学习阶段，8 月底完成高、中级的考核评议。谭市长也说，评职这个事，原来没想到这么复杂，进展这样缓慢。外地启动比较早，今年年底就可以和工资挂钩了，我们不能拖，以防夜长梦多。在要求加速的同时，领导们都强调学习文件，掌握好政策，加强思想政治工作，一定确保稳定，特别不能出事故。于是，市一中、教师进修学校、舞阳小学、职教中心、教研室等城区学校和单位都开始评职，我也就在这些学校之间不停地穿梭打转。

8 月 9 日，参加市长办公会议。谭市长讲了教育和卫生方面的问题。涉及教育方面，是要立即贯彻州政府 8 月 1 号的紧急电话会精神，抓住时机做好三件事：一是采取措施解决全州小升初的比例太低的问题；二是做好教育费附加征收工作；三是加紧学校危房维修。他说：“全州今年小升初比例只达到 47%，低于全省的 68%，更低于全国的 70%，要求各县市立即采取补救措施，或办简易初中，或小学戴帽，争取达到50%的升学率。与此同时，要从今年开始做准备，逐年提高比例。我市虽然全市小升初比例达到57%，但是有6个区低于50%，特别是芭蕉只有33%，龙马只有38%……关于学校危房维修，州里强调这是人命关天的大事，全州虽然进行了一无两有检查验收，但是标准很低。我州校舍多是六七十年代土砌瓦盖的旧房，旧的危房消除，新的危房又出现了。我市的校舍也是这样一个情况，有些房子经不住风吹雨打，是个很令人担心的问题。关于教育费附加的征收，我市实际只收到‘谁读书谁出钱’的那一部分，是学校从家长中收取的……”

副市长陈永富发言：“还是要发挥群众办学的积极性。原来戴帽初中都摘掉了，该戴起的要戴起来，多读几年书总要好一些。要定一个计划，到底要办多少所。我建议20%的教育费附加教委集中掌握，解决突出问题。另外，农村的学生上学太迟了，我们早上出门下乡，城里的娃上学了，走到屯堡看到学生背个书包才上学，走到沐抚，也看到学生在上学，只怕城里的娃上两堂课了。”

吕市长看看表说：“小升初的问题，这是一个对历史负责的问题，听到有的地方大部分学生上不了初中，身上真的起鸡皮疙瘩，心里像猫爪子抓。这个事我主张要拿点钱搞一下，虽然今年财政这么紧，但是不搞，将来娃娃们怎么办。今年拿点钱打基础，明年预算单列，市区两级共同负担。正规初中，增加一个班给1.5万元，市里给7 500，区里7 500；戴帽初中一个班给5 000元，市区各给2 500。今年扩班的事，在18号的区委书记会上落实。明年要扩20个班，市里列15万专款。怎么安排，教委要拿一个方案，不管是办简易初中，还是戴个帽子，都要搞得扎扎实实。关于学校危房的问题，教育费附加征收的问题，都在区委书记会上落实，总的要求就是：不能出安全事故，不能推迟开学。”

事在紧急，教委通知15号召开站校长的紧急会。我在会上把这些时州市两级怎么“紧急”的情况给排列了一下：8月1日州政府召开紧急会，刘惠民主任参加；8月2日刘主任在教委进行传达；8月7日，全市宣传委员会议，刘惠民主任在会上传达州里的紧急会精神；8月9日市政府召开市长办公会议，8月14日，州政府再次召开电话会议，开到区一级，李辉轩州长讲当前教育上亟待解决的几个问题。传达贯彻州市领导的意见之后，我说因为事情紧急，没有在主任会上商量，讲几点个人想法与大家商量。关于提高小升初比例，提出“以扩大现有初中规模为基点，稳妥发展初中，达到1998年在今年基础上增加20个班，使农村小升初比例达到50%。我市初中现有65所，按照一万人一所初中，我市初中的所数、布局是基本合理的，问题在于规模太小，效益太低，有32所不足6班。初中发展的主要方向是扩大现有学校规模，发挥规模效益”。说实话，我担心一说要提高入学率，就一哄而起戴帽子，办简易初中，重蹈历史的覆辙，不仅初中办不好，还拉空了小学教育。

教育上的事情也真多真杂，我接下来讲了危房维修、教育费附加征收、中考工作、学籍管理、教师评职等“一帕拉”的事情。站校长们也真是辛苦，从早上到下午，会议就是满堂灌，他们不停地做记录，有的手腕酸了，摇一摇，甩一甩又写。

直到开学，忙完了教师节，我开始动笔写《恩施市教师职业道德规范》。前些时翻了不少书，脑子里经常也想到这事，打了腹稿，写起来还很顺当，拿出了第一稿。刘惠民主任看了很是满意，还亲自动笔修改，把有些条文做了归并，有些句子换了说法，我觉得修改得很有道理，也从中看到他的高明之处。打印稿出来之后，在全委干部会上征求修改意见，许多同志又提出一些建议，又做了一次修改。9月站校长会上，将文稿下发，征求站校长的意见，大家一致认为切合实际，很有必要，希望早些做文件下发，同时也提出几处修改意见。

金秋十月，正是万物结果的时候，《恩施市教师职业道德规范》以恩施市教委的正式文件下发了。我以为，这是恩施市教育工作者的一个集体的创造，因为我所翻阅的教育杂志中，没有找到过这样现成的条文，也未曾听说哪个县市的教育行政部门做过这事。作为个人，我感到做了一件可以称得上“贡献”的事情。自从我到教育局以后，年年月月写过的文字材料不在少数，然而，我认为称得上“贡献”的有两篇：一篇是1981年写的《恩施市学校教育管理办法》，现在完成的《恩施市教师职业道德规范》，算是第二篇。这前后完成的两篇，一个是“以规治校”，一个是“以德立教”，可说是姊妹篇。现将《恩施市教师职业道德规范》抄录于后：

恩施市教师职业道德规范

总　则

根据中共中央《关于社会主义精神文明建设指导方针的决议》《中共中央关于教育体制改革的决定》《中华人民共和国义务教育法》和教育部、全国总工会颁发的《教师职业道德要求》（试行草案），制定本《规范》。

“热爱本职工作，忠于职守，为人民服务，对社会负责”是全总提出的各行各业共同的职业道德，教师要严格遵守。

“献身教育，热爱学生，教书育人，为人师表”是教师职业道德的基本要求，教师应以此作为言行准则和道德规范。

第一章　热爱祖国　献身教育

第一条　爱祖国、爱人民、爱劳动、爱科学、爱社会主义。拥护中国共产党的领导，坚持四项基本原则，坚决贯彻执行党的路线、方针、政策。

第二条　忠诚人民的教育事业，立志为发展我国社会主义教育事业奋斗终生。

第三条　树立“教育必须为社会主义建设服务，社会主义建设必须依靠教育”的观念，坚持“教育要面向现代化，面向世界，面向未来”的方向，关心教育事业的发展。

第四条　以高度的责任感和强烈的事业心，搞好本职工作，努力培养有理想、有道德、有文化、有纪律的一代新人。

第二章　遵循规律　教书育人

第五条　全面贯彻党的教育方针，使学生在德、智、体、美、劳各方面都协调发展。

第六条　遵循教育规律和教学基本原则，认真备课、讲课、辅导、批改作业和考查教学效果，正确传授知识，注意培养能力，不断提高教学质量。

第七条　不断更新观念，积极进行教学改革，树立创造方向，培养创造才干，开展创造性活动，造就创造型人才。

第八条　教书育人，把政治思想和道德情操教育渗透到自己的教学工作中去。

第三章　勤奋学习　又红又专

第九条　坚持马列主义、毛泽东思想，学习时事政治，自觉提高自己的思想政治素质。

第十条　严谨治学，勤于进取，不断提高自己的文化专业知识水平，准确掌握本学科的基础知识、基本理论和教学技能技巧。

第十一条　加强教育理论的学习和修养，树立正确的教育观、教学观，努力用先进的教育理论指导自己的教育教学实践。

第十二条　正确处理教学和自学的关系，做到有利工作，有利教学。

第四章　热爱学生　诲人不倦

第十三条　热爱自己的教育对象，平等对待全体学生，理解学生的思想，尊重学生的人格，全面关心学生的成长，建立尊师爱生、平等和谐的师生关系。

第十四条　对学生严格要求，掌握分寸。注意因材施教，适时施教，循循善诱，耐心引导，公正客观地评价学生。

第十五条　关心学生集体，注意学生集体的品质，重视学生集体的发展，不轻视学生集体的意见。

第十六条　不偏爱学生，不歧视差生和残疾学生，不随意停止学生上课，不讽刺挖苦学生，不体罚或变相体罚学生。

第五章　关心集体　团结协作

第十七条　关心集体，热爱学校，以主人翁态度对待学校工作。

第十八条　服从学校领导，支持学校领导的工作。

第十九条　关心教师集体，维护教师集体的威信，努力为教师集体做贡献。

第二十条　虚心向优秀教师学习，无私帮助缺乏经验的教师。

第二十一条　真诚、善意、公正地对待同事，防止和克服对同事的嫉妒、傲慢和不敬，不在学生中贬低其他教师和学科，不以自己所教的课程影响其他学科的教学。注意维护同事的威信，搞好教师之间的团结。

第二十二条　不袒护有不道德行为的人，不以不正当行为获取荣誉。

第二十三条　担任学校领导职务的教师，要正确运用权力，严于律己，不以职权谋取私利。认真听取教师的意见，公正、负责地评价教师的劳动和贡献，真心实意依靠全体教师办学。

第六章　以身作则　为人师表

第二十四条　仪表端庄，服饰整洁，言谈文雅，行为文明。

第二十五条　模范遵守国家法令，遵守组织纪律。

第二十六条　以身作则，言行一致，以身立教，以德立教，身教重于言教。

第二十七条　尊重家长，加强与学生家长的联系，虚心听取家长的建议和意见。

第二十八条　尊重其他社会劳动者，尊重不同职业的劳动，礼貌待人。

第二十九条　正确处理恋爱、婚姻和家庭问题，不准与学生谈情说爱，不能做任何伤风败俗的事。自觉执行计划生育政策。

第三十条　不在课堂吸烟，不随地吐痰，不穿背心、拖鞋、短裤衩进入课堂，不说粗俗的话，不参与赌博、宗派、迷信等违法活动。

附　则

各站校可根据本规范，结合站校实际，制定较具体的职业道德要求，制定有关实施细则。

新教师走上教育岗位，要组织教师职业道德规范的学习和训练。

每年各级要对实施情况开展检查、评比，进行必要的奖惩。

一九八七年十月二十一日

《恩施市教师职业道德规范》下发以后，引来好评，各个站校也极为重视，认真组织教师学习。刘惠民主任对我说：“师德规范是个很不错的东西，下面反映很好，很实用。11 月开站校长和工会主席会议的时候，你再做一个辅导报告，并把材料打印下发，组织教师认真学习。”于是，我遵命照办，完成了讲话稿，并在11月17日的站校长、基层教育工会主席会上作了辅导讲话。这个讲话是我学习教师职业道德的心得体会，其第一、第二两部分内容如下：

学习师德规范　加强师德建设
——在站校长、基层教育工会主席会上的讲话
（1987年11月17日）

根据中共中央《关于教育体制改革的决定》和《关于社会主义精神文明建设指导方针的决议》以及《中华人民共和国义务教育法》、原教育部、全国教育工会颁发的《中小学教师职业道德要求》（试行草案），市教委、市教育工会，经过较长时间的酝酿和多次修改，制定下发了《恩施市教师职业道德规范》，要求全市教师认真学习这个《规范》，自觉遵守这个《规范》，不断增强教师的职业道德意识，加强教师的职业道德修养，提高教师队伍的思想道德素质，适应深化教育改革需要，促进教育方针的全面贯彻，培养大批四化建设人才，为建设富强、民主、文明的社会主义国家做出贡献。

什么是教师职业道德，当前，加强教师职业道德建设有什么重要意义，怎样理解《规范》的要求，怎样加强教师的职业道德建设呢？以下分三个方面先发个言，谈一谈个人的理解、认识和意见。

一、充分认识加强教师职业道德建设的意义

1. 加强职业道德建设是建设富强、民主、文明的社会主义现代化国家的需要。

在最近召开的党的十三大，赵紫阳同志阐述了“在社会主义初级阶段，我们党的建设有中国特色的社会主义的基本路线是：领导和团结全国各族人民，以经济建设为中心，坚持四项基本原则，坚持改革开放，自力更生，艰苦创业，把我国建设成为富强、民主、文明的社会主义现代化国家而奋斗”。与此同时，作为党的具有长远意义的指导方针之一，他提出：必须以马克思主义为指导，努力建设精神文明。要根据十二届六中全会关于精神文明的决议，按照“有理想、有道德、有文化、有纪律”的要求，提高整个民族的思想道德素质和科学文化素质。这一指导方针，对我们从事教育工作的同志，对广大的教师具有特别重要的意义。

大家知道，道德是人们思想行为的准则，是做人的标准。它是以社会舆论、内心信念和传统习惯来调整人与人之间，个人与集体之间，个人与社会之间的关系的思想和行为的规范。人们生活在社会上，进行着各种活动，形成复杂的社会关系。为了保障正常的生产和生活秩序，就要求对人们之间的关系进行必要的调整，对个人行为加以适当的约束。道德现象是人类社会所特有的由经济关系决定的，依靠人们内心信念和特殊社会手段维系的，并以善恶进行评价的原则规范，心理意识和行为活动的总和。职业道德是人们在从事各种职业活动过程中，思想和行为应遵守的道德规范和准则。它与各种职业活动密切联系，是社会道德在社会分工各个领域里的具体化，是社会道德准则和道德要求在社会各种职业中的具体应用。

从道德具有社会生活不可缺少的调节作用和保障作用的意义上讲，没有道德生活就没有社会生活。

列宁说："道德是为人类社会升到更高阶段服务的。"

今天，我们要建设富强、民主、文明的社会主义国家，很自然地要重视社会主义的道德建设。正因为这样，中共中央《关于社会主义精神文明建设指导方针的决议》把"树立社会主义道德风尚"作为精神文明建设的一项重要内容提出来，同时要求："在我们社会的各个行业都要大力加强职业道德建设。"

社会主义道德是马克思主义科学理论思想体系的有机组成部分，能体现社会主义、共产主义的远大理想，能体现坚持四项基本原则和为人民服务的精神，所以社会主义道德建设在两个文明建设中起着精神动力和思想保证的作用。由于道德的本性是实践的，它必须贯穿在社会生活各个方面的实践之中，渗透社会生活各个领域，具有调整关系，激发人们进取心和责任感的作用。所以，道德建设成为两个文明建设的中心环节，可以把两个文明建设紧密地结合起来。而道德建设中的职业道德建设正是两个文明建设中的一个基点，它可以提高服务质量，改善服务态度，促进社会的安宁和谐，建立良好的社会风气，同时还会大大提高工作效率，提高经济效益。

因此，大力加强职业道德建设是建设社会主义物质文明和精神文明的需要，是建设富强、民主、文明的社会主义国家的需要。

2. 加强教师职业道德建设是发展教育，深化教育改革的需要。

党的十三大把发展科学技术和教育事业放在经济发展战略首要位置提出，赵紫阳同志在报告中指出：从根本上说，科技的发展，经济的振兴，乃至整个社会的进步，都取决于劳动者素质的提高和大量合格人才的培养。他说，百年大计，教育为本，必须坚持把发展教育事业放在突出的战略位置。

当前，教育改革的步伐同经济体制改革及其他方面的改革不相适应，深化教育改革已成为教育战线上的一项迫切的任务。李鹏同志在第三个教师节座谈会上号召广大教师："深入教育改革，为发展教育事业做出更大的贡献。"他指出："教师在深化教育改革中担负重要的责任。"每一个教师都要明确自己担负的神圣职责，自觉增强责任感、事业心，增强社会主义教师职业道德意识，加强师德修养，以师德规范要求自己，指导自己的行为，从而加强学习，端正教育思想，全面贯彻党的教育方针，发挥自己的积极性、创造性，从教育体制到教学内容、教学方法，深化改革，使受教育者在德、智、体、美、劳各个方面都得到发展，成为四化建设需要的有理想、有道德、有文化、有纪律的合格人才，成为坚持四项基本原则，积极投身改革开放的一代新人。

因此，加强教师道德建设是发展教育，深化教育改革的需要。

3. 加强师德建设是广大教师的自觉要求，是教师队伍自我完善的需要。

我市有近 7 000 名教师，近几年来这支队伍的素质无论是思想政治素质还是业务素质都有较大的提高，赢得学生的爱戴，家长的信任和社会的尊重。尊师重教，尊师爱生的道德风尚在党和政府的大力倡导下，同时也由于广大教师的实际努力在逐步形成。但还是应该看到，我们教师队伍的素质还有不适应现代化建设的地方，包括思想政治素质，道德素质，科学文化素质。其中，思想道德素质是一个很重要的方面。加强教师道德建设是当前不容忽视和需要认真抓的一项工作。我们的教师中有许多教书育人，为人师表的先进典型，有不少献身教育，爱生如子，诲人不倦的榜样，但是也有缺乏师德，道德败坏，甚至触犯刑律的突出问题；一些教师还缺乏应有的职业责任感和职业道德意识；相当一部分教师缺乏职业道德的学习和训练，不清楚教师职业道德有哪些原则的，重要的规范。

1984 年以来，我市教师队伍中因道德败坏和违法乱纪被判刑、拘留、受各种行政处分的有 56 人，其中，有奸、赌、抢、偷、贪、打、拐、骗等各种情况，还有严重体罚学生的多人。这些人虽占教师总数不足 1%，但影响恶劣，严重败坏了教师队伍的声誉。值得引起注意的是，这类情况的发生不是越来越少，有的单位还没有引起高度重视，处分文件没有发挥应有的教育作用。有的地方对这类情况听之任之，不过问，不上报。

至于工作不负责任，随便体罚学生和任意把学生赶出课堂，任意训斥学生及其家长，同事之间动辄吵闹等情况还不是个别的。他们没有受到道德规范的约束和道德舆论的谴责，或者说还缺一种道德的力量加以阻止。

缺乏道德的教师是一定培养不出有理想、有道德、有文化、有纪律的人才的；职业道德观念淡薄的教师队伍是不能振兴教育、改革教育、提高教育质量的。

应该说，我们在师德建设方面，过去做了一些工作，见到一些效果，有一些进步。但是，我们的工作还很不够，没有当作一项基础工程进行建设。这一点，我们站、校领导和许多教师都意识到了，很希望教育行政认真抓这项工作。从我市教师的现状看，加强教师道德建设是一项紧迫的任务，也是我们广大教师的自觉要求，是我们的队伍不断自我完善的需要。

针对我们教师队伍中相当一部分教师对什么是教师职业道德并不十分清楚的现状，我们认为首先要加强对师德《规范》的学习和理解，然后才谈得上遵守、执行、付诸行动。

二、对《教师职业道德规范》的学习和理解

《恩施市教师职业道德规范》，是结合我市教师队伍的实际，在原教育部、全国教育工会《中小学教师职业道德要求》（试行草案）的基础上扩充，加条，进一步具体化制定出来的。

前面是《总则》，第一段话是制定《规范》的依据；第二段话是强调教师要遵守“热爱本职，忠于职守，为人民服务，向社会负责”这样一个各行各业都要遵守的共同职业道德要求。第三段话是概括教师职业道德的基本要求就是：“献身教育，热爱学生，教书育人，为人师表。”这十六个字是对教师职业道德的原则规范，显著特征，重要内容的概括表达。

以下分六章 30 条，对教师职业道德提出具体的要求。

最后是《附则》，一是说明各站、校可以也应该根据自己的情况制定有关细则；二是要求对新教师走上岗位要先组织学习，进行训练；三是强调进行检查，评比，使其坚持贯彻，不断落实。

下面就六个部分讲个人的认识：

1.“热爱祖国，献身教育”是教师道德的原则规范。

（1）教师要自觉遵守全民共同的社会主义道德。

热爱祖国是人们在历史上形成的对自己祖国的一种深厚感情。列宁说：“爱国主义是千百年来巩固起来的对自己祖国的一种深厚感情。”它表现为民族的自尊心和民族的自信心，表现为人们争取自己祖国的独立富强而英勇献身的奋斗精神。热爱祖国的思想和行为，在人类社会生活中具有深刻的道德意义，并形成调整个人对国家和民族的关系的道德规范。

“爱祖国、爱人民，爱劳动，爱科学，爱社会主义”，是宪法中规定的社会主义历史阶段的共产主义道德原则。《决议》直接将其命名为社会主义道德，是每个公民都必须遵守的道德原则。坚持四项基本原则，也是载之于宪法和党章的，每一个公民，每一个党员都应该遵守。作为培养新一代公民的教师，更应当模范遵守，做出表率。

（2）“忠于人民的教育事业”是教师社会“价值”的标志。

敬业、乐业是各行各业职业道德的共同规范。

“忠于人民的教育事业”“献身教育”，这是对每个选择了教师这个职业，并且占据了这样的一个社会位置（而这个位置别的人也是可以占据的）的教师的一个原则的规范。因为社会耗费了人力、物力、财力培养了教师，社会对他是抱有希望的，作为站在这个位置上的教师，是有责任来报答社会的，因而把尽职尽责，当作个人对社会应尽的义务，把自己的劳动看作是为社会服务这是理所当然的。因此，“忠于”是光荣的事，是社会尊重的标准，是教师“社会价值”的标志，是自我尊重，自我肯定的基础。如果不是这样，身为教师而不忠于教育事业，不切实履行教师的职责，这就失去了起码的教师道德，从道德义务，道德良心上都是说不过去的，也是对自身的贬低和否定。

（3）教师道德要求每一个教师都要关心教育事业的发展。

关心自己事业的发展，首先是关心教育事业的发展方向。两个“必须”，三个“面向”，这是今天社会主义教育事业的正确方向。每一个教师都要树立两个

“必须”的观念，沿着三个“面向”的方向从事自己的事业是完全必要的。

(4)强烈的事业心和责任感是教师高尚道德的集中表现。

教师工作的成就不仅取决于教师的教育能力，而且取决于他对工作的态度，取决于他把个人利益、职业利益和社会利益有机结合在一起。这就要求教师有高度的责任感和事业心。苏联一位教育家说：“应该把才能和爱好这两者的独特结合看作是对教育职业的一种志趣。这种志趣的高度发展，可以看作是‘天才’。”他又说：“没有对教育劳动的热爱，会使教师成为糟糕的牧师，会使学生对科学、人们和社会抱冷漠态度。这种教师是一种很大的社会祸害，社会要对此付出高昂的代价。”

一个有高度社会责任感、职业责任感的教师，必定会尽职尽责，教书育人，并努力从各个方面完善自己，从多方面表现出高尚道德情操。所以，事业心、责任感是教师高尚道德的集中表现。

2. 遵循规律、教书育人是教师的基本职责。

(1)教书育人不仅是教师的职责，也是教师的道德。

“教书育人”作为教师的基本职责是由教育的根本任务决定的。教育的根本目标是培养一定社会、一定阶级所需要的人才，而各个阶级对人才的要求都是忠诚地为本阶级服务，因此“教书”和“育人”历来都是不可分割的。韩愈认为教师的职责是“传道授业解惑”，老一辈革命教育家徐特立提出：“要有两种人格，一种是经师，是教学问的；一种是人师，是教行为的。”教师既要做“经师”，又要做“人师”。

“教书育人”不仅是教师的职责，也是教师的道德。教师需要从社会获得各种物质生活和精神生活的资料，也应该自觉地为社会担负起教育下一代的责任。因此，“教书育人”是教师与社会其他行业交换劳动的特有方式，是教师社会价值的真正体现。

(2)“教书育人”的基本要求是全面贯彻党的教育方针，是学生在德、智、体、美、劳各个方面都得到发展。

教学是学校的中心工作，是对学生进行德智体美劳诸方面教育，是实现教育目的基本途径。教学工作是教师的主要工作，教师的工作是一种复杂的劳动，自始至终都是人们相互作用的过程。教师要在自己的教学过程中统一完成教学三项任务，就是：传授知识、技能技巧；发展学生智力和体力；培养学生唯物主义的世界观和共产主义道德品质。这就要求教师要不断探索，掌握教育规律，遵循教育规律和教学基本原则，认真做好教学各个环节上的工作，要特别注意把育人的工作、思想品德教育渗透到教育过程中。

（3）教育劳动是一种创造劳动，教师只有进行创造性劳动才能培育一代新人，并体验教育工作的无穷乐趣。

教育是一个创造人的过程，教师的劳动是自觉地、有目的地培养新的一代，使每个学生得到全面发展，以适应社会的需要。教育活动的这种特殊性决定了教师劳动创造精神的必要性。苏霍姆林斯基说过：我熟悉几十种专业的工作人员，但是没有——我对此深信不疑——比教师更富有求知精神，不满足现状，更充满创造思想的人。对于教育来说，完全相同的条件是根本不存在的。在教师劳动中机械运用别人的经验，通常是不能达到目的的。教师必须发挥自己的主观能动性，创造性地因人因时因地灵活运用教育规律，机智地处理教学过程中的问题，即所谓“教有法而无定法”“运用之妙，存乎一心”。国家主席李先念给全国教师的信中说，你们的劳动，是一种科学的也是艺术的创造。教育是一门艺术，是一种塑造完美个性形象的艺术。艺术的生命就在于创造。我们有的教师之所以对自己的工作感到厌倦，一个重要的原因是因为长年累月机械重复教材内容，毫无创造，毫无新意。只有进行创造性劳动的教师，才能使自己的工作有生气，有活力，常教常新，并从中体验教育工作的乐趣。

培养创造性人才，这是现代教育的特点。国际教育界人士把二十一世纪作为“创造教育的世纪”。世界各国把培养创造型人才列入“引人注目”的战略计划。这对教师劳动提出了新的要求，我们的教师应当自觉意识到这一点，以创造性劳动从事培养一代新人的工作。

3. 勤奋学习，又红又专是对教师的基本要求。

（1）不学无术，误人子弟，为师德不容。

教师不断加强学习，提高自己的思想政治道德素质，提高文化业务水平和能力，是对教师的基本要求。同时，也具有教师职业道德规范的意义。一名教师如果不学无术，不能准确地熟练地把专业知识教给学生，不能用科学的世界观、人生观和良好的道德教育影响学生，也就丧失了起码的道德。社会用“师高弟子强”“为人师表”赞扬好的老师；用“误人子弟”来谴责不学无术，不负责任，师德行为差的教师。教师的职业特点，决定了教师在教学过程中，自己必须不断努力学习，追求新的知识。国家主席李先念在致全国教师的信中，殷切希望教师要“不断提高自己的思想政治水平和文化业务水平，具有高尚的道德，渊博的知识，掌握教育规律，教书育人，为人师表”。这些话应该成为我们每个教师的座右铭。

（2）要教学相长，要又红又专。

在我们的教师队伍中，学习的风气是比以前浓了，这是一种很可喜的现象。但是，与此同时，有两种情况值得注意，一种是单纯为追求个人的学历文凭不惜放弃自己的工作，置正常的教学工作于不顾，以牺牲学生的学习和青春换取；另一种自称不为文凭拼命，懒于学习新的东西，不看书，不研究教学工作，有的教了几十年书，和书籍没有感情，对新知识麻木不仁，凭青少年时学校学来的一点东西混天数，准备混到退休完事。这同样是背弃教师道德的。在我们的教师队伍里，不乏活到老，学到老的好教师，也有一大批中青年教师一边工作，一边学习，正确处理工学矛盾，以学习促进教学的好典型。我们要宣传、表彰这样的典型。我们还要尽可能地热情关心现在正在离职进修、函授学习和自学的教师，不要一概认为他们都是为了“捞文凭”。

在我们的教师中，现在重视学习业务的比较多起来，但有相当一部分不重视学习政治、学习马列主义理论。这是一个不大正常的现象。克鲁普斯卡娅说：“毫无疑问，任何其他职业都没有对人提出这样的要求。教师应该在自己身上体现人类的理想。”对于代表人类最高智慧结晶的马克思主义理论及其新的发展，对于新鲜的中国科学社会主义，不知不晓，又如何在我们教师身上体现人类的理想呢?

4. 热爱学生，诲人不倦是教师职业道德的显著特征。

（1）热爱学生是教师高尚无私心灵的体现，是师德的核心。

教师在其劳动活动中有与学生的关系，还有与同事的关系，与学生家长的关系，与学校行政领导的关系等，这些都是重要的关系。但按照其程度来讲，最重要的关系莫过于教师和学生的关系。教师和学生的关系不是自己选择的，而是由必然性决定的，教师要教，要工作，成长中的一代人要学。由此，教师对待学生的态度以及如何处理好师生关系，必然成为教师道德的主要内容。

教师热爱学生，是一种履行培养下一代这一职责时产生的崇高的道德感情。这种爱是纯正的，无私的，它突出体现在教师通过辛勤的劳动把知识和技能传授给学生，把真善美教给学生，把全部的心血灌注到学生身上，像慈母一样精心培育一代新人。高尔基说：谁爱孩子，孩子就爱他；只有爱孩子的人，他才可以教育孩子。一个教师用“爱生如子”“爱生如命”的思想感情去教育学生，感染学生，是教师高尚无私心灵的体现。

（2）师生关系中的道德关系在教育过程中起十分重要的作用。

教师和学生的关系中有政治关系，行政关系、世界观和道德关系等，其中道德关系履行着许多职能。道德关系对教育过程起十分重要的作用，是教育过程最重要的一个条件。在处理师生道德关系中，教师热爱学生，学生尊敬教师，建立了一种平等和谐的关系，有利促进教育过程，收到良好的教育效果。如果这种关系处理不当，学生内心产生对教师的反感，就有可能转移到教师的其他一些方面去，有可能使教师的教育过程、教学手段变得面目全非。有人说，儿童和少年的大脑并不是任何时候都像“蜡”一样柔和，它也可能是一块坚硬的合金，很难给予加工制作。只有在教师和学生相处得十分融洽时，学生的头脑才具有比较大的可塑性。事实就是这样。

（3）热爱学生应与严格要求相结合。

热爱学生不是姑息，不是溺爱。教师职业道德和教学原则都要求教师把对学生严格的、坚持不渝的要求与尊重，信任和爱护结合起来。要严格管理，严格要求，“严师出高徒”。要像马卡连柯说的那样：“我的基本原则是尽量多的要求一个人，尽可能地尊重一个人。”这是严格要求与热爱尊重的辩证统一。

（4）掌握分寸，因材施教，适时施教，善于引导是教师的道德创造。

教育学生必须掌握分寸，审时度势，适时施教，善于引导。这种教育分寸的特点在于：教师要关心自己行为的结果，无论是对一个学生，还是对全班学生所造成的后果。教师要靠他的独立创造性的行为，以最小的代价取得最佳的效果。这是教师道德职能创造性的发挥，这里包括教师对全部客观后果极其主观理解的预见。具有这种“分寸感”的教师，知道在什么情况下施教，施教的程度的深浅恰到好处，可以达到最佳效果，犹如高明的针灸师，能够找准穴位，深浅适度一样。这是一种道德行为，包括对学生的热爱，同情和关心，包括在任何情况下都能建立良好师生关系的方法。所以，教育分寸的掌握永远是一种创造，一种探索，一种有独特之处的行为。具有这种独特创造行为的教师的教育艺术常常是只能意会，而难以言传的，是别人难以学到的。要掌握，就得自己去实践，探索，创造，体验，总结。

（5）学生集体是教育的一个因素，教师要关心重视学生集体，处理好与学生集体的关系。

学生集体不仅仅是教师教育的对象，而且是教师教育教学过程的好助手。这是因为健全的集体是教育改造个人的武器。在学生中间建立一个团结友爱，目标一致的有正确舆论的集体，在集体中学生们共同学习和生活，开展批评和自我批评，就能养成优秀的道德品质，克服不良的思想和习惯。因此，集体本身就成了一种巨大的力量。马卡连柯谈到集体舆论时指出："儿童集体里的舆论力量，完全是一种物质的，实际上可以感触到的教育因素。"正因为如此，"关心学生集体，注意学生集体的品质，重视学生集体的发展，善于重视学生集体的意见"是教师职业道德的一个规范要求。

（6）教师道德要求教师善于控制自己的感情，抑制对学生的反感，培养对他们的良好感情。

教师应该懂得学生是受教育者，由于年龄和受外界影响等原因，他们经常有不正确的理解、误解，有缺点、错误发生，而且每一个学生集体中，都几乎会有顽皮的学生。对他们，教师要意识到自己对社会的责任、义务，自己对所有学生毫无例外地应持宽容的态度，对他们一时的冒犯抱不计较的态度，以稳定，冷静，积极的情感对这样的学生施以有效的教育。如果不是这样，而是憎恶学生，报复学生，惩罚学生，其结果，学生内心深处会培植出仇恨和不尊敬，他也会以同样的东西回报教师对他们的反感。有的学生还会从憎恨一个教师到一般的教师，进而发展到憎恨一般的人，对学校和社会的公正失去信心，进而导致反对社会的意识的萌芽。

（7）教师道德谴责几种对学生不公正、不人道的行为。

一是偏爱学生，这是不公正的。教师对学生的爱是纯正无私的，对所有教育对象的爱，是从自己的职业责任感出发的。偏爱个别学生，必然疏远其他学生，这是与教师道德不相容的。

二是歧视差生和残疾学生。首先，差生、残疾学生都是人，有做人的权利，有受教育的权利。教师若抱歧视的态度，是缺乏社会主义人道精神的。其次，“差”和“残”又都是相对而言的，某一方面差，即便“双差”也只是两方面差。“残”也可能是身体某一部分残，他们身上都存在有不差不残的一面，教师要从自己的职业责任出发，“长”其“善”，“救”其“失”，任何歧视、排斥都是与教师道德不相容的。

三是随意停止学生上课，这是不仅不合教师道德的，也是不合法的。剥夺学生受教育的权利是道德和法都不相容的，如果以这种强制学生、压制学生的办法教育学生那是愚蠢的，是收不到积极效果的。要作一条规定，发现随意停止学生上课要追究责任。

四是挖苦、讽刺学生，是不道德的。不尊重学生人格的教师，自己也得不到应有的尊重。

五是体罚学生。学生和教师之间彼此歧视是旧教育的传统，这种传统破坏教育过程。在旧学校教师和学生是一种统治与被统治的关系，体罚往往是教师维持纪律的主要和万能的手段。社会主义的学校教育坚决反对体罚，不允许体罚学生，因为这是侵犯人权，同时也达不到教育的目的。社会主义教师道德，谴责任何对学生的体罚或变相体罚。这几年，体罚学生的现象有增无减，手段凶残，后果恶劣，无师道可言，无人道可言！这类非法行为定要严肃查处。

17 世纪老教育家夸美纽斯呼吁“让儿童在没有殴打，没有号泣，没有暴力，没有厌恶的气氛中，总之在和蔼可亲和愉快的气氛中喝下科学的饮料”，难道在 20 世纪 80 年代的社会主义学校还能容许这种殴打、暴力存在吗?

5. 关心集体，团结协作是教师处理同事关系的道德行为准则。

（1）热爱学校，关心集体是共产主义的集体主义原则在教师道德中的具体化。

共产主义的集体主义原则反映了无产阶级和劳动人民的根本利益和新型的道德关系，是衡量个人行为和品质的最高道德标准。社会主义的学校是有组织的集体，教师道德要求每个教师热爱学校，关心教师集体，处理好个人与学校、与教师集体的关系。

（2）只有团结一致的教师集体才能担负教育任务。

对学生发生影响的，不仅是单个的教师，而且还有整个的教师集体。教师集体的道德面貌是重要的教育因素。这些因素通过这个教师或那个教师，直接地或间接地对学生们发生作用。

教育劳动归根结底是一种集体的劳动，由于这种职业上的需要，教师集体的威信显得十分重要。学校工作的实践证明，只有稳固坚强，协调一致的集体才能担负起教育的任务。马卡连柯说："只有那种由共同的意见、信念和相互帮助所联合起来的，摆脱了嫉妒心和个人追求学生爱戴的集体，才能进行教育。"他又说："假如有个学校里有这样的教师集体，在这样集体中的每个教师看来，全校的成功占第一位，而他班上的成功占第二位，至于教师个人的成功只放在第三位，那么在这样的集体里才会有真正的教育工作。"这是很有见地的。

（3）关心集体，就要支持学校领导的工作。

学校领导担负着教师集体组织者、领导者的工作，要履行组织教学过程，提高教师业务水平等复杂的职责。教师应该自愿服从校长、学校集体领导的意志，不应该认为这是降低自己的人格，而认为这是使教学过程得以正常进行的一种要求，一种需要。教师作为集体的一员，应该意识到对于校长个人的负责，是向整个教育过程，向事业的负责，从而支持学校领导的工作，做学校领导的合作者，而不应该是漠然的旁观者，甚至反对者。当然，这种服从和支持，并不排除应当对学校领导工作的批评，但这种批评应在一定的场合（例如会议上）进行，而不能在教育过程中进行。一个好的教师集体和具有强烈事业心的教师应该用足够的力量责成校长及其他领导考虑他们的意见。如果校长坚持不考虑，继续进行不符合他职务活动的行动，教师集体可以逐级反映。教师道德同时谴责一些迎合讨好领导，支持校长、领导不正确的做法和行为。因为这种情况的发展会使教师集体走向腐败。

（4）关心集体，就要真诚、善意、公正地对待每一个同事。

对优秀教师要虚心学习，防止嫉妒；对缺乏经验的教师要热情帮助，防止傲慢；对其他学科教师要尊重，防止贬低别人，抬高自己；要正确对待自己，不以不正当行为获取个人的荣誉。有一种现象应该提出来，就是采取一些手段，"赶走"学习成绩差的学生，以获得较高的人平分、及格率、升学率。用这种缩小“分母”的办法得到的成绩不仅是虚假的，还是极不道德的。

袒护有不道德行为的人，本身就是不道德的。因此，一个正直的有职业责任感的教师，必定不袒护有不道德行为的人。

（5）学校领导要尊重每一个教师，依靠全体教师办学。

一般说来，调节学校领导与教师的关系，矛盾的主要方面是学校领导、校长。校长是教师的教师，出于实现教育目的的良好愿望，校长、学校领导要把整个教师集体吸引到工作中来，这就要求自己能严于律己，公正对待每一个教师，要认真听取教师集体的意见。校长、学校领导要对批评的意见持尊重的态度。一切真正有威信的领导者都是能够真诚地承认错误的。离开了教师，校长纵有三头六臂是办不了学的。19 世纪教育家第斯多惠说：“任何地方，学校的价值都等于教师的价值。”学校领导必须依靠全体教师办学，调动他们的积极性，发挥每个人的长处，形成一个目标一致，团结协作的教师集体。

6. 以身作则，为人师表是教师道德的重要规范。

“以身作则，为人师表”是社会主义教师崇高品德的表现，也是教师完成教育工作必须具有的高尚品德。“以身作则”是由教师的职业特点决定的，教师既要教人知识，还要培养学生的高尚品格。要培养学生的高尚品格，教师首先要具有良好的品质，正所谓“桃李不言，下自成蹊”。这就要求教师必须在思想品德、学识才能、语言习惯、生活方式乃至举止风度等方面“以身立教”，成为学生的榜样。“为人师表”，是要求教师在各方面都应该成为学生和社会上一切人的表率和楷模，是社会对教师提出的要求，也是教师职业活动中长期形成和发展起来的优良传统，成为中外教师道德的一条重要规范。

（1）教师在仪表、言谈、举止、行为方面要成为人们的楷模。

在学生的眼里，教师是一尊特殊的偶像，对学生有极大的示范性。教师的风度、仪表、举止、行为对学生的品行，对于教学工作的进行以及对全社会都有明显的影响。教师道德要求教师仪表端庄，言谈文雅，服饰整洁，行为文明。诸如在课堂吸烟、随地吐痰、穿背心短裤衩上课、说粗俗的话，都有损师表形象，属戒除之列。

（2）教师要成为遵纪守法的模范。

违法，应该是教师最大的耻辱。教师失去羞耻之心，做出违法乱纪的事，这是最可悲的。教师道德要求教师做遵纪守法的模范，自觉遵守法纪。教师要廉洁奉公，不贪图私利。现在发现，有的教师私自要求学生交这费那费，收后怎么用，学校不知道，学生不知道，账目不公布，是不可忽视的违纪违规行为。有的赌博，搞宗派活动，搞封建迷信活动，侮辱强奸女生，这些不仅是师德不容的，而且必须依法惩处。

（3）教师要成为尊重其他社会劳动者的表率。

在我们的社会里，人人都是服务对象，人人又都为他人服务。社会对人的关心，社会的安宁和谐，是同各个岗位上的服务态度、服务质量密切相关的。教师的劳动与社会有着紧密的联系。教师道德要求要求教师尊重社会各个行业的劳动者及其他们的劳动。与教师关系最密切的社会劳动者莫过于学生家长。教师道德要求教师首先要尊重学生家长，不容许对家长的不敬和傲慢。教师应该积极与家长取得联系，共同担负教育学生的任务。因此，那种动辄“请家长”，甚至将家长和学生一起进行训斥的做法不仅达不到教育的目的，而且是“缺德”的。

（4）教师要按共产主义道德原则，在爱情、婚姻、家庭方面做出表率。

爱情、婚姻、家庭是人类生活的基本形式之一。能否正确对待和处理爱情、婚姻、家庭问题，直接关系着千家万户和每个人的切身利益，关系着社会的稳定和谐，关系社会的道德风尚。因此，不能把这类问题仅仅看成是“个人问题”“私人生活”。爱情、婚姻、家庭是重要的社会关系，社会关系产生社会责任。这种社会关系、社会责任包含着道德的关系和道德的责任。因此，要求人们对此应抱严肃认真的态度。毫无疑问，我们的教师也应该在处理这些问题上做出表率。教师职业道德不容许在恋爱问题上背离道德。在恋爱问题上，在两性关系中无视社会利益和他人利益的朝秦暮楚，飘忽不定，任意转移，轻佻放荡，玩弄异性，甚至违法乱纪，乱搞两性关系。教师不能与学生谈恋爱，这是一条职业道德规范，也应该是一条纪律规定。值得注意的是，教师在生活作风上，在两性问题上，近年来问题突出，主要表现在：借职业之便，以给学生补课、关心学生为名，和学生谈情说爱，甚至奸污学生；有的教师与教师发生不正当关系；有的教师在社会上鬼混胡来，甚至奸污女青年。对这类情况不能姑息养奸，一定要严肃处理，当处分的处分，该开除的开除。

家庭中的纷争，不仅是家庭的不幸，而且常常影响自己的工作，影响学校和社会的安宁。教师要做和睦家庭生活的建设者。

纯真的爱情，美满的婚姻和幸福的家庭给人们带来欢乐，给社会带来进步，教师应该在这方面做出表率。

夸美纽斯说："教师应该是道德卓异的优秀人物。"我们应该学习《规范》，执行《规范》，使全市教师无愧于"教师"这个道德卓异优秀群体的称号。

第十八章　乔迁之喜

（1987年冬—1988年春）

“好消息！”办公室曾主任欣喜地告诉大家，“小渡船的宿舍楼已经验收合格，可以交付使用了。”

这的确是好消息，但是大家并不感到意外。自从前年在小渡船动工修建宿舍楼以后，大家就像小孩盼望过年一样，早就指望着这一天到来，工程的进展情况无时不在大家的关注之中。

教委的宿舍楼在红江桥头不远处临江而建，共六层，两个单元，二十四套。每套96平方，三室一厅，还有厨房，卫生间，是按“中知”（中级知识分子）可享用的标准设计的。教委的人，谁都不曾住过这样的房子。特别是自己家里就有卫生间，那真是方便起来特别方便呢！现在房子修起了，哪个不想住进新房？但是，毕竟只有二十四套，怎么分配，是个棘手的事情。许多单位就为分房的事，闹意见，扯死皮，搞得不团结。

曾主任走到主任办公室，对刘主任说：“小渡船的房子已经验收合格了，主任们是不是要开会研究一下怎么分配。这本来是一件好事，要是分配不合适，像有些单位为这个事扯皮就不好了。”

刘主任说：“这是个麻烦的事情，无论怎么分，总是有人住得上，也有人住不上，主持分房也是个得罪人的事。”他沉吟了一下，“这事我曾经想过，你们谁主持搞都可能找麻烦。就这样，我不参加分配住房，由我来做这件事。你们找几个其他单位分房的方案给我参考一下，我根据我们单位的实际情况，考虑一个分配方案”。

12 月 7 日，教委召开机关全体职工会，刘主任先讲关于十三大文件的学习，要求重点理解邓小平同志关于社会主义初级阶段的理论和两个 100 年奋斗目标；要结合本职工作，重点学习“百年大计，教育为本”，教育要为改革服务，为经济服务，为地方培养人才等有关论述；要艰苦奋斗，振奋民族精神等等。接着是安排年终工作，各科室要抓紧完成全年工作任务，搞好年终总结，计划明年的工作；要全局一盘棋，开好年终几次大型会议：政治思想工作经验交流会，勤工俭学总结表彰会和站校工作评比表彰会。最后，他讲分房问题：“教委在小渡船新建宿舍楼已经竣工，年底可以分房。我们成立了一个分房领导小组，组长由我担任，副组长是管机关的胡主任，成员有教育工会的敖主席、办公室曾主任、基层工会的黎会计。根据其他单位的经验，我们的分配方案主要考虑工龄，学历和职务三个因素，以工龄为主。其中，工龄每年记 0.5 分；学历，大专记 5 分，中专 3 分，其他 1 分；职务，主任 5 分，科长 3 分，其他 1 分。一个原则是：夫妻双方只要一方有成套住房的不参加分配。比如我，爱人在鄂西高中分有住房，我就不参加这里的分房。提倡全委同志在分房中顾全大局，发扬风格。”

刘主任讲话完毕，办公室曾主任接着说：“刚才刘主任讲了分房的问题，我在这里还要补充说明几句。我们小渡船这栋房子能够修起来，是我们的刘局长——现在的刘主任，担了硬肩，出了大力的，可以说，是他无私无畏争取来的。本来，跑计划办手续都是我和胡局长的工作，可是，在找吕市长签字的时候卡壳了。吕市长一口咬定不同意，这一下钉子回了头，事情没有一点希望了。回来给刘局长汇报，他叫我们不要出头了，以免得罪市长，这个事情由他来办。他接着亲自出马，去市政府找吕市长。当时，吕市长出门还没回，他就在院子里等，看到吕市长的车回来了，他就守在门口。吕市长问他什么事，他说修教育局宿舍。市长说，不是给他们说了吗，这房子不能修。刘局长就和吕市长争起来，说教育局怎么就不能修。市长走进办公室，刘局长也跟进办公室。市长说，你刘惠民不要搞什么面子工程。刘局长回答，我们哪里搞什么面子工程？教育局干部一家几口，挤在一间破房子里，现在想修一栋宿舍，充其量是个温饱工程，哪里是个什么面子工程？只有市政府，宿舍修了，办公楼盖起了，还锦上添花，连花园也建起了，这才是面子工程。市长有些发火了，说，到底你是市长还是我是市长。刘局长说，现在你是市长，从明天起，你把市长借给我当一个月，我大笔一挥，就把这房子批了。只要房子动工，我就把市长还给你。这一番话说得吕市长哭笑不得，就说了一句：‘刘惠民，我说不赢你，来来来，我给你签了。’他这才真的把大笔一挥，批准了。我和胡局长都说，这房子，要不是刘局长，只怕现在还是‘半天云里吹唢呐——哪里哪。’不过，也幸得吕市长是个大人大量，心直口快的人，不然的话，刘局长这一回真的是把他得罪了，不仅房子修不起，还会给他小鞋穿。”

一旁的刘主任，听得好笑，插话道：“我的事你就别说了。给吕市长这么直率说话我是有把握的，我和他大学不是同学，但是一届的，他读华农，我读华师；他是黄陂人，我是黄石人，都是一批到恩施的。所以，我们不是同学也像同学，不是同乡也像同乡，我可以这样与他说话，你们没有谁能够这样做的。再说，万一我冒犯了他，要对我怎么样，我也不怕——无非让我回黄石老家教书。”

曾主任接着说：“房子修起了，是个来之不易的好事，下一步，我们要把好事办好，今天征求大家对房屋分配方案的意见。这个分房方案，也是刘局长参考其他单位的一些办法，结合我们单位的情况亲自定的，他说了，他在鄂西高中有房住，不参加教委分配。因此，这个方案还是他来制定比较好。分房领导小组一致同意这个方案，认为是比较合理的。现在我就把方案发给大家，有什么意见就在会上提出了来大家讨论。”

大家拿着这个方案一看，也就是一张表格，上面是一些实打实的条款：工龄每年多少分，不同学历多少分，各种职务多少分……大家似乎都提不出什么反对意见。过了一会，有人说话了：“领导秉公办事，没掺杂任何私心，我没有什么意见，赞成按照这个方案办。”大家表示附议：“要得，就这么办。”于是曾主任说：“大家没有什么不同意见，就请填写户主姓名，按照打分标准，自己在空格里把分打出来，然后交办公室汇总。”

就这样，各自填表打分，交给了曾主任。办公室把大家的表格收上去，第二天就公布了二十四户的名单。榜上有名的自然高兴，没有的也不见说什么不满意的话，可以说教委分房做到了“水不动鱼不跳”。

不几天，曾主任又拿着一张二十四套的住房图，按照得分的多少，由各家各户从高分到低分依次选房。我的次序不在人前，也不在人后，比我年龄大、资格老的同志，多半选在西头一单元靠近清江河边的和东头的二三四楼；我则选了西头的第二单元五楼 10 号；比较年轻一点的就选了“顶天立地”的一楼或六楼。

新房分了，钥匙也发到了手，但是它离六角亭实在太远，我们抽不出时间去看一看，打扫一下。不只我一家如此，几乎大家都在忙着年底的事情，没顾得上搬家。一直到全市政治思想工作经验交流会开完，12 月 13 日这个星期天，我们才去小渡船的宿舍楼。

走到红江桥上，看见前面完全是乡下的境况：一片黄土地上，只有几根橘树和几簇竹林是碧绿的，还有几户分散的民居。此处小地名就叫黄泥坝，看起来也的确是土黄色的主色调。一幢灰白的新楼房昂然矗立在黄土地上，和附近零零落落的瓦房相比，显得有些不够协调，这栋房子似乎还有些妄自尊大的味

昶昶和爷爷在黄泥坝新居

道。这新房自然就是教委的宿舍楼了。走到新楼前的坝子里，可以看见新平整的地面，酷似一块调色板，有泥土的黄色、沙石的灰色、石灰的白色，让人联想到：建筑工人就是在这里调好了颜色，把面前的这栋楼房给“画”出来的。

我们上楼，到第二单元五楼，一共八十五步台阶。打开门，第一感觉就是：这房子里面好漂亮，好宽敞啊！门窗油漆得金黄，墙壁石灰刷得雪白，地坪水磨砚石花纹，透明大玻璃窗，室内特敞亮。

一个客厅，好宽好大，我们六角亭的那个沙发放在这里可能还显得小，不一定相配啊。房子里设计一个客厅，也是太讲究了。不过，这个讲究也是很有必要的，在六角亭，别人一进门，就看见床铺之类是不雅观的。以前，戽口的木屋是有个堂屋的，功能与客厅相当，生产队的人来了，在这里喝喝茶，说说话，冬天里堂屋的火坑更是亲热人，温暖人的地方。因此，居室内设计一个客厅也是很必要的。

卧室有三间，正好可以把父亲接过来住，吴旭回来也没一点问题，一家三代六口人都安居了。倒是我们的衣柜只有两口，书柜只有一个，家搬过来的话，房里还要添置一点家具才好呢，不然几间房子看起来还显得空荡荡的。

正面一个阳台实在好极了，站在阳台上，面前就是一幅巨大的青绿山水画：正对着的就是红江大拱桥，横跨清江南北，碧绿的江水从桥下缓缓流过。红江桥的背景，则是连绵起伏的五峰山，五个山头都看得分明，连珠塔也隐约可见。

阳台一头是卫生间。卫生间是贴了瓷砖的，里面不仅有厕所，还可以淋浴。一家一户都有一个卫生间，的确是太方便了。别说洗浴，单说厕所，过去哪用过这么高级的？那是只有宾馆里才有的。我们在戽口的时候用的厕所，是两个猪圈之间用木枋搭的。人往里面一蹲，那猪还站起来迎接你，在栏杆缝隙它把鼻子对着你哼哼，虽然是亲近你，却使人感到很不自在。到教育局了，有一个公用的厕所，水泥做的，去去来来的人很多，还有挑粪的只顾舀粪，里面经常搞得臭气熏天，脏兮兮的。听父亲说，西方发达国家的人对厕所是很看重的，他们认为，一个“吃”，一个“拉”，都是人们日常生活中的大事，要同样讲究。现在我们用上这样好的厕所，也是向现代文明迈进了一大步吧。

——讲到这里的时候，我联想到最近看到的新闻：印度新上任的总理莫迪受到多数印度人民的疯狂支持，他竞选时许诺要改善厕所，也是印度人有好感的一个理由。据去过印度的人说，印度连许多大城市都是难找公共厕所的，人们以随地大小便为常事，中国人很不习惯，为此感到尴尬。由此看来，听说印度人还很瞧不起中国，其实仅就厕所的建设，我们在八十年代就比印度强多了。进入新的世纪，中国广大农村普遍实行三改：改水，改灶，改厕，用放心水，用沼气灶，用抽水马桶。我们比较先进发达国家虽有不足，但比较印度和一些欠发达国家，还是颇有自傲的资本的。

阳台的另一头是厨房。这厨房也设计得好，煤灶都打好了——我虽然有打灶的技术，但在这里已经用不上了。庳口人说，打灶要讲究的是灶门要朝西开，这才意味着锅里有东西炒——叫作炒东炒西。虽然这个灶的门是朝南开的，但是我觉得时代变了，现在不愁东西炒了，炒南炒北都行。这是洗菜的池子，打开水龙头，自来水哗哗直流，太方便了。这里是放砧板的，这里是放油盐酱醋的。如若要再亮堂一些，把开关打开，日光灯便照得厨房亮堂堂的。空间也利用起来了，加了一个台板，可以放些杂七杂八的东西，实在想得周到。总之，我在这里是可以大展身手的。前阳台是转角的，转到尽头便是倾倒垃圾的门洞，这也实在方便。厨房是产生垃圾最多的地方，什么煤渣煤灰，鸡毛蒜皮，走两步就倾倒垃圾洞口了。

除了前面一个阳台，中间那间卧室的外面，还有一个后阳台。要是有一把躺椅放在后阳台上，躺在上面便悠然见到高入天际的望城坡，馒头般浑圆的丘陵，清江两岸平坦的田野……

我和传美自然都想早一些搬过来，享受住单元房的现代文明生活。

周一上班，我领到新的任务：参加全市文明单位检查。我参加的一组是去太阳、白杨、七里三个区，时间一周，同组的有人武部政委冯国亮，市法院院长熊惠生，宣传部科长余德玉。我是很乐意下乡的，因为这段时间不是在开会，就是在评职称，人有些闷了，还很想下个乡，了解现在农村里面的一些新的情况。

12 月 14 日，我们一组四人先到太阳区。区委书记赵世光、区长龚祖和、宣传部委员雷鸣等区委领导齐齐都在等候。我们一到就书归正传，区委书记赵世光讲了开场白，就请雷委员汇报。雷委员原来教过高中，当过校长，他手里拿着厚厚一叠稿纸，稳腔夺板开讲了。他先讲指导思想，再讲各项任务的具体完成情况。于是，第一，坚持四项基本原则；第二，干部正规化理论学习；第三，双文明户、文明村、文明乡建设……一共讲了十八个方面的工作。我参加过多次的检查，只有这个检查涉及的内容真是多而杂，包括党建、群团、普法、科技、教育、计划生育、卫生、社会治安、文体、广播电视电影、党报党刊订阅、对外宣传、信访、落实政策、双文明户、村、乡建设等等方面的工作。虽然如此，但我觉得比整天评职好，听到的是一些新鲜的概念和新鲜的事情。比如，他讲到区乡集资 7 650 元办广播，新增喇叭 506 只，广播通乡率达到 100%、通村率达到 74%、通组率 49.2%、入户率 30.4%，入户率比去年提高 9.7%。这个广播事业里的入户率，通村率等概念我就感到新鲜。虽然，我觉得百分之三十几的入户率还是很低，意味着大多数家庭连广播都听不见，但是，想到川鄂交界的太阳河，像石乳关那样的一座座大山，山上住那么几户人家，甚至一架大山里只有单门独户一家人，要把广播线拉进千家万户也的确不是一件容易的事情，那得要多少电线，多少根线桩！再如社会治安情况，他说的是一般案件发案 5 起，比去年少一起，发案率下降 16.7%，破案率 80%；大案发生 2 起，今年破案一起，去年是 3 起……这些话，都是我平时很少听见的——可能熊院长他们是经常挂在口上的。还有一个计划生育工作，也有一套词儿。雷委员介绍说，太阳区今年的控制目标数是 206 人；多胎率为 2.89%；计生率为 90.5%；结扎任务是 63 个，只完成 19 个；综合节育率 85.08%。这些概念我还弄不清楚，就像一年级小学生坐进高年级教室听课一样，有些生疏又有些新奇，以至于有些数字都记不下来或者记不准确。雷委员讲教育，我自然是熟悉和关心的，第一，他们贯彻州市紧急电话会精神，又增加招收一个初中班，使小升初比例达到 55.6%，这个我听了很满意。又说教育费附加征收困难，只收学生人头的部分——人们常说计划生育是天下第一难事，我看这个教育费附加征收是不是要算第二大难事了。

听完汇报以后，组长冯政委谈看法，大意是，区委抓两个文明建设指导思想明确，措施得力，效果较好。存在的问题主要是计划生育和对外宣传两方面的工作有差距。冯政委虽然穿着军装，看似有几分威严，但为人随和，说话温文尔雅。他发表意见后要检查组的成员都讲一讲，于是熊院长，小余和我都说了自己的意见。

第二天去文明单位座谈。太阳区去年有3个单位评为市级文明单位：太阳小学、水电站和银行。我们去了小学和水电站两个单位。太阳小学我比较熟悉，是一所办得比较好的区镇小学。陈校长告诉我们，学校坚持通过党团工会、班主任工作、少先队三条线加强思想政治教育、道德纪律教育、文明礼貌教育。最近一段时间，全校教师认真学习党的十三大文件，结合学习《恩施市教师职业道德规范》，加强师德修养。他们认为市教委前不久下发的《师德规范》，很全面，很具体，对于提高教师职业道德素质很有好处。听后我自然有一种欣慰感。学校制定了《文明学校补充细则》，设立文明班流动红旗，召开"做文明的好孩子""没有共产党就没有新中国"等内容的主题班会。红领巾广播，表扬同学们的成长和进步，学校充满积极向上的蓬勃朝气。陈校长说，按照《文明学校标准》500分的总分，太阳小学可以得到450分，失分在图书室和实验室硬件建设不足上。

太阳区水电站在离集镇大约两公里的山湾里，较之于背后的那一座巍峨的大青山，这个水电站的确显得很小很小，院落小，房子也小。不过，四处整洁，有不多几个盆景的点缀，小电站给人小巧玲珑的感觉。电站的肖会计向我们介绍，这个水电站1978年动工，1980年投产，两台机组，发电量570千瓦，主要保证集镇的用电。全区还通过利用国家投资，群众集资，银行贷款，建了梭布、福胜、枫香坪几处小水电。虽然都很小，但是解决了那一带群众用电的问题。今年电站的总产值达到46万元，总投资已经收回。水电站共有职工37人，除了管理电站的人员，有外线工人14名。他们整天在野外劳动，不辞劳累，今年新架高压线31千米，低压线250千米，新增变压器7台，使全区消灭了无电乡，通电户达到50%。水利方面，今年修了3个拦河坝，新修水渠10条，解决了2 641亩水田的用水和550户人的人畜饮水问题。水井改造在去年完成194口基础上，今年又完成了153口，完成了整个任务的78%，梭布垭乡安装了自来水，毛湖淌乡解决了村民吃水难的问题。今年还把原有的两个小水库利用起来了，实行承包，发展养殖业。

熊院长问："你们这个小水电站，是不是别人叫的喔呃电站？"

熊院长好像是荆州口音，肖会计有些不解，问道："您说的什么电站——喔呃电站？"

熊院长解释说："我们有个区的电站，群众都叫'喔呃电站'，就是说，他那个电站一搞就停电，电灯熄灭了，大家都'喔——'一声，于是找蜡烛，点灯；才把灯点起来，一下子电又来了，电灯亮了，又都'呃——'一声。这样搞的次数多了，就有人给电站取个'喔呃电站'的名字。"

熊院长叫熊惠生，他虽然没有穿制服，更没穿军装，可给人严肃的样子。只是他慢条斯理，一本正经把这个喔呃电站的笑话一讲出来，大家呵呵大笑好了一阵子，我也发觉了这位法官还有几分幽默。肖会计收住笑，认真回答道："小水电的确也是容易出事。不过我们这样的情况很少，主要是加强管理。我们单位的管理很严，岗位责任制实行百分制，一人一份工作合同，完成任务的情况都是与工资挂钩的。出了这样的事故，就要扣当月的工资，年终扣奖金。去年我们14个外线工，有13人都得到每月60元的全工资和年终的100元的全额奖金。就是食堂的炊事员，也明确任务，签订合同，门前水塘的管理，厂容厂貌，打扫室内室外的卫生，照护花台，都是他的工作。"

看了这个水电站我忽然觉得小水电是个好东西，我们山区水利资源丰富，建小水电投资少，来得快，是解决用电的好办法。比如戽口，只要在锁河岩筑一个拦水坝，建一个小电站，整个山沟就亮堂起来了。不过，也要像太阳河水电站一样，加强管理才行，不然建的都是一些"喔呃电站"，也是徒有其名，经常叫人哭笑不得的。

12月16日到白杨区，认识了区委书记谭儒全、区长熊丰喜、纪检委员邓元平、组织委员谭志选、宣传委员谭志波和派出所所长陈千林。邓元平先向我们介绍党风建设情况，他讲了党委在党纪党风上敢于碰硬。4月，发现农技站站长与本单位技术干部伪造发票，区委决定立案审查，成立了三人调查组。在检察院的帮助下，案子全部弄清，追回现款6 200元，一分不少。最后给两人分别给予"党内严重警告"和"行政记大过"处分。

邓委员又说，他们对非党干部职工同样抓了纪律教育，对违纪行为绝不敷衍。朝阳乡政府的炊事员何某，跑到学校要看期末考试的试卷，谭老师说，还末考试的试卷是要保密的，何某不以为然，说了不少难听的话。谭老师说，你是在乡政府工作的人，怎么这点规矩不懂。何某大动肝火，骂起人来，老子不懂规矩怎么样。谭老师也很是气愤，两人对吵起来。何某的手伸到谭老师面前，谭老师拨开何某的手，何某对着谭老师便大打出手，把谭老师打得鼻血长流。这个事情惊动了区委，谭儒全书记知道后，组织对这件事进行调查。在弄清事实之后，对何某进行了严肃的批评教育，责令他到学校在师生面前做检讨，负责谭老师全部医疗费和代课教师的代课费，并将何某殴打教师一事通报全乡。

邓委员还说，区委对信访工作是重视的，今年收到信访案子 5 件，都属于“初信初访”，经查有 4 件与事实不符。只有一件，反映朝阳坡小学教师余某，在 1976 至 1978 年间，把学校财产变为已有，我们将来信转交文教站进行了处理。连续几年，处理来信来访基本做到件件有着落，事事有回音，没有越级上访的情况出现，也没有重信重访，因此今年我们参加了全州纪检信访工作经验交流会。

邓委员讲后，组织委员谭志选接着介绍组织建设情况。他说，全区有 84 个党支部，1 447 名党员，组织是健全的。区委重视党务工作，注重发挥党支部战斗堡垒作用和党员的先锋模范带头作用。今年“七一”评比表彰先进党支部 15 个，优秀党员 94 人。今年呈报市委表彰的有 4 名，其中有 3 名是连续几年的老模范。另外一位叫陈兰贵，是耿家乡铁角坝一组的组长。他只有小学文化，但是很善于学习。他跑到外地考察，学习养殖技术，近两年在家大力发展养殖业，成了勤劳致富的典型。去年他养猪 42 头，养鸡 270 只，还养蜂、养鱼，人均收入达到 1 800 元。他致富不忘别人，无偿为贫困户提供种子，肥料，拿出 1 800 元给村里架设电线。他遵纪守法，自己本来会杀猪，但是他坚持“没有宰杀证不杀猪”，要请有证件的屠夫宰杀。去年他被评为全市双文明户，今年成为市委表彰的先进党员。

谭委员接着介绍落实政策情况。他说，在我们权限范围内的，都已经解决落实，再没有要求落实政策的声音。最近解决的一起，是一位姓王的老师，他 1960 年以“持刀杀人”判坐三年牢。对这件事他一直不服，经法院复查，“持刀杀人”的事确实不存在，以后改判，宣布无罪。结论出来后，我们去了他家，他很感动，说现在真是叫实事求是。还有 5 个人的问题没有得到解决，我们都上报到有关方面。一个是九根树乡的张某，解放前被国民党捉去当兵，1948 年加入人民解放军，在部队入党。1953 年回乡，任乡党委副书记。1958 年带队到七渡河工地，以后转到石桥河水泥厂工作，1962 年精简下压回家生产。他的情况，按照有关规定，应该每月发给 40 元生活费，但是他一直没有得到。他的问题已经报州经委处理解决。还有原信用社工作人员刘某，1969 年被组织动员退职。按政策他的情况应该做新退职处理，材料已经上报。另外，鲁竹坝沈金村冉某，1966 年四清运动时被双开，还有桥头坝乡的副书记袁某、区会计辅导站林某也都是因为男女作风问题被双开，不存在平反问题。属于核查工作有一件：区食品站干部余某，原在利川县委会工作，“文革”中打人致残，犯有严重错误，州委点了名的，区委给了他留党察看两年处分。

白杨派出所所长叫陈千林，高大个子，很英武的样子。他介绍社会治安情况。他说，总的看，白杨坪的治安情况比较好，有一个安定的社会环境，工作、生产秩序正常，近三年来没发生特大案件，一直处于稳定状态。为了维持一个稳定的局面，我们对有影响带倾向性的问题，露头就打。一个是赌博。白杨坪是“绍胡（一种纸牌）之乡”，这个白杨坪特产的“上大人，孔乙已”纸牌游戏，本是娱乐工具，但是不少人用来赌钱，连龙凤、红庙、熊家等地的赌棍都借逢场机会，跑到白杨坪来聚集一起，名为打牌，实为赌博，还引起不少纠纷。为此我们狠狠打击了这股赌博之风，处罚了 45 人，拘留 6 人。二是扒窃。白杨坪境内有几个上下坡路段，车辆行驶很慢，扒老二（扒手）就在这几处爬上车，把车上的货物往地上丢，下面的人就在地上捡，有组织地进行扒窃活动。听到报案以后，我们严密布置，在几个经常出事的路段设伏，狠狠打击扒窃活动，收到较好效果。为了扩大宣传效果，起到震慑作用，全区召开公捕大会 4 场，参加的人达到两万人次。今年治安处理一共 60 人，处罚 45 人，拘留 15 人。刑事案件比去年有所上升，去年发生 16 起，今年，发生 20 起，破案 16 起。其中属于重大刑事案件 4 起，全部破获，上报 4 件 6 人。内部防火防盗工作抓得较紧，白杨坪集镇成立了义务消防队，队员 25 人。各机关单位，购置灭火器，加强对门市部，仓库等重要场地的消防检查。全年没有出现火警。全年大的偷盗案件，1 000 元以上的没有发生。比较突出的问题有三个：一个是，外来的扒老二，在集镇农村进行偷盗活动，等接到报案，已经不知去向，很难破案。二是，集贸市场的赌博，摆残局骗人，80% 都是外地人，也很难查处。三是，妇女外出，不知下落的情况不少，截至今年 10 月，全区有 22 名妇女外出不归，下落不明，其中 18 岁以下的 5 人。这中间有的是被拐卖，有的是逃婚，也有平时就游手好闲，想在外面找清闲日子。有的听说被拐骗到了河南，骗子得了 1 000 元，但是没有资金去调查处理。还有一个问题，就是非正常死亡人数上升，近两年达到 60 多人，其中男的只有 3 人，多数是女性，女娃占多数。有的是服毒死亡，有的是跳天坑，有的是喝酒。原因主要是夫妻不和，有的是因为恋爱婚姻遭到父母干涉造成。

听了陈所长谈的情况，我感到社会生活的复杂，要保一方平安是多么不容易，这里不仅涉及人们的物质生活，还有人的精神生活，包括文化教养、道德情操、法制意识等多个方面，其中，教育的重要作用是不言而喻的——难怪这方面的工作叫“社会治安综合治理”。

宣传委员谭志波，听说是白杨区的一支笔杆子，他的汇报内容涉及方方面面，十分具体，又组织得有条有理。他讲物质生产，从农业到工业，讲了粮食生产，粮食任务的完成以及生猪上调、油菜上调，还讲到工商各税、银行信贷等。他讲了普法、干部理论学习、教育、文化、广播、卫生和计划生育等各项工作情况。他介绍白杨区的卫生工作，我觉得抓得很实在，对群众的健康十分有益。一是两灶建设，就是建降氟灶、省柴灶。恩施的煤含氟量较高，常年烧煤的地方，往往引起氟中毒，对人体骨骼带来危害，最明显的表现是许多人的牙齿变黄，有的甚至变成深褐色。白杨坪实施改灶工程，改煤灶 2 632 口为降氟灶，这是为老百姓办的一件大好事。同时，过去的柴灶口子大，灶膛大，是吞柴的老虎，热量失散多，利用率低。现在他们改了这样的灶为省柴灶 3 141 口，这对节约燃料，保护森林具有重要的意义。他们针对白杨坪过去大脖子病比较多的情况，推广了加碘盐的使用。这都是普遍惠及群众的好事。白杨坪 52 个村都建立了卫生室，有 68 个村级卫生员，今年 8 月检查验收，卫生工作整体合格率达到 92.3%，今年冷链首次运转，有效接种率达到 93%，计划生育工作年终考核名列全市第二。看来这方面的工作，他们的确做得不错。他讲群团工作时，讲到区妇联扶贫帮困的一个例子，也使我印象很深。他说，耿家乡有个冉启旺，一家 4 口，男的有些傻，女的有些懒，家徒四壁，责任田一半荒芜，多年没杀过年猪。这就是区妇联主任虞美钦的联系户。今年正月十六，虞美钦到他家了解了情况，回去就组织了300斤苕种，50元扶贫资金。接着，虞美钦给他买了一头猪，一袋化肥，教他女人喂猪，又教他们如何种苞谷，栽红苕。虞美钦隔三岔五都要到他家去看一看。今年，冉启旺家小麦收了850斤，完成了小春上交入库任务350斤。苞谷收了1 600多斤，年猪杀了150多斤，冉启旺家基本脱贫。大娃8岁，也送去上了学前班。女人今年做了结扎手术，虞美钦把她接在自己家里休养，像对亲人一样。各个乡妇联组织，一共联系贫困户12户，有8户做到过年有肉吃，开年有饭吃。谭委员讲科技示范村时，说到陈真全的故事，我听得很来劲。陈真全是鲁竹坝乡沈金村11组的组长。这个组有266户，1 700亩耕地。陈真全参加了省农牧业厅举办的快速养猪函授学习，他带领全组，采用良种良法，发展种植业和养殖业，取得良好效果。接着，沈金村请他举办了3期培训班，培训对象是各小组的组长和技术员，推广杂交苞谷和两段育秧技术，介绍快速养猪办法。他们的苞谷制种，纯度高，增产幅度大，连外区都购买他们的种子。与此同时，以喂猪为主的养殖业也发展很快，今年11组有240户采用速育技术，出商品猪600头。仅这一项，达到人均100元的收入。陈真全本人卖了8头肥猪，16头小猪，自己留了3头肥猪过年，存栏小猪还有12头，坯子猪两头，全家4口人，日子过得红火。陈真全带领全组，以后又示范全村，使沈金村的种植养殖业都得到发展，今年沈金村80%的农户都用上了电灯。目前，全区1 400户都与沈金村有直接的联系。这个村算得是名副其实的科技示范村。

新鲜的故事，令人高兴，不由得想起《在希望的田野上》这首歌，唱得是多么的好：

> 我们的未来，
> 在希望的田野上。
> 人们在明媚的阳光下生活，
> 生活在人们的劳动中变样。
> ……

12月17日我们到了七里区，进行最后一个单位的检查。只可惜区委同志的情况介绍都是泛泛而谈，各方面都讲了，但都没有给我留下什么深刻的印象，好的、差的，都没有具体的材料，没有典型。我不能妄自怀疑他们是因为离城太近，常常待在城里，工作没有沉下去，只觉得常说的“心中有全局，手中有典型”这句话，他们没有做到。

年底的会议特别多，有时是别人讲我听，有时是我讲别人听。

22 日上午市教研室召开初中教导主任会，我去听了州教研室柯正洲老师的讲座:《学习十三大文件 深化教学改革》。他讲现在教育存在几个弊端。一是升学率统治学校，不择手段淘汰中差生，忽视教学育人。他说全州今年小升初 5.7 万人，而当他们在小学一年级的时候，是 11 万人，一半人不见了。初中进校时候是 2.2 万，今年毕业时只有 1.4 万了，流动 8 千人。有一所初中，初二是 220 人，到初升高参加考试时，只有 130 人，其中还有不少的复读生。他说，现在许多学校是考什么课开什么课，不考的就不开，忽视音体美，重智育轻德育，劳动教育可以说没有，纯粹是为了升学。二是教育脱离本地实际，不为当地培养人才，这是没有前途的教育，没有生机的教育。三是在教学中缺乏对教学对象的研究，课堂上热热闹闹，学生却收获甚少。我觉得柯老师提出的问题带有一定的倾向性，怎样遵循教育规律、坚持全面贯彻教育方针、面向全体学生，的确是一个重要的课题。

下午，市一中召开高三毕业生备考动员会，要我去给他们说一说，鼓鼓劲。我想，我能说点什么呢？许多的话，比如志存高远、增强紧迫感、顽强拼搏之类的话，他们的校长、老师一定对他们说了无数遍了，还需要我去说么？那不是白白浪费他们的宝贵时间。我想，应该要说他们的校长、老师没有对他们说过的才好。

市一中的操场中间，一棵直苗苗的参天柏树，像一支倒立的毛笔书写蓝天。柏树前，齐齐整整坐着几百高三的毕业同学。校长首先请我讲话。我走上前去对同学们说：三十年前我和同学们一样，也在这里读书，也在这里开会。你们身后操场中间的那一棵柏树，就是我们那一届的同学栽的，那时才一人多高呢！同学们本来天天都见过这棵树，现在都不免要回头去看一看，似乎要发现它有什么异样。我在这里是上初中，毕业后在黄家峁读高中。我读高中自然是一心想读大学的，可是我前后考了三次都没有考取。因为那时候上大学不是像现在，只要上了分数线就可以录取的。我上不了大学，总是心不甘，一边工作，一边自学。改革开放以后，1980 年，也就是我 38 岁的时候，得到第四次考大学机会。那是考本科的插班生，要考专科的课程。这对我们这一批人来说，是难得的机会，因此报考的人也相当多，据说几百人只能录取几十人，竞争是相当激烈。从报名到考试只有上十天，我报考的中文专业，考试的科目有三门，现代汉语、古代汉语和古典文学作品选，复习的内容是厚厚的八九本书。白天我要上班，全靠晚上的时间复习。内容这么多，时间又这么少，怎么办呢？我想，现代汉语我很熟，把指定教材拿起来，一目十行浏览一遍，就算数了。古代汉语我大部分都自学过，只是不系统，就重点学习没有学过的那些部分。古代文学作品选，考先秦至唐宋的文学作品，教材里面我读过不少名篇，但是没读过的也很多啊！我把有限的时间，主要花来攻读古典文学作品选，每晚都复习到深夜。第一天考试两场，上午考现代汉语，下午考古代汉语，临考的头一天晚上，我又把古代汉语重点复习了。头一天的两场考下来，我信心倍增，觉得那些考题并不吓人，我差不多都做了，而且相信做对了。第二天要考古典文学作品选，我没有因为头两场考试的顺利而松懈，没有丝毫的侥幸心理，抓紧晚上时间复习。面对着四大本书，我仔细想了想，这点时间做什么好呢？我问自己，还有什么内容拿不准？是屈原的《离骚》。对，就是《离骚》，那些句子很难理解，篇幅又特别长，我就趁此机会把《离骚》读个明白。于是我在这个晚上一股劲读《离骚》，连注释都认真读了。第二天考试，卷子发下来，我一看，高兴极了——你们猜怎么了？（同学们呼起来：“离骚！”）对，那最后一道论述题就是考《离骚》(同学们此时活跃起来，下面哄哄的)。这一道题是多少分呢？20 分啊！（同学们哗哗鼓起掌来）这一场考下来，我觉得很满意。果然，不多久，我得到了大学的录取通知了。学习三年，终于圆了我的大学梦。回想我的考大学经历，我认为前三次那不是自己没努力，那是时代造成的。这最后一次，是我迎来了改革开放的好时代，而我能够在激烈的竞争中胜出，又与我平时的学习积累分不开，倘若那些年我没有学习，靠这样短的时间，无论如何是考不上的。十天时间的科学安排一个也是一个重要原因。因此，我要对你们说，你们真幸福啊，你们遇到好时代了，如今分数面前人人平等，只要你们认真复习，成绩上线，大学就任你们选啊。你们还有将近半年时间的复习，再厚的书也可以读几遍，再怎么难的题都有老师辅导，不愁攻克不下来。同学们，你们就好好规划一下，你要怎么来复习，怎么取得最好的成绩。大学的大门已经向你们大大地敞开，你们就努力吧！

我看到同学们很有信心的样子，高兴地说，最后我还要提一个要求：你们今后大学毕业了，一定要回来哟，要为家乡服务，建设家乡；万一别人要留你在外面工作，回来不了，那也要时时记住你的家乡是——恩施！

同学们开心地笑了，他们似乎看到了美好的未来。

12 月 24 日，州教委冷裕盛副主任开会布置评职工作："关于高、中级遗留问题，各县市把材料准备好，元月中旬州里还有一次评审。目前看来，小学教师申报中学高级的太少，全州才 3 人。各县市考虑，中师毕业教了二三十年，教学成绩又特别突出的小学教师可以申报中学高级。初级职务的评审要抓紧，在 12 月份一定要报到科干局。初级职务评审也马虎不得，今后有个晋升的问题。初级职务要有内部掌握的政策界限，有一个基本的杠杠……要强调评职纪律，无论是领导小组的，学科组的，评审委员会的成员，都要严守纪律，不得将评审情况向外通气泄露，不能告诉评审过程，是谁怎么说的，不利于团结的话要严守一辈子都不要说。"

州里一扬鞭，我们就奋蹄。

25 日召开评委会，我当传声筒，传达了州里评职工作会议精神，综合提出评审初级的"杠杠"：

小学三级——合格学历，教龄 2 年以内，原则上都可以上。

小学二级——合格学历，教龄 2 年以上，9 年以内，原则上都可以上。

小学一级——合格学历，教龄 9 年以上的原则上都可以上，7—8 年，教学表现突出的也可以评上。

中学三级——合格学历，"踏线"即上，有突出问题评审议定。

中学二级——本科毕业从教 1 年，专科毕业从教 3 年以上，原则上都上；学历不合格，取得一证（教材教法过关合格证或者专业合格证），教龄 8—10 年，教育教学成绩优秀者，教龄 11—14 年，教学效果较好者可以评上；教龄 15—19 年，教学能够胜任者，大部分都上。

我把精神传达完，中学、小学两个评审委员会各自开始入席就座。人事科的蒋科长，像上菜一样，将一捆一捆的档案，上到评委席上。评委们一个个低着头，都在看材料，开始工作。

这一开评，接连就是三天半。

谭市长去省里开会，人还没有回来，电话就来了，要求通知全委30日开会，他传达省里这次会议的精神。刘主任对我和胡主任说："谭市长怎么这么性急，人还没回来就通知开会，是不是这个会开得坐不住了。"

事情正是如此。谭市长风风火火赶了回来，传达这次全省基础教育工作会精神。他说，这个会在宜城召开，参加会议的有94个县级单位以及地市州的教、财两家负责人共300多人。省委副书记钱运录和副省长梁淑芬到会讲话。会上还放了教育部长何东昌在宜昌的讲话录音，省教委主任孙德华做报告，省财政厅长廖文田做总结。会上，罗田、潜江、宜城做了典型发言，参观了宜城的学校建设，讨论了省里将要出台的4个文件。这个会真是开着开着，人就感到坐不住了：比起人家，我们经济上落后了一个层次，教育上也落后了一个层次。接着，他列举了我们与别人存在差距的方方面面，少不得都是用"人家怎么的，而我们还是怎么的"这样的句式。比如他说：人家真是把教育列入"百年大计"，我们这里不少干部经常是言不及本；人家办基础教育的魄力那真是惊人，按照规范化的要求，学校占地需要多少亩，就划出多少亩。宜城龙头中学，原来的校址不行，就重新划地130亩，集资80万元新修一所，再划80亩，筹办第二中学，我们这里简直想都不敢想；人家楚州中学，是八六年才新建的，一下划地128亩，像办大学的，新教学楼，宿舍楼，生均建筑面积达到6个平方米，操场有400米环形跑道，课桌凳都是新的，课桌上还做了桌套，我们农村的学校，好多还是巴掌大个操场，教室像个牛栏……

讲了许多的"人家怎么的"以后，谭市长说："时机不能错过，这个机会错过了，我们不知又要落后多少年。我们要抓住这个时机，乘十三大的东风，抓对教育的重要地位和作用的认识，抓分级办学，分工管理的落实。我们也要扎扎实实开展基础教育先进区乡的活动，狠抓集资办学，改善办学条件。我的想法是，教育内部的事，我们逐步来，当前要抓全社会的认识问题。我想最近做两件事：一是给市里四大家领导作一个汇报；二是，组织到宜城参观学习，每区去两个人，一个区里的领导，一个教育站长……”

马上就是元旦节了。这个1987年的12月31日，成了教委许多家乔迁之喜的黄道吉日。也就在这一天，传美请书院中学的同事于希源老师、吴德恩老师等几条汉子，把我们六角亭的家搬到了小渡船。

说起搬家，仿佛是个愈来愈麻烦的事情。记得我当小孩子的时候，父母也是搬过家的，多么简单啊，顶多就是一个黑色的小木箱，有人笑称是个玩猴把戏的箱子，全部家当就往这个猴把戏箱子中一放就行了，其他的基本就是：吃的在肚子里，穿的在身上。1950年，父亲带着它从恩施到咸丰，1956年，我和母亲又从咸丰搬家到恩施，都是用的它。1958年，父母从恩施城搬到芭蕉，1971年再搬到屯口，还是用的它，除此之外就是一个铺盖卷。可以说那许多次的搬家，都是爽脚爽手，简单不过。搬家变得比较麻烦是1982年，举家迁往恩施城，除了父母的那个木箱之外，还多了我们在屯口添置的盆盆桶桶，衣柜床铺和木板之类的东西，还有一台缝纫机，加之路程比较远，很费了一番功夫。这次从六角亭搬到小渡船，路程不算远，但是，又多了一些什物，书柜、沙发、电视机等物都是新增加的，书籍也多了好几捆。加上原有的桌椅板凳这些东西，板车拉了好几车。尤其是我住在五楼，几位老师在楼道里抬着笨重之物，转过来，转过去，还生怕把家具损坏了，憋得大汗淋漓。我感到，搬家是愈来愈麻烦了——这是不是意味着我们这些人已经从无产阶级逐渐变成有产者了？不过，我相信，这次搬家了也就一劳永逸了。

平日宁静的小渡船黄泥坝，从这一天起，一下变得热闹起来，楼上楼下都是人语声。天刚黑，几层楼的窗户都亮起灯来。忽然间，哔哔剥剥响起鞭炮声，在阳台上清楚看见，那是三楼胡主任的儿子贵祥放的。他在阳台上伸出一根长长的竹竿，上面缠了一大卷鞭炮，响声震天，火花四溅。经久不息的爆竹声和飞溅的火花，给教委新宿舍增添了喜庆和欢乐的气氛，这是庆祝喜迁新居，也是喜迎1988年的到来。

1988年元旦，我们在小渡船的新家迎来。

年年元旦，今又元旦。这个元旦，我们心里是特别舒坦。此生能住上这样的房子，过去真是做梦都没想到过——过去也不会做这样的梦，因为“日有所思”才“夜有所梦”，明明白白不可能有的事怎么会去梦想呢？记得在初中《文学》课上，学过“子曰，君子食无求饱，居无求安”，所以知道要向君子学习，不要追求物质生活的享受。到高中了，遇上饿饭的日子，整天肚子咕咕叫，从早到晚都希望有饱饭吃，怎么也难做到“食无求饱”，倒是一天“只想吃饱”。比较起来“居无求安”的要求，一般情况下可以做到，但是个别情况下也难以实践。比如初到教育局的时候，我带一个铺盖卷，无处可放，在招待所临时打住了两晚，这个时候我的心是不安的，虽然白天在上班，但想到晚上居无定所，怎么能够安心？这时候，就觉得“安居乐业”这句话是很有道理的，没有安身之处怎么乐业呢。以后，陈主任给我安排了一个杂物间，他把门打开，里面刚好有一张床，很宽大的。我把被子往上一放，感到很满意了，还觉得这么宽一张床就一个人睡，简直还有些奢侈。这样，我自然安居了，上班无后顾之忧，也乐业了。于是，我觉得孔夫子说的“食无求饱，居无求安”，是很难做到的。能够吃饱饭，有地方睡觉，这是人最基本的物质要求。没有吃的，没有地方居住怎么能不“求”？孔子及其门徒，谁遇到三年饿饭的日子，谁是一直住在岩洞里的？如果说，这话理解成不过于追求物质生活的享受，那是可以接受的，也是应该的，有积极意义的。因为过于追求物质享受，便会欲壑难填，终身都不能快乐；反之，不过于追求，只要有吃有穿有地方栖身就足够了，这样就会知足常乐。事实正是这样，比如我，每月工资不多，但可以吃饱饭，晚上住在杂物间，还有电灯，就很感满足了。以后把旭娃带来读书，这样大的床也正好。再以后，传美调进城，一家团聚，我又有点不安了，杂物间无论如何是住不下的，不能把人涂上糨糊贴在墙壁上。好的是，单位已给我安排到巷道里的一间木工室，虽然很挤，但两张床都安放下去了，巷道里还可以放一个煤炭炉子做饭，也算安居了，所以感到满足了，也就乐业了。虽然，此时宣传部的戴银照科长，看到我的住房大为感慨：“吴老师一家五口人，怎么就挤在这么一间房里，这怎么得了！”组织部干部科的同志，看了我的住房后，也是积极为教育局修住房呼吁。但是，我的心态是平和的，觉得从杂物间到木工室，我的住房条件在改善。再以后，张凤鸣局长搬走，把他的一个套间，共有两间房、一个厨房让给了我，我感到自己的居住条件得到大改善，更加安居了，心中无比快乐。生活上不抱奢望，多数的时间都会感到满足，故此生活充满快乐。试想，倘若我住在杂物间，自己不满意，到了木工室，还是不满意，这么长的时间，我都在不满意中度日子，岂不“然则何时而乐耶？”我绝对是没有一天快乐的。由此我的认识很明白，人对待物质生活的追求是自然的，没有追求便没有社会的进步；但是，过度的，超过实际可能的追求，那纯粹是自讨苦吃，自我折磨，何苦乃尔！

看如今，一下子住进了三室一厅的房子，简直是一步登入天堂了，过的是神仙般的日子，实在有说不出的开心。此生此世，夫复何求？只有一门心思干好工作了。

当我们喜迁新居过元旦的时候，已经 78 岁的父亲，居然参加了州市组织的元旦环城赛跑，那真是不简单呢，这样高龄的老人走下来都不容易，还别说跑。我们为住上新居高兴，也为父亲的身体还如此健旺高兴。

常言道，有钱难买邻舍好。自从搬到小渡船新宿舍，二十多户集中在一栋房子里，左邻右舍都是一个单位的人。工龄最长的一批老同志，如赵主席、敖局长、陈主任等，他们打分高，都选了西头靠近清江河的一单元。二单元则是我们中年半载的一批人，光福就选了我的上层六楼，成了我的“顶头上司”，而计财股的张锦萍就与他对门而居。我的对门是人事科的蒋宪忠，我的楼下便是段股长，段股长的对面是老朱，段股长的楼下是胡主任……你看，这都是同事，彼此串串门子实在近便，这样住着多好！

最感到新鲜的是教委的一群小朋友，昶昶啦，大芳、小芳啦，还有佳佳啦，他们玩得最开心。现在都在这样一栋房子里，两个单元，从下面走是连通的，从上面走也是连通的，他们便三三两两邀在一起，串了这家又到那一家，像是参观团，又像是查户口的。他们发现，一单元有几家还在门上按一个开关，只要一按，里面就会有铃铛响。这铃铛一响，里面常常会走出人来开门。如果没有人，铃铛响了门也不会开。你再按它，它又响，你老是按，它老是响——这是个很好玩东西。后来他们想到一种游戏的玩法：或者从下面往上跑，按响一家的门铃，接着跑上一层，又按响第二家的，第三家的……或者从上往下跑，又是这样逐家逐户把门铃按响，等别人开了门，又看不见人，奇怪是怎么回事，他们便会暗自好笑。

一日傍晚，昶昶猛一下从外面钻进屋里，奔到阳台上去了。我以为他和哪位小朋友在躲猫猫，出门去看，外面却没有人影。一会，陈主任从楼顶上下来，气喘吁吁的。我问他有什么事，他愤愤地说："我家的门铃，经常有人按，等你把门开了，外面又没看见人。我想搞个明白，到底是哪个搞的，要把这个人逮到才好。今天听到铃铛响，我就赶紧出来，听到楼上有脚步，就是没看到人——真是搞得烦人。我几时硬是要把这个人捉到。"我说："不晓得是不是我家的那个娃搞的，如果是的，我来教训他。"陈主任反身上楼回去了。我把门推上，去问昶昶，是不是他去玩了陈伯伯的门铃，他点头称是。看他的样子，已经被吓住了，大约是因为这次按了门铃，没想到这样快就有人开门了，而且在后面追，差点被别人逮住了。他的胆子也就这么大，用不着我再怎么多教训了，只对他说，门铃不是让人玩的，你无事按别人门铃，就是捣蛋，害人。害人的事情不能做。

搬到小渡船新宿舍，只住了五个晚上。元月 5 号，恩施市教育考察团，启程赴宜城参观。考察团团长是谭市长，成员有市委宣传部吴承嘉副部长、市人大覃科长以及教委机关的干部 15 人，区镇领导和教育站长 33 人，连同司机 3 人，一行共 51 人，分乘两辆吉普，一辆大客车。教委干部都有任务分工：康纪恕是大车车长，负责清点人数等事，徐海亮负责联系，机关会计向秀菊负责生活，严华光负责组织，朱明祥负责住宿，肖华林负责汇报材料，胡成让负责摄影，张俊林负责摄像，南庆敏、赵绪福负责作记录。根据工作需要，吉普一车坐谭市长、吴部长和覃科长，吉普二车坐教委的胡成让、向秀菊、徐海亮和赵绪福。我和胡主任同区镇领导、教育站长等乘坐大车，上午 8 点出发，前往宜城。

恩施市教育上的干部，这样有组织大规模去外地参观学习，这还是第一次。大家同坐在一辆车上，都有几分兴奋，车上欢声笑语不断。我后面坐着叶副书记和康区长。叶书记说："我好久没出过远门了，还是 1975 年组织到大寨参观，出去过一次。恩施人出一下远门特别新鲜，也要长好多见识。俗话说'百闻不如一见’，那是真家伙。大寨人在七沟八梁改造出梯田，报上也登了的，有文字，有照片，但是到了那里，你就晓得那真是叫改天换地，实在了不得。但是，我回去以后，有人问我，你们在大寨吃的什么呢，我说大寨人三餐都吃苞谷糊糊。他一听就说，你们跑那么远去学别人吃苞谷糊糊，有么子搞场！你看这号人怎么给他讲得清白！人家北方人有喝苞谷糊糊的习惯嘛，他们叫喝玉米粥。”

康区长接着话头说：“我也还是七十年代到武汉开过一次会。武汉招待所的那些服务员，就怕我们恩施人呐！他们一怕我们抽叶子烟，说满屋里烟子呛死人的；二怕我们喝茶，我们泡茶都是茶叶一抓一大把，泡过的茶叶就往厕所倒，一搞就把下水道塞住了。”

这时，旁边的廖站长说道：“我也是出过门，到过武汉的。你们说武汉的服务员怕恩施人，那也是真家伙。不过，我还怕到外地去，那些地方好多事情我都搞不惯，特别是喝酒……”边说边从口袋里掏出一个小瓶，昂起头狠狠喝了一口。一股酒气飘散开来。

康区长笑着说：“像你这个喝法——抱起瓶子往肚子里倒，喝冷疙瘩，只怕别人还怕你啊！”

廖站长说：“实在说我怕到外面去——为什么？外面没有我们这样的苞谷酒，都是喝的瓶子酒，曲香味太重了。我们土家族讲的就是大碗喝酒，大碗吃肉，喝酒就是要喝个痛快。”

叶书记说：“几多话都是由人在说，比如说我们土家族是大碗喝酒，大碗吃肉。其实，吃得大碗肉的不少，真正能够大碗喝酒的没有几个人？认真说来，土家族和汉族也没有好大的区别。”

康区长说：“说起土家族，我听别人讲了一个笑话。说我们市政府的小车司机李师傅，经常是要送领导到武汉开会的。开始，外面那些司机对山里去的人好像不怎么看得起，李师傅心里有想法，你是司机，我也是司机，你们平原地方的人又不得比我们粗，比我们大，有什么了不起！一天，有个外地的司机问李师傅，你们恩施是少数民族自治州，这个‘自治州’有些什么不同？李师傅说，当然不同嘛，自治州自己可以制定政策。那个司机就问他，你们自治州制定的有什么特殊政策。李师傅说，比如我们自治州规定，一个人有三个杀人指标，也就是说，我要杀人的话，顶多只能杀三个，超过了这个指标就要坐牢。他这个话一说，当时就把那个司机震住了，从此对李师傅另眼相看，敬而远之。”

这个故事一出来，大家不住地打哈哈，把几个打瞌睡的人都闹醒了。

三辆车，马达高奏东进序曲，一个上午都在马不停蹄，穿山越岭。中午到达贺家坪，吃了午饭，康科长便急着喊“上车”。他站在车上一排排扫视，清点人数。他问，还有哪一个人没来？有人开玩笑说：“你自己那匹驴数掉了。”这时廖站长上来，老康说：“我这匹驴子不会掉，掉的是这一匹——老廖。”

车过宜昌，北上荆门，平坦大道之上，如风驰电掣一般，下午四点便到了宜城，住宜城政府招待所。

晚上，宜城教委陈主任给我们作介绍。他说，宜城全县有16个乡镇，学校220所，其中普高2所，职高1所，单设初中22所，完中2所，小学192所，师范1所，学生6.8万人，教师4 320人，其中民办教师1 200人，约占三分之一。他说宜城教育，这些年来就围绕“一二三四五”，抓了学校办学条件的改善。所谓“一二三四五”就是一无、两有、三配套、四新、五化。他说，学校仅仅达到校校无危房，班班有教室，学生人人有课桌凳的“一无两有”还是很不够的。实现一无两有以后，我们立即要求所有学校要“三配套”，一是围墙配套，大门，排水沟，道路同时修好，线条要清楚；二是实验室、图书室、娱乐室配套；三是文、体、卫的场地，器材，药品等配套，要求小学有60米直跑道，200米弯道，中学有100米直跑道，400米环形跑道。学校要配置录音机，广播器材，风琴。中学要建卫生室，小学配保健箱，师生饮用自来水或井水。1982年实验室建成24个，通过这几年的努力，220个实验室全部建成。“四新”，一是墙壁粉刷一新；二是门窗桌凳油漆一新；三是环境打扫一新；内部整理一新。“五化”是要求在管理上一要做到科学化；二要做到系列化；三要做到规范化；四要做到制度化；五要做到经常化。他说，宜城教育能够达到以上要求，首先是党政领导对教育的重视。县委县政府把主要工作列为民、财、建、教四大块，切实把教育放在为本的位置，要求各行各业协助办好教育。与此同时，教育部门当好党委政府的参谋也至关重要。这就要求教育部门要拿出切实的方案，提供县委政府下决心；抓一项要立一项标准，要不断发现典型，总结经验，组织参观学习，推广先进经验。

宜城教委的常主任补充说，宜城教育得到较快发展，一个很重要的原因是各级政府认识比较高，分级负责，分工管理落实，谁的学校由谁办心中都有底，大家一不等，二不靠，自己办好自己的学校，而且互相比着办，一处更比一处建得好。

分管教育的王县长看到时间晚了，只说了两句话：我的体会就是两条：一条是分级办学，分工负责的体制落了实；再一条是教委工作抓得具体。

第二天全天参观。早餐后上车，康科长清点人数，一个不少。宜城领队的车已经出发，我们的两辆吉普紧随其后，可我们这辆大车，发动不起来。有人说：“怎么搞的，我们这个车只敢在门槛里讲狠，还出不得门，见不得客呀！”司机说，你们哪一位力气大的帮我摇一下车。此时白果站长龚崇盛自告奋勇站起来，走到司机面前，拿了摇杆，走下车去。龚站长是我的老同事，火花中学的老师都亲切叫他“龚大哥”。他是教物理的，曾经学过三机一泵。大概他学的三机一泵技术好久没用过了，今天还是个显身手的机会。只见他，很内行地将摇杆插入车前洞口里，运足气力，用力摇起来。呼呼几下，车没发动，那摇钻却猛地反弹过来，打到他的眼角。他立即捂住了眼。有人在喊：“不好，不好，龚站长出血了。”好多人下了车，宜城教委的王科长赶紧扶龚站长去上药。且说那一边，前面的车大约老是不见我们大车出动，便杀个回马枪，一看是汽车还没有发动。吉普车415号的司机陈师傅再来摇车。你说也巧，好像他并没用多大的劲，就把车给摇响了，汽车吼叫起来。龚大哥也来了，眼角上打了一个白补疤。有人对他说：“你龚站长的态度有问题呢，正是要去看学校，向别人取经，你倒好，要把一只眼睛包起——是不是睁一只眼，闭一只眼？”龚站长露出雪白的牙齿笑了笑说：“我包一只眼睛，用一只眼睛看，就像瞄准的，看得还准确些嘛。”

宜城地势平坦，道路大都平直。上午，我们先后看了郑集的金铺小学、余营小学、璞河中学、楚都二中、皇城小学、郑集一中等6所学校。这多学校，无论是近两年开办的新学校，如余营小学、楚都二中，还是历史悠久的郑集一中等老学校，现在看起来都是崭新的学校：校门大方，校园美观，场地宽敞，校舍亮堂，管理规范。事实也是这样，凡是过去老旧的土房，已经推倒重建，不留些许痕迹。为了普及初中教育，郑集集资80多万，征地128亩，于八六年新建了楚都二中，看起来更是洋洋大观，很有气派。我们从几件小事上看到学校在管理上下的功夫。一是所有的课桌都是新的，而且都有一个布桌套，可想而知，学生面对桌套，就会对课桌倍加爱护。不少人还注意到，学校自行车停放处也是动了心思的：不仅上有雨棚，而且地上安装了钢筋，这样既便于车子上锁，又排列整齐有序。我们的参观完全是走马观花，我想，如果停下来细作了解，学校能够修得这么好，这里一定有许多感人的故事。与此同时，学校办得这么好，有的学校从八三年以来，就获得教育部表彰为“为人师表”先进单位，省委省政府表彰的先进集体，获得襄樊市政府的嘉奖令等荣誉，教师中也一定有许多感人的事迹。我见有一所学校，名叫“皇城小学”，便问宜城教委的王科长，为什么这地方叫“皇城”。他介绍，这里曾经是两千多年前春秋五霸，战国七雄之一的楚国建都的地方，又称作郢都，做都城的时间长达400多年！如今，楚皇城遗址已经被国家列为重点文物保护单位。我忽然觉得，自己踏上的这片土地是多么古老而神圣啊！今天，两千多年的历史烟云散去，这里的人们又在创造新的伟业，播撒照亮未来的文明火种。

下午，继续参观，看雷河镇和平小学、辛带村小学、白庙小学、龙头乡初中、窑湾小学、实验小学等学校。本来还准备去看一所学校，那里又划了80亩的土地，正在施工建设。因为天色已晚，结束了参观。这整整一天的走马看花，实在叫人看得眼花缭乱——宜城人太伟大了！

晚上，分作三个小组座谈。大家的心灵都受到强烈的震撼，不用多思索，就谈起感受来。新塘区委廖兆栋委员说：“有一句老话说‘不看不知道，一看吓一跳’。这次参观学习，真是这样。原来我还认为我们这几年教育抓得紧，发展很快，到宜城来一看，才知道我们做了井底之蛙，只看到簸箕大一块天。我们与外地的差距拉得太远了。宜城学校的校园、校舍，整个办学条件大大改善，管理精细，落到实处。宜城人办教育，我看有‘几得’，叫作：眼光看得远，形势认得清，政策用得活，办事下得心，行动抓得早，关系理得顺，压力顶得住，干事过得拼……”他一连说了这几个“得”，大家交口称赞：“廖委员总结得好！”

接着新塘教育站蒯迎祥站长说：“刚才我们的廖委员讲了，看了宜城的学校，我们看到了教育的希望。我们与宜城相差很远，但是，我相信宜城人办得出来的事，我们恩施人也干得出来。教育要兴旺起来，一要全社会动员，二要我们教育工作者从内部使劲。回去后要及时给党委汇报，给全体教师传达。”

龙凤镇的郭涤铭委员发言：“很感动，这就是我参观宜城学校的心情。的确是太感动人了。我觉得宜城的各级党委政府，真的把学生当作未来的栋梁，把老师当了今天的圣人，实实在在地在尊师重教，实实在在地把教育当百年大计在施工。我们欠教育的账很多，现在是还账的时候了。我们和宜城的差距，我认为主要在思想认识上，在分级办学的不落实，就像火石没有落在脚背上，还不晓得疼。如何统一各级领导的思想，学习宜城，打几场硬仗，大力兴办教育事业，这是市委市政府的一篇大文章，也是我们人人个个都要出力的事情。”

听了几位同志的发言后，谭市长说：“今天大家看了宜城几所学校，都很有感触。的确，要把一个县的学校搞成这个样子，很不容易。仅是县里一所实验小学，就是集资 60 多万办起来的。各部委办筹集 40 万，其余的市政府贴。宜城的同志说，他们是打了八年硬仗，总集资 1 450 多万，陆续把中小学修得像个样子。他们为什么下这样的狠心，是他们基于对教育在现代化建设中的重要地位和作用的正确认识。他们曾经对 400 户做了一个收入情况的调查，发现：文盲、半文盲当家的农户 13 户，人均收入是 285.9 元；小学毕业当家的农户 102 户，人均收入 410.05 元；高中或初中毕业文化当家的 285 户，人均收入 558.06 元。很明显，文化程度越高，经济收入情况就越好。从这里他们看到了人的素质与经济发展的关系。这也就是他们下狠心抓教育，提高劳动者素质的一个主要原因。我想出几个题目大家思考一下：第一，如何提高广大干部的认识；第二，如何真正落实地方负责，分级管理？第三，如何筹措教育经费？这几个问题是党的十三大文件中有明确论述的，有的是上了‘法’的，上了中央《决定》的，但是要如何在我们那个地方落实，还要动脑筋，想办法，下大力气……明天上午，我们分成两个摊子活动：教育上的同志和宜城教委的同志一起，区镇的同志和宜城县乡村的同志一起，进行对口交流活动。这是深入学习宜城经验的好机会。”

元月7日，谭市长、胡主任和各区镇的同志去宜城县政府座谈。我们市教委的同志和各教育站的站长则是到宜城县教委，听他们各个科室的介绍，宜城教委祁主任参加了这个活动。比较昨日参观的学校，县教委的机关的房子，却是显得老旧和拥挤。

宜城教委计财科沈科长给我们就计划财务方面的情况系统作了介绍，我对他说的这几点很感兴趣：

——县成立了集资领导小组，负责领导管理教育集资工作。全县从1980年开始，集资总额实际上是2 000多万，对外报数压缩了一点，报的是1 400多万。集资最多的是八四年和八五年，两年共集资800多万。建了115栋教学楼，而且要求高质量，使用寿命在50年以上。

——土建工程开展的同时，立即抓一系列配套：沟路配套，围墙校门配套、实验室仪器保管室配套、图书文体设备的配套。

——三分建，七分管。集资不易，管理特别重要。建立校产档案，一式三份，县、乡、校各存一份。全县新添置单人课桌5.5万套，每套24元，双人的要30多元，光课桌凳的经费都是一笔不小的数字。课桌凳的管理，学校与班主任，班主任与学生都要订合同，损坏要赔偿。桌布统一规格，由学生自己出，归学生自己所有。

祁主任插话时说了几个故事：

——现场会。1986年教师节前夕，宜城一中出了傅老师被砖块砸伤的事故，这件事在一中引起强烈反响。事情是，傅老师一家三代同堂，住在破旧的危房里。夜里，墙上松动的砖块砸伤了傅老师的脑袋。事情反映到县委县政府，书记县长赶来看了，商量就在这里开一个现场会，要求四大家的领导和各个部委办局的一把手来参观，并且是来一个登记一个。各单位的头头冒雨来到现场，参观完毕，书记李英喜发话："危房的砖块砸破了我们老师的脑袋，这是宜城解放以来的第一次。这一次不搞民主，你们就是拿钱。拿多少，自报和分配相结合，三天以内，把钱交到财政局，我坐在财政局等。没有钱的单位，负责拉砖，修厕所。交通部门出运输工具……立即动工修一中的教师宿舍。"这件事产生连锁反应，影响到了乡镇。各乡镇也陆续行动起来，解决自己学校的问题。

——后进会。我们县里不仅抓先进典型，召开经验交流会、劳模会，而且也抓后进的典型。开后进会，是书记县长请后进单位的主要领导参加，一起分析落后原因，制定追赶措施。当然，谁都不愿参加这个会，大家都不自甘落后，于是形成攀比之风，各地争比，看谁的学校办得好。

——到兰考。对站、校领导班子前后进行两次大的调整，分东西两片进行考核，能者上，庸者下。进入领导班子的成员，集中培训 20 天，明确责任，并组织去兰考县学习考察，学习焦裕禄艰苦奋斗、无私奉献的精神。

——民办教师统一调配。1980 年秋到 1981 年春，全县组织 87 人对 2 300 多民办教师进行文化考试，听课，查备课笔记，访问。不能胜任的不继续聘任，办理辞退手续。最后保留 1 500 名民办教师，以乡为单位统筹，实行结构工资，待遇不低于公办教师，有几处还高于公办教师，达到 80 多元，医疗费每人 14 元，福利基金人均 50 元，退休后发 30 元生活费。所有民办教师都建立了档案，任用和辞退都由县办理手续，民办教师成为一支合格稳定的教师队伍。

此外，师训、电教仪器供应等科介绍的一些作法，我以为都很值得学习借鉴。难怪，谭市长到这里开会大发感慨：我们经济上落后人家一个层次，教育上也落后了人家一个层次。

元月 7 日下午，我们多谢了宜城的领导和同志们，离开宜城，到襄樊。襄樊在宜城北，相距不过四五十公里。到这里是想大家放松一下，也是让很少有机会出门的山里人开阔一下眼界，看看襄樊宽大的街道，参观隆中古迹。第二天到宜昌，又参观了万里长江第一大坝——葛洲坝。这几个地方我曾经去过，因此没有什么新鲜感。特别是宜昌这个地方，我曾经因为一餐饭没吃好，拉肚子——准确地说是染上了痢疾，使我回想起来并不愉快。

返回路上，我的脑海里常常浮现宜城学校的影像：一所所学校都是崭新的，场地那么宽敞，配套那么齐全，管理那么严谨……恩施的学校什么时候也能够像这个样子呢？我不能说，恩施的领导没有宜城书记县长那样重视教育，客观地说，两地经济发展有差距。宜城的经济发展比恩施高一个层次，宜城不属于贫困县，恩施是贫困市，宜城领导敢拍板的事，恩施的书记市长囊中羞涩，拍不响，不敢拍。宜城人均有 1 900 斤粮的收入，恩施人均 800 斤还是奋斗目标，农民大都还在温饱线上挣扎，因此，要像宜城那样集资两千万，那也是很难的事情。经济落后，财力薄弱，制约教育的发展；教育落后，劳动者素质低下，又制约经济的发展，恩施就这样陷入了恶性循环的怪圈，怎么办呢？要突破，还是要学宜城人。区乡领导参观后座谈，说我们的差距主要在认识上，这是说到点子上的。一位宣传委员说得更形象，别人做了一早上的工，我们还坐在火坑里，披件衣服在烤肚皮火，就像还没睡醒一样。如果大家都清醒了，认识到非抓好教育不可，行动起来也是能够办成大事的。即或底子薄，不能集资两千万，就集一千万，五百万也不错。这样狠抓几年，也会见到成效，走出怪圈。恩施是山区，要像宜城那样，在平阳大坝修建学校也不现实，怎么办？其实，我们可以随山就势，对，随山就势，把我们的学校建起来——也许这种随山就势，高低错落的校园又是一种特色呢……

车过红岩寺，就是崔家坝，是恩施市的地盘了。马上要到家，想到现在的家是小渡船，心里是格外的爽——三室一厅，多好的房子啊！只可惜，这样宽大的房子，旭娃和荞荞都不在家住，我也没住两天就出门了，只有昶昶和他妈两个人，只怕他们还有些寂寞呢。

我登上五楼，怎么的，门还是锁着的？母子俩都还没回家哩！进得门来，阳台一股冷风灌进客厅。急忙去生火。柴火点燃，加进一些木炭，立即浓烟升腾。尽管有烟囱，但烟雾太大，走不赢，还是在室内弥漫开来。我很心疼这雪白的墙壁，怎么经得住这浓烟的污染。但是这也没有办法。烟雾渐渐散去，炉内的炭火烧得通红，夹出一些来，放到客厅的火盆里，炉子里再加进蜂窝煤，把水壶架上。此时天已经黑下来，客厅门“嘭”地一下打开——昶昶一个人回来了。我问他，妈呢？他说，“不晓得，我是坐市政府的车回来的”。昶昶也根本不问我这些天到哪里去了，什么时候回家的。也许我的出差是家常便饭，在家不在家对他都无所谓。他只给我讲，“今天，我们班上有个娃，没交家庭作业，被邱老师留下来，搞哭哒”。我问他：“你的家庭作业都按时交了的？”他说：“搬到这边来了我天天都做了家庭作业的，天天都交了的。”我说：“你还进步了嘛，以前在六角亭，一天玩得不知道家庭作业布置的哪几道题，到了晚上还要去找汪洋问题目。”他说：“现在不敢忘记，这么远的路，老师留下来，就惨了。”

正说着，客厅门开了，传美回来，喘着气说：“你选的这个五楼，还是选高了，爬得出不赢气——你是哪个时候回来的？”转身便对昶昶说：“昶昶快些做作业，做迟了瞌睡又来了。”

急忙去做饭。传美一边取带回来的菜，一边说：“刚搬来的时候，觉得住在这新房子里什么都好。现在才发现有好多不方便的地方。周围都是田土，门店没有，菜场没有，和住在孤岛上差不多。特别是天天我们上班的上班，上学的上学，都要往六角亭去，每日天不亮就要起床，去搭交通车，就像打仗。说起来，我还真想把自行车学会，自己骑个车也方便一点。这一路是七八公里的路程呢。刚搬过来的时候，我和昶昶上班赶交通车，结果一直走到六角亭，走了一个多小时。下午回家同样是这样，往往擦黑才能回到屋，每天忙到两头黑。六角亭和小渡船的交通车呢，差不多半小时才一班，有时迟了一步，就要等半天。本来，市政府有个大客车，是专门接送上下班的。有时候教委的人上不了交通车，就不管三七二十一，只要到小渡船的车就上。那天我和你们计财科的张锦萍，没赶上交通车。恰好市政府的车子跟着就来了，我和她也挤了上去。车上的管理员是个戴眼镜的小伙子，他的矫正视力还很不错，一下子就认出我们两个不是市政府的人，要我们下去。我一下感到好没得意思啊，准备下车。张锦萍不怕事，大声说：‘我们偏不下去，人民政府的车，人民都可以坐。’那小伙子似乎不好怎么开硬功，把眼睛闭上了。这样子我们才回到家。”

第二天，我们在办公室议论上下班的交通问题，我把传美和张锦萍坐市政府车的那一本经念了，几个人都觉得这个上下班的问题要想法解决了。胡主任对我说：“我们晚上去找一下政府办公室的孙主任，让市政府的大车把我们教委几个人带一下。他原来是我们教育上的人，现在他也还有半边在我们学校教书，我不相信现在他就认不得人了。再说，那么大一个车，多带几个人好大关系，都是在给政府搞事。”我觉得这是个好路子，给管车辆的人说好了，正大名分地上车，是再好不过的。不然，这个上下班的交通问题，实在恼火。

晚上，我和胡主任去找孙主任。到了他家里，他十分亲热，还和胡主任开了几句玩笑——看来他们原来的确很熟，真是人熟好办事，胡主任也是找对人了。接着，胡主任讲到正题，说教委干部上下班是如何的困难，想搭一下市政府上下班的顺风车。这时，孙主任眉头皱起来，慢慢说道："格杂——这个问题儿——这个问题儿——这还真是个问题儿啦——"他沉吟一会，说道，"这的确是个复杂的问题儿，不好搞，的确不好搞——这样，我们明天研究一下再说。"

胡主任把眼一瞪，也回敬一个"格杂"道："格杂，这么个小事，你当主任的还做不了主么？还要研究一下！"

胡主任也是有三分硬脾气的人，话不投机，便对我说："好啦，我们回去呀，等他们研究了再说。"

我们回走的时候，胡主任很是不快，一路没有好言语。走到红江桥，他说："他妈的，我们就是把裤儿卖了，也去买个车。"

我说："那当然好啰，你管机关，又是管经费的，那你就去把'裤儿'卖了，搞个车嘛。"

胡说："其实，只要十几个座位的车也就差不多了，我们多数人都是骑自行车——要得，就是这么来，不然这么低三下四去求人真没得意思。"

车子也不是说今天卖了裤儿，明天就可以买的。一段时间，教委宿舍的人上下班还是八仙过海，各显神通。有的骑车，有的等交通车，有的混上市政府的车，有的迈开双腿，坚持早跑步、晚锻炼……

我们最感恼火的是昶昶，他的放学常常不准时，我一天又行踪不定，有时一个电话一接，就到这里去那里，下午回家很难照顾到他。他的妈在书院中学，多数时候也难和他邀在一起。一家人真是像打乱仗的。不过，这小家伙却在这乱仗中操练出来了，他一个人走，没有说哪一天没回家的。市政府的车是他经常混上去的，而且他们的语文老师肖老师，是常坐这车回市政府，他就多半是紧跟着肖老师。有时候他看到教委的人，或他认识的人骑车，就叔叔伯伯的喊得清甜，要别人带一个。有一天，他被老师留下来了，回去什么车都没坐上，就准备走回家。走到清江桥下，碰到教研室的主任刘用，骑着自行车迎面而来，他急忙叫："大哥哥，大哥哥，带我一下。"刘用说："带你到哪里？"他说到小渡船，刘用笑着说："我在州里开会了，现在是回六角亭去的，怎么带你到小渡船？"昶昶也不管他怎么说，只说"你带我到小渡船去一下嘛"，于是刘用掉转车头，带他走——那哪里是“带”他走，是“送”他到了小渡船。

第二天刘用碰到我，笑着说：“你那个小家伙，昨天见到我，就喊大哥哥，大哥哥，带我到小渡船。我说我是回六角亭的，他也不管，就喊要我‘带’他到小渡船……”刘用把这事讲过之后，我问昶昶是不是有这事，他说喊的“刘叔叔”，不是喊的“大哥哥”。也就是说，以上基本情节属实，至于他到底是喊的“大哥哥”还是叫的“刘叔叔”，只有存疑。

每当想到此事，觉得自己带娃娃太“大皮”（粗心），心中抱愧。然而，就当时的境况而言，我又实在无法去悉心关照他。事情都是一分为二的，做父母的谁都不愿娃娃经受艰难和曲折，不过，娃娃经受一些艰难曲折，也是能够得到磨炼，收获回报的。

在食堂中餐，刘主任参加市扩干会回来。炊事员说：“拐哒嘛，饭已经吃完了。”

刘主任说：“没有饭没关系，有面条吧。”

炊事员小龙说：“哦，对了，那就下面条。我晓得，您家吃面条是个好角色，一次要一大钵。”

刘主任等着面条，对我说：“给你推荐一部书：《古文辞类纂》，这是相当好的一部书，土桥坝书店有卖，上中下三册。这书是把古代作品按类别编纂起来的，所以书名的意思是‘古文辞－类纂’，不是‘古文－辞类纂’。这书蛮好，你应该去搞一套。这边州、市两家新华书店我都看过，没有卖的，只有土桥坝书店有，大概那边到底是文化区，买这类书的人要多一些。”

他还正在讲这书是如何将古文分类的，里面选了哪一些名篇，小龙把大钵热腾腾的面条端给了他。只见他一头扎在大钵里，呼啦啦吃起来，让我这刚刚放下碗筷的人，还有几分想吃面条了。他抬起头，换了一口气，对我又说：“还给你推荐一样东西。”

我问什么东西，他说：“就是我身上穿的，叫羽绒服，鸭鸭牌的——名牌啊。这东西很轻，但是非常暖和，上次在武汉开会买的。今天在清江电影院开会，穿起这身衣服，一点没感到冷。上面还有一个风雪帽连在一起，需要的时候拉起来把头盖住，也不需要再戴帽子了。”

“好的，我先把书买了再说——今天是听谁的报告？”我问。

“吕老板——现在好多人给吕市长叫‘吕老板’。这次他在报告里对教育的问题说了一些硬话，等一会我在办公室给你传达传达。”

他呼呼啦啦把面汤都喝了个尽，我笑着说：“你这饭量算得上教委的冠军！”他谦虚道：“不敢当，我早上一般不吃，而且半天也不喝水，留着一个空肚子吃中餐。”

我们一同走到办公室。他把笔记本拿出来，翻开对我说：“这前面是讲 1988 年全市的经济计划，工农业总产值要达到 4 个亿，粮食要达到 4.8 亿斤，财政收入 2 420 万……”

他一边翻着笔记，一边说：“这里是说恩施首府城市发展迅速，每天流动人口达到三四万人，往来客车达到两百多趟——你知道恩施是现在有了多少小车？他说，市内小车有了 161 辆，摩托车 1 200 辆……”

他继续往后翻，说着：“这一次，吕市长把教育排上重要的议题，是我听市里领导讲教育最多，也说得最硬的一次。对，在这里，那些提高对教育重要地位和作用的认识，我就不念了。你看，这里两条，都是含金量很高的。一条是，‘今年列支 15 万元，扩大农村初中招生比例，这个钱是一定要兑现的，教委拿出一个方案来’。再一条，‘全市搞一次性教育集资。教育上的欠账太多，农村接近半数的小学生升不了初中，学校还有 8 000 平方米的危房，其中 5 500 平方米属于一级危房，不及时消除存在极大的安全隐患，不采取一次性集资的办法，是无法解决的。搞集资，阻力很大，有的人要骂娘，要上告，说加重农民负担。我说个不好听的话，有的干部装作为民请命的样子，说怪话，提意见，说是加重农民负担，其实就是自己不愿掏几个钱，觉悟不如一般群众，不如农民。老实说，农民听说出点钱办学校还没有什么怨言，倒是我们有的干部是铁公鸡。这次我们四大家统一了这个意见，1988 年，要搞一次教育集资。有人要上告，就让他告去。就是撤职罢官，砍脑壳也我们也坚决搞。目标，150 万，不够的市政府从财政再抠一坨出来，绑在一起用。这一次，措施要得力，要像搞计划生育一样。捆绑吊打不能搞，但是，对于个别干部不愿意掏，就由财政从工资里扣除。坚决要把这个事情弄下地。这是逼得没有办法的事情，非搞不可，是向子孙后代负责的大事，不然我们就真的会犯罪。我说个老实话，一提起学校还有多少危房，我身上就起鸡皮疙瘩’。”

我听了吕市长这一段话，发表感慨：“他真是讲出感情了，听得出来，有些话是他自己的，不是秘书写的。”

这时候，胡主任来到办公室，对着刘主任说：“来呀，好久没杀了，敢不敢来杀两盘？”

刘主任立马应战：“好呀，杀两盘试试。今天你可要小心一点！告诉你，上次出门开会，我买了一本《梅花谱》，那是认真做了研究的……”我不会下棋，但觉得凡是下棋的人，没有一个谦虚的，都是首先在战略上藐视敌人。

一盒大棋子哗啦啦落在棋盘上，两人啪啪啪摆着棋子，那架势就像沙场点兵，要拼个你死我活一般。他们两人已是棋盘上的老对手，不论春秋，哪怕是暑天，他们都很少午睡，只要对手在，多半就这样在激战中打发午休时间。今天，不知研究了《梅花谱》的是不是一定独占鳌头，我难得为他们操心。

元月最后一日是星期天，州教委通知晚上开评职工作紧急会。我早早吃了晚饭，骑车到了州教委。此时，3 字头的咸丰车，5 字头的鹤峰车，7 字头的巴东车，都停到了州教委的院子里。接踵而至的是 4 字头的建始车和 2 字头的利川车。开会似乎有个规律，越是远的越早到。

晚上的会议是冷主任主持，主要内容是州向省里又争取了 232 个高级指标，省里的意思是主要用于解决中小学教师的遗留问题。州里将马上分给各个县市的科干局。冷主任说，各县市教委要把遗留问题迅速写好报告，把指标争取过来。对此，李荫华主任强调，中小学职改进入关键时刻，要坚持政策，头脑清醒，保质保量，审慎行事。要防止松气，防止厌战情绪，再接再厉。接着他细说了国家教委最近召开的职评会议精神，讲了后一阶段工作要注意的几个问题。李主任当过教师，校长和建始县教育局长，以后又在州政府办公室当主任，是个颇有行政领导经验的老手。他说话不紧不慢，条例清楚，逻辑严密，没有语病，没有偏颇，给人滴水不漏的感觉。他的烟瘾不小，几乎一支接一支地抽，仿佛他的话都是烟熏出来的。

李主任讲完，冷主任还有话说：“补充两点，一是一定要用好指标，在指标内解决遗留问题，以后自己验收，自己处理矛盾问题，不要指望把矛盾上交，上交也是解决不了问题的；二是注意协调与科干局的工作关系，千万不要闹僵。”

李主任还有话说：“马上就要放寒假了，提请大家注意安全问题，假期学校要防火，学生出行注意交通安全，不要坐拖拉机……最后还有一个通知，2 月 2 号，就是后天，召开全州民族教育座谈会，各县市教委分管教育教学工作的副主任参加。”

大家走出会场的时候，已是九点四十五分。近处建始、宣恩、利川的几位已经上了车，准备开夜车回去。远处的几位走不了，犹豫着：明天回去换一位主任来开民族教育座谈会的话，车子不是要跑两趟？不回去的话，等一天接着开会，又是帮别人开，这个紧急会的精神又不能紧急落实……我骑着自行车回小渡船，若有所悟：其他县市负责职评工作的多半是分管人事工作的副主任，我这个分管教育教学的副主任又负责评职，其实是一个例外——这两个会都要参加的大约只有我一人。

回到家里，听传美讲今天教委院子里的新闻：第一单元三楼黎会计家里的腊肉被盗。事情大致是这样：

今天早上起来，黎会计的老伴雷老师，发现晾在后阳台的腊肉，一排排大约十几块，一块都没看见了，问黎会计是不是收拾起来了，黎会计说没有呀。这一下就都急了，立马给六楼的曾主任报告。曾主任和王立常、李宗祝等几人立即到现场察看，发现围墙外的草地上还有黑黑的一块。跑去捡起来一看，正是一块腊肉。于是大家开始判断：被盗了，这盗贼一定是白天侦察好了，夜深人静的时候，沿着后阳台那条水管爬上来，将腊肉从三楼甩到围墙外的草地上，然后梭下去，把腊肉拾起来逃跑的。有人补充说，很可能是一人在楼上取肉，一人在地上接应，合伙作案。李宗祝老师的爱人夏老师说：“我分析，强盗还不只两个人，十几块腊肉那是一百多斤呢，起码要三个人。”有人问，这强盗是远处的还是近处的，这时候跑到哪里去了呢？有人说：“那就只有鬼老二的妈知道啊！”也有人说：“强盗也要过年了，这时候只怕煮都煮了一块吃了。”还有人安慰黎会计说：“舍财免灾，舍财免灾。您家就作如做了一回善事，给强盗把几块腊肉过年算了。”曾主任说，案子还是要给公安局报，这样的案子会不会查，破不破得了案，那就说不准了。

传美把上面的情节说了之后，得出一个结论：“看来楼层低了还是不安全，原来我嫌五楼高了，从安全方面说，五楼还是比较好一点。”

我说：“事情就是这样一分为二的，各有利弊，各有长短。”

传美说：“说起腊肉我们还一块都没有，算起来离过年没有好久了，娃娃们也都要放假回家了，我们也是要准备一点。”

我说：“不需要那么忙，现在东西都好买，一两天就采购齐全，放在家里没有时间处理，还怕强盗偷。”

2月2日，参加州民族教育座谈会，会议在州教委召开，州政府副州长苏晓云，州民委李主任和州教委几位主任参加。州教委何渭滨副主任先说：我州有小学3 399所，初中354所，高中31所，在校学生501 570人，少数民族占60%。1985年高山工作会议以后，我州在建始官店召开民族教育会议。这次会议推动了寄宿制，半寄宿制学校的建设，重点抓了高山地区的初等教育，因地制宜设置了一批教学点，推行上早学，改变传统上学习惯，创造条件使一部分高年级学生在校住宿。全州30个高山区，有11%的四、五、六年级学生和60%的初中生能够在校住宿。与此同时，试办了一批民族中小学，逐步形成民族教育体系。全州各县市命名的民族小学24所，初中13所，高中1所，共计38所，在校学生14 966人。在全州9所重点高中，举办了高山民族降线学生班，3年共办民族班21个，889名学生。改革招生制度，中师、州属中专面向高山地区降线录取考生480名。1987年，鄂西大学、恩施医专面向高山边远降分录取42名新生。这次会议将进一步研究如何加强民族学校的建设，讨论自治州关于加强民族教育的试行意见，为建设100所民族小学，30所民族初中目标做准备，同时进一步研究重点高中办好高山民族班问题，研究大中专如何面向高山，搞好改革，诸如实行委托培养，公寓走读，为本地、外地的民族经济服务。

何主任说明，这次会议主要请苏州长讲。

苏州长是宣恩人，据说他是从当生产队的会计开始，一步步当上副州长。苏州长说：

恩施是少数民族自治地方，自治地方的少数民族人口分布也不平衡。要提高少数民族聚居区域人的素质，有必要形成民族教育的体系。我州建州以来，一直没有专项民族教育经费，其他省份的自治地方，如湖南的湘西，四川的凉山，从小学到高中，办了一大批民族中小学，实行了寄宿制。我州的民族学校不完善，不巩固，没有规模，没有体系。科技的进步和劳动者素质的提高，是农村发展必须依靠的两条。在这方面我们还没有理顺。州委常委会研究，李州长在报告中也讲了，我州筹建 30 所民族初中，100 所民族小学，逐步积累经验。牌子可以先挂，试行五年，达不到条件可以取牌子。民族学校的体制问题，按照教育体制改革分级办学，分工管理的原则，属于地方管理。学校还是下面办，上面支持。不能说，挂了民族学校的牌子就是民委和教委的学校，又实行国家包，民委包。鄂西教育要发展，就是要落实分级办学，分工管理的体制。基础教育交给地方是国家的创举，落实得好，教育就办得好，落实得差，教育就办得差。山东的沂蒙地区，人均收入 92 元，但是，那里最好的房子是学校。所有的学校都是十配套，围墙、校门、教室、寝室、桌凳、图书室、实验室、勤工俭学基地、厕所一样不少。他们能够办得到，就是管理体制落实，一不等，二不靠，自己建好自己的学校。我们教育的状况与中央关于教育改革的《决定》下达以前一模一样。我们学校管理体制没有改革，分级管理没有明确。我们的经济的确比较落后，但不比沂蒙地区差。鄂西人吃肉的水平，全省第一位，大多数家庭一年要吃 1 000 斤肉。喝酒也是第一位，讲的就是大碗喝酒，大块吃肉。可惜就是我们的学校没有别人办得好。1988 年，教育的着眼点，就是把体制搞落实。现在教育的事，是教委一条线在急，在想，没有落实到地方，落实到各级党委。1988 年，在这方面要有个突破。给大家提供一个思路，就是放，彻底地放，既不管人，又不管钱。怎么放？初步想，下面既要有责任，又要有权利。在人事上放，放领导班子的任命，区站的站长，副站长由区任命，不由县任命。或者，县任命正职，副职任命和站内人员的配备由区决定。公办教师由县核定指标名额，县无权直调。这是县对区。区对乡怎么办？一万人左右的乡，配备教育专职干事，不由大校长领导，人员可以从区镇人员精简，最好由乡里的人员配备。区核定公、民办教师指标，区无权直调。乡对村，民办教师由村管理，进出由区乡决定。学校的领导班子，哪一级的学校由哪一级任命。区公所、教育站任命区中学领导班子。村支部、村民委员会既管钱又管人。思想工作要放下去，财务上要放下去，集资办学要放下去，勤工俭学要放下去，教育费附加要放下去。工资奖金层层下拨，有多少，拨多少。民办教师工资以区统筹，那是越统越死；以村统筹，都落实得好。教学业务科研，以教育部门为主。教育行政部门要转变职能，协调、指导、支持、服务，不要自己把自己搞死。为了更好加强管理，各级学校，普通中小学设立董事会，加强对学校的评估，收集对学校的反映和意见。

接下来，苏州长还讲了第二个问题，解决教育为经济服务的问题。

很有意思的是，李荫华主任在讲话中就体制改革说了如下一段话：进一步完善分级办学，分工管理体制，把办学的责任层层落实到地方，走宜城的道路。怎么放，要在进一步调查的基础上，拿出一个方案。在这个问题上，态度要积极，思想要解放，措施要得力，改革要深化，折腾要避免。财权、人权既要下放，又要宏观上不失控，协调、指导、服务职能得到发挥。要大力宣传“人民教育人民办，办好教育为人民”。对照前面苏州长的讲话，我感到其间有微妙的差别：苏州长是主张学校教育的管理是“放下去”“彻底地放”；而李主任也说放，却强调了“折腾要避免”“宏观上不失控”。

这是州教委在春节前召开的最后一次会议。在人们的心目中，春节期间似乎是一个冰冻的时期，什么事情都要在冰冻之前做了。两天的会议，实际上只有第一天上午是民族教育座谈会，接着就变成一揽子会，主任和科长们，都要利用这个机会把许多的工作布置下去，把许多要说的话说完。何主任讲中师定向招生，毕科长讲制定15年普通教育规划，刘科长讲人事档案检查……到最后，李荫华主任还要谆谆教导，安全的问题，千万千万要引起重视，元月份全州非正常死亡一个教师，三个学生，都是交通事故造成的，还有防火的问题。再就是教师的师德问题，现在有三股风，赌博、体罚学生和侮辱女生，要坚决刹住这三股风，对于侮辱女生的教师，要下决心清除，不要心慈手软……

学校发了成绩单，学生一放寒假，过年的味道就出来了，小渡船寂静的寒夜，不时可以听见零星的鞭炮声。

传美说，房子宽了，里面家具太少，起码要添置一张床，一个书柜，一口衣柜，两个茶几，现在时兴一种角柜，也是很实用的……于是，请来木匠要赶制家具。

星期天晚上，市一中彭玉堂、王建军两位老师来访。彭、王二位老师是市一中颇有资历且公认的优秀语文教师。五十年代我就认识彭老师，他和父亲在恩施五中同过事，1958年五中迁到芭蕉，他调入当时的恩施二中，也就是现在的市一中，一直到现在。我知道他有糖尿病，很麻烦的是每天都要给自己打针，注射胰岛素。三十多年了，他一直注意得很好，丝毫没有影响他的教学。王建军老师是从教研室自愿到教学第一线，调到市一中的。去年市一中开始评职的时候，我参加了他们语文组的小组评议会，七八位老师都是呱呱叫的角色。会议的气氛很热烈，也很友好。各自历数教学的辛劳和取得的不凡成绩，就如孔雀开屏一样。在相互评议的时候，大家都特别认真，充分肯定别人教学上的特色，也真诚地指出某些不足。这使我怀疑“文人相轻”并不是普遍的规律。最后我发表感慨说，今天的评议会给了我最好的学习机会，我今天参加的是一个最好的个人工作总结会，最好的教学经验交流会，也是一次最好的民主生活会。

今天，两位老师登门造访，我不知他们有什么事情找我，照说他们这次评职都是中学高级教师是无疑的，而且都是评委会的成员。是不是对评职工作有什么想法呢？也许。我知道两位老师都不抽烟，便只给他们倒了茶水。此时王建军老师却掏出一盒烟来，给我一支。我惊奇问道：“我记得王老师是不抽烟的，今天怎么还带了烟来。”王老师自己也拿上一支，点燃了说：“我家张老师说我酒不喝，烟不抽，简直不像一个男子汉。酒我是学不会的，我就选择抽烟。我不敢吸，于是就吹烟，你看——”说着，他把烟一下吹得明晃晃的，把烟雾全吐出去。我哈哈大笑起来，觉得这王老师也真是有趣，他是我第一个见到的“吹烟”的人，而他的爱人张老师呢，是我知道的第一个鼓励丈夫抽烟的妻子。我笑着说：“难怪恩施人常说抽烟叫‘呼烟’，原来抽烟有两种办法，一种叫吸烟，再一种是呼烟。可能王老师的呼烟，才是正宗，也有益身体健康，而吸烟是有害健康的。”

谈了一会闲白，他们告诉我，今天来的主要目的是邀请我参加编写一套书，分给我的是《语文阅读》的散文部分。要求是选若干篇适合小学生阅读的散文，编写赏析的文字和介绍相关知识。我表示担心能否胜任，他们说了许多鼓励我的话，我只好表示“试为之”。

送走二位老师之后不久，忽的又有人敲门。打开门来，却是吴旭寒夜归来。这一下，屋里热闹起来，荞荞、昶昶都“哥哥，哥哥”地闹麻了。吴旭说：“只晓得家搬到小渡船了，不知道到底在哪里。晚上坐在车子上，外面黑乎乎的，什么都看不清，突然一下发觉过了红江桥，才连忙喊司机停车。下了车又倒转来走了一截路。走到院子里，在一楼看到倪科长，问了他才找到屋——这个屋真的要得啊！”

我说：“好啊，今天已是腊月二十了，立春也是好几天了，屋里的大、中、小学的学生都回来了，过两天把爷爷接过来，今年我们一家子在这个新房子里过一个热热闹闹的春节。”

第十九章　开心一刻

（1988年春—1988年秋）

岁序更新，我们在小渡船黄泥坝的新居送兔年，迎龙年。

庳口人习惯在年前用“过热闹年”祝福，对方则自谦地用“年在您那里”回复。我们在黄泥坝过年实在不能说“热闹”，更多的是宁静，“年”都在城里啊。白天的黄泥坝，全然是“暧暧远人村，依依墟里烟”的农村景象。几户民居，零星散布，青瓦土墙，又多被竹林掩映。农田一片枯黄，几块池塘，“荷尽已无擎雨盖”。只有我的宿舍对面那块地里，几株橘树，给黄土地点缀着绿色，显出冬日田野蕴藏的生机。初搬过来的时候，我曾想，要是这一片地里都植满橘树该是多好，那样，我站在阳台上就可以看到绿油油一片，多么舒适养眼！兴致一来，还可以对着橘园吟咏：

“后皇嘉树，橘徕服兮。
受命不迁，生南国兮。
深固难徙，更壹志兮。
绿叶素荣，纷其可喜兮……”

有趣的是，前不久那块地里，在那些橘树的中间，果真密密麻麻添植了许多新苗。难道是土地的主人与我想到一起了？只可惜他也是欠考虑，栽种得太密了，那多橘树以后怎么生长得开！倒是随后听人说，这主人并不是欠考虑，其间另有一番道理：因为这些地盘迟早都要被征用，而征用土地的时候，要补偿一笔青苗费，青苗费的补偿是按苗木的株数计算的。如此说来，的确无须考虑橘树种植得过密集，将来是不是“长得开”的问题。

夜里的黄泥坝，可说是万籁俱寂，除了民居里漏出微弱的亮光，四下一片漆黑。公路上时有移动的光柱，伸得长长的，或从红江桥这一头移到的那一头，或从那一头移到红江桥的这一头，这些车辆还在忙着送人回家过年吧。间或有几声犬吠或零星鞭炮的鸣响，清晰可辨，更显黄泥坝的安宁。其实，我很喜欢这样的宁静自在，好安心做选编散文的事，完成彭、王两位老师交给的任务，也尝试一下写书是怎么回事。

娃娃们似乎觉得黄泥坝的生活还是太单调了。哪怕放了假，他们几乎天天要往城里跑，或到六角亭的市法院和爷爷谈天，和捷娃、蓉蓉、季季他们游玩，甚至满城跑，找同学朋友闲聊。一天，他们把爷爷和吴捷接到黄泥坝，先去修建中的市法院新楼工地看了，接着来到我们宿舍。我们搬新居后，父亲还是头一次来。看到我们住上这样好的房子，他赞了一句："'通升'——这是太讲究了！"父亲喜欢借用一位祖先惯用的"通升"。我体会这"通升"没有实际的含义，只是一个发语词，表示感叹，类似李白《蜀道难》开头的"噫吁戏"或恩施土话的"哈格杂"。我要父亲早些搬过来住，他说："我给你哥哥说了的，等法院在黄泥坝的新房子修起了，就一起搬过来。你们两家都住在黄泥坝了，这时我就两边住：这个新屋吴家玩几天了，又去那个新屋吴家玩几天。"我一听这个话，是学我们祖上士安老人的口气说的。吴士安老人辛苦一辈子，晚年却很幸福，三个儿子都学有所成。他常常高高兴兴，在这个儿子家玩了，又到那个儿子家去看一看。可以想见，现在父亲的心情也是很好的。我问父亲这些时在做些什么，他说："我一天忙得很呢，早晨六点多钟起来到外面去搞锻炼，有时候到风吹垭，有时候在后山湾，找个安静地方做八段锦，然后从南门外，或者过药水溪，爬坡到西门城门洞回家。这条路，原来我们住在西门城门楼的时候，你经常下河挑水，走过无数遍，你记不记得，西门外那一坡石梯有多少步？"

我笑着无法回答，他说："我数了的，139 步。这样走几步路，爬一个坡，人特别舒服。回到屋里就下面条吃，等这一排合搞完，就开始写《我和我的家族》——这是在戽口的时候你叫我做的事，现在还忙着在做。下午就到老协会去找几个老伙计打门球，下雨就打几圈麻将。晚上看电视，顶多是把新闻联播看完，八九点就要上床睡觉。不知这样的日子哪里这么易得混，一过就是一天，一晃就是一月。现在熬夜，那是简直不行了，我还在得急啊，《春秋》杂志社、州《文史资料》办公室约的几篇稿子，都要抓紧时间写起才好。”

我笑着说：“您一辈子都喜欢得急。记得往年在五中教书，您常常急得在半夜时候爬起来，把煤油灯点亮，备课，改本子。现在又没有什么硬任务，得急什么，还要熬夜么！”

父亲笑道：“也是的，我是‘叫花子走夜路——假忙’。”

腊月二十九便是除夕。我们姐弟三家的团年饭，先在土桥坝州畜牧局的姐姐家，再在六角亭市法院的哥哥家，最后，除夕这天，轮到黄泥坝的我家。第一次在新居接客，我做了精心的准备。不过，效果并不怎么好，大家吃得不带劲，也没给我这个厨师什么赞扬。剩下的饭菜特别多，虽然很吉利，象征着“年年有余”，但是，现菜剩饭总是难得收拾。这使我想到，是不是我下厨的手艺落后了？又觉得应该不是，这些年我也见过一些世面，外面好吃的菜我暗自学习，手艺还不断有所提高。那么主要原因是什么呢？只能是：开席早了。对于没有饥饿感的人，再有怎样的美味佳肴，他都会无动于衷。我深信，要别人觉得好吃，厨师不妨“拖皮”一点，慢慢地做，让各位的肚子饿合适，这才有可能吃得津津有味，并取得赞扬厨师的效果。但是，除夕的这一餐是不能往后拖的，因为都要赶紧吃完，回家洗澡，确保八点看春节联欢晚会。

差不多下午五点就开席，六点客人散尽，我们急忙打扫整理。待到洗澡完毕，电视里的春节联欢晚会也就开场了。每年除夕一台联欢节目实在是好，无论住在哪里，只要有电视，那就是“过热闹年”。黄泥坝的安静，被电视里的笑语欢歌彻底打破了。一家人围着一盆炭火，看春节联欢晚会的节目，那是一年到头最惬意的时候。特别是前些年，初办联欢晚会的时候，我们是不眨眼地盯住银屏，生怕耽误一个镜头。现在也积累了一些经验，有些歌舞节目是不必老盯着看的，那样使人眼花缭乱，有几分吃力。这时，不如找点什么小事，边做边听就好。于是我便一边听电视，一边在炭火边砸核桃，擂花生米，准备大年初一早上的汤圆馅子。

晚会还在进行，院子里的鞭炮和外面的鞭炮声汇成一片，淹没了电视的声音，谁也没有心思看电视节目了。打开房门，登上顶楼。顶楼上黑黑的，但能听到人语声。原来已经有几家的大人小孩在这里放冲天炮。昶昶也把几根炮仗拿起来，自己又不敢点燃，要我给他帮忙。于是，点燃一支，嗖嗖地飞上天，“啪”的一声炸开，照亮夜空，散出灿烂的火花来。然而，更壮观的景象在远处。此时，土桥坝、舞阳坝、六角亭的上空，全都哔哔剥剥的响声一片，整个恩施城的就像煮得泡泡开的一锅稀饭。墨色帷幕下的天空，一时之间百花齐放，万紫千红，流光溢彩，耀眼闪烁，烟雾缭绕，花雨散落。静静的清江，也倒映出五彩缤纷，上下天空全是灿烂辉煌的一片。小渡船这边，市政府一带的鞭炮焰火，噼噼啪啪地炸响，来势愈来愈猛，焰火密集升腾，似乎是不甘示弱，意欲同舞阳坝一争高下。不过，热闹了一阵子，最终抵不住舞阳坝的持久。在舞阳坝那一边的天空依然辉煌耀眼的时候，小渡船这一边渐渐成了强弩之末，终于偃旗息鼓了。须知，这炮仗焰火是要钱买的，没有强大的经济实力，是没有多少燃放的。昶昶的四个炮仗就是七八块钱，连续燃放只需几分钟就彻底解决，如果要持续半个小时的燃放，不知要烧掉多少人民币。好在我家的娃娃对此并没有特别的兴趣，从无格外的要求，尝试一下也就满足了。旭娃小的时候倒是闷想放放鞭炮的，但是岸口合作社的鞭炮要六角三分钱一挂，谁给他把钱买鞭炮炸？爷爷，只有爷爷“娇惯”他。爷爷知道他特别想这个东西，就对他说：“旭娃，你把乘法表一口气背完了，我就给你把六角三分钱。”于是，旭娃劲头来了，熟读了乘法表，然后申请爷爷检查验收。检查合格，旭娃终于领到六角三分钱的奖金。奖金到手，旭娃自然是一趟子跑到合作社，买回了一挂鞭炮。取下一颗，插在地上，点燃，马上把耳朵蒙住，“啪”的一声炸响，散出一股青烟，随之就跑去察看爆炸的效果。他舍不得一下炸完，过几天再炸一炸，这样一直玩到过社的时候都还有鞭炮炸。现在已是大学生的他，自然已经失去炸鞭炮的兴趣。荞荞从来就没有玩鞭炮的爱好，她的乘法表是怎么背得的，我都不记得了。

天下没有不散的宴席，也没有放不完的焰火。鞭炮声渐渐稀疏，舞阳坝的天空也渐渐暗下来……

我们出门的时候还是兔年，进门的时候已经是龙年了——到了戊辰年正月初一。

大年初一上午，我们吃了汤圆就到城里去，给家家拜年，看龙年的龙灯。从黄泥坝到大十街去拜年，也令人想起在庠口时的情形。虽然都是从乡里到城里，毕竟黄泥坝进城要近便得多。黄泥坝等交通车，比在九道水等客车不知方便多少，绝不会一等几个钟头，更不会绝望。

家家那里，满屋的人，几个姨妈都回来了。大舅舅在帮家家下厨，看到昶昶了说："你们又是从乡里来的呀！"昶昶说："黄泥坝不是乡里，是郊区。"大舅舅说："乡里就是乡里，么子郊区！你看看，你那个郊区有这么热闹？"

城里的气象到底是大不相同，锣鼓咚咚，鞭炮哔剥，龙腾狮跃。今年组织的是"百龙迎春"活动，引来不少人夹道观看。大十街，是龙灯必到必玩的地方，街边已经站满了人。一个笑罗汉，寒天里拿一把扇子，逗着红脸的孙猴子，孙猴子活蹦乱跳，撩拨张着血口的大狮子。正玩得上劲，后面的龙灯来了。于是狮子、猴子和笑罗汉让位，朝着小十街的方向玩去。大十街便是龙灯的天下了，一个红绣球不停地画圈舞动，龙头不断去咬那滚动的红绣球，带动长长的龙身翻滚。此时，后面一条龙也玩上前来，两条龙都去争夺绣球。那绣球更是不停地舞，两个龙头一齐争着咬，两条龙身不住地翻滚，变成两串圆圈，很像两个巨大的活物在滚动前行。

有看热闹的人喊起来："你们看，这一条是'母龙'呢！"

有人说："是八街妇女们玩的，她们还玩得好呢！"

也有人说："时代不同了，男女都一样，男人会玩的，女人也会玩。"

又有人说："那一条'公龙'，是我们四街的男人玩的。"

内行人说："这是玩的二龙戏珠。"

说着，后面又来了一条小龙，是学生娃们玩的，人们很自然地喊道："看，'儿龙'来了。"

这几条龙一走，后面是几条古怪龙灯来了，有板凳上扎着一条龙，两个人一前一后，玩得也很神气，人们称之为"板凳龙"；几条板凳龙玩过，又是几条用稻草扎的龙，称之为"草把龙"，如若不是那些壮汉挥舞翻滚，看起来倒更像大个的毛毛虫。

人们看得嘻嘻哈哈，内行的人在评论哪条街的龙灯玩得好，玩得转。

吃完正月里的“转转饭”，过年的奔忙基本结束。三个娃，坐在火盆边聊天，昶昶若有所失的用普通话说：“年也就这么过去了！”旭娃对他说：“年过完了，你也该去做作业了。”

昶昶说：“年过完了，假期还没完吵。”

旭娃说：“假期过完了就要开学，那你什么时候做作业？你不怕老师罚你么？”

昶昶说：“罚么子？”

“你的班主任是哪一个？”

“邱老师。”

“叫邱么子名字？”

“邱发桂。”

“哦——那就是啊，她要罚你跪哟！”

“邱老师罚跪我不怕哟——”

“哪门呢？”

“吴伯伯给我发钱啊。”

三个娃一起哈哈大笑起来。原来邱老师的丈夫叫吴法乾，昶昶给他叫吴伯伯。这个吴伯伯在恩施市文化馆工作，是位有名的书法家。

这一阵笑，把他们的妈笑来了。她对昶昶说：“你的作业也是做得了，不要挨到开学的时候来赶作业，今年开学早，只有个把星期了。”

我在一旁说，“不要紧，昶昶现在到底懂事了，他晓得要把学习搞好。”

“那只怕是啊！”他妈不相信。

我说：“那一天，勤工俭学办公室的田主任，都在表扬他懂事了呢。”

传美问：“怎么表扬他的？”

我说：“他一见到田主任就高高兴兴地叫了一句‘田伯伯’。田伯伯满心高兴地答应一声说，‘昶昶今天哪里这么懂事呢——可惜我没有糖果给你’。昶昶更加懂事地回答：‘不需要，您只要把工作搞好就行了！’”

一家人都为这句“您只要把工作搞好就行了”笑开了。我接着说，“他知道要田伯伯把工作搞好，肯定知道自己要把学习搞好嘛。”

传美也收住笑，说道：“是的，大人要把工作搞好，细娃就要把学习搞好，不然成个哈哈娃（傻孩子），那就急人啦。就像我们班上那个娃，连请假条都写不来，写个‘我病了牛鼻子请假一天’，‘流鼻子’写成‘牛鼻子’。”满屋人一阵大哈哈大笑。

传美接着说：“我们班上还有一个娃，考试一个问答题是：愚公为什么要移山？他怎么回答？三个字：‘他疯了。’你看，这样的娃娃怎么得了！”

这个下午，一家人的笑神经都充分活跃起来，笑得有些累了。

我记下：正月初四，昶昶开始去做作业。

2 月 22 日，正月初六，是教委上班报到的日子。我去到主任办公室，先生火，打扫办公室，接着梳理开年后急需要做的事情：

1. 民族学校，小学 20 所、中学 5 所，要定夺；
2. 1998 年初中、高中招生计划要制定；
3. 与市文化局、新华书店联合召开课本征订和发行会议；
4. 争取增加高级职称指标；
5. 安排开学工作视导；
6. 参加对建始师范职称改革工作的检查验收；
7. 召开城区小学教改座谈会；

……

不一会，各个办公室都开始热闹起来，大家都在问候“年过得好”。我正在普教科和老康、光福他们聊天的时候，刘主任风尘仆仆地赶到。我们彼此亲热一阵也就去主任办公室谈开年后的工作。刘主任说：“余主任病了在住院，刚才来的时候我到医院看了，是重感冒。明天上班还是先搞学习，收心。接下来有几件事要做。集资办学的怎么落实，要拿一个方案送市委、市政府，可能还要拿到市委常委会上研究。余主任说，还有一批教师调进调出的要研究，学校马上要开学了……”这时，胡主任也到了，说他才从崔坝回来，高一些的地方，在飞雪米子。这使我担心，吴旭初九去上学，会不会遇到大雪封山。接着又谈起开年工作安排，胡主任问明天正式上班，怎么搞？刘主任说：“先学习一个上午，内容有春节团拜后讲话，还有何东昌的讲话，接着我简单说一说。下午各科室安排，整理内务。这一上班事情就接二连三地来了。”

此时，有人敲门。我开门一看，是市一中的郝老师。刘主任也与郝老师热情招呼，他们在一中同过事。郝老师很早就在一中教书，我在凤凰山读初中时，郝老师就在那里教书，只是没有直接给我上过课。他个子不高，一年四季都戴着帽子，冬天是棉帽，夏天是凉帽。大约因为他的身体经常保持昂首挺胸收腹正直的状态，学生们叫他“平动老师”。我请郝老师坐，给他沏了一杯茶。他对着刘主任、胡主任说，更主要的是对我说：“本来我年前就要来的，但是大家都在准备过年，忙得很。今天我专门找一下吴主任，在小渡船教委的新宿舍那里没找到，说来六角亭上班了。吴主任我们是世交，他的父亲水平先生，是我初中时候的老师。那还是解放前，在清江中学。我 1953 年开始教书，一开始工作就教数学课，还是学校青年团的书记。1956 年哩，水平先生也调到二中，当时叫恩施二中，就是现在的恩施市一中，在凤凰山，我们又成了同事。以后开办恩施三中、四中、五中，老先生调到五中去了。不过，五七年反右我们都在一起学习，老先生还是像过去一样关心我……”

刘主任插话说：“郝老师，您家今天找吴主任有么事？”

“啊——是这样，我本来早就要找的，我的情况吴主任也晓得，他到我们学校去过，我也反映过这个问题。但是这个问题一直没有得到解决，所以，今天我要反映的还是这个问题。是个什么问题哩？就是我的职称问题。我们市一中，前前后后评上了中学高级教师的已经不少，为什么我就硬是评不上去哩？这个问题上我很背包袱，这问题的话哩——是我实在想不通的一个问题。在这个问题上，我可以这么说，可以和评上去的人比。有的人，六十年代才参加工作，也就是读了一个大学嘛，就评上高级了。我哩，我是从 1953 年，1953 年啦，就在为国家培养人才。在这个问题上，我可以比，硬是可以比的。我教的学生，今天有当老师的，有当校长的，有当厂长的，有当书记的，有当军官的，有造飞机的，有造大炮的，有造原子弹的，有造氢弹的，还要我怎么样哩！”郝老师说得有些激愤，以至于站起来，一句比一句声嗓高，脸有些涨红，嘴唇有点颤抖，手里握着一把伞，在地上连筑直筑。

我请郝老师坐下，对他说：“郝老师，您坐下，喝一口水。您的情况我清楚，前几次到一中去，您都说了，我还记得，您现在的心情，我也理解。这次职称改革，发的那个黄本本上的政策您应该学习了，很多，很细，大家都按照政策对照。同时，符合条件的人多，但是指标有限额，不可能符合条件的都评上高级。年前我在州里开会，州里说省里还会下来一批指标，解决遗留问题。这一开年，我们还要去争取这批指标。这批指标来了，也许您的问题可以解决。不过，我也不能打包票，说您的问题一定能够解决。程序是单位搞民意测验，排出次序，学科组评议推荐，报市评审委员会评审通过，不是哪一个人说了算。您不要为这事想得太多，更不要为这事怄气——怄气伤肝。”

郝老师又站起来，说：“吴主任说的我懂。你要我等，我就再等；问题不解决，我再找你。请你见到老人家了，代学生我向老先生问候。今天打扰你们的工作了。”

郝老师走了，刘主任说：“哎呀，这个接待来访我是最怕的事情。他们开始也不直说，总要拐弯抹角地，太耽误时间了。对待这样说话的人，我后来的办法就是：在他开始拐弯抹角的时候就问他，‘你最后要说的那句话是什么？’这一招还灵，节省许多时间。”

我笑道：“说话拐弯抹角，不接触正题，恩施土话叫作‘扯野葛藤’。刚才郝老师先也是在拐弯抹角，说我的父亲是他当年的老师如何如何，你插一句话，问他找我又什么事，我听出来了，就是要他莫扯野葛藤了，直奔主题。”

“对嘛。我看是位老教师，不好问他最后要说的是一句什么话。都像他们这样谈话，我们一天就没几个时候做正事了。我搞了行政工作，体会很深的是，为什么写公文第一重要的是简洁明快。”

胡主任说：“算了啊，今天就是点个卯，明天再来，各自回去收拾现饭现菜，扫除残渣余孽。”

刘主任很赞成，站起身响应，同时又向我发问：“我简洁明快向你提一个问题：像我，也想评一个职称行不行？”

我说：“行政人员不评职称，要评就要流动到教学岗位。”

“教研岗位行不行？”他问。

“当然也行。”

“那我就流动到教研室去。”

“哈哈，这就要请示谭市长了。”

刘主任边走边说：“像我这个习惯教书的人，不想一辈子都搞行政，现在评一个职称资格放在那里，到时候就可以直接上岗。”

“真是这样想，你就早一点给谭市长讲，看他是什么意见。这次职称改革只有一趟末班车了。”我说。

大半年来，我接待郝老师这样为评职的来访已无计其数了。古人说“满招损，谦受益”“自伐者无功，自矜者不长”，但是，现在一些老师好像没有一点谦虚了。他们来访，有一个共同的特点：都善于自我表扬。他们对我说的，都是自己的优点、长处和成绩，比如：自己是如何认真备课，讲课，批改作业的；谁听了我的课之后是怎么高度评价的；又讲自己不知为什么特别爱学习，总是学而不厌，看了一些什么书，自己的知识水平有多大的提高；说自己如何热心帮助别的老师，哪几位年轻老师就是在自己指导下成长起来的；讲自己的教学成绩，哪一年的哪一次考试进入同年级的前列；他们和郝老师一样，说当年的学生现在有干什么的，还有干什么的，如何有作为，等等，说得眉开眼笑，一点不脸红。讲到这次评职称的不满意，就越来越激动，有的甚至会痛哭流涕。他们一般都会说“我哪一方面都可以和别人比”，少不得还指责别人如何不如自己，只差说自己是一枝花，别人是豆腐渣。也有放狠话的，说如果自己评不上是不会罢休的，要告到武汉去，告到北京去。听州教委的同志说，我们有位老师为评上高级职称，在州教委主任面前下跪了。唉，自从职改以来，我们这些老师是怎么了？他们就像喝了什么迷魂的汤药，近乎发疯了，太反常了。说来好笑，那天晚上一位女老师想评上小学高级教师，在我家里表白自己：“我不知道为什么自己这么爱学习……”被荞荞和昶昶听见了，以后就成了他们的口头禅。荞荞看见昶昶在做作业，便表扬他“我不知道你为什么这么爱学习！”昶昶也自我表扬：“我现在硬是不同了……”问他怎么不同了，他说：“我不知为什么这么爱学习了，硬是学不伤（不感到腻）。”我们都笑了。

你看，连学生娃都对老师这样说话感到可笑。面对这样一些来访者的自我表扬，我虽然听得腻，有些“伤”了，然而，从没有表现出厌烦和反感，更多的还是同情。我尽量从他们的角度思考，想这世界上，真能够做到淡泊名利的人毕竟不多，老师也不是圣人，更不是不食人间烟火的神仙。他们要靠工资养家糊口，到了评职的时候，而且是与工资待遇挂钩的评职，少有谦虚和礼让是不奇怪的。看到别人评上了，自己上不去，有意见，有情绪，可以理解。我在负责这项工作，应该多倾听他们心里的话，对他们应该多一点理解和宽慰，绝不能给他们心头的创口撒盐。我也不能直说他（她）是因为什么原因没有评上去，更不能丝毫透露评委们的议论。为维护教师队伍的团结，我必须守口如瓶。我能够做到的就是听他们这样充分的自我肯定，尽情地倾诉和畅快的发泄，让他们讲个够。我给自己立了一条戒律：勿烦，勿躁，勿怒；耐心，耐心，再耐心。有时候他们讲得很多，而且会重复，我听的时候思想开小差也是常有的事情。还有一种情况，是陆续来了几位老师，像开会的。不过这也很好，为什么呢？因为有几个人，他们时间观念明显的强很多，有些话对着第三人一般会简略，这样我工作的效率就比较高。我很满意，自己一直这样坚持做到耐心；我更庆幸，我们恩施市参评的教师五千人，而这样找我的，照人头算也不过几十人，所占的比例还是很小的。

这次职称改革搞了大半年，按照要求，今年上半年要基本结束。这次改革的目的，是要调动教师及科技人员的积极性。目前，改革接近尾声，我的感觉是：我们的上级——上到哪一级我说不清楚——在安排上有欠妥的地方。对这一改革，他们非常重视，非常谨慎，以至于达到神秘的地步。一个县市，到底有多少个高级、中级的指标，总是藏着掖着，密不透风，我们基层工作的人心中毫无底细。他们先把高、中级的指标卡得很紧，让我们按照一个大致的比例进行评审。这样评审一次，就如同对数千教师，切上三刀，分出高级、一级、二级和三级这样四个等级来。这一切，自然就有人不平，闹起情绪来："吾与彼年相若也，道相似也，他能上我为何不能上？"下面这一叫喊，上级便再拿出一批指标，叫作"解决遗留问题"。于是，又评一批，把原来的遗留问题解决了。自然，这又引起另一些人的不平，提出"他能够上去，我为什么不能上去"的问题。新出现的问题反映上去，又来一批指标，再评一次。同样，这一评，又有人闹开了，说"我们可以比"……这样反复数次，真是砍不断，理还乱，大大伤了老师的感情，伤了教师之间的和气。

其实，这样的教训已有前车之鉴，1980 年百分之四十的人员增加工资，要讲成绩，比贡献，结果搞出许多的矛盾，一个单位的人相互撕裂，伤口好久难以愈合，真是拿钱买矛盾，付出的代价太高了。我真希望这次职改早一点结束，走上正常化的轨道。

教研室副主任吕经武，约我商量召开城区小学教育改革座谈会的事。他问地点在哪里好，我说就在你们教研室，那里比较安静一些。

如约，去教研室开座谈会。教研室在和平街小学里面，还未进学校大门，就听见娃娃们的闹声。进了门，满场坝的学生娃在嬉戏追逐，校园内全然是一个大蜂桶，嗡嗡的声音响成一片，娃娃们像飞来飞去的小蜜蜂。一阵上课铃响，小蜜蜂一下子都飞进教室里去了，嗡嗡声戛然而止。一位女老师迎面走来，我认得她是经武的爱人杨老师。我问她上哪个年级的课，她指着五通庙的后门说，就在这里——学前班。

经武在办公室等着。我见墙上有一副提示语“请讲普通话”，就对经武用普通话说：“我来了。”

经武笑道：“来了好，请坐——你在门口说一句‘我来了’，让我想起一个笑话。日本电视剧里，女人常常是背个包袱，回家的时候很讲礼貌地说一句：‘我回来了。’是这样的吧？有一天，我下班回去，站在门口，也学日本妇女讲礼貌，对杨老师说了一句‘我回来了’。你说，我家杨老师在屋里怎么回答我？她看都不看我一眼，冷冰冰地说，‘你回来了就回来了嘛，有么子不得了呀！’嘿嘿，搞得我好难堪。我是想给她做个示范，以后她也像日本女人那样对待男人，哪晓得她这么冷淡，搞得我一点意思都没有了。”

我听了笑开了，说：“刚才我还看她去上课去了，学前班的。”

经武说：“是的，她送走一届毕业生，现在又从头接了一个学前班。说起这些学前班的娃娃，那也真有意思。那天杨老师上医院，我去帮他代课。一打上课铃，我进到学前班教室，全班起立，喊老师好。一个小家伙还未坐下，望着我说，‘嘿嘿，老子认得你！’”

我叹道：“这些娃怎么得了！”

经武说：“这小家伙是嬉皮笑脸说的，还表现得很得意的样子。”

我大悟，大笑起来：“有趣，有趣，这小娃娃其实不知自称‘老子’对人是多么不礼貌，还是想和你友好，拉近关系啊。”

经武点着头嘿嘿笑道：“的确有意思，他把‘老子’当成了代词‘我’在用，老子认得你，就是我认得你——我一天都在这里进进出出，他是认得我嘛。好像还有当着别的小朋友夸耀自己的意思。”

我说：“现在一些年轻娃经常把‘老子’挂在口上，动不动就称老子。最典型的就是儿子和老子闹翻了，儿子愤愤然说，‘老子不是看到你是老子的老子，老子今天把你……’”

经武说：“文明校园要做到语言美还要狠下功夫。别说学生，我们有些老师也有时忘形，出言不逊。听说有个学校，学生报告校长，说有老师讲丑话，校长问是哪个老师，学生说是某某老师，校长又问讲的什么丑话。学生把那句丑话重复一遍，校长听了立马就说：‘老师都说丑话，那要得个鸡……’”

这一说，我和经武摇着头，笑得莫奈何。我收住笑说，“算了，我们书归正传，研究一下城区小学教育改革座谈会的问题”。

经武一面笑，一面说：“其实，我们刚才就是在研究教育的实际问题。你说这些现象是不是值得研究？”

我说：“校园文明，德育落实，要靠教师坚持不懈的言传身教，长时间潜移默化，才能见到成效。还有，社会风气的影响，也是不能忽视的。像学前班的娃娃，怎么会称自己为老子，就是在外面跟人学会的，说不定还是跟他老子学的——好吧，你先说说开这个会的想法。”

经武说：“根据省州教研室的意见，小学教学要推行整体改革。我市城区小学教育的现状总体发展是较好的，单项的改革和试验不算少，教学质量在全州走在前列。主要问题是整体改革意识不强，片面追求升学率，学生负担过重，学生的作业量，学生在校活动总量没有得到控制。省里明确提出，在小学毕业生达到 95% 以上能够升入初中的地方，要取消小升初的考试。小学毕业生只考毕业考试，市里不出考卷，以街道办事处组织学校毕业会考。学生的毕业成绩按 6: 4 的比例，即毕业考试占 60%，平时成绩占 40% 综合评定。教育站不统分，不排名次。”

我说：“这个举措切中要害了。城区学生课业负担重，片面追求升学率等弊端，主要就是因为有小考这个指挥棒。从改革考试制度入手，就抓到了牛鼻子。我们城区小升初改革，可不可以这样，这几年，城区的小升初比例都在 95% 以上，我们完全可以从 1988 年开始，取消小升初考试，由各办事处自行组织毕业会考，结合学生平时成绩，达到毕业程度，直接升入辖区初中学习，个别成绩不合格的，留小学继续学习一年。市一中初中招生，将名额分配到各个办事处，由小学推荐，市一中根据学生毕业会考成绩、平时成绩择优选拔录取。”

经武说：“完全可以，还要要求，各个办事处的毕业会考，不统计分数，不公布成绩，不排队。毕业会考也可以由学校自己组织。”

我说：“这样一来，城区学校没有升学的压力了，有利于全面贯彻方针。全面提高教育质量，关键在提高教师业务水平，改进教学方法。我听陈兴志老师说，他的女儿上小学，一天晚上，他陪女儿做数学作业，做到大半夜都没有做完。说起来，老师布置的作业很简单，就一个题：从 1 写到 10 000。其实，这个题目做起来真是不简单，要的是时间。他一直陪着女儿写，中间简直没怎么歇气，到半夜 12 点了，才写到 7 000 多！你说，这样的老师是不是太随心所欲了，太草率了，把学生娃真是整惨了。陈老师说，‘依我的脾气，就不客气地对老师说，你自己先把这个题做一下看看’。你们说，学生花一晚上的时间，做这样的作业有什么作用？”

经武说：“就是，在教学方面，存在问题还是不少。现在我们有的教师，形式搞得多，实际收效少；赶时髦的多，脚踏实地少。我们一到学校了解教学工作，就听他们介绍订了多少计划，学习了哪个省的什么教学法，样子做得很热闹，实际上并没有多少收获。”

我说：“说起听课，我就感觉到还有一种倾向：做样子。公开课上，常常是小黑板用得多，大黑板用得少；板书用得多，课本用得少。有些内容就是书上有的，因为有人听课，要做个样子，写在小黑板上，到时把小黑板挂起来，其实真没有必要。也有老师，大约是字写得好，喜欢板书，一写就是满黑板。都是教学不得法。”

经武说：“还有，讲课废话多，切中要害少；听课次数多，潜心研究少。有的老师搞启发式教学，就是提问题，不断地提问，学生不断地答，实际上与启发式不沾边。”

我补充：“还有：批改作业时间多，备课时间少。因为课堂作业多，家庭作业也布置得多，教师批改作业的时间自然也很多，这样，备课时间势必少。比如布置家庭作业，从 1 写到 10 000 的那位老师，恐怕就没有备课，或者没有认真备课，不然怎么会随口布置这样一个题呢？还有批改，他如果是认真批改，那也得从1，检查到10 000，看学生写漏、写错没有。这样的话，教师要多少时间批改？可以断定，他（她）就是一目十行，甚至一目百行，怕也要一整天才批改得完。我想，这个老师一定是很聪明地写个‘已阅’了事。如此下去，如何提高教育质量？”

经武说：“还有：考试次数多，考后分析少，也是一个问题。我觉得把这些教学中的弊端整理一下，你在座谈会上提出来是很有好处的。”

我问：“这次会议是怎么一个开法？”

经武说：“参加会议的是城区三个教育站的站长，各小学校长、主任。9号上午，我把省州教研会有关精神做传达，把城区取消小升初考试的意见抛出去，然后征求大家对城区教育总体改革的意见，大家座谈。10号下午，你做一个总结性发言。”

我说：“可以。总的来说，我们要充分肯定城区教育取得的成绩。要肯定城区小学在全市起到了带头作用，在教育教学多个方面走在全州前列，有些项目在省里也有位置，从而增强整体改革的信心。同时，也要找准我们小学教育中的问题，明确整体改革的方向，提出加强科学管理，进行科学评价，创造德智体美劳和谐发展局面，切实减轻学生课业负担，切实保证学生睡眠时间的任务，要通过整体改革，改进教学方法，达到提高教学质量的目的。”

惠民主任告诉我，3月19日，就是本周六，市委要召开常委会，研究教育问题，要我也去参加。常委会怎样开法，我还没参加过，连市委常委会议室我都认为是个很神秘的地方，从来没有进去过。

周六，我和惠民主任来到市委大院。市委大院的房子，都是五十年代的苏式建筑。位于正中的是一幢两层的楼房，下面是市委办公室，楼上左侧便是常委会议室，右侧是机要室。常委会议室进门是一排沙发，此外是散置的木椅。地板是木质的，用红油漆刷过，沙发前面的地板，油漆磨得没有了，有几处还磨起了槽——这应该是历届常委们的鞋子的功劳。

常委陆续到会，市委书记李贵生，对着吕市长说：“人都来了，那就开吧。”吕市长说：“市三届人大一次会议有个议案，就是要加强中小学建设，解决农村小学毕业生升学难的问题。按照国家的要求，1990 年，小学毕业生升初中比例不低于 65%，而我们市的现状是 48%，全市城乡差距大，城区内达到 95%，而像芭蕉这样的地方只有 29%。我们要就如何提高农村小升初比例，如何加快培养人才的问题，就教育如何转轨定向，以及发展职业教育和成人教育的问题进行研究。另外，卫生方面搞三分之一重点县，如何定点，要拿出一个方案。宣传部也还有事要研究。几个问题，一个个来，先请教委刘惠民主任说教育方面问题。”

刘惠民主任从十三大对教育的总的要求和教育面临的形势，讲到省宜城会议精神，再讲我市教育的现况，提出基础教育薄弱，办学条件差，小升初比例低的问题。在说到经费投入时，他说：“市里财政紧张，近些年来教育经费在不断增长，但主要增加的是人头经费，公用经费无论是所占比例还是绝对数都逐年递减。比如 1984 年，财政决算的教育经费是 636 万元，公用经费占 28%，1985 年决算 948 万，公用经费只占 14%，低于全州 24% 的水平。我市财政困难，解决教育实际问题的出路只能是社会集资。因此建议，全市上下要对教育进行再认识，增强紧迫感，危机感；召开一次全市教育大会，深入讨论研究教育发展中有关转轨定向，落实分级办学，分工管理体制；动员社会教育集资，改善办学条件，提高农村小升初比例。”

宣传部长刘诗伟首先发言，他说：“我的观点很明确，召开一次教育大会是很必要的，教育集资这个事要搞，不搞也是不行的，市里的经济状况就是这样，不发动群众集资办学，靠财政的钱不知要等到哪一年。”

接着发表意见的是市人大常委会主任胡元春，他曾经是恩施县的老县长，两道浓浓的眉毛下面，一双大眼炯炯有神。他不断摇晃双腿说：“教育费附加征收和集资应该合并作一次。”又说：“教育转轨定向很有必要，这些年，我们的教育就是给外地培养了 200 多人和大批不会种田的高中生。”“我们的教育从小学就要分流，学生要学一门实用技术。”

市委副书记武道宣说，“集资的办法要认真研究一下”，“附加征收后，70% 应该用到农村”，“原来征收的费用，要清理，钱到底用到哪里去了”。他最后强调：“教师调进城的要卡，不然教师大批进城，农村教育虚了。”

常务副市长陈永富表示：“同意集资办教育，但方法要研究，市里拿出原则意见，不搞一刀切，办法可以灵活。属于社会救济对象，就不能按人平多少集资。”他也表示：“要从小学毕业开始分流，一部分学实用技术。”他提出：“教师有超编的问题。”

接着发言的是人武部政委冯国亮。他说：“我的观点：第一，集资要搞；第二，工作要做细，认真做宣传解释工作；第三，规定要明确，条款要简化；第四，经费管理要严。”

副书记蔡万顺发言：“说这么几点。1. 到同意集资，但不要和发行国库券同步；2. 管理要规范，绝大部分要用于农村；3. 乱罚款，乱收费一律取消，有的学校，学生迟到要罚钱，作业未完成也要罚，罚什么？罚买多少个练习本；4. 勤工俭学要通过学校集体组织，通过社会劳动获取，绝不能靠罚款，更不能收什么勤工俭学费；5. 各行各业要配合把初中搞上去；6. 职业教育要搞，面要大；7. 制定经济上鼓励教师到边远地方去任教的政策，师范生分配到差教师的地方。8. 农村学生上学太迟，我早晨 8 点出发到龙马去，城里的学生已经上课了，但是，一出城，沿路都还有学生背着书包在路上走，他们放学又比城里早。上学迟，放学早，算起来农村学比城里的学生少读一半的书。”

分管教科文的人大副主任邓相臣说：“同意搞教育集资，不搞不行。我们是皇城脚下，搞这些事情，一定要与州里沟通，先不沟通，到时会遇到麻烦。教委要摸一下，全市大体搞一个统一的标准。勤工俭学这个事，概念要搞清楚。有的学校要学生每人交一只小鸡，在学校喂，有的家里没有小鸡怎么办？城里的学校要学生交啤酒瓶子，交破铜烂铁，说是搞勤工俭学。交了几次没有了，学生娃说学校还要收，不交任务就完不成。家长没有办法说，好，等我去买两瓶啤酒喝了把瓶子给你。这些办法我看是不行的。城里的学校，以各种名目收费，大型的学校还收的不少，应该清一清，查一查。”

大家都发表了意见，吕市长说：“百年大计，教育为本。解决教育的基础设施，改善办学条件的任务，已经迫在眉睫。教育面涉及广，千家万户既有孩子读书的切身利益，又有自己要拿钱办学校的问题。教育方面存在的问题很多，不管是转轨定向的问题，还是教师队伍素质的问题，学校管理的问题，学生分流的问题，第一重要的，必须先行解决的，是改善办学条件的问题。解决办学条件就要拿钱，现在国家和地方的财政都是吃饭的财政，承受不了，只有靠集资。不这样，小升初的问题无法解决。大家都同意搞教育集资。今年集资解决小升初问题有一定有利条件：1. 企业负担不重，不影响企业积累率；2. 赵总理、李代总理都发了话；3. 舆论造得比较早，群众有一定思想准备；4. 市财政计划拿出 70 万，各区乡财政也拿出一点，捆绑起来可以解决一些问题。因此我认为，集资时机选在五、六月至八、九月全市开展比较合适。要研究如何把宣传搞得更扎实一些，工作做得更细致一些。要研究制定实施办法，包括细则、方法、步骤。这件事情，以教委为主，财政参与，最后形成一个文件。教育如何转轨定向，为本地经济建设服务，要认真研究，召开一次全市教育工作会议。"

最后是市委书记李贵生讲："现在可以定下来，下半年召开全市教育工作会议。会议怎么开，主管市长和教委认真研究。恩施市教育的确有许多问题要研究，要解决，不然适应不了经济发展要求。集资问题是个具体问题，是找出路的问题。上面给政策，教育找出路。发动群众办学校，这也不是新办法，我们民间有这个传统。这次集资也要考虑群众的承受能力，条款要搞具体，工作要过细。弄得不过细就会出问题。怎么搞？第一，主管市长、经委主任、教委主任、财政局长，管教育的书记一起商量，搞几条具体意见。第二，正式向州教委、州政府汇报一次。第三，城市集资要考虑不同情况：企业，如果职工每人10 元，临时工怎么交，亏损企业怎么办，这些都要认真考虑；居民，也是要出的，无职无业的，基本维持生活的，怎么办；干部，我认为按工资 1% 的比例交比较好，不要搞人平 10 元。城区的集资只要提个原则意见，权力下放到办事处，由他们去办。第四，农村，把任务搞明确，账算好，区别情况，采取多种形式，多种办法。工程建筑上要多种形式，土洋结合，因陋就简，群众投工投料都可以。要注意，不要乱砍滥伐。工程不要留尾巴，留了尾巴也由区镇自己割。第五，文件暂时不要出台，由民间到官方，先造舆论，增强承受能力。方案的最后确定和出台的时间要经过批准，这个权力不在教委。"

李书记的话一讲完，就宣布教育的问题就研究到此为止。

噢，常委会就是这么开的。

3 月底，省教委召开全省中小学实验室和仪器工作会议。办公室曾主任说，现在其他单位的头头，到省里开会好多都是坐飞机，一个多钟头就到了。教委工作正是大忙的时候，他建议我坐飞机去。我说，那当然是好嘛，从来还没有开过这个洋荤呢。我一直对飞行很感兴趣，对天空充满神秘的幻想，读小学时做梦都想当飞行员，一直到初中还亲手折叠过不少纸飞机、降落伞，制造过竹蜻蜓，做过带螺旋桨的航模。在庠口安家以后，也喜欢仰望天空，和传美一起识别星座。这些年来，在城里生活，灯光的辉映和屋宇的遮挡，仰望星空没有可能，只有脚踏实地了。没想到，现在居然可以去天上飞一飞。

买的是星期六的机票。上飞机的时候，我心里真是激动得很，一切都很新奇。但是我竭力抑制住，装作稳重的样子，只看别人怎么做就怎么做，似乎是飞过多少次的角色，以为这样才与我的年龄相称，也不至于让别人觉得我土气。机上还没有一辆客车的人多，大约三十多个，只是我一个都不认识。从口音辨别，有的是外地的，多数都是本地人，也有几位上了飞机就讲普通话，但是听得出属于恩施普通话。

很小的时候就听人说过，坐飞机是会晕的，特别是起飞和降落的时候，不仅头晕眼花，而且耳朵如针锥一般疼痛。我有几分紧张，等待起飞那一刻，看自己会不会头晕眼花，感受耳朵到底会怎样疼痛。飞机发动后，我的心收得很紧，想到头晕眼花的时刻马上就会到来。但是看到周围的人都很自在，也就略略放松了一些，他们不怕，我又担心什么？飞机在移动，比汽车走得还慢，觉得飞机在地上其实是个很笨的东西。过一会，飞机大吼起来，我想这是飞机起飞之前的运气，犹如做气功一样，发功之前是要运气的。待到运足了气，飞机像汽车一样飞跑起来，跑道边的草地唰唰地往后退。我想这是在提速，准备起飞了，耳朵马上会刺痛的。真的起飞了，离开地面了，飞机悬了起来——嗯，有一点失重的感觉。飞机离地面越来越高，山包从我的脚下掠过，屋宇都在地上匍匐着，看到的是屋顶，与地面见到的形状完全不一样。飞机还在展翅高飞，大山大岭全在我的脚下。此刻觉得人是多么伟大呀，真是可以飞上九天揽月的！

耶，怎么回事，我并没有发晕，耳朵也没有刺痛的感觉呢？耳朵里鼓膜是动了两下的，那应该属于气压变化引起的，这个现象我曾经在爬庠口那一架大坡时多次遇到过，算不了什么事。看来、晕机和晕车一样，不是所有人共有的，我应该属于不晕车也不晕机的一类。此时从舷窗朝下看去，我等是高高在上了，朵朵白云脚下过，千山万壑沉深底，不觉又几分恐惧：万一这飞机摔下去，全机的人必定粉身碎骨，谁有性命可保！于是我竭力不去思考这个问题，回顾机内的乘客，有的在看报，有的在打瞌睡，一颗悬着的心渐渐松弛下来。然而，当我再次往舷窗向下瞭望，咦，那一条大沟，怕就是清江河谷吧。不免又想到万一怎么样的问题：这一摔下去，会砸在河边的岩坎上，还是落在水里？唉，我可能有恐高症吧，看来小时候想当一个飞行员，其实是不合格的，妄想而已。飞机的马达在轰鸣，我感到机身在微微抖动，想到脚下的云还在下面浮动，再下面，万丈深处是山岭河流缓缓后退，我们一日千里，向东，向东。我竭力避开那个“万一”，微闭双眼，深长呼吸做气功。然而，我又不敢继续做下去了，为什么？前些时候，看过一篇文章，说有练气功的人，会产生特异功能，他可以做到心里一想，那片树叶会掉落，于是，树叶果真就飘落下地。我从读高中时开始练气功，这多年了，虽然一直没有感觉到“来气”是怎么回事，但是，如果今天在天上做气功，突然来气了怎么办？如果我心想飞机摔下去，飞机真的像树叶落下去……此时，空姐推一个小车出来，给我们一人一小袋食品，里面是油炸的小豌豆。又送给每人一把小折叠扇，木质雕花的，很漂亮，而且还散发出幽幽的楠木香。

可以感觉到，飞机在渐渐下落，进入了云层，机舱里有些暗了，机身有些颠簸，不觉又有几分紧张。这不仅因为会头晕，耳痛，而且知道起飞和降落是飞机出事的主要两个时段。前年，一架肖特飞机就在恩施机场降落时冲出跑道，有的乘客从后排飞到了前排，伤了好几个人，因此好长时间恩施机场封闭。前不久，因为恩施下雨，能见度很低，一架从武汉飞到恩施的飞机，误把航空路街道当作跑道，降落下来，准备着地，幸亏驾驶员及时发觉，迅速将飞机升起，在恩施上空盘旋一圈，返航在半途的宜昌机场降落了。要是不知道这些事便罢了，知道这样一些事，就很难不叫人联想，添上几分恐惧。

可以感觉到飞机是很平稳的，马达声也没有那么大了。我再从舷窗看，那是地面了，一方方，一块块的田野，就如摆着的一个大棋盘，看得清房屋，看得到路上的车辆。飞机稳稳落地，降落在王家墩机场——一切的担忧都过去了，这一下全身轻松。一看时间，还不到下午四点。如此说来，这一程只用一个半小时就到武汉了。

离开机场，乘车去咸丰县驻汉办事处。恩施人出差武汉，大都喜欢住在咸丰汉办，原因是它位于阅马场附近，是一个比较适中的地方，离洪山省政府、水果湖省教委都不远，黄鹤楼、长江大桥更是近在咫尺，过大桥就是汉口和汉阳。同时，这里的住宿费比较便宜，伙食不贵，而且能够吃到恩施人喜欢的家乡菜，什么腊肉、鲊广椒、合渣、酸洋芋片，等等。

我在乘车去阅马场的途中，感叹飞机的快速，两个小时前还在恩施，转瞬之间便到了白云黄鹤的地方。如果是坐汽车，此时我还在山沟里打转，顶多也就从恩施到了建始的红岩寺。要到武汉，还得在明天这个时候——飞机的发明也实在太伟大了！ 我们的祖先对天空充满无限的遐想，流传有嫦娥奔月的美好故事。明代有个叫万户的能工巧匠，一心要实现上天的梦想，将许多火箭绑在他乘坐的椅子上，然后手持两个大风筝，想借助火箭的推力飞上天去，然后借助风筝飞翔。可惜，火箭一飞冲天，他也为此献出了生命。尽管如此，飞向太空仍然是人类执着追求的梦想，三百多年后，美国人莱特兄弟终于实现。兄弟俩虽然没有大学文凭，但博览群书，尤其喜欢摆弄和研究机械。他们以修理自行车为生，却异想天开，要像鸟儿一样在空中飞行。他们潜心钻研，大胆地试验，终于驾着他们的飞行者 1 号，飞起来了，又安全降落地面。人们公认他们兄弟是飞机的发明者。这以后不到 100 年，人们驾着各式各样的飞机满天飞，连我今天也从恩施飞起来，又降落到了武汉。人类的飞行已经把空间大大缩小了，让时间大大地节省，以至于将地球称之为“地球村”了。知识即力量，科技是生产力，的确如此。

省里这次召开的会议是关于中小学实验室和仪器工作会议。我相信，领导同志的讲话，首先少不得要讲提高对这项工作重要性的认识。我觉得，我的认识已经是很高了。这次乘坐飞机，使我感慨万千，从嫦娥奔月，到万户飞天，再到莱特兄弟的飞机，人类的进步都来自于丰富的想象和科学的实验。无数次失败的实验，孕育了最后一次的成功。伟大的成功将人类物质文明和精神文明推向新的高度，其间，实验起着关键的作用。记得小时候看过一本连环画，讲的大发明家爱迪生的故事，他没有受过系统的教育，只读过小学就因家境困难辍学，但是他在当过教师的母亲教育下博览群书，特别重要的是他家里就有一个地下实验室。爱迪生对化学情有独钟，经常摆弄实验室里的瓶瓶罐罐，还经常闹出事故。为了谋生，他在火车上卖报，还借用了一个地方做实验。一次实验失火，他被人把一只耳朵打得失聪，成了残疾。这一切没有影响到他对科学实验的浓厚兴趣，他终于不断取得成功。他发明和改进了电灯、电报、电影、留声机，让世界变得更光明，信息传播更快捷，人类的生活更加丰富多彩。同样，我在读小学的时候，语文书上有一篇课文《瓦特和水壶的故事》，讲的是瓦特小时候，观察到水壶里的水烧开了，蒸汽不断将水壶的盖子冲得直跳，让他认识了蒸汽的力量，以后他利用这个原理发明了蒸汽机。这个故事启发我们要善于观察事物，多动脑筋。善于观察和想象，是有所发明的必须，但是仅此是不够的。以后进一步知道，瓦特和他以后的大发明家爱迪生、莱特兄弟一样，都擅长动手，摆弄仪器和机械。瓦特十几岁起就是一个修理厂的学徒，以后在一所大学办了仪表修理车间，他就是在这里把原来并没有使用价值的蒸汽机，改进成近乎“万能”的机器。此后，蒸汽机在工业上的广泛应用，大大推动了生产力的发展，开辟了人类新的时代——工业革命时代。

由此反观中国的教育，本来传统的儒学有“致知格物”的主张，就是要观察、实践、研究、实验，以明白事理、物理。但是，这一思想并没有得到相当的普遍的重视。尤其是在西方科学技术突飞猛进的时候，中国的教育仍然在墨守成规，学生死读经书，埋头写八股文。教育制度如此，国家不落后岂不怪哉。新中国的教育奋起直追世界科技发展的潮流，但是薄弱的经济基础和持续不断的运动，影响了教育的现代化进程。单说实验室建设，众多的中学小学仪器没有，实验室的房子更没有，还别说像爱迪生们，有自己家里的实验室，可以任其摆弄。今天，国家重视实验室建设，这对培养既善于动脑，又会动手的创造型建设人才，具有重要意义。

全省中小学实验室和仪器工作会议 3 月 29 日至 31 日整整开了三天。省教委副主任袁继凤主持会议，党组副书记周春华作动员，侧重讲近几年实验室建设和仪器工作取得的成绩：

——全省 108 所重点中学，全部开了按大纲要求的演示和分组试验；70% 的重点中学，微机室、语言室等专业实验室得到综合利用。

——1 142 个农村初中实验中心，覆盖 4 000 多所初中，使 80% 的初中能够开实验课，开出率达到 86%。

——全省实验小学，按 24 组开出的占 67%。

——6 年中，全省建立了 3 500 个中学实验室，是 1982 年的 1.5 倍；建小学实验室 1 000 多个，是 1981 年的 30 多倍。实验室建设总投资达到 6 000 多万元，主要是地方自筹，其中省里投资 2 000 多万。

——1987 年，全省集资 1.1 亿元，教育费附加 1.6 亿元，发展电化教育。

接着，省教委副主任朱定昌做主旨讲话。果然，和我预想的一样，他简单回顾工作成绩之后就讲："在实验室建设上要提高认识。"不过，他是从几种不正确的认识讲起的：一种是，不做实验照样可以搞教学；第二种，不做实验可以提高升学率；第三种，经费紧张，搞实验室没有可行性。总之，不少人认为，实验室建设既无必要性，也无可行性。他说，"重视不重视，关键在认识。认识上不去，不可能引起重视。这种情况的确普遍存在，原因也很明白：与高考这个无形的指挥棒直接相关。高考是很难考试学生的动手能力和创造性思维的。为了应付高考，教师的精力集中要学生掌握知识点，促使学生熟读熟记，甚至要求学生记住实验的步骤极其结论，这样，在考试时候便会左右逢源，获取高分。这是开展实验教学最大的障碍"。朱主任强调，抓实验室建设是贯彻邓小平同志关于"教育要面向现代化，面向世界，面向未来"重要指示的需要。他说教育要现代化，就要采取现代化手段教学。国外中小学非常重视现代教育手段的采用，小学一年级学生都学习微机。

听着领导的讲话，我在思考。这些道理谁都是可以说上一些的，也无疑也是正确的。但是再多的道理，不如考试内容的改革，若纳入实验的实际内容，指挥棒点到情况就会大不相同。不过，即使这样，实验教学有可能加强，但这还不是一种理想的状态。我以为理想的状态是，学生不以升学为唯一人生出路，而是有一种"魔力"，吸引人们通过实验，有所发明，有所创造，并且获得专利，就如瓦特、爱迪生、莱特兄弟一样，那么，社会、家庭就会重视科学实验，青年才俊不仅可以张开想象的翅膀，而且会动手实验，验证他们的奇思妙想，最终变成现实，从而获得相应的利益。如果这样，我相信在我们人口众多的国家，新的发明创造就会井喷一样涌现出来。到了这个时候，我们不仅能够以祖先的四大发明为傲，而且可以以层出不穷的现代发明，为人类做出新的贡献而自豪。然而，要到这一步，非一日之功，还有很长的路要走。但是，只要我们朝着这个方向走下去，达到这种境界不是不可能的。

朱主任提出实验室建设要从实际出发，量力而行，分层次，分类型，分步实施。全省3万多所学校，同一标准，同一步伐来实施，是一定不行的。但是，要分别提出“跳起来可以摘到桃子”的要求，逐步推进，逐步武装，逐步普及。与此同时，要加强师资建设，不能像有的学校，花了2 000多元建起了实验室，教师却不会用。有的学校有了风琴，教师不会弹。必须建、管、用一起抓。这的确是我们现在应该做的，也是通过努力可以做到的。

随后，省仪器装备处陈处长，普教处袁处长，省电教馆余馆长等，或是传达国家教委有关会议精神，或是介绍外地的经验，或是提出工作具体要求。他们一股劲填鸭式地给我们灌了许多“精神”，我们忙不迭地记笔记，以便回去了也去给别人灌。

省教委主任孙德华因外出开会，原本没安排讲话，回来后见机会很好，开的一竿子插到底的会，精神可以一下就传到县一级，于是在会上讲了三点：1. 传达李鹏代总理2月5日讲话精神；2. 关于燎原计划；3. 关于省教委1988年的工作。

31号上午是讨论时间，州教委何渭滨副主任给我们县市同志传达省在襄阳召开的计财工作会议精神。他通报了一系列的数据，说明恩施州教育经费情况属于全省最差：教育经费支出全省达到7.5425亿元，恩施州是5 727万元，只占全省7.6%；预算外经费占教育经费比重恩施州只占全省3.13%，而与之临近的郧阳还占了5.2%，宜昌占7.0%；预算外资金占国拨经费，全省是55.8%，我州只占23.01%，而郧阳是48.64%，宜昌是37.4%；教育费附加占国拨经费比例，全省是20.97%，恩施州占13.01%，而郧阳是15.79%，宜昌是15.96%。恩施州各项指标都是最低，这使我们看到了恩施的落后，恩施的穷。

说不清，是因为落后所以贫穷；还是因为贫穷所以落后。也许正是这样，“贫穷落后”常常连在一起说——这是一对孪生兄弟。

会议的总结是袁继凤副主任讲的。他说，省里普及基础教育的规划是要和江苏、辽宁这些教育大省竞争，不能和青海、宁夏这些省份为伍。他强调，这些工作要抓紧，要有紧迫感，山区县要克服畏难情绪。他是分管计财的，就如何筹措教育经费，说了一个顺口溜：

财政拨款保吃饭，

教育附加搞修缮，

集资办学补不足，

勤工俭学自我完善。

发展教育要投入，要说山区也的确难，难的就是钱。川剧《抓壮丁》中一句台词，说的是："钱，钱，钱，命相连。"如今办教育的人，都在为钱操心，教育部门的上层领导都在找路子，编顺口溜了。我们这些基层萝卜头，是不是该学习武训筹钱，"三个钱一拳，五个钱一脚"？

这次赴省开会，往返都是飞机，会前会后的时间比较充裕，先后去了中南民院、华中师院，看了吴旭、吴捷。

抽了一个晚上，和刚到武汉的土桥职中朱校长去了省教委，找到了梁处长。这梁处长是职教处的处长，军人出身，为人爽直。他写得一手好字，特别是喝酒以后，更是酒醉笔生花。他几次到过恩施，对我市土桥职中评价不错，多有鼓励。他和佘主任、现在的朱校长他们成了朋友。朱校长专门从恩施给他带来五斤恩施的苞谷酒。他说这个梁处长，为人很随和，好接近，到恩施去了他不让你特别招待。他能够喝酒，但不让我们买瓶装的什么大曲，什么老烧，他就喜欢喝恩施自产的散装白酒，他笑说恩施的这个"苞谷老烧""遍山大曲"，既经济，又有劲儿，比其他什么大曲、老烧都好。朱校长带我直接走到梁处长的家，梁处长开门迎接，朱校长说："给处长带来几斤恩施的苞谷老烧。"梁处长哈哈笑道："哎哟喂，恩施朋友真够意思，这么远捎来，麻烦了，麻烦了。"接着，一起闲谈，朱校长也讲了现在学校的一些情况，梁处长又提了一些建议。

又是一个晚上，和何渭滨副主任、朱树铨校长一道去汉口江汉区教师进修学校，会李志华校长。志华同志是武汉人，大学毕业分配到恩施红土这个高山区当教师。他从走不稳山路，吃不惯苞谷饭，到下煤窑，背煤炭，打打杵，一背百把斤。他什么苦都能吃，赢得师生爱戴。十一届三中全会以后，他调到恩施县教研室工作，以后任教育局副局长，分管教学，我们可说是朝夕相处。前年整党，他因为“文革”时当红卫兵犯过错，受党内处分，不能继续任职。他申请调回老家武汉，被安排到这所学校任校长。他自从回武汉以后，我们便没有再见过面。如今，他一家住在一间教室改装的宿舍里，据说新宿舍已在修建，不久即可乔迁。看到几位恩施的老朋友，他也特别兴奋，说了不少话。看到他如今的境况，我很高兴，只觉得恩施方面对他的处理有些过头。当时教育局全体党员主张对他免予处分，最后不仅处分了，而且还要免职。不过，祸兮福所倚，他却因此调回了武汉，全家团聚，安居乐业了。

4 月 1 日，又是一飞机坐回了恩施。次日上班，到几个办公室了解有关职评、师训、普教、电教仪器供应等方面的情况。给惠明主任大致汇报了省里会议的情况。他说要及时召开一个站校长会，把精神贯彻下去，时间定在 5 号。又说，明天是星期天，后天 4 号，我们一起到盛家坝石门坝乡去一下，那里的教师在罢课。

4 日一早，刘主任、胡主任、光福和我，同坐小覃的车直接到了石门坝。盛家坝区的王区长、唐宣委和石门坝乡的乡长，副书记等正在等着，石门小学胡校长、王主任都在。王区长先介绍情况：

“石门坝乡中心小学，有 13 个教师，公办 6 人，民办 6 人，临时聘请 1 人。这个乡还有印笔沟和蓼叶坪两个教学点。总的来说，这一次发生中心小学 3 个班停课的事，是我们的工作没跟上来，没有做好，还惊动了市教委的领导到这里来。事情发生在 4 月 1 号，在此以前 3 月 31 号，小学情况都很正常，十几位教师带着学生还采集了十多种药材。4 月 1 号，五年级学生突然不上课了，说现在还是‘四人帮’领导，老师没有工资，我们要为老师出气，我们要‘起义’……同时，中心小学有学生分别带信到印笔沟和蓼叶坪学校，要那两处的民办老师也停课，听候通知，几时上课就上课。乡里欠中心小学民办老师工资的情况是，1986 年欠 600 多元，1987 年又欠了 600 多元，合计 1 200 多元。印笔沟和蓼叶坪民办老师也有 400 多元拖欠。造成这种情况原因是多方面的，主要的原因是提留没有收上来，村干部和民办老师的工资都没有钱发。客观讲，这里农民也是太穷，到了这日子，几多人家化肥买不回来，要靠贷款。乡里穷成这样，胡乡长也打了退堂鼓，写了辞职书。得到这个消息之后，昨天晚上我们与老师们一起交换了意见，大家都心平气和，谈得很好。我们区乡的同志表示，无论怎么困难，欠老师们的工资一定要想办法解决。老师们也表示体谅政府的困难，觉得停课的搞法是不对头的，受到外界闹学潮的影响，好像这样一搞问题才得解决，表示道歉。印笔沟小学今天已经上课。总的讲，问题正在解决之中。”

胡乡长显得有些心思沉重，说道：“我是去年从二官寨乡调到石门坝来的。石门坝乡，总人口 3 417 人，去年上交提留总额应该是 14 800 元，结果只收上来 5 900 元。加上去年因为种子的问题，稻谷减产 50 万斤，群众生活也有困难。这两天学校又出了罢课的事情，我觉得我这个人‘火气’实在不行，点子邪，‘好事’都碰到我的头上。唉，这都是推客观，根本原因还是我没得能力，生产没抓好，工作没搞好，我有重大的不可推卸的责任，感到很惭愧，给区委写了辞职报告，请求组织处分。”

唐委员说：“这件事区里发现早，处理也比较及时。如果再过两天，其他地方也会动起来。我知道的，安乐屯小学也因为民办教师工资有拖欠，今年拖到正月二十几才开学。这一次听说石门坝在闹事，他们也放出话来，准备响应。民办教师为工资问题停课，一些公办教师没有制止，多数人包括站、校的领导，态度都不够鲜明，有的甚至说，你们因工资不兑现停课，我不追究。有的也认为罢课不对，但是也不好出面制止，怕遭民办教师指责，说‘饱人不知饿人饥’，你们公办教师月月按时发工资，我们的锅儿吊起当钟打如何如何。加上大城市闹学潮的影响，有的人还认为闹得好，罢工罢课是民主权利，只有这样闹，问题才能解决。”

大家都谈了情况，已是一点多钟，我们还是在城里吃了早餐的，肚子里这时都有些打鼓了。乡政府的饭还没有熟，几个人说到外面去转一转，于是走出乡政府。

今天是清明，俗话说“清明青半山”，这里四周却没有山，是一展平的好水田，波平如镜。然而，令人惊异的是，大坝中间，一座小山突兀而起，整个是一巨大山石，如同从天外飞来，安置在这平坝的中央。小山顶上青绿一片，侧面是十分显眼的灰白色石灰岩。奇特的是下面生出一个大穿洞，宽约二十多丈，高十丈有余——一看便知，所谓“石门”便是这儿了。这石门安放在大坝的中间，此地取名“石门坝”是再合适不过了。在庳口的时候，我曾经来过这里。当时跟着姚、商、肖几位老师到这里来买木炭，须得当天挑回去，所以来去匆匆，只记得赶路，并没有关心这里为何叫石门坝，也没有看一眼这个石门。今天端详这石门，实在生得稀奇：这个山很像桂林山水风景画中那座象鼻山，不同的是桂林的象鼻是向着地面垂直的，而石门的象鼻是向前斜伸出去，因此不仅穿洞阔大，而且比桂林的大象更有动感和气势。

吃了中饭，继续开会，由刘主任说意见。他说：“石门坝小学 6 位民办教师，因为工资有 20% 的尾欠，停止上课两天，波及下面两个教学点，共有 5 个班停课。这件事的性质是严重的，影响是坏的，教育行政部门是坚决反对的。这件事暴露了教育内部存在的问题：首先是站、校领导的素质差，没有加以制止，事情发生了也没及时处理。其次，说明政治思想工作的薄弱，缺乏自觉接受当地党政领导的观念，有问题不是积极向组织反映。其三，也说明法制观念不强。其四，管理上存在问题。这件事情的发生，学校负责人负有主要责任，不应该让事情发展到这一步。其次，民办教师工资有尾欠是事实，但是解决问题的方式是错误的。同时，公办教师没有做好民办教师的工作，也没有制止学生，放任自流，失去控制。最近州教委召开的维护安定团结政治局面的会议提出：1. 凡是发生这类事件都是错误的；2. 学校的基本权益，师生基本权益方面的问题，各级都要妥善解决好；3. 教育内部要加强管理。对于这件事的处理，我的意见是，第一，一个原则，就是按照分级办学，分工管理的原则解决。第二，学校要立即开课，对当事者进行必要的教育。第三，尽快解决民办教师工资的尾欠。最后我要说的是，盛家坝区委、区公所对这件事是相当重视的，处理是相当主动的。事发之后立即报告了市里，区长亲自着手处理，与老师们心平气和对话，作解释，原谅教师们不妥的做法。教委相信区委，乡党委会抓紧教育附加和上交提留款的征收工作，兑现民办教师工资的尾欠。老师们要吸取教训，一定要极力维护来之不易的安定团结的政治局面，有问题，有矛盾，采取恰当的方式解决。”

返回的路上，我在闭目但没有养神，因为明天的站、校长会我要传达省实验室和仪器工作会议精神，安排职称评定验收阶段的工作。

4 月 5 日是相当忙碌的一天。全天站校长会议，上午刘主任传达州紧急会议精神，下午的戏就由我来唱。

在传达了省实验室和仪器工作会议的主要精神之后，我说：

我市完中 3 所，已配备仪器的 2 所，还差 1 所；高中 4 所，已配备 1 所，还差 3 所；初中 58 所，应配备 44 所，已配备 23 所，还差 21 所；小学 685 所，应配备 343 所，已配备 21 所，差 322 所。合计应该配备的是 394 所，已经配备的是 47 所，还需要配备的有 347 所。按照省定的最低标准，每所学校配备所需资金，完中要 2.04 万元，高中 1.66 万元，初中 1.0 万元；小学一类 0.3 万元，二类 0.2 万元，三类 0.06 万元。这样，除实验室、仪器保管室、柜架、桌凳在“一无两有”配套建设中解决之外，仅就仪器配备，全市还需要 66.14 万元。这个任务，要求在今明两年内完成，我们要按照省里的要求，提高认识，统一规划，分级负责，分步实施，多渠道筹措资金，如期完成任务。市里将实行超前奖励办法，就是：以自筹款到账为准，1988 年 6 月以前到账的奖励 60%，1988 年 12 月前的奖励 40%，1989 年 6 月以前的奖励 20%。与此同时，要建立机构，明确领导责任，落实专职人员，组织培训，提高设备使用效率。这是一件提高后一代人基本素质的大事，也是功德无量的好事，我们一定要下决心克服一切困难，把好事办好。

关于评职验收阶段的工作，我说了——

从去年开始的评定职称的工作，从大面积看情况良好。多数单位反映是：“情况正常，没有多大问题，评得比较准。”前后来信来访的 200 多人，约占参评总人数的 4%，应该说，95% 以上的教师是满意或者基本满意。这项改革，上下各级都毫无经验，正是“摸着石头过河”。我们感到自始至终存在一个问题就是“不平衡”，哪里不平衡，一部分教师心理不平衡，某某评上了，我也应该上。因为反映大，新的政策不断来，新增指标陆续下，如此反复数次，一些问题解决了，新的不平衡又出现。这个过程中，挫伤了不少教师的积极性，评上了的，觉得早就应该评上，还有没评上的又想不通，哭鼻子。在这样指标不断下，口径不断变的情况下，具体办事的人很为难。我们可以前后对比一下，就会发现：开始强调严格保密，搞得很神秘，后来又强调提高透明度；一段时间强调工作实绩，保质保量，有段时间又提出首次评职要给老同志还账；前些时说进修时间不能算工龄，要扣除，后来又说可以合并计算；先前说中小学教龄不能合并计算，后来又说可以；先前说工农兵学员30%，可以上中级，后来说可以上50%；开始只注重评，后期强调设岗，职、岗要相符……凡此种种的变化，使得基层办事实在为难。这充分说明首次评职的难度，我以为我们在这样的情况下，能够做到95%以上的老师满意或基本满意，是各级认真组织，严肃工作的结果。

我们已经做了大量的工作，下一阶段的任务是各站、校在自检过程中，按照上面新的政策规定，集中群众意见，将发现的突出问题书面报告教委职改办，提请评委复议。具体说，新的政策有如下几条：

1. 月工资在70元以上，还没有评上中教二级，小教一级的，一般可以上中二、小一；

2. 教龄9年以上，中专毕业，一般可上小学一级；

3. 获得一证，中教教龄9年以上，或职后进修专科毕业中教教龄5年以上可上中二；

4. 教龄20年以上的中师、高中毕业生属于实际工作骨干者，可评中一或小高；

5. 工农兵学员属于实际工作骨干的可上中一或小高。

各站、校根据上述新的原则意见进行平衡，解决遗留问题，市教委充分尊重站、校意见。这里请各站、校注意，意见很大的，上访很勤的，不一定就是上得去的；有的老师是老实人，与世无争，我们不要让老实人吃亏。各单位要抓紧职评扫尾工作，准备自检验收。屯堡四中、教师进修学校和太阳区没有遗留问题，准备材料，可以验收。

职评涉及教师切身利益，教师思想活跃，站、校领导要针对不同情况做好思想工作，要引导教师朝前看，以大局为重，不要失去身份。首次职评，对老同志而言，的确上得多一点，上级提出这有还账的性质，但是也不能一下还完；对中年教师而言，要正确对待老同志上得多一点的问题，也要理解拔尖的青年教师破格的问题，正确看待中级职称“四代同堂”的问题；青年教师来日方长，风物长宜放眼量。全体教师都要理解改革的困难，理解首次职评的复杂，心地放宽，眼朝前看。各级担负职改工作任务的同志，要在增强透明度的同时，讲原则，讲纪律。要忍辱负重，虚心倾听教师的意见。有的老师说过头话，有气要发，都可以理解。请大家放心，在这个问题上，市教委绝不上推下卸，有问题会一面承担，有错改错，有漏补漏。我们相信绝大多数教师是通情达理的，要一心一意依靠教师把事情做好。

当天晚上，去市一中召开部分教师座谈会。这会是州教委冷主任约我去听教师对职评的意见的。事情的缘由是我在州教委反映市一中高级教师指标太少，相当一批中老年教师评不上高级，意见很多，反映强烈。冷主任说，八县市一中，市一中上了 27 人，是上得最多的，利川人口比恩施多，利川一中的高级还只有 26 人，第三是巴东，上的 20 人，其他县只有十几人。我说，可能是恩施市一中把全市好教师拔得太多的原因。于是冷主任说一起去听一听老师们的意见。

王可铭校长请了十多位老师来座谈。我把冷主任给老师们介绍了，说明了来意，老师们一个接一个发言，没有一分钟的冷场。

首先是政治教师 LX 老师发言："我今年 58 岁，比有些评上中高的人，我是想不通的。说教龄，没有几个有我的长；讲教学效果，高考成绩摆在那里；讲老教师要还账，我工作了 38 年，该不该还？"

接着，体育教 T 老师说："我在一中来干了 33 年，不光在恩施市比，就是在全州的体育界比，看还有没有干了 33 年体育教学的，33 年的成绩就一笔勾销了？"

第三位是女教师 CH 老师，她说："我 1958 年体育系毕业，响应党的号召，支援山区建设，分到恩施，干了 30 年。1980 年调资，我当时在下面一所中学当头头，从工作出发，讲风格，让了一级工资。轮到现在评职，我是一把老骨头了，教体育是不行了，评不上高级了，怎么办呢，只有自己伤心……"

第四位是 H 老师，就是那位郝老师，他说："我的情况给吴主任反映过，都晓得，我是 1951 年高中毕业了就在这所学校教数学。五一年啦，市一中有几个是五一年就在这里教书的？到现在八八年，是 37 年了呀！最近这几年，新来的教师多了，我的年纪越来越大了，精力来不及了，1984 年领导照顾我，管一管收发工作，我感谢领导的关怀，认真管这件事，从没出现任何差错。哪个晓得现在评职称，要考查近三年的教学实迹……这个事情，我心里哪门服气啊！”

第五为 SY 老师说：“我不想多说，只说我是 1959 年毕业的专科生，今年 50 岁了，教了 29 年数学。29 年的工作我不是玩出来的。”

第六位是女教师，X 老师，她说：“我是 1957 年俄语专科学校毕业参加工作的，1974 年到鄂西，已经干了 31 年，还有两年就退休了。我的工作量是多是少，都是领导安排的。看干部应该看全部历史。”

第七位是 XC 老师，他说：“搞了 31 年教学，说长也不长，说短也不短。本来在名利地位方面我是想得开的人，人一辈子也就几十年的光景，好也是一辈子，歹也是一辈子。但是我就看不得与我同班的同学，他怎么就评为副教授了。和同学科评上中高的人比，我是哪一点不如别人，为什么自己评不上？晚上睡在床上都在想。我猜，旁人都会说，老 X 评不上去，肯定还是有什么问题。说给老同志还账，哪门轮到我的头上，就不还了呢？有的说我连续教龄不够，中间几年我在搞什么？是共产党叫我去修鸦官铁路（鸦鹊岭至宜昌官庄）的嘛，我能不去么？这一回我也真是倒霉，和我一般般的几个人都评上了，独独我一个人评不上——老实人就是这个下场！哎呀，不多说了，我是个老实人，情绪归情绪，工作是工作，还是一颗红心，工作使力搞。今年 56 岁，把这一班教毕业了，坐到高一，再带一班毕业，我也就跟着学生毕业了，然后呢，只等坐‘黑包车’（棺材）了。”

第八位是 TZ 老师，他说：“我是 1964 年进大学英语系学习，‘文化大革命’中毕业的。比起前面这么多老同志都没有评上去，我没有什么想不通的。据我看，首次评职实际上是论资排辈，但是这样说又不能上文件，解释为：有还账的因素。我对自己说，不要把自己看得很重，其实自己只不过是一个过不了河的小卒子，是个无足轻重的人。这样就想得开了。”

第九位是 SM 老师，据说这位女老师数学教得很不错。她说：“老同志想不通好理解。在这里我们这几位，算不上老教师，但也不年轻了，从外地到这里教书 20 年，也是奋斗了 20 年，中教 5 级。教学效果自己没必要说，有历届学生成绩在那里摆起。讲工作负担，我们远远超过鄂西高中教师的负担。对照中学高级教师的任职条件，条条可以对得上号。评出的结果，我觉得对我们这一批人是不公平的。要说想得通，我的确没有那么高的觉悟和优秀的品质。但是想不通是想不通，面对着学生，把这件事也就忘了，工作还是规规矩矩搞。”

第九位 XT，也是一位女老师，教物理课的。她说：“我们这批人有压抑的感觉，就像对我们六四年入大学的这一批人另眼相看。其实，这些人现在正是出力的时候。叫人不好想的是，评职的时候，是上下都不能比，和外县的也不能比。我们这一批人，在外县工作的都比我们高了一级。和校外的比，我们的工作负担要重好多。这样搞，没有人愿意在重点中学教书了，我们永远是小字辈。”

第十位，W 老师，数学教师。他说：“我对评职有反感，心里窝着一把火，积极性不但没有调动，反倒搞得人不愉快。对张三讲资历，对李四讲能力，对王五讲……就是不讲中教五级是顶大梁的。讲还账，到底要还到哪一年？”

时间比较晚了，还有好几位老师没有发言，他们表示不在会上说了。冷主任手握铅笔，在笔记本上敲了敲，微笑着说：“听了十位老师的发言，对大家的情况是比较清楚了。职称改革搞到现在，有意见的同志还是很多。一个主要矛盾，就是‘僧多粥少’，特别是高级职称，要评上去也是像高考那样，千军万马过独木桥。上级有给老同志还账的精神，让老同志多上一点，但是老同志的账也还不完，也要考虑符合条件的中青年骨干教师和拔尖人才。按照基本条件，1966 年前的大专生都是评高级的对象，而全州教师中本科生有 200 多人，现在评上高级的比例只有 53.4%，一半多一点。1966 年前的专科生，评上的更少，只有 19.23%。情况就是这么一个，怎么办？我只能说把大家的意见反映上去，争取能够多上去一点。请老师们理解首次评职中的困难，安心教学工作，一些问题只能一步步去解决。”

最后，我说了几句：“很感谢冷主任来我们市一中倾听老师们的心声。我听说外国有的企业专门开辟一间房，墙壁是柔软的，就让有怨气的职工在这里发泄，可以对着墙壁拳击，顶撞。我觉得今天晚上开的这个座谈会，也有点类似的作用，让老师们把评职以来积累的怨气发泄出来，虽然一时解决不了大家的问题，但吐吐怨气总要好一点。我听了老师们发自肺腑的谈话，实在是很感动的。老师们说，尽管在评职上想不通，但是面对学生就忘记了，工作还是规规矩矩地搞。XC 老师刚才说了许多想不通，最后说还是一颗红心，工作还是使力搞，这一届带毕业了，再带一届就退休。这些话使我看到我们老师形象的高大。老师们谈的情况，州里的负责职改的冷主任不仅听到了，而且记在本本上。冷主任虽然姓冷，我发觉他其实是个热心快肠的人，相信只要有机会他就会为我们老师呼吁的。”

前年成立教委，老教育局长敖盛德接替了赵主席任市教育工会主席。这位老领导是个搞工作很认真，批评人不讲情面的人，加之他个子高大，平时又少开笑脸，许多人都畏惧他三分。我刚到教育局的时候，对他也是敬而远之。直到单位开欢迎我们几位新同志的晚会上，我才发现他的另一面：他还是一个爱说笑话很活跃的人。他说笑话，不像有的人，笑话还没说出口，自己就先笑了起来。他不是这样，是把笑话说完了自己都不笑——不仅肉不笑，皮也不笑，顶多毫无表情地“嘿嘿”两声，这却让别人越想越觉得好笑。那天的迎新会上，他正儿八经讲新时期教育工作受到党和国家的重视，工作量越来越大，需要的人多了，市里同意教育局一下进三位同志。这一来，我们的队伍就壮大了，就是姓朱的同志就有了两位：一位是去年就来了的朱炎恭同志，这一次又来了一位朱明雄同志，简单的说，是一个“恭朱”，一个“雄朱”。真是亏他想得出来！他的这一句话说出来，满堂大笑，不少人越想越好笑，笑出了泪花。一次，我们教育股组织全市普通话教学观摩会，我请他在开幕式上讲个话，他答应了，要我先写个稿子。会议的头天晚上，他到办公室来，问我要讲话稿。我把稿子给他，也就两页材料纸。我知道他戴深度近视眼镜，一定视力不好，字写得比较大，总共也就几百个字。他先看了看，大概觉得字看得清，于是慎重地对我说：“我用普通话读一遍，你看对不对。”接着他就一本正经地用普通话读起来。有的地方他还要征求我的意见，看语音对不对。我见他这么认真，也纠正了几处，他老老实实反复练习了几遍，我实在感到好笑。他说：“你莫笑呢，这个不是好玩的，要在大会上讲的。我们那时候教书，又没有要求讲普通话，搞得现在老了裹脚，只有这么憋腔憋调——连腰杆都憋弯了。”

今天，他找到我半开玩笑半认真地说：“你们教委领导好难找，头天问你在哪里，他们说到盛家坝去了，昨天找你，说在站长会上讲话。好，我就晚上到家里找，又说你到市一中去了。你像在躲我的猫猫。”

我说：“那怎么会呢，您家莫偏偏在我出门的时候找吵。”

他书归正传，说：“找你有这么个事，15 号开一个基层工会主席会，你代表教委在会上讲个话，行不行？”

我说：“您只管吩咐就是，您觉得要讲几个什么内容？”

他说：“先还是肯定 1987 年的工作。这一年下面还是搞了不少事：整顿组织，健全机构，建立教工之家，召开教职工代表大会，加强师德规范的学习贯彻，促进职业道德建设，推动教育工会工作健康发展，推进学校政治生活民主化，促进教育教学工作和教育改革……搞了不少的事情的。总工会对我们教育上这一年的工作都是很满意的，说教育工会是工会工作搞得最出色的单位。第二个内容就请你讲一讲 1988 年教委的主要任务，工会如何发挥职能作用，配合参与，维护监督。最后可以提几点希望。你看这样行不行？行与不行，你都自己拿主意，我是不得给你写稿子的，嘿嘿。”

我说：“我还要补充一个内容：基层工会主席，也要像敖主席那样，干一行，爱一行，认真负责，兢兢业业，在不同的位置上，为一个共同的目标，做出成绩。”

主席说：“你表扬我，我是这么搞；你不表扬我，我还是这么搞。我的观点就是，搞什么工作都要规打规矩地搞。像有些人，对工作是三十斤的羊子，四十斤的么子——过拖，我搞不来。嘿嘿！”

久晴不雨，持续干旱。农谚说，“清明要明，谷雨要淋”“立夏不下，犁头高挂”。今年清明“明”得好，到谷雨依然晴明，再到立夏，仍然滴雨不下，田地三寸以内没有润土，人们焦急起来，广播里开始闹着“抗旱”。我们这一代人，对抗旱这个词不仅敏感，而且充满恐惧——那是饿饭的前奏。六十年代的抗旱，虽然规模达到全民动员，但是在天老爷面前，抗的力量实在有限。最后的结果便是饥荒。小满那日下了一阵雨，人们刚刚感谢老天，哪知第二天又晴了，旱情一直延续到 6 月 11 日，下了一场大雨，方才缓解。

今年，虽然广播不断播报抗旱，但行动上并没有当年那种声势，搞全民动员。城里依然是学生上课，工人做工，商人经商，机关上班，各执其事。这段时间，是教育工作的热月，大、中、小三考，人事分配调动，全市教育工作会议的筹备等等。这段时间，牵扯我的精力最多的是评职，我简直像钻进一个“刺扒笼”一样，难得脱身。

去州教委开了一个职评工作会，冷主任对我说，给市一中追加4个高级指标，晚上我们一起去一中，开一个中层以上的干部会，看这几个指标怎么用。

市一中小会议室，电灯白亮亮的，书记、校长、主任、教研组长陆续来到。我们把会议的意图给王校长说了，会议开始，王校长将问题提了出来，征求大家对落实4个高级指标的意见。会议开得很热烈，老师们纷纷发表意见：

甲说：开一个教师大会，发动全体教师先提议，然后投票。

乙说：我反对，这样全体教师公决，就像由全体市民选市长，并不一定选得准，还是要在申报高级的人中间排队……

丙说：谁来给他们排队，评委？校委会？

丁说：我认为在申报高级的人中搞一次民意测验，然后领导集中，再通过评议组排队，两方面的意见平分秋色，各占一半。

戊说：平分秋色不是好办法，说不定都有意见。我认为不论民意测验也好，还是评议组排队也好，有个问题先要弄清楚，这一次，政策侧重在哪一方面，是侧重“还账”？还是侧重讲贡献？

己说：全体教师投票的意见我不敢苟同。民主有个承受力的问题，我们学校还承受不起。我认为学校领导掌握政策，小范围搞一搞民意测验，然后决定候选人，上交评委。领导们不要怕，不会有大的问题。

庚说：怎么又来4个指标？以后还有没有来的？还有的话，要搞就一起搞，免得一波未平，一波又起。

辛说：哎呀，我看这是个难题，4个指标，就像儿歌里唱的，麻雀子，生个蛋，爹要吃，娘要看。公说公有理，婆说婆有理，怎么好统一？干脆由学校的书记校长，你们去集中意见做决定。

讨论半天，得不出结果，几个没发言的都赞成辛老师的提议，一下子把问题交给学校领导了。此时，王校长“当机立断”：我看这个事情，由州、市两级教委决定。

众人听罢，哈哈大笑。辛老师对我笑道：好，球又踢给你们了！

我和冷主任相视而笑，离开了会场。

这件事情最后怎么了结的呢？有趣得很，也可以说好事多磨。上面那一位庚老师的发言，真是言中了，没过多久，州里传达精神，中央又追加了一批指标到省，主要解决教师的问题，层层分解，又给恩施市一中分了9个高级指标，连同原来没用的4个指标，这一下可以评13个。对象中有一位教师属于“评后即退”，不占指标，实际可解决14个教师的问题。通过民意测验，学科组推荐，评委评审，14人的材料上报州评审了，市一中的问题基本解决。

所谓基本解决，就是说还有遗留问题没解决。比如有位女老师J，是1966年前华中农学院毕业的本科大学生，原来在农业战线工作，工龄有余，教龄却达不到，评不上高级教师。J老师也是个很有修养的人，并不为此哭闹，只是对此感到委屈，很不好想，要是继续在农业战线工作，评个高级农艺师就不存在专业年限的问题，悔恨走错了一步路。还有一位TY老师，属于中年教师骨干，1966年华中师范学院外语系毕业，学的是俄语，现在教的是英语。问题就出在这里，说：“学的俄格里希，教英格里希，专业不对路。”解决这两位老师的问题更难了，科干局要求设岗，高级多了的可以流动到别的有空岗的单位。后来我们职改办商量了，分别给三岔农中和新塘三中做工作，他们那里设立了中学高级教师的岗位，却没有任职对象，可以将市一中的老师“流动”去上岗，然后由市一中再“借”回去工作。为了把事情搞妥当，我带着两位老师去新岗位“报到”，又出面和市一中的领导向三岔农中和新塘三中领导“借”老师。这是我做的一桩不折不扣的掩耳盗铃的事情。

这事，尽管这样，市一中的问题还是没有解决完，有的老师发出疑问：流动，流动，怎么流在我们头上就流不动了呢？而另一头，谭市长说，这个工作做得粗糙，流动可以，而且要鼓励流动，但是要真的流动。当然他是说得比较客气的，实际上就是说我们做的假动作，虽然没有点名批评我，但我都认账。我是觉得首次职评，更多要考虑现状，人才合理流动是以后逐步建立一套完善的机制，那时候才有条件来真的。首次职评就想把人事制度改革毕其功于一役，又想救娘娘，又想救太子，不很现实。

此外，还有郝老师的问题一直没法解决，主要是他并不在教学岗，而且只有高中学历，通不过。他多次找了我，有一次我正下班要回家，我怎么说他也不放过我。我骑车回到黄泥坝，他乘交通车上了前，在门口等着我。我对郝老师说，你一天陪我上班，我也没法解决。只有等政策，等以后走上正常化以后看这类问题怎么处理。我起身要做饭了，郝老师坐在那里一动不动，眼睛只盯着发呆。我很担心，郝老师为职称迷住心窍，会生出什么神经病来，又用好言相劝了一会。待了好久，郝老师站在厨房门口，对我说："吴主任，这件事情我只找你，几时解决了，我就不找你了，刚才我走。"我说："这时候了，我的饭很快就熟，在我这吃饭了再走。"他说："以后没有饭吃了，肯定要找你。"说着走下楼梯去了。

郝老师走了，我心里长长舒了一口气。说实在我是很恼火这样的事。但是我一再提醒自己不可失去理智，要控制感情，理解这样工作了一辈子的老师。郝老师还是属于老实人，脑筋想不转的老实人，不过，站在他的角度，要怎么想才想得转呢？

州教委召开的职改工作会上，副州长陈永葆强调，各县市要抓紧完成职改最后阶段的工作，其中很重要的一项是在小学教师中，评出几位中学高级教师。这个政策是鼓励小学教师终身从事小学教育，当小学教育的专家。这项工作说得早，但是各个县市都还没有动作，小学教师也都不敢申报。大家回去后，要在小学教师中宣传，把小学的中高教师推荐上来，大的县市起码得有四五名，小县一二名，不能没有。基本条件是：1. 资历很长，五十年代前期，具体说 1956 年以前从事小学教育，教龄达 30 年以上的；2. 教学能力在小学界是公认的代表人物；3. 在全州要有知名度，在州内教学领域有影响。如有贡献突出，影响很大的优秀小学教师，教龄可以适当放宽。

这项工作我们在临近放暑假的时候，在小学教师中做了宣传动员，有 9 名小学教师报了中学高级。为提高透明度，专门召开了一次小学教师代表会，9 名教师每人 20 分钟发言，然后评委和代表分别打分。各自去掉最高和最低分后计算出平均分，然后合计得分，排出名次，一并报州评审委员会。

职评中，各级科技干部局权力很大，市里在上报州评审之前，都要将材料报市科干局审查资格。全市科技干部包括教育、卫生人员等共计 6 300 多人，涉及 13 个系列，科干局这个新设的单位，人手也不多，一下要担起这多人的资格审查担子，很是不轻。科干局是负责的，他们很担心各个单位，马虎从事，发现有问题就要去人说清楚。一天，蒋科长抱着一叠材料对我说："科干局又退了一批中级的材料，上面都是打了'？'号的，一起 46 个，要我们去把情况说清楚。"蒋科长问我怎么办，我说下午就去给他们一个个说，州里的评委会马上要开了，事不宜迟。

我给科干局陈局长一个个介绍——

刘则奇，沙地麦端中学英语教师 1968 年高中毕业，1978 年参加工作，教龄九年半，英语教学成绩几项指标，连续在全市取得第一，1985 年评为全市优秀教师，教学经验文章《我的英语教学法》在全市推广，破格评中一。

郭自善，崔坝中学语文教师，1968 年中师毕业，教龄 19 年半，1985 年全市表彰的优秀教师，破格上报中一。

崔显青，崔坝中学化学教师，1966 年高中毕业，教龄 16 年半，化学教学成绩突出，已参加本科函授 4 年，破格上报中一。

唐吉元，沙地中学数学把关教师、区函授辅导教师，1966 年高中毕业，1986 年专科进修毕业，教龄 17 年，7 次受市区表彰，现已调入市教研室任数学教研员……

向昌炼，沙地中学语文教师……

……

46 人，逐个介绍完毕，没有疑问，材料上才落上科干局的公章。

还有一个悬而未决的问题，教育上的财会人员如何评职。这些人原来多半都是教师，半路出家担任站、校财务工作，有的年龄已是四五十了。如果按照财会系列评职，他们绝大多数都只能评员级，评教师职称，他们如今又不在岗。这个问题一直拖到最后，州教委和州科干局达成一致意见：原来是教师的，现在站、校做财务工作的人员，由自己选择，或者申报教师职称，或者申报财会职称都可以。

正在我忙得不亦乐乎的时候，昶昶又大流鼻血，住进医院，输血 300cc。传美去咸丰函授学习，很多时间都是旭娃和荠荠在照护昶昶。正在这时，二姐和洪哥找到我，说龚仆在省建筑工业学校毕业了，想分到州水泥厂去工作。州水泥厂的厂长是吴成旭，我原来高中的同班同学，但不知是否还需要人。我只有晚上去找成旭，可是他不在家，邻居说他们每天回家都比较晚，要我多等一会。直等到晚上 11 点他和式先双双回家。谈起龚仆分配的事，成旭慨然允诺，问学的什么专业，我说是财会，他爽快地说，就分到销售科。此事出乎意料的顺利，令人实在高兴。从成旭家回黄泥坝，近 12 点，但是成旭把我这个难题解决了，令我一身轻松。

等到昶昶出院，传美函授回来，我们职评的工作临近煞尾，已经到了秋季学期的开学时候了。

在暑假的时候，教委“挣硬气”买了一辆 11 座的小客车，以便每日接送职工上下班。新学期一开学，教委的干部、家属都眉开眼笑，再也不会为上班下班打乱战着急，再也不去坐市政府的那个怄气车了，再也不需要等半小时一趟的交通车，只要按照约定的时间到教委的大门口，必定有一辆白色的面包车等在那里。管机关的胡主任要求，原来骑自行车的还是骑自行车，原来练习竞走的可以继续锻炼，也可以坐车。面包车客座 11 个，其实坐十五六个人也行，加上一些学生娃娃个子小，再多挤几个人也是没有问题的。我还是坚持骑自行车，但听说面包车里每天去来，笑声不断，热闹非凡，特别有趣。特别是回家的一趟，下班的下班，放学的放学，一身轻松，都找有趣的话说，惹得一车人哈哈大笑。所以，大家把坐这一趟车的时候叫作“开心一刻”。我可以猜想得到，里面的都是一个单位的人，就如一大家子一样，坐在里面说说笑笑，想必也是有趣。

一日下午，传美下班回来说——

今天在车上把人笑死了。敖局长带着他的孙子坐上了车，这时昶昶也上车了，敖局长叫吴昶也坐在他的身边。吴昶指着敖局长的孙子问：“敖伯伯，他叫么子名字？”

敖伯伯说：“他叫敖田。”

昶昶说：“敖甜，这个名字好哟，他的哥哥是不是叫敖糖？”

敖伯伯说："是的嘛，你哪门晓得？"

昶昶说："先要有糖，再才甜吵。"

车子开动了，敖伯伯对吴昶说："车子开了，坐在车子上要规矩一些。你今天要是表现得好，守规矩，我就叫敖田给你喊叔叔；你要是表现得不好呢，我就叫他只给你喊哥哥。"

昶昶说："你看嘛，我今天表现好嘛。"

敖伯伯说："那我就叫他给你喊叔叔。"

昶昶说："那我再表现得好一些呢？"

全车的人都笑起来了，有的帮着回答："那就喊爷爷喏。"

全车人笑得东倒西歪，有人说："敖主席今天哪门吃亏吃在昶昶娃手里了呢！"

第二十章　朋友再见

（1988年秋—1989年春）

第四个教师节快要到了，主任办公会议研究做这样几件事：

一、全市表彰师德模范200名；

二、办一期庆祝教师节的专刊；

三、设立恩施市教师奖励基金；

四、落实公办教师医疗费和民办教师报酬。

市教委要求各个站、校，努力争取当地党政领导为教师办实事，办好事，组织教师开展小型多样的活动。

教师节专刊由市教委与市文联合办，以文联刊物《山魂》第九期出刊。刊头“教师之歌”四个字是惠明主任题写。惠明主任说，头版头条是市委书记、市长的撰文，我们几位主任每人都要写一篇庆祝教师节的文章。惠明主任才思敏捷，笔下来得快，一篇题为《教师节随想》的文章很快就拿出来了。他在文中说，孔子是世界上第一位职业教师，但他生前惽惽惶惶，境遇十分凄凉。韩愈作《师说》，正是因为当时人们轻视老师，“曰师曰弟子者则群居而笑之”。过去的私塾先生又称“西席”，是和“东家”对着说的，教师俨然就是长工。千百年来，“天地君亲师”喊得整天价响，也只是说说而已……尊师的黄金时代应当说还是三中全会以后，邓小平提出：“我们要提高人民教师的政治地位和社会地位，不但学生应该尊重教师，整个社会都应该尊重教师。”智者的话总是充满回声，一时之间“红烛”“春蚕”“人梯”之类纷至沓来……这自然是可喜的现象。文章随后说道：“但我想，我们是否应该注意同样是小平同志的‘少说空话，多办实事’这句话的回声呢！似乎应当这样看待尊师：一是要尊，要造舆论；二是要干，要办实事……还是来点真格的好。”

我的文章一直没有写成，没想到写几句什么话。直到办公室催稿，我才着急了，写点什么好呢?

急中生智的情形的确存在。因为这一急，我张开想象的翅膀，飞回十年前不堪回首的“臭老九”年代，教师在政治运动的风风雨雨中，真是恓恓惶惶，欲教不能，欲罢不忍，这种切身体验太深了。历经风雨之后，我有幸走到恩施各个地方，到了几十所学校，无论是东乡和北乡，还是西乡和南乡，也无论是城市、集镇还是村寨，到处都有我们的教师精神焕发，辛勤劳动的身影。他们传递文明的薪火，驱赶蒙昧的阴霾，为国家育英才，为社会铸栋梁——我就讴歌我们的老师吧。于是，突发奇想：把恩施市的区镇办事处的地名串起来，写成一首诗歌，便写成了我在《题记》里引用了的那首《乡曲》：

乡 曲

值第四个教师节，试串恩施市区（镇）、街道办事处名，与老师们同乐，以凑一趣。

古屯堡，小渡船，六角亭边，双河桥旁，
偏遇上，雨打芭蕉，三岔路口独彷徨，空有个慨而慷。

太阳出，望新塘，莲花七里，龙凤舞阳，
树高标，师表五千，着实不负盛家名，龙马精神洋洋。

大山顶，崔家坝，桐梓花丹，土苗侗汉，
沐抚育，学子十万，胜往昔红庙膏火，刻苦奋发向上。

杨柳池，凤凰山，一草一木，乃我家乡，
爱鄂西，红土沙地，喜莹莹满树白果，株株参天白杨。

这首小诗在专刊出刊不久，被《鄂西报》刊载，看到的人不少，很多人对我说，这些地名串得有趣。教研室的邓德森老师，钻得更深，他对我说："开始看到你这首诗，只觉得你把恩施21个区镇、办事处的名字串起来，构思很巧妙。再仔细一读，发现里面的含义还很深。我说一说，你看是不是我分析的这个意思：全诗共四节，第一节是写'臭老九'时代，教师、知识分子斯文扫地，空怀报国之志；第二节写新时期教师奋发昂扬的精神面貌；第三节写学生在教师的抚育下健康成长；第四节写教育的丰硕成果。"

我笑着回答："你到底是搞语文教研的。"

秋季学期，家里有些变化。每年暑假，教委都会研究人事调动。之前，我对传美说，下学期你是不是调到小渡船中学去，免得一家人早去晚归，紧张得像打仗的。传美不同意，说书院中学一帮老师好，自己也舍不得带的这班同学。我说小渡船还不是有一批老师，一起工作也就熟悉了，小渡船的学生你只要给他们上几节课，也就渐渐喜欢他们了。在火花时，调你进城，你当时也是舍不得那一班学生，后来还不是走了。你看，我们现在全家人都是"眼睛一睁，忙到熄灯"，太累了。不久法院也要搬到小渡船，父亲以后也要搬来，我们俩上班都这样远，还是有一个人近些的好。调动这个事情本来就不容易，有机会不要错过。这样，她才有些犹豫了，提出要我带她到小渡船中学去看一看。一个星期天，我带她到小渡船中学看了。她不看则罢，一看学校到处破败不堪的样子，一下子心就冷了，铁了心说："算了，我坚决不到这里来。我去买一辆自行车，放假了把自行车学会，上班一样方便。"于是调动的事情作罢。

期末考试一结束，传美就买了一辆飞鹰牌自行车，白色的，外观漂亮，不大不小正适合她用。她的学习目的明确，就是下学期能够骑车到书院中学上班；她的积极性很高，请了几个老师在操场教她骑车。眼看着渐渐学会，扶着她的老师把手松了，她独自骑着走——她真的独自骑着跑开了。本来骑得好好的她，突然发觉后面的老师已经放手，远远地站在那里。不看见则罢，一发觉没有人扶，心里麻了，手脚乱了，一下摔倒在地。这一摔非同小可，居然摔成骨折，从此再不敢骑车了。无可奈何，她也只有答应调小渡船中学。

2. 严格控制集团购买力；

3. 开展财务、税收、账外资金检查；

4. 加强粮棉管理，收购讲政策和方法，经营按规定，对外省来抢购者，扣人扣钱并及时报省，化肥、农药由供销社统一销售；

5. 严控非生产性建设，清理再建楼堂馆所，压缩资金；

6. 严禁请客送礼，游山玩水，减少庆祝会、讨论会、发布会，煞住奢侈之风。

7. 党政部门两年内不准购买汽车，修办公用房；

8. 控制信贷投放，加强宏观管理；

9. 清理政企不分公司，严禁机关干部经商，重点解决官倒、私倒兴风作浪，加强市场管理，商品明码标价。

10. 增产增收。

省政府的十条措施，是副市长何孝政同志宣读的，内容与上面省委十点原则意见大同小异，我就不照录笔记了。倒是会议中途休息，听旁边几位讲了一个关于何孝政副市长打电话的一个小故事，觉得很有趣，这个故事不仅好笑而且是真实的。因为以后我当面向两位当事人都做了求证，他们都哈哈大笑，证明确有其事。

何市长是恩施人，一个有能力，很干练的干部。据说上级曾经动议，派他去支援西藏工作，因为家庭困难，他没有去。人们议论，如果他当时去了，现在起码是州里的领导，此事不知是不是真。不过，他的工作能力很强，尤其是对农业一块的情况很熟悉，这是恩施市的不少干部和群众都知道的。

且说市委办公室刚进了一位年轻人，名字叫谈焱焱。他一个人集八把火为一身，可见这人是火气十足的。谈焱焱是从部队转业的，在部队里就是一位文艺爱好者，在报刊上发表过不少诗歌。他转业到地方，安排在市委办公室工作，每天的主要任务是文秘，打电话，接电话之类。

一天，电话铃响，谈焱焱立即拿起话筒，问:“你哪里？”

对方答:“我何孝政喏。”

这个回答让谈焱焱莫名其妙，问哪里，对方回答“河小镇”，于是扭头问旁边的同志："我知道的恩施只有崔坝镇、龙凤镇，哪来一个河小镇？"

旁边的同事说："不是什么镇啊，是何市长吧，何市长名叫何孝政。"

谈焱焱这下脑子转过弯了，立马对着话筒说："喂，是何市长啊，您有么事？"

在紧张严肃的工作间隙，人们总想找点乐子，讲个笑话开开心。恩施市的干部群体，也颇有一些幽默人才，他们知道的笑话故事不少，而且有的还会加工、创作，不断为大家提供新的笑料。他们讲的这些故事，真真假假都有，有的纯属虚构。比如，说老干部老张睡觉了，孙子跑到爷爷床上，揭开爷爷的被子，说要和爷爷一起睡觉觉。爷爷拍拍孙子的小屁股说："快去，叫你妈把衣服裤子脱了来。"孙子很听话，赶忙跑去喊妈妈，说："妈妈，爷爷说要你把衣服裤子脱了去睡觉觉。"这个笑话传到老张的耳里，老张矢口否认，说，这是瞎编的。而且，他断定是喜欢开玩笑的"老对家"老李编造的。不久，又有一则老李的故事流传开了。故事说，老李看到儿媳妇把孙子紧紧抱着，就说："大热天的，你把娃儿这么紧绷绷地抱起，他怎么过得？打比我把你这么紧紧抱起，你试试看嘛，过得日子不！"这话传到老李耳里，老李也矢口否认，而且，断定是老张挖空心思编出的笑话。这样的故事都是不可信以为真的，多半是在严肃的会议之后，紧张工作之余一些人寻开心的集体创作，无论老张还是老李，都不会认可。

然而，谈焱焱接电话的这个笑话，是真实的。我曾问他，是不是真有这么回事。他肯定地说，是有这么回事。他还说，我是有道理的，因为我们市委办公室接电话，一般都是先问"你哪里"，哪晓得对方回答是"何孝政"。我刚到市委办公室不久，只知道崔坝镇和龙凤镇，不知道有个何市长叫何孝政。这样我问旁边的同志，才搞清楚是何市长。

后来又与何市长在一起，也向他问及此事。何市长说："这事不是编的。我在屯堡给市委办公室打电话，谈焱焱接了，我就报了名字何孝政。这个娃也是，半天没说话。我在这一头，听到他在电话那头问旁边的人：'恩施只有崔坝镇、龙凤镇，哪来一个河小镇？'这个背时儿子，真是会出对子，把我也笑恼火了。"

继续开会，谭世湘副市长传达州委、州政府的十一条意见。内容与省里的保持一致，基本属于依样画葫芦。

接着是李贵生书记，传达总书记赵紫阳同志10月5日和9月21日两次讲话，内容很多，这里不照抄笔记。

下午的讨论，是市里几位领导和几个区镇的书记发言，都照稿子念，语调激昂，速度较快，内容属于表态性的，一致表示“深受鼓舞，坚决拥护，决心加强纪律，全面贯彻，采取措施，治理整顿，深化改革”。

如果说10月12日的会议是传达贯彻中央工作会议的精神，属于务虚，那么第二天的会议就是务实。上午是几个经济部门，主要是经济部门讲工作，摆问题，谈措施。本来我是很想了解这些部门的工作情况的，搞教育应该知道一些经济才好，但是正因为不熟，听不很懂，就像一个低年级学生听高年级的课，似是而非。只记得计委谭主任说：“我市每年基建项目是200多万，今年略多一点……”；经委冯主任讲：“工业生产处于掉产状况，1.1万元……”；农委郑主任说：“问题是领导力量不集中……”；人民银行的蹇行长说：“我市资金信贷形势严峻，资金奇缺，存款增长缓慢……”他们说的这样一些话，令人不愉快，我都只当耳边风吹过了。我望着会议室新装修的吊顶发呆，尤其是几盏大吊灯，都是由数十上百支玻璃灯管组成，长长短短，竖直垂下，散发的是明亮而柔和的灯光。我手中的笔，停止了笔记，在本上描绘这错落有致，晶莹剔透的吊灯，耳朵还是在听会，是财政局的张局长在说：“1—9月，收入完成较好，达到1 912.6万元，占年初计划目标2 780.8万元的68.6%，200万的烟叶税还没有入库……”这些话我爱听，记下来，心里很停当。我就怕财税收不上来，教育不好过日子。他后面说的是“财政平衡难度大”，罗列了“物价补差10%，要63万，奖金95万，职改工资进档150万……”，又使我高兴不起来，继续画吊灯了。粮食局邵局长在讲：“粮食销售控制在计划内，销售平稳，库存充裕。目前库存4 608万斤，其中小麦2 380万斤，比去年增加900多万斤……”民以食为天，这话听起来舒服。接着他又要一分为二讲问题，说：“议价粮猛增，收购进度缓慢，收购量减少，食油供求矛盾突出，有禁不止，管理上有漏洞……”问题还是多啊。计生委谷主任发言，我注意听了，这与教育密切相关。他说，恩施市去年新婚夫妇10 000对，今年将出生10 000人，此外，已经达到间隔期的夫妇，出生二胎将在 5 000 人左右。这样，今年全市总共要增加人口 1.5 万人，减去死亡人数，净增 10 000 以上。如果这样增长，不到 2000 年，全市人口将突破 80 万。要把这个增长速度控制下来，措施就是一胎妇女上环，确保达到 85% 以上，生了二胎的妇女结扎，起码要完成 6 000 人的任务。这需要一笔不小的经费……

13 日下午，市长吕成宗讲今年剩下的 77 天的工作。他讲三个问题：

第一，当前的经济情况。油菜完成 13.062 万亩，小麦在备土备肥，有的已经开播。烟叶收购今年的任务 12.5 万担，已经收 7.2 万担，均价在 1.2—1.5 元之间，比去年每斤上升 0.17 元。粮食入库红庙已经开始。财政税收，已收 1 912.6 万元，计划保证 2 780 万元，争取 3 000 万元。工业产值已达 1.33 亿元，商业企业形势很好。金融秩序正常，存款额上升，不应发生紧张。生活资料供给有保障。

第二，今后工作的困难多。主要是领导精力不够集中，政府强化、调整职能抓得不好；深化改革，控制非生产性开支方面存在差距，特别是经济工作部门，不抓内部管理。一个无职无业的人，与粮食系统职工勾结，倒卖粮食 39.6 万斤，倒卖面值 4.8 万斤的粮票。

第三，几点意见。

1. 坚决以中央工作会议和省委常委会议精神统一干部群众的思想。首先要求党员必须按照党员的标准要求对待党的事情。要正确认识中央提出治理整顿的方针，是解决改革中出现的可以克服的矛盾。全体党员都要严守纪律，不能搞部门党，地方党，单位党。要加强党的思想政治工作，要认真学习人民日报 9 月 28 日的社论。

2. 切实安排好市场供应，稳定市场秩序。市委、市政府决定，粮油定量供给，实行“双平”（平价）。此外，当月粮食可加 20%，食油加 50%，五一、国庆可加 100%，春节加 200%，按议价凭证供应。火柴、肥皂、卫生纸、酱油保证供应。酱油凭证定点供应，每斤 0.65 元—0.75 元。饲料，乙种粮，计划内议价 27 斤，超过指标购议价。行政事业单位人员，不包括教师，27 斤以外的，补助提供议价粮。空挂菜农户口，以菜换粮的，要逐步理顺。

3. 加强粮油市场管理。粮食部门独家经营已经到了非要制止不可的时候了。现在明确规定，粮食部门的家属职工不准经营粮食，凡是外地来囤积粮食的要扣人，扣车，扣物。今年粮食收购任务要完成，完不成的，拿钱买议价粮补足。

4. 加强对农业生产资料的管理和供应。化肥由农业部门独家经营，不准多头转卖，减少中间环节。

5. 严格控制固定资产投资和非生产建设。

6. 严格控制集团购买力，纠正攀比之风。烟酒不得开集体单位发票，不准买小汽车。

7. 控制信贷资金，投资确保重点。提倡储蓄存款，停止私人借支，已借出的要扣回。加强现金管理。11 月底以前，大额开支停止拨款，5 000 元以下的只拨 10 笔。

8. 双增双节。今年 2 800 万元的财政收入任务必须保证完成，3 000 万元指标要力争拿到。烟叶收购是关键的一环，不能闪失。李高轩任组长，组织全市财税大检查。坚决刹住乱涨价，滥收费，严厉打击欺行霸市行为。严禁请客送礼，公款旅游。

关于会议的贯彻，一要把认识统一到每一个职工，二要认真完成今年的各项任务。

最后还有几个具体事说一下：

一是城市工业 1 800 万的任务完成，年初的承包合同一律兑现。

二是州人代会、州政府会 23 至 25 号开会，通知代表和委员按时参加。

三是 16 号办学习班，有文字通知，不要缺席。

四是报刊发行工作。马上要开始预定了，各单位要重视党报党刊订阅。

10 月 19 日，农历九月初九，是国家法定的第一个敬老节。中午，父亲退休的单位五中，给他送来一袋礼物，有罐头、牛奶、麦乳精等。晚上和昶昶将这些慰问品带去法院看爷爷。老人看到许多的东西，笑道："'通升'他们也是太过细了，送这么多礼物！"接着，我又给父亲送了 30 块钱，祝他节日快乐。父亲推辞不受，昶昶一旁似乎急得要哭，一个劲地说"爷爷拿起，爷爷拿起"。他只好收下，还说把得太多了！我问他近来身体状况，他说："还是血压偏高，前天到医院量了一下，168/70。降压药天天服，醋蛋也在喝，自己感觉都很好，头不晕，心不慌，玩得好，吃得饱。白天会老友，打门球，都很快活。就是一晚上很难过，那个梦不晓得哪里那么多。梦见的都是一些不痛快的事情，急得不得了。昨天晚上半夜过后，梦见山上是大片苞谷林，长得绿油油的，顶上开出了天花，腰里都挂起苞谷托，而且这些苞谷有红的，绿的，黄的各种颜色。想要看一个究竟，但是心里又在得急，没有心思看这些苞谷了。什么事得急？想的是小儿子十八九岁了，不知日后怎么谋生，而我自己正在准备去武汉找工作，几件事情夹二搞三，搞得我苦闷异常，愁肠九转，忐忑不安……这个日子就真难得过啊。一觉醒来，一想，自己明明白白是七老八十的人了，国家每个月还发退休工资，还找个什么工作！小儿子工作好好的，要我操什么心！这样子才一身轻松了。老话说，日有所思夜有所梦，我白天根本没想到这些事，不知一晚怎么做这多梦，还忙得不得了，急得不得了。”

我笑着说：“看来您的梦也是现实主义与浪漫主义相结合的。您的小儿子我，十八九岁的时候正是饥荒之年，我有病，又考不取学校，一定是最担忧的事了，虽然您时时还安慰我，心放宽些，其实您自己心里晓得是多么着急。几十年了，现在做梦都想起来，说明在记忆里刻得多么深。同时，您对我们说过，解放前最恼火的是找工作，这学期教了，下学期在哪里教没有着落，说明也是记忆里刻得最深的。看到满山的苞谷出天花，挂满苞谷托，这是很浪漫的，充满了希望。”

十天以后的 10 月 31 号，父亲照例吃了晚饭，搬到我这边来了。我因为晚上开会，回家的时候父亲已经到家了，说是哥哥送他过来的。父亲显得一些疲惫，我叫他马上休息，他说下午搬东西跑了几趟，是感到很累了。

第二天中午，我在六角亭教委办公室，接到传美从小渡船中学打来电话，说父亲病了，一直睡在床上，中午都没起来吃饭。我有些急了，请小覃出车到小渡船宿舍，送老人上医院。回到家里，父亲已经起床，对我说没有什么病的，可能是昨天累了，早上起来得早，没有睡好。吃了面条我再睡，接连又昶昶大舅来，咸丰的王老师来，把瞌睡打乱了。中午的确是不思饮食，只想睡觉，一直睡到两点才起来。现在起来精神还好，没有什么病，没有必要到医院。

不知哥哥怎么也听说父亲病了，晚上过来问候。父亲笑着回答：“开始把我自己也吓了一家伙，就像这人不行了。其实，哪里是什么病呢，是瞌睡没睡好的原因。看起来，睡好瞌睡比吃饭还重要。一场虚惊过去，我们心情都畅快起来。”父亲还说，来后看了昶昶写的一篇作文《霹雳贝贝出生以后》，写了 1 200 多字，语句通顺，很有进步。看得心里爽悦，你们应该多多鼓励他，这个娃娃是不错的。

传美自从学骑车摔伤了脚，再也不敢学骑自行车了，自愿调到了小渡船中学。那辆白色的双鹰牌自行车，并没有闲置，成了荞荞的坐骑，这使她上学回家变得很方便。不过一上高二，分到文科班，荞荞信心大增，功课抓得很紧，少有回家。

传美初到小渡船中学，有诸多看不惯的地方，说这所学校不仅校舍简陋，办学条件差，而且管理松散。她对我说：“难怪小渡船中学考不赢书院，原来教学太松散了，学生连早自习都不上。书院怎么抓的？学生一到学校就进教室上早自习。特别是毕业班的学生来得特别早，老师生怕耽误学生的学习时间，学生的早餐都是班主任统一买了包子馒头，送到教室里。去年，书院中学中考成绩超过舞阳中学，连我带的一个普通班，还有 3 个考上重点线，4 个上幼师线，2 个上州体校。小渡船中学去年全校只考上一个重点线。这个‘成绩’怎么来的？我来到小渡船中学看明白了：每天到了 8 点多，满场坝学生还在打打闹闹，冲进冲出，直到 8 点 20 打了上课铃，学生才进教室。今年的中考，全校考上一个重点线的，我看也就不简单了。老师们是怎么想的呢？下一届毕业班的老师听说这一届只考取一个，还高兴得很，说，好，他们只考取一个，明年我们这一届没有好大的压力了。学校这样抓，老师这样想，教学质量怎么搞得上去！今年招了三个班，按成绩平行编班，我接一个一年级班的语文，班主任是刘平华，教英语的。我对刘平华说，早上的时间正好读书，学生这样玩过去，实在太可惜了。学校不安排早自习，我们在班上规定一下，同学们 7 点 20 分到校，上一节早自习，要学生读书，一天早上读英语，一早上读语文，我们两人轮流进课堂。刘平华很赞成我的提议。我们就来试试看，三年以后看看小渡船的学生到底怎么样。”

我听了以后很高兴，这说明传美不仅安心在这所原来不愿调来的学校工作了，而且有信心在这里扎扎实实抓教学。“不问收获问耕耘”，教学与种地类似，只要学校管理到位，教师精耕细作，教学质量是不会差的。城内三所初中，本来条件最好的是舞阳中学，但是，前两年舞阳中学管理有一些松散，中考成绩反倒落后于书院中学。对此，书院中学的赖校长很是自得，整天乐呵呵的；书院的老师也信心满满，以在中考中击败了办学条件最好、师资力量最强、生源也是最好的舞阳中学为傲。这个情况引起舞阳办事处的领导和家长强烈的反响。教委决定把教研室的向仕斌和王家驹二人派去当校长，一正一副一对手，把学校管理抓上来。这两位校长也的确不错，一去便打开局面，各方面的管理落到实处，教师积极性得到发挥，社会反映逐渐好转。至于中考效果，我想这不是一日之功，可以立竿见影的。一所学校要垮下去，很容易的，就和人得病一样，“病来如山倒”，是不要多长时间的；学校要办好，尤其是在教学质量上见到明显成效，没有三年五年很难见到，也就是所谓的“病去如抽丝”。比较起来，城区学校要大力加强的还是在小渡船中学。由于历史的原因，一些好的教师调走了，学校长时间办得不景气，使这一带成绩好的学生也千方百计往书院和舞阳中学流动，有的从小学就转走了。城区教育本来应该形成三足鼎立之势，但是，这个鼎是偏的，小渡船的这一“足”明显地短了一截。如何加强小渡船中学，使得城区三所初中大体平衡，形成相互竞争，齐头并进的态势，是教委要采取措施逐步解决的一个问题，虽然，这比解决舞阳的问题难得多。

11 月安排的活动很多，一个接一个。月初，除省里组织对实验小学进行评估，州组织对各县市教研室进行检查以外，市里的科教文卫体战线党委，还组织了一次别开生面的体育运动会。

战线党委早就下了通知，要开一次运动会。各个单位一致赞成，无有不说这是个很好的活动。也是，我进教育局已是九年了，还从没举行过机关干部职工的体育运动会，这算第一次。机关干部职工中，有不少体育爱好者，但是机关工作仿佛就是成天坐班、开会、出差，和体育运动基本上是绝缘的。听说要搞这么一个活动，大家自然感到新鲜，热情高涨。

运动会的事情，教委是光福负责组织。他首先选了王立常、康纪恕、代云武、龚和生、蒋宪忠、赵绪福等十几条汉子，个个都是人高马大，体重一百六七十斤的角色，担任拔河运动员。这个阵容也实在整齐可观，别说用力拉，就是这帮人稳住不动，谁人有力撼动这十几座铁塔？篮球队是通过自报和推选组织起来的，为此还定制了印有“教委”字样的运动服。他们看见我的个子高，猜想我打篮球有几下。我也不谦虚，自信地说，想当年在篮球场也是有两手的。其他运动项目，如田径、棋类，教委不缺一项，都有人参加。我高中的老同学曾祥林，过去是短跑好手，他参加了 4×100 接力。

11 月 6 日，是星期日，和平街小学的运动场上热闹非凡，战线党委体运会召开。运动会开始，还像模像样的举行了入场式。接着开赛，第一项就是拔河。这是最热闹的项目，运动员众多，围观者更多。队员站好位置，恨不得早早就把拔河绳拉将过来，这让裁判员费了好大的劲，才把拔河绳摆在适中的位置。一声哨音响起，两边欢呼“加油”的声音，一阵接着一阵。直到又是一声哨响，人们哄笑起来。就在这哄笑声中，裁判宣布某某队胜。下一场，教委拔河队首遇宣传部队。一看队伍，便知教委队不费吹灰之力，稳操胜券。宣传部本身也就不过十来个人，老、中、青、妇一起上场，教委队的真是站着没动，任凭宣传部队怎么齐心协力地使劲拉，教委的十条汉子都岿然不动，旁边也有几个喊“加油”的，见到这个局面也不喊了，只是好笑。教委队并未费多大的力，哨声响起：教委胜。这场比赛赢得全场鼓掌欢笑。宣传部其实是虽败犹荣，因为他们明知自己人员有限，拔河绝对是势单力薄，但是他们依然参加，体现重在参与的精神。教委队几经拼搏，进入冠亚军决赛，对手是卫生局代表队。卫生局队的个子不如教委队的高大，不过，个个都是精壮汉子。哨声响起，两边势均力敌，绳子绷得紧紧的，胶着不动。两边的运动员都憋足了气，人人涨红了脸，个个青筋暴起，倾斜着身子，拼命地拉。拉拉队阵线分明，一些人喊教委“加油”，一些人喊卫生局“加油”，双手像划船一样挥个不停。卫生局队虽是一鼓作气势如虎，但是教委队到底身大力不亏，实难撼动。我站在旁边看着，很担心这拔河绳子被拉断。几经缠斗，卫生局队气力衰竭，兀自乱了阵脚，尾上人开始晃荡，接着踉踉跄跄，溃不成军——哨声响起：教委胜！这场比赛下来，运动员个个喜笑颜开——倒是几个拉拉队员，付出了牺牲：声音嘶哑了。有人笑话，这正是：生娃娃的没得事，抱腰的急坏了人。

场面最大，比赛最为激烈的是 4×100 米接力。和平街小学的环形跑道，多少有些不平整，于是预先都铺上了一层煤灰。运动员们都脱了外衣，做着弯腰、压腿、跑跑跳跳的预备动作。这些人本是熟面孔，现在才发觉他们还是体育运动的内行，说不定还暗藏有当年的短跑高手。随着裁判员一声口令，运动员如箭在弦上，“啪”的一声枪响，个个奋勇向前。场子里鼓锣齐鸣，“加油”之声一浪接着一浪。我盯着教委跑第一棒的赵绪福，他是大学毕业不久的年轻人，身体健壮。他的速度不错，交棒的时候领先第二名差不多十米。他把棒交给祥林，祥林小跑着把棒稳稳接到手中，立马奋力向前。场上的锣鼓声敲打得更激烈，“加油”的声浪再次大作。说时迟，那时快，曾祥林跑出不过二十几米，一个踉跄摔倒在地。我在脑子里闪现出一个“！”和一个“？”的时候，只见祥林很快爬了起来，继续向前冲，去追赶刚超过他的那个第二名。看得真切，他的上身前倾，两腿滞后，没跑几步又是一个踉跄，摔倒在地。他试图爬起来再跑，几位同事急忙将他扶着，架下场了。只见他满脸煤灰，活像一个熊猫，好在没有出大的问题。

下午的篮球赛，我上了场。近十年没有玩过篮球了，初上场还雄心勃勃。奔跑了十几分钟，只觉上气不接下气，腿脚一点劲都没有。两场球下来，疲惫不堪。特别是睡了一晚后，浑身酸痛，像得了大病。这让我理解祥林赛跑为何连连跌跤，而且都是往前扑下去，就是因为我们都自以为还很年轻，忘记了已是四十多岁的人了。思想领先，行动滞后，心有余而力不足已经成为残酷的现实。我们这一代人，精力最旺的时候，正是十年以前的“文革”时候。“文革”的确是浪费了我们最宝贵的时光。我们很欣赏社会上流传的一则传言，说组织上研究决定，“文革”这十年要从我们的年龄里减去，以后，四十岁的人只算三十岁，三十岁的只算二十岁。然而，这毕竟是笑话，“子在川上曰，逝者如斯夫”，过去了的时光，的确是一去不复返的。一个人拥有永葆青春的心态可以，但只讲思想领先，不顾忌自己实际的力量，强不可为而为之，是会摔跟头的。

11 月中旬，我市接受州组织的普及初等教育复查。复查组由州教委副主任吴锦萍带队，成员有州教委普教科的科长舒德荣，副科长张世明以及来凤、建始、利川、宣恩等四个县市的普教科长和普教专干。他们都是对普及教育检查验收一整套要求和工作程序非常内行的角色。复查采取随机抽样办法，城区三个办事处免查，这样只在18个农村区镇中抽取四个单位。预备会上，四位组长分工，来凤张科长拈到龙凤，建始沈科长拈到沙地，利川秦科长拈到崔坝，宣恩丁科长拈到双河。州教委的吴主任要去崔坝，舒科长去双河，张科长去沙地，于是我们市教委的人员分工，各路奉陪。

11月9日，下着小雨，虽然有了几分寒意，但长时间没有雨水，这倒是下的贵如油的宝贵东西了，心里是舒坦的。就是这天，各复查组四面出击，下到各自复查的单位。我陪吴锦萍主任，乘州教委的车先到崔坝镇。吴锦萍是黄冈人，年轻时就分到恩施工作。我到教育局时，她是书院中学的老师，并且是吴旭的班主任。她的语文教得好，班主任工作更是做得到家，是省里表彰的优秀班主任。记得那时，我和吴旭父子二人一起生活，我是常常要下乡的，只能把吴旭一个人留在家。吴老师知道班上有好几个类似情况的学生，她差不多每晚都要到这几家巡查过问，这是令我十分感佩的。她把吴旭他们这一届带毕业后不久，州里不拘一格将她调到州妇联工作，以后成立教委，又调她到州教委任副主任。

复查程序与检查验收一样，都是先听情况汇报，然后拈阄抽查几所学校，走村串户，核实文化户口花名册。我听了崔坝站长李弼胜的汇报，认为是比较客观的，不仅汇报了普及初等教育所作的努力，取得的成绩，也如实汇报存在的问题。我记录了他说的四个主要问题：一是民办教师报酬偏低；二是学籍管理有薄弱环节，部分学校留级比例过大，个别高达20%；三是教育费附加征收缺口大，改善办学条件困难；四是学校规范化建设大部分学校没有起步。

老站长林兴让，现在退下来，但工作热情不减。他汇报近几年入学率、巩固率、毕业率和普及率的情况，罗列了从1983年到今年每个学年度达标情况。我熟悉更敬重这位老站长，知道他说话有一个特点，就是喜欢归纳几个什么，比如三个“听”，四个“讲”，五个“集中”，六个“注意”，等等。我想，今天他将归纳几个什么呢？果然，接着他就说出了“四看”：“入学率看校长，巩固率看班主任，合格率看任课教师，学生成绩看人平分。”这些话，初听起来好像有些费解，入学率怎么看校长？顺着他的意思去想，觉得也解释得通，就是从入学率是否达标，看校长尽到责任没有。也就是有些地方总结经验说的实行

“几包”，校长包入学率、班主任包巩固率，等等。

中午，复查组到崔坝小学，核实四率，对照文化户口册逐个点名，又下到学校服务的村组去查对。下午吃饭的时候，下到村组的几位同志还没回来，锦屏主任说，等他们下去的同志回来一起吃。哪知道等到天黑了好久，还是不见他们回来。教育站管后勤的刘可钧老师半开玩笑地说：“只有我教育上的人搞事情哪里这么认真扎实，麻纯子捆了还要用水喷，饭都不回来吃了。”回头对我们说：“两位吴主任不等了，您们先吃啊。”

普及教育下乡复查三天，我陪吴锦萍主任从崔坝到沙地，再到龙凤坝。11日下午，是复查组回来的日子，我到六角亭教委办公室的时候，天已经黑了，刘、胡、佘几位都在办公室等着。最早到达的是最远的双河组，接着崔坝组也到了，跟后龙凤组也到了，唯独沙地组迟迟还没回来。时间快到晚上九点了，胡主任给沙地打电话，沙地站回答，复查组的张科长他们八点半才结束工作，现在正在吃饭。惠明主任听说了，苦笑道：“我们的张世明科长，真是认真哟，硬是扎扎实实搞形式主义！”

11月13日下午，各组汇报交换复查情况。我重点记录了各组提出的问题，意见，建议。这些意见都是提得很中肯的，的确是以后必须加强和弥补的，有的是需要及时解决的。比如崔坝，今年小学毕业830人，初中只能招收6个班；双河校场乡小学没有厕所；民办教师待遇普遍偏低；校舍标准化和实验室建设差距大，等等。

最后，吴锦萍主任总结，宣布复查结果：1988年11月9日至12日，恩施州组织了对恩施市普及初等教育的复查，复查组27人，随机抽样对崔坝镇、沙地区、双河区、龙凤镇的12所小学的普及教育情况进行了复查。复查结果：恩施市普及初等教育的入学率是99.7%；巩固率99.64%；毕业率96.37%；普及率98.99%。复查组认定，恩施市普及初等教育各项指标达到标准，复查合格，将申报省认定恩施市为普及初等教育合格市。

随后，她要求恩施市绝不能因复查合格而松劲，防止“四率”滑坡；要加强复查中发现的薄弱环节，解决存在的具体问题；要加强资料建设，随时准备接受省州人大的抽查。

一人一条心，经常闹不团结的，并不是个别现象；评职称中把说自己一枝花，说别人豆腐渣，也非止一个两个；同是一所学校的老师，这一届的升学考试如果成绩不好，下一届的教师则是满心高兴，就因为自己“压力不大”了……如此等等的表现，说明教师读读《丑陋的中国人》，把它作为一面镜子，看到我们自己灵魂深处丑陋的东西来，清洗处理干净，是多么的必要。如果这样，便是学生之幸，教育之幸，国家之幸。

柏杨说，“在中国广大的大陆上，反右之后接着又来一个‘文化大革命’，天翻地覆，自人类有史以来还没有遇到这么大的一场浩劫。不仅是生命的损失，最大的损失是对人性的摧残和对高贵品德的摧残。如果离开了人性和高贵的品德，就跟禽兽毫无区别”。柏杨替我们想到了现今塑造人的灵魂这个任务的艰巨。他这样言辞凛冽地说，是充满了希望的——如若毫无希望，又何必为此声嘶力竭地呼号呢？

读了一个多小时的书，下午三点半，四大家领导来到会场。原来的市委书记李贵生已经去就任副州长了，原来的市长吕成宗新任市委书记，新市长尚未选出，暂由吕成宗一肩挑。但是，吕书记并没有来到会场，副书记刘诗伟主持会议，说吕书记随后就到，先请管农业的副市长何孝政同志讲。

不讲不知道，一讲吓一跳。何市长说：农业问题主要是资金问题。农业银行当前的资金状况是：计划规模有，但积压在烟草上 4 100 万元，供销的麻茶，土产共 1 600 万，粮食上 200 万，以上计 5 900 万；市农行欠州农行 2 100 万；市农行目前只有 157 万元存款备付金，只能对个人存款支付，一分钱农贷资金都没有。现在的问题是，农业生产急需资金，地膜 131 万元；生资公司从巴东、宜昌调进 500 吨化肥，已经到货，急需付款 1 500 万；两烟贷款需 166 万，膜式苞谷栽培，地膜每亩按 15 元计算，要 225 万；其他水稻、燃料、农药也需要贷款。

我听到市里还差这大一坨钱，就想到刘惠民说的“恨不得在哪里捡到一坨金子”。“钱钱钱，命相连”，一个地方连维持农业生产的基本经济能力都如此拮据，还怎么发展其他事业，教育的日子怎么过！后来一想，我这也是看戏流眼泪——替古人担忧。这是市长他们管的事，我担心有什么用。也是，去年年底，就传出恩施市没有钱发工资过年，后来不知市长们打的什么主意，年前还是把工资奖金都兑现了。我想，市里一定会想办法去解决这个问题的。

果然，接下来，何市长讲解决问题的办法，说市政府成立了资金协调领导小组，由程副市长抓在手里。全市共组织43个收账班子，各扫门前雪，各公司把外面的欠账收回来，农行抽人配合各公司，分赴各地讨账。从目前的信息看，3月下旬可得到1 900万元，建始、常德、大庸方面的资金也开始内流，如果有1 000万回来，矛盾可以缓解。此外，要全面发动爱国储蓄；要压商支农；对各个银行实行急需资金调动。

关于农业物资问题，何市长说：今年可用的肥料，尿素，国拨3 800吨，去年结存268吨，省生资批准州化肥厂计划外生产1 000吨，共5 068吨，此外，药材出口有兑现尿素1 000吨，麻茶销往深圳兑现尿素1 000吨，同时，江汉平原的议价尿素比较多，总共10 410吨的尿素计划是有保证的。复合肥，计划内有从上海起港的有1 000吨，省生资公司计划黄梅厂生产的1 000吨，省烟草公司兑现的有266吨，沙洋46吨，库存100吨，总共有2 412吨。磷肥，库存有210吨，货源有16 300吨，其中巫山6 800吨，宜昌500吨，奉节5 000吨，鹤峰4 000吨。

何市长下面正要讲“农膜”的问题，吕书记风尘仆仆来到会场。于是他说：“农膜的问题，这里我就不讲了，节省时间吕书记讲。我只简单提几句：一是关于农村工作联系组的问题，领导要落实；二是几个承包的问题，各局各区的承包，科技承包，集团性的有偿承包，必须搞落实；农业方面的几个局，人员不稳定，有的要辞职，我在这里说，现在是要上火线，不能临阵脱逃。下面请吕书记讲。”

吕书记接着开讲。别看他戴一副眼镜，头上有些谢顶，又是外地人，但他很能说恩施土话。他说：“何市长已经给大家讲了今年农业生产方面的问题，我只强调几点。今年农业形势怎么样？今年的正月，的确打了雷，下了雪，有些人就说，‘正月雷打雪，二月雨不歇，三月无秧水，四月秧上节……’就是说今年是灾年，有的人早不早就吓得糠糠抖。我给大家讲，今年农业生产的准备工作比历年好，突出的问题也就是资金。关于资金的问题，市里想出了几条对策，何市长已经讲了，我不重复。关于种子问题，强调一下，各区用自己的，外面进来的滥竽充数的太多，不放心。关于灾害的问题，要作有灾害的准备，各地的大小堰塘，都要把水蓄满。关于分工的问题，农委的郑主任、杨主任等五个主任，4 月 5 日清明节前后的事情就是蹲在点上。各局的联系点，该下去的局长、股长、办事员都要到点上去。4 月 20 日以前，一切会议、检查，统统停止，全部要下去，催耕催种，同时抓农村的思想建设、组织建设。关于技术承包，三大块 25 万的承包，党政财文各条战线都要定目标。1989 年起，收粮、收烟与村一级分成，617 个村，每村 1 000 元，各个口子，61 万，要穿在村一级的鼻子上……”吕书记后面这许多话，说得我云里雾里，怎么是穿在村一级的鼻子上，不知是什么意思。看来，我对如今农村的情况不怎么清楚了。

最后刘诗伟副书记又强调：

1. 各区办公室要登记市直干部下联系点的天数，到底在点上工作了多少时间。

2. 每个单位去联系点两人，一位负责人，另一位 30 岁左右的，下去挂职，工作与本单位脱钩。

吕书记补充：“市里抽三个人，搞一个联系点工作办公室。”

散会的时候，我在想，是不是要抽我去搞农村联系点?

我喜欢去农村，我很想知道现今农村的情况。

是的，事情正是这样：我被任命为工作组组长，要带领市直单位抽调的 37 人，去恩施最大的区——白杨坪，抓农村基层政权建设。

那将是九十年代的故事了，且待我下一部书细细讲述。